KB031228

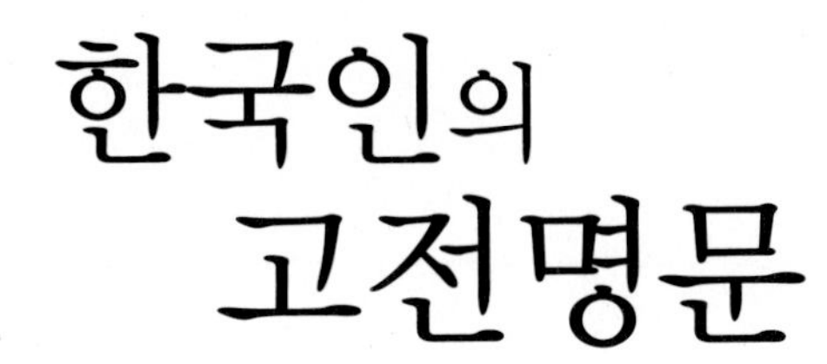

한국인의 고전명문

沈在箕 著

韓國人의 古典名文

明文堂

自序

한평생 우리말과 글을 공부하고 가르치며 살았다. 남들은 혹 나를 가리켜 국어학자라 할지 모르겠으나 나는 그저 성실한 국어선생이고자 했을 뿐, 감히 학자라는 말은 듣기에도 민망하다. 돌이켜 보니, 연구라고 하기는 했으나 생각이 짧고 끈기도 모자라 내세울 만한 업적이 있을 리도 없고, 또 몇 편의 연구논문 같은 것이 있다 하여도 그런 것은 본래 시효가 있는 것이어서 두고두고 남 앞에 내세울 일이 아니라고 생각하는 터라, 나는 단지 우리말과 글을 가르친 선생 노릇만이 나의 존재를 확인하고 나의 행복을 보증하는 보람으로 삼고 싶을 뿐이다.

그런데 칠순을 바라보는 요즈음, 나는 그 국어선생 노릇이나마 제대로 해왔는가를 나 스스로에게 물으며 부끄러움에 빠지게 되었다. 우리나라의 언어·문자 생활이 내가 생각하고 바라는 방향과는 다르게 펼쳐진다고 생각되기 때문이었다. 그렇다면 그것은 평생 동안 국어선생을 해온 나에게도 책임이 없을 수 없는 일이었다. 죽는 날까지 국어선생으로 살았다는 안간힘 같은 몸짓은 해야 할 것이 아닌가!

그래서 나는 바람직한 언어·문자 생활을 익히는 하나의 방편으로 우리 조상들의 글을 읽는 것은 어떨까 하는 생각을 갖게 되었다. 그리고 옛 조상들의 글월을 가만히 헤아려 보니, 맨 먼저 내 시야를 가로막는 것은 20척이 넘는 거대한 돌기둥, 광개토대왕 비석이었다. "그렇다. 이것부터 읽어나가자." 이렇게 마음을 다졌으나 나는 편하게 한문을 읽을 만한 실력이 안 되었다. 부득이 앞선 어른들의 번역을 참고하면서 한 구절 한 구절을 더듬거리며 읽어나갔다. 그러는 동안 참으로 말할 수 없는 기쁨을 누렸다. 그분들의 삶이 한결같이 꽃다운 향기를 내뿜기 때문이었고, 그분들의 글이 한결같이 소나무의 지조, 대나무의 논리를 보여주기 때문이었다. 말하기와 글쓰기는 따로 배우는 것이 아니라, 우리 역사 속의 인물과 그분들의 글월을 익히는 것으로 자연스레 이루어질 수 있음도 깨닫게 되었다.

이렇게 몇 해의 세월을 보낸 어느 날 이러한 나의 글 읽기 비망록을 추슬러 보니 어느새 마흔 편 남짓 모여 있었다. 한 권의 책으로 묶을 분량이 될 듯싶었다. 그때에 무슨 연유로 이제는 세상을 떠난 여섯 분, 대학 시절 은사님의 모습이 떠오른 것일까? 내가 대학 학부와 대학원을 다니던 때는 1950년대 후반과 1960년대의 전반에 해당한다. 그 시절 서울대학교 문리과대학 국어 국문학과에는 국어학, 고전문학, 현대문학이 솥발처럼 세 갈래로 나뉘어 장승처럼 우뚝하신 여섯 분 선생님이 계셨다.

국어학의 일석(一石) 이희승(李熙昇) 선생님, 심악(心岳) 이숭녕(李崇寧) 선생님, 고전문학에 백영(白影) 정병욱(鄭炳昱) 선생님, 성산(城山) 장덕순(張德順) 선생님, 현대문학에 백사(白史) 전광용(全光鏞) 선생님, 일모(一茅) 정한모(鄭漢模) 선생님 이렇게 여섯 분이셨다.

나는 이 책을 이 여섯 분 은사님의 영전(靈前)에 바치고 싶다. 천성이 수줍고 용렬하여 여섯 분 선생님이 생존하셨을 때에는 선생님들 앞에서 제대로 말씀을 여쭙지도 못했었다. 더구나 백영(白影), 백사(白史), 성산(城山), 일모(一茅) 네 분 선생님과는 황송하게도 1970, 1980년대에 동료 교수라는 분외의 광영을 입었건만, 모시고 지내는 동안 치졸한 생각과 부질없는 언행으로 선생님들의 마음을 상하게 해 드린 적이 한두 번이 아니었다.

이제 이 보잘 것 없는 글 읽기 비망록이나마 여섯 분 선생님의 영전에 바친다 하여 속죄가 되는 것은 아니겠지만, 우선 이 한 권을 바치고 이 세상 사는 날까지 이러한 작업을 계속한다면 행여 선생님들께서 그 옛날 내가 공부하던 시절처럼 돌아서서 빙긋이 웃으시며 "괜찮으이, 괜찮아" 이렇게 푸근하고 너그러운 사랑과 용서의 말씀을 하시지나 않을까?

어쨌거나 나는 이 염치없는 마음에 의지하여 남은 세월을 열심히 살아가겠다. 어려서 아버지를 여의고 자라 모든 은사님을 마음속 깊이 아버지처럼 또는 형님처럼 모시며 살아왔다는 가슴속 깊은 비밀을 이 칠순을 바라보는 나이에 이렇게 마음 놓고 털어놓으며….

2005년 10월 9일 한글날에
북한산 자락 평창골에서 沈在箕

〖이 책을 읽으실 분들께〗
(서문을 대신하여)

어느새 세월이 흘러 인생을 마무리하여야 할 때가 가까웠습니다. 은혜로웠던 지난 생애에 대하여 감사하는 마음 그지없습니다. 그 마음의 만분지일이나마 세상에 보답하여야겠다는 생각에서 저는 이 작은 책을 꾸미게 되었습니다. 이것은 저의 보잘것없는 독서 비망록이지만 그래도 이 책을 읽으실 분들께 이 책이 어떻게 나오게 되었는가 하는 내력을 적어 저의 속마음과 이 책의 성격을 해명하고자 합니다.

저는 1950년대 초반에 중·고등학교를 다녔습니다. 6·25 전쟁의 소용돌이 속에서 중학교 3년을 보냈습니다. 몇 권의 교과서를 피난 보따리에 속에 넣고 다니며 교과서의 처음 몇 페이지를 배우고 나면 한 학기가 끝나고, 또 학년이 올라가는 세월이었습니다. 고등학교에 진학한 1953년에는 봄·여름 내내 휴전반대 데모를 하느라 수업시간도 줄이던 적이 있었습니다.

그 시절에 국어문법 시간은 참으로 가관이었습니다. 첫 학기에는 이름씨, 움직씨, 느낌씨로 씨 갈래 공부를 했는데, 그다음 학기에는 명사, 동사, 감탄사라는 명칭으로 품사 분류가 바뀌는 것이었습니다. 담당 선생님의 취향에 따라 교과서 선택이 달라지고 따라서 문법 용어가 다르게 쓰였기 때문이었습니다. 이러한 분위기에서 저는 우리말에 대한 관심을 키우게 되었습니다. 그리고 드디어 대학교에 들어가 국어학을 전공하는 학생이 되었습니다.

대학생활은 참으로 행복했습니다. 훌륭한 스승님들 밑에서 학문하는 즐거움이 어떤 것인지를 감동의 연속으로 체득할 수 있었기 때문입니다. 그러나 일상의 생활은 지극히 험난하였습니다. 대학 4년 내내 가정교사 생활로 남의 집을 전전하며 동가식서가숙을 하였기 때문입니다. 그 시절에는 온 나라가 경제적 어려움에서 허덕이던 때라 저의 어려움은 대개의 대학생들이 겪는 일이기도 하였습니다. 아마도 학문에 대한 열망이 행복한 마음을 지켜주었기 때문에 생활의 어려움을 어려운 줄도 모르고 이겨냈을는지도 모르겠습니다.

1960년 봄, 저는 대학을 졸업하고 고등학교의 국어선생이 되었습니다. 그리고 대학원에 진학하여 국어학을 계속하였습니다. 세부 전공으로는 어휘론과 의미론을 선택하였습니다. 어휘와 의미에 특별한 관심을 갖고 공부하게 된 경위는 다음과 같습니다. 즉, 고등학교의 국어선생이 되어 수업을 담당하게 되었을 때, 저는 대학에서 배운 국어학 지식이 별로 도움이 되지 않는다는 것을 알게 되었습니다. 국어의 음운, 형태, 문법에 관한 지식은 우리말을 담는 겉 그릇, 겉 싸개, 곧 외형에 불과한 것이요, 그 알맹이 곧 내용에 대한 지식이 아니기 때문이었습니다. 그래서 우리말의 겉 그릇이긴 하지만 그래도 속 알맹이에 가까운 어휘와 의미 쪽으로 관심을 집중시키게 된 것입니다.

그러나 그것으로 만족할 수는 없었습니다. 국어과목이 본질적으로 통합교과의 성격을 띠는 것이라 국어 선생님은 모름지기 백과사전적 지식을 갖춘 만물박사가 되어야 하는 것이기 때문이었습니다. 게다가 관후하고 신실한 인품이 특별히 요구된다는 것도 심각하게 느꼈습니다.

그런데 1966년 봄에 저에게 놀라운 일이 벌어졌습니다. 송구스럽게도 제가 대학교수가 된 것입니다. 대학이라는 곳이 대체로 전공분야의 연구에 충실하면 기본적인 의무는 채우는 것이라 저의 무식함을 잠시 숨길 수는 있었습니다. 그렇지만 전공과목 이외에 교양 국어를 담당하게 되면서 저는 고등학교 국어교사 시절의 무식과 무교양을 다시금 절감하게 되었습니다.

더구나 대학생들의 글짓기 능력을 증진시켜야 한다는 책임을 느끼면서 통합교과적 지식의 필요성이 더욱 간절하게 되었습니다. 그래서 저는 최소한 국학분야의 문학, 역사, 철학만이라도 조금씩 알아두어야겠다는 생각으로 우리 조상들의 글을 하나씩 찾아 읽기 시작하였습니다. 물론 저는 모자라는 한문 실력을 보충하기 위하여 스승을 찾아 배우기도 하고 좋은 번역문을 구해 읽기도 하면서 조상들 한 분, 한 분의 정신세계를 들여다볼 수 있었습니다. 그 기쁨은 이루다 형언할 길이 없었습니다.

그렇게 세월이 흘러 1990년대 말이 되었습니다. 그때 「한국인」이라는 교양지에서 좋은 글짓기 수련의 방편으로 조상들의 글을 한편씩 소개하면 어떻겠느냐는 제의가 들어왔습니다. 그래서 저는 「한국의 명문순례」라는 원고지 10매짜리 칼럼을 쓰기 시작했습니다. 그 반은 해설이고 나머지 반은 원문을 번역하여 소개하는 것이었습니다. 10여 편을 썼는데 불행하게도 「한국인」이 폐간되어 그 칼럼은 중단되었습니다. 그러다가 2000년대에 들어와 「한글+한자문화」라는 잡지에 다시 그 칼럼이 실리게 되었습니다.

때마침 한자교육의 부활과 강화가 절실하게 된 시점이라 저의 칼럼은 분량의 제약을 벗어나 때로는 짧게, 때로는 길게 쓸 수 있었습니다.

그 칼럼들이 40여 편쯤 모였을 무렵 저는 그것을 「永樂에서 蕩平까지」라는 제목을 붙여 세상에 선을 보인 적이 있었습니다. 지금부터 여섯 해 전의 일입니다. 그때에 뜻있는 이들이 그 책을 찾아 읽고, 조상들의 글을 맛보기로 감상할 수 있어서 참으로 좋았다는 격려의 말씀을 해 주셨습니다. 그런데 이제는 그 칼럼들을 추슬러 보니 100여 편이 넘게 쌓여 있는 것이었습니다.

그래서 다시 용기를 내어 이 책을 꾸미게 되었습니다. 좋은 글을 남기신 조상님들이 어찌 100분밖에 되지 않겠습니까? 여기 실린 100여 편의 글은 급히 제 손에 잡히는 대로 뽑아 읽은 글들입니다. 그것도 한 분에 한 편씩만 뽑아 읽은 글들입니다. 한 분의 글만 연구하고 감상한다고 해도 한 평생이 모자랄 수 있는데 그 좋은 글들을 전부 다 섭렵할 수는 없는 일이니까, 한 분의 글도 한 편씩만, 그것도 일부분만 잘라낸 것이니 글자 그대로 맛보기 감상에 불과한 것입니다.

한 편의 글은 크게 네 부분으로 나뉘어 있습니다. 첫째 부분은 소개하는 글에 대한 총체적인 해설로서 그 글이 쓰인 역사적 배경과 글의 주인공을 소개하였습니다. 두 번째 부분은 원문의 현대어 번역문입니다. 오늘날의 감각에 맞게 하느라 때로는 의역한 부분도 있습니다. 세 번째 부분은 저의 개인적인 감상을 적었습니다. 일종의 평설입니다. 끝으로 마지막 부분은 한문 원문을 실었습니다. 한문, 한자 실력이 점점 떨어지는 요즈음, 한자는 보기만 해도 골치 아파하는 분들에게 그래도 그것이 우리 조상님들의 혼령이 서린 본래의 글이니, 그 원문의 맛을 조금은 느껴보아야 하지 않겠느냐는 뜻에서 한문 원문을 실은 것입니다.

이 책을 어떤 경위로 손에 들으셨건, 일단 손에 들으셨다면 시간 형편이 닿는 대로 하루에 한·두 편씩 꾸준히 읽기를 권합니다. 한 인물의 전 생애와 사상, 그분이 살고 간 시대를 거슬러 역사적 현장을 상상하면서 글 내용을 검토하고 탐색해야만, 한 편의 글이 오늘날 우리에게 전하는 메시지를 어렴풋이 들을 수 있기 때문입니다. 그리고 할 수만 있다면 가장 감명 깊은 한두 구절에 밑줄을 치고, 그 구절의 한문 원문은 어떻게 되어 있는지 대조하여 기억하는 정성을 기울인다면, 이 책이 한국 사상, 한국 역사, 한국문학의 맛보기를 넘어서서 한국인이 누구인가를 말해주는 뇌성벽력 같은 호령을 들을 수도 있을 것입니다.

단언하거니와, 이 책을 손에 든 분은 복되다 할 것입니다. 여기에 100분이 넘는 우리 조상님들의 숨결이 우리를 감싸고 호위하며 우리의 영혼을 살찌게 할 것이기 때문입니다. 삼가 이 책을 읽으실 분들의 건강과 행복을 기원하며 엮은이의 사연을 마칩니다.

2012년 1월 22일
북한산 끝자락 평창골 서재에서
沈在箕 삼가 적습니다.

수정 증보판 서문
〖韓國人의 古典名文〗

십 년을 경영하여 초려(草廬) 삼 칸 지어내니

나 한 칸 달 한 칸에 청풍(淸風) 한 칸 맡겨두고

강산(江山)은 들일 데 없으니 둘러두고 보리라

〈宋純〉

그렇습니다. 저는 이 책을 10년에 걸쳐 엮었습니다. 10년 전에 42편의 글월을 묶어 처음 펴냈고, 또 다섯 해를 넘겨서 102편으로 증보판을 냈었습니다. 그리고 이번에 138편으로 다시 수정 증보판을 꾸민 것입니다.

우리나라의 유구(悠久)한 역사와 유현(幽玄)한 사상과 청려(淸麗)한 문학을 어찌 이 작은 책자에 모두 담을 수 있겠습니까? 온 천하를 세 칸짜리 초가집에 우그려 넣는 심정으로 엮은 것이라 읽는 분들은 운(韻)만 떼고 마는 이 짧은 단편(斷片)에 아쉬움이 클 것입니다. 그러나 고치꼭지를 풀어내면 끝까지 솔솔 풀리는 누에고치처럼 한 꼭지 글이 우리나라의 역사와 사상과 문학을 깊이 있게 접근하는 실마리가 되기를 바라는 심정으로 저는 이 책을 엮었습니다.

우리나라 역사는 상고시대와 부족국가시대를 거쳐 삼국시대, 고려

시대, 조선시대 그리고 20세기 현대로 이어집니다. 글을 남기기 시작한 때는 삼국시대부터입니다. 그래서 저는 삼국시대 이래 조선시대까지를 다음과 같이 구분하였습니다.

삼국시대 ; 개토영락(開土永樂)의 시대

고려시대 ; 통한광덕(統韓光德)의 시대

조선시대 ; 제 1기 – 용비어천(龍飛御天)의 시대

제 2기 – 병란극복(兵亂克服)의 시대

제 3기 – 실사구시(實事求是)의 시대

제 4기 – 창의순국(彰義殉國)의 시대

창의순국의 시대에는 20세기 일제강점(日帝强占)의 시절이 포함되었습니다. 왜 이렇게 나누었는지는 글을 읽으시면 자연스럽게 느낄 수 있을 것입니다.

이러한 시대구분에는 저의 어린 시절 역사 선생님의 입김이 서려 있습니다. 저는 6·25가 한창이던 때에 중·고등을 다녔는데 피난 보따리를 등에 지고 이리저리 옮겨 다니느라 학교 수업이 매우 부실하였습니다. 그 무렵 국사를 담당하신 선생님은 우리나라 역사를 단 3시간에 정리하시겠다고 전교생을 강당에 모이게 하여 특강을 하신 적이 있습니다. 그때에 선생님은 조선시대 말과 일제강점기를 아울러 창의순국의 시대라 이름 붙이셨습니다. 저는 그때 그 선생님의 뜻을 잇는 심정으로 이 책의 시대구분을 6단락으로 하였습니다.

이 책을 읽으시는 분들은 초가집 세 칸도 못 되는 이 글을 읽으며 그 주위에 둘러있는 금수강산도 함께 읽게 되시리라 믿습니다.

끝으로 이런 책을 자주 읽히고 많이 읽혔으면 좋겠다는 염원으로 이 책을 만들어 주신 명문당의 김동구(金東求) 사장님과 편집진의 이명숙(李明淑) 님 등 여러분께 그동안의 수고에 깊이 감사합니다. 또 한자연합회의 전광배(田光培) 편집장은 이 책의 편집 단계에서부터 여러모로 깊이 관여하여 많은 도움을 주었습니다. 여기에 특별히 고마움의 뜻을 전합니다.

2016년 10월 9일

抱川 三井里 遠慕齋에서 沈在箕

목차

3. 龍飛御天(용비어천)의 時代(시대)

4. 兵亂克復(병란극복)의 時代(시대)

5. 實事求是(실사구시)의 時代(시대)

6. 彰義殉國(창의순국)의 時代(시대)

1
開土永樂의 時代
개 토 영 락　시 대

1. 광개토대왕
2. 원측
3. 원효
4. 의상
5. 혜초
6. 최치원
7. 설총

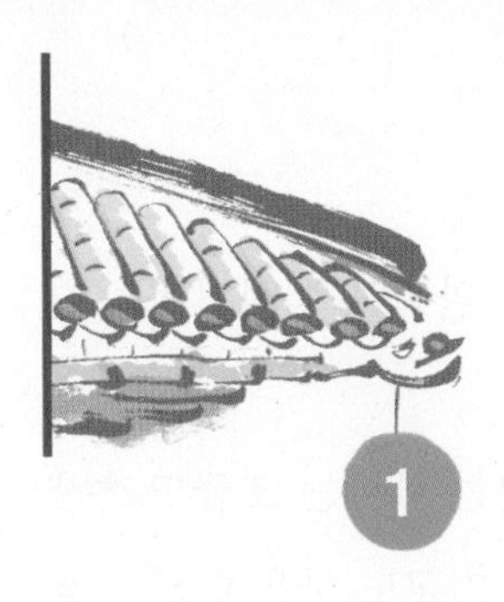

1

광개토대왕 비문
廣開土大王 碑文

우리나라에서 가장 오래된 金石文(금석문)은 무엇일까? 그리고 그것은 어디에 있을까? 그 글은 「廣開土大王碑文(광개토대왕비문)」이요, 그 비석은 고구려 옛땅 만주 벌판에 있다. 지금은 중국 遼寧省(요녕성) 輯安縣(집안현) 通溝城(통구성)이지만 비가 세워질 당시에, 그곳은 분명 고구려 땅이었으리라.

414년에 세운 것이나 고구려의 쇠락과 함께 세상 사람들에게 잊힌 바 되어 땅속에 묻힌 지 천년 세월, 우연히 밭갈이하는 농부가 발견한 것이 1880년이었다. 다시 세워놓고 보니 높이는 6.39m요, 무게 37t쯤으로 추정되는 거대한 네모꼴의 돌기둥이 새삼스럽게 1600년 전 우리 조상의 숨결을 내뿜고 있었다. 비석의 위아래는 약간 넓고 허리 부분은 좁은데 이 비석 네면에 모두 1,775자에 달하는 글자가 새겨져 있다. 글자 하나의 크기는 가로세로 12cm요, 5mm 깊이의 陰刻(음각)이나 磨滅(마멸)된 글자가 많아 완벽하게 읽기에는 다소 어려움이 따른다.

그러나 고구려인의 웅혼한 기상을 짐작하는 데에는 조금도 손색이 없는 글자체와 문체를 보여준다. 어떠한 기교도 사용치 않은 高雅(고아)한 楷書體(해서체)가 기본을 이루었고 문체 역시 담백하고 평이하면서도 상세한 서술 문체를 구사하였다. 꾸밈이 없이 쉽게 쓴 글이 어떻게 우리 후손의 가슴을 치는가 살펴보기로 하자.

옛날 始祖(시조) 鄒牟王(추모왕)이 세운 나라로서 북부여로부터 시작되었다. 추모왕의 아버지는 天帝(천제)의 아들이셨고, 어머니는 河伯(하백)의 따님이셨다. 추모왕께서는 알을 깨고 세상에 태어나셨는데 태어나면서부터 聖德(성덕)이 있으셨다. 하늘의 명을 따라 수레를 몰고 남쪽으로 내려오다가 부여 땅 奄利大水(엄리대수)를 지나가게 되었다. 왕께서 나룻가에 다다라 말씀하시기를 "나는 皇天(황천)의 아들을 아버지로 하고 하백의 따님을 어머니로 모신 추모왕이다. 나를 위해 갈대를 잇고 거북을 띄워라."하셨다.

그 소리에 응답하여 즉시 갈대가 엮어졌고 거북이가 떠올랐다. 그렇게 강을 건너, 비류곡의 홀본 서쪽 산 위에 城(성)을 쌓고 도읍을 세웠다. (얼마 지나 왕께서는) 세상의 지위를 즐기지 않으시니 하늘에서 보낸 黃龍(황룡)이 내려와 왕을 맞았다. 왕께서는 홀본의 동쪽 언덕에서 용의 머리를 밟고 승천하시면서 세자 儒理王(유리왕)에게 명하시어 道(도)로서 나라를 다스려 번창하게 하라 하셨다. 그다음은 大朱留王(대주류왕)이 나라를 이으셨다.

그 후로 17대손에 이르러 國岡上廣開土境好太王(국강상광개토경호

중국 집안(輯安)에 있는 광개토대왕비

태왕)께서는 18세에 왕위에 오르시어 연호를 永樂(영락)이라 하시니 대왕의 은택은 온 천하에 퍼지고 그 위엄은 四海(사해)에 떨쳤다. 나라의 기강을 바로잡으니 나라가 가멸고 백성이 넉넉하였으며 오곡이 풍성하였다. (그러나) 하늘이 무심하여 (대왕의 나이) 39세에 나라를 버리고 떠나셨다. 갑인년 9월 29일 을유에 산릉을 옮겨 모시고 여기에 비를 세워 勳績(훈적)을 새겨 후세에 보이고자 하니 그 내용은 다음과 같다.

영락 5년 을유년에 대왕께서는 稗麗(비려)가 백성을 보살피지 아니하므로 몸소 군대를 거느려 나아가 토벌하였다. (중략) 그 무렵 百殘(백잔)과 新羅(신라)는 예부터 고구려의 屬民(속민)이어서 조공을 바쳐왔다. 〈그런데 왜가 신묘년(영락원년)에 바다를 건너왔으므로 (고구

려는 왜를) 쳐부수고 (고구려는) 백잔과 ○○신라를 신민으로 삼았다.〉

영락 6년 병신년에는 대왕께서 몸소 수군을 거느리고 殘國(잔국)을 토벌하였다. (중략) 잔국이 의로움에 굴복치 아니하고 감히 나아가 싸우려 하였다. 대왕이 크게 노하시어 아리수를 건너 군사를 보내어 공격하였다. 이에 백잔의 임금은 곤핍하여 남녀 1천 명과 細布(세포) 천 필을 바치면서 대왕께 무릎을 꿇고 스스로 맹세하기를 "지금부터 영원토록 奴客(노객)이 되겠습니다."라고 하였다. 대왕께서는 그들이 앞서 저지른 잘못을 용서하시고 나중에 순종하는 정성을 받아들이셨다. 그때 58城(성) 700村(촌)을 얻었고 백잔 임금의 아우와 大臣(대신) 10명을 거느리고 군대를 돌려 도읍으로 돌아왔다.(이하 생략)

발견 당시의 광개토대왕비

이 글은 9년, 10년, 14년, 17년, 20년에 광개토대왕이 국토를 넓혀 나아간 무공을 정리한 다음, 무덤 지키는 방법을 밝히는 守墓制度(수묘제도)로 마무리되어 있다.

이제 우리 후손들은 이 비문을 읽으면서 세월의 無常(무상)함을 반추할 것인가, 아니면 고구려인의 기백을 오늘에 되살려 21세기의 세계인으로 웅비할 기지개를 켤 것인가?

惟昔 始祖鄒牟王之創基也. 出自北夫餘 天帝之子 母河伯女郎. 剖卵降世, 生而有聖德□□□□□□. □命駕巡幸南下 路由夫餘奄利大水. 王臨津言曰, "我是皇天之子 母河伯女郎 鄒牟王 爲我 連葭浮龜."

應聲卽爲 連葭浮龜. 然後造渡 於沸流谷 忽本西城山上而建都焉. 不樂世位 天遣黃龍 來下迎王. 王於忽本東罡, 履龍首昇天. 顧命世子儒留王 以道興治 大朱留王 紹承基業.

遝至十七世孫 國罡上廣開土境平安好太王 二九登祚號爲永樂 太王恩澤 洽于皇天, 武威振被四海掃除 □□庶寧其業. 國富民殷, 五穀豊熟. 昊天不弔, 世有九 宴駕棄國 以甲寅年九月卄九日乙酉 遷就山陵. 於是立碑銘記勳績 以示後世焉. 其辭曰

永樂五年 歲在乙未 王以稗麗不伺□人 躬率往討.(中略) 百殘新羅 舊是屬民 由來朝貢. 〈而倭以辛卯年 來渡海破百殘□□□羅 以爲臣民.〉

以六年丙申, 王躬率水軍, 討伐殘國.(中略) 殘不服義 敢出□□ 王威赫怒 渡阿利水 遣刺迫城. (中略) 而殘主困逼 獻□男女生口一千人 細布千疋(匹) 跪王自誓 "從今以後 永爲奴客." 太王恩赦 先迷之愆 錄其後順之誠. 於是 得五十八城 村七百 將殘主弟幷大臣十人旋師還都.(下略)

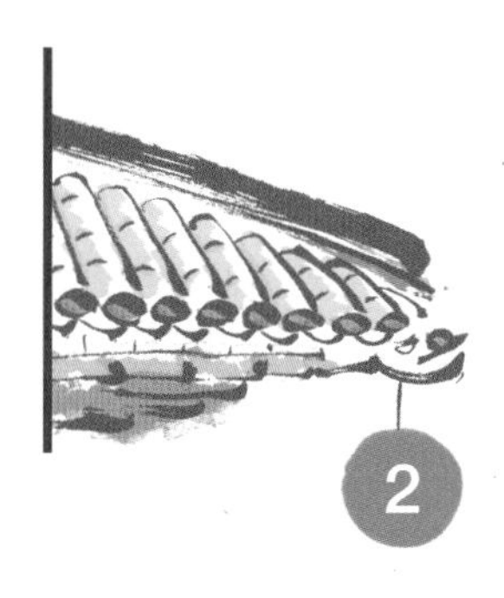

원측 불설 반야바라밀다 심경찬
圓測의 佛說 般若波羅密多 心經贊

圓測(원측, 613 진평왕 35~696 효소왕 5)은 신라승이요, 또한 당나라 大德(대덕)이다. 신라 사람으로 태어났으니 신라 스님이요, 당나라 스님으로 활약하다가 그곳에서 세상을 떠났으니 또한 唐(당)나라 큰 스님이다. 경주 근처 牟梁里(모량리)에서 王孫(왕손)으로 태어났다고 傳(전)해 오니 俗姓(속성)은 金氏(김씨)일 듯. 文雅(문아)라는 이름도 함께 전해 온다. 이름처럼 아름다운 생애를 약속받은 것인가? 그러나 무슨 인연으로 3살에 절에 맡겨져 절 밥을 먹고 자랐다. 苦海(고해)의 孑孑單身(혈혈단신)은 前生(전생)의 業報(업보)이었는지 모른다. 다행히 그의 明敏(명민)함과 聰俊(총준)함이 사람들 눈에 돋보여 15살에 당나라 공부 길에 올랐다. 훌륭한 스승을 만나는 것 또한 행운일 터, 法常(법상)과 僧辨(승변)이라는 두 스승 밑에서 佛教(불교) 經典(경전)의 精髓(정수)를 전해 받으며 勇猛精進(용맹정진)하는 그의 노

원측(圓測)의 사리탑(中國 西安의 興教寺)

력은 당나라 말과 산스크리트語(어)를 제 나라 말처럼 驅使(구사)하는 天才(천재) 스님의 名聲(명성)을 얻게 하였다. 그리하여 그의 이름이 조만간 唐太宗(당태종)에게 알려져 그는 度牒(도첩)을 받고 長安(장안) 元法寺(원법사)에 머무는 당당한 당나라 法師(법사)가 되었다.

이때부터 그의 학문은 如意珠(여의주)를 문 飛龍(비룡)처럼 絢爛(현란)하였다. 『毘曇論(비담론)』, 『成實論(성실론)』, 『俱舍論(구사론)』 등 古今(고금)의 章疏(장소)에 通曉(통효)하다는 소문이 세상에 퍼졌고, 『瑜伽論(유가론)』, 『成唯識論(성유식론)』이 玄奬法師(현장법사)에 의해 새로 소개되었을 때도 원측은 그 경론들을 마치 나면서부터 아는 것인 양 풀이하였다. 당태종은 이러한 원측의 능력을 깊이 사랑하여 長安(장안) 西明寺(서명사)의 大德(대덕)으로 住持(주지)하게 하였다. 이때부터 唯識學(유식학)을 講(강)하며 玄奬(현장)의 新譯本(신역본)을 토대로 한 많은 論釋(논석)을 저술하여 唯識學(유식학)의 一家(일가)를 이루었다. 그러나 작은 나라 신라의 객승에 대한 嫉視(질시)는 그를 기다리는 또 하나 업보인 듯하였다. 當代(당대) 당나라 유식학의 정통을 주장하는 慈恩寺(자은사) 窺基(규기) 스님과 그 一派(일파)의 갖은 모함은 원측을 雲水客僧(운수객승)으로 떠돌게 하였다. 그의 入寂(입적) 후에도 한동안 당나라 스님들의 시샘이 계속되어 그의 이름이 잊혀질 듯하였으나 자루 속의 송곳은 솟아 나오는 법, 『西藏大藏經(서장대장경)』의 論部(논부) 속에서 『解深密經疏(해심밀경소)』 10권이 발견됨으로써 그의 이름과 학문이 새로운 평가를 받고 세상에 다시 빛을 보게 되었다.

7세기 80여 년을 살다 간 신라출신 세계인, 원측. 그는 작은 나라에서 태어나 세계인으로 살면서 겪어야 하는 榮辱(영욕)을 천삼백년이 지난 오늘날, 우리에게 말없이 전해 주고 있다. 遺著(유저)도 거의 散逸(산일)되어 남아 있는 것이 많지 않다. 그 가운데서 『佛說 般若波羅密多 心經贊(불설 반야바라밀다 심경찬)』의 일부를 옮겨본다.

〖불설 반야 바라밀다 심경을 해설함〗

(전략)

- 佛說(불설) 般若(반야) 波羅密多(바라밀다) 心經(심경), 이것은 제목이다.
- 佛說(불설)이란 곧 說法(설법)을 행하신 주인을 표현한 것으로, 산스크리트 말로는 佛陀(불타)요 이것을 번역하면 깨달음〔覺〕인데 眞智(진지)와 俗智(속지)를 고루 갖추고 自覺(자각)과 覺他(각타)가 원만하므로 이름하여 佛(불)이라 하였고, 현묘한 문을 열어젖혀서 중생들로 하여금 (의심을) 풀게 하였으므로 이름하여 說이라 하였다.
- 반야 바라밀다는 말씀하신 법 내용을 드러내신 것이니 이 땅의 말로 번역하자면 "슬기가 저쪽 언덕(진리)에 이르렀다."하는 "智到彼岸(지도피안)"이 된다.
- 心經(심경)은 사리를 갖추어 설명한 바 가르침을 올바르게 밝힌 것인데 臟腑(장부) 가운데 心(심)이 으뜸이듯 모든 반야 가운데 (이 경이) 홀로 빼어나므로 이 가르침이 더없이 尊貴(존귀)하니 比喩(비유)로 이름 지어 心(심)이라 하였고, 또 經(경)에는 두 가지 뜻이 있으니 하나는 '꿰뚫는다' 하는 貫穿(관천)이요, 또 하나는 '거두어 지닌다' 하는 攝持(섭지)니, 貫穿(관천)은 講說(강설)한 것을 의리를 따라 꿰뚫어 살피고, 섭지는 중생들을 교화하여 골고루 품고 거두어 지니는 것이다. 그러므로 이 經(경)의 제목은 중심사상 풀이에 따라 能詮(능전, 사리를 갖추어 설명하는 것)과 所詮(소전 : 사리를 갖추어 설명되는 것)을 아우르고 진리의 말씀, 곧 법을 비유의 방법으로 이름 짓자니 불설 반야 바라밀다 심경

이라 하게 되었다.

(중략)

• 그러므로 이제 반야 바라밀다 기도문을 설명하겠다. 이 기도는 "아제아제 바라아제 바라승아제 보리사바하"라고 하는데("반야 바라밀다"라는 처음 기도에 이어) 두 번째로 높이 받들어 찬양하는 기도이다. 이 기도는 기도하는 마음을 모아 두 마디로 나누어 읊는데 처음에는 높이 받드는 마음을 표현하기 위하여 길게 읊으며 나중에는 정성스럽게 所願(소원)을 비는 마음으로 찬송하여 읊는다. 그러나 이 기도를 해석하는 데에는 여러 가지 異說(이설)이 있어 한결같지 않다.

• 한가지 설로는 이 기도는 번역할 수 없다는 것이다. 옛부터 시대를 이어 전해 오는 것인데 본래 西域(서역)의 말로 된 비밀스런 말씀이므로 번역하면 그 영험함을 잃게 되니까 산스크리트 원말을 그대로 보존하는 것이다. 또 기도문 가운데에는 모든 성인의 이름, 귀신의 이름, 모든 법의 깊고 깊은 뜻이 들어 있고 많은 뜻이 포함되어 있어서 이쪽 말로는 표현할 길이 없고 저쪽 말로 해야 마땅하므로 산스크리트 말을 보존하는 것이니 "바가범"(온갖 덕을 성취하였다는 뜻의 산스크리트 말)도 그러한 기도문의 例(예)라 하겠다.

• 또 한가지 설에는, 모든 기도는 신비스러워야 하는 것이니 번역하여 말하여도 "나무아미타아불" 같은 것으로 될 뿐이다. 이제 이 기도문을 풀이하기 위하여 셋으로 구분한다. 첫째는 "아제아제"다. 이것은 度度頌(도도송)이라 할 수 있다. 앞에서 '般若' 두 글자를 길게 읊었는데 이것은 '반야'가 큰 功(공)이 있음을 드러내고 또 능히 스스로를 깨닫고 또 남도 깨닫게 할 수 있으므로

"깨닫게, 깨닫게 하소서."의 뜻으로 度度(도도)라 하는 것이다. 그다음은 "바라아제 바라승아제" 부분인데, 곧 바라밀다를 (풀이하여) 길게 읊는 것이다. 이것은 저쪽 언덕(彼岸)에 도달함을 말하는 것이니 즉 涅槃(열반)은 彼岸(피안)의 이름이다. "깨닫고 깨달아 어느 곳에 이르는가?"를 말하는 "바라아제" 구절은 곧 피안을 일컫는 것이고, 깨달음의 장소를 일컫는 것이다. 그러므로 "바라아제"라고 말하였다. "바라아제" 부분을 글자대로 번역하면 위와 같다. "승아제"라 한 것은 일정한 경지에 도달함을 말한다. 끝으로 "보리사바하" 부분이다. 여기에서 "菩提(보리)"는 피안의 本體(본체 : 피안자체 곧 진리)이고 그 뒤의 "사바하"는 "매우 빠르다"를 뜻하는 말이다. 즉 현묘한 지혜로 말미암아 아름다움(勝)과 보람(功)과 쓰임(用)이 있음을 말함이니, 매우 빨리 현묘한 지혜를 발휘하여 진리의 피안에 도달하기를 바란다는 뜻이다.

- 또 하나의 설로는 이 기도를 四句(사구)로 보고 두 개의 마디로 나누는 것이다. 처음 두 구절 "아제아제 바라아제"는 法의 아름다움을 찬송한 것이고, 뒤의 두 구절 "바라승아제 보리사바하"는 사람의 아름다움을 찬송한 것으로 보기도 한다. 法을 노래한 부분에서 앞부분은 因(인)이요, 나중은 果(과)로 본다. "아제"를 두 번 반복한 것은 승승이니 원인이 되는 般若(반야)가 自利(자리)와 他利(타리)를 고루 갖추었으므로 勝(승)을 두 번 읊어 勝勝(승승 : 아름답고 아름답도다)이라 한 것이다. 그다음 결과로서의 "바라아제"는 彼岸勝(피안승)을 말하였다. 반야로 말미암아 涅槃(열반) 곧 아름다운 진리, 피안을 얻었으니 彼岸勝(피안승 : 진리의 아름다움이여!)이라 한 것이다.

사람을 노래한 것도 앞부분은 因(인)이요 나중은 果(과)라 하겠다. "바라승아제"는 彼岸勝勝(피안승승)을 말한 것이니 이것은 원인이 되는 一乘菩薩(일승보살)이 피안을 渴望(갈망)하여 구하는 사람을 노래한 것이요, 그다음 "보리사바하"는 최후의 경지에 도달한 깨달음을 말한 것이니 이것은 결과가 된 三身果人(삼신과인)이 법을 깨달음이 이미 充滿(충만)하여 깨달음이 窮極(궁극)에 이르렀음을 가리킨 것이다.

- 또 다른 설로서 이 四句(사구)는 불법승 三寶(삼보)의 아름다움을 노래한 것이라 보기도 한다. 처음 二句(이구)는 法寶(법보)를 찬양한 것임을 알 수 있으니 처음은 행법이요, 나중은 과법이며 나중의 제3구와 제4구는 각기 僧寶(승보)와 佛寶(불보)를 찬양한 것으로 보는 것이다.

불자가 아니라도 한국 사람이라면 누구나 반야바라밀다 呪(주)를 들어 보았을 것이요, 또 소리내어 읊어 보았을 것이다. 그러나 그 뜻을 올바르게 아는 이 그 몇이랴? 이제 위의 두 번째 풀이를 근거로 평이한 현대어로 이 기도문을 옮겨 보기로 하자.

"부처님. 저희의 지혜가 영글어 진리의 언덕에 이르게 하여 주소서. 진리의 아름다움 깨닫게 하여 주소서. 그리하여 진리의 언덕에 도달하게 하소서. 하루라도 빨리 진리의 언덕에 도달하여 부처님의 아름답고 완전하심, 부처님의 공덕과 은혜를 풍성하게 누리도록 허락하소서. 부처님을 높이 받들어 공경하나이다."

〖佛說 般若波羅密多心經贊〗

(前略)

- 佛說般若波羅密多心經言題目者.
- 佛說卽是 標能說主 梵音佛陀 此飜名覺 具眞俗智 自他覺滿 故名爲佛. 開敷妙門 令衆生解 名之爲說.
- 般若波羅密多 辨所說法 此土飜爲 智到彼岸.
- 心經正顯 能詮之敎 盧道之中心王 獨秀於諸般若 此敎最尊 從諭立名 故曰心也. 經有二義 貫穿攝持 貫穿所應說義 攝持所化衆生. 故此卽依主 就能所詮 法諭立號 故言佛說般若波羅密多心經.

(中略)

- 故說般若波羅密多呪 卽說呪曰 揭諦揭諦 波羅揭諦 波羅僧揭諦 菩提莎婆呵者 此卽第二擧頌 結歎於中有二 初長行標擧 後頌正歎 然釋此頌 諸說不同.
- 一曰 此頌不可飜譯 古來相傳 此呪乃是 西域正音秘密辭句 飜卽失驗 故存梵語, 又解呪中 說諸聖名或說鬼神 或說諸法 甚深奧義 言含多義 此方無言

正當彼語 故存梵音 如薄伽梵.

- 一曰 諸呪密可 飜譯如言 南無佛陀耶等. 釋此頌句 判之爲三 初揭諦揭諦 此云度度頌 前長行般若二字 此顯般若有大功 能自度度他 故云度度. 次波羅等句 卽頌長行 波羅密多 此云彼岸到 是卽涅槃 名彼岸也. 揭諦言度度到何處 謂卽彼岸 是度之處 故云波羅揭諦. 言波羅者 飜名如上 僧揭諦者 此云到竟. 言菩提者 是彼岸體 後莎婆呵 此云速疾 謂由妙慧 有勝功用 卽能速疾 到菩提彼岸.

- 又解頌中 有其四句 分爲二節 初之二句 約法歎勝 後有二句 就人歎勝 就約法中 先因後果 重言揭諦 此云勝勝 因位般若 具自他利 二種勝用 故云勝勝 波羅揭諦 言彼岸勝 由般若 故得涅槃勝岸 故言彼岸勝 就歎人中 先因後果 波羅僧揭諦 此云彼岸勝勝 此歎因位 一乘菩薩 求彼岸人 菩提莎婆呵 此云覺究竟 此歎果位 三身果人 覺法已滿 名覺究竟.

- 或可四句 歎三寶勝 初之二句 如次應知 歎行果法 第三四句 如次應知 歎僧及佛矣.

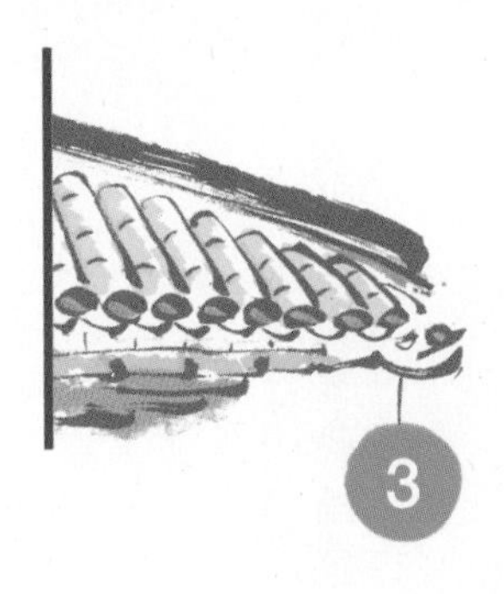

원효 대승기신론소
元曉의 大乘起信論疏

한평생 세상살이를 거리낌 없는 자유인으로 멋지게 살다 간 신라의 큰스님 元曉(원효, 617~686). 만일에 그분이 없었다면 한국의 사상사에서 신라 불교의 깊이와 넓이를 어떻게 말할 수 있으며 한국적 철학의 우수성을 어떻게 내세울 수 있었을까. 만일에 그분이 이 세상에 오지 않았다면 신라의 불교사상은 허전한 들판에 지나지 않았을 것이고, 世俗(세속)과 解脫(해탈)의 경지가 둘이 아니요 하나임을 말하기가 무척 힘들었을 것이다.

그의 求道行脚(구도행각)이 있었기 때문에 사물이 그 자체로는 깨끗한 것도 아니요 더러운 것도 아니라는 불교의 진리를 쉽게 깨달을 수 있었고, 聖俗(성속)을 넘나든 그의 실천적 삶이 생생한 증거가 되었기 때문에 圓融會通(원융회통)을 부르짖는 그의 사상이 우리의 심금을 울리게 되었다. 진실로 극적인 삶이요 증거의 일생이었다.

원효대사

그러나 원효가 그토록 거룩한 스님이요, 찬란한 인생의 소유자이었다 할지라도, 그가 불교사상사에 영원히 기억될 명작들을 남가지 않았다면, 그의 행적은 다만 하나의 奇行(기행)에 머물렀을 것이다. 그러므로 원효의 원효다움은 어디까지나 그가 남긴 글월에 있다. 오늘날 남아 있는 그의 저술은 명문 아닌 것이 없으니 어느 것을 읽어도 될 것이다. 여기서는 「大乘起信論疏(대승기신론소)」의 처음 부분을 읽어보기로 한다.

대저 大乘(대승)의 본질은 고요하고 그윽하다. 그윽하고 또 그윽하지만 어찌 세상만물의 모습에서 벗어났겠는가. 고요하고 또 고요하지만 오히려 많은 사상가들의 言說(언설) 안에 있다. 만물의 모습에서 벗어나지 아니하였건만 다섯 단계의 밝은 눈(眼)으로도 그 형체를 볼 수 없고, 언설 안에 있으나 네 단계의 뛰어난 설법(辯)으로도 그 형상을 바르게 말할 수 없다.

크다고 말하고자 하나, 온 우주 안에서 가장 작다고 하는 것(無內(무내) : 더 이상 속 부분이 없는 것. 원자핵 같은 것) 속에도 넉넉하게 들어갈 수 있고, 작다고 말하고자 하나 더 이상의 바깥이 없는 우주의 외곽(無外 : 더 이상의 밖이 존재하지 않는 무한대의 공간)을 둘러싸고도 오히려 남음이 있다. "있다"는 것에다 끌어 붙이자니 한결같은 진리의 이치가 이것 때문에 빈 것(空)같으며, "없다"는 것에서 찾자니 만물이 이것을 의지하고 이용하여(乘) 생겨났다.

어떻게 말해야 좋을까 생각하다가 대승이라고 이름을 붙였다. 입을 다물고 말하지 않음으로써 뜻을 전한 維摩居士(유마거사)나, 눈길을 마주쳐도 道가 전달된 溫伯雪子(온백설자) 같은 이가 아니라면 누가 능히 말을 하지 않으면서 대승을 논하며, 생각이 더 이상 나아가지 못하여 멈춘 상태에서 깊은 신심을 일으키게 할 수 있겠는가. 그러므로 馬鳴(마명)보살이 조건 없는 큰사랑으로 어둠 속 허망한 바람에 표류하는 마음 바다를 불쌍히 여기고, 또 本覺眞性(본각진성)이 긴 꿈속에 잠들어 있어서 깨어나기 어려움을 가엾이 여겨서, 중생의 몸과 자기의 몸이 본래 하나임을 깨닫는 슬기, 곧 同體智(동체지)의 힘으로 이 論을 지어서 여래의 깊은 사상, 오묘한 진리를 풀이하여 공부하는 이들로 하여금 책장을 넘기면 經(경)·律(율)·論(론) 三藏(삼장)의 뜻을 두루 더듬게 하고, 도를 닦는 이들에게는 온갖 경계를 뛰어 넘어 일

심의 근원으로 돌아가게 하려고 한 것이다. 설명은 길겠지만 요약하면 위와 같다.(중략)

이 논의 뜻이 이와 같으니 펼쳐 놓으면 한없고 끝없는 뜻이 으뜸이 되고, 모아 놓으면 二門(이문 : 마음의 두 가지 측면, 깨끗한 마음과 더러운 마음) 일심의 법이 핵심이 된다. 이문 안에 만 가지 뜻을 포함하되 어지럽지 않고, 끝없는 뜻이 한가지 일심으로 엉기어 모인다. 그러므로 펼침과 모음이 자유롭고, 주장하고 否定(부정)함에 의심이 없다. 펼쳐도 번잡하지 아니하고, 모아도 옹졸하지 않다. 주장한다 하여도 얻음이 없고, 부정한다 하여도 잃음이 없다. 이것이 馬鳴(마명)의 妙術(묘술)이요 起信(기신)의 핵심이다.(이하 생략)

이 번역은 원문이 지닌 호방하면서도 치밀한 맛을 십분의 일도 살려내지 못했다. 그러나 독자들은 "대승"이 부처님의 본성을 뜻하는 "큰마음", 우리가 지니고 있는 본래의 마음이라는 것을 짐작했을 것이다. 그리고 또 감탄했을 것이다. 신라에 불교가 들어온 지 300년도 되지 않아 어떻게 원효와 같은 위대한 불교 사상가가 탄생되었는가 하는 것을.

夫大乘之爲體也. 蕭焉空寂 湛爾沖玄 玄之又玄之 豈出萬像之表 寂之又寂之 猶在百家之談 非像表也 五眼不能見其軀 在言裏也 四辯不能談其狀 欲言大矣 入無內而莫遺 欲言微矣 苞無外而有餘 引之於有 一如用之

而空 獲之於無 萬物乘之而生 不知何以言之 强號之謂大乘.

自非杜口大士 目擊丈夫 誰能論大乘於離言 起深信於絶慮者哉 所以馬鳴菩薩 無緣大悲 傷彼無明妄風 動心海而易漂 愍此本覺眞性 睡長夢而難悟 於是同體智力堪造此論 贊述如來深經奥義 欲使爲學者暫開一軸徧探三藏之旨 爲道者永息萬境 遂還一心之原 所述雖廣 可略而言(中略)

此論之意 旣其如是 開則無量無邊之義爲宗 合則二門一心之法爲要 二門之內 容萬義而不亂 無邊之義 同一心而混融 是以開合自在 立破無礙 開而不繁 合而不狹 立而無得 破而無失 是爲馬鳴之妙術 起信之宗體也.(下略)

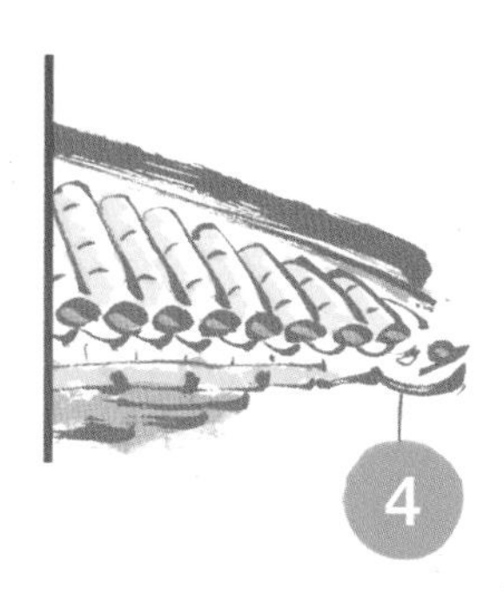

4

義湘(의상)의 華嚴一乘法界圖(화엄일승법계도)

신라에 불교가 들어온 것은 5세기 초엽이요, 그로부터 100여 년이 흐른 6세기 초엽(A.D. 527)에 異次頓(이차돈)이 흰 피를 뿜으며 순교하였다고 전해진다. 그로부터 100여 년이 흐른 7세기에 들어서면 찬연한 불교문화가 펼쳐진다. 元曉(원효), 圓測(원측), 義湘(의상) 등이 모두 7세기 신라의 불교문화를 꽃피운 고승 대덕들이다. 원효가 신라 땅을 한 걸음도 벗어나지 않은 국내파 학승이라면, 원측은 신라의 왕손으로 어려서 당나라에 유학하여 당태종으로부터 도첩을 받고, 당나라에서 활략하다가 그곳에서 죽었으니, 그는 국외파 학승이라 할 수 있다.

그러나 義湘(의상, 625~702)은 나라 안팎을 두루 넘나든 큰스님이었다. 36세 늦은 나이에 바닷길로 당나라에 들어가 至儼(지엄)의 문하에서 10년 동안 화엄종을 연구하고 46세 되던 671년에 귀국하여

海東華嚴宗(해동화엄종)을 처음으로 시작하니, 그의 문하에 당대의 똑똑하고 젊은 스님들이 구름같이 모여들었다. 義湘十哲(의상십철)이라 일컫는 훌륭한 제자 스님들이 의상이 아니면 어떻게 배출되었겠는가.

고려 肅宗(숙종)이 海東華嚴始祖圓教國師(해동화엄시조원교국사)라는 諡號(시호)를 내린 것은 너무도 당연하고 오히려 때늦은 조처였다.

의상이 일찍이 화엄의 眞髓(진수)를 간결하게 정리한 槃詩(반시)를 지으니 이름하여 「華嚴一乘法界圖(화엄일승법계도)」라 한다.

法性(법성)은 둥글고 둥글어서 두 상이 없으며
諸法(제법)은 움직이지 않으니 본래 고요하다.
名(명)도 없고 相(상)도 없이 모두 끊어졌는데
證智(증지)의 아는 바요, 다른 境(경)이 아니다.
眞性(진성)은 지극히 그윽하고 미묘하여
自性(자성)을 지키지 않아도 인연 따라 이루어진다.
하나 속에 모두 있고 많음 속에 하나 있으니
하나가 곧 모두요, 많음이 곧 하나 있으니
하나의 티끌 속에도 온 우주 들어 있고
모든 티끌 속에 온통 우주 들어 있다.
無量(무량)한 먼 劫(겁)도 일념일 뿐이요,
일념 또한 무량겁이 아니겠는가.
9세 10세 영원이 서로 붙었으나
혼잡하지 아니하고 구분이 뚜렷하다.

초발심(初發心)할 때가 다름 아닌 정각(正覺)이니
생사 열반이 항상 함께 어울린다.
이론과 실제가 막막하여 구분이 안 되는가.
십불(十佛) 보현(普賢)이 큰 사람의 경(境)일세.
부처께서 해인삼매(海印三昧)에 계시면서
진리 중의 진리, 불사의(不思議)를 보이시니
은총의 비가 가득하여 중생을 돕고
중생들은 그릇에 따라 이익을 얻네.
그러므로 행자(行者)여, 제자리에 돌아와
망상(妄想)을 끊어야 얻음이 있겠구나.
인연 없는 참 공부로 진리를 붙잡고
집에 와 분수에 따라 자량(資糧)을 얻으라.
다라니의 다함 없는 보배를 지녀.
법계(法界)의 참 보전(寶殿)을 장엄하게 꾸미고
마지막까지 있어야 할 중도상(中道床)에 앉으니
예로부터 움직임 없는 부처라는 분일세.

이 盤詩(반시)는 글자 그대로 소반 위에 놓고 빙글빙글 돌려가며 읽도록 되어 있다. 法(법)자에서 시작하여 맨 마지막의 佛(불)자까지 읽으면 7언 30행의 전체를 마무리하게 되어 있다. 自利行(자리행)이 제1행에서 제18행까지이고, 利他行(이타행)이 제19행에서 제22행까지이며, 제23행에서 제30행 끝까지가 수행 방편을 묘사하였다.

가만히 뜻을 음미하면서 감상해 보면 우리들 자신이 곧 부처라는 착각을 느끼게 된다. 그러나 다시 생각해 보자. 初發心(초발심, 처음

부처님을 따르겠다고 결심한 때)할 때가 곧 깨달음의 극치에 도달한 正覺(정각)이라고 선언하며 현세의 죽고 사는 일이 내세의 열반과 맞물려 있어서 부처님이 설법하신 不思議(불사의)의 진리를 분수에 따라 받아들이라고 일깨우고 있는데, 우리가 그 말씀에 따라 精進(정진)하기만 한다면 우리들이 부처가 되는 것은 須臾之間(수유지간)이 아니겠는가?

의상 스님의 위대함은 이렇듯 부처님 되기가 어려운 일이 아니라고 우리들 속인의 머뭇거림을 용기로 바꾸게 하는 능력이었던 것 같다.

그렇다고 우리가 이 「화엄일승법계도」 한 편을 읽고 화엄사상의 진수를 알았다고 경망하게 떠벌리는 일은 없어야 하겠다.

法性圓融無二相 / 諸法不動本來寂
無名無相絶一切 / 證智所知非餘境
眞性甚深極微妙 / 不守自性隨然成
一中一切多中一 / 一卽一切多卽一
一微塵中含十方 / 一切塵中亦如是
無量遠劫卽一念 / 一念卽是無量劫
九世十世互相卽 / 仍不雜亂隔別成
初發心時便正覺 / 生死涅槃常共和
理事冥然無分別 / 十佛普賢大人境
能仁海印三昧中 / 繁出如意不思議

雨寶益生滿虛空 / 衆生隨器得利益
是故行者還本際 / 回息忘想必不得
無緣善巧捉如意 / 歸家隨分得資糧
以陀羅尼無盡寶 / 莊嚴法界實寶殿
窮坐實際中道床 / 舊來不動名爲佛

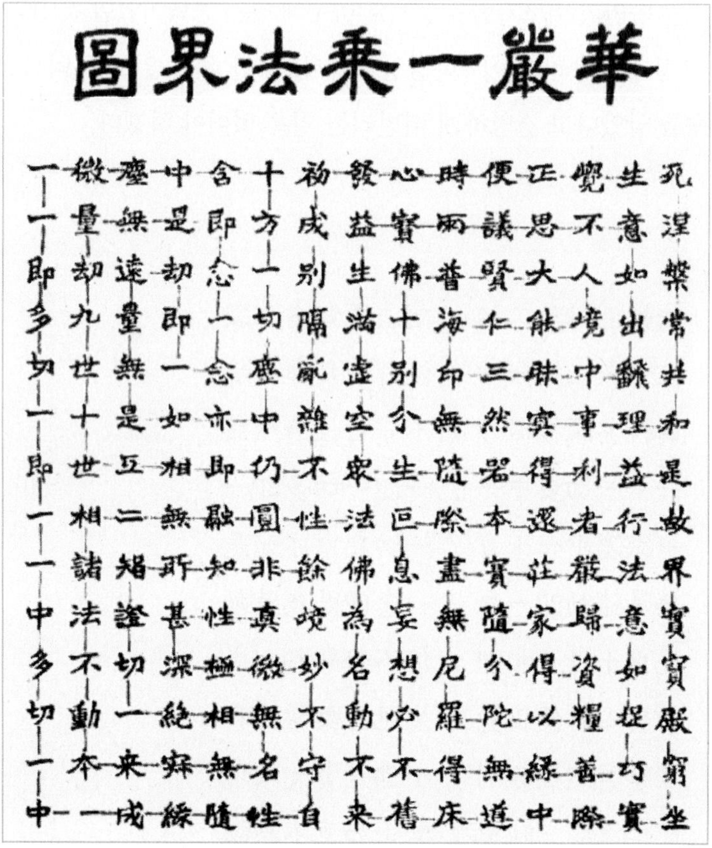

圖界法乘一嚴華

一微塵中含十初發心時便正覺生死
一量無是即方成益寶雨議思不意涅
即劫遠劫念一別生佛普賢大人如槃
多九量即一切隔滿十海仁能境出常
切世無一念塵亂虛別印三昧中繁共
一十是如亦中雜空分無然實事理和
即世互相即仍不衆生隨器得利益是
一相二無融圓性法叵際本還者行故
一諸智所知非餘佛息盡實莊嚴法界
中法證甚性眞境爲妄無隨家歸意實
多不切深極微妙名想尼分得資如寶
切動一絶相無不動必羅陀以糧捉殿
一本來寂無名守不不得無緣善巧窮
中一成緣隨性自來舊床道中際實坐

화엄일승법계도(華嚴一乘法界圖)

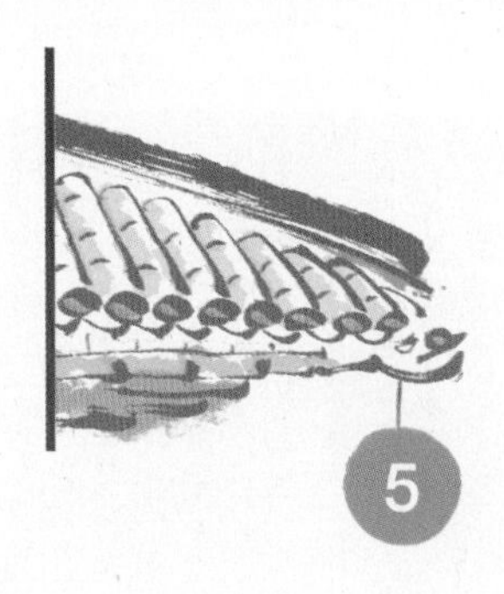

5

慧超의 往五天竺國傳
혜초 왕오천축국전

신라의 스님 慧超(혜초, 704~787)는 그가 지은 『往五天竺國傳(왕오천축국전)』이 없었다면 세상에 알려지지 않았을 우리 조상이다. 그는 16세에 중국 廣州(광주)로 건너가 인도승 金剛智(금강지)의 제자가 되어 불법을 닦다가 20세에 스승의 명을 받들어 인도로 求道(구도)의 여행을 떠났다.

광주에서 배를 타고 인도의 동쪽 땅에 올라 동천축국, 중천축국, 남천축국, 북천축국을 차례로 답사하고 캐시미르 지방을 지나, 파키스탄, 아프가니스탄, 파미르고원을 넘어 중국의 신강성으로 들어와 安西都護府(안서도호부)가 있는 쿠차에 도착한 것은 727년 11월 상순, 그의 나이 24세 때였다. 이때에 보고 들은 것을 기행문의 형식으로 간략하게 적은 것이 『왕오천축국전』이니 우리나라 조상이 쓴 최초의 인도풍속지로서 西域史(서역사) 연구에 둘도 없는 귀중한 자료

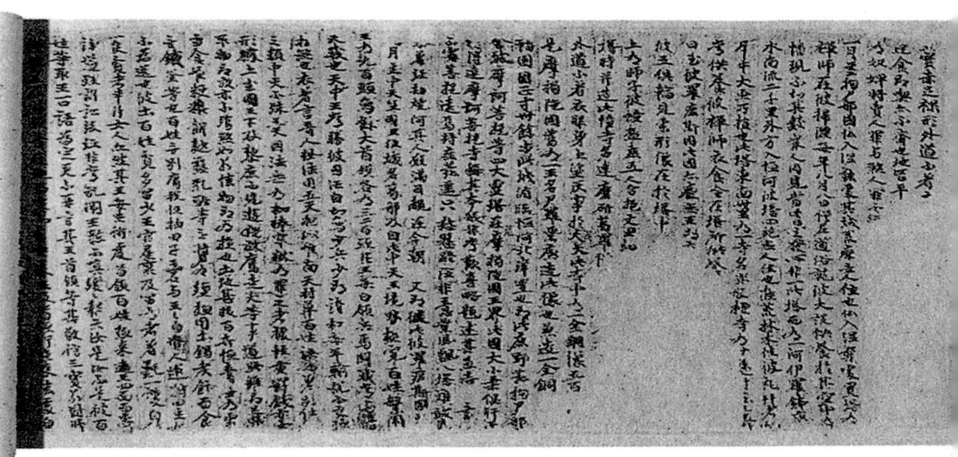
왕오천축국전

이다.

그러나 혜초가 기행문을 쓰지 않았다면, 그리고 이 책이 중국 敦煌(돈황) 千佛洞(천불동) 굴속에 보존되지 않았다면, 그리하여 프랑스의 동양학자 펠리오(Pelliot)가 찾아내어 세상에 알리지 않았다면, 더 나아가 『왕오천축국전』의 저자 혜초가 신라 사람이란 것을 밝혀낸 일본인 학자 다카스키〔高楠順次郎〕가 아니었다면, 우리는 지금 혜초 스님을 우리 민족 최초의 세계인이요, 자랑스런 조상이라고 어떻게 말할 수 있을 것인가? 송구한 마음으로 중천국 답사 부분을 읽어보자.

파라나시국을 지나 중천국의 왕이 사는 성에 다다르니 그 성의 이름은 '갈라급자' 라고 하였다. 이 나라는 땅이 넓고 인구도 많다. 왕은 코끼리를 900마리나 소유하였고, 나머지 수령들도 제각기 2~300마리씩 가지고 있다. 왕은 언제나 몸소 군대를 거느리고 싸움을 하는데, 이웃 네 나라와 전쟁을 하면 그때마다 승리를 거둔다.

그러자 이웃나라에서는 코끼리와 병사 수가 미치지 못함을 깨닫고, 강화를 요청하여 해마다 공물을 바치면서 충돌을 삼간다. 의복, 언어, 풍속, 법률은 이들 다섯 나라가 서로 비슷하다. 다만 남천축국은 지방 사람들이 쓰는 사투리가 독특한데, 벼슬아치의 종류는 중천축국와 다름없다.

이 다섯 천축국의 법에는 목에 칼을 씌우거나 매를 때리거나 감옥에 가두는 형벌이 없다. 죄를 지은 사람이 있으면 죄의 경중에 따라 벌금만 물릴 뿐 사형에 처하지는 않는다. 위로는 국왕으로부터 아래로는 일반 서민에 이르기까지, 매를 날리고 개를 몰며 사냥하는 모습이 눈에 띄지 않는다. 행인을 노리는 도적이 많지만 물건만 빼앗고 사람은 그냥 풀어 줘 다치게 하거나 목숨을 빼앗는 일이 없다. 만약 물건을 내놓지 않으려 하다가는 오히려 몸까지 다치는 수가 있다.

날씨가 매우 따뜻하기 때문에 식물은 사시사철 푸르며, 서리나 눈을 모르고 지낸다. 쌀, 떡, 보릿가루, 버터 우유 등을 먹고 사는데, 간장이 없고 소금으로 간을 맞춘다. 쇠로 만든 솥이 없기 때문에 모두 질그릇에다 밥을 지어 먹는다. 백성들은 별다른 부역과 조세를 떠맡지 않고 왕에게 곡식 다섯 섬을 바치기만 하면 되는데, 땅 임자는 왕이 사람을 보내어 나르기를 기다린다.

나라 안에 가난한 사람은 많고 부유한 사람은 적다. 왕과 벼슬아치 그리고 부자들은 모직으로 지은 옷을 아래위로 두르지만, 가난한 사람들은 반 조각만 걸치고 있을 뿐이다. 여자들도 마찬가지다.

왕이 관청에서 일을 보고 있을 때 관리와 백성들이 왕을 둘러싸고 앉는다. 자리를 잡고 나면 저마다 옳다고 주장하며 소송을 내어 시끄럽게 한다. 그러나 왕은 말없이 듣기만 하다가 마지막에 가서야 누가 옳고 그른지를 가려낸다. 백성들은 왕의 마지막 한마디 말을 결정판결로 받아들이고 다시는 재론하지 않는다.

왕과 귀족들은 三寶(佛·法·僧)를 매우 공경하며 믿고 받들기 때문에, 스님과 마주하는 자리에서는 의자 대신 땅바닥에 앉기를 더 좋아할 정도이다. 또 나들이할 때에는 의자를 가지고 뒤따르게 하여, 가는 곳마다 거기에 앉고, 다른 의자는 쓰지 않는다.(이하 생략)

오늘날 전해지고 있는 이 기행문은 혜초의 원본이 아니고 당나라 스님 慧琳(혜림)이 원본을 보고 줄여서 쓴 節略本(절략본)이기 때문에 원문이 나타냈을 법한 자상스럽고 정갈스런 문체를 맛볼 수 없는 아쉬움이 있다. 그러나 사실을 보고들은 대로 쓰는 기사문이 어떠해야 하는가를 보여주는 데에는 손색이 없는 글이다.

혜초의 이동로

又卽從此波羅痆斯國 □□□月至中天竺國王住城 名葛那及自 此中天王境界極寬 百姓繁鬧王有九百頭象餘大首領各有三二百頭 其王每自領兵馬鬪戰 常與餘四天戰也 中天王常勝 彼國等 自知象少兵少 卽請和 每年輸稅 不交陣相煞也 衣著言音 人風法用 五天相似 唯南天村草百姓 語有差別 仕□之類 中天不殊

五天國法 無有枷棒牢獄 有罪之者 據輕重罰錢 亦無刑戮 上至國王 下及黎庶 不見遊獵放鷹走犬等事 道路雖卽足賊 取物卽放 不殤煞 如若怯物 卽有損也 土地甚暖 百卉恒青 無有霜雪 食唯粳糧餠麨蘇乳酪等 無醬有鹽 總用土鍋 煮飯而食 無鐵釜等也 百姓無別庸稅 但抽田子五石與王 王自遣人運將 田主勞不爲送也 彼土百姓 貧多富少 王官屋裏 及富有者 著氎一雙 其外一隻 貧者半片 女人亦然 其王每坐衙處 首領百姓 總來遶王四面而坐 各諍道理 訴訟紛紛 非常亂鬧 王聽不嗔 緩緩報云 汝是汝不是 彼百姓等 取王一口語爲定 更不再言 其王首領等 甚敬信三寶 若對師僧前 王及首領等 在地而坐 不肯坐床 王及首領 行坐來去處 自將牀子隨身 到處卽坐 他牀不坐.(下略)

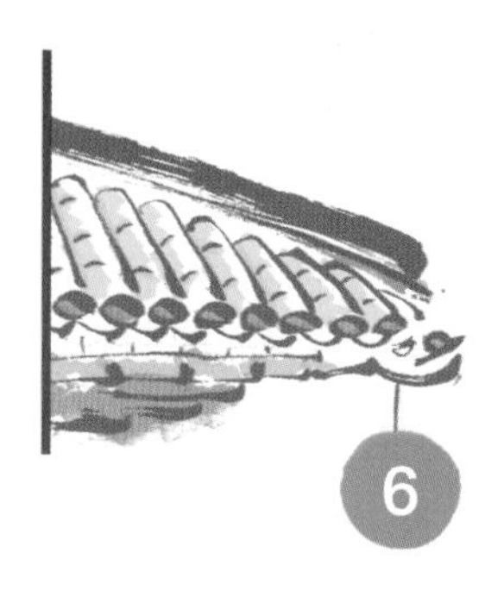

최치원 격황소서
崔致遠의 檄黃巢書

신라 사람 孤雲(고운) 崔致遠(최치원, 857~?)은 몇 개의 신기록을 갖고 있는 분이다. 첫째는 12살이라는 최연소의 나이로 唐(당)나라에 유학을 떠났다는 것, 둘째는 그 당나라에서 18살에 장원급제하여 벼슬살이를 한 최초의 신라인이 되었다는 것, 셋째는 우리나라 최초로 『桂苑筆耕(계원필경)』이라는 개인 문집을 낸 분이라는 것 등이다.

여기에 한 가지 덧붙인다면 그것은 우리나라의 명문장가를 고른다고 할 때에 가장 먼저 손꼽힐 분이 바로 고운 최치원이라는 사실이다.

그가 당나라로 유학의 길을 떠날 때 그의 아버지는 이렇게 말했다고 한다. "10년이 되도록 과거에 급제하지 못하면 내 아들이 아니다. 가서 힘써 노력하라."

과연 그는 당나라에 도착하여 글공부에 정진하였고, 18세의 약관에 宣州(선주) 溧水(율수)의 縣尉(현위)에 임명되었다. 재임 중의 실적을 인정받아 承務郎 侍御史內供奉(승무랑 시어사내공봉)이 되었는데 이 무렵 黃巢(황소)의 난이 일어나자, 그 토벌의 임무를 맡은 절도사 高駢(고변)이라는 이의 종사관으로

최치원

종군하면서 온갖 글짓기를 도맡았었다. 이때에 지은 글들은 대개 4·6駢儷體(변려체)의 아름다운 명문들이다. 그 가운데에서도 황소에게 보내는 檄文(격문) 편지는 명문 중의 명문으로 세상에 널리 알려졌다. 그 글을 간추려 읽어보자.

黃巢(황소)에게 고한다. 대저 올바른 것을 지키고 떳떳한 것을 가꾸어 닦는 것을 道(도)라 하며 위태로운 지경에 이르러 잠시 제도를 바꾸는 것을 權(권)이라 한다. 슬기로운 사람은 때에 순응하기 때문에 성공하는 것이요, 어리석은 자는 이치를 거스르기 때문에 실패하는 법이다. 비록 백 년 안에 목숨이 죽고 사는 것은 기약할 수 없는 것

최치원의 진감선사비

이지만 만 가지 일은 마음 가지기에 있는 것이므로 그 일의 옳고 그름은 분별할 수 있는 법이다. 이제 내가 임금의 군대를 거느려 정벌을 하려니와 맞서 싸우는 것은 아니요, 군대를 이끄는 것도 은덕을 앞세우는 것이요, 베어 죽이는 일은 뒤로 미루는 법이다. 앞으로 평화를 회복하고 신의를 펴려 하매 공경하올 임금님의 명을 받들어 간사한 꾀를 쳐부수려 한다.

그대는 본래 평범한 여염집의 자식으로 태어나 갑자기 억센 도적이 되어 우연히 시세를 타고 나라의 기강을 어지럽히더니 드디어 불칙한 마음을 갖고 높은 자리를 노려보며 도성을 침노하고 궁궐을 더럽혔으니 이미 죄는 하늘에 닿았고 드디어 멸망하리란 것을 잘 알 것이다.

아, 요순시대로부터 오늘에 이르기까지 양심을 저버리고 忠義(충의)를 잃은 너 같은 무리가 어느 시대인들 없었겠는가. 그러나 잠깐 동안 못된 짓을 하다가 필경에는 섬멸되고 말았느니라. 하물며 너는 평민으로 태어나 들판에서 무리의 우두머리가 되어 불지르고 겁탈하는 것을 계책인 줄 알고 사람 죽이는 일을 장한 일로 생각하며 헤아릴 수 없는 악행을 저지르면서도 뉘우치는 마음은 조금도 없으니 온 천하의 사람들이 모두 너를 죽이려고 생각하지 않겠는가? 땅속의 귀신들도 너를 목 베어 죽이자고 하는 의논을 끝마쳤으리라 비록 지금은 목숨이 붙어 있으나 벌써 정신은 죽었고 넋은 빠져나갔으리라.

대저 사람의 일이란 제가 제 자신을 제일 잘 아는 법이다. 내가 헛말을 하는 것이 아니니 너는 모름지기 살펴 들으라. 요즈음 우리 임금의 덕이 깊어 더러운 것도 참아주고 은혜가 무거운지라 결점을 따지지 아니하고 너에게 장령의 직분을 주어 지방의 兵權(병권)을 맡겼거늘 너는 임금의 덕화를 등지고 군대를 궁궐에까지 몰고 와서 임금의 행차는 먼 지방으로 피하게 되었다. 임금께서는 너에게 죄를 용서하는 은혜가 있었는데 너는 이토록 은혜를 저버린 죄인이 되었다. 반드시 얼마 안 가 죽고 망할 것이니 어찌 하늘을 두려워하지 아니하는가.(이하 생략)

황소는 이 檄書(격서)를 읽다가 "귀신도 너를 목 베어 죽이고자 하는 의논을 끝마쳤으리라" 하는 구절에 이르러 자기도 모르게 앉았던 평상에서 굴러떨어졌다는 이야기가 전해 온다.

이렇듯 도도히 흐르는 강물처럼 막힘이 없는 글을 지은 최치원이었건만 그의 말년은 그렇게 유복하지는 않았다. 스물아홉에 조국과 부모님이 그리워 신라로 돌아왔으나 신라는 최치원의 천재성을 반겨 맞이할 줄을 몰랐다. 이미 신라가 기울고 있었기 때문이었다.

告黃巢 夫守正修常曰道 臨危制變曰權 智者成之於順時 愚者敗之於逆理 然則雖百年繫命 生死難期 而萬事主心 是非可辨 今我以王師 則有征無戰 軍政則先惠後誅 將期剋復上京. 固且敷陳大信 敬承嘉諭 用戢奸謀.

且汝素是遐甿 驟爲勍敵 偶因乘勢 輒敢亂常 遂乃包藏禍心 竊弄神器 侵凌城闕 穢黷宮闈 旣當罪極滔天 必見敗深塗地.

噫 唐虞已降 苗扈弗賓 無良無賴之徒 不義不忠之輩 爾曹所作 何代而無 遠則有劉曜王敦 覬覦晉室 近則有祿山朱泚 吠噪皇家. 彼皆或手握強兵 或身居重任 叱吒則雷奔電走 喧呼則霧塞烟横 然猶暫逞奸圖 終殲醜類 日輪闊輾 豈縱妖氛 天網高懸 必除兇族 況汝出自閭閻之末 起於隴畝之間 以焚劫爲良謀 以殺傷爲急務 有大

愆可以擢髮 無小善可以贖身 不唯天下之人 皆思顯戮 仰亦地中之鬼 已議陰誅 縱饒假氣遊魂 早合亡神奪魄.

凡爲人事 莫若自知 吾不妄言 汝須審聽 比者我國家 德深含垢 恩重棄瑕 授爾節旄 寄爾方鎭 爾猶自懷鴆毒 不斂梟聲 動則齧人 行唯吠主 乃至身負玄化 兵纏紫微 公侯則奔竄危途 警蹕則巡遊遠地 不能早歸德義 但養頑兇 斯則聖上於汝 有赦罪之恩 汝則於國 有辜恩之罪 必當死亡無日 何不畏懼于天(下略)

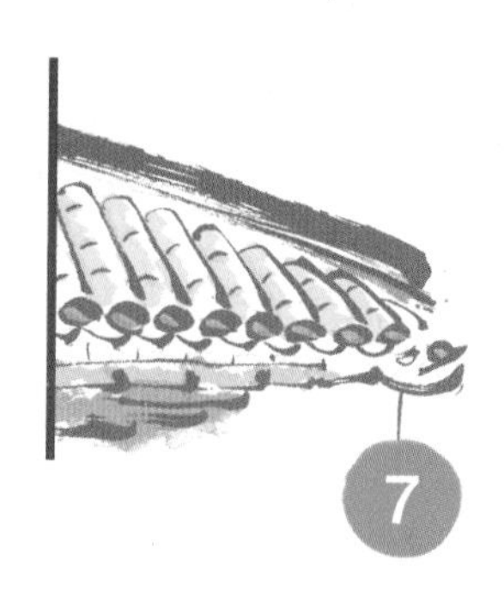

7

설총 화왕계
薛聰의 花王戒

신라 神文王(신문왕) 시절의 대학자로서 우리나라 經術(경술)과 문장의 祖宗(조종)이라 일컫는 설총에 대하여서는 『三國史記(삼국사기』에 기록된 이외에 더 이상 알려진 것은 없다. 부득이 『삼국사기』 열전에 전하는 내용을 옮겨본다.

설총의 字(자)는 聰智(총지)요, 조부는 奈麻(나마) 談捺(담날)이고 아버지는 元曉(원효)이다. 〔원효는 처음에 스님이 되어 불교의 서적에 해박한 지식을 가졌으나 다시 還俗(환속)하여 스스로 小性居士(소성거사)라 이름하였다.〕 설총은 성품이 밝고 영리하여 태어나면서부터 세상 이치를 터득하였다. 그리고 우리나라 말로 九經(구경)을 풀이하여 읽는 방법을 개발하였다. 이 방법으로 후생들을 가르치고 이끌었으므로 오늘날까지 글 읽는 이들이 그 방법을 따른다. 또한 글짓기도 무척 잘하였다고 하는데 세상에 전하는 것은 없다. 그런데

경술(經術)과 문장(文章)의 조종(祖宗)인 설총(薛聰)

지금 南地(남지)에 설총이 지었다고 하는 碑銘(비명)이 있으나 글자가 닳아 떨어져서 읽을 수가 없으니 결국 그 글이 어떤 것이었는지를 알 길이 없게 되었다.

神文王(신문왕) 때의 일이다. 〔설총은 임금의 政治諮問役(정치자문역)으로 항상 임금을 모시고 있었다.〕 한여름 한창 더운 때였다. 임금님은 높직하고 밝은 방에 계시다가, 설총을 돌아보며 말씀하셨다.

"오늘은 오래 내리던 비도 개이고 서늘한 바람도 불어 시원하구려. 맛있는 음식을 먹거나 서글픈 음악을 듣기보다는 품위 있는 이야기와 즐거운 우스갯말로 울적한 마음을 풀어버리는 것이 좋을 듯하오. 그대는 분명 특이한 이야기를 알고 있을 터이니 나에게 그것을 들려주지 않겠소."

설총이 이 말씀에 "네" 하고 대답하였다.

〔그리고 다음 이야기가 펼쳐진다. 談話形(담화형)의 이야기인지라 저술이라 하기는 적절치 않으나 설총의 自述(자술)은 분명하니 이것으로 그의 글에 가름해 보기로 하자.〕

『화왕계』

신이 들은 이야기입니다.

옛날에 꽃 중의 임금인 모란이 처음 알려졌을 때입니다. 그 꽃을 향기로운 정원에 심고 푸른 장막을 둘러 보호하였습니다. 마침 춘삼월 아름다운 절기가 되어 예쁜 꽃을 피웠습니다. 온갖 꽃보다 유달리 아름다웠습니다. 그러자 가까운 곳에서부터 먼 곳에 이르기까지 아름다운 향기의 어여쁜 꽃들이 앞 다투어 꽃 임금님을 뵈오려고 찾아오지 않는 이가 없었습니다. 이때에 홀연히 한 아름다운 사람이 있었습니다. 발그스레한 얼굴에 옥같이 흰 이빨이며 맵시 있는 몸단장에 깨끗한 옷을 입고 아장아장 예쁘게 걸어와서 임금님께 아뢰었습니다. "첩은 흰 눈 같은 모래톱을 밟고 거울같이 맑은 바다를 마주하여 봄에는 빗물로 목욕하여 때를 씻고 상쾌하고 맑은 바람을 맞으며 즐겁게 살고 있습니다. 이름은 장미라 하옵니다. 임금님의 높으신 덕을 듣잡고 그 향기로운 침소에서 임금님을 모시고자 하여 찾아왔사오니 임금님은 저를 받아주지 않으시겠습니까?" 그런데 또 한 명의 장정 사나이가 있었습니다. 베옷에 가죽 띠를 두르고 머리에는 백발을 휘날리며 지팡이를 짚고 힘들게 종종걸음으로 허리를 굽히고 걸어와서 말하였습니다. "저는 서울 바깥 큰길가에 사는데, 아래로는 푸르고 아득한 들판을 내려다보고 위로는 높이 솟아 우람한 산 경치를 의지

경주 보문동 마을회관 뒤 설총(薛聰)의 묘(墓)

하여 살고 있습니다. 이름은 할미꽃이라 하옵니다. 가만히 생각해 보오니 임금님은 좌우에서 온갖 것을 넉넉하게 공급하여 기름지고 맛있는 음식으로 배부르게 하시고 향기로운 차와 술로 정신을 맑게 한다 하여도 장롱 속에는 모름지기 좋은 약을 준비하였다가 원기를 돋우셔야 하고 모진 돌로 독을 씻어내야 할 것입니다. 그러므로 비록 고운 비단 신이 있어도 왕골로 만든 짚신을 버리지 못한다 하는 것입니다. 무릇 모든 군자는 모자라는 것을 미리 준비하지 않음이 없었다 합니다. 임금님은 이것이 또한 뜻이 깊은 것이라 생각지 않으십니까?"

또 어떤 이가 말하기를 "이 두 사람 중에서 누구를 취하고 누구를 버리겠습니까?" 하였습니다. 꽃 임금님이 말하였습니다. "장부의 말

설총을 모신 도동서원

에 역시 도리가 있으나 아름다운 사람은 얻기 어려우니 장차 어찌하면 좋을꼬." 그러자 장부가 앞으로 나서며 말하였습니다. "저는 임금님께서 총명하시어 올바른 도리와 이치를 아시리라 생각하여 찾아왔습니다. 그런데 이제 뵈오니 아닌듯합니다. 무릇 임금이 된 분은 간사하고 망령된 자를 가까이하고, 바르고 곧은 사람은 멀리하지 않는 이가 드물기 때문에 옛날에 맹자님도 때를 만나지 못하고 세상을 마쳤고 풍당도 낭관으로 파묻혀 늙었습니다. 옛날부터 이와 같으니 난들 어찌할 수가 없습니다." 그러자 꽃 임금님이 "내가 잘못하였다. 내가 잘못하였다." 이렇게 사과하였습니다.

이 이야기를 듣고 임금님은 씁쓸한 표정을 지으며 말하기를 "그대의 이 우화는 진실로 뜻이 깊으니 청하건대 그것을 글로 써서 임금된 이들이 경계를 삼도록 해야 하겠소."하였다. 그리고는 드디어 설총을 높은 벼슬자리로 발탁하였다.

父傳子傳(부전자전)이라는 말이 있거니와 설총의 聰俊(총준)함은 그 부친 元曉(원효)에서 비롯한다. 원효의 저술에서 우리가 驚歎(경탄)하는 만큼, 우리는 설총의 「以方言讀九經(이방언독구경)」이라는 여섯 자로 壓縮(압축)된 업적에도 讚嘆(찬탄)을 보내야 마땅하다. 그 업적은 곧 한문의 우리말 번역과정에서 創出(창출)된 口訣(구결)을 가리키는 것인데, 이 구결은 한자를 音借(음차)하여 우리말을 적는 것으로, 表音文字(표음문자)의 端初(단초)를 연 것이었다.

그것은 조만간 略體字(약체자)로 발전하였다. 이 약체 구결자를 사용하면서 우리 선조들은 우리말을 적는 표음문자의 꿈을 키워왔다.

그렇다면 설총은 훈민정음 創製(창제)의 元祖(원조)가 아닌가? 세종대왕은 구결자의 不備點(불비점)을 뛰어넘어 체계적인 音素文字(음소문자)를 創製(창제)하셨으나 그 바탕에는 엄연히 설총이래 고려 오백년을 관통하여 사용되었던 구결자가 존재하고 있었다.

그것은 화왕계의 교훈에 비할 바가 아니다.

〖花王戒〗

臣聞昔花王之始來也.

植之以香園 護之以翠幕 當三春而發艶 凌百花而獨出. 於是 自邇及遐 艶艶之靈 夭夭之英 無不奔走上謁唯恐不及. 忽有一佳人 朱顔玉齒 鮮粧靚服 伶俜而來綽約而前曰"妾履雪白之沙汀 對鏡淸之海 而沐春雨以

去垢 快清風而自適 其名曰薔薇 聞王之令德 期薦枕於香帷 王其容我乎." 又有一丈夫 布衣韋帶 戴白持杖 龍鍾而步 傴僂而來 曰"僕在京城之外 居大道之旁 下臨蒼茫之野景 上倚嵯峨之山色. 其名曰白頭翁 竊謂左右供給雖足 膏梁以充腸 茶酒以淸神 巾衍儲藏須有良藥以補氣 惡石以蠲毒 故曰 雖有絲麻 無棄菅蒯 凡百君子無不代匱 不識王亦有意乎

或曰 二者之倸 何取何捨. 花王曰 丈夫之言 亦有道理 而佳人難得 將如之何. 丈夫進而言曰 吾謂王聰明識理義 故來焉耳. 今則非也. 凡爲君者 鮮不親近邪佞 疎遠正直 是以孟軻不遇以終身 馮唐郎潛而皓首 自古如此 吾其奈何. 花王曰 吾過矣 吾過矣.

於是王愀然作色曰 子之寓言誠有深志 請書之以謂王者之戒. 遂擢聰以高秩.

참고

馮唐(풍당, ?~?) : 전한 扶風(부풍) 安陵(안릉) 사람. 선조는 趙(조)나라 사람이었다. 낮은 벼슬을 지냈으니 90여 세까지 겨우 낭관 벼슬이었음. 文帝(문제)가 마침 그 郞署(낭서)를 지나다가 그와 문답해 보고 그 인물됨을 알아주었으나, 이미 늙어서 소용이 없이 된 때였음.

2
統韓光德의 時代
통한광덕 시대

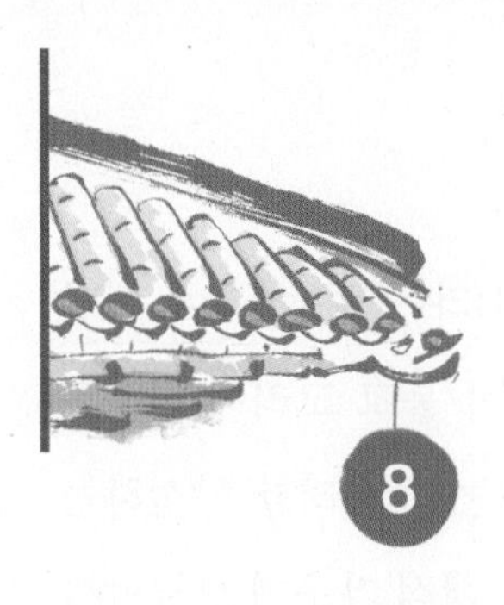

균여대사 보현십원가 서
均如大師의 普賢十願歌 序

지금부터 일천여 년 전 10세기 중엽의 고려사회는 어떤 모습이었을까? 10세기 전반기는 고려가 건국되고 삼국을 통일하는 정치적 격동으로 숨돌릴 겨를이 없었을 것이다. 918년에 王建(왕건)의 고려 건국, 926년에 발해의 멸망, 그 유민들의 이주, 935년에 신라 復屬(복속), 936년에 후백제 멸망, 이렇듯 숨 가쁜 격변의 시대는 10세기 후반에 오면 영특한 임금 光宗(광종, 재위 949~975)을 맞아 956년에는 奴婢按檢法(노비안검법)을 시행하여 많은 양민이 본래의 신분을 되찾음으로써 사회적 안정을 가져왔고 958년에는 科擧制度(과거제도)가 실시되어 유학이 발전하고 관리 선발의 기틀을 다졌다. 960년에는 百官(백관)의 公服(공복)의 빛깔을 정하고 임금은 황제라 칭하며 독자적인 연호 「光德(광덕)」「峻豊(준풍)」 등을 사용하기도 하였다.

이 무렵 均如(균여, 923 태조 6~973 광종 24)라는 스님이 있었다. 大

華嚴首座圓通兩重大師(대화엄수좌원통양중대사)라는 큰 이름에 걸맞게 불교계의 종파 통합에 힘썼고, 일반 백성이 불교 교리에 친숙하게 하는 교리 보급에도 힘을 기울였으며, 유능한 승려를 양성하는 일에도 열성을 다하였다. 이러한 균여 스님의 행적 가운데 오늘날까지 우리 역사에 길이 남긴 것으로 불교의 대중화를 위해 鄕札(향찰)로 지은 「普賢十願歌(보현십원가)」 11수가 있다.

종교의 대중화에는 언제 어디서나 그렇듯이 일반 대중이 사용하는 일상의 언어를 傳敎(전교)의 수단으로 동원하여야 한다. 균여 스님이 이것을 모르실 리 없었다. 그 당시 한문으로 적힌 불경을 자유롭게 읽을 수 있는 지식층은 매우 제한되어 있었다. 이것을 타파하려면 말하듯이 적는 이른바 언문일치의 표기방식으로 불경을 해설하거나 佛讚(불찬)의 노래를 보급할 필요가 있었다. 그래서 향가로 된 「普賢十願歌(보현십원가)」가 나올 수 있었던 것이다.

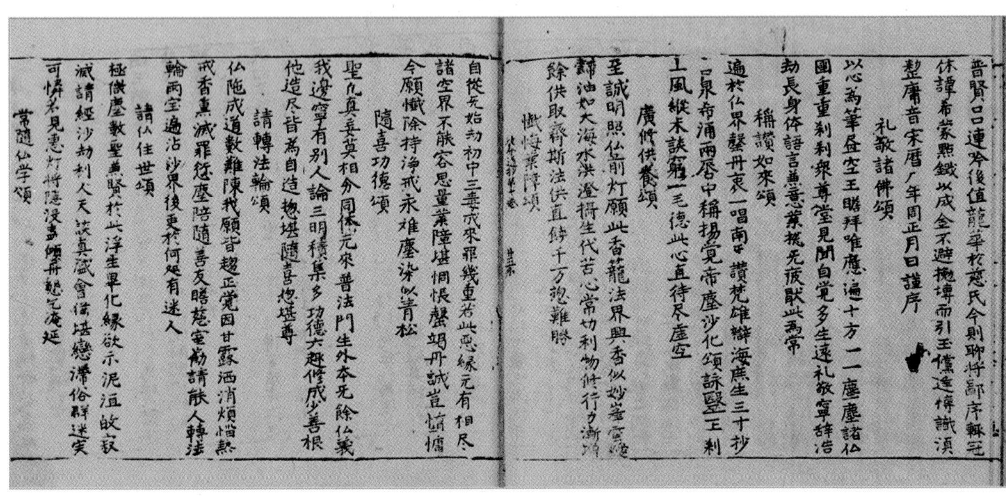
普賢口口連吟後值龍華於慈氏今則聊將鄙序輒冠
休謨希蒙照鑑以成金不避拋塼而引玉儻逢博識須
整庸音宋曆八年周正月日謹序
礼敬諸佛頌
以心為筆畫空王瞻拜唯應遍十方一一塵塵諸仏
國重重剎剎衆尊堂見聞自覺多生遠礼敬寧辭浩
劫長身體語言兼意業摠無疲猒此為常
稱讚如來頌
遍於仏界罄丹衷一唱南無讚梵雄辯海庶生三寸舌
言泉希涌兩唇中稱揚覺帝塵沙化頌詠毉王剎
土風縱未談窮一毛德此心直待盡虛空
廣修供養頌
至誠明照仏前灯願此香籠法界興香似妙峯雲靉
靆油如大海水洪澄持生代苦心常切利物修行力漸增
餘供取齋斯法供直饒千万摠難勝
懺悔業障頌
自從無始劫初中三毒成來罪幾重若此惡緣元有相盡
諸空界不能容思量業障堪惆悵磬竭丹誠豈憚慵
今願懺除持淨戒永離塵染似青松
隨喜功德頌
聖凡真妄莫相分同體元來普法門生外本無餘仏義
我邊寧有別人論三明積集多功德六趣修成少善根
他造盡皆為自造摠堪隨喜摠堪尊
請轉法輪頌
仏陀成道數難陳我願皆趨正覺因甘露洒消煩惱熱
戒香熏滅罪愆塵陪隨善友瞻慈室勸請能人轉法
輪兩定遍沾沙界後更於何處有迷人
請仏住世頌
極儀塵數聖兼賢於此浮生畢化緣欲示泥洹歸寂
滅請經沙劫利人天莫真試會修堪戀滯俗群迷實
可憐若見惡燈將隱沒當傾丹懇乞淹延
常隨仏學頌

균여전

그러나 그 당시의 국제언어였던 한문으로도 적어야 중국에도 통할 수 있었기 때문에 崔行歸(최행귀)라는 당대의 선비가 이 「보현십원가」를 아름다운 7언율시로 번역하였다. 이 번역한 시는 오늘날 또 다른 관점에서 그 가치가 인정된다. 그것은 원문인 향가가 천 년 전의 고려시대 언어를 鄕札式(향찰식)으로 표기한 것이라, 그 당시의 언어 실상을 복원하는 데 크게 어려움을 지니고 있었는데, 이 번역한 시의 도움으로 해독의 실마리를 잡을 수 있었기 때문이다. 이러한 의미에서 한문은 시대와 지역을 초월한 국제언어의 성격을 반영한다.

다음은 균여대사가 「보현십원가」를 향찰로 지으면서도 그 취지를 한문으로 적어 노래 머리에 얹은 원문이다. 함께 읽어보자.

〖보현십원가 서문〗

대저 "사뇌"라 하는 것은 세상 사람들이 즐겨 노는 경우에 쓰는 도구이고, "원왕"이라 하는 것은 보살님들이 수행을 할 때에 근본이 되는 것입니다. 그런데 얕은 곳을 건너야 깊은 곳으로 갈 수 있고, 가까운 곳부터 걸어가야 먼 곳까지 도달할 수 있지 않겠습니까? 세속의 도리를 의지하지 않고 저열한 근성을 높은 경지로 이끌 수 있는 길이 없으며 비속한 언어를 이용하지 않고서는 크나큰 인연의 진리를 드러낼 방법이 없습니다.

그래서 이제 쉽게 알 수 있는 가까운 일을 빌리어 생각하기 어려운 멀고 먼 으뜸 뜻에 도달하게 하려고 열 가지 큰 서원의 글에 의지하여 열 한 개의 거친 노래를 지었습니다. 세상 뭇사람들의 눈으로 보면 별것 아닌 부끄러운 것인지 모르나 모든 부처님의 마음에는 꼭 들어맞는 일이 되기를 바랍니다.

비록 지은이의 뜻은 다하지 못하고 말씨는 조리가 없어서 성현의 오묘한 사상에 부합하지는 않을지 모르나 이 서문을 쓰고 노래를 지은 것은 범속한 세상 사람들의 착한 마음 바탕을 일깨우고자 하는 것이므로 비웃는 심정으로 읊는 사람이라도 읊는 중에 원하는 인연을 맺을 것이고, 헐뜯는 마음으로 외우는 사람이라도 외우는 중에 원하는 이익을 얻을 수 있을 것입니다.

엎드려 간청합니다. 훗날의 군자들께서 (이러한 제 노력을) 비방하시지도 찬성하시지도 않았으면 참으로 다행이겠습니다.

이 「보현십원가」의 첫 번째 노래를 현대감각에 맞게 고쳐보면 다음과 같다.

마음의 붓으로 그리며 사모하는 부처님 앞에
절하는 이 몸은 이 세상 끝까지 절하나이다
티끌마다 절간이요, 절간마다 가득한 부처님이여
이 세상 다하도록 절하는 이 몸을 굽어보소서
아아 몸과 말과 생각을 갈고 닦는 일
이것만을 으뜸 삼아 살아가겠나이다.

고려 오백 년 동안 고려의 백성, 우리 조상들은 이렇게 부처님을 공경하고 찬양하며 몸과 말과 생각을 아름답게 지니려고 노력하였다. 그 정신이 지금도 우리나라 방방곡곡에 스며들고 퍼졌으면 얼마나 좋을 것인가!

〖普賢十種願王歌 序〗

夫詞腦者 世人戲樂之具 願王者 菩薩修行之樞. 故得涉淺歸深 從近至遠 不憑世道 無引劣根之由 非寄陋言莫現普因之路.

今托易知之近事 還會難思之遠宗 依二五大願之文課十一荒歌之句 慙極於衆人之眼 冀符於諸佛之心.

雖意失言乖 不合聖賢之妙趣 而傳文作句 願生凡俗之善根 欲笑誦者 則結誦願之因 欲毁念者 則獲念願之益.

伏請後來君子 若誹若讚也是閑

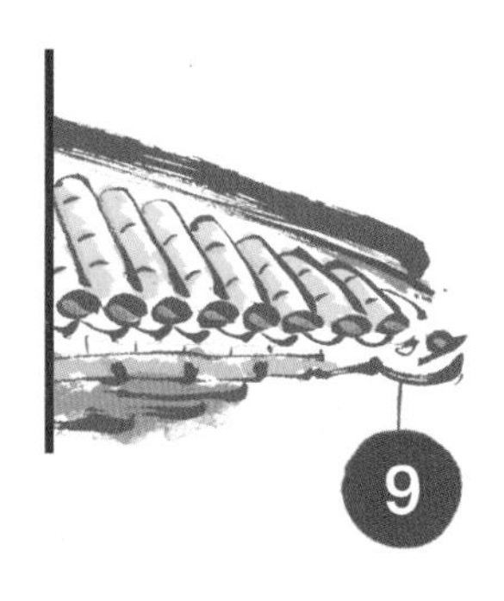

崔行歸의 譯普賢十願歌序
(최행귀 역보현십원가서)

우리나라 고대 시가에 향가가 있다는 것을 모르는 분은 없을 것이다. 그 향가는 25수가 전하는데 그중 14수는 『三國遺事(삼국유사)』에 전하고 11수는 『均如傳(균여전)』에 있는 보현십원가 11수라는 것도 모르는 분은 없을 것이다. 그런데 그 보현십원가가 당대에 얼마나 크게 유포되었는지를 아는 분은 그렇게 많지 않은 듯하다. 더구나 그것이 한역되어 중국에까지 소개되었었다는 것을 아는 분은 더욱 드물다.

均如大師(균여대사, 923 태조 6~973 광종 24)는 10세기 중엽 반백년을 사신 분이다. 후삼국시대를 마무리 짓고 고려가 명실공히 삼한을 통일하여 새 나라를 갖추어가던 시절이니 정치적 안정 못지않게 사상적 통합도 크게 요구되던 때였을 것이다. 그러한 시절에 華嚴經(화엄경)의 普賢行願品(보현행원품)을 바탕으로 한 향가, 보현십원가는 신흥 고려사회에 지대한 영향을 미쳤을 것이다. 이 노래는 균여 45세 때인 967년에 동시대인 최행귀에 의하여 한역되었으니 원향가는 이 보다는 이른 시기에 고려 閭巷(여항)에 널리 유행하였을 것이다.

천년 밖에 아니 된 세월인데 그 옛날이 까마득히 먼 과거로 잊혀지고 말았다. 아마도 그 시절 보현십원가는 우리 땅 고려에서 화엄사상을 전하는 수단으로 애창되었을 것이요, 중국에서는 최행귀의 한역시가 식자들 사이에 낭송되었을 것이다.

균여대사가 입적한 지 약 일백년이 지난 1075년에 進士(진사) 赫連挺(혁연정)이란 분이 그 시절에 유행하던 行狀(행장) 體裁(체재)를 본떠 균여전을 지었다. 최행귀의 譯普賢十願歌序(역보현십원가서)는 이 傳(전) 속에 들어 있다. 향가 해독의 단서가 되어준 글이요, 향가의 문화사적 가치와 비교문학적 가치를 드러내고 생각하게 해 준 글이기도 하다. 애석한 것은 최행귀에 대한 정보가 한림학사였고 內議承旨(내의승지) 知制誥(지제고) 벼슬을 했다는 것과 淸河(청하)라 하는 雅號(아호)를 썼다고 하는 균여전에 실린 내용 이외에 더 이상 아는 것이 없다는 사실이다. 최행귀에 대해 아는 것이 없다는 아쉬운 심정을 그의 글로 달래보기로 하자.

〖普賢十願歌(보현십원가)를 번역하면서〗

부처님의 공덕을 칭송한 偈頌(게송)은 經文(경문) 속에 나타나 있고 보살님의 수행을 찬양한 시가는 論藏(논장) 속에 잘 보존되어 있다. 그것은 서쪽의 여덟 가람이 흐르는 인도로부터 동쪽의 세 뫼 우뚝한 우리나라에 이르기까지 때때로 세상을 밝게 하는 高僧(고승)이 태어나 오묘한 진리를 드높이 읊었고, 또 가끔씩 세상 사람을 깨우치는 뛰어난 인물이 진리의 가르침을 낭랑하게 노래하였기 때문이다. (중략)

그러나 중국의 한문으로 된 시는 다섯 자, 일곱 자로 갈고 다듬으며 우리나라 말로 엮은 노래는 세 구절과 여섯 마디로 깎아 꾸민다. 그 운율적 특성을 따질 경우에는, 參星(참성)이냐 商星(상성)이냐 하는 것처럼 차이가 나서 동쪽·서쪽으로 나뉘어 판별하기가 쉽지만, 사상적 특성을 따질 경우에는 창과 방패가 맞서는 것 같아서 어느 것이 강하고 어느 것이 약한 지 분별하기가 어렵다. 비록 대구의 아름다움과 수사의 날카로움을 견주어 말할 수도 있겠지만 다 함께 진리의 바다로 돌아간다는 취지에서는 충분히 공감이 되는 것이요, 각각(한시와 향가가) 장점이 있어서 어느 것이 좋다 나쁘다 말할 수 없으니 참으로 좋은 일이 아닌가! 그러나 유감스러운 것은 우리나라의 글 잘하고 벼슬하는 선비들은 한시를 해득하고 읊을 수 있는데, 중국의 학문 높은 선비나 큰스님들은 우리나라의 향가를 이해하지 못한다는 사실이다. 더 나아가 중국의 한문은 帝釋天(제석천)의 구슬 그물〔垂珠網(수주망)〕이 복잡하게 얽힌 것 같아도 우리나라 사람들이 쉽게 읽을 수 있으나, 우리나라 향찰은 산스크리트 문자를 연이어 늘어놓은 것 같아서 저 땅의 사람들이 해독하기가 어렵다. 가령 梁(양)나라 宋(송)나라의 구슬 같은 글이 동쪽 우리나라로 오는 배편에 자주 전해오고, 우리나라의 비단 같은 글이 서쪽 중국으로 가는 사신 편에 전해진다 하여도 그것이 두루 통하느냐 하는 것은 여전히 답답하고 한탄스러운 형편이다.

이것이야말로 魯(노)나라 공자께서 이 땅에 사시고자 하였으나 끝내 우리나라에 이르지 아니한 까닭이라 아니할 수 없으며, 한림학사 설총이 억지로 한문을 바꾸려 하였으나 마침내는 쥐꼬리를 만드는 데 그친 때문이 아니겠는가? (중략)

팔·구행 정도의 한자로 쓴 서문은 글 뜻이 넓고 풍성하며, 열한 수의 향가는 노랫말이 맑고도 곱다. 그 지은 바를 일컬어 詞腦(사뇌)라고도 하는데 貞觀(정관)시절의 詞章(사장)을 얕잡아 볼 만하며, 그 정교함은 최상급의 賦(부)와 같아서 惠帝(혜제), 明帝(명제) 때의 부를 연상시킨다. 그러나 중국 사람이 볼 경우에 서문 이외에는 자세히 알기가 어렵고, 우리나라 선비가 들었을 경우에는 노래에 취하여 쉽게 외우지만 (거기에서 끝나고 마니) 모두 반쪽의 이익을 얻을 뿐이다. 이로 말미암아 遼河(요하)와 浿水(패수) 사이에서 읊어질 때에는 불법을 아끼는 마음으로 번역하는 이가 있겠으나 吳(오)나라 秦(진)나라 지역에서 이 노래 읊는 사람이 줄어들면 누가 (그것을) 한자로 적은 같은 글이라고 알아주겠는가?

하물며 大師(대사)의 마음은 원래 부처님과 같은 경지였으므로 비록 세속을 가까이하며 얕은 곳에서 점차로 깊은 곳으로 들어가려 하였으니 어찌 먼 곳 사람에겐들 그릇된 길을 버리고 바른길로 돌아오는 것을 막으려 하였겠는가? (중략)

얼마 전에 친구 스님을 만나 요행히 이 현묘한 노랫말을 보게 되었었다. 그 오묘한 노래를 끊임없이 따라 부르다가 그 친구가 무언가 바라는 것이 있지 않은가 하는 느낌을 받았다. 하나의 샘이 두 줄기로 나뉘어 흐르듯, 시와 노래는 하나의 몸이면서 두 이름을 지녔으니 이 노래를 하나하나 (한문으로) 번역하여 종이쪽에 연이어 적어 나갔다. 바라는 바는 동쪽 우리나라나 서쪽 중국에서나 두루 막힘이 없이 한시와 향가가 두루 퍼져서 스님들이나 세속사람들이 서로 인연을 맺어 듣고 보는 일이 끊이지 않는 것이다. 마음과 마음이 연이어 암송하여 처음에는 보현보살의 코끼리 수레를 보고, 입과 입이 연이어 읊어서 나중에는 미륵의 龍華(용화)모임에서 만나기를 또한 바란다. 이제 문득 이 보잘것없는 서문으로 이 아름다운 詩의 앞머리를 삼으니 쇳조각으로 금을 만들기를 바라며 기왓조각으로 구슬을 찾아내는 수고를 아끼지 않았으면 좋겠다. 행여나 박식한 분이 이 글을 읽게 된다면 못난 이야기를 부디 고쳐주시기 바란다.

송나라 기원 8년(A.D. 967) 정월에 삼가 쓰노라.

千年(천년) 전 우리 조상들은 부처님의 가르침이 온 세상에 퍼져 이 새상이 낙원이 되어야 한다는 간절한 소망을 깊이 간직하고 있었다. 아무래도 이 보현십원가의 序詩(서시)라도 한 수 현대어로 옮겨 놓고 조상들의 그 소망을 헤아려 보아야 할까 보다.

부처님께 禮敬(예경)하는 노래

마음의 붓으로
그리옵는 부처님께
절하는 이 몸
법계의 끝까지 이르게 하소서
티끌마다 부처님 나라이옵고
절간마다 부처님 모시옵니다
온 세상에 가득하신 부처님이시여

영원토록 절하오리이다
아아 몸과 마음과 생각을 오롯이 모아
끊임없이 덕업을 닦으오리다

〖譯普賢十願歌 序〗

偈頌讚佛陀之功果 著在經文, 詩歌揚菩薩之行因 收歸論藏. 所以西從八水 東至三山 時時而開土間生 高吟妙理 往往而哲人傑出 朗詠眞風.(中略)

然而詩構唐辭 磨琢於五言七字 歌排鄕語 切磋於三句六名. 論聲則隔若參商 東西易辨, 據理則敵如矛盾 强弱難分. 雖云對衒詞鋒 足認同歸義海 各得其所 于何不臧! 而所恨者 我邦之才子名公 解吟唐什 彼土之鴻儒碩德 莫解鄕謠. 矧復唐文如帝網交羅 我邦易讀 鄕札似梵書連布 彼土難諳. 使梁宋珠璣 數托東流之水 秦韓錦繡 西傳之星 其在扁通 亦堪嗟痛. 庸詎非魯文宣欲居於此地 未至鰲頭 薛翰林强變於斯文 煩成鼠尾之所致者歟?(中略)

八九行之唐序 義廣文豊, 十一首之鄕歌 詞淸句麗. 其爲作也 號稱詞腦 可欺貞觀之詞 精若賦頭 堪比惠明之賦. 而唐人見處 於序外以難詳 鄕士聞時 就歌中而易

誦 皆沾半利 由是約吟於邃涓之間 飜如惜法 減詠於吳秦之際 孰謂同文?

沉屬師心 本齊佛境 雖要期近俗 沿淺入深 而寧阻遠人捨邪歸正.(中略)

一作因逢道友 幸覽玄言 縱隨妙唱以無端 潛恐高情之有待 憑托之一源兩派 詩歌之同體異名 逐首各飜 間幾連寫. 所冀遍東西而無碍 眞草並行 向僧俗以有緣 見聞不絶. 心心續念 先瞻象駕於普賢 口口連吟 後値龍華於慈氏. 今則聊將鄙序 輒冠休譚 希蒙點鐵以成金 不避抛塼而引玉. 儻逢博識 須整庸音.

宋曆八年周正月 日 謹序

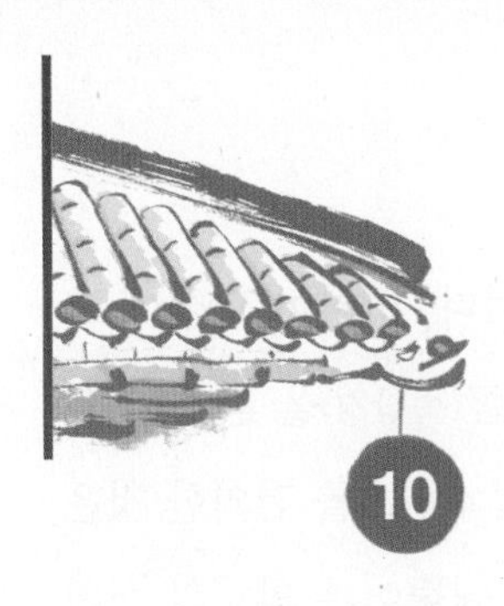

10

의천 화폐론
義天의 貨幣論

고려의 스님 義天(의천) 大覺國師(대각국사, 1055~1101)는 고려의 열한 번째 임금이신 文宗(문종)의 넷째 아드님이다. 그의 형님 세 분이 모두 임금 노릇을 하셨건만, 오직 의천만은 10살 나이에 절에 들어가 스님의 길을 걸었다. 왕자의 신분으로 스님이 된 것만도 놀라운 일인데, 그는 송나라에 유학하여 불법을 더 깊이 공부하고자 하였다. 아버지 문종께서 허락하실 리 없었다. 그러자 문종이 승하하시고, 뒤미쳐 큰 형님 順宗(순종)도 승하하시고, 둘째 형님 宣宗(선종)이 임금 자리에 나아간 1084년, 서른 살 되던 해에 도망하다시피 송나라 상선을 타고 송으로 들어가 불법에 정진하는 한편, 송나라의 경제 제도를 유심히 관찰하였다. 왕자의 신분이니 송나라 황실에서도 그에 대한 각별한 환대가 있었을 것이나, 의천의 관심은 오로지 華嚴(화엄)과 天台(천태)를 더욱 깊이 연구하는 것이었고, 겸하여 송나라의 발전하는 경제제도를 검토하는 것이었다. 의천이 33살에 고국에 돌아와 教藏都監(교장도감)을 두고 續藏經(속장경)을 간행한 것이나, 셋째 형님이신 肅宗(숙종)께 貨幣制度(화폐제도)를 건의한 것은 나라의 발전이 정신과 물질의 조화에 있음을 꿰뚫어본 의천의 실천적 불교사상의 결과이었다.

우리나라 화폐제도의 嚆矢(효시)를 이룬 의천의 「화폐론」을 몇 줄 읽어보자.

(전략) 무릇 임금으로서 돈을 만들고 화폐를 제정함은 인간생활에 필요한 시책입니다. 우리 海東(해동)을 살펴보면 三韓(삼한)이 통일되기 이전에는 그 풍속이 소박하였으니, 이른바 禮樂(예악)을 먼저 발전시켰고, 그때의 나라는 지나치게 검소하여 비루하기까지 하였습니다. 그러므로 신라의 大僧統(대승통) 慈藏(자장)은 상소하되, 본국 풍속의 의복이 너무 누추하므로 당나라의 제도를 쓰자고 청하였습니다. 국왕은 허락하시고 邊服(변복)을 버리고 衣冠(의관)을 숭상하였으므로 지금에는 흥성하고 아름답습니다.

엎드려 생각하건대, 우리나라는 하늘의 명령을 따라, 혁명하여 삼한을 통일한 뒤로 예의를 혁신하고 법도를 바로잡았습니다. 의복은 제도가 있고, 車騎(거기)는 常法(상법)이 있으며, 문물에는 기강이 있고, 교육으로 발전시키며 백관을 통솔하고 萬國(만국)을 다스리니 모두가 삼가고 두려워하였습니다. 의관을 한 번 고치어 세월이 지날수록 더욱 새롭거늘, 돈을 정하는 법인들 어찌 그렇게 되지 않겠습니까?

臣(신)은 어리석어 감히 자장 스님을 따르지 못하오나 앞에서 말한

의천대사

바와 같이 聖人(성인)과 時期(시기)는 만나기 어려운 것이니, 애석하게도 고칠 것을 고치지 않으면 그것은 고치지 않은 거문고나, 비파를 고치지 않고 놓아두는 것과 같은 것입니다.

생각하오면 主上(주상)께서는 德(덕)은 삼왕보다 뛰어나고 道(도)는 二帝(이제)와 짝하며, 그 공은 劉漢(유한)보다 높고, 제도는 당나라를 이었사오니, 모든 나라들이 이곳을 향하고 백성들은 마음을 놓았습니다. 이때를 당해 곡식으로 교환하는 폐단을 고치지 않으면 이 뒤에는 누구를 기다리겠습니까?

대개 돈이란 그 몸은 하나이지만 그 뜻은 네 가지를 포함하고 있습니다. 첫째는 錢(전)의 바탕은 둥글고 모납니다. 둥근 것은 하늘을 본

떴고 모난 것은 땅을 본뜬 것이니, 온 땅에 두루 돌고 돌아서 끊어짐이 없다는 것이며, 둘째는 泉(천)이니, 그것은 돈의 유통이 마치 다함이 없는 샘물과 같다는 것이며, 셋째는 布(포)이니 그것은 백성들 사이에 퍼지되 상하에 두루 퍼져 영원히 막히지 않는다는 것이며, 넷째는 刀(도)이니, 그것은 좋고 날카롭게 놀리면 빈부를 나누며, 날마다 써도 칼날 같아서 무디어지지 않는다는 것입니다.

간절히 바라옵건대 지금 과거의 圓法(원법)의 공을 본받으면 實益(실익)이 그 배나 될 것이니 그대로 단행하면 나라를 이롭게 하는 바가 다섯 가지나 있을 것입니다. (이하 생략)

우리는 의천을 단지 점잖은 왕자 스님으로서 고려 天台宗(천태종)을 開創(개창)한 분쯤으로 알고 있다. 그러나 그는 고려 불교의 융합을 실현하기 위하여 노력한 실천적 종교인이었으며, 끈질기게 화폐제도의 개혁을 주장하여 그 실현을 본 경제사상가이기도 하였다. 大覺國師(대각국사)라는 칭호는 그가 병들어 죽기 이틀 전에 생전의 업적을 기리는 뜻에서 얻게 된 謚號(시호)와 같은 명칭이었다.

大抵人君鑄錢立幣 人生之遠施也. 伏觀海東自三韓求統已前 其風素略 語所謂先進於禮樂者也. 其國儉嗇語所謂陋如之何者也. 故新羅大僧統慈藏 上疏以本俗衣服鄙醜 乞用唐儀 國王許之 送去遠服 尊尙衣冠 儼然至今 極爲盛美.

伏以我國家 順天革命 一統三韓 增新禮儀 彰明法度 衣服有制 車騎有常 文物以紀 聲當明以發之 以臨百官 以齊萬國 莫不戒懼 而當然 且以衣冠 一更愈久而愈新 則立錢之法 豈不若是哉.

臣愚不敢追縱於慈藏 然前所謂惟聖難逢 惟時難遇 惜乎當更而不更 是猶琴瑟不調而不收也. 恭惟主上德邁三王 道伴二帝 功高劉漢 制紹李唐 萬國向方 百姓安堵 當於斯時 米弊不更 後將孰待矣. 錢之爲物體一 而義包四 一曰錢質圓而方 方圓以法天 方以象地 言覆載轉而旡也. 二曰泉者 通行流愆 如泉之無窮也. 三曰布者 布於民間 上下周普 永遠而不滯也. 四曰刀者 行有美利 分割貧富 日用而不鈍也. 切謂方今 擬諸往圓法之功 昔實相倍 儻若決行 與利國有五.(下略)

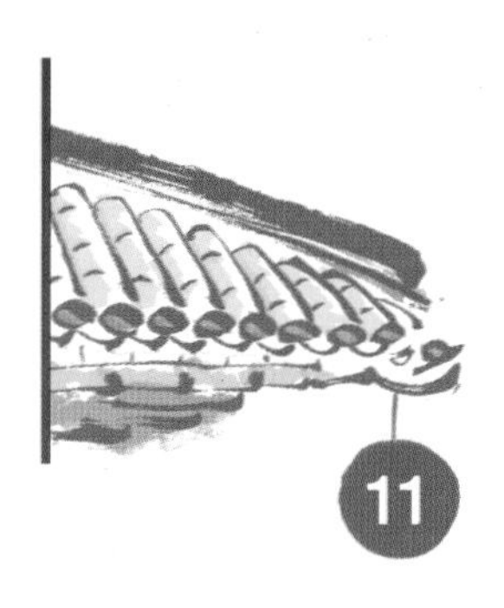

金富軾의 進三國史(記)表

김부식 진삼국사 기 표

『三國史記(삼국사기)』의 편찬책임자로서, 우리나라 역사가의 嚆矢(효시)가 된 金富軾(김부식, 1075~1151)은 역사상 드물게 발견되는 행운의 文士(문사)다. 그의 시대 이전에 삼국의 역사책이 없었던 바 아니나, 그것을 볼 수 없는 오늘날, 우리나라 최고의 역사학자라는 영예를 누리는 것이 첫째요, 『삼국사기』의 편찬에 참여한 사람이 모두 열한 명이나 되건만, 오로지 편찬의 책임을 맡았다 하여 김부식만 거명되는 것이 그 둘째다. 그는 원래 글 잘하는 선비의 집안에 태어나 형님 두 분과 막내아우와 더불어 4형제가 당대를 주름잡는 학자였다. 송나라의 사신이 오면 으레 館伴(관반 : 사신의 말동무를 하는 사람)이 되어 당대의 문화를 논하였는데, 그의 식견에 놀란 송나라 문사 徐兢(서긍)은 『高麗圖經(고려도경)』에서 김부식과 그의 집안을 고려의 대표적인 문사의 집안으로 소개하고 있다. 그렇지만 文名(문

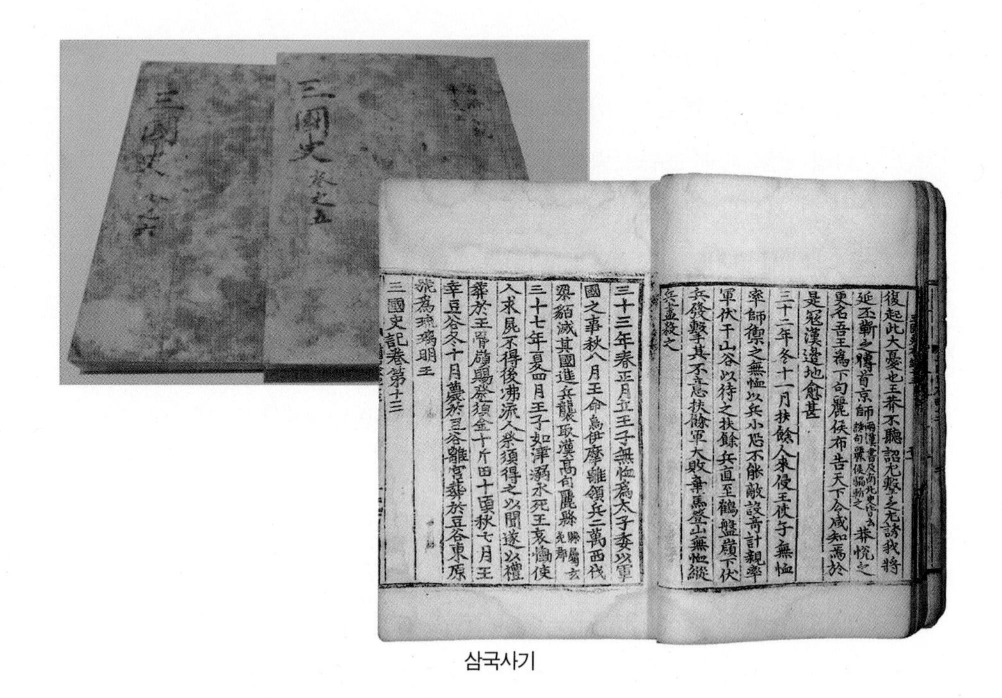

삼국사기

명)에 가려져 있는 그늘이 없지도 않다. 1135년 妙淸(묘청)이 西京(서경, 지금의 평양)에서 반란을 일으키자 元帥(원수)로서 中軍將(중군장)이 되어 그 난을 평정하는 공을 세웠는데, 그 과정에서 그 무렵 글 잘하기로 김부식에 버금가지 않는다고 일컬었던 鄭知常(정지상)을 묘청과 내통하였다는 혐의로 죽인 일이다. 후세 사람들이 이것을 두고 글시샘으로 말하게 되었다.

다음은 『삼국사기』를 다 지어 임금에게 바치면서 올린 글이다.

臣(신) 富軾(부식)은 삼가 아뢰나이다. 옛날 중국에서는 나라마다 史官(사관)을 두어 그 시대의 일을 기록하였으므로, 맹자는 말하기를

"晉(진)나라의 史乘(사승), 楚(초)나라의 檮杌(도올), 魯(노)나라의 春秋(춘추)가 모두 한가지 역사책이다."하였습니다. 생각하옵건대, 우리나라 三國(삼국 : 고구려, 백제, 신라)도 지나온 햇수가 오래되므로 마땅히 그 사실을 책으로 남겨 놓아야 할 방책이 있어야겠기에 이 늙은 신하에게 그것을 편집하도록 명령하셨습니다. 하오나 스스로 돌아보오니 모든 것이 부족할 뿐이어서 어찌할 바를 모르겠습니다. 엎드려 생각하오니 聖上(성상)께서는 唐堯(당요)의 文思(문사)를 바탕으로 하시고, 하우(夏禹)의 근검(勤儉)을 본받으시어 밤낮으로 틈을 내시어 옛날 역사를 친히 읽으시고 말씀하시기를 "요즈음의 學士丈夫(학사장부)들은 五經(오경 : 詩經, 書經, 春秋, 禮記, 周易)과 제자백가의 책이며, 秦漢(진한)의 역사책은 열심히 읽어서 상세히 말하는 사람이 있으나, 우리나라의 사실에 대하여는 오히려 막막하여 처음도 끝도 알지 못하니 심히 통탄할 일이오. 하물며 신라, 고구려, 백제가 나라를 세우고 서로 솥발처럼 버텨서서 예의를 갖추어 중국과 교통한 까닭으로 范曄(범엽)의 『後漢書(후한서)』나, 宋祈(송기)의 『唐書(당서)』에는 모두 우리나라의 列傳(열전)이 있기는 하지만 자기 나라 것은 상세히 쓰고 남의 나라는 간략하게 적었으므로 자세치 않은 것이 많고, 또한 옛 기록에는 내용이 거칠고 잘못된 기록과 빠져 없어진 것이 많으므로 임금의 善惡(선악), 신하의 忠邪(충사), 국가의 安危(안위), 백성의 理亂(이란) 등을 모두 잘 밝혀서 후세 사람들에게 경계를 권할 수가 없구려. 마땅히 삼장(三長 : 才 재주, 學 배움, 識 앎)의 인재를 얻어 한 나라의 역사를 완성하고 이것을 만세에 남겨주는 교훈으로 삼아 일월성신과 같이 밝게 하고 싶구려."하였사오나 신과 같은 사람은 원래 재주 있는 사람도 아니옵고 또한 깊은 학식도 없사오며, 늙음에 이르러서는 날로 정신이 혼몽하여 비록 책은 부지런히 읽사오나 돌아서면 곧 잊어버리고 붓을 들어도 힘이 없사오며, 종이를 대하여도 뜻대로 써지지 않나이다. 신의 학문이 이처럼 천박하온데 과거의 언어와 기왕의 사건은 정신이 아득하고 그윽하여 먼 곳을 바라보듯 어둡습니다. 그러므로 다시 정신을 가다듬고 힘을 다하여 겨우 이 책의 편찬을 마치기는 하였사오나 마침내 보잘것이 없게 되었으므로 스스로 부끄럽지 그지없습니다.

엎드려 바라옵건대, 성상 폐하께옵서는 이처럼 간략하게 만든 잘못을 용서하여 주시옵소서. 이 책이 비록 名山(명산)에 비장할 것은 되지 못하오나 한갓 간장을 담는 작은 항아리처럼 함부로 굴리는 것이 되지는 않기를 바라나이다. 신의 구구하고 망령된 뜻이오나 하늘의 해님은 밝혀 주시리라 믿나이다.

이 글은 『삼국사기』의 편찬 목적을 소상하게 밝힌다. 그런데 그 목적을 임금의 부탁 말씀으로 묘사하면서 모든 공을 임금에게 돌리는 수사적 기교가 한층 돋보인다. 그러나 이 『삼국사기』는 과거의 역사를 객관적으로 다루는 데 결함을 보인다는 점(신라편중, 사대성향, 민족 자주성 결여) 때문에 두고두고 이야깃거리를 남기고 있다.

臣富軾(謹)言 古之列國 亦各置史官 以記事. 故孟子曰 晋之史乘 楚之檮杌 魯之春秋 一也. 惟此海東三國歷年長久 宜其事實著在方策 乃命老臣 俾之編集 自顧

缺爾 不知所爲.

伏惟聖上陛下 性唐堯之文思 體夏禹之勤儉 宵旰餘閑 博覽前古 以謂“今之學士大夫 其於五經諸子之書 秦漢歷代之史 或有淹通而詳說之者 至於吾邦之事 却茫然不知其始末 甚可嘆也. 況惟新羅氏高句麗氏百濟氏 開基鼎峙 能以禮通於中國 故范曄漢書 宋祁唐書 皆有列傳. 而詳內略外 不以具載 又其古記 文字蕪茁 事迹闕亡. 是以君后之善惡 臣子之忠邪 邦業之安危 人民之理亂 皆不得發露以垂勸戒. 宜得三長之才 克成一家之史 貽之萬世 炳若日星.”

如臣者 本非長才 又無奧識 洎至遲暮 日益昏蒙 讀書雖勤 淹卷卽忘 操筆無力 臨紙難下. 臣之學術 蹇淺如此 而前言往事 幽昧如彼 是故疲精竭力 僅得成編 訖無可觀 祇自愧耳.

伏望聖上陛下 諒狂簡之裁 赦妄作之罪 雖不足藏之名山 庶無使墁之醬瓿 區區妄意 天日照臨.

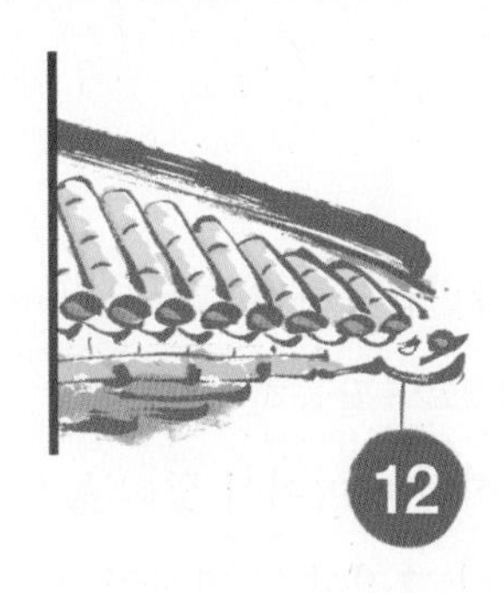

이인로 시화수필

李仁老의 詩話隨筆

李仁老(이인로, 1152~1220)는 고려가 內憂外患(내우외환)에 시달리던 12세기 후반기와 13세기 초반에 걸쳐 살다간 문인이다. 그냥 문인이 아니라 竹林高會(죽림고회)라 하는 文壇(문단)을 만들었고, 破閑集(파한집)이라 하는 詩話隨筆(시화수필)을 지었으니 이것은 오늘날의 안목으로 보면 詩文批評集(시문비평집)이다. 그러므로 이인로를 일컬어 우리나라 최초의 문예비평가요 또한 수필가라 부를 수 있으리라.

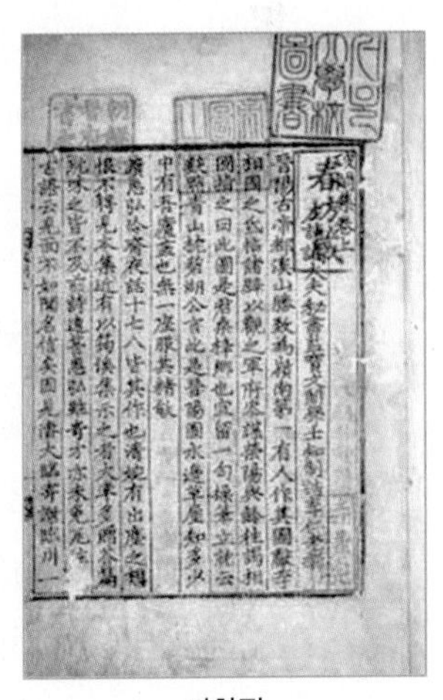

파한집

그는 선비의 집안에 태어났으나 早失父母(조실부모)하여 고아의 신세가 되었는데, 다행히 집안 아저씨 寥一(요일) 스님 밑에서 글공부를 하며 성장하여 29세에 장원급제하니 그로부터 그의 글재주가 세상에 널리 알려졌다. 그러나 그가 활동하던 시절은 武人(무인)들이 집권하여 나라살림을 어지럽히던 때이어서 뜻이 통하는 글벗들과 어울려 글짓기로 세월을 낚으니 그것이 곧 파한집이 되었다. 몇 줄 읽어보자.

시구를 彫琢(조탁)하는 법은 오직 杜甫(두보) 한 사람이 지극히 뛰어났으니 "해와 달은 鳥籠(조롱) 속의 새요, 하늘과 땅은 浮萍草(부평초)로다. 열 번 더위에 岷山(민산)이 갈포를 입었고, 세 번 서리 내릴 때 초나라 민가의 다듬이 소리를 들었도다."와 같은 것이 좋은 예다. 또 사람의 재주는 그릇이 네모난 것이냐 둥근 것이냐 하는 것과 같아서 두 가지를 겸하여 가질 수 없는 것이니 천하에 기이한 구경거리가 많아서 마음과 눈을 즐겁게 하지만 진실로 재주가 뜻에 미치지 못하면 마치 노둔한 말이 천릿길을 달리는 것과 같아서 아무리 부지런을 피워보아도 먼 곳에는 이를 수가 없다. 그러므로 옛사람은 뛰어난 재주가 있더라도 망령되이 일을 서두르지 않고 반드시 단련하고 琢磨(탁마)한 연후에야 그 빛을 무지개처럼 드리워 천고에 빛냈던 것이다. (중략)

지혜가 있는 자는 아직 형체가 나타나기 전에 보게 되고, 어리석은 자는 일이 발생하지 않을 것이라 하여 근심하지 않고 태연하다가 환난이 닥친 뒤에야 비로소 마음을 태우고 힘을 수고로이 하여 구하고자 하나 어찌 存亡(존망) 成敗(성패)에 유익하리요. 이것이 扁鵲〔편작 : 전국시대의 명의(名醫)〕이 桓侯(환후)의 병을 고치지 못한 까닭이다. 옛날 한나라 문제 때에 세상이 잘 다스려지고 평안하였으며 백성들

이인로 문학비

이 넉넉하였으나 賈誼(가의)는 나라를 痛哭(통곡)하였으며, 당나라 태종은 창업한 뒤에 날로 경계하고 두려워하여 일찍이 조금도 게을리 한 바가 없으나 魏徵(위징)은 오히려 열 가지 경계할 바를 상소하였다.

그러므로 옛글에 諫(간)하는 자는 병폐의 근원을 미리 막아서, 혹 서리 올 때에 얼음 얼 것을 경계하였고, 漆器(칠기) 만드는 것을 보고 玉杯(옥배) 만들 것을 염려하였다. 전날에 의종은 수십 세 동안의 풍성하고 태평한 왕업을 이어받아 왕위에 있은 지 오래되매, 풀리지 않는 일이 없으므로 모두 태평한 나라가 태산같이 튼튼하다 하였으나 오직 한 사람 正言(정언) 文克謙(문극겸)은 대궐 문을 두드리고 疏(소)를 올리니 말한 것이 한결같이 당대의 병폐를 지적하였으므로 사람들이 "鳳(봉)이 산에 우는 것과 같다〔鳳鳴朝陽〕" 하였으나 임금은 듣지 않았다. 문공이 벼슬을 버리고 집어 돌아와 다음과 같은 시를 지었다.

朱雲(주운)이 난간을 꺾음은 명예를 구함이 아니요, / 袁盎(원앙)이 수레를 막는 것은 어찌 자기 몸을 위함이랴. / 한 조각 丹誠(단성)을 하늘이 비추지 않으므로/억지로 파리한 말을 채찍질하며 물러나는 것일세.

명종이 즉위하자 발탁하여 承宣(승선)의 자리에 있게 하니 국가의 안위와 인민의 이익과 병폐, 사대부의 어질고 못남을 모두 임금께 전달하여 조금도 늦춤이 없으니 지금에 이르기까지 이웃나라와 우호를 맺고 나라 안팎이 평안하여 근심이 없는 것은 오로지 공의 힘이었다. 공이 재상으로 있을 때에 나를 천거하여 내가 玉堂(옥당)에 입시한 지 1년이 지났을 즈음 공이 홀연히 세상을 떠났다.

몇 줄 되지 않는 간결한 詩評(시평)이지만 그 속에 준엄한 문학 수련의 道(도)를 말하고 있고, 또 몇 줄 안 되는 人物評傳(인물평전)이지만 거기에 정치와 인생의 참 길을 제시하고 있다. 우리 조상들은 이처럼 문학과 도덕과 인생을 구별하여 말하지 않았다.

오늘날 글짓기를 단순히 글재주 쌓기로 오해하는 풍토에, 아니면 문학이 세상에서 도망가는 수단으로 오해되는 풍토에 위의 수필은 뇌성벽력으로 소리치는 성난 스님의 喝(할)로 생각할 수는 없는 것인가?

琢句之法 唯少陵獨盡其妙 如〈日月籠中鳥 乾坤水上萍 十暑眠山葛 三霜楚户砧〉之類是已 且人之才 如器皿方圓 不可以該備 而天下奇觀異賞 可以悅心目者甚夥 苟能才不逮意 則譬如駑蹄臨燕 越千里之途 鞭策雖勤 不可以致遠 是以古之人 雖有逸才 不敢妄下手 必加鍊琢之工 然後足以垂光虹蜺 輝央千古(中略)

智者見於未形 愚者謂之無事泰然 不以爲憂 及乎患至 然後雖焦神勞力思欲救之 奚益於存亡成敗數哉 此扁鵲所以不得救桓侯之疾也 昔漢文帝時 海內理安 人民殷阜 而賈誼爲之痛哭 唐文皇自創業之後 日益戒懼未嘗少怠 而魏徵猶陳十漸.

故傳曰 諫者救其源 不使得開 戒氷於霜 杜玉盃於漆器. 昔穀王籍數十世 豊平至理之業 居位日久 事無不擧皆以謂太平之業 安於泰山 莫敢有言之者 正言文克謙直叩天扉 上皀襄一封 而所言皆中時病 人謂之鳳鳴朝陽 天聽未允. 公脫朝衣 還家作詩云〈朱雲折檻非干譽 袁盎當車豈爲身 一片丹誠天未照 强鞭羸馬退逡巡〉及明王踐阼 擢居喉舌地 國家安危 人民利病 士大夫之賢不肖 盡達於天聰 無一毫底滯 至今隣邦結好 中外晏然無患 實公之力也 公位冢宰 薦僕入侍玉堂 踰年公卒.

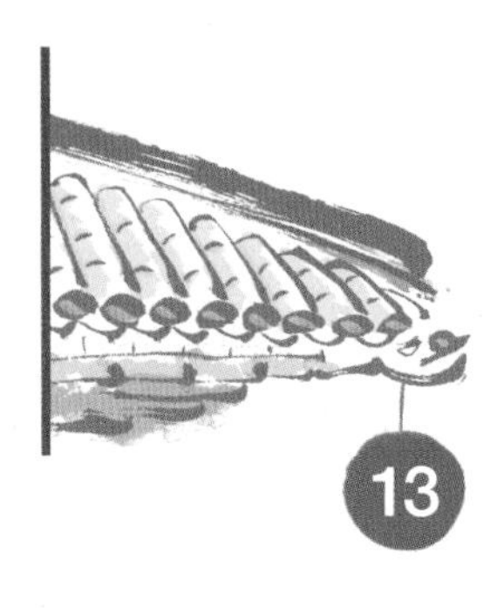

知訥의 牧牛子修心訣

지눌 목우자수심결

知訥(지눌, 1158~1210)은 누구인가? 고려의 큰스님이다. 曹溪宗(조계종)은 무엇인가? 우리나라 불교의 대표적 종파요, 우리나라 불교의 얼굴이다. 어찌하여 지눌과 함께 조계종을 언급하는가? 지눌이 조계종을 처음 開創(개창)한 큰스님이기 때문이다.

지눌은 의종 19년(1165) 여덟 살 나이에 출가하였다. 본래 황해도 명문가인 鄭(정)씨 집안에 태어났으나, 태어나면서부터 병약하여 매양 그의 아버지가 병만 낫는다면 아들을 부처님께 바치겠다고 맹세하였는데 과연 여덟 살에 병이 깨끗이 나았다. 그래서 부모의 약속에 따라 출가하게 되었다. 25살 되던 해에 僧科(승과)에 급제했으나 중으로서의 출세를 단념하고 전국을 누비며 여러 스승의 가르침을 받았다. 그러면서도 그의 뜻은 당대 불교의 병폐를 씻고자 하는 것이었다. 그러다가 드디어 1200년 그의 나이 마흔셋에 뜻을 같이

지눌(知訥) 보조국사(普照國師)

하는 道伴(도반)들과 함께 定慧社(정혜사)를 만드니 이것이 우리나라 조계종의 출발이 되었다.

그의 사상을 한마디로 말하라면 頓悟漸修(돈오점수) 넉 자면 족하다. 이것은 깨달음은 갑자기 찾아오지만 점진적인 도닦기가 없이 오는 것이 아니니, 禪(선)을 體(체)로 삼고 敎(교)를 用(용)으로 삼아 부지런히 마음을 닦아야 한다는 것이다.

다음은 마음 바깥에 부처가 따로 있을 수 없다는 그의 사상을 아주 쉽게 설파한 「목우자수심결」의 첫 부분이다.

온 세상의 고뇌는 마치 불타는 집과 같으니 어찌 거기에 그대로 머물러 긴 고통을 감내하려 하는가? 죽고 사는 것을 벗어나려 한다면 부처 되기를 구하는 것보다 더 좋은 것이 없다. 부처가 되기를 바란다면 그 부처란 무엇인가? 부처는 바로 마음이다. 마음을 어찌 멀리서 찾을 것인가? 마음은 우리 몸을 떠나서 있는 것이 아니다. 이 육신은 헛것이라 태어나기도 하고 죽기도 하지만, 참마음은 허공과 같아서 끊어지지도 않고 변하지도 않는다.

그러므로 '온몸은 무너지고 흩어져 물로 돌아가고, 바람으로 돌아가지만 한가지 물건만은 언제나 신령하여 하늘을 덮고 땅을 덮는다'고 하였다.

슬프다, 오늘날 사람들은 어리석음에 빠진 지 오래되어 제 마음이 곧 참 부처임을 알지 못하고 제 성품이 곧 참된 법임을 깨닫지 못하여, 법을 구하려 하면서도 멀리 성인들의 행적이나 찾고, 부처를 구하려 하면서도 제 자신의 마음을 살펴보지 못한다. 그리하여 마음 밖에 부처가 있다 하기도 하고, 성 밖에 법이 있다 하기도 하면서 부처의 도를 구하려 한다면 억만 겁의 세월을 지내도록 몸을 사르고 팔을 태우며 뼈를 깨뜨려 골수를 내고 피를 내어 경전을 베끼며 곧게 앉아 눕지도 아니하고 밥은 하루에 한 끼만 먹으며 대장경 수만 경전을 다 읽어 제치고 또 갖가지 고행을 참아 견딘다 할지라도, 그것은 모래를 삶아 밥을 지으려는 것과 같아서 다만 헛된 수고만 더할 뿐이다. 그러나 다만 제 마음을 알면 항하의 모래처럼 많은 법문과 한량없는 묘한 이치를 구하려 하지 않더라도 저절로 얻게 될 것이다.

그러므로 일찍이 부처님은 "일체 중생을 두루 살펴보니 모두 여래의 슬기와 덕스러운 모습을 고루 갖추었구나." 하셨고, 또 "일체 중생의 갖가지 신묘한 재주들도 모두 여래의 원만히 깨달은 마음에서 나왔구나." 하셨으니 마음을 떠나서는 결코 부처가 될 수 없음을 알 수 있다.

과거의 모든 부처도 다만 마음을 밝힌 사람이요, 현재의 모든 성현들도 마음을 아는 사람이니, 미래의 공부할 사람들도 마땅히 마음을 아는 방법에 의지해야 할 것이다. 그러므로 도 닦는 사람들은 부디 밖에서 구하려 하지 말라. 심성은 본디 물듦이 없어 본래부터 스스로 완벽하게 성취된 것이니, 오로지 망령된 인연만 벗어난다면 곧 法身佛(법신불)이 되는 것이다. (이하 생략)

우리는 이 글을 읽으면서 생각하게 된다. 名文(명문)이란 과연 무엇인가. 그것은 아름다운 낱말을 늘어놓은 것이 아니라 피땀어린 노력으로 도를 깨친 사람이 자신의 가슴을 열어 보이는 정성 어린 고백이라는 것을.

지눌 스님의 말씀에 다시 귀 기울여 보자. 수심결의 마지막 구절이다.

지금 보배가 쌓인 곳에 왔으니 빈손으로 돌아가지 말라. 한 번 사람이 몸을 잃으면 만겁에 어찌 다시 회복하리오. 청컨대 부디 삼가라. 지혜 있는 사람이라면 보배 있는 곳을 알면서 구하지 않다가 어찌 오래도록 외롭고 가난함을 원망하겠는가? 진실로 보배를 얻으려 하거든 가죽 주머니(사람의 몸통)를 놓아 버려라.

지눌 스님의 원불(願佛)인 국보 42호 목조삼존불감

三界熱惱 猶如火宅 其忍淹留 甘受長苦 欲免輪廻 莫若求佛 若欲求佛 佛卽是心 心何遠覓 不離身中 色身是假 有生有滅 眞心如空 不斷不變.

故云 百骸潰散 歸火歸風 一物長靈 盖天盖地 嗟 夫今之人 迷來久矣.

不識自心是眞佛 不識自性是眞法 欲求法而 遠推諸聖 欲求佛而 不觀己心. 若言 心外有佛 性外有法 堅執此情 欲求佛道者 縱經塵劫 燒身燃臂 敲骨出髓 刺血寫經 長坐不臥 一食卯齋 乃至轉讀 一大藏教修 種種苦行 如烝沙作飯 只益自勞爾 但識自心 恒沙法門 無量妙義 不求而得. 故世尊云 普觀 一切衆生 具有如來 智慧德相 又云 一切衆生 種種幻化 皆生如來 圓覺妙心 是知離此心外 無佛可成.

過去諸如來 只是明心底人 現在諸賢聖 亦是修心底人 未來修學人 當依如是法 願諸修道之人 切莫外求 心性無染 本自圓成 但離妄緣 卽如如佛(中略)

今旣到寶所 不可空手而還 一失人身 萬劫難復 請須愼之. 豈有智者 知其寶所 反不求之 長怨孤貧 若欲獲寶 放下皮囊.

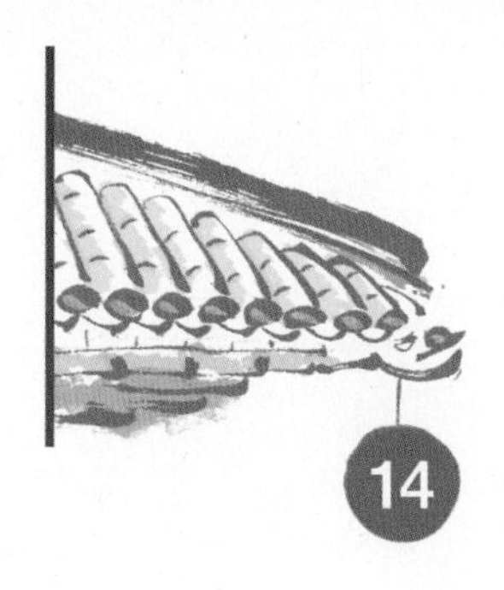

14

覺訓(각훈) 스님의 海東高僧傳(해동고승전)

覺訓(각훈) 스님은 生沒年代가 자세치 않다. 『海東高僧傳(해동고승전)』 첫머리에 五冠山(오관산) 靈通寺(영통사) 住持(주지)로 教學(교학) 賜紫沙門(사자사문) 臣(신) 覺訓(각훈)이 임금님의 명을 받들어 삼가 이 책을 편찬하였다는 기록이 있고, 또 그 서문 속에 이 책을 편찬한 해가 順道(순도)의 고구려 입국 이래 844년 되었다는 기록과 맞추어 보면 이 책이 완성된 해는 고려 高宗(고종) 2년(A.D. 1215)에 해당한다.

한편 李奎報(이규보)의 『東國李相國集(동국이상국집)』에는 覺訓(각훈)에 대해 다음과 같이 쓰고 있다.

早修僧傳僅終編
法門梁棟今頹折
後學憑誰討十玄

일찍이 高僧傳(고승전)을 겨우겨우 끝마치고
法門(법문)의 대들보가 이제 꺾여 무너지니
후학들은 누굴 믿고 十玄(십현)진리 연구할꼬

그렇다면 1215년은 각훈이 아무래도 환갑은 넘은 나이였을 것이고, 또 얼마 안 되어 세상을 하직한 것처럼 보인다. 이규보는 毅宗(의종) 22(1168)~高宗(고종) 28(1241)이니 아마도 그와 年相若(연상약)한 연배 아니면 얼마간의 연상이 아니었을까?

高陽醉髡(고양취곤)이란 雅號(아호)가 전하는 것으로 보아 高陽(고양)사람인 듯하고 또 "술 취한 빡빡머리"를 자랑스레 내세웠으니 스님의 몸으로 꽤나 술을 즐긴 듯. 유불을 넘나들며 당대의 문사들과 짙은 교분을 쌓았던 것 같다. 이때에는 儒林(유림)과 學僧(학승)이 서로 어울려 놀며 老釋(노석)과 孔孟(공맹)을 한자리에 놓고 자유롭게 토론하던 시대가 아니던가?

이 『海東高僧傳(해동고승전)』은 『三國史記(삼국사기)』, 『三國遺事(삼국유사)』와 함께 고려조에 纂述(찬술)된 三大史料(삼대사료)의 하나로 꼽힌다. 이제 그 서문을 읽어 보자.

〖海東高僧傳(해동고승전) 流通(유통) 序(서)〗

생각해 보자. 부처님의 가르침은 性相(성상 : 만물의 본성과 현상)이 언제나 한결같고 悲願(비원 : 衆生濟度의 간절한 소원)이 크고 깊어 三際(삼제 : 과거 현재 미래)에 두루 닿았고, 十方(시방 : 上下와 八方)에 두루 퍼져서 비와 이슬처럼 적시고 우레와 번개처럼 울리니 가려 하지 않았으나 도달하였고, 서두르지 않았으나 빨라서 다섯 가지 눈(肉 · 天 · 慧 · 法 · 佛의 보기)으로도 그 얼굴을 볼 수 없고, 네 가지 입(法 · 義 · 辭 · 樂說의 말하기)으로도 그 참모습을 말할 수 없으니, 그 본체는 가고 옴이 없으나, 그 작용은 태어나고 소멸됨이 있다.

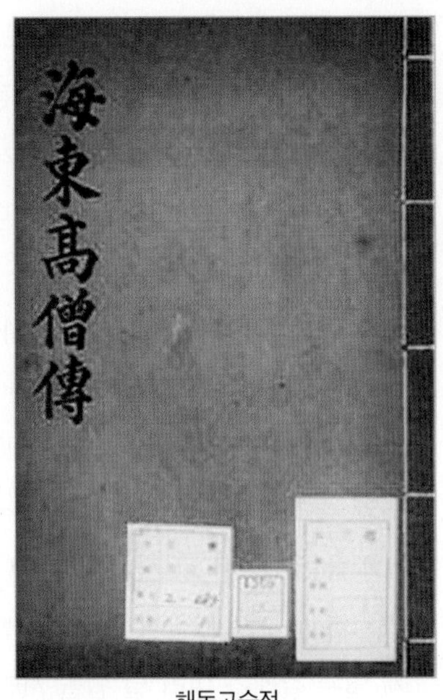

해동고승전

그러므로 우리 석가여래께서는 도솔천에서 전단누각을 타고 마야부인의 태에 들어가 주나라 소왕 갑인년(B.C. 623) 4월 8일에 드디어 그 오른쪽 옆구리를 열고 정반왕궁에서 태어나시니, 그날 밤에 오색의 밝은 瑞氣(서기)가 온 하늘에 뻗치고 사방에 비치었다. (이에) 소왕이 태사 소유에게 묻기를 "큰 성인께서 서쪽 땅에서 태어나셨으니 이 세상에 어떤 영향이 미치겠는가?"하였다. 태사가 대답하였다. "이것은 다름이 아니오라 일 천 년 뒤에 그 놀라운 가르침이 이 땅을 덮으리라는 것입니다." 그러므로 (부처님께서) 처음에 궁중에 계실 때에는 역시 세상 속인들의 모습과 다를 것이 없었다. 그러다가 42년 갑신년(B.C. 593) 4월 8일, 부처님 나이 서른에 궁성을 넘어 집을 떠나 드디어 보리수 밑에 앉아 道(도)를 이루고 그 法(법)을 전파하여 중생을 이롭게 하시니, 이것은 마치 우담바라 꽃이 때를 맞추어 한 번 활짝 핀 것과 같았다.

처음에는 화엄경을 설법하시고, 다음에는 소승경전을 설법하셨는데, 어떤 때에는 반야경이나 심밀경으로, 또 어떤 때에는 법화경이나 열반경으로 (듣는 이의) 根機(근기 : 가르침을 깨닫는 인식능력)에 따라 그들을 널리 교화하며 그들 그릇(마음 바탕)의 생김새(모가 났는가 둥근가 하는 受容姿勢)에 맡기니 그것은 마치 하나의 바람결이 만개의 구멍에서 일제히 울리고, 외로운 달 하나가 천 개의 강 위에 모두 나타나는 것과 같았다. 이렇듯 49년 동안 중생을 제도하셨으니 列子(열자)가 말한 바 "서녘에 큰 성인이 계시다"한 것이 바로 이것이다. 이때에 문수와 목련이 세상 사람을 교화하는 큰 인물이 되어서 중국(震旦은 중국의 별칭)에까지 그 자취를 남겼다. 부처님 나이 79세, 목왕 임신년(B.C. 544) 2월 15일에 경림(沙羅雙樹)에서 열반하시니 그때 흰 무지개 열두 갈래가 여러 날 밤을 사라지지 않았다. 목왕이 태사 호다에게 그 연유를 물으니 "서녘의 큰 성인이 이제 돌아가셨기 때문이옵니다"하고 대답하였다.

이에 아난 등이 부처님의 말씀을 結集(결집)하여 貝牒(패첩 : 베다나뭇잎)에 갖추어 실으니 經(경) 律(율) 論(론) 戒(계) 定(정) 慧(혜)가 비로소 널리 전파될 길이 트이었다. 그러나 화엄경의 한결같은 말씀은 용궁에 들어가 숨으니 사악한 종파가 독사처럼 휘젓고 이단의 무리가 개구리처럼 울어 대었다. 그러던 중 馬鳴(마명)이 이 세상에 우뚝 솟듯 나타나니 그 뛰어남이 陳那(진나)에게 미치고 護法(호법)이 화답하여 사악함을 내쫓고 올바름을 드러내어 (화엄의) 뜻을 풀이하고 그 宗旨(종지)를 펼치게 되었다. (이것은) 모든 것이 널리 서역에 갖추어진 다음, 앞으로 동녘으로 전파될 기회를 기다리는 것이었다.

(중략)

이제 우리 海東(해동) (불교를 생각해 보면) 고구려 해미류왕 (소수림왕) 때에 順道(순도) 스님이 평양성에 이르렀고, 뒤이어 摩羅難陀(마라난타)가 晉(진)나라에서 百濟(백제)에 왔으니 곧 침류왕 때이다. 그 뒤로 신라 제23대 법흥왕이 왕위에 오르시니 梁(양)나라 대통 원년 정미년(A.D. 527) 3월 11일, 阿道(아도) 스님이 一善縣(일선현 : 지금의 善山)에 와 머무셨으니 그것은 믿는 선비 毛禮(모례)가 숨겨 준 때문이었다. 또 吳(오)나라에서 온 使者(사자) 香道(향도)가 焚點(분점)의 의식을 가르쳐 주니 이로 말미암아 그 예식이 왕궁에까지 전해지게 되었다. 그러나 그 가르침은 아직 잘 알려지지 않았는데 舍人(사인 : 신라의 낮은 벼슬 이름) 厭髑(염촉)이 열성스런 마음과 간절한 정성으로 과감하게 나라 사람들의 의심을 풀었다. 아아, 이 미천한 사람(이차돈)이 없었다면 우리는 지금 어느 가르침을 따랐을 것인가!

이때로부터 圓光(원광) 스님, 慈藏(자장) 스님 들이 서녘으로부터 법을 전해 받아 돌아오니 상하가 모두 믿고 공경하며 나라 안팎에서 받들어 행하여 앞에서 부르면 뒤에서 응답하니 날이 가고 달이 갈수록 불법이 흥성하였다. 그리고 드디어 三韓(삼한)과 우리 聖祖(성조)에 이르러 옛 풍습을 고치고 더욱 불교를 숭상하게 되니 무릇 모든 제도는 불교를 많이 따르게 되어 문물을 지키고 法統(법통 : 정체성)을 이어 가는 임금님들은 (이 불교를) 전하며 잃어버리지 않았다. (이하 생략)

역사란 무엇인가? 현재가 미래를 염두에 두고 과거와 진지하게 나누는 대화라고 한다. 이것은 현재가 과거와 나누는 대화이지만 그 주체인 현재는 미래를 생각하며 과거에 자문한다는 뜻이겠다. 그러면 우리는 覺訓(각훈) 스님께 무엇을 여쭙고자 하는가? 그것은 물론 한국 불교의 미래일 것이다. 그러나 시대를 이끌어 갈 정신적 支柱

(지주)로서의 立志(입지)가 확고하지 않다면 현재의 한국 불교가 覺訓(각훈) 스님께 아무리 長廣舌(장광설)로 여쭙는다 하여도 그분이 무슨 말씀을 하실 수 있을 것인가!

〖海東高僧傳 流通 序〗

論曰 夫佛陀之爲敎也 性相常住 悲願洪深 窮三際遍十方 雨露以潤之 雷霆以鼓之 不行而至 不疾而速 五目不能覩其容 四辯莫能談其狀 其體也 無去無來 其用也有生有滅.

故我釋迦如來 從兜率天 乘栴檀樓閣 入摩耶胎 以周昭王甲寅四月初八日 遂開右脇 生於淨飯王宮 其夜五色光氣 入貫大微 通於西方 昭王問太史蘇由曰 "有大聖人 生於西方 問利害." 曰 "此時無他 一千年後 聲敎被此土焉." 始處宮中 亦同世俗 粤四十二年 甲申四月八日 佛年三十 踰城出家 遂坐樹成道 轉法利生 如優曇花 時一現耳.

初說華嚴 次說小乘 或般若深密 或法華涅槃 隨機普被 任器方圓 其猶一風而萬竅齊號 孤月而千江皆現. 四十九年度脫群品 列子所謂 西方有聖人者 是也. 是時文殊與目連爲化人 亦迹于震旦. 佛年七十九 以穆王壬

申二月十五日 入滅於瓊林 白虹十二道 連夜不滅 王問太史扈多曰“西方大聖人 方滅度耳”

於是 阿難等結集金言 具載貝牒 經律論戒定慧 爰方啓行. 然華嚴恒常之說 隱入于虯宮 邪宗蚖肆 異部蛙鳴 旣而馬鳴屹起 挺生及陳那 護法唱之和之 推邪現正 演義申宗 廣大悉備乎西域 將有待而東驅矣.(中略)

若我海東 則高句麗解味留王時 順道至平壤城. 繼有摩羅難陀 從晉來千百濟國 則枕流王代也. 後於新羅第二十三法興王踐祚 梁大通元年丁未三月十一日 阿道來止一善縣 因信士毛禮隱焉. 屬有吳使者 香道 指其焚點之儀 由是延致王宮. 然其教未闡 舍人厭髑 赤心面内 勇決國人之疑. 噫微夫子 吾當從何敎也.

自爾圓光慈藏之徒 西入傳法 上下信敬 内外奉行 先呼而後應 日益而月增 遂使於三韓及我聖祖 葦舊鼎尤尊佛教 凡制度多用佛教 守文繼體之君 傳而不失.(以下略)

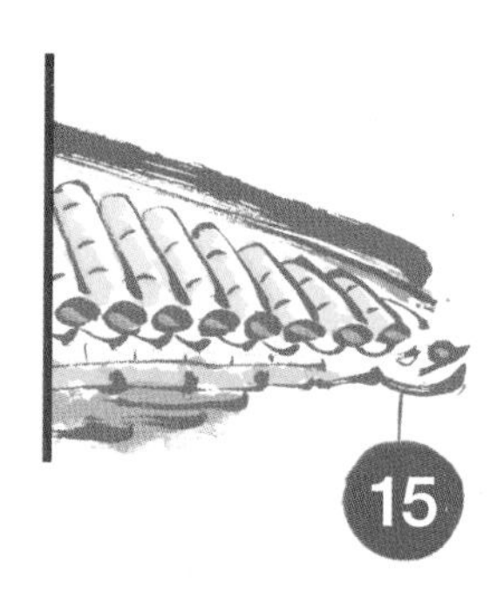

15

李奎報의 詩論
(이규보 시론)

고려시대를 통틀어 대표적 문인 다섯 사람을 손꼽으라고 할 때, 반드시 거명될 분은 東國李相國集(동국이상국집)과 白雲小說(백운소설) 등을 남긴 白雲居士(백운거사) 李奎報(이규보, 1168~1241) 선생이다.

그가 만일 현대에 태어났더라면 벼슬살이는 하지 않았을 것이고, 이른바 文壇(문단)의 우두머리로 숱한 逸話(일화)를 남겼을 분이다. 그는 스스로 三酷好(삼혹호) 선생이라 칭하였는데, 詩(시)와 酒〔술〕과 琴〔거문고〕라면 자기보다 좋아할 사람이 없을 것이라는 자신감의 표현이었다. 아마도 술과 거문고는 "시"를 떠받치는 두 기둥이었으리라.

호탕하고 활달한 시풍은 당대의 어떤 시인도 그를 흉내 낼 수 없었다. 벼슬자리에 나아갈 때마다 그 감회를 읊은 즉흥시는 당대의 문단을 흔들었고, 몽고군이 침입하였을 때에 분을 삭이며 쓴 陳情表(진정표)는 몽고군을 격퇴시키는 결정적인 名文(명문)이 되었다.

더구나 그가 진정한 의미의 문인으로 손꼽히는 까닭은 그가 시에 대한 이론에도 밝았기 때문이다. 여기 소개하는 글은 원제목이 "論詩中微旨略言(논시중미지략언)" 인데 요즈음 표현으로 바꾸면 "시 속에 감추어진 오묘한 뜻과 과감한 생략을 논함" 이라 바꿀 수 있을 것이다. 함께 읽어보기로 하자.

이규보

무릇 시는 뜻을 으뜸으로 삼는다. 뜻을 감추기가 제일 어렵고 사연을 엮는 것은 그다음이다. 뜻은 또한 "氣(기)"를 으뜸으로 삼으니 "기"의 좋고 나쁨에 따라 뜻의 깊고 얕음이 달려 있다. 그러나 "기"는 타고나는 것이라 배워서 얻을 수는 없다. 그러므로 "기"가 모자라는 이는 글을 만들기에만 힘쓰고 뜻을 앞세우려 하지 않는다. 흔히 글을 다듬고 꾸밈이 있어서, 어구를 丹青(단청)하면 실로 아름답기는 하나 그 안에 감추어진 깊고 무거운 뜻이 없어서 처음 읽을 때에는 그럴듯

해 보이나 두 번째 읽으면 벌써 그 맛이 사라진다. (중략)

바야흐로 생각을 읽을 때에 깊이 들어가 헤어나오지 못하면 빠진다. 빠지면 부딪치고, 부딪치면 미혹하고, 미혹하면 한 곳에 집착해서 변동이 없다. 오직 이동하며 앞뒤로 돌아보아 자유롭게 변화한 뒤에야 거리낌이 없어서 원만하고 능숙한 경지에 이른다. (중략)

시에 아홉 가지 마땅치 않은 체격이 있으니 이것은 내가 깊이 생각해서 스스로 터득한 것이다.

한 편의 시에 옛사람의 이름을 많이 쓴 것은 한 수레에 가득히 귀신을 실은 체격이요, 옛사람의 뜻을 모조리 모아 쓴 것이 있으니 이것은 도적질조차 서툰 것이라 서툰 도적이 잡히기 쉬운 체격이다.

어려운 韻(운)을 달기는 했는데 근거한 곳이 없다면 힘이 모자란 채 弩(쇠뇌)를 당긴 체격이요, 재주는 헤아리지 않고 운을 번드레하게 달았다면 제 양에 넘는 술을 마신 체격이다. 어려운 글자를 쓰기 좋아해서 남을 쉽게 현혹하려 했다면 이것은 함정 속으로 장님을 인도하는 체격이요, 사연은 순탄치 못하면서 인용하기를 일삼는다면 이것은 강제로 남을 나에게 따르게 하려는 체격이다. 속된 말을 많이 쓴다면 이것은 시골 첨지들이 모여 떠드는 체격이고, 기피해야 할 말을 함부로 쓰기를 좋아하면 이것은 존귀를 침범하는 체격이요, 사설이 어수선한데도 다듬지 않고 놓아두었다면 이것은 잡초가 밭에 우거진 체격이니 이런 마땅치 못한 체격을 모두 벗어난 뒤에라야 비로소 시를 논할 수 있을 것이다.

누군가 내 시의 결점을 지적해 주는 이가 있다면 행복한 일이다. 그 말이 옳으면 따를 것이고, 옳지 않아도 내 생각에 충실하면 그만인데, 듣기 싫어하며 마치 諫(간)하는 충신의 말을 외면하는 임금처럼 할 것이 무엇인가. 무릇 시를 지으면 반복해서 읽어보되 내 작품으로 보지 말고, 평생에 제일 미워하는 사람의 작품인 양 여겨서 부족하고 잘못된 것을 찾아보고 찾아보아 더 이상 찾을 수 없을 때에 발표해야 할 것이다. (이하 생략)

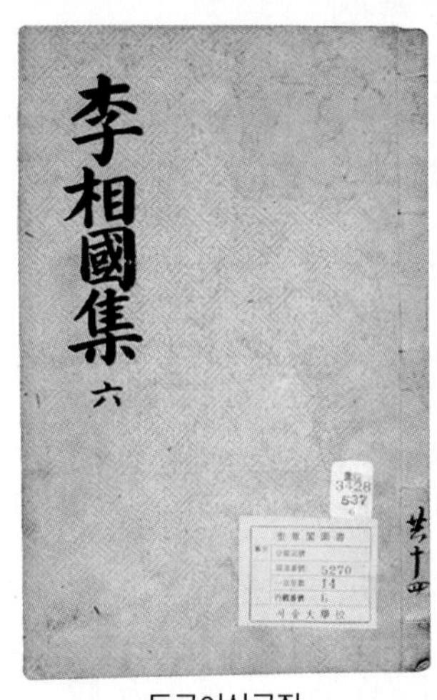

동국이상국집

이 글을 읽으면 문학적 재능은 천부적인 것이어서 처음부터 재능이 없다고 생각되는 사람은 문학에 접근하지 말라고 경고하는 듯하다. 그러나 또 천부적인 재능이 있다고 하여 끊임없이 갈고닦는 노력이 없다면 그 천부적인 재능도 보잘것이 없는 것임을 준엄하게 일깨우고 있다. 문학적 정신의 숭고함을 또 한 번 깨우치는 순간이다.

〖論詩中微旨略言〗

夫詩以意爲主 設意尤難 綴辭次之 意亦以氣爲主 由氣之優劣 乃有深淺耳. 然氣本乎天 不可學得 故氣之劣者 以雕文爲工 未常以意爲先也. 盖雕鏤其文 丹青其句 信麗矣 然中無含蓄深厚之意 則初若可翫 至再嚼則味已窮矣.(中略)

方其搆思也 深入不出 則陷陷 則着着 則迷迷 則有所

執 而不通也. 惟其出入往來 左之右之 瞻前顧後 變化自在 而後無所礙 而達于圓熟也.(中略)

詩有九不宜體 是予所深思而自得之者也.

一篇內多用古人之名 是載鬼盈車體也.

攘取古人之意 善盜猶不可盜 亦不善 是拙盜易擒體也. 押强韻無根據處 是挽弩不勝體也. 不揆其才 押韻過羌 是飮酒過量體也. 好用險字 使人易惑 是設坑導盲體也. 語未順而勉引用之 是强人從己體也. 多用常語 是村父會談體也. 好犯語忌 是凌犯尊貴體也. 詞荒不刪 是莨莠滿田體也. 能免此不宜體格 而後可與言詩矣.

人有言詩病者 在所可喜 所言可則從之 否則在吾意耳. 何必惡聞 如人君拒諫 終不知其過耶. 凡詩成反覆視之 略不以己之所著 觀之如見他人 及平生深嫉者之詩 好覓其疵失 猶不知之然後行之也.(後略)

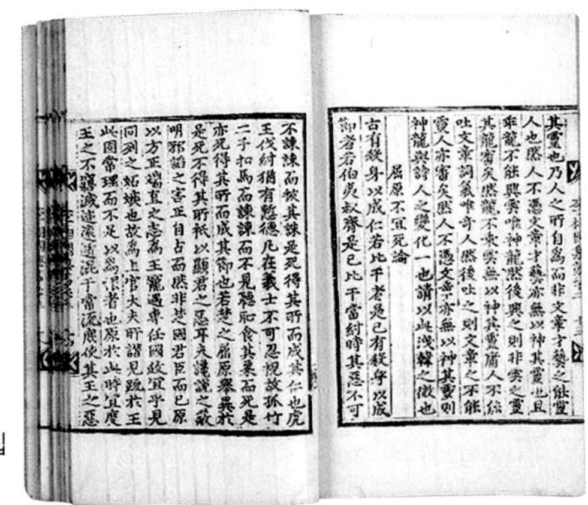
其靈也乃人之所自爲而非文章才藝之能靈
人也然人不憑文章才藝亦無以神其靈也且
乖龍不能興雲唯神龍然後興之則非雲之靈
其龍靈矣然龍不乘雲無以神其靈庸人不能
吐文章詞氣唯奇人然後吐之則文章之不能
靈人亦靈矣然人不憑文章亦無以神其靈則
神龍與詩人之變化一也請以此淺辯之徹也

屈原不宜死論

古有殺身以成仁若比干者是已有殺身以成
節者若伯夷叔齊是已比干當紂時其惡不可

不諫諫而被其誅是死得其所而成其仁也虎
王伐紂猶有慙德凡在義士不可忍視故孤竹
二子扣馬而諫諫而不見聽恥食其粟而死是
亦死得其所而成其節也若楚之屈原擧異於
是死不得其所祇以顯君之惡耳夫讒譖之蔽
明邪諂之害正自古而然非楚國君臣而已原
以方正端直之志爲王寵遇卑任國政宜乎見
同列之妬嫉也故爲上官大夫所譖見疏於王
此固常理而不足以爲深患者也原於此時宜度
王之不寤讒邪逃遁混于常流庶使其王之惡

동국이상국집

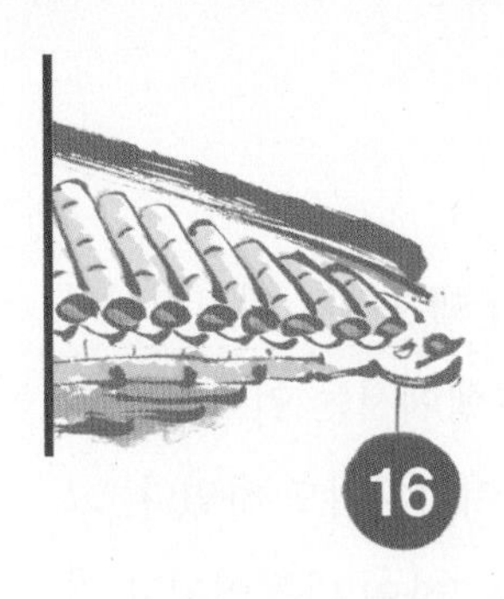

혜 심 선 문 염 송 서
慧諶 스님의 禪門拈頌序

임금님의 나라를 부처님의 나라로 만들어 평화롭고 행복하게 살려고 하였던 천년 전 우리나라 조상들은 벼슬살이보다는 떠돌이 雲水(운수)행각을 더 좋아하였다. 어쩌다 벼슬길에 나아가는 과거시험을 보기도 하였고, 또 그러한 시험에 합격하여 벼슬길이 열리기도 하였으나, 끝내는 세상을 등지고 산속으로 들어가 존경하는 스님 밑에서 머리를 깎고 중이 되었다.

1201년, 24살의 나이에 司馬試(사마시)에 합격하였으나 얼마 지나지 않아 조계사로 知訥(지눌) 스님을 찾아 평생을 의탁한 慧諶(혜심, 1178 명종 8년~1234 고종 21년) 스님도 유생의 길에서 불자로 방향 전환을 한 고려시대 지성인의 한 분이다.

그때의 스님들은 부처님의 가르침을 이론적으로 탐색하는 經論(경론) 연구보다는 깨달음을 얻어 초인의 경지에 이르는 禪修行(선수행)을 더 즐겨하였다. 부처님 가르침의 흐름이 애초부터 이심전심의 방편을 쓰고 있었기 때문이다. 그리하여 선수행에서는 언어적 논리의 세계는 무언가 걸리적거리는 장애요소로 여겨지기도 하였다. 그러나 인류의 정신문화는 언어·문자를 매개로 하여 다듬어지고 전수되는 것이었다. 할 수 없이 깨달음을 얻은 큰스님들이 불완전한 언어·문자를 방편으로 해서 말씀을 남기고 글을 지었다.

慧諶(혜심) 스님도 깨우침에 요긴한 話頭(화두) 拈頌(염송) 法語(법어)를 정리하여 뒤에 오는 이들을 위하여 책을 엮으니 그것이 『禪門拈頌(선문념송)』 30권이다. 이 慧諶(혜심) 스님이 일찍이 知訥(지눌) 스님을 찾아갔을 때 스스로 제자 되는 기쁨을 읊은 시는 지눌을 감동시켜 기쁘게 제자로 맞아들이게 하였다고 한다. 그 偈頌(게송)은 다음과 같다.

동자 부르는 소리가 솔숲 안갯속에 사라지는데
녹차 끓이는 향기는 돌길 바람 타고 풍겨옵니다.
재주 있는 젊은이 백운산 길을 따라 찾아와서는
암자 안의 노스님을 어느덧 찾아뵙고 인사합니다.

呼兒響落松蘿霧
煮茗香傳石徑風
才人白雲山下路
已參庵內老師翁

〖선문염송 서문〗

가만히 생각해 보니, 석가세존과 가섭존자 이후로 대대로 이어 내려온 등불이 꺼지지 않고 서로 은밀한 가운데 부탁하고 맡김으로써 올바로 전해줌을 삼았다.

그렇듯 올바로 전해주고 은밀하게 부탁하고 맡기는 경우에, 말이나 뜻을 갖추지 않은 것은 아니나, 말로 표현하고 논리를 세우는 것으로는 충분히 미칠 수 없었으므로 비록 가리키는 바가 있기는 하지만 문자를 사용하지 않고 펼치며 마음에서 마음으로 전하여 올 수밖에 없었다.

그런데 가끔 일 좋아하는 이들이 굳이 그들의 행적을 기록하여 서책에 실어 오늘에 이르기까지 그것을 전하였으나 그 엉성한 자취는 진실로 소중히 여길 것이 못 된다. 그렇기는 하지만 흐름을 따라 올라가 근원을 발견하고 끄트머리를 의지하여 밑뿌리를 아는 것도 괜찮으니, 근원을 얻은 사람은 비록 만 가지로 구별하여 말할지라도 핵심을 잃는 일이 없으며, 근원을 얻지 못한 사람은 비록 말을 끊고 침묵을 지킨다 할지라도 미혹함에서 벗어나지 못할 것이다.

이런 까닭에 지난날의 덕이 높은 스님들은 문자를 외면하지도 않고, 자비로움을 아끼지 않으면서도 물어보기도 하고 들어 보이기도 하며, 대신하기도 하고 구별하기도 하며 게송을 읊기도 하고 노래를 부르기도 하여 부처님의 깊고 깊은 이치를 드러내어 후세 사람들에게 물려주었다.

그러므로 바른 눈을 뜨고, 그윽한 기틀(玄機)을 갖추어 온 우주(三界)를 감싸 안고, 온 세상의 생명(四生)을 구원하려고 하는 사람이라면 이것을 버리고 무엇을 가지고 할 수 있겠는가? 더구나 우리나라

〔本朝=高麗〕의 祖聖(조성)께서 삼국을 통일한 이후에는 禪(선)의 가르침〔禪道〕으로 나라의 운수를 늘이고, 슬기로운 논리〔智論〕의 복을 받아 이웃나라 군사를 진압하였으니 으뜸 뜻을 깨닫고 진리를 논의할 자료로 이것만큼 급한 것이 있겠는가. 그러므로 우리 종문의 배우는 이들은 (이것을) 목이 말라 물을 찾듯, 배가 고파 먹을 것을 생각하듯 하였다.

그래서 나는 저 배우는 이들의 간절한 청을 받아, 앞서가신 성인 祖師(조사)님들의 본래의 품은 뜻을 생각하여 나라의 복을 받들며 불법의 도움을 얻어 제자 眞訓(진훈) 등 몇 사람을 거느리고 옛 話頭(화두) 1,125가지를 모으고, 여러 스님들의 염송을 비롯한 종요로운 말씀들을 간추려 기록하여 30권을 만들어서 이것으로 등불 전하는 일〔傳燈〕을 삼았다. 이제 바라는 것은 요순의 정치가 禪風(선풍)과 더불어 길이 불고, 요순의 세상과 부처님의 세상이 함께 밝아서 바다는 평안하고 강물은 맑으며 시절은 화락하고 해마다 풍년들어 물건들은 제각기 그 쓰임새대로 쓰이고, 집집마다 억지로 애쓰지 않건만 진정으로 삶을 즐기니, 갈피갈피에 느끼는 마음은 오로지 이 일에 간절할 뿐이다.

다만 한스러운 것은 여러 스님들의 어록을 다 보았다고 할 수 없으니 빠뜨린 것이 있을 듯 두려울 따름이거니와 행여 다하지 못한 것은 뒷날의 어진 이를 다시 기다려야 하겠다.

貞祐(정우) 14년(A.D. 1226) 한겨울. 해동 조계산 수선사 무의자는 서문을 씀.

어느 시절엔들 하늘의 도우심으로 나라가 태평하고 백성이 화락하기를 기원하지 않았겠는가? 고려 500년도 예외가 아니어서 『仁王經

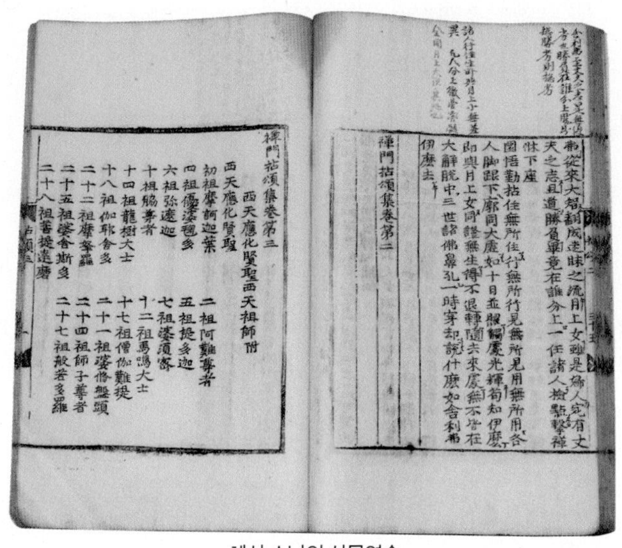
禪門拈頌集卷第三
西天應化賢聖西天祖師附
西天應化賢聖
初祖摩訶迦葉　二祖阿難尊者
四祖優婆毱多　五祖提多迦
六祖弥遮迦　七祖婆須蜜
十祖脇尊者　十二祖馬鳴大士
十四祖龍樹大士　十七祖僧伽難提
十八祖伽耶舍多　二十一祖婆修盤頭
二十二祖摩拏羅　二十四祖師子尊者
二十五祖婆舍斯多　二十七祖般若多羅
二十八祖菩提達磨

禪門拈頌集卷第二

혜심 스님의 선문염송

(인왕경)』이라는 護國經典(호국경전)이 國寶(국보)처럼 존중되었는데, 그 무렵 지눌에 이어 修禪寺(수선사)의 二世(이세) 스님으로 취임한 慧諶(혜심)은 堯舜(요순)의 치세와 禪風(선풍)의 振作(진작)을 함께 祈願하며 이 『禪門拈頌(선문념송)』을 엮었다. 그리고 說法(설법)의 방편으로 시를 지으니, 이로 말미암아 우리나라 불교시문학의 빗장이 열렸다. 다음은 혜심이 入寂(입적)하며 읊었다는 노래다.

깊은 봄 절뜨락엔 티끌 하나 못 보겠고
흩날려지는 꽃잎 이끼 위에 점을 찍네
뉘라서 少林寺(소림사)의 끊긴 소식 전하려나
해 질 녘 바람결에 꽃향기만 짙어오네.

春深院落淨霧埃
片片殘花點綠苔
誰道少林消息絶
晩風時送暗香來

〖禪門拈頌序〗

詳夫自世尊迦葉以來 代代相承 燈燈無盡 遞相密付 以爲正傳 其正傳密付之處 非不該言義 言義不足以及 故雖有指 陳不立文字 以心傳心而已. 好事者 强記其迹 載在方冊 傳之至今則其麤迹 固不足貴也. 然不妨尋流而得源 據末而知本 得乎本源者 雖萬別而言之 未始不中也. 不得乎此者 雖絶言而守之 未始不惑也.

是以諸方尊宿 不外文字 不悋慈悲 或徵或拈 或代或別 或頌或歌 發揚奧旨 以貽後人 則凡欲開正眼 具玄機 羅籠三界 提拔四生者 捨此奚以哉. 況本朝 自祖聖會三已後 以禪道延國 祚智論 鎭隣兵 而悟宗論道之資 莫斯爲急 故宗門學者 如渴之望飮 如飢之思食.

余被學徒力請 念祖聖本懷 庶欲奉福於國歌 有裨於佛法 乃率門人眞訓等 採集古話 凡一千一百二十五則 幷諸師拈頌等語 要錄成三十卷 以配傳燈 所冀 堯風與

禪風永扇 舜日共佛日恒明 海晏河清 時和歲稔 物物各得其所 家家純樂無爲 區區之心 切切於此耳.

第恨諸家語錄 未得盡覽 恐有遺脫 所未盡者 更待後賢.

貞祐十四年 丙戌仲冬 海東 曹溪山 修禪寺 無衣子序

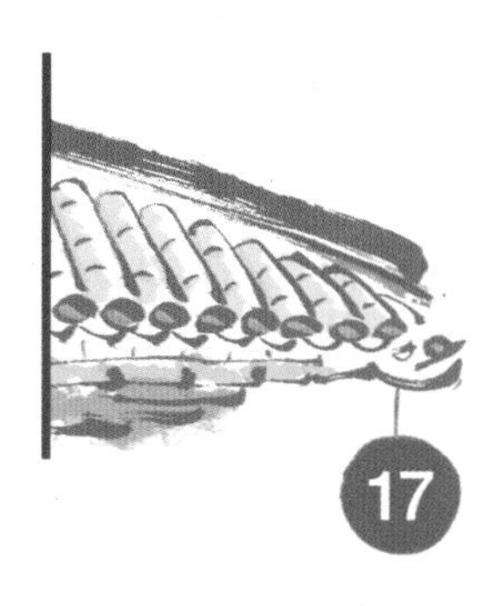

崔滋(최자)의 補閑集(보한집)

崔滋(최자, 1188 명종 18~1263 원종 1)는 13세기 중엽의 고려문신이다. 때는 무신집권의 말기, 도읍을 강화로 옮기고 對蒙抗爭(대몽항쟁)의 旗幟(기치)를 높이던 시절이었다. 문신들은 정치적 경륜을 펼칠 기회가 좁아졌고 자연스레 그 기운을 문학적 낭만으로 발산시켰다. 그 열매의 하나가 海左七賢(해좌칠현)이라는 문인그룹의 형성 같은 것이었다. 그러나 조만간 최씨집권체제가 안정을 찾게 되자 무신정권에 협조하는 문신들도 나타나게 되는데 그 무렵 크게 돋보인 문신이 李奎報(이규보)·陳澕(진화)·崔滋(최자) 등이었다.

崔滋(최자)는 文獻公(문헌공) 崔沖(최충)의 後裔(후예)로 字(자)를 樹德(수덕), 號(호)를 東山叟(동산수)라 하였는데, 온화하고 겸허한 성품에 文才(문재)와 행정력이 뛰어난 분이었다고 전한다. 正言(정언), 尙州牧使(상주목사)를 거쳐, 國子大司成(국자대사성)·尙書右僕射(상서 우복야)를 지내고 守大師(수대사) 門下侍郎(문하시랑), 同中書門下平章事(동중서문하평장사) 判吏部事(판이부사)에서 致仕(치사)하였다. 李奎報(이규보)·陳澕(진화)와 더불어 당대를 주름잡는 문사로서 海左七賢(해좌칠현)의 우두머리 격인 李仁老(이인로)의『破閑集(파한집)』에 모자란 점을 보완한다는 뜻에서『補閑集(보한집)』을 남겼다. 이 책에는 당대 문사들의 시화비평뿐만 아니라 그 시절의 時事(시사)와 불교 등 문화 전반의 逸事(일사) 등을 기록하여 오늘날 고려사회를 이해하는 데 좋은 길잡이가 되게 하였다.

여기에서는 그 서문의 첫 부분과 華嚴月首座(화엄월수좌) 覺訓(각훈) 스님의 이야기를 옮긴다.

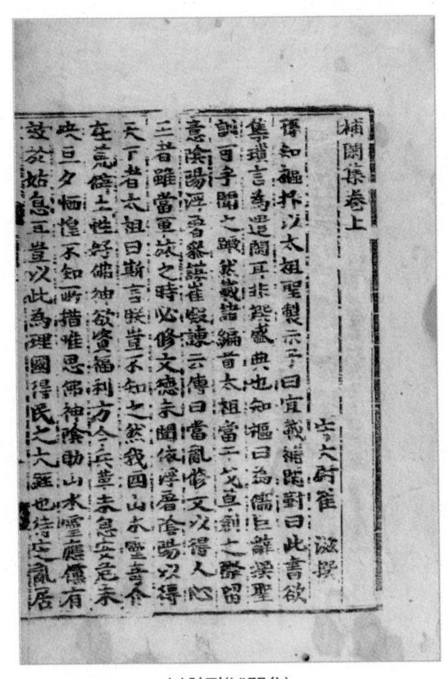
補閑集卷上
守大尉崔 滋撰
[illegible]知[illegible]以太祖聖製示予曰宜載補閑對曰此書欲
集瑣言爲遣閑耳非經國盛典也知[illegible]曰爲儒臣雖漢聖
[illegible]可手[illegible]之[illegible]藏諸編首太祖當干戈草創之際留
意陰陽浮屠崔凝諫云傳曰當亂修文以得人心
三者雖當軍旅之時必修文德未聞依浮屠陰陽以得
天下者太祖曰斯言朕豈不知之然我國山水靈奇介
在荒僻土性好佛神欲資福利方今兵革未息安危未
決旦夕恫惶不知所措惟思佛神陰助山水靈應儻有
效於姑息豈以此爲理國得民之大經也待定亂居

보한집(補閑集)

● 글이란 진리를 밝는 문이요, 법도에 맞는 말씀이 아니면 취급하지 않는 길이다. 그러나 기운을 북돋고 말씨를 강조하며 마음을 움직여 귀가 번쩍 뜨이게 하려면 간혹 위험스럽고 기이한 표현도 마다하지 않는다. 하물며 시를 짓는다는 것은 본래 비유와 풍자로 흥을 돋우려 하기 때문에 반드시 신기하고 교묘한 것에 의지하는 바가 있다. 그런 다음에야 그 기운이 웅장하고 그 의미가 깊으며 그 말씨가 살아나서, 세상 사람의 마음을 감동시키고 깨달음을 얻을 수 있으며 그 시의 섬세한 뜻이 드러나 마침내는 올바른 길로 돌아갈 수 있는 것이다. 그러므로 행여나 남의 글을 쪼개어 베끼고 울긋불긋한 현란함만을 자랑하려 한다면 그것만은 진정코 선비가 피해야 할 일이다.

비록 시인들이 기승전결의 격식만을 갈고 닦으려 하는 수가 없지 않으나 진실로 취해야 할 것은 글귀를 다듬어 그 뜻을 깊이 있게 하는 일이다. 그런데 오늘날 신진 후배들은 聲律(성률)과 章句(장구)만을 숭상하여 글자를 다듬을 때 반드시 새로운 것만 찾으려 하기 때문에 그 말이 生硬(생경)하고, 對句(대구)를 다듬을 때에는 억지로 짝을 맞추려 하기 때문에 그 뜻이 稚拙(치졸)하게 되니 雄渾(웅혼)하고 헌걸차며 노련하고 성숙한 기풍이 그로 말미암아 사라지는 것이다.

● (각훈 스님) 華嚴(화엄) 月首座(월수좌)는 남는 시간 즐기는 일로 문장에 깊이 심취하여 문집을 꾸민 일도 있었다. 그것이 선비사회에 전하여 온다. 일찍이 『海東高僧傳(해동고승전)』을 지었는데 그 무렵 東觀(동관) 李允甫(이윤보)는 (월수좌에 대하여) 다음과 같이 말하였다.

『(침묵 중에 수행하는 이가 있으니 그를 묵행자로 부르겠다.) 이 묵행자는 어느 집안 사람인지 알 수 없고 나이는 50가량인데 어떤 때는 빡빡머리를 하고, 어떤 때는 行脚僧(행각승) 차림으로 불경을 念하지도 않고 禮佛(예불)을 하지도 않은 채 하루종일 坐禪(좌선)의 자세로 눈을 감고 조는 듯이 앉아 있었다. 그를 찾아와 인사하는 사람이 있어도 눈을 들어 바라보지도 않고 이름을 물어도 대답하지 않았다. 어디에서 왔느냐고 물어도 역시 대답하지 않았다. 그래서 묵행자라고 이름을 붙이는 것이다. 歸正寺(귀정사) 별채에 머물고 있었다.

그 무렵 내가 龜城(귀성)에 가 있었는데 도인 存純(존순)이 나에게 그 行者(행자)에 대한 이야기를 해 주었다. 일찍이 (그 행자는) 겨울에도 座具 하나를 깔고 한 벌의 누비옷을 걸쳤는데 그 누비옷 속에는 서캐도 이도 없었다. 차디찬 냉돌 바닥에 앉았으나 추워하는 기색이 전혀 없었다. 불도를 배우는 後進(후진)이 책을 안고 그에게 찾아와 의심되는 바를 물으면 자세하게 풀이하여 설명치 않는 것이 없었다. 그때는 마침 추위가 심하여 그가 얼어 죽을까 걱정이 되었는데 그 訪問客(방문객)은 (행자가) 나간 틈을 타 심부름꾼을 보내 급히 땔나무를 구해다가 불을 지펴 구들을 덥히고 돌아갔다. 행자가 돌아와 그것을 보고 기뻐하지도 또 성내는 기색도 없이 천천히 집 밖으로 나가 돌자갈을 주워다가 그 아궁이를 막고 진흙을 이겨 틈바구니를 발라 버렸다. 그리고 태연히 자기 자리에 앉아(참선하기를) 전과 같이하였다. 그 후로 다시는 방안을 따뜻하게 덥히는 일이 없었다. 일찍이 재가 들었을 때, 나물을 먹어도 장을 넣지 않은 나물만 먹고 또 오후에 밥 먹는 것을 금지하지는 않았으나 있으면 먹고 없으면 먹지 않는데 혹 이레나 여드레까지도 먹지 않는 일이 있었다. 스스로 다음과 같이 말하였다.

'무릇 名山(명산)이 있으면 聖人(성인)의 자취가 있으니 찾아가 遊覽(유람)치 않은 적이 없었으나 내가 가서 보았건만 한마디도 나눈 바가 없었다.'』

문학에서 내용과 형식 사이의 비중문제는 아마도 영원한 시소게임이 될 것이다. 崔滋(최자)는 이 서문에서 주제의식, 내용 우선을 강조하는 奇骨(기골)과 意格(의격)을 앞세우며 聲律(성률)과 辭語(사어)에 관심이 깊은 표현기교파 이인로 계열을 은근히 반박하고 있다. 또 覺訓(각훈) 스님의 이야기를 사관 李允甫(이윤보)의 말로 인용하면서 당대에 이미 전설적 鐸德(탁덕)이 된 각훈의 모습을 소개하고 있다. 스님의 행적이란 원래 그래야 하는 것이 아닌가? 오늘날의 스님들을 생각하며 얼마간 착잡한 마음이다.

● 文者 蹈道之門 不涉不經之語. 然欲鼓氣肆言 竦動時聽 或涉於險怪. 況詩之作 本乎比興諷喩 故必寓託奇詭. 然後其氣壯 其意深 其辭顯 足以感悟人心 發揚微旨 終歸於正. 若剽竊刻畫 誇耀青紅 儒者固不爲也.

雖詩家有琢鍊四格 所取者琢句鍊意而已. 今之後進 尙聲律章句 琢字必欲新 故其語生 鍊對必以類 故其意拙 雄傑老成之風 由是喪矣.

●華嚴月首座 餘事亦深於文章 有草集. 傳士林. 嘗撰海東高僧傳 時李東觀允甫言

『有默行者 不知族氏 年可五十 或爲髡髮 或爲頭陀 不念經 不禮佛 終日宴座瞑如也. 有候之者 不擧目改觀 問其名不應. 問從甚處來 亦不應. 故以默行者名焉, 居歸正寺別區.

時予適在龜城 道人存純謂予言行者. 嘗冬月敷一座具 着一衲衣 衲中無蟣蝨. 坐氷堗上 寒色不形. 學道後進 抱冊往從 質疑者 無不委細開說. 方大寒恐其凍也 候出時遣房子 急爇柴頭 溫其堗而去. 行者來觀之無喜慍色 徐出户拾石礫 塡堗口 泥其灰塗隙. 而上宴坐如初. 自是不復遣溫也. 嘗齋時 食菜不用醬 又不禁午後食 値幸則食之 惑至七八日不食. 自言 凡名山有聖蹟 無不遊觀 予往見不交一言.』

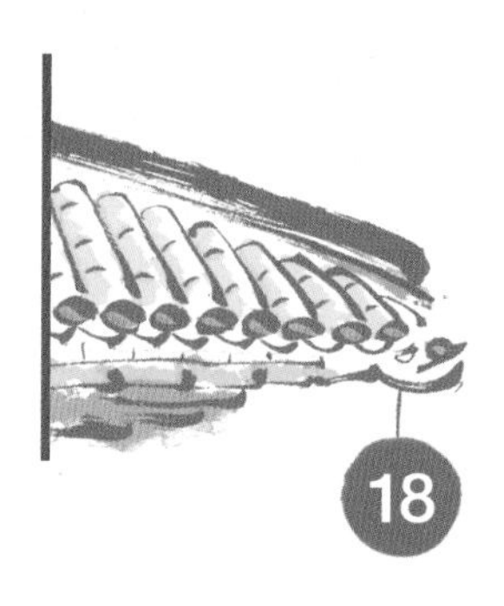

李承休의 帝王韻紀進呈引表

(이승휴 제왕운기진정인표)

나라가 힘들고 어려울 때, 뜻있는 사람들은 결코 실망하지 않는다. 마음을 가다듬어 나라의 힘을 키우기 위한 지혜를 모으며 나라의 근본이 원대하였음을 일깨운다. 13세기 후반 고려의 元宗(원종)·忠烈王代(충렬왕대)가 바로 그러한 시대였다.

수십 년간 지속된 對蒙抗爭(대몽항쟁)은 고려가 元(원)나라의 駙馬國(부마국 : 사위의 나라)이 되는 것으로 조정됨으로써 평화를 얻을 수 있었다. 즉 元宗(원종)의 世子(세자)가 쿠빌라이의 공주를 아내로 맞으니 그가 곧 '忠(충)' 자 돌림의 첫 번째 임금 忠烈王(충렬왕)이다. 그러나 충렬왕은 元(원)의 압력에 굴복하여 두 차례에 걸쳐 일본 九州(구주) 침략에 나섰으나 謙倉幕府軍(겸창막부군)의 완강한 저항과 태풍으로 그 원정은 실패하였다. 그 과정에서 고려는 艦船製造(함선제조)와 군량미 보급 등으로 극심한 어려움을 겪었다.

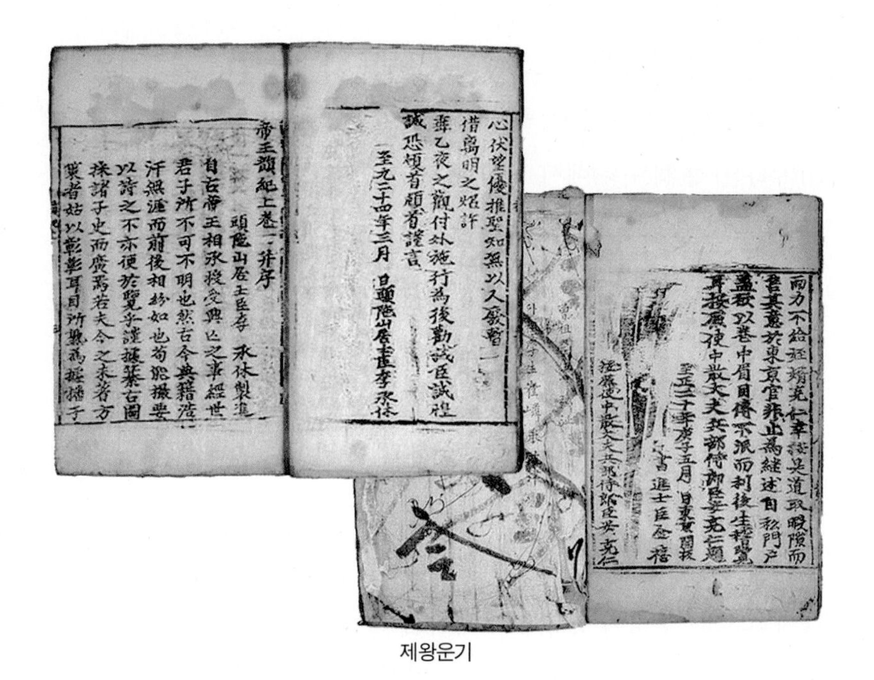

心伏望優推聖知無以人廢言
借螢明之照許
垂乙夜之觀付外施行為後勸誠臣誠惶
誠恐頓首頓首謹言
至元二十四年三月 日頭陀山居士臣李承休

帝王韻紀上卷 幷序
頭陀山居士臣李承休製進
自古帝王相承授受興亡之事經世
君子所不可不明也然古今典籍浩
汗無涯而前後相紛如也苟能撮要
以詩之不亦便於覽乎謹據蒙古圖
採諸子史而廣爲若夫今之未著方
冊者姑以彰聞耳目所覩爲撮拾子

제왕운기

이러한 시절에 고려의 지식인들은 정신을 가다듬어 민족의 정체성을 확립하는 학풍을 진작시켰다. 安珦(안향)이 元(원)으로부터 性理學(성리학)을 들여와 유학을 새롭게 진흥시킨 것도 이때였고, 『古今錄(고금록)』, 『千秋金鏡錄(천추금경록)』 같은 官纂(관찬) 사서가 나온 것도 이때였으며, 一然(일연)의 『三國遺事(삼국유사)』에 뒤미처 李承休(이승휴)의 『帝王韻紀(제왕운기)』가 간행된 것도 이 시절의 사건이었다.

李承休(이승휴, 1224 고종 11~1300 충렬 26)는 加利(가리) 이씨의 시조로 字(자)를 休休(휴휴), 號(호)를 動安居士(동안거사)라 하였다. 高宗(고종) 때 문과에 급제하여 한때는 書狀官(서장관)이 되어 元(원)나라에 가서 그의 특유한 流麗文體(유려문체)로 文名(문명)을 날리기도 했으나 벼슬에는 뜻이 없어 중년의 한동안 벼슬을 버리고 강원도 頭陀山(두타산) 龜洞(귀동)에서 학문에 정진하였다. 그때에 『帝王韻紀(제왕운기)』를 지었다. 말년 75세 때 다시 등용되어 詞林侍讀學士(사림시독학사), 左諫議大夫(좌간의대부), 判秘書事(판비서사)를 거쳐 密直副使監察大夫(밀직부사감찰대부), 詞林承旨(사림승지)를 끝으로 致仕(치사)하였다.

그의 『제왕운기』는 상권이 중국사요, 하권이 우리나라 역사인데, 우리나라 역사가 처음부터 중국사와 나란히 진행된다는 것을 역설함으로써 민족적 자긍심을 높이려 하였다. 그러나 자료가 빈약한 고대사 고조선 부분의 한중년대 대비는 오늘날까지 우리 후손들이 明證(명증)해야 할 숙제로 남아 있다. 이제 그의 글을 읽어보자.

삼척의 천은사 편액에 있는 이승휴의 글

『제왕운기』를 지어 바치며 드리는 글

臣(신) 승휴는 아뢰나이다. 신이 삼가 제왕운기를 지어 두 권으로 나누어 정성스레 베껴 적어 바치나이다. 이것은 이 못난 선비가 전적을 통하여 거칠게나마 깨우친 바가 반딧불같이 흐린 빛이오나 해와 달보다 더 밝으신 성상께 도움이 되기를 바라기 때문이옵니다. 신 승휴는 진실로 황공하여 머리를 조아리고 또 조아리나이다.

삼가 생각해 보나이다. 우리 주상 전하께서는 周(주)나라보다도 더 흥성하시고 湯(탕)임금님보다도 더 유덕하시나이다. 천제의 누이를 妃(비)로 삼으셨으니 어찌 일찍이 삼한에서 이처럼 훌륭한 인물이 모인 것을 보셨나이까? 실로 백대에 듣기 힘들고, 만대에 만나기 어려운 인재가 한 시대에 모였나이다. 엎드려 생각하나이다. 신은 선대로부터 내려온 가르침을 받들고 밝은 날 떠오르는 해처럼 상서로운 임금께 보답하려고 御駕(어가)를 모시고 동으로 서로 다닌 인연으로 화려한 요직에 품계를 뛰어넘는 벼슬자리를 받았나이다. 정수리에서 발꿈치까지 온몸이 임금님 은혜에 흠씬 젖어 머리 터럭마다 그 은혜를 헤아리며 맑은 마음으로 전하를 보필하였사오나 박명한 탓으로 지금은 벼슬을 내놓고 이 몸이 한가롭게 되었나이다. 전하를 뵈올 수 없음이 한탄스러우나 만수무강을 축원할 수 있는 것이 기쁠 뿐이옵니다.

(이제) 마음은 부처님께 돌아가 있고 눈은 불경에 꽂혀 있습니다. 만권 서적이 밝은 창안에 가득하오나 날이 갈수록 뜻은 사그라지는 듯하온데 구중궁궐은 한결같은 봄철이라 늙음이 없는 세월일 것이옵니다.

또 생각하나이다. 이 신통치 못한 글월은 小臣(소신)의 평생 사업인지라 벌레 소리 같은 하찮은 기록이오나 임을 그리워하는 뜻을 펼치었나이다. (그리하여) 드디어 옛날부터 지금에 이르기까지 임금에서 임금으로 전한 역사를 (완성하였나이다.) 중국은 盤古(반고)로부터 金나라까지옵고, 우리나라는 檀君(단군)으로부터 本朝(본조)까지이온데 나라가 시작된 근원부터 참고자료를 널리 탐색하여 흥망성쇠의 같고 다름을 비교하여 종요로운 점을 간추리어 노래로 읊고 거기에 (비평의) 글을 덧붙였나이다. 저 나라들이 서로 이어 주고받으며 흥망성쇠 함이 손바닥의 손금 보듯하여 무릇 선대에서 계획하고 논의하며 실천하고 취사선택한 것이 마음 안에 불을 지핀 듯 밝게 드러나나이다.

삼가 엎드려 바라나이다. 우악하오신 聖知(성지)를 펴시어 소신이 못났다고 글마저 버리지 마옵시고 잠시나마 밝고 밝은 눈길을 빌리시어 훑어보아 주시옵소서. 그리고 바깥(관청)에 맡겨 널리 시행하여 뒷날에 권장하고 경계를 삼도록 하소서.

신은 진실로 황공하고 송구하여 머리를 조아리고 또 조아리며 삼가 말씀을 드리나이다.

지원 24년(1287) 3월 두타산거사 신 이승휴

『제왕운기』에서 민족적 긍지가 어떻게 전개되는지 그 첫머리를 引用해 보자.

遼東(요동)땅 한쪽에 別天地가 있으니
그곳은 중국과 구별되는 땅일세
萬頃蒼波(만경창파) 큰 물결이 삼면을 둘러싸고
북쪽으로 육지가 맞닿아 있다네

그 가운데 사방 천리 여기가 조선이니
강과 산이 하나같이 명승의 고장이요
밭 갈고 우물 파고 예의 바른 나라이니
중국사람 모두 일러 小中華(소중화)라 한다네

자랑스런 역사를 말하고는 있으나 중국의 시야에서 한 걸음도 벗어나지 못하는 한계를 스스로 드러내고 있었다. 이것이 이 시대의 특성이었다.

〖帝王韻紀進呈引表〗

臣承休言 臣謹編修帝王韻紀 分爲兩卷 繕寫以進者 牛襟下士 粗得曉於典墳 螢燭末光 期助明於日月 臣承休 誠惶誠恐 頓首頓首.

恭惟我 主上殿下 於周爲盛 于湯有光. 天妹爲妃 夫豈三韓 曾見龍樓成集 實有百代難聞 萬世奇逢 一時鐘在. 伏念 臣陪先代遺弓之詔 報中天昇日之祥 因緣扈駕以西東 除拜超階於華要.

自頂至踵 洽然湛露淪身 擢髮數恩 行以清絲補衮 乃緣命簿 返得身閑. 嗟無計於覲天 喜祝齡之有地.

心歸佛隴 目屬虬函 萬軸明窓 趍日志疲之消息 九重

丹禁 恒春不老之光陰. 抑念 唯兹不腆之文 是我平生之業 宜以虫吟之無譜 聊申鶴戀之有加 遂乃古往今來 皇傳帝受. 中朝 則從盤古而至於金國 東國 則自檀君而洎我本朝, 肇起根源 窮搜簡牘 較異同而撮要 仍諷詠以成章. 彼相承授受之興立 如指諸掌 凡肯搆云爲之取捨 可灼於心.

伏望 優推聖知 無以人廢 暫假离明之炤 許垂乙夜之觀. 付外施行 爲後勸誡. 臣誠惶誠恐 頓首頓首 謹言.

至元二十四年三月日 頭陀山居士 臣 李承休

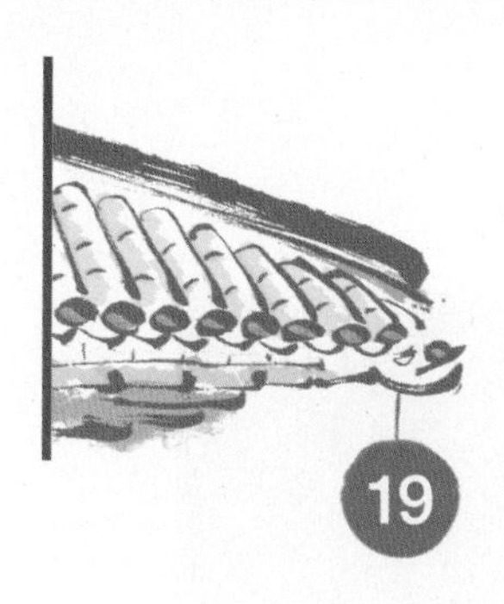

19

李齊賢(이제현)의 櫟翁稗說(역옹패설)

고려 25대 충렬왕(1275~1308)부터 31대 공민왕(1352~1374)에 이르기까지 7대에 걸친 100년 동안 고려의 임금은 대대로 元(원)나라 황실의 공주를 아내로 맞은 元帝國(원제국)의 사위였다. 고려의 왕자가 세자로 冊封(책봉)되면 그 세자는 元(원)나라 서울인 북경에 '토루카(禿魯花 : 人質)'로 머물다가 父王(부왕)이 돌아가시면 元(원)나라 공주를 왕비로 거느리고 귀국하여 임금의 자리에 나아갔다.

이렇듯 서슬 푸른 元(원)나라의 지배체제 아래였으나 고려는 駙馬(부마)의 나라라는 이점을 살리며 그 기간 중에 독자적인 문화를 발전시킬 수 있었다. 세자가 인질로 북경에 머무는 것은 그 주변에 생각이 반듯한 선비가 따라붙는 기회가 되었고, 그들은 원나라의 앞선 문물을 잽싸게 받아들일 수 있었다. 성리학을 들여오고, 西域(서역)을 통해 전래된 과학 기술도 익히며, 『古今錄(고금록)』, 『千秋金鏡

이제현

錄(천추금경록)』 같은 역사책을 편찬한 것은 모두 원나라와의 문화적 교섭의 결과였다.

그러한 문화수입의 선봉에 益齋(익재) 李齊賢(이제현, 1287 충렬 13 ~1367 공민 16) 같은 출중한 학자 관료가 있었다. 흥미롭게도 익재의 생몰연대는 원나라 駙馬都尉(부마도위)였던 일곱 분 임금님의 치세 기간과 일치한다. 그는 경주에서 政丞(정승) 瑱(진)의 아들로 태어나 열다섯 나이에 成均試(성균시)에 급제하는 천재였다. 29세에는 成均祭酒(성균제주)가 되었고, 33세에 忠宣王(충선왕)을 따라 북경으로 가서 충선왕이 '萬卷堂(만권당)' 이라는 연구기관을 설립했을 때, 익재는 고려를 대표하는 학자로서 趙孟頫(조맹부), 姚燧(요수) 같은 원나라의 쟁쟁한 학자들과 교유하며 고려의 개혁적 유학자를 선도하였다.

그러나 그는 나라가 어지러울 때 산야에 묻혀 세월을 기다리며 책을 지으니 그것이 그의 나이 56세에 지은 『櫟翁稗說(역옹패설)』이다. 이 책은 〈역옹패설〉이라 읽어야 하지만 익재가 그 책 서문에 〈낙옹비설〉로 읽어주기를 청하는 다음과 같은 사연을 적어 놓았다.

"대체로 櫟(역)은 '樂(낙)' 소리를 따른 것이니, 이는 나무가 재목감이 되지 못해 베어버리게 되는 害(해)를 입지 않으면 즐거운 것이기 때문이다. 내가 일찍이 벼슬살이하다가 스스로 물러나 櫟翁(역옹)이라 自號(자호)하였으니 재목감이 아니어서 壽(수)를 누릴까 하는 뜻이 있었다. 稗(패)도 또한 '卑(비)' 소리를 따른 것이니 피〔稗〕는 벼 중에서 가장 비천한 것이다. (중략) 이제 늙어서 잡된 글쓰기를 즐기니 이것은 피〔稗〕와 같이 비천한 것이 아닌가!"

익재집

이렇게 스스로를 낮추어 묘사한 稗說(패설)에는 역사 · 인물 · 경전을 논하면서 민족의 정체성을 드러냈고, 시 · 서 · 화를 비평하면서 우리 문화의 우수성을 顯揚(현양)하였다. 다음은 善行(선행)을 닦는 삶에 축복이 깃든다는 사례를 역사상 실제인물의 실화로 풀이하고 있다.

『역옹패설(낙옹비설)』

나라 초엽에 있었던 일이다. 徐神逸(서신일)이 교외에 살고 있었는데, 어느 날 화살 맞은 사슴 한 마리가 집안으로 급히 달려들었다. 神逸(신일)이 화살을 뽑고 그 사슴을 숨겨 주었더니 사냥꾼이 와서도 발견치 못하고 돌아갔다. 그 날 밤 꿈에 한 신령스런 사람이 나타나 감사해 하면서 말하였다.

"그 사슴은 내 자식인데 이제 그대의 은혜를 입어 죽지 않았으니, 마땅히 그대의 자손으로 하여금 대를 이어 宰相(재상)이 되게 하겠소이다."

그때 神逸(신일)의 나이가 팔십이었으나 아들을 낳으니 그가 弼(필)이고, 弼(필)이 熙(희)를 낳고, 熙(희)가 昞(병)을 낳았는데, 과연 그들이 대를 이어 太師內史令이 되었고 임금을 모신 廟庭(묘정)에 함께 配享(배향)되었다.

근세에 있었던 일이다. 通海縣(통해현)에 거북과 같은 큰 바다 짐승이 밀물을 타고 포구에 들어왔다가 썰물이 빠지자 미처 바다로 빠져나가지 못하고 백성들은 그것을 잡아 죽이려 하였다. 그때에 현령 朴世通(박세통)이 잡지 못하게 말리고, 큰 노끈을 만들어 양쪽의 배로 끌어서 바다 가운데에 놓아주었다. 그날 밤, 世通(세통)의 꿈에 한 늙은 아비가 나타나 그의 앞에 절하며 말하였다.

"저희 집 아이가 날짜를 가리지 못하고 놀러 나갔다가 가마솥에 잡혀 죽을 뻔하였는데 다행히 어르신께서 살려 주셨으니, 그 陰德(음덕)이 진실로 크옵니다. 어르신과 어르신의 자손은 반드시 삼대에 걸쳐 재상이 되실 것입니다." 그 후로 世通(세통)과 그 아들 洪茂(홍무)는 모두 樞密(추밀)의 자리에 올랐는데 손자 瑊(감)은 상장군을 끝으로 벼슬에서 물러났다. 瑊(감)은 마음에 불만을 품고 시를 지어 이렇게 한탄하였다. "거북아, 거북아, 잠만 자지 말아라. 삼대에 걸친 재상은 거짓말이었구나."

그러자 그 날 밤에 거북이 꿈에 나타나 말하였다.

"공께서 주색에 빠지어 스스로 자기 복을 없앤 것

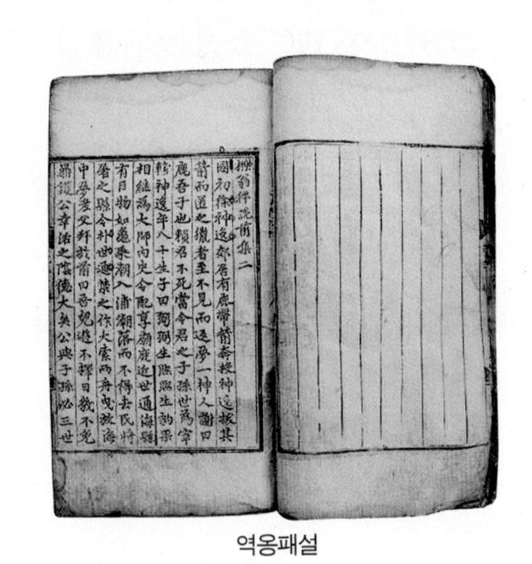
櫟翁稗說前集二
國初徐神逸郊居有鹿帶箭奔投神逸拔其
箭而匿之獵者至不見而返夢一神人謝曰
鹿吾子也賴君不死當令君之子孫世爲宰
輔神逸年八十生子曰弼弼生熙熙生訥果
相繼爲太師內史令配享廟庭近世通海縣
有巨物如龜乘潮入浦潮落而不得去民將
屠之縣令朴世通禁之作大索兩舟曳放海
中夢老父拜於前曰吾兒遊不擇日幾不免
鼎鑊公幸活之陰德大矣公與子孫必三世

역옹패설

이지 어찌 제가 감히 은덕을 잊었겠습니까? 그러나 장차 한 가지 기쁜 일이 있을 것이니 좀 기다려 보시지요."하고 물러갔다.

며칠이 지나자 과연 퇴임발령이 취소되고 僕射(복야) 벼슬을 받았다.

〖櫟翁稗說〗

國初 徐神逸郊居 有鹿帶箭莽投 神逸拔其箭而匿之 獵者至不見而返. 夢一神人謝曰 "鹿吾子也 賴君不死 當令君之子孫 世爲宰輔." 神逸年八十生子曰弼 弼生熙 熙生眴 果相繼爲太師內史令 配享廟庭.

近世 通海縣 有巨物如龜 乘潮入浦 潮落而不得去 民將屠之, 縣令 朴世通禁之 作大索兩舟曳放海中. 夢老父拜於前曰 "吾兒遊不擇日 幾不免鼎鑊 公幸活之 陰德大矣. 公與子孫必三世爲宰相." 世通及子洪茂 俱登宥密 孫瑊以上將軍致仕 鞅鞅作詩曰 "龜乎龜乎莫耽睡 三世宰相虛語耳." 是夕龜夢之曰 "君溺於酒色 自滅其福 非予敢忘德也 然將有一喜姑需焉." 數日果落致仕 爲僕射.

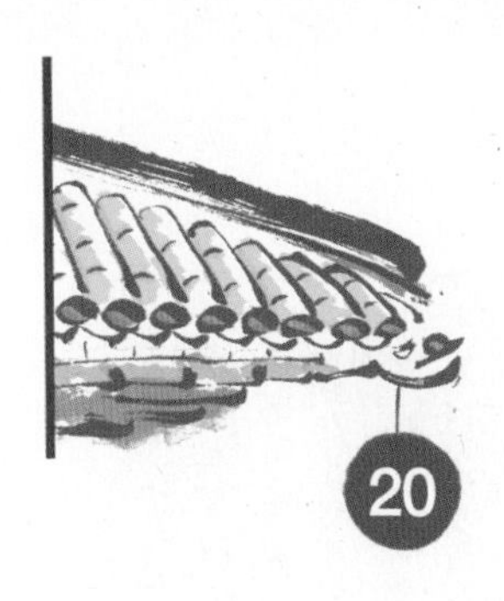

景閑(경한) 스님의 禪教通論(선교통론)

“손가락을 들어 하늘의 달을 가리킨다면 손가락을 보고 달이라 하겠는가?”

그러나 손가락이 달을 가리키는 방편이라는 것을 아는 사람도 손가락만 보며 달의 존재를 망각하는 수가 있다. 축구경기에서 득점을 한 사실만 기뻐하고 골을 넣은 선수의 발끝을 잊어버리는 일, 이름 있는 책은 기억하면서 그 책을 엮은 사람은 까맣게 잊어버리는 일 같은 것이 그러하다.

우리나라에서 앞선 인쇄술의 발달로 말미암아, 주조 활자로 인쇄된『白雲和尚抄錄佛祖直指心體要節(백운화상초록불조직지심체요절)』이란 책이 있다는 것, 그리고 그 책은 우리나라에 있는 것이 아니라, 프랑스 파리 국립도서관에 소장되어 있다는 것을 우리는 잘 알고 있

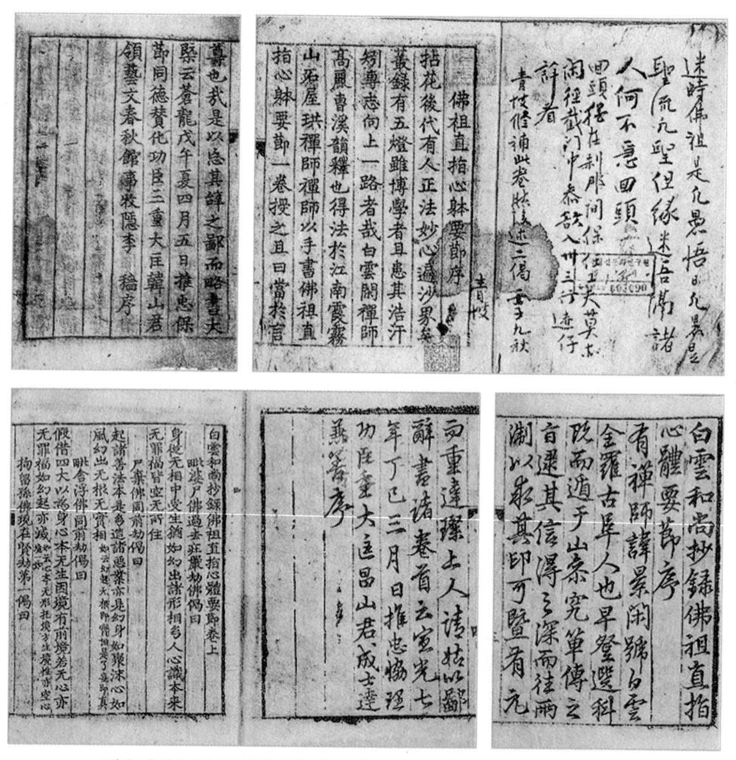

백운화상초록 불조 직지심체요절(白雲和尙抄錄佛祖直指心體要節)

다. 이 책은 1377년 淸州牧外(청주목외) 興德寺(흥덕사)에서 간행되었다는 것도, 또 그보다 약 150년 전인 1230년에 이미 『詳定禮文(상정예문)』이라는 책과 『南明泉和尙頌證道歌(남명천화상송증도가)』라는 책이 금속활자로 인쇄되었다는 역사적 사실도 잘 알고 있다. 그리고 이러한 우리나라의 앞선 인쇄술의 발달은 저 明(명)나라 弘治(홍치)·正德年間(정덕년간, 1488~1521)의 인쇄술보다 250여 년이 앞선 것이요, 서양의 구텐베르크(Johannes Gutenberg)가 금속활자로 책을 찍었다고 하는 1440년보다 210년이나 앞선 것이라는 것도 잘 알고 있다. 그러나, 이제는 세계의 보물이 된 『直指心體要節(직지심체요절)』을 엮은 白雲和尙(백운화상)이 누구인지를 아는 사람은 별로 많지 않다.

景閑(경한) 스님(1298 충렬 24~1374 공민 23)이 바로 白雲和尙(백운화상)이다. 景閑(경한)은 法名(법명)이요, 白雲(백운)은 雅號(아호)인데 고려 말 사상계를 주름잡던 三大禪傑(삼대선걸) 가운데 한 분이다. 한 분은 우리나라에 臨濟宗(임제종)을 바로 세운 太古國師(태고국사) 普愚(보우) 스님이고, 또 한 분은 조계종을 중흥시킨 懶翁和尙(나옹화상) 惠勤(혜근) 스님이요, 그리고 마지막 한 분이 백운화상 경한 스님이다. 앞의 두 분의 영향력은 당대를 주름 잡았음에 비하여 景閑 스님은 거기에 미치지 않은 것으로 알려졌다. 앞의 두 분은 대체로 힘 있고 지체 높은 왕후장상과 폭넓은 교제에 능하여 그들에게 즐겨 설법하였으나 경한 스님은 얼굴을 꾸며 이름을 훔치려 하지 않으며 있는 대로 살아가는 眞境(진경) 속의 인물이었다.

경한은 두 권의 法語集(법어집)을 남겼는데 그 가르침에 막힘과 엉김이 없고 치우침과 거리낌이 없었다. "온 세상 대자연이 모두 해탈문이니 들어가고 들어가고 또 들어가도 안〔內〕이 없고, 나오고 나오고 또 나와도 밖〔外〕이 없는데 이 안에 들어앉아 무엇을 三門이라 하는가?" 이런 말씀이 곧 景閑의 참모습이었다.

여기에 소개하는 글은 禪(선)과 敎(교)가 둘이 아니요 하나임을 쉽고 또 편하게 說破(설파)한 짧은 칼럼이다.

〖선종과 교종을 함께 논함〗

우리의 으뜸 스승이신 석가모니 부처님께서 마지막 법회였던 영산회상에서 꽃을 들어 대중에게 보이셨을 때, 수많은 대중들이 모두 그 뜻을 몰라 어리둥절하였는데 오직 대가섭이 홀로 얼굴을 활짝 펴며 웃음을 지었다. 그때에 석가세존께서는 "내가 가지고 있는 正法眼藏(정법안장)과 涅槃妙心(열반묘심)을 큰사람 대가섭에게 맡기노라." 하셨고, 또 이르시기를 "教法(교법)의 바다는 아난의 입으로 옮겨 쏟았으며, 禪定(선정)의 등불은 가섭의 마음에 옮겨 밝혔노라." 이렇게 말씀하셨다.

처음으로 가섭에게 전하여졌으므로 가섭을 初祖(초조)로 삼고 이로부터 西天(서천) 연도의 28祖(조)와 東震(동진) 중국의 6조 큰스님들이 차례대로 서로 전하고 차례대로 등불을 이어받았으니 그들이 모두 석가모니 부처님의 제자들이다.

이렇듯 오늘날에 이르기까지 오로지 으뜸 스승님의 말씀으로 대중들에게 가르치며 말씀으로 말미암아 도를 깨닫고 법을 보이며 가르침의 법통인 宗(종)을 밝혀 불가 바깥에서는 아무것도 구하지 않게 하며, 또 (그 큰스님들이) 친히 부처님의 뜻을 전하고 부처님의 씨앗을 이어받아 곧바로 祖師(조사)의 자리에 들게 하면서 교법으로 가르침의 원칙을 삼았으니 어찌 禪(선)과 教(교)의 구별이 있겠는가?

그러나 부처님의 말씀은 마음으로 으뜸을 삼고 門(문 : 一定한 方法)이 없는 것을 법문으로 삼았으니 그래서 곧 교는 부처님의 말씀이요, 선은 부처님의 마음(품은 뜻)이다. 그렇다고 부처님의 마음과 말씀이 결코 서로 어긋나는 것이 아니니 그러므로 부처님들은 손수 이러한 뜻을 주고받았으며 조사님들은 서로서로 이 마음을 전하고 받았다.

그래서 그분들은 각기 이름과 글귀에 따라 비슷하면서도 차이가 있다. 그러므로 마땅히 선과 교가 이름은 다르지만 몸은 같아서 본래 平等하다는 것을 알아야 한다.

평등하다는 그것이 무슨 까닭으로 사람들에게 根機(근기)를 따라 설법을 했을 때에는 權實(권실)과 頓漸(돈점)의 차이로 나뉘는가? 또한 통달한 선비가 이치를 꿰뚫어 알고 말하기를 잊었다면 거기에도 佛祖(불조 : 부처님과 조사)와 禪敎(선교 : 禪宗 · 敎宗 또는 禪學과 敎法)의 차이가 있다고 할 것인가? 그러므로 입에 올려 말한 것을 교라 하고 마음으로 전한 것을 선이라 한다고 하였던 것이다.

근원을 꿰뚫어 안다면 선도 없고 교도 없는 것인데, 그것을 갈래지어 늘어놓는 이가 선이니 교니 하며 고집하는 것이다. 거기에 빠져 어두워지면 모두 잃는 것이요, 거기에 집착하여 헤어나지 못하면 선과 교에 모두 상처를 입힐 것이다. 함께 녹여 내어 두루 꿰뚫으면 통하지 않는 것이 없을 것이요, 결단을 내려 바른길로만 간다면 바르게 되지 않는 것이 없을 것이니, 바른길로 가느냐, 그른 길로 가느냐 하는 것은 오직 사람에게 달려 있을 뿐이다.

그러므로 다만 한결같은 생각이 기틀(機)을 돌릴 수만 있다면 저절로 모든 법이 다 함께 사라져버려 드디어 선과 교의 구별도 없어질 것이다. 그러나 이것은 부처님 문중에서 세운 이론이다. 만약에 衲僧(납승)들의 문중에 근거한다면 거기에는 본래 부처도 없고 중생도 없으며 이름도 없고 모양도 없이 호호탕탕 넓고 넓을 뿐이라 생각[思議]의 바깥으로 멀리 벗어났으니 또다시 무엇을 선이니 교니 구별을 짓겠는가!

윗글에서 부처님 문중은 누구이고 납승들의 문중은 누구인가? 아마도 부처님의 문중은 정통성을 지닌 교단이고, 납승들의 문중은 어떤 조직에도 소속되지 않은 떠돌이 스님들을 뜻하는 것 같다. 景閑(경한) 스님은 이처럼 어디에도 소속되지 않은 채 바람 따라 떠도는 구름이요, 지형 따라 흐르는 냇물과 같이 운수를 본성으로 삼은 자유인이었다.

〖禪教通論〗

我本師釋迦牟尼佛於末後 靈山會上 拈華示衆 百萬億大衆 悉皆罔措 唯大迦葉 破顔大笑, 世尊云 吾有正法眼藏涅槃妙心 付囑摩訶大迦葉 又云 教海瀉阿難之口 禪燈點迦葉之心. 首傳迦葉以爲初祖 以此西天四七東震二三轉轉相承 燈燈相繼 皆是釋迦如來弟子.

迄表于今 唯以本師之語 訓示徒衆 因言證道 見法明宗 不外馳求 親傳佛意 紹隆佛種 卽入祖位 以教爲指南 豈有禪教之別. 然佛語心爲宗 無門爲法門 則教是佛語禪是佛意, 然諸佛心口 必不相違 則佛佛于授受斯旨 祖祖相傳此心 各隨名句 似有差殊 當知禪教 名異體同 本來平等.

平等何故 至人隨機說教 則分權實頓漸之殊, 達士契

理忘言 則豈有佛祖禪敎之異. 故云 登之於口謂之敎 傳之於心謂之禪. 達其源者 無禪無敎, 列其派者 禪敎各執 昧之則皆失 執之則兩傷 融而通之 則無不通 決而正之 則無不正 正邪唯在人焉.

但得一念廻機 自然萬法俱泯矣. 了無禪敎之別, 然此是佛事門中施設 若據衲僧門下 本來無佛無衆生 無名無相 蕩蕩焉 恢恢焉 廻出思議之表 喚什麼 作禪敎也.

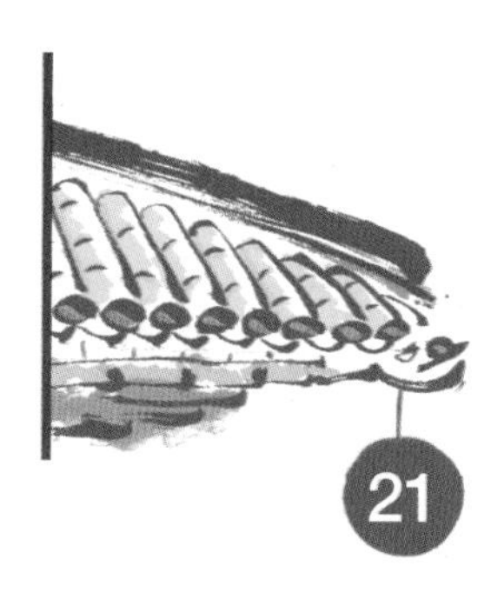

21

李穀(이곡)의 借馬說(차마설)

우리 조상들의 삶을 가만히 돌이켜 보면, 그것은 우리 눈앞에 영광과 환희로 다가오기도 하지만 굴욕과 분노로 다가서기도 한다. 지금으로부터 7백년 전, 13세기 후반에서 14세기 중반에 이르기까지는 특별히 굴욕과 분노로 다가선다. 그때의 고려의 임금님들은 모두 '忠(충)' 자를 諡號(시호)로 가지고 있는데, 이것은 그 임금님들이 元나라 황실의 사위로서 元(원)나라에 충성스러웠음을 기리는(?) 이름이었다. 忠烈(충렬), 忠宣(충선), 忠肅(충숙), 忠惠(충혜), 忠穆(충목), 忠定(충정), 이 여섯 분이 바로 그러한 분들인데 1275년에서 1351년까지 77년간 고려의 임금이셨다. 그 시절이 얼마나 치욕스럽고 암담하였는지 충렬왕 25년(1299)조의 기록을 몇 개만 간추려 보기로 하자.

- 3월, 庚寅(경인)에 知都僉議司事(지도첨의사사) 崔有渰(최유엄)을 元(원)으로 파견하여 皇子(황자)의 탄생을 축하하였다.
- 4월, 辛亥朔(신해삭)에 元(원)은 工部尙書(공부상서) 也先帖木兒(야선첩목아) 등을 보내와 일일이 내정에 간섭하는 詔(조)를 내려 지시하고 훈계하였다.
- 5월, 辛巳朔(신사삭)에 장군 白孝珠(백효주)를 元(원)으로 파견하여 鷂(요)를 바쳤다.
- 5월, 丁亥(정해)에 判三司事(판삼사사) 鄭仁卿(정인경)을 元(원)으로 파견하여 謝恩(사은)의 글을 바쳤다.
- 7월, 丁未(정미)에 密直事(밀직사) 柳栯(유욱)을 元(원)으로 파견하여 聖節(성절)을 축하하였다.
- 9월, 己卯朔(기묘삭)에 대장군 閔甫(민보)를 元(원)으로 파견하여 鷂(요)를 바쳤다.
- 10월, 甲子(갑자)에 元(원)은 濶里吉思(활리길사)를 보내와 征東(정동) 行中書省(행중서성) 平章事(평장사)로 삼고 耶律希逸(야율희일)을 左丞(좌승)으로 삼아 國事(국사)를 왕과 함께 共理(공리)하게 하였다.
- 10월, 이달에 왕은 "祖風(조풍)을 바꾸지 않게 하면 영원히 小國(소국)이 侯職(후직)을 닦을 것"이라는 진정서를 올렸다.
- 11월, 戊申朔(무신삭)에 장군 李白超(이백초)를 파견하여 인삼 · 鵠肉(곡육)을 바쳤다.

한 달이 멀다 하고 축하사절을 보내고 謝恩(사은)의 글과 진정하는 글을 올리며 철따라 매 사냥에 쓰이는 익더귀(鷂)와 인삼 · 鵠肉

(곡육) 등을 바치고 그러고도 "제발 나라의 풍습만은 바꾸지 않게 해 달라"고 애걸하건만 드디어 저들이 파견한 관리와 우리 임금님이 국사를 함께 처결한다는 공리제도가 자리 잡는다. 근대의 식민지정책과 무엇이 다른가!

이 충렬왕 25년조에는 나타나지 않지만 제주 말과 어여쁜 고려 처녀들을 골라 뽑아 바친 것은 또 몇 번이었던가!

이러한 시절에 稼亭(가정) 李穀(이곡, 1298 충렬왕 24년~1351, 충정왕 3년)이 태어나 살았다. 공교롭게도 그의 생존기간은 '忠(충)' 자 임금 여섯 분의 치세기간과 일치한다. 그는 韓山人(한산인)으로 李齊賢(이

이곡을 모시는 문헌서원

제현)의 문인이었다. 都評議使司(도평의사사)의 胥吏(서리)이던 23세 때 문과에 급제하고 36세 되던 해에 元(원)나라 制科(제과)에 第二甲(제이갑)으로 급제하여 원나라 벼슬살이를 하였다. 元(원)의 翰林國史院(한림국사원) 검열을 거쳐 徽政院(휘정원) 管勾(관구)를 역임하고 征東行中書省(정동행중서성) 左右司(좌우사) 員外郞(원외랑)이 되었을 때 그동안 진행되어 왔던 고려 처녀 징발을 중지하도록 元(원) 順帝(순제)에게 건의하여 그것을 실현시켰다.

그가 바친 글월은 "言官(언관)을 대신하여 童女(동녀)를 취하는 일을 罷(파)하시기를 청하는 글〔代言官請罷取童女書〕"이라는 것으로 人情(인정)과 사리에 합당하기가 엄정준열할 뿐만 아니라 문장이 高潔淸朗(고결청랑)하여 順帝(순제)가 그 글에 감복하였다고 전해 온다. 1337년(至元 3년)의 일이었다. 그 후 稼亭(가정)은 귀국하여 政堂文學(정당문학)을 거쳐 都僉議贊成事(도첨의찬성사)에 이르렀고 韓山君(한산군)에 봉해졌다.

이 稼亭(가정) 李穀(이곡)의 생애를 뒤따라 살피다 보면, 재주 있는 고려의 문사들이 元(원)나라와 고려의 조정을 넘나들며 어떻게 작은 조국, 고려의 정체성을 지키고 그 위상을 바로 세우는 일에 심혈을 기울였는지를 짐작할 수 있다. 한마디로 말하여 고려를 지킨 것은 元나라에 건너가 저들과 당당하게 글재주를 겨루며 고려인의 우수성을 발휘한 선비들이었다. 얼마나 그분들의 삶이 반듯하였고, 그분들의 글이 깊이 있고 아름다웠는가는 다음의 「借馬說(차마설)·市肆說(시사설)」만으로도 충분할 것이다.

〖말을 빌려 탄 이야기〗

내가 집안이 가난하여 타고 다닐 말이 없었으므로 간혹 이웃에서 빌려 타는 때가 있었다. 둔하고 여윈 말을 빌렸을 때는 아무리 급해도 채찍질을 하지 못하고 조심조심하여 넘어지지 않을까 마음 쓰며 개울이나 구렁을 만났을 때는 말에서 내렸다. 그래서 가끔 후회하는 마음이 있었다. 또 발굽이 높고 귀가 날카로운 준마를 빌려 신나게 잘 달릴 때에는 의기양양하여 힘껏 채찍질을 하며 평지를 달리듯 언덕과 골짜기를 지나치니 참으로 기분이 흔쾌하였다. 그러나 그러다가 말에서 떨어지지나 않을까 염려하는 마음이 없지도 않았다. 아하 사람의 마음이 이처럼 변덕이 심하고 바뀌는 것이 언제나 이와 같을 것 아닌가!

남의 물건을 빌리어 준비하였다가 하루아침 잠시 사용하는 것도 오히려 이와 같은데 하물며 자기가 실제로 가지고 있는 것은 어떠하겠는가. 생각해 보면 사람이 소유하고 있다는 것은 어느 것이건 빌리지 않은 것이 없다. 임금은 백성으로부터 힘을 빌리어 존귀하고 풍요로우며, 신하는 임금으로부터 그 세력을 빌리어 은총과 지위를 누린다. 자식은 어버이로부터, 지어미는 지아비로부터, 婢僕(비복)은 그 主人으로부터 빌린 것이 또한 너무나 깊고 넓고 많아서 그것을 가져다가 자기 것인 양 삼으면서도 마침내는 반성할 줄을 모르니 이 어찌 미욱하다 하지 않겠는가!

그러므로 진정코 행여라도 잠깐 사이에 그 빌린 것이 제자리로 돌아가면 만방을 다스리던 임금도 외로운 사나이가 되고 百乘(백승)의 권세를 누리던 신하도 외톨이 신세가 되니 하물며 보잘것없는 凡夫(범부)야 말해 무엇하랴.

가정(稼亭)·목은선생(牧隱先生) 문집판(文集板)

맹자께서 이르시기를 "남의 것을 오랫동안 빌려 쓰고 있으면서 돌려주지 않으면 그것이 어찌 자기 것이 아닌 줄을 알겠는가" 하셨다. 내가 여기에 느낀 바가 있어 "말을 빌려 탄 이야기"를 지어 그 뜻을 세상에 널리 알린다.

〖市場(시장)이야기〗

장사하는 이들이 모여들어 물건을 사고팔며 필요한 것을 변통하니 이것을 시장이라 한다. 내가 일찍이 開京(개경)에 올라왔다가 뒷골목을 들어갔었다. 거기에서 곱게 몸치장을 하고 매춘을 하는 자들이 그들의 어여쁨에 따라 그 값을 높게도 하고 낮게도 하였는데, 그렇게 하는 것이 공공연하였고 조금도 부끄러움이 없었다. 이것이 여자시장이니 나라의 풍속이 아름답지 않다는 것을 알았다. 또 관청에 들어갔다가 법조문을 가지고 글재주를 부려 장난을 치는 자들을 보게 되었는데 그들은 사건의 무겁고 가벼움에 따라 (뇌물의) 값을 높게도 매기고 낮게도 매기어 공공연히 주고받으며 조금도 의심하고 두려워하지 않았다. 이것이 공무시장이니 나라의 행정이 사리에 맞게 운영되지 않는다는 것을 알았다. 그런데 오늘에 이르러 또 사람시장을 보게 되었다. 지난해부터 나라에 물난리와 가뭄으로 백성들이 먹을 것이 없어서 힘센 자들은 도적 떼가 되고 힘이 약한 자들은 모두 뿔뿔이 흩어져서 입에 풀칠할 방도도 찾지 못하게 되니 부모는 자식을 팔고 지아비는 지어미를 팔며 주인은 제 종을 내다 팔아 저잣거리에 늘어세우니 그 값이 천하기가 개 · 돼지만도 못하였다. 그러나 관청에서는 그것을 아는 체도 아니 한다.

아하, 앞의 두 가지 시장은 그 정황이 밉살스러워 엄중하게 징계하지 않을 수 없는 것이지만, 뒤의 사람시장의 경우는 그 정황이 진실로 불쌍하기 그지없으니 그 또한 하루빨리 사라지게 해야 할 것이다.

진실로 이 세 가지 시장을 없애지 않는다면 나는 알 것 같다. 그 불미스럽고 부조리한 것이 앞으로 이 정도에서 멈추지 않으리라는 것을!

천만년 세월에 사람 사는 모습이 많이도 변하였지만 그것은 역시 삼장법사의 손바닥에서 노는 손오공의 몸짓인지도 모르겠다. 오늘날 우리가 심오한 서양철학의 논리라고 생각했던 것이 7백년 전 우리 조상의 수필 속에 아무렇지도 않은 평범한 이야기로 감추어져 있는 것을 발견하는 이 놀라움! 내가 가진 모든 것은 내 것이 아니라는 깨달음과 나라 살림의 근본은 모든 백성이 사람답게 사는 것이라는 외침!

이것은 일찍이 7백년 전 우리 조상 李穀(이곡) 선생이 우리에게 일러 주었던 가르침이었다.

〖借馬說〗

余家貧無馬 或借而乘之. 得駑且瘦者 事雖急不敢加策 兢兢然 若將蹶躓 値溝塹則下 故鮮有悔. 得蹄高耳銳駿且駃者 陽陽然肆志着鞭縱靶 平視陵谷 甚可快也 然或未免危墜之患. 噫 人情之移易 一至此耶.

借物以備 一朝之用 尙猶如此 況其眞有者乎. 然人之所有 孰爲不借者. 君借力於民以尊富 臣借勢於君以寵貴, 子之於父 婦之於夫 婢僕之於主 其所借亦深且多 率以爲己有 而終莫之省 豈非惑也. 苟或須臾之頃 還其所借 則萬邦之君爲獨夫 百乘之家爲孤臣 況微者耶. 孟子曰 "久假而不歸 烏知其非有也." 余於此有感焉 作借馬說 以廣其意云.

〖市肆說〗

商賈所聚 貿易有無 謂之市肆. 始予來都入委巷 見治容誨淫者 隨其姸媸 高下其値 公然爲之 不小羞恥 是曰女肆 知風俗之不美也. 又入官府 見舞文弄法者 隨其重輕 高下其値 公然受之 不小疑懼 是曰吏肆 知刑政之不理也. 于今又見人肆焉 自去年 水旱民無食 强者爲盜賊 弱者皆流離 無所於餬口 父母鬻兒 夫鬻其婦 主鬻其奴 列於市 賤其估 曾犬豕之不如 然而有司不之問. 嗚呼, 前二肆 其情可憎 不可不痛懲之也 後一肆 其情可矜 亦不可不早去之也. 苟三肆之不罷 予知其不美不理者 將不止於此也.

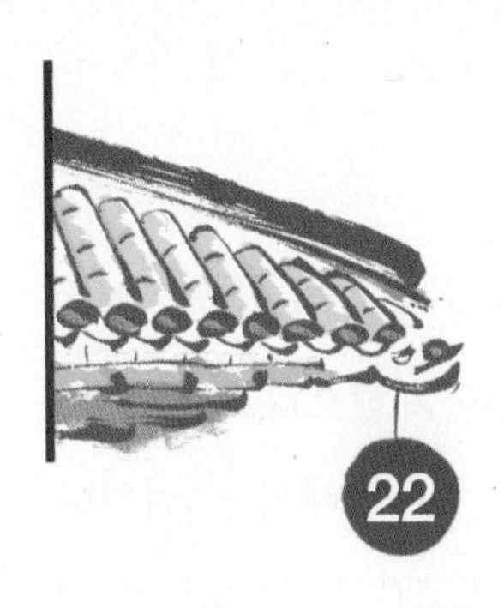

보우 현릉청심요
普愚의 玄陵請心要

흰 구름, 구름 속에 겹친 푸른 산
푸른 산, 산 가운데 엉긴 흰 구름
해야 구름산아 오랜 동무야
너희가 내 집이라 이 몸 편안하구나

白雲雲裏靑山重
靑山山中白雲多
日與雲山長作伴
安身無處不爲家

한평생 구름 산속에서 이런 노래를 읊으며 유유자적하였던 14세기 고려 말의 큰스님 太古(태고) 普愚(보우, 1301 충렬왕 27~1382 우왕 8)는 우리나라 불교사의 태산준령 높은 봉우리 가운데 하나다. 속성은 홍씨요 洪州(홍주)분이다. 13세에 출가하여 檜巖寺(회암사) 廣智(광지) 밑에서 스님이 되셨고, 26세에 승과에 급제했으나 명찰을 버리고 托鉢苦行(탁발고행)을 본모습으로 삼았다. 46세 때에 중국(원나라)에 건너가 두어 해 남짓 머물고 돌아와 小雪寺(소설사), 廣明寺(광명사) 등에 머물다가 小雪寺(소설사)에서 法臘(법랍) 70, 향년 82세로 입적하였다. 세상을 등지고 살려 했으나 세상이 그의 長衫자락을 붙잡으니 어쩔 수 없이 顯達(현달)한 僧職(승직)으로 法福(법복)을 누린 바 되었다.

우리나라 禪宗(선종)의 기틀은 태고가 태어나기 백여 년 전에 이미 普照(보조) 知訥(지눌) 스님이 닦아 놓았건만 조계종의 宗祖(종조)로 추앙받는 것이 그 첫째요, 기복은 있었으나 공민왕의 王師(왕사)가 되어 스님으로서의 벼슬 영예를 누린 것이 그 둘째요, 중국에 머무는 동안 湖州(호주) 霞霧山(하무산) 清珙(청공) 스님으로부터 衣鉢(의발)을 이어받아 우리나라 臨濟宗(임제종)의 시조로도 기억되는 것이 그 셋째다.

그러나 그토록 영예를 누린 光輝(광휘)의 그늘에는 그 값에 상당한 태고 스님의 끝없는 고행과 법력의 감화가 숨겨 있을 것이다. 忠穆王(충목왕) 2년(1346)에 중국에 들어가 두 해 정도 머물고 충목왕 4년에 귀국하였는데 그 짧은 기간 중에 湖州(호주)의 清珙法師(청공법사)로부터 중국 임제종의 17대 法孫(법손)의 지위를 얻은 것이며, 燕京(연경)에 올라갔을 때에는 천자(원나라 순제)가 그의 명성을 듣고 永明寺(영명사)를 開堂(개당)케 하였으니 이런 일은 쉽게 이루어지는 일이 아니기 때문이다.

다음 글은 그 영명사 주지 시절쯤 되었을까? 공민왕이 세자 시절 연경에 머물 때에 태고 스님을 만나 法要(법요)를 청하니 거기에 답했던 글이다. 그 때에 세자는 감탄하여 "小子(소자)가 만일 새로 고려의 왕이 되면 스님을 내 스승으로 모시겠습니다" 이렇게 약속하였다고 전한다. 그리고 그 약속은 실현되었다.

보우대사

〖玄陵(현릉)께서 '마음이 무엇인가'를 (가르쳐 달라고) 請(청)하시다〗

임금님께서 명하여 말씀하셨다. "나에게 자비를 베풀어 설법하여 은혜가 흘러넘치게 할 수 없겠소이까?" 이에 나는 공경하는 마음으로 그 뜻을 받들어 간략하게 한 부분을 말씀드렸다.

〈아득한 옛날 한 처음에, 그 속에는 어떠한 법도 없었사온데 무슨 말을 할 수 있겠습니까? 하오나 아무런 대답도 드리지 않을 수는 없겠습니다. 임금님께서 거듭거듭 청하시므로 말도 되지 않는 말씀으로 마음을 곧바로 가리켜 한 말씀드립니다.

어떤 물건이 하나 있습니다. 그것은 밝고도 분명하며 거짓도 없고 사사로움도 없으며 고요하여 움직이지도 않으나, 크고 신령스러운 앎이 있사오며, 애초부터 삶이니 죽음이니, 옳으니 그르니 하는 것도 없고 이름도 모양도 없으며 또한 말로 표현할 수도 없는 것입니다. 온 허공을 모두 삼키고 온 천지를 모두 뒤덮고 빛깔이며 소리도 모두 감싸 안아서 커다랗게 몸체와 쓰임(作用)을 갖추었습니다. 그 몸체를 말씀드리자면 그 넓고 큰 것(宇宙)을 모두 감싸 안았으나 바깥이 없고 그 미미하고 작은 것을 모두 거두어들였으나 안이 없습니다. 그 쓰임을 말씀드리자면 부처님 세상의 티끌 숫자보다 많은 지혜와 신통함과 바른 마음과 말재주가 있고 숨었다 나타났다 함도 종횡으로 자유로우며 크나큰 영험과 변화가 있어서 아무리 큰 성인이라도 그 무궁한 능력을 헤아리지 못합니다.

이 하나의 물건은 언제나 누구에게나 있어서 발을 들어 올리거나 내려놓을 때, 어떤 환경에 부딪치거나 인연을 맺게 되는 경우에도 반듯하고 확실하며, 확실하고 반듯하여 어떤 일에도 밝고 어떤 물건에도 분명하여 그 일체의 작용이 고요할 뿐 아니라 분명하게 밝은 것입니다. 편의상 그것을 '마음'이라 부르기도 하고 '道'라 부르기도 하며 '萬法(만법)의 왕'이라 부르기도 하고 또한 '부처'라 부르기도 합니다.

부처님이 말씀하시기를 "거닐거나 앉거나 눕거나 언제나 그 가운데 있다"하셨고, 堯舜(요순) 임금님도 말씀하시기를 "진실로 그 한가운데(中庸)를 잡으면 (억지로)하는 일이 없어도 천하가 크게 다스려진다"고 하셨습니다. 요순이 어찌 성인이 아니며 부처님이 또한 특별한 분이시겠습니까? 오로지 이 마음을 밝혔을 따름입니다. 그러므로 예부터 지금까지 부처님들과 큰스님들이 글을 써서 밝히지도 않고,

용문산 사나사(舍那寺)의 보우대사부도탑

말을 하여 밝히지도 않으며 다만 마음에서 마음으로 전하고 특별히 법을 만들지 않았습니다. 만일에 이 마음 이외에 따로 다른 법이 있다면 그것은 아마도 마귀의 속삭임이요, 절대로 부처님의 말씀이 아닐 것입니다. 그리하여 이것을 이름하여 '마음'이라고 하는 것입니다. 이 마음은 凡夫(범부)가 망령되이 일으키는 분별의 마음도 아니요, 각자가 스스로 고요하여 바탕 마음을 움직이지 않는 바로 그 마음입니다. 이와 같은 자기 마음을 스스로 지키지 않고 생각 없이 망령되이 움직이면 어느 틈엔가 제 모습을 잃게 하는 바람에 어지럽게 흔들리어 色(색)·聲(성)·香(향)·味(미)·觸(촉)·法(법)의 여섯 가지 티끌 속에 파묻혀 일어났다 사라졌다 하기를 반복하여 망령되이 끝없이 삶과 죽음의 業苦(업고)를 짓게 될 것입니다.

그러므로 부처님이나 큰스님이나 성인들은 과거에 발원했던 정성을 계승하여 세상에 나와 큰 자비로 사람의 마음이 본래 부처임을 곧 바로 가리키심으로써 드디어 마음이 부처임을 깨닫게 하신 것일 뿐 이옵니다. (이하 생략)

『太古集(태고집)』에 실린 이 글은 玄陵(현릉)이란 陵號(능호)와 국왕이란 칭호가 함께 나타나는 것으로 보아 王師時節(왕사시절)에 공민왕께 進言(진언)한 法語(법어)로 되어 있다. 그러나 燕京滯留(연경체류) 시절 고려인의 신분으로 이심전심 서로 마음을 나눌 때에 마음의 정체가 무엇인지, 강릉대군의 신분으로 宿衛生活(숙위생활)을 하는 왕자의 客愁(객수)를 달래는 법어로 보는 것이 더 합당할 것 같다. 문집의 편찬은 편집할 때를 기준으로 改刪(개산)을 하는 경우가 많기 때문이다.

〖玄陵請心要〗

國王命曰 "爲我慈悲 垂法語流恩" 某敬心奉旨 略露其端云

「太古這裏 本無一法 何語之有哉. 然不可毋答 國王重請 以非言爲語 直指心地而言. 有一物 明明歷歷 無僞無私 寂然不動 有大靈知 本無生死 亦無分別 亦無名相 亦無言說 呑盡虛空 蓋盡天地 蓋盡色聲, 具大體用. 言其體則 包羅盡廣大而無外 收攝盡微細而無內, 言其

用則 過佛刹微塵數 智慧神通 三昧辯才 卽隱卽顯 縱橫自在 有大神變, 雖大聖莫之能窮. 此一物 常在人人 分上擧足不足時 觸境遇緣處 端端的的 的的端端 頭頭上明 物物上顯 一切施爲 寂然昭著者. 方便呼爲心 亦云道, 亦云萬法之王 亦云佛. 佛言 "經行及坐臥 常在於其中." 堯舜亦曰 "允執厥中 無爲而天下大治." 堯舜豈非聖人乎 佛祖豈異人乎. 只明得箇此心 故從上以來 佛佛祖祖 不立文字 不立語言 但以心傳心 更無別法. 若此心外 別有一法 便是魔說 元非佛語. 所以名此心者, 非是凡夫妄生分別之心 正是當人寂然不動底心也. 如是自心 不能自守 不覺妄動 忽忽然 被境風動亂 埋沒六塵之裏 數起數滅 妄造無窮生死業苦. 是以 佛祖聖人 承宿願力 出現世間 以大悲 故直指人心本來是佛 令其只悟心佛耳.」(以下略)

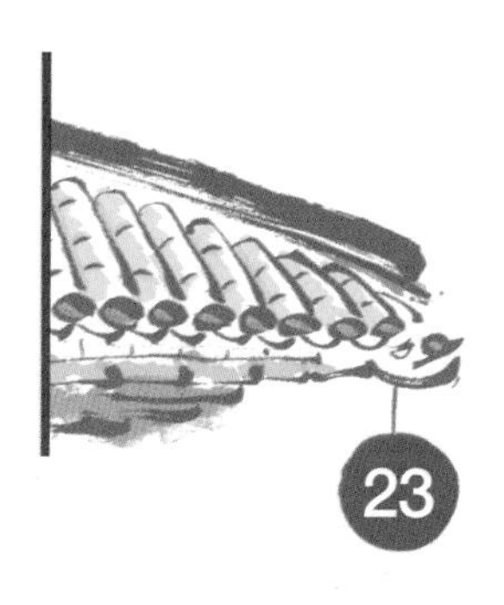

나옹화상 백납가
懶翁和尙의 百衲歌

우리는 가끔 도통한 聖者(성자)가 그리울 때가 있다. 갑작스러운 일로 감당하기 힘든 심신의 고통이 밀려올 때, 천재지변으로 무고한 생령이 속절없이 희생되는 세상을 바라볼 때, 서로가 자기의 옳음만을 주장하며 사회 정의를 자기 것으로만 삼으려고 아귀다툼을 일삼는 세태를 생각할 때, 우리는 그 모든 것에 초연했던 가난한 성자가 그리울 때가 있다.

돌이켜 보면 우리나라 역사에도 그러한 성자가 없지 않았다. 아니 오히려 생각보다 많이 있었을 것 같다. 오늘날까지 이름을 남긴 선대의 高僧大德(고승대덕)들이 얼마나 많은가? 생각이 여기에 미치자 이름 있는 선조 선승들 가운데서 청빈을 사랑하고 찬양하며 속세를 티끌처럼 여기고 초연했던 분, 그리고 그것을 글로 남긴 분이 누구일까 찾아보게 되었다. 그러다가 懶翁和尙(나옹화상)의 百衲歌(백납가)를 읽게 되었다.

나옹화상

懶翁和尙(나옹화상, 1320 충숙왕 7~1376 우왕 2)은 세상이 다 잘 아는 바와 같이 고려 말의 명승이다. 그에게 붙여진 공식 법명은 高麗國王師(고려국왕사) 大曹溪宗師(대조계종사) 禪敎都摠攝(선교도총섭) 勤修本智(근수본지) 中興祖風(중흥조풍) 福國祐世(복국우세) 普濟尊者(보제존자) 諡禪覺(시선각) 懶翁和尙(나옹화상)이다. 참으로 으리으리하고 화려하다. 이처럼 거창한 이름 뒤에는 그에 걸맞은 스님의 足跡이 서려 있다.

나옹은 寧海(영해)에서 膳官署令(선관서령)을 지낸 牙瑞具(아서구)의 아들로 태어났다. 스무살 무렵 절친했던 친구의 죽음을 맞아 깊은 슬픔에 빠지게 되었다. 죽음은 무엇이며 죽음 뒤에는 무엇이 있는가 하는 인간존재의 원초적 의문은 그를 법문의 세계에 발을 들여놓게 하였다. 그때부터 명산대찰의 선사들을 두루 찾아 헤맸다. 25세에 회암사 石翁和尙(석옹화상) 밑에서 참선하다가 28세 때에 분연히 元(원)나라 燕京(연경)으로 떠났다. 그곳 法源寺(법원사)에서 인도승 指空和尙(지공화상)을 만나 피나는 수도정진으로 2년을 보냈다. 그리고 그는 어느새 당대 최고 선사들과 어깨를 나란히 하는 선승의 반열에 들어서게 되었다. 고려국의 청년승이 국제무대에서 大禪僧(대선승)으로 활약하게 된 것이다. 이렇게 元나라에 머문 지 15년 그는 홀연히 고국으로 돌아왔다. 나라에서는 거창한 법명을 내리고 王師(왕사)요 大宗師(대종사)요 都摠攝(도총섭)이요 하였으나 그는 자기의 종교적 행로에 큰 지침이었던 인도승 지공선사의 靈骨(영골)과 舍利(사리)를 중국에 가서 모셔와 회암사에 봉안하고 그곳에 머물렀다. 그러나 그의 장삼은 언제나 명산을 휘젓는 바람결이었다. 禑王(우왕) 2년 懶翁(나옹)은 임금의 명으로 螢源寺(형원사)로 가는 길에

여주 신륵사의 나옹화상 부도

神勒寺(신륵사)에 머물던 5월 보름날, 조용히 열반하니 그의 나이 57이요 출가한 지 37년만이었다.

〖누더기 노래〗

이 누더기 백납 옷은 정말 내게 알맞구나
긴 겨울 한여름에 언제나 편안하다
솔기솔기 꿰맨 것 천만 군데 얽혔고
겹겹이 기운 곳은 앞뒤가 없건마는

때로는 자리 삼고 때로는 옷이로다
철 따라 때에 맞춰 쓰임이 탐탁한데
이제부터 가는 길 만족함을 알고 나니
飮光(음광)* 스님 끼친 자취 지금 여기 있구나

한 그릇 찻잔과 일곱 근의 장삼은
趙州(조주)* 스님 헛된 노력 부질없이 들먹인다
천만 가지 현묘한 설법이 있다 한들
우리 집 백납장삼 당할 수 있으랴

이 누더기 누비옷은 참으로 요긴하다
오는 길 가는 길에 언제나 편하다네

* 飮光(음광) : 迦葉尊者(가섭존자). 석가의 십대 제자 중 한 사람이다.
* 趙州(조주) : 당나라의 禪僧(선승) 從諗(종심) 禪師(선사, 778~897). '喫茶去(끽다거)' 라는 말로 선승들을 깨우치게 한 것으로 널리 알려져 있음.

술에 취해 꽃구경을 어느 누가 마음 쓰랴
깊은 산에 도 닦는 이 스스로 의젓하네

아는가 이 누비옷 몇 해나 되었는지
바람에 반쪽 날고 한쪽 반만 남았다네
서리 내린 달밤에 홀로 앉은 초막에는
안팎을 분간 못할 혼몽한 풍경뿐

비록 몸은 가난하나 진리는 무궁하다
천만 가지 묘한 쓰임 진정코 다함 없네
웃지마라 남루한 이 바보 멍충이를
일찍이 진리 찾아 진풍을 이었노라

다 떨어진 옷 한 벌 비쩍 마른 지팡이
온 천하를 휘저으며 거칠 것이 없었는데
산천을 돌고 돌아 무엇을 얻었는가
처음부터 배운 것은 오직 빈궁 뿐이었네

재물도 명예도 구한 적이 없었소
누더기옷 빈가슴에 무슨 정을 두었으랴
한 바리에 얹힌 생애 어디 가나 풍족한데
오로지 이 재미로 여생을 마치리라

사는 것이 풍족하니 또 무엇을 구하랴
가소롭다 분수없이 재물찾는 바보들아
전생에 지은 죄로 복을 얻지 못하고
하늘땅을 원망하며 부질없이 허덕이네

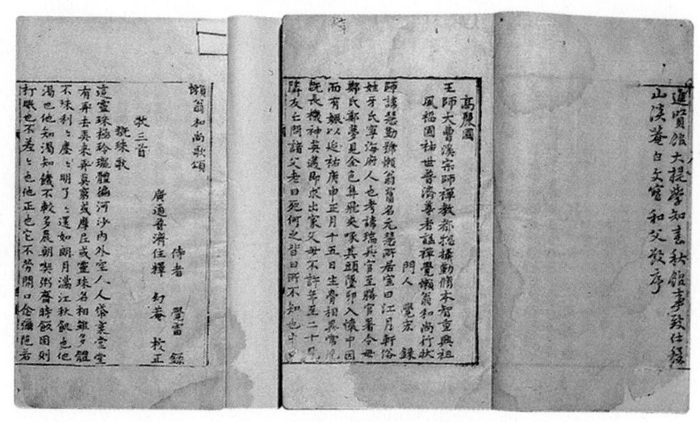
通賢館大提學知春秋館事致仕
山淡菴白文寶和父敍序

高麗國
王師大曹溪宗師禪教都摠攝勤脩本智重興祖
風福國祐世普濟尊者諡禪覺懶翁和尚行狀
門人 覺宏 錄
師諱惠勤號懶翁舊名元惠所居室曰江月軒俗
姓牙氏寧海府人也考諱瑞具官至膳官署令母
鄭氏夢見金色隼飛來啄其頭墮卵入懷中因
而有娠以延祐庚申正月十五日生骨相異常
既長機神英邁即求出家父母不許年至二十
隣友亡問諸父老曰死何之皆曰所不知也

懶翁和尚歌頌
侍者 覺雷 錄
廣通普濟住釋 幻菴 校正
歌三首
翫珠歌
這靈珠極玲瓏體徧河沙內外空人人帒裏堂堂
有弄去弄來弄弄窮或摩尼或靈珠名相雖多體
不殊利利塵塵明了了還如朗月滿江秋飢也他
渴也他知渴知饑不較多晨朝喫粥齋時飯困則
打眠也不差差也他正也它不勞開口念彌陀若

나옹화상가송(懶翁和尚歌頌)

해도 달도 세월도 기억하지 않으리라
경문도 외지 않고 참선도 아니하고
흙빛 얼굴 회색 머리 이 못난 천치바보
오직 한 벌 누더기로 남은 생애 보내려니

나옹화상은 국문역사상 가사문학의 창시자로 논의되고 있다. 西往歌(서왕가)·樂道歌(낙도가)·尋牛歌(심우가) 등의 가사를 지었으며 서왕가는 가사문학의 嚆矢(효시)라는 것이다. 그러나 나옹의 생존년대는 말년 무렵에서 헤아려도 훈민정음이 창제되기 7~80년 전이니 그의 가사가 한글로 전수되었다고는 볼 수 없고 상당기간 구전되었다는 가정을 세워야 한다. 그러면 어떻게 구전되었을까?

대개 7언시로 작성된 한시를 4·4조 가사체로 번역하면 그것이 곧 가사의 형태를 띄게 된다. 그래서 百衲歌(백납가)도 4·4조의 율조에 맞추어 번역해 보았다. 정말로 나옹화상은 우리나라 가사문학의 창시자이었음을 입증하고 싶어서….

〖百衲歌〗

這百衲最當然 / 冬夏長披任自便

袒袒縫來千萬結 / 重重補處不後先

或爲席或爲衣 / 隨節隨時用不違

從此上行知已足 / 飮光遣跡在今時

一椀茶七斤衫 / 趙老徒勞擧再三

縱有千般玄妙說 / 爭似吾家百衲衫

此衲衣甚多宜 / 披去披來事事宜

醉眼看花誰敢着 / 深居道者自能持

知此衲幾春秋 / 一半風飛一半留

獨坐茅菴霜月夜 / 莫分內外混蒙頭

卽身貧道不窮 / 妙用千般也不窮

莫笑襤縿癡呆漢 / 曾參知識續眞風

一鶉衣一瘦笻 / 天下橫行無不通

歷徧江湖何所得 / 元來只是學貧窮

不求利不求名 / 百衲懷空豈有情

一鉢生涯隨處足 / 只將一味過殘生

生涯足更何求 / 可笑癡人分外求
不會福從前世作 / 怨天怨地妄區區

不記月不記年 / 不誦經文不坐禪
土面灰頭癡呆呆 / 唯將一衲度殘年

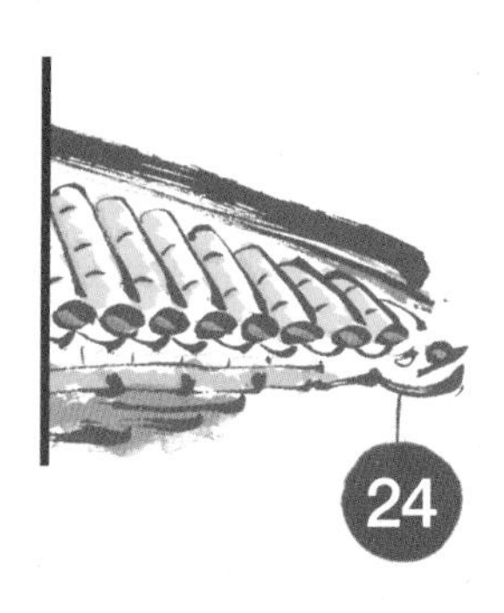

24

李穡의 自儆箴

이색　　자경잠

고려 말 대표적인 학자 · 문신으로 牧隱(목은) · 圃隱(포은) · 冶隱(야은), 세 사람의 三隱(삼은)을 꼽는다. 목은 李穡(이색, 1328 충숙왕 15~1396 태조 5)은 바로 그 세 사람 가운데 한 분으로 격동의 14세기를 살다 간 고려의 지성이었다. 본관은 韓山(한산), 경학의 대가인 贊成事(찬성사) 稼亭(가정) 李穀(이곡)의 아들이요, 益齋(익재) 李齊賢(이제현)의 門人(문인)이다. 14세에 成均試(성균시)에 급제하고, 19세에 결혼, 21세에 元(원)나라 국자감의 생원이 되어 3년간 연경에서 성리학을 연구하였다. 24세에 부친상을 당하자 귀국하여 유교식으로 장례를 치른 뒤에 그때의 임금 恭愍王(공민왕)에게 田制(전제), 軍制(군제), 學制(학제)의 개혁과 抑佛(억불)을 주장하는 건의문을 올려 국정의 진로를 밝혔다. 여기까지의 이력을 통하여 우리는 이미 목은의 넓은 학식과 깊은 고뇌를 감지할 수 있다.

그는 25세에 향시에 합격, 뒤미처 征東行省(정동행성)의 향시에 일등으로 급제한 후, 27세에 다시금 원나라 연경으로 가서 會試(회시)와 殿試(진시)에 합격함으로써 원나라 한림원에 등용되기에 이른다. 여기에서 우리는 또 잠시 그 무렵 목은의 세계관과 역사관을 짐작해 보아야 할 것이다. 원나라 연경, 궁정에서는 몽고말이 쓰이고 학문을 논하는 한림원에서는 중국말(漢語)이 쓰이는 이중언어 구조를 목도하면서, 목은은 정신문화의 뿌리와 전통이 미약한 원나라의 미래를 보았을 것이요, 약소국가인 고려의 장래가 어디로 갈 것인가를 깊이깊이 궁리하였을 것이다.

목은(牧隱) 이색(李穡) 선생 영정

그는 고향에 돌아와, 知工部事(지공부사), 知禮部事(지예부사), 知兵部事(지병부사), 同知春秋館事(동지춘추관사), 藝文館(예문관) 大提學(대제학) 등을 거쳐 40세에는 성균관 大司成(대사성)이 되고, 그 다음 해, 1368년에 드디어 中原(중원)에서는 元(원)·明(명)이 교체되는 대

변혁의 소용돌이를 지켜보았다. 이 시점에서 안갯속을 헤쳐 나가는 고려의 앞날에 대해 목은은 어떻게 대처하였는가? 그는 일단, 명나라와 화친하며 고려의 명맥을 어떻게든 이어가고자 하였다. 禑王(우왕)이 쫓겨났을 때, 曺敏修(조민수)와 함께 昌王(창왕)을 즉위시키고 李成桂(이성계) 일파를 견제하려 한 것이 그의 정치적 행보였다.

그러나 그의 나이 65세, 1392년에 결국은 고려가 망하고 이씨왕조가 출발하는 것을 지켜보았다. 이때에 목은은 신왕조의 중심세력이 추진하는 사회개혁에 대해서는 깊이 동조하고 있었고, 문하에 鄭道傳(정도전), 權近(권근), 卞季良(변계량) 등 才士(재사)를 거느리며 새로이 발전하는 조선의 신유학을 이끌고 있었으므로 추방과 유배를 거듭하면서도 韓山府院君(한산부원군), 韓山伯(한산백)에 봉함을 받으며 표면적인 예우는 잃지 않았다. 그러나 그 말년에 아들과 부인을 연거푸 잃었다. 그러다가 69세 때 驪江(여강)으로 가던 도중에 세상을 떠났다. 따라서 그의 말년은 閑雲野鶴(한운야학)의 禪家的(신가적) 초인의 모습을 보이니 세상 사람들은 그를 가리켜 8분의 濂洛(염락)* 이요, 2분의 仙佛(선불)이라 일컬었다고 한다.

여기에 『牧隱集(목은집)』에 실린 짧은 칼럼 두 개, 「自儆箴(자경잠」과 「답문」을 옮긴다. 「自儆箴(자경잠)」에서는 끊임없이 고뇌하며 초인의 경지에 오르려는 목은의 의지가 보이며 「답문」에서는 그 초인이 득의한 모습이 얼핏 스친다.

* 濂洛(염락) : 송의 名儒(명유) 濂溪(염계) 周敦頤(주돈이)와 洛陽(낙양)의 程顥(정호) 程頤(정이) 형제를 가리킴.

〖自儆箴(자경잠)〗

쉰 살 되던 해 가을 구월 초하룻날
나는 自儆箴(자경잠)을 지어 아침저녁으로 바라보며
정성을 다하여 몸소 지키려 하였다.
(그러나) 가까운 것 같다가도 멀어지고
얻은 것 같다가도 잃었다.
멀다고 느꼈으나 때때로 가까운 듯하였으며
잃었다고 느꼈으나 때때로 얻은 듯도 하였다.
아득하고 막막하여 손길 닿는 바가 없었으나
불꽃처럼 밝아서 분명히 볼 때도 있었다.
환하게 밝았으나 때로 어두워 보이지 않았고
아득히 멀었으나 때로 밝은 빛이 보였다.
(버릴 것은) 찾아 끝내려고 하였으나 차마 그리 못하였고
(해야 할 일은) 더욱 힘쓰고자 하였으나 끝내는 힘이 닿지 않았다.
마땅히 스스로 꾸짖고 또 스스로 부끄러워해야 하리라.
쉰 살이 되어서야 무엇이 잘못인지 알게 되었고
아흔 살이 되어서야 (衛武公* 은) '抑(억)' 이란 글을 지었다 하니
이것이 옛사람이 스스로 힘쓰며
숨 한 번 쉬는 동안에도 오히려 게으르지 않고자 애쓴 까닭이 아닌가!
스스로 낙심하여 스스로 저버리다니
이 자포자기는 도대체 무엇이란 말인가?

* 衛武公(위무공) : 주나라 무왕의 아우

〖물음에 답한다〗

'글공부한다는 것이 무엇입니까?' 하고 여쭙는 이가 있었다.

선생이 대답하였다.

"반드시 해야 할 말이라면 그 말은 꼭 해야 하고 반드시 써야 할 것이라면 꼭 그대로 쓰는 것, 그것뿐이니라."

그다음은 무엇이냐고 여쭈었다. (선생이 대답하였다.)

"말이 멀어도 〔표현이 좀 부족하여도〕 혹 가까운 데에 보탬이 될 수 있으며, 쓰임이 멀어도 〔활용성이 좀 떨어져도〕 혹 올바른 일에 도움이 될 수 있느니라."

또 그다음은 무엇이냐고 여쭈었다.

"말이란 꼭 해야 할 말이라고 해도 그것을 말하지 않고, 쓰임이란 꼭 써야 할 것이라고 해도 그것을 쓰지 않는다면 이 또한 진실스럽다 하지 않겠는가?"

또 묻기를 그러면 마땅히 해야 할 것은 어떤 것이냐고 여쭈었다. 스승께서 대답하셨다.

"스승이란 사람에게 있는 것이 아니요, 또 책에 있는 것도 아니다. 스스로 얻어야 하는 것일 뿐이다. 스스로 얻는다고 하는 것은 요순 이래로 지금껏 바꿀 수가 없었던 것이다."

십여 년이 지난 뒤에 그 묻던 이가 찾아와 사례하며 말씀드렸다.

"선생님께서 지난날에 해 주신 말씀이 모두 옳았습니다. 맹서하오니 한평생 그 가르침을 지키고자 하옵니다."

동자 아이가 옆에 있다가 그 연유를 물었다. 나는 이것을 기록하여 답문이라 하였다.

경북 영덕의 이색 선생의 생가

「自儆箴(자경잠)」과 「答問(답문)」을 읽다가 문득 『道德經(도덕경)』의 첫머리 구절이 떠오른다.

"진리를 진리라고 표현하면 그것은 이미 영원한 진리가 아닙니다. 어떤 이름을 하나의 이름으로 부르면 그것은 이미 완전한 이름이 아닙니다."〔道可道非常道 名可名非常名〕

그리고 또 "頓悟頓修(돈오돈수)냐 頓悟漸修(돈오점수)냐" 하고 치열한 논쟁을 벌이던 지난날 우리 조선들의 모습이 떠오른다. 그들은 사생결단의 의지로 勇猛精進(용맹정진)하며 수행에 수행을 거듭하다가 드디어 한 刹那(찰나)에 섬광처럼 스치고 지나간 법열 뒤에 悟道頌(오도송)한 수를 읊었었다.

「自儆箴(자경잠)」과 「答問(답문)」도 목은의 오도송이라 하면 어떨까?

〖自儆箴〗

五十歲秋九月初吉 作自儆箴 朝夕觀之 庶以自勉 若近焉而遠之 若得焉而失之. 遠矣而時近也 失矣而時得也. 茫乎無所措也 赫乎如有覿也. 赫乎或昧焉 茫乎或灼焉. 將畫也不忍焉 將彊也不足焉. 宜其自責而自恧焉. 五十而知非 九十而作抑 斯古之自力也 尚不懈于一息勉之哉勉之哉. 自暴自棄 是何物耶.

〖答問〗

問爲文 先生曰“必言必言 必用必用 止矣”問其次“言遠矣 或補於近 用迂矣或類於正”又問其次“言不必言 用不必用 不亦傎乎”又問宜何 師曰“師不在人也不在書也 自得而已矣, 自得也者 堯舜以來 未之或改也.”旣十餘年矣 問者謝曰“先生前言是矣 請終身行之.”童子在傍問其由 錄之曰 答問.

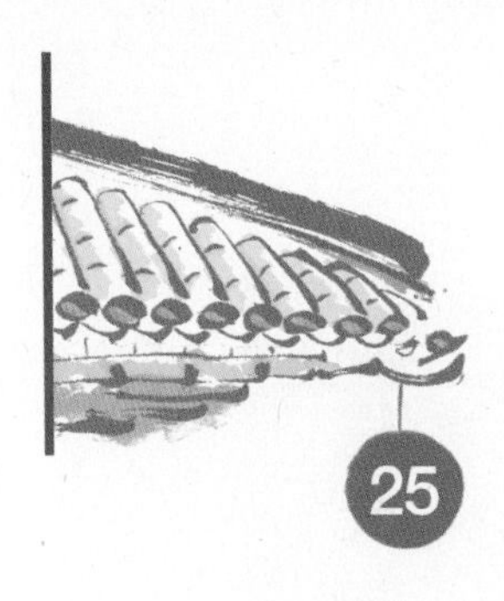

鄭夢周의 金海山城記

정몽주 김해산성기

바랑을 등에 메고 단발령을 넘어가는 마의태자의 뒷모습이 신라 천년의 종말이라면 낙화암 절벽 끝으로 꽃처럼 떨어진 삼천궁녀의 치맛자락은 백제 7백 년의 최후였다. 그러면 고려의 마지막은 어떠하였는가?

그것은 선죽교 돌다리 위에 鮮紅(선홍)의 핏자국으로 남아있는 圃隱(포은)의 넋이다. 돌다리 위에 뿌려진 血痕(혈흔)이 6백 년이 넘는 세월에 아직도 그 자취를 보이는 까닭은 그 핏자국의 주인공 포은 鄭夢周(정몽주, 1337 충숙왕 6~1392 공양왕 4)에 대한 憐憫(연민)과 사랑이 시공을 초월하여 우리 민족의 가슴속에 지금도 생생하게 살아있기 때문이다.

「圃隱遺事(포은유사)」에 전하는 핏자국의 사연을 간추리면 다음과 같다.

포은

고려 말에 포은 鄭文忠公(정문충공)은 참된 선비요 임금을 보좌할 인재로서 벼슬길에 나아가 크게 활약하였다. 성조(이성계)께서 그의 인품을 사랑하여 가까이 어울렸고 威化島(위화도) 회군 뒤에 두 분이 나란히 재상의 자리에 올랐다. 文忠公(문충공)은 金震陽(김진양) 등 여러 사람과 어울려 身命(신명)을 바쳐 고려의 社稷(사직)을 붙잡으려 애썼다. 그 무렵 聖祖(성조)의 업적과 인기가 하늘을 찌르니 많은 관료들이 마음을 돌이키어 성조를 따랐다. 마침내 정세가 우리 성조를 임금으로 섬기려하니, 그럴 수 없다고 생각한 문충공은 지혜를 모아 성조를 넘어뜨리려 하였다. 태종(이방원)이 일찍이 태조께 여쭙기를

"정몽주가 아무려면 우리 집안을 배반하겠습니까?" 하였더니 태조께서 "내가 애매한 讒訴(참소)를 당하면 夢周(몽주)가 죽기로써 나를 변호해 주었으나 만일에 나라에 관계된 일이라면 그의 마음을 알 수는 없다." 고 하였다.

점차 文忠公(문충공)의 뜻이 어디에 있는지 알려지자, 태종이 잔치를 베풀어 문충공을 청한 자리에서 술을 권하며 이렇게 노래하였다.

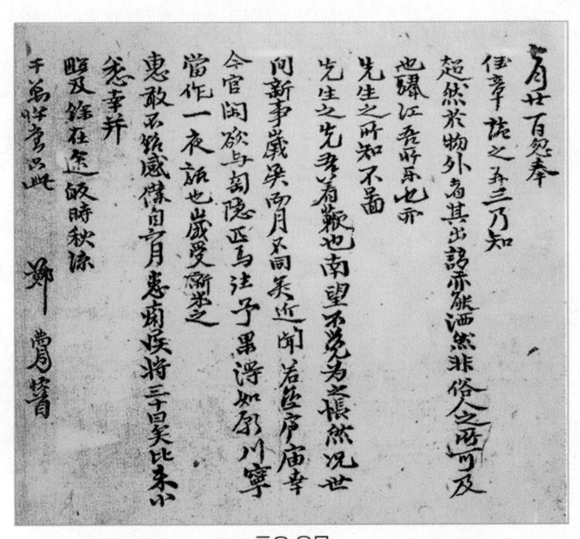

포은 유묵

이런들 어떠하며 저런들 어떠하리
성황당 뒷담이야 무너진들 어떠하리
우리는 이렇게 어울려 아니 죽은들 어떠하리

이 노래를 들은 문충공은 역시 술을 권하며 화답하였다.

이몸이 죽고죽어 일백번 고쳐죽어
백골이 진토되어 넋이야 있건 없건
님 향한 일편단심이야 변할 줄이 있으랴

태종은 문충공이 결코 마음을 바꾸지 않을 것을 알고 드디어 죽일 것을 의논하였다.

개성의 선죽교

고려말의 대내외 정세는 실로 숨 가쁘게 돌아가고 있었다. 중원 대륙은 신흥하는 明(명)나라가 元(원)나라를 북으로 북으로 밀어내고 있었고, 나라 안에서는 親元勢力(친원세력)을 몰아내고 명나라에 事大(사대)하며 신유학을 국가의 새로운 통치이념으로 받아들이자는 개혁파 관료층이 형성되었다. 거기에는 정몽주도 이성계도 뜻을 같이 하였다. 그러나 점차 이성계를 따르는 사람들은 새 판을 짜자고 하였고, 정몽주는 옛 판을 그대로 두고 뜯어고치자고 하였다.

그러던 어느 날 이성계가 앓아누웠단 소식을 들은 정몽주는 이성계 일파의 움직임을 짐작해 보려 문병차 이성계의 집을 방문하였다. 그리고 집으로 돌아가는 길, 선죽교 위에서 이방원의 밀사에 의해 맞아 죽으니 그것이 곧 고려의 종말을 뜻하는 것이었다.

조선이 건국되고 또 아홉 해가 흘러갔다. 포은을 죽였던 이방원은 조선조의 제3대 임금(태종)으로 등극하였다. 그가 임금이 되자마자 시행한 첫 번째 사업은 무엇이었는가? 그것은 옛날의 정적이었으나, 아버지의 친구, 아버지의 동료였던 포은 정몽주를 영의정으로 추증하고 益陽府院君(익양부원군)에 追封(추봉)하는 일이었다.

포은 정몽주는 이렇듯 실패한 정치가였으나 성공한 충신이 되었다. 조선의 성리학은 포은에게서 發興(발흥)하였다 하여 東方理學(동방이학)의 시조로 추앙되는데 그에 걸맞는 학문적 업적은 발견되지 않는다. 교육제도를 정비하고 법제를 확립하는 등 관료로서의 업적이 오히려 돋보인다. 차분한 학자이기보다는 의욕적인 행정가요, 시 · 서 · 화에도 뛰어난 당대의 문사였다.

여기서는 포은의 말년(1388?)에 지은 「金海山城記(김해산성기)」를 읽어보기로 하자.

『김해산성기』

전날 선왕[禑王]께서 남녘지방을 순찰하시다가 상주에 머무신 적이 있었는데 내가 그때에 부름을 받고 들어가 한림[예문관, 춘추관 검열]이 되었다. 그 무렵 처음으로 旅舍(여사)에서 朴葳(박위) 공과 인사하고 알게 되어 서로 사귀며 즐겁게 지냈다. 그때부터 어깨를 나란히 하여 선왕을 모시기 10여 년에 진실로 박공의 재주에 깊이 탄복한 바 있었다. 이제 금상[창왕]이 즉위하시고 또 한 해가 지나서 내가 죄를 짓고 남녘에서 귀양살이를 하고 있었는데 그해 겨울에 왜구가 김해에 침입해오니 사람들이 모두 말하기를 "김해는 왜구의 요충지입니다. 이제 또 침입해 와서 이렇듯 피해가 심하니 훗날에 비록 슬기로운 분이 나온다 하여도 아마 다스리기가 지극히 힘들 것입니다."라고 하였다.

그리고 얼마 지나지 않아 朴葳(박위) 공께서 수령으로 나가셨다는 소식이 들리기에 내가 주위 사람들에게 말하기를 "내가 박공을 잘 알거니와 그가 반드시 그의 임무를 잘 처리할 것이다."한 적이 있었다. 과연 박공은 임지에 도착하자마자 낮이나 밤이나 온 정신과 마음을 다 바쳐 계획을 세우고 은혜를 베풀어, 얼고 굶주리는 사람들은 배부르고 따뜻하게 하며, 앓고 신음하는 사람들은 즐기고 노래 부르게 하며, 타버려 없어진 것은 번듯하게 새로 짓고, 깨지고 부서진 것은 든든하게 고쳐 놓으니 몇 달 되지 않는 기간에 백 가지 폐해가 깨끗이 없어졌다.

그렇건만 박공은 오히려 겸연쩍어하며 근심 어린 빛으로 말하기를 "이것을 가지고 어찌 잘 다스린 것이라 하겠습니까? 얼마 전에 침입을 당했을 때에 지아비는 지어미를 잃은 것을 맺하고 자식은 어버이 잃은 것을 슬퍼하여 그 울음소리가 계속되었었습니다. 이제 정신을 차려 계획을 세우고 대책을 마련하지 않으면 또다시 당할 것이 틀림없습니다. 이것을 저는 가슴 아파할 뿐입니다." 이렇게 근심하면서 곧 고을 사람들에게 널리 알리기를 "왜구의 기세가 날로 극성스러워 바다 밖으로 백 리나 떨어져 있으나 오히려 해를 입고 있습니다. 그런데 이곳 김해는 바다를 안고 있는 고을이어서 바닷물이 우리 지역을 둘러싸고 있으니 이것은 곧 죽을 곳입니다. 진정으로 요새를 구축하지 않는다면 다른 방도는 없는 줄 압니다." 이렇게 말하고 즉시 명령을 내려 옛날의 山城(산성)을 수리하여 크게 넓히고, 돌을 쌓아 단단하게 만들며 산세를 따라 높혔다. 일을 마치고 아래에서 바라보니 성벽은 천 길이나 높이 세워져서 비록 한 명의 장정이 문을 지킨다 하여도 만 명의 군사가 능히 열지 못할 만하였다.

(이때에) 이 고을 사람, 통헌대부 裵元龍(배원룡) 공이 급하게 나에게 서신을 보내와 청하기를 "산성을 고쳐 건설한 것은 만세에 이로운 일을 한 것입니다. 그런데 우리 朴葳(박위) 공을 잘 아는 이로는 그대만한 사람이 없는 줄 압니다. 감히 [山城記(산성기) 한 폭 써 주실 것을] 청하나이다."하였다.

내가 가만히 생각하건대, 요새를 쌓아 나라를 지키는 길, 이것은 예부터 제왕이 된 분이라면 누구나 다스림의 방법으로 삼고자 하지 않는 이가 없었던 것이다. 맹자께서 말씀하신바, '天時(천시)가 地利(지리)보다 못하고, 地利(지리)가 人和(인화)보다 못하다' 고 한 것은 대체로 일의 가볍고 무거움과 작고 큼을 말하고자 한 것이지 하나를

취하고 둘을 버리라고 한 것이겠는가! 오호라 祖宗(조종) 이래 선왕의 제도가 참으로 철저하구나." (중략)

장차 김해의 백성들은 평소에 어려움이 없을 때에는 산에서 내려와 농사짓고 바다에 나아가 고기잡이하며 봉화불을 보게 되었을 때에는 처자와 노복을 거느리고 성안으로 들어간다면 베개를 높이고 편히 누워 잘 수 있으리라. 누가 요새를 건설하여 스스로 굳세고자 하는 것을 拙策(졸책)이라 일컬으랴. 나는 장차 옛 가야의 터를 찾아가 새 성벽 위에서 술을 들며 박위 공의 고을 다스림이 성공하였음을 축하하리라.

〖金海山城記〗

昔先王南巡次于尙 余時召入爲翰林 始識朴侯葳於旅舍 相從而悅之 自是比肩事先王十有餘年 固已服其才焉. 及今上卽位之明年 余以罪謫居南方 其冬倭陷金海 人皆言曰 "金海倭衝也 今已陷且殘之 後雖有智者 殆難以爲治."

俄而聞朴侯出爲守 顧謂人曰 "余知朴侯 其必有以處此矣." 侯始至乃能日夜 疲精竭思 設計推恩 凍餓者使之飽暖 呻吟者使之謳歌 煨燼者使之奐輪 缺毀者使之牢緻 旬月之間 百廢擧矣. 侯猶慊然憂形於色曰 "是奚足爲政 近日之陷 夫而哭妻 子而哭父母者 聲相續也 今

不圖後當復然 此余之痛心也.” 乃告於衆曰 “倭勢日熾 去海百里 尙受其害 況此海曲之邑 水環其境者 直死地也 苟非施險 無以爲也.” 於是出令 修古山城 擴而大之 累石爲固 因山爲高 功旣訖 自下望之 壁立千仞 雖使一夫當門 萬夫莫能開也.

府人通憲大夫 裵公元龍 走書來請曰 “山城之修. 萬世利也 知吾侯者 莫如子 敢以爲請.” 余惟設險守國之道 自古帝王 未有不資是以爲治者 孟子所謂 天時不如地利 地利不如人和 蓋言輕重小大之差耳 非爲取其一而廢其二也 嗚呼 祖宗之法亦密矣.(中略)

將使金海之民 平居無事 則下山而田 入海而漁 及見烽燧 收妻孥而入城 則可以高枕而臥矣. 孰謂設險自固爲拙策也 余將訪古伽倻之墟 當擧酒於新城之上 以賀朴侯政績之有成也.

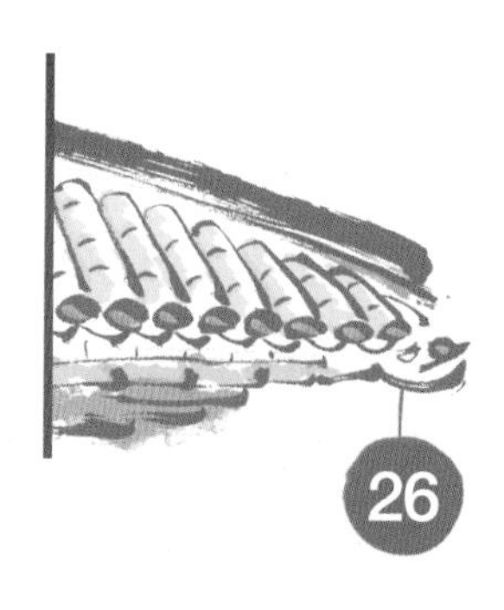

李崇仁의 霜竹軒記
(이숭인 상죽헌기)

조선왕조에 이르러 억불숭유가 정책으로 실현되기 전까지 유·불의 관계는 다정스런 共生相助(공생상조)의 모습이었다. 스님은 미지·미래의 세상을 아름답게 맞기 위해 미리미리 청정심으로 이웃을 사랑하며 덕업을 쌓으라 가르쳤고, 유생은 우리가 사는 현세를 올바르게 꾸미기 위해 孝悌忠信(효제충신)의 마음으로 修身齊家治國平天下(수신제가치국평천하)하는 데에 전념하였으니 서로 부딪칠 까닭이 없었기 때문이었다.

그러나 어느 시대 어느 지역에서나 종교가 정치에 발을 담그는 순간, 그 종교적 순수심은 핏빛으로 물이 든다. 우리나라 역사에서 불교가 타락한 것은 전적으로 고려 공민왕 말년 辛旽(신돈)이란 政治妖僧(정치요승)의 출현에 말미암는다. 명민했던 공민왕의 쇠락과 신돈의 계책이 합동으로 만들어 낸 것이 禑王(우왕)의 등극이었다.(논란의 여지가 없지 않으나) 신돈의 정치적 수완이 얼마나 탁월하였으면 자기소생, 자기 비첩에게서 낳은 아이를 왕자로 둔갑시켜 임금의 자리에까지 나아가게 하였을까? 그래서 일부의 사서에는 辛禑王(신우왕)이라 기록한다.〔우왕은 공민왕과 신돈의 비첩인 般若(반야) 사이에 태어났다고 하나 여기에 역사의 미스터리가 있다. 공민왕은 다섯 명의 부인을 두었으나 소생이 없었기 때문이다.〕

그리하여 1375년 禑王治世(우왕치세) 이래 고려는 몰락의 길을 걷게 되고, 유생들은 신유학의 이념으로 신생국가를 창건하려는 명분을 쌓게 된다.

이러한 시절에 陶隱(도은) 李崇仁(이숭인, 1349 충정왕 1~1392 태조 1)이 살았다. 星州人(성주인)이요, 星山君(성산군) 元具(원구)의 아들이다. 공민왕 시절, 문과에 급제하여 肅雍府丞(숙옹부승), 長興庫使(장흥고사), 進德博士(진덕박사) 등을 역임하였다. 그 무렵 明(명)나라 과거에 응시할 고려문사를 뽑을 때 수석의 영예를 얻었으나 그의 나이 25세에 이르지 않아 명나라 가는 길이 꺾이고 말았다. 그렇지만 그의 출중한 재주가 어디 가랴, 그 후 成均館 學館(성균관학관), 典理摠郞(전리총랑), 藝文館 提學(예문관제학) 등의 벼슬을 하면서 正朝使(정조사)가 되어 2차에 걸쳐 명나라 使行(사행)을 다녀왔다.

그 과정에서 자연스레 崇儒親明(숭유친명)의 정치노선을 취하게 되었으나 혼탁한 여말의 정치풍토에 세 번씩이나 유배를 당하더니 급기야 마지막 배소에서 정도전의 手下(수하)에 의해 참살되는 비운을 맞았다. 元(원)·明(명)의 틈바구니에서 복잡한 외교문서를 도맡다시피 하였고, 당대의 신유학에도 조예가 깊었건만 급박하게 돌아가는 현실정치에는 민활하지 못한 듯, 그는 끝내 고려의 충직한 유생으로 생애를 마감하였다.

그가 일찍이 교분이 두터웠던 禪師(선사)의 軒記(헌기)를 지었으니 그것이 여기 소개하는 〈霜竹軒記(상죽헌기)〉이다.

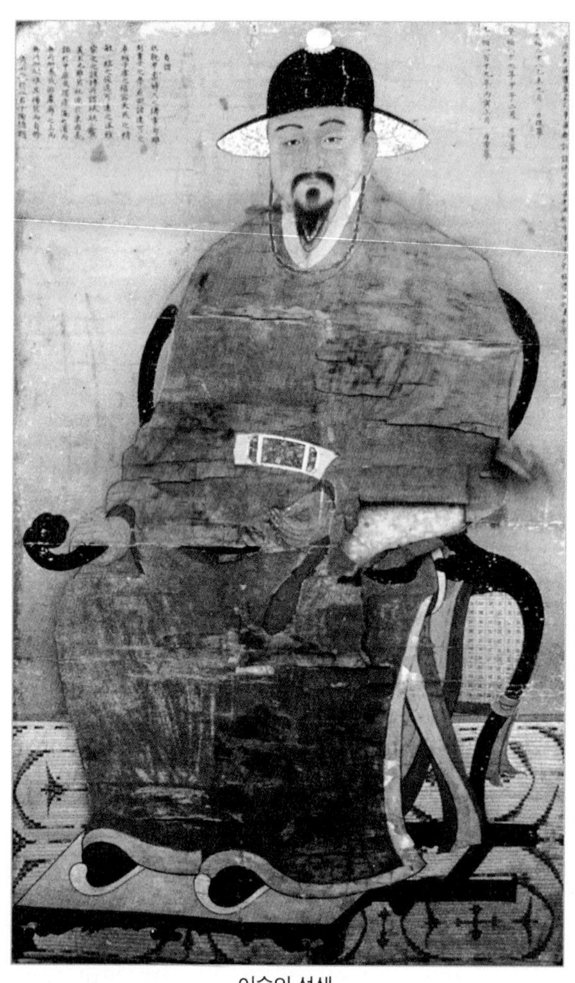

이숭인 선생

〚霜竹軒記(상죽헌기)〛

지난날, 조계종의 큰스님 隱峯(은봉)이 報國寺(보국사)에 계실 때에, 覺林上人(각림상인)이라 하는 제자가 한 분 있었는데 그 풍채가 맑고 빼어났으며 그 정신은 거리낌이 없고 명랑하였다. 말을 하면 그 기운이 깨끗하고 시원하여 사람들이 듣기에 싫증을 느끼게 하지 않았다. 참으로 맑고 시원한 분이었다. 내가 隱峯(은봉)을 만나러 가면 上人(상인)이 언제나 그 옆에 앉아 있었으므로 나는 자연스럽게 그와 더불어 사귀었다. (그러나) 한 번 헤어진 뒤로 10년 세월이 흐르고 은봉도 세상을 뜨자 상인도 멀리 여러 곳으로 떠돌아다녔다. 내가 은봉을 생각한들 만나 볼 수 없는 처지가 되었으니 또한 은봉의 제자 각림상인 같은 이와 함께 어울렸으면 하는 생각을 어찌 잠시나마 잊었겠는가.

금년 가을에 상인이 산에서 내려왔다. 내가 그를 보고 반가워서 하루 종일 내 집에 머물게 하였다. (그때에) 상인이 나에게 책 한 권을 내어 보이며 이렇게 말하였다. "제가 霜竹軒(상죽헌)으로 제 서재 마루의 이름을 삼고 六友金祕判(육우김비판)에게 부탁하여 현판의 글씨를 써 놓았습니다. 이제 고귀하신 분을 모시어 (제 서재를 읊은) 시문을 얻고자 하였는데 선생께서 그 글을 써 주시면 저의 행운이겠습니다." 내가 상인과 더불어 사귄 지가 오래되었다. 나는 초목으로 비겨 말한다면, 쓸모없는 가죽나무나 상수리나무에 지나지 않고 菖蒲(창포)나 갯버들에 지나지 않은 지라 어찌 감히 상인의 마룻글[軒記]를 쓸 수 있으랴. 그러나 상인이 나의 鄙陋(비루)함을 개의치 않으시니 (내가 또) 어찌 들은 바대로 그것을 고백하지 아니하겠는가.

대[竹]라 하는 것은 하나의 식물일 뿐이다. 모든 식물이 서리와 이슬을 맞으면 어느 것이나 그 변화가 극심하다. 꺾이고 부러지고 시들어 떨어져 생기 왕성한 모습을 잃는다. (그러한 때에) 천지간에 우뚝한 것은 오직 대[竹]뿐이다. 줄기도 잎사귀도 바꾸지 않고 당당하게 우뚝 서서 홀로 빼어난 모습을 보인다. 이런 까닭에 옛날부터 시인묵객과 절의 선비들이 모두 다투어 대[竹]를 사랑하였다. 그래서 드디어 대[竹]를 가리켜 此君(차군)이라 부르게 된 것이다.

아하. 사람이 사물을 대할 때에 눈에는 빛깔을, 코에는 향기를, 귀에는 소리를, 입에는 맛을, 팔다리에는 편안함을 취하나 이것이 사람을 죽이게 되는 까닭이로구나. 양심이라 하는 것이 어찌 다만 식물의 찬 서리 찬 이슬에만 해당하랴. 마땅히 사람에게 그러하건만 그것을 아는 이가 드물구나. 상인은 불자이신지라 이른바 빛깔과 소리와 향기와 맛과 감촉의 세상에 일찍이 한 번도 마음의 동요를 가져보지 않았다. (그러므로) 이제 그의 서재 마루를 霜竹(상죽)이라 한 것은 오로지 스스로 깨달음이 있어서만이 아니라 그 기상이 서로 통하는 무리를 찾아 얻으려는 것이 아니겠는가. 바람이 불거나 혹은 달빛 밝은 저녁이면 맑은 기운 소슬하고 청초한 그림자 깨끗할 것이니 (그러할 때에) 상인은 마루에 기대앉아 寒山(한산)의 行密節高(행밀절고)한 시구를 읊고 저 姚紅(요홍)이나 魏紫(위자)가 한때의 부귀에 자만하였음을 바라본다면 어떠할 것인가! 이것이야말로 상인의 높은 인격과 운치를 드러내는 일이 될 것이다.

상인이 일찍이 다음 같은 절구를 한 수를 지은 적이 있다.

서리 맞은 대나무의 깨끗함을 사랑하며
절개 굳은 마음은 한결같이 태평한데
그윽한 노래 불러 빈 넋을 감싸고

호젓한 걸음으로 세상 밖을 노닌다.

이제 이 시를 보니 그 사람됨이 어떠한지 족히 알 만하지 않은가.

儒佛仙(유불선)이 어우러진 玄妙之道(현묘지도)가 신라화랑의 풍류 바로 그것이었으니 유불의 거리낌 없는 소통과 화합의 역사는 그 뿌리가 자못 깊고 오래다 할 것이다. 일찍이 孤雲(고운) 崔致遠(최치원)도 眞鑑(진감), 智證(지증), 白明(백명) 등 당대의 大德(대덕)과 大伽藍(대가람) 崇福寺(숭복사)의 塔碑銘(탑비명)을 지었다. 그것이 오늘날 名文으로 膾炙(회자)되는 〈四山碑文(사산비문)〉이다.

그러므로 陶隱(도은)의 〈霜竹軒記(상죽헌기)〉는 오히려 연꽃과 사군자의 소박한 조화라고나 할까. 그러나 이처럼 아름다운 동행에 뒤미처 三峰(삼봉) 鄭道傳(정도전)의 『佛氏雜辨(불씨잡변)』이 나와 斥佛(척불)의 기세를 높이고 그때부터 유불의 밀월 행은 종지부를 찍는다.

〖霜竹軒記〗

昔者 曹溪猊隱峯住錫報國寺 有弟子曰覺林上人 上人形貌清秀 神精散朗 出辭氣灑然 令人聽之不厭 蓋清乎清者也. 予訪隱峯上人未嘗不在左右 予因與之善焉. 一別歷十年 隱峯逝矣 上人遠游諸方矣. 予思隱峯而不可得見 則思與隱峯之徒如上人者游吾 豈暫忘于懷也.

今年秋 上人自山來 予見之喜留之畢日 上人出示一卷曰"吾以霜竹署吾軒 而請六友金祕判作大字 將以求詠歌薦紳間 子幸記之." 予與上人善者久 予比之草木樗櫟而已矣 蒲柳而已矣 曷敢記吾上人之軒哉 雖然上人旣不鄙余矣 焉得不以所聞告之也.

夫竹一植物耳 植物之遭霜露 其爲變烈矣 摧折隕墮無復生氣盈 兩間之間者 皆是而竹也 不改柯易葉 挺然獨秀焉. 是以古之韻人節士率多愛之 至有以此君目之者焉.

噫 人之爲物也 色之於目 臭之於鼻 聲音之於耳 滋味之於口 安佚之於四肢 其所以戕賊 夫良心者 何翅植物之霜露哉. 人於是乎 知免者鮮矣 上人 佛者也 其之所謂色聲香味觸法 未嘗有一念之動焉. 今夫霜竹其軒者不惟有以自見也 蓋其氣類之相求者歟. 至若風或月之夕 清韻蕭瑟 瘦影扶疏 上人倚軒而坐 誦寒山行密節高之句 視彼姚紅魏紫逞富貴於一時者 爲如何哉. 蓋益有以見上人之標致也 上人嘗題一絶句云

「自憐霜竹清 守節心常泰 永言保虛靈 逍遙於物外」

見其詩亦足以知其人云.

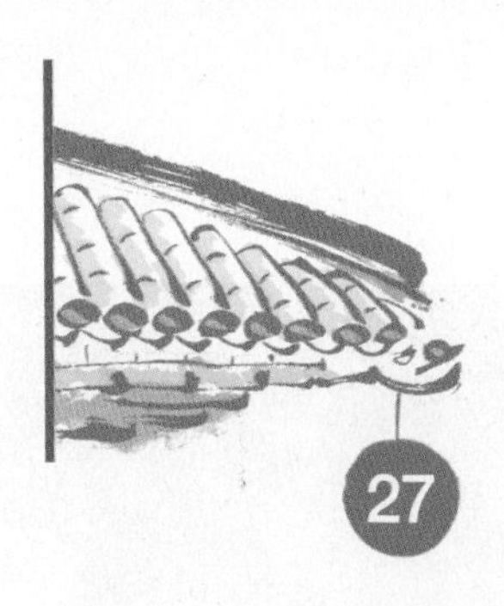

27

吉再(길재)의 山家序(산가서)

고려말에 신유학을 공부한 지식인들은 벼슬길로 나아가 입신양명을 꾀할 것인가, 아니면 「歸去來辭(귀거래사)」를 부르며 전원으로 돌아갈 것인가를 심각하게 고민하였다. 경륜을 펴기에 세상은 너무 혼탁하였고 초야에 묻히자니 입지와 포부가 은근히 아쉬웠다. 어정쩡한 심정으로 과거에 응시하여 급제를 하였으니 벼슬살이를 아니할 수는 없었으나 신념을 갖고 직분에 정진할 수가 없었다. 세상 돌아가는 것이 불안하고 한심스러웠다. 그 속에서 뜻을 편다는 것은 緣木求魚格(연목구어격)이었다. 벼슬자리에 앉아 있으면 있을수록 자신을 속이며 성현의 뜻을 거스르고 조상을 욕되게 할 뿐이었다. 결연히 관복을 벗고 고향 가는 수레를 손질하였다.

그럴 즈음 이성계 일파에 의한 易姓革命(역성혁명)이 일어났다. 심정적으로는 그들의 거사에 동조하고 있었다는 느낌이 들었다. 혁명

야은 길재 선생의 묘

길재

의 주도세력들도 이러한 지식층의 고뇌를 충분히 이해하고 있었다. 더구나 새 왕조를 세운 신흥관료들은 사실상 동문수학한 죽마고우들이었다. 그러나 그들과 어울려 새 나라의 일꾼이 된다는 것은 不事二君(불사이군)의 양심을 배반하는 것이었다. 고개를 돌려 귀향의 수레를 다시금 손보아야 하였다.

이러한 고려말의 유생들 속에 杜門洞(두문동)에 숨어 세상을 등진 기십의 은둔거사가 있었고, 고향으로 수레를 몰고 떠난 기백의 落鄕逸士(낙향일사)가 있었다. 이 낙향파 가운데 한 분으로 冶隱(야은) 吉再(길재, 1352 공민 2~1419 세종 1)를 손꼽을 수 있다. 야은은 34세에 문과에 급제하여 淸州牧司祿(청주목사록)에 임명되었으나 부임하지 않았는데, 다음해에 성균관 학정, 또 다음해에 성균관 박사가 되자 후학을 가르치는 데 誠力(성력)을 다하였다. 그러나 그 다음 해에 門下注書(문하주서)에 임명되자 노모를 봉양해야 한다는 간곡한 뜻의 사직서를 쓰고 낙향하니 이때 그의 나이 37세였다. 고향 선산에 돌아와서는 오로지 후학양성에만 마음을 붙였다.

다음의 「山家序(산가서)」는 그 무렵 어느 해에 지은 것이리라. 야은의 심경을 헤아리며 읽어보기로 하자.

야은 길재 선생을 모시는 청풍서원

〖시골살이에 부쳐(山家序)〗

대개 어려서 배우고 장성하여 실천하는 것은 옛사람이 가르친 길이다. 그러므로 옛사람이나 오늘날의 사람이나 배우지 않는 이가 없다. 간혹 높은 걸음으로 멀리 떠돌며 자기 몸만 깨끗이 한다고 하면서 인륜을 저버리는 일이 있으나 그것은 어찌 올바른 선비가 하고자 하는 것이겠는가? 그러나 이 세상에 공자님 같은 인물이 있었으므로 顔子(안자)와 같은 이가 작은 마을에서 스스로 즐길 수 있는 것이요, 시절을 만나지 못했을 때에는 강태공 같은 분이 바닷가에 숨어 살기도 하는 것이다. 그러므로 낚시질을 하거나 밭갈이를 하거나 그것을 어찌 비난할 수 있으랴.

내가 至正(지정, 1341~1367) 연간에 여기에 집을 지어 살았는데 어느덧 10여 년이 되었다. 세속 사람은 찾아오지 않고 세상일은 듣지 않으니 나를 벗하는 이는 산에 사는 스님이요, 나를 알아주는 것은 강가의 물새뿐이다. 세상 명리의 영화로움과 수고로움을 잊어버리고 고을의 태수가 임명되어 왔는지 갔는지 알 바 없이, 피곤하면 낮잠도 자고 흥이 나면 시를 읊으니, 오직 해와 달이 가고 오며 냇물이 흘러 흘러 쉬지 않는 것을 바라볼 뿐이다. 친구가 찾아오면 상 위의 먼지를 닦고 맞이하고 아랫사람이 문을 두드리면 상에서 내려가 만나니 과연 점잖은 선비가 평화롭게 살되 세상과 어울리지 않는 기상을 보는 것 아닌가!

저 많은 멧부리가 숲인 듯 늘어서고 뭇 봉우리는 높이를 자랑하며 기이한 돌과 우람한 바위, 갖가지 산새들과 숲 속 짐승들, 소나무에 부는 바람, 담쟁이에 비친 달빛, 학의 울음소리, 원숭이의 지저귐. 산속의 추위는 가을을 재촉하고 교교한 달빛은 저녁이 깊었음을 알리다. 이러한 때에 냉철한 마음과 颯爽(삽상)한 뜻으로 옛날의 禹(우)왕께서 높은 산에 제사 지낸 공로를 회상하여 본다. 강바람은 고요하고 물결도 잠잠하여 넘실넘실 드넓은 물 위에 하얀 해오라기 유유히 날고 은빛 물고기 헤엄치는데 장삿배는 서로 보고 소리치며 고기잡이 노래 불러 흥겹게 화답한다. 이러한 때에 고개 들어 시 읊으며 옛날의 우왕께서 홍수를 다스린 공로를 회상하여 본다.

샘물이 흘러넘치니 목마름을 추길만 하고, 강물은 넘실거리며 흘러가니 갓끈을 씻을 만한데 때마침 술 익었으면 걸러 마시고 술 없으면 사오라 하여 혼자 따라 혼자 마시며 스스로 노래 불러 저 혼자 춤을 추니 산새는 나의 노래 친구요, 제비는 나의 춤추는 짝이다.

산에 올라 멀리 바라보며 공자님께서 태산에 오르신 높은 기상을 생각하고 시냇가를 거닐며 시를 읊으면서 공자님께서 강가에 이르러 탄식하셨음을 배운다. 회오리바람도 일지 않고 무릎 닿을 단칸방도 편키만 한데 밝은 달은 뜰에 차니 홀로 걷는 걸음 느리기도 하거니, 처마 끝에 빗방울이 낭랑히 떨어지면 베개를 높이 하여 꿈이나 꾸고 산속에 눈발이 펄펄 날리면 차를 끓여 스스로 따라 마신다. (중략)

어떤 손님이 나를 찾아와 이르기를 "이제 내가 여기에 와보니 참으로 기상이 충만하구려. 그러나 여기에 살며 세상 사정에 거리끼지 않고 또 이제 세상 밖으로 뛰쳐나와 나며 들고 일어나고 앉는 것이 마음 내키는 대로 하는구려. 문을 나서면 낚시 드리고 밭을 갈아 부모님을 받들어 모시고 방에 들면 책을 읽으며 진리를 즐기어 옛 성현을 숭상하니 진정코 근심이 없는 분이시구려."하였다. 내가 그 말에 대답하여 "어찌 근심이 없겠습니까? 벼슬살이를 하면 백성을 근심하게 되고 강호에 멀리 숨어 살면 임금을 근심하게 되는 것이니 나는 백성도 근심하고 임금도 근심한답니다."라고 하였다. 그리고 나서 스스로 돌이켜 생각하며 혼잣말로 "천명을 알고 즐기거늘 하기야 내가 무슨 근심이 있으랴." 이렇게 중얼거렸더니 손님은 할 말을 잊은 듯 물러가 버렸다.

윗글에서 야은은 지정 연간에 낙향하여 茅屋(모옥)을 짓고 살았다 하였으나 지정말년이래야 야은의 나이 15세이니 그 말이 맞지 않는다. 문과에 급제하고도 부임치 않은 34세 어름이거나 선산에 낙향하여 후진훈육에 열을 쏟던 50세 전후라면 수긍되는 바가 없지 않다. 그런데 「山家序(산가서)」를 읽으며 우리는 무언가 개운치 않은 느낌이 든다. 도연명의 「歸去來辭(귀거래사)」와 글의 분위기가 너무나 恰似(흡사)하기 때문이다. 도연명이 「귀거래사」를 지은 때가 405년이요, 야은이 「산가서」를 쓴 때가 (그의 나이 52세 때인) 1405년

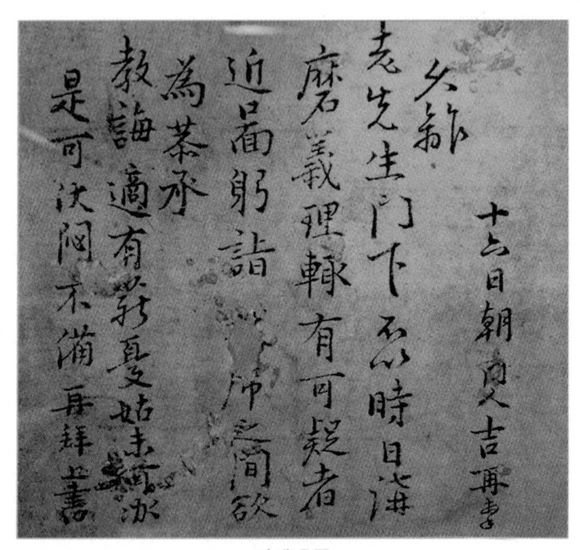
十六日朝門人吉再[illegible]
[illegible]
先生門下[illegible]時日海
磨義理輙有可疑者
迫届躬詣[illegible]之間欲
爲茶承
教誨適有[illegible]
是可決問不備再拜上書

길재 유묵

이라면 꼭 천년 뒤인데, 천년 전의 글이 더 우아하게 느껴지는 까닭은 무엇인가? 야은의 삶이 陶潛(도잠)의 삶보다 고결하고 清絶(청절)치 않음이 아니거늘 그 글만은 천년이 지나서도 亞流(아류)의 俗趣(속취)를 벗어나지 않는단 말인가. 좋은 글쓰기가 어렵다 함을 거듭하여 깨닫는 대목이다.

〖山家序〗

夫幼而學之 壯而行之 古之道也. 是以古今之人 莫不有學焉. 若夫高蹈遠引 潔身亂倫 豈君子之所欲哉. 然世旣有人 則有如顏子 陋巷自樂者焉. 時有不合 則有如太公 隱處海濱者焉. 然則其釣其耕. 詎敢譏哉.

余以至正之中 卜宅于玆 於今十餘年矣. 俗客不至 塵事未聽 伴我者山僧也 識我者江鳥也. 忘名利之榮勞 任太守之存亡 慵則晝眠 樂則吟哦 但見日月之往來 川流之不息. 有朋訪我 則掃塵榻以待之 庸流扣門 則有下床而接之 可以見君子和而不流之氣象也.

觀夫衆岫森列 群峯嵯峨 怪石奇巖 幽鳥異獸 松風蘿月 鶴唳猿啼 山寒欲秋 月淡將夕 於斯時也 寒心爽志 想其神禹 奠高山之功也. 江風不起 波濤不興 蕩蕩洋洋 浩浩湯湯 白鷗錦鱗 悠然而逝 商帆相望 漁歌互答 於斯

時也 棹頭浪吟 想其神禹 治洪水之功也.

泉水淵淵 可以療渴 河水浼浼 可以濯纓 若夫有酒醑我 無酒酤我 獨酌獨飮 自唱自舞 山鳥是我歌朋也. 簷燕是我舞雙也. 登高望遠 則想吾夫子 登泰山之氣象 臨流賦詩 則學吾夫子 在川上之詠歎 飄風不起 容膝易安 明月臨庭 獨步徐行 簷雨浪浪 或高枕而成夢 山雪飄飄. 或烹茶而自酌.(中略)

有客來告於余曰 "今余到此 氣象千萬 子於此而闊於事情者也. 今又一循乎外 而出入起居 惟意所適. 出則釣于江耕于歷 以承順父母. 入則講其書樂其道 以尙于古(疑作尙友千古) 然則眞無憂者也."

余應之曰 "何以無憂乎 居廟堂之上. 則憂其民. 處江湖之遠. 則憂其君. 我則憂其民憂其君." 尋自反之曰 "樂天知命 我何憂乎." 客忘言而退.

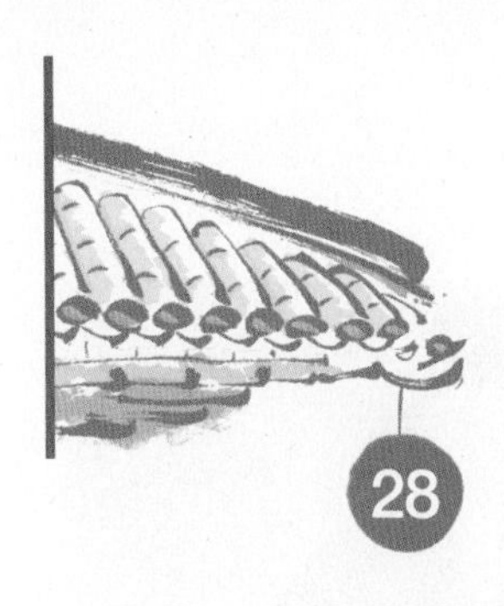

28

정도전　조선경국전
鄭道傳의 朝鮮經國典

벼슬길에 나아간다는 것이 어찌 반드시 영욕이 교차하는 인생유전의 파노라마일 것인가? 태평성대에 어진 임금 밑에 재상 노릇하는 행운을 누린다면 그 또한 마다할 선비가 어디 있으랴. 그러나 대체로 전제왕정하의 벼슬길은 어제의 영화가 오늘의 치욕이 되고 오늘의 수모가 내일의 영예로 탈바꿈하였다.

이처럼 덧없는 벼슬길에서 뜻을 펴지 못하고 불행한 최후를 마친 조선조 최초의 인물은 누구인가? 아이러니컬하게도 조선조의 개국공신이요, 문신 학자로 이름 높은 三峰(삼봉) 鄭道傳(정도전, 1342~1398)이다. 그는 형부상서를 지낸 云敬(운경)의 아들이요, 지략을 겸비한 문사로서 21살에 문과에 급제한 이래, 순탄한 宦路(환로)를 걸을 듯하였다. 그러나 국제정세는 신흥 명나라의 출현으로 親明(친명)이냐, 親元(친원)이냐를 두고 숨바꼭질하고 있었고, 사회사상도 성리학의 발흥으로 염불을 계속하느냐, 斥佛崇儒(척불숭유)로 새 판을 짜느냐 하는 문제로 소용돌이치고 있었다. 더 나아가 고려왕실은 소생이 불가능한 노인이었다.

정도전 초상

이러한 국내외 정세는 정도전으로 하여금 易姓革命(역성혁명)의 꿈을 지니게 하였고 급기야 이성계를 찾아가 그의 심복이 되었다. 그러는 동안 10년 가까운 세월 유배생활로 쪼들리기도 하였으나, 이성계를 만난 지 9년째 되던 해, 드디어 조선이 건국되었고 정도전은 명망을 한 몸에 모으게 되었다. 이태조는 기회 있을 때마다 "내가 이 자리에 있게 된 것은 그대의 힘이다."라는 말로 정도전의 기를 살렸다. 그러나 그가 추진하던 재상 중심체제와 세자책봉에 불만을 품은 이방원 일파에 의해 잡혀 죽으니 그해가 태조 7년, 그의 나이 쉰일곱이었다. 그가 생전에 닦아놓은 왕조의 청사진 조선경국전이 무색할 뿐이었다. 몇 줄 읽어 보자.

周易(주역)에 이르기를 "성인의 큰 보배는 지위요, 천지의 큰 덕은

삶이니 무엇으로 그 지위를 지킬 것인가? 그것은 仁이다."하였다.(중략)

임금의 지위는 높고 높으며 또 귀하고 귀하다. 그러나 천하는 지극히 넓고 백성은 지극히 많으니 한 번 그들의 마음을 얻지 못하면 크게 염려스러울 뿐이다. 백성은 지극히 약하나 힘으로 겁탈할 수 없고, 또 지극히 어리석으나 꾀로 속일 수 없다. 그들의 마음을 얻으면 따르고, 마음을 잃으면 배반하는 것이니 배반하고 따름의 간격은 터럭 끝도 용납을 못한다.

그러나 이른바 그들의 마음을 얻는다는 것은 사사로운 마음으로 구차하게 얻어지는 것이 아니며 道(도)를 어기고 명예를 구하는 것으로 얻어지는 것도 아니니 이 또한 仁(인)에 있을 뿐이다.

임금은 천지가 만물을 낳는 그 마음을 삼아 백성에게 차마 못 할 것은 하지 않는 정치를 행하여 천하의 모든 곳의 백성들로 하여금 모두 기뻐하여 우러러보기를 자기들의 부모처럼 한다면 편안하고 부유하고 영광스러운 즐거움을 길이 누릴 것이며 위태로워 망하며 무너질 근심이 없을 것이니 그 지위를 仁(인)으로 지키는 것이 마땅하지 않겠는가!(중략)

海東(해동)의 나라는 역대로 국호가 일정하지 않았다.(중략) 자유로 국호를 세워 침략과 약탈을 하였으니 비록 칭호는 있으나 어찌 취하랴. 오직 箕子(기자)는 周(주)나라 武王(무왕)의 명을 받아 조선 후에 봉해졌었다.

이제 천자가 명하되, 오직 조선이라는 이름이 아름답고 또 그 유래가 깊으니 그 이름을 그대로 사용하고 하늘을 체득하여 백성을 다스리면 후사가 길이 창성할 수 있다고 하였으니 대개 무왕이 기자에게

명하였던 것으로 전하에게 명하니 이름이 이미 바르고 말이 이미 순조롭다.(중략)

이제 이미 조선이란 아름다운 이름을 그대로 따르려니와 箕子(기자)의 善政(선정)도 마땅히 강구할 것이다. 아아! 천자의 덕이 周武王(주무왕)에게 부끄러움이 없을 것이니 전하의 덕이 또 어찌 箕子(기자)에게 부끄러우랴. 洪範(홍범)의 학술과 八條(팔조)의 교리가 다시 오늘날에 실행됨을 장차 볼 것이다. 공자는 이르되 '나는 그 東周(동주)를 할진저' 하였으니 어찌 우리를 속이랴.

비록 불행한 최후를 마치기는 했으나 정도전이 기획하고 구상한 새 왕조의 모습은 그가 지은 조선경국전 속에 고스란히 살아 있다. 심지어 경복궁의 전각이며 門樓(문루)의 이름까지도 그의 손을 거치지 않은 것이 없고, 조선이란 국호에서조차 역사적 전통과 문화적 우월성을 강조하며 새 나라의 번영을 장담하고 있다. 그리하여 정도전은 그 저술을 통해 자신의 슬픈 최후를 보상받은 셈이 되었다.

〖正寶位〗

易曰 聖人之大寶 曰位 天地之大德 曰生 何以守位 曰仁.(中略)

人君之位 尊則尊矣 貴則貴矣. 然天下至廣也 萬民之衆也 一有不得其心 則蓋有大可慮者存焉 下民至弱也

不可以力劫之也 至愚也 不可以智欺也 得其心則服之 不得其心則去之 去就之間 不容毫髮焉.

然所謂得其心者 非以私意苟且而爲之也 非以違道干譽而致之也 亦曰仁而已矣.

人君以天地生物之心爲心 行不忍人之政 使天下四境之人 皆悅而仰之若父母 則長享安富尊榮之樂 而無危亡覆墜之患矣. 守位以仁 不亦宜乎.(下略)

〔國號〕

海東之國 不一其號(中略) 自立名號 互相侵奪 雖有所稱 何足取哉. 惟箕子 受周武王之命 封朝鮮侯. 今天子命曰 惟朝鮮之稱 美且其來遠矣. 可以本其名 而祖之體天牧民 永昌後嗣 蓋以武王之命箕子者 命殿下 名旣正矣 言旣順矣.(中略)

今旣襲朝鮮之美號 則箕子之善政 亦在所當講焉. 嗚呼 天子之德 無愧於周武 殿下之德 亦豈有愧於箕子哉. 將見洪範之學 八條之敎 復行於今日也. 孔子曰 吾其爲東周乎 豈欺我哉.

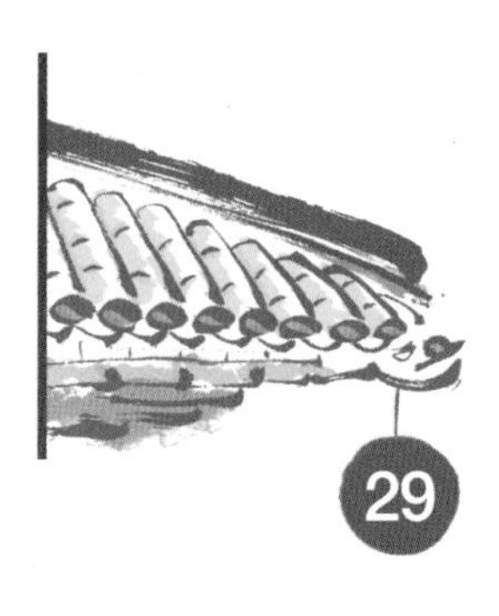

權近의 東國史略論

(권근 동국사략론)

麗末鮮初(여말선초)의 격변기에 두 왕조를 섬긴 일군의 선비들은 변절이라는 허물을 감내하면서도 그들 나름의 명분과 대의가 있었다. 그것은 썩은 나무 등걸을 붙잡고 애석해 하느니, 차라리 새 묘목을 잘 가꾸는 것이 바른길을 걷는 선비가 아니냐는 반문이었다. 그리고 大學章句(대학장구)의 첫머리를 힘주어 낭송하였다.

"큰 공부를 하는 목적은 누가 보아도 옳다고 여기는 사람다움의 품성을 밝히려는 것이고, 백성과 한 몸 되어 그들을 새롭게 변화시키는 것이며, 더 이상 도달할 수 없는 착하고 아름다운 마음의 경지에 이르려는 것이다."〔大學之道 在明明德 在親民 在止於至善〕

따라서 그들은 수신제가치국평천하의 길이 보장되는 여건이라면

충북 음성군에 위치한 삼대부조묘(三代不祧廟)에 있는 상대별곡 시비(詩碑)

백성의 교화를 위하여 기꺼이 신명을 바쳐야 한다고 생각하였다.

이러한 일군의 선비 가운데 楊村(양촌) 權近(권근, 1352 공민 1~1409 태종 9)이라는 학자, 문신이 있었다. 양촌은 이미 고려조에서 藝文館應敎(예문관응교), 成均館大司成(성균관대사성), 左代言(좌대언), 簽書密直(첨서밀직) 등 교육과 비서분야의 요직을 거쳤고, 조선조에 들어와서도 成均館大司成(성균관대사성), 司憲府大司憲(사헌부대사헌)에 이어 태종 때에는 佐命功臣(좌명공신), 吉昌君(길창군)에 봉해지기까지 하였다.

그러나 양촌의 진면목은 유학제조로서 유생교육 전반에 이르는 체제정비에서 찾을 수 있다. 과거제도, 문신고과, 학식 등 勸學事目(권학사목)을 수정 개혁하자고 주장하며 經學一邊倒(경학일변도)의 당대 학풍에 실용문학의 중요성을 강조하여 균형 잡힌 문교시책을 펴기도 했고, 경서의 구결을 著定(저정 : 저술하여 정리함)하여 경서학습의 기초를 든든히 하기도 하였다. 무엇보다도 창의적 저술이라고는 할 수 없는 經書口訣(경서구결)의 著定(저정)은 40권에 이르는 尨大(방대)한 그의 문집 전부에 비견할 만한 교육적 업적이라고 할 수 있다. 경서에 구결을 어떻게 붙여서 읽느냐 하는 것은 경서의 내용을 어떤 관점에서 우리말로 이해하고 해석하느냐 하는 문제를 통째로 밝히는 열쇠이기 때문이다.

양촌의 저술은 교육용 유학해설서인 『入學圖說(입학도설)』과 經書註解(경서주해)에 해당하는 『禮記淺見錄(예기천견록)』, 『五經淺見錄(오경천견록)』과 우리나라 역사를 탐구한 『東國史略(동국사략)』과 그 외의 시문, 표책 등으로 나눌 수 있다.

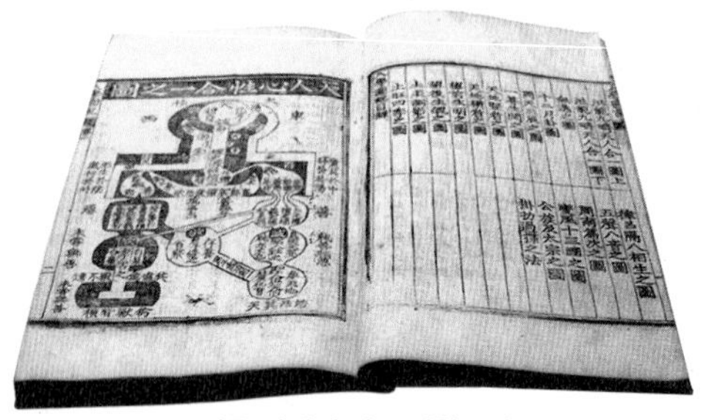
권근 선생이 지은 입학도설

여기서는 東國史略論(동국사략론)에서 한 구절을 읽어보기로 하자. 양촌은 양조를 섬기는 자신의 행보에 정당성을 부여하려고 부단히 노력하고 煩悶(번민)하였을 것이다. 그 고뇌의 일단이 다음의 인물평 속에 녹아 있는 듯하다.

〖우리나라 역사를 간추려 논함〗

태종무열왕 6년 庚申(경신, A.D. 660)에 당나라 군사들이 백제의 義慈王(의자왕)을 포로로 잡아가고 백제는 망하였다.

생각해 보자. 계백이 명을 받아 장수가 되어 군대를 거느리고 출병하려 할 즈음에 먼저 자기 아내와 자식을 죽였으니 도리에 어긋남이 참으로 심하였다. 비록 나라가 위태로워 반드시 죽게 되었다는 마음이 있을지라도 힘써 싸워 적을 이기겠다는 계략이 없었으니, 이것은 싸우기도 전에 군대의 사기를 떨어뜨린 것이며 패망을 자초하는 일이었다. 장수된 사람이 진정으로 장수다웠다면 적은 수로 많은 적을 격퇴하고 약한 군대로 강한 군대를 제압하는 것은 병가에 흔히 있는 일이기 때문이다.

옛날 중국 오나라의 장수 朱瑜(주유)는 5만의 군병으로 능히 위나라 조조의 군사 60만을 무찔렀으며, 진나라 장수 謝玄(사현)도 역시 5만의 병력으로 符秦(부진)의 80만 대군을 쳐부수었는데, 백제의 군병이 어찌 5만이 아니 되겠으며 나당의 연합군이 아무려면 60만이 넘었겠는가! 그러나 주유를 사령관으로 임명하고 믿은 이는 孫權(손권)이었으며, 사현을 발탁하고 의심치 않은 이는 謝安(사안)이었으니 이것은 오나라와 진나라의 임금과 재상이 출중한 인물이요, 또 장수를 임명할 때에도 사람을 제대로 고른 까닭이다.

이제 백제의 경우에, 임금은 임금의 자리에서 혼미하였고, 신하는 신하의 자리에서 아첨이나 하였으므로, 어진 이는 쫓겨나가고 못난 이들만 자리를 차지하고 있었다. 그런 형편에 어찌 장수다운 장수를 얻을 수 있었겠는가! 계백의 미친 듯 포악하고 잔인함이 이와 같았으니 이것은 싸우지 않고 스스로 굴복한 것이나 다름이 없었다. 다만

官昌(관창)을 사로잡아 죽이지 않고 돌려보낸 것이며, 전투에서 완전히 패하였으나 항복하지 않고 죽은 것은 옛날 이름난 장수들의 遺風(유풍)이 있었다 할 것이다.

또 생각해보자. 品日(품일)이 아들 관창에게 명하여 홀로 적진을 뚫고 들어가게 하였으니 이것도 죽음이 있을 뿐임을 모르지 않았을 것이다. 그러나 감히 그렇게 하는 데 머뭇거리지 않은 것은 신라의 법에 전쟁에 나가 죽은 사람은 모두 후하게 장사지내주고 벼슬을 상으로 내렸으며 온 집안에 영광이 되었으므로 나라 사람들이 그것을 소중히 여기고 사모하고 본받아 죽음을 영광스럽게 생각하였기 때문이다. (이 또한) 옛날 전국시대의 풍습이 있었다고 하겠다. 그러나 관창이 한 번 적진에 뛰어들었다가 다행히 살아서 돌아왔으니, 진중에 머물게 하였다가 다른 군사들과 함께 출격하게 하였다면 비록 전쟁터에 나아가 맹렬히 싸우며 스스로 죽음에 이르러 이름을 남기고자 하여도 반드시 죽는다는 보장이 없었을 것이다. 그래서 아직 어린 나이의 소년 동자로 하여금 홀로 말을 몰아 두 번씩이나 적진에 달려가게 하였으니 이것은 그 아들이 뻔히 죽을 것을 알고도 그것을 견뎌내고자 한 일이다. 결코 후세 사람에게 좋은 가르침이 될 수 없는 것이다.

참으로 진부한 논의이거니와 민족사의 서술목적은 그 민족의 영원한 발전과 번영을 기원하는 것이다. 그렇다면 민족사의 건재는 민족 자체의 건재에 달려 있다. 민족의 건재란 무엇인가. 소박하게 말하여 어떠한 역경에서도 살아남는다는 것을 뜻한다. 그렇다, 살아남는 일이었다. 이 문제에 초점을 맞추며 양촌은 東國史(동국사)를 서술하려고 한 듯하다. 따라서 백성 한 사람 한 사람이 어떻게 목숨을 부지하며 영광의 미래를 설계할 것인가에 주목하려니 階伯(계백)과 品日(품일)의 행위를 생명존중의 관점에서 비판할 수 있었던 것이다.

동국사략

〖東國史略論〗

太宗武烈王六年庚申. 唐兵虜百濟王義慈國亡.

按階伯受命爲將 董軍將發 先殺其妻子 其不道甚矣. 雖有必死國難之心 而無力戰克敵之計 是先喪其士氣而取敗之事也. 將苟得人 則以小擊衆 以弱制强者 兵家之常也.

吳將周瑜 能以五萬 擊曹魏之六十萬 晉將謝玄 亦以五萬 破符秦之八十萬, 百濟之兵 豈下於五萬 而唐羅之衆 豈過於六十萬哉. 然任瑜以誠者孫權也. 擧玄不疑者謝安也. 是吳晉之君相有人 而任將得人也.

今百濟 則主昏於上 臣佞於下 賢者見逐 而不肖者在位矣. 其能將得其人乎 階伯之狂悖殘忍如此 是不戰而自屈者矣. 但其獲官昌 不殺而還之 及其兵敗 不降而死之 有古名將之遺風矣.

又按品日命子官昌 獨入敵陣 亦非不知徒死而已 敢爲之不辭者 新羅之法 戰死之人 皆厚葬而爵賞之 賚及一族 國人稱重而慕效 以死爲榮 有古戰國之風矣. 然官昌一入敵陣 幸而生還 留與衆兵俱進 則雖出入擊刺 而欲殺身成名 亦不必至於死矣. 乃使未冠之童 單騎再往是欲其子之必死而忍之也. 不可以訓後世矣.

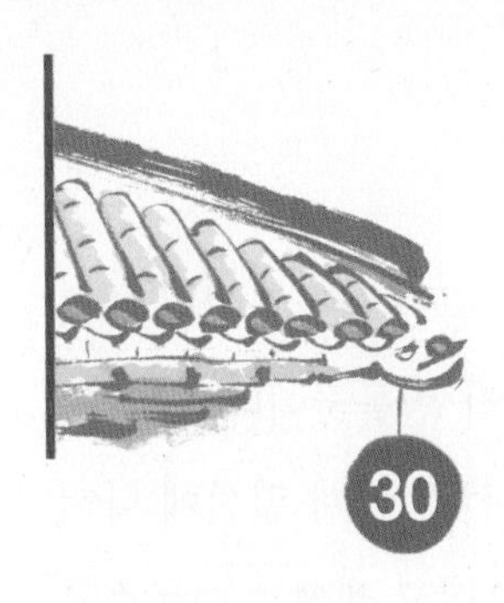

30

변계량 포은선생시집서
卞季良의 圃隱先生詩集序

세상의 변화는 크게 두 가지로 나뉜다. 하나는 정신의 변화요, 또 하나는 물질의 변화다. 전자는 이른바 사상이니 의식이니 이념이니 하는 것으로 표출되는 인간 사유의 변이요, 후자는 사회의 구조가 바뀌는 것이니, 농경이 상공업으로, 상공업이 중화학공업으로, 그것이 또다시 정보화로 치달리면서 형성되는 생활양상의 變容(변용)이다.

모든 역사적 변혁기는 한결같이 이러한 정신과 물질의 급격한 변화를 겪었다. 그러면 14세기 말에서 15세기 초에 걸쳐 우리나라는 어떤 변화를 겪었는가? 이른바 여말선초라 부르는 이 시기는 신유학의 도입과 발흥으로 새로운 사상과 이념이 낡은 불교문화를 비판하고 나섰고, 토지개혁과 신분 재편성으로 신흥지배층이 배출되면서 과거에 부귀를 누리던 사찰과 권벌은 몰락의 길을 걸었다.

그 당시의 지식계층은 크게 세 부류로 나뉘어 있었다. 첫째는 고려왕실의 명맥을 잇는 것이 지식인의 의리라 믿는 사람들이니 杜門洞(두문동) 처사로 불리는 사람들이 그 대표적 인물군이다. 둘째는 새로운 시대변화의 당위성은 인정하면서도 선뜻 관계 일선에 나서기를 꺼리며 기회를 기다리는 인물군이다. 그리고 셋째는 적극적으로 새 시대를 개척하며 새로운 세상을 열어가자는 혁명 동조파 인물군이다. 굳이 분류하자면 정몽주는 제1군에 속하고, 卞季良(변계량)은 제2군에 속하며, 이방원은 제3군에 속할 것이다. 그러나 세월이 흐르면서 제2군은 제3군에 합류하고 제1군은 명예를 지키며 제3군으로부터 지조 있는 지식인으로 존중된다. 새 시대에도 여전히 충신열사는 필요한 존재였기 때문이다.

여기에 소개하는 글은 세 부류의 인간관계가 극명하게 드러난다. 필자 卞季良(변계량, 1369 공민왕 18~1430 세종 12)은 여말선초의 문신이다. 字(자)는 巨卿(거경)이요, 號(호)를 春亭(춘정)이라 하였다. 밀양인으로 李穡(이색), 鄭夢周(정몽주), 權近(권근)의 문하에 출입하면서, 14세에 진사, 15세에 생원, 17세에 문과에 급제하였다.

조선이 건국된 후, 한동안 은둔해 있었으나 태조 이성계의 부름을 받고 관계에 나와 39세 때(태종 7) 예문관 직제학에 올랐다. 아마도 「圃隱先生詩集序(포은선생시집서)」는 이 무렵에 지은 글로 짐작된다. 그 후 20여 년간 문형을 잡아 외교문서나 辭命(사명)은 그의 손을 거쳤다고 한다. 문장이 전아하고 정묘했다. 시 또한 청담하여 고결한 품격을 지녔다.

그의 글을 읽기 전에 『靑丘永言(청구영언)』에 전해 오는 그의 시조 1수를 감상하기로 하자.

내히 죠타ᄒᆞ고 ᄂᆞᆷ슬흔일 ᄒᆞ지말며

ᄂᆞᆷ이 ᄒᆞᆫ다ᄒᆞ고 義(의)아니면 좃지말니

우리는 天性(천성)을 직희여 삼긴대로 ᄒᆞ리라

〖정포은 선생 시집의 서문〗

천지자연은 광대하건만 사람은 그 가운데 좁쌀 하나에 지나지 않으니 그 형체가 참으로 작다. 고금 세월은 유구하건만 사람은 그 가운데 한 순간에 지나지 않으니 그 기간이 참으로 짧다. 그러나 형체가 비록 작지만 천지자연에 함께 참여하여 우뚝 설 수 있고, 기간이

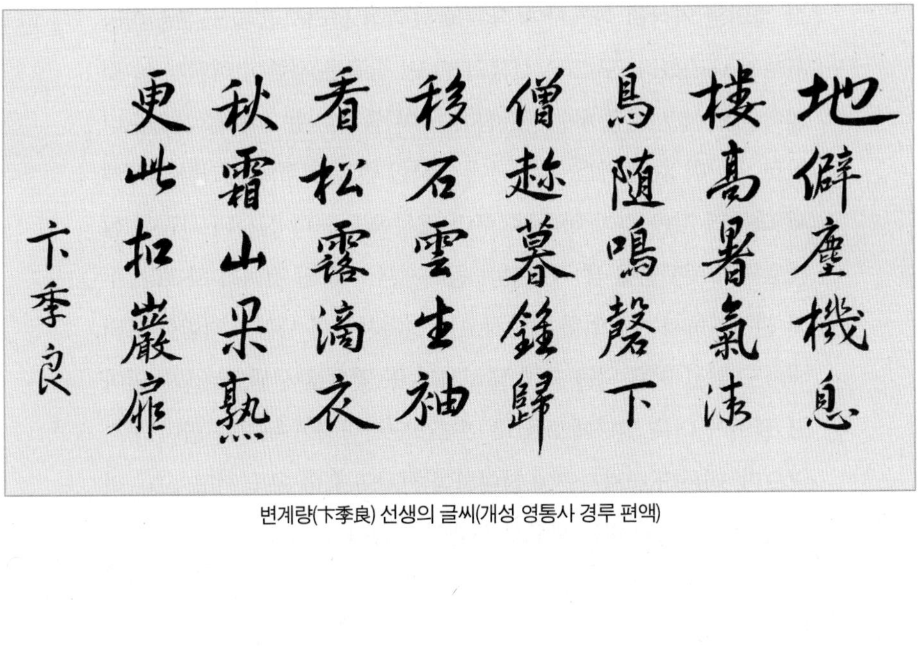

변계량(卞季良) 선생의 글씨(개성 영통사 경루 편액)

비록 짧으나 고금의 역사를 꿰뚫어 썩지 않을 수 있다. 이것은 반드시 형체에 의존하여 설 수 있는 것이 아니요, 죽는다고 반드시 멸망하는 것이 아님을 뜻한다. 천지자연이나 고금 세월은 진실로 그것이 그럴 수밖에 없는 까닭이 있을 것인 즉. 사람이 사람인 까닭과 함께 그 뜻을 고한다면 처음부터 크고 작다는 것과 영원하고 순간이라는 것을 어찌 말할 수 있을 것인가! 옛사람이 이 문제에 올바른 소견이 있었다. 평범한 일상생활도 살얼음판의 고생스런 삶이 되지 않을 수 없는 것이어서 갑자기 큰 변고를 만날 수가 있는 것이다. 그러므로 삶을 버려 자기 한 몸의 죽음을 돌보지 않고도 후회하지 않는다는 것은 이것 역시 그 삶을 온전하게 하고자 할 따름인 것이다.

생각건대 우리들의 으뜸 자리 주인이신 오천 포은 선생은 고려 말년을 당하여 侍中의 자리에 있으면서 죽음에 이르기까지 직분에 충실했으나 나라가 뒤미쳐 멸망하게 되었다. 우리 전하(太宗)께옵서는 그 절의를 가상히 여기시어 직위를 높이여 올리시고 文忠(문충)이라 시호를 내리셨다. 오호라, 선생의 한 번 죽음은 사람이 어떻게 살 것인지를 세상 사람들에게 가르침에 있어 참으로 큰 영향을 끼쳤으니 이것이 어찌 지난 왕조 수백 년에 이룩한 인륜 교화의 효과를 공에게서 마무리 지은 것이 아니랴. 우리 조선 억만년에 신하된 사람이 삼강오륜의 떳떳함을 세우는 것이 공에게서 시작된 것이라 하겠다. 우리 전하께옵서는 절의를 존중하고 장려하시면서 사람의 착함을 드러내시고 밝고 밝은 덕을 크게 넓히시며 또 앞으로 선생으로 말미암아 그 절의가 더욱 빛나게 하셨다. 오호라, 사람이면 누군들 한번 죽지 않으랴. 이른바 천지자연에 참여하여 천지와 함께 우뚝 서고, 고금 역사에 통틀어 썩지 않는 분으로 선생이 계신다.

선생의 학문 하심은 몸과 마음, 성품과 느낌의 사소한 것과 인륜에 관계되는 일, 일상생활의 두드러진 일에서부터 크게는 천지고금의 운수 변화와 작게는 곤충, 초목의 이름과 성질에 이르기까지 꿰뚫어 이해하지 않은 것이 없고, 그것을 뛰어넘는 자리에서 깨달음에 이르러, 홀로 옛사람이 전하지 못한 것의 오묘함까지 얻었으니 이것은 우리 동방에 문학이 전래된 이래로 어떤 선비들도 그 경지를 얻을 수 없었고 그 경지에 미칠 수 없었던 것이다.(하략)

윗글에서 정작 포은의 시를 언급한 부분이 빠져 있다. 포은의 사람됨과 학문의 깊이를 칭찬하느라 詩에 대하여는 미쳐 이야기할 틈이 없었다. 생략된 하단에 시 이야기가 나오지만 여기서는 그것이 없으니 포은의 6언시 하나를 맛보기로 하자. 『大東詩選(대동시선)』에 실려 전하는 것이다.

春愁正濃似酒
世味漸薄如紗
惆悵江南行客
蹇驢又向京華

봄 근심 짙고 짙어 술처럼 탁하고
세상인심 점점 엷아 비단천 같네
구슬피 강남으로 떠나는 길손
나귀는 쩔뚝이며 서울을 보네

포은의 말년처럼 悲愴(비창)하지 않은가?

〚鄭圃隱先生詩集序〛

天地大矣 而人乃一粟於其中 形孰小焉. 古今久矣 而人迺一瞬於其間 時孰近焉. 形雖甚小 而有可以參天地而並立者焉. 時雖甚近 而有可以貫古今而不朽者焉. 是必有不依形而立 不隨死而亡者矣. 天地也古今也 苟求其所以然則與人之所以爲人者, 初豈有大小久近之可言也哉. 古之人有見乎此者矣. 未嘗不淵氷戰兢於平居之日. 而卒然遇夫大變也 則有捨生而不顧殺身而無悔焉者 盖亦欲以全夫此而已.

惟吾座主烏川圃隱先生 當高麗之季 位侍中 乃能致死於所天 而國隨以亡. 我殿下嘉其節義 追加封贈 謚曰文忠. 嗚呼 先生之一死 有關於人倫世敎爲甚大 豈惟前朝數百年作成人才風化之效鍾於公. 我朝鮮億萬年臣子綱常之立 起於公而已哉. 我殿下崇奬節義 不掩人善廣大光明之德 又將因先生而益彰矣. 嗚呼 人孰無一死哉. 所謂參天地而並立 貫古今而不朽者 先生有焉. 先生爲學 自吾身心情性之微 人倫日用之著 大而天地古今之運變 細而昆蟲草木之名品 無不貫至 其所超然了悟 獨得夫古人不傳之妙者 則有非吾東方有文學來 諸子所可得而企及也.(下略)

3

龍飛御天의 時代

용비어천 시대

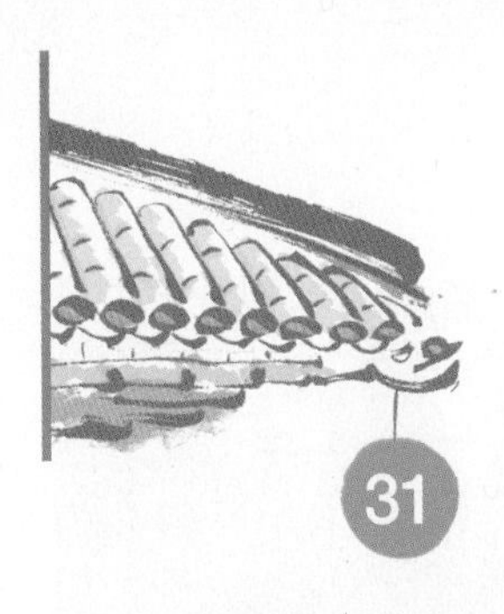

기 화　　　현 정 론

己和 스님의 顯正論

여말선초의 격변기는 불교의 쇠퇴와 유교의 발흥이라는 사상적 변화로 압축할 수 있다. 조선왕조의 신흥관료들은 新儒家哲學(신유가철학)을 앞세워 고려 말에 이르러 나라 재정을 고갈시키고 민폐를 자행한 불교의 잘못을 지적하며 斥佛의 기세를 높이고 있었다. 이러한 시절에 의연히 불교옹호론을 들고나온 이가 있었으니, 그가 곧 涵虛和尙(함허화상) 得通(득통) 己和(기화) 스님(1376~1433)이다. 고려 말에 태어나기는 했으나 그의 나이 열일곱에 나라는 조선왕조로 바뀌었고 21살에 관악산 義湘庵(의상암)에서 중이 되어 58세로 입적하였으니, 기화 스님은 鮮初(선초)의 인물이라 함이 옳을 것이다.

일찍이 성균관에 입학하여 周易(주역)에도 통달하고 스님들에게 論語(논어)를 가르치기도 하였는데 하루는 한 스님으로부터 의외의 질문을 받는다.

"孟子(맹자)님은 항상 천하 만물을 두루 인자하게 대하라고 가르치시면서 어찌하여 소와 닭을 죽여 노부모를 봉양하라고 하는 것이오? 소와 닭은 천하 만물이 아니오?"

경북 문경 봉암사의 함허당득통탑(涵虛堂得通塔)

대답에 궁한 기화가 유교 경전의 어디를 뒤져보아도 살생에 대한 시원한 해답을 얻지 못하다가 20살 되던 해에 三角山(삼각산) 僧加寺(승가사)에 등산하여 하룻밤을 묵던 중, 한 노승으로부터 불가에 不殺生戒(불살생계)가 있음을 듣고 깨달은 바 있어 출가를 결심하였다고 한다. 그리고 그는 드디어 유교보다 불교가 한층 높은 고차원의 사회윤리를 제공한다고 주장하는 顯正論(현정론)을 발표하기에 이른다. 이 글은 사회정의를 실현하기 위한 가르침으로 유불이 모두 필요한 것임을 전제로 하고 12가지 조목을 들어 불교의 우수성을 강조하는데 그중의 백미는 천당 · 지옥설이다. 몇 구절을 옮겨 보자.

"儒(유)는 五常(오상)으로 도리의 근본을 삼고 佛(불)은 五戒(오계)로서 하니 이것이 곧 儒(유)의 五常(오상)이다. 不殺生(불살생)은 仁(인)이요, 不盜(불도)는 義(의)이며, 不婬(불음)은 禮(예)요, 不飮酒(불음주)는 智(지)이며, 不妄語(불망어)는 信(신)이다. 또 유교가 사람을 가르치는 것은 덕행으로 한다 하면서도 실제로는 政刑(정형)으로 한다. 그러나 불교는 사람을 인도함에 덕으로써 하고 예로써 한다. 정형으로 다스리면 자연히 賞罰(상벌)이 따르고 덕과 예로써 하면 고요한 가운데 일이 이루어지고 말 없는 가운데 믿음이 따르게 된다. 더구나 불교는 因果(인과)로써 가르치니 만일에 상벌로써 한다면 面從(면종)함에 지나지 않으나 인과로써 하면 심복하게 된다. 그러나 돌이켜 보면 세상에는 여러 종류의 사람이 있는지라 상벌로 가르칠 사람도 있는 것이요, 인과로 심복시킬 사람도 있을 것이니 儒(유)와 佛(불)은 다 같이 폐할 수는 없을 것이다. …(중략) 천당과 지옥의 문제도 사실상 존재하지 않는다 할지라도 사람의 業感(업감)이 있는지라 자연히 천당 · 지옥을 생각하게 되는 것이다. 공자가 일찍이 말씀하시되 '내가 꿈에 주공을 뵈옵지 못한 지가 오래구나' 하셨으니 대개 꿈은 사람의 정신에 漫遊(만유)한 것이지 형체의 시킴은 아니다. 공자가 꿈에 周公(주공)을 뵈온 것은 평소에 주공의 도를 마음속에 두고 행한 까닭에 그 정신이 저절로 상감하여 꿈에 나타난 것이 아니겠는가! 사람도 이와 같아서 각기 선악에 전력하거니와, 善者(선자)는 꿈에 영광을 보고 惡者(악자)는 꿈에 욕됨을 보는 것이다. (중략)

천당 · 지옥이 설사 없다고 해도 사람들은 그런 말을 듣고, 천당을 생각하며 선을 따르고 지옥을 두려워하여 악을 멀리하게 되는 것이니 이 천당 · 지옥설이 백성을 교화함에 유익함이 있을 뿐이다. 만일에 과연 천당 · 지옥이 존재하면 선한 이는 반드시 천당에 오르게 되고 악한 이는 반드시 지옥에 떨어질 것이다. 이런 까닭에 선한 이는 더욱 착한 일에 힘써서 천당의 즐거움을 누리려 할 것이요, 악한 이는 스스로 조심하여 악행을 그치고 지옥을 면하려 할 것이 아닌가! 그런

데도 구태여 천당 · 지옥설을 배척하며 망녕되다 하겠는가? (이하 생략)

프랑스 사람 파스칼(Pascal 1623~1662)은 그의 책 『팡세(pensees)』에서 천당 · 지옥을 논하면서 "믿어서 손해 볼 것 없다" "밑져야 본전이다"라는 식의 이른바 도박사의 논리(Wager's argument)를 폈다. 그리고 그것은 파스칼이 처음으로 개발한 논리인 것으로 알려져 있다. 그러나 기화 스님은 파스칼보다 230년이나 앞서서 그러한 논리를 폈으니 파스칼은 언제 어디서 기화 스님의 현정론을 훔쳐보았던 것일까?

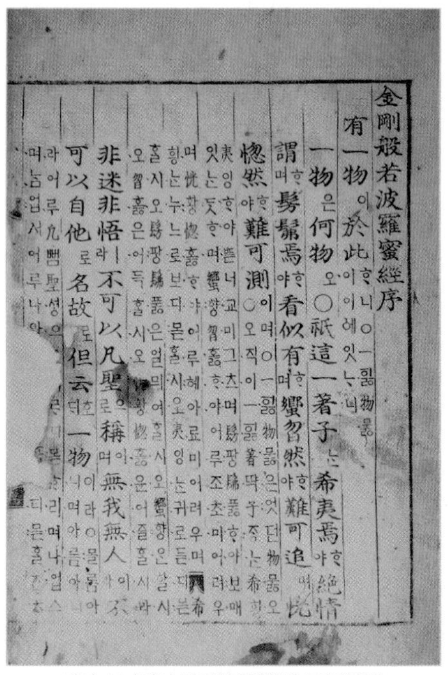
金剛般若波羅蜜經序

有一物於此
一物은何物오 ○ 祇這一著子는希夷焉야絶情
謂며髣髴焉야看似有며蠁忽然야難可追며
惚然야難可測이오며
非迷非悟라不可以凡聖으로稱며無我無人
可以自他로名故로但云一物이라

기화 스님께서 번역한 금강반야바라밀경

(前略) 儒以五常而爲道樞 佛之所謂正戒 卽儒之所謂五常也 不殺生仁也 不盜義也 不婬禮也 不飮酒智也 不妄語信也 但儒之所以敎人者 不以德行 卽以政刑也 導之以政 齊之以刑 則未免有賞罰 故云賞罰 則國之大柄也 夫默而成之 不信以信 固吾佛之化也 而兼以因果示之 若示之以賞罰 則或不過面從而已 示之以因果 則服乃心服也 今於世上目覩其然也 雖然安得使人人皆可以心服也 其未能心服者 則故以賞罰而導之 使駸駸然心悅而誠服也 故示之因果之外 亦有賞罰之訓存焉 所以儒與釋皆不可廢也(中略)

至於天堂地獄 則非是實 然固有乃人之業感 自然如是也 孔子嘗曰 吾不復夢見周公久矣 蓋夢者 人之神游非形之使然也 夫子之所以夢與周公見者 蓋平日心存周公之道 專而行之 故其精神自然相感而然也 人亦如是 日於善惡 爲之旣專 則善者夢見其榮 惡者夢見其辱(中略)

天堂地獄 設使無者 人之聞者 慕天堂 而趨善厭地獄而沮惡 則天獄之說之於化民 利莫大焉 果其有者 善者必昇天堂 惡者必陷地獄 故使之聞之 則善者自勉而當享天堂 惡者自止而免入地獄 何必斥於天獄之說 而以爲妄耶(下略)

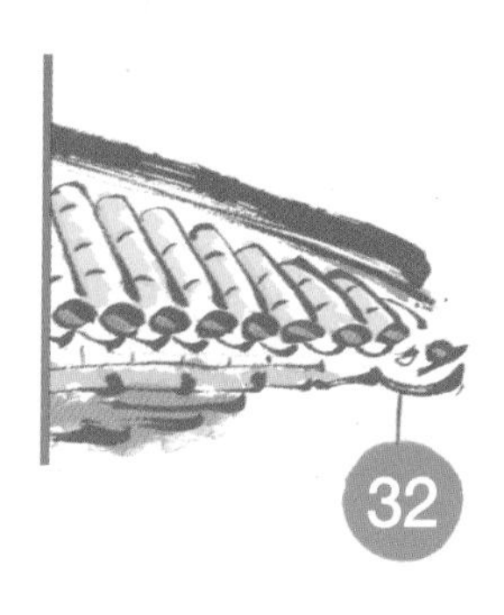

32

鄭麟趾의 訓民正音序

정인지 훈민정음서

누구나 세상에 태어나 오복을 누리며 살기를 원하지만 그것은 아무에게나 쉽게 찾아오는 행운이 아니다. 누대의 積德(적덕)과 하늘의 加護(가호)가 있어야 하고 본인 스스로도 천품이 고결·호매하고 심신이 강건·명철하지 않다면, 그리고 또 끊임없이 정진하는 겸손의 노고가 쌓이지 않는다면 어찌 오복이 절로 굴러오겠는가?

그런데 조선조 초에 그 오복의 영광을 누린 주인공이 있으니 그는 "易經(역경)을 공부하는 書齋(서재)"라는 뜻의 호를 갖고 있는 學易齋(학역재) 鄭麟趾(정인지, 1396 태조 5년~1478 성종 9년)라는 분이다. 일찍이 그 아버지 홍인이 內直別監(내직별감)이 되어 昭格殿(소격전)에 재를 올리게 되었을 때 '집안을 일으킬 아들 하나를 점지해 주소서' 라고 기도한 적이 있었는데, 그 후로 아내 陳氏(진씨)가 길몽을 꾸고 麟趾(인지)를 낳았다 한다. 과연 인지는 총명하여 다섯 살에 글

정인지 선생의 영정

을 읽기 시작하더니 한번 보면 외웠고 글짓기 또한 출중하여 인근 마을에 천재로 소문이 자자하였다. 그는 평생에 걸쳐 일곱 임금을 섬기며 主簿(주부)벼슬에서 領議政(영의정) · 院相(원상)이 되어 83세로 세상을 뜨기까지 4번의 공신 칭호를 들으며 임금의 예우를 받은 것은 壽富貴(수부귀)가 모두 따른 관작의 豪奢(호사)요, 七政算內篇(칠정산내편), 絲綸要集(사륜요집), 治平要覽(치평요람), 資治通鑑訓義(자치통감훈의), 歷代兵要(역대병요), 高麗史(고려사), 國朝寶鑑(국조보감) 등을 지으며 천문 · 지리 · 정치 · 역사 · 군사 등 다방면에 걸쳐 편찬 · 저술한 것은 학술의 치적이다.

有天地自然之聲則必有天地
自然之文所以古人因聲制字
以通萬物之情以載三才之道
而後世不能易也然四方風土
區別聲氣亦隨而異焉蓋外國
之語有其聲而無其字假中國
之字以通其用是猶枘鑿之鉏
鋙也豈能達而無礙乎要皆各
隨所處而安不可強之使同也
吾東方禮樂文章侔擬華夏但
方言俚語不與之同學書者患
其旨趣之難曉治獄者病其曲
折之難通昔新羅薛聰始作吏
讀官府民間至今行之然皆假
字而用或澁或窒非但鄙陋無
稽而已至於言語之間則不能
達其萬一焉

「훈민정음」의 정인지서 부분

그러면 이처럼 빛나는 문화사적 업적 가운데 후세사람들에게 두고두고 영향을 끼친 글을 한 편만 뽑으라면 그것은 무엇일까?

이때에 우리는 훈민정음 해례본의 말미를 장식한 訓民正音序(훈민정음서)를 손꼽지 않을 수 없다. 그것은 당대 언어학의 정수요, 훈민정음 해설의 극치이다. 지금까지 이 글만큼 훈민정음에 대해 정확하게 설명한 작품이 또 어디 있으랴. 다만 그 뜻을 바로 알지 못하는 것이 恨(한)일 뿐이다. 다시 한 번 음미해 보자.

천지자연에 소리가 있으면 반드시 글도 있게 마련이다. 그러므로 옛사람이 소리에 따라 글자를 만들어서 만물의 뜻을 통하였으며 하늘과 땅과 사람의 이치를 적어 밝혔으니 후세사람이 능히 바꿀 수 없는 것이다. 그러나 여러 지방의 풍토가 구별되듯이 그에 따라 말소리도 다르다. 대개 중국 이외의 나라는 말소리는 있으되 그것을 적는 문자가 없어서 중국의 문자를 빌어다가 통용하였다. 이것은 마치 네모난 막대기를 둥근 구멍에 맞추어 넣으려는 것처럼 어긋나는 일이니 어찌 제대로 뜻을 통하여 아무 장애가 없을 것인가! 요컨대 모두가 제각기 처한 바를 따라 편리하게 하였고 억지로 똑같이 할 수는 없었다.

동방의 우리나라는 예악과 문장이 중국과 거의 비슷한데 단지 우리말이 같지 아니하여 글 배우는 사람들은 그 뜻을 이해하는 데 어려움을 근심하였고, 刑獄(형옥)을 다스리는 사람들은 자세한 사정을 밝히는 데 어려움을 느껴왔다. 예전에 설총은 처음으로 吏讀(이두)를 만들어서 관청이나 민간에서는 오늘날까지도 그것을 쓰고 있다. 그러나 모두 한자를 빌어 쓰는 것이라 혹은 껄끄럽고 혹은 빡빡하여 상스럽고 황당할 뿐만 아니라 일상의 말을 적음에 이르러서는 만분의 일도 제대로 통달하지 못하는 것이다.

계해년(A.D. 1443) 겨울에 우리 임금님께서 정음 28자를 창제하시고 예의를 간략하게 정리하여 보이시며 그것을 훈민정음이라 이름하셨으니, 이 훈민정음은 형상을 본떴는데 그 글자 모양은 옛날의 篆字(전자)와 비슷하였다. 사람의 말소리에 근거하였으되 글자의 음은 7調(조)에 어울리고 천지인의 뜻과 음양의 오묘함이 포함되어 있지 않은 것이 없다. 스물여덟 글자를 가지고도 돌리고 바꾸어 씀이 무궁한데 그러면서도 간결하고 요령이 있으며 정교하고도 능통하다. 그러므로 슬기로운 사람은 아침 한나절이 끝나지 않아 깨치고, 어리석은 사람이라도 열흘이면 충분히 배울 수 있다. 이제 이 훈민정음으로 한문을 풀이하면 그 뜻을 알 수 있고, 이 훈민정음으로 소송사건을 처리하면 정상을 바로 파악할 수 있을 것이다. 字韻(자운)에서는 청탁을 능히 구분할 수 있고, 음악 · 노래에서는 律呂(율려)를 모두 고르게 나타내게 되니 그 쓰이는 바에 갖추지 않은 것이 없고 활용되는 데마다 통달하지 않음이 없으니 비록 바람 소리, 학의 울음, 닭의 울음, 개짖는 소리라도 모두 다 제대로 적을 수 있다. (중략)

공손히 생각하건대, 우리 임금님은 하늘이 내신 성인이시어서 제도를 마련하시고 베풀어 행하심이 백왕보다 나으시고 정음을 지으심에 있어서는 祖述(조술)된 바가 없이 자연스럽게 이루어진 것이니 지극한 이치의 적용되지 않은 바가 없다고 하여 어찌 사람이 만든 사사로운 것이 아니라 하겠는가! 대저 동녘 땅에 나라가 있으니 오래지 않음이 아니나 사람이 알지 못하는 바를 개발하여 사람이 하고저 하는 바를 모두 이루게 하는 큰 지혜가 오늘이 오기를 기다렸음인 저.

신 정인지는 손을 모두 잡고 머리를 조아려 절하오며 삼가 적습니다.

有天地自然之聲 則必有天地自然之文. 所以古人因聲制字 以通萬物之情 以載三才之道 而後世不能易也. 然四方風土區別 聲氣亦隨而異焉. 盖外國之語 有其聲而 無其字 假中國之字 以通其用 是猶枘鑿之鉏鋙也 豈能達而無礙乎. 要皆各隨所處而安 不可强之使同也.

吾東方禮樂文章 侔擬華夏. 但方言之語 不與之同. 學書者患其旨趣之難曉 獄者疾其曲折之難通. 昔新羅薛總 始作吏讀 官府民間至今行之. 然皆假字而用 或澁

或窒. 非但鄙 無稽而已 至於言語之間 則不能達其萬一焉.

癸亥冬. 我殿下創制正音二十八字 略揭例義以示之 名曰訓民正音. 象形而字倣古篆 因聲而音協七調. 三極之義 二氣之妙 莫不該括 以二十八字而轉換無窮 簡而要 精而通. 故智者不終朝而會 愚者可浹旬而學 以是解書 可以知其義. 以是聽訟 可以得其情. 字韻則清濁之能辨 樂歌則律呂之克諧. 無所用而不備 無所往而不達. 雖風聲鶴唳 鷄鳴狗吠 皆可得而書矣. (中略)

恭惟我殿下 天縱之聖 制度施爲 超越百王. 正音之作 無所祖述 而成於自然. 豈以其至理之無所不在 而非人爲之私也. 夫東方有國 不爲不久 而開物成務之大智 盖有待於今日也歟.

臣 鄭麟趾 拜手稽首 謹書.

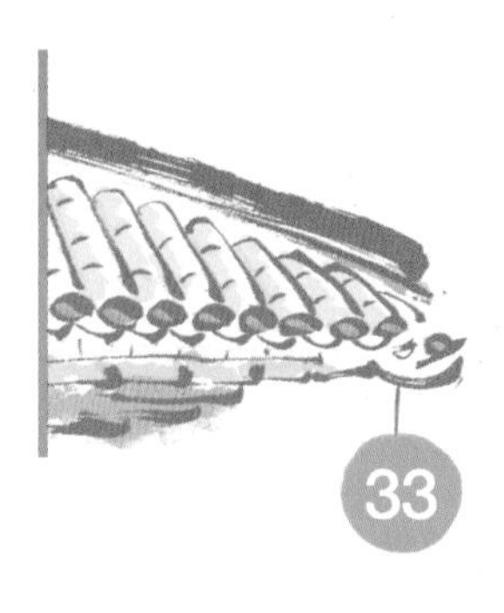

양성지 논군도

梁誠之의 論君道

만일에 우리나라 역사에서 서양의 르네상스와 같은 때를 손꼽으라면 그때는 언제가 될 것인가? 18세기 영정시대를 말하는 분이 많이 있으나 아마도 우리는 조선왕조 초기 15세기에도 눈길을 줄 수 있을 것이다. 그러면 그 15세기는 어떤 시대였는가?

전반기는 태종 18년과 세종 32년으로 이루어진 50년이요, 후반기는 세조 12년과 성종 25년이 중심이 된 50년이다. 그 전반기 태종 · 세종대에 새 나라의 모든 기반이 확립되었다. 정치적 안정, 국방력의 강화, 과학 · 기술의 진흥, 문화 · 예술의 발흥, 미풍양속의 구축 등 나라의 제반 분야가 골고루 새판짜기를 깨끗하게 마무리 지은 때였다. 그 시절에는 무엇보다도 온 백성이 새로운 마음과 신선한 기풍으로 새 나라를 일구어 나아가겠다는 열정과 패기가 나라 땅 방방곡곡에 충만하였을 것이다. 문자 그대로 '새로 태어난다' 는 뜻의 르네상스 분위기를 만끽하던 시대였다. 그리고 그 후반기에 단종폐위를 둘러싸고 정치적 분쟁이 잠시 있었으나 세조와 성종이 이룩한 사회제도 정비는 비로소 조선왕조가 탄력을 지니고 발전할 수 있게 하였었다.

양성지 영정

다시 말하여 15세기는 한국사의 첫 번째 르네상스 시대였다. 이처럼 싱그러운 성장기를 마음껏 누린 행운의 조선 선비에 어떤 분이 있을까? 집현전에서 활동한 대부분의 문신·학자가 여기에 포함될 것이지만 정치적 소용돌이에 휘말리지 않고 조용히 학술적 업무와 정책 입안에 헌신한 분을 찾는다면 우리는 訥齋(눌재) 梁誠之(양성지, 1415 태종 15~1482 성종 13)와 만나게 된다.

그는 南原(남원) 사람으로 贈右贊成(증우찬성) 九疇(구주)의 아들이다. 부친의 이름이 啓示(계시)한 듯, 그의 학문은 洪範九疇(홍범구주)를 근간으로 하고 經世致用(경세치용)을 活葉(활엽)으로 삼는 朱子經學(주자경학)이었다. 비록 스승 없이 공부하고 제자를 두지 않아 이름 있는 학풍을 이루지는 못했으나 눌재는 시문, 경사, 지리, 형장, 법병, 의농 등 그 어느 분야이건 능통하지 않은 곳이 없었으니, 한마디로 그의 학문은 廣博(광박)과 精深(정심)의 神妙(신묘)한 어울림이었다.

때에 맞추어 지어 올린 무수한 奏疏議策(주소의책)이며 論辨請事(논변청사)는 눌재의 사람됨이 얼마나 성실근면하며 국록을 먹는 관원의 자세가 어떻게 忠直一如(충직일여)해야 하는가를 보여준다. 그의 재세 기간에 소용돌이치는 정변이 없지 않았건만 그의 관로는 順風帆竿(순풍범간)의 모습이었다.

『龍飛御天歌(용비어천가)』의 정음 번역 곧 한글 가사의 창작도 그의 손을 거친 것이요, 『八道地理志(팔도지리지)』, 『高麗史(고려사) 地理志(지리지)』, 『京城圖(경성도)』 등, 당대의 지리서가 모두 그의 손에서 나왔다. 물론 이 모든 학술적 업적은 생원 진사 兩試(양시)에 합격한 27세 이래 慶昌府丞(경창부승), 成均主簿(성균주부)를 거쳐 집현전에 들어가 副修撰(부수찬), 校理(교리)를 거치는 16년 동안에 온축되고, 集賢殿直提學(집현전직제학), 弘文館提學(홍문관제학), 知中樞府事(지중추부사), 知春秋館事(지춘추관사) 등을 겸직하면서 결실을 맺었다.

여기서는 눌재의 허다한 글월 가운데에서 단종원년(1453)에 임금께 올린 「論君道(논군도)」를 읽어 보기로 한다.

양성지의 공덕을 기리는 춘양제

임금의 길을 논합니다.

계유년(1453년) 정월 초이레, 直集賢殿(직집현전)이 올립니다.

신이 가만히 생각하고 아룁니다. 전하께서는 어리신 나이에 힘들고 큰일을 이어받으셨으니 조종의 부탁하심이 중하지 않을 수 없고, 백성들의 의지하고 바라는 것이 깊지 않을 수 없사옵니다. 더구나 天命(천명)은 참으로 믿기 어렵사오며 인심도 무상하기 이를 데 없사옵니다. 그러므로 한 가지 생각이라도 공경스러움이 없다면 만 가지 일이 어그러지고, 한 가지 일이라도 조심스럽지 아니하면 끝없는 근심거리를 낳을 것입니다. 『書經(서경)』에 이른바 "한없는 아름다움"이니 "한없는 근심거리"니 하는 것이 바로 이것을 가리키는 것입니다. 신이 듣자옵기로 임금님의 마음가짐에 세 가지 종요로운 것이 있다고 하였습니다. 그것은 仁(인)이요, 明(명)이요, 剛(강)이옵니다. 仁(인)이라는 것은 백성을 사랑하여 기르는 것을 말하옵고, 명이라는 것은 선과 악을 분별하는 것을 말하오며, 강이라는 것은 소인을 멀리하여 물리치는 것을 말하옵니다. 나라를 다스리는 핵심사항도 또한 세 가지이옵니다. 그것은 신하에게 맡기는 일, 忠諫(충간)의 말을 잘 따르는 일, 賞罰(상벌)을 주는 일입니다. 신하에게 맡기면 나랏일이 순조롭고 충간을 따르면 좋은 일이 모여들고 상과 벌을 공정히 행하면 착한 것을 권장하고 악한 것을 징계하게 되오니 온 세상이 발전하는 기운으로 넘칠 것이옵니다.

아하, 하늘이 이 백성을 내셨으나 스스로 다스릴 수 없으므로 임금에게 부탁한 것이옵고 임금이 이 백성을 사랑하시나 홀로 다스릴 수 없으므로 신하에게 맡기시는 것이옵니다. 이제 안으로는 의정부에서 모든 관리를 총괄하고 六曹(육조)는 일반 행정을 담당하는데 당연히 그 책임이 위로는 성스러운 임금님의 덕을 도와 완전케 하고 아래로는 백성들의 삶을 부지런히 돌보는 것이옵니다. 사람을 뽑을 때에는 반드시 훌륭한 인재를 골라야 하옵고, 세금을 매길 때에는 반드시 공정해야 하오며 예절교육은 반드시 밝게 닦이어야 하옵고, 군역의 다스림은 반드시 의기를 진작시켜야 하옵고, 형벌은 반드시 너그러우면서도 공평해야 하옵고, 건축과 수리는 반드시 삼가고 아껴서 무릇 백 가지 직책과 사무가 한결같이 삼가고 한결같이 경계해야 할 것입니다. 또 밖으로는 監司(감사)가 각기 한 방면을 맡아 통솔하고, 수령은 군읍을 맡으며 백성의 어려운 애로사항을 감사가 감찰하고 수령이 사욕을 부려 백성을 학대하면 감사가 그것을 바로잡는 것입니다. 또 농사를 권장하여 생활이 넉넉하게 하고 학문을 일으켜 풍속을 바르게 하며 賦役(부역)은 꼭 필요할 때만 동원하고 벌주고 옥에 가두는 일은 반드시 밝고 바르게 하여 유익한 것은 북돋우고 해로운 것은 없애주어 뭇 백성을 보호하고 감싸주는 것을 (수령 · 감사의) 직분으로 삼는 것이옵니다. (중략)

전하께서도 또한 마땅히 바른 학문을 닦아 뛰어난 정치의 근원을 맑게 하시고 바른 사람을 가까이하시어 薰陶(훈도)의 유익한 자료로 삼으시옵소서. 또 대신들에게 맡기시어 言路(언로)를 널리 여시옵고 날마다 삼가기를 한결같이 하여 처음부터 끝까지 조심하여 상하가 서로서로 한마음이 되고 안팎이 협력하여 조종의 태평한 다스림이 무궁히 이어지게 하여 나라를 영구히 보존하옵소서. 그러하옵고 여러 신하 중에 만일 아첨하여 예쁘게 보이려 하거나 튀는 행동으로 용서함을 얻으려 하거나 탐욕스레 거두어들여 공공의 이익을 저버리고 사욕을 채우려 하는 자가 있으면 나라에 엄정한 형법이 있사오니 반드시 벌하여 용서하지 마옵소서.

晁錯(조조)가 말하기를 "사람의 마음은 누구나 오래 살려고 하지 않는 바가 없으므로 三王(삼왕)이 사람을 살려주고 상하게 하지 않았으며, 사람의 마음은 누구나 부자가 되려고 하지 않는 바가 없으므로 삼왕이 너그럽게 베풀어 피곤케 하지 않았으며, 사람의 마음은 누구나 편안하려고 하지 않는 바가 없으므로 삼왕이 그 힘을 아껴 쓰며 힘이 모자라지 않게 하였다"하였습니다. 원컨대 전하께오셔도 특별히 이 세 가지를 생각하시오면 나라가 심히 행복할 것이오며 백성들이 심히 행복할 것이옵니다.

'르네상스'는 활력이 넘치는 변화의 시대이기는 하지만 풍요와 평화를 느긋하게 즐기는, 풀어진 시대가 아니다. 르네상스는 인생으로 치면 미래설계로 의욕이 넘치는 신혼 시절이다. 따라서 15세기가 우리나라의 '르네상스'라면 그 시대를 관류하는 시대정신은 긴장의 고삐를 늦추지 않고 주변을 살피며 몸가짐을 곧게 하는 것이었을 것이다. 그러한 자세론이 눌재의 윗글 「論君道(논군도)」에 자구마다 들어 있지 않은가? 그토록 지극한 충정이 조선왕조를 518년이나 이끌어 온 것이라 생각할 수는 없는지….

〚論君道〛

臣竊惟 殿下以幼沖之資 承艱大之業 祖宗之付托 不爲不重 臣民之倚望 不爲不深 而天命難諶 人心無常 一念不敬 則或以致萬事之差 一事不謹 則或以貽無窮之

患 書所謂無疆惟休 亦無疆惟恤 正謂此也. 臣聞人君處心之要有三 曰仁 曰明 曰剛 仁者愛養斯民之謂也 明者分別善惡之謂也 剛者斥遠小人之謂也. 治國之要亦有三 曰任人 曰從諫 曰賞罰 任人則國事理 從諫則萬善聚信賞必罰 則善勸惡懲 而鼓舞一世矣.

嗚呼, 天生斯民 而不能以自治 故付之於君 君撫斯民而不能以獨治 故任之以臣 今內而議政府摠百官 六曹掌庶務 當責其上以輔養聖德 下以勤恤民生. 銓選必擇人 賦稅必有常 禮敎必修明 兵政必振擧 刑罰必平恕 營繕必愼節 凡百職事 必謹必戒. 外而監司統方面 守令典郡邑 生民疾苦 監司察之 守令貪虐 監司劾之. 勸農以厚 其生興學 以正其俗 賦役務要 平均決獄 期於明允興利除害 以存恤庶民爲職.(中略)

殿下亦當勤正學 以澄出治之源 近正人 以資薰陶之益. 委任大臣 廓開言路 日愼一日謹終于始 相與上下同心 中外協力 以永保祖宗太平之治於無窮. 而群臣如有阿諛取媚 浮沈取容 貪饕掊克 背公營私者 則邦有常刑必罰無赦.

鼂錯曰 人情莫不欲壽 三王生之而不傷 人情莫不欲富 三王厚之而不困 人情莫不欲逸 三王節其力而不盡願殿下特留三思 國家幸甚 生民幸甚.

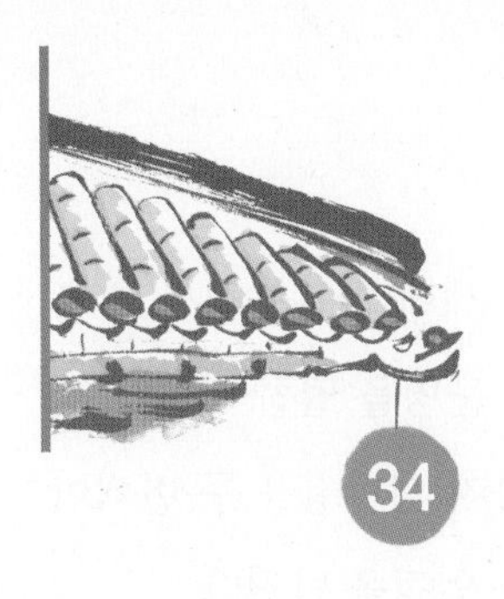

34

신숙주　　해동제국기
申叔舟의 海東諸國記

명분과 의리를 지켜 목숨을 버릴 것인가? 사세와 실질을 좇아 업적을 쌓을 것인가? 이 두 갈래, 갈림길에서 조선조의 선비들은 반드시 하나의 길을 택해야만 하였다. 嫡長子(적장자) 승계원칙의 임금자리를 둘러싸고 끊임없이 정변이 발생하였기 때문이었다. 그런데 의리를 존중하였다 하여 반드시 죽는 것도 아니었고, 사세를 따랐다 하여 반드시 영달이 보장되는 것도 아니었지만 조선의 선비들은 대체로 명리를 버리고 致命(치명)의 길을 즐겨 선택하였다.

이러한 시대에 날카롭게 현실을 꿰뚫어 보며 保身(보신)과 聲名(성명)을 함께 얻은 문신학자가 있다. 따라서 그는 평생에 여섯 임금을 섬기며 자신의 뛰어난 학식과 문재를 마음껏 발휘할 수 있었다. 保閑齋(보한재) 申叔舟(신숙주, 1417~1475)가 그 주인공이다. 세종 20년(1438) 21세에 생원 진사시에 합격하여 벼슬길에 나아가 젊어서는 집현전에서 일하며 공부했고, 세종 25년, 26세에 일본통신사 卞孝文(변효문)의 書狀官(서장관)으로 일본에 가서 문명을 떨친 이래로 성종 6년(1475) 58세를 일기로 세상을 떠나기까지 영의정을 두 번씩이나 지내며 학문과 외교의 두 분야에서 놀라운 업적을 남겼다.

세종의 명으로 成三問(성삼문)과 함께 요동에 귀양 와 있던 명나라 한림학사 黃瓚(황찬)을 열세 번이나 찾아가 음운에 관한 지식을 얻어와 세종대왕의 훈민정음 창제에 기여한 것은 학문 분야의 업적이라면, 여러 차례 명나라와 일본을 드나들며 나라의 권위를 높인 것은 외교분야의 치적이라 하겠는데, 말년에 이르러 일본을 중심으로 九州(구주) · 一崎(일기) · 琉球(유구) 등 바다 동쪽 여러나라의 사정을 소상하게 밝혀 쓴 海東諸國記(해동제국기)는 어린 임금 성종의 명을 받아 지어 올린 책으로 그의 학문과 외교적 성과가 아울러 꽃핀 작품이다. 여기에 그 서문을 읽어보자.

무릇 이웃나라와 사귀고 사절을 통하며 풍속이 다른 이웃나라 사람들을 무마하고 접대하는 데에는 반드시 그들의 정세를 안 연후에야 예절을 다할 수 있고, 예절을 다한 연후에야 마음을 다할 수 있는 것입니다. (중략)

가만히 살펴보건대, 동해 중에 자리 잡은 나라가 하나만이 아닌데, 그중 일본이 가장 오래고 또 크옵니다. 그 지역이 흑룡강 북쪽에서 비롯하여 우리나라 제주 남쪽까지 이르고, 琉球(유구)와 더불어 서로 맞대어 그 지세는 매우 긴 편입니다. 처음에는 곳곳에 집단으로 모여 각기 나라를 세웠는데 周平王(주평왕) 48년(B.C. 772)에 始祖(시조) 狹野(협야)가 군사를 일으켜 모조리 쓸어버리고 비로소 주군을 설치하고 대신들이 각각 나누어 점거하여 다스리게 하니 중국의 봉건제도와 비슷하여서 크게 간섭하거나 통솔하지 않았습니다. 그들은 습성이 강하고 사나우며 칼을 쓰기에 능하고 배 타기에 익숙한 데다가 우리와는 바다 하나를 격하여 서로 바라보는 터이라, 잘 무마하면 예절을 갖추어 수호하겠지만, 잘못하면 문득 노략질을 자행할 것입니다.

신숙주

고려 말엽에 국정이 문란하여 그들을 제대로 달래지 못하였으므로 드디어 변방에 근심거리가 되어 沿海(연해) 수천 리의 땅이 폐허가 되었던 것입니다. 이에 우리 태조(이성계)께서 분연히 일어서시어 지리산 동정 인월 토동에서 수십 차례 싸운 뒤에는 적이 감히 방자하지 못하였습니다.

개국한 이래로 여러 임금께서 서로 잇달아 정치를 맑게 하고 일을 바로잡아서 안으로 융성하고 밖으로 외방 족속들이 복종하여 질서가 잡히니, 변방 백성들도 편안하게 되었습니다. 세조께서 중흥하시자 때마침 여러 대에 걸쳐 태평한 시절이 계속된 지라 안일이 독약보다 더하다는 것을 염려하여 하늘의 뜻을 받들어 백성들을 부지런케 하며 인재를 뽑아서 모든 정사에 참여케 하여 퇴폐풍조를 떨쳐버리고 건전한 기강을 가다듬어 밝혔으며 새벽부터 저물녘까지 정신을 가다듬어 다스림을 도모하니 정치의 교화가 이미 흡족하고 명성과 가르침이 멀리 미쳐서 만리밖 어느 곳에서나 사닥다리와 배를 이용하여 멀다고 찾아오지 않는 자가 없었습니다. 臣이 일찍이 듣자오니 "오랑캐를 대우하는 도리는 밖으로 물리치는 데에 있지 않고 안으로 가다듬는 데에 있으며 변방의 방어에 있지 않고 조정을 정비하는 데 있으며 무력에 있지 않고 기강에 있다."하였는데 그 말이 여기에 증험이 될 듯하옵니다. (하략)

紀綱(기강) 잡힌 內治(내치)가 의외의 의환을 이겨내는 길임을 노재상 신숙주는 성력을 다해 주장하고 있다. 이 주장은 늙은 신하가 어린 임금 성종에게〔당시 15세였음〕 머리를 조아려 아뢰는 忠諫(충간)이 아니었던가! 그런데 일본을 잘 알고 왜구를 잘 다스리자는 이 깨우침은 16세기 말 임진왜란을 겪을 때까지 서고 안에서 잠을 자고 있었던 듯하다.

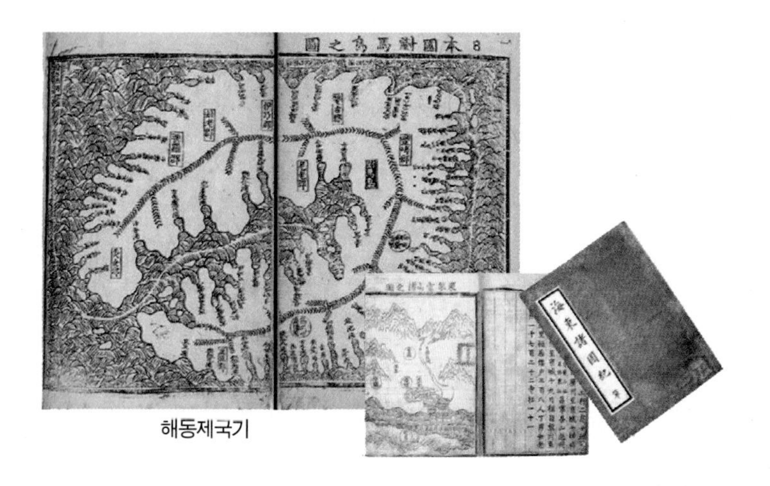

해동제국기

〖海東諸國記序〗

夫交隣聘問 撫接殊俗 必知其情 然後可以盡其禮 盡其禮 然後可以盡其心矣(中略)

竊觀國於東海之中者非一 而日本最久且大 其地始於黑龍江之北 至于我濟州之南 與琉球相接 其勢甚長. 厥初處處保聚 各自爲國 周平王四十八年 其始祖狹野 起兵誅討 始置州郡 大臣各占分治 猶中國之封建 不甚統屬. 習性强猂 精於劍槊 慣於舟楫 與我隔海相望 撫之得其道 則朝聘以禮 失其道 則輒肆剽竊. 前朝之季 國亂政紊 撫之失道 遂爲邊患 沿海數千里之地 廢爲榛莽. 我太祖奮起 如地異東亭引月兎洞 力戰數十 然後賊不得肆.

開國以來 列聖相承 政淸事理 內治旣隆 外服卽序 邊氓按堵 世祖中興 値數世之昇平 慮宴安之鴆毒 敬天勤民 甄拔人才 與共庶政 振擧廢墜 修明紀綱 宵衣旰食 勤精圖理 治化旣洽 聲敎遠暢 萬里梯航 無遠不至.

臣嘗聞待夷狄之道 不在乎外攘 而在乎內修. 不在乎遠禦 而在乎朝庭 不在乎兵革 而在乎紀綱 其於是乎驗矣.(下略)

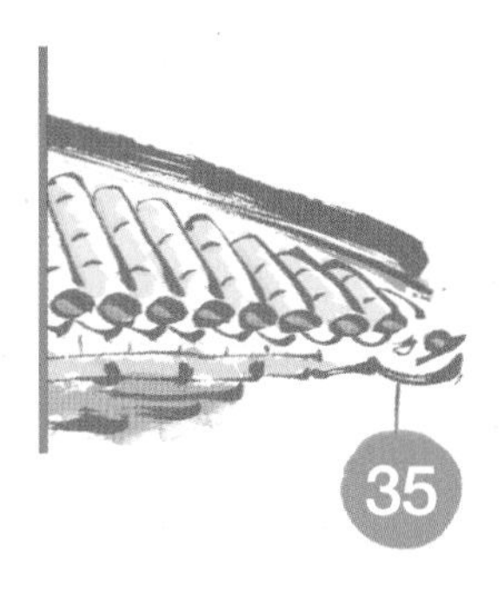

35

朴彭年(박팽년)의 雙淸堂記(쌍청당기)

1456년(세조 2년)에 일어난 단종복위사건은 '死六臣(사육신)' 이란 낱말을 만들면서 종식되었다. 그리고 비참한 죽음으로 생애를 마감한 사육신은 세월이 흐를수록 후손들의 가슴속에 재생 · 부활함으로써 先苦痛(선고통) 後榮光(후영광)이라는 승리의 화신이 되었다.

그 당시의 정치 현실을 어떤 관점에서 어떻게 해석하건 사육신의 거취는 불행하기는 했으나 자랑스런 것이었다. 그리고 그들이 취한 길이 유교적 국가관과 선비정신의 소산임을 믿으며 우리도 또한 그들의 행보에 존경과 애모의 마음을 갖는다. 그러나 그것뿐인가? 그분들이 죽음을 선택한 행위에는 그분들이 믿는 不事二君(불사이군)의 충정만이 지고지순의 이념으로 작용했는가? 거기에 플러스알파(+α)가 있지는 않을까? 여기에 초점을 맞추어 생각해 보면 거기에는 선왕 세종과의 뜨거운 인간관계가 바탕에 녹아 있음을 발견하게

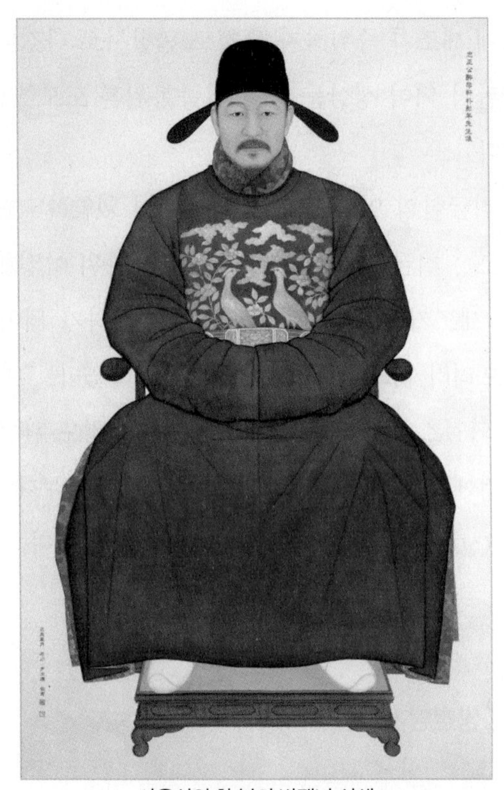
사육신의 한 분인 박팽년 선생

된다. 어떠한 이념과 사상도 돈후한 인정이 녹아 있어야 제빛을 내는 것이기 때문이다.

사육신 가운데 한 분인 朴彭年(박팽년, 1417 태종 17~1456 세조 2)은 順天人(순천인)으로 판서 仲林(중림)의 아들이다. 字(자)는 仁叟(인수)요, 호는 醉琴軒(취금헌)이라 하였다. 18세인 세종 16년(1434)에 謁聖文科(알성문과)에 급제하여 성삼문 등과 더불어 집현전 학사가 되었다. 그때부터 세종의 각별한 총애를 받았다. 22세 때에는 賜暇讀書(사가독서)하였고, 31세 때에는 문과중시에 급제하였다. 38세 되던 해에 세조가 즉위하자 충청도 관찰사로 나갔다가 그 이듬해에 형조 참판이 되어 성삼문 등과 단종복위를 도모했으나 실패하여 사형되었다.

취금헌의 일화 한 토막 : 세조의 親鞫(친국)을 받던 때의 일이다. 세조는 취금헌의 재주와 인품이 아까워 어떻게든 회유해 보려 애썼다. 세조가 물었다. "너는 나에게 신하가 되어 섬기다가 이제 와서 나으리라 하느냐?" 취금헌이 대답하였다. "내가 언제 나리의 신하가 되었소." 하였다. 그 후에 그가 충청도 관찰사로 나가 있을 때에 조정에 올린 징계를 살펴보니 "臣(신) 아무개"라고 써야 할 자리에 '臣(신)' 은 모두 '巨(거)' 자로 쓰여져 있었다.

〖쌍청당기〗

천지간에 바람과 달이 가장 맑은 것인데 사람 마음의 오묘한 맑음도 바람이나 달과 다르지 않다. 형체와 기운에 얽매이고 물욕에 더럽혀진 사람이라면 그 몸을 온전히 지키기는 어려울 것이다. 연기와 구름이 사방에서 모여들어 천지가 캄캄하게 어두워지다가도 맑은 바람이 불어오고 밝은 달이 휘영청 떠오르면 위아래가 두루 통하고 밝아져서 터럭 끝 만큼의 흠집도 없어지니, 그 기상이 진실로 형용하기 쉽지 않다. 오직 사람 가운데 그 마음이 온전하여 더럽혀진 바가 없는 사람만이 족히 그것을 받아들여 즐길 수 있는 것이다. 그러므로 黃魯直(황노직 : 송나라 시인 산곡 황정견)이 일찍이 이것을 舂陵(용릉 : 엄자릉)에 견주었고, 邵康節(소강절)도 淸野之吟(청여지음)을 읊은 바 있지만 그 맑은 맛을 아는 이가 적음을 한탄하였다. 그러니 오늘날인들 그 즐거움을 아는 이가 얼마나 있을 것인가!

市澤(시택) 宋公(송공) 愉(유)는 원래 벼슬살이한 지가 오래된 분이나 공명을 달갑게 여기지 아니하여 시골들판에 돌아가 묻혀 지낸 지 어느새 삼십여 년이 되었다. 그 고을은 충청도 懷德(회덕)이요, 마을 이름은 白達(백달)이다. 사는 집 동쪽에 사당을 지어 조상들을 받들고 몇 이랑의 밭을 갈아 제사에 쓰는 물품을 마련하였다. 또 사당의 동쪽에 일곱 칸짜리 별당을 세웠다. 그 한가운데는 온돌을 놓아 겨울철에 사용하고 오른쪽 세 칸은 마루를 꾸며 여름철에 쓰도록 했고, 왼쪽 세 칸은 부엌과 목욕탕과 제사 그릇 보관하는 장소로 정하였다. 단청을 입히고 담을 둘러쳤는데 화려하기는 하나 사치스런 모습은 아니었다.

매양 시제를 지낼 때나 제삿날이 되면 공은 반드시 深衣(심의)를 입고 그 당에 들어가 재계하였다. 그 공경함과 정성스러움이 지극하여 무릇 제사에 임하는 모든 절차가 모두 禮經(예경)의 법도에 맞는 것이었다. 또 명절이 되면 반드시 술을 준비하고 손님을 모셔 놓고 때로는 시도 짓고 노래도 읊조리며 시골선비들의 기쁨을 흡족하게 하였다. 늘그막에는 禪學(선학)을 좋아하여 그 마음을 담박하게 지니고 사물에 휘둘리지 않으니 (이처럼 그는) 성품은 높고 청명하였으며 명예와 이익을 멀리한 분이었다.

중추 朴公(박공) 堧(연)이 그 당을 雙淸(쌍청)이라는 이름으로 扁額(편액)을 써 주고 시를 지었고 安平大君(안평대군)이 거기에 화답하였다. 나도 그 이야기를 듣고 옷깃을 여미며 한마디를 덧붙인다.

"아 참 좋구나. 쌍청이라 한 이 이야기여. 伯夷(백이)는 성인 가운데 맑은 분인데 송공도 백이의 맑은 바람 이야기를 듣고 그 뜻을 따

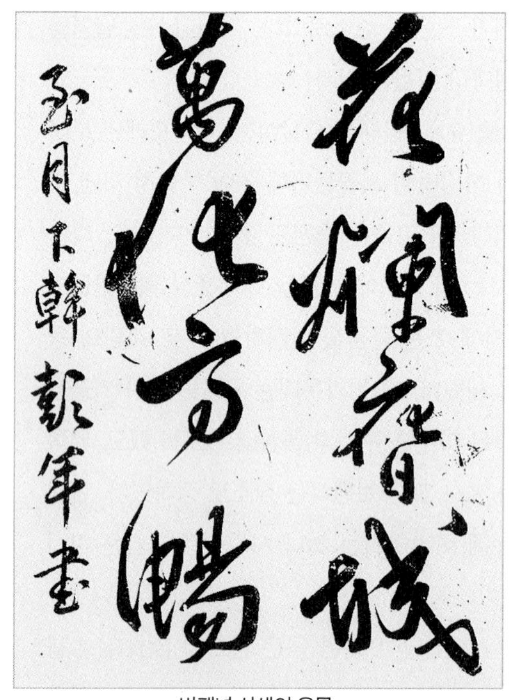

박팽년 선생의 유묵

른 분인가? 대개 바람은 귀로 받아들이고 달빛은 눈으로 받아들이는 것인데, 세상 사람들도 모두 그 바람과 달의 맑음은 알면서도 우리에게 있는 마음이 그것을 부러워하지 않는다는 것은 알지 못한다. 그러하니 어찌 그것을 아는 사람과 알지 못하는 사람을 비교할 수도 없다는 것을 알 수 있겠는가. 이제 공이 조상을 받드는 정성과 손님을 즐겁게 대접하는 흥취를 보니 스스로 즐기는 취미가 어느 경지인지 짐작하겠도다. 그러나 濠上(호상)에서 물고기를 보고 즐기는 즐거움을 莊子도 몰랐고 惠子(혜자)도 몰랐으니 내 어찌 감히 그 가장자리인들 엿볼 수 있겠는가. 공의 맏아들 主簿(주부) 繼祀(계사)는 내가 (글 짓는 이들의) 끝자락에 있음을 빌미로 글재주 없음을 개의치 않고 나에게 글을 청하니 그간의 이야기를 듣고 이 글을 쓰노라."

이 글에는 전원생활을 그리워하는 조선조 선비들의 인생관이 보인다. 벼슬살이보다는 奉祭祀(봉제사) 接賓客(접빈객)에 충실하며 조용히 자연을 벗하며 사는 것으로 만족하였다. 아마도 이 글을 쓴 醉琴軒(취금헌)도 단종복위라는 정변에 휘말리지만 않았다면 그 자신도 雙淸堂(쌍청당)의 주인공 宋愉(송유)처럼 또 하나의 쌍청당을 지어놓고 노후를 유유자적했을 것이다.

다행스럽게도 우리는 취금헌의 체취와 유향을 추적할 수 있는 비결을 갖고 있다. 창덕궁 돈화문에서 남향으로 뻗은 돈화문로를 따라가면 종로3가 을지로3가를 지나 퇴계로 3가에 이른다. 여기에서 곧바로 남산 방면으로 올라가면 남산골 한옥마을이고 열한시 방향의 왼쪽 골목으로 꺾으면 고풍한 멋을 간직한 한옥 요정이 나온다. "한국의 집" 이다. 바로 이 집이 취금헌 朴彭年(박팽년)의 고택 자리이다. 옛날 유택이야 몇 번을 헐리고 다시 지어졌겠지만 600년을 바라보는 오늘날에도 우리는 이 집에서 취금헌의 쌍청 취미를 지금도 느낄 수 있다.

〖雙淸堂記〗

天地間風月最淸 人心之妙亦與之無異焉 拘於形氣累於物欲 於是焉能全其體者鮮矣. 蓋煙雲四合 天地陰翳而淸風掃之 明月當空 上下洞徹 無纖毫點綴 其氣象固未易形容 惟人之能全其心而無累者 足以當之而自樂之. 故黃魯直 嘗以此擬諸舂陵 而邵康節亦有淸夜之吟 歎知味者之少也 蓋今世亦有知此樂者乎.

市津宋公愉 本簪履之舊而不喜功名 退居村野 今三十有餘年矣. 其縣曰忠清之懷德 里曰白達, 構祠堂於居第之東 以奉先世, 置田數頃 以供祭祀之需 乃於祠東別立堂凡七間 堗其中以宜冬 而右闢之者三 豁其軒以宜夏 而左闢之者三 庖廚湢浴藏祭器各有所 丹碧繚垣華而不侈.

每時祀與忌日 公必衣深衣 入其堂以齋 克敬克誠 凡所致享 皆遵禮經. 且值佳節 必置酒邀客 或詩或歌 以洽鄉黨之歡. 晩好禪學 淡漠其心 不以事物攖之 蓋其性高明而外乎聲利者也.

中樞朴公堧 扁其堂曰雙淸而詩之 安平大君又從而和之. 予聞而斂衽曰 "有是乎雙淸之說也 伯夷聖之淸者也 公其聞伯夷之風而興起者乎. 蓋風而耳得之 月而目寓之 人皆知二物之淸 而不知於吾一心 有不羡乎彼者存焉 然則 安知其知之者之不與不知者比也. 今觀公奉先之敬娛賓之興 其自樂之趣可知已. 然濠上觀魚之樂 莊子不知 莊子不知魚之樂 惠子亦不知 予何敢窺其涯涘哉. 公之令胤主簿繼祀 以予在末屬 不鄙辭拙俾記之 聞其說而記之."

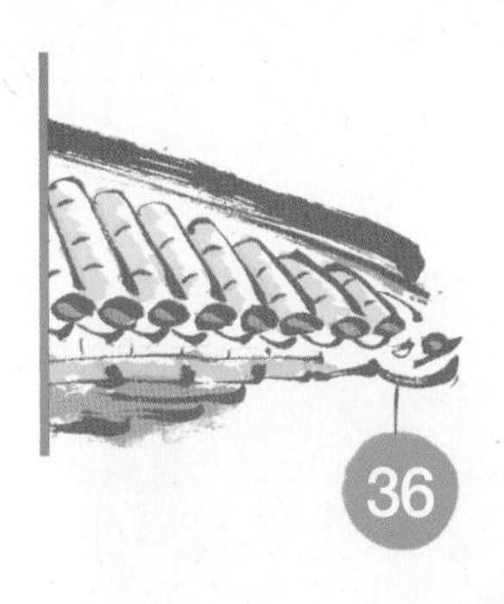

성삼문 송최주부귀양시서
成三問의 送崔注簿歸養詩序

조선왕조 오백년의 정치사를 바라보면 그것은 왕권과 신권의 시소 게임(seesaw game)이라는 느낌이 들 때가 있다. 그리고 영명한 군주가 안정된 왕권을 누릴 때에만 태평성대라 할 평화와 번영이 있었다는 것도 흥미롭다. 그러므로 조선조 오백년은 안정된 왕권과 그 왕권을 행사할 수 있는 영명한 군주를 찾아가는 고달픈 여정일 수밖에 없었다.

이 고달픈 여정에서 명분과 의리를 지키며 幼沖(유충)한 임금의 허약한 왕권을 庇護(비호)하려던 이상형의 충신들이 있었다. 그 대표격의 인물이 단종의 復位(복위)를 꾀하려다가 실패함으로써 車裂(거열)이라는 극형으로 생애를 마감한 謹甫(근보) 成三問(성삼문, 1418 태종 3~1456 세조 2), 바로 그분이다. 그는 21세에 과거에 급제하고 다시 30세에 중시에서 장원급제하면서 세종의 寵愛(총애)를 받는 집

성삼문

현전의 핵심인사로 활약하였다.

그의 업적은 주로 훈민정음 창제와 깊은 관련이 있는 것이니, 『禮記大文諺讀(예기대문언독)』을 編纂(편찬)한다든가, 음운문제를 해결하기 위하여 요동에 유배 중이던 명나라 한림학사 黃瓚(황찬)을 13차나 방문하였고 『洪武正韻譯訓(홍무정운역훈)』에 깊이 참여하는 등, 세종・문종대의 어문관계 사업에 큰 족적을 남겼다.

그러나 12세의 어린 나이로 단종이 즉위하면서 정치판도에는 회오리바람이 일었고, 임금의 숙부 수양대군(세조)은 세력을 키우며 어린 조카 단종을 3년에 걸친 쿠데타 공작으로 몰아내기에 이르렀다. 이때에 성삼문은 毅然(의연)히 어린 임금을 두둔하는 반세조파의 중심에 자리 잡는다. 세조를 향한 그의 처신은 매사에 당당하고도 떳떳하였다. 어린 단종이 삼촌의 위협에 눌려 양위의 절차를 거치며 임금 자리를 물러날 때에 성삼문은 禮房承旨(예방승지)로 玉璽(옥새)를 인도하는 일을 맡게 되었는데, 차마 옥새를 붙잡고 넘겨주지 못하며 통곡하였다고 한다. 이 통곡은 그 다음 해에 단종복위공작의 실패로 말미암아 사형으로 종결된다.

그때에 그렇게 비참한 최후로 멸문의 화를 입었건만, 역대의 임금은 그의 충절을 외면할 수가 없었다. 왕권의 강화는 성삼문 같은 인물이 존재해야만 가능한 것이기 때문이었다. 그리하여 그의 사후 200여 년이 지난 숙종 때부터 그를 추모하는 서원과 사당이 세워지더니 급기야 1758년(영조 34)에는 이조판서에 추증되고 忠文公(충문공)이란 諡號(시호)를 얻게 된다.

이것은 역사의 정도인가? 아이러니인가?

『고향으로 돌아가는 최주부를 환송하며』

내 친구 崔智甫(최지보)는 겸손하고도 성실한 사람이다. 내가 그와 더불어 서로 알고 사귄 것은 계축년(1433) 봄부터였다. 그 무렵 최공의 아버지는 서울 집에 계셨는데 최공은 아침저녁으로 문안드리기를 지극히 정성껏 하면서도 받들어 모시는 일이 항상 만족치 못함을 걱정하였다. 내가 오며가며 눈여겨 지켜보니 나로서는 결코 최공에 미칠 수 없음을 깨닫고, 그 후로 더욱 깊이 사귀었다. 지금 그 아버지께서 陽智(양지)의 별장에 내려가 계신다 하기에 내가 최공에게 말하기를 "어째서 본집에 모셔다 봉양하지 않는 것이오?" 하였더니 최공이 슬픈 낯빛으로 대답하기를 "아버지께서 그곳에 계시는 것이 마음 편하다 하시니 내가 감히 그 뜻을 어길 수가 없다오." 이렇게 말하였다. 그리고 즉시 임금님께 사뢰어 벼슬을 사퇴하고 아내와 자식들을 거느려 남쪽으로 내려가게 되었다.

이에 전 예문관 직제학 최 선생이 먼저 사운 시를 지어 그의 귀향을 노래하였다. 내가 (그 뒤를 이어) 머리 숙여 두 번 절하고 삼가 이 글을 쓴다.

가만히 생각해 보니, 우리나라는 여러 성군께서 대를 이어 효도로 나라를 다스려 왔다. 그리하여 벼슬하는 선비 가운데 그 어버이가 멀리 떨어져 있을 경우에, 그 선비가 이미 나이 늙었으면 고향에 돌아가 부모 봉양할 것을 허락하니 어버이 된 사람은 봉양을 받고 자식 된 사람은 마음을 다하여 효도할 수 있었다. (이것은) 임금님께서 늙은 이를 늙은이로 모실 수 있게 하여 효도를 일으키신 것이니 임금님의 은혜가 지극히 두터울 따름이다. 그러나 돌이켜보면 덕과 의를 높이 받들며 마음속의 깊은 정성과 공경을 드러내어 기쁘게 고향으로 돌아가 (부모를) 봉양하느냐 아니하느냐 하는 것은 오직 그 자식 된 사람에게 달려있을 뿐이다. 내가 살펴보건대 사대부가 관을 높이 쓰고 笏(홀)을 바로 잡고 느린 걸음으로 의젓하게 걸으며 얼굴에는 아무런 근심도 없는 듯이 자신만만하다가 어느 날 아침에 갑자기 망극한 변을 당하면 발을 굴러 애통해하며 비로소 고향에 돌아가 봉양하지 않은 것을 후회하는 이가 옛날이나 이제나 끊이지 않는다.

아아 슬프다. 어버이가 살아 계실 때에 돌아가 봉양할 수 있는데, 누가 금하여 못하였으며, 누가 말려 가지 않다가 이제 비록 후회한들 무슨 소용이 있겠는가! 어느 누구인들 돌아가 봉양하는 것이 좋은 일이요, 돌아가 봉양치 못하는 것이 나쁜 일인 줄을 모르겠는가! 그러나 금하지 않았건만 행하지 않았고, 말리지 않았건만 가지 않은 것은 반드시 그 마음속에 사모하는 것(곧 벼슬자리)이 있었기 때문이다. (그러므로) 자식으로서 벼슬을 사모하지 않는다면 효도한다 말할 수 있고, 또한 어질다 말할 수 있겠다. 그렇지 않다면 어느 누가 최공이 고향으로 돌아가는 것을 보고 따를 수 없다고 말할 것이며, 그렇지 않다면 최공의 돌아감이 어찌 이렇게 나를 감동시켜 이처럼 공경하는 마음을 일으키게 하겠는가!

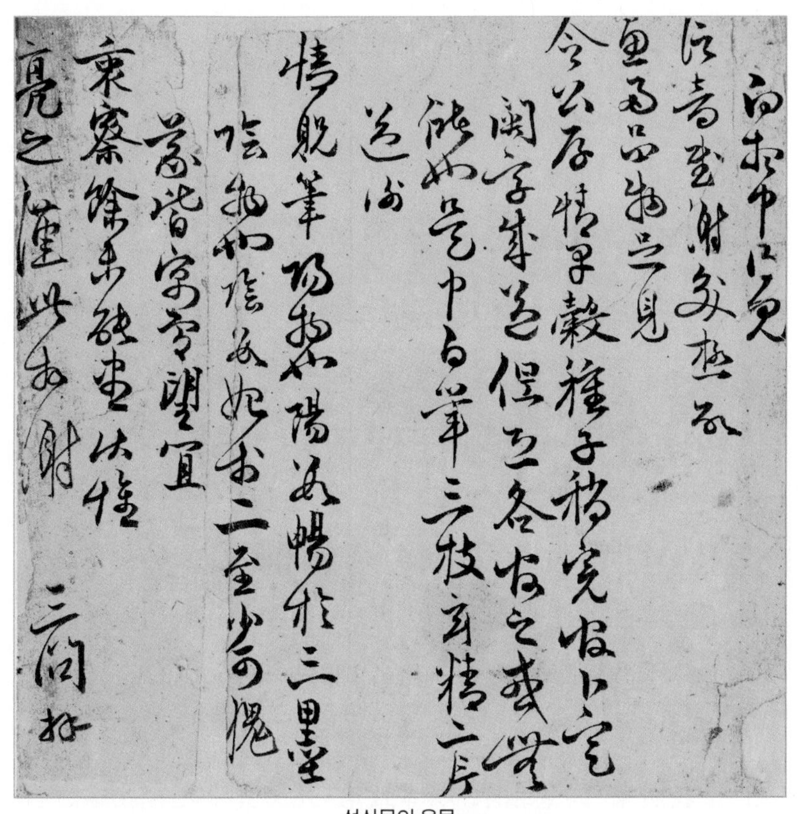

성삼문의 유묵

충과 효는 애초부터 따로 떨어질 수 없는 쌍둥이이니 충절의 사람, 성삼문이 효행을 기리는 글을 아니 쓸 수 없었을 것이다. 오늘날의 세상은 서울과 시골이 그렇게 먼 곳도 아니요, 고향이니 봉양이니 하는 말도 그 개념이 현대화하여 이 글에서 칭송하여 마지않는 귀양의 양속이 많이 褪色(퇴색)하였고 潤氣(윤기)를 잃은 것도 사실이다. 그러나 한 아파트의 위층, 아래층에 나뉘어 살면서도 귀양의 근본정신만은 아직도 우리들 부자와 모녀 사이에 薰風(훈풍)을 일으키는 육친의 정으로 살아 있다고 아니할 것인가!

〖送崔注簿歸養詩序〗

吾友崔侯智甫謹慤人也. 與余相知 自癸丑之春. 于時崔侯之尊府在京邸 崔侯晨昏定省惟謹 奉甘旨常若不充也. 余時往來而目擊焉. 以爲崔侯不可及已 自此交益篤. 今尊府歸老于陽智之別墅. 余謂崔侯曰"何不奉迎于家而致養焉." 崔侯愀然曰"吾親之在彼也. 其心安焉吾不敢違也." 卽告于朝而去其位 率妻子南歸.

前藝文直提學崔先生 首爲四韻詩 以歌其行 余再拜稽首而敬序曰

惟我國家 列聖相承 以孝致治 凡大夫士之親在遠方者 年旣老則聽其歸養焉. 使爲人親者得其養 而爲人子

者盡其心 上之所以老老而興孝者 恩至渥也. 顧其爲子者 欽承德義以起吾心之誠敬 而能歸養與否何如耳. 吾見士大夫峨其冠而正其笏 緩步徐趨 觀其色若無憂而自得也. 一朝聞不諱之變 躄踊痛恨 始以不歸養爲悔者前後相接也.

嗚呼 方其親之在堂也 可以歸養矣. 而孰禁之而不爲孰留之而不去也. 今雖後悔何益焉. 人孰不知夫歸養之爲美 與不歸養之爲不美也. 然而不禁而不爲 不留而不去者 必其中之所慕者在此耳. 使爲人子而無慕乎此 則可謂孝矣 可謂賢矣. 不然 人孰以崔侯之去 而爲不可及哉 不然 崔侯之去 安能使余心而能起敬如是哉.

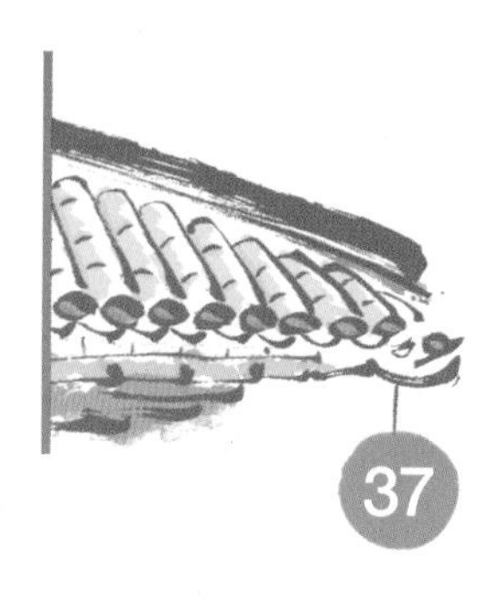

37

서 거 정 필 원 잡 기

徐居正의 筆苑雜記

난세에 영웅호걸이요, 성대에 현사 문장이란 말이 있거니와 세종대에서 성종대에 이르는 15세기 한중간을 살다간 조선 초 선비들 가운데 四佳(사가) 또는 四佳亭(사가정)이란 雅號(아호)로 불리던 徐居正(서거정, 1420 세종 2~1488 성종 19)만큼 문재와 관운을 아울러 누린 현사 문장도 없을 것이다.

그는 글 잘하는 집안의 핏줄을 받고, 사람 키울 줄 아는 임금들의 눈에 들어 자신의 역량을 마음껏 펼칠 수 있었던 행운의 문사였다. 陽村(양촌) 權近(권근)을 외조부로 하고 安州(안주) 牧使(목사)를 지낸 徐彌性(서미성)을 아버지로 두었으니 글재주는 타고난 것이었는데, 때마침 시절이 좋아 32세 때에는 賜暇讀書(사가독서)의 특은을 입고 그 다음 해에는 文臣庭試(문신정시)에 장원급제하면서 그의 관복과 文運(문운)은 大鵬(대붕)이 하늘을 나는 듯하였다. 조선조에서 양관

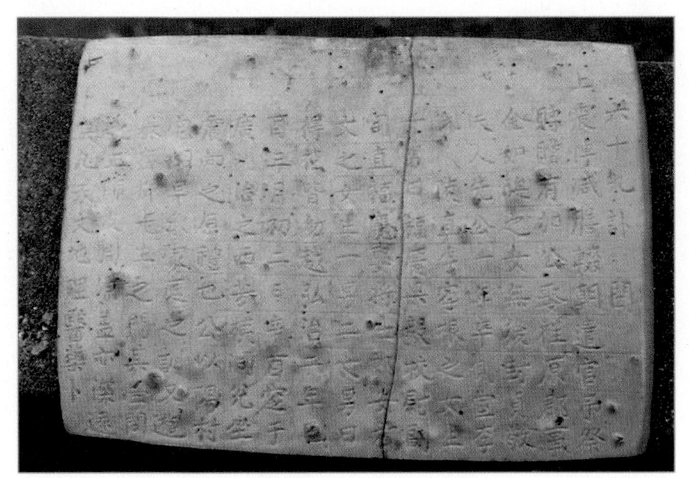

서거정(徐居正) 선생의 지석(誌石)

(弘文館 · 藝文館)의 대제학 다 지내고 육조판서에 대사간, 대사헌까지 두루 거친 사람은 서거정이 처음이었다고 한다.

이처럼 벼슬자리를 涉獵(섭렵)할 수 있었던 것은 세월도 좋았거니와 그의 탁월한 문재가 세상에 드러날 기회가 많이 있었던 때문이기도 하였다. 즉 당대 동양세계의 중심이었던 중국과의 교류에서 四佳亭(사가정)은 때로는 謝恩使(사은사)로, 때로는 遠接使(원접사)로 명나라에 가거나 명나라에서 오는 사신을 맞아 接賓(접빈)할 때에 붓을 휘두르기를 물 흐르듯이 하여 그의 文名이 나라 안에서보다 中原에서 더 錚錚(쟁쟁)하였다.

당연히 나라 안에서 편찬된 『經國大典(경국대전)』, 『東國通鑑(동국통감)』, 『三國史節要(삼국사절요)』, 『新撰東國與地勝覽(신찬동국여지승람)』 같은 책은 모두 그의 손길을 거치게 되었고, 스스로는 『東文選(동문선)』, 『東人詩話(동인시화)』, 『太平閑話滑稽傳(태평한화골계전)』,

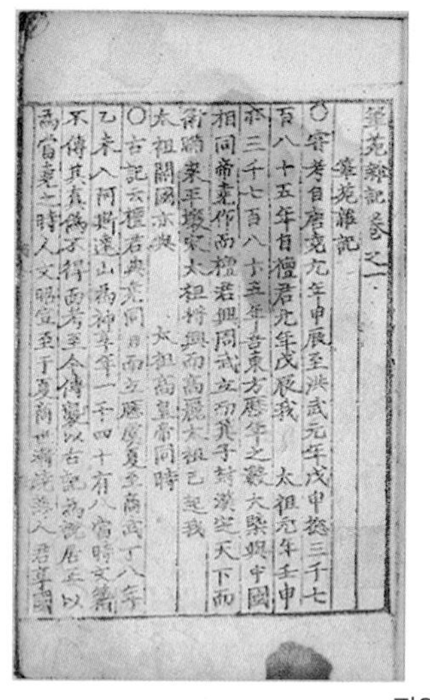

筆苑雜記卷之一
筆苑雜記
○審考自唐堯元年甲辰至洪武元年戊申摠三千七
百八十五年自檀君元年戊辰我 太祖元年壬申
亦三千七百八十五年吾東方歷年之數大槩與中國
相同帝堯作而檀君興周武立而箕子封漢定天下而
衛滿來平壤宋太祖將興而高麗太祖已起我
太祖開國亦與 大明高皇帝同時
○古記云檀君與堯同日而立歷虞夏至商武丁八年
乙未入阿斯達山爲神享年一千四十有八當時文籍
不傳其眞僞不得而考至今傳襲以古記爲說居正以
爲當堯之時人文肇宜至于夏商世漸澆薄人君享國

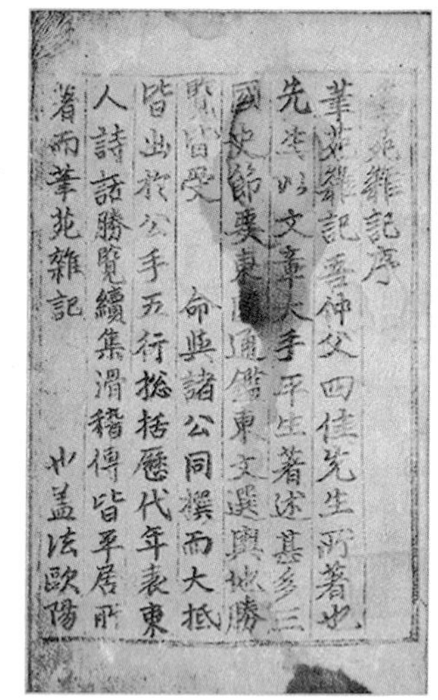

筆苑雜記序
筆苑雜記吾仲父四佳先生所著也
先生以文章大手平生著述甚多三
國史節要東國通鑑東文選輿地勝
覽皆受 命與諸公同撰而大抵
皆出於公手五行摠括歷代年表東
人詩話勝覽續集滑稽傳皆平居所
著而筆苑雜記 也盖法歐陽

필원잡기

『筆苑雜記(필원잡기)』 같은 책을 엮었는데 그중에서도 詩話(시화), 閑話(한화), 雜記(잡기) 등은 도학의 울타리를 과감하게 헤쳐버리고 인생을 폭넓게 관조하며 세태풍정을 있는 그대로 描破(묘파)하여 우리나라 설화문학과 수필문학의 萬華鏡(만화경)을 연출하는 巨峰(거봉)이 되었다.

다음 글은 『筆苑雜記(필원잡기)』에서 뽑은 것이다.

〖필원잡기〗

● 吳(오)씨 성을 가진 벼슬아치가 賂物(뇌물)을 받은 죄를 지어 죽게 되었는데, 심문하는 관청에서 세 번씩이나 임금님께 覆啓(복계)하어 심사를 거쳤으나 시형판결이 확정되어 다음 날로 처형을 받게 되

었다. (일이 이 지경에 이르자) 그의 아내 許(허)씨가 은밀한 계획을 마련하였다. 즉 한 사내종에게 명하여 부인의 옷을 입히고 모자로 머리를 감싸서 (변장을 시켜 가지고) 獄吏(옥리)에게 가서 "죄인 오 아무개의 아내, 허 아무개입니다. 저의 지아비가 내일이면 형장에 나아가 죽게 되었다는 소식을 듣고 왔사오니 원컨대 한 번 만나 영이별을 나누게 하여 주십시오." 이렇게 말하였다. 옥리가 (이 말을 듣고) 불쌍한 생각이 들어 (면회를) 허락하였다. 그러자 (그 종과 죄인은) 한쪽 으슥한 구석으로 가서 흐느껴 울면서 부부가 영이별하는 장면을 연출하였다. (그러면서) 그 종은 미리 준비해간 칼과 톱으로 손에 잡히는 대로 수갑과 족쇄를 끊어 자기 몸에 두르고 재빨리 여자의 옷을 주인에게 입혔다. (그 주인은) 옥문을 밀치며 나와 아뢰기를 "허씨는 면회를 마치고 떠납니다." 이렇게 인사를 하고 물러 나와 바깥에 별도로 준비해 두었던 駿馬(준마)를 타고 곧바로 도망하였다. 얼마 후에 獄卒(옥졸)이 들어와 보니(옥에 들어있는 사람은) 죄인이 아니라 그 종이었다. 뒤 미쳐 따라가 잡으려 하였으나 잡을 수 없었다. (이 사건의 전말을 들은) 세종대왕은 그 종의 행동을 의롭게 여겨 죄를 赦免(사면)하였다.

● 사간원은 諫諍(간쟁)업무만을 전담하고, 다른 訴訟(소송) 사건이나 刑獄(형옥) 관련 업무는 맡지 않았으므로 매일같이 술 마시는 것을 업으로 하였다. 趙碩磵(조석간)의 시에 "한 잔, 한 잔, 또 한 잔, 대사간은 봄바람 앞에 취해 쓰러졌구나."라고 한 것은 바로 이러한 사간원의 풍경을 묘사한 것이다.

사간원의 옛날 일이다. 入直(입직)한 관원이 잠자리에서 일어나기도 전에 사간원의 胥吏(서리)가 창밖에 와서 큰 소리로 "椽吏(연리)가

拜謁(배알)합니다." 이렇게 외치면 그제야 잠자리에서 일어나 관대를 갖추어 자리에 앉는다. 그러면 서리들이 油密果(유밀과) 상을 바쳤는데 상에 차린 음식이 지극히 풍성하고 정결하였다. 거위 알 크기만 한 큰 잔으로 서너 잔을 마시고 나서야 그쳤다. 전원이 참석하는 날에도 역시 과일 상을 차리고 종일토록 즐겨 마셨고 이러한 일은 매우 자주 있었다.

내가 대사간에 임명되었을 때에는 과일 상을 차려 내오는 일은 이미 없앤 뒤인데 연리들이 배알하는 일은 옛날과 같았다. 또 薇垣禊飮會(미원계음회)라는 것이 있어서 선비들이 모두 이것을 부러워하였다.

사헌부는 모든 관원들의 잘 잘못을 검찰하는 일을 하였으므로 그 업무가 몹시 번거롭고 복잡하였다. 또한 모든 사무는 한결같이 엄정하고 조심스럽고 투명하였다. 그런데 사헌부 안의 예절 법도는 매우 특이하여 다른 관청과는 같지 않았는데, 가령 茶時(다시)와 齊坐(제좌)의 예절 법도가 아주 특이하였다. 執義(집의)가 출입할 때에는 사헌부의 서리가 옆에서 부축하고 다녔는데 이것은 고려 때부터 늙은 집의에게 베풀던 옛날 관행을 그대로 이어받은 것이다. 내가 두 번째 대사헌이 되었을 때, 예절과 법도 가운데 사소한 절차는 모두 생략하였다. 그러나 지금까지 없애지 않은 것은 사헌부 관헌이 퇴근하려고 하면 서리 한 사람이 허리를 굽혀 엎드리어 "申時(신시)요."라고 크게 세 번 외치고, 조금 있다가 "都廳封櫃(도청봉궤) 臺長可出(대장가출)〔사무실의 모든 서류함을 봉하였으니 사헌부 관원은 퇴근하셔도 좋습니다.〕" 이렇게 또 외치면 그때부터 대사헌 이하 관원이 차례로 퇴근하는 것이다.

혹 금주령이 내렸을 때에는 사헌부의 관원들은 술을 마시지 못하지만 사간원의 관원들은 전과 다름없이 즐겨 마셨다. 사간원의 관원은 붉은 옷을 입고 행렬을 지어 나아갔고, 사헌부의 관원은 검은 옷을 입고 행렬을 지어 나아갔다. 언젠가 금주령이 내렸을 때에 붉은 옷을 입은 사간원의 관원이 크게 취하여 검은 옷을 입은 사헌부 관원을 놀리며 "우리들은 허구한 날 크게 취하여 낯이 붉으므로 옷도 붉은 옷을 입었고, 자네들 같은 사헌부 관원들은 스산하고 쓸쓸하여 술을 마시지 않으니 낯빛이 검으스레한지라 자네들 옷도 그렇게 검은가 보이." 이렇게 말하였다. 듣는 사람들이 모두 웃었다.

이처럼 국초 군왕의 덕행과 유명인사들의 언행 등 閭巷(여항)에 떠도는 이야기를 꾸밈없이 서술한 책이 『筆苑雜記(필원잡기)』인데 흥미는 있으나 전거가 확실치 않아 사실 여부를 논증할 수는 없다. 그러나 거짓으로 꾸민 이야기가 아닌 것만은 분명하니 오늘날의 관점에서 보면 수필문학의 특이계보로 삼을 수도 있고 풍속지의 일종으로 삼을 수도 있겠다. 또한 명문이란 근엄하고 심각한 내용만 다루는 것이 아님을 보여주는 사례로 보아도 좋을 것이다.

서거정 선생을 기념하는 사가정 공원

※ 賜暇讀書(사가독서)란 무엇인가?

조선시대에 재능있는 문신 학자들에게 휴가를 주어 학문에 전념하게 하였던 제도로서, 세종 2년(1420)에 집현전 학사들 가운데 재능이 특출한 이에게 특별과제를 주어 집중 연구하게 한 것에서 비롯하였다. 그 후 사육신 사건으로 세조 때에 집현전이 폐지되면서 없어졌다가 성종 24년(1493)에 부활되어 홍문관의 학자들 가운데 재조있는 인물을 가려 뽑아 독서하게 하였다. 정조 때 규장각이 설립되면서 완전 폐지되었다. 독서 기간은 대개 1개월에서 3개월이었으나 장기간의 혜택을 받는 경우도 있었고, 이러한 특은을 받은 학자를 賜暇文臣(사가문신)이라 하여 예우하였다.

〖筆苑雜記〗

朝官姓吳者坐贓當死, 讞部三覆啓已判 明日當刑. 妻許氏出祕計 命一奴服婦人服 以帽裹頭 詣獄吏告, "罪人吳某之妻許某 聞良人明當就戮 願一相訣." 獄吏哀而許之. 就一隙地 哭泣爲夫婦永訣之狀. 奴預携刀鉅 隨手截去鎖杻 轉加身上 尋以室人服加主人 擠出獄門曰 "許氏告別" 辭去. 別置駿馬於外旋卽騎走. 有頃獄卒入視 非罪人乃奴也, 追捕不及. 世宗義其奴免之.

諫院職諫諍 無他聽訟折獄之事 日以飮酒爲事, 趙磌磵詩曰“一杯一杯復一杯 大諫醉倒春風前”正謂此也. 院中故事 入直官未起寢 院吏隔窓 呼曰“椽吏拜謁”已起寢具冠帶而坐 吏輩擧油蜜果案進呈 饌品亦極豐潔以鵝卵大杯 行數巡而止. 齊坐日亦設果案 歡飮終日 如此等事甚多. 予拜諫大夫 果案等事已廢 椽吏拜謁如舊又有薇垣稧飮會 儒士皆慕之.

憲府糾察百官公務繁劇 凡事務皆嚴正愼肅然. 臺中禮度頗有殊異 與他司不同 曰茶時 曰齊坐 禮度各異. 執義出入 臺吏挾腋而行 襲前朝老執義故事也. 予再爲大司憲 禮度小小節次 頗裁抑之, 然至今未罷者 臺長將罷仕 臺吏一人 俯伏大叫曰‘申時’者三 小頃又呼曰“都廳封櫃臺長可出”然後臺長以次出. 若値禁酒, 臺官不飮 諫官歡飮自若.

諫官以朱衣爲前驅 臺官以烏衣爲前駈 嘗於禁酒時朱衣大醉詆烏衣曰“我則日月沈醉面朱 故衣亦朱 汝則如汝臺官 酸冷不飮酒 面長有黑色 故衣亦烏”聞者皆笑.

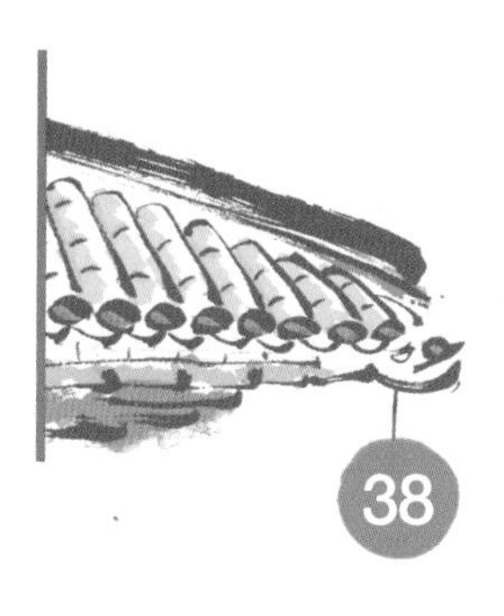

강희맹 도자설
姜希孟의 盜子說

私淑齋(사숙재) 姜希孟(강희맹, 1424 세종 6~1483 성종 14)은 15세기 중반, 세조~성종 치세기간에 활동한 문신이다. 字(자)는 景醇(경순)이요, 晋州人(진주인)으로 知敎寧府事(지돈령부사) 碩德(석덕)의 아들이다. 그의 형 希顔(희안)과 더불어 문재를 드날렸다. 성품이 총명하고 슬기로우며 博覽强記(박람강기)의 독서꾼이었다고 전한다. 24세 때(세종 29년) 별시문과에 급제하여 宗簿寺(종부사) 主簿(주부, 종6품)로 벼슬살이를 시작하여 吏曹佐郞(이조좌랑), 集賢殿直提學(집현전직제학), 兵曹正郞(병조정랑), 吏禮曹參議(이예조참의), 禮曹參判(예조참판) 등을 거쳐 禮曹判書(예조판서)에 올랐다.

일찍이 세조가 여러 신하들의 특징을 지적하여 말하기를 "내게 제일 가는 신하 세 사람이 있는데 韓繼禧(한계희)는 미묘함이 제일이고, 盧思愼(노사신)은 활달함이 제일이고, 姜希孟(강희맹)은 강직함과

강희맹(姜希孟) 선생의 독조도(獨釣圖) 〈일본 동경국립박물관〉

명석함이 제일이다."라고 말한 적이 있다. 이러한 인물평을 받은 것으로 보아 사숙재는 글재주로도 우아함과 정밀함이 당대의 제일이요, 관로의 처세와 충군의 보신에도 따를 자가 없었던 듯하다. 그가 30세 되던 해(단종 1년) 수양대군은 왕권확립의 첫 단계로 癸酉靖難

(계유정란)을 일으켜 金宗瑞(김종서), 皇甫仁(황보인) 등을 刺殺(자살)하고 安平大君(안평대군) 부자를 강화도에 유배시키는 대정변이 있었다. 그러나 사숙재는 이러한 소용돌이에서는 멀리 피해 있었고 수양이 임금의 자리에 나아가자 성심을 다하여 보필하였다.

세조가 병환에 걸리자 사숙재는 입시하여 밤낮을 떠나지 않았다. 임금이 患候快差(환후쾌차)한 뒤에 그 정성에 감복하여 총애하는 마음으로 여러 번 하사품을 보냈는데 犀帶(서대)를 내린 적도 있었다. 그 후 얼마 안 되어 형조판서에 제수되었다.

이러한 행적으로 보아 한쪽에서는 그를 꺼리는 이들도 있었던 듯하다. 성종대에 이르러 임금의 신임이 더욱 더하여 여러 차례 判敦寧(판돈령)을 거쳐 左贊成(좌찬성)에 이르렀다.

붓을 잡기가 무섭게 일편의 문장이 이루어졌다 하는데 다음 글을 읽으면 과연 그랬겠다는 느낌을 갖게 한다.

〖어느 도둑의 아들〗

● 백성 중에 도둑질을 생업으로 하는 자가 있었는데 그가 제 아들에게 자기의 도둑질하는 기술을 몽땅 전수하였습니다. 그러자 그 아들이 또한 자기 재주를 믿고 스스로 자기가 아버지보다 훨씬 재주가 낫다고 생각하였습니다. 언제나 도둑질을 나가면 아들 도둑놈은 반드시 먼저 들어가고 나중에 나왔고 가벼운 것은 버리고 무거운 것만 들고 나왔으며 귀의 청력은 먼 데 소리도 들을 수 있고 눈의 시력은 어두운 곳도 잘 살필 수 있었기 때문에 뭇 도둑들이 부러워하는 바가

되었습니다.

어느 날 그 아들놈은 제 아비에게 자랑하며 말했습니다. "제가 아버지의 기술보다 못할 것이 없습니다. 오히려 힘세고 용감하기가 더 낫습니다. 그러니 앞으로는 무엇을 못할까 두려워하겠습니까?"

아비 도둑이 그 말에 대답하였습니다.

"아니다. 슬기라는 것은 배움만으로 성취할 수 있는 게 아니니라. 스스로 터득할 때라야 넉넉하게 되는 법이다. 너는 아직 멀었느니."

아들 도둑이 응수했습니다.

"도둑이 나아가는 길은 재물을 얻는 것을 최우선으로 합니다. 그런데 저는 아버지보다 항상 재물을 갑절이나 얻어냅니다. 게다가 저는 아직 나이도 어리니 아버지의 나이가 된다면 분명 더 큰 재주를 지니게 될 것입니다."

다시 아비 도둑이 대답했습니다.

"아니다. 내가 기술을 발휘하면 겹겹으로 닫친 성벽도 들어갈 수 있고 은밀하게 숨겨둔 물건도 찾아낼 수 있단다. 그러나 한번 어긋나는 일이 생기면 災殃(재앙)과 狼狽(낭패)가 따르는 게야. 가령 흔적도 남기지 않고 물건을 훔쳐낸다거나 위급한 처지에서 기지를 발휘하여 거리낌 없이 행동하는 것은 스스로 터득해낸 것이 없다면 할 수 없는 게야. 너는 아직 멀었다."

그렇지만 아들도둑은 그 말을 들은 척도 하지 않았습니다.

• 그러자 아비 도둑은 그 다음날 밤에 아들과 함께 어느 부잣집을 털기로 하고 그 집에 당도하였습니다. 그리고 보물을 갈무리한 곳으로 아들을 들어가게 하니 아들 도둑은 신나게 보물을 거두고 있었습니다. (그때에) 아비 도둑은 슬그머니 창고문의 자물쇠를 잠그고 소

리를 내어 주인이 듣게 하였습니다. 그 집 주인이 도둑을 쫓으려 달려와 보니 자물쇠가 그대로 잠겨 있는지라 주인은 그냥 안으로 들어갔습니다. 아들 도둑은 (꼼짝없이) 창고 속에 갇혀 도무지 빠져나올 방도가 없는지라 손톱으로 벽을 긁어 늙은 쥐가 무엇인가를 갉아먹는 소리를 내었습니다. 그러자 주인은 "쥐새끼가 창고 속에 있어 재물을 헐뜯고 있으니 내쫓지 않을 수 없구나."하고는 등불을 밝혀 자물쇠를 연 다음 자세히 살피려 하였습니다. 그때에 아들 도둑이 튀어나와 도망을 치기 시작했습니다. 주인집 사람들이 그 뒤를 쫓아오니 이 아들 도둑은 잡힐 수밖에 없겠다는 생각이 들자 연못을 빙빙 돌면서 달아나다가 물속에 돌을 던졌습니다. 뒤쫓던 사람들은 "도둑놈이 물속으로 들어갔다." 하면서 (연못을) 에워싸고 막고 뒤지며 잡으려 하였습니다.

● 그 틈을 타 아들 도둑은 도망쳐 돌아와서는 그 아비를 원망하며 말했습니다. "천하에 새 짐승도 제 자식은 감쌀 줄을 안다 하는데 (제가) 무슨 잘못을 하였기에 이처럼 서로 엇나가기를 하십니까?"

아비 도둑이 말했습니다.

"(얘야) 이제 오늘 이후로는 네가 천하를 홀로 휘젓겠구나. 무릇 사람의 재주라는 것은 다른 사람에게 배운다면 그 한계가 있는 법이지만 스스로 마음에 깨달아 얻는다면 그것은 응용이 무궁한 법이니라. 하물며 곤궁하고 답답하기 그지없는 상황은 능히 사람의 의지를 굳게 하고 또 사람의 심성을 성숙하게 하지 않겠느냐. 내가 너를 곤궁한 처지로 몰아넣은 까닭은 너를 편안하게 하려는 것이요, 내가 너를 위험에 빠뜨린 까닭은 너를 건져내려 한 것이니라. 창고 안에 들어가서 쫓기는 환란을 겪지 않았다면 네가 어떻게 쥐 갉아먹는 소리를 내고 돌을 던지는 기발한 착상을 할 수 있었겠느냐. 네가 곤궁함으로 말미암아 꾀를 낼 수 있었고 위급한 상황에서 놀라운 생각을 하였으니 마음 바탕이 한번 열리면 다시는 어리석음에 빠지지 않을 터인즉 너는 이제 마땅히 천하를 홀로 휘저을 것이니라."

과연 그 후로 천하에 그 아들 도둑을 맞상대할 자가 없었다고 합니다.

● 굳이 말한다면 도둑질은 못된 재주라 할 것입니다. 그렇기는 하지만 그런 재주도 반드시 스스로 그 재간을 터득한 뒤에야 천하에 상대할 자가 없게 되는 법입니다. 그런데 하물며 도덕과 공명을 쌓는 선비, 군자의 일이겠습니까? 집안 대대로 높은 벼슬을 한 집의 자손들은 仁義(인의)의 아름다움과 학문의 유익함을 알지 못하고, 제 몸이 높은 지위에 올라 영화를 누리면 망령되이 앞선 시대의 위인 열사에 맞서서 지난날의 업적을 깔아뭉개는 수가 있습니다. 이것이야말로 저 아들 도둑이 아비 도둑에게 뽐내며 으스대던 때와 같다 할 것입니다.

● 만약에 높은 자리를 사양하고 낮은 자리에 있으며, 거드럭대며 잘난 체하기를 삼가고 맑고 담박한 것을 사랑하며, 몸을 굽혀 배움에 뜻을 두고 性理(성리)에 깊이 몰두하며 세상 유행에 휩쓸리지 않는다면 아마도 세상 사람들과 나란히 맞설 수 있고 공명도 뒤따를 것입니다. 나라에서 부르면 나아가고 안 부르면 조용히 숨어 살며 행동함에 자연스러움만 있다면 이것이야말로 저 아들 도둑이 곤궁함으로 말미암아 꾀를 냄으로써 마침내 천하를 홀로 휘젓는 것과 같다 할 것입니다.

여러분도 이와 비슷하지 않겠습니까? 창고에 갇혀 쫓기는 어려움을 두려워하지 마십시오. 생각하고 생각하여 마음속 깊이 깨닫는 바가 있어야 할 것입니다.

가볍게 생각하지 마십시오.

옛날 문장론에 의하면 '說(설)' 이란 論(논)의 하위범주로 議(의)·說(설)·傳(전)·注(주)·贊(찬)·評(평)·序(서)·引(인) 가운데 한 부류에 속한다. 그러므로 한편으로는 성인의 가르침인 經(경)을 祖述(조술)하는 자세를 갖추고 다른 한편으로는 세상 사람들에게 滋味(자미)와 희열을 선사하는 문식을 찾는다. 다시 말해서 悅(열)이요, 說(설)이다. 그 悅(열)에 資(자)하는 방편으로 直敍(직서)를 피하여 우화를 비유로 원용하기도 한다.

윗글 사숙재의 盜子說(도자설)이 바로 그러하다. 자고로 도둑의 일이란 만천하에 기휘하는 일이건만 그 재조를 풍자하여 군자의 나아갈 길을 설파하고 있으니 진정으로 옛글의 묘미가 새삼스럽게 신선하다. 우리는 무엇으로 천하를 독보할 것인가!

〖盜子說〗

●民有業盜者 教其子盡其術, 盜子亦負其才 自以爲勝父遠甚. 每行盜 盜子必先入而後出 舍輕而取重 耳能聽遠 目能察暗 爲群盜譽. 誇於父曰 "吾無爽於老子之術 而强壯過之 以此而往 何憂不濟." 盜曰 "未也 智窮於學成 而裕於自得 汝猶未也" 盜子曰 "盜之道 以得財爲功 吾於老子功常倍之 且吾年尙少 得及老子之年 當有別樣手段矣." 盜曰 "未也 行吾術 重城可入 秘藏可探也 然一有蹉跌 禍敗隨之 若夫無形跡之可尋 應變機而不括 則非有所自得者 不能也 汝猶未也." 盜子猶未之念聞.

●盜後夜與其子 至一富家. 令子入寶藏中 盜子耽取寶物 盜闔户下鑰 攬使主聞 主家逐盜返視 鎖鑰猶故也 主還內. 盜子在藏中 無計得出 以爪搔爬 作老鼠噬嗑之聲. 主云 "鼠在藏中損物 不可不去." 張燈解鑰 將視之, 盜子脫走 主家共逐 盜子窘度不能免 繞池而走 投石於水. 逐者云 "盜入水中矣." 遮躝尋捕.

●盜子由是得脫歸 怨其父曰 "禽獸猶知庇子息 何所負 相軋乃爾." 盜曰 "而後乃今 汝當獨步天下矣, 凡人

之技 學於人者 其分有限 得於心者 其應無窮 而況困窮咈鬱 能堅人之志而熟人之仁者乎. 吾所以窘汝者 乃所以安汝也. 吾所以陷汝者 乃所以拯汝也. 不有入藏迫逐之患 汝安能出鼠嗑投石之奇乎. 汝因困而成智 臨變而出奇 心源一開 不復更迷 汝當獨步天下矣." 後果爲天下難當賊.

●夫盜賊惡之術也. 猶必自得 然後乃能無敵於天下 而況士君子之於道德功名者乎 簪纓世祿之裔 不知仁義之美 學問之益 身已顯榮 妄謂能抗前烈而軼舊業 此正盜子誇父之時也.

●若能辭尊居卑 謝豪縱 愛淡薄 折節志學 潛心性理 不爲習俗所搖奪 則可以齊於人 可以取功名. 用舍行藏無適不然 此正盜子因困成智 終能獨步天下者也. 汝亦近乎是也 毋憚在藏迫逐之患 思有以自得於心可也. 毋忽.

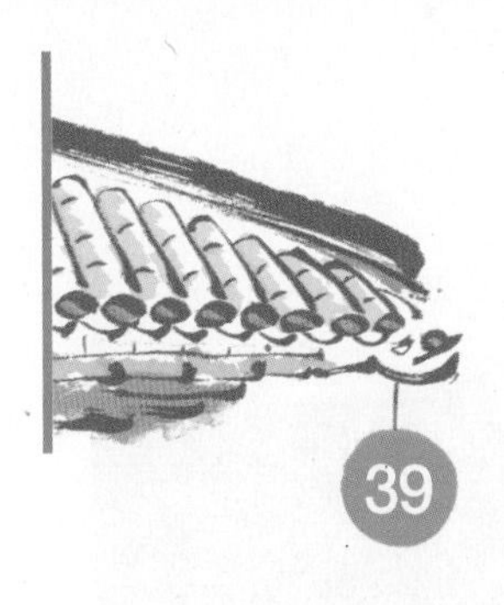

39

김종직 답남추강서
金宗直의 答南秋江書

의리와 충효가 이념이요 생명이던 시절, 정통성을 잃은 왕권이 한번 득세하면, 그 이념적 충효는 가치전도를 일으키고, 충신과 逆賊(역적)이 뒤바뀌며 피비린내 풍기는 보복과 殺戮(살육)이 한바탕 지나가곤 하였다. 어쩌다 한 생애를 평화롭게 영달하고 考終命(고종명)을 마쳤다 하더라도 몇 해가 흐르고 상황이 바뀌면 剖棺斬屍(부관참시)의 비운이 기다리는 수도 있었다. 조선왕조에서 그러한 영화와 비극을 아울러 맞은 첫 번째 선비가 누구이던가? 佔畢齋(점필재) 金宗直(김종직, 1431 세종 13~1492 성종 23)이 바로 그분이다.

佔畢齋(점필재)는 조선왕조의 醇正(순정)한 양심세력이며 정통사림의 핵심인물이라고 스스로 자처하는 선비였다. 그의 아버지 叔滋(숙자)는 여말의 은사 冶隱(야은) 吉再(길재)가 선산에 낙향하였을 때, 야은의 훈도를 받은 제자였는데 그가 아들 점필재 종직을 가르쳤기

경남 밀양의 김종직 선생 생가 터에 세운 선생 상

때문이었다. 점필재는 조선전기의 도학이 포은 정몽주에서 야은 길재에게로, 그것이 다시 선친 叔滋(숙자)를 거쳐 자기 자신에게 내려왔다 하여 스스로 嶺南士林(영남사림)의 중심임을 자부하였다. 易姓革命(역성혁명)에 동조하지 않았으니 순정한 양심세력이며, 초야에 묻혀 누대에 걸쳐 학문에만 전념하였으니 정통 士林(사림)의 핵심이라고 자부할 만하였다.

이러한 金宗直(김종직)이 세조 5년, 29세 때에 식년문과에 급제하고 그 이듬해 사기독서의 특은을 입으며 벼슬살이에 나아갔다. 학문과 문장이 뛰어나 성종대왕의 특별한 寵愛(총애)를 받았고, 都承旨(도승지) · 吏曹參判(이조참판) · 同知經筵事(동지경연사) · 漢城府尹(한성부윤) · 刑曹判書(형조판서) · 知中樞府事(지중추부사)에 이르는 관작을 누리며 자타가 공인하는 영남학파의 조종 노릇을 하였다. 따라서 그의 문하에 金宏弼(김굉필)·金馹孫(김일손)·鄭如昌(정여창)·南孝溫(남효온) 같은 이들을 기르고, 또 그들을 환로에 진출시킬 수 있었다. 물론 벼슬살이하는 동안 기득권 세력인 勳舊派(훈구파) 관료들과는 어쩔 수 없는 반목과 대립을 겪어야만 하였으나, 그래도 62세로 천수를 누리며 일단 세상을 곱게 마쳤다.

그러나 그의 사후 7년째 되던 戊午年(무오년, 1498, 연산군 4)에 그가 소싯적에 지은 「弔義帝文(조의제문)」이 세상에 알려지면서 그는 연산군의 학정에 犧牲(희생)되어 剖棺斬屍(부관참시)의 욕을 당하고 문집은 소각되었으며 그의 문인들도 갖가지 참화를 입었다. 이것을 역사에서 戊午士禍(무오사화)라 이른다. 그리고 다시 세월이 흘러 점필재는 영남사림의 으뜸 스승으로 추앙받으며 密陽(밀양)·善山(선산)·咸陽(함양) 등 각지의 서원에 제향되고 文忠(문충)이란 시호로 추모되고 있다.

다음은 이러한 비운의 주인공 점필재가 그의 제자 秋江(추강) 南孝溫(남효온)에게 보낸 安否書札(안부서찰)이다. 사제간의 간절한 애정이 500여 년을 뛰어넘은 오늘날에도 자구마다 점점이 묻어 나온다.

〚南(남) 秋江(추강)에게 회답한 글〛

秋江(추강) 足下(족하)여. 내가 호남에서 [전라도 관찰사를 지내고] 서울로 돌아온 지 어느덧 반년이 되었는데 우리 추강의 문안 소식이

한 번도 오지 않으니 이상하게 생각하였소. 내 스스로 짐작하기를 추강이 지난 해에 호남과 영남지역을 두루 유람하며 진한과 변한의 유적을 남김없이 답사하였으니 이제는 그 사람이 틀림없이 철령 이북이거나 혹은 패강 서쪽에 있으리라, 그리하여 두만강을 거슬러 오르며 물길 읍루의 옛터를 바라보고, 마자수[압록강]에 배를 대놓고 국내성과 환도성 지역을 탐방하면서 이리저리 돌아다니며 머무느라 돌아오지 못하는 것 아니겠는가? 어쩌면 이토록 그림자도 없이 소식이 끊기다니 이것은 너무 심하지 않은가?(이렇게 생각하였소.)

오늘 새벽에 문득 문을 두드리는 소리가 나더니 정갈한 편지 한 통을 받았는데, 그 단정하고 반듯함이 재상 집안에 바치는 것 같았다오. 뜯어보니 그것은 우리 추강의 편지가 아니었겠소? 아하 추강은 어찌 나를 대하는 것이 이처럼 박절하단 말이오. 나의 늙고 쇠약함이 날로 심하여 이제 체면치레 따위는 따지지 않은 지 오래되었는데 어찌 군자로서 허욕을 부리는 행동을 하겠소. 그대가 自述挽歌〔자술만가, 자기 죽음을 스스로 조상하는 輓章(만장)〕 네 편을 지어서 편지의 왼쪽에 적어 놓은 것을 두 번 세 번 읽고 나서야 우리 추강이 멀리 유람한 것이 아니라 病을 앓았음을 알게 되었구려.

한탄스러운 것은 가을·겨울에 접어들면서 나도 병을 얻어 열흘에 아흐레는 누워 있으니 그대를 찾아가 이야기를 나누지 못하게 되었다오. 그대의 挽詞(만사)를 그윽이 감상해 보니 陶淵明(도연명)과 秦少游(진소유)의 뒷자리를 충분히 이을 만하구료. 그러나 이것으로 인하여 우리 추강이 더욱 오래 살리란 것을 넉넉히 알게 되었소. 저 두 분 연명과 少游(소유)의 挽歌(만가)는 모두 임종을 앞두고 지은 것이라 도연명의 것은 활달하고 진소유의 것은 애절함에 그칠 뿐, 다시 은근한 여운을 남기는 감칠맛이 없는데, 우리 추강은 이 세상을 살면서 여섯 번의 큰 액운을 깊이 상심한 듯 드디어는 "서른여섯 해 동안 줄곧 세상 물정의 시샘을 받았노라." 하였으니 이것은 그대가 스스로를 칭송함이 지나친 것 아니오? 또 이 세상을 간절히 잊지 못하는 생각이 있으니 이것이 어찌 아침이슬처럼 갑자기 먼저 죽어버릴 사람이겠소? 추강과 같은 사람은 질병이 비록 그 몸을 괴롭힌다고 하여도 그것이 어찌 수명을 좌우할 수 있겠소이까? 다만 그 "운명이 朝夕(조석)에 달렸다."고 한 말은 점치는 사람들의 헛소리에 지나지 않으니 추강이 마땅히 말할 바가 아닌 듯하구려.

내가 일찍이 들은 바로는, 옛날 사람들은 미리 자기가 들어갈 묘자리를 만들어 두는 일이 많았다 하오. 또 어떤 시골 노인들 가운데에는 스스로 관곽을 만들고 심지어는 염하는 데 쓰일 옷과 이불 등 일체의 물건 중에 갖추지 않은 것은 하나도 없게 준비해 놓고 늘 몸소 그 속에 누워 죽음을 기다리는 것을 본 적도 있소. 이것은 다만 미리 준비해둔다는 뜻만이 아니라 혹여 은근히 그가 오래 살기를 기원하는 방술을 쓰는 것이라고 조롱하는 이도 있는 것을 보았는데 이제 추강이

敎旨
金宗直爲京畿
兼兵馬水軍節
度使者
成化二十三年五月二十三日

김종직 선생을 경기병마수군 절도사로 임명하는 교지

짐짓 挽歌(만가)를 지은 것도 이와 같은 것 아니오? 허허 이 말은 농담이오.

봄철이라 따뜻한 기운이 화창하고 만물이 소생하는 때에 慈堂(자당) 어른을 위해서라도 삼가 몸 調攝(조섭)을 잘하시기 바라오. 이만 뒷말을 줄이오.

문체의 정중함은 23년 연하의 제자에게 분에 넘치는 예우를 하는 듯하다. 더구나 일신상의 안부가 궁금하였다고 하면서 그 제자가 고구려 옛터의 실지회복을 꿈꾸는 답사 여행을 한 것이 아니냐고 추측한 것은 우리 조상들이 틈만 있으면 북녘 잃은 땅에 대한 간절한 뜻이 가슴속에 응어리지어 있음을 드러내는 것 아니던가?

500년이 지난 오늘날에도 우리는 여전히 잠시 소식이 끊긴 친지가 吉林(길림), 遼寧(요녕), 白山(백산)을 여행하였다는 전갈을 받는다. 점필재의 상상이 지금껏 계속되고 있는 것이다.

〖答南秋江書〗

秋江足下, 僕自湖南還都下 幾及半載 而竊怪吾秋江之問一不至. 意以爲秋江 往歲遍遊湖嶺之外 辰弁二韓之遺蹟 搜討無餘, 今則其人 必在鐵嶺以北 或浿江以西, 溯豆漫而望勿吉挹婁之墟 艤馬訾而訪國內丸都之域, 彷徉底滯而不返爾, 不然 何其絶無影響至此極耶.

今晨剝啄 忽得淨箚端楷如授公孤之門者. 拆而觀之 乃吾秋江之書也. 噫 秋江何待僕之薄耶. 僕衰朽日甚 不修邊幅久矣. 何以當君子虛辱之儀耶. 自述挽歌四章 載其左方 讀之再三 然後始信秋江非遠遊也 乃病也.

所恨者 秋冬來, 僕亦病 一旬九臥 不得造求而晤語也. 姑翫其詞 足以嗣淵明少游之遺響矣. 然因是, 又足以知吾秋江年齡之不窮也. 彼二人之歌 皆臨絶之作 故陶則曠達 秦則哀楚而止耳, 更無紆餘不盡之味. 吾秋江則似傷其在世六厄而, 竟云三十六年間 長被物情猜. 其自讚也深矣. 且有拳拳不忘斯世之慮焉 是豈溘先朝露之人哉. 如秋江者 二豎雖能困苦其身焉 能操縱其壽天乎. 但其大數朝夕之說 近於談祿命, 恐非秋江之所宜道也.

僕嘗聞 古之人 多有豫作壽藏之兆者 又嘗見鄉中老人 自治棺槨 至其衣衾斂襲之物 無一不備 常常自臥其中 以迄沒齒. 此蓋非徒爲緩急之用, 或有哂其暗行祈禳之術者焉. 今秋江之擬挽 無乃類是耶. 斯言戲爾. 三之日 陽氣和煦 品彙昭蘇 所冀爲慈闈 愼自調攝. 不宣.

참고

弔義帝文(조의제문)은 어떤 글인가?

조의제문은 점필재가 벼슬길에 나아가기 전인 27세 때(1457 세조 3)에 여행 도중 객사에서 지은 글인데 그 첫머리는 다음과 같다.

丁丑年(정축년, 1456) 4월 어느 날 내가 밀양에서 京山(경산)으로 가다가 踏溪驛(답계역)에 이르러 하룻밤을 묵었는데, 꿈에 한 神人(신인)이 七章服(칠장복)을 입고 늠름하게 나타나 "나는 楚(초)나라 懷王(회왕) 孫心(손심)이요, 초패왕 항적(항우의 본명)에게 살해되어 郴江(침강)에 던져졌다오." 이렇게 말하고는 문득 사라져 보이지 않았다. 내가 놀라 깨어나 "회왕은 南楚(남초)의 사람이고 나는 東夷(동이)의 사람인지라 지역의 서로 떨어짐이 만여 리가 넘고 시간의 선후로 보아도 또한 천여 년의 차이가 있는데, 꿈속에 나타나 감응하다니 이것은 무슨 조짐이란 말인가? 또 역사책을 상고해 보아도 강에 사신을 던졌다는 기록이 없는데 어찌 항우가 다른 사람을 시켜 몰래 죽인 후, 그 시신을 강물에 던졌다고 하는가?" 이렇게 생각하였다. 이것은 참으로 알 수 없는 일이다. 그리하여 나는 마침내 글을 지어 그를 조상한다.

이렇게 시작된 조의제문은 누가 보아도 항우를 빙자하여 단종의 왕위를 簒奪(찬탈)한 세조를 은근히 비난하는 풍자의 글이었기 때문에, 그 글이 史草(사초)에서 발견되어 만천하에 공개되고 나서는 이미 죽은 지 7년이 지난 김종직으로서도 大逆不道(대역부도)의 죄명을 벗을 길이 없었다.

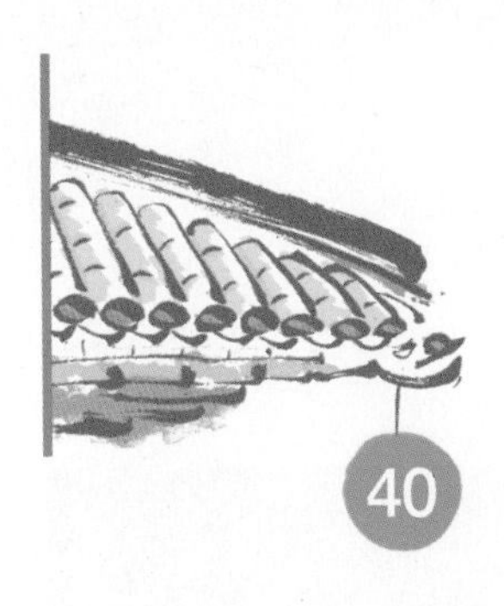

40

김시습 고금군자은현론

金時習의 古今君子隱顯論

평생토록 벼슬살이 한번 아니하고 초야에 묻혀 살면서 현달한 정승·판서들에게 욕이나 해대던 초라한 선비. 그 사람이 삶의 행적이 올곧았다 하여 죽은 지 290년이 지나 이조판서에 추증되었으니 그가 곧 梅月堂(매월당) 金時習(김시습, 1435~1493)이다. 그는 3살 때에 이미 시를 지었고 5살에 중용·대학에 능통하여 신동이라 일컬음을 들었다. 그러나 그가 21살 되던 해에 三角山(삼각산) 中興寺(중흥사)에서 공부하던 중 수양대군이 조카 단종을 몰아내고 임금의 자리에 나아갔다는 소식에 접하자 읽던 책을 불사르고 결연히 머리를 깎고 중이 되었다. 그 후로 조선팔도를 두루 유람하며 글을 짓기도 하고, 경주 금오산에 매월당이라 이름 붙인 초막을 짓고 들어앉아 우리나라 최초의 소설 금오신화를 쓰기도 하였다. 한때 환속하여 농사를 지은 적도 있으나, 그것도 잠시일 뿐, 세상에 나와 벼슬아치들을 만

김시습 선생 영정

나면 욕설이나 퍼부으며 미친 척을 하면서 雲水〔운수, 托鉢僧(탁발승)〕 노릇을 하였다. 그는 항상 "삭발을 하는 것은 세상을 피하자는 것이요, 수염을 남겨둔 것은 대장부임을 나타낸는 것!〔削髮避當世, 留鬚表丈夫〕"이라고 스스로 말하였다 하는데, 이 말처럼 그의 사상도 유교와 불교가 사이좋게 공존하는 모습을 보인다.

그럼에도 불구하고 매월당이 궁극적으로 이 세상에서 추구한 것은 치국평천하의 경륜을 펴는 선비, 그것이었다. 절간을 노닐며 미친 행세를 하고, 속된 인간을 만나면 조롱하기를 서슴지 않았으나 가슴 깊이 經世濟民(경세제민)의 꿈은 버리지 않았다. 「古今帝王國家興亡論(고금제왕국가흥망론)」, 「古今君子隱顯論(고금군자은현론)」, 「古今忠臣義士總論(고금충신의사총론)」, 「爲治必法三代論(위치필법삼대론)」 등은 모두 나라 경영의 이상을 논하고 있다. 다음에 古今君子隱顯論(고금군자은현론)을 읽어보자.

군자는 처신하기가 매우 어렵다. 이롭다하여 조급하게 나갈 수도 없고, 위태하다 하여 빨리 물러설 수도 없다. 공자께서 물에 일던 쌀을 건져가지고 가신 것은 구태여 빨리 가려던 것이 아니었고, "더디고 더디다, 나의 걸음이여"라고 말씀하신 것은 구태여 천천히 가고자 하신 것이 아니었다.

성현의 나가고 물러가는 것은 오직 의리가 온당한가 온당하지 아니한가와, 시대가 옳은가 옳지 않은가에 달려 있을 뿐이다.

伊尹(이윤)은 신야에서 농사짓던 한낱 늙은이로서 논두렁 속에 살면서 요순의 도를 즐겨 스스로 만족하였는데, 帝乙(제을)의 세 번 초빙을 받고, 그 옳은 것을 보고 나아가 保衡(보형)이 되었다.

傅說(부열)은 부암 들의 한낱 죄수로서 성을 쌓는 공사장에서 모서리에 세우는 나무 기둥을 붙잡는 것으로 평생을 즐기려 하였는데, 武丁(무정)의 꿈에 보여 널리 구함으로 때를 타서 나아가 冢宰(총재)가 되었다.

太公(태공)은 위수 가의 고기 잡는 일개 늙은이였다. 바야흐로 낚시를 맑은 위수에 던지고 있을 때는 잔디 위에 앉아 고기 낚는 것으로 장차 몸을 마칠 듯하였는데, 사냥 나온 西伯(서백)을 만나 생각이 합치고 뜻이 같아서 尙父(상부)가 되었으니 이 세 사람의 은퇴함은 어찌 몸만 깨끗이 하고 윤리 기강을 어지럽히려고 한 것이었으며, 그 顯達(현달)함은 이름을 팔아 이익을 얻으려고 한 것이겠는가! 쓸모있는 때를 기다려 서로 합하려고 하였을 뿐이다. (중략)

그러므로 선비의 가고 나아가고 숨고 벼슬하는 것은 반드시 그 의리가 마땅한가 마땅치 않은가와, 도를 행할 수 있는가 행할 수 없는가에 달려 있을 뿐이고, 반드시 버리고 간다 하여 어질고, 나아간다 하여 아첨이 되고, 은퇴한다 하여 고상하고, 벼슬을 한다 하여 구차스러운 것은 아니다. 그러므로 마땅히 버리고 가야 하는데 버리고 갔기 때문에 微子(미자)가 商紂(상주)를 버리고 갔으나 상나라를 배반하였다 말하지 않고, 마땅히 나아가야 하는데 나아갔기 때문에 伊尹(이윤)과 傅說(부열)이 은나라에 나아갔으나 뜻을 빼앗겼다 말하지 않고, 마땅히 숨어야 하는데, 숨었기 때문에 伯夷(백이) 叔齊(숙제)가 서산에 숨었으나 고상하다 말하지 않는다. (하략)

아마도 매월당은 죽는 날까지 세상에 나아갈 수 있는 명분을 찾고자 하였을 것이다. 그러나 매월당은 동시에 죽는 날까지 자신이 세상에 나아갈 기회와 계기는 찾아오지 않으리란 것도 알고 있었을 것이다. 아무리 깊은 산속에 숨어 산다 한들 어찌 세상을 잊을 수 있을 것인가! 이것이 조선시대에 올바른 비판의식을 지닌 선비들의 이율배반의 심정이었다.

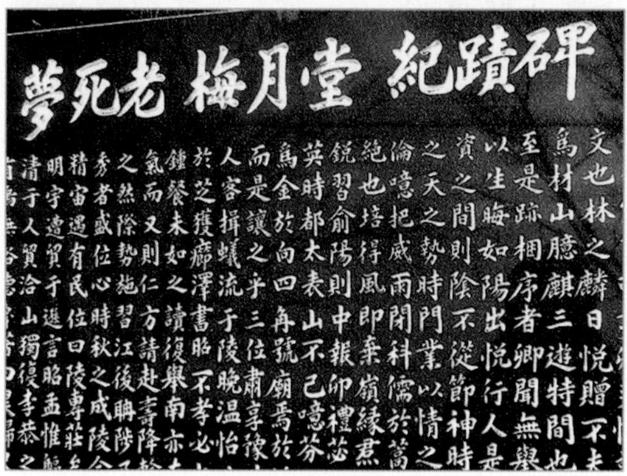

김시습 기념비

〔古今君子隱顯論〕

君子之處身 難矣哉 不可以利躁進 不可以危勇退 按淅而行 非强速也 遲遲吾行 非强緩也 聖賢之進退 惟在義之當否 時之可不可如何耳.

伊尹莘野一耕叟也 其處畎畝之中 樂堯舜之道 以爲自得焉 及其帝乙之三聘也 見可而進爲保衡

傅說傅岩之野一胥靡也 處版築操楨幹 樂以平生焉 及其武丁之夢 得而旁求也 乘時而出 而作冢宰

太公渭濱一釣叟也 方其投竿 清渭坐茅以漁 若將終身焉 及其逢西伯之獵也 計合志同以爲尙父

是三人者其隱也 豈欲潔身亂倫而已 其顯也 其欲市名沾利而爲之哉 特待其有爲之時 沕然相合故也(中略)

是故 士之去就隱顯 必先量其義之適與不適 道之可行與不行而已 不必去而賢就而諂 隱而高尙 顯而苟且也 故當去而去 微子去紂 不可言背商 當就而就 伊傅就殷 不可言奪志 當隱而隱 夷齊西山 不可言高(以下略)

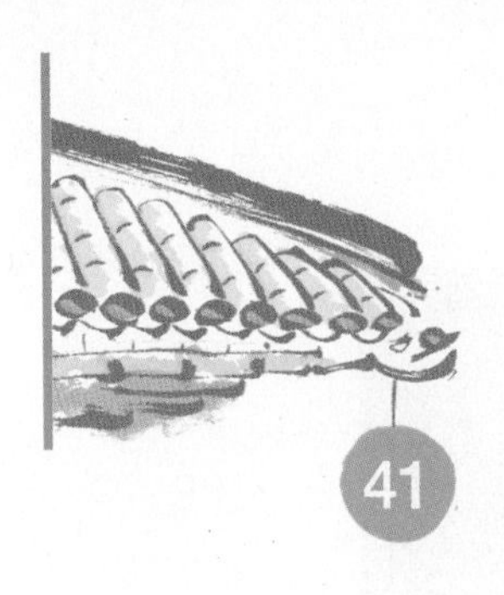

41

성현　용재총화
成俔의 慵齋叢話

세상에 이름을 남기는 일이 어찌 영웅호걸의 길에만 있다 할 것인가. 조용히 서재에 들어앉아 세태풍정을 있는 그대로 적어 놓는 일, 그래서 후세 사람들이 잊혀져가는 옛날을 돌이켜 볼 수 있게 한다면 그 또한 역사를 살고 만들며 역사의 증인이 되는 보람의 인생이 아닐 것인가.

조선조 초기의 선비 가운데 그러한 분이 있으니 그가 곧 慵齋 成俔(용재성현, 1439~1504)이다. 문과에 급제하여 벼슬살이를 하면서 直提學(직제학), 大司諫(대사간), 監司(감사), 判書(판서), 大提學(대제학) 등을 거쳤다는 것은 그에게 별로 중요한 일이 아니다. 정말로 중요한 것은, 그가 지은 樂學軌範(악학궤범)을 말하지 아니하고는 우리나라의 音樂史를 논의할 수 없다는 것이다. 그리고 무엇보다도 閑筆雜著(한필잡저)에 속하는 慵齋叢話(용재총화)를 언급하지 아니하고는

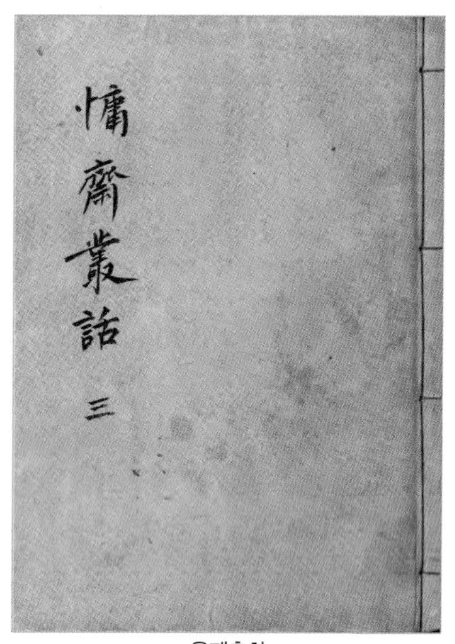

용재총화

당대의 인정세태를 눈앞의 그림처럼 살펴볼 수 없다는 사실이다.

일찍이 그가 대제학이던 시절에, 그가 관리 감독한 과거에서 급제한 黃俌(황필)은 용재총화에 대하여 다음과 같이 적고 있다.

"무릇 우리나라의 문장으로 세대에 따라 높고 낮은 것이며, 풍속의 변천이며, 음악, 글씨, 그림 등의 모든 예술이며, 조정이나 민간에서 기뻐할 만한 것, 즐기며 들을 수 있는 이야기, 슬픈 이야기, 또 웃음거리가 될 만하여 심신을 유쾌하게 할 수 있는 것으로서 국사에 실리지 않은 것이 모두 여기에 기록되었다."

다음에 소개하는 짧은 이야기는 역사적 인물이 백성들의 마음속에서 어떻게 신비스런 전설 속의 인물로 승화하는가를 보여주고 있다.

『고려 侍中(시중) 강감찬이 한양의 판관이 되었을 때에 마침 한양부 경내에 호랑이가 들끓어 관리와 백성들이 많이 물리니 府尹(부윤)이 걱정하였다. 이에 강감찬이 부윤에게 말하기를 "이것은 아주 쉬운 일입니다. 사나흘 말미를 주시면 제가 없애버리겠습니다." 하였다. 그리고는 종이에 글을 써서 첩을 만들어 아전에게 주면서 "내일 새벽에 북동에 가면 늙은 중이 바위 위에 앉아 있을 것이니 네가 불러서 데리고 오너라."라고 일렀다.

아전이 그 말대로 가 보니 과연 늙은 스님 한 분이 남루한 옷에 흰 베 두건을 두른 모습으로 새벽 서리를 무릅쓰고 바위 위에 앉아 있었다. 그 중은 府帖(부첩)을 보더니 순순히 아전을 따라와 판관에게 절하여 뵙고는 머리를 조아릴 뿐이었다.

강감찬이 그 중을 보고 꾸짖으며 말하기를 "너는 비록 禽獸(금수)이지만 또한 영물인데 어찌 사람을 해하는 것이 이와 같으냐. 내 너에게 닷새 말미를 줄 터이니 그 추한 무리를 거느리고 다른 곳으로 옮겨라. 그렇지 않으면 굳센 화살을 쏘아 모두 죽여버리겠다."라고 하였다.

그 중은 머리를 조아려 사죄하는데 부윤이 그것을 보고 크게 웃으며 말하기를 "판관은 참으로 딱하시오. 저 중이 어찌 호랑이란 말이오." 하였다. 그러자 강감찬은 중에게 "너는 본래의 형체로 바꾸어라."라고 명하니 그 중은 큰 소리로 포효하고는 한 마리 큰 호랑이로 변하여 난간과 기둥으로 뛰어오르니 그 소리가 몇 리 밖까지 울려 퍼졌다.

부윤은 혼절하여 땅바닥에 엎드렸다. 강감찬이 다시 이르기를 "그만 멈추어라" 하니 호랑이는 문득 그전 모습으로 돌아와 공손히 절하고는 물러갔다.

그 다음날, 부윤이 아전에게 동쪽 교외로 나가 살펴보라고 명하여, 나아가 살펴보니, 과연 늙은 호랑이가 앞서가고 수십 마리의 작은 호랑이가 그 뒤를 따라 강을 건너갔다. 이때부터 한성부에는 호랑이 근심이 없어졌다.

강감찬의 처음 이름은 殷川이요, 覆試(복시)에 장원 급제하여 벼슬이 수상에까지 이르렀다. 그러나 사람됨은 몸집이 작고 귀도 작았다. 한번은 매우 가난한 사람이 용모는 위엄이 있어 보였는데 그 사람에게 관대를 단정하게 하여 앞줄에 세우고 강감찬은 후줄근한 옷을 입혀 그 가난한 이의 아래에 서 있게 하였다. 송나라 사신이 가난한 이를 보고 “용모는 비록 품위가 있어 보이나 귀에 성곽이 없으니 필시 가난한 사람이구료”라고 말하고, 강감찬을 보고는 팔을 벌려 엎드려 절하면서 “簾貞星(염정성 : 28숙의 하나로 귀인을 표상함)이 오랫동안 중국에는 나타나지 않더니 이제 보니 동방에 계셨군요.”라고 감탄하였다.

고려 현종 년간 두 해에 걸쳐(1018~1019) 고려는 거란의 침공으로 크게 위태로웠었다. 그 첫 해에 강감찬 장군은 거란의 군대를 거느린 蕭排押(소배압)을 홍화진에서 크게 쳐부수었고, 그 다음 해 거란군이 제나라로 회군할 때에는 龜州(귀주)에서 다시 격파하여 큰 승리를 거두었다. 그리하여 강감찬 장군은 推忠協謀安國功臣(추충협모안국공신)의 칭호를 받으며 온 나라 백성들 사이에서 존경의 대상이 되었다.

이러한 백성들의 마음이 세월이 흐르면서 귀주대첩으로부터 400년이 흐른 시점, 즉 성현이 용재총화를 쓸 무렵에는 강감찬 장군이 한양의 호랑이 무리까지 마음대로 지휘하는 신령님으로 바뀌고 있다. 그 천진스런 이야기 속에 백성들의 진솔한 마음이 보인다.

高麗侍中 姜邯贊爲漢陽判官 時府境多虎 吏民多爲所噬府尹患之. 邯贊謂尹曰 "此甚易耳 待三四日 吾可除之." 書紙爲帖屬吏云 "明晨汝往北洞 當有老僧蹲踞石上 汝可招來." 吏如言而去 果有一老僧 衣襤褸白布巾 犯霜曉在石上 見府帖 隨吏而至 拜謁判官 叩頭而已. 邯贊刺僧曰 "汝雖禽獸 亦是有靈之物 何害人至此與汝約五日 其率醜類 徒于他境 不然彊弩勁矢盡殺乃已." 僧叩頭辭罪. 尹大噱曰 "判官誤耶 僧豈虎乎." 邯贊曰 "汝可化形" 僧咆哮一聲 化一大虎 仰攀欄楹 聲振數里 尹魄喪仆地 邯贊曰 "可止" 虎飜然復其形 頂禮而去. 明日尹命吏往伺東郊 有老虎前行 小虎數十 隨後渡江 而自是 府無虎患.

邯贊初名殷川 登覆試壯元 官至首相 爲人體矮耳小. 有一貧人 容貌豊偉 貧人整冠帶在前列 邯贊衣破衣居下. 宋使見貧人曰 "容貌雖偉 耳無城郭 必貧人也" 見邯贊膜手拜曰 "簾貞星久不觀於中國 今在東方矣."

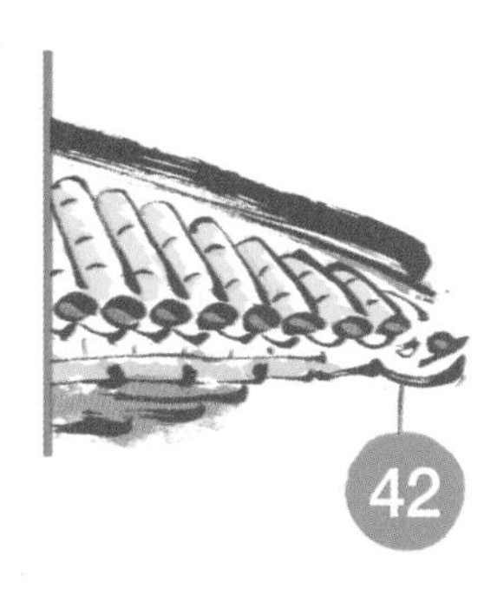

南孝溫의 鬼神論

(남효온 귀신론)

修己治人(수기치인)을 지상과제로 삼던 조선조 유학의 선비들은 그들 나름으로 修己(수기)에는 어느 정도 자신감을 가졌으나 治人(치인)에 이르는 길은 그렇게 順坦(순탄)치 않음을 느끼며 회의하고 좌절하였다. 治人(치인)의 길은 크게 두 가지가 있었다. 하나는 치국평천하의 公道(공도)로 나아가 평화롭고 번영하는 세상을 만들며 입신양명하는 것이요, 또 다른 하나는 得天下英才(득천하영재)하여 훈육에 邁進(매진)하는 師道(사도)로 나아가 孔孟(공맹)을 따르며 程朱(정주)를 뛰어넘는 일세의 師表(사표)가 되는 것이었다. 그러나 이 두 가지 治人의 길이 모두 여의치 않을 때, 세상을 등지고 허허로이 유랑의 길을 택하는 신선 같은 선비도 있게 마련이었다. 사육신이 나오게 된 세조 년간에 죽지 못해 살아간다고 하는 생육신 등이 바로 그러한 분들이었다.

秋江(추강) 南孝溫(남효온, 1454 단종 2~1492 성종 23)도 그 가운데 한 분이었다. 추강은 영남 사림의 태두인 金宗直(김종직)의 문인으로 일찍이 단종의 母后(모후)인 顯德王后(현덕왕후)의 능이 세조 때에 遷葬格下(천장격하)된 것을 애석하게 여기고 그 昭陵(소릉)의 복위를 상소하였으나 뜻이 상달되지 않자, 세상에 흥미를 잃고 방랑으로 말년을 보내다가 39세라는 한창나이에 세상을 하직한 분이다. 그러나 추강의 비운은 죽음으로 끝난 것이 아니었다. 그의 사후 12년째인 연산군 10년 甲子士禍(갑자사화)가 일어나자, 그는 김종직의 門人(문인)이었다는 이유로, 剖棺斬屍(부관참시)의 치욕을 당하였다. 尊儒崇文(존유숭문)의 나라에서 절의를 사랑했던 선비가 죽은 지 12년이 지났건만 무덤조차 편안치 못했던 燕山祖(연산조) 때의 일이었다.

남효온시비

추강은 『秋江集(추강집)』 5권 5책과 『秋江冷話(추강랭화)』 『師友名行錄(사우명행록)』 등을 저서로 남겼는데 그중에 「鬼神論(귀신론)」이 가장 특이한 글로 돋보인다. 다음은 그 첫머리 부분이다.

[귀신을 논함]

어떤 사람이 나(효온)에게 물었다. "귀신이 천지 사이에 있어 아득하고 황홀하여 있는 듯하면서 없고, 실한 듯하면서 허하고, 앞에 있는 듯하면 문득 뒤에 있으며, 여기라고 가리키면 저기에 있으니 그대는 시험 삼아 나를 위해 그 귀신을 해명할 수 있겠는가?" 내가 이렇게 대답하였다. "귀신의 이치가 참으로 깊다. (중략) 오는 것을 알려고 하면 지나간 것을 알아야 하고 사는 것을 알려고 하면 죽는 것을 알아야 한다. 마음 깊은 곳에서 고요히 생각하여 구하고, 세상 사물에 근거하여 깊이 탐구한다면 그 이치를 근거 있게 해명할 수 있을 것이다.

내가 일찍이 들은 바로는 '鬼(귀)란 돌아가는[歸] 것이요, 神(신)이란 나타나 펴는 것[伸]이다.' 하였으니 그렇다면 천지 사이에 나와서 펴는 것은 모두 神(신)이요, 흩어져 돌아가는 것은 모두 鬼(귀)라 하겠다. 크게는 兩儀(양의), 七曜(칠요), 二十八宿(이십팔숙), 十二辰(십이진)으로부터 사람과 짐승, 풀과 나무, 비와 바람, 서리와 이슬, 우레와 번개, 뇌성벽력에 이르기까지 그 어떤 것이나 귀신의 體(체) 아닌 것이 없으니, 기울지도 않고 바뀌지도 않아 中(중)이라 이르는 것이 귀신의 체이다. 한 번 陰(음)이 되고 한 번 陽(양)이 되어 바뀌는 것은 귀신의 用(용)이요, 그 본질 [體(체)]을 말하면 理(이)일 뿐이다.

理(이)는 마음도 아니요, 물건도 아니니, 『詩經(시경)』에 이른바

'소리도 없고 냄새도 없다는 것', 『禮記(예기)』에 이른바 '보지도 못하고 듣지도 않는다는 것'. 『老子(노자)』에 이른바 '보아도 보이지 않으며[夷] 들어도 들리지 않고[希] 잡으려 해도 잡히지 않는다[微]는 것'을 말한다. (중략) 그 변화[用]를 말하면 크게는 一元(일원)의 시종과 작게는 하루의 아침 · 저녁과 乾坤坎離(건곤감리)의 방위를 정한 것과 사람과 짐승, 풀과 나무의 죽고 삶에서 아득하고 어둡고 컴컴하며 괴이하여 해명하기 어려운 일에 이르기까지 귀신의 범위에 들지 않는 것이 없으니, 비록 머리가 세도록 논쟁하고 사람을 바꾸어가며 논한다 해도 쉽게 결판이 나지 않을 것이다.

대강 큰 것만 예를 들어 말해 보기로 하자. (이 세상에) 밝고 밝은 것이 많이 있거니와 日月星辰(일월성신)이 (하늘에) 걸려 있고 춘하추동이 질서 있게 변화되는 것은 이른바 天神(천신)이요, 흙이 모이고 모여 많아져서 五嶽(오악)과 四瀆(사독)이 생기고 하늘을 날고 물에 잠기는 동물과 식물을 기르는 것은 이른바 地神(지신)이요, 하늘과 땅이 조화롭게 어울리는 은혜를 얻어 어김없이 해와 달과 더불어 기울기도 하며 가득 차기도 하고, 네 계절과 더불어 길하기도 하고 흉하기도 한 일을 함께하는 것은 이른바 人神(인신)이요, 의젓하게 자리 잡아 움직이지 않으며 草木을 자라게 하고 만 가지 물건을 갖추어 지녀서 인간 세상에 재화를 주는 것을 일컬어 山神(산신)이라 하고, 끊임없이 흐르고 움직이며 가득히 차서 새우와 게를 자라게 하고 魚龍(어룡)의 알을 낳아 감싸고 품고 지키어 온 세상에 흐르며 사는 것을 일컬어 水神(수신)이라 하고, 五行(오행)이 서로 이어받아 서로 경쟁함으로써 오곡을 풍성하게 자라게 하여 백성들의 목숨을 이어가게 하는 것을 일컬어 穀神(곡신)인라 하며, 번성하여 잘 자라게 하는 것을 초목의 신이라 하고, 주인과 한집안을 이루는 것을 五祀(오사)의 신이라 하니 그것들이 드러나는 것을 氣(기)라 하고 그것들이 잠잠하고 고요한 것을 理(이)라 한다. 이것을 통틀어 말하면 곧 귀신이라 하는 것이다. (하략)

사라지는 것은 鬼(귀)요 나타나는 것은 神(신)이라 하면서 歸(귀)와 伸(신)의 동음성을 이용한 설명은 자못 말장난을 하는 것 같은 흥미를 유발하거니와 전편에 흐르는 극단의 이상주의는 합리적 사고 이외에 어떠한 감성도 비집고 들어갈 틈이 없는 듯하다. 그렇다고 하여 致誠(치성)과 敬虔(경건)이 없는가? 그렇지 않다. 여기에서 말하는 '理(이)' 는 결국 우주 · 자연의 존재 · 원인으로서의 '理(이)' 이니 이것이 종교적 사유로 발전하면 곧 萬象(만상)의 造化翁(조화옹) '하늘님' 이 되는 것 아닌가?

〖鬼神論〗

或有問於孝溫曰 "鬼神於兩間 杳茫恍惚 有而若無 實而若虛 瞻前而忽後 指此而在彼 吾子試爲我明之." 余應之曰 "鬼神之理深矣. (中略) 欲知至 不可以不知歸, 欲知生 不可以不知死. 求之方寸之中 而考之事物之上 可以準明斯理矣."

"余嘗聞 鬼者歸也 神者伸也. 然則天地之間 至而伸者皆神也, 散而歸者皆鬼也. 夫自兩儀七曜二十八宿十

二辰 以及人禽艸木風雲霜露雷電霹靂 無往而非鬼神之體也. 不偏不易之謂中者 鬼神之體也. 一陰一陽之謂易者 鬼神之用也, 語其體則理而已.

理無心也 理無物也, 詩所謂無聲無臭 記所謂不見不聞 老子所謂夷希微 (中略) 語其用則 大而一元之始終 小而一日之朝暮 乾坤坎離之定位 人禽艸木之死生 以至杳杳冥冥怪怪難明之事 無不在鬼神之內, 雖辨之皓首言之 更僕未易盡也.

姑擧其大者言之, 有昭昭之多而 日月星辰繫焉 春夏秋冬化焉者 所謂天神也. 有撮土之多而 五岳四瀆載焉 飛潛動植育焉者 所謂地神也. 得天地中和之德 昭然 與日月同其虧盈 與四時同其吉凶者 所謂人神也. 鎭置不動而 生艸木藏萬物 興財貨於人間者 曰山神. 流動充滿而 生蝦蟹卵魚龍 使寶藏流行於世者 曰水神. 使五行相生相克 滋養五穀而 維持民命者 曰穀神. 所以敷榮發育曰草木之神. 所以主人一家 曰五祀之神. 其著者氣也 其微者理也, 總而言之 曰鬼神. (下略)

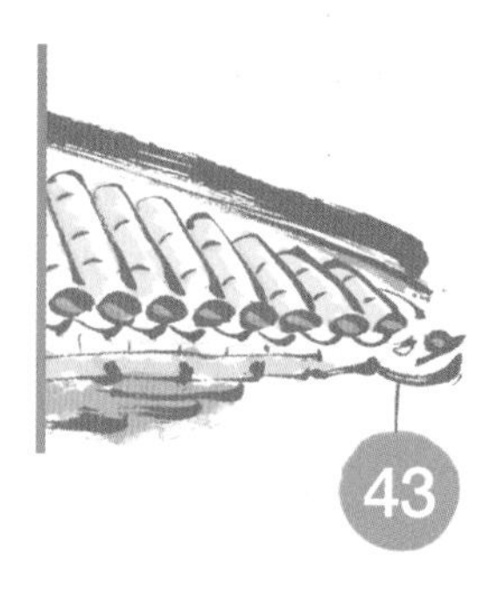

43

崔世珍의 訓蒙字會引

최세진 훈몽자회인

世宗(세종)의 훈민정음 창제는 당대 사회에 얼마나 큰 변혁과 파장을 일으켰을까? 오늘날 스마트 폰으로 대변되는 전 지구적 동시적 정보통신의 지각변동 현상을 보면, 15세기 중엽에 조선조 사회에 불어닥친 소통 문화의 변화는 상상을 초월하고도 남을 것이다.

그것은 무엇보다도 書寫文化(서사문화)의 대중혁명을 초래하였다. 그 첫 번째로는 문자사회에서 한 걸음 물러서 있던 부녀자들이 諺文(언문)이란 문자로 스스로의 표현수단을 확보하게 된 것이요, 두 번째로는 문자를 배워야 하는 학당들이 언문을 매개로 하여 문자 곧 한자 · 한문을 습득하게 된 것이다. 요컨대 훈민정음 곧 속칭 언문은 대중적 서사문화를 확립함으로써 한자 · 한문문화에 진입하는 징검다리 역할을 수행할 수 있었던 것이다.

이러한 언문과 한자와의 상관관계에 주목한 한 언어학자가 있었

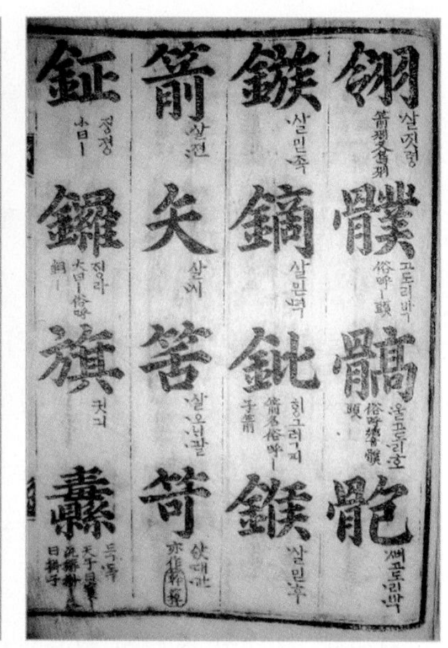

一 一字有兩三名者今亦兩三收之如葵字葵菜葵花朝字朝夕朝廷行字德行行市行步之類是也

一 凡物名諸字上中卷有所妨碍未及收入者又於下卷收之其他虛字可學者雖多今畏帙繁不敢盡收

一 凡字音在本國傳呼差誤者今多正之以期他日衆習之正

一 醫家病名藥名諸字或有義釋多端難於一呼之便或有俗所不呼者今並不收

一 註內稱俗者指漢人之謂也人或有學漢語者可使兼通故多收漢俗稱呼之名也又恐註繁亦不盡收

一 凡一字有數釋者或不取常用之釋而先舉別義爲用者以今所取在此不在彼也

一 凡在邊鄙下邑之人必多不解諺文故今乃并著諺文字母使之先學諺文次學字會則庶可有曉誨之益矣其不通文字者亦皆學諺而知字則雖無師授亦將得爲通文之人矣

一 凡在外州郡刊布此書每於一村一巷各

훈몽자회(訓蒙字會)

다. 때는 언문이 창제되고 어림잡아 80여 년이 흐른 시점, 중종 22년(1527)에 당대 최고의 중국어 학자요 御前通事(어전통사)로 이름을 날리던 崔世珍(최세진)이 『訓蒙字會(훈몽자회)』라 하는 한자학습서를 편찬 간행하였다.

훈몽자회는 기초한자를 익힌 學童(학동), 예컨대 천자문을 읽은 어린이가 좀 더 수준 높은 책들을 읽기 전에 문자와 사물 사이의 뚜렷한 대립관계를 분명하게 알게 하려는 의도로 만든 것이다.

(오늘날에도 많은 어린이들이 산이나 들로 자연학습을 나갔을 때, 풀 이름, 나무 이름, 새 이름을 몰라서 '이름 모를 나무숲에서 이름 모를 새들이 지저귀고 발밑에는 이름 모를 들꽃들이 널려 있습니다.' 같은 글을 쓴다.)

아마도 16세기 초엽의 학동들도 『論語(논어)』를 읽고, 『詩經(시경)』을 읽으면서 글자 따로 사물 따로의 의식구조가 문젯거리였을 것이다. 바로 이점을 개선하기 위하여 崔世珍(최세진)은 『訓蒙字會(훈몽자회)』를 꾸몄다.

崔世珍(최세진, 1474(?) 성종 5~1542 중종 37)은 출생연대가 미상이다. 본관은 槐山(괴산)이고, 집안이 寒微(한미)하여 譯官(역관)의 길을 걸었다. 그러나 漢語(한어)와 吏文(이문)에서 당대에 그를 따를 사람이 없었다고 한다. 더구나 천성이 부지런하고 독실하여 많은 저술을 남겼다.

중국어 학습의 필독서인 朴通事(박통사)·老乞大(노걸대)의 번역, 『四聲通解(사성통해)』, 『訓蒙字會(훈몽자회)』, 『飜譯女訓(번역여훈)』, 『詳解孝經(상해효경)』, 『吏文輯覽(이문집람)』 등이 그의 저작들이다.

다음은 『訓蒙字會(훈몽자회)』의 서문이다.

〖訓蒙字會(훈몽자회) 머리글〗

臣(신)이 가만히 살펴보오니, 세상에서 어린아이들에게 글을 가르치는 집에서는 반드시 먼저 천자문을 가르치고 그다음에 類合을 가르치고 그런 다음에 비로소 여러 가지 책을 시작합니다. 천자문은 梁나라 시절에 散騎常侍(산기상시)를 지낸 周興嗣(주흥사)가 편찬한 것입니다. 옛날 사건을 골라내어 나란히 늘어놓았으므로 그 글은 아름답습니다. 하오나 나이 어린 아동들이 학습할 때에는 겨우 글자나 익힐 뿐이니 어찌 능히 옛날 사건을 담은 글을 이해하고 살필 수 있겠습니까?

또 類合(유합)이라는 책은 우리나라에서 나온 것이기는 하나 누구의 작품인지 알지 못하옵니다. 그리고 유합의 모든 글자들은 공허한 것이 많고 실질적인 것이 적어 사물의 형체나 이름의 참모습을 찾고자 할 때 근거를 밝히기 어려워 어두움에 빠지게 되옵니다.

만일에 어린 아동들로 하여금 글을 배워 글자를 알면 마땅히 먼저 사물의 해당되는 글자를 쓰고 이해하면서 보고 들은 것의 형체와 이름이 부합한다는 것을 확인한 연후에 비로소 다른 책을 읽어야 합니다. 그리하면 옛날 사건을 알게 될 터이나 또 어느 겨를에 (다시) 천자문을 학습하겠습니까?

공자님은 "시를 배우지 않고서는 말도 하지 말라."고 말씀하셨는데 그것을 풀이하는 이가 말하기를 "(그 말은) 새와 짐승, 풀과 나무의 이름을 많이 알아야 한다는 것이다." 하였습니다. 오늘날 가르쳐야 하는 어린 아동들은 비록 천자문과 유합을 공부한 뒤에, 經書(경서)와 史書(사서) 등 모든 책을 두루 읽는 지경에 이르러도 단지 그 글자를 풀이할 뿐, 그 글자가 나타내는 사물을 이해하지 못하여 드디어 글자와 사물이 따로따로 놀게 되니, 새와 짐승, 풀과 나무의 이름을 능히 두루 꿰뚫고 올바로 이해하지 못하는 아이들이 많습니다. 대체로 글자만을 암송하여 익힐 뿐, 실제로 사물을 보고 이해하려고 힘쓰지 않기 때문이옵니다.

신이 (이에 이르러) 어리석은 생각이 간절하여, 이 봉록에서 모두 실질적인 글자만을 골라 상 · 중 두 편을 편성하고 그다음에 반은 실하고 반은 허한 글자를 골라 하 한 편을 연이어 보충 편성하였습니다. (그 글자들은) 넉 자를 비슷한 글자끼리 모아 운을 맞추어 글을 지어 모두 3,360자가 되었는데 이것을 이름하여 훈몽자회라 하였습니다.

세상에 아비 되고 형이 된 사람들로 하여금 먼저 이 책으로 가정의 모든 어린아이들을 가르치는 데 요긴하도록 하고자 한 것이옵니다. 그러면 몽매한 어린아이들이 새 · 짐승 · 풀 · 나무의 이름들을 모두 알 수 있게 되고 마침내는 글자와 사물을 짝맞추어 차이를 느끼지 않게 될 것이옵니다.

이에 신이 아는 것이 적사오나 감히 이 일을 저지른 것은 진실로 도망하기 어려운 것이어서 분에 넘치는 죄를 짓게 되었나이다. 하오나 어린 자식들을 깨우쳐 가르침에 이르면 그 또한 적으나마 보탬이 되지 않을까 할 따름이옵니다.

가정 6년(明 세종 6년, 중종 22년 A.D. 1527) 4월 ○○일.

절충장군 행 충무위 부호군 신 최세진 삼가 머리글을 적사옵니다.

최세진은 일찍이 이 『훈몽자회』를 통하여 우리나라 언어 문자 생활을 위한 기초교육의 방향을 제시하였다. 글자와 그 글자의 음과 뜻, 그리고 그 글자가 나타내는 사물과의 관계를 확립하는 것은 언어 · 문자 학습의 기초인데 최세진은 진작에 그것을 이 책을 통하여 강조하고 있다.

그 外에도 이 책의 범례는 諺文字母俗所謂反切二十七字(언문자모속소위반절이십칠자)를 소개하고 있는데, 이것이 최세진의 창의적 소산인지 아닌지는 미상이나 그 영향은 오늘날까지 지속되고 있다.

그중 하나는 初聲(초성) · 終聲(종성) 통용 8자의 이름을 정한 것이다.

ㄱ(其㊀), ㄴ(尼隱), ㄷ(池㊁), ㄹ(梨乙),

ㅁ(眉音), ㅂ(非邑), ㅅ(時㊂), ㅇ(異凝)

왜 '기윽' 이 아니요 '기역' 이며, '디읃' 이 아니요 '디귿' 인지 궁금한 사람들은 이 훈몽자회 범례를 보면 의문이 풀릴 것이다.

〖訓蒙字會引〗

臣竊見 世之敎童幼學書之家 必先千字 次及類合 然後始讀諸書矣. 千字梁朝散騎常侍周興嗣所撰也. 摘取故事 排比爲文 則善矣. 其在童稚之習 僅得學字而已 安能識察故事 屬文之義乎.

類合之書 出自本國 不知誰之手也. 雖曰 類合諸字而

虛多實少 無從通諳 事物形名之實矣.

若使童稚學書知字 則宜先記識事物 該紐之字 以符見聞 形名之實 然後始進於他書也. 則其知故事 又何假於千字之習乎.

孔子曰 不學詩無以言 釋之者曰 多識於鳥獸草木之名 今之敎童稚者 雖習千字類合 以至讀遍經史諸書 只解其字 不解其物 遂使字與物二 而鳥獸草木之名 不能融貫通會者多矣. 蓋由誦習文字而已 不務實見之致也.

臣愚慮切及 此鈔取全實之字 編成上中兩篇 又取半實半虛字 續補下篇 四字類聚 諧韻作書 總三千三百六十字 名之曰 訓蒙字會. 要使世之爲父兄者 首治此書 施敎於家庭總丱之習 則其在蒙幼者 亦可識於鳥獸草木之名 而終不至於字與物二之差矣. 以臣薄識 敢爲此擧 固知難逃 僭越之罪也. 至於訓誨小子 蓋亦不無少補云.

爾時嘉靖六年四月 日 折衝將軍行忠武衛 副護軍 臣崔世珍 謹題.

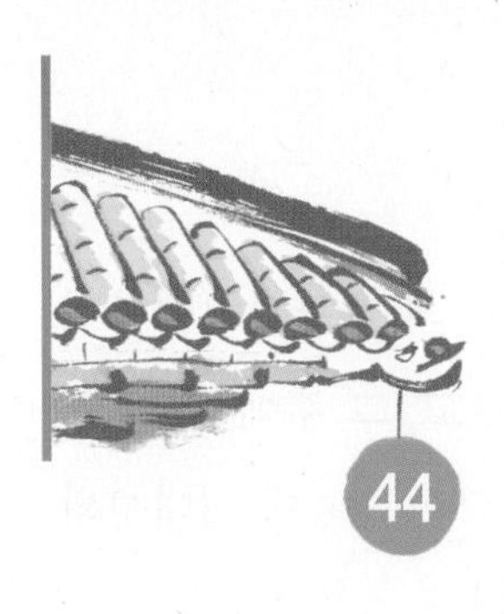

어숙권 패관잡기
魚叔權의 稗官雜記

稗官(패관)이란, 옛날에 임금님이 나라의 정치가 제대로 시행되는가를 살피기 위하여 백성들이 사는 마을에 돌아다니는 이야기나 민간의 풍속들을 수집하여 기록하게 했던 벼슬아치를 일컫는 말이었다. 요즈음 말로 바꾸면 민간여론 수집가요, 민간풍물 채집가였다고 할 수 있다.

패관문학은 고려 중기에 성행하였다고 한다. 『破閑集(파한집)』, 『補閑集(보한집)』, 『櫟翁稗說(역옹패설)』과 같은 詩話雜錄(시화잡록)이 패관문학의 출발이었다는 것이 정설이 되어 있다. 그러므로 실사적 잡록이나 見聞雜識(견문잡지)를 두루 포괄한 수필문학으로 보면 좋을 것이다.

이와 같은 패관문학의 전통은 패관을 정식으로 임명하지 않는 조선조에 와서도 면면히 이어져 魚叔權(어숙권, 1490? 성종 21~1555? 명종 10)의 패관잡기에까지 이르고, 그 후에 『大東野乘(대동야승)』에 집대성되었다.

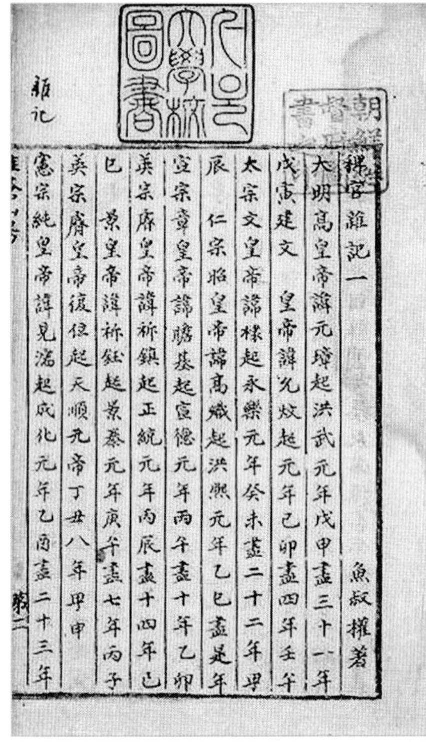
稗官雜記一　魚叔權著
大明高皇帝諱元璋起洪武元年戊申盡三十一年
戊寅建文　皇帝諱允炆起元年己卯盡四年壬午
太宗文皇帝諱棣起永樂元年癸未盡二十二年甲
辰　仁宗昭皇帝諱高熾起洪熙元年乙巳盡是年
宣宗章皇帝諱瞻基起宣德元年丙午盡十年乙卯
英宗睿皇帝諱祁鎮起正統元年丙辰盡十四年己
巳　景皇帝諱祁鈺起景泰元年庚午盡七年丙子
英宗睿皇帝復位起天順元年丁丑八年甲申
憲宗純皇帝諱見深起成化元年乙酉盡二十三年

『패관잡기(稗官雜記)』

어숙권의 정확한 생몰 연대는 상고할 수 없다. 호는 也足堂(야족당)이요, 본관은 咸從(함종)이다. 左議政(좌의정) 世謙(세겸)의 庶孫(서손)으로 태어났다. 이러한 신분상의 제약으로 말미암아 譯官(역관)으로 종신하였다. 최세진에게서 학업을 닦아 吏文(이문)과 중국어에 능했으므로 중종 20년(1525)에 吏文學官(이문학관)이 되었다. 한때 栗谷(율곡)을 가르쳤다고 전한다. 저서에 『稗官雜記(패관잡기)』와 『古事撮要(고사촬요)』가 있다.

다음은 『海東野言(해동야언)』에 전재되어 전하는 일화 한 구절이다.

태조대왕 시절에 (태조대왕은) 정도전을 동북면 도선무사로 삼고, 이지란과 이원경을 부사로 임명하였었다. (그때에 태조대왕은) 중추부사 신극공을 동북면 도선위사로 임명하여 보내면서 정도전에게 편지를 보내어 다음과 같이 말하였다.

"서로 이별한 지도 오래되었소. 생각하는 마음이 간절하고 깊구려. 중추부사 신극공을 보내어 그동안 행역의 수고스러움을 위로하려 하였는데 마침 최긍이 와서 그곳의 형편을 갖추어 알게 되니 적이 위로가 되고 궁금함이 풀렸소이다. 이제 덧저고리 한 벌을 보내니 북풍 추위에 입을 수 있도록 받아 주면 고맙겠소. 이 참찬 이 절제사에게도 각각 덧저고리 한 벌씩을 함께 부치니 이것으로 나의 애틋한 마음을 전해주면 참으로 다행이겠소. 나머지 이야기는 신 중추의 말을 들으시구려. 봄추위에 계절에 맞게 몸조심을 잘하여 변방에서의 공적을 쌓기를 바라오. 갖추지 못하고 이만 줄이오, 송헌거사는 쓰오."

삼가 이 글을 읽으면 성스러운 임금이 신하를 위로하고 어루만지는 정성이 어떠한지를 미루어 엿볼 수 있다. 신하된 사람으로서 어찌 그 은혜에 감격하지 아니하겠는가.

(송헌거사는 태조대왕이 즐겨 쓴 별호임.)

태조대왕의 이 편지글을 읽으면 문득 "이것이 아버지가 아들에게 보내는 글월이 아닌가?" 하는 느낌을 받는다. 그래서 예부터 군신, 부자, 사제를 똑같은 恩愛(은애)와 존경의 인간관계로 말해오는 것임을 알겠다.

그런데 이토록 다정다감한 태조였건만 그의 晩年(만년)은 함흥차사로 대변되는 울분과 회한의 세월을 살았으니 참으로 한 사람의 일생이라는 것이 榮辱無常(영욕무상)이요, 파란만장임을 또한 새삼스럽게 생각하게 된다.

太祖朝 以鄭道傳爲東北面都宣撫使. 李之蘭李原京爲副使 遣中樞府使辛克恭爲東北面都宣慰使 賜道傳書曰“相別日久 思想殊深. 欲遣辛中樞往問行役. 崔兢適來 備知動止 稍自慰解. 玆將襦衣一領 以備風露 領納爲幸. 李參贊李節制使處 俱寄襦衣各一領 幸說與眷戀之意. 餘在辛中樞. 春寒若時自保 以旣邊功 不具. 松軒居士.” 伏讀此書 可見聖主慰撫之誠 爲臣下者 安得不感恩乎.

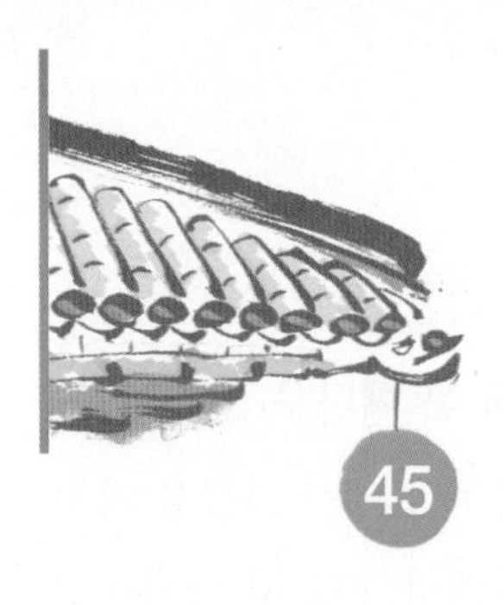

45

신광한　안빙몽유록
申光漢의 安憑夢遊錄

사전을 펼치고 '꿈' 의 뜻을 찾아보면 두 개의 뜻풀이가 나온다. 그 첫 번째는 "잠자는 동안에 깨어 있을 때와 같이 보고 듣고 행동하는 정신현상." 이라 하였고, 두 번째는 "실현될 가능성이 아주 적거나 전혀 없는 기대나 생각" 이라고 적혀 있다. 그런데 사람들은 원대한 포부나 목표, 곧 이상을 '꿈' 이라고 표현하면서 두 번째 뜻의 실현 가능성에 더 무게를 두고 인생을 설계한다. 그리고 그 두 번째 꿈이 마치 실현된 듯한 느낌을 즐기기 위하여 첫 번째 꿈속에서 갖가지 이상이 실현되는 이야기를 만들어 왔다.

아마도 동양에서 나온 그 초기의 작품은 '南柯一夢(남가일몽)' 이라는 고사성어의 근거가 된, 당나라 李公佐(이공좌)의 『南柯記(남가기)』가 아닌가 싶다. 다 아는 이야기지만 잠시 다시 요약해 보자.

〈당나라 덕종(780~804) 시절, 廣陵(광릉)이라는 곳에 淳于棼(순우분)이란 사람이 있었다. 그의 집 남쪽 마당에 큰 홰나무(槐) 고목이 있었는데, 어느 날 棼(분)이 술에 취하여 그 나무 밑에서 낮잠을 자고 있었다. 그때 보라색 옷을 입은 사나이가 나타나 공손히 인사하고 槐安國(괴안국)의 국왕에게 인도하였다. 국왕은 棼(분)을 극진히 환대하며 자기 딸과 혼인시켜 부마를 삼고 南柯郡(남가군)의 태수로 임명하였다. 거기에서 분은 아릿다운 아내와 화락한 삶을 즐기며 20년 동안 선정을 베풀어 온 나라의 칭송이 자자하였다. 이렇게 부귀영화를 누리다가 깨고 보니 한바탕 꿈이었다. 낮잠을 잔 홰나무 밑에는 커다란 개미굴이 있었는데 괴안국의 국왕은 바로 그 굴속의 왕개미였음을 알았다.〉

이것이 남가일몽의 전말이거니와 이 이야기 속에는 인간의 원초적 욕망, 곧 아름다운 배필을 만나는 성적 욕구와 인간의 세속적 욕망, 곧 부귀영화를 누리며 사는 출세 욕구가 가지런히 실현되어 있다. 이 남가기 이래 사람들은 그러한 욕구실현의 꿈 이야기를 계속 펼쳐왔다. 우리나라에서는 김시습의 『금오신화』가 그 嚆矢(효시)임즉 한데 그 뒤를 이은 작가에 여기 소개하는 申光漢(신광한)이 있다.

申光漢(신광한, 1484 성종 15~1555 명종 10)은 조선 중기의 문신으로 고령인이다. 호를 企齋(기재), 駱峯(낙봉)이라 하였고, 자는 漢之(한지), 時晦(시회)라 하였다. 文忠公(문충공) 申叔舟(신숙주)의 손자로 태어났다. 27세 때(1510 중종 5) 문과에 급제하여 승정원 權知(권지)로 벼슬살이를 시작하였다. 그 후로 弘文館(홍문관), 司諫院(사간원), 司憲府(사헌부) 등의 淸顯職(청현직)을 거치면서 經筵(경연)의 侍讀官(시독관), 侍講官(시강관), 特進官(특진관) 등을 겸임하였다. 36세 때(1519 중종 14)에 기묘사화로 新進士林(신진사림)이 대거 몰락하자 企齋(기재)는 37세에 모친 봉양을 이유로 三陟府使(삼척부사)로 나갔으나 결국 己卯士林(기묘사림)의 한 사람으로 지목되어 관직을 삭탈 당하였다. 39세에 모친상을 당하여 3년간 廬墓(여묘)살이를 했다. 그 후 15년간 기재는 草野(초야)에 묻혀 있었다. 아마도 이 무렵에 『企齋記異(기재기이)』를 집필했을 듯싶다. 55세(1538 중종 33)에 이르러 다시 敍用(서용)되어 成均館大司成(성균관대사성), 大司諫(대사간), 刑曹判書(형조판서), 吏曹判書(이조판서), 大提學(대제학), 左贊成(좌찬성) 등 顯職(현직)을 거쳤다.

「安憑夢遊錄(안빙몽유록)」은 기재의 소설집인 『企齋記異(기재기이)』에 첫 번째로 실려 있다. 그 처음과 끝부분을 읽어 보기로 한다.

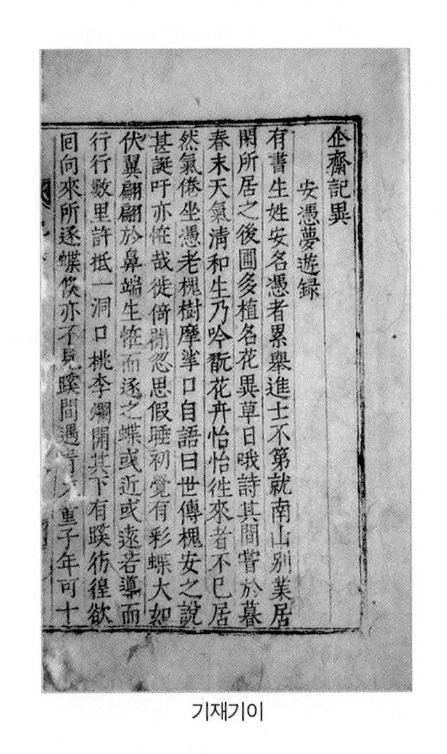
企齋記異
安憑夢遊錄
有書生姓安名憑者累擧進士不第就南山別業居
閑所居之後圃多植名花異草日哦詩其間嘗於暮
春末天氣淸和生乃吟翫花卉怡怡往來者不已居
然氣倦坐憑老槐樹摩挲口自語曰世傳槐安之說
甚誕吁亦恠哉徙倚間忽思假睡初覺有彩蝶大如
伏翼翩翩於鼻端生恠而逐之蝶或近或遠若導而
行行數里許抵一洞口桃李爛開其下有蹊彷徨欲
回向來所逐蝶倏亦不見蹊間遇青衣童子年可十

기재기이

〚안생이 꿈속에서 노닐고 지낸 이야기〛

글 읽는 선비가 있었다. 성은 安(안)이요 이름은 憑(빙)이다. 여러 번 진사시험을 보았으나 급제를 하지 못하고 남산에 들어가 색다른 일을 하며 한가로이 지냈다. (그 색다른 일이란) 거처하는 집 뒤뜰에 여러 가지 아름다운 꽃과 진기한 풀을 심어 놓고 매일매일 그 사이에서 시를 읊조리며 꽃들을 감상하면서 흥겨운 기분에 젖어 왔다 갔다 뜰을 거닐었다. 한참을 그렇게 하노라니 몸이 조금 피곤해졌다. 그래서 안생은 오래된 홰나무 밑에 기대어 앉아 그 나무를 쓰다듬으며 혼잣소리로 중얼거렸다.

"세상에 전해오는 槐安國(괴안국) 이야기는 너무 황당하고 괴상하지 않은가?"

그러면서 한참을 기대어 잠깐 풋잠을 들었는가 싶었는데 잠에서 깨고 나니 호랑나비 한 마리가 날고 있었다. 그 나비는 크기가 박쥐만 하였는데 안생의 코끝에서 팔랑거렸다. 안생이 이상하게 여기며 그 나비를 따라갔다. 나비는 안생에게서 가까이 날다가 또 멀리 날다가 하는 것이 마치 앞길을 인도하는 것 같았다. 그렇게 몇 리를 갔는가 싶었는데 드디어 한 마을 입구에 이르게 되었다. 거기에는 복숭아꽃과 오얏꽃이 흐드러지게 피었고 그 아래에는 산골길이 뻗어 있었다. 안생은 왔다 갔다 머뭇거리다가 돌아서려고 하는데 앞길을 인도하는 듯하여 따라왔던 호랑나비는 간 곳이 없고 산골 길 사이에서 푸른 옷을 입은 어린 동자를 만나게 되었다. 그 청의동자는 나이가 열서너 살쯤 되어 보였는데 손뼉을 치며 웃으며 나아와 말하였다.

"安公(안공)께서 오셨군요." 하고는 곧 뛰어가는데 그 걸음걸이가 날아가는 것 같았다. 안생이 가만히 생각해 보니, 그 어린 동자는 한 번도 본 적이 없는지라 마음속으로 심히 괴이하다고 여겼다. 그래도 그 길을 따라 들어가니 커다란 집 한 채가 드러났다. 담벽은 하얀 회분을 둘러 발랐고 지붕은 붉고 푸른 기와를 이었다. 그 으리으리함이 산골짜기에 비추니 이것이야말로 사람 사는 세상 같지가 않았다. 차츰차츰 바깥문으로 들어가니 단청 고운 문들이 모두 열리고 문득 한 명의 시녀가 나타났다. 붉은 입술에 푸른 옷소매며 몸놀림이 참으로 아름다웠다. 그 시녀는 곧바로 안생 앞에 당도하여 웃음을 머금고 고개를 숙여 인사를 하는 것이 마치 예부터 아는 사람같이 하였다. 먼저 먼 길을 오시느라 고생이 많으셨겠노라고 인사한 다음 또 전하여 말하기를 "寡君(과군 : 자기네 임금님, 낮춤말)께오서 공의 道(도)가 넓고 크심을 소문으로 듣고 매우 기뻐하셨습니다. 그래서 예를 갖추어 인사를 드리고자 하오니 잠시만 기다려 주십시오."하였다. (중략)

그러고 나서 임금은 예절을 담당한 관원에게 餞別(전별) 의식을 준비하라고 명하였다. 형형색색의 비단과 거기에 놓인 아름다운 繡(수)무늬, 금은보화와 진기한 노리개들이 궁정 뜨락에 가지런하였다. 안생이 감사의 절을 드리고 문을 나서니 한 미인이 문밖에 서 있다가 안생에게 揖(읍)하고 말하기를 "오늘 놀이가 즐거우셨습니까?" 하였다. 생이 묻기를 "그대는 누구인데 여기에 홀로 서 계시오?" 하였다. 그러자 그 미인은 눈물을 뚝뚝 흘리며 말하였다. "세상에 전해오는 말로는 첩의 조상이 開元(개원 : 당 현종의 연호) 끝 무렵에 양귀비에게 죄를 지어 사건의 전말이 문헌에 실리지도 않고 그 내용이 믿을 수 없이 황당한데도 오늘날까지 천 년이 넘은 세월 동안 우리 후손들에게도 그 잘못이 연이어져 아직도 堂(당)에 오르지 못합니다. 널리 사랑을 베푼다고 하는 때에 어찌 이런 일이 있겠습니까!" 이렇게 말을 마치기도 전에 갑자기 천둥소리가 우르를 쾅 울리고 땅이 갈라지는 것 같았다. 그래서 깜짝 놀라 깨어 보니 그것은 한바탕 꿈이었다.

문득 몸에는 아직도 술기운이 있는 듯하였고, 옷에는 향기가 배어 있는 듯하였다. 멍청한 기분으로 일어나 앉아 있노라니 회나무에는 이슬비가 내리고 천둥소리는 멀리서 은은하게 들려왔다. 안생은 조금 전에 꾼 꿈이 역시 南柯(남가)의 꿈이었구나 그렇게 생각하면서 회나무 둘레를 돌며 생각하다가 갑자기 깨닫는 것이 있었다. 그리하여 즉시 꽃밭으로 나가보니 모란 한 떨기가 비바람에 쓰러졌고 꽃은 시들어 땅에 떨어져 있었다. 그 뒤에는 복숭아와 오얏나무가 나란히 서 있는데 가지 사이에서는 파랑새가 지저귀고 있었다. 대 숲과 매화 숲이 각각 한 언덕씩 차지하고 있는데 매화는 옮겨 심은 지 얼마 아니 되어 난간을 보호하는 듯하였다. 또 마당 한가운데에는 연꽃 심은 연못이 있고 푸른 연잎이 둥글둥글 떠 있었다. 또 울타리 밑에는 국화꽃 싹이 막 돋아나오고 붉은 함박꽃은 흐드러지게 만개하여 섬돌 위에까지 떨기를 이루었다. 安石榴(안석류) 몇 그루는 채색화분에 심겨져 있고 담장 안으로는 수양버들이 늘어져 땅을 쓸고 있는데 담장 밖에는 늙은 소나무가 기웃하니 담을 덮고 있었다. 그 밖에 여러 가지 꽃들이 울긋불긋 피어 있고 벌과 나비가 다투어 춤추듯 날아다니니 그것들이 마치 노래하고 춤추는 기녀들처럼 보였다.

안생은 곧 이 (정원의) 물건들이 (꿈에서) 장난을 친 것인 줄 알게 되었다. 그리고 문밖에 있던 미인은 일찍이 안생이 출당화라고 세상에서 일컫는 꽃을 얻어서 꽃을 가꾸는 동자에게 장난기 섞인 말로 “이 꽃은 양귀비에게 죄를 얻어 黜堂(출당)이란 이름을 얻게 된 것이니 섬돌 바깥에 심어야 옳겠구나.” 이렇게 말했던 생각나 났다. 그래서 동자는 섬돌 아래에 심었었다. 안생은 이 일이 있고부터 휘장을 치고 글을 읽으면서 다시는 징원 뜰에 (눈을 돌려) 살펴보지 않았다고 한다.

이 글을 읽으면서 우리는 프로이트의 『꿈의 해석』이 연상될 것이다. 그리고 프로이트의 리비도(Libido)라는 개념이 꿈을 지나치게 편협한 관점에서 풀이한 것이 아닌가 하는 의문도 생길 것이다. 프로이트는 이렇게 주장하였다.

〈현실세계에서 억압된 무의식이 그 무의식 속에 감추어져 있는 리비도라는 욕망을 충족시키기 위하여 잠자는 동안 우리의 영혼을 허망해 보이는 환상의 세계로 초대하여 방황하게 한다. 그 영혼의 방황하는 여행이 곧 꿈이다.〉

이 주장에 따르면 성적 욕구(Libido)라는 무의식이 꿈을 통하여 실현되는 환상여행이 꿈이라는 말이 된다. 아니 인간의 꿈이 어찌 '性(성, sex)' 이라는 하나의 문제에만 묶여 있단 말인가! 적어도 괴안국 이야기에서처럼 부귀영화의 豪奢(호사)가 곁들여야 총체적인 인간의 꿈이 아닐까 싶다.

그런데 보라! 조선의 선비 企齋(기재)는 꿈 이야기를 하면서도 嚴正(엄정)한 현실로 돌아와 다시는 몽상에 젖지 않을 것을 권고한다. "生自此(생자차) 下惟讀書(하유독서) 不復窺園云(부부규원운)" 이라고.

〖安憑夢遊錄〗

有書生 姓安名憑者 累擧進士不第 就南山別業居閑 所居之後圃 多植名花異草 日哦詩其間. 嘗於暮春末 天氣淸和 生乃吟翫花卉 怡怡往來者不已 居然氣倦 坐憑老槐樹 摩挲口自語曰

"世傳槐安之說 甚誕吁亦怪哉"

徙倚閒 忽思假睡 初覺有彩蝶 大如蝠翼 翩翩於鼻端 生怪而逐之. 蝶或近或遠若導而行行數里許. 抵一洞口 桃李爛開 其下有蹊 彷徨欲回 向來所逐 蝶倏亦不見. 蹊間遇靑衣童子 年可十三四 拍手前笑曰 "安公來矣" 仍趨而去 其行若飛. 生默認 其童初不相識 心頗怪之. 遂尋蹊而入 見一屋宇 繚以粉墻 朱甍碧瓦 輝映山谷 殆非人間制度 稍進外户 彩闥齊開. 俄有一女侍出 絳唇翠袖 婥約多姿 直至生前 含笑低垂頗 若舊相識者. 先叙遠來良苦 且傳 "寡君聞公迂道甚喜 將欲分庭設拜 且可少住"(中略)

王乃命春官行贐儀 彩段文繡 金銀翫好 羅列于庭. 生拜謝出門 有一美人 立于門外 揖生曰 "今日之遊 樂乎" 生曰 "子何人獨立於斯乎" 美人泫然曰 "諺傳 妾之先於開元末 得罪于楊妃 事不載籍 語甚無稽 而至今千有

餘年 累延後裔 亦未升堂 泛愛之前 宜有玆事" 語未訖 迅雷一聲 劃若地裂 籧然醒悟 乃一夢也.

頗覺酒暈在身 芳馨襲衣 恍然起坐 則微雨洒槐 餘雷殷殷 生以爲向之所夢 亦是南柯. 繞樹而思 省然記得. 仍詣花圃 牧丹一叢 爲風雨所擺 委紅墮地. 其後 桃李並立 枝間青鳥噪嘈. 竹與梅各專一塢 而梅則新移護以欄. 庭中有蓮池 青錢始浮 籬下有菊抽茁 赤芍藥盛開亞于階上. 安榴數株 植於彩盆 墻內垂楊拂地 墻外老松偃盖矣. 其餘雜花 絳綠紅紫 蜂彈蝶舞 若見樂妓.

生乃知此物作怪 又思門外美人 則生嘗得俗所謂黜堂花者 戲謂護花童曰 "此花得罪楊妃 故名黜堂 植諸外階可也." 僮果植之階下矣. 生自此 下惟讀書 不復窺園云.

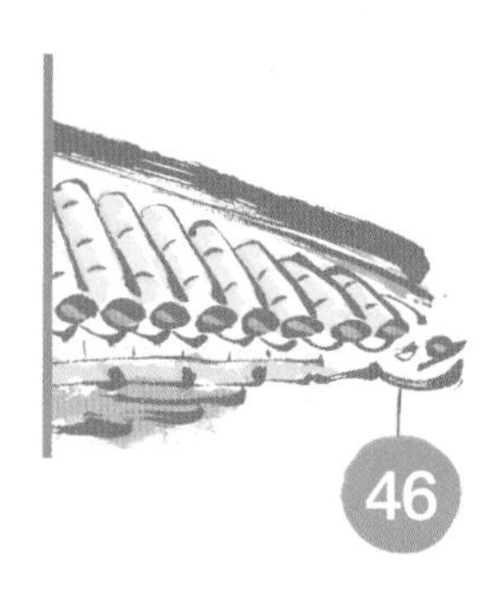

이언적 관서문답

李彦迪의 關西問答

退溪(퇴계)와 栗谷(율곡)에 이르러 극치를 이룬 조선조 성리학은 앞선 시대 앞선 분들의 硏鑽(연찬)이 쌓이고 쌓인 결과였다. 한 시대를 이끌어간 학문상의 泰山峻嶺(태산준령)은 그 산맥을 떠받치고 앞뒤에서 호위하는 고원지대의 連峰(연봉)들이 櫛比(즐비)하지 않고서는 결코 존재할 수가 없는 것이기 때문이다. 그러면 退(퇴)·栗(율)의 선봉장에는 어떤 분들이 있었는가? 이때에 우리는 가장 먼저 晦齋(회재) 李彦迪(이언적, 1491 성종 22~1553 명종 8)을 기억하여야 할 것이다.

회재 이언적은 조선조 성리학의 滿開盛觀(만개성관)을 앞장서서 펼쳐 보인 분이다. 1514년(중종 9) 24세에 別試文科(별시문과)에 급제한 이래, 벼슬살이보다는 성리학 연구에 더 정성을 쏟은 듯하다. 1539년(중종 34) 49세 장년에 全州府尹(전주부윤)을 지낼 때에는 善政

(선정)의 德化(덕화)가 府民(부민)의 마음을 움직여 頌德碑(송덕비)를 세우게 하였고, 그 무렵 나라의 災變(재변)을 벗어나기 위해 임금께 올린 對策文(대책문)은 朝野(조야)의 심금을 울려 兵曹參判(병조참판)으로 승진하는 계기가 되었다. 벼슬은 승승장구하여 吏曹(이조) · 禮曹(예조) · 刑曹判書(형조판서)를 거쳐 漢城府判尹(한성부판윤)이 되고, 또 얼마 후에 左贊成(좌찬성)에 이르렀다.

이언적 선생 상(像)

그러나 회재는 벼슬을 살다가 파직이 되어 낙향하였을 때, 그 불운 속에서 오히려 그의 학문은 알찬 꽃을 피웠다. 1547년(명종 2) 57세 때에는 그 당시 小尹一黨(소윤일당)이 조작한 良才驛(양재역) 壁書事件(벽서사건)에 연루되어 江界(강계)에 유배되었는데, 그 配所(배소)에서 『大學章句補遺(대학장구보유)』, 『續或問(속혹문)』, 『求人錄(구인록)』 등을 저술하며 학문의 마지막 불꽃을 살리고, 그곳에서 생애를 마감하였다. 여기에 실린 『關西問答(관서문답)』은 謫所(적소)에 따라가 侍從(시종)하던 아들 全仁(전인)이 아버지와의 학문적 대화를 정리한 글이다. 엄격하게 말하면 全仁(전인)의 所作(소작)이다.

〖關西(관서)에서 묻고 답함〗

아버지께서 丁未年(정미년, 1547 명종 2) 가을에 서쪽 변방에 귀양가 계셨다. 그 다음 해 유월 열 여드렛날에 할머니께서 별세하셨는데 아버지께서 수천 리 밖에서 그 소식을 들으시고 귀양갈 때 지니고 떠나셨던 할머니의 옷을 모셔놓고 神位(신위)를 차리신 다음, 아침저녁과 초하루 보름에 제사[奠]를 드리셨다. 그 정성과 공경이 더할 수 없이 지극하시어 삼년상이 넘도록 피눈물을 흘리며 슬퍼하셨다. 그리하여 몸을 여위심이 날로 심하였다. (불초한 아들) 全仁(전인)이 비록 옆에서 모시고 있었으나 자식의 도리를 다하여 위로를 드리고 기쁜 마음을 지니시게 하지 못하니 오직 민망하여 울고 싶을 뿐이다.

하루는 제가 아버지께 『논어』를 배우면서 음양의 이치에 대하여 여쭈었다. "그렇다면 남녀가 각기 음양(의 법칙)을 갖추고 있습니까?" 아버지께서 말씀하셨다. "물은 陰(음)이지만 그 뿌리는 陽(양)이므로 속은 밝고 겉은 어두운 것이요, 불은 陽(양)이지만 그 뿌리는 陰(음)이므로 바깥은 밝으나 안쪽은 어두운 것이니라. 남자는 양이 등에 있고 음이 배에 있어서 물에 빠져 죽은 남자는 배가 밑으로 가고 등이 위로 가는 것이요, 여자는 음이 등에 있고 양이 배에 있어서 (물에 빠져 죽은 여자는) 등이 아래로 가고 배가 위로 하여 뜨는 것이니라." (그때에) 제가 비로소 그 이치를 깨달았다. (중략)

제가 여쭈었다. "옛사람이 말하기를 오직 聖人(성인)이라야 능히 權度(권도 : 위급한 상황에서 목적달성을 위해 임기응변의 편법을 쓰는 일)를 쓸 수 있다고 하였습니다. 그런데 만약 文王(문왕)이나 공자님 같은 분이 아니면서 권도를 쓴다면 무언가 잘못됨이 있을 것 같습니다. 그렇다면 오직 聖人(성인)이 된 뒤에라야만 권도를 쓸 수 있지 않겠습니까?" (아버지께서) 대답하셨다. "중대한 일에는 성인 아니면 능히 권도를 쓸 수 없느니라. 하나 만일에 형수가 물에 빠졌을 때 손으로 붙잡아 끌어올리는 것 역시 권도이니라. 그런데 꼭 성인이 된 다음에야 권도를 쓸 수 있다면 형수가 물에 빠진 것을 보았을 때, '나는 아직 성인의 지위에 이르지 아니하였으니 권도를 쓸 수 없소이다.' 이렇게 말하며 서서 바라보기만 하겠느냐? (또 한편으로) 대개 요즈음 사람들은 잘못된 일을 많이 저지르면서 핑계대어 말하기를 '이것은 권도였소이다.' 하는데 이런 것도 심히 잘못된 것이니라. 옛사람의 말에 이르기를 '능히 올바른 도를 세우지 못한 채 권도 쓰기를 좋아한다면 이런 류의 폐단이 생기는 것을 면하지 못할 것이다.' 하였느니라."
(중략)

언젠가 제가 여쭈었었다. "忠信(충신)치 않고도 君子가 될 수 있습니까?" 아버지께서 말씀하셨다. "어찌 군자라고 하면서 충신치 않은 사람이 있겠느냐?" 또 여쭈었다. "敬(경)과 誠(성) 중에서 어느 것이 더 중요합니까? 제 생각에는 성실이란 것은 배우기가 쉬울 듯하오나, 持敬(지경)에 이른다고 하는 것은 그 실천이 쌓이고 모여야 될 듯하오니 공부하는 사람들이 갑자기 도달하기는 어려울 것 같습니다." (아버지께서) 대답하셨다. "誠(성)이란 것은 순수하고도 한결같아서 결코 쉬지 않는 것을 일컫는 것이니라. 그러므로 誠(성)이란 이름이 붙으면 참으로 큰 것인데 어찌 誠(성)하면서 敬(경)하지 않은 사람이 있겠느냐? 지경의 공부가 익숙하게 되어 세월이 흐르면 誠(성)이 되는 것이니라."

또 여쭈었다. "지경치 아니하고 군자가 된 사람이 있습니까?" 대답하셨다. "비록 경을 지니지 못했다 하여도 타고난 성품이 순수하고 아름다운 사람이라면 자연히 나쁜 일을 저지르지는 않을 것이니라."

제가 여쭈었다. “그러하오면 그 사람을 군자라고 할 수 있겠사온데, 그렇다면 지경에 이르는 공부를 하지 않고서는 결코 성인의 도에 들어갈 수 없다는 말은 어찌 되는 것이옵니까?” 아버지께서 말씀하셨다. “그러하니라. 전날에 金安國(김안국) 公(공)이 나와 함께 종묘에 들어간 일이 있었는데 처음 반열을 맞추어 들어설 때에는 지극히 공순하고 엄숙하였으나 얼마 지나자 문득 좌우를 돌아보며 옆 사람과 무슨 글에 대해 이야기 나누는 것을 보았다. 이것은 경을 지키지 못한 것이다. 이것을 미루어 보면 김 공은 학문은 넓으나 마음을 지키고 성품을 기르는 存心養性(존심양성)의 공부는 부족한 것이 아닌가 싶었느니라.” (하략)

이언적 선생이 말년에 은거한 독락당

이 대화를 읽으면서 우리는 두 가지 공부성과를 한꺼번에 얻는다. 그 하나는 陰陽(음양)·權度(권도)·忠信(충신)·誠敬(성경)과 같은 성리학의 핵심논제에 평이하게 접근할 수 있는 것이요, 또 하나는 부자 간의 정리가 이처럼 眞摯(진지)하고 돈독할 수 있구나 하는 감동으로 그 대화에 동참할 수 있는 것이다. 옛사람들의 부자관계가 이러하였으니 그분들은 일상으로 君師父一體(군사부일체)란 말을 쉽게 언급하였던 것이다.

〖關西問答〗

大人丁未秋竄居西徼. 翌年六月十八日大夫人下世. 大人聞訃於數千里外 用遺衣服設位 行朝夕朔望奠 極其誠敬 泣血踰期 柴毁日深 全仁雖侍側 猶不得供職慰悅 只切悶泣而已.

一日仁受論語于大人 因問陰陽之理 "且男女各具陰陽乎?" 大人曰 "水陰根陽 故內明而外暗 火陽根陰 故外明而內暗, 男陽在背而陰在腹 故浮水死者 腹下而背上 女陰在背而陽在腹 故背下而腹上云." 仁始解其理.(中略)

仁問曰 "古人言 惟聖人能用權 若非文王孔子而用之 則未免有差 然則惟聖人而後能用權乎?" 曰 "大事則非

聖人不能也. 若嫂溺援之以手者亦權也. 若必聖人而後盡用權道 則人見嫂溺而, 曰我未至聖人之位 不可用權而立視乎? 大凡今之人 多行非道而稱之曰 此權道也甚非也. 古人之言乃謂 不能立於道 而好爲用權 則未免有此弊也."(中略)

仁問曰 "不忠信而爲君子者有諸?" 大人曰 "豈有君子而不忠信者乎?" 又問曰 "敬與誠孰重 意以爲誠實者似乎易學 至於持敬 則積累之 多學者難以驟至也." 曰 "誠者純一不息之謂也. 誠之爲名至大 豈有誠而不敬者乎? 持敬之功已熟 則久而誠矣." 又問曰 "有未持敬而爲君子者乎?" 曰 "雖未持敬 天質粹美者 自然不作惡事者也." 仁曰 "然則 其爲人也可謂君子也. 然而不由持敬 則無奈終不可以入聖人之道歟." 大人曰 "然昔金公安國 與我同入宗廟 其初入班列時 莊敬嚴肅 俄而顧而 與人論文 是不敬也. 由是觀之 此人博學而少存養之功也."(下略)

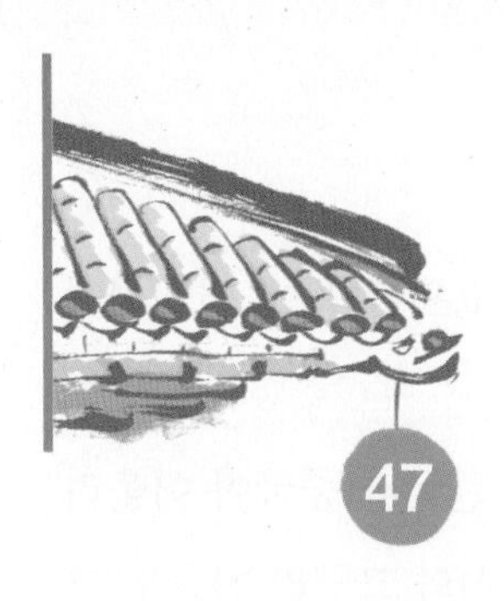

집현전문신 동국병감
集賢殿文臣의 東國兵鑑

한때 만주라 일컫던 중국의 東北三省(동북삼성)은 그 남반부 대부분이 고구려의 영토였다. 그러므로 고구려의 역사를 이야기하고자 할 때에는 그 삶의 터전이었던 國內城(국내성) · 丸都城(환도성) 등을 말하지 않을 수 없고, 또 그곳은 지금 중국의 땅이 된 遼寧省(요녕성) · 吉林省(길림성)으로 불리어진다는 것을 생각하지 않을 수 없다.

산하는 依舊(의구)하되 인걸은 간 데 없다 할 것인가? 역사는 바둑의 판세처럼 산천의 주인들을 전후좌우로 자리바꿈을 시킨다. 그래서 지금은 남의 땅이 된 압록 · 두만 이북의 땅을 고구려와 함께 추억의 땅으로 간직하고자 한다. 그러나 이것은 어디까지나 우리 한국인의 관점일 뿐이다. 일찍이 중국사람들은 고구려의 故土(고토)가 원래 漢四郡(한사군)의 땅이었으니 한사군의 고토는 영원히 중국역사의 일부로 검토되어야 한다고 생각한다. 이 생각이 오늘날 東北工

程(동북공정)을 낳게 하였다. 물론 한사군은 고조선의 옛 터전이었다.

이러한 역사적 맥락에서 보면 동북공정은 한국과 중국이 어울려 살아온 유사 이래의 쟁점이었다. 隋(수)·唐(당)의 고구려 침공도 그래서 勃發(발발)했던 것이다.

당태종이 고구려를 공략하기 전에 그의 신하 陳大德(진대덕)을 사신으로 보내어 고구려의 虛實(허실)을 探知(탐지)하고자 하였는데, 과연 진대덕은 고구려의 산천을 샅샅이 살피고 돌아가 태종에게 실상을 보고하였다. 그때에 태종은 이른바 동북공정의 원조라 할 다음과 같은 말을 남겼다.

> 고구려는 본래 漢(한)나라 四郡(사군)의 땅이다. 내가 군사 수만을 동원하여 요동을 공격하면 그들은 틀림없이 국력을 기울여 구하려 할 것이다. 이때에 별도로 水軍(수군)으로 하여금 東萊(동래)를 나와 海道(해도)를 통하여 平壤(평양)으로 향하게 한다면 그 나라를 점령하는 것은 그리 어렵지 않을 것이다.

이렇게 말한 당태종은 고구려 寶藏王(보장왕) 3년(A.D. 643) 드디어 발병하여 그 다음 해에 遼東(요동)·白巖(백암) 두 성을 함락시키는 데는 성공하였으나 끝내 安市城(안시성)을 이기지 못하고 長安(장안)으로 回軍(회군)하였다.

이와 같은 일련의 한중전쟁사를 돌이켜 보면서 우리는 동북공정에 어떻게 대처해야 할 것인가를 깊이깊이 궁리하게 된다. 그 궁리

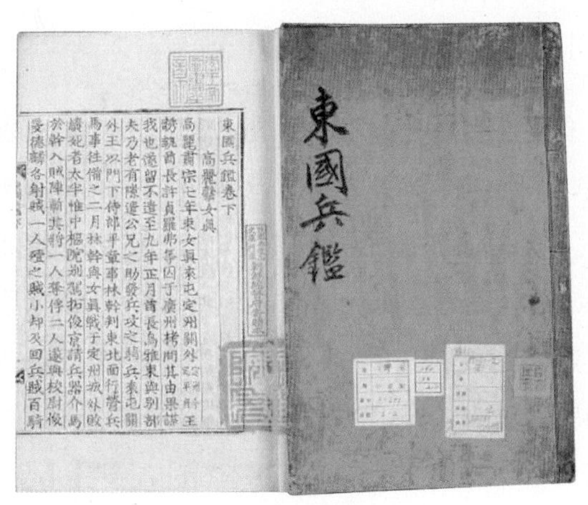

동국병감(東國兵鑑)

는 우리에게 『東國兵鑑(동국병감)』을 읽게 한다.

『동국병감』은 조선조 문종 때에 의정부의 奏請(주청)으로 文宗(문종)의 명에 의해 집현전 문신들이 편찬한 병서로서 우리나라 최초의 戰爭史書(전쟁사서)라 할 수 있는 책이다. 상 · 하 2권, 총 37항으로 되어 있는데 고조선의 멸망과 漢四郡(한사군)의 설치를 제1항으로 하고, 제37항에 고려 말 여진족 제압의 記事(기사)로 마무리되어 있다.

다음은 그 『동국병감』의 제3항 〈고구려가 漢(한)나라 군사를 물리침〉이다.

〖고구려가 한나라 군사를 물리침〗

고구려 대무신왕 11년(A.D. 28)에 한나라 요동태수가 군병을 몰고 쳐들어 왔다. 임금이 여러 신하를 불러 놓고 그 침략에 방어할 계책을 물었다. 우정승 송옥구가 아뢰었다. “신이 듣자오니 德(덕)을 믿는 자는 번성하고 힘을 믿는 자는 망한다 하였습니다. 요즈음 중국은 황폐하고 혼란스러워 도적 떼들이 벌떼처럼 일어나고 있는데 명분도 없는 출병을 하였으니 이것은 군신들의 뜻을 모은 책략이 아니옵고, 필경 변방의 장수가 이익이 있으리라 짐작하고 무단히 우리나라를 침략한 것입니다. 하늘을 거스르고 인륜을 배반한 군대는 결코 성공을 거두지 못합니다. 준엄한 지세를 이용하여 기습 공격하면 반드시 그들을 무찌를 것입니다.”

좌정승 을두지가 아뢰었다. “작은 적이 한때 강성하다 하여도 큰 적에게 사로잡히는 법입니다. 신이 생각해 보았습니다. 대왕의 병사와 한나라 병사를 비교하면 어느 쪽이 많습니까? 그러니 꾀를 써서 공격할 수는 있으나 전력으로 이길 수는 없습니다.” 임금이 물었다. “꾀를 써서 공격한다면 어떻게 하면 되겠는가?” 을두지가 대답하였다. “지금 한나라 병사들은 먼 곳에서 이기겠다는 투지로 몰려 왔으므로 그 銳鋒(예봉)을 꺾기는 어렵습니다. 대왕께서는 성문을 굳게 닫고 방비를 든든히 하시다가 저들 군사들이 지치기를 기다려 나아가 공격하면 좋을 것입니다.”

임금이 그렇겠다 생각하고, 위나암성(곧 국내성 또는 불내성이라고도 하는데 환도산과 나란히 붙어 있음)에 들어가서 성문을 굳게 잠그고 수십 일을 버티었으나 한나라 병사들도 포위를 풀지 않았다. 임금은 병사들이 힘이 빠지고 지친 것을 보고 을두지에게 말하였다. “우리의 형세가 능히 지켜낼 수 없을 듯하니 어찌하면 좋겠는가?" 을두지가 대답하였다. "한나라 사람들은 우리가 사는 이 암석 땅에는 샘물이 없을 것이라 생각하고 오래 포위하여 지치기를 기다리고 있습니다. 마땅히 연못의 물고기를 얻어다가 水草(수초)에 싸고 겸하여 술을 보내어 대접하십시오." 임금이 그 말대로 시행하고 덧붙여 편지를 보내어 말하였다. "과인이 우매하여 상국에 죄를 지었기로 장군으로 하여금 백만의 병사를 거느리고 풍상을 겪으며 이 누추한 변방까지 오게 하였으니, 그 도타운 뜻을 받들 길이 없어 감히 이 하찮은 물건을 보내드립니다."

그러자 한나라 장수는 성안이 물이 풍족하여 쉽게 함락시킬 수 없음을 깨닫고, 답서를 보내어 말하였다. "황제께서 나를 노둔하다 여기지 않으시고 내게 명하여 군대를 거느리고 가서 죄를 물으라 하셨기로 여기에 이르러 수십 일을 넘겼으나 어찌해야 할 바를 모르고 있었는데, 이제 보내온 글월의 뜻을 살피니 말씨가 순하고 또 공손하니 내 어찌 이것을 근거로 하여 황제께 보고하지 않겠소이까." 그리고는 드디어 군대를 물려 퇴각하였다.

자고로 가장 아름다운 勝戰(승전)은 싸우지 않고 이기는 것이라 하였다. 우리나라 전쟁사에서 최초의 승전이라 할 이 尉那巖城(위나암성) 전투는 버티기 작전이었지 전투가 아니었다. 그리고 慰撫(위무)나 智略(지략)으로 적이 스스로 물러가게 한 사건일 뿐이다. 그러나 여기에 약소민족의 活路(활로)가 보이는 듯하다. 2천 년 전의 사건이지만 이 작전은 오늘날에도 여전히 유효하다 아니 할 것인가?

〖高句麗禦漢兵〗

高句麗大武神王十一年 漢遼東太守將兵來伐. 王會群臣 問戰守之計. 右輔松屋句曰"臣聞恃德者昌 恃力者亡. 今中國荒險 盜賊蜂起 而出兵無名 此非君臣定策 必是邊將窺利 擅侵吾邦. 逆天違人 師必無功 憑險出奇 破之必矣."

左輔乙豆智曰"小敵之强 大敵之禽也. 臣度 大王之兵 孰與漢兵多. 可以謀伐 不可力勝." 王曰"謀伐若何." 對曰"今漢兵遠鬪 其鋒不可當也. 大王閉城自固 待其師老 出而擊之可也."

王然之, 入尉那巖城(卽 國內城 或云 不耐城 與丸都山相接) 固守數旬, 漢兵圍不解. 王以力盡兵疲 謂豆智曰"勢不能守 爲之奈何." 豆智曰"漢人謂我巖石之地 必無水泉 久圍待困. 宜取池魚 包以水草 兼以酒致犒." 王從之貽書曰"寡人愚昧 獲罪上國 致令將軍帥百萬之衆 暴露弊境, 無以將厚意 敢用薄物 致供左右."

於是 漢將謂城內有水 不可猝拔, 乃報曰"皇帝不以臣駑 下令出師問罪 及境踰旬 未得要領, 今聞來旨 言順且恭 敢不藉口以報." 遂引退.

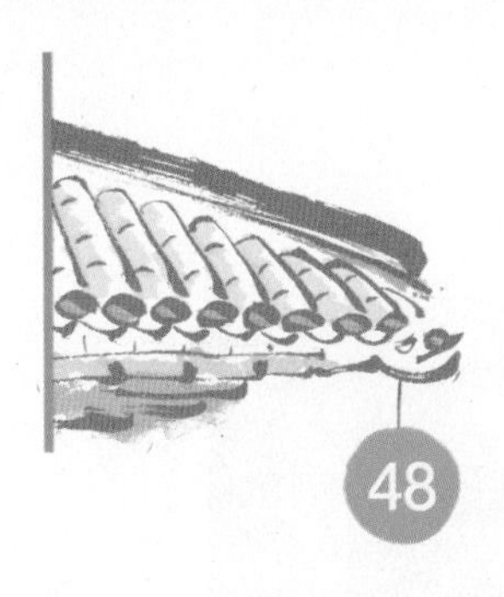

김안국 답대마도주서
金安國의 答對馬島主書

좀 더 나은 생활여건을 만들며 이웃나라의 선진문물을 받아들여 위세당당한 나라를 만들겠다는 것은 어느 종족, 어느 민족에게나 공통된 소망일 것이다. 그러나 이러한 소망을 擄掠(노략)질로 해결하려한 민족이 있다. 멀리 동해 밖에 벗어나 있던 일본은 18세기에 이르러 서구문물을 접하기 전까지는 언제나 후진을 면할 수 없는 처지였다. 모든 문명의 빛은 중국을 중심으로 발산되고 있었고 더구나 瘠薄(척박)한 토양은 농업생산도 보잘것이 없었다. 그리하여 그들은 일찍이 海賊行爲(해적행위)에 눈뜨게 되었다. 그들 왜인들은 배를 타고 한반도 해안에 출몰하며 양민을 학살하고 재물을 탈취하는 일을 업으로 삼기 시작하였다. 우리 역사에서 그들을 倭寇(왜구)라고 부른다. 이 왜구는 이렇듯 부끄러운 역사적 배경을 갖고 나타난 동양중세, 한일교섭사의 골칫거리였다.

映湖樓
湖山歲晩客懷多
牽晩風流興轉加
落日鳴鐘何處寺
淡烟疎雨幾人家
歌催野雪飄餘曲
遂弄江梅落後花
醉倚欄干頻送目
小船漁火繫枯槎
慕齋金安國

안동시에 위치한 영호루(映湖樓)의 편액

그들 왜구의 침략은 고려조 13세기 말경으로 소급하는데 그 피해는 해를 거듭할수록 심해지고 국방상으로도 커다란 위협이 되었다. 조선왕조가 들어서고 세종원년에 이르러 대마도 정벌을 단행한 것도 그동안의 積弊(적폐)를 씻고 왜구의 행패를 끊으려는 강력한 응징이기도 한 것이었다.

그러나 왜구의 침노는 수그러들지 않았다. 경제적, 문화적 상승을 열망하는 저들의 의지와 그동안의 습성이 노략질을 멈추게 하지 않았다. 이에 조선 조정은 交隣(교린)의 차원에서 宥和策(유화책)을 쓰게 되었다. 그것이 三浦(삼포)의 개방이었다.

처음에는 釜山浦(부산포, 지금의 東萊)를 열어 왜인의 거주를 허락하였고(1426, 세종 8), 10년 뒤에는 薺浦(제포, 지금의 昌原)와 鹽浦(염포, 지금의 蔚山)를 개방하여 무역선의 출입을 허락하고 무역과 漁撈(어로)가 끝나면 철수하도록 조치한 제한된 개방이었다. 그러면서도 숨통을 터놓아, 그동안에 연고가 있는 60여 호는 그대로 살 수 있게 하였다. 그들을 恒居倭人(항거왜인)이라 불렀다.

그런데 세월이 흐를수록 항거왜인은 점점 늘어났고, 조정의 宥和(유화)·包容策(포용책)은 저들의 불법과 만행을 부추기는 결과가 되었다. 조정에서는 부득이 단속과 통제를 가하는 강경책을 쓰면서 저들을 규제하기 시작하였다. 성종대에 시작된 이러한 조처는 연산군 때를 거쳐 중종 초기까지 일관된 정책이었다.

더구나 반정으로 등극한 중종은 정치사회 개혁의 필요성이 컸기 때문에 왜인을 더욱 엄하게 통제하였다. 바로 그 무렵에 왜구의 소굴이라 할 수 있는 對馬島(대마도)를 책임진 島主(도주)에게 어르고 달래며 겁주는 서찰을 계속하여 보내게 된다.

여기에 소개하는 「答對馬島主書(답대마도주서)」는 그 많은 서찰 가운데 하나일 뿐이다. 이 글을 쓴 慕齋(모재) 金安國(김안국, 1478 성종 9~1543 중종 38)은 金宏弼(김굉필)의 門人(문인)으로 23세 때 생원 진사시에 합격하고, 25세 때 별시문과에 급제하여 承文院(승문원)에 등용되면서 宦路(환로)에 나아갔다. 29세 때 다시 文科重試(문과중시)에 급제하여, 持平(지평)·掌令(장령)·禮曹參議(예조참의)·大司諫(대사간)·工曹判書(공조판서)를 역임하였다.

1519년 42세 때 신진사류에 철퇴를 가하는 己卯士禍(기묘사화)가 일어났으나 때마침 전라도 관찰사라는 외직에 있었기 때문에 파직되는 것으로 목숨을 구했다가 1537년 50세에 다시 기용되어 禮曹判書(예조판서)·大司憲(대사헌)·兵曹判書(병조판서)·大提學(대제학)・判中樞府事(판중추부사) 등을 역임하였다. 성리학뿐만 아니라 天文(천문)・曆法(역법)・兵法(병법)・周易(주역)・農事(농사)에도 조예가 깊었고, 물이끼(水苔)와 닥(楮)을 화합한 苔紙(태지) 제작에도 성공하여 그 보급을 권장했으나, 실효는 보지 못했다. 조광조 등과 함께 至治(지치)를 역설한 전형적인 신진사류였다.

이제 그의 많은 「答對馬島主書(답대마도주서)」 가운데 하나를 읽어보기로 하자. 이 글은 예조참의 시절에 쓴 것이니 오늘날로 보면 중앙부서 국장급이 발송한 것이다.

『對馬島主(대마도주)에게 회답하는 글』

바닷길이 막히어 멀리 떨어져 있으니 만나볼 기회가 없어 난감하고 간절한 뿐이다. 그동안 貴島(귀도)는 대대로 충성의 의리를 지키어 각별히 섬기고 두 마음을 가지지 않았으므로 나라에서도 이를 가상하게 여기어 접대하는 예절에 모자람이 없었고 서로 교통하여 좋은 관계를 맺은 것이 오래되었으나 변함이 없었다. 우리나라는 먼 지방을 편안케 하는 효과를 거두고 귀도는 하늘을 두려워하는 복을 얻으니 양쪽이 모두 바른길[道]을 얻었다고 할 만하다. 그런데 근년 몇 해 동안 간악하고 좀스런 무리가 점점 흉악한 짓을 거리낌 없이 저질러, 나라가 알을 품어 기르듯 하는 은혜를 돌아보지 않고 족하의 무기 단속의 엄정함도 두려워하지 않으며 틈을 엿보아 난동을 부리는 일이 빈번하게 있었다.

지난 丙寅年(병인년, 1506, 중종 1) 9월에는 왜선 한 척이 전라도 지경을 넘어와, 마침 제주도 사람이 밤에 추자도에 머물고 있는 것을 엄습하여 재물을 약탈하고 나라의 신하 柳軒(유헌)과 金良輔(김양보) 등을 죽이기까지 하였다. 이러한 일은 귀도의 사람이 한 짓이 아니라면 반드시 三浦(삼포)에 사는 자일 것이다. 삼포의 왜인은 우리 땅에 살기를 의탁하여 자손을 키우고 편안히 생업에 종사하며 살아온 것이 어느새 백 년이 되었다. 어려움 없이 고기잡이하고 물자를 교환하여 衣食(의식)을 마련하게 하였으니 이것은 우리나라 조종이 이웃을 편안히 감싸는 사랑의 은혜 아닌 것이 없다. 그런데 꿈틀거리는 무지한 무리가 배은망덕하여 돌연 간사한 마음을 품으니 감싸고 다독거리기를 더욱 부지런히 하였건만 죄악을 쌓는 일이 더더욱 심하였다.

甲子年(갑자년, 1504, 연산군 10) 이후로부터 연이어 변방의 장수들을 욕보이고 또 금하는 지역을 넘어와 백성의 집을 불태우며 흉포함이 거칠 것이 없으니 이처럼 심한 지경에 이르러 나라에서는 어찌 그 처단할 바를 모르겠는가. 다만 임금 된 자로서 그 거친 것을 감싸는 도량으로 잠시 더불어 따지지 않고 안면을 바꾸어 스스로 새로운 길을 열게 하였다. 그러나 이렇게만 하면 저 간악하고 사나운 무리가 징계를 받지 않게 되니 더욱더 간계한 의도를 품고 임금의 법을 어기어 마침내는 용서할 수 없는 지경에 이를 것이니 참으로 불쌍한 일이다. 한편 우리 선대조 때에 삼포를 열어 살게 한 것은 단지 60호만을 약정하였고 출입 통행 주거가 모두 한정된 범위를 넘지 않도록 법으로 정하였었는데, 세월이 오래 지나면서 점차 본래의 규약을 잊고 늘어난 종족들이 머뭇거리며 구차히 눌러앉아 인구가 크게 팽창하니 간사한 무리가 그 사이에서 싹트는 것은 반드시 형편이 그럴만한 것이었다. (중략)

우리 전하께서는 한 나라를 맡아 쓰다듬어 기르시어 이제 4년이 되었다. 먼나라와 편안히 지내고 작은 나라는 사랑하여 그 어짐[仁]이 하늘을 덮은 듯한데, 이제 貴島(귀도)는 윗대부터 충성을 바치기를 지금껏 변치 않으니 깊이 기특하게 여기어 칭찬하는 것이다. 단지 염려스러운 것은 족하가 멀리 거칠고 메마른 땅에 살고 있어서 나라가 새롭게 고쳐 나아가는 가르침의 은혜를 알지 못할까 하는 것이고, 또 완악하고 무지한 무리들이 거듭하여 나라의 법을 어기니 마침내는 스스로를 보전하지 못할까 측은한 마음이 드는 것이다. 그래서 이번에 특별히 禮賓寺正(예빈시정) 尹殷輔(윤은보)를 보내어 귀도에 머물게 하여 나라가 어루만져 편안하게 하려는 간절한 뜻이 있음을 거듭하여 타일러 알리고, 또 지난날이나 금후에 범죄를 짓거나 도적질한 왜인을 찾아내어 잡아서 법대로 처리할 것과 옛날의 약속을 거듭 분명히 하여 삼포에는 정한 호수 외의 왜인을 쇄환시킬 일 등을 아울러 족하에게 이르는 것이다.

족하는 나라의 예우가 융숭하고 무겁다는 것을 몸으로 깨달아 그 깊은 은혜에 깊이 보답하며 마땅히 해야 할 일을 행하여 간특한 행실이 영원히 끊어지고 서로 사귐이 더욱 돈독하여져서 복이 자손에게 흘러 대대로 끊이지 않으면 이 어찌 아름답다 하지 않겠는가. 족하는 살피고 생각하라. 하사하는 물건은 별폭에 자세히 갖추었다. 그리고 시절에 순응하며 진중하기 바란다. (할 말을) 다하지 못한다.

이러한 글월을 읽은 倭(왜)는 그 뒤에 어떻게 행동하였는가? 정확하게 1년 뒤인 1510년 4월에 이른바 三浦倭亂(삼포왜란)을 일으켜 난동을 피우는 것으로 답례하였다. 이 왜란은 恒居倭人(항거왜인)과 對馬島主(대마도주)의 아들 宗盛弘(종성홍) 등이 벌인 일종의 반란이

김안국 선생의 모재집

기는 하지만 피차 수백 명이 희생되고 삼포의 왜인들이 모두 대마도로 도주하여 그 후 국교가 다시 열릴 때까지 삼포는 3년간 폐쇄되었다.

그러나 그 후 또 80년 만에 임진왜란을 일으키니 저들의 근성은 도대체 어디에 있는 것인가? 그리고 임진왜란이 끝난 지 312년 뒤인 1910년 우리는 한일합방(경술국치)의 쓴잔을 마셔야 하였다.

과연 왜구의 변란은 끝난 것인가?

〖答對馬島主書〗

海途阻隔 瞻覿無由 難堪勤企. 就中貴島 世輸忠款 恪事無二 國家亦用嘉之 接遇之典 無所不至 交通脩好 久而不渝. 我國收綏遠之效 貴島獲畏天之福 可謂兩得

其道矣. 頃年以來 奸細之徒 漸肆兇獷 不顧國家卵育之恩 不畏足下檢戢之威 伺間作耗 比比有之.

在丙寅九月 倭舡一艘 犯全羅道界 因濟州人夜泊楸子島 掩襲劫掠 至殺朝臣柳軒金良輔等. 此非貴島人 則必居三浦者也. 三浦之倭 來投我土 長子若孫 安業而居殆將百年. 其便漁釣 通互市以資衣食者 無非我祖宗綏懷之恩. 而蠢爾無知之輩 忘恩背德 輒懷奸軌 撫之愈勤稔惡愈甚.

自甲子年後 連辱邊將 又擅越關限 焚蕩民家 肆兇無忌 至此其甚 國家豈不知所以處之 但以王者 包荒之量姑不與較 以開革面 自新之路. 然只此而已 則彼頑悍之徒 無所懲創 愈懷奸圖以干王法 終至於不可赦 則誠爲憫惻. 且在我祖宗朝許處三浦者 只約六十户 其出入行住 皆有界限法程 年代浸久 漸失本約 繁衍種族 因循苟留 生齒旣衆 奸類之孼芽其間 勢所必至.(中略)

我殿下 臨撫一國 于今四載 綏遠子小 仁如天覆 以貴島 自先世納忠 迄今不衰 深用嘉奬. 但慮足下 邈處荒遠 不能悉國家更新之化 且憫頑悍無知之徒 累違邦憲恐終不能自保 故玆特遣禮賓寺正尹殷輔 前往貴島 申諭國家綏撫有加之意 且將搜獲 前後犯罪 作賊之倭 置之於法事項 及申明舊約 刷還三浦數外倭户等事 幷諭

足下.

足下其體國家禮遇隆重之意 深思報效 且亟施行 使奸慝永絶 交好益篤 福流子孫 世世無替 豈不美哉. 惟足下審諒 敬賜物件 詳具別幅 餘冀若時珍重 不宣.

참고

三浦倭亂(삼포왜란)의 전말

중종 5년(1510)에 삼포에서 일어난 일본 거류민들의 폭동. 庚午倭變(경오왜변)이라고도 함. 세종대에 대마도주의 간청으로 釜山浦(부산포)·薺浦(제포)·鹽浦(염포)를 개항하여 왜인들의 무역선의 왕래와 어로를 허가하였다. 각 포구는 왜관을 설치하여 교역과 접대의 장소로 활용하였다. 이 삼포는 왜인의 왕래만 허락하였으나 점차 永住(영주)하는 인구가 발생하여 세종 말년에 이미 삼포에 도합 1,800명 이상이 상주하였다. 애초에 60여 호만을 허락한 恒居倭人(항거왜인)이 점차 늘어나므로 조정은 그들의 통제에 고심하게 되었다.

중종이 즉위하자 諸政刷新(제정쇄신)의 차원에서 항거왜인에 대한 규제도 강화하였다. 특히 밀무역의 통제를 엄하게 하자 왜인들은 자기네가 약속을 어긴 것은 생각지 않고 규정대로 단속하는 것을 불만 불평하였다. 드디어 중종 5년 4월 4일 薺浦(제포)의 恒居倭酋(항거왜추)인 오오바시리(大趙馬道)와 야스고(奴古守長) 등이 대마도주의 아들, 종성홍을 대장으로 삼아 4, 5천 명을 이끌고 제포를 공격하여 焚蕩(분탕)하고 부산포도 침략한 다음 熊川(웅천)의 수비군도 공략하였다. 이들은 조선 측이 식량과 선박용구를 제대로 공급하지 않으며 왜인을 사역시킬 뿐 아니라 도주가 보내는 書契(서계)를 조정에 늦게 올리고 중앙에 보내는 소원을 제대로 전달하지 않는다는 등의 이유를 들어 규제를 풀어 성종 이전의 상태로 돌이켜

달라고 要求하여 왔다. 조정에서는 黃衡(황형)을 慶尙左道防禦使(경상좌도 방어사), 柳聃年(유담년)을 慶尙右道防禦使(경상우도방어사)로 삼아 왜군을 격퇴하고 종성홍을 살해하는 데 성공하였다.

이 난으로 조선 측은 군민 272명이 피살되고 민가 276호가 소실되는 피해를 입었고 왜 측은 5척의 배가 격침되고 295명이 참수되었다. 조정에서는 참수된 수급을 매장하여 그 무덤을 높이 쌓아 뒤에 오는 왜인들이 위구심을 갖게 하였다.

이 난의 결과로 삼포는 완전폐쇄되어 이후 3년간 지속되었다. 이에 일본의 아시카가 바쿠후〔足利幕府〕에서 수교의 복구를 간청하여 오므로 중종 12년(1512)에 국교가 재개되었으나 그 내용은 세종 때의 절반 수준으로 격감하여 歲遣船(세견선) 25척, 歲賜米(세사미)는 쌀과 콩 각 100석으로 제한하였으며 특송선도 폐지하고 삼포 가운데 제포의 왜관만을 다시 열게 하였다.

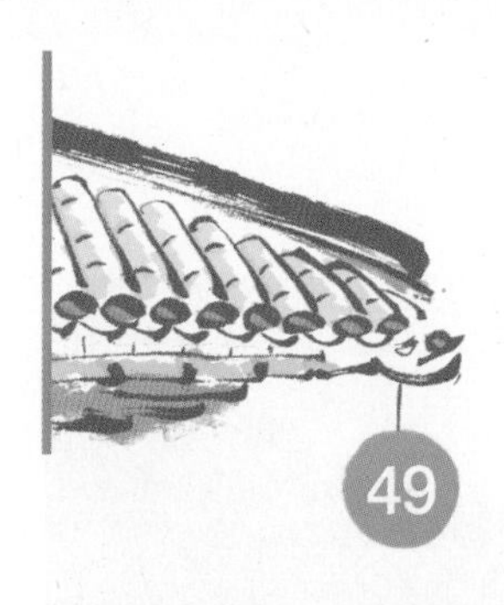

49

權橃의 請勿許日本請和啓

권벌 청물허일본청화계

자고로 이웃한 나라끼리 사이가 좋을 수는 없다. 서로가 엇갈리는 이해와 경쟁 관계 속에서 宿怨(숙원)이 쌓이기 때문이다. 그럼에도 불구하고 이혼하지 못하고 살아가는 부부처럼 때로는 반목하고 때로는 화친을 모색하면서 바람직한 미래를 향하여 相生(상생)의 슬기를 모으는 역사를 만들어 간다. 멀리 영국과 아일랜드의 관계가 그러하고 프랑스와 독일의 관계가 그러하다.

우리도 과거 교린의 역사를 바라보노라면 그 시절에 그럴 수밖에 없었던 사실과 사건들이 현재의 시점에서도 풀어내야 할 심각한 문제로 우리 앞에 다가선다.

중종 5년(1510)에 이른바 三浦倭亂(삼포왜란)이라는 변란을 치른 뒤에 朝倭間(조왜간)에는 건널 수 없는 깊은 골이 패이고 말았다. 그 때에 조선으로서는 관계를 끊는다 하여 특별한 손익이 발생하는 것

권벌 선생의 종가

이 아니었으나, 왜 측으로서는 문화적, 경제적 손실이 엄청난 것이었다. 저들은 새로운 지식의 창구가 조선 쪽으로만 열려 있었고 조선과의 통상을 통하여 얻는 糧穀(양곡)과 器皿(기명) 등이 또한 저들의 생계에 지대한 영향을 끼치고 있었기 때문이었다. 따라서 저들은 庚午之變(경오지변)을 겪은 바로 다음해 중종 6년(1511) 4월에 僧(승) 弸中(붕중)을 사신으로 보내어 화친을 청하였다. 그때 조선의 입장은 단호하였다. 그러자 다급해진 倭(왜)는 대마도의 首惡人(수악인) 18명을 참살하고 중종 7년(1512) 4월에 다시 승 붕중을 일본국 왕사로 삼아 再三(재삼) 請和(청화)하기에 이르렀다.

다음 글은 이렇게 對倭問題(대왜문제)가 긴박하게 돌아가던 때에 不許請和論(불허청화론)을 들고나온 奏啓(주계) 1편과 또 그 뒤에 不許貿易論(불허무역론)을 開陳(개진)한 1편이다. 이 글을 쓴 權橃(권벌,

1478 성종 9~1548 명종 3)은 안동인으로 생원 士彬(사빈)의 아들이다. 字(자)는 仲虛(중허), 號(호)는 沖齋(충재). 준수한 儀表(의표)에 유려한 필력은 타고난 것이었다고 한다. 중종 2년 增廣文科(증광문과)에 급제하여 檢閱(검열), 注書(주서), 持平(지평), 正言(정언), 掌令(장령), 舍人(사인), 司成(사성), 都承旨(도승지)를 거쳐 參判(참판), 漢城府判尹(한성부판윤), 知中樞府事(지중추부사), 知春秋館事(지춘추관사), 右贊成(우찬성), 判義禁府事(판의금부사) 등을 지냈다. 다음 글을 지은 것은 사간원 正言(정언) 때 (시독관) 쯤이었을까?

그는 靜庵(정암) 조광조와 같은 신진사류에 속해 있었으므로 기묘사화가 일어나자 파직되어 15년 동안 고향에 돌아가 경학에 몰두하였다. 그 후 명종이 즉위하자 院相(원상)이 되었으나 良才驛壁書事件(양재역벽서사건)에 연루되어 求禮(구례)에 유배되었다가 朔州(삭주)에 移配(이배)되어 그곳에서 생을 마쳤다. 전형적인 신진사류의 행보를 걸어간 16세기의 문신이다.

〚일본이 和親(화친)을 청하는 것을 허락하지 말기를 청하는 글〛

나라에 큰일이 있으면 마땅히 대신들에게 의논할 것을 분부하셔야 하는 것인데, 우의정 成希顔(성희안)이 먼저 섬나라 오랑캐와 화친함이 옳다는 말을 하여 그 자리에 있던 모든 사람이 처음에는 혹 아니라고 하였으나 나중에는 대신들에게 이끌리어 모두 휩쓸려 한결같이 한가지 말을 하게 되었습니다. 옛날에 宋(송)나라가 遼(요)나라와 請和(청화)할 때에 寇準(구준)이 홀로 그 옳지 않음을 주장하였습니다. 그때에 만약 구준의 말을 따랐다면 100년의 무사함을 보장할 수 있었을 것인데, 그 말을 채택치 않았기 때문에 靖康(정강)의 변고를 당했던 것입니다.

이번에 硼中(붕중)이 이미 우리나라가 화친하려는 뜻이 있어 자기 나라 우두머리의 말을 받아들일 것을 알고(왔습니다), 그러나 적의 괴수들이 버젓이 활동하며 아직도 벌을 받지 않았는데 잔꾀를 부려 거짓 항복하고 있습니다. 이것이 어찌 정성스러운 마음으로 약속을 받아들이는 뜻이라 할 수 있겠습니까. (더구나 저들은) 100년 동안 알을 품어 기르듯한 은혜를 저버리고 지방 백성을 살해하는 일이 있었건만 오히려 그 부끄러움을 씻어내지도 못한 채 이제 갑자기 화친을 허락한다면 도리어 저들에게 교만한 마음이 생길 것입니다. 만약에 또다시 옛날에 살던 땅에 들어와 살기를 청하여 (허락을 얻으면) 저들의 욕심은 끝이 없어서 마침내는 지탱하기 어려울 것입니다.

이제 비록 通好(통호)를 허락하지 않는다 하여도 옳은 것은 우리에게 있고 잘못은 저들에게 있습니다. 저들은 반드시 경오년에 먼저 난동을 피운 자들을 원망할 것입니다. 오늘의 계책으로서는 성읍과 요새를 단단히 지키고 일체의 군사장비를 깨끗이 갖추어 만반의 준비로 저들을 기다림만 같지 않사옵니다. 붕중이 오늘 서울로 들어올 것이오니 청컨대 깊이 생각하시어 결정하시옵소서.

※ **靖康之禍(정강지화)** : 1127년 북송이 금나라의 침입에 밀려 수도 汴京(변경)을 내어주고 徽宗(휘종)과 欽宗(흠종)이 포로로 잡혀간 일. 靖康(정강)은 흠종의 연호. 이 난으로 남송시대가 되었음.

※ **庚午之亂(경오지난)** : 1510년(중종 5) 三浦倭亂(삼포왜란)을 가리킴.

〖일본 사신이 은으로 무역하는 것을 허락하지 말기를 청하는 글〗

일본나라 사신이 통신사라는 이름으로 장사할 물건을 많이 가져왔다 하옵니다. 은이 8만 량에 이른다 하오니 은이 비록 보물이오나 백성들이 입고 먹을 수는 없사옵고 실로 쓸 곳이 없는 것이옵니다. 우리나라는 바야흐로 綿布(면포)로 물건값을 치렀습니다. 백성들은 모두 이 면포에 의지하여 삶을 누렸사온데 백성들이 필요한 것을 쓸데없는 [은 같은] 것과 바꾸면 이로움은 저들에게 있고 우리는 피해를 입는 것이오니 더욱 옳지 않사옵니다. 하물며 왜의 사신들이 銀으로 값을 치르는 일은 전에도 없던 것이옵니다.

이번에 만약 그 무역을 허락한다면 그 이익이 큰 것을 좋아하여 다음에 올 때는 가져오는 것이 이번의 갑절이 될 것이 분명하니 만약에 한번 그 단서가 열리면 저들의 끝없는 욕심을 감당하기가 대단히 어려울 것입니다. 처음부터 거리를 두어 물리친다면 저들이 비록 실망하겠지만 그 노여움은 오히려 미미할 것이오나 받아주기 어려운 지경에 이르러 중지하고자 한다면 저들의 노여움은 더욱 크게 되어서 그 피해 또한 클 것이옵니다.

또한 공적으로 [국가비용으로] 무역하는 일도 원칙적으로 옳지 않사온데 백성들에게까지 무역하는 것을 허락한다면 은으로 거래를 금하는 법령에도 어긋나는 것이오니 더더욱이나 불가한 일이옵니다. 청하옵건대 이 무역을 못하게 하시어 뒷날의 폐해를 막으시옵소서.

이러한 啓文(계문)이 奏請(주청)되고 5백년 세월이 흐른 오늘, 다시 이러한 계문을 읽는 우리의 감회는 자못 남다르다. 첫째로는 일본이란 나라와 그 민족은 과연 우리에게 어떤 존재인가 하는 것이

권벌 선생의 충재일기 (보물 261호)

요, 둘째로는 道學政治(도학정치)의 기치를 내건 성리학의 이상주의가 우리 역사에 전하는 교훈은 무엇인가 하는 것이다.

이 두 가지 물음은 우리에게 우리가 21세기를 사는 동안 그 해결의 策文(책문)을 진지하게 완성하도록 거듭거듭 요구하고 있다.

〖請勿許日本請和啓〗

國有大事 當命大臣議之 而右議政成希顔 先倡島夷可和之說 在座諸人 始或非之 而終乃牽制於大臣 靡然傅會 同出一辭.

昔宋與遼講和 寇準獨以爲不可. 當時若聽寇準之言 則可保百年無事 而旣不用其言 故卒有靖康之禍.

今弸中已料 我國欲和之意 卽諾函首之言. 然賊魁 盛親 尙不誅, 而挾詐佯服, 是豈輸誠納款之意歟 負百年卵育之恩 屠害一方之氓 尙不能快雪其恥 而今遽許和 反生驕慢之氣. 若復請入舊居之地 則其慾無窮 卒難支矣.

今雖不許通好 直在我 曲在彼. 故倭人等必怨庚午之首倡煽亂者矣. 爲今之策 莫若深固城地 精備器械 以强待彼耳. 弸中今日 當入京矣. 請宸慮熟計處置焉.

中宗實錄 16卷, 7年(1512 壬申) 閏5月 14日(丁亥條)

〖請勿許日本使臣銀貿易啓〗

日本國使 以通信爲名 多齎商物 銀兩至於八萬 銀雖寶物 民不可衣食之 實爲無用. 我國方以綿布行用 民皆

賴此生活 以民之所賴 換其無用之物 利歸於彼 我受其弊 甚爲不可. 況倭使齎銀, 在前所無.

今若許貿 則樂其利重 後來所齎 必倍於此 若一開端 難以應無窮之欲. 却之於始 則彼雖缺望 其怒猶淺 及其難應 欲爲中止 則其怒益深 害亦必大.

且公貿已爲不可 而許民之貿 有違禁銀之令 尤爲不可. 請勿貿易以杜後弊.

中宗實錄 98卷, 37年(1542 壬寅) 4月 24日(甲戌條)

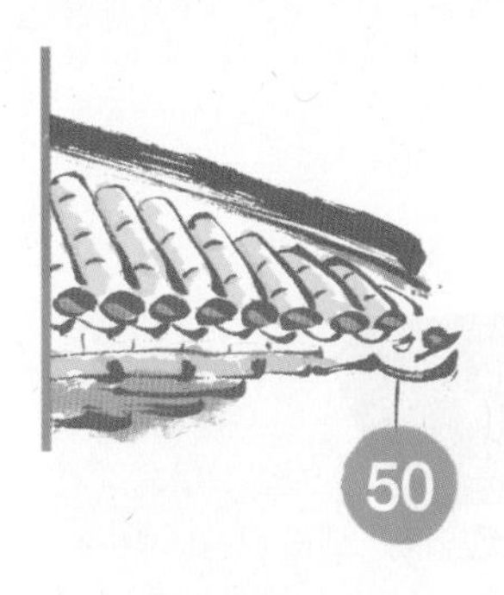

50

조광조 계심잠병서
趙光祖의 戒心箴並序

연산군의 十年虐政(십년학정)은 중종반정으로 새 국면을 맞이하였다. 나라 세운 지 114년째요, 세조의 왕위찬탈로부터는 50년 뒤였다. 그 무렵 조정은 세조대 이래의 공신과 반정의 공신들로 채워져 있었다. 새로이 임금이 된 중종은 조정의 중심세력인 저들 勳舊派(훈구파) 공신들을 견제하고 새로운 정치풍토를 만들고자 참신한 선비들을 발탁하였다. 그러자 士林派(사림파)는 도학정치를 표방하며 이상사회를 세우겠다는 열정으로 조정을 쇄신하려 하였다. 그들은 聖君論(성군론), 親君子(친군자) 遠小人論(원소인론), 愛民論(애민론) 등을 주장하며 임금과 모든 벼슬아치들에게 엄정한 품성과 고매한 인격을 요구하였다. 물론 그들 스스로는 한 점 부끄럼 없는 도학군자로서 불같은 誠心(성심)으로 칼날 같은 正論(정론)을 펼쳐 나갔다. 그 중심에 靜庵(정암) 趙光祖(조광조, 1482 성종 13년~1519 중종 14년)라

조광조 선생

는 인물이 있었다.

그러나 이러한 이상이 어느 세상엔들 제대로 펼쳐질 수 있었겠는가? 기득권세력의 끊임없는 모략과 중상으로 좌절의 쓴잔을 마시는 것, 또한 세상 사는 이치가 아닐 것인가! 더구나 정암은 관용과 타협으로 인화를 도모하는 일에는 부족함이 있었다.

정암은 29세의 나이에 진사가 된 이래 38세에 대사헌이 되기까지 만 아홉 해 동안 눈부신 승진을 거듭하며 나라의 積弊(적폐)를 씻어 나갔다. 미신적 祭天行事(제천행사)를 주관하던 昭格署(소격서)를 혁파한 일, 賢良科(현량과)를 실시케 한 일, 「小學(소학)」을 생활화하게 하며 향약보급에 힘써 미풍양속을 진작시킨 일 등, 그의 업적은 실로 놀라운 것이었다. 그러나 공신들의 位勳(위훈)을 삭제하기 위하여 끊임없이 上疏(상소)를 올리고 元老大臣(원로대신)들을 소인배로 몰아붙이자 점차로 중종은 도학정치에 염증을 느끼게 되었다. 그리하여 급기야 기묘사화라는 소용돌이 속에서 사약을 받고 죽으니 그 때 그의 나이 서른여덟이었다. 이것이 성급한 이상주의로 비운의 종말을 고한 정암의 일생이다.

다음은 그가 임금께 올린 글 戒心箴並序(계심잠병서)인데, 평소에 얼마나 勤愼(근신)에 열심이었는가를 짐작할 수 있다.

사람이 천지자연으로부터 단단함과 부드러움을 받아 형체를 이루고, 굳셈과 유순함을 받아 성품을 지녔는데, 氣(기)는 네 계절 춘하추동에 어울리고, 마음은 네 가지 德(덕), 孝悌忠信(효제충신)을 갖추었나이다. 이렇듯 천지의 기운은 크고도 넓어서 감싸 안지 않은 것이 없고 마음은 신령스럽고 오묘하여 통달하지 않은 것이 없습니다. 하물며 임금님의 한마음은 하늘과 땅의 큰 것을 본받았고, 천지의 기운과 만물의 이치가 모두 우리 사람들의 마음을 움직여 쓰는 가운데에 포함되어 있으니, 단 하루의 날씨와 한 물건의 성질인들 가히 우리 사람들의 헤아리는 바에 순응치 아니하여 어그러지고 뒤틀리게 할 수 있겠습니까?

그러나 사람의 마음에 욕심이 발동한다면 이른바 그 신령하고 오묘함이 가라앉아 버려서 사사로운 정에 짓눌리어 그 마음은 흘러 통하지 못하고, 하늘의 이치는 어두워지고, 자연의 기운도 또한 막혀 버려서 떳떳한 인륜이 깨져버리고 만물이 제자리를 찾지 못하는 것입니다. 하물며 임금님은 고운 소리, 예쁜 여인, 좋은 향기, 맛있는 음식의 유혹이 날로 심해지고 권세는 드높아져서 쉽사리 교만해지지 않겠습니까? 성상께오서는 이것을 염려하시고 두려워하여 신에게 戒(계)를 지으라 명하시니 아아 지극하오십니다. 신은 감히 뜨거운 마음을 펼쳐내어 만분의 일이나마 도움이 되기를 바라나이다.

천지기운 왕성하고 자연조화 참되도다
기운통해 형체되고 참된이치 계승했네
한치마음 모두감싸 삼라만상 정연하고
온전가득 밝게비쳐 신묘작용 틀림없네
은밀한곳 드러난곳 인륜도리 펼쳐보여
온세상에 퍼진법칙 모든만물 길들이네
거룩하고 신묘함이 하늘끝에 닿았으니
요임금의 높은위업 이와같은 마음일세
그렇지만 만사본질 살아있고 비어있어
사물이라 느끼지만 그종적은 묘연하네
(중략)
오호라
마음지님 한가지로 선과악이 갈라지니
성인께서 주신것을 마음으로 받으올뿐
밝히기는 어려운법 흐르기는 쉬운이치
정성스레 마음다져 덕의보전 힘쓰리라
성상께선 체득하사 두려움을 지니소서
옳지않음 원수삼고 인의예지 밝게펴사
살피시고 지키시고 바른이치 꼭붙잡고
태극같은 마음지킴 영원무궁 이르소서

사람을 대자연의 축소판인 소우주로 생각하고 인간의 마음을 우주자연의 질서에 순응하는 도구로 삼고자 했던 정암 조광조의 戒心箴(계심잠)은 인간을 조물주 하느님의 형상화로 설명하는 그리스도교의 인간관도 그렇게 먼 것은 아닌 듯하다. 다만 그 표현이 21세기 현대인의 취향에 맞지 않을 뿐, 그러나 거듭하여 차분히 읽는다면 가슴을 울리는 반향을 분명 들을 수 있을 것이다.

경기도 용인의 조광조 선생 묘비

조광조 선생 추모비

人之於天地 稟剛柔以形 受健順以性 氣則四時 而心乃四德也. 氣之大浩然 無所不包 心之靈妙然 無所不通, 況人君一心 體天地大 天地之氣 萬物之理 皆包吾心運用之中, 一日之候 一物之性 其可不順吾度 使之乖戾邪枉耶. 然人心有欲 所謂靈妙者沈焉 梏於情私 不能流通 天理晦冥 氣亦否屯 彝倫斁而 萬物不遂. 況人君聲色臭味之誘 日溱於前 勢之高亢 又易驕歟. 聖上是念是懼 命臣述戒 嗚乎至哉 臣敢披割丹衷 補翼萬一.

天地絪緼 大化惟醇 氣通而形 理承其眞
歛括方寸 萬象彌綸 渾然昭晰 神用不忒
充微著顯 式揭人極 擴準四海 功躋位育
偉哉靈妙 於穆天通 巍巍堯業 亦此之衷
然體活虛 物感無從 (中略)
嗚呼操操 舍善惡攸 關故聖授 受只傳心
法難明者 理易流者 欲惟精惟 庶存其德
願上體躬 戒懼翼翼 克非如敵 發端若茁
察守惟察 中執屬屬 存心太極 永保無斁

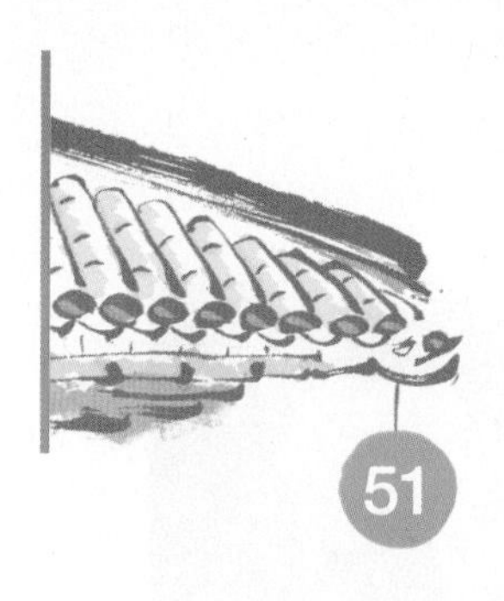

서 경 덕 사 직 소

徐敬德의 辭職疏

16세기 조선시대의 문화풍토를 상징하는 한마디 말이 있다. 그것은 성리학의 규범에 갇혀 조선조의 양반사회가 점차 경직성을 보이려고 할 즈음, 개성 지역에 청량한 가을바람처럼 나타난 세 개의 보물이니 이름하여 松都三絶(송도삼절)이라 한다. 첫째는 寒微(한미)한 양반 농부의 아들로 태어나 한평생 벼슬도 아니하고 공부만 했던 唯氣哲學者(유기철학자) 서경덕이요, 둘째는 진사의 딸로 태어났으나 뜻한 바 있어 기생으로 입신하여 낭만의 꽃을 피운 여류시인 황진이요, 셋째는 서경덕과 황진이의 사랑을 끝내 "프리토닉 러브"로 승화시키는 데 배경이 되어준 천마산의 박연폭포다.

徐敬德(서경덕, 1489 성종 20년~1546 명종 1년)의 출현은 주자학일변도의 성리학에 새로운 바람을 일으켜 이른바 松都學派(송도학파)의 토대가 되었다. 그는 우주자연이 미세입자인 氣(기)로 되었으며 그

개성의 박연폭포

기는 영원불멸하면서 자연의 조화를 이끌어 간다고 하였다. 따라서 인간의 죽음도 한낱 기의 변환인즉 결국은 生死一如(생사일여)가 되는 것이라 주장하였다. 이러한 도가적이고, 유물론적인 그의 학풍이 없었다면 조선조의 儒林哲學(유림철학)은 얼마나 싱거웠을 것인가? 또 황진이의 유혹을 師弟(사제)의 인연으로 바꾸어 놓음으로써 조선조 기생문화에 드높은 도덕적 전범을 세웠으니 이 또한 유림철학의 香薰(향훈)이요 운치가 아니겠는가. 그의 문하에 토정비결의 저자 李之菡(이지함) 같은 이가 나온 것은 참으로 그럴 법한 일이었다.

그러나 무엇보다도 松都三絶(송도삼절)의 존재는 易姓革命(역성혁명)으로 執權(집권)하여 한양에 자리 잡은 이씨왕조에 개성이라는 "안티테제"가 건재함을 과시하여 조선왕조가 곁길로 흐르고자 할 때마다 炯眼(형안)을 번득이며 비판의 서슬을 질푸르게 하였다는 사실이다. 그 송도삼절의 중심에 花潭(화담) 徐敬德(서경덕)이 있었고 그의 辭職疏(사직소) 같은 글이 있었다.

초야에 묻혀 사는 생원, 신 서경덕은 삼가 죽음을 무릅쓰고 주상전하께 두 번 절하옵고 말씀을 드리나이다. 신은 엎드려 성은을 입사와 厚陵參奉(후릉참봉)을 제수하시니, 그 명을 듣자옵고 황공하고 송구스럽나이다. 가만히 생각하옵건대 전하께서는 최근 2·3년 이래로 至治(지치)에 온 정신을 기울이시어 어진 사람 찾기를 목마른 이가 물을 찾듯 하시니, 지난 경자년에 어진 사람을 천거하라는 명령을 내리시어 좌우 신하들에게 각기 숨어 사는 선비를 천거하게 하셨으므로 대제학 신 金安國(김안국)이 저의 사람됨을 지나치게 듣고 숫자를 채워 추천을 하였나이다. 그 뒤부터 참봉의 備望(비망)에 참예되기를 두세 번에 이르렀나이다.

이제 또 吏曹(이조)에서 위로 전하의 뜻을 받들어 급히 인재를 얻으려 하여 대학제생들에게 재주와 학식이 있는 이를 합의하여 보고하게 하였사온데 신이 또 보고 가운데 외람되게 참예되오니, 이에 미천한 저에게도 또 恩命(은명)이 미치게 되었나이다. 신은 고무되어 용약하며 생각하오니, 조정에서 公道(공도)를 밝게 펴시어 숨은 선비를 찾아내는 길을 넓히고, 재능 있는 이를 낱낱이 거두려 하여 산간벽지에까지 미치니 이는 전에 없던 비상한 일이옵니다. 유식한 선비 가운데 어느 누가 冠을 매만지며 서로 경하하면서 대궐로 나아가기를 원치 않겠습니까? 하오나 신은 참으로 재능이 없사와 의리로서 마땅히 달려가 명에 따라 謝恩肅拜(사은숙배)하고 힘써 스스로 채찍질하여 맡은 바 직책을 다하여야 할 것이오나, 엎드려 가만히 생각해보오니 신은 본래 세상 물정에 어두운 선비로 산야에서 자랐으므로 곤궁하고 적막한 삶을 달가운 분수로 여길 뿐 아니오라 또 빈궁하여 조밥과 나물국도 때로는 얻어먹지 못하나이다. 이에 근력이 일찍부터 쇠약하고 질병도 침입하여 신의 나이 쉰여섯이오나 칠순의 늙은이와 같사옵니다. 제 스스로 세상에 소용이 없어 林泉(임천)에서 수양이나 하며 남은 생애를 보전하는 것이 진실로 저의 분수인 줄로 아옵나이다.

신은 감히 몽매함을 무릅쓰고 恩命(은명)을 도로 바치오니 엎드려 바라옵건대 속히 윤허하시어 임명을 거두어 주소서. 신은 송구하여 한없이 떨림을 감당할 수 없나이다.

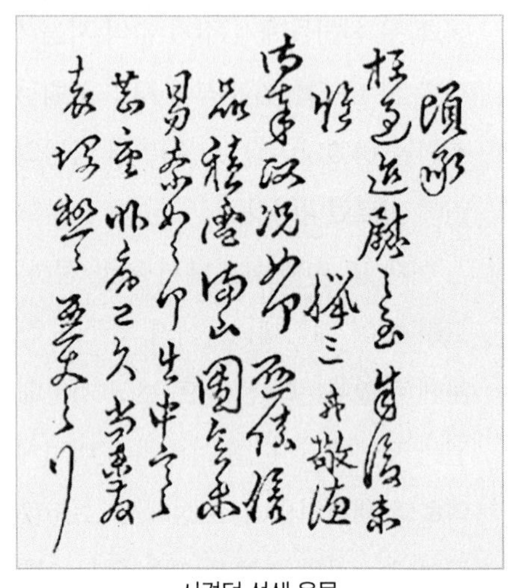

서경덕 선생 유묵

서경덕은 평생토록 여러 차례에 걸쳐 出任薦擧(출임천거)를 받았으나 한 번도 응하지 않고 개성의 동문밖 花潭(화담)에 逝斯亭(서사정)이란 초막을 짓고 살며 공부에만 전념하였다.

이 辭職疏(사직소)의 원제목은 「擬上(의상) 中宗大王辭職疏(중종대왕사직소)」로서 실제로 임금께 바치지는 않은 채, 2년 뒤에 花潭(화담)은 세상을 떠났다. 그러나 그가 죽은 지 30년이 되던 1575년 宣祖(선조) 8년에 우의정으로 추증되었으니 이 사직소가 우의정을 만든 것이라 할 수는 없는 것인지.

〖辭職疏〗

草茅生員 臣徐敬德 謹昧死 再拜上言于主上殿下

臣昨者伏蒙聖恩 授厚陵參奉 聞命惶懼, 竊以殿下近年以來 留神至治 側席渴賢, 歲庚子 明揚有旨令 左右各擧遺逸. 故大提學臣金安國 過聽臣之爲人 備數充薦 自是之後 獲忝備望參奉 至於數再.

今吏曹上體叡旨 急於得人 令大學諸生 衆推有才學者以報 臣又獲忝備報中 猥使恩命及臣之微賤, 臣鼓舞踴躍以爲 朝廷布昭公道 欲廣搜訪甄收 亦及於林壑 此曠古非常之擧也. 有識之士 孰不彈冠 相慶願進於闕下乎.

臣誠不材 義當奔赴 應命拜恩 勉自驅策 以供所職 竊伏惟念 臣本迂儒 生長山野 分甘窮寂 加以貧寠 疎食菜羹 亦或不給 玆以筋駭早衰 病亦侵尋, 臣年五十有六 有同七旬之老 自知無及於用 莫若養素林泉 以報餘年 固其分也.

臣敢冒昧 上還恩命 伏乞早賜兪允 收復差除. 臣無任戰懼之至.

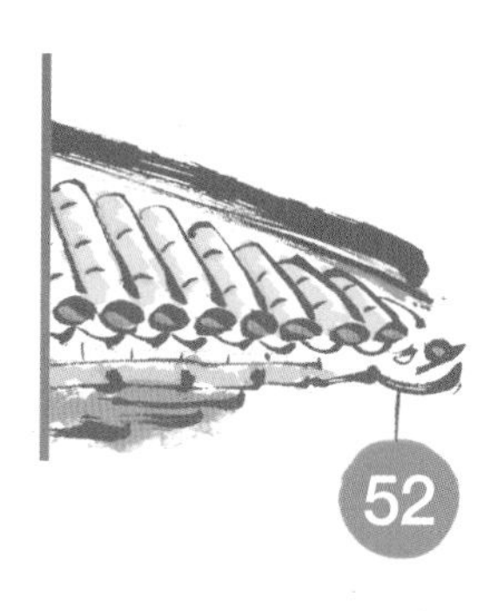

이준경 유차
李浚慶의 遺箚

한 사람의 이름과 함께 그가 남긴 한 편의 글이 즉시 연상된다면 그 글은 그 사람의 化身(화신)이라 불러 무방하리라. 선조 초 74세를 일기로 세상을 떠난 東皐(동고) 李浚慶(이준경)이 바로 그러한 분이다. 선조실록 5년 7월 조에는 다음과 같은 기사가 실려 있다.

〈領中樞府事(영중추부사) 李浚慶(이준경)이 죽었다. 준경은 한 달이 넘도록 병석에 누워 있었는데 병세가 악화되자 의원을 물리치며 말하기를 "나의 수명이 이미 다 하였다. 어찌 약을 먹어 목숨을 연장할 수 있겠는가. 오직 우리 임금에게 한 말씀 올리고 싶을 뿐이다." 하였다.〉

이 글 아래에 그의 遺箚(유차)가 한 자 빠짐없이 轉載(전재)되었다. 그리고 다음의 일화가 덧붙여져 있다.

〈上疏(상소)가 들어가자 답하기를 "아뢴 말은 살펴보았다. 혹시 더 할 말이 있는가?" 하고 승지로 하여금 가서 물어보게 하였는데 그때는 이미 세상을 떠난 뒤였다. 나이는 74세였다. 浚慶(준경)은 어릴 때부터 뜻이 높고 비범하였으며 체격이 웅대하여 많은 선비들 사이에 이름이 있었는데 金宏弼(김굉필)과 金安國(김안국)으로부터 큰 기대를 받았다.〉

東皐(동고) 李浚慶(이준경, 1499 연산군 5~1572 선조 5)이 태어나 살던 시대는 겉으로는 평화로운 듯했으나 나라 안팎으로 나태와 안일의 積弊(적폐)가 쌓여가던 때였다. 그 틈에 新進士類(신진사류)가 진출하여 三派戰(삼파전)의 양상을 띠면서 士禍(사화)라는 政爭(정쟁)이 연출되었고, 그 와중에 명종대에는 임꺽정 등 도적의 무리가 전국 각처에서 일어나 백성들은 하루도 편할 날이 없었다. 동고 이준경은 이러한 시대에 眞正(진정)한 사대부의 모습이 무엇인가를 보여준 당대 선비의 전범이었다. 그가 세상에 태어나 5살이 되었을 때, 그는 갑자사화에 화를 입은 조부와 부친에 연좌되어 형 潤慶(윤경)과 함께 괴산에서 유배생활을 하였으니 어린 마음에 선비가 派黨(파당)을 지어 지위를 탐하는 것은 정도가 아님을 뼈저리게 느끼며 자랐을 것이다.

그는 경주인 副修撰(부수찬) 守貞(수정)의 아들로 29세에 생원이 되고 33세에 과거에 급제하여 承文院(승문원)에 입조하면서 벼슬을 살았다. 35세에 注書(주서), 著作(저작), 博士(박사), 副修撰(부수찬), 45세에 문관정시에 장원을 하면서 대사성이 되었고, 51세에는 대사

이준경 선생의 동고유고

헌, 50세 이후 兵曹(병조) · 刑曹(형조) · 吏曹(이조) · 工曹判書(공조판서)를 두루 거치고 67세에 영의정이 되어 72세에 사임하였다. 이처럼 겉으로는 화려하였으나 그 역시 罷職(파직), 遞職(체직), 유배를 심심치 않게 거치면서 領相(영상)의 자리에까지 나아갔는데 그러한 顯達(현달)이 가능했던 것은 불편부당하여 중심을 잃지 않는 자세와 대쪽같은 언행이었다고 한다. 이제 그 遺箚(유차)를 읽어보기로 하자.

〖遺言(유언)으로 드리는 글월〗

엎드려 아뢰나이다. 땅속에 묻히게 된 신하 아무는 삼가 네 가지 항목을 적어 우러러 바치오니 이 몸이 죽은 후에라도 전하께서는 조금이나마 관심을 두어 살펴주시기를 엎드려 바라나이다.

첫째, 제왕이 힘써 하실 일은 오로지 학문을 큰 것으로 삼는 것이옵니다. 程子(정자)가 말하기를 "마음을 기르는 것은 모름지기 공경을 실천하는 것이요, 학문에 나아가는 것은 앎을 완전케 하려고 하는 데 있다."고 하였습니다. 전하의 학문은 앎을 완전케 하려는 노력에서는 그 성과가 상당한 듯하오나 마음을 닦는 공부에는 얼마간 미치지 못하는 바가 있습니다. 그리하여 말씀과 표정에서 그 드러내심이 자못 기상이 부족하옵니다. 엎드려 원하옵건대 전하께서는 여기에 한층 노력을 기울이소서.

둘째, 아랫사람을 상대하실 때에는 위엄이 있으셔야 하옵니다. 신이 듣자옵건대 천자는 온화하고 의젓하며, 제후는 화려하고 아름답다 하였습니다. 의젓하신 위엄을 지니시고자 힘쓰지 않을 수 없습니다. 신하들이 진언할 때에는 마땅히 의젓하고 여유 있는 모습으로 예의를 갖추어 대하시고, 비록 뜻을 어기고 마음에 거슬리는 말을 하더라도 가끔 슬기로운 기상을 드러내시어 조심하게 하는 분위기를 줄 것이요, 사사건건 내용을 폭로하여 스스로만 어질고 성스러운 체하여 그것을 여러 신하에게 보이시는 것은 옳지 않사옵니다. 만일에 그렇게 되오면 백 가지 일이 모두 풀어져서 잘못을 고치려 해도 제대로 되지 않을 것이옵니다.

셋째, 군자와 소인을 분별하는 것이옵니다. 신이 듣자옵건대, 군자와 소인은 스스로 특정한 차이점이 있어서 (본성을) 감출 수 없사옵니다. 옛날 唐(당)나라의 文宗(문종)과 宋(송)나라의 仁宗(인종)이 일찍이 군자와 소인을 모르지는 않았사오나 사사로운 당파에 이끌리어 군자와 소인을 분별하여 쓰지 못하고 드디어 옳고 그름이 뒤섞여서 조정이 편안치 않았사옵니다. 진실로 군자라면 비록 소인이 공격해 오더라도 (그 군자를) 선발하여 임용하고 의심하지 않을 것이며, 진실로 소인이라면 비록 사사로운 사정이 있을지라도 (그 소인을) 물리쳐 버리고 미련을 두지 않으셔야 하옵니다. 만일에 이같이 하신다면 어찌 "河北(하북)의 도적은 공격하기 쉬워도, 조정에 생긴 붕당은 다스리기 어렵다"하는 말이 있겠사옵니까?

넷째, 붕당의 사사로움을 타파하는 것이옵니다. 신이 보옵건대, 오늘날 세상 사람은 그 몸에 잘못하는 행동이 없고, 하는 일에도 어긋남이 없는데, 어쩌다 한마디 말이 (자기 마음에) 맞지 않으면 배척하여 용서치 않으옵니다. 그리하여 행실도 사리에 맞지 않고 글 읽기도 힘쓰지 않으며 나아가 헛되이 큰 소리나 탕탕 치며 끼리끼리 붕당이나 맺는 자를 고상한 인물이라 여김으로써 결국은 거짓과 위선의 풍조를 만들었사옵니다. 군자이거든 구별 없이 등용하여 의심하지 마옵시고, 소인이거든 내버려 두어 그들 무리와 어울리도록 놓아두는 것이 옳을 것이옵니다. 이제 전하께서는 공정하게 듣고 보시며 힘써 오늘날의 이러한 폐단을 끊어 버려야 하실 때이옵니다. 그렇지 않으면 필경에는 나라가 구할 수 없는 환란에 빠질 것이옵니다.

신은 충성하는 마음, 간절하오나 죽음이 가까운 듯 어지럽사와 뜻한 바를 다 말씀드리지 못하옵니다. 처분만 기다리나이다.

이 글이 세상에 알려지자 온 조정은 벌집을 쑤신 듯하였다. 평온한 나라에 있지도 않은 朋黨說(붕당설)을 유포하여 세상을 어지럽히는 것은 소인배의 짓이라는 규탄과 성토가 쏟아지는가 하면 다른 한편에서는 동고의 평소 행적을 지켜볼 때에 그의 苦言(고언)이 비록 과한 점은 있으나 그것은 우국충정의 발로이니 결코 탓할 일이 아니라고 두둔하는 변호가 팽팽히 맞섰다고 한다.

그러나 어찌하랴 그의 예언은 적중하였다. 그가 죽은 지 3년이 되는 宣祖(선조) 8년(1575), 드디어 士林(사림)은 자체분열하여 동서로 갈라지니 이것이 우리나라 300년 黨爭史(당쟁사)의 서막이었다.

여기에서 우리는 주목하여야 한다. 어느 시대에나 세상을 꿰뚫어 보는 炯眼(형안)과 예지의 인물이 존재한다는 것을.

〔遺箚〕

伏以 入地臣某 謹條四件仰瀆 身後之聽伏願 殿下少垂察焉.

一曰 帝王之務 惟學爲大. 程子曰“涵養須用敬 進學在致知.” 殿下之學 其於致知之功 思過半矣, 涵養之力多有所不逮. 故辭氣之間 發之頗厲 接下之際 少涵容遜順氣象. 伏願 殿下於此加功焉.

二曰 待下有威儀. 臣聞 天子穆穆 諸侯皇皇, 威儀之間 不可不謹也. 臣下進言之際 當優容而禮貌之, 雖有違拂之辭 時露英氣 以振警之, 不宜事事表襮 高自賢聖以示群下, 如此 百條解體 救過之不贍矣.

三曰 辨君子小人. 臣聞 君子小人 自有定分 不可掩也. 昔唐之文宗 宋之仁宗 未嘗不知君子小人 而牽於私黨 不能辨別而用之. 遂致眩於是非 朝廷不靖. 苟君子也 雖或小人攻 治拔而用之勿貳. 苟小人也 雖有私意斥而去之勿疑. 如此 則安有河北盜賊之易擊 朝廷朋黨之難治也哉.

四曰 破朋黨之私. 臣見 今世之人 或有身無過 擧事無違 則而一言不合 則排斥不容. 其於不事行檢 不務讀書 而高談大言 結爲朋比者 以爲高致 遂成虛僞之風 君

子則竝立而勿疑 小人則任置而同其流 可也. 此乃 殿下公聽竝觀 務去此弊之時也. 不然 終必爲 國家難救之患矣.

臣切於貢忠 而臨死錯亂 言不盡意 取進止.

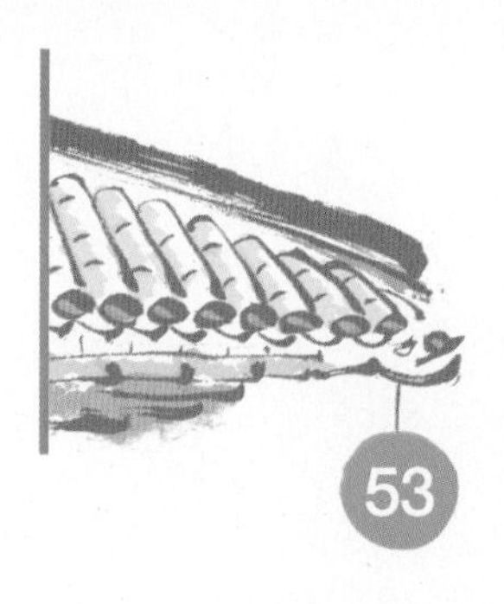

이황　　진성학십도차
李滉의 進聖學十圖劄

退溪(퇴계) 李滉(이황, 1501~1570) 선생은 조선유학의 거봉일 뿐 아니라 민족 절세의 師表(사표)이시다. 大科(대과)에 급제하여 벼슬살이를 하셨으니 官僚(관료)요, 輕世家(경세가)이심에 틀림없으나, 퇴계의 참모습은 59권에 이르는 浩澣(호한)한 저서 『退溪集(퇴계집)』이 말해주듯 학자로서의 면모가 으뜸이요, 도산서원을 짓고 講學訓導(강학훈도)에 몸 바친 교육자로서의 면모가 그다음이다. 세상 사람들은 말한다. "공자의 도는 송나라 程朱(정주)에 이르러 깊이 있게 탐구되었고 조선의 퇴계에 이르러 진수를 얻은 다음, 그것이 다시 일본에 전해졌다." 그리고 또 말한다. "불교사상계에 元曉(원효)가 있었다면 유교사상계에 退溪(퇴계)가 있다." 여기에 또 무엇을 덧보태어 퇴계의 학문적 위치와 업적을 賞讚(상찬)할 것인가.

그러나 무엇보다도 퇴계의 위대함은 그의 사상이 가장 평범한 인

퇴계 이황 선생

간의, 가장 평이하고 명백한 일상생활 속에 기초하고 있다는 것이다. 그것이 이른바 "敬(경)" 사상이다.

퇴계는 말한다. "세상 사람들은 모든 이치를 다 알고 나서 행하는 것도 아니요, 다행하고 나서 아는 것도 아니다. 앎과 행함은 서로 돕고 서로 나아가는 것이니 마치 사람이 길을 걸을 때, 두 다리로 번갈아 앞서거니 뒤서거니 하는 것과 같은데 그 바탕에 진실하고 망령됨이 없는 참이 있다. 이것을 '誠(성)' 이라 하는 것으로 이 참된 것 자체는 하늘의 道(도)요, 참되려고 노력하는 것은 사람의 道(도)이거니와, 그 참되려고 노력하는 방법이 나름 아닌 '敬(경)' 이다." 그리고 또 말한다. “경이라는 것은 聖人(성인)이 되는 공부의 처음과 마지막을 이루는 것이며, 한마음의 으뜸 주인이요, 만사의 밑뿌리입니다. 따라서 사람은 단 하루도 경에서 떠날 수 없는 것이오며 그것이 성인이 되는 공부의 처음과 마지막이 되는 까닭입니다.”

다음은 ‘경’의 실천방법이 어떻게 일상생활에서 이루어져야 하는가를 구체적으로 밝힌 글 두 가지이다.

〖敬齋箴(경재잠)〗

의복관대 바로하고 살핌눈매 존엄하게
가라앉힌 마음가짐 하느님을 모신듯이
발가짐은 묵직하게 손놀림은 공손하게
땅밟기를 가려하여 개미두렁 돌아가세.
문나서면 손님맞듯 일할때는 제지내듯
전전긍긍 조심하여 감히쉽게 행치말고
병막듯이 입다물고 성벽처럼 잡념막고
성실하게 진실하여 경솔함이 없게하세.
서쪽으로 가야할길 동쪽으로 가지말고
북쪽으로 가야할길 남쪽으로 가지말며
해야할일 당하여서 그일에만 전념하여
두가지일 세가지일 두세쪽에 내지말고
한마음을 외곬으로 천변만화 살펴보세.
모든일에 이같으면 지경이라 부르리니

움직일때 고요할때 어그러짐 없어지고
겉과속이 서로살펴 바로잡아 나아가리.
잠시라도 틈새벌면 만단사욕 일어나서
불없이도 더워지고 얼음없이 추워지니
털끝만한 차이에도 하늘땅이 뒤바뀌고
삼강윤리 무너지고 홍범구주 사라지네.
아아작은 어린이여 생각하고 공경하라.
먹을갈아 경계글로 마음앞에 고하노라.

〖夙興夜寐箴(숙흥야매잠)〗

닭이울어 잠을깨면 여러잡념 일어나니
어찌하여 그동안에 마음정돈 않겠는가
옛허물을 반성하고 새깨달음 정리하여
차례대로 조리세워 분명하게 알아두세.
근본바탕 세웠으면 새벽같이 일어나서
세수하고 머리빗고 의관갖춰 바로앉아
바른마음 이끌기를 태양처럼 밝게하여
엄숙하고 반듯하고 허명정일 몸가짐에
바야흐로 책을펼쳐 옛날성현 마주하면
공자께서 계신자리 안회증자 동석하니
성현께서 하신말씀 친절하게 새겨듣고
제자들의 질문사항 거듭하여 참고하세.
일이생겨 처리할때 실천으로 증험하녀

밝고밝은 천명이니 항상눈을 거기두고
사태처리 종결되면 내본모습 되찾아서
방촌마음 고요하게 정신모아 안정하세.
동과정이 순환함을 마음으로 지켜보며
고요할때 보존하고 움직일때 살펴보아
두세갈래 갈린마음 가져서는 아니되리.
글을읽고 남는시간 틈을내어 휴식하며
바른정신 가다듬고 고운성정 길들이세.
날저물고 피곤하면 흐린기운 엄습하니
엄정하게 가지런히 맑은정신 다잡으리.
밤이깊어 침상들면 손과발을 바로하고
잡된생각 하지말고 마음편히 쉬게하여
밤기운에 마음길러 제자리로 돌아오세.
이와같은 마음새김 밤낮으로 힘쓰리라.

聖學十圖(성학십도)는 안으로는 성인과 같은 인격을 갖추고 밖으로는 세상 사람을 편안케 할 수 있는 사람(곧 임금)의 능력을 갖출 것을 목표로 하는 유학을 聖學(성학)이라 표현한 다음, 그 내용을 열가지 그림으로 설명한 책이다.

그 열가지 그림은 ① 太極圖(태극도) ② 西銘圖(서명도) ③ 小學圖(소학도) ④ 大學圖(대학도) ⑤ 白鹿洞規圖(백록동규도) ⑥ 心統性情圖(심통성정도) ⑦ 仁說圖(인설도) ⑧ 心學圖(심학도) ⑨ 敬齋箴圖(경재잠도) ⑩ 夙興夜寐箴圖(숙흥야매잠도)이다. 이 그림들은 대부분 예전부터 전해져 온 것이지만 퇴계가 새로이 증보하고 그 그림 끝에

說(설)을 붙여 자신의 견해를 표명하였다.

특별히 이 聖學十圖(성학십도)가 우리의 주목을 끄는 것은 선조 원년(1568)에 등극한지 겨우 두 해째가 되는 17세의 어린 임금을 위해 68세의 퇴계가 실로 정성을 기울여 해설을 붙여 "進聖學十圖箚(진성학십도차)"라는 이름으로 임금께 올린 글이기 때문이다. 그중에서도 敬齋箴(경재잠)과 夙興夜寐箴(숙흥야매잠)은 퇴계의 '敬(경)' 사상이 실로 평이하고 자상하게 해설된 백미부분이다.

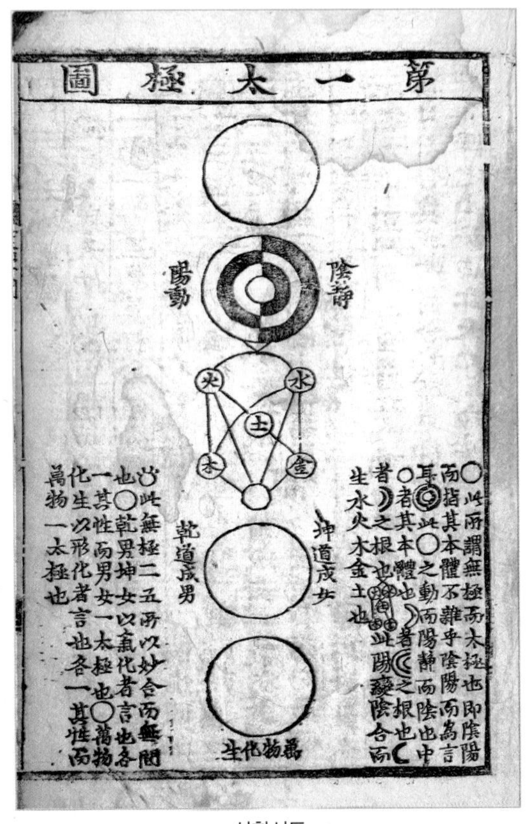

성학십도

〖敬齋箴〗

正其衣冠　尊其瞻視　潛心以居　對越上帝
足容必重　手容必恭　擇地而蹈　折旋蟻封
出門如賓　承事如祭　戰戰兢兢　罔敢或易
守口如甁　防意如城　洞洞屬屬　罔敢或輕
不東以西　不南以北　當事而存　靡他其適
弗貳以二　弗參以三　惟心惟一　萬變是監
從事於斯　是曰持敬　動靜弗違　表裏交正
須臾有間　私欲萬端　不火而熱　不氷而寒
毫釐有差　天壤易處　三綱旣淪　九法亦斁
於乎小子　念哉敬哉　墨卿司戒　敢告靈臺

〖夙興夜寐箴〗

鷄鳴而寤　思慮漸馳　盍於其間　澹以整之
或省舊愆　或紬新得　次第條理　瞭然默識
本旣立矣　昧爽乃興　盥櫛衣冠　端坐斂形
提掇此心　皦如出日　嚴肅整齊　虛明靜一
乃啓方冊　對越聖賢　夫子在坐　顏曾後先
聖師所言　親切敬聽　弟子問辨　反覆參訂

事至斯應　則驗于爲　明命赫然　常目在之

事應旣已　我則如故　方寸湛然　疑神息慮

動靜循環　惟心是監　靜存動察　勿貳勿參

讀書之餘　間以游泳　發舒精神　休養情性

日暮人倦　昏氣易乘　齋莊整齊　振拔靜明

夜久斯寢　齊手斂足　不作思惟　心神歸宿

養以夜氣　貞則復元　念茲在茲　日夕乾乾

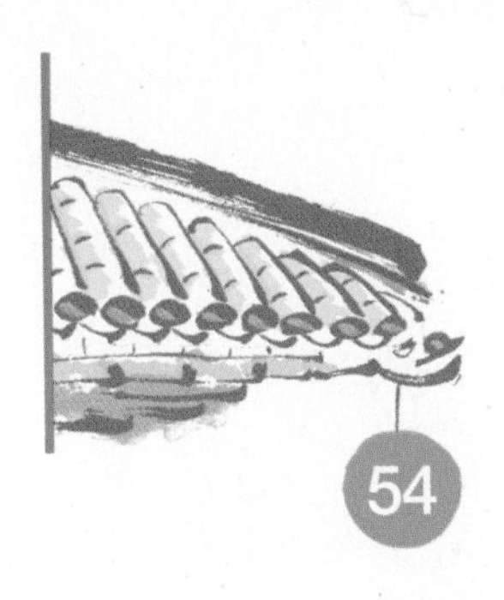

54

曺植의 遊頭流山記

조식 유두류산기

"평생토록 景仰(경앙)하기를 하늘의 북두성같이 하였고 세상에서 뛰어난 분을 만난다는 것은 책 속의 인물이려니 하였는데 홀연히 보내주신 글월을 받으니 은근하고 간곡하시어 나에게 약됨이 크옵고 일찍이 아침저녁으로 만나 뵌 것 같습니다."

이렇게 허두를 시작한 이 편지글은 南冥(남명) 曺植(조식, 1501 연산군 7~1571 선조 5) 선생이 퇴계 이황 선생에게 보낸 것이다. 남명은 여러 가지로 퇴계와 對比(대비)된다. 무엇보다도 두 사람이 모두 일가를 이룬 조선조 성리학의 태두들이요, 두 사람이 각기 고유의 학파를 이끌고 당대이래 우리나라 유학계에 끼친 공로가 지대하다. 참으로 흥미로운 것은 두 사람의 출생연대가 똑같은 동갑이요, 또 벼슬살기를 죽기보다 싫어했다는 점이다.

경남 합천의 용암서원 앞의 남명(南冥) 조식(曺植) 선생 동상

그래도 퇴계는 임금의 부르심을 받고 마지못해 출사를 하였으나 남명은 丹城縣監(단성현감), 尙瑞院(상서원) 判官(판관) 등에 임명되었으나 장문의 奉事疏狀(봉사소장)을 올려 사퇴하고 한사코 벼슬을 받지 않았다.

남명 조식 선생은 昌寧人(창령인)으로 正郎(정랑) 彦亨(언형)의 아들이다. 어려서부터 일찍이 제자백가에 달통하니 그의 깊은 학문이 온 세상에 알려졌다. 그러나 그는 세상에 나서는 것을 단념하고 지리산(두류산) 덕산동에 은거하여 성리학 연구에 沈潛(침잠)하며 자기류의 학풍을 확립하여 문하에 수많은 문도들을 배출하였다. 金宇顒(김우옹), 鄭逑(정구), 金孝元(김효원), 崔永慶(최영경), 鄭仁弘(정인홍) 등이 모두 그의 가르침을 받은 학자문신들이다. 敬義(경의)는 그의 信條(신조)였고 反躬體驗(반궁체험)과 持敬實行(지경실행)은 그의 학문 목표였다.

다음 글은 그가 두류산에 들어가 있을 때의 답사여행쯤 되는 것일까? 당시 선비들의 풍류를 짐작할 수 있다.

〖두류산을 유람한 글〗

● 嘉靖(가정) 戊午年(무오년, 1558년 명종 13년) 첫 여름에 金晋州(김진주) 泓(홍)・泓之(홍지), 李秀才(이수재) 公亮(공량)・寅叔(인숙), 李高靈(이고령) 希顔(희안)・愚翁(우옹), 李淸州(이청주) 楨(정)・剛而(강이), 그리고 내가 함께 어울려 두류산을 유람하기로 하였다. 산에서는 나이를 따지되 벼슬을 고려하지 않고 술잔을 나누며 자리를 정할 때도 나이순으로 하였으나 반드시 그런 것은 아니었다.

● 초열흘. 고령군수 愚翁(우옹) 李公(이공)이 草溪(초계)에서 도착하여 나의 (별장) 雷龍舍(뇌룡사)에서 묵었다. (중략)

● 스무날. 神凝寺(신응사)에 들어왔다. 이 절은 雙溪寺(쌍계사)에서 10리쯤 떨어져 있는데 그 사이에 작은 주막이 몇 채 있었다. 절 문 앞 백 걸음쯤에 있는 七佛溪(칠불계) 위에 이르러 죽 둘러앉았다가 시내가 좁고 그 냇물이 험하므로 모두 말을 타고 말등에 찰싹 붙어 건너갔다. 절 주지 玉倫(옥윤)과 지임 允誼(윤의)가 나와 맞이하였다. 절에 이르자 문 안으로 들어서지 않고 개울 앞에 있는 반석 위로 뛰어가서 그 위에 둘러앉았다. (그때) 寅叔(인숙)과 剛而(강이) 두 사람을 돌머리 제일 높은 곳에 밀어 앉히고 나서 "자네들은 아무리 위급한 상황이 오더라도 이 자리를 잃지 말게나. 만약 하류로 몸이 떠내려가도 올라올 수 없네." 이렇게 말했더니 그들은 웃으면서 "부디 이 자리를

잃지 않게 하소서."하고 응수하였다.

새로 내린 비에 물이 불어 돌에 부딪치며 치솟아 부서지는 것이 마치 만 섬의 맑은 구슬이 다투어 쏟아졌다가 숨어드는 듯하고 또 천 갈래로 울리는 우렛소리가 귀가 멍멍하도록 으르렁거리며 끓어 넘치다가 은하를 가로질러 뭇별이 되어 어우러져 떨어지는 듯하니 요지에 잔치가 끝나고 비단 돗자리가 가로세로 펼쳐진 듯 무섭게 검푸른 못이 된 것 같다. (거기에) 용과 뱀이 비늘을 숨기고 있는 듯 그 깊이를 짐작할 수 없고, 넘쳐흐르는 물 위로 솟아 나온 돌은 소와 말이 튀어나온 듯 어지러워 그 수를 헤아릴 수 없었다. 연못기슭을 바라보니 바야흐로 (소와 말의 모습을 한 것들이) 그 형상을 바꾸고 나타났다 사라졌다한다. 진실로 이것은 造化神工(조화신공)의 노련한 솜씨가 끝없는 재주를 마음껏 펼치는 곳인 듯하다.

서로서로 눈이 휘둥그레져서 넋을 잃은 채 시 한 구절을 읊고자 하나 읊을 수가 없었다. 메아리 한 가락인 듯 노래를 부르니 뭇 소리가 겨우 큰 항아리 속에서 나는 가느다란 울음소리 같아 그 소리가 들릴까 말까 하니 그것은 단지 시냇물 신령의 노리개에 지나지 않는 것이었다. 절간의 스님들이 술과 과일을 소반에 갖추어 내왔고 우리도 준비해 간 술과 과일을 내놓고 서로 주거니 받거니 술잔을 나누며 바위에 의지하여 춤을 추면서 즐겁게 실컷 놀았다. (중략)

밤에 서쪽 스님 방에서 누워 자면서 마음속으로 다음과 같이 경계하는 말을 하였다.

〈명산에 들어온 사람이라면 누군들 그 마음을 깨끗하게 닦고자 하지 않으랴. 그리고 또 스스로 이르기를 자기 자신을 소인이라 하겠는가? 그러나 필경 군자라야 군자가 되고 소인이면 소인이 되는 것이니 가히 한 번 볕을 쬐었다 하여 (무슨 변화가 있으랴) 달라짐이 없음을

알리라.〉

● 스무 하루. 큰비가 하루 내내 그치지 않았다. 金思誠(김사성)이 홀연히 물러가겠다 인사하고 돌아갔다. 비를 무릅쓰고 억지로 떠났다. 白生(백생) 惟良(유량)도 함께 떠났다. 세 명의 기생과 樂工(악공)도 아울러 모두 떠났다. 호남의 여러 선비들과 더불어 하루종일 절문 위 다락에 올라앉아 시냇물 붓는 모습을 지켜보았다.(하략)

백두의 유생이건만 동행한 사람들은 모두 녹녹치 않은 지방장관 출신들이다. 晋州(진주)·高靈(고령)·淸州(청주) 등 지명을 성씨 다음에 적고 있으니, 그 고을 수령을 지냈으리라. 남명의 성명이 어떠하였는가를 짐작하기 어렵지 않다.

그러나 남명은 그 천진난만한 유람의 홍취 속에서도 잠시 대자연

남명(南冥) 조식(曺植) 선생을 모신 경남 산청군의 덕천서원(德川書院)

의 숭엄함에 압도되어 마치 득도나 한 것 같은 착각에 빠지지 말 것을 스스로에게도 준열히 타이르고 있다. 지금도 우리 귀에 울리지 않는가?

"필경 군자라야 군자가 되고 소인이면 소인이 되는 것이니 한번 볕을 쬐었다 하여 달라짐이 없음을 알리라."

〖遊頭流山記(遊頭流錄)〗

●嘉靖戊午孟夏 金晉州泓·泓之 李秀才公亮·寅叔 李高靈希顔·愚翁 李淸州楨·剛而 洎余 同遊頭流山. 山中貴齒 而不尙爵擧酌 序坐以齒 或時不然.

●初十日 愚翁自草溪來 我雷龍舍 同宿.(中略)

●二十日 入神凝寺 寺在雙溪寺十里許 間有殘店數家. 到寺門前百步許七佛溪上 下馬列坐, 溪水險隘 皆御馬背負而渡. 住持玉崙 持任允誼 來迎. 到寺未暇入門 徑趨前溪盤石 列坐其上. 獨推坐寅叔剛而於最高石頭曰 "君等雖至於顚沛 毋失此地 若置身下流 則不得上矣." 笑曰 "請毋失此坐."

新雨水肥 激石潰碎 或似萬斛明珠 競瀉吐納 或似千閃驚雷 沓作噫吼 恍如銀河橫截衆星零落 更訝瑤池宴罷 綺席縱橫 黝黝成潭. 龍蛇之隱鱗者 深不可窺也. 頭

頭出石 牛馬之露形者 錯不可數也. 瞿塘峽口 方可以喩其變化出沒 眞是化工老手戱劇無藏處也. 相與睢盱褫魄 欲哦一句不得. 一響歌吹 衆聲僅如大瓮中細腰之鳴不能成聲 祇爲溪神之玩而已 寺僧爲具酒果盤盞以勞之 吾亦以行中酒果交酬迭酢 據石蹈舞 盡歡而罷.(中略)

夕宿西僧堂夜臥 默誦又以警人曰〈入名山者 誰不洗濯其心 肯自謂曰 小人乎 畢竟君子爲君子 小人爲小人可見一曝之無益也.〉

●二十一日 大雨 彌日不已. 金思誠忽辭去 冒雨强出. 白生 惟良 同出. 三妓與樂工 幷令偕出 與湖南諸君盡日坐寺門樓 觀漲.(下略)

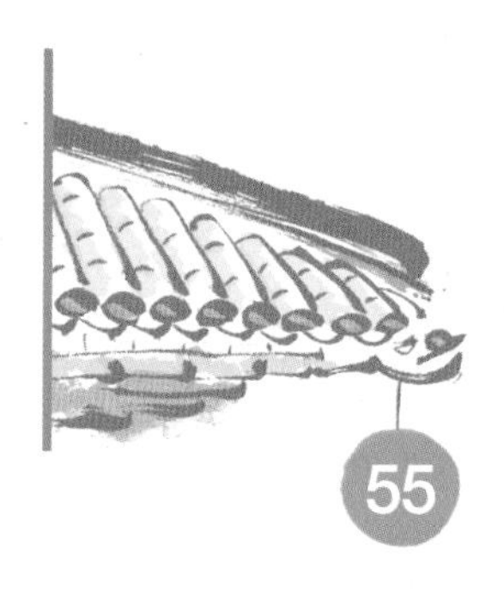

55

보 우 회 암 사 중 수 경 찬 소

普雨의 檜巖寺重修慶讚疏

16세기 중반의 우리나라(조선)는 바야흐로 유학이 전성기에 접어들어 곳곳에 서원이 생기고 퇴계 이황을 비롯한 쟁쟁한 巨儒(거유)들이 유림과 조정을 넘나들며 나라의 사상적 주류를 형성하던 시대였다. 그러나 한편으로는 內憂外患(내우외환)의 조짐이 곳곳에서 일어난 불안한 시대이기도 하였다.

국초 이래 백여 년에 걸친 태평기는 朝野間(조야간)에 긴장의 끈이 풀리고 있었다. 안일에 빠진 벼슬아치들은 민생을 돌보는 데 게을렀고 조정은 大尹(대윤) 小尹(소윤)으로 갈려 정쟁을 일삼았다. 그 틈바구니에서 살기 힘들어진 민초들은 遊離乞食(유리걸식)하다가 도둑의 무리로 변신하였다. 오늘날까지 전설처럼 전해오는 大盜(대도) 林巨正(임꺽정)이 세상을 어지럽혔던 것도 이 시대였고 한 해가 멀다 하고 이곳저곳에서 왜구의 노략질로 해안의 백성들은 불안에 시달리며 목숨을 잃는 일도 심심치 않았다.

이러한 때에 조선조 13대 왕 明宗(명종, 1534 중종 29~1567 명종 21)이 20여 년간 임금의 자리에 있었다. 그는 치세기간에 軍國機務(군국기무)를 총괄하는 備邊司(비변사)를 復設(복설)하고 『續武定寶鑑(속무정보감)』·『經國大典註解(경국대전주해)』 등을 편찬하는 등, 그 나름의 치적도 있고 선정을 베풀 수 있는 좋은 자질도 갖추고 있었으나, 그의 신변환경과 운명은 그의 편이 아니었다.

명종은, 임금의 자리에 오른 지 7개월 만에 후사 없이 갑자기 세상을 떠난 형님 仁宗(인종)의 뒤를 이어, 12세 나이에(1645년) 보위에 오른 임금이었다. 임금의 자리에 오르고 처음 8년간은 母后(모후) 文正王后(문정왕후)가 垂簾聽政(수렴청정)하는 그늘에 가려 뜻을 펼 수 없었고, 親政(친정)이 시작되었으나 모후의 영향력은 여전하였고, 小尹(소윤)의 우두머리인 외삼촌 尹元衡(윤원형)의 횡포는 조정을 잠시도 편안케 하지 않았다.

그러던 중 명종 19년(1564) 왕세자가 세상을 뜨는 비운을 맞아 명종은 상심이 극에 달하여 萬機(만기)를 폐하고 고뇌에 빠지기도 하였다. 모후인 문정왕후가 뒤미처 세상을 뜨자 정신을 차려 윤원형의 관작을 삭탈하는 등 조정에 새로운 바람을 채우려 하였으나 명종의 운세도 거기까지, 후사 없이 대통을 이복동생 德興君(덕흥군)의 아들 河城君(하성군)에게 맡기고 승하하니 그의 나이 겨우 서른세 살이었다.

이처럼 명종의 치세기간 20여 년은 차라리 그의 모후 문정왕후의 시대라 해도 과언이 아니다. 문정왕후는 죽을 때까지 음으로 양으로 권력을 휘둘렀기 때문이다. 그 문정왕후의 발탁과 후원으로 普雨(보우)라는 스님이 세상의 전면에 나서서 그동안 쇠퇴의 길을 걷던 불교를 잠시나마 중흥의 분위기로 바꾸어 놓았다. 불교는 그 시절에 禪敎(선교) 兩宗(양종)이 다시 정비되고 僧科(승과)를 개설하여 선교양종의 試經僧(시경승) 2천5백 명에 度牒(도첩)을 分給(분급)하는 등 유생의 격렬한 반대를 이겨내며 한때 儒佛(유불)의 평화공존이 보이는 듯하였다.

그 중심에 普雨(보우, 1515 중종 10~1565 명종 20)라는 스님이 있었다. 보우의 사람됨에 대하여는 妖僧(요승)이라느니 용기 있는 지도자라느니 이설이 분분하다. 유학일변도의 정계에 대왕대비 문정왕후의 비호하에 등장한 정치승이었으니 유생의 눈에 곱게 보일 리 없었을 것이다. 아마도 보우가 정권 핵심의 보호를 받는 처지가 아니었다면 그저 이름 없는 學僧(학승)으로 사라졌을지도 모른다. 그러나 왕실과 內命婦(내명부)는 전통적으로 好佛(호불) 崇佛(숭불)의 遺習(유습)이 있었으므로 보우 스님이 불교 중흥의 책임을 지게 되자 여말선초의 학승 己和(기화)처럼 儒佛一如(유불일여)의 기치를 내걸고 불교의 중흥을 모색했을 것이다. 물론 그의 운명은 문정왕후의 죽음과 함께 막을 내렸다.

다음 글은 보우가 한참 득세할 무렵 국초 이래 왕실 사찰인 檜巖寺(회암사)를 重修(중수)하고 그 기쁨을 술회한 글이다. 보우는 이 글을 지은 지 얼마 지나지 않아 그의 인생을 마감하거니와 아무리 慶讚(경찬)의 글이라고는 하나 미사여구가 지나치다는 느낌을 풍긴다. 혹시나 이런 것을 정치승의 饒舌(요설)이요 너스레라 볼 수는 없는 것인지 차분히 뜯어 읽어 보자.

회암사의 부도탑. 보우선사의 탑이라고 함.

〖檜巖寺(회암사)의 重修(중수)를 慶讚(경찬)하는 글〗

낡은 집을 수리하여 새 단장을 하는 것은 만년의 보배로운 절로 하여금 영원히 아름다운 부처님 나라에 도움이 되고자 하는 것이며, 그 수리를 끝마치고 낙성식을 하여 기쁨을 나누는 것은 오로지 한 그릇의 맛깔스런 음식으로 티끌 세상의 어진 이들에게 널리 공양코자 하는 것입니다. 그러므로 정성스런 마음의 가닥가닥을 다하여 그윽이 감응하심이 밝고 밝기를 우러러 비옵니다.

이 절로 말하면, 이 나라 절 가운데 목구멍과 옷깃 같은 곳이요, 온 세상 스님들이 몰려드는 연못이요 숲입니다. 임금님의 수명이 억만 년 되시라고 비는 맑은 종소리는 하루 종일 멈추지 않고 경내의 모든 寮舍(요사, 스님의 거처)에서 염불에 열중하신 스님들은 언제나 오백 명을 헤아립니다. 전단향의 연기는 전각마다 (가득하고) 경쇠소리는 방방마다 (울려 퍼집니다.) 도리천의 선법당도 멀리서 이 아름다움에 주눅들고 사위국의 금정사도 멀리서 이 빛나는 모습에 기를 펴지 못했습니다. 세상천지에 구름처럼 노니는 손님들은 禪房(선방) 뜰에 모여들었고 개경과 한양에서 글짓기를 다투는 시인들은 바람처럼 달려와 달빛 어린 섬돌아래 모였습니다. 이것이 어찌 임금님의 德化(덕화)가 은근하게 드러나는 복된 땅이 아니옵고, 성스러운 임금님 은혜가 고요히 깃들이는 영험한 도량이 아니겠습니까? 그러하오나 쇠퇴함은 번성함의 아들이요, 완성이라는 것은 곧 무너짐의 씨앗인지라 주춧돌이 기울고 기왓장도 헐었고 기둥은 혹 썩기도 하였고 서까래가 떨어져 나가기도 하였습니다. 비바람이 불어치면 벽도 부서지고 창도 깨졌습니다. 마침내 장엄한 모습을 자랑하던 시설물과 금빛 찬란하던 단청의 아름다움은 토끼가 뛰놀고 까마귀가 날아든 지 오래되어 반쯤은 먼지에 묻히고 좀이 갉아먹었으니 이것을 보고들은 이들이라면 어느 누가 한탄하지 아니하겠습니까?

제자는 다시 수리하는 것은 처음 짓는 것보다 갑절이나 힘들다는 것을 잘 압니다. 그래서 계해년(1563)에 처음으로 정성을 다하여 공사를 시작하여 을축년(1565) 봄에 와서야 마침내 온 힘을 기울여 마칠 수 있었습니다. 솜씨가 신묘하여 옛날과 다름없이 되었으며 그 아름다움이 지극하여 새로운 기운이 천하에 두루 통하고 그 아름다움은 온 우주에 두루 퍼지니 그 존귀함을 맞설 것이 없는 듯하옵니다. 부처님들은 모두 중흥의 상서로운 빛을 내뿜고 스님들은 모두 다시 지은 절간의 신묘한 공덕으로 돌아오니 그 소문은 멀리멀리 퍼지고 그 칭송은 조야에 넘쳐 나옵니다. 신과 사람은 하나의 이치인지라 보배로운 세월이 이로 말미암아 멀리 펼쳐 나아갈 것을 함께 알았으며 스님 세상과 세속도 같은 근원인지라 (불가의) 큰 계획이 이것을 의지하여 더욱 단단해지는 것을 모두 기뻐하옵니다. 그리하여 이제 천가지로 상서로운 길일을 받아 삼가 세 개의 壇(단)에 경하하는 잔치 자리를 마련하나이다. 이제 화로에서는 묘한 향기가 타오르고 저녁 노을 빛은 보배로운 전각에 빗기어 비치니 상서로운 연기는 모이고 모여 덮개를 만들고 상서로운 안개는 엉기고 엉기어 누대가 되옵니다. 하얀 비단 실타래는 등불 빛과 함께 단 위에 가득하고 맑은 음식 냄새는 더욱더 맑은 기운을 온 하늘에 퍼지며 달빛과 더불어 천지에 진동하니 어찌 사십만 리 허공에 티끌 먼지가 떨어져 나가고 천백억 경계의 나라 땅에 발전과 축복이 넘치는 것이라 아니하겠습니까? (중략)

엎드려 바라나이다. 주상전하께옵서는 글로도 뛰어나시고 무예도 출중하시어 날로 발전하시고 날로 새로우셔서 온전히 하늘의 보살핌을 받으시어 명석하심은 해와 달보다 더하시고 후덕하심은 五常(오상)을 능가하시어 더욱더 부처님의 사랑을 받아 하늘과 땅처럼 壽(수)하시고 三王(삼왕, 하은주의 우탕문왕)처럼 인자하소서. 또 성스러운 아드님을 줄줄이 많이 보시어 마치 메뚜기 무리가 어우러짐 같으시고 천하사방이 편안히 잠을 자며, 영구히 전쟁은 사라지게 하시고 백 가지 곡식이 마당에 가득 쌓여 백성과 만물이 언제나 평안하고 위아래 사람들이 함께 기뻐하여 부르는 노랫소리가 나라 안팎에 퍼지고 조정과 백성이 함께 즐겨 뛰뛰고 춤추는 것이 온 나라에 고르게 하소서. 왕비 심씨께서도 고우신 덕성이 널리 밝으시고 국모로서의 의젓하심이 온 나라에 한결같게 하시어 즉시 대를 이을 아들을 배어 영특하신 왕자를 속히 낳으소서. 공의왕대비 박씨께서는 평안하고 유순하심이 하늘처럼 높고 고요하고 부드러우심이 땅처럼 도타우시어 별처럼 壽(수)하시어 오래오래 빛나시고 새벽처럼 신 되시어 길이길이 밝음을 누리소서. (중략)

또 원하옵니다. 이 몸도 해와 달이 갈수록 액운이 모두 사라지고 음양의 나쁜 기운이 다 풀리며 여러 성인들의 보이지 않는 보호의 손길을 깊이 받아 하늘의 만년 뜻을 돕고 온 땅의 신묘한 행적을 두루 증거하여 세상 사람들을 한결같이 오래오래 濟度(제도)하게 하소서. 또 원하옵니다. 이 일에 기쁘게 동참한 모든 사람들이 길이길이 수명을 누리고 봉록과 벼슬이 점점 높아지며 큰 뜻과 굳은 서원, 넓은 마음과 튼튼한 몸을 (갖게 하소서) 하늘처럼 영원한 아름다운 궁궐이여! 몸과 마음이 작은 어긋남도 없기를 생각하게 하시고, 땅처럼 항구한 빛나는 누각이여! 영원히 봉홧불 지키는 큰 다스림을 기억하게 하소서. 남은 물결이 밀려와 메마른 것들을 고루 적시어 (살아나게 되기를 빌며) 이 아름다운 神仙(신선 : 중수된 회암사)을 우러러 바라보나이다.

윗글을 읽은 사람이 옛 회암사 터에 오면 어떤 느낌을 받을까? 아마도 다음과 같은 시조를 생각하게 될 것이다.

홍망이 유수ᄒᆞ니 만월대도 秋草(추초) ㅣ로다
오백년 왕업이 목적에 부쳐시니
석양에 지나ᄂᆞᆫ 客(객)이 눈물 계워ᄒᆞ노라

여말의 은둔거사 元天錫(원천석)의 작품이다. 옛 회암사 터를 찾은 나그네는 이 터를 보면서 고려 왕궁 만월대의 운명과 회암사의 始末(시말)을 중첩시키지 않을 수 없기 때문이다.

이 회암사는 양주시 회천동 회암리에 있다. 서울에서 의정부를 지나 동두천 쪽으로 북상하다가 덕정 사거리에서 오른쪽으로 꺾어 십여 리를 가면 사방이 훤히 트인 분지에 닿으니 거기가 옛 회암사

절터다. 그 옛터의 오른쪽에 천보산 끝자락을 잡고 자그마한 절 한 채가 서 있다. 앞마당에는 보물로 지정된 雙獅子石燈(쌍사자석등)만이 풍우를 이기고 이끼를 머금은 채 옛 영화를 쓸쓸히 대변하고 있다. 오백 명 스님들이 북적대던 寮舍(요사)터는 간 곳이 없고.

〖檜巖寺重修慶讚疏〗

修舊重新 欲使萬年寶刹 永作裨補於瑤圖, 落成慶讚 只爲一器珍羞 普供賢聖於沙界. 故竭丹心之片片 仰丐玄應之昭昭. 玆寺也 一國伽藍之喉襟 六和苾蒭之淵藪. 祝君壽億萬年之淸梵 無虛於十二時, 念佛名卅九寮之高禪 常居於五百. 栴檀煙殿殿 磬聲房房, 忉利天善法堂 遙愧彫華, 舍衛國金精社 遠慚輪奐. 八表雲遊之野客 輻輳禪階 兩京詩戰之騷人 風趍月砌. 此豈非所謂密助王化之福地 冥資聖德之靈場. 然而衰惟盛男 成乃壞母 礎傾瓦解 柱或朽而椽或墮 雨打風瑤 壁有破而窓有碎. 至如像說莊嚴之勝 丹雘.

金碧之光 久經兎走烏飛 半被塵侵蠹蝕 凡諸見聞者 孰不嗟吁歟. 弟子竊念 重修實倍初創 爰自癸亥之歲 始發誠於運斤洎 及乙丑之春 終竭力於畢. 手妙同舊製 麗極新成通天下 而美必居先在宇內 而貴應無右. 佛皆放

重興之瑞彩 僧盡歸再造之神功 聲流邇遐 頌溢朝野. 神人一理 共知寶曆由是而遐延, 黑白同源 僉喜丕圖賴此而益固. 肆占千祥之吉日 敬建三壇之慶筵. 於是爐焚妙香霞橫寶閣 祥煙聚以作盖 瑞靄結以爲臺. 素縷盈壇共燈光 而馥郁淸芬通漢 與月色而氤氳 豈惟離穢於四十萬里之虛空 亦能興福於千百億界之國土.(中略)

伏願 主上殿下 文經武緯 日盛月新 克荷天庥 明踰二曜 而德勝五常 益承佛眷 壽等兩儀 而仁並三王, 多見聖子之繩繩 正如螽羽之蟄蟄 四方安枕 而干戈永息 百穀登場 而民物恒安 上下同歡 謳歌沸於中外 朝野咸樂蹈舞均於邇遐. 王妃沈氏 懿德宣明 母儀一國 卽娠天縱速誕生知. 共懿王大妃朴氏 怡順天高 靜柔至厚 壽星永曜 福晨長明.(中略)

亦願 已身年月厄之咸消 陰陽沴之頓釋 深荷諸聖之密護 補天萬年 圓證十地之妙行 度人長劫. 又願 隨喜同緣 諸人登壽算綿遠 祿位增崇 志大願强 心廣體泮. 天長鳳闕 意無身心之小乖 地久龍樓 永見巢燧之大治餘汲所洎 群枯等沾 仰對金仙 云云.

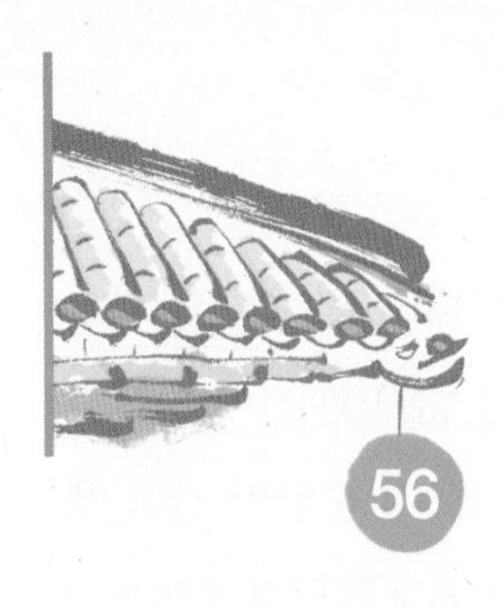

柳希春(유희춘)의 眉巖日記(미암일기)

하루하루를 지내면서 경험한 일과 생각한 바를 날짜순으로 적어 나가는 비망록을 일기라 하거니와, 이 일기가 개인의 사사로운 정담류에 머무는 것이 아니라 한 나라의 역사서에 준할 만큼 공공의 가치를 지니게 된다면 그것을 일기라 할 것인가? 역사책이라 해야 할 것인가? 『眉巖日記(미암일기)』 14책을 펼칠 때마다 이것은 단순한 일기가 아니라 史籍(사적)이라 해야 옳겠다는 생각을 떨쳐버릴 수가 없다.

『미암일기』는 眉巖(미암) 柳希春(유희춘, 1513 중종 8~1577 선조 10)이 선조 즉위년(1517) 10월부터 선조 10년(1577) 5월까지 적은 일기 십사책을 가리킨다. 선조 10년 5월에 그가 작고하였으니 그의 생애 마지막 11년간이 流漏(유루) 없이 기록된 것이다.

미암 유희춘은 전라도 해남에서 박학한 아버지 桂麟(계린)의 아들로 태어나 崔山斗(최산두), 金安國(김안국) 등 당대 巨儒(거유)의 가르침을 받고 중종 33년 문과별시에 급제하면서 宦路(환로)에 나아갔다. 성균관 학유를 거쳐 사간원 정언에 이르기까지 순탄한 관직 생활을 하였으나 乙巳士禍(을사사화)로 파직되고 良才驛壁書事件(양재역벽서사건)으로 濟州(제주), 鍾城(종성), 恩津(은진) 등을 전전하면서 전후 19년간 귀양살이를 하였다.

선조가 즉위하자 伸寃(신원)되어 成均館直講(성균관직강)이 되었다가 弘文館校理(홍문관교리), 全羅監司(전라감사) 등을 거쳐 成均館大司成(성균관대사성), 司憲府大司憲(사헌부대사헌), 司諫院大司諫(사간원대사간), 承政院承旨(승정원승지) 등 장관직에 있으면서 同知成均館事(동지성균관사), 校書館提調(교서관제조)를 겸임하며 경서의 구결과 諺解(언해)를 詳定(상정)하고 『朱子大全(주자대전)』·『朱子語類(주자어류)』 등 전적을 교정하는 일에 심혈을 기울였다. 무엇보다도 『新增類合(신증유합)』의 편찬은 국어교육사에 한 획을 긋는 큰 업적이 되었다. 이 『신증유합』은 천자문의 미비점을 보완하여 당대 실용한자 3,000자를 영역별로 분류하고 사자성어식으로 익히게 함으로써 한자교습과 한국어휘 보존에 그 공로가 인정되기 때문이다.

미암이 돌아가고 10여 년이 지나 임진왜란이 터지자 나라의 전적이 모두 잿더미가 되었는데 광해군 때에 선조실록을 纂修(찬수)하기에 이르러 임란 전의 사료로 믿을 만한 것으로는 이 『미암일기』가 꼽혔다는 사실은 이 일기가 얼마나 사실에 충직한 기록이었는가를 입증하고도 남는다.

미암일기(眉巖日記)

〖미암일기 갑술년(1574 선조 8) 시월 초열흘〗

맑음. 罷漏(파루) 칠 때에 일어나 의관을 갖추고 이른 아침에 경연청으로 나갔다. 묘시(아침 6시)에 전하 앞에 入侍(입시)하였다. 주상 전하께서는 지난번에 받아 읽으셨던 글월을 읽으셨는데 옥음이 낭랑하여 臣은 즐거움을 이길 수 없었다. (중략)

주상전하께서 말씀하셨다. "무릇 (漢文) 글월과 그것을 풀이하는 吐(토)나 새김과의 관계를 놓고, 어떤 이는 별로 중요한 일이 아니므로 특별히 신경 쓸 필요가 없다고 하는데, 그러나 성현이 하신 말씀을 글 뜻을 통하여 이해하지 못한다면 어찌 그 말씀의 깊은 뜻을 능히 통달하였다고 하겠는가? 이제 四書(사서)와 經書(경서)의 口訣吐(구결토) 붙이는 것과 우리말로 풀이하는 것은 의견이 분분하여 정해진 바가 없다. 마침 경의 학문이 정밀하고 해박하여 세상에서 보기 드문 재주라 하니, 사서오경의 구결토와 우리말풀이를 모두 경이 자세히 살펴 정하도록 하라. 상설기관을 설치할 필요가 있다면 그렇게 해도 좋다. 또 혹 經學講論(경학강론)을 담당하는 관원이 있어야 한다면 그것도 역시 경이 알아서 선발하라."

신이 上奏(상주)하여 말씀드렸다. "이러한 일은 상설기관을 설치할 필요까지는 없습니다. 오직 경학에 정통하고 밝은 사람 몇이서 함께 의논하여 정하면 될 일입니다. 다만 신은 지금 『朱子大全(주자대전)』을 교정하고 있사옵기로 다른 일에 간여할 겨를이 없습니다. 또한 신은 몸이 심히 잔약한 데다가 노쇠함까지 밀려오고 있습니다. 명년에 『주자대전』의 印出(인출)이 모두 끝나면 그 가을로 고향에 돌아가서 만들어 보면 어떻겠습니까?"

주상께서 말씀하셨다. "무슨 말이냐, 그것은 아니 된다." 신이 또 다시 아뢰어 말씀하였다. "신은 어려서부터 몸이 몹시 쇠약하였습니다. 제 고향의 마을 사람들이 모두 삼십을 넘겨 살기 어렵겠다 하였사오며, 남으로 북으로 귀양살이를 하면서 비바람 찬 서리를 맞고 고초를 겪으니 세상 사람들은 모두 살아서 돌아오기 어렵겠다 하였는데, 마침내 살아서 돌아와 또 임금님의 은혜를 입고 전하를 모시는 經筵(경연)에 출입하게 되었사오니 신으로서는 더할 수 없는 행운이 온대 거기에 또 무엇을 바라겠습니까? 기사년(1569, 선조 3) 겨울에 아내를 거느리고 고향에 돌아갔을 때부터 이미 벼슬에서 물러나 쉬고자 하는 뜻을 지녔사오나, 신의 아비와 할아비가 벼슬을 받은 바 없음을 생각했었습니다. 다행스럽게도 신이 通政監司(통정감사)가 되었사오니 追贈(추증 : 종2품 이상의 벼슬아치의 부 · 조부 · 증조부에게 관위를 내려주는 일)의 행운을 얻게 된다면 신의 소원을 이루는 것이라 여겼나이다. (그리하여) 신이 전라감사가 되자 날마다 신임 도사가 내려와 신의 病狀(병장 : 신병으로 직무수행이 어려워 사직한다고 하는 글월)을 받아 돌아가기를 바랐었습니다. 마침 盧禛(노진)이 내려왔으므로 사직의 글월을 바치려고 하였사온데 갑자기 부르시는 召命(소명)을 받잡고 올라오니 (또) 전하의 칭찬과 사랑이 너무나 크고 분에 넘치어 차마 속히 물러가지 못하옵고 머물러 있으며 오늘에 이르렀나이다. 엎드려 비오니 聖明(성명)하옵신 전하께서는 시작과 끝마침을 모두 가엾게 보살피시어 이 세상 부모의 은혜를 다할 수 있도록 하여 주옵소서." 이에 주상전하께서는 아무 말씀이 없으셨다. 아마 전하께서도 신의 간절한 뜻을 헤아리시는지라 차마 박절하게 내치지 못하고 생각하시는 듯하였다.

위에 인용한 일기는 미암과 선조대왕 사이의 대화 한 대목이지만, 거기에 經書(경서)의 口訣釋義(구결석의)와 관련된 그 당시 우리나라 학술, 문화, 교육의 현안이 함축적으로 제시되어 있다. 그리고 또 미암은 어떻게 귀거래의 사직을 청원하는지, 經筵(경연)이 끝난 자리에서 벌어지는 임금과 신하의 정담이 430여 년의 시공을 넘어 우리들의 서재에 그림인 듯 파고든다.

〖眉巖日記〗

卷十四 甲戌年 十月初十日.

晴. 罷漏起衣冠 早朝上經筵廳. 卯時入殿. 上讀前受玉音琅琅 臣不勝喜悅.(中略)

上曰 "凡文字吐釋之間 或者以爲小事 不必留意 然

聖賢有言 未有不得於文義而能通其精微者. 今四書五經 口訣諺釋 紛紜不定. 卿之學問精博 世所罕有 四書五經 口訣及釋 卿皆詳定. 亦可以設局. 或欲取經學講論之員 則亦惟卿所擇." 臣對曰 "此事不必設局. 只當與精明之人 通議而定之. 但臣今方校朱子大全 無暇及他. 臣孱弱之甚 衰老亦至. 明年朱子大全畢印出 其秋乞歸田里而爲之."

上曰 "吁 此則不可." 臣復陳曰 "臣自少小孱弱尫羸. 鄕閭之人 皆不以過三十爲期 及南遷北徙 觸犯風霜 沙磔之苦 人皆不以生還爲期 卒得生還 又蒙天恩 出入帷幄 臣以爲幸 不可屢徼. 自己巳冬 挈妻歸家 已有退休之志 以臣父祖無官. 幸爲通政監司 得追贈 則志願畢矣. 爲全羅監司 日望新都事下去 得呈病而退. 盧稹下去 方欲呈辭. 忽被召命 睿奬太過 天寵過分 故不忍速退 而留在至今 伏乞 聖明始終保恤 以卒天地父母之恩." 上默然. 蓋聖上亦知 臣由中之懇 故不忍牢拒而思之也.

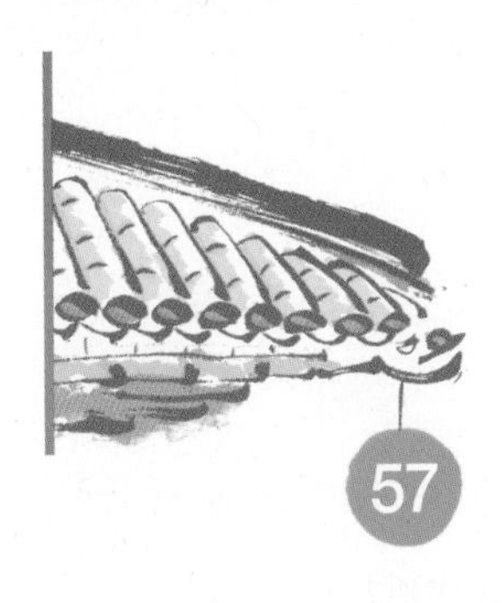

57

노수신 교의정부우찬성이황서

盧守愼의 教議政府右贊成李滉書

삼강오륜은 조선왕조 오백년을 든든하게 지상한 사회정의의 주춧돌이요 울타리였다. 그 첫머리에 놓인 제1조가 군신관계를 규정한 君爲臣綱(군위신강)이요, 君臣有義(군신유의)라 하는 덕목이다. 이 덕목은 오늘날에도 여전히 살아있는 인간 보편의 생활지표임은 두말할 필요도 없다. '君(군)' 이 국가 · 민족이라는 공동체 개념으로 바뀌었고, '臣(신)' 이 공무원 더 나아가 국민이라는 집합개념으로 바뀌었을 뿐, 君[나라]과 臣[백성]이 충성과 의리로 결속되어 있다는 것은 아마도 만고에 변치 않을 진리일 것이다.

그리하여 예부터 '君爲臣綱(군위신강)' 을 깊이 이해하고 있는 군주는 그 가르침을 '臣爲君綱(신위군강)' 이라고 뒤집어 볼 줄 아는 슬기가 있었다. 신하가 賢君(현군)을 모범으로 삼아 어버이처럼 모시고 따르듯 임금도 또한 어진 신하를 사부로 알고 어버이 되어 주기를 갈망하였다. 幼君耆臣(유군기신)의 경우, 그것은 더욱 자연스런 정경이었다.

1569년 어느 늦은 봄날, 經筵(경연)이 파한 자리, 어느새 등극한 지 3년째의 선조는 그때에 겨우 만 17세의 소년이었다. 아무리 영특하고 조숙했다 하여도 선조에게 萬機總覽(만기총람)은 北岳(북악)에 걸린 白雲(백운)같은 것이 아니었을까? 소년 임금 선조는 茶啖床(다담상)을 물리며 막 일어서려는 侍講官(시강관), 侍讀官(시독관)들을 향하여 혼잣소리 같은 한마디 말을 건넨다.

"과인이 右贊成(우찬성) 李公(이공)을 못 본 지 오랬소이다. 근황이 어떠한지……."

시신 중의 한 사람이 그 말씀을 듣고 일어서려다 말고 부복하여 아뢴다.

"아뢰옵기 송구하오나, 우찬성 이황은 지난해에 병이 있어 사직하고 돌아가지 않았나이까? 전하께옵서도 아시는 줄……."

"과인이 보고 싶어서 해 본 말이오만, 다시 올라오시게 할 수는 없겠소이까?"

이러한 대화 끝에 퇴계 이황 선생에게 임금이 그리워하며 찾으시니 상경하면 좋겠다는 교서를 내려보내기로 결정한다. 그 敎書執筆(교서집필)의 적임자로 盧守愼(노수신)이 지목되었다.

蘇齋(소재) 盧守愼(노수신, 1515 중종 10~1590 선조 23)은 선조가 즉위한 직후에 오랜 유배생활에서 풀려 교리로 기용되었고 뒤미처 大司諫(대사간)·副提學(부제학)·大司憲(대사헌)·大提學(대제학)에 吏曹判書(이조판서)를 거쳐 영의정에까지 이른 사람이니 선조가 퇴계 敬慕

(경모)의 뜻을 술회한 經筵(경연)의 자리에서는 아마 侍講(시강)의 책임을 지고 있었을 것이다.

蘇齋(소재)는 조선조 선비가 대개 그러하듯 經學(경학)과 宦路(환로)를 竝進(병진)시켰던 학자관료였다. 17세 때 당대 경학의 대가로 알려진 灘叟(탄수) 李延慶(이연경)의 딸과 혼인하여 장인의 문하생으로 성장하였다. 벼슬은 29세 때(중종 28년) 식년문과에 장원을 하면서 시작하였는데, 乙巳士禍(을사사화), 良才驛壁書事件(양재역벽서사건) 등에 휘말려 순천으로 진도로 19년간이나 귀양살이를 하였다. 그 귀양살이 중에 李滉(이황)·金麟厚(김인후) 등과 서신으로 人心道心(인심도심) 등 경학의 쟁점들을 토론하면서 교분을 쌓았다. 그 인연이 다음과 같은 교서를 쓰게 되었던 것이다. 그때 소재의 나이 54세, 퇴계는 69세였다.

노수신 선생 탄생 500주년 기념 학술대회 모습과 기념비 제막식

〚의정부 우찬성 이황에게 내리는 글〛

임금님께서 이렇게 말씀하시었습니다.

아하, 어진 사람을 좋아할 줄 아는 것보다 어려운 일이 없고, 어진 사람을 좋아하되 정성을 다하기보다 더 어려운 일은 없도다. (과인이) 정성이 있으면 모든 선비들이 벼슬살이에 나서고자 할 것이요, 어질지 않은 자들은 멀리할 것이며, (만일에) 정성이 없으면 가까이 있던 자도 머물지 아니하고 멀리 있는 자는 찾아오지 않으리니 대저 정성스러움이란 이와같이 숨길 수가 없는 것이로다. (그러나) 저 어진 사람도 돌이켜 보면 또한 나라에 어찌 짐[義務]이 없다 할 것인가.

과인이 어린 몸으로 大統(대통)을 이어받아 오직 그 무거운 짐을 감당치 못할까 그것이 두려울 뿐이다. 諒闇(양암 : 임금이 父母의 喪을 치르는 일) 중에 있어도 모름지기 (정사의) 명령은 있어야 하는 것이요, 經筵(경연)의 자리에서도 講讀(강독)하는 일은 폐하지 않아야 할 것이며, 어진 사람과 힘써 친해야 하는 것이 무엇보다도 시급함을 알고 있노라. 어느 누구와 하늘이 주신 자리를 함께하고 하늘이 주신 직분을 다스려서 우리 조종을 빛내고 우리 백성들을 건져내랴.

오직 卿(경)은 經術(경술)과 德義(덕의)로써 (모범적인) 선비가 되어 세상 사람의 으뜸으로 존경을 받은 지 오래되었도다. 과인도 그 소문을 익히 들어 알고 있는지라 그것을 마땅히 기뻐해야 할 것으로 아노라. 비록 벼슬자리와 봉록이 마음에 들지 않고 편안하고 고요히 性情(성정)을 기르고자 하였으나 얻은 것은 없고 잃은 것뿐이라 할 것이나 진실로 공경을 다하고 예의를 갖춘다면 정말 움직이지 아니하겠는가. 마음을 돌려 고쳐 생각하고 과인과 더불어 하늘이 주신 자리와 하늘이 주신 직책을 같이 하여 祖宗(조종)과 백성들의 의지하는 바가 되어 준다면 (행동하지 않고) 꿈꾸고 점치는 일보다는 낫다고 할 수 있지 않겠는가.

그리하여 과인이 (함께 일하자는) 뜻을 말한 것이 한두 번이 아니었건만 卿(경)은 고집을 부려 종전의 뜻을 바꾸지 않는도다. 아하 과인이 경을 좋아함도 또한 별수가 없도다. 어찌하여 마땅히 일어나야 할 때에 일어나지 않고 과인으로 하여금 오래도록 목마르듯한 그리움을 품어 마지않게 하는가. 아하 임금과 신하가 서로 만나는 것이 예부터 그토록 어려운 것이라 하였거니와 과인이 (경을) 좋아하는 그 정성이 어찌 미답지 않아서 그러한 것인가. (중략)

이제 마침 봄과 여름이 바뀌는 계절이라 바람과 날씨가 곱고 따뜻하여 병이 깊던 사람도 소생하고 늙은 사람도 편안한 때이다. 경은 비록 나이가 많으나 정력이 쇠하지 않았으니 진정코 한 번 일어나 여행길에 나서기로 한다면 가마를 탔다가 초헌도 타고 역마를 탔다가 배도 타면 그 형편이 아니 될 것도 없을 것이요, 더구나 길에서는 사람들이 [경이 노경에도 出仕(출사)하는 모습을] 보고 듣고 (이야기하며) 반드시 이마에 손을 얹어 바라보리라. 하물며 벼슬이라는 것이 구한다고 해서 얻어지는 것도 아니요, 배움[學問]이라는 것도 자기 자신의 사사로운 이익만을 구하는 것이 아님을 과인이 진정코 잘 아는 바이니 경은 무엇을 의심하는가.

경은 지난날에 선왕께서 여러 번 부르시는 教旨(교지)를 받고도 사양하다가 드디어 한 벼슬에 나왔으니 어찌 奬進(장진 : 권하여 나아감)하는 직분은 무겁고, 製述(제술 : 책문을 지음)하는 벼슬은 가볍게 여기는 것이 아니겠는가. 그러나 또한 선왕께옵서 승하하시자 경이 갑자기 병이 있다고 돌아갔는데 과인이 그것을 알지 못하였으니, 이것은 맹자가 이른바 며칠 전에 나온 사람을 오늘은 그가 간 곳을 모른다

한 것과 같으니 과인이 심히 부끄럽도다. 과인이 어린 사람인지라 어진 사람에게 정성스럽지 못한 지가 오래되어 경을 불러올리지 못한 것이 당연하지만 경은 홀로 선왕의 지극하신 마음에 보답하지 못하였음을 미루어 생각하여 그것을 과인의 적은 몸에 미치게 할 수는 없는 것인가. 경의 생각에는 한번 남에게 얽매임을 당하면 문득 자유롭지 못할 것이라 하는 듯한데 아마도 그렇지 아니하리라, 아마도 그렇지 아니하리라. 물고기와 물이 때맞추어 만나는 것은 천 년에 한 번이나. 의리가 진실로 편치 않고 병이 진실로 깊어서 어쩔 수 없다면 그 또한 당당하게 돌아갈 뜻을 갖는다하여 대체 어느 누가 그것을 막을 수 있겠는가.(하략)

教書(교서)란 임금이 신하된 사람에게 내리는 명령이다. 따라서 그것은 자애롭되 위엄이 있고, 온유하되 기품이 있어야 할 것이다. 그런데 위의 글은 어떠한가? "王若曰(왕약왈)" 이라 첫머리에 밝혔으니 임금이 직접 言明(언명)한 것이 아님을 드러냈으나 구구절절 그리워함은 마치 길잃은 어린아이가 부모를 찾아 우는 듯이 간절하지 아니한가!

여기에는 임금의 권위도 체면도 내버린 연약한 소년이 있을 뿐이다 그러나 하늘에 머리를 두고 사는 이 나라의 선비라면 나라에 빚진 "짐" 이 없지 않으리라는 책임추궁은 그 유약함 속에 감추어져 있는 군왕의 준열함이 아닐 수 없다.(퇴계는 이 글을 받고도 상경치 못하다가 그해 말에 운명하였다.)

〖敎議政府右贊成李滉書〗

王若曰 嗚呼 莫難於知賢可好 莫甚難於好賢有誠. 有誠則士皆願立 而不仁者遠 不誠則近者不稽 而遠者不來. 夫誠之不可掩如是. 彼賢人者顧亦何負於國哉.

予以沖子 入纂大統 惟不克負荷是懼. 諒闇之中 須有命令 經席之上 不替講讀 唯知急親賢之爲務. 疇可與共天位治天職 以光我祖宗 以濟我生民.

唯卿經術德義爲士 人所宗仰久矣. 予聞之爛熟 亦可謂知其眞可好者矣. 雖其爵祿不入心 恬靜以養性 有若不可得而奪者 誠得致敬而盡禮焉 則庸有不動者. 幡然改圖 以共予天位天職 爲祖宗生民之寄 豈不賢於夢卜哉.

於是諭以予意不一再 而止卿執 前志不欲變. 嗚呼 予之好卿 其亦末矣. 何其宜起 而莫之起 使予長抱如渴之懷 而不可已也. 嗚呼 君臣相遇 自古以爲難 豈予好之之誠 有所未孚而爾歟.(中略)

卽今春夏之交 風日姸暖 正病者蘇 老者安之時也. 卿年齡雖高 精力不衰 誠欲一出而相就 或輿或軺 或馹或舸 其勢無不可者 而道路觀聽 必有加額之望矣. 況爵者非求之可得也 學者非己之可私也 予實諳焉 卿何疑爲.

卿昔在先朝屢被徵旨 而辭最後一命而至 豈不以獎進職重 而製述官輕乎. 然亦先王好賢之誠 有以致之也. 及先王賓天 卿遽以疾歸 而予莫之知 殆孟子所謂 昔者所進 今日不知其亡者 予甚愧焉. 予小子不誠於賢久矣 其不克致卿宜也. 卿獨不能推未報先王之盛心 以及予眇躬乎. 卿意一受人籠絡 便不得自由 殆不然矣 殆不然矣. 魚水際會 千載一時 義苟不安矣 病苟不已矣. 蓋亦浩然有歸志 夫孰能禦之.(下略)

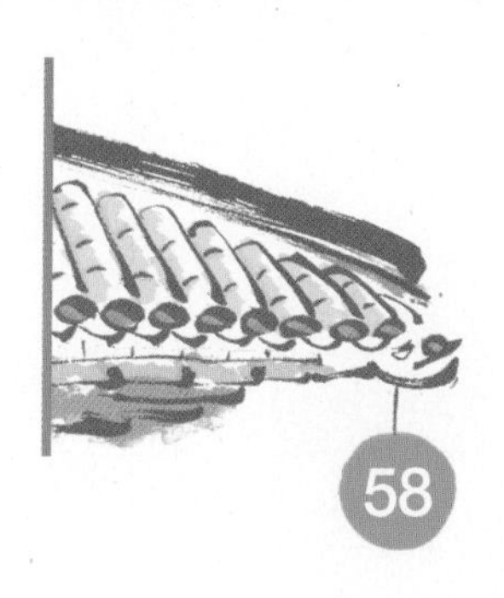

李之菡의 大人說
(이지함 대인설)

우리나라 사람으로 토정비결을 펼쳐놓고 새해 신수를 점쳐보지 않은 사람이 몇이나 될까? 미래를 예견해 보겠다는 욕심과 앞날을 조심하겠다는 겸손이 행운을 바라는 마음에 겹치면서 한편으로는 재미 삼아 또 한편으로는 기대에 부풀어 토정비결의 함축적인 예언에 가슴 조이던 시절이 분명코 있었을 것이다.

그 토정비결의 저자로 알려진 사람이 바로 토정 李之菡(이지함, 1517~1578)이다. 생애의 대부분을 마포강변의 흙담 움막집에서 청빈하게 살았으므로 토정이란 雅號(아호)를 갖게 되었다. 그는 고려말의 학자 牧隱(목은) 李穡(이색)의 후손으로 어려서 아버지를 여의고 맏형 李之蕃(이지번)에게서 글을 배우다가 花潭(화담) 徐敬德(서경덕)의 문하에서 공부하였다. 그는 당대의 逸士(일사)요 奇人(기인)이었다. 또한 시대를 앞서가는 선각자였다. 花潭(화담)의 영향을 받아

이지함 선생

주역 · 의학 · 수학 · 지리 · 천문에 밝았을 뿐 아니라, 복지사회 구현과 경제개발에도 독특한 안목을 갖고 있었다. 평생에 꼭 두 번의 현감벼슬을 하였는데, 그때마다 그의 경륜과 이상이 번득였으나 세상은 그를 받아주지 않았다.

抱川縣監(포천현감)으로 있을 때에는 그 척박한 지역에서 농업에만 의존하느니 상업을 장려하여 해외통상도 추진하고 광산도 개발하여 농상공이 竝進(병진)해야 한다는 상소를 올렸고, 牙山縣監(아산

현감)으로 있을 때에는 乞人廳(걸인청)을 만들어 걸인과 노약자를 救恤(구휼)하는 복지시책을 펴기도 하였다.

그러나 그의 참모습은 토정에 칩거하며 당대의 현사들 — 朴淳(박순)·李珥(이이)·成渾(성혼)들과 교유하는 일, 그리고 卜筮(복서)에 밝다는 소문을 듣고 찾아온 이들에게 처세를 경계하는 조언에서 찾을 수 있을 것이다.

여기에 소개하는 大人說(대인설)과 寡欲說(과욕설)은 토정의 사람됨을 살필 수 있는 珍文(진문)이요, 名文(명문)이다.

〖큰 사람을 말함〗

세상 사람들은 네 가지 원하는 것이 있으니, / 안으로는 슬기롭고 굳세기를 원하고 밖으로는 부유하고 품위 있기를 원한다.

품위 있기로는 벼슬하지 않는 것보다 더 품위 있는 것이 없고, / 부유하기로는 욕심내지 않는 것보다 더 부유한 것이 없고, / 굳세기로는 싸움하지 않는 것보다 더 굳센 것이 없고, / 슬기롭기로는 알려고 하지 않는 것보다 더 슬기로운 것이 없다.

그러나 알지도 못하고 슬기롭지도 못한 것은 어리석은 자가 그러하고, / 싸우지도 못하고 굳세지도 못한 것은 나약한 자가 그러하고, / 욕심도 없으면서 부유하지도 못한 것은 빈궁한 자가 그러하고, / 벼슬도 못하면서 품위도 없는 것은 미천한 자가 그러하다.

알려고도 아니하면서 슬기롭고, 싸우지도 않으면서 굳세고, / 욕심내지도 않으면서 부유하고, 벼슬살이도 아니하면서 품위가 있는 것, / 그것은 오직 "큰사람"만이 그러하다.

〖욕심 적게 가지기를 말함〗

맹자께서 말씀하시기를 "마음을 기르는 데에는 욕심을 적게 하는 것보다 더 좋은 것이 없다"고 하셨다. 적게 한다는 것은 없어짐의 시작이다. 적어지고 또 적어져서 더 이상 적어질 것이 없는 데에까지 이르면 마음이 비고 신령스러워진다. 신령스러움이 비추어 밝음이 되고 밝음의 열매가 진실스러움이 된다. 그 진실스러움의 바른길은 치우침 없는 중심이 되고, 그 중심이 밖으로 드러나 조화로움이 된다. 중심과 조화는 온 세상 떳떳함의 아버지요, 삶의 어머니이다.

정성스럽고 정성스러워 그 안[內]이 없으며 드넓고도 드넓어 그 바깥[外]이 없다. 바깥이 있다는 것은 작음의 시작이니, 작고 또 작아지더라도 形氣(형기)에 얽매이면 내가 있음을 알되 세상 사람이 있음을 알지 못하고, 또 세상 사람이 있음을 안다 해도 바른길이 있음을 알지 못한다.

물욕에 가리게 되면 해치고자 하는 것이 많아져서 욕심을 적게 하려고 해도 되지 않으니 하물며 욕심이 아주 없어지기를 어찌 바라겠는가!

맹자께서 말씀하신 뜻이 실로 멀고 깊을 따름이다.

세상일에 얽매어 머리 위에 푸른 하늘이 있는 것을 잊고, 사소한 일에 집착하여 내일이면 새 태양이 떠오르리란 것을 생각해내지 못할 때, 문득 요행을 바라는 마음으로 토정비결을 펼쳐보려는 사람이 있다면, 우선 그는 토정의 大人說(대인설)과 寡欲說(과욕설)을 천천히 읽어볼 일이다. 그리고 세상 사는 바른길이 어디에 있는지 다시 한번 곰곰 궁리해볼 일이다.

우리 조상 가운데 이지함 같은 분이 있어, 이런 글을 남겨 주었다는 것은 진실로 우리의 淨福(정복)이 아닐 수 없다.

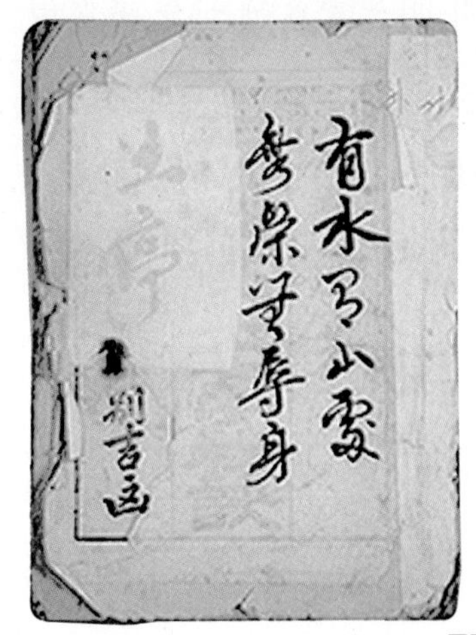
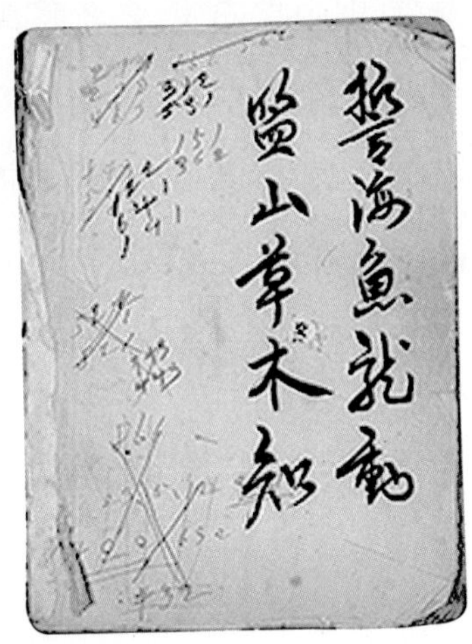

토정비결

〖大人說〗

人有四願 內願靈强 外願富貴 貴莫貴於不爵 富莫富於不欲 强莫强於不爭 靈莫靈於不知 然而 不知而不靈 昏愚者有之 不爭而不强 懦弱者有之 不欲而不富 貧窮者有之 不爵而不貴 微賤者有之 不知而能靈 不爭而能强 不欲而能富 不爵而能貴 惟大人能之

〔寡欲說〕

孟子曰 養心莫善於寡欲 寡者無之始 寡而又寡 至於無寡 則心虛而靈 靈之照爲明 明之實爲誠 誠之道爲中 中之發爲和 中和者 公之父 生之母 肫肫* 乎無內 浩浩乎無外 有外者 小之始 小而又小 梏於形氣 則知有我而不知有人 知有人而不知有道 物欲交蔽 戕賊* 者衆 欲寡不得 況望其無 孟子立言之旨 遠矣哉

* 肫肫(순순) : 정교하고 치밀함.
* 戕賊(장적) : 쳐죽임. 살해함.

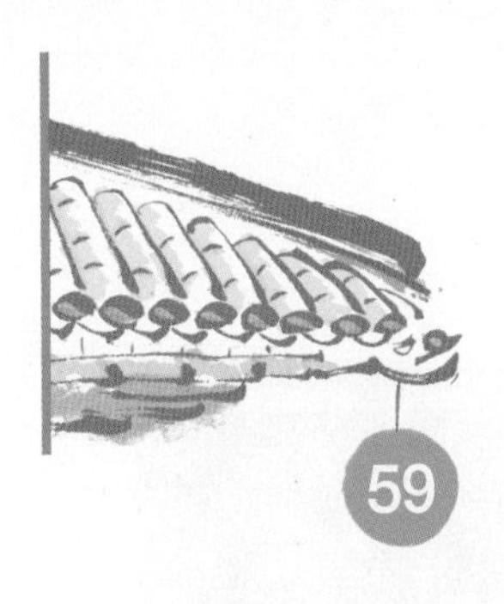

휴 정　　　　　쌍 계 사　중 창 기
休靜 스님의 雙溪寺 重創記

벚꽃이 만개한 봄철에 雙溪寺(쌍계사)를 찾는 사람이면 누구나 느낄 것이다. 십리허의 개울을 따라 절간을 향해 걸으며 “옛날에 신선들이 노닐었다는 무릉도원이 바로 여기가 아닌가?” 하고. 그러나 이렇듯 황홀한 기분으로 경내에 들어서면 우리의 시선을 사로잡는 것은 대웅전 앞마당에 비켜선 듯 나와 선 듯 올연히 서 있는 십여 척장대의 비석이다. 이름하여 眞鑑禪師大空塔碑(진감선사대공탑비). 그 순간, 자연의 아름다움에 심취했던 우리의 마음은 天下大道(천하대도)의 참됨과 존엄스러움에 눌려 한없이 쪼그라들고 숙연해진다.

眞鑑禪師(진감선사) 慧照 스님(혜조, 774~850)과 비문을 지은 孤雲(고운) 崔致遠(최치원, 857~?)이 모두 1200년 안팎의 옛사람이요, 그 글은 유불을 초월하여 진리의 보편성과 그 진리를 추구하는 인간의 겸허함을 힘주어 말하고 있기 때문이다. 孤雲(고운)은 儒生(유생)이

휴정서산대사

요, 眞鑑(진감)은 스님이다. 그러나 고운은 진감을 추모하는 그 비문에서 공자님과 부처님을 辨證法(변증법)의 논리로 통일시킨다. 한 구절을 옮겨 본다.

옛날에 공자가 제자에게 말하기를 '나는 말하지 않으련다. 하늘이 무슨 말을 하더냐?' 하였는데, 저 維摩居士(유마거사)도 文殊(문수)에게 默言(묵언)으로 대답했고 부처님도 迦葉(가엽)에게 조용히 전할 때, 혀끝도 안 놀리고 마음에 찍었었다. 하늘도 말이 없었으니 이 길을 두고 무슨 말을 하겠는가? 그렇건만 능히 그 묘한 도리를 널리 구하여 이 나라에 두루 빛을 비춘 이가 어찌 다른 분이랴. 진감이 바로 그분이다.

그렇지만 사람이 만든 것으로 세월을 견디며 창창한 것이 어디에 있겠는가? 大空塔碑(대공탑비)를 세운 지 650년이 지난 중종대왕 시절에는 절도 비석도 모두 雜草 속에 묻혀있었던 모양이다. 그것을 뜻있는 두 사람이 다시 손질하여 세우니 탑비에 이끼를 닦은 이는 仲暹(중섬)이란 선비요, 불당을 고쳐 지은 이는 慧修(혜수)란 스님이었다. 여기에도 유불이 다정스레 합작하고 있다.

이 사실을 적은 글이 쌍계사 중창기이다. 휴정 스님(1520 중종 15 ~1604 선조 39)이야 서산대사로 더 잘 알려진 임진란의 승병장이 아니던가? 휴정은 이 중창기에서 유불이 둘이 아님을 역설하듯 그의 인생도 유불과 僧俗(승속)과 禪敎(선교)가 따로 있지 않았다. 어려서 진사과에 낙방하고 나이 들어 승과에 급제하였으니 유불을 넘나들었고 승복을 입은 채 73세의 老軀(노구)로 승군을 이끌었으니 僧俗

(승속)을 초월한 것이요, 坐禪見性(좌선견성)을 주장하면서 敎禪(교선)을 결합함으로써 우리 불교를 조계종으로 일원화하였으니 휴정이야말로 유불과 聖俗(성속)과 敎禪(교선)의 세계에 통합과 조화의 신묘함을 보여준 조선조 지성의 한 표본이 아니고 무엇이랴. 이제 쌍계사 중창기를 읽어보자.

『쌍계사 중창기』

예부터 유교와 불교를 정확하게 알고 나라 안팎의 글을 널리 통달한 사람은 공명을 헌 신짝 벗어 던지듯 하고 표주박 하나로 가난함을 잊으며 자연과 함께하고 신령과 더불어 노닐면서 또 無位眞人(무위진인)과 어울려 놀고, 시작도 끝도 없는 초자연과 벗이 되기도 하였는데, 부득이하여 세상살이에 관여하게 되면 만물을 기르고 천하를 화평하게 하며 한 손으로 임금을 堯舜(요순)보다 윗자리에 올려놓기를 손바닥 뒤집듯 쉽게 하였다. 스스로 근심함을 근심하고 즐거워함을 즐겼으니 어느 겨를에 유교가 그르다느니 불교가 그르다느니 하며 서로 원수가 되어 비난을 일삼겠는가. 우리나라에서는 일찍이 崔孤雲(최고운)과 眞鑑(진감)이 바로 그러한 사람이었다.

고운은 유생이요 진감은 스님이다. 진감이 절을 세워 비로소 사람과 하늘의 눈을 뜨게 하였고, 고운이 碑(비)를 세워 유교와 불교의 핵심을 널리 드러내었다. 아, 이 두 사람의 마음은 하나의 줄 없는 거문고이다. 그 曲(곡)은 봄바람에 제비가 그 가락에 맞추어 춤추는 것 같고 푸른 버들에 꾀꼬리가 노래하는 것 같아서 하나가 날줄이라면 또 하나는 씨줄이요, 하나가 거죽이라면 또 하나는 속이 되어 서로 도운 것이다. 漢(한) · 唐(당) · 宋(송) 이래로 유교와 불교의 헛된 이름을 깨부수고 천지자연의 완전함을 즐기며 형체도 없이 아득한 가운데 외로이 돌아보지 않은 이는 오직 이 두 大人(대인)이 아닌가. 그러나 세월은 멀리 흘렀고 사람도 가고 없으니 이름은 남았으나 일한 흔적은 사라져서 아름답던 절은 낡고 헐어 가시나무 숲이 되고 비석은 벗겨져서 나무꾼의 손에 놀며 산마루의 잔나비가 슬피 우짖고 골짜기의 새들이 구성지게 지저귈 뿐이었다.

그런데 마침 嘉靖(가정) 경자년(A.D. 1540) 봄, 산에서 공부하던 선비 仲暹(중섬)이란 분이 지팡이 짚고 그 폐허를 거닐다가 오래된 비석을 어루만지며 길게 탄식하고 (중략) 그것을 重修(중수)했으면 좋겠다고 조정에 청원하였다. 이에 八詠樓(팔영루) 세 칸을

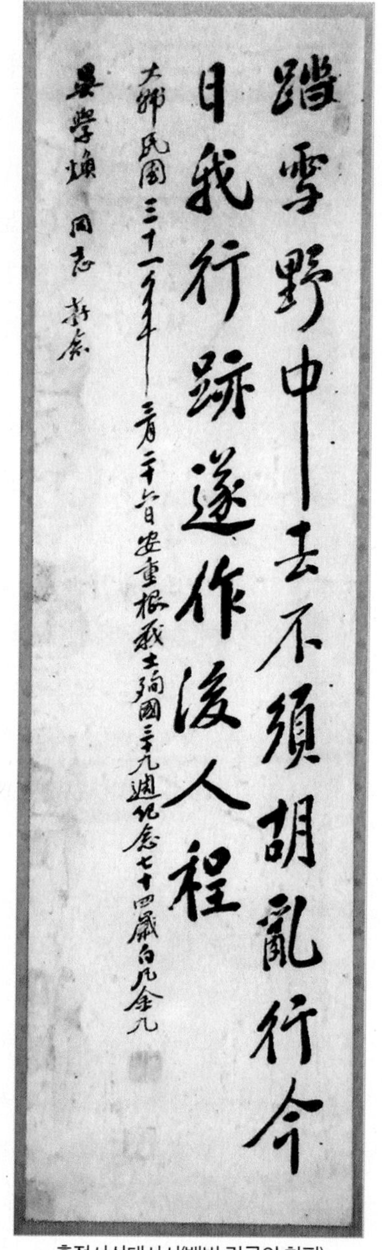

휴정서산대사시(백범 김구의 친필)

다시 짓고 碑(비)의 앞뒤에 돌로 臺(대)를 쌓아 다듬고, 물을 끌어들여 연못을 만든 다음, 달 밝은 저녁, 바람 부는 아침마다 연꽃과 대나무를 감상하며 홀로 거닐었다.

또 산속의 운수승 慧修(혜수)란 분이 역시 불법을 깊이 믿어 三寶(삼보)를 자기의 책임으로 여기는 이였는데 계묘년(A.D. 1543) 여름에 진감의 옛 절터를 보고 슬퍼하며 重創(중창)할 뜻을 세우고 널리 施主(시주)를 모집하여 몇 해 안 되어 대웅전을 먼저 세우고 金堂(금당)과 동서에 方丈(방장)을 그다음으로 세웠다. 그런 다음 낙성의 모임을 베풀고 그 다음 해에 또 兩堂(양당)의 모임을 베풀었는데 아하 그 드높은 전각의 모습은 마치 天宮(천궁)과 같았다. 그러고 보니 팔영루의 맑은 바람은 孤雲(고운)의 仙骨(선골)을 다시 깨우고, 쌍계수의 밝은 달은 眞鑑(진감)의 禪燈(선등)을 다시 밝게 하였다. (중략)

아아, 이미 숨어버린 달을 한 손으로 받든 것은 仲暹(중섬)이요, 이미 멀어버린 눈을 참빗으로 긁어 눈뜨게 한 것은 慧修(혜수)였다. 왜 그런가. 불교를 배우려는 사람은 진감과 같이 된 다음에야 유학이 유학으로 된 까닭을 알며, 유학을 배우려는 사람은 고운과 같이 된 다음에야 불교가 불교로 된 까닭을 알기 때문이다. 그러므로 진감을 아는 사람으로 고운 같은 이가 없고, 고운을 아는 사람으로 진감 같은 이가 없다. 이 세상에 고운은 없으나 중섬이 바로 그 사람이요, 또 이 세상에 진감은 없으나 혜수가 바로 그 사람이다. 그러므로 위의 두 분은 앞에서 어울리고 아래의 두 사람은 뒤에서 받아 전하였으니, 참으로 앞뒤가 서로 화답하고 멀고 가까움이 서로 비추어 주는 것이 천 년 이후에도 그 옛날의 구름을 아침저녁으로 만나는 것이라 말하지 아니하겠는가! (하략)

嘉靖(가정) 己酉(기묘, 1549) 봄에 적는다.

만일에 우리가 이 글에 연이어 한국 종교의 현대 모습을 적는다면, 고운과 진감, 중섬과 혜수는 누구일까를 생각하게 된다. 더구나 오늘날에는 그리스도교가 하나 더 추가되었으니 불교, 유교, 그리스도교를 대표하여 서로 화목하고 어울리는 인물이 언급되어야 하지 않겠는가?

우리는 지금 그 답안을 작성하는 성실하고 믿음직한 후손들이어야 할 것이다.

〖雙溪寺 重創記〗

古之洞精儒釋 博達内外者 脫履功名 一瓢忘貧 與天地竝立 與神明同住 或與無位眞人爲之遊 或與無始終者爲之友, 不得已而後應之 卽育萬物和天下 以隻手能致君於堯舜之上 視之如反掌焉. 自憂其憂 自樂其樂 奚暇非儒非佛 非佛非儒 相譬而相非乎. 我國崔孤雲與眞鑑是其人也.

孤雲儒也 眞鑑釋也 眞鑑建刹 始鑿人天之眼目 孤雲立碑 廣出儒釋之骨髓. 吁二人之心 一種沒絃琴也, 其曲也 若春風之燕 舞其調也, 若綠柳之鶯歌 一經一緯一表一裏 而相資耳. 自漢唐宋以來 碎儒釋之虛名 樂天地之大全 芒乎芴乎 超然獨不顧者 其唯此二大人歟. 然世

遠人亡 名存事去 精刹凋殘 枳棘之林 龜碑剝落 樵人之手 嶺猿哀嘯 谷鳥悲鳴而已.

嘉靖庚子 春山之道士仲遲者 杖屨其間 摩挲古碑 喟然太息(中略) 以其重修事 進于朝廷 (中略) 於是重葺八詠樓三間 碑前碑後 築石以臺之 引流以塘之 月夕風朝 賞蓮看竹 而獨自逍遙焉.

山之雲水 釋慧修者 亦深信正法 以三寶爲已任者也 癸卯夏 慨見眞鑑之古刹 志欲重創 廣募檀越 不數年中 先立大殿 次建金堂與東西二方丈 因說落成之會 明年又說兩堂之會, 吁巋然殿閣狀 若天宮也. 於是 八詠樓之清風 更醒于孤雲之仙骨 雙溪水之明月 再騰于眞鑑之禪燈也.(中略)

嗚呼 已隱之月 隻手捧之者遲也, 旣盲之目 金篦刮之者修也. 何也 使學佛者 得如眞鑑然後 知儒之所以爲儒, 使學儒者 得如孤雲然後 知佛之所以爲佛 故曰 知眞鑑者 莫如孤雲 知孤雲者 莫如眞鑑也. 世無孤雲 仲遲是也 世無眞鑑 慧修是也 然則上二士鳴於前 下二人傳於後, 甚矣 前後相應 遠近相照也. 亦可謂千載之下子雲朝暮遇之也(下略)

嘉靖己酉春記

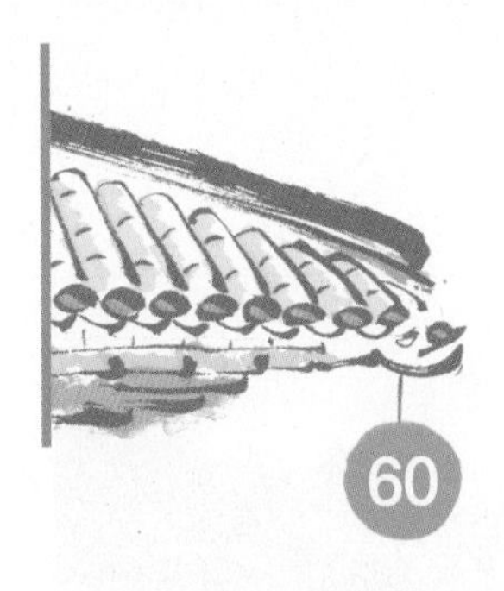

60

奇大升의 移心法說
(기대승 이심법설)

奇大升(기대승, 1527 중종 22~1572 선조 5)은 학문세계의 준엄하고도 냉철한 비판정신과 사제간의 자상하고도 돈독한 신의를 아울러 보여준 일세의 師表(사표)이었다. 幸州人(행주인)으로 高峰(고봉)이라 號(호)하였으며 23세에 司馬試(사마시)에 합격하고 32세에 문과에 급제하면서 벼슬길에 나아갔다. 그러나 벼슬살이보다는 학문에 더 뜻이 있어 벼슬살이를 시작한 바로 그해 32세의 나이로 퇴계 이황의 문하에 들어가 학문

기대승(奇大升)

기대승 선생을 모신 월봉서원

에 정진하였다. 그 무렵 四端七情(사단칠정)을 주제로 한 理氣論(이기론)이 학계의 핵심 논제이었는데 高峰(고봉)은 이 문제에 뛰어들어 26년이나 연상인 스승 퇴계와 불꽃 튀는 논전을 8년 동안이나 벌이며 우리나라 성리학을 높은 수준으로 끌어올렸다. 그러는 동안 퇴계는 고봉을 대등한 학자로 예우하였고 고봉은 퇴계를 깍듯이 스승으로 모시면서도 사칠논전에서는 한 치의 양보도 없었다.

이렇듯 오랜 논전 끝에 고봉은 다음과 같은 결론을 내렸다.

"四端〔사단, 仁義禮智(인의예지)〕은 오로지 理(이)가 發(발)한 것이요, 七情〔칠정, 喜怒哀樂愛惡欲(희노애락애오욕)〕은 理(이)와 氣(기)의 발함이 겸해 있으나 氣(기)의 흐름이 理(이)를 누른 것이다."

중종대왕 시절에는 신진사류의 領首(영수)로 지목되어 勳舊派(훈구파)에 쫓겨 削職(삭직)이 되기도 하였으나 선조대왕이 즉위하자 조광조와 이언적의 추증을 건의하는 등 신진사류의 면목을 과시하며 大司成(대사성), 大司諫(대사간) 등의 淸職(청직)을 두루 거쳤다.

그러나 奇才薄命(기재박명)이라 하였던가? 46세의 나이에 병을 얻어 大司諫(대사간)을 그만두고 귀향하는 도중, 古阜(고부)에서 세상을 하직하였다. 여기에 실린 移心法說(이심법설)은 고봉이 학자일 뿐만 아니라 당대 儒林(유림)의 신선이었음을 나타내는 글이다.

〖마음을 옮길 수 있는가에 대하여〗

'마음을 옮길 수가 있는 것이냐?' 묻는다면 '그렇다' 고 해야 할 것이다. '어떻게 옮기는가?' '敬(경)으로써 한다.' 그러면 心(심)이란 무엇이고 敬(경)이란 과연 무엇인가?

心(심)이라고 하는 것은 신체의 주인이 되어 사물에 명령하는 것이다. 속에 蘊蓄(온축)하면 性(성)이 되고 發(발)하면 情(정)이 된다. 밖은 둥글고 안은 비었으니 이것은 마음의 體(체)요, 神明(신명)하여 헤아릴 길이 없는 것은 마음의 用(용)이다. 氣(기)의 틀을 타고 움직이되 하늘에 높이 날기도 하고 물에 깊이 잠기기도 하는데 불보다도 뜨겁고 얼음보다 차가워 그 변화가 한결같지 않다.

敬(경)이라고 하는 것은 하나의 주인이 되는 것이다. 하나란 무엇인가? 다른 데로 자리바꿈이 없는 것이다. 자리를 바꾸지 않으니 정하고, 定(정)하면 고요[靜]하며, 고요하면 편안[安]하고, 편안하면 생각을 하게 되니 생각이라고 하는 것이야말로 마음이 움직이는 것이다. 곧 사물에 얽매이지 않고 性(성)을 따르는 것이다.

성을 따라 움직이면 변화를 주관하게 되고, 변화를 주관하게 되면 하나같지 않은 것이 절로 하나처럼 되는 것이다.

마음이 배[舟]와 같다면 敬(경)은 배의 키와 같다. 파도 위에서 키에 의해 배가 운행되듯이, 물욕 가운데 있는 마음을 敬(경)으로 옮겨 놓을 수 있다. 시에 이르기를 "내 마음이 돌이 아니니 굴릴 수도 없고 자리[席]가 아니니 걷을 수도 없다"고 하였는데 이제 옮긴다고 하면 이는 사실과도 틀리고 말과도 어긋나는 것이 아닌가? 어찌 마음이 하나의 물건처럼 이동할 수 있느냐 할 것이다.

그렇다. 마음은 하나의 물건처럼 진실로 형체가 있는 것이 아니므로 옮길 수가 없을 듯하지만 그러나 마음은 활동하는 것으로서 光明(광명) · 洞徹(통철)하고 만 가지 이치가 고루 갖추어져 있으니 옮김의 기틀이 나에게 있으면 될 뿐, 못할 이유가 무엇이겠는가?

書(서)에 이르기를 "聖人(성인)도 생각이 없으면 狂人(광인)이 되고 狂人도 생각을 극진히 하면 성인이 된다."하였으니 聖(성)과 狂(광)의 구분은 마음을 옮길 수 있음을 일컫는 것이다. 어찌 마침내 옮기지 못하겠는가?

그렇다면 이것은 張詠公(장영공)이 李畋(이전)에게 가르친 법과는 어떻게 다른가? 張公(장공)의 말은 禪學(선학)에 가깝고 말이 너무 간략하여 그 이치가 미진한 바가 있어서 여기에다 나의 뜻을 펴서 移心法說(이심법설)을 짓는다.

오늘날 서양의 인식론과는 논리의 전개방식이 사뭇 다르다. 그렇다고 하여 마음의 본질과 운용의 묘를 잃었는가? 그렇지 않다. 인간의 삶을 한마디로 요약하여 "착한 도리를 죽도록 행하는 것" 이라고

기대승 선생의 고봉문집 목판

말했다는 고봉으로서는 마음을 사유의 그릇으로 보고 그 그릇을 갈고 닦는 것으로 보자니 자연스럽게 그릇의 옮김, 그릇의 움직임을 말하게 되었을 것이다.

〖移心法說〗

心可移乎 曰可 何以移之 曰敬 心果何物而敬果何事乎

曰心也者主於身也 命於物也 蘊爲性而發爲情也 圓外竅中者 心之體也 神明不測者 心之用也 其出入也 乘氣機而動 或天而飛 或淵而淪 焦於火而寒於氷 其變有不一焉

敬也者主乎一也 一者何 無適也 無適則定 定則靜 靜

則安 安則慮 慮則心之動也 不囿於物而循乎性也

循性而動 則有以宰乎變 有以宰乎變 則其不一者 自能一焉

心猶舟也 敬猶柁也 舟之在波濤 柁以運之 心之在物欲 敬以移之也 曰詩云 我心非石 不可轉也 我心非席 不可卷也 今日移之 無乃爽于實 而戾于辭乎 心豈如一物 可移者乎 曰心固非如一物 有形者似 不可移也 然心是箇活物 光明洞徹 萬理咸備 轉移之機 在我而已 有何不可

書曰 惟聖罔念作狂 惟狂克念作聖 聖狂之分 可移之謂也 豈終不可移乎

曰然則 子之言於張公詠教李畋之法何如 曰張公所言 惟近禪學處 而其言太略 其理有未盡 吾得以申吾意 作移心法說

4

兵亂克復의 時代

병란극복 시대

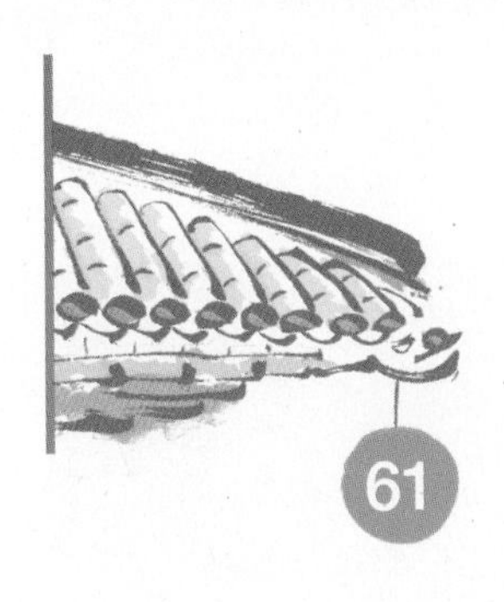

61

高敬命의 檄道內書

고경명 격도내서

한 개인이 질병을 치르면서 성숙하듯, 한 민족은 전란을 극복하며 성장한다. 임진왜란은 우리 민족사에 적어도 세 가지 교훈을 안겨주며 민족적 역량을 키우도록 자극하였다.

그 첫째는 국론의 분열이 얼마나 커다란 민족적 불행을 가져오는가를 가르쳤고, 그 둘째는 국가의 발전은 지속적인 개혁에 필요한 새로운 지식 · 기술 · 제도에 달려있음을 일깨웠으며, 그 셋째는 어떠한 외침에도 굴복치 않으려는 열화와 같은 민족정기가 살아있어야 한다는 것이었다.

그러나 이 세 가지 교훈 가운데 제대로 지켜진 것은 마지막 한 가지뿐이었다. 국론의 분열은 통절하게 깨달았건만 소모적인 당쟁은 그치지 않았고, 국제정세에 대한 올바른 판단과 사회변화의 필요성은 알고 있었으면서도 親明路線(친명노선)을 고집하여 병자호란을

고경명(高敬命)의 영정

불러들였고, 재빠른 사회의 구조적 개혁에 힘을 기울이지 않음으로써 조선왕조는 서서히 凋落(조락)의 길을 걸어가고 있었다.

이러한 상황에서 오직 한가지, 7년에 걸친 外患(외환)을 끝내 승리로 마무리하게 된 것은 무기력하게만 보였던 유생들, 아무런 생산성도 없어 보였던 승려들, 그리고 貪虐(탐학)과 收奪(수탈)의 대상이었던 어수룩한 농민들이 의병의 旗幟(기치) 아래 모여들었기 때문이었다. 다시 말하여 민족 · 국가의 기초자산인 民草(민초)들만은 언제나 어디서나 나라의 버팀목이요, 수호신이었다.

그러한 백성 가운데 高敬命(고경명, 1533 중종 28~1592 선조 25)이란 의병장이 있었다. 그는 시 · 시 · 화에 누루 능통한 문인학자였다. 그가 과거에 장원급제하여 戶曹佐郞(호조좌랑)으로 벼슬을 시작하고 郡守(군수), 書狀官(서장관) 등을 거쳐 東萊府使(동래부사)를 역임했다는 것은 그리 중요하지 않다. 임진왜란이 일어나던 해에 그는 벼슬을 사직하고 낙향하여 있다가 전란의 소식을 들었다. 이때에 그는 세상에 태어난 보람이 무엇인가를 깨달았던 것이다. 그가 6천여 명의 의병을 이끌고 금산의 전투에서 장렬한 최후를 마친 것은 여기에 소개하는 檄文(격문)을 쓸 때에 이미 예견된 것이었다.

〚道內(도내)에 보낸 檄文(격문)〛

1592년 6월 1일 절충장군 행부호군 고경명은 도내의 여러 고을 인사들에게 알린다.

현재 우리 도의 勤王軍(근왕군)은 금강에서 대장의 깃발을 돌이키던 날에 첫 번째로 무너졌고, 여러 고을에서 군사를 모집했던 때에 두 번째로 무너졌으니 이것은 방어하는 전술이 어긋나서 규율이 풀리고 유언비어가 널리 퍼져 군중의 마음이 들뜨고 의심을 품었기 때문이다. 지금은 흩어져 도망하고 남은 사람들을 아무리 모은다 하여도 사기가 떨어지고 민첩함이 무디어졌으니 어찌 위급한 지경에 대처할 것이며 실패를 만회할 기회를 얻겠는가.

항상 생각하거니와 임금님께서 파천(播遷)하여 계시건만 신하와 장수들이 달려가 위로의 말씀도 드리지 못하고, 종묘사직이 잿더미가 되었건만 우리 군사들은 적들을 몰아내어 평정하지도 못하니 말이 여기에 미치매 슬픔이 심장을 꿰뚫는다.

오직 우리 전라도는 원래 군사와 병마가 날래고 강하다고 일컬었다. 지난 시절 荒山(황산)의 큰 승리[1380년 이성계의 황산대첩을 말함]는 三韓(삼한)을 중흥하신 공로가 되었고, 또 지난번 朗州(낭주)의 싸움[명종 때 전주부윤 李潤慶(이윤경)이 靈岩(영암)에 침입한 왜적을 섬멸한 사건]에서 '적의 배가 한 척도 돌아가지 못했네.' 라는 노래가 있어 지금까지 사람들의 눈에 비치고 귀에 쟁쟁하거니와 그때에 용감하게 적진에 뛰어들어 적장의 목을 베고 적의 깃발을 빼앗은 사람도 또한 이 도의 사람이 아니었던가.

하물며 근세 이래로 儒學(유학)의 도리가 크게 흥하여 사람들이 대의를 그 누가 익히지 않았으랴만 유독 오늘에 이르러 義(의)를 부르짖음이 쇠약해지고 지레 겁을 먹어 스스로 무너져 버리고, 일찍이 한 사람도 기력을 내어 적과 싸울 생각을 하는 사람이 없을 뿐 아니라, 다투어 자기 한 몸과 처자식을 보전하는 계책을 세우며 머리를 쥐고 쥐구멍을 찾되 오히려 남에게 뒤질까 두려워하는 형편이니 이것은 우리 도의 사람들이 나라의 은혜를 크게 저버리는 일이요, 또한 조상을 욕되게 하는 일이다.

지금은 마침 적의 형세가 크게 꺾이고 임금의 위세가 크게 떨치니 이때야말로 대장부가 공명을 세울 좋은 기회요, 임금께 보답할 때이다.

나 敬命(경명)은 한낱 글줄이나 읽는 儒生(유생)이라 병법은 알지도 못하는데 이제 壇(단)에 올라 망녕되이 장수로 추대되었으나 능히 군사들의 흩어진 마음을 수습하지 못하고 가까운 동지들에게 부끄러움을 끼치게 될까 두려울 뿐이다.

마땅히 피눈물을 뿌리고 전장에 나아가 조금이라도 임금의 은혜에 보답하고자 하여 이달 열하루를 출정하는 날로 잡았으니 무릇 우리 도에 있는 사람들은 아비가 아들을 부르고 형이 아우를 권하여 義兵隊(의병대)를 규합하여 다 함께 일어나게 하라. 원컨대 속히 결단하여 善(선)한 일을 따르되 어리석은 생각에 빠져 스스로 그르치지 말라. 이에 거듭하여 충고하노니 이 격문을 받는 대로 즉시 행하라.

이 글을 읽는 동안, 우리의 가슴에 응어리지는 또 하나의 시대가 있다. 구한말 일제의 魔手(마수)에 휘둘렸던 庚戌(경술) 國恥(국치)의 시대가 바로 그것이다. 그때에도 저 고경명 같은 분이 있었다. 만주에서 활약한 독립군, 그리고 안중근 의사, 또 연이어 상해 임시정부 요인들의 면면히 주마등같이 스쳐 지나간다. 고경명의 의분은 나라가 위태로운 때마다 이렇게 시대를 초월하여 면면히 빛을 발하여 왔다.

금산전투(錦山戰鬪)의 상상도

〖檄道內書〗

萬曆二十年六月一日 折衝將軍行副護軍 高敬命馳告于道內列邑士庶等.

玆者本道勤王之師 一潰於錦江返旆之日 再潰於列郡招諭之時, 蓋緣控禦乖方 紀律蕩然 訛言屢騰 衆心警疑. 今雖收拾散亡之餘 而士氣摧沮 精銳鎖軟 其何以應緩急之用 責桑榆之效乎.

每念 乘輿播越 官守之奔問久曠 宗社灰燼 王師之肅清尙稽興 言及此痛徹心膂.

惟我本道 素稱士馬精强 聖朝荒山之捷 有再造三韓之功, 先朝朗州之戰 有片帆不返之謠 至今赫赫照人耳目, 于時賈勇先登斬將搴旗者 豈非此道之人乎.

況近歲以來 儒道大興 人皆勵志爲學 事君大義 其孰不講 獨至今日 義聲消薄 恇擾自潰 曾無一人出氣力 思與賊交鋒 而競爲全軀保妻子之計 捧頭鼠竄 惟恐或後斯則本道之人 不惟深負國家之恩 而抑亦忝厥祖矣.

今則賊勢大挫 王靈日張 此正大丈夫立功名之會 而報君父之秋也. 敬命章句迂儒 學昧韜鈐 屬玆登壇 妄推爲將 恐不能收士卒已散之心 爲二三同志之羞.

唯當灑血 戎行庶幾 小答主恩 今月十一日 是惟師期

凡我道内之人 父詔其子 兄勗其弟 糾合義旅 與之偕作
願速決以從善 毋執迷而自誤 故兹忠告 檄到如章.

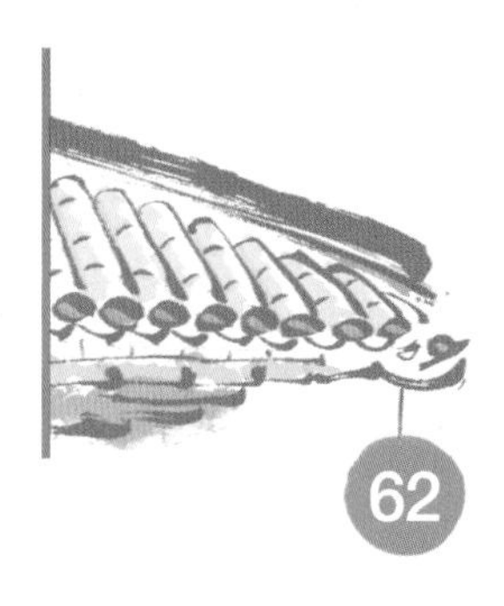

62

成渾의 辛巳封事

(성혼 신사봉사)

'선비' 라는 낱말은 21세기를 살아가는 오늘날에도 여전히 고답적이고 비판적 지성인이라는 이미지를 지니고 우리의 의식 속에 살아있다. 그 '선비' 들이 조선왕조 500년 역사의 실질적 주인공이었기 때문이다. 물론 그들은 朋黨(붕당)이라는 정치집단에 소속되어 政爭(정쟁)을 벌였고 국난에 처하여 분열된 모습으로 반목하는 어리석음을 범하였다. 그러나 그들은 궁극적으로는 명분을 지키며 이상사회의 "사람됨" 이 어떠해야 하는가를 실천적 삶으로 입증한 분들이었다. 그들을 일컬어 '士林(사림)' 이라고도 하는데 크게 영남학파와 기호학파로 나눈다.

牛溪(우계) 成渾(성혼, 1535 중종 30~1598 선조 31)은 율곡 이이와 더불어 기호학파를 대표하는 인물이다. 애초부터 벼슬에는 뜻이 없었고 도학에 전념하였다. 선조 초에 학행을 인정받아 參奉(참봉), 縣監

(현감), 持平(지평), 掌令(장령) 등에 임명되었으나 취임하지 않았는데, 47세 때에 선조의 부르심이 간곡하여 병을 무릅쓰고 서울로 올라와 임금을 배알하였다. 그때의 문답을 토대로 하여 임금께 疏(소)를 올렸으니 그것이 여기에 소개하는 辛巳封事(신사봉사)이다. 이 疏(소)를 받고 선조는 그것을 내놓지 아니하였다. 承政院(승정원)과 弘文館(홍문관)에서 그 疏(소)를 대신들에게 보이기를 청하니 임금이 이렇게 대답하였다고 한다.

"疏(소) 가운데에 학문을 논한 일은 내가 마땅히 반성하고 힘쓰겠지마는 다만 국가의 법제를 모두 更張(경장)하려 하니 시행하기 어려운 일이다."

조선조의 선비는 이렇듯 행정에 나서기를 극히 삼갔으나 한번 나섰다 하면 이상적 목표를 향한 철저한 개혁을 부르짖었다.

다음은 그 辛巳封事(신사봉사)의 앞부분이다.

성혼 선생의 우계사당

〖신사년에 밀봉하여 올린 글〗

(전략) 아, 슬프옵니다. 아름다운 자질은 얻기가 쉬우나 지극한 道는 듣기조차 어려운 것이어서 3대 이후로 어찌 아름다운 자질을 지닌 임금이 없겠습니까마는 헛되이 한쪽에 치우친 霸道(패도)의 임금이 되었고 大道(대도)의 핵심을 듣지 못한 것은 깊이 자신을 돌아보는 배움의 자세를 알지 못했던 까닭입니다. 신같이 어리석고 못난 자가 반드시 기질을 교정하여 다스리실 것을 聖上(성상)께 삼가 아뢰는 것도 그 뜻이 여기에 있사옵고 그 마음은 진실로 간절한 것이오니 오직 聖明(성명)께서 유의하여 주신다면 심히 다행이겠나이다.

신이 생각하옵건대 예나 지금이나 나라가 한번 제대로 다스려지면 또 한 번은 어지러워지곤 하였습니다. 다스려지고 어지러워지는 것이 幾微(기미)의 나뉨에서 나오는 것이고 그 기미는 임금의 마음에 달려있지 않사옵니까? 그러므로 마음 하나가 밝으냐 어두우냐에 따라 인재를 잘못 쓰는가 바르게 쓰는가가 결정되고, 인재 등용이 잘못되느냐 바르게 되느냐에 따라 온 천하의 편안함과 위태로움이 달려있는 것입니다. 무릇 세상이 바르게 다스려지는 도리[世道]가 쇠퇴하느냐 성장하느냐 하는 것은 쉽게 볼 수 있으나 지극히 미묘한 마음바탕은 지키기가 어려운 것이옵고, 백성의 민심이 잘 따르느냐 벗어나느냐 하는 것은 알아볼 수 있으나, 마음먹기 하나가 좋은 방향이냐 좋지 않은 방향이냐 하는 것은 종잡을 수가 없는 것이어서 심히 두려울 따름이옵니다. 이런 까닭에, 능히 나랏일에 더없이 부지런하면서도 스스로 만족하지 않았던 것은 禹(우)임금이 천하를 평화롭게 다스린 이치이옵고, 어진 사람을 뽑아 쓰되 일을 믿고 맡기면서 사악한 자를 내치는 데 주저함이 없었던 것은 舜(순)임금이 사람을 부리는 방법이었습니다.

3대가 융성할 때에는 임금이 지극히 공명정대한 법칙을 확립하여 어진 신하들이 밝은 임금을 만났으므로 모두가 바른 마음을 지니어 나라가 안정되고, 윗사람 아랫사람이 서로 마음이 맞아 태평시대를 이루니 정치 교화의 흥성함이 이보다 더할 수가 없었던 것입니다. (이하 생략)

'봉사'는 글자 그대로 밀봉하여 임금께 올린 상소문이다. 차마 공개하여 上奏(상주)할 수 없는 樞要(추요)·機密事項(기밀사항)을 허심탄회한 심경으로 털어놓는 글이기에 나라의 문제점이 낱낱이 거론되기 마련이며 신하는 신념에 찬 양심선언을 할 수 있었다.

우리는 이런 글을 읽으며 "조선왕조 오백년 사직을 支撑(지탱)한 원동력이 이러한 상소문이 아니었을까?" 한 번쯤 생각해 보아야 할 것이다.

성혼 선생의 시서첩과 유묵

〖辛巳封事〗

(前略)噫呼 美質易得 至道難聞 三代以降 豈無美質之君 而徒爲偏霸之主 不聞大道之要者 由不知反身之學故也. 臣之愚陋 必欲以矯治氣質 進言于黼座[1] 其意有在 而其心誠切 惟聖明之留意焉則甚幸.

臣惟古今以來 一治一亂久矣 治亂出於幾微之分 幾微係於人主之心 以一心之明暗 而用之邪正由焉 以用人之邪正 而天下之安危判焉. 夫世道之消長易見 而至微之本心難守 民情之向背可知 而一念之好惡靡常 甚可畏也. 是以克勤于邦 不自滿假者 禹之所以自治也 任賢勿貳[2] 去邪勿疑者 舜之所以用人也.

三代之隆 皇建有極明 良相遇君 心正而國定 上下交而成泰 治化之盛 蔑以加矣.(下略)

■

1 黼(보) : 수(繡) 보, 天子(천자)의 옷. 黼座(보좌) : 天子(천자)의 자리

2 貳(이) : 둘(二) 이, 변하다, 배신하나. 勿貳(불이) : 믿어 의심지 않다.

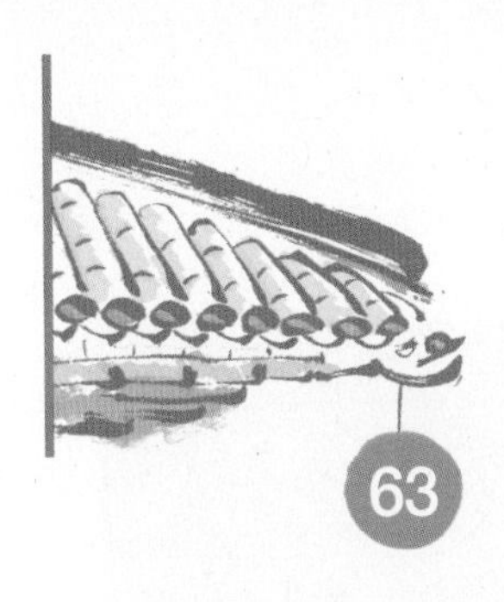

63

李珥의 時務六條啓

이이 시무육조계

어느 시대인들 부국강병이 요긴치 않으랴만 16세기 말의 조선왕조는 나라의 재정과 군비의 확보가 그 어느 때보다도 절박한 시절이었다. 때마침 나라 안팎을 멀리 내다보는 炯眼(형안)을 지닌 분이 兵判(병판)의 자리에 있었으니 그가 곧 栗谷(율곡) 李珥(이이, 1536 중종 31년~1584 선조 17년) 선생이셨다. 율곡은 목숨을 걸고 십만 양병을 선조께 進言(진언)하였다. 그러나 어찌하랴, 나라가 兵禍(병화)에 시달릴 운세이었던가. 임금은 머뭇거리고 책임 있는 벼슬아치들은 태평세월에 평지풍파를 일으킨다고 그를 탄핵하니, 그의 계책은 물거품이 되고 말았다. 그로부터 꼭 한 해 뒤, 율곡이 세상을 뜨니 애석하여라, 향년이 고작 마흔아홉이었다. 判書(판서)를 몇 번씩 지냈으나 너무도 청빈하여 그가 죽은 곳은 남의 집 셋방이요 襚衣(수의)조차 남의 것을 빌릴 수밖에 없었다. 420년 전에 돌아가셨건만 지금도

율곡(栗谷) 영정

우리 가슴에 서글픔과 아쉬움을 남기는 까닭이 여기에 있다.

세상 사람들은 율곡을 일컬어 九度壯元公(구도장원공)이라 혹은 海東孔子(해동공자)라 한다. 아홉 번이나 장원급제를 하였기 때문이요, 일생을 두고 흐트러짐 없는 성실로 四端七情(사단칠정)을 논하고 경세치민의 방책을 설파하였기 때문이다.

그의 저술은 크게 세 가지로 大別(대별)된다. 첫째 부류는 참 선비가 되기 위한 修道(수도)의 지침서이니 自警文(자경문), 擊蒙要訣(격문요결), 學校模範(학교모범) 등이요, 둘째 부류는 성리학자로서의 깊이를 헤아리게 하는 것이니 人心道心圖說(인심도심도설)로 정점을 이룬 理通氣局(이통기국)의 이기론을 밝힌 글들이며, 셋째 부류는 임금과 백성이 두루 사람답게 사는 實事求是(실사구시)의 실천적 방책들이니 萬言封事(만언봉사)를 위시한 허다한 疏章(소장) 奏啓(주계)들이다. 여기에서는 세 번째에 속하는 時務六條啓(시무육조계)의 첫 부분과 만언봉사의 끝부분을 옮겨 본다. 시무육조계는 그가 타계하기 한 해 전, 병조판서이던 때 임금께 올린 글이다.

〖급한 일 여섯 가지를 아뢰는 글〗

우리나라가 태평한 세월이 오래되어 마음 놓고 즐김이 날로 심하여져서 나라 안팎이 공허하고 군사와 군량이 모두 모자라므로 작은 수의 적병이 변방을 침범하여도 온 나라가 놀라 허둥대오니 만일에 큰 적군이 침입한다면 비록 슬기 있는 자라도 아무런 계책이 없을 것입니다.

옛말에 이르기를 "적이 우리를 이기지 못하도록 우리가 먼저 준비하여 적을 이길 수 있는 기회를 기다리라" 하였사온데 오늘날의 나랏일은 하나도 믿을 만한 것이 없는지라 적이 들이닥치면 반드시 패할 것이니 생각이 여기에 미치면 마음이 스산하고 간담이 서늘하옵니다.

하물며 지금 경원에 침입한 적은 한 두 해에 평정될 것 같지 않사오니 한번 군사의 위엄을 떨쳐 도적의 소굴을 소탕하지 않는다면 육진이 끝내 편안하지 못할 것이므로 이제 부지런히 다스리기를 꾀하고, 힘을 쌓아서 뒷날의 계책을 삼지 아니하고 당장의 짧은 계획으로 급한 불 끄기만 한다면 어찌 한쪽 구석의 외적만이 염려된다 하겠습니까. 뜻밖의 환란이 이루 말할 수 없는 바가 있을까 염려되옵니다.

신은 본디 낡은 선비로서 외람되이 군사를 담당한 벼슬자리에 있는데 밤낮으로 애써 생각한 나머지 한 가지 계책을 얻어 감히 그것을 바치고자 하오나, 그 대략을 아뢰올 뿐이며 그 사이의 곡절은 반드시 전하를 직접 뵈옵고 상세히 진달하고자 하나이다.

그 조목은 다음과 같습니다.

첫째 어질고 능력 있는 사람을 임명할 것.

둘째 병사와 백성을 배불리 먹일 것.

셋째 재정 경비를 충족하게 마련할 것.

넷째 나라의 울타리를 든든하게 할 것.

다섯째 군마와 장비를 든든히 준비할 것.

여섯째 백성의 마음을 바른길로 밝힐 것 (이하 생략)

〖일만 마디 말씀으로 아뢰는 글〗

오늘날의 사태가 실로 이러하니 10년을 지나지 않아서 반드시 화란이 닥칠 것입니다. 필부라도 10간의 집과 일백 이랑의 밭을 자손에게 전하면 자손은 오히려 그것을 잘 지켜서 조상에게 욕되지 않게 하려고 애쓰는데, 하물며 전하께서는 조종께서 물려주신 백 년의 사직과 천리의 강토를 받으시고 화란이 바야흐로 닥쳐오는 데에야 더 말할 것이 있겠습니까? 마음을 정성스럽게 하여 구하신다면 꼭 들어맞지는 않더라도 과히 어긋나지 않을 것입니다. (중략)

전하께서는 신의 계책을 쓰시되 이것을 재능 있는 자에게 맡기시고 성실히 행하고 확고히 지키시며 잘못 흘러온 풍속으로 옛것을 지키는 의견 때문에 동요되지 마시고 바른 것을 미워하고 참소하여 이간하는 구설에 흔들리지 마옵소서. 3년 동안을 이와 같이 하여도 나라가 진흥하지 않고 백성이 평안치 않고 군병이 정예하지 않으면 임금을 속인 죄로 신을 다스리시어 요사한 말을 하는 자의 경계로 삼으시옵소서. 신은 격절함을 이기지 못하여 황송하기 이를 데 없습니다.

위의 여섯 가지를 다시 간추리면 첫째는 人事(인사)요, 둘째와 셋째는 財政(재정)이고, 넷째와 다섯째는 國防(국방)이며, 여섯째는 教

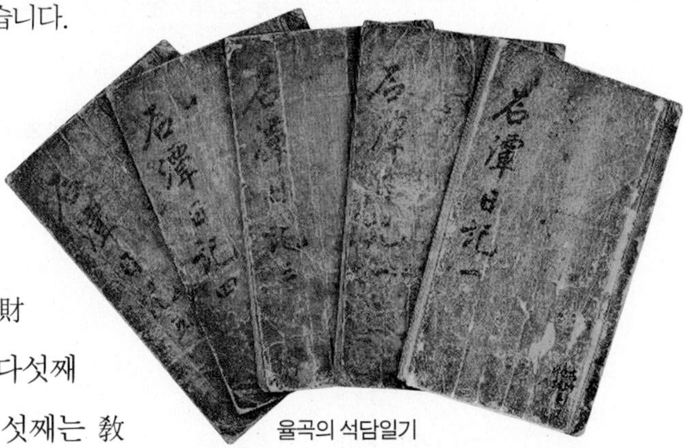

율곡의 석담일기

育(교육)이다. 이 중에서도 인사와 교육은 사람 찾기와 사람 기르기 아닌가? 교육의 중요성을 새삼 절감케한다. 더 무엇을 말하랴.

이 글을 초하던 때의 율곡의 다급한 마음을 만언봉사의 충정 어린 말로 짐작해 보기로 하자.(임진왜란은 만언봉사를 쓴 지 18년 뒤, 그리고 율곡이 죽은 지 8년 만에 일어났다.)

〖時務六條啓〗

我朝昇平已久 恬嬉日甚 內外空虛 兵食俱乏 小醜犯邊 擧國驚動 儻有大寇侵軼 則雖智者 無以爲計. 古語有之 先爲不可勝 以侍待之可勝 今之國事 無一可恃 敵至必敗 言念及此 心寒膽破.

況今慶源之寇 非一二年可定 若不一振兵威 蕩覆棲穴 則六鎭終無寧靖之期 今不汲汲圖治蓄力 以爲後計 而因循牽補 則豈特一隅之賊 爲可虞哉.

竊恐意外之患 有不可勝言者. 臣本腐儒 濫忝兵官 夙夜焦思 敢獻一得 而只陳槩 其間曲折 則必須面對細達矣. 其目則

一曰任賢能

二曰養軍民

三曰定財用

四曰固藩屛

五曰備戰馬

六曰明政化(下略)

〖萬言封事〗

(前略) 今日之事 實同於此 不出十年 禍亂必興 匹夫以十間之屋百畝之田 傳於子孫 子孫猶思善守 以無忝所生 況今殿下受祖宗百年社稷千里封疆 而禍亂將至者乎 心誠求之 不中不遠(中略)

殿下用臣之策 付之能手 行之以誠篤 守之以堅確 毋爲流浴守常之見所移奪 毋爲醜正讒間之舌所搖惑. 如是者三年 而國不振 民不寧兵不精 則請治臣 以欺罔之罪 以爲妖言者之戒 臣無任激切屛營之至.

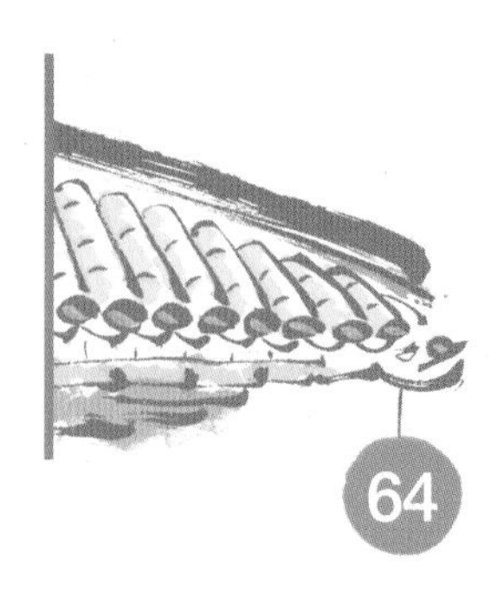

64

정 철 계 주 문
鄭澈의 戒酒文

닭이 먼저냐, 달걀이 먼저냐 하는 순환논리의 모순처럼 재미있는 것이 있을까? 셰익스피어가 위대한가, 그의 비극이 위대한가? 햄릿, 리어王, 맥베스 같은 작품이 없었더라면 셰익스피어의 존재는 무슨 의미가 있는가? 그러나 셰익스피어가 없었다면 그의 비극은 어디에서 나온단 말인가? 하기야 출사표가 없어도 제갈공명은 제갈공명이겠지만, 그래도 출사표가 있기에 제갈공명은 비로소 제갈공명일 수 있다고 말해야 할 것이다.

우리나라 문학사에도 작품이 있음으로 하여 그 사람의 사람됨이 돋보이는 사례가 있다. 松江歌辭(송강가사)와 인간 송강의 관계가 그러하다.

松江(송강) 鄭澈(정철, 1536 중종 31～1593 선조 26)은 조선조 사대부가 대개 그러하듯 士禍(사화)와 黨爭(당쟁)의 와중에서 榮辱(영욕)이

송강정

浮沈(부침)하는 세월을 보냈다. 16살 때에 아버지 惟沈(유심)이 귀양살이에서 풀려나자 부모를 따라 조부의 묘소가 있는 전라도 담양 昌平(창평)에 내려갔다. 거기에서 金麟厚(김인후), 奇大升(기대승), 宋純(송순) 등 당대 碩學(석학)의 문하에서 공부하였고, 李珥(이이), 成渾(성혼), 宋翼弼(송익필) 같은 大儒(대유)들과 교류하였다.

그러나 아무리 스승이 고매하고 교분을 맺은 친구가 덕망이 있다한들 본인 스스로의 천품이 高潔卓犖(고결탁락)하지 않다면 무슨 소용이 있겠는가. 그런데 송강은 뛰어난 문재와 豪宕(호탕)한 기상을 겸비한 사나이였다. 그렇건만 그는 26세에 進士(진사)가 되고 그 다음 해, 별시문과에 장원급제하면서 棄世(기세)하기까지 파란망장의 宦路(환로)를 살았다.

처음에는 修撰(수찬), 校理(교리), 直提學(직제학), 承旨(승지) 등 清

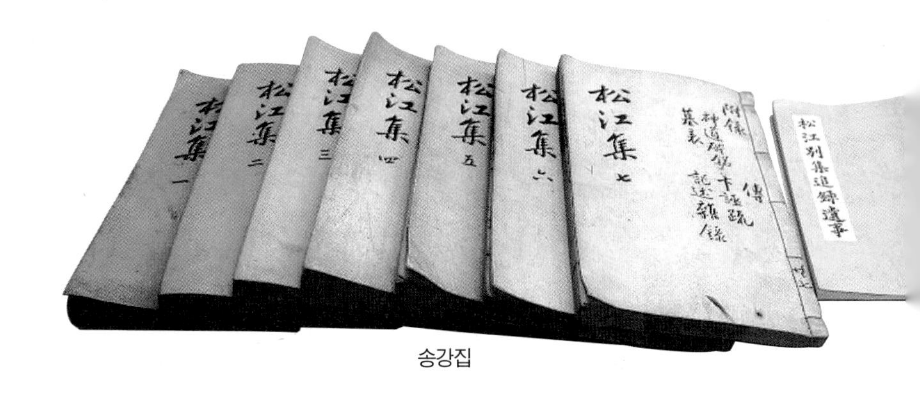

송강집

宦(청환)에 머물렀으나 45세에 강원도 관찰사가 되면서 그 후 우의정, 좌의정, 각 도 제찰사, 명나라 謝恩使(사은사) 등의 벼슬은 이미 黨色(당색)과 黨略(당략)에 몸을 맡긴 처지의 행보였다. 송강은 본인의 뜻이야 어떠하건 西人(서인)의 領袖(영수)로 顯職(현직)과 流竄(유찬)을 거듭하였는데, 그러한 소용돌이 속에서도 關東別曲(관동별곡), 思美人曲(사미인곡), 續美人曲(속미인곡), 星山別曲(성산별곡) 등 주옥같은 가사를 지었으니 이것은 하늘이 내린 天賦(천부)의 文才(문재)를 이 나라에 보답하여 그 恩功(은공)을 갚은 것이 아니겠는가.

다음은 술 좋아하는 송강이 술을 삼가자는 글이다.

〚술을 경계하자는 글〛

세상 사람이 술을 즐기는 데에는 네 가지가 있으니, 첫째는 마음이 편안치 않을 때이고, 둘째는 흥겨운 자리가 마련되었을 때이고, 셋째는 손님을 맞아 접대할 때이고, 넷째는 남이 권하는 것을 거절하기가 어려운 때이다.

그러나 마음이 편안치 못하면 다른 일거리를 찾는 것이 옳은 일이요, 흥겨운 자리에서는 휘파람을 불거나 글을 읊으면 될 것이요, 손님을 맞이하여서는 정성과 믿음으로 대하면 될 것이요, 남이 아무리 권한다 해도 내 뜻이 이미 굳으면 남의 말에 흔들려 내 뜻을 빼앗기지 않으면 될 것이다. 그런데 이 네 가지 가능한 것을 버리고 하나의 옳지 않은 것을 취하여 마침내 어리석음에 빠져 일생을 그르치는 것은 무슨 까닭인가!

내가 벼슬에서 물러나 쉬고 있을 때에 다섯 번이나 임금님의 뜻을 받았다. 금년 봄에 이르러서는 하는 수 없이 병든 몸을 일으키어 부르심에 대해 疏(소)를 올려 물러갈 것을 청하고자 하였다. 내 뜻은 시골 산천에 있으니 마땅히 문을 닫고 자취를 거두어서 말과 행실을 삼가는 것이 마땅하건만 몸놀림에 떳떳함이 없고 말하는 것도 온당치 못하며 천만 가지로 잘못하고 망령됨이 온통 술 마시는 일에서 비롯하였다.

바야흐로 취하였을 때에는 흥겨운 마음으로 행동하였으나 술이 깨고 나면 지난 일이 까마득하여 깨닫지를 못하였다. 남들이 간혹 그러한 사실을 말하였어도 처음에는 믿지 않다가 그것이 이미 사실임을 알고 나면 부끄러움에 못 견뎌 죽고 싶을 뿐이었다. 오늘도 이와 같고, 내일도 또 이와 같아서 허물과 뉘우침이 산처럼 쌓이니 그 잘못을 고쳐볼 틈이 없었다. 친한 사람은 애석해하고 멀리 지내는 사람은 침을 뱉으니 天命을 욕되게 하고 인륜을 소홀히 하여 名敎(명교 : 인륜 도덕의 가르침)에서 버림받은 적이 한두 번이 아니었다.

이달 초하루에 家廟(가묘)에 절하여 아뢰고 都城(도성) 문을 나와

강을 건너려 하니 전송하는 사람들이 배에 가득하였다. 머리를 들어 서울을 보며 지나간 일을 생각하니 마치 광 바닥을 뚫고 도둑질한 자가 칼끝과 화살촉 사이로 몸을 빼내는 것 같아 밝은 날에 사람을 대하려니 놀랍고 군색하여 스스로도 용납할 수가 없고 종일토록 삼가고 조심하여 큰 죄를 지은 듯하였다. 그리고 또다시 이 강에 왔을 때에는 마침 先忌(선기 : 부모님의 제삿날)날을 맞아 울음을 삼키며 슬픔 가운데 있으면서도 마음 안에 착하게 살고자 하는 실마리가 싹터 올랐다.

드디어 분연히 스스로를 꾸짖으며 말하기를 "사냥을 즐기는 버릇이 어찌 程明道(정명도) 선생에게로 갔다가 십년이 지난 뒤에야 그 버릇 고치려는 싹이 움터 올랐으며 여색을 좋아하는 버릇이 어찌 胡澹菴(호담암)* 에게 이르러서 마음을 움직이고 성정을 참는 과정을 거친 뒤에 戀情(연정)을 잡아매게 하였는가. 가누기 어려운 것은 마음이요, 잃어버리기 쉬운 것은 뜻이로구나. 아, 마음이여 뜻이여 누가 그것에 주인 노릇을 하는가. 주인옹이여 항상 깨우치고 또 깨우칠지어다. 진실로 이 말대로 하지 않는다면 내가 어찌 다시 이 강물을 볼 수 있겠는가!"

만력 5년 丁丑(선조 10년 1577) 4월 7일
서호정사에서 쓰노라.

* 胡銓(호전, 1102~1180) : 송나라 吉州(길주) 廬陵(여릉, 강서성 吉安) 사람. 자는 邦衡(방형)이고, 호는 澹庵(담암)이며, 시호는 忠簡(충간)이다. 南宋(남송) 시기의 관리이자 문학가이다. 建炎(건염) 2년(1128)에 進士(진사) 출신으로 벼슬은 추밀원편수, 국사원편수, 공부원외랑, 병부시랑, 단명전학사 등을 역임했다. 관리로 재직 중에 일관되게 금나라와 화의정책을 반대했다. 저서로 『澹庵集(담암집)』, 『澹庵詞(담암사)』, 『胡澹庵先生文集(호담암선생문집)』 등이 있다.

이 글은 송강의 "한 잔 먹세그려, 또 한 잔 먹세그려"로 시작하는 우리말 가사 將進酒辭(장진주사)와 함께 읽어야 한다. 술을 마시자는 장진주사와 술을 삼가자는 戒酒文(계주문). 이것은 분명한 모순이요 自家撞着(자가당착)이다. 그러나 송강에게 있어서 이 모순은 天衣無縫(천의무봉)한 그의 성품을 있는 그대로 드러내는 애교요 청순이다. 우리는 송강을 사랑하는 마음으로 이 모순의 두 가지 글을 똑같이 사랑하고 아낄 것이다. 우리 인생은 누구나 다, 한 손에는 장진주사를, 그리고 다른 손에는 계주문을 쥐고 사는 모순의 존재들이니….

〖戒酒文〗

某之嗜酒有四 不平一也 遇興二也 待客三也 難拒人勸四也. 不平則理遣可也 遇興則嘯詠可也 待客則誠信可也, 人勸雖苛 吾志旣樹 則不以人言撓奪可也. 然則捨四可 而就一不可之中 終始執迷 以誤一生何也.

余休官退處 五承恩旨 到今年春 迫不得已力疾趍 召陳疏乞退 志在丘壑 則當杜門斂跡 愼言興行可也, 而動靜無常 言語失宜 千邪萬妄 皆從酒出, 方其醉時 甘心行之 及其醒也 迷而不悟, 人或言之 則初不信 然旣得其實 則羞媿欲死. 今日如是 明日又如是 尤悔山積 補過無時 親者哀之 疏者唾之 褻天命慢人紀 見棄於名教者不淺.

焉月之初 吉辭家廟 出國門 臨江將濟 送者滿舟 回首洛中 追思旣往 則恰似穿窬之人 抽身鋒鏑 白日對人 惶駭窘迫 無地自容 終日跼蹐 如負大罪. 及至而更來于江上也. 先忌適臨 嗚咽呑聲 哀慘之中 善端萌路 遂慨然自訟曰 "喜獵何到於明道 而萌動於十年之後 好色何到於澹菴 而繫戀於動忍之餘. 難操者心 易失者志 心兮志兮 孰主張之 主人翁兮 常惺惺兮 苟不如此言 吾何以更見江木兮"

萬曆五年 丁丑四月七日 書于西湖亭舍.

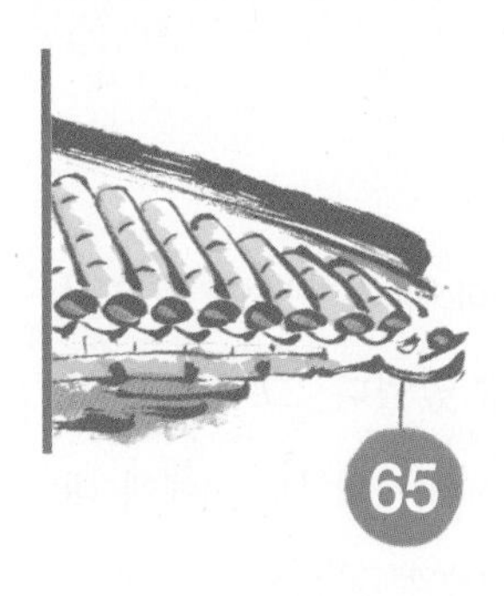

65

金誠一의 與許書狀
김성일 여허서장

임진왜란이 일어나기 전, 朝倭(조왜) 간에는 분명히 전운이 감돌고 있었다. 1587년 戰國(전국)의 혼란에서 일본 전역을 평정 통일한 도요토미 히데요시(豊臣秀吉)는 스스로 '태양의 아들' 이라 자처하며 명나라와 조선도 제패하겠다는 망상에 사로잡혀 있었다. 급기야 명과 조선에 入朝(입조)를 독촉하는 사신을 보내기에 이른다. 이러한 국제정세하에서 1589년 11월 조선에서는 일본의 정황과 도요토미의 본심을 탐지하려는 목적으로 일본에 통신사를 파견하기로 결정한다. 正使(정사)에 黃允吉(황윤길), 副使(부사)에 金誠一(김성일), 書狀官(서장관)에 許筬(허성)이 임명되었다. 그때에 이미 東西朋黨(동서붕당)이 굳어져 있었으니 황윤길은 西人(서인)이요 김성일과 허성은 東人(동인)에 속한 사람들이었다.

이 통신사 일행이 1590년 6월에 發程(발정)하여 대마도에 이르렀을 때, 이미 전운이 짙게 드리웠음을 감지할 수 있었다. 그때에 대마도는 조선국왕의 도서[조선 禮曹(예조)에서 對馬島主(대마도주)에게 내린 구리로 만든 印章(인장), 이 인장이 찍힌 書契(서계)를 가져온 자에게 통상을 허락하였음.]를 받는 경제적 屬邦(속방)이었는데도 대마도주는 오만하게도 말을 탄 채 통신사 일행을 맞이하는 무례를 범하고 있었기 때문이었다.

그해 7월에 使行(사행)이 일본의 수도인 京都(경도)에 도착했으나 마침 도요토미는 동북지방으로 巡撫經略(순무경략)에 나가 있었으므로 10월이 지나도록 국서는 통신사의 수중에 잠을 자고 있었다. 도요토미는 11월에야 돌아왔으나 조선의 통신사 일행을 자신의 일본 통일을 축하하러 온 服屬使節(복속사절)쯤으로 여기는 형편이었다.

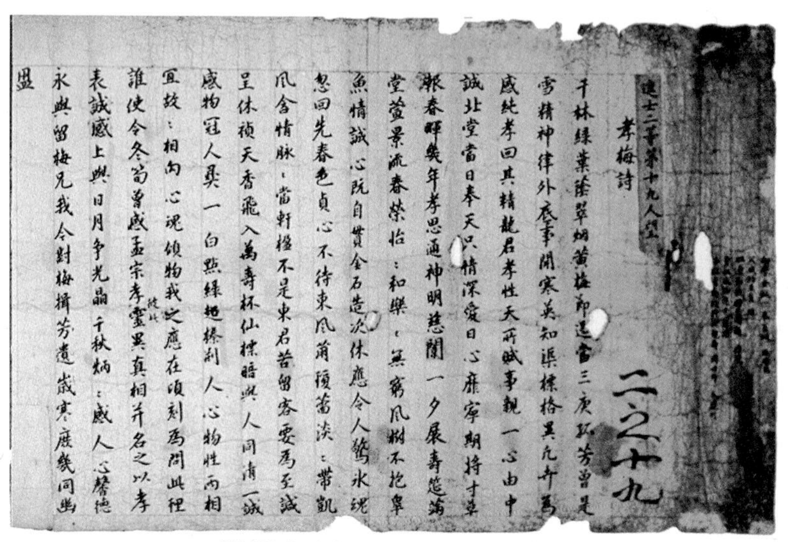
進士二等第十九人
孝梅詩
千林綠葉蔭翠烟黃梅節近當三庚玳芳曾是
雪精神律外底事開寒英知渠標格異凡卉爲
感純孝回其精龍君孝性天所賦事親一心由中
誠北堂當日奉天只情深愛日心靡寧期將寸草
報春暉幾年孝思通神明慈闈一夕展壽筵篤
堂螢景流春榮怡怡和樂無窮風樹不抱皐
魚情誠心既自貫金石造次休應令人鶴氷[illegible]
忽回先春色貞心不待東風前種蓄淡淡帶凱
風含情脉脉當軒檻不是東君昔留客要爲至誠
呈休禎天香飛入萬壽杯仙標暗與人同清一誠
感物冠人奚一白點綠纈標剝人心物性而相
宜故故相關心魂領物我之應在須刻爲問此理
誰使令冬筍曾感孟宗孝靈異真相并名之以孝
表誠感上與日月爭光晶千秋炳炳感人心馨德
永與留梅兄我今對梅摘芳遺歲寒庶幾同幽
盟
二之十九

학봉(鶴峰) 김성일(金誠一)의 과거시험 답안지

그 무렵 통신사 일행은 대덕지구의 客館(객관)에서 넉 달이 넘도록 무료하게 도요토미의 귀환을 기다리고 있던 중에, 關白[관백 : 일본에서 임금을 측근에 모시는 고위 관직]의 행차를 구경하라는 청을 받는다. 그때에 正使(정사)와 副使(부사)는 國書(국서)를 전하지 않은 형편에 관광은 가당치 않다고 거절하였으나 書狀官(서장관) 許筬(허성)은 가볍게 행동하였다.

다음 글은 허성의 그러한 輕擧(경거)를 峻烈(준열)하게 책망하는 김성일의 글이다. 허성은 같은 東人(동인)이요 십 년이나 연하인 사람이긴 하지만 김성일의 꾸짖음은 마치 절교를 선언하는 듯하다.

1591년 3월에야 귀국한 통신사 일행은 즉시 使行(사행) 결과를 보고하였다. 이때에 正使(정사) 黃允吉(황윤길)은 침략의 기미가 있음을 힘주어 말했고, 副使(부사) 김성일은 그렇지 않다고 부인하였다. 허성은 일본에 머물 때에 김성일에게 책망을 받은 것이 야속했던가, 아니면 사실대로 말하지 않은 김성일을 그런 방법으로 간하려 했던가. 아무튼 허성은 바르게 보고했으나 김성일은 극구 반대하였다. 혼란스러운 조정은 결국 김성일의 보고를 받아들여 그나마 준비 중이던 여러 가지 방비책을 중단시켰다. 그때에 정국을 주도했던 집권세력은 東人(동인)이었기 때문이다. 그리고 꼭 1년이 지난 1592년 4월 14일 도요토미는 20만 대군을 나고야에서 출정시키니, 이것이 곧 임진왜란의 시작이었다.

『書狀官(서장관) 許筬(허성)에게 보낸 글월』

(금년 경인 1590) 시월 스무여드렛날에 (일본국사) 平義智(평의지)의 심부름꾼이 와서 말하기를 "내일 아침 일찍이 關白(관백)이 우리 임금님 궁궐로 입궁하게 되었으니 사신들은 그 행차를 구경하셔도 좋습니다."라고 하였소. 나는 대답하기를 "다른 나라의 빛나는 광경은 진실로 구경하고 싶소. 그러나 아직 王命(왕명)을 전하지 못하였는지라 사신의 도리에 출입하기가 곤란하구려."라고 하였다오. 다음날 아침에 義智(의지)가 직접 찾아와 청하니 족하는 그 義智(의지)가 근실하다 하여 즉시 허락하였소. 그리고는 또 나에게 찾아왔기에 나는 어제와 같이 사양하였는데, 그가 돌아갈 무렵에 譯官(역관) 尹嗣壽(윤사수)가 와서 말하기를 "書狀官(서장관)이 지금 막 도성 안으로 들어갔습니다." 하니 나는 심히 놀랐다오. 足下(족하)가 이미 마소처럼 달려나가면서도 자기에게 얻음과 잃음이 어떻게 되는지 생각지도 않고, 또 서로 충분히 의논도 하지 않은 채 행동으로 옮기며 의심이 없으니 내 비록 충성을 바치고자 한들 어찌 되겠소? 더구나 譯官(역관)도 그런 행동이 옳지 않음을 힘주어 말하는 것을 족하도 짐작했고 또 들었을 것이오.

[두 번째로] 족하의 수레가 막 나가려 할 때에 관백의 행차가 정지되었다는 보고가 왔으므로 내가 다행스럽게 여기는 것은 行臺(행대 : 서장관의 별칭)의 욕되지 않음이요, 사사로운 뜻이 있는 것은 아니라오. 이틀 후에도 족하의 뜻이 아직도 (관백의 행차구경에) 미련을 버리지 못하여 軍校(군교)를 앞세우고 臺吏(대리)를 뒤따르게 하고 잠자리에서 조반을 먹고 수레를 몰아 의기양양하게 (내 거처의) 문 앞을 지나가니, 내가 마침 그때에 앞 마루에 나와 앉았다가 그대를 뒤따르

고 호위하는 무리가 성대함을 보고 참으로 내 마음이 부끄러웠소. 얼마 지나지 않아 족하가 실망하여 客館(객관)에 돌아왔다 하므로 그 연유를 알아본즉 관백이 또 행차를 중지하였다 하는구려. 족하가 (구경을) 나갈 때에는 오직 나 혼자만 한탄하고 화를 냈으나, 족하가 돌아올 때에는 따라갔던 일행이 모두 그대를 위하여 부끄럽게 여겼다 하니 이 어찌 부끄러운 마음이 사람마다 같은 것이라 아니할 것이겠소.

그 후로 날마다 비가 오거나 눈이 내리니 족하도 역시 이제는 후회하는 마음이 있어서 두 번 다시 실수하지는 않을 것이라 생각하였는데, 충고하는 말을 듣고도 고집을 피워 반드시 행하고자 하는 뜻을 지닌 줄을 내 어찌 생각하였겠소. 내 성품이 원래 빡빡하고 어리석어 아는 것이 없으니 높고 밝은 뜻으로 행하는 바를 진실로 헤아려 알기 어렵소. 그러나 옳고 그름을 분별하는 마음은 하늘이 내어준 본성이니 어찌 천 가지 생각에서 한 가지쯤은 얻을 것이 없겠소이까? 청컨대 자주 글을 써서 감히 충고하여 또다시 귀에 거슬리는 말을 하니 족하는 깊이 생각 좀 해주시구려.

아하! 슬프게도 (우리 통신사 일행이) 사절이 되어 바다를 건너온 지 이제 일곱 달이 지났건만 갑작스런 變故(변고)를 만나 아직도 芝函(지함) 속에 국서가 보관되어 있으니 이것은 실로 크나큰 욕이오, 사신으로서 황송하고 억울한 심정이 어찌 끝이 있겠소이까? 우리 형편이 이러한데 관백이 비록 관광을 허락한다 하여도 이 大德(대덕)의 지경 밖으로는 우리 발걸음을 잠시도 내놓지 않았으니 이것은 왕명을 무겁게 여기는 것 아니겠소? 우연한 놀이구경도 허락하지 아니하는데 하물며 왕명도 관백에게 전하지 못하면서 먼저 그 사람의 호화로운 행차를 볼 수 있다는 말이오? 만약 그렇게 한다면 그것은 왕명을 가볍게 여기고 관백을 중히 여기는 것이오. 그러나 족하가 어찌 왕명을 가볍게 하고 관백을 중하게 여기겠소. 단지 관백의 위엄에 겁을 먹고 그에 적응하여 좋게만 대처하려는 편법에 지나지 않을 것이오. (중략)

족하는 다른 사람과 의논도 하지 않고 자기 마음대로 결정하여 세 번씩이나 관광행차를 벌이면서 멈출 줄을 모르니 내가 어찌 족하와 더불어 일을 도모하겠는가? 아하! 義(의)에 맞으면 벗이요, 맞지 않으면 길가는 사람에 지나지 않으니, 이제부터 앞으로는 각기 들은 대로 존중하고 각기 아는 대로 행하면 될 것이요, 어찌 다시 서로 상관하리오. 足下는 잘 알아두시오. 이만 줄이오.

이렇듯 명분이 뚜렷하고 충절이 대쪽같은 김성일은 어찌하여 使行報告(사행보고)를 그르쳤는가? 그것은 온 나라가 전쟁 분위기에 휩싸이면 민심이 크게 동요하여 나라가 어지러워질 것을 걱정했기 때문이라고 전해 온다.

鶴峰(학봉) 金誠一(김성일, 1538 중종 33~1593 선조 26)은 義城(의성) 사람으로 퇴계 이황의 문인이다. 27세에 司馬試(사마시)에 합격하고 31세 때 增廣文科(증광문과)의 丙科(병과)에 급제하면서 벼슬을 살았다. 40세 때에는 명나라에 謝恩使(사은사)의 書狀官(서장관)으로 다녀왔고, 53세 때에는 일본에 통신부사로 다녀왔다. 임진란이 터지자 그 통신사행의 잘못된 보고로 문책되어 처벌을 면하기 어려웠으나 西厓(서애) 柳成龍(유성룡)의 간곡한 변호로 화를 피하고 속죄의 참전을 하였다. 경상우도 병마절도사, 招諭使(초유사), 순찰사를 지내며 전장에서 애쓰다가 진주에서 병사하였다. 晋州陣中(진주진중)에서 고향집 아내에게 보낸 한글편지가 오늘날까지 전해오고 있다.

〖학봉 김성일이 진주진중에서 아내에게 보낸 한글편지이다〗

요사이 추위에 모두들 어찌 계신고, 가장 사렴하네.

나는 산음고을로 와서 몸은 무사히 있거니와 봄이 닥치면 도적이 대항할 것이니 어떻게 할 줄을 몰라 하네. 또 직산에 있던 옷은 다 왔으니 추워하고 있는가 분별 마오. 장모님 뫼시고 과세 잘 지내요. 자식들에게 편지 못하여 미안하네. 잘들 있으라 하오. 감사라 하여도 음식을 가까스로 먹고 다니니 아무것도 보내지 못하네. 살아서 서로 다시 보면 얼마나 좋을까마는 기필 못하네. 그리워 말고 편안히 계시오. 그지없어 이만. 섣달 스무나흗날.

학봉은 임진년(1592) 섣달에 이 글월을 유서인 양 써 보내고 넉 달이 지난 다음해 사월 진주 공관에서 세상을 떠났다. 누렇게 퇴색한 종이, 급히 휘갈겨 쓴 고졸한 필체 위에 서려 있는 학봉의 인품이 사백 년을 뛰어넘어 우리들 가슴에 쾅쾅 울린다. 그 간결한 말씨 속에 갈피갈피 스며 있는 아내 사랑, 자식 사랑, 겨레 사랑의 곡진한 정을 어떻게 일일이 헤아릴 수 있을 것인가!

〖與許書狀〗

十月二十八日. 平義智伻告曰 "來早關白當詣天宮 使臣可觀光也." 余曰 "異國光華 固願見也, 但王命未傳 使臣義難出入也." 翌朝義智躬造以請 足下以其勤

也 遽諾之已而. 又過余 余辭謝如昨 比其去也 譯官尹嗣壽來言曰“書狀今刻入都中矣.” 余甚駭之. 而足下旣不以牛馬走爲有無 不相通議 而行之不疑 僕雖欲獻忠得乎? 然對譯官極言其不可 足下想亦聞之耳.

足下之駕將出 而關白停行之報旋至 僕之所幸 幸行臺之不辱 非爲私也. 越二日足下之意 猶未怠也 導以軍校 從以臺吏 蓐食催駕 揚揚過門, 僕其時適坐前楹 望君騶衛之盛 固已心慙矣. 未幾 足下憮然還館 詗之則關白又停行也. 足下之去也 獨吾一人歎咤焉, 足下之還也 一行亦爲君恥之 豈非羞惡之心 人人之所同得者乎?

厥後連日雨雪 意謂足下亦已悔之 必不至貳過也, 豈料其聞諫益甚 必行己志而後已耶. 鄙性固滯 愚陋無知高明所爲 固難測識. 然是非之心天性也 豈無千慮之一得乎? 請犯數疏之戒 更進逆耳之言 足下試裁焉.

嗚呼 仗節越海 今七閱月矣 橫遭變故 尙祕芝綸 此實莫大之辱也, 使臣回惶鬱抑之情 曷有極哉. 惟其若是故關白雖許遊觀 大德一坊之外 則足迹未嘗暫出 玆豈非以王命爲重者哉. 偶然遊觀 且不肯爲之 況未傳命於其人 而先觀其人之光華乎? 若果如此 則是以王命爲輕關白爲重也. 然足下豈輕王命 而重關白者哉. 不過怯關白之威 而爲周旋善處之計耳.(中略)

足下不謀於人 而獨斷於心 三次作行 而不知止, 僕亦安能爲足下謀哉. 嗚呼 義合則朋友 不合則路人也, 自今以後 各尊所聞 各行所知焉可也, 復何相與焉. 惟足下亮之. 不宣.

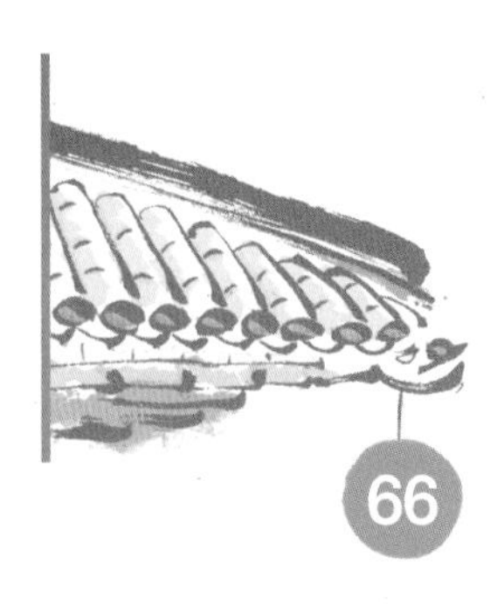

66

柳成龍(유성룡)의 懲毖錄(징비록)

'一人之下(일인지하) 萬人之上(만인지상)' 이란 말이 있다. 왕정체제에서 임금을 보필하여 나라살림을 책임진 재상을 칭송하여 부르는 말이다. 그러나 이것이 칭송이 되려면 그 주인공이 살아가는 滅私奉公(멸사봉공)의 삶은 오히려 一人之上(일인지상) 萬人之下(만인지하)의 모습을 보일 때에만 가능한 일인지도 모른다. 임금 앞에서 바른말을 할 수 있어야 하고 온 백성을 어버이처럼 모신다는 마음이 없으면 名宰相(명재상)을 가리키는 一人之下(일인지하) 萬人之上(만인지상)은 아무런 의미가 없을 것이기 때문이다.

조선조 오백여 년에 '일인지하 만인지상' 이란 칭송을 정당하게 받을 수 있는 명재상이 몇 분이나 될까? 그리고 그 몇 분 안 되는 명재상 가운데서 한 분만 꼽자면 어느 분이 될 것인가? 이때에 우리는 7년에 걸친 임진왜란을 슬기롭게 극복한 西厓(서애) 柳成龍(유성룡,

유성룡(柳成龍) 영정

1542 중종 37~1607 선조 40)을 생각하지 않을 수 없다.

서애는 영의정을 두 번 역임하였다. 첫 번째는 임진년에 임금을 扈從(호종)하여 평양으로, 다시 義州(의주)로 播遷(파천)하던 때이고, 두 번째는 그 다음 해에 평양을 수복하고 三道都體察使(삼도도체찰사)가 되어 파주까지 진격했을 때였다. 나라가 위급했을 때마다 그 수습과 해결을 위해 서애의 지략과 헌신이 필요했으나, 위기를 모면

하고 나면 번번이 반대파의 탄핵으로 그 자리를 물러나야 했었다. 이미 그때는 東西朋黨(동서붕당)이 표면화되었고 서애는 東人(동인)에 속한 사람이었다. 물론 서애는 黨色(당색)으로 사람을 본 적이 없었고 언제나 대의를 좇아 일을 처결하였다. 서애는 참으로 힘든 시절에 힘든 일을 맡은 재상이었다. 명나라 군대는 조선을 도와주러 왔으나, 승전의 기회가 있을 때마다 진군을 늦추며 대접이 소홀함을 트집 잡았고, 뒤로는 일본과의 和議(화의)를 도모하며 조선을 양분하자는 비밀협상을 추진하기도 하였다.

이처럼 어려운 시절, 그 전란의 와중에 서애가 이룩한 공적은 크게 세 가지로 압축된다. 그 첫째는 李舜臣(이순신), 權慄(권율) 등 명장을 薦擧(천거)·登用(등용)한 것이요, 그 둘째는 火器製造(화기제조), 城郭修築(성곽수축) 등 군비를 확충하고 훈련도감을 설치하여 국방의 강화에 힘쓴 것이며, 그 셋째는 「懲毖錄(징비록)」과 같은 임란비망록을 남겨 임진왜란을 둘러싼 전쟁비화를 후세사람들에게 남겨준 것이다.

다음은 징비록 자서의 전문이다.

〖징비록 머리에 부치는 글〗

징비록이란 무엇인가? 임진왜란 뒤의 일을 기록한 것인데, 여기에 난이 일어나기 전의 일도 간간이 적은 것은 난의 처음 發端(발단)도 밝혀보고자 하는 까닭이었다. 아하 정말로 임진의 禍(화)는 참혹하기 그지없었다. 두어 달 남짓한 동안에 세 개의 도읍지(서울·개성·평양)

가 모두 함락되었으며, 온 나라가 폐허가 되었다. 임금님은 播遷(파천)하실 수밖에 없었으나 그래도 오늘날이 있게 되었다는 것은 天幸(천행)이 아닐 수 없다. 이 또한 祖宗(조종)의 仁厚(인후)한 恩德(은덕)이 백성들에게 굳게 맺어져서 나라를 사랑하는 마음이 불타올랐고, 임금님의 事大(사대)하는 정성이 지극하여 명나라 황제를 감동시켜 구원병이 여러 번 출동한 때문이니 만일에 그렇지 않았던들 정말로 위태로울 뻔하였다.

「詩經(시경)」에 이르기를 "내가 지난 일을 징계〔懲〕하여 뒷근심이 있을까 삼가〔毖〕노라." 하였으니 이것이 "징비록"을 지은 까닭이다. 나처럼 못난 사람이 어지럽고 혼란스런 때에 나라의 중책을 맡아서 위태로운 형편을 바로잡지도 못하고 쓰러져 가는 형세를 붙들지도 못했으니 그 죄는 죽어서도 용서받지 못할 처지인데, 오히려 시골 밭두렁에 묻혀 구차스럽게 性命(성명)을 이어가고 있으니 이 어찌 임금님의 너그러우신 은혜가 아니겠는가.

여러 가지 걱정이 조금이나마 사그라진 이때에, 지난 일들을 생각해보니 황송하고 부끄러워 낯을 들 수가 없다. 이에 한가로운 틈을 타서 그동안에 내가 보고 들은 것을 대강 적었는데 그 내용은 임진년(1592)에서 무술년(1598)까지의 일이다. 겸하여 狀啓(장계) 疏箚(소자) 文移(문이)와 雜錄(잡록)을 그 뒤에 붙였다. 비록 볼만한 것은 아니지만 이 또한 당시의 사건 기록이어서 능히 버릴 수가 없었다.

이미 나는 이렇게 시골구석에 묻혀 마음 편히 살고 있으나, 나라에 충성하고자 하는 간절한 마음은 달랠 길이 없어서, 이 글을 지어 전쟁 중에 이 어리석은 신하가 나라에 보답하지 못한 죄를 조금이나마 씻어볼까 하는 바이다.

사심이 없는 사람의 말은 언제나 간결하고 평순하다. 숨길 것도 없고 꾸밀 것도 없기 때문이다. 그러나 끊임없이 반성하며 오히려 부족함이 있었음을 고백하는 자세를 갖춘다. 우리가 징비록을 읽으며 옷깃을 여미는 이유가 여기에 있다. 우리나라는 임진란 이후에도 크고 작은 兵禍(병화)가 뒤를 이었으나 서애의 이 自省(자성)·備忘(비망)의 글 같은 것이 다시 나오지 않음은 무슨 까닭인가? 여기에 또한 우리가 서애의 인품을 흠모하는 연유가 숨어 있다.

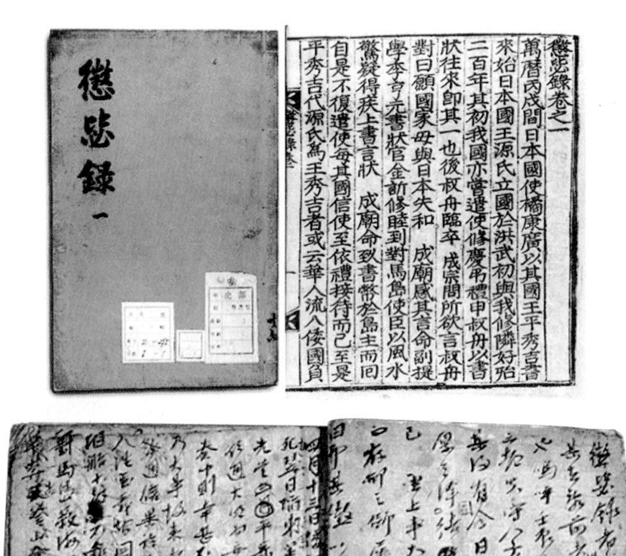

懲毖錄卷之一
萬曆丙戌間日本國使橘康廣以其國王平秀吉書
來始日本國王源氏立國於洪武初與我修隣好殆
二百年其初我國亦嘗遣使修慶弔禮申叔舟以書
狀往來卽其一也後叔舟臨卒 成宗問所欲言叔舟
對曰願國家毋與日本失和 成廟感其言命副提
學李亨元書狀官金訢修睦到對馬島使臣以風水
驚疑得疾上書言狀 成廟命致書幣於島主而回
自是不復遣使每其國信使至依禮接待而已至是
平秀吉代源氏爲王秀吉者或云華人流入倭國負

유성룡의 징비록(懲毖錄)

〖懲毖錄 自序〗

懲毖錄者何 記亂後事也. 其在亂前者 往往亦記 所以本其始也. 嗚呼 壬辰之禍慘矣. 浹旬之間 三都失守 八方瓦解 乘輿播越 其得有今日天也. 亦由祖宗仁厚之澤固結於民 而思漢之心未已, 聖上事大之誠 感動皇極 而存邢之師屢出, 不然則殆矣.

詩曰 "予其懲而毖後患" 此懲毖錄 所以作也. 若余者 以無似 受國重任 於流離板蕩之際 危不持 顚不扶 罪死無赦 尙視息田畝間 苟延性命 豈非寬典.

憂悸稍定 每念前日事 未嘗不惶愧靡容, 乃於閑中 粗述其耳目所逮者 自壬辰至于戊戌 總若干言, 因以狀啓疏箚文移及雜錄 附其後 雖無可觀者 亦皆當日事蹟 故不能去.

旣以寓畎畝惓惓 願忠之意 又以著 愚臣報國 無狀之罪云.

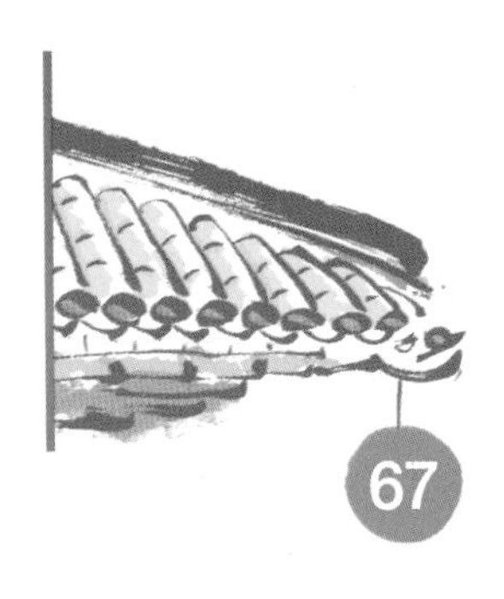

67

조헌 동환봉사
趙憲의 東還封事

『論語(논어)』에 "君子不器(군자불기)"라는 말이 나온다. "참다운 선비는 안정된 범위에 안주하는 존재가 아니다." 쯤으로 풀이할 수 있는 말이다. 이 "군자불기" 한 마디는 유교적 사상을 추구했던 조선조 선비들의 삶을 지배하는 鞭撻(편달)이요 지침이었다. 왜냐하면 그들은 참다운 선비이고자 끊임없이 스스로를 성찰하며 언제 어디서나 최선의 처신으로 떳떳하게 살고자 노력하였기 때문이다.

그러나 나라가 위난에 떨어진 급박한 상황에서 마음으로만 다졌던 "君子不器(군자불기)"의 지표를 실천에 옮긴 진정한 군자불기의 화신은 그렇게 많지 않았다. 그 많지 않은 선비 가운데서 우리는 임란 때의 重峯(중봉) 趙憲(조헌)을 만난다.

重峯(중봉) 趙憲(조헌, 1544 중종 39~1592 선조 25)은 첫째 양심적인 牧民官(목민관)이요, 둘째 조국 선진화의 旗手(기수)요, 셋째 救國(구

조헌(趙憲) 선생의 영정

국)의 의장병이었다. 이 세 가지 면모는 16세기 후반 조선이 처한 시대 상황에서 重峯(중봉)이 취한 至高至善(지고지선)의 선택이요 발자취였다.

중봉은 24세 때에 식년문과의 丙科(병과)에 급제한 이래, 教授(교수)·正字(정자)·著作(저작) 등 校書館(교서관)의 연구직 벼슬을 하다가 31세 때에 質正官(질정관)이 되어 聖節使(성질사) 일행과 함께 명나라에 다녀왔다. 이때에 명나라에서 견문한 바를 정리하여 上奏(상주)한 것이 저 유명한 「東還封事(동환봉사)」라 하는 상소문이다. 원제목은 「質正官回還後先上八條疏(질정관회환후선상팔조소)」라고 하는데 그 글에서 조선왕조의 선진화를 위한 여덟 가지 중요사항을 緻密(치밀)하게 설파하고 있다. 31세의 젊은 외교관이 처음으로 방문한 해외출장에서 어떻게 그처럼 철저한 고증과 관찰로 한 나라의 풍속과 제도를 논변할 수 있었다는 말인가? 실로 믿기지 않는 일이다.

그 후로 중봉은 戶曹佐郞(호조좌랑)・禮曹佐郞(예조좌랑)・通津縣監(통진현감)・報恩縣監(보은현감) 등을 거치며 嚴正(엄정)과 자애를 겸비한 牧民官(목민관)을 역임하였다. 그러는 동안 東西朋黨(동서붕당)의 波濤(파도)에 휩쓸리며 심심치 않게 유배와 파직을 거듭했으나 끝내는 그의 지조와 충성이 인정되어 복직이 되었다. 그리고 임진란이 일어나자 沃川(옥천)에서 의병을 일으켜 靈圭(영규) 스님이 이끄는 승병과 함께 淸州(청주)를 수복하고 錦山(금산)의 전투에서 칠백명의 결사대와 함께 장렬하게 옥쇄하니 '文烈公(문열공)' 이란 謚號(시호)는 중봉을 위해 예비해 둔 이름인 듯하였다.

다음은 東還封事(동환봉사)의 첫 부분이다.

『質正官(질정관)의 임무를 마치고 돌아와 먼저 드린 八條(팔조)의 상소문(1574년 선조 8년 11월)』

신 趙憲(조헌)은 두 번 절하옵고 말씀을 드립니다. 신이 지난번 명나라에 갈 때에 黃州(황주)의 譯官(역관)에게서 『四聲通解(사성통해)』를 빌어다가 質正(질정)할 사항 스무 가지 내용을 가슴에 새겨두고 玉河館(옥하관)에 이르렀습니다. (거기에서 마침) 출입이 자유롭지 않은

지라 通事(통사)로 하여금 사람을 시켜 질문을 하였더니 (그들이) 풀이해 준 말이 『四聲通解(사성통해)』의 내용을 벗어나는 것이 아니었습니다.

신이 가만히 생각해 보오니 밥이나 먹으며 나라에 도움되는 바가 없어 부끄러울 뿐 아니라 바야흐로 두렵기까지 하였사온데 길에서 우연히 王之符(왕지부)라는 선비를 만나 질문을 하였습니다. (그는) 나라를 다스리는 세 가지[正德(정덕), 利用(이용), 厚生(후생)]만을 간략하게 설명하며 빙긋이 웃고 말하기를 "質正(질정)하러 오셨다 함이 오로지 이런 일을 위하여서입니까? 이와 같은 일은 나라 정책을 공부한 선비가 아니라 하여도 능히 다 아는 일인데 이렇게 찾아와 굳이 듣고자 하니 이것은 聖門(성문 : 성인이 되고자 수도하는 길)에 들어있는 사람들이 물질에 지나치게 마음을 두다가 뜻을 그르치는 것과 같고, 유학을 하는 선비들에게는 학문을 위한 학문만을 널리 구하다가 소인이 되는 것과 같은 것이오."라고 하였습니다. 신은 이 말을 듣고 너무도 부끄러웠습니다.

우리나라 조정에서 반드시 질정관을 파견하는 까닭은 어찌 中華(중화)의 사람들이 우리를 가리켜 小中華(소중화)라 일컫게 하자는 것뿐이겠습니까? 진실로 능히 禮(예)와 義(의)를 밝히자는 것 아니겠습니까? 그리고 더 나아가 나라에서 賓館(빈관)의 이름을 慕華(모화, 館)이니 太平(태평, 館)이니 한 것은 반드시 밝고 성스러운 임금, 모범적인 大公(대공)의 지극히 올바른 제도와 오래도록 나라를 평화롭게 다스리는 방략을 자세히 고찰하여 한 구역의 백성들을 태평한 나라로 이끌고자 하는 것이니 겉으로만 중화 사람들에게 과시하여 우러러보게 하려고 준비하는 것은 결코 아니라 하겠습니다. 그러므로 오히려 驛站(역참)의 殘弱(잔약)한 馬卒(마졸)들을 힘들게 할지라도 이 시대의 필요한 아름다운 정치의 道(도)를 얻어서 장차 크게 폐단을 고치고 德化(덕화)를 일으키는 근본을 삼고자 원했던 것이옵니다.

돌이켜 보오니 이 못난 신하는 아는 것도 짧고 생각하는 것도 얕으며 재주도 없고 말솜씨도 모자라 진실로 상스러운 말밖에 모르오니 전하의 들으심을 어지럽힐까 두렵습니다. 하오나 貢馬(공마 : 우리나라에서 공물로 중국에 바친 말)가 永平(영평) 땅에서 죽은 것을 길에서 보았사온데 그 죽은 말들이 머리를 동쪽으로 하였습니다. 通事(통사)에게 그 까닭을 물으니 "언제나 보는 일인데, 우리 지방의 말은 죽을 때 반드시 머리를 동쪽으로 둡니다." 하였습니다. 대저 말과 같은 짐승도 그 근본을 잊지 못하는데 臣은 말만도 못하오니 신은 진정으로 깊이 깊이 부끄러울 따름이옵니다. 그러므로 감히 눈과 귀로 보고 들은 것 가운데 治道(치도)에 관계되는 것으로서 외람되오나 우리나라의 盡美(진미)하지 못한 점들을 논의하여 가장 알맞은 中(중)을 쓰는 것을 선택(임금의 결단)하심에 삼가 예비케 하고자 하나이다. 엎드려 원하오니 전하께오서는 유의하여 주시옵소서.

성묘(공자묘)에 配享(배향)하는 제도
내외의 모든 관리에 관한 제도
貴賤(귀천)의 衣冠服飾(의관복식)에 관한 제도
식품과 宴飮(연음)에 관한 제도
士夫(사부)들이 揖讓(읍양)하는 예법
師生(사생)들이 相接(상접)하는 예법
鄕閭(향여)의 習俗(습속)의 아름다움
군사들의 기율의 엄격함.

우리는 이 글을 읽으며 선조들의 事大慕華(사대모화)가 그렇게 단순한 것이 아니었음을 깨닫는다. 그것은 결코 굴욕외교도 아니요, 맹목적 事大(사대)는 더구나 아니었다. 그것은 세계 제일의 문화국가, 예의지국을 지향하는 간절한 염원이 사대모화라는 표제를 붙이고 잠시 옷깃을 가다듬는 숨 고르기가 아니었을까? 오늘도 우리는 아직 그 숨 고르기를 계속하고 있다.

『質正官 回還後先上八條疏 甲戌十一月』

臣憲謹再拜上言 臣頃於西行之時 借得四聲通解於黃州譯官 已知質正事二十條之意 至玉河館 不能出入 只令通事因人請質 則所釋之言 不外乎四聲通解. 臣竊愧素餐而無補於國家 方以爲懼 道遇士人王之符 擧以質之 則略說三事而哂之曰 "質正之來 只爲此事乎? 若此數物 除是方術之士 乃能盡知 而必欲强聞 則在聖門爲玩物喪志 於吾儒爲愽學小人." 臣切愧斯言.

因思祖宗之朝所以必遣質正而不已者 豈非以華人之指爲小中華者. 實以能明禮義 而國家之名館以慕華太平者 必欲詳究夫明王聖帝大公至正之制. 長治久安之術 以措一區之民於大平之域也 非爲外誇乎華人之瞻視而設也. 故寧勞馹路之殘卒 而冀聞斯今之善政, 將大爲袪弊興化之本乎.

顧以微臣 識短慮淺 才疎言拙 固知鄙俚之辭 難溷聖明之聽 而道見貢馬之死于永平者 猶東其首 問之通事則曰 每見吾地方之馬 死必東首云 夫馬不忘本 而臣不如馬 臣之所深恥也. 故敢以耳目之所聞見而關於治道者 僭議其我國之所未盡美者 恭備用中之擇. 伏願聖明之留意焉.(以下詳論略)

聖廟配享之制

內外庶官之制

貴賤衣冠之制

食品宴飮之制

士夫揖讓之禮

師生相接之禮

鄕閭習俗之美

軍師紀律之嚴.

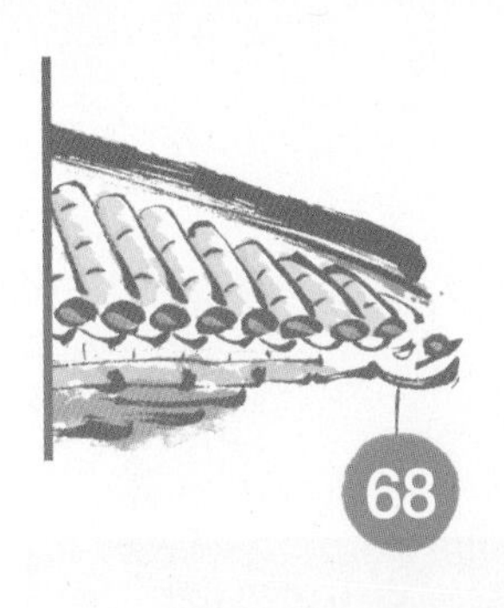

68

사명당 유정　　분충서난록
四溟堂 惟政 스님의 奮忠舒難錄

四溟大師(사명대사)는 역사상의 인물이라기보다는 전설 속의 인물이다. 임진란의 고통을 雪憤(설분)하려는 민중 심리가 소설『壬辰錄(임진록)』같은 책에서 사명대사를 초능력의 도승으로 만들었기 때문이다. 그래서 우리는 "춥기는 왜 이리 추워, 사명당의 사첫방인가?" 이런 속담을 즐기며 사명대사의 그 옛날 업적을 추모한다. 소설의 요지는 다음과 같다.

임진란 시절에 四溟堂(사명당)은 講和使節(강화사절)로 일본에 건너가 왜왕을 만났는데, 그때에 왜왕이 사명당을 태워 죽이려고 구리로 한 칸 집을 지어 놓고 그 속에 가두고 사면으로 숯을 피워 불을 땠으나 사명당은 네 벽에 '서리 상[霜]' 자를 써 붙이고 방석 밑에는 '얼음 빙[氷]' 자를 써놓고 팔만대장경을 외우니 방 안이 얼음 곳간 같았다.

사명대사(四溟大師) 영정

그러나 이 이야기에 관련된 실제의 역사적 사건은 許筠(허균)이 지은 『四溟松雲大師碑銘幷序(사명송운대사비명병서)』에 다음과 같이 적혀 있다.

갑진년(1604)에 〈大師(대사)께서〉 國書(국서)를 받들고 일본으로 가니 모든 왜인들이 서로 이르기를 "이 분이 보배를 말하던 그 大師(대사)인가?" 하였다. 대마도를 거쳐 大阪(대판)에 이르니 모든 장수들이 모두 존중하여 믿고 따르며 중들이 모여들어 가르침을 받기를 원하므로 대사는 일일이 불법을 말하여 가르치니 모든 중들이 다투어 예배하며 부처님이라 칭송하였다.

德川家康(덕천가강)을 만나자 說諭(설유)하기를 "두 나라 生靈(생령)이 오랫동안 塗炭(도탄)에 빠졌으므로 내가 구제하러 왔소이다." 하니 家康(가강)도 또한 불교를 信仰(신앙)하는 자라 이 말을 듣고는 信心(신심)을 발하여 대사를 공경하기 부처님같이 하였다.

그 결과, 우호를 잘 맺고 사로잡혀 간 남녀 3,500명을 찾아 돌아올 때 스스로 糧穀(양곡)을 주선하여 먹이면서 바다를 건너와 을사년(1605)에 임금님께 復命(복명)하니 임금께서 그 공로를 가상히 여기시어 嘉義大夫(가의대부, 종2품)의 품계로 御馬(어마)와 紵紗表裏(저사표리)를 주어 표창하였다.

사명당 惟政(유정) 스님(1544 중종 39~1610 광해군 2)의 俗名(속명)은 任應奎(임응규)요 밀양에서 태어났다. 어려서 아버지를 여의고 掌樂院正(장악원정)을 지낸 조부 밑에서 『史略(사략)』을 배우고 13세 때에는 黃汝獻(황여헌)에게서 『孟子(맹자)』를 배웠는데 15세에 어머니마저 돌아가시자 直指寺(직지사)에 들어가 중이 되었다. 18세에 승과에 급제하고, 32세에 妙香山(묘향산)에서 서산대사 休靜(휴정)의 法統(법통)을 이어받았다. 금강산 楡岾寺(유점사)에 머물던 49세 때에 임진란을 맞게 되니 서산대사 휴정 스님의 휘하에서 참전하고 그의 뒤를 이어 僧軍都摠攝(승군도총섭)이 되어 곳곳에서 왜군을 쳐부수었다. 51세 되는 갑오년에 加藤淸正(가등청정)의 陣中(진중)을 세 차례에 걸쳐 방문하여 담판을 벌이며 敵情(적정)을 탐지하였고, 61세에는 일본으로 건너가 德川家康(덕천가강)을 만나 강화를 맺고 난 중에 붙잡혀 간 우리 백성 3,500명을 刷還(쇄환)한 공로로 嘉義大夫(가의대부) 行龍驤衛大護軍(행용양위대호군)의 벼슬을 받았다. 저서로 『四溟大師集(사명대사집)』 7권과 난중기인 『奮忠紓難錄(분충서난록)』이 전한다.

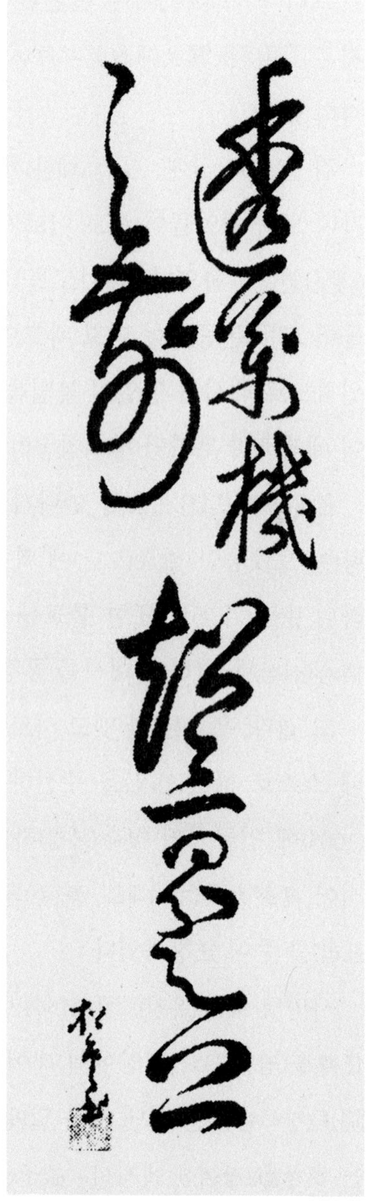

사명대사(四溟大師) 유묵(遺墨)

여기에 실린 글은 갑오년(1594)에 적진을 두 차례 방문한 뒤의 그 전말과 대비책을 進奏(진주)한 상소문의 앞부분이다. 이 상소문의 제목은 다음과 같이 길다. 「甲午九月馳進京師上疏言討賊保民事疏曰(갑오구월치진경사상소언토적보민사소왈 ; 갑오년 구월에 서울로 달려가 疏를 올려 賊을 토벌하고 백성을 보호할 일을 아룀)」

〖갑오년(1594) 구월에 서울로 달려가 올린 글월〗

(전략) 난이 일어나던 초엽에 신은 강원도 금강산에 있다가 이 큰 변란을 만나 두 번에 걸쳐 賊中(적중)에 들어가 저들과 문답하였습니다. 그리고 드디어 義僧(의승)들을 설득하고 타일러 백여 명을 모아 그 길로 춘천과 원주에 있는 적을 토벌하고 그들과는 결코 함께 살 수 없음을 맹세하였습니다. 그때에 마침 摠攝(총섭)의 관문을 보게 되었는데 그 관문에 군사와 백성들에게 간곡히 가르치시는 전하의 聖旨가 있음을 보며 두 눈에 눈물이 앞을 가려 글자마다 피가 맺히는 듯 차마 끝까지 읽을 수가 없었나이다.

신이 처음에 거느린 의승은 일백오십 명이었는데 그 뒤에 육십 명을 더 얻어서 그들과 함께 서쪽을 향해 부지런히 달려가 順安(순안)에 이르렀습니다. 신은 전하께서 계신 행재소까지 달려가고자 하는 마음이 간절하였사오나 그때에 적이 평양에 진을 치고 있었으므로 감히 그들을 내버려 두고 떠날 수가 없어서 體察使(체찰사) 都元帥(도원수) 밑에 머물며 그 지휘를 받았습니다. 이때에 신을 義僧(의승) 都大將(도대장)으로 삼아 摠攝(총섭)의 책임을 맡기시니 의승과 이천여 명의 군사를 거느리고 대동강을 건너 평양과 중화를 왕래하는 적을 끊어 막게 하였습니다.

신은 본래 산림에 묻혀 사는 비천한 몸으로 兵家(병가)의 일은 알지 못하오나 한 명의 적이라도 죽여서 聖上(성상)의 망극하온 은혜를 갚고자 하는 일이야 어찌 의관을 갖춘 선비에 뒤질 수 있겠나이까? 다만 병사들의 양식을 스스로 마련하자니 마지막까지 보장할 수 없어서 병졸의 절반은 굶주려 흩어졌사옵고, 신도 또한 늙고 병들었으므로 이제는 예전에 살던 산속으로 돌아가 산골짜기에 시신을 묻으려 하였사온데 도망하는 꾀를 쓰려 한다는 누명을 들을까 두려워 헛되이 싸움터에 머물렀을 뿐이라 한 가지도 이룬 일이 없사오니 나라를 저버린 죄를 또한 용서받을 수 없겠나이다.

4월 그믐 경에는 劉督府(유독부)의 분부와 都元帥(도원수)의 절제에 의하여 곧바로 西生浦(서생포) 적진으로 들어가 敵情(적정)을 엿보았사오며, 7월 보름경에는 또 독부의 지휘와 도원수의 명령을 따라 또 다시 적진에 들어가 적의 정세를 상세히 탐지하였사옵니다. 하오나 신이 워낙 용렬한 데다가 심히 어리석은지라 조정에 진달하는 일을 조금도 늦출 수가 없어서 이달 초에 宜寧(의령)의 본진을 출발하여 곧은길로만 달려왔사온데 해는 짧고 길은 험하여 종일토록 걸었건만 얼마 오지 못하면서 겨우 이달 스무하룻날에야 비로소 都城(도성)에 들어왔습니다.

이제 우선 급한 대로 신이 아는바, 적의 정세와 적을 토벌할 계획 그리고 백성을 보전할 대책을 여기에 기록하여 하나하나 자세히 진술하오니 (聖上께서는) 굽어살펴 주시옵오서.(하략)

'奮忠舒難(분충서난)' 이란 무엇인가? 奮然(분연)히 忠義(충의)를 발하여 兵亂(병란)을 평정한다는 말 아닌가? 태평한 세월이었다면 雲水

托鉢(운수탁발)로 팔도를 유람하며 세속의 무상함을 梵唄(범패)에 실어 노래하였을 스님. 그러나 나라 안이 왜구의 鳥銃(조총) 소리에 시끄러워지자 분연히 長衫(장삼) 자락을 휘날리며 竹槍(죽창)과 大弓(대궁)으로 저들과 맞서니 그 몸이 불사신이 되는 것은 僧俗不二(승속불이)의 불도가 下化衆生(하화중생)의 法力(법력)을 보여줌이 아니던가?

스님의 글에 꾸밈이 없는 것은 진정으로 그 법력 때문이다.

〖四溟大師 惟政 스님의 奮忠舒難錄〗

甲午九月馳進京師上疏

(前略) 亂初在江原道皆骨山 逢此大變 再入賊中 與賊問答. 遂開諭義僧 僅得百餘名 方欲往討春原之賊 誓不與俱生. 而適見摠攝關字 關字內有引諭軍民聖旨 雙眼淚暗 字字血染 讀不忍終焉.

臣原率義僧百五十 外加得六十名 西望疾驅 以到順安. 臣切欲奔詣行在 而當時賊據平壤 不敢舍去 仍留體察使都元帥處 聽指揮也. 以臣爲義僧都大將 摠攝之任受之義僧幷二千餘名 渡大同江 使之把截平壤中和往來之賊.

臣以糜鹿之身 不識兵家之事 而欲殺一賊 以報聖上罔極之恩 則豈有下於衣冠哉. 但自備兵粮 難保終始 卒

半飢散, 臣又老病 玆欲返于故山 置屍丘壑 恐取謀避之名 空淹戰場 事無一成 負國之罪 亦難容赦.

而四月晦時 依劉督府分付 及都元帥節制 直入西生浦賊陣 覘探敵情, 七月望時 又依督府指揮 及元帥之令 再入賊陣 詳細哨探 賊之情勢. 而以臣之庸劣 益添愚惑 陳達朝廷 不宜少緩 本月初 發自宜寧本陣 由直路馳進 日短路險 窮日之行 不過一息 本月二十一日 始得入城. 故以臣之所知賊之情勢 及討賊之意 保民之策 錄之于下 陳其一一 伏惟垂察焉.(下略)

참고

四溟堂(사명당)의 보배 이야기는 무엇인가?

이 이야기도 허균의 『碑銘幷書(비명병서)』에 적은 바를 그대로 옮겨 적는다.

… 갑오년 봄에 명나라 摠攝(총섭) 劉綎(유정)이 大師(대사)로 하여금 부산에 있는 倭營(왜영)에 들어가 淸正(청정)을 타이르게 하니 무릇 세 번이나 왕복하면서 적의 사정을 다 알아왔다. 淸正(청정)이 묻기를 "조선에 보배가 있는가?" 하였다. 대사는 즉각 대답하기를 "본국에는 없고 일본에 있노라." 하였다. 청정이 "무슨 말인가?" 하니 대사께서 "지금 우리나라에서 당신의 머리를 보배로 보고 반드시 취하려 하니 이것은 보배가 일본에 있는 것 아닌가?" 하였다. 청정이 놀라며 탄복하였다.…

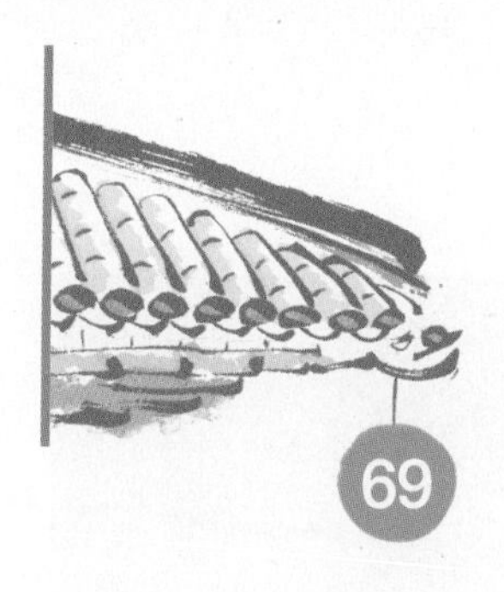

69

李舜臣의 亂中日記
이순신 난중일기

忠武公(충무공) 李舜臣(이순신) 장군(1545 인종 1~1598 선조 31)은 새삼스럽게 소개할 인물이 아니다. 우리나라 역사에서 단 한 분의 위대한 武人(무인)을 손꼽으라고 하면 천 명이고 만 명이고 한 사람도 예외 없이 이순신 장군을 지목할 것이기 때문이다. 우리는 육하원칙에 따라 다음과 같이 간략하게 정리할 수 있다.

"이순신 장군은 지금부터 460년 전에 서울에서 태어나 54년을 사신 분으로 육 척의 거구, 강인한 체력, 중후한 성품의 武官(무관)이셨다. 임진란이 일어나자 三道水軍統制使(삼도수군통제사)가 되어 麾下將帥(휘하장수)들을 거느리고 閑山島(한산도)·鳴梁(명량)·鷺梁(노량) 등의 海戰(해전)에서 수십 배의 왜군을 격파하였다. 督戰中(독전중) 流彈(유탄)에 맞고서도 의연히 북을 치며 사기를 돋우면서 자신의 죽음을 알리지 않게 하였다. 한때 시기하는 무리에게 모함을 받아 죄수의 옷을 입고 감옥에 갇혀서도 일편단심 조국의 운명을 걱정하였다."

그러나 우리는 이렇게 간추린 글 속에 반드시 덧붙여야 할 한마디가 남아 있음을 깨닫는다.

"그분은 400여 년 전에 돌아가셨으나 나라를 지키겠다는 민족의 염원이 불붙는 한, 우리 민족과 함께 영원히 살아 계신다."

그 증거의 하나로 西涯(서애) 柳成龍(유성룡)의 글 (징비록)에서 한 구절을 옮겨 본다.

이순신 영정

"순신의 죽음을 들은 우리 군사와 명나라 군사는 各營(각영)이 연이어 통곡하며 마치 자기 어버이를 잃은 듯했다. 靈軀(영구)가 지나는 곳마다 백성들이 곳곳에 제물을 차려 놓았다가 喪輿(상여)를 붙잡고 통곡하며 '공께서 우리를 살리셨는데 지금 우리를 버리고 어디로 가신단 말입니까?' 이렇게 울부짖었다. 그의 죽음을 슬퍼하여 모여든 군중으로 길이 막혀 상여는 가지 못하게 되고 길가는 사람들도 눈물을 뿌리지 않는 이가 없었다.

조정에서는 순신에게 의정부 우의정을 贈職(증직)하였다. 邢軍門(형군문)은 해상에 사당을 세워 그의 忠魂(충혼)을 제사 지내자고 하였으나 성사되지 않자 해변 사람들이 서로 모여 사당을 짓고 이를 愍忠祠(민충사)라 하여 제사를 지내고 장사꾼과 어선들도 이곳을 왕래할 때마다 꼭 제사를 지낸다고 한다."

여기에 소개하는 글은 鳴梁大捷(명량대첩) 당일의 일기이다.

〖정유년(1597)년 구월 열엿새 갑진〗

맑음. 이른 아침, 특별 정찰대가 '수효를 알 수 없이 많은 적선이 鳴梁(명량)을 지나 곧장 우리의 진지를 향하여 들어온다.' 고 보고하였다. 곧 모든 배에 명하여 닻을 풀고 바다로 나아가니 적선 130여 척이 우리 배를 에워쌌다. 여러 장수들이, 적은 군사로 많은 적을 상대하는 형세라 생각하고 모두 회피할 계책을 내는데 右水使(우수사) 金億秋(김억추)가 탄 배는 벌써 2마장 밖에 떨어져 있었다. 나는 바삐 노를 저어 앞으로 돌진하며 地字(지자) 玄字(현자) 등 각종 총통을 어지러이 쏘아대니 탄환이 우레처럼 바람처럼 날아가고, 또 군관들이 배 위에 총총히 늘어서서 빗발치듯 화살을 쏘니 적의 무리가 감히 대들지 못하고 가까이 왔다 물러갔다 하였다. 그러나 여러 겹으로 둘러싸여서 형세는 자못 예측할 수 없는지라 배에 있는 모든 사람이 서로 돌아보며 낯빛을 잃는 형편이었다. 이때에 나는 부드럽게 타일러 말하였다.

"적선이 비록 많으나 우리 배에 곧바로 쳐들어오기는 어렵다. 조금도 마음이 흔들려서는 안 된다. 다시 마음과 힘을 다하여 적을 쏘아라. 적을 쏘아라."

그리고 여러 장수들의 배들을 돌아보니 어느새 먼 바다에 물러가 있는데 배를 돌려 군령을 내리려 해도 여러 적들이 물러섬을 보고 더 대어들 것 같아 나아가지도 물러서지도 못할 형편이 되었다. 그래서 호각을 불어 중군에게 군령을 내리는 기[令下旗(영하기)]를 세우라 하고 또 여러 장수를 불러모으는 기[招搖旗(초요기)]를 세우게 하니 中軍將(중군장) 彌助項僉使(미조항첨사) 金應諴(김응함)의 배가 내 배에 가까이 오고 있는데 巨濟縣令(거제현령) 安衛(안위)의 배는 그에 앞서 도착하였다. 나는 배 위에서 직접 안위를 부르며 외쳤다. "안위야! 네가 군법에 죽고 싶으냐? 군법에 죽고 싶으냐? 도망을 간다면 어디 가서 살겠느냐?" 그러자 안위가 황망히 적선 가운데로 돌진하여 들어갔다. 또 김응함을 부르며 외쳤다.

"네가 중군으로서 멀리 도망하여 대장을 구하지 않으면 죄를 어찌 피할 것이냐? 당장 처형할 것이나 적군의 세력이 급하니 우선 공을 세우게 한다."

이렇게 하여 두 장수의 배가 적진으로 나아갈 즈음, 적장이 탄 배가 그 휘하의 배 두 척을 지휘하여 일시에 안위의 배에 개미떼처럼 달라붙어 다투어 올라가려 하니 안위와 그 배에 있는 모든 사람이 모두 죽을 힘을 다하여 혹은 네모난 몽둥이로, 혹은 긴 창으로 혹은 수마석 돌덩이로 무수히 내리치며 방어하였다. 배 위의 사람들이 거의 힘이 다할 무렵에 내 배가 머리를 돌려 곧바로 돌진하여 비 오듯 화살을 쏘아대니 적선 세 척이 거의 다 엎어지고 자빠지게 되었을 때, 鹿島萬戶(녹도만호) 宋汝悰(송여종)과 平山浦代將(평산포대장) 丁應斗

(정응두)의 배가 뒤미처 도착하여 힘을 합쳐 활 쏘고 죽이니 적은 몸을 움직이는 놈이 한 놈도 없었다. 일찍이 안골포의 적진에서 투항해 온 왜놈 俊沙(준사)는 내 배 위에 있다가 바다에 빠진 적을 내려다보더니 "저기 무늬 있는 붉은 비단을 입은 놈이 안골포 진영에 있던 적장 馬多時(마다시)입니다." 하였다.

내가 물긷는 군사 金乭孫(김돌손)을 시켜 갈고리로 그자를 뱃머리에 낚아 올리니 준사가 좋아서 펄쩍펄쩍 뛰면서 "이놈이 마다시가 맞습니다." 하므로 즉시 명령하여 토막내어 자르게 하니 적의 사기가 크게 꺾였다. 그제야 우리의 배들이 이제는 적이 대들지 못할 것을 알고 일시에 북을 울리고 함성을 지르면서 앞으로 나아가 각기 地字(지자) 玄字(현자) 총통을 쏘아대니 그 소리가 산천을 뒤흔들었고, 또 화살을 비 오듯 퍼부으며 적선 30척을 깨부수었다. 적선은 피하여 도망하며 다시는 우리 배에 가까이 오지 못하였다. 나는 싸움하던 바다에 그대로 정박하고 싶었으나 물결이 지극히 험하고 바람도 역풍으로 부는지라 형세가 외롭고 위험할 듯하기에 唐笥島(당사도)로 이동하여 밤을 지냈다. 이번 일은 참으로 하늘의 도우심이었다.

이 일기는 우리가 모두 잘 아는 바와 같이 이순신 장군이 일본 간첩의 농간으로 모함을 받아 파직하고, 元均(원균)이 그 직을 대신하였다가 그가 칠전도와 固城(고성) 앞바다에서 대패한 후, 이순신 장군이 다시 三道水軍統制使(삼도수군통제사)로 복귀한 뒤의 일이다. 즉 1597년 이른바 丁酉再亂(정유재란)의 막바지 사건이었다. 그때 이순신 장군은 겨우 12척의 적은 함선으로 서해로 향하는 300여 척의 적선을 鳴梁(명량, 해남군 울돌목)에서 크게 쳐부수었다.

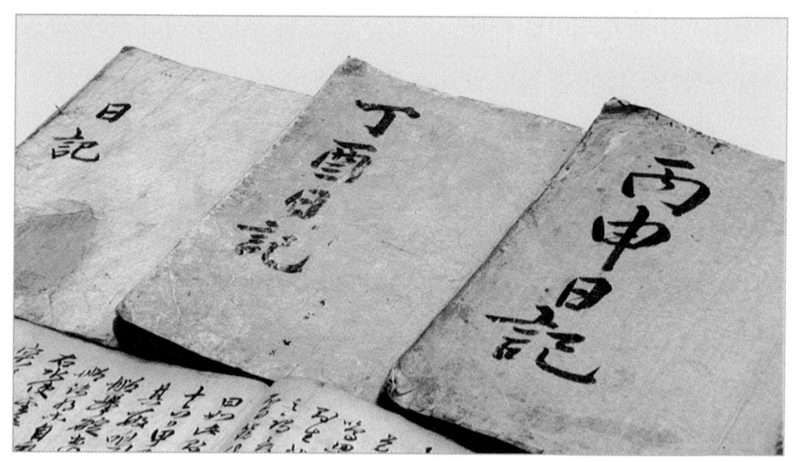

난중일기(亂中日記)

그러나 이 기록을 보면 그때 이순신 장군은 싸움의 승패를 초월하여 죽기를 각오하고 부하 장수들을 독려하며 최선을 다한 정성의 면면이 우리의 살갗을 파고 찌른다. 장군은 그날의 승리를 단지 넉 자로 담담하게 요약하고 있다. 此實天幸(차실천행) 이 번일은 참으로 하늘의 도우심이었다.

이러한 분이었기에 그 다음 해 1598년 11월, 도망가는 왜군을 노량 앞바다에서 가로막고, 한 명도 돌려보내지 않겠다는 결의로 督戰(독전)하다가 적탄에 맞아 쓰러지니 이 또한 장군의 마지막 모습이 아닌가!

〖丁酉年 九月 十六日 甲辰〗

晴. 早朝別進告内 賊船不知其數 鳴梁由入 直向結陣處云. 卽令諸船擧碇出海 則賊船百三十餘隻 回擁我諸船. 諸將等自度衆寡之勢 便生回避之計 右水使金億秋所騎船 已在二馬場外. 余促櫓突前 亂放地玄各樣銃筒 發如風雷. 軍官等簏立船上 如雨亂射 賊徒不能抵當 乍近乍退. 然圍之數重 勢將不測 一船之人 相顧失色. 余柔而論解曰"賊船雖多 難可直犯 少不動心 更盡心力 射賊射賊." 見諸將船 則退在遠海 欲爲回船軍令 則諸賊乘退扶陞 進退維谷. 令角立中軍令下旗 又立招搖旗 則中軍將 彌助項僉使 金應諴船 漸近我船 巨濟縣令 安衛船先至. 余立于船上 親呼安衛曰"安衛欲死軍法乎 安衛欲死軍法乎 逃生何所耶." 安衛荒忙突入賊船中 又呼金應諴曰"汝爲中軍而遠避 不救大將 罪安可逃 欲爲行刑 則賊勢又急 姑令立功." 兩船先登之際 賊將所騎船 指其麾下船二隻 一時蟻附安衛船 攀緣爭登, 安衛及船上之人 各盡死力 或持稜杖 或握長槍 或水磨石塊 無數亂擊. 船上之人 幾至力盡 吾船回頭 直入如雨亂射 三船之賊 幾盡顚仆 鹿島萬戶宋汝悰 平山浦代將 丁應斗船繼至 合力射殺 無一賊動身. 降倭俊沙者 乃安

骨賊陣投降來者也 在於我船俯視曰"著畵文紅錦衣者乃安骨陣賊將馬多時也." 吾使無上金乭孫要鉤釣上船頭 則俊沙踴躍曰"是馬多時云." 故卽令寸斬 賊氣大挫. 諸船知賊不可犯 一時鼓噪齊進 各放地玄字 聲震河岳 射矢如雨 賊船三十隻撞破. 賊船避退 更不近我舟師欲泊戰海 則水勢極險 風且逆吹 勢亦孤危 移泊唐笥島經夜. 此實天幸.

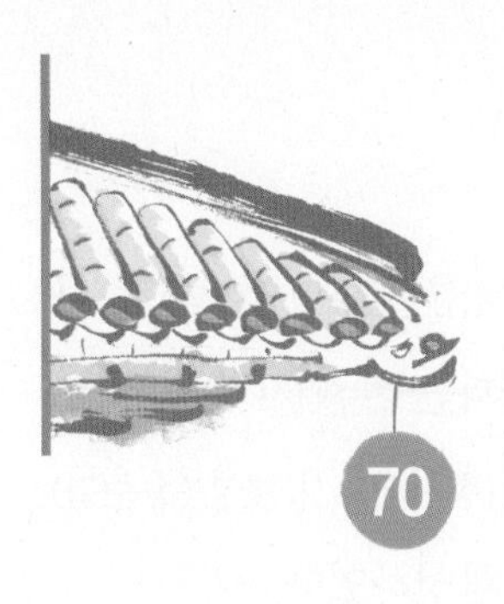

70

김장생 연석문대
金長生의 筵席問對

禮學(예학)이란 무엇인가? 喪葬祭禮(상장제례)를 중심으로한 전례상의 이론과 실전을 아울러 가리키는 말이다. 성리학의 발전에 따라 여러 가지 전례에 이론적 근거를 정밀화하면서 분파된 학문이다. 특히 왕실의 전례는 국가적 儀禮(의례)의 성격을 띠는 것이라 모든 예절이 합법성과 정당성을 지녀야 하였다. 따라서 왕실의 상장제례의 격식과 절차를 둘러싸고 논쟁을 일으키기도 하고 政爭(정쟁)의 事端(사단)으로 번지기도 하였다. 조선조 후기 정치사의 특이한 일면이었다.

이러한 예학의 대가로 沙溪(사계) 金長生(김장생, 1548 명종 3~1631 인조 9)을 꼽는다. 사계는 31세에 학행으로 천거되어 벼슬살이를 시작하기까지 宋翼弼(송익필)의 문하에서 예학을 배우고 율곡의 문하에서 성리학을 배우면서 예론을 깊이 연구하였다. 조선유학을 서인 중심의 畿湖學派(기호학파)와 남인 중심의 嶺南學派(영남학파)로 나눌 때에 李珥(이이)를 기점으로 하는 기호학파는 沙溪(사계)에 이르러 정비되어 그의 아들 金集(김집)과 宋時烈(송시열), 宋浚吉(송준길) 등으로 이어지면서 禮學派(예학파)의 주류를 형성하였다.

沙溪(사계)는 애초부터 벼슬보다는 학문에 뜻을 두었으므로 벼슬자리에 나아가서는 身命(신명)을 다해 임무에 충실하였으나 기회 있을 때마다 관직을 사퇴하고 향리에 돌아와 학문에 힘썼다. 그의 나이 55세(선조 35)에 清白吏(청백리)에 錄選(녹선)된 것이나, 광해군 시절에 벼슬을 버리고 隱身(은신)하였던 것은 사계의 인품을 말해주고도 남는다. 仁祖反正(인조반정) 이후 掌令(장령)·執義(집의)·工曹參議(공조참의)·副護軍(부호군)을 지냈으나 다시 落鄕(낙향)하였다가 특명으로 불려와 同知中樞府事(동지중추부사)·行護軍(행호군) 등을 역임하다가 刑曹參判(형조참판)에 임명되었지만, 사퇴하고 향리에서 교육에 전념하였다. 그의 저술로는 『經書辨疑(경서변의)』·『近思錄釋疑(근사록석의)』·『疑禮問解(의례문해)』·『家禮輯覽(가례집람)』·『喪禮備要(상례비요)』 등이 있는데 그중에서 『상례비요』는 세상에 가장 널리 읽힌 책이다.

다음 글은 經筵(경연)에서 인조와 나눈 대화를 정리한 것이다. 우리 선조들은 자신의 언행이 公義(공의)에 관계되는 것일 때 그것을 사실 그대로 기록하는 철저함과 성실함을 아울러 갖추고 있었다.

〖經筵(경연)에서 드린 말씀〗

계해년(1623 인조 1) 5월 ○○일. 임금님을 뵈었을 때 일이다.

사계(沙溪) 김장생(金長生) 선생 영정

임금님께서 말씀하셨다. "서울로 올라온 후에 즉시 만나 보았어야 마땅한 일이었는데 나라에 제사가 있어서 즉시 불러보지 못하였으니 당초에 지성스럽게 기다리던 마음과는 같지 않게 되었소이다." 김장생이 대답하였다. "소신은 귀가 먹어 전하의 말씀을 자세히 듣지 못하옵니다." 그리고 또 말씀드렸다. "소신은 멀리 시골에 있었사옵고, 이제 나이도 일흔여섯이나 되오니 비록 평상시에 벼슬자리에 있던 사람이라도 마땅히 사직하고 물러나야 할 것이온데, 하물며 소신은 들밭에 묻힌 사람으로 갑자기 중책을 맡게 되오니 결코 감당하기 어렵사옵고, 또 憲府(헌부)는 병을 휴양하는 곳이 아닌 줄 아옵니다." 임금님께서 말씀하셨다. "일찍이 과인이 여염집 潛邸(잠저)에 있을 때부터 卿(경)의 학문이 높고 맑으며 덕망이 널리 알려졌다는 말을 듣고, 항상 한 번 만나보리라 하고 있었는데 오늘에야 만나보게 되었으니 참으로 다행스럽고 또 다행스럽소이다."

장생이 사뢰었다. "聖恩(성은)이 거듭되어 여러 번 깊은 관심을 기울여 주시는 총애를 받았삽기에 오래전부터 사퇴하려 하였사오나 감히 쉽게 결정하지 못한 것이옵니다. 항상 榻前(탑전)에서 물러갈 것을 빌고자 하였기에 이제 감히 말씀드리옵니다." 임금님께서 말씀하셨다. "만일에 질병이 있다면 반드시 매일같이 나와 근무할 것이 아니라 하루걸러 근무해도 괜찮소이다."

장생이 사뢰었다. "憲府(헌부)의 직분은 결코 이 늙은 신하가 감당할 것이 아니옵니다." 임금님께서 말씀하셨다. "과인은 이 직책이 오히려 경의 높은 덕에 어울리지 않는다고 생각하는데 도리어 그런 말씀을 하시는구려."

장생이 사뢰었다. "소신은 치아가 모두 빠지고 또 귀도 먹어서 말씀으로 啓達(계달)할 수가 없사옵기에 대강 적어 놓은 것이 있사오니 〈文政殿奏箚(문정전주차)〉 그것을 보아주시기 비나이다. 그 외에 다하지 못한 말씀은 반드시 밖에 나가서 글로 적어 아뢰겠나이다." 그리고 또 장생이 말씀드렸다. "私廟(사묘)의 일은 조정과 담당한 관원이 있사오니 진실로 소신이 건방지게 논할 것이 아니 오나 소신이 憲府(헌부)에 속해 있는지라 감히 마음속에 품은 바를 다하는 것이옵니다." 임금님께서 말씀하셨다. "마음속에 품은 바를 말씀하시는 것은 아주 좋습니다. 그러나 이미 결정이 된 것이어서 부득이 따를 수밖에 없었으니 심히 미안하오이다."

76세의 늙은 신하와 39세의 젊은 임금이 경연을 파한 자리에서 나누는 대화다. 반잡기 거북한 말은 귀가 먹어 알아들을 수 없다고 겸양하며 사직을 청원하지만, 私廟(사묘) 문제는 소신을 굽힐 수 없다는 옹고집의 늙은 신하, 그리고 원칙론에 얽매인 늙은 신하의 주장을 존중하면서도 자신의 입지를 굳혀가는 젊은 임금. 이 짧은 대화에서 조선조 왕정문화의 진수를 느낄 수 있다.

〖筵席問對〗

癸亥五月日引見時.

上曰 上來後所當卽見 而國家有祭祀 未卽引對 有異當初至誠待之之意也.

金長生曰 小臣耳聾 未能細承天語

又曰 小臣遠在外地 年今七十有六 雖常時供職之人 猶宜致仕 況臣田野之人 遽當重任 決難堪當 且憲府非養病之地也.

上曰 曾在閭邸時 聞學業高明茂有宿德 常願一見 乃於今日得見 何幸何幸.

長生曰 聖恩重疊 屢有眷注之寵 久欲辭退 而不敢便決者此也 常欲於榻前乞退 故今敢言之耳.

上曰 如有疾病 則不須逐日供仕 間日而仕可也.

長生曰 憲府之任 決非老臣所可堪當.

上曰 此職予猶以爲不稱德 反有是辭耶.

長生曰 小臣齒牙盡落 且耳聾不能以言語啓達 略有

所錄(文政殿奏箚)乞呈覽 此外未盡之言 當出外陳啓也.

長生又曰 私廟事自有朝廷與主掌該官 固非小臣所可僭越容議 而身居法憲之地 故敢盡所懷矣.

上曰 所懷之言甚好 而旣定之 故不得從 深爲未安(下略)

참고

이 글에 나오는 〈私廟(사묘)〉 문제는 무엇인가?

왕(인조)이 반정을 하였으니 家禮(가례)의 원칙에 따라 그 사실을 생부 定遠君(정원군)의 사당에 고해야 하였다. 이때에 그 축문에 정원군을 아버지라 쓸 수 있느냐 없느냐가 문제가 되었다. 인조와 공신을 비롯한 일부 신하들은 친자관계를 그대로 인정하여 정원군을 아버지라 부르고 스스로를 아들로 불러야 한다고 주장했다. 이것이 稱考稱子說(칭고칭자설)이다. 그러나 대부분의 유신들은 이것을 반대하였다. 선조의 왕위를 계승한 것이니 할아버지인 선조를 아버지로 불러야 하고 생부인 정원군은 백숙부로 불러야 한다는 것이었다. 이것이 叔姪論(숙질론)이다. 이 숙질론을 강력히 주장한 이가 다름 아닌 金長生(김장생)이었다. 인조는 칭고칭자설을 따라 정원군을 아버지라 부르고, 그에 따라 追崇問題(추숭문제)가 나와 결국 정원군은 元宗(원종)으로 추존되었다.

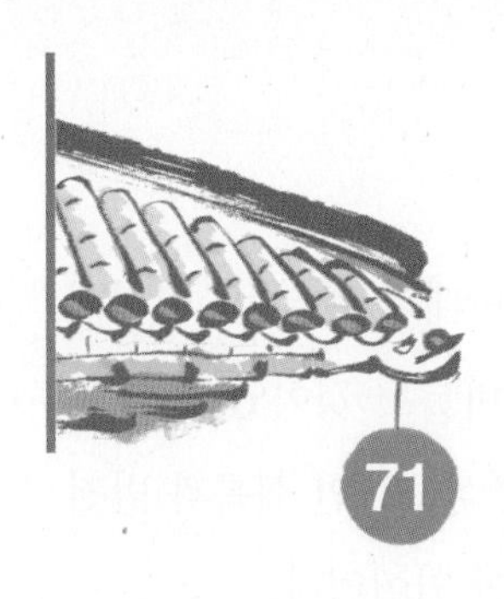

허봉 하곡조천기
許篈의 荷谷朝天記

조선왕조 전반기는 事大慕華(사대모화)라는 명분하에 장장 2백 년에 걸쳐 對明(대명) 굴욕외교를 펼쳐왔다. 그 외교의 대표적인 사례가 宗系辨誣(종계변무)라는 것이다. 종계변무란 무엇인가? 글자대로 풀이하면 "祖宗(조종)의 계통이 잘못되었으니 바로 잡아주기를 請願(청원)한다."는 말이다.

사건의 전말은 이러하다. 태조 3년(A.D. 1394) 명나라의 사신이 가져온 문서에 "조선의 태조는 고려 신하 李仁任(이인임)의 아들 成桂(성계)요, 지금의 이름은 旦(단)이다."라는 구절이 있었다. 조정은 발칵 뒤집혔다. 왕실의 체통과 나라의 품격에 치명적인 불명예였다. 이인임은 고려 말에 이성계와는 반대파에 속하는 인물이었기 때문이다. 더구나 이 기록은 명나라 『太祖實錄(태조실록)』·『大明會典(대명회전)』에 실려있음이 밝혀졌다. 이 기록은 고려 말에 정치적 昏迷

(혼미)가 극심할 때, 명나라로 도망친 이성계 반대파 일당이 "이성계는 이인임의 아들이다."라고 밀고한 일에서 비롯된 것이었다. 政爭(정쟁)의 혼란기에 일어난 조작극이 명나라 공식문서인 실록과 법전에 명문화하였으니 이것은 반드시 고쳐져야 할 일이었다.

명은 이것을 빌미로 기회 있을 때마다 조선을 압박하였고, 조선은 이 오류를 바로잡기 위해 피를 말리는 외교를 펼쳤으나 그 성과는 번번이 실패로 돌아갔다. 명은 아쉬울 것이 없는 꽃놀이 패였기 때문이다. 그렇게 100여 년이 흐른 중종 13년(1513)에 명나라에 사신으로 갔던 李繼孟(이계맹)이 가지고 온 대명회전에는 더 놀라운 내용이 들어 있었다.

"이인임과 그 아들 성계는 모두 4명의 고려 왕을 죽이고 나라를 얻었다."

중종은 즉시 奏請使(주청사)를 보내 宗系(종계)와 弑逆(시역)이 모두 잘못되었으니 고쳐달라는 辨誣(변무)를 추진하였다. 명나라는 들어줄 듯한 호의를 보이며 세월을 보냈다. 그리고 仁宗(인종)·明宗(명종)을 거쳐 선조대에 이르렀다. 드디어 宗系辨誣(종계변무)는 선조의 제일 과업이 되었다. 선조 7년에 시작한 聖節使(성절사)·奏請使(주청사)의 辨誣事業(변무사업)은 선조 20년(1587)에 謝恩使(사은사)로 명에 간 兪泓(유홍)이 새로 수정한 大明會典(대명회전)을 받아옴으로써 장장 2백 년에 걸친 외교전을 마무리 짓는다. 여기에 실린 荷谷(하곡) 許篈(허봉)의 일기는 선조 7년에 심기일전하여 새롭게 辨誣事業(변무사업)을 벌인 처음 장면을 묘사하고 있다.

許篈(허봉, 1551 명종 6~1588 선조 21)의 號(호)는 荷谷(하곡)이요 本

貫(본관)은 陽川(양천)이다. 同知中樞府事(동지중추부사) 曄(엽)의 아들이고, 柳希春(유희춘)의 門人(문인)으로 그의 형제들이 모두 당대를 주름잡는 문사들이었다. 맏형 筬(성)은 문장, 성리학, 글씨에 남다른 재주를 보이고 예조~병조~호조판서를 지낸 문신이요, 바로 밑의 아우 筠(균)은 재주가 너무 많아 탈이었던 『洪吉童傳(홍길동전)』의 저자이며, 끝의 누이 楚姬(초희)는 蘭雪軒(난설헌)으로 더 잘 알려진 조선조 대표적인 여류시인이다. 하곡은 그 사 남매의 둘째였다. 22세때에 親試文科(친시문과)에 급제하여 벼슬살이를 시작하였다. 그 다음 해 賜暇讀書(사가독서)를 마치고 24세(선조 7년)에 명나라로 가는 聖節使(성절사)의 書狀官(서장관)으로 수행하며 그때의 일을 기록한 것이 여기 실린 荷谷朝天記(하곡조천기)이다. 팔팔한 성품탓에 잘못되었다는 것을 보면 참지 못했다. 그 무렵 병조판서 이이의 잘못을 탄핵했다가 鐘城(종성)에 귀양살이를 했고, 풀려나 다시 기용되었으나 벼슬을 거절하고 천하를 周遊(주유) 하더니 38세에 금강산에서 병사하였다.

허봉(許篈) 선생의 묘비(墓碑)

하곡조천기(荷谷朝天記)

『荷谷(하곡)이 명나라 황제를 만난 기록(1574년 선조 7년)』

8월 18일 己未(기미). 맑음. 오후에 비 조금 오고 천둥침.

오늘 대궐에 들어가 謝恩(사은)하고 또 禮部(예부)에 呈文(정문 : 문서제출)하였다. 우리 일행이 새벽에 동쪽 장안문 밖에 이르렀을 때에 날이 밝았다. 대궐에 들어가 御路(어로)에 올라 下馬宴(하마연)에 사례하고 또 상 내림에도 감사하는 5배3고두례(5번 절하고 3번 머리를 조아리는 인사)를 하였다. 萬尙書(만상서)도 와서 押宴(압연)에 사례하였다. 관에 돌아와 아침밥을 먹은 후에 우리 일행은 禮部(예부)에 나아가 동쪽 행랑에 앉아서 呈文(정문)하려고 먼저 王郞中(왕랑중)에게 보였다. 郞中(낭중)이 그 글을 다 읽은 뒤에 말하기를 "올릴 만 하군요."라고 말하였다. 禮部(예부)를 맡은 胥吏(서리)와 序班(서반)이 서로 의논하고 하는 말이 "지난날 見堂(현당 : 윗사람을 알현하는 일)할 때에 마침 상서가 없어서 미쳐 예를 행하지 못하였으니 오늘 呈文(정문)할 때에 한꺼번에 두 번 예를 행하는 것이 좋겠소이다."라고 하였다. 느지막하여 상서가 도착하자 새로 임명된 右侍郎兼翰林院侍讀學士(우사랑겸한림원시독학사) 林士章(임사장)이 당에 올라 坐定(좌정)하였다. 우리 일행은 月臺(월대) 위로 나아가 무릎을 꿇고 앉으니 상서가 물었다. "무슨 할 말이 있느냐?" 洪純彥(홍순언)이 呈文(정문)을 들고 가 正使(정사)에게 주니 정사가 그것을 들어 보이고 外郞(외랑)이 그것을 집어다가 상서의 案上(안상)에 놓았다. 그 글은 다음과 같다.

"조선국에서 萬壽聖節(만수성절)을 進賀(진하)하기 위하여 파견된 陪臣(배신) 刑曹參判(형조참판) 朴希立(박희립)은 삼가 辨誣(변무)에 관한 사실을 말씀드립니다. 지난해 만력원년(1573년) 2월에 본국에서 宗系〔종계 : 이인임이 이성계의 父(부)라 잘못 기록된 것〕와 弑逆(시역 : 이태조가 공양왕을 죽였다고 잘못 기록된 것) 등 두 가지 사항이 잘못된 보고라고 하는 사정을 자세히 奏達(주달)하기 위하여 陪臣(배신) 이조판서 李後白(이후백) 등을 보내어 삼가 글월을 올렸습니다. 그 뒤에 禮部(예부)의 題本(제본)을 보았사온데 거기에 〈조선국이 처음으로 이성계를 왕으로 봉하여 고려의 왕씨를 대신하여 나라를 세우고 우리의 동쪽 울타리가 되어 신하의 예절을 지켜왔다. 그리고 역대 임금들은 북경의 궁궐에 정성을 다하며 그 자손들이 나라를 이어온 지 200년이 되었다. 근거가 문제 되는 종계는 각기 貫鄕(관향)이 달라서 이인임과는 같지 않다. 또 나라의 출발은 신하들의 추대에 말미암은 것이요, 또한 왕씨를 죽였다는 것도 사실이 아니다. 우리 황제께서 내리신 가르침은 진정으로 한때의 전하는 소문에 따른 것이며 너희 후손들이 변명해온 사연은 한결같은 정성과 충효에서 나온 것이다. 걱정하지 않아도 좋다. 그러므로 그전처럼 예의를 지키고 忠勤(충근)을 도탑게 하

라. 그리고 請願(청원)한 바에 따라 命(명)이 내릴 것을 공손히 기다려라. 그러면 한림원에 行文〔행문 : 文書移牒(문서이첩)〕하여 내부에서 會典(회전)을 편찬할 때에 조선국 一冊(일책)을 새롭게 내도록 하여 장차 李昖〔이연, 선조의 諱(휘)〕이 陪臣(배신) 李後白(이후백) 등을 통하여 奏達(주달)한 것을 간략히 정리하여 御覽(어람)하도록 편찬할 것이다. 그리고 본 조목 끝에 덧붙여 선조들의 말씀과 會典(회전)을 둘 다 실어두어 믿을 것을 전한 것이나 의심스러운 것을 전한 것이나 각기 그 근거를 밝혀놓겠다. 또 그 조부 李懌〔이역 : 중종의 諱(휘)〕과 李峘〔이환 : 명종의 (휘)〕이 전년에 奏請(주청)한 사연과 본부에서 覆啓(복계)한 것을 聖旨(성지)를 받들어 자세하게 世宗皇帝實錄(세종황제실록)에 기재하여 영구히 전하도록 하겠다. 그리고 勅旨(칙지)를 내리어 聖意(성의)를 알리고 한편으로는 멀리 있는 신하가 그 조상들을 밝혀 깨끗하게 하려는 정성에 보답하고 또 한편으로는 성스러운 조정이 효도로 천하를 다스리는 의로움을 밝힌다는 내용을 자세히 갖추어 실어 제본하여 聖旨(성지)를 받들 것이다. 여기에 그 나라가 전후에 주달한 사연은 史館(사관)에서 갖추어 적어서 황조실록 안에 편찬하여 넣고 새 會典(회전)은 분부를 기다려 계속 수정을 거쳐 덧보태 기입하리라.〉라고 하였습니다. 그래서 (황제께서 우리 임금께) 勅諭(칙유)한 것을 그 당시의 陪臣(배신) 李後白(이후백) 등이 寫本(사본)으로 받들어 가지고 왔습니다." (이하 생략)

이 글을 읽는 우리의 심경은 참으로 불쾌하고 불편하다. 朝天記(조천기)라는 제목부터가 그러하다. 중국의 임금인 황제[天]를 알현[朝]한 글이라는 뜻이 아닌가! 국가 간의 외교는 원칙적으로 대등관계라는 것이 상식이 된 오늘의 관점에서 명나라 신하와 조선 신하가 相見(상견)하는 儀典節次(의전절차)는 굴욕적인 모습 아닌 것이 없다. 그런데 文面(문면)에 흐르는 묘사에는 그 모든 것이 너무도 당연한 것으로 그려져 있다.

그 시절로부터 오백 년 가까운 세월이 흘렀다. 지금은 얼마나 달라졌는가? 착잡한 심경에 만감이 교차한다.

〖荷谷朝天記(甲戌宣祖七年)〗

八月十八日己未 晴午後小雨而雷

是日詣闕謝恩 又呈文於禮部 余等曉至東長安門外平明.

入闕上御路 謝下馬宴及欽賞 行五拜三叩頭禮. 萬尚書亦來謝押宴焉. 歸館朝飡 後余等就禮部 坐于東廊 將呈文先稟於王郎中. 郎中見畢曰"可以呈之" 部該吏與序班議曰"前日見堂時 適尚書不在 未及行禮 今呈文之際 合行兩拜云" 日晩尚書及新授右侍郎兼翰林院侍讀學士林士章坐堂. 余等進跪于月臺上 尚書問曰"有何稟事" 洪純彦持呈文授使 使擧之以手 外郎取去置諸尚書案上. 其文曰

「朝鮮國差來進賀萬壽聖節 陪臣刑曹參判(朴希立)謹

呈爲辨誣事. 先該萬曆元年貳月內 本國將宗系弑逆等兩項 被誣情節 備由具奏 差陪臣吏曹判書李後白等 齎擎奏文.(聞去後) 蒙部題稱 "朝鮮國始封王李成桂 代王氏以開國 作我東藩守臣節 而來王輸忠北闕 子孫相繼垂二百年 據稱宗系各有本源 旣與李仁任不同 又謂國祚由于推戴 亦與弑王氏無與在 我皇祖之大訓 固得于一時之傳聞 在伊裔孫之辨辭 實出于一念之誠孝 合無念 其世秉禮義 克篤忠勤 依其所請恭候命 下行文翰林院 請出內府 續修會典 新書朝鮮國一冊 將李昖幷陪臣李後白等 奏呈略節纂呈御覽. 附錄本條之末 庶祖訓會典 因以兩存 而傳信傳疑 各有攸據. 又將伊父祖李懌李峘 先年所奏情詞及本部議覆 欽奉聖旨 備細開載于世宗皇帝實錄 垂示永世. 仍降勅 一道諭以聖意 一以答遠臣昭洗 其先世之誠 一以彰聖朝 以孝治天下之義等 因具題欽奉聖旨. 是該國前後奏詞 着史館備書 纂入皇祖實錄內 新會典候旨續修增入"」仍寫勅諭王 欽此.

該陪臣李後白等齎捧到.

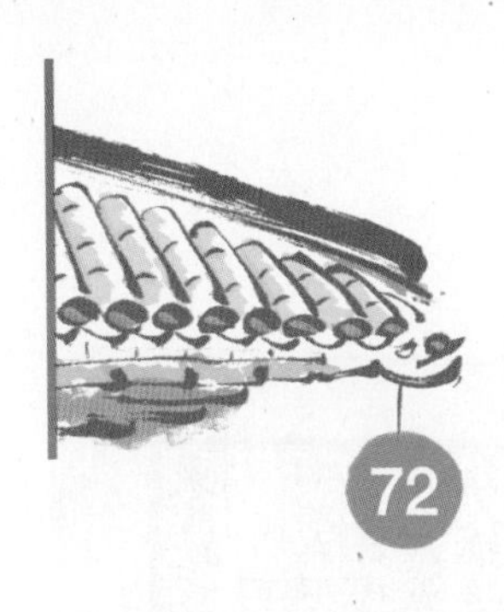

72

한 백 겸　　　접 목 설
韓百謙의 接木說

벼슬은 해도 그만이요, 안 해도 그만이라는 마음 자세로 성현의 글을 읽으며, 세 칸짜리 띳집에서 유유자적하던 조선조의 선비들. 그분들은 자연을 배우고 자연과 벗하며 자연과 하나 되는 것이 삶의 全部인 듯하였다. 그분들을 흔히 도학자라 부르기도 하였는데, 그런 분 가운데 花潭(화담) 徐敬德(서경덕) 같은 분도 있고, 杏村(행촌) 閔純(민순) 같은 분도 있으며, 久菴(구암) 韓百謙(한백겸, 1552 명종 7~1615 광해 7) 같은 분도 있다.

久菴(구암)은 杏村(행촌)에게서 배웠고, 행촌은 花潭(화담)에게서 배웠다. 화담을 으뜸으로 하는 학풍을 논의함즉도 하다. 행촌은 화담의 학문과 인품에 매료되어 화담의 主靜說(주정설)을 선봉한 나머지 자기의 아호를 習靜(습정)이라고 까지 했던 분인데 그가 구암을 가르칠 때에 "終身大法(종신대법)은 『小學(소학)』에 갖추어 있고, 精

微義理(정미의리)는 『近思錄(근사록)』에 자세하다. 도를 구하고자 하거든 모름지기 이 두 册에 입문하라." 이렇게 이끌었다고 전한다.

구암 한백겸은 스승의 가르침을 따라 평생을 도학에 전념하며 세상일에는 관심하지 않았다. 參奉(참봉)에 추진되었으나 원래 벼슬에 뜻이 없어 나아가지 않았는데 마침 己丑獄死(기축옥사 : 정여립의 난으로 일어난 사건)가 발생하자, 汝立(여립)의 조카와 친분이 있다는 이유로 옥에 갇혀 거의 죽을 뻔하였다. 그리고 겨우 목숨을 보전하여 귀양갔다가 임진란이 나자 大赦(대사)로 풀려 나왔다. 그러나 난리 통에 길이 막혀 오도 가도 못하게 되었을 때, 뜻 맞는 몇몇 동지들과 힘을 합하여 왜군에 붙어 이적행위하는 무리들을 잡아 죽여 백성의 기를 살리고 민족의 혼을 지켰다. 이 일이 朝廷(조정)에 알려져 구암은 直長(직장)·參議(참의)·坡州牧使(파주목사)를 지냈다. 『久菴遺稿(구암유고)』 2권이 전한다.

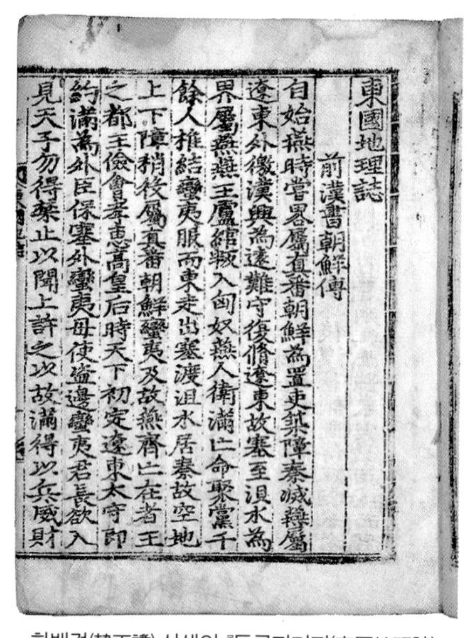
東國地理誌
前漢書朝鮮傳
自始燕時嘗畧屬眞番朝鮮為置吏築障秦滅燕屬
遼東外徼漢興為遠難守復脩遼東故塞至浿水為
界屬燕燕王盧綰反入匈奴燕人衛滿亡命聚黨千
餘人椎結蠻夷服而東走出塞渡浿水居秦故空地
上下障稍役屬眞番朝鮮蠻夷及故燕齊亡在者王
之都王險會孝惠高后時天下初定遼東太守即
約滿為外臣保塞外蠻夷毋使盜邊蠻夷君長欲入
見天子勿得禁止以聞上許之以故滿得以兵威財

한백겸(韓百謙) 선생의 『동국지리지(東國地理誌)』

〖나무 접붙임에 대하여〗

우리 집 뒷동산에 복숭아나무가 하나 있었다. 그 꽃은 빛깔이 시원치 않고 그 열매는 맛이 없었다. 가지에도 부스럼이 돋고 잔가지는 무더기로 자라 참으로 볼 것이 없었다. 지난봄에 이웃에 박씨 성을 가진 이의 손을 빌어 紅桃(홍도)가지를 접붙여 보았다. 그랬더니 그 꽃이 아름답고 열매도 아주 튼실하였다. 애초에 한창 잘 자라는 나무를 베어 버리고 잔가지 하나를 접붙였을 때에 나는 그것을 보고 '대단히 어긋난 일을 하는구나' 하고 생각하였는데 어느새 밤낮으로 싹이 나 자라고 비와 이슬이 그것을 키워 눈이 트고 가지가 뻗어 얼마 지나지 않아 울창하게 자라 제법 그늘을 드리우게 되었다. 올봄에는 꽃이며 잎새가 많이 벌어 붉고 푸른 비단이 찬란하게 서로 어우러진 듯하니 그 경치가 진실로 볼 만하였다.

오호라, 하나의 복숭아나무, 이것이 심은 땅의 흙도 바꾸지 않고 그 뿌리의 종자도 바꾸지 않았으며 단지 접붙인 한 줄기의 기운으로 줄기도 되고 가지도 되어 아름다운 꽃이 밖으로 피어나 그 자태가 돌연히 다른 모습으로 바뀌니 보는 이로 하여금 눈을 씻게 하고 지나가는 이가 많이 찾아 오솔길을 내게 되었다. 이러한 기술을 가진 이는 그 조화의 비밀을 아는 이가 아닌가! 신기하고 또 신기하도다.

내가 여기에 이르러 느낀 바가 있었다. 사물이 변화하고 바뀌어 개혁을 하게 되는 것은 오로지 초목에 국한한 것이 아니오, 내 몸을 돌이켜 본다 하여도 그런 것이니 어찌 그 관계가 멀다 할 것인가! 악한 생각이 나는 것을 결연히 내버리는 일은 나무의 옛 가지를 잘라 내버리듯 하고 착한 마음의 실마리 싹을 끊임없이 움터 나오게 하기를 새 가지로 접붙이듯 하여, 뿌리를 북돋아 잘 기르듯 마음을 닦고 가지를 잘 자라게 하듯 깊은 진리에 이른다면 이것은 시골 사람에서 성인에 이르기까지 나무 접붙임과 다른 것이 무엇이겠는가!

『周易(주역)』에 이르기를 "땅에서 나무가 자라나는 것은 升(승) 괘이니 군자가 이로써 덕을 순하게 하여 작은 것을 쌓아 높고 크게 한다." 하였으니, 이것을 보고 어찌 스스로 힘쓰지 아니하겠는가. 그리고 또 느낀 바가 있다. 오늘부터 지난봄을 돌이켜 보면 겨우 추위와 더위가 한 번 바뀐 것뿐인데 한 치 가지를 손으로 싸매어 놓은 것이 저토록 지붕 위로 높이 자라 꽃을 보게 되었고, 또 장차 그 열매를 먹게 되었으니 만약 앞으로 내가 몇 해를 더 살게 된다면 이 나무를 즐김이 그 얼마나 더 많을 것인가! 세상 사람들은 자기가 늙는 것만 자랑하여 팔다리를 게을리 움직이고 그 마음 씀도 별로 소용되는 바가 없다. 이로 미루어 보면 또한 어찌 마음을 분발하여 뜻을 불러일으키기를 권하지 아니하겠는가. 이 모든 것은 다 이 늙은이를 경계함이 있으니 이렇게 글을 지어 마음에 새기노라.

사람은 세상 만물을 측량하는 잣대라고 한다. 사람 본위, 사람 중심으로 만상을 바라본다는 말이다. 그것은 사람이 자연을 배우고 따르다가 결국은 자연과 하나 되는 방법인지도 모른다. 산과 강에 머리가 어디 있으며 허리가 어디 있겠는가? 그러나 사람들은 의인법을 써서 '산허리' 요 '강머리' 라고 말한다. 책상에 무슨 다리〔脚〕가 있으랴, 그러나 '책상다리' 라 말하지 않는가?

이러한 擬人觀的(의인관적) 사유는 저 조선시대 도학자들에게 가면 자연의 조화로부터 드높은 인생함양의 교훈을 찾아낸다. 자연은 고대부터 인류의 위대한 스승이었기 때문이다. 구암은 나무 접붙임 하나에서 그것을 말하고 있다.

〖接木說〗

余家園中有桃樹. 其花無色 其實無味. 腫柯叢枝 無可觀者. 前春借隣居朴姓人 接紅桃枝. 以其花美而實碩也. 當其斬斫方長之樹 附接一小枝也, 余見之 殊用齟齬 旣而 日夜之所生 雨露之所養 茁然其芽 挺然其條 曾未幾時 蔚然成陰. 及乎今春 花葉大暢 紅羅綠綺 燦爛交輝 眞奇玩也.

噫 一桃樹也地不易土 根不易種 只接得一線之氣 成幹成枝 英華外發 顔色頓變 使見者刮目 過者成蹊. 爲此術者 其知造化之妙乎. 奇乎奇乎.

余於是有所感焉. 變化移革之功 不獨草木 爲然反顧吾身 亦豈遠哉. 決去惡念之生 猶斬斫舊柯也 繼續善端之萌 亦猶附接新枝也, 涵養而培其根 窮格而達其枝 自鄕人以至於聖人 亦何以異於此乎.

易曰 地中生木升 君子以順德 積小以高大, 觀於此曷不自勖. 抑又感焉. 自今日回視前春 纔一易寒暑耳 其所手封寸枝 已能勝巢 旣見其花 又將食其實 如使前頭加我數年 則其享用知幾何. 人有自誇其老 怠其四體無所用其心者. 觀於此 亦庶幾助發而勸起也. 凡此皆有警於主翁者 故書而志之.

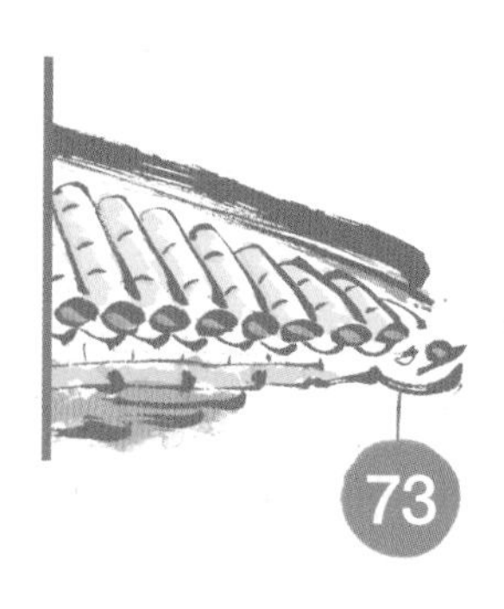

李恒福의 擬救成牛溪渾劄
(이항복 의구성우계혼차)

조선조의 이름난 문신들은 대개 영화로운 勳位官爵(훈위관작)과 빛나는 盡忠報國(진충보국)의 행로 끝에 削奪官職(삭탈관직)과 配所流竄(배소유찬)의 비운이 공식처럼 짝지어지는 삶을 살았다. 임진란을 전후한 宣光兩朝(선광양조)는 그러한 榮辱交叉(영욕교차)의 현상이 더욱 심하였다. 士類(사류)는 東西分黨(동서분당)으로 대립하였고 군주는 영명함으로 臣民(신민)의 우러름을 받는 데 未洽(미흡)하였기 때문이었다. 宣祖(선조)는 신하들의 戰功(전공)조차 嫉妬(질투)할 만큼 용렬하였고, 光海(광해)는 庶子(서자) 콤플렉스로 廢母事件(폐모사건)을 일으킬 만큼 부덕하였다.

이러한 시기에 白沙(백사) 李恒福(이항복, 1556 명종 11~1618 광해 10)이 활약하였다. 그는 여말의 대학자 益齋(익재) 李齊賢(이제현)의 후손으로 25세에 謁聖文科(알성문과)에 급제한 이래, 著作(저작)·博

士(박사)·典籍(전적)·正言(정언)·修撰(수찬) 등을 역임하고, 34세 때에는 禮曹正郎(예조정랑)으로 鄭汝立(정여립)의 謀反事件(모반사건)을 다스렸다. 그 후 임진란이 나자 선조를 의주로 扈從(호종)하고 吏曹參判(이조참판)·兵曹判書(병조판서)·都摠管(도총관)을 역임하며 漢陰(한음) 李德馨(이덕형)과 함께 명나라에 건너가 援軍(원군)을 청해 오는 공을 세웠다. 42세 때 병

이항복(李恒福)

조판서에 재임 중 身病(신병)으로 辭職(사직)하니 임란 중 다섯 번이나 兵判(병판)의 자리에서 身命(신명)을 바친 유일한 인물이었다. 그러나 그 이듬해에 다시 불려가 左議政(좌의정)·右議政(우의정)·都體察使(도체찰사)를 거쳐 領議政(영의정)에 올라 鰲城府院君(오성부원군)에 進封(진봉)되었다.

오성부원군에 封해진 1602년, 47세 때에 白沙(백사)는 成渾(성혼)을 구하려다가 鄭澈(정철)의 일당이라는 彈劾(탄핵)을 받고 또다시 사직하였다. 그러나 다시 광해군의 부름으로 좌의정·영의정을 거쳐 辭職疏(사직소)를 올리고 은거 중 廢母論議(폐모논의)가 일어나자 의연히 이에 반대하니 削奪官爵(삭탈관작)과 北靑流配(북청유배)는

이미 정해 놓은 순서 같은 것이었다. 그리고 北青(북청)의 귀양살이 중에 配所(배소)에서 세상을 하직하니 그의 나이 예순셋이었다.

여기에 실린 글은 牛溪(우계) 成渾(성혼)이 이미 죽은 지 4년이 되었는데 그를 죄 주자는 조정의 여론이 비등할 때에 그 부당함을 설파한 箚子(차자)이다. 임금께 올리지도 못한 글이나 백사의 인품이 字句(자구)마다 묻어난다. 백사는 동서로 갈린 당쟁의 소용돌이 속에서 어느 붕당에도 가담하지 않고 그들의 調停(조정)에 힘을 기울인 재상이었다. 그리하여 그는 죽은 해에 바로 復官(복관)되어 淸白吏(청백리)에 錄選(녹선)되었다. 이것 또한 정해 놓은 순서인 듯하다.

〖성혼을 구하려고 준비했던 글월(壬寅年 1602년 宣祖 35년)〗

엎드려 아뢰나이다. 신이 삼가 듣자오니 三司(삼사 : 사헌부, 사간원, 홍문관)에서 상소를 올렸는데 거기에서 간신들과 어울려 임금을 저버렸다는 죄목으로 成渾(성혼)을 단죄하였다 하오니, 臣이 앓아누웠다가 이 말을 듣고 마음이 편치 않았사옵니다. 渾(혼)은 결코 죄줄 수 없사옵고 또한 죄를 주어야 할 까닭도 없사옵니다. 이제 와 그가 싫어져서 마음으로 멀리한다면 그럴 수는 있겠으나, 드러내어 그를 죄주는 것은 옳지 않습니다.

渾(혼)은 젊어서부터 초야에 묻혀 글을 읽었으며 늙어서는 조정에서 벼슬을 살지도 않았으므로 세상 사람들이 그를 일컬어 훌륭한 선비라 하였사온데, 선비가 죄를 입었다 하면 그 소문이 멀리 퍼지고 조정에서 논의되는 일을 자세히 모르는 사람들은 필경 말하기를 "성혼이 나라에서 죄를 받았나." 할 것입니다. 흙 속에 묻힌 메마른 뼈가 무슨 영예와 치욕을 분별하겠습니까마는 다가올 훗날 사람들에게는 오로지 스스로 의욕을 꺾는 일이 될 것이니 나라에도 이익됨이 없고 세상 여론만 나빠질 것입니다.

하물며 渾(혼)을 죄주자는 자가 처음에는 "永慶(영경)을 모함하여 죽였다."고 말하다가 그것이 먹히지 않으니 "永慶(영경)이 渾(혼) 때문에 죽었다." 하고 또는 "역적을 천거하였다." 하고 그래도 그것이 모두 통하지 않으니까 말을 멀리 빙빙 돌리고 이리저리 굴린 다음에야 겨우 지금 성혼의 죄명을 만들어 낸 것이니 성혼의 죄는 무릇 몇 번이나 옮기고 몇 번이나 바뀐 것이옵니까? 이것은 사람을 정해 놓고 죄를 만들어 낸 것이지 죄지은 것을 가지고 사람을 다스리려는 것이 아니옵니다.

오늘날 신진 후생들은 마음먹은 것과 실제의 사실을 맞추지도 못하고 세상 사람들의 입술만 바라보며 옳고 그름을 정하여 흔연히 팔을 걷어붙이고 "渾(혼)을 죄주어야 합니다.", "渾(혼)을 죄주어야 합니다."하고 떠드니 이것은 渾(혼)을 미워해서가 아니라, 자기의 출세길이 渾(혼)을 공격하는 데 있기 때문이옵니다. 이것을 가지고 말씀드리자면 渾(혼)을 공격하는 공노는 오직 신하에 관계되오나 渾(혼)을 죄주었다는 이름은 결국 임금에게로 돌아가니 이런 일을 해서는 아니 될 것이옵니다. 오직 조정에 내버려 두고 관여하지 않는 것이 이 일에 도움이 될 것입니다.

한낱 외로운 신하가 감히 조정의 논의에 항거하오니 그 죄는 죽어도 용서받지 못할 듯하옵니다. 이 글월을 쓰면서도 송구하여 몸 둘 바를 모르겠습니다.

어찌하여 이 글은 임금님께 上奏(상주) 되지 않은 채 문집에 실려

전해 오는 것일까? 白沙(백사)는 이 사건으로 파직이 되었으니 글월로는 상소하지 않았으나 조정에서는 남을 헐어 출세길을 찾으려는 소인배들에게 大喝一聲(대갈일성)을 서슴치 않은 듯하다.

아하 이때에 宣祖大王(선조대왕)이 조금만 중심을 잡고 사리를 꿰뚫어 볼 수 있었다면 얼마나 좋았을까? 宣祖(선조)도 처음에는 그렇게 용렬한 품성이 아니었을 터인데 외환에 시달리고 붕당에 부대끼며 30년 넘어 임금 자리에 있게 되니 그렇게 되었는가? 애석하기 이를 데 없다.

〖擬救成牛溪渾箚(壬寅)〗

伏以. 臣竊聞 三司交章 以黨奸遺君 罪成渾, 臣病中聞之 於心有不安者. 夫渾不可罪也 且不必罪也. 今惡而疎之 則然矣, 擧而罪之 不可.

渾少讀書於野 老不仕於朝 四方之人 擧指以爲儒士, 儒而見罪 則遠外流聞 而未詳朝廷論議者 必將曰 成渾獲罪矣. 土中枯骨 何知榮辱 來世後生 只自摧沮 無益國家 有損瞻聆.

況論渾者 始言構殺永慶 不得則曰永慶由渾而死 曰吹噓逆賊 皆不近 則迂曲繚繞 盤廻旋轉 而後僅成今名渾之罪 凡幾遷而幾易矣乎. 是爲人求罪 非所以因罪治人也.

今新進後生 未會心迹 仰人唇舌 定我黑白 欣然攘臂曰渾可罪渾可罪 非憎渾也, 盖自功之道 在攻渾耳. 由此言之 攻渾之功 只關臣下 罪渾之名 終歸君上 此不可爲也. 唯幸朝廷置之而勿問焉 斯爲得也.

一介孤臣 敢抗朝議 罪死不赦. 臨箚戰竦.

참고

崔永慶(최영경)과 成渾(성혼)은 무슨 인연이 있는가?

崔永慶(최영경, 1529 중종 24~1590 선조 23)은 曺植(조식)의 門人(문인)이요 東人(동인)에 속하며, 成渾(성혼, 1535 중종 30~1598 선조 31)은 율곡 李珥(이이)와 더불어 西人(서인)에 속하는 학자인데 두 사람이 모두 벼슬에는 뜻이 없이 학문에 전념하였는데 다른 사람의 薦擧(천거)로 잠시 朝廷(조정)에 몸을 맡긴 일이 있었다.

최영경은 56세에 校正廳(교정청) 郞官(낭관)으로 經書訓解(경서훈해)의 校正(교정)에 참여한 것이 벼슬살이의 전부인데 61세 때 정여립의 謀反事件(모반사건)이 터지자 그 여립의 배후인물로 알려진 吉三峰(길삼봉)이란 의문의 인물이 바로 永慶(영경)이라는 誣告(무고)로 옥에 갇혔다가 서인의 우두머리 정철의 鞫問(국문)을 받는 도중에 獄死(옥사)하였다.

한편 성혼은 임란 때에 세자(광해)의 부름으로 마지못해 左參贊(좌참찬)의 벼슬을 하였는데 영의정 유성룡과 함께 왜와의 和議(화의)를 주장하다가 선조의 미움을 받아 파직이 되어 낙향하였다. 그러므로 최영경과 성혼은 아무 관련이 없다.

그런데 선조 35년, 成牛溪(성우계)가 죽은 지 4년이 흐른 때에 수년 전 유서애와 더불어 화의를 上奏(상주) 했던 사실을 새삼스럽게 다시 들추어 논죄하게 되니 이것이 成牛溪(성우계)가 鄭松江(정송강)과 절친하였다는 이유 때문이었다. 백사는 같은 이유로 탄핵을 받고 사직하였다.

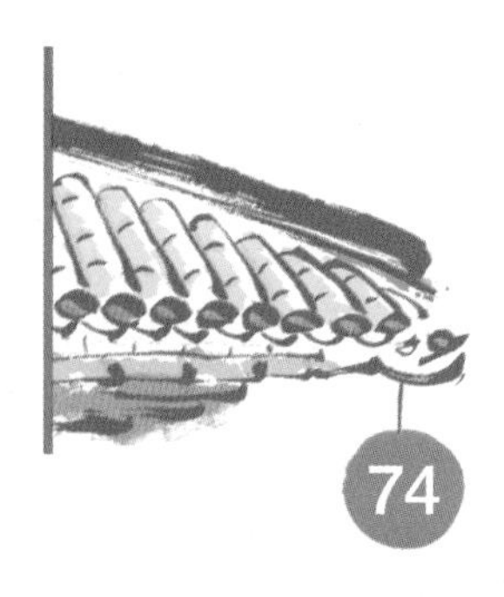

이덕형 진왜정잉사직차

李德馨의 陳倭情仍辭職劄

우정은 眞摯(진지)하고 숭엄해야 하는가? 돈독하고 平坦(평탄)해야 하는가? 아마도 그 두 가지를 고루 갖추어야 할 것이다. 그리고 또한 그것은 목숨과도 바꿔야 하는 준열한 선택이기도 해야 하고 허리를 휘어잡고 웃음을 참아야 하는 華奢(화사)한 諧謔(해학)이기도 해야 할 것이다. 그러면 우리나라 역사에서 이러한 우정의 주인공을 찾을 수는 없을까? 이러한 때에 우리는 白沙(백사) 李恒福(이항복)과 漢陰(한음) 李德馨(이덕형)을 떠올린다.

백사가 한음보다 다섯 살이 위요, 성격도 豪宕(호탕)하고 쾌활한 반면, 아우 격인 한음은 단아하고 청순하였으나 둘이 어울리면 천진난만과 포복절도가 交叉(교차)하는 우스개 사건이 꼬리를 물고 이어졌다고 한다.

이렇듯 전설적인 竹馬之情(죽마지정)을 쌓으며 성장한 두 사람은 같은 해 과거에 급제하여 나란히 賜暇讀書(사가독서)의 恩典(은전)을 입고 벼슬길에 나아갔다. 때마침 나라는 임진왜란 7년 전쟁에 휘말리는 비상시국이었고 벼슬아치들은 동서로 남북으로 붕당을 지어 서로 헐뜯으며 조정을 혼탁하게 헤집던 무렵이었다. 그러나 신기하여라. 백사와 한음은 그러한 진흙탕에 물들지 않는 연꽃이요, 청솔이었다.

漢陰(한음) 李德馨(이덕형, 1561 명종 16~1613 광해 5)은 광주 사람으로 스무 살에 別試文科(별시문과)에 급제하여 正字(정자), 博士(박사), 修撰(수찬), 校理(교리) 등을 거쳐서 31세 때, 예조참판에 대제학을 겸하였다. 바로 그해에 임진란을 맞아 同知中樞府事(동지중추부사)로 일본 사신과 和議(화의)를 도모하였으나 실패하였고, 백사와 함께 명나라에 가서 援軍(원군)을 청해 오는 데에는 성공하였다. 그 후 명장 李如松(이여송)과 행동을 같이하며 전쟁을 승리로 이끄는 데 큰 몫을 하였다. 난이 끝나자 영의정에 올라 나라의 평화와 안정의 기틀을 잡는 일에 심혈을 기울였다.

다음 글은 한음이 세상을 하직하자, 광해군 5년 10월 9일 실록에 적힌 사관의 인물평이다. 한음의 사람됨을 짐작하기 어렵지 않다.

전 영의정 이덕형이 죽었다. 이때 죄를 주자는 논의는 이미 중지되었는데, 덕형은 陽近(양근)에 있는 시골집에 돌아가 있다가 병으로 죽었다. 덕형은 일찍부터 政丞(정승)이 되리라는 기대를 받았는데, 학문과 너그러운 도량과 재능은 이항복과 대등하였으나, 덕형이 관직에서는 가장 앞서 나이 38세에 이미 재상의 반열에 올랐다. 임진년 난리 이래 공로가 많이 드러나 중국 사람이나 왜인들도 모두 그의 명성에 복종하였다.

사람됨이 단순하고 솔직하며 까다롭지 않으며 부드러우면서도 곧았다. 또 당파를 좋아하지 않아, 丈人(장인)인 李山海(이산해)가 당파 가운데에서도 평소의 주장이 가장 偏僻(편벽)되고 그 문하들이 모두 간악한 자들로 본받을 만하지 못하였는데, 덕형은 그들 중 어느 누구와도 친하지 않았다. 이 때문에 자주 소인들에게 곤욕을 당하였다. 그가 죽었다는 소리를 듣고 멀고 가까운 곳의 사람들이 모두 슬퍼하고 애석해하였다.

한음(漢陰) 이덕형(李德馨)

〚왜의 정황을 아뢰고 사직을 청하는 글월(1602 宣祖 30)〛

엎드려 아뢰나이다. 신이 삼가 듣자옵기로 備邊司(비변사)에서 왜인과 시장거래를 시작하도록 허가한 일은 깊은 원수를 잊고 나라의 큰 禁令(금령)을 풀어서 뒷날에 끝없는 근심을 일으키는 것이라 하여 사헌부에서는 비변사 有司堂上(유사당상 : 종친부, 충훈부, 비변사 등의 서무를 맡은 정이품 이상의 대신)을 推考(추고 : 죄과를 추궁하는 일)하고 色郞廳(색낭청 : 각 관아 당하관의 총칭)은 파직하기를 청하였다 합니다. 대의가 늠름하여 세상 사람으로 하여금 감탄케 하오나 이제 그간의 이해관계를 생각하면 석연치 못한 것이 있습니다. 이 왜적들은 만세에 이르도록 반드시 원한을 갚아야 할 원수임은 삼척동자라도 모두 아는 일입니다. 하오나 이미 배척하여 거절하지 못하고 그들과 한데 묶여 어울리면서 시장거래를 어찌 막을 수 있겠습니까? 법관이 이미 허락지 않았으나 이것은 (표면의) 결과일 뿐, 별로 어려움이 없을 듯하옵니다. (중략)

전날에 왜선이 누만금 어치의 물건을 가득 싣고 와서 쌀 · 베와 바꾸지 않고도 모두 팔고 돌아간 일이 있는데 이것은 숨은 장사꾼이 없었다면 어떻게 다 팔아 버릴 수 있었겠습니까? 그러므로 시장거래는 허가하면서 특정 물품은 금하는 것은 단지 폐단만 늘릴 뿐이니 과연 무슨 이익이 되겠습니까? 만약 이 금령을 풀어서 피차 물건을 교역하게 하고 시장거래를 자유롭게 하되 숨은 장사꾼의 불법거래를 엄격히 단속한다면 우리 백성들은 금령을 위반하려 애쓰지 않고도 떳떳하게 이득을 나눌 수 있고 왜놈들도 물건을 팔기 위해 쓸데없는 비용을 아니 쓰게 되어 각기 원하는 대로 될 것이니 어찌하여 강제로 숨은 장사를 하게 하여 무거운 죄에 빠뜨리게 할 것입니까? 숨은 장사

끈이 끊어지게 된다면 몰래몰래 장사하는 폐단도 따라서 막을 수 있을 것입니다. 本司(본사 : 중추부)에서 회답하여 啓告(계고)한 것 가운데 시장거래를 허가하고 숨은 장사하는 것은 엄중히 단속하여 용서하지 않겠다고 한 것은 단지 이와 같은 이해관계를 위한 것일 뿐이었습니다.

비록 그렇사오나 장사치의 이름을 참고하여 명부에 기록하는 일이 없다면 오고가는 장사치의 수효를 올바로 파악할 수 없습니다. 그리하여 세금을 거두고자 하는 것도 또한 권리를 위해서가 아니고 파악하고자 하는 수효를 정확하게 하고자 하는 것입니다. 신이 오랫동안 宣慰使(선위사)로 있으면서 너무도 잘 그간의 사정을 알고 있사온데 마침 본사에 찾아와 의논하여 回啓(회계)하게 되었으므로 평소에 품고 있던 생각을 모두 아뢰는 것이옵니다. 그런데 뜻밖에도 당상과 낭청이 모두 논핵을 받게 되었습니다. 本司(본사)는 六曹(육조)의 일반 관청과는 비교할 수 없으므로 논의한 사항에 잘못이 있으면 臺諫(대간)은 다만 잘못되었다고 규탄하여 바르게 시정할 뿐입니다. 그런데 당상과 낭청을 죄주고자 청하게 된 것은 오로지 신으로부터 비롯한 것이니 신이 비록 부끄러움을 모르는 자라 할지라도 어찌 감히 籌畫(주획 : 나랏일을 헤아리고 계획함)하는 반열에 서서 낯을 들 수 있겠습니까? 오로지 신의 구구한 뜻은 오늘날 왜놈들을 대우하는 방책으로 이 방법을 버리고는 다른 좋은 계책이 없을 듯하기 때문입니다. 신의 직책은 파면할 수 있어도 이 논의는 버리기 어려울 듯하오니 오직 성상께오서는 재량하시어 선택하옵소서.

신은 아비의 병이 자주 생겨서 늘 근심을 안고 지내는지라 심사가 거칠기 그지없습니다. 그러니 맡은 임무를 제대로 살필 수 없나이다. 엎드려 원하오니 성상께서는 신의 직무를 급히 갈아 치워 나랏일이나 신의 집안일이 두루 온전케 하소서. 신은 황공하옵기 그지없사오나 성상의 처분만을 간절히 비 오며 삼가 아뢰기를 마치나이다.

이 글은 한음의 경륜과 사상을 단번에 짐작하게 한다. 한음은 왜가 아무리 밉더라도 그들과의 통상을 자유롭게 허락하라고 역설하고 있다. 마치 오늘날 자유무역을 주장하는 경제정책 입안자의 논설을 읽는 듯하다. 시대를 바로 보고 미래를 설계할 줄 아는 선각자는 어느 시대에나 보석처럼 빛나고 있었다.

〖陳倭情仍辭職箚〗

伏以臣伏聞 憲府以備邊司 許令與倭開市 忘深讎弛大禁 而啓他日無窮之患 請有司堂上推考 色郎廳罷職. 大義凜然 令人起歎 第其間利害 有未能釋然者. 此賊之爲萬世必報之讎 三尺童子所共知也. 旣不能斥絶 而與之羈縻 則開市終可閉乎. 法官旣不許 此則果哉 末之難矣.(中略)

前日倭船 滿載累萬物件 不換米布 盡散發還 此非潛商何由賣盡乎. 然則開市禁物 只滋弊套 果何益哉. 若弛此禁 使彼此交易之物 盡入開市 而峻潛商之法 則我民不勞抵冒法禁 而公同得利 倭奴亦免分費商物 而各

售所欲 何苦强爲潛商而爭陷於重罪乎. 潛商旣絶 則密通事情之弊 從可杜矣. 本司回啓中 許其開市 而重斷潛商不饒云者 但爲此利害耳.

雖然無點名甃簿之擧 則往來名數難以譏察. 其欲收稅者 亦非爲權利也 但要詳其譏察之數也. 臣久爲宣慰使 熟諳此間事狀 會本司來議回啓 悉達素懷矣. 不意堂上郎廳俱被論劾. 本司非六曹庶司之比 議若有失 則臺諫但糾正而已. 請罪堂上郎廳 自臣而始臣 雖無恥何敢更抗顔於籌畫之列乎. 但臣區區之意 今日待倭恐捨此而無善處之策. 臣職可罷 此議難棄 惟聖明裁擇焉.

臣父病頻作 每抱憂悶 心思荒落. 尤不能察任. 伏願聖慈 亟遞臣職 以全公私. 臣無任惶恐 祈懇之至取 進止.

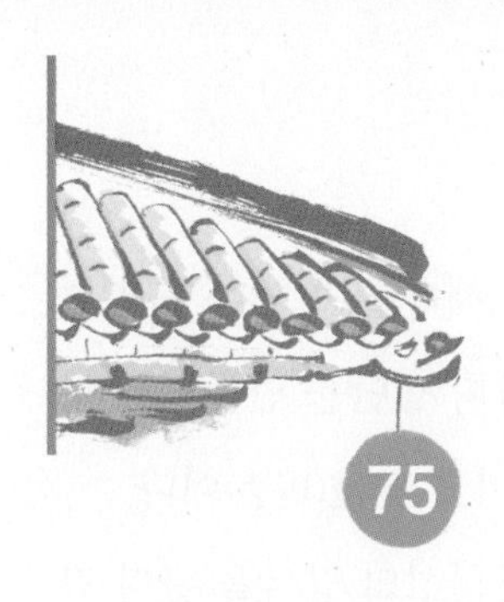

75

유 몽 인　　어 우 야 담

柳夢寅의 於于野談

사람들은 아주 오랜 옛날부터 에덴동산이나 무릉도원 같은 이상향을 꿈꾸어 왔다. 무위자연으로 불로장생하려는 동양의 노장사상이나, 유토피아라 일컫는 몽환적 세계를 꿈꾸는 서양인의 추구는 모두 숨 막히는 기능사회, 조직사회 그리고 거기에 필연적으로 따라붙는 권력과 재화를 향한 투쟁사회에서 멀찌감치 물러서서 살고자 하는 초월 의지를 보여 준다. 이것은 따지고 보면 인류문화의 반작용 현상이다.

원래 인류문명은 생활공동체의 조직화와 체계화를 통하여 문명사회라는 것, 그리고 국가라는 것을 건설하고 발전시켜 왔다. 그러나 인간 심성의 밑바탕에는 아득한 옛날 천진스럽던 원시사회로의 복귀를 꿈꾸는 逆行的(역행적) 思惟(사유), 回歸的(회귀적) 憧憬(동경)이 존재하였다. 이와 같은 초월 의지의 발로는 문학작품을 통하여 환상의 세계를 그려 보이기도 하고, 실제로 세속을 벗어나 특정한 지역에서 문명사회와 인연을 끊고 사는 반사회 집단을 만들기도 하였다. 이런 것들이 모두 이상향의 反響(반향)이요 變種(변종)이다.

이처럼 우리 인간은 누구나 사회성과 반사회성의 양극을 왔다 갔다 하는 可逆反應(가역반응)의 세월을 살고 있다. 세상에 나아가 부귀공명을 다투다가 「歸去來辭(귀거래사)」를 부르며 전원에 隱遁蟄居(은둔칩거)하기를 도모하는 사람도 그러하고, 아예 처음부터 세상의 일은 뜬구름 같은 것임을 간파하고 산수 간에 유유자적하는 雲水(운수)의 방랑객들도 그러한 사람들이다.

어떠한 삶을 살아가건 인간의 방황과 回歸(회귀)에는 그 심성 바닥에 인간이 태초에 무위자연의 삶을 살았다는 원초적 복귀의식, 내지는 초월 의지가 감추어져 있다. 그 초월과 복귀의식의 발로가 다름 아닌 도연명의 「桃花源記(도화원기)」요 허균의 『洪吉童傳(홍길동전)』 같은 것이 아니겠는가!

그러나 『홍길동전』이 나오기 위해서는 허다한 도화원기의 亞流譚(아류담)이 세상에 유포되어야 했었다. 다음에 소개하는 於于堂(어우당)의 法環(법환) 스님 이야기도 그중의 하나일 듯하다. 우리 선조들도 현실이 어둡고 슬플수록 황당하지만 그래도 한구석 위안을 주는 이상향을 우리나라 深山幽谷(심산유곡) 여기저기에 심어놓으며 백일몽을 즐기고 있었다.

『於于野談(어우야담)』의 저자 柳夢寅(유몽인, 1559 명종 14~1623 인조 1)의 字(자)는 應文(응문)이요, 號(호)는 於于堂(어우당), 艮齋(간재), 默好子(묵호자) 등을 썼다. 興陽人(흥양인)으로 樘(탱)의 아들이다. 24

세에 진사, 31세에 增廣文科(증광문과)에 장원급제, 35세에 문학으로 벼슬길에 나아갔다.

성혼의 문인으로 문장에 뛰어났으나 성품이 경박하여 스승 성혼으로부터 절교를 당하였다. 성혼사후에 스승을 모욕하는 글을 지어 세인으로부터 그 사람됨을 근심하게 한 바 있다. 선조 말에 黃海道觀察使(황해도관찰사), 左承旨(좌승지), 都承旨(도승지)를 역임했고, 54세 때(광해군 4)에 예조참판, 이조참판을 지냈다. 광해군의 廢母論(폐모론)에 가담치 않아 1623년 인조반정 후에 화를 면하고 양주의 서산에 은거하였다가 결국은 잡혀 사형되었다.

어우당의 글재주는 『於于野談(어우야담)』 하나로도 넉넉히 입증되거니와 또한 그는 글씨에서도 篆(전)·隷(예)·草(초)·楷書(해서) 모두에 능한 達筆(달필)이었다. 正祖(정조) 때 伸寃(신원)되어 이조참판에 추증되었다.

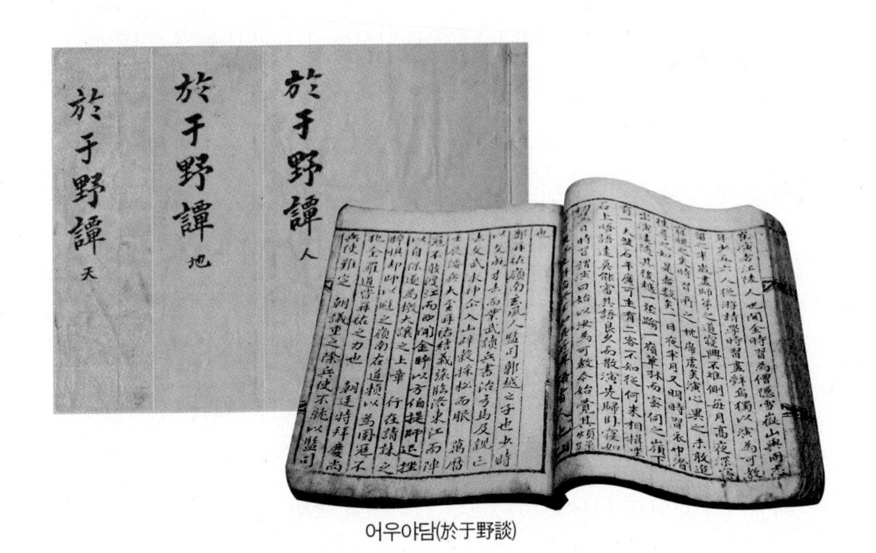

어우야담(於于野談)

〖어우야담 상74 묘향산 별천지〗

내가 오래전에 들은 이야기인데 우리나라의 산천은 매우 험하고 깊어서 사람의 발길이 닿지 않는 데가 많아 秦(진)나라의 무릉도원같은 곳이 한둘이 아니다. 그중 하나가 묘향산 북쪽에 있다. 아주 옛날부터 세상 사람들과는 왕래가 없었는데 우리나라 中宗(중종) 明宗(명종) 임금님 시절에 작은 송아지를 등에 지고 길도 없는 산골짜기로 들어가는 한 백성이 있었다. 관청 사람이 그가 도망하는 백성이 아닌가 하여 붙잡아 취조하였더니 "기름진 들판이 저 끝 깊은 곳에 있는데 소와 말이 다닐 수는 없어서 반드시 송아지를 등에 업고 들어가 길러 자라면 그것을 부리려고 합니다."라고 대답하였다. 그러자 관청에서는 군관을 시켜 그 길을 알고자 그 백성을 따라가게 하였다. 험한 산등성이를 넘고 여러 날을 지났지만 (끝내는) 길을 잃고 말았다. 그 백성은 그곳을 밝히지 않았던 것이다. 그래서 관청에서는 (속은 줄 알고) 노하여 그 백성을 죽였다는 이야기가 전해온다.

우리나라 광해 임금 14년, 내가 松泉寺(송천사)에 머물러 있던 때에 法環(법환)이라 하는 스님을 만난 적이 있었는데, (그 스님의 말이) 자기가 젊었을 때에 香山(향산) 香爐峰(향로봉)에 올라가 멀리 북쪽을 바라보니 뭇봉우리가 끊어진 곳에 검푸르고 넓은 곳이 밖으로 멀리 펼쳐져 있는데, 어떤 이가 이르기를 옛날 향산이라는 곳에 별천지가 있는데 옛사람들이 사는 곳이라고 하면서 오늘날에도 세상을 피하여 살려는 사람이 숨어 있을지도 모르는 일이라고 하였다. 法環(법환) 스님도 그 말에 흥미를 느끼고 드디어 솔나무 껍질과 잣나무 잎사귀를(바리에 채워) 양식으로 삼으며 사람 자취가 없는 곳을 찾아 들어가니 삼나무 회나무가 하늘을 가린지라 해와 달을 볼 수 없이 울창한 가운데에 토끼 한 마리 잔나비 한 마리 다니는 지름길도 없고, 멀고 가까운 곳이 모두 한적하고 고요하여 한 마리 새소리도 들을 수 없었다. 들어가는 길목에 가끔가끔 띠 풀을 꺾어 가는 길을 표시하며 북쪽으로 길을 걷기 여드레를 지났건만 人家(인가)를 볼 수 없더니 드디어 한 곳에 이르게 되었다.

거기에는 산언덕을 의지하여 조밭이 있는데 나무는 하나도 베지 않고 단지 나무 둘레를 두어 자 정도만 껍질을 벗기어 나무가 말라죽게 하고 거기에 흙을 파고 조를 심은 것이었다. 어지러운 나무숲 사이에는 도랑도 밭이랑도 없으나 그 조 이삭은 말꼬리만큼씩 하였다. 나무를 잘라 높은 시렁을 만들고, 그 위에 조를 쌓아두니 여기저기가 온통 천만 석 곳간이었다. 그곳에 바위를 기초로 삼고 골짜기를 끊어 큰절간을 지으니 금빛 푸른빛이 서로 비추어 찬란하고 모든 방이 따뜻한 온돌방인데 거처하는 스님이 백여 명은 될 듯하나 소와 말이 끄는 수레가 없고 보니 사람 사는 마을과는 서로 왕래가 없었다. 단지 수천 리 밖으로 소금무역을 하는데 띠 풀이 자라는 오솔길로만 왕래하는 길로 삼아 그 소금을 운반하는 것이었다. 그 소금은 세 번 굽고 열 번 볕에 쪼여 상수리나무 잎사귀로 겹겹이 싸고 긴 노끈으로 묶었기 때문에 비록 물속에 던지더라도 물이 스며들지 않게 하여 등에 지고 다녔다. 그러하니 그 소금은 금값과 같았다. 무릇 김치를 담그거나 국을 끓일 때에는 모두 나무의 신맛 나는 즙을 내어 간 맛을 고르게 하였다. 기후풍토가 매우 추워서 겹창과 덧문 집이 아니면 편안할 수가 없지만 조 곡식이 넉넉하여 사람들은 모두 백 세를 넘겼으니 진실로 이곳이 이른바 별천지요, 사람 사는 곳은 아니라 할 것이었다.

나라 안의 구석구석을 손금 보듯 훤히 꿰뚫어 보고 있는 오늘날

에는 이 이야기에 나오는 香山(향산)·香爐峰(향로봉) 북쪽의 조밭마을, 절간 풍경에 失笑(실소)를 금할 수 없을 것이다. 그렇지만 지금으로부터 400년 전쯤 우리 조상들은 나라 안에 人跡未踏(인적미답)의 神秘境(신비경)이 어딘가에 반드시 숨겨져 있을 것이라는 상상을 즐겼던 것 같다.

하기야 오늘날에도 컴퓨터 앞에 앉아 사이버 공간 안에 전개되는 가상세계에 빠져드는 사람이 얼마나 많은가! 사람이란 모름지기 환상을 먹고사는 연약한 피조물이거니….

〖於于野談 上七十四 妙香山 別天地〗

余嘗聞 我國山川阻深 人跡所不到 如秦人武陵處非一 獨妙香山之北. 曠世不通人烟 嘉靖隆慶間 有一民負小犢 入無徑之谷. 官人知共爲逋民窮詰之 言"有沃野在極深處 牛馬所不到 必須人負駒犢而入 及長而用之." 官家使軍官隨之識其路 歷險登頓數日失其路 其民不許之 官家怒而殺之云.

天啓二年 余遊松泉寺 遇一衲名法環 少時登香山香爐峰 北望北岳阻絶 青冥浩渺之外 或稱有古香山爲別世界 古人所居 今亦有遁世人潛焉. 環樂之 遂贏松皮佰葉爲糗 尋無媒之墟以入 則杉檜參天 不見日月 蒼蔚之

中 無一兎猴兎蹊 遠近閒靜 不聞一鳥聲. 往往或㶚茅徑以表行徑 北行路宿八日程 不見人家 至一處.

有粟田依山坡 皆不伐木 只剝皮周數尺 使木立槁 破土種粟. 於亂木間 亦無溝澮畦畝 而其粟穗如馬尾. 斬木爲高架 積粟其上處處如千囷萬廩. 跨岩截谷 起大刹 金碧照爛 皆溫房燠室 有僧百許人居之. 無牛馬車乘 不與內地人相往返. 只因貿鹽於數千里外 因茅徑以識歸路而已 其運鹽也. 三煮十曬 重藉以櫪葉 絡以修繩 雖投水中 水不添 背負以致之. 故鹽貴如金. 凡沈菹作羹 皆取章木酸汁 調其味. 風土苦寒 非重窓複閣不可安 而積粟陳陳 人皆壽過百歲 眞所謂別天地非人間者也.(以下略)

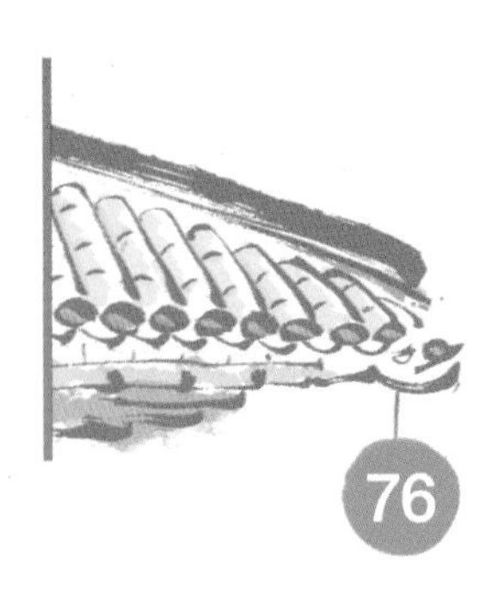

76

이수광 지봉유설
李睟光의 芝峰類說

임진왜란 7년의 풍랑을 헤쳐 나온 뒤에 조선조의 지식인들에게 찾아온 변화는 무엇이었을까? 그것은 조선이 더 이상 동북아지역에서 안이하게 평화를 누릴 수 있는 처지가 아니라는 위기의식이었을 것이다. 어쩌면 이러한 위기의식은 우리 민족이 만주 일원과 한반도에 걸쳐 삶의 터전을 마련하고 살아온 유사 이래의 자각이어야 했었다. 그러나 중원이 안정되고 왜구가 잠잠하면 위정자나 지배계층이 자칫 방심하여 태평성대로 착각하는 사례가 없지 않았다.

왜란을 겪고 난 지 꼭 40년 되던 해에 병자호란의 참화와 수모를 또다시 입게 되었던 것은 대외적으로는 만주의 신흥세력인 청에 대해 올바른 인식을 하지 못한 때문이요, 대내적으로는 지도층 인사들이 당색을 떠나 치세에 임하는 단결력을 지니지 못하기 때문이었다.

이렇듯 새로운 각성이 요구되는 17세기 초반에, 변모하는 시대

정세에 민감하게 대처하며 거기에 맞는 시대정신과 생활양식을 갖추고자 고민하는 일군의 유학자들이 나타나기 시작하였다. 뒷날에 그들을 일컬어 실학자라 하고 그들이 주장했던 학문을 실학이라, 실사구시의 학이라 부른다. 이 실사구시학에 빗장을 연 분이 芝峰(지봉) 李睟光(이수광, 1563 명종 18~1628 인조 6)이다.

지봉은 조선조 삼대 임금인 태종대왕의 첫째 아들 敬寧君(경영군)의 5대손이다. 13세 어린 나이에 사서삼경에 통달한 것으로 알려질 만큼 출중하였다. 20세에 진사과에 합격하고 23세에 別試大科(별시대과)에 급제하면서 벼슬길에 나아갔다. 詩文(시문)에 능숙한 지봉은 事大交隣(사대교린)의 외교문서를 다루던 承文院(승문원)에서 副正字(부정자)로 일할 때부터 국제적 감각을 키웠다. 28세 때 燕京使臣(연경사신)의 書狀官(서장관)으로 첫 번째 북경을 다녀왔고, 刑曹參判(형조참판)이던 35세 때 進慰使(진위사)가 되어 두 번째 북경을 다녀왔

지봉유설을 집필한 비우당 재현 모습(지금의 동대문 근처)

다. 다시 49세 때에는 冬至使行(동지사행)의 副使(부사)로 세 번째 북경을 살펴볼 수 있었다. 이 세 번에 걸친 燕京體驗(연경체험)은 지봉으로 하여금 폭넓은 세계관과 실용적인 인생관을 확립하는 계기가 되었다. 그리고 이 새로운 의식의 변화는 「芝峰類說(지봉유설)」이라는 百科全書風(백과전서풍)의 奇事逸文集(기사일문집)을 집필하게 하였다. 이 책 諸國部(제국부)에 우리나라 처음으로 구라파와 천주교가 소개된다. 性理學一邊倒(성리학일변도)의 조선사회에 유럽이라는 세상이 있고, 하느님을 믿으며 우정을 소중히 여기는 信誼(신의)의 도덕관이 존재한다는 것을 알고, 또 그것을 알리는 것은 얼마나 커다란 충격이었을까?

우리는 이제 400년 전으로 돌아가 儒佛道(유불도)만을 아는 조선조의 지성이 되어 「芝峰類說(지봉유설)」의 諸國部(제국부)를 읽어보기로 하자.

〘먼 나라 이야기〙

구라파 나라는 大西國(대서국)이라고도 한다. 그 대서국 사람으로 이마두(마테오 리치 Matteo Ricci)라 하는 이가 여덟 해 동안 팔만 리 바닷길을 바람과 파도를 헤치며 건너와 동쪽 구석진 곳에서 십여 년을 살면서 天主實義(천주실의) 두 권을 지었다.

첫머리에는 천주 하느님이 처음으로 하늘과 땅을 지으시고 평화와 사랑의 도리로 키우고 다스리심을 논하였고, 그다음으루는 사람의 영혼은 영원불멸하며 새나 짐승들과는 특별히 다르다는 것을 논하였고, 또 그다음으로는 여섯 가지 세계로 윤회한다는 가르침의 잘못됨과 천당과 지옥이 선악의 응보에 따른다는 것을 설명하였고, 끝으로 사람의 성품은 원래 착하고 아름다운 것이어서 오로지 하느님을 받들어 공경하여야 한다는 것을 설파하였다. 그 나라 풍속으로 임금님을 일컬어 敎化皇(교화황)이라고 한다. 혼인하여 아내를 취하지 않으므로 세습하는 後嗣(후사)가 없다. 그러므로 어진 사람을 뽑아 그 뒷자리를 잇는다. 또 그 나라 풍속에는 친구를 사랑하는 友誼(우의)를 매우 소중히 여기고 사사로이 재산을 저축하지 않는다. 重友論(중우론)을 지은 焦宏(초굉)은 말하기를 "서역사람 이마두는 '친구가 되는 사람은 두 번째의 나 자신'이라 했으니 이것이야말로 지극히 기특한 말이 아닌가!" 하였다. 자세한 이야기는 續耳譚(속이담)에 적혀있다.

만력 癸卯(계모, 1603)년, 내가 부제학이 되던 해에 북경에 다녀온 사신 李光庭(이광정) 權憘(권희) 두 사람이 여섯 폭짜리 구라파국 輿地圖(여지도) 한 건을 本館(본관)으로 보내왔다. 아마도 북경에서 얻은 것이리라. 그 지도를 보니 심히 정밀하고 교묘하였다. 서역 부분은 특별히 상세하였고, 중국의 여러 지방, 우리나라의 8도, 일본의 60주에 이르기까지 지리의 멀고 가까움과 크고 작음이 매우 섬세하여 하나도 빠뜨림이 없었다. 이른바 "구라파"라는 나라는 서역의 가장 끄트머리 먼 곳에 있는데 중국에서 팔만 리나 떨어져 있다. 그 나라는 예부터 중국 조정과는 왕래가 없었는데 명나라 때에 이르러 비로소 다시 入貢(입공)을 시작하였다. 이 지도는 그 나라 사신 馮寶寶(풍보보)가 그린 것으로 그 끄트머리에 서문을 지어 적어놓기까지 하였다. 그런데 거기에 적힌 글자의 우아하고 세련됨이 우리나라의 글자와 다르다고 할 것이 없다. 이로 미루어 보면 의사소통으로 쓰이는 문자가 같다고 하는 것이 얼마나 귀중한지 알겠다.

생각하건대 그 나라 사람 이마두(마테오 리치)와 李應誠(이응성)이란 두 사람도 모두 山海輿地全圖(산해여지전도)를 만든 바 있는데 王沂(왕기)의 三才圖會(삼재도회) 같은 책에도 그 사람의 말을 인용하고 있다. 구라파의 땅 경계는 남으로는 지중해에 이르고 북으로는 빙해에 이르며 동쪽으로는 大乃河(대내하)에 이르고 서쪽으로는 대서양에 이른다. 지중해라는 말은 천지간의 한 가운데이기 때문에 그렇게 지은 것이라 한다.

「芝峰類說(지봉유설)」 10책 20권 25부는 지봉의 나이 53세(1615) 때에 편집이 완료되어 세상에 알려지면서 실학의 嚆矢(효시)가 되었다. 이 책에서 주장한 실학사상은 지봉의 나이 63세 때에 임금에게 올린 〈萬言劄子(만언차자)〉에 다시 한번 구체화된다. 그 〈만언차자〉에는 임금이 해야할 일로 勸學(권학), 正心(정심), 敬天(경천), 恤民(휼민), 納諫諍(납간쟁), 振紀綱(진기강), 任大臣(임대신), 養賢才(양현재), 消朋黨(소붕당), 飭戎備(칙융비), 厚風俗(후풍속), 明法明(명법명) 등 12가지 항목을 열거한 끝에 實心(실심)으로 實政(실정)을 행하고 실력으로 實效(실효)를 득하며 實事(실사)를 생각하면 모든 일이 성취될 것이라 하여 實事求是(실사구시)를 힘

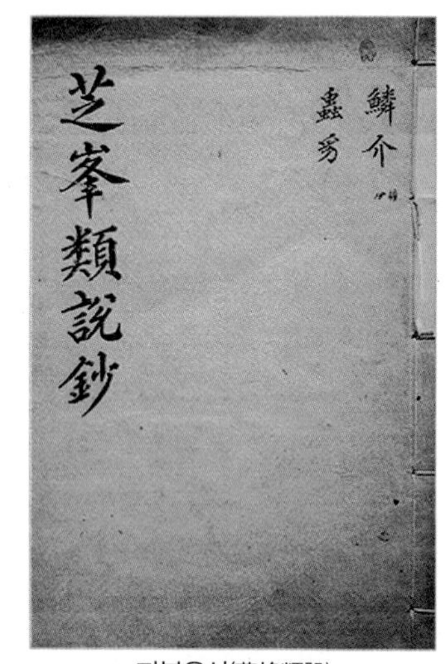

지봉유설(芝峰類說)

주어 강조하고 있다.

어느 시대나 선각자의 외침이 없었던 것은 아니었다.

〖芝峰類說 諸國部〗

歐羅巴國亦名大西國. 有利瑪竇者. 泛海八年越八萬里風濤 居東奧十餘年. 所著天主實義二卷. 首論天主始制天地. 主宰安養之道. 次論人魂不滅. 大異禽獸. 次辨輪廻六道之謬. 天堂地獄 善惡之報. 末論人性本善 而敬奉天主之意. 其俗謂君曰敎化皇. 不婚娶 故無襲嗣. 擇賢而立之. 又其俗重友誼. 不爲私蓄. 著重友論. 焦宏曰 "西域利君 "以爲友者第二我" 此言奇甚云事." 詳見續耳譚.

萬曆癸卯 余忝副提學時 赴京回還使臣 李光庭 權憘以歐羅巴國輿地圖一件六幅 送于本館. 蓋得於京師者也. 見其圖甚精巧 於西域特詳. 以至中國地方暨我東八道, 日本六十州 地理遠近大小 纖悉無遺. 所謂歐羅巴國 在西域最絶遠去中國八萬里 自古不通中朝 至大明始再入貢 地圖乃其國使臣 馮寶寶所爲 而末端作序文記之 其文字雅馴 與我國之文不異 始信書同文爲可貴也.

按其國人 利瑪竇 李應誠者 亦俱有山海輿地全圖 王沂三才圖會等書 頗采用其說. 歐羅巴地界 南至地中海 北至氷海 東至大乃河 西至大西洋 地中海者 乃是天地之中故名云.

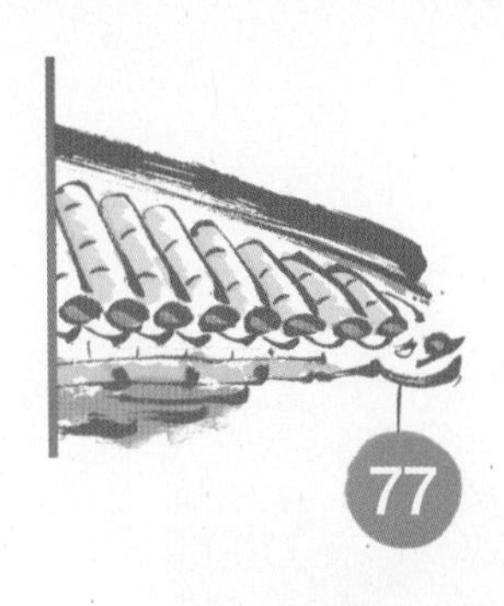

77

정경세　　　우암설
鄭經世의 愚巖說

이름은 사람이나 사물을 가리켜 부르는 것이요, 사람이나 사물을 대신하는 것이다. 그러므로 실체 따로, 명칭 따로가 아니라, 명칭이 곧 실체를 표상한다. 虎死留皮(호사유피)요 人死有名(인사유명)이란 말이 결코 헛말이 아니다. 그래서 우리 조상들은 이름을 매우 신중히 여겼고, 또 이름을 욕되지 않게 하려 노력하였다.

어려서 태어나면 兒名(아명)으로 불리었고, 족보에는 본명이 실렸다. 본명은 귀한 것이라 감추어 두고 자주 쓰지 않았다. 그 대신에 號(호)와 字(자)를 썼는데, 호는 공부하는 동안에 홍취가 일면 스스로 짓기도 했고, 벗이나 스승이 붙여 주기도 하였다. 경우에 따라 자호는 한둘이 아니요, 대여섯, 일곱여덟이 되기도 하였다. 이 무렵 본명과 아호를 대신할 字(자)를 갖는 것은 선비가 지녀야 할 필수 품격이었다. 그리고 마지막으로 세상을 하직하면 그 사람의 평생 업적을

경북 상주에 있는 정경세 선생의 신도비

참고하여 임금이 이름을 내리니 이것이 이른바 諡號(시호)이다. 그리고 보면, 조선시대 우리 조상들은 이름에 묻혀 살다가 시호로 마감하였다 해도 과언이 아니다.

이렇게 이름이 소중하였으니 이름 짓는 일을 두고 지은 글이 없을 수 없다. 여기에는 바위에 이름 붙이는 이야기를 소개하기로 한다.

愚伏(우복) 鄭經世(정경세, 1563 명종 18~1633 인조 11)는 16세기 후반에서 17세기 초에 걸쳐 살다 간 문신 학자이다. 20세에 進士(진사), 24세 때에 謁聖文科(알성문과) 乙科(을과)에 급제, 27세에 賜暇讀書(사가독서), 그리고 30세 때 임진란이 터지자 의병모집에 심혈을 기울이고, 36세 때에 慶尙道觀察使(경상도관찰사)가 되었던 사람. 그러나 광해군 때에 削職(삭직)되어 그의 호처럼 愚伏(우복)하기 20년 나이 60에 仁祖反正(인조반정)을 맞아 다시 全羅道觀察使(전라도관찰사), 大司憲(대사헌)이 되고 吏曹判書(이조판서), 大提學(대제학), 兼知春秋館事(겸지춘추관사)를 차례로 역임한 신실한 학자 관료였다. 서애 유성룡의 문인이어서 嶺南學派(영남학파)에 속한 분이지만 理氣(이기)에 관하여서는 畿湖學派(기호학파)에 속하는 율곡의 理氣一元論(이기일원론)에 찬동하였다. 禮學(예학)에 깊은 관심을 두었고 사후에 찬성에 추증되었다. 시호는 文莊公(문장공)이다.

『'어리석은 바위' 이야기』

내가 愚伏(우복)이라 이름하는 곳의 서쪽 기슭에 터 잡아 살고 있었다. 그 둘레에 정자와 다락, 연못과 동굴, 그리고 바위 덩어리에 이르기까지 모두 신기하고 빼어난 것들이라 이름이 없는 것은 하나도 없었다. 그런데 바로 우리 집 동북쪽 모서리, 깊은 물속에 뿌리를 박고 있는 돌덩이 하나가 그 높이는 네댓 길이나 됨직한데 오직 이것만 이름이 없었다. 어느 날 밤에 이 돌이 내 꿈에 나타나 이렇게 말하였다.

"무릇 만물이 세상에 태어나 그 모습을 드러내고 숨겨지는 일에는 모두 命이 있고, 좋은 기회를 만나고 만나지 못함에는 때가 있는 법입니다. 제가 이 자리에 서 있는지도 이미 오랜 세월이었습니다만 아직도 세상에 이름이 알려지지 않았습니다. 그렇지만 제가 한탄스러워하지 않은 것은 참 주인을 만나지 못한 것이라 여겼기 때문이었습니다. 그런데 이제 다행히 선생을 만나 주인을 삼게 되었으니 이것은 진실로 천년세월에 한 번쯤 만나는 일이요, 제값을 인정받을 때인 듯합니다. 우리들 가운데에 선생의 좌우에 둘러선 것들은 모두 빛나는 영화를 입지 않은 것이 없고, 또 저마다 아름다운 이름이 있건만 오직 저만은 이름이 없으니 참 주인을 만났으면서도 이름을 드러내지 못한다면 어찌 유감스럽지 않다하겠습니까? 반드시 이에 관하여 해명하실 말씀이 있으실 것이니 감히 말씀해 주시기를 청합니다."

그리하여 내가 이렇게 대답하였다. "대체로 이름이라는 것은 실체의 손님이라 할 수 있는 것이니, 실체는 없는데 이름만 얻는다면 그것은 슬기로운 이는 두려워하고 어리석은 이는 탐하는 것이요, 내가 돌에다 이름을 붙여준 것은 실로 많소. (중략) 그런데 나는 일찍이 그대에게는 이름을 붙이기를 체념하였다오. 그대는 풍모가 헌걸차고 점잖으나 험준하고 날카로운 자태가 없고, 편안하고 넉넉하나 신기하고 예스러운 형체를 지니지 않았으며, 그 얼굴이 움푹 들어가서 꽃을 장식할 수가 없고, 이마는 불쑥 튀어나와서 기대어 의지할 수가 없구려. 이처럼 그 형상이 즐길 만한 것도 없고, 그 쓰임새도 취할 것이 없으면서 이름을 얻어 세상에 드러내고자 하니 슬기롭다 할 수는 없는 일이 아니겠소?"

바위가 다시 말하였다. "대저 선생께서 저를 비평하심은 매우 정교하십니다. 그러나 형상이라는 것은 겉모습이요, 쓰임새는 재주라 하겠습니다. 겉모습만 따라가면 그 속을 놓치게 되고, 재주만 존중하다 보면 그가 지닌 덕을 뒤로 물리게 되는 것이니, 군자가 사물을 비평하는 것이 마땅히 그러해서는 아니 될 것입니다. 이제 제가 자리한 곳은 마침 산기슭의 끄트머리에 있어서 양쪽에서 흘러내리는 물이 만나는 곳이라 바야흐로 가을철 물이 흘러 만 골짜기의 물이 다투어 쏟아질 때에 미친 듯 범람하며 씹어 삼킬 듯하여 언덕과 낭떠러지가 무너질 지경이 되어도 제가 능히 느긋하게 홀로 버텨 서서 꿋꿋하여 꿈쩍도 않고 그 세력을 꺾어 물리쳐버리니, 이것이 이 산기슭이 여울 속으로 무너져 들어가지 않는 까닭이니 이 누구의 힘이겠습니까? 이

점을 살려 이름을 지으심이 옳지 않겠습니까?"

내가 또 웃으면서 대답하였다. "뽑기 힘든 단단한 뿌리도 없으면서 저렇게 성난 파도와 싸우며 砥柱(지주 : 황하 한가운데 있는 산)의 힘을 내려고 애쓰니 그대는 참으로 슬기롭지 못하오. 무릇 겉모습이 사람들을 즐겁게 하지 못해도 어리석은 것이요, 쓰임새가 취할 것이 없어도 어리석은 것이요, 스스로 자기 능력을 헤아리지 못하고 큰 절개만 지키려 한다 하여도 어리석은 것이라 하겠소. 이와같이 어리석음이 어리석은 산 안에 머물면서 어리석은 사람과 이웃하여 실속 없는 이름이나 탐내고 있으니, 만일에 억지로라도 이름을 붙인다면 마땅히 이름 붙이기를 '어리석은 바위' 愚巖(우암)이라 하면 되겠는가?"

돌이 큰 소리를 울려 대답하였다. "좋습니다." 내가 꿈에서 깨어나니 무언가 이상하기도 하고 또 느낀 바가 있어서 드디어 그 어리석을 '愚(우)' 자를 취하여 나의 號(호)를 삼게 되었다.

호를 지을 때, 옛사람들이 즐겨 쓰던 글자는 무엇일까? 그러니까 가장 인기가 있던 글자는 무엇이었을까? 옛 어른들의 문집 목록을 훑어보며 대강 눈에 많이 띄는 글자를 가나다 순으로 뽑아 보았다.

謙 耕 歸 謹 樂 蘭 老 訥
陶 獨 杜 屯 晩 蒙 無 默
石 雪 省 睡 治 藥 漁 愚
幽 遊 笠 隱 靜 霽 竹 遲
滄 鐵 冲 恥 寒 虛 玄 晦

이것들은 모두 거처하는 장소나 지명에 依憑(의빙)치 않은 글자들

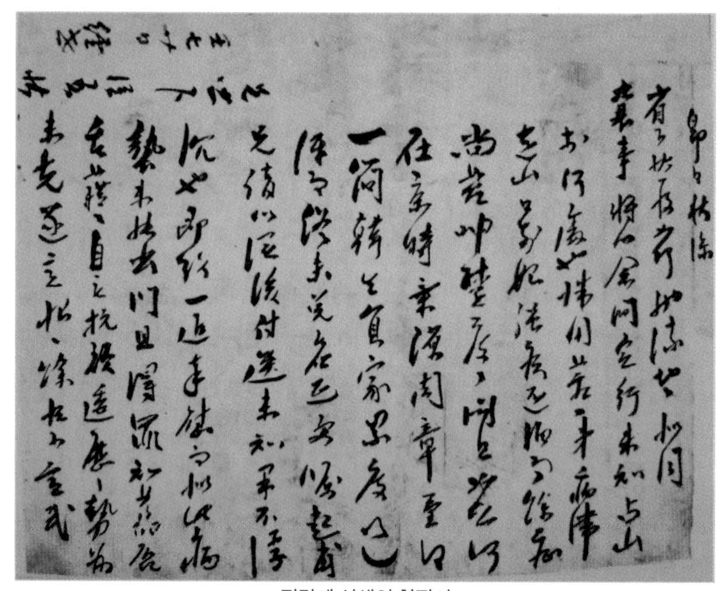

정경세 선생의 친필시

이었다. 우리 조상들이 무엇을 좋아하였는지 어떻게 사는 것을 사는 것이라 여겼는지 이 글자들이 말해주지 않는가? 그중에도 어리석을 '愚(우)' 자가 단연 돋보인다. 모름지기 바보처럼 살아갈진저.

〖愚巖說〗

余旣卜居于愚伏之西麓. 其傍之亭臺潭洞以至巖石之奇秀者 莫不有名焉. 直舍之東北隅有石 臨瀠高可四五丈 獨未有以名之也. 有一夜石言于夢曰 "凡物之生顯晦有命 遇不遇有時. 自吾之立於此 蓋已久矣 而名未顯

於世. 然且不恨者 所遇非其人也. 今幸得子以爲主 則誠千載一時遇賞之秋也. 吾屬之環侍於左右者 無不衣被光榮 各有美名 而獨於吾闕焉 遇矣而未顯欲無感得乎? 必有說敢請."

余應之曰 "夫名實之賓也 蔑實而得名 智者懼焉 愚者貪焉 余之名石固多矣.(中略) 余嘗諦夫汝矣. 頎然長矣 而無峭峻之姿, 胖然大矣 而無奇古之形 其面窪然無卉之飾 其顚隆然 不可得以憑依焉. 狀非可悅 用無所取 而欲其名之顯 無乃不智耶."

曰 "凡子之評吾者審矣. 然狀者貌也 用者才也. 徇貌者遺其內 尙才者後其德 君子之評物 宜不若是也. 今吾所處適當山麓之尾 兩水之交 方其秋水時 至萬壑爭流狂瀾之所 呑噬崖岸崩摧 而吾能挺然獨立確乎 不動折其勢而排之 是麓之不入於崩湍 誰之力歟. 取此以名之不亦可乎?"

余笑而應之曰 "無難拔之根柢 而戰方戱之波濤 欲效力於砥柱 汝於是爲眞不智矣. 夫狀非可悅則愚 用無所取則愚 不自量而當大節則愚. 以若是之愚居愚山之內爲愚人所隣 而貪無實之名 如欲强名之 則當目之 曰愚巖可乎?"

石響應曰 "可." 余覺而異且感焉 遂取而自號云.

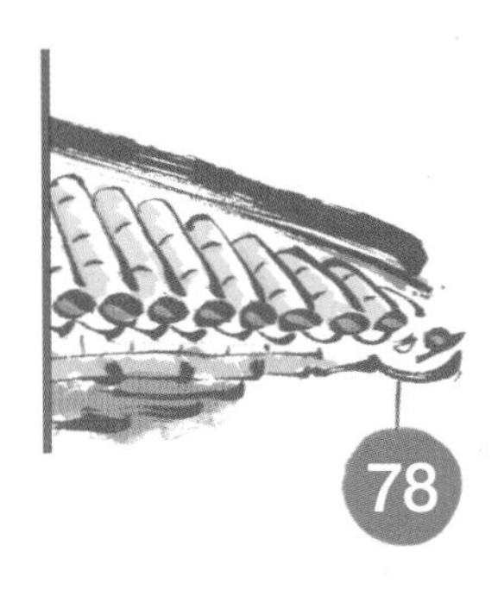

李廷龜의 請留兵奏
(이정구 청유병주)

누천년을 헤아리는 우리 민족사에는 영광과 환희의 자취만 있는 것이 아니라, 굴욕과 수치도 또한 점철되어 있다. 우리는 그 치욕의 역사도 면밀히 살피어 그것이 어떻게 극복되었는지도 소상히 알아야 한다. 그 부끄러움의 역사 속에 이른바 임진왜란이라는 수모의 전화가 있다. 선조 25년에서 31년에 이르는 장장 7년의 세월이었다. 삼천리 전 국토에 걸쳐 유린되지 않은 지역이 없고 파괴되지 않은 건물이 없었다. 쓸만한 器皿(기명)과 서책들은 모조리 쓸어갔고 선량한 백성들은 남녀노소 가릴 것 없이 닥치는 대로 잡아갔다. 남은 것이라곤 손상된 우리 민족의 자존심뿐이었다. 그러나 우리는 그 자존심을 딛고 다시 일어설 수 있었다.

자존심의 뿌리에는 크게 두 가닥이 있었다. 하나는 팔도 각처에서 일어난 義兵(의병)이요, 또 하나는 이순신을 中核(중핵)으로 한 水

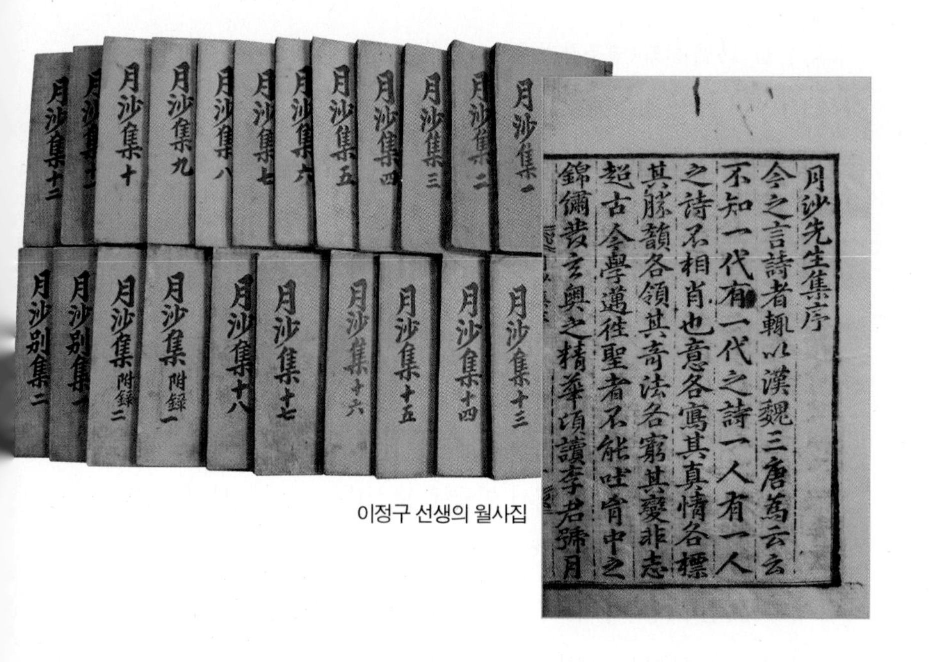

이정구 선생의 월사집

軍(수군)이었다. 여기에 또 하나의 보조장치가 있었으니 그것은 명나라의 援軍(원군)이었다. 그때까지만 해도 중원을 지배하는 강력한 세력이었던 명나라는 무방비나 다름없던 조선 朝廷(조정)의 든든한 배후였다. 이제 7년간의 긴 戰雲(전운)이 걷히고 왜구는 현해탄을 건너 제 고장으로 돌아갔다. 해가 바뀌고 1600년(선조 33년)이 되었다. 명나라 군대는 철군 준비에 들어갔으나 우리 조정은 불안하기 그지없었다. 한편으로는 민심을 수습하여 피폐한 사직을 복구하고 행정 질서를 정비하면서 또 한편으로는 행여나 다시 돌아설지도 모르는 왜구의 재침에도 경계를 늦출 수 없었기 때문이었다. 이런 형편에 明軍(명군)은 철수를 서두르고 있다 그래서 조정은 한결같이 명군이 좀 더 머물러 있어야 한다고 생각하게 되었다.

그 무렵 兵曹參知(병조참지)와 承文院(승문원) 副提調(부제조)를 겸직하고 있던 李廷龜(이정구)에게 명군의 駐留延長(주류연장)을 청하는 외교문서 작성의 임무가 떨어졌다.

月沙(월사) 李廷龜(이정구, 1564 명종 19년~1635 인조 13)는 延安人(연안인)으로 세조 때 명신 李石亭(이석정)의 玄孫(현손)이요, 縣令(현령) 啓(계)의 아들이다. 문벌 좋은 집안에서 태어나 家學(가학)으로 성장했는데 8세에 시를 지을 만큼 탁월한 재능으로 세인의 주목을 받았다고 한다. 27세 때 문과에 급제하여 승문원에 등용되었는데 임진란이 터지자 行在所(행재소)에서 임금을 모셨다. 그는 당시 관료로서는 드물게 중국어에 능통한 인재였고 또 명문장이었다. 1598년 명나라의 兵部主事(병부주사) 丁應泰(정응태)란 자가 임진왜란이 조선측에서 왜군을 끌어들여 명나라를 치려했다는 誣告事件(무고사건)이 나자, 月沙(월사)는 辨誣奏文(변무주문)을 직접 작성하여 陳奏副使(진주부사)로 명의 神宗(신종)에게 상주하여 정응태를 파직시킨 공로가 있었다. 따라서 명나라 군사가 우리 땅에 좀 더 머물러 있어 주기를 청하는 외교문서도 당연히 월사의 몫이 된 것이다. 이제 그 上奏文(상주문)을 읽어보자.

〖明軍(명군)이 계속하여 머무를 것을 청하는 글〗

庚子年(경자년, 1600년 선조 33년) 봄

조선국왕 신〔李昖(이연)〕은 삼가 아뢰나이다. 왜적이 분탕질할 틈을 노리는 흉악한 계책은 헤아리기 어렵사옵고 대군이 장차 철수한다면 인심이 매우 위태롭기 때문이옵니다. 간절히 바라옵니다. 聖明(성명, 황제 폐하의 밝은 헤아림)께오서는 우리나라를 불쌍히 여기시는 은혜를 베푸시어 수군의 일부를 머무르게 하시어 뒤처리를 깨끗이 마치도록 하여 주소서.

병조의 장계에 의하면, 포로로 잡혔던 본국 사람들이 저마다 말하기를 적의 괴수 秀吉(수길)이 죽은 후에 그의 아들이 뒤를 이었고, 家康(가강)이라 일컫는 자가 나랏일을 관장한다 하는데, 포악하기가 수길과 다름이 없고 낮과 밤으로 병사들을 조련시키며 군량미를 비축하면서 명나라 군사가 모두 철수하기를 기다려 장차 본국을 또 침범하려 한다 하옵니다. 우리는 지난번에 적의 정세가 지극히 위험한 지경임을 간파하였습니다. 또한 뒷날의 일도 어떻게 처리할지 염려되옵니다.

요즈음 소문에 듣자오니 뒤처리를 위하여 머물러 있던 각 진영의 관병들이 금년 4월 안에 모두 다 철수하기로 정하였다 하옵니다. 이제 전라도 경상도 연해 일대에 있는 수군과 육군의 병사는 만 명도 되지 않사옵고 방비가 매우 소홀하여 말할 것이 못되옵니다. 청컨대 수군 3천과 아울러 필요한 물자도 모두 공급해 주소서. 存亡(존망)에 관계되는 일이라 조금도 늦출 수가 없나이다. 여러 곳에서 잇달아 올린 장계에 의하면 신이 살펴보건대 저 도적들이 흉악하여 사납고 모진 뜻이 진실로 적지 않사옵니다. 다행스럽게도 황상의 위엄이 멀리까지 미치고 하늘이 늙은 도적[秀吉(수길)]을 죽였으므로, 이제 저들이 잠시 저들의 소굴로 돌아갔으나 짐승처럼 모진 것이 오히려 저들의 마음이옵니다. 남은 무리들이 죽지 아니하고 역적의 뜻을 이어받아 열 갈래로 협력하여 사나움을 키우고 家康(가강)의 영웅심을 실현코자 하여 바야흐로 병사들을 쉬게 하고 병장기를 비축하여 다시 한

번 침략할 계획을 하고 있으나 감히 덤비지 못하는 것은 오로지 명나라 군사들이 아직도 머무르고 있기 때문이옵니다.

바닷물결은 막힘이 없고, 정탐하는 배는 멀리 명나라 군사들이 떠나는지 머무는지를 매일같이 살피면서 저들이 병력 동원을 늦출 것인지 당길 것인지를 생각합니다. 그리고 이제는 또 노인과 어린이들만 돌려보내고는 (포로들을 모두) 刷還(쇄환 : 돌려보냄)하였다고 말하며, 은근한 말로 和約(화약)을 청하며 우리나라의 깊고 얕은 곳을 탐지하면서, 이번 가을에 침략해 들어오겠다고 하기도 하고 혹은 내년 봄에 대거 침입하기로 했다고 하는 등 공갈하며 드러냈다 감췄다 하는 행위가 더욱 이르지 않음이 없습니다. 지금 만약 명나라의 큰 군대가 모두 철수한다는 것을 정탐하여 알게된다면 저들이 또한 무엇을 꺼리며 그 흉포한 짓을 어찌 지체하겠습니까?

남쪽 해안에 사는 백성들은 모두 말하기를 명나라 군사가 만약 철수한다면 도적들은 반드시 뒤미쳐 들어올 것이라 합니다. 새처럼 놀라고 이리처럼 무서워하면서 (우리는) 지고 이고 뚝 위에 올라서서 막아낸다 한들 백가지도 의지할 수 없음은 이미 지난 일로 충분히 징험이 되었으니 그 정경이 가히 근심스럽습니다. 더구나 왜적에 대한 근심은 비단 오늘에 국한된 것이 아니고 금년 가을의 근심이 오늘보다 더 심하고, 내년의 근심이 금년 가을보다 더 심하여, 날이 가고 해가 갈수록 이 도적들이 멸망하기 전에는 도무지 근심스런 날이 있을 뿐입니다.

明(명)나라 군사가 이미 이 작은 나라에 오래 주둔할 수 없사옵고, 이 작은 나라도 역시 명나라에 매번 신세만 질 수는 없습니다. 신하의 나라로서 어찌 스스로 도모하고자 하지 아니하겠습니까? (하오나) 여러 번 밀리고 밀린 나머지 근근이 숨만 헐떡이고 겨우 정신을 차렸으나 만사가 다 어그러져 준비할 겨를이 없습니다. 비록 나머지 장정들을 상처투성이 골짜기에서 불러모은다 해도 지치고 쇠잔하고 숫자도 적어서 부대를 편성할 수 없고 사기도 떨어져 먼저 겁을 먹고 싸우기보다는 흩어질 생각만 할 것입니다. 모름지기 명나라 군사들이 협동하여 지키고 평정케 하여 해안 연변 일대가 믿음을 지니어, 두려움이 없어진 연후에야 몇 해 동안은 무사하여 생업과 훈련으로 스스로 강한 나라의 기초를 마련할 수 있겠습니다.

하오나 신은 다만 3천 명만 (주시기를) 청하옵니다. 그 3천 명이 적다고 근심하지 않는 것은 3천 명으로 가히 흉적의 공격을 막을 수 있어서가 아니옵니다. 중국의 위엄이 미치면 넉넉히 도적의 간계를 끊어 움직일 수 없고 흩어지는 軍情(군정)을 진정시킬 수 있습니다. 그러나 작은 우리나라의 식량 사정으로는 그 수효를 넘으면 지탱하여 이어나가기가 어렵기 때문입니다. 완전 철수한다면 의지할 바가 없고 많이 머물면 식량을 댈 수가 없습니다. 작은 나라의 오늘의 형편이 진실로 이처럼 슬프옵니다. (하략)

예나 지금이나 한 나라의 운명이 그 나라 국민의 단합된 의지만으로 해결되지는 않는다. 언제나 국제적 역학관계의 긴장된 균형 속에서 평화와 번영이 모색되는 것 아니겠는가! 그러나 오늘의 시점에서 月沙(월사)의 이 請留兵奏(청유병주)를 읽는 우리의 심정은 착잡하기 이를 데 없다. 명나라의 은혜를 입고 있을 뿐 아니라 尊明事大(존명사대)를 國策(국책)으로 삼던 당시의 정황으로 보아 월사의 글에 우리가 무엇을 容喙(용훼)하랴. 그러나 마음이 편치 않은 것만은 숨길 수 없다.

더구나 400여 년의 세월이 흐른 오늘날에도 우리는 여전히 自主國防(자주국방)이란 이상이 空山明月(공산명월)처럼 멀리 떠 있고 戰時作戰統制權(전시작전통제권)이란 군사용어가 나라를 근심하는 이들의 중심화두로 남아 있으니…….

〖請留兵奏 庚子春〗

朝鮮國王 臣姓諱(李昖)謹奏 爲倭賊伺釁兇謀叵測 大軍將撤 人心危懼 懇乞聖明曲垂矜念量 留一枝水兵以畢善後事.

據兵曹狀啓 本國被擄人 各供稱 賊酋秀吉死後 其子嗣立 有稱家康者 攝伊國事 威暴如秀吉 日夜練兵蓄糧等待天兵盡撤 將要再犯本國. 臣等看得 前項賊情 極爲叵測 日後之事 委係可慮.

玆者聽得 各營善後官兵 定於本年四月內 盡行撤回目下全慶沿海一帶 水陸軍兵不滿萬數 防備百分疏虞合無題 請水兵三千 幷乞全給折餉 存亡所係 不容少緩. 各等因具啓據 此臣爲照伊賊兇狂 桀逆其志 固不在小. 幸而皇威遠暢 天斃老賊 今雖暫還巢窟 狺然稔惡 猶夫其心也. 遺孼不殄 繼纂逆緖 協以十道之强悍 濟以家康之梟桀 方且休兵蓄銳 以爲再搶之圖 其不敢唐突者 徒

以天兵尚在耳.

海波無阻 偵船相望 日覘王師去留 以爲動兵遲速 而今又撤送老弱 名以刷還 婉辭求款 探試淺深 或聲言乘秋進搶 或期以明春大擧 其所以恐喝開闔 益無不至. 今若偵知大營盡撤 則彼亦何憚 而不逞其兇乎 南邊沿海之民 咸謂天兵若撤 賊必隨至. 鳥駭狼顧 荷擔而立 隄防控扼 百無可倚 已事足徵 景象可憂 況賊之可憂 非獨今日 今秋之憂 甚於今日 來歲之憂 又甚於今秋 日復一日 歲復一歲 此賊未滅之前 都是可憂之日.

天兵旣不可長戍於小邦 小邦亦不可每藉於天朝 以臣之國 寧不欲自爲圖耶. 惟是積敗之餘 喘息纔定 萬事瓦裂 措設未遑. 雖捃拾遺丁 於瘡痍溝壑之中 而凋殘寡弱不成部伍 士氣先怯 不戰思潰 須得王師 協守鎭服 使沿邊一帶 恃而無恐然後 庶得數年無事 生聚訓鍊 以爲自强之基矣.

然臣之只請三千 不慮其少者 非以三千之兵 爲可以捍禦兇鋒也. 天威所及 猶足以折奸謀於未動 鎭軍情於將渙 而小邦措糧之勢 過此則難乎支繼也. 盡徹則國無所倚 多留則糧不可繼 小邦今日之勢 誠可悲矣.(下略)

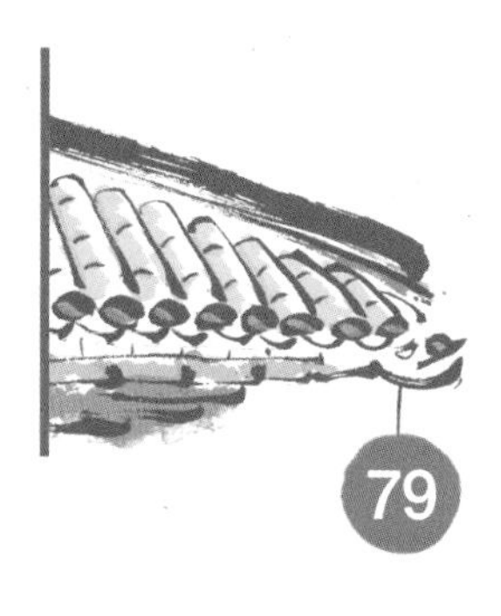

申欽의 野言三樂

신흠 야언삼락

냇ᄀᆞ에 ᄒᆡ오라바 므스 일 셔잇ᄂᆞᆫ다
무심ᄒᆞᆫ 져 고기를 여어 므슴 ᄒᆞ려ᄂᆞᆫ다
아마도 ᄒᆞᆫ믈에 잇거니 니저신들 엇ᄃᆞ리

조정에서 벌어지는 암투와 모략을 은근히 빗대어 풍자하고 경계하였다고 풀이되는 이 시조는 붕당과 병란으로 寧日(영일)이 없던 宣祖(선조)·光海君(광해군) 그리고 仁祖代(인조대)에 걸쳐 벼슬살이한 象村(상촌) 申欽(신흠, 1566 명종 21~1628 인조 6)의 작품이다. 이 시조의 간절한 뜻이 이미 밝히고 있거니와, 같은 배를 타고 있는 공동운명체의 조정 벼슬아치들이 서로 헐뜯으며 기회를 보아 상대방을 깎아내리는 조정의 풍토를 象村(상촌)은 깊이 가슴 아파하였다. 당연히 그의 벼슬살이는 바른길을 걷는 외로움의 여정이었을 것이다.

象村(상촌)은 스무살에 進士(진사), 그 다음 해 別試文科(별시문과)에 급제하면서 벼슬살이를 시작하였다. 27세 때 임진란이 일어나자 良才道察訪(양재도찰방)으로 申砬(신립) 장군을 따라 鳥嶺戰鬪(조령전투)에 참가하였다가, 신립이 패하자 體察使(체찰사) 鄭澈(정철)의 종사관으로 활약하였다. 그 후 持平(지평), 司成(사성), 大司諫(대사간), 副提學(부제학), 都承旨(도승지), 兵曹判書(병조판서) 등을 거쳐 광해군 5년 癸丑獄事(계축옥사 : 인목대비를 폐위하고 영창대군을 죽이고 반대파를 숙청한 사건) 후에 파직되어 유배되었다가 仁祖反正(인조반정)으로 다시 조정에 들어가 吏曹判書(이조판서), 大提學(대제학), 右議政(우의정), 領議政(영의정)을 역임하였다.

그러나 象村(상촌)은 관료이기보다는 程朱學(정주학)에 심취한 학자이었고, 학자이기보다는 조선 중기 한문학의 巨峰(거봉)이었다. 그렇지만 또한 그는 오늘날 31수나 되는 시조를 전해주고 있는 시조 시인으로 우리 문학사에 그 이름을 빛내고 있다.

여기에 실린 글은 그의 저서 『野言求正錄(야언구정록)』에 실린 몇 개의 시적 산문을 발췌한 것이다. 산문으로 보자니 시 같고 시로 보자니 산문 같은 隨想文(수상문)이다.

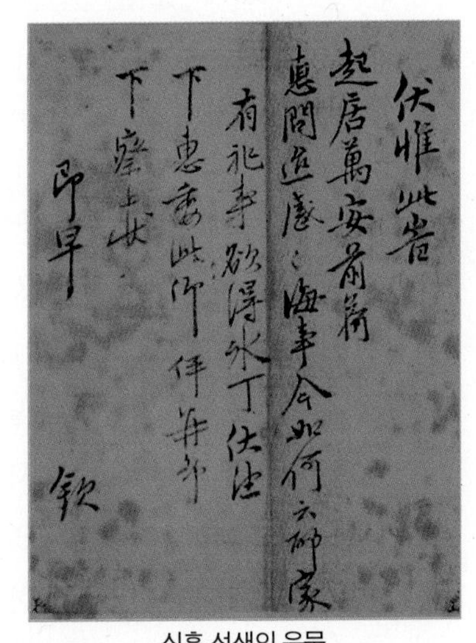

신흠 선생의 유묵

【시골생활 이야기 - 세 가지 즐거움】

- 마음이 통하는 친구와 함께 산에 올라 편안히 도사리고 앉아서 즐겁게 이야기를 나누다가 그것도 싫증이 나면 바위에 벌렁 드러누워 바위 끝의 푸른 하늘을 바라보니 흰 구름이 날아와 허공 가운데 감아 돈다. 문득 기분이 좋아져 흐뭇한 행복감에 젖는다.

- 서리 내리고 나뭇잎 모두 떨어진 날
  엉성한 숲 속에 들어가 나뭇등걸에 앉으니
  바람에 흩날리는 누른 잎이 옷소매에 떨어진다
  들새는 나뭇가지 끝에서 날아와
  쓸쓸한 땅 위에 사람 모습 훔쳐보는구나
  그러나 나는 오히려 마음 후련하고 상쾌하다

- 문 닫고 들어앉아 읽고 싶은 책을 펴는 일
  문 열고 반갑게 그리운 친구 맞는 일
  문밖으로 나서서 자연의 아름다움 찾는 일
  이것이 사람 사는 세상의 세 가지 즐거움이다

- 서리 내린 산에는 돌만 비죽 솟았고
  고요한 연못에는 물 맑기가 그지없다
  깎아지른 바위에 아슬아슬 높은 절벽
  천 년 묵은 고목에 감아 오른 담쟁이들
  이 모든 것 물속에 거꾸로 비치는데
  지팡이 의지하여 한가하게 걷노라니
  아하 이 마음 어찌 이리 상쾌한가!

• 깊은 밤 고요히 마음잡고 앉아서
등불 아래 정성껏 차를 달이니
온 세상 모든 만물 한결같이 고요하고
시냇물만 제 홀로 소리내어 흐른다
침상에는 이부자리 펴지 않은 채
잠시나마 책 보는 것 첫째 즐거움

비바람에 마을 길이 온통 질척이니
사립문 닫아걸고 집안이나 청소하고
서가에 가득 쌓인 經史子集(경사자집) 정리하다
기분대로 이것저것 뽑아내어 읽어본다
찾아오는 사람의 발길은 끊겼는데
그윽한 방 고요한 것 둘째 즐거움

텅 비어 적막한 산에 금년도 저무는데
하늘 가득 눈이 내려온 천지에 흩뿌리고
메마른 가지 끝에 하늬바람 몰아치니
겨울 산새 들판에서 구슬피 우짖는다
따뜻한 방안에 화로 끼고 들어앉아
차와 술에 취하는 것 셋째 즐거움

위의 다섯 편을 한마디로 묶을 수 있는 시조가 없을까 하고 31수의 시조를 훑어보다가 다음 시조에 눈길이 멎었다.

산촌에 눈이 오니 돌길이 무쳐 세라
시비를 여지 마라 날 ᄎᆞ즈리 뉘이시리

밤중만 一片明月(일편명월)이 긔 벗인가 ᄒᆞ노라

이런 노래의 주인공들에게 벼슬살이는 과연 무슨 의미를 갖는 것이었을까? 그러나 양립할 수 없는 두 길에 모두 정당성을 부여하는 것, 그것이 조선조 선비들의 존재 이유인 듯하다.

〖野言三樂〗

同會心友 登山趺坐 浪談 談倦 仰臥巖際見靑天 白雲飛繞半空中 便欣然自適.

- 霜降木落時 入疏林中 坐樹根上 飄飄黃葉點衣袖 野鳥從樹梢飛來 窺人荒涼之地 乃反淸曠.
- 閉門閱會心書 開門迎會心客 出門尋會心境 此乃人間三樂.
- 霜降石出 潭水澄定 懸岩峭壁 古木垂蘿 皆倒影水中 策杖臨之 心境俱淸.
- 良宵宴坐 篝燈煮茗 萬籟俱寂 溪水自韻 衾枕不御 簡編乍親 一樂也.

風雨載途 掩關却掃 圖史滿前 隨興抽檢 絶人往還 境幽室寂 二樂也.

空山歲晏 密雪微霰 枯條振風 寒禽號野 一室擁爐 茗香酒熟 三樂也.

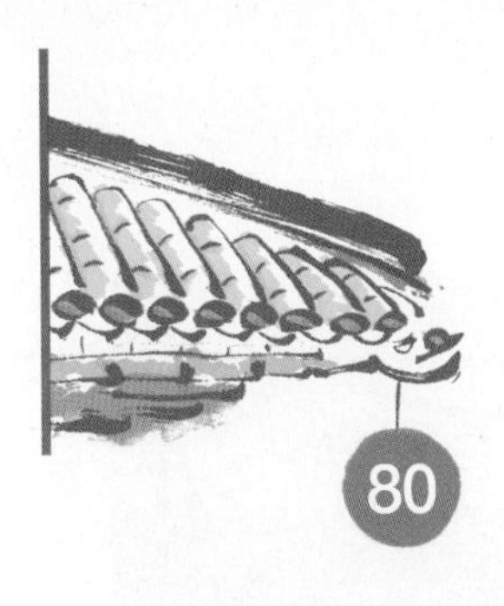

80

姜沆(강항)의 敵中封疏(적중봉소)

우리나라 성리학 중흥의 태두로 退溪(퇴계) 李滉(이황)을 손꼽는 것처럼, 일본 성리학의 중흥조로 藤原惺窩(등원성와)라 하는 이를 손꼽는다. 그런데 등원성와는 원래 妙壽院(묘수원)이란 절에서 舜首座(순수좌)란 이름으로 불리던 禪僧(선승)이었는데 丁酉再亂(정유재란) 때 조선에서 붙잡혀간 姜沆(강항)이란 분과 교유하면서 그로부터 크게 영향을 받아 1600년 드디어 袈裟(가사)를 벗고 儒服(유복)을 입었다고 한다. 임진란을 전후로 한 400여 년 전, 일본의 학술과 문화에 조선의 學者(학자)·文臣(문신)·陶工(도공) 등 지식인과 기술자가 끼친 공적이 대체로 이와 같다. 그러면 姜沆(강항)은 어떤 분인가?

睡隱(수은) 姜沆(강항, 1567 명종 22~1618 광해군 10)은 晋州人(진주인)으로 조선 초의 문신 姜希孟(강희맹)의 5대손이다. 영광에서 태어나 牛溪(우계) 成渾(성혼)을 스승으로 모시고 공부하였으니 그의 학

강항(姜沆) 선생을 모신 내산서원(內山書院)

통은 退溪(퇴계) – 牛溪(우계) – 睡隱(수은)에서 일본의 藤原(등원)으로 이어간 셈이다.

21세에 進士(진사)가 되고 26세에 別試文科(별시문과)에 급제하여 校書館博士(교서관박사), 典籍(전적)을 거쳐 29세에 工曹(공조)·刑曹佐郎(형조좌랑)을 지냈다. 30세 되던 1597년 丁酉再亂(정유재란) 때 分戶曹判書(분호조판서) 李光庭(이광정)의 종사관으로 남원에서 군량 보급에 힘쓰다가 군세가 불리해지자 통제사 이순신의 휘하에 들어가기 위해 서해 상으로 빠져 남행하려 하였으나 도중에 왜적에게 포로가 되어 일본 大阪(대판)으로 끌려가 거기서 4년간 억류생활을 하였다. 비록 억류된 처지였으나 그곳에서 학식 높은 중들과 교유하며 조선유학을 일본에 뿌리내리게 하는 한편, 일본의 지리·군사시설·인물 등 적정을 상세히 적은 글을 인편을 통하여 고국에 보고하였다.

이러한 글 묶음은 『看羊錄(간양록)』이란 이름으로 그의 문집인 『睡隱集(수은집)』의 별책부록으로 간행되었는데 여기에 실린 敵中封疏(적중봉소)는 그 『간양록』의 첫 번째 글이다.

그는 34세 되던 1600년 포로생활에서 풀려 귀국하였다. 그 후 1602년에 대구 교수에 임명되었으나 스스로 죄인이라 자처하고 사임하였으며, 1608년에 순천 교수에 임명되었지만 역시 취임하지 않고 향리에 隱睡(은수)하며 후학을 양성하였다. 이제 포로의 신세에서도 나라를 사랑하는 마음이 어떠했는가를 살펴보기로 하자.

〖적의 나라에서 임금님께 드리는 글〗

선무랑 전수 형조좌랑 신 강항은 목욕재계하고 백번 절하옵고 서쪽을 향하여 통곡하면서 삼가 정륜입극 위덕홍렬 대왕 주상전하께 엎드려 아뢰나이다. (중략)

아하! 전쟁에 패한 장수라면 차마 용사의 이야기를 할 수 없사옵니다. 하물며 신은 포로의 신세로 도둑의 소굴에서 겨우 목숨을 건져 살아가는 처지에 어찌 문득 붓을 들어 감히 나라가 이길 수 있는 득실을 논할 수 있으리이까? 건방지고 외람되어 그 죄에서 벗어날 수 없는 줄을 잘 알고 있나이다. 하오나 엎드려 간절히 아뢰나이다. 옛사람을 생각해 보면 죽음을 무릅쓰고 충간하는 사람도 있었고 숨질 때까지 나라를 위한 정책을 건의한 사람도 있었사오니 진실로 나라를 위하여 적으나마 이로운 일이라면 그가 죄인이라 하여도 내칠 수는 없을 것이옵니다.

고래가 넘실대는 만리밖 바다 나라의 일이라 구중궁궐 안에서 잘못된 정보를 들으시며 행여나 놈들의 간사한 속임수를 바로 헤아리지 못할까 염려되옵니다. (경계선을) 앞뒤로 넘나들며 드나드는 일은 가고 오는데 신속해야 할 뿐 아니라 경계가 삼엄하여 얻는 정보가 자세치 않을 수 있사오며, 잡혀왔다가 도망쳐 가는 자는 또한 무식한 무리들이어서 보리 귀리도 분간치 못하는 자들이옵니다. 그들이 보고 들은 것은 지엽말단의 단편적인 것뿐입니다. 그리하여 이제 감히 어리석음을 무릅쓰고 적어 아뢰나이다. 왜중이 준 책 가운데에서 왜국의 가나(カナ)로 쓴 곳은 신이 우리나라 한글로 고쳐 적고 주석을 붙였습니다. 왜놈 첩자를 찾아내고 투항하는 왜놈을 심문하실 때에 도움이 될 것이옵니다. (중략)

그러하오나 포로가 되어 뒷일을 도모한 사람으로, 옛날의 충신열사라 일컫는 文天祥(문천상) 朱序(주서) 같은 이가 있었사온데, 그들도 어쩔 수 없이 당한 것이라 지난날의 역사에서도 그들을 잘못했다 하지 않고 충절을 온전히 지킨 사람으로 여기었나이다. 진실로 몸은 비록

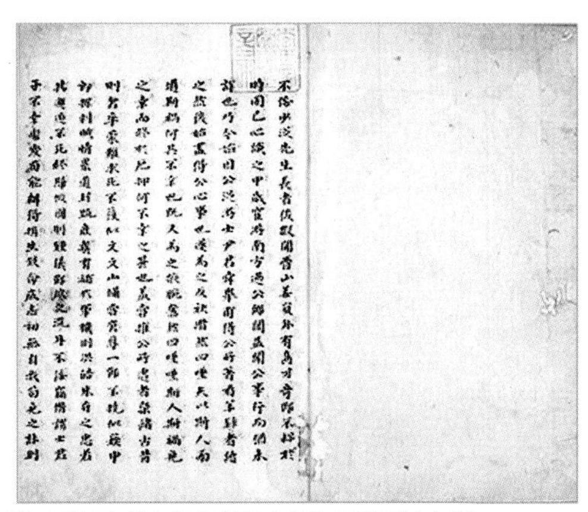

영광(靈光) 내산서원(內山書院) 소장. 필사본인 간양록〔看羊錄, 건차록(巾車錄)〕

포로가 되었으나 정말로 포로가 되지 않은 자가 있을 수 있사옵니다.

신은 비루하고 용렬하여 비록 옛사람의 만분의 일에도 미치지 못하오나 충성을 다하겠다는 뜻만은 옛사람 어느 누구에게도 지고 싶지 않사옵니다. 땅강아지 개미와 같은 목숨이오나 숨이 붙어있는 한 犬馬의 충성을 꺾을 수는 없을 것이옵니다. 이제 마땅히 만난을 헤치고 도망쳐와서 고국의 서울 밖에서 포로된 허물을 물어 머리가 잘리고 몸이 찢기는 형벌을 받는다 해도 오랑캐의 땅에서 죽는 것보다 오히려 좋을 것이옵니다.

더구나 추한 저 왜놈의 情狀(정상)이 이미 소신의 손안에 있으니 이때에 만일에 하늘이 허락하여 기회를 주신다면 죽음이 두렵겠습니까? 이 몸이 부족하오나 삼군을 이끌고 나라의 엄위로운 조상의 혼령을 의지하여 위로는 종묘사직의 부끄러움을 씻고, 아래로는 백성들의 억울한 죽음의 분을 풀어 준 다음에 엎드려 죽음으로써 오늘까지 구차히 목숨을 붙이고 살아온 죄를 용서받고 싶사옵니다. (그러므로 이제) 소신은 밤새도록 칼자루를 쓰다듬으며 하루에도 아홉 번 돌아보며 생각하고 생각하였나이다.

아하, 멀리 남의 나라에서 죽어간 옛사람의 슬픔은 진실로 말문이 막히는 것이옵니다. 이 몸이 남은 목숨을 부지하고 감히 벼슬하여 위의를 갖추자는 것이 아니옵니다. 그저 살아서 대마도를 지나 부산의 한쪽 끝이라도 바라볼 수 있다면 아침에 보고 저녁에 죽는다 해도 아무 여한이 없겠나이다.

이제 왜놈의 情狀(정상)을 적은 것과 적의 괴수가 죽은 후의 놈들의 간계를 적어 함께 올리나이다. 엎드려 원하나이다. 전하께서는 소신이 못나게 목숨을 부지하고 살아 있었다 하여 소신의 글월까지 버리지는 마시옵소서. 밤낮이 바뀌고 비바람이 몰아칠 때에 틈틈이 이 글을 읽으시고 일을 처결하신다면 참작하시어 후회할 일이 없고 나라에는 적지 않이 도움이 될 것이옵니다. 엎드려 바라나이다. 전하께서는 유념하여 잘 살펴주시옵소서. 소신의 애통하고 절박한 마음이 헛되지 않기를 길이길이 엎드려 비오며 삼가 이 글월을 올리나이다.

만력 27년(1599년 선조 33년) 4월 10일(己亥)

이 글을 읽는 동안 내내 머릿속을 맴도는 『論語(논어)』의 한 구절이 있다. “子曰(자왈) 三軍(삼군)은 可奪帥也(가탈수야)나 匹夫(필부)는 不可奪志也(불가탈지야)니라.”(선생님께서 말씀하셨다. 삼군이나 되는 큰 무리의 군대에서 대장을 빼앗을 수는 있다. 그러나 하찮은 사나이일지언정 그의 가슴속에 품은 뜻은 빼앗을 수 없느니라.)

그렇다. 姜沆(강항) 선생은 이미 400여 년 전에 藤原惺窩(등원성와)를 改宗(개종)시키시듯, 오늘날 우리들 匹夫(필부)의 마음속에 뿌리박힌 愛國愛族(애국애족)의 衷情(충정)이 어떤 것인가를 우리에게 가르치시고 계셨던 것이다.

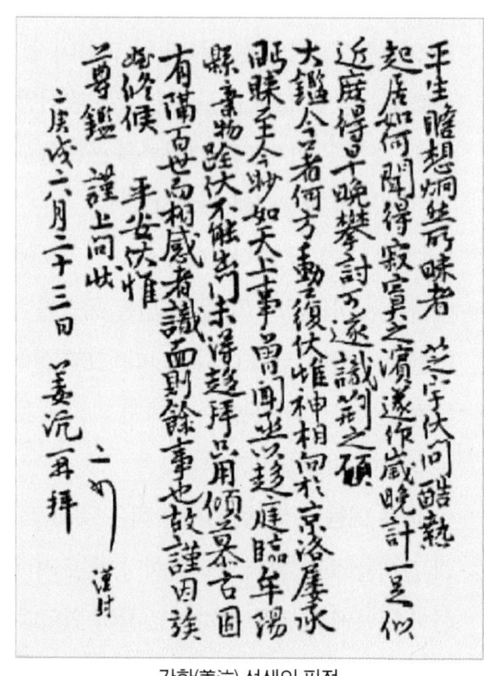

강항(姜沆) 선생의 필적

〖敵中封疏〗

宣務郞 前守刑曹佐郞 臣姜沆 齋沐百拜 西向慟哭 謹上言于 正倫立極 盛德弘烈大王 主上殿下.(中略)

嗚呼 敗軍之將 尙不可以語勇 況臣被擄偸生於賊窟中 輒敢饒筆論廟勝之得失 極知濫越無所逃罪, 然竊伏惟 念昔人 有以尸諫者 臨死而不忘獻策者, 苟有利於國家涓分 則亦不可以罪人而逐已也.

萬里鯨海之外 九重獸闥之上 或未洞燭此奴之奸僞 前後使蓋之出入 不但往還悤遽 戒禁嚴密 所得或未詳備 被擄脫歸之人 又多氓隷之徒 不分菽麥者 所聞見 或未端的, 玆敢冒昧陳錄 倭僧題判中 以倭諺書塡處 臣卽以我國諺書謄註, 以便於諜人之探間 降倭之推問.(中略)

況被擄而圖後者 在昔忠臣烈士之 如文天祥朱序者 俱不得免, 前史不以爲非 而予其全節者. 良以身雖被擄 而所未嘗被擄者 猶在也.

臣之陋劣 雖下古人萬分 而願忠之志 不讓古人一頭 螻蟻之命 一息尙存 則犬馬之誠 萬折不已. 卽當百計逃還 就顯戮於王府之外 縱令身首橫分 猶勝死葬蠻夷. 況醜奴情狀 已落臣阿堵中 萬一天假其便 釁有可乘 則卽當以不費之身 首三軍之路 憑國家之威靈 上雪山陵廟

社之恥 下洒秦臺燕獄之痛, 然後伏首司敗 以謝今日偸生苟活之罪. 此臣之按劍中夜 腸一日而九回者也.

嗚呼 遠托異國昔人所悲 眞箇歇後語也. 此生餘年 不敢望復覩漢官威儀 而生過對馬島 望釜山一枝 而朝以至夕以死 更無絲髮餘憾矣.

其倭情所錄 及擬上賊魁死後 奸僞幷錄如左. 伏願 殿下勿以小臣之偸活無狀 而竝棄其言. 陽開陰闔 雷厲風飛 間以此書從事 則於折衝禦侮之 廟筭不無少補矣. 伏惟 殿下試留神澄省焉.

臣無任兢惶隕越 哀痛迫切之至 謹奉疏以聞.

萬曆二十七年四月十日(己亥)

참고

文天祥(문천상, 1236~1282) : 13세기 중국 남송의 정치가, 시인. 송나라(남송)가 원나라에 항복하자 저항하다 체포되었고 쿠빌라이칸이 그의 재능을 아껴 몽고에 전향을 권유받았지만 거절하고 죽음을 택했다.

朱序(주서) : 前秦(전진)의 符堅(부견)은 378년 東晉(동진)의 襄陽(양양)을 공격하게 하였는데, 양양을 수비하던 양주자사 주서는 1년간 성을 지켰으나 379년 2월 성을 열고 항복하여 포로가 되었다. 符堅(부견)은 그를 용서하고 度支尙書(탁지상서)란 지위를 내렸다.

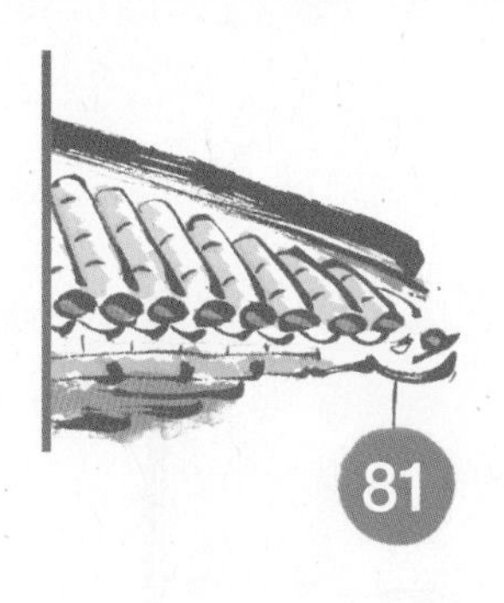

81

허균 도문대작
許筠의 屠門大嚼

사람이란 원래 착한 행실만 하는 것도 아니고 또 좋지 못한 행실만 하는 것도 아니지만, 그래도 한 사람의 일생을 두고 보면 옳게 살려고 애쓴 자취가 밝혀지는 법이어서 그것을 보고 그 사람을 추모하고 그의 행적을 顯揚(현양)하는 것이다.

그런데 〈洪吉童傳(홍길동전)〉을 지었다고 알려진 許筠(허균, 1569 선조 2~1618 광해군 10)의 일생을 보면 그가 정말로 무엇을 옳다고 생각하며 살았는지 도무지 종잡을 수가 없다. 同知中樞府事(동지중추부사)를 지낸 그의 아버지 許曄(허엽)은 士類(사류)의 師範(사범)으로 추앙을 받았으며, 禮判(예판)·吏判(이판)을 지낸 그의 맏형 許筬(허성)은 충직한 성품과 예의를 갖춘 행실로 당대 선비들의 촉망을 받는 인재였다. 그의 둘째 형 許篈(허봉)은 비록 일찍 요절하였으나 인품과 문장으로 세상의 아낌을 받았고 許蘭雪軒(허난설헌)은 그의 손

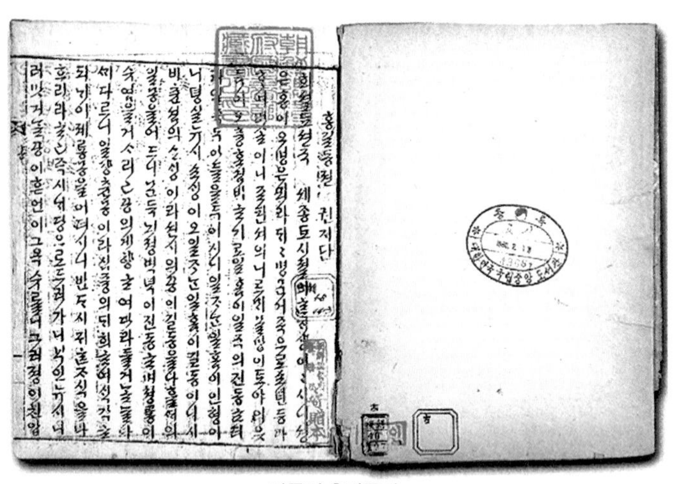
홍길동젼 권지단

허균의 홍길동전

위 누이로 당대 일류의 여류문사였다. 이렇게 좋은 집안에서 태어나 유복하게 성장한 허균은 과거에 급제하여 벼슬길에 나아가기까지는 순탄한 삶을 살았다.

그러나 1597년 文科重試(문과중시)에 장원급제하면서부터 1618년 모역죄로 사형에 처해지기까지 20여 년의 벼슬 생활은 혼잡한 기행과 범법의 연속이었다. 비록 左參贊(좌참찬)이란 높은 벼슬자리까지 올랐으나 그의 사람됨은 面從腹背(면종복배), 責任轉嫁(책임전가), 險邪奸妄(험사간망), 妖惡諂附(요악첨부), 反間謀略(반간모략), 試驗不正(시험부정), 公金詐取(공금사취) 등 온갖 못된 짓은 골라가며 저지른 것으로 되어 있고 오직 좋은 점이라면 대단히 명석한 머리와 민첩한 행동, 그리고 典故(전고)에 밝을 뿐만 아니라 기가 막히게 글을 잘 지은 것으로 되어 있다. 또 그는 우리나라에 천주교를 최초로 소개한 사람으로도 알려져 있다. 그가 1610년(광해군 2)에 陳奏副使(진주부사)로 명나라에 갔다가 천주교의 기도문인 12단을 얻어 왔기 때문인데 그는 늘 이렇게 새로운 지식과 사상에 열린 마음을 가지고 신명나는 세상을 만들겠다는 부푼 꿈을 가진 환상적 혁명아이었던 것 같다.

이 〈屠門大嚼(도문대작)〉도 우리나라의 陸海産(육해산) 음식명을 모두 정리해 보겠다는 분방하고 기발한 착상의 글이다. 그렇다면 결국 글과 사람은 같은 것인가?

〖푸줏간 앞에서 크게 입맛 다시며〗

우리 집은 비록 가난하기는 하였으나 아버님이 생존해 계실 때에는 사방에서 나오는 맛있는 음식을 예물로 바치는 사람이 많았다. 그래서 나의 어린 시절에는 온갖 진귀한 음식을 갖추어 먹을 수 있었고, 성장하여서도 그런대로 집안이 커져서 육지나 바다에서 나오는 맛있는 음식을 두루 찾아 먹을 수 있었다. 임진년 난리에 병화를 피하여 북쪽에서 강릉으로 돌아오니 생업이 아주 다르고 사는 것이 엉망이 되어 아무것이나 닥치는 대로 먹게 되었다. 그 무렵 北官(북관) 南徹益(남철익)은 죽으로 끼니를 때우는 것을 보았다. 그래서 그 후로 우리나라에서 나오는 것으로 고기라면 먹지 못할 것이 없고 풀이라면 씹지 못할 것이 없다고 여기게 되었다.

식욕과 성욕은 인간의 타고난 본성이요, 더구나 먹는 것은 목숨을 부지하는 데 꼭 필요한 것이다. 옛날에 성현들이 음식을 천하다고 말씀하신 것은 그것을 너무 밝혀 탐하는 것을 지적한 것이지 어찌 먹는 것과 씹는 것을 그만두라고 한 것이겠는가. 그렇지 않다면 여덟 가지 진귀한 음식이라는 것을 어찌하여 禮記(예기)와 經書(경서)에 적었을 것이며, 또한 맹자는 물고기와 곰 발바닥을 나누어주었겠는가. 내가 일찍이 何氏食經(하씨식경)과 郇公食單(순공식단)을 읽어보니 두 분이 모두 천하의 맛있는 음식을 찾았을 뿐만 아니라 풍부하고 사치함이 극에 이르렀으므로 그 종류가 심히 많아 만 가지나 헤아릴 정도였다. 그것을 간추려 보니 어떤 것은 단지 이름만 아름답게 지어 으리으리한 것처럼 눈부시게 할 뿐이었다.

우리나라는 비록 편벽된 곳에 자리하였으나 넓은 바다로 둘러싸이고 높은 산이 솟아 있어 물산이 풍요하다. 만일 앞의 두 분이 우리나라 물산을 예로 들어 구별한다면 그것 역시 만 가지는 헤아렸을 것이다. 내가 나라에 죄를 지어 바닷가에 귀양살이할 때에 겨죽도 얻어 먹지 못할 지경이었다. 음식을 담당한 사람이 겨우 썩은 고기, 상한 생선, 쇠비름, 들미나리 같은 것을 가져다주었는데 그것마저 하루 한 끼니뿐이었다. 그래서 나는 하루종일 배를 어루만지며 지난날에 산해진미도 먹기 싫어하던 것을 생각하면서 입으로는 군침을 질질 흘리곤 하였다. 비록 내가 맛보고자 하나 그것은 아득히 멀리 있는 천왕모의 복숭아와 같으니 내 몸이 東方朔(동방삭)이 아닌 바에야 어찌 그것을 훔쳐낼 수 있을 것인가. 내가 할 일이란 고작 음식의 종류를 나열하여 적어 놓았다가 때때로 그것을 보며 고기산적 한 점을 먹는 것처럼 하는 것이리라.

쓰기를 마치고 이 글을 이름하여 "푸줏간 앞에서 크게 입맛 다시며"라고 하였다. 무릇 세상에 공명을 얻은 사람들이 입에 맞는 좋은 음식으로 사치하려는 것을 경계하고자 함이다. 사치가 지나쳐 절도

강원도 강릉의 허균공원

를 잃고 부귀영화를 누린다 한들 (그것이 무슨 소용이랴) 영원할 수 없다는 것이 오로지 이와 같을 뿐이다.

신해년(1611) 4월 21일 성성거사 지음

다시 한 번 글과 사람이 같은가 다른가를 생각하게 한다. 허균은 분명히 〈節度(절도)〉를 잃은 부귀영화는 오래가지 않음〉을 경계하기 위하여 이 글을 쓴다고 끝마무리를 하고 있다. 그렇다면 허균의 생애도 〈절도를 잃지 않는 선비의 삶〉을 보여주었어야 옳은 것 아닌가?

진정으로 글과 사람이 같은 것인가?

〖屠門大嚼〗

余家雖寒素 而先大夫存時 四方異味 禮饋者多 故幼日備食珍羞 及長贅豪家 又窮陸海之味. 亂日避兵于北方歸江陵 外業殊方 奇錯因得 歷嘗而釋禍浚 南北官轍益 以餬其口 故我國所産無不嚌 其後而嚼其英焉.

食色性也 而食尤軀命之關 先賢以飮食爲賤者 指其饕而徇利也. 何嘗廢食而不啖乎. 不然則八珍之品 何以記諸禮經 而孟軻有魚熊之分耶. 余嘗見何氏食經及郇公食單 二公皆窮天下之味 極其豊侈 故品類甚夥 以萬爲計 締看之 則只是互作美名 爲眩耀之具已.

我國雖僻 環以巨浸 阻以崇山 故物産亦豊饒 若用何韋二氏 例換號而區別之 殆亦可萬數也. 余罪徙海濱 糠粃不給 飣案者 唯腐鰻腥鱗 馬齒莧野芹 而日兼食 終日枵腹 每念昔日所食 山珍海錯飯 而斥不御者 口津津流饞涎 雖欲更嘗 邈若天上王母桃 身非方朔 安得偸摘也. 遂列類而錄之 時看之 以當一臠焉.

旣訖名之 曰屠門大嚼 以戒夫世之達者 窮侈於口 殄不節 而榮貴之 不可常也 如是已.

辛亥四月二十一日 惺惺居士 題

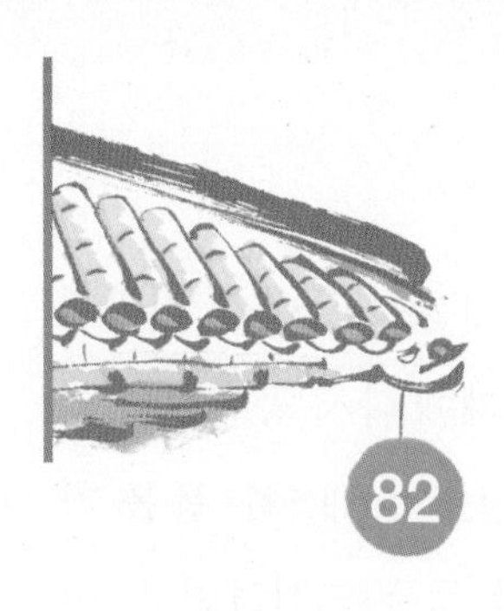

김 상 헌　군 옥 소 기

金尙憲의 群玉所記

가노라 삼각산아 다시보쟈 한강수야

고국산천을 ᄯᅥ나고쟈 ᄒᆞ랴마ᄂᆞᆫ

시절이 하 수상ᄒᆞ니 올동말동 ᄒᆞ여라

淸陰(청음) 金尙憲(김상헌, 1570 선조 3~1652 효종 3)이 이 시조를 읊으며 청나라로 잡혀가던 해는 1637년 병자호란이 일어난 다음 해, 그의 나이 이미 예순일곱에 이른 노인이었다.

그는 스물일곱 살 때 庭試文科(정시문과)에, 서른아홉 살 때 文科重試(문과중시)에 급제하면서 벼슬살이를 하였다. 그는 西人(서인)에 속하였으나 仁祖反正(인조반정)에는 가담하지 않은 淸西派(청서파)의 領袖(영수)였다. 초년에는 正言(정언), 校理(교리), 直提學(직제학) 등을 지내다가 광해군 7년(1615) 46세 때 왕의 뜻에 거슬리는 箋文(전문)을 지은 죄로 파직되어 陽根(양근)의 石室(석실)로 돌아가 진원생활을 하였다. 10년 만인 인조 2년(1624) 55세 때에 다시 등용되어 大司諫(대사간), 大司憲(대사헌), 大司成(대사성), 大提學(대제학) 등을 거쳐 禮工刑吏(예공형리)의 各曹判書(각조판서)를 두루 역임하면서, 시사에 임하여 공평치 않음이 없고 시무를 논함에 正明(정명)치 않음이 없었다. 丁卯胡亂(정묘호란, 1627) 이후에는 兩館(양관) 大提學(대제학), 吏曹判書(이조판서)의 자리에 있으면서 한결같이 斥和(척화)를 주장하다가 또다시 陽根書齋(양근서재) 石室山人(석실산인)의 주인노릇을 하였다.

드디어 丙子胡亂(병자호란, 1636)이 터졌다. 청음은 분연히 남한산성에 갇혀 지내는 인조를 찾아뵙고 어떠한 일이 있어도 척화를 지켜나가자고 進言(진언)하였다. 遲川(지천) 崔鳴吉(최명길)은 그때 主和(주화)를 주장하면서 청나라에 화의를 도모하자는 취지의 「對淸國書(대청국서)」를 초하고 있었는데 그 글을 본 청음은 격분을 이기지 못하고 통곡하며 그 국서를 찢어버리며 척화를 상주하였다.

그러나 대세는 이미 청과의 화의가 피할 수 없는 길이었다. 임금이 山城(산성)을 나와 치욕의 발길을 떼자 청음은 望拜痛哭(망배통곡)하며 안동 땅 鶴駕山(학가산)으로 들어가 묻혀 지내다가 드디어는 瀋陽(심양)으로 잡혀갔다. 위의 시조는 그때 읊은 것으로 전해 온다.

심양 北館(북관)에 갇혀 있을 때, 청음과 遲川(지천)은 시를 唱酬(창수)하며 서로 마음을 나누다가 서로서로 主和(주화)와 斥和(척화)의 참뜻을 알고 나라 사랑의 우의를 더욱 돈독히 하였다고 한다. 그렇지만 심양에서 풀려나 고국으로 돌아오게 되었을 때, 청음은 淸帝

(청제)에게 拜禮(배례)하는 것을 끝내 거부함으로써 초지일관 守經(수경)의 길을 굳게 지켰다. 孝宗(효종)이 등극하자 그에게 북벌의 의지를 굳히도록 진언했음은 두말할 필요도 없다. 효종의 廟廷(묘정)에 배향되었다.

여기에 石室主人(석실주인) 시절에 閑遊(한유)한 마음으로 쓴 玉印章(옥인장) 사랑의 이야기를 옮긴다.

김상헌(金尙憲) 선생의 묘

『群玉所(군옥소) 이야기』

청음거사(김상헌)는 도장 수십 개를 가지고 있다. 그것들은 모두 玉에 새긴 것인데 도장함에 차곡차곡 쌓여 눈부신 옥빛을 뿜어내고 있다. 나는 그것을 수건으로 깨끗이 닦고 싸서 금대산 석실 안에 넣어 놓고 이름짓기를 群玉之所(군옥지소)라 하였다.

나의 천성이 원래 소박하고 어리무던하여 평생토록 특별히 보배처럼 아끼고 좋아하는 것도 감추어 쌓아 두는 것도 없으나, 오로지 이 옥도장들만은 즐기고 좋아하였는데 마치 바람둥이가 여색을 좋아하는 듯이 하였다. 그러므로 이 세상에 달리 좋아하는 것이 있다 하여도 나는 결코 내 뜻을 바꾸고 싶지 않다.

그 도장들은 하나하나가 (특별하다) 옥의 재질에 따라 형태가 다르고 형태에 따라 篆字(전자) 글씨가 다르며 전자 글씨에 따라 筆勢(필세)가 다르다. 그러나 다르다고 해도 다르지 않음이 있고, 같다고 해도 같지 않음이 있다. 네모진 것은 矩法(구법 : 굽은 것을 재는 원리와 기술)에 맞지 않음이 없고, 둥근 것은 規法(규법 : 둥근 것을 재는 원리와 기술)의 원칙을 충실히 따랐다.

긴 것은 조붓하면서도 가느다랗고 자 하였고 큰 것은 씩씩하면서도 의젓하려 하였으며, 메말랐다 하여도 엉성하지는 않고 풍만하다 하여도 빽빽하지는 않으며, 굽었다고 하여도 곧곧한 맛을 버리지 않았고, 조금 이상스럽다 해도 반듯한 느낌을 해치지 않았으니 이것이 모두 도장의 법도를 지킨 것이다. 그 형상 모양에 따라 제각기 고유한 품격이 있으니 흠집과 어여쁨이 갖추어 드러나고 하품 옥인지 상품 옥인지를 감추려 하지 않는다. 언제나 맑게 갠 날 햇볕이 따뜻할 때에는 앉은 자리 주변을 깨끗이 쓸고 책상도 정길하게 닦은 다음,

(그 도장들을) 좌우에 늘어놓고 손으로 쓸고 어루만지며 감상하노라면 (이것이야말로) 진실로 예술을 사랑하는 사람의 맑은 감상이요, 文士(문사)가 거처하는 방안에 갖추어 놓은 秘藏(비장)의 보배가 아니겠는가.

그 첫 번째는 金尙憲印(김상헌인)이라 새긴 것인데 곧 居士(거사)의 성명이다. 그 모양은 네모 반듯하고 거기에 쓰인 篆字體(전자체)는 여러 가지를 고루 섞었으며 그 글자의 획은 양각이고 네 글자 가운데 세 글자는 크고 한 글자는 가늘게 되었는데 그 모양이 감을 玄(현)자를 연상시킨다. 이것이 모두 가득 찬 것은 변하여 모자란 것을 채우는 대지 자연의 원리, 곧 지도의 운용을 그리려 한 것이다.

그다음에는 叔度(숙도)라 새긴 것인데 곧 거사의 字(자)이다. 그 모양은 첫 번째 것과 같으며 글씨는 大篆體(대전체)이고 글자의 획은 음각인데 아주 고풍스러워서 화려한 맛이 없다. 마치 江都(강도)에서 벼슬한 董仲舒(동중서)의 학문이 純正(순정)하지 않은 것은 아니나 정밀한 맛은 다소 떨어지는 것을 연상시킨다. 또 그다음 것은 청음이라 새긴 것인데 곧 거사의 호이다. 네모형이고 힘줄 같은 옥인데 양각이다. 그 모양은 두 명의 어린이가 나란히 짝지어 밭갈이하고 그 중간에 옥자루 도끼가 있는 듯, 周庠(주상 : 주나라 때 학교)에서 勺舞(작무 : 어린이 춤)를 추고 있는 듯도 하여 그 어린이의 모습이 그럴 듯 볼 만하다. (중략)

이러한 것들이 드러내어 말할 수 있는 것이요, 이 외에도 몇 개의 도장이 있는데 그것들 하나하나가 매우 섬세하고 보기 좋다. 마치 王謝家(왕사가 : 중국 진나라의 명문가, 왕가와 사가)의 정원에 들어간 듯하여 보이는 것마다 고귀한 난초[芝蘭] 아닌 것이 없고, 고귀한 나무[玉樹]가 아닌 것이 없는 듯하니 그 모양을 이루다 묘사할 길이 없다. 아하 그림과 글씨의 오묘한 이치를 모두 통달하지 않은 사람이라면 누가 능히 나의 이러한 보물에 대하여 언급할 수 있으랴. 무료함을 달래는 뜻으로 이 글을 적어 도장 즐기는 이들과 함께 기쁨을 나누고자 한다.

옛날 선비들은 무슨 취미가 있었을까? 紙筆墨硯(지필묵연)과 관련된 선비의 향기는 어떤 것이었을까? 그 궁금증을 청음의 이 인장 이야기에서 해소하게 되었다. 선비의 惑愛(혹애)가 어찌 인장 하나 뿐이랴만은 어쩌면 인장이 그 전부라 해도 과언이 아닐 듯싶다. 선비의 벗이 시서화일진대 또한 낙관 없는 시서화가 없을 것이니 인장은 선비가 사랑하는 처음이요 마지막이 아닐런가? 이런 수필을 더 찾아 읽을 일이다.

〖群玉所記〗

清陰居士有章數十枚 欹劂次玉 纍纍滿函 燦然爛然 巾之襲之閣之 于金臺之山石室之內 命曰群玉之所.

居士性樸拙 平生無玩好無藏畜 獨於此嗜之 若淫者之好好色 雖有他好 不與易也. 每章隨質異形 隨形異篆 隨篆異勢 異有不異 同有不同 方以盡矩 圓以盡規 長者欲其狹而細 大者欲其莊而儼 瘦不失之疏 豐不失之密 曲而不畔於直 奇而不害於正 皆法也. 依形肖貌 各有題

品 疵美具著 珉瑜不掩 常遇晴檐暖日 掃席拂几 陳列左右 摩挲手弄 眞藝苑之清玩 文房之祕珍也.

其一曰某印者 居士姓名也. 厥形方 厥篆錯 厥畫陽 四字之中 三字大一字細 而狀類之玄 有地道變盈流謙之象.

次曰叔度者 居士字也. 厥形同上 厥書大篆 厥畫陰 古而不華 如董江都學問 非不純正而少精采. 曰清陰者 居士號也 方形也 玉筋也 陽畫也 其象如二童子綴耦 間植玉戚周庠舞勺 幼儀可觀.(中略)

玆其表表可述者 此外若干枚 箇箇精好 如入王謝家階庭 所見無非芝蘭玉樹 不可殫狀. 嗚呼 非盡圖書之妙者 其孰能與論於此乎 聊記之 與同好者共之.

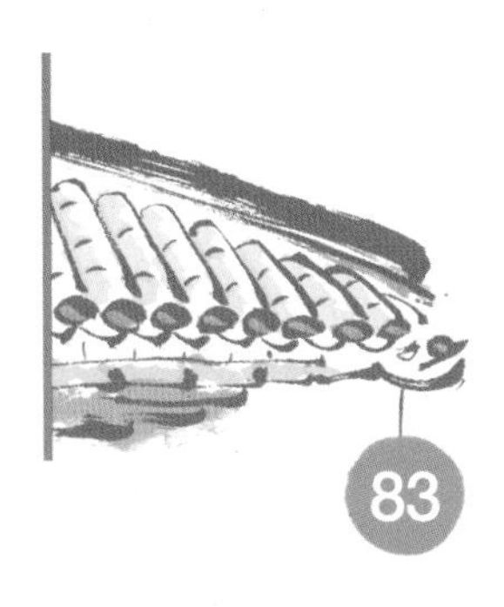

83

金堉의 海東名臣錄
김육 해동명신록

大同法(대동법)이란 조선왕조 후기에 시행되었던 가장 합리적인 세법이었다. 1608년(광해군 원년) 경기도에 처음 실시한 이래 1708년(숙종 34년)에 황해도에 마지막으로 시행하기까지 장장 일백년에 걸쳐 전국 팔도에 점진적으로 확대 실시된 이 제도는 토지 1결당 백미 12두만을 납부케 하는 稅制(세제)였다. 이 세제로 말미암아 供物(공물)·進上(진상)·官需(관수)·刷馬(쇄마) 등 각종 명목으로 잡다하게 거두어들이던 여러 가지 稅目(세목)이 단일화되어 稅制上(세제상)의 일대개혁을 이룩함으로써 그동안에 자행되던 여러 가지 폐단을 씻어낼 수 있었다. 이 대동법은 1894년(고종 31년) 근대화된 세제개혁으로 지세에 병합될 때까지 조선조 후기를 지탱한 납세 및 재정의 근간이었다.

이러한 대동법의 시행에 공헌을 한 분은 누구일까? 곧 潛谷(잠곡)

대동법(大同法)의 시행을 위해 심혈을 기울인 김육(金堉) 선생 영정

金堉(김육, 1580 선조 13~1658 효종 9)이다.

잠곡은 인조 즉위년(1623)에 金吾郞(금오랑)에 임명되어 벼슬살이를 시작하였고, 成均館(성균관) 大司成(대사성), 弘文館(홍문관) 副提學(부제학), 承政院(승정원) 都承旨(도승지), 司憲府(사헌부) 大司憲(대사헌) 등을 거쳐 효종 즉위년(1649)에 우의정에 오른 후 은퇴하기까지 좌의정·영의정을 차례로 역임하였다. 잠곡은 무엇보다도 經世

(경세)에 뛰어난 인물이었다. 그는 인조 · 효종 양대 중에 네 차례에 걸쳐 청나라에 다녀오면서 화폐(상평통보)의 주조이용(1644~51), 마차 및 水車(수차)의 제조 · 보급(1644~49) 時憲曆(시헌력)의 수용실시(1649~53) 등을 강력히 추진하였고, 특히 대동법의 시행을 위해서는 필생의 사업으로 심혈을 기울였다. 운명의 자리에서도 전라도의 大同法案(대동법안)을 遺言(유언)으로 上疏(상소)할 만큼 강한 의지와 집념을 보였다. 그의 사후에 "평생에 경제를 스스로의 임무로 삼았으며 대동법의 실시를 위한 논쟁으로 인하여 수명을 단축시켰다." 고 적은 史官(사관)의 卒記(졸기)는 잠곡이 얼마나 대동법을 위해 노심초사하였는가를 말해준다.

그러나 이와 같은 잠곡의 경세관은 폭넓은 인문학적 기반과 투철한 역사의식이 밑받침되었기에 가능한 것이었다. 「潛谷筆談(잠곡필담)」「潛谷遺稿(잠곡유고)」 등 그의 저서가 이러한 사실을 입증하거니와 「海東名臣錄(해동명신록)」 같은 책은 잠곡이 선대의 인물에 대해서도 얼마나 깊이 있는 이해와 애정을 지니고 있었는가를 알 수 있다.

「海東名臣錄(해동명신록)」은 羅麗二代(나려이대)에 薛聰(설총), 崔致遠(최치원), 崔沖(최충), 安裕(안유), 鄭夢周(정몽주), 吉再(길재) 등 여섯 분을 포함하여 조선조 중엽에 이르기까지 총 321분의 인물을 소개하고 있다. 이 책을 통하여 우리는 역사를 공부한다는 것과 선대의 인물을 배운다는 것이 둘이 아니요 하나임을 깨닫게 된다.

이제 「해동명신록」에서 재미있는 이야기 하나를 골라 읽어 보기로 하자.

〖南怡將軍(남이장군)〗

南怡(남이)는 용맹이 뛰어났다. 李施愛(이시애)를 토벌하고 建州衛(건주위 : 명나라 때 만주 남쪽 여진족을 다시르기 위해 설치한 지역)를 정벌할 때 모두 앞장서서 힘써 싸웠다. 그의 功(공)은 一等(일등)에 기록되고 資憲大夫(자헌대부)에 벼슬은 兵曹判書(병조판서)였다. 成化(성화) 戊子年(무자년, A.D. 1468)에 헌종이 새로 왕위를 이었는데 이때에 하늘에 혜성이 나타났었다. 그때 마침 남이가 대궐에서 당직 중이었다. 남이는 사람들과 혜성이야기를 하면서 이것은 「낡은 것을 제거하고 새것을 펴는 기상」이라고 하였다. 柳子光(유자광)은 평소에 남이의 재능과 지위와 명망이 자기보다 높은 것을 시기하던 터였는데, 그날도 역시 입직하다가 벽을 사이에 두고 남이의 말을 엿듣고, 이것을 부풀려 날조하여 남이가 반역을 꾀하고 있다고 밀고하였다. 남이는 죄가 인정되어 죽임을 당하니 이때 그의 나이가 스물여덟이었다.

세상에 전해오기를, 남이가 어린 시절에 길거리에서 놀다가 한 어린 종이 작은 상자를 보자기에 싸 들고 지나갔다. 그런데 그 보자기 짐 위에는 하얗게 분을 바른 여자 귀신이 앉아 있었다. 다른 사람들은 모두 보지 못했으나 (남이만 볼 수 있었다.) 마음속으로 이상하게 여기고 그 뒤를 따라갔더니 (그 아이 종은) 한 재상의 집으로 들어갔다. 그런데 조금 뒤에 갑자기 그 집에서 울음소리가 들려왔다. 물어보니 그 집의 어린 娘子(낭자)가 갑자기 죽었다고 하였다. 남이는 그들에게 “내가 들어가 보면 살릴 수 있을 것이오.” 하였으나 그 집에서는 허락하지 않았다.

한참 뒤에 그 집에서 허락하므로 남이가 들어가 보니, 분바른 귀신이 낭자의 가슴을 타고 앉았다가 남이를 보자 즉시 달아났다. 낭자가 일어나 앉으므로 남이는 그 집을 나왔는데 낭자가 다시 죽었다. 남이가 다시 들어가니 (낭자가) 다시 살았다. 남이가 그들에게 "종이 가지고 온 상자에 무엇이 들었소?" 하고 물으니 그것은 紅柿(홍시)라고 하였다. 낭자가 그 홍시를 먼저 먹다가 숨이 막혀 쓰러진 것이라고 하였다. 남이가 자기가 본 것을 다 말하고 邪(사)를 다스리는 약을 써서 치료하여 낭자의 목숨을 구하였다. 이 낭자가 바로 權擥(권남 : 세조 때의 문신, 좌의정)의 딸이었다. 이 일로 말미암아 (남이와 그 낭자와) 길일을 택하여 혼인을 정하였다.

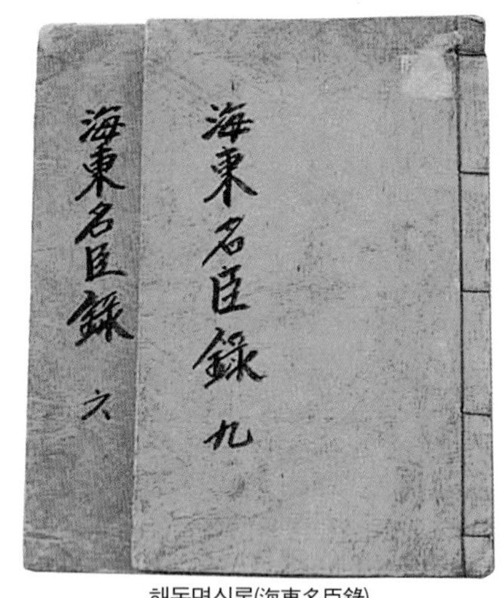

해동명신록(海東名臣錄)

남이장군의 이 어릴적 이야기는 '믿거나 말거나' 에 속하는 이야기이지만 남이장군의 특출함이 이러한 이야기까지 만들어낸 듯하다. 이 이야기와 더불어 우리는 남이장군이 지었다고 전해오는 다음의 시를 사랑하지 않을 수 없다.

白頭山石磨刀盡	백두산의 돌덩이는 칼을 갈아 다 없애고
豆滿江水飮馬無	두만강의 흐르는 물 말을 먹여 없애리라
男兒二十未平國	사나이 스무 살에 나라 평정 못한다면
後世誰稱大丈夫	뒷날의 그 누구가 대장부라 부르겠나!

시대의 변화는 우리로 하여금 해동명신록의 후속편을 짓도록 요구하고 있다. 잠곡이 세상을 떠난 17세기 후반에서 20세기 초까지는 해동명신록 후편을 지어 나라에 벼슬살이한 관료들을 헤아릴 것이려니와, 1910년 이래 현재에 이르기까지는 무슨 제목으로 지어야 할까? 새 시대의 새로운 君臣(군신)은 분명히 정부 관료의 범위를 넘는 것이니 나라를 이끌어 간 名士(명사)들에 관한 그의 합당한 제목이 붙여져야 하리라. 함께 생각해 보아야 할 것이다.

〖海東名臣錄 卷之四 南怡〗

南怡驍勇絶倫 討李施愛 征建州衛 皆先登力戰 策功一等階資憲 拜兵曹判書. 成化戊子睿宗新嗣位時 慧星見 怡直宿禁中 與人論慧星 乃除舊布新之象 柳子光素猜忌怡才能 名位己出己右 是日亦立直 隔壁竊聽其言 因敷演構捏 密啓怡謀叛 時年二十八.

俗傳 怡少時游街上 見小奚袱褁小笥而去 袱上坐着粉面女鬼 人皆不見 心怪之 施從其所 往入於一宰相家俄而其家號哭 問之則主家小娘子暴死 怡曰我入見則可活 其家不許 久而後可 怡入門粉鬼據娘胷而坐 見怡卽走 娘子起坐 怡出娘復死 怡更入還生 怡曰小奚笥中何物 曰紅柹也 娘子先取此柹 而食氣塞而倒 怡具言所見以治邪之藥 救之得生 此卽擎之女也 以此卜吉定婚云.

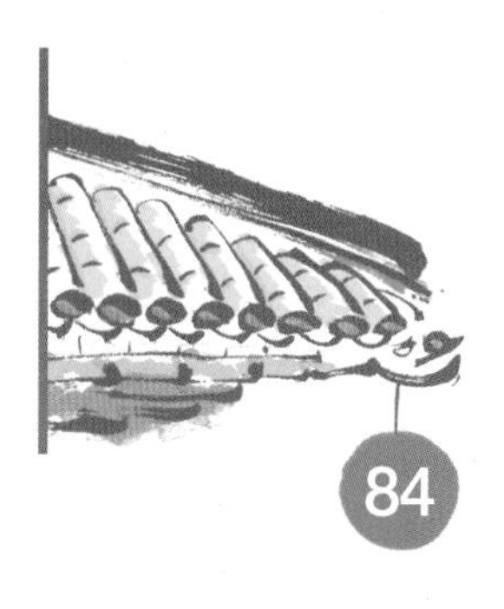

84

張維의 谿谷漫筆

장유 계곡만필

16세기 말 임진왜란(1592~1598)의 7년 전쟁을 치르고 숨도 고르기 전에 丁卯(정묘, 1627)와 병자호란(1636)의 소용돌이를 겪게 된 조선조 사회는 새로운 국제질서에 적응하기 위한 몸 가누기가 시작되었다. 선조 후반과 광해군 10년 그리고 인조 전반에 걸친 약 반백 년의 세월이었다.

정치 · 경제 · 군사 · 문화 등 제 분야의 전범이라고 믿었던 중화의 명나라가 오랑캐 족속의 하나였던 청나라에 여지없이 무너지고 事大慕華(사대모화)의 명분과 현실외교의 실리 사이에서 머뭇거리던 仁祖朝廷(인조조정)은 청태종의 공격에 무참하게 깨지어, 三田渡(삼전도)에서 三拜九叩頭(삼배구고두)의 예를 올리는 치욕을 감내하였다. 다시 말하여 淸(청)이 새로운 華(화)의 위치를 차지하게 된 것이다.

장유 영정

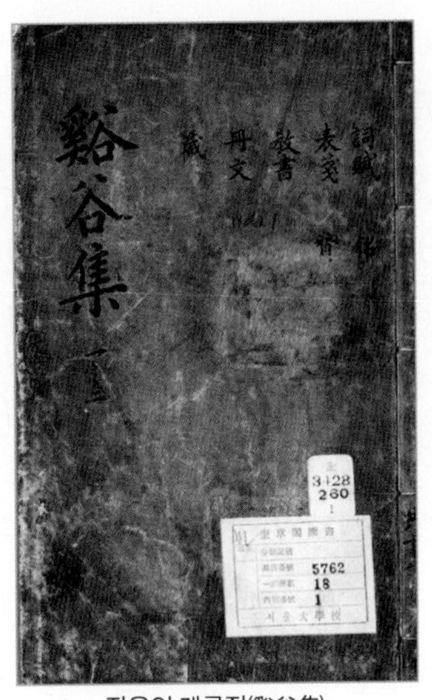

장유의 계곡집(谿谷集)

이러한 시대에 鷄谷(계곡) 張維(장유, 1587 선조 20~1638 인조 16)가 살았다. 貫鄕(관향)이 德水(덕수)인 그는 흥미롭게도 아랍계 귀화인의 후손이다. 덕수 장씨의 시조 伯昌(백창)은 원나라 세조 때 원의 벼슬아치로서 고려에 시집오는 魯國公主(노국공주)를 陪行(배행)하여 우리나라에 와서 정착한 아랍인이다. 그로부터 400년 세월에 그 집안은 西人系(서인계) 유학자의 계통을 이으며 名門(명문)으로 성장하였다.

鷄谷(계곡)은 司馬試(사마시)를 거쳐 광해군 1년 23세 때 문과에 급제하여 注書(주서), 檢閱(검열) 등을 지내다가 광해군 4년에 誣獄(무옥)에 연루되어 파직을 당하였다. 그 뒤 인조반정에 가담하여 靖社功臣(정사공신)이 됨으로써 다시 벼슬길이 트이었다. 大司諫(대사간), 大司憲(대사헌), 大司成(대사성) 및 禮曹(예조)·吏曹判書(이조판서)를 역임하였다. 1631년 45세 때 그 딸이 鳳林大君(봉림대군)에게 시집가니 뒷날 그는 孝宗(효종)의 國舅(국구)가 되었다. 詩(시)·書(서)·畵(화), 天文(천문)·地理(지리)·醫藥(의약)·兵術(병술) 등 다방면에 거칠 것이 없는 다재다능의 박학이었다. 자연히 성리학 일변도가 아니어서 陽明(양명)과 道佛(도불)에도 일가견을 지닌 이른바 변혁기에 균형감각을 지닌 조선조 지식인이었다. 많은 글을 남겼으나 불행하게도 丁卯胡亂(정묘호란) 때 散逸(산일)되어 남아 있는 것이 많지 않다. 여기에는 漫筆(만필) 속에 들어 있는 한 편의 글 〈南草說(남초설)〉을 옮겨본다.

〘南草(남초 : 담배)에 대하여〙

南靈草(남령초)의 연기를 피워 마시는 법은 본래 일본에서 건너온 것이다. 일본 사람들은 그것을 淡泊塊(담박괴)라고 부르는데 그 풀이 생산되는 남양 여러 나라에서 그렇게 부르기 때문에 생긴 말이다. 우리 나라에서는 20년 전쯤부터 피우기 시작했는데 오늘에 이르러 위로는 公卿大夫(공경대부)로부터 아래로는 상여 메고 꼴 베는 草童(초동)에 이르기까지 피우지 않는 이가 없게 되었다.

그 풀은 『本草綱目(본초강목)』에도 보이지 않고 그 밖의 다른 책에도 알려져 있지 않으나 그 성질과 기본특징은 그저 맛이 매우 쓰고 약간의 독성이 있다. 사람들은 그것을 씹거나 먹지는 않고 태워서 연기를 마실 뿐이다. 그 연기를 많이 마시면 정신이 어질어실하고 쓰러질 듯하기도 하는데 오래 피운 사람은 반드시 그렇지도 않다. 요즈음 세상에서는 (그 풀을) 피우지 않는 사람이 천 명이나 백 명 가운데 한 명이 될까 말까 할 정도가 되었다.

얼마 전에 중국 사람 절강성 慈溪(자계) 출신의 朱佐(주좌)라 하는 이를 만난 적이 있었다. 그가 말하기를 중국에서는 이 남초를 烟酒(연주)라 부르기도 하고 烟茶(연다)라 부르기도 하는데 백 년 전에 이미 閩中(민중 : 복건성 민후현 북쪽의 군) 땅에 퍼져 있었고, 오늘에 와서는 온 천하에 두루 퍼졌는데 붉은 코[赤鼻]를 치료하는 데에 매우 효험이 있다고 하였다. 내가 묻기를 이 물건이 메마르고 열이 많아서 반드시 肺(폐)를 상하게 할 터인데 어찌 코를 치료할 수 있겠느냐 하였더니, 주 씨가 말하기를 능히 체증을 풀어낼 수 있기 때문이라고 하였다. 그 말에도 역시 일리가 있는 듯하였다.

내가 말하였다. "남초가 이렇게 세상에 널리 쓰이는 것으로 보아 머지않아 중국의 茶(차)와 같이 될 것이다. 차는 魏晉(위진)시대부터 널리 퍼지기 시작하여 당송시대에 이르러 두루 유행하고 오늘날에 와서는 드디어 온 천하 모든 사람들이 매일같이 일용하는 바 되어 모름지기 벼 곡식과 함께 쓰이게 되니 나라에서 專賣(전매)하여 이익을 거두어들이게 되었다. 이제 남초의 유행도 어느덧 수십 년이 되었을 뿐 아니라, 그 번성함이 이미 차와 같이 되었으니 백 년 뒤에는 차와 더불어 利(이)를 다투게 될 것이다."

옛날 남방 사람들은 檳榔(빈랑 : 종려나무과의 키큰나무 및 그 열매)을 소중히 여겼는데 (그 빈랑을 먹으면) 취한 사람은 능히 깨어나고, 깨어 있는 사람은 능히 취하며, 배고픈 사람은 배부르고, 배부른 사람은 배고프게 한다고 일컬었다. 대개 지극히 좋아하는 기호품이라 그 좋은 점을 칭찬함이 그렇게까지 말하게 되었을 것이다. 이제 세상에서 남초를 좋아하는 것도 역시 배고픈 사람은 능히 배부르게 하고, 배부른 사람은 능히 배고프게 하며, 추운 사람은 따뜻하게 하고, 더위를 느끼는 사람은 능히 서늘하게 한다고 말하니, 그 찬양이 저 빈랑을 칭찬하는 것을 능가하는 듯하니 그 또한 한갓 웃음거리가 될 만하다.

세상에서 남초를 공격하여 말하는 이는 그것이 남쪽 오랑캐 지역에서 나온 것이요, 『本草綱目(본초강목)』에 기록되지 않았음을 구실로 삼으나 그것은 정당한 논의라 할 수 없다. 본초는 송나라 徽宗(휘종, 재위 1100~1125) 때 편찬된 것으로 거기에 神農氏(신농씨)가 맛보았다고 하는 것도 (세상 약초 가운데에) 겨우 10분의 1정도 밖에 아니 된다. 그 나머지는 모두 그 후에 발견된 것이며 唐宋(당송) 이래로 南蠻(남만)으로부터 선박을 통하여 들어온 것이 상당히 많다.

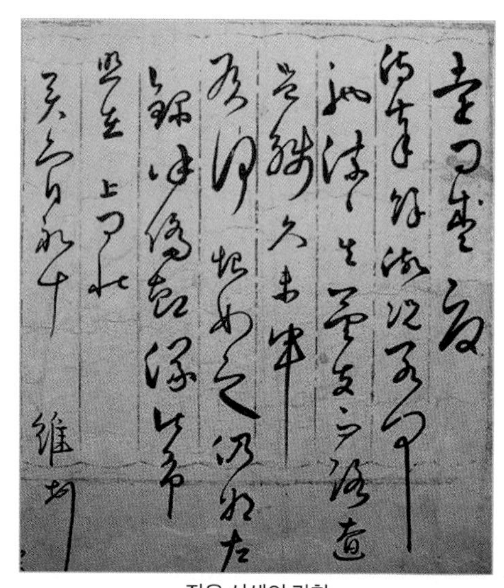

장유 선생의 간찰

破故紙(파고지 : 식물의 열매, 통증 치료 및 정력제) 같은 것은 약 중에도 매우 요긴한 품목인데 이것도 남만의 배에서 들어온 것이다. 파고지라고 부르는 것은 (음차표기이므로) 거기에는 아무런 뜻도 없다. 담바괴도 꼭 그와 같은 것이다. 대저 이 남초가 능히 사람에게 이익이 된다고 하나 나는 (그에 관하여) 아는 바가 없다. 그러나 과연 이익이 있다고 한다면 그것이 어디에서 왔는가를 굳이 따져 물을 필요는 없을 것이다.

우리나라에 담배가 퍼지기 시작한 것은 임진란이 끝난 1600년 어름, 그러니까 鷄谷(계곡)의 나이 스무 살 전후인 듯싶다. 그로부터 20여 년이 흐른 40대 후반에 계곡은 나라 안에 널리 퍼진 喫煙(끽연)의 실상을 보고 이 글을 쓴 듯하다. 21세기인 지금 '담배설'을 쓴다 해도 그 전래, 특성, 효능의 득실, 전매성 여부 등을 이 글처럼 간결하고 요령 있게 설파할 수 있을까? 계곡의 慧眼(혜안)이 놀랍기 그지없다. 그런데 그가 回回(회회)아비의 후손이라니! 우리가 단일민족이라고 주장하는 것은 오로지 민족적 정체성을 확립하기 위한 정신무장의 촉매임을 거듭 깨달을 뿐이다.

〖南草說〗

南靈草吸煙之法 本出日本 日本人謂之淡泊塊 言其草出自南洋諸國云 我國自二十年前始有之 今則上自公卿下至轝臺蕘牧 無不服之. 其草不見於本草 諸書未知 性氣及主治 但味辛似有小毒 人未嘗茹服 但燒煙吸之 吸多則亦令人暈倒 久服者不必然 世之不服者 僅僅千百之一耳.

頃見華人朱佐浙江慈溪人也 言中國稱南草爲煙酒或

稱煙茶 百年前閩中已有之 今則幾遍天下 治赤鼻最有效 余問此物燥熱必傷肺 何能治鼻 朱曰 能散滯氣故耳其言亦有理.

余謂南草之用於世 殆將如中國之茶 茶自魏晉始著盛行於唐宋 至於今日 遂爲天下生民日用之 須與水穀同用 國家至榷賣收利 今南草之行 甫數十年耳 其盛已如此 百年之後 將必與茶爭利矣.

古者南人重檳榔 謂醉能使之醒 醒能使之醉 飢能使之飽 飽能使之飢 蓋酷嗜而稱美之耳 今世嗜南草者 亦言飢能使之飽 飽能使之飢 寒能使之煖 熱能使之冷 其稱之絶類檳榔 亦可一笑.

世之攻南草者 以出於蠻夷 非本草所載爲口實 此非通論也, 本草宋徽宗時所纂 其經神農所嘗者 僅僅什之一 其餘皆後出者 而唐宋以來 從蠻舶來者居多 如破故紙 是藥中要品 而出自蠻舶 破故紙之稱 絶無意義 政類淡泊塊 夫南草之能利益人 吾所未知果能有之 不當問其所從來也.

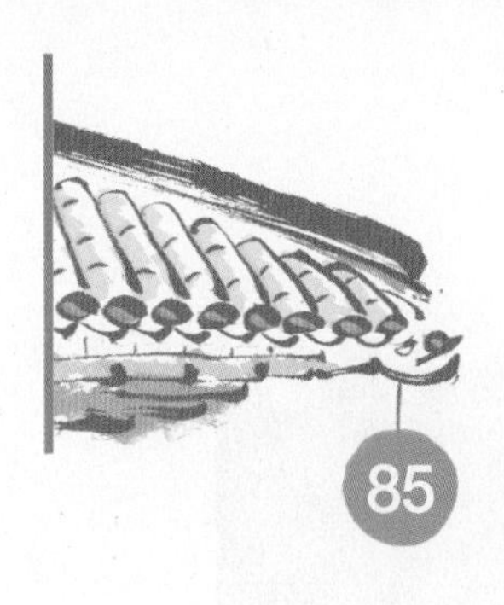

김시양 자해필담
金時讓의 紫海筆談

조선조 문신의 이상형은 어떤 인물일까? 첫째로 典籍(전적)과 經史(경사)에 밝은 선비이어야 할 것이다. 거기에 詩文(시문)에 능한 문장가라면 금상첨화일 것이다. 둘째로 국난에 처하여 出將(출장)의 자세를 갖춘 선비이어야 할 것이다. 이런 분을 흔히 文武兼全(문무겸전)이라 하였다. 그리고 셋째로 무엇보다 公私(공사)가 분명하여 끝내는 자신을 위하여는 三間茅屋(삼간모옥)으로 떳떳한 청백리이어야 할 것이다. 조선조는 농업을 기반으로 한 전근대의 경제체제이었으므로 원천적으로 재화가 부족하였다. 따라서 관리가 된다는 것은 청백리가 되는 길만이 正道(정도)를 걷는 참모습이었다. 사실 조선조 오백년은 이러한 청백리가 이끌어 왔다고 해도 과언이 아니다.

조선 중기 宣祖(선조) · 光海(광해) · 仁祖代(인조대)에 걸쳐 활동한 문신 중에 위에 검토한 세 가지 조건에 부합하는 분에 荷潭(하담) 金

괴산에 위치한 김시양 선생의 묘

時讓(김시양, 1581 선조 14~1643 인조 21)이 있다. 김시양은 初名(초명)은 時言(시언), 字(자)는 子中(자중), 號(호)는 荷潭(하담)이라 하였다 경주인으로 庇安縣監(비안현감) 仁甲(인갑)의 아들이다. 25세 때(1605, 선조 38) 庭試文科(정시문과)의 丙科(병과)에 급제하면서 벼슬살이를 시작하였다. 世子侍講院(세자시강원)의 여러 벼슬을 거쳐 31세 때(1611, 광해 3) 全羅道都事(전라도도사)가 되어 鄕試(향시)를 주관하였을 때 詩題(시제)에 임금의 失政(실정)을 암시하는 내용이 들어있다는 嫌疑(혐의)로 鍾城(종성)에 유배되었다.

그 후 43세 때 仁祖反正(인조반정)으로 풀려나 禮曹佐郎(예조좌랑)·兵曹正郎(병조정랑)·修撰(수찬)·校理(교리) 등을 역임하고 경상도와 평안도의 관찰사를 거쳐 51세에 兵曹判書(병조판서)에 올라 八道都元帥(팔도도원수), 四道體察使(사도체찰사)를 겸임하며 강력하게 斥和(척화)를 주장하였다. 61세에 이르러 判中樞府事(판중추부사)

겸 判春秋館事(판춘추관사)가 되어 宣祖實錄(선조실록)을 改撰(개찬)하는 일에 참여했으나 眼疾(안질)로 실명에 이르자 부득이 사직하고 낙향하여 지내다가 세상을 하직하였다.

다음 글은 하담이 어떻게 운명에 순응하며 겸허한 인생을 살았는지, 그리고 얼마나 뚜렷한 역사의식의 소유자이었는지를 짐작하게 하는 짧은 글 두 편이다. 공교롭게도 紫海筆談(자해필담)의 제일 처음과 마지막 부분이다.

〖자해필담〗

● 만력 임자년(1612, 광해군 5)에 내가 詩題(시제) 때문에 죄를 얻어 鍾城(종성)에 귀양을 가게 되었다. 10월달이 되어 귀양지 종성에 도착하였는데 한 달 남짓 지난 어느 날 꿈에 남쪽 지방으로 유배지가 옮겨진다는 꿈을 꾸었다. 읍의 이름은 아래 글자에 바다 해(海)가 있는데 平海(평해)같기도 하고 興海(흥해)같기도 하였으나 분명하지는 않았다. 그래서 나는 시 한 수를 지어 적어 놓았다.

외로운 신하 죄지은 이 몸 만 번 죽어 마땅한데
하늘처럼 높고 땅처럼 넓은 임금님의 사랑으로
북녘땅 변방의 모래바람을 떠나게 되었네
영남 땅 어느 곳, 매화꽃 대나무밭에 돌아간 듯하여라

임금님의 은혜가 태산처럼 크고 무거운데
산 넘고 물건 너는 먼 길을 어찌 탓하랴

사람 사는 만 가지 일이 도무지 꿈길이니
좋은 소식 꿈과 같기를 우두커니 기다리네

그로부터 일곱 해가 지난 무오년(1618, 광해군 11)에 북방 오랑캐의 난이 있어서 서북지방에 귀양간 사람들을 남쪽 지방으로 옮기라는 명이 있었다. 나는 寧海(영해)로 유배지를 옮겼다. 이에 이르러 꿈이 비로소 징험되었다. 길하고 흉하고 영화롭고 치욕스러움은 모두 미리 定하여지지 않은 것이 없는데 저 (부질없이) 경영하고 계획하고 도모하여 노력하는 이들이 생각하지 못함이 매우 심하구나.

● 漢書(한서) 武帝紀(무제기, B.C. 141~B.C. 88)를 考究(고구)해 보면 "조선이 항복하자 (그곳에) 진번 임둔 낙랑 현토의 四郡(사군)을 설치하였다. 그리고 成帝(성제, B.C. 33~B.C. 8) 초에 石顯(석현 : 한나라 제남인)이 패하자 그와 교류하던 모든 사람을 모두 파직하고 五鹿充宗(오록충종)은 좌천시켜 현토태수를 시켰다."고 되어 있다. 또 漢書(한서) 地理志(지리지)에는 기록하기를 "현토군의 屬縣(속현)에 고구려가 있고 樂浪郡(낙랑군)의 속현에 조선 浿水(패수) 帶方縣(대방현) 등이 있다."고 하였다.

또 綱目(강목 : 자치통감강목, 송나라 주자가 펴낸 사서)을 考究(고구)해 보면 "宋(송)나라 元嘉(원가) 9년(A.D. 432) 가을에 魏王(위왕) 燾(도)가 燕(연)나라를 정벌하여 깨뜨리고 군대를 인솔하여 서쪽으로 돌아가면서 營丘(영구), 成周(성주), 遼東(요동), 樂浪(낙랑), 玄菟(현토), 帶方(대방)의 여섯 郡民 3만 호를 幽州(유주)로 옮겼다."고 되어 있다.

이제 우리나라 역사를 (위의 기록과 관련하여) 살펴보기로 하자.

漢(한)나라 무제 때에 四郡(사군)을 설치하였다는 것은 근거가 있다. 그러나 만약 石顯(석현)이 무리를 쪼개어 배반하였다는 기록은 (문제가 있다.) 成帝(성제) 때는 고구려가 엄연히 나라를 이루고 있었으니 어찌 武帝(무제)가 四郡(사군)을 설치한 후에 또다시 동쪽의 땅을 다시 찾아 그 郡邑(군읍)에 중국 僑民(교민)이 붙어살면서 다스리는 고을이 되었겠는가? 한무제 때에는 고구려가 바야흐로 강성하여 馮弘庵(풍홍암)을 죽이고 요동으로 진출하여 그곳을 영토로 삼았으니 연나라 백성이 들어오고 옮겨가고 했을 리가 없다. 이것을 미루어 살펴보면 낙랑 · 현토 · 대방은 모두 요동에 있었고 처음부터 압록강 동쪽 땅에 있었던 것이 아니었다. 또 고구려, 조선은 나라 이름인데 어째서 지리지에는 현토와 낙랑의 屬縣(속현)이라 하였는가? 이것을 미루어 보면 중국인들은 외국의 일을 자세히 알지도 못하고 들은 대로 적은 듯하다. 그러니 사실과 다른 일이 이렇게 많은 것이다.

한 세상을 살다 보면 어쩌다 꾼 꿈이 현실에서 절묘하게 들어맞는 경험을 한다. 꿈과 현실 사이에 보이지 않는 끈이 분명히 존재하는 것 같다. 이러한 체험을 근거로 하여 자신의 의식세계를 냉철하게 반성하고 분석하면서 세상살이를 이지적으로 대처할 것인가? 아니면 무력한 운명론에 빠져 의지와 희망을 상실할 것인가? 이 문제는 오로지 꿈을 꾸며 사는 우리들 各自의 몫일 것이다. 꿈이 그저 허황한 꿈으로 끝나지 않으려면 우리는 매일 매 순간 조물주와 마주하여 그분의 음성에 귀 기울여야 할 것이다.

그리고 우리가 윗글 漢四郡(한사군)과 관련한 중국 측의 글을 읽으며 꼭 알아두어야 할 것 한가지. 중국이 오늘날 東北工程(동북공정)을 벌이는 행위는 어제오늘에 국한하지 않다는 사실이다. 또 우리는 遼東(요동)을 경영했던 雄渾(웅혼)한 기백을 지금도 지니고 있다는 사실이다.

〖紫海筆談〗

萬曆壬子 余以試題得罪竄鍾城. 以十月到配所 月餘夢移配南方 邑名下有海字 似平海興海兩邑 而不可詳也. 因作拙詩記之曰

孤臣觸犯罪當誅
天地包容聖渥殊
塞北風沙可去矣
嶺南梅竹盍歸乎.

御恩爲有丘山重
跋涉寧論道路迂
萬事人間都是夢
好音佇待夢相孚.

後七年戊午 有奴胡之變 命移西北竄者於南方 余配得寧海. 至是其夢始驗 吉凶榮辱 莫非前定 彼營營圖

而力者其不思之甚也.

按漢書武帝紀"朝鮮降 置眞藩臨屯樂浪玄菟郡. 成帝初石顯敗 諸所交結 皆廢罷 五鹿充宗左遷玄菟郡太守" 地理志云"玄菟郡屬縣 有高句麗 樂浪郡屬縣 有朝鮮溳水帶方等縣."

又按綱目"宋元嘉九年秋 魏主燾伐燕破之 引兵西還 徙營丘成周遼東樂浪玄菟帶方 六郡民三萬户於幽州." 考之東國史 武帝之建置有據 而若石顯黨分背之事 成帝時高句麗境土固自如 豈武帝建置之後 旋復爲東土而郡邑爲僑寓寄治之所耶. 太武時 高句麗方盛 殺馮弘庵 遼東而有之地 無入燕被徙之理. 由是觀之 樂浪玄菟帶方皆在遼東 初非鴨綠江以東之地. 且高句麗朝鮮乃國號 而地理志以爲玄菟樂浪屬縣. 以此觀之 中國之人不能詳知外國事 隨所聞而記之 故事多失實如此.

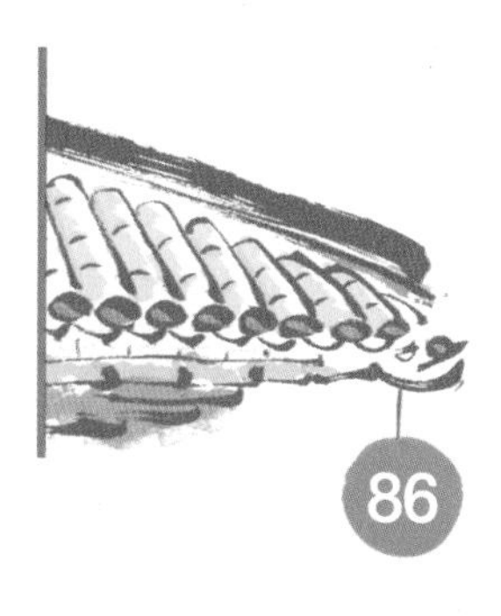

86

李植의 讀書堂南樓記

이식 독서당남루기

여조 이래 국가경영의 인재를 발탁하는 수단으로 과거제도가 활용되었음은 누구나 다 아는 일이다. 그런데 이렇게 선발되어 의욕적으로 일하는 젊은 문신들에게 세종대왕은 일정 기간 특별휴가를 주어 글을 읽게 함으로써 지친 심신을 다스리고 단련하여 새로운 안목과 활력을 키우는 기회를 갖게 하였다. 賜暇讀書(사가독서)는 이렇게 탄생한 것인데, 처음에는 山寺讀書制(산사독서제)였으나 산사는 불가의 영향을 받기 쉽고 재가는 내방객의 방해가 염려되어 成宗代末(성종대말)에 南湖讀書堂(남호독서당)을 설치하게 되었다. 이때부터 讀書堂(독서당 : 일명 호당)이 상설기구로 정착된 것이다. 그러므로 독서당은 요즈음 용어로 바꾸면 '고급 공무원 특별연수원' 쯤으로 이해하면 좋을 것이다.

이 글에 나오는 독서당 이야기는 원래 중종대 한강변 용산에 東

湖讀書堂(동호독서당)을 세운 적이 있었는데, 이것이 임진란에 소실되었으므로 그 강변에 있던 別營(별영)자리를 독서당으로 전용하게 되었다는 사연을 담고 있다.

澤堂(택당) 李植(이식, 1584 선조 17~1647 인조 25)은 德水人(덕수인)으로 좌의정 荇(행)의 玄孫(현손)이요, 安性(안성)의 아들이다. 字(자)는 汝固(여고)요, 澤堂(택당)은 그의 雅號(아호)이다. 어려서부터 閉門讀書(폐문독서)를 즐기고 典籍(전적)에 묻혀 기쁨을 구하는 생활을 사랑하였다 한다. 27세(광해 2) 때에 별시문과에 丙科(병과)로 급제하고, 30세에 說書(설서)가 되고, 그 뒤에 北評事(북평사)를 거쳐 宣傳官(선전관)이 되었으나 35세 때(1610 광해 10) 인목대비 廢母論(폐모론)이 擡頭(대두)되자 은퇴하여 驪江(여강)에 蟄居(칩거)하고 있었다. 仁祖反正(인조반정) 이후에 吏曹佐郎(이조좌랑)에 起用(기용)되면서 다시 벼슬길에 나아갔다.

그 후 陞差(승차)를 거듭하여 大司諫(대사간), 大司成(대사성), 大提

택당선생집

學(대제학), 禮曹(예조)·吏曹(이조)의 참판을 지냈고, 59세(인조 19) 때 金尙憲(김상헌)과 함께 斥和(척화)를 주장하다가 瀋陽(심양)에 잡혀갔으나 탈출하여 돌아왔다. 그리하여 또다시 大司憲(대사헌), 刑曹(형조)·吏曹(이조)·禮曹判書(예조판서)를 두루 거쳤다.

그러나 澤堂(택당)의 진면목은 벼슬살이에 있는 것이 아니라, 그가 남긴 글월에 있다. 당대 문장에 谿澤象月(계택상월)이라 하여 사대가를 일컫는데, 곧 谿谷(계곡) 張維(장유), 澤堂(택당) 李植(이식), 象村(상촌) 申欽(신흠), 月沙(월사) 李廷龜(이정구)가 그들이다. 그중에서도 택당은 斥和(척화)의 기개를 굽히지 않는 신실한 의리의 선비요, 老釋(노석)을 철저히 배격하는 정통 성리학에 충실한 유생이었다.

다음 그의 글 讀書堂南樓記(독서당남루기)를 읽어보자.

강원도 고성의 청간정에 걸려있는 택당 선생의 칠언율시

〖독서당 남루기〗

湖堂(호당 : 독서당의 별칭)이 왜란 중에 불에 타 없어지자 독서당에 들어가 글 읽을 사람을 뽑는 일도 폐지되었다가 만력 무신년(1608, 선조 41)부터 다시 한강의 옛날 軍營(군영)터를 얻어 湖堂(호당)으로 삼았다. 군영은 마땅히 근사적 요충지에 있는 것이므로 자연경관이 옛날 독서당보다 못하지 않았다.

그런데 그 남쪽 누각은 원래 眺望(조망) 정찰을 위해 세웠던 것이라 올라가 원근을 바라보기엔 더욱 좋았다. 그러나 독서당 守直(수직)이 없어진 뒤로 우리들은 부질없이 헛된 이름만 지니고 있었으니 곧 湖堂(호당)이 비록 개설되어 있다고는 하나 거기에 드는 관료가 한 해에 세 사람이 되기도 힘드니 자연히 守直(수직)이 소홀해져서 비바람이 몰아치면 담장이 무너지고 기왓장이 떨어져 누각이 무너질 지경에 이르렀다. 지난 신미년(1571, 선조 5)에 우리 동료 晩沙(만사) 李景義(이경의) 군이 크게 느낀 바 있어 그 누각을 새롭게 하였으니 즉 약간의 재목과 일꾼을 얻어 修理作業(수리작업)에 들어가 썩은 것은 갈아내고 기운 것은 바로 세우며 단청까지 곱게 입히어 환하게 되었다. 여러 선생들이 일찍이 한가한 날에 술자리를 마련하고 한바탕 즐겼는데 모두들 말하기를 이 공사는 어려운 때에 시작하였는데 비록 작은 시설에 지나지 않는 독서당의 누각일지라도 그 또한 '記(기)'가 없을 수 없으니 記(기)를 지어 연혁을 알려야 한다 하고, 이어서 나(植)에게 그 글짓기를 부탁하였다.

나는 이 호당의 흥패를 지켜보며 일찍이 文運(문운)의 성쇠에 대하여 느낀 바가 있었다. 나라 초기에는 고려의 폐습을 이어받아 僧坊(승방)과 尼院(니원)이 도성 바깥에 널리 퍼져 있었다. 우리 독서당은 세월이 지나면서 차례로 허물어지기도 하고 옮겨 다니기를 어느새 세 번이나 하였는데 그 모두가 梵唄(범패)를 부르던 절터였다. 그런즉 그 무렵 글을 숭상하고 이단을 배척한 아름다움을 이제야 생각하게 된다. (돌이켜보자) 나라가 중흥하게 된 지 수십 년 동안에 나라 안에는 실로 무기를 잡아야 할 근심거리가 없어서 퇴락한 군 施設(시설)을 빌어 登瀛(등영 : 벼슬길에 오르는 일)의 장소로 삼게 되었으니 이 또한 재빨리 武(무)를 버리고 文(문)을 연마하는 한 가지 모습이라, 어찌하여 서쪽 오랑캐가 다시 날뛰어 날마다 군량미 걱정 때문에 호당으로 하여금 지난날의 번성하던 경관을 회복치 못하게 하랴. 돌이켜보면 李君이 한때 수리했던 일을 매우 다행으로 여기고 슬퍼해야 할 뿐인가!

비록 그렇다고는 하나, 기울어지지 않으면 평탄하게 되지 않고 극심한 壞亂(괴란)이 있은 뒤에야 새로운 질서가 잡히는 법이다. 바야흐로 지금은 文事(문사)가 극심한 피폐에 처했으니 그 극에 이르러 마땅히 변화가 올 것이라 성상께서도 (文運) 振作(진작)에 뜻을 두셨으나 특별히 때가 어려워 미쳐 시행치 못하였을 뿐이었다. 앞으로는 不淨한 기운을 깨끗이 치우고 文壇(문단)을 크게 진흥시킬 것이니 이러한 문학의 발전이 반드시 이 독서당에서 시작될 것이다. 그런즉 李君(이군)의 이 공사가 장래에 옛 규범을 회복시킬 조짐이 되리라는 것을 어찌 모른다 할 것인가? 그래서 이 記(기)를 적는다.

이 글을 읽으면서 우리는 진실로 서글픈 감회를 억누를 길이 없다. 국가예산으로 풍족하게 운영되어야 할 특별연수원(호당)이 別營(별영) 자리를 빌어, 그것도 한 개인의 私財(사재)를 털어 궁색한 延

命(연명)을 하게 되었는데 그것을 일컬어 文運振作(문운진작)의 새로운 조짐이라고 澤堂(택당)은 한껏 자위하고 있다.

그러나 그 시절의 모든 지식인들은 택당의 심정과 다르지 않았을 것이다. 壬辰(임진) · 丙子(병자)의 양란에서 지칠 대로 지친 심신이 작은 독서당의 重修(중수)에도 희망을 걸어야 하는 처지이었기 때문에.

〖讀書堂南樓記〗

湖堂燼於倭亂 堂選亦廢 自萬曆戊申 復權寓漢江故軍營爲堂. 營當襟帶之要 形勝不減舊堂 而其南樓本爲瞭候設 故尤於登覽遠近爲宜 然自番廩之停 吾儕徒備虛號 卽堂雖設而官僚歲不數三 至 守直疏簡 風雨萃之垣頹瓦落 樓亦將圮.

頃歲辛未間 僚友晩沙李君景義 慨然思有以新之 需得若干材力 就加葺治 易腐起傾 丹堊煥焉 諸先生嘗以暇日 置酒一暢 咸謂斯役出於時詘 雖小架書樓 亦不可無記 以識沿革 仍屬筆於植.

植於斯堂之興廢 蓋嘗有感於文運之盛衰矣. 國初 承麗氏之弊 僧坊尼院 郭外殆遍 其後次第毁移書堂凡三徙 皆直梵唄之墟 卽當時崇文闢異之美 今可想見 卽中興數十年間 內地實無兵革之虞 乃以廢軍府 借爲登瀛

之所 蓋亦駸駸乎偃武修文之一端 卽奈何西戎復猖 日事兵糧 使斯堂也 不復前代之盛觀 顧以李君一時修葺爲厚幸 其亦可悲也已.

雖然 無陂不平 有蠱卽新 方今文事之廢極矣 極則當變 聖上留意振作 特以時艱未遑耳行 且廓淸氛祲 增輝奎壁 斯文之興 必自書堂始 則安知李君此役 不爲將來復舊規之先兆也耶. 是爲記.

참고

李景義(이경의, 1590~1640) : 자는 子方(자방), 호는 晩沙(만사), 延安人(연안인). 벼슬은 이조참판을 지냈다.

登瀛(등영) : 登瀛州(등영주)의 준말로 당태종이 개설한 문학관에 들어감을 仙界(선계)에 올랐다고 비유한 것.

有蠱卽新(유고즉신) : 蠱卦(고괘)는 壞亂(괴란)이 극심한 뒤에 사물이 새로워지는 상. 즉 혼란 뒤에 질서가 잡힘을 뜻함.

奎壁(규벽) : 28宿(숙) 중 奎宿(규숙)과 碧宿(벽숙). 둘 다 文壇(문단)을 뜻함.

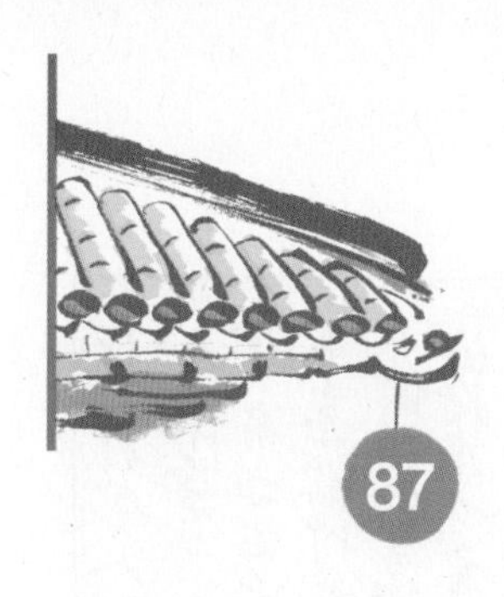

홍익한 청불긍참호이참사소
洪翼漢의 請不肯僭號而斬使疏

역설적인 이야기가 될지 모르겠으나 仁祖反正(인조반정)은 병자호란을 자초하는 서막이었다. 광해군 치세 15년의 대북정권이 대내적으로는 廢母殺弟(폐모살제)와 같은 肅淸(숙청)의 회오리를 연속하였으나, 대외적으로는 中原(중원)의 중심세력이 明(명)에서 後金(후금, 청)으로 옮겨가는 것을 예의주시하며 슬기로운 균형외교로 戰禍(전화)를 피하고 있었다. 그러나 인조반정으로 집권한 西人系(서인계) 反正功臣(반정공신)들은 의리와 명분만을 내세우고 親明排金政策(친명배금정책)으로 급선회하자, 後金(후금)은 丁卯年(정묘년, 1627)과 丙子年(병자년, 1636), 두 차례에 걸쳐 침공을 감행하여 병자년에는 이른바 三田渡降伏(삼전도항복)을 받아냈다. 그 과정에서 조정은 斥和派(척화파)와 主和派(주화파)로 갈려 정책의 혼선을 빚었고 나라의 體貌(체모)는 크게 손상되었다.

세월이 흐른 뒤에 혹자는 주화파가 있어서 그나마 실리를 거두었고, 척화파가 있어서 민족정기를 헌양하였다고 말하기도 한다. 오늘의 시점에서 보면 尊明事大(존명사대)의 명분이 과연 민족정기의 참다운 실현이었는지는 두고두고 생각할 문제로 남아 있다. 그래도 敵地(적지)에서 목숨을 내놓고 항거한 三學士(삼학사)의 이야기는 그 또한 두고두고 후손들에게 자랑스런 귀감이 아니겠는가!

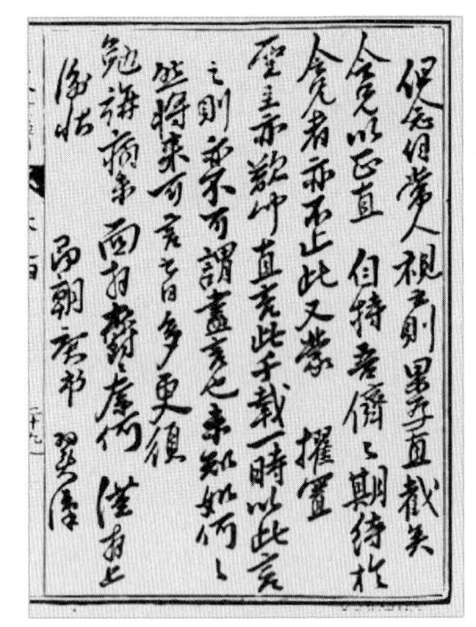

홍익한의 필적

花浦(화포) 洪翼漢(홍익한, 1586 선조 19~1637 인조 15)은 그 삼학사의 한 사람이다. 南陽人(남양인)으로 진사 以成(이성)의 아들이다. 仁祖(인조) 2년, 39세 때 公州行在(공주행재) 庭試文科(정시문과)에 장원하자 예에 따라 典籍(전적)이 되고, 司書(사서)를 거쳐 掌令(장령)이 되었다. 장령이 된 이듬해(1636)에 청이 사신을 보내어 稱帝(칭제)할 것을 의논하게 되자 상소하여 그 부당함을 역설하였다.

여기에 실린 글이 바로 그 上疏文(상소문)이다. 그러나 결국 和議(화의)가 성립되자 극렬하게 반대했던 洪翼漢(홍익한)은 校理(교리) 尹集(윤집), 修撰(수찬) 吳達濟(오달제)와 함께 청나라 瀋陽(심양)으로 끌려가서 끝내는 청의 회유에 응하지 않고 살해되었다.

이 상소문은 尤庵(우암) 宋時烈(송시열)이 지은 「三學士傳(삼학사전)」에 인용된 부분을 뽑아 놓은 것이다.

〖稱帝(칭제)를 반대하고 使者(사자) 죽이기를 청하는 글〗

신이 며칠 전 의주부윤 李浚(이준)이 올린 장계를 보았습니다. 거기에 金(금)나라 임금을 황제로 일컫자는 문제가 있었는데 浚(준)이 당당히 하늘에는 두 해가 없다는 말로 그것을 물리쳤다 합니다. 신은 (기뻐서) 가로 뛰고 세로 뛰어 춤추기를 삼백 번이나 한 것을 깨닫지 못하였습니다. 더더욱이나 분명히 알 수 있는 것은 우리 조정에 예의 명분이 밝고 밝아 어둡지 않사온지라, 활 잡은 군사도 능히 스스로 지킬 줄을 알아 힘써 항거하며 굽히지 않음이 이처럼 늠름하온데, 하물며 성상을 모시고 있는 조정의 여러 신하들이 어찌 (변방의) 한 명 군사보다 못하겠습니까? 신은 세상에 태어나서부터 오직 큰 명나라에 천자가 있다는 말만 들었사온데 이제 이 오랑캐의 말이 어찌하여 나오게 되었나이까? 지난날에 賊臣(적신 : 강홍립을 가리킴)이 도적을 이끌고 졸지에 이르니 전하의 수레가 都城(도성)을 떠나게 되어 講和(강화)를 구하게 되었었습니다. 비록 그것은 부득이한 일이었사오나 진실로 그때에 먼저 弘立(홍립)의 머리를 베어 달아서, 우리의 당당한 大義(대의)를 해와 별처럼 밝게 드높였다면 오랑캐들이 비록 이리떼와 같을지라도 우리나라 예의의 아름다움에 감동하며 두려워하여 공경하며 부러워하지 않았겠습니까? 계교가 여기에 근거하지 않고 오직 홍립을 얻은 것만을 다행으로 여겨 안보를 지키는 기회로 삼았으니 저들이 우리를 左衽(좌임 : 왼쪽 소매, 곧 보좌하는 사람)으로 삼고 臣妾(신첩)으로 삼고자 하는 것은 실로 여기에 말미암는다 하겠습니다.

신은 오랑캐가 황제라 僭稱(참칭)한다는 소리를 듣고부터 膽(담)이 찢어지고 숨이 끊어지는 듯하여 차라리 魯仲連(노중련)처럼 죽을지언정 그 말을 듣고 귀를 더럽힐 수 없었나이다. 우리나라는 비록 바다 한쪽에 치우쳐 있으나 원래 예의가 천하에 잘 알려져 온 세상이 소중화라 일컬었사오며 列聖祖(열성조)가 서로 대를 이어 藩職(번직 : 제후의 나라)을 닦아서 큰 나라를 한마음으로 섬김이 각별하고 정성스러웠나이다. 이제 오랑캐를 섬겨 구차하게 편안하여 일시적인 해결을 본다 하여도 그것으로 祖宗(조종)에게 어찌하며 천하 후세에 어찌하리이까? 또 듣자오니 오랑캐 차사가 데리고 온 자가 반은 새로 복속된 西㺚(서달)이라 하옵니다. 저 서달로 말하면 우리하고는 일찍이 交聘(교빙)의 예절을 가진 바가 없으니 어찌 손님으로 대접할 수 있겠습니까? 거절하고 받아들이지 않는 것이 옳은 일이온데 우리나라에 들어온 지 여러 날이 되어도 廟堂(묘당 : 조정)에서 한마디 말이 없으니 신은 그 까닭을 모르겠습니다. 묘당에 있는 자는 어떤 사람들입니까? 이미 평안하던 지난날에는 놀며 즐기다가 이제 禍(화)가 조석에 닥칠 날에도 오히려 편안히 움직이지 않고 임금이 수모당하는 것을 오나라 월나라 사람의 심상한 일로 여겨 보고만 있으니 그러므로 오랑캐가 우리를 업신여기는 것은 진실로 묘당이 자초한 것이옵니다.

아하 슬프옵니다. 일이 이미 급해졌습니다. 무릇 혈기 있는 자는 팔을 걷어붙이고 분한 마음으로 떨지 않는 이가 없사온데 元戎(원융 : 군사령관)은 한가하게 산릉에 앉아 있고, 聖明(성명 : 임금님)께서는 침묵하시고 깊이 계시며 한 가지 일도 결정하고 계획하시는 것이 없으니 신은 그 까닭을 알 수 없나이다. 신이 가만히 오랑캐의 뜻을 헤아리건대 헛되어 뽐내며 기세를 부리고 협박하며 강제로 몰아대는 데 지나지 않습니다. 저자가 진실로 천자라 일컫고 大位(대위)에 나서고자 한다면 오직 저의 나라에서 황제라 칭하고 저의 백성에게나 호령할 것이지 어째서 우리에게 묻는단 말입니까? 맹약을 어기고 혼란을 일으키어 우리의 입을 빙자하는 까닭은 장차 천하에 일컬어 말하기를 "조선이 우리를 존중하여 천자로 삼았다." 하려는 것이니 전하께서는 무슨 면목으로 세상에 서시겠습니까? 신은 청하옵건대, 그 사신을 붙잡아서 맹약을 어기고 황제로 참칭한 책임을 물어 죽이고 예의의 위대함과 윤리를 아는 나라의 길을 밝게 보이소서. 그런 다음 그 머리를 함에 넣어 그 사실을 아뢰는 글과 함께 皇朝(황조 : 명나라)에 보고하소서. 그러면 義氣(의기)가 더욱 넓어지고 더욱 펼쳐질 것이옵니다. 만일에 그렇게 하지 않으시고 신의 말을 망령되이 여기신다면 청컨대 먼저 신의 머리를 베어 오랑캐에게 사례하소서. 신이 차마 어버이 임금[君父]으로 하여금 욕을 당하게 하고 구차하게 살겠나이까?

아하, 신은 비록 잔약하오나 그래도 말을 타고 한 번 싸우다가 오랑캐의 칼날에 죽을 것을 생각하는데 동쪽 땅(우리나라)을 둘러싼 수천 리에 어찌 한 사람의 義士(의사 : 의로운 선비 또는 군사)가 없겠습니까? 오늘날 兩西(양서)의 백성들이 지난날을 징계하여 이를 갈고 마음을 태우며 이 도적들과 더불어 함께 살려 하지 않으니 이는 진실로 의기를 자극하고 용기를 북돋아 바람으로 불을 지필 때이옵니다. 강하냐 약하냐 하는 것도 여기에 있사오며, 사느냐 죽느냐 하는 것도 여기에 있사옵니다. 오직 전하께서는 애통한 敎旨(교지)를 속히 내리시어 온 나라의 선비를 檄文(격문)을 띄워 불러 친히 말고삐를 잡으시고 그들을 마주하여 大義(대의)를 말씀하신다면 그들이 전하의 신하라 하는 자들이라면 누구나 앞서거니 뒤서거니 뛰어나와 다투어 죽음을 마다하지 않는 충성을 다하지 않으리이까.

이 상소문을 읽으시고 인조대왕은 어떤 批答(비답)을 내리셨을까? 尤庵(우암)의 「三學士傳(삼학사전)」에는 이렇게 적혀 있다. "나라를 위하는 너의 충성은 심히 가상하게 생각한다. 그러나 使者(사자)를 죽이는 일은 너무 이른 것 같구나. 서서히 사태의 흐름을 보아서 조치하여도 늦지 않으리라."

이러한 분위기를 감지한 使者(사자)는 도망쳐 달아났고 조정은 여전히 和議(화의)를 주장하는 崔鳴吉(최명길) 등의 목소리가 높았다. 만일에 우리가 그 시대 그 상황에 처하면 최명길을 따를까 홍익한을 따를까? 이상과 명분을 생각하는 사람들은 현실을 돌아보지 않고 즐겨 花浦(화포) 洪翼漢(홍익한)을 따를 것이다.

〖請不肯僭號而斬使疏〗

臣日接 義州府尹 李浚狀啓 卽金汗稱帝事也. 浚能以天無二日等語 攘却之. 臣不覺 曲踊距踴者三百 而益知我朝 禮義名分 炳炳不昧, 猶使操弓武夫 能知自守 而抗勵不撓 若是凜凜, 況於聖上廟堂諸臣 豈下於一武弁哉. 臣自墮地之初 只聞有大明天子耳, 今此虜言 奚爲而至哉. 向者 賊臣引寇猝至 乘輿播越 乞和爲好, 雖出於不得已 而苟於其時 先梟弘立之首 使我堂堂大義 昭揭如日星 則戎狄雖豺狼 豈無感聳欽艶 我禮義之美乎

計不出此 惟以得弘立爲幸 而倚以爲安危之機 彼其欲左袒我 臣妾我者 實由是耳.

臣自聞僭帝之說 膽欲裂而氣欲短 寧爲魯連之死 而不忍使其言汚耳也. 我國雖僻在海隅 素以禮義聞於天下 天下稱以小中華 而列聖相承 世修藩職 事大一心 恪且勤矣. 今以奉虜偸安 縱得晷刻之淹 其於祖宗何 天下後世何, 且聞胡差所帶者 半是新附之西㺚 夫西㺚之於我 旣無交聘之禮 則奚有儐接之道 拒而不受可也. 而入境有日 訖無廟堂之一言 臣未知其處. 廟堂者何人也 旣已恬嬉於平昔 而今此朝夕禍迫之日 猶且晏然不動 其視君父之受侮 不翅吳越人之尋常 然則虜人之侮我 實是廟堂之所召也.

嗚呼 事已急矣, 凡有血氣者 莫不扼腕顫膽 而元戎閒坐於山陵 聖明淵默 而深居寂 無一事之規畫 臣不識其所以然也. 臣竊觀虜人之意 不過矜張誇耀迫脅驅耳 渠苟欲稱天子莅大位 惟當自帝其國 號令其俗 何必稟問於我哉. 所以渝盟開釁嚇藉我口者 將以稱於天下曰 "朝鮮尊我爲天子矣" 殿下何面目 立於天下乎. 臣請 亟執其使 責其背約僭號而戮之 以明示禮義之大 隣國之道, 然後函其首 竝書奏聞于皇朝 則義益伸 而氣益張矣. 如其不然 以臣言爲妄 則請先斬臣頭 以謝虜人焉臣忍使君父受辱 而苟生哉.

噫 臣雖孱弱 猶思乘一障 而隕身於虜鋒矣. 環東土數千里 寧無一人義士哉. 卽今兩西人民 懲創往日 而切齒腐心 矢不與此賊俱生 是誠激義鼓勇 因風吹火之秋也. 可强可弱者 在於斯, 其存其亡者 在於斯, 惟殿下速下哀痛之敎 檄召八方之士 躬御六轡 面諭大義 其爲殿下之臣子者 孰不踊躍 後先爭 效死綏之忠哉.

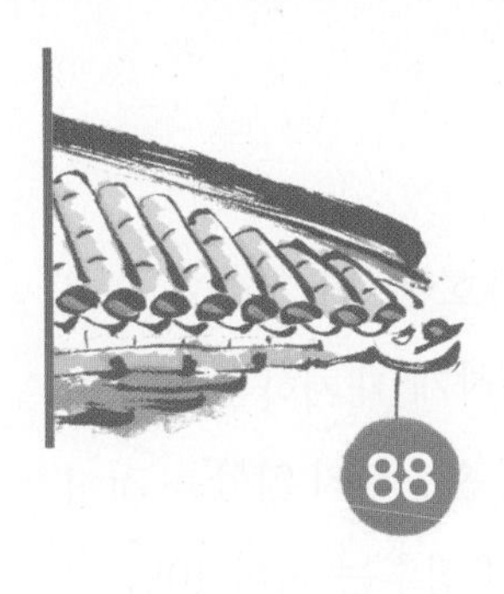

최명길 병자봉사
崔鳴吉의 丙子封事

전쟁은 승리를 거둔다 해도 회한이 남는 법이다. 싸움을 치르는 과정에서 어쩔 수 없이 희생과 손실, 격정과 과오가 발생하기 때문이다. 더구나 치욕으로 얼룩진 패전이라면 그 유한은 얼마나 길고 깊을 것인가! 우리 역사에서 이처럼 길고 깊고 깊은 한을 남긴 전쟁에 병자호란이 있다.

전쟁이란 원래 하루아침에 갑자기 발발하는 것이 아니다. 나라와 나라 사이에 겯고 트는 힘겨루기 현상이 지속되다가 힘이 세다고 판단한 쪽에서 드디어 빌미를 만들어 침공해 옴으로써 전쟁은 일어나는 것이기 때문이다.

1636년(인조 14) 12월 8일에 청군이 압록강을 넘음으로써 시작되어 50여 일만인 그 다음 해 정월 30일에 남한산성을 나온 仁祖大王(인조대왕)이 三田渡(삼전도)에서 淸太宗(청태종)에게 三拜九叩頭(삼배구고두)의 예를 올리는 것으로 종결지은 병자호란. 이 전란도 우리 조정이 당시의 국제정세에 민첩하고도 현명하게 대처하는 외교역량을 발휘했더라면 피해도 입지 않고 국위도 손상되지 않았을 것이라는 부질없는 가정을 하게 한다. 병자호란의 징후는 이미 10년 전 정묘호란에서 싹트고 자란 것이었다. 그때는 형제의 의를 맺는 것으로 일단락됐으나 계속하여 힘을 키운 후금은 10년이 지난 병자년 봄 4월에 국호를 '淸(청)' 이라 바꾸고 君主(군주)를 皇帝(황제)라 고쳐 부르며 우리 조선에 대하여 군신의 관계를 맺자고 강요할 만큼 큰 나라로 성장하였다. 이렇듯 기세등등한 후금(청)의 압박외교가 병자년 초에 이르면 우리 조정이 가부간에 결단을 내려야 할 계제에 이르렀었다. 이 무렵 遲川(지천) 崔鳴吉(최명길)은 다음과 같은 丙子(병자) 封事(봉사)를 임금께 올린다. 아마도 漢城府判尹(한성부판윤)을 지낸 시절이었을 것이다. 점점 조여오는 후금의 압박을 생각하며 곱씹어 읽어보자.

遲川(지천) 崔鳴吉(최명길, 1586 선조 19~1647 인조 25)은 全州人(전주인)으로 영흥부사 起南(기남)의 아들이다. 字(자)는 子謙(자겸)이요, 號(호)를 遲川(지천) 또는 滄浪(창랑)이라 하였다. 李恒福(이항복) · 申欽(신흠)의 문하에서 공부하여 26세에 성균관 유생이 되고 30세에 司馬試(사마시)를 거쳐 增廣文科(증광문과)에 급제하면서 벼슬살이를 시작하였다.

典籍(전적), 工曹佐郎(공조좌랑), 兵曹正郎(병조정랑)을 거쳐 仁祖反正(인조반정)에 가담하여 靖社功臣(정사공신) 일등으로 完城君(완성군)에 봉해지면서 승진을 거듭, 吏曹正郎(이조정랑), 參議(참의), 吏曹參

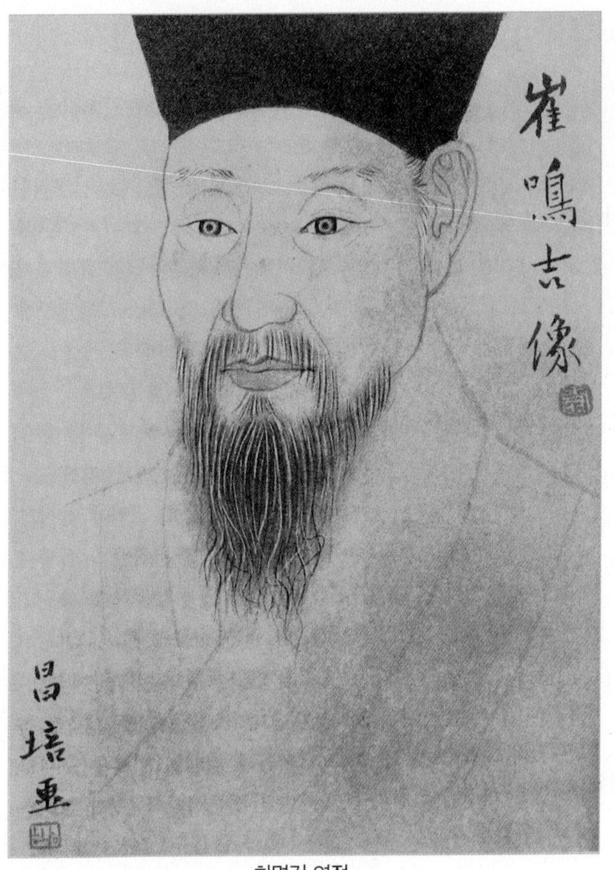

최명길 영정

判(이조참판), 京畿道觀察使(경기도관찰사), 兵曹參判(병조참판), 右參贊(우참찬), 戶曹判書(호조판서), 判義禁府事(판의금부사), 兵曹判書(병조판서)를 역임했다. 1636년(인조 14) 漢城府判尹(한성부판윤)을 거쳐 이조판서가 되었을 때 병자호란이 일어나자 명분 중시의 척화론은 나라를 구하는 데 도움이 안 된다는 신념으로 현실적응의 주화론을 펴며 항복이 결정되자 降書(항서)의 초안을 작성하였다.

병자년에 밀봉하여 올린 글(인조 14년, 1636년 2월)

엎드려 아뢰나이다. 신이 병들어 집안에 누워 있었기에 조정의 회의에 참석할 수 없었사온데 항간에 떠도는 말을 듣자오니 이번 金(금)나라 사신의 말이 몹시 거만스럽고 흉칙하여 차마 들을 수 없다고 하옵니다. 무릇 혈기가 있는 사람이라면 분통함을 이기지 못하고 죽으려 하지 않겠습니까?

가만히 듣자오니 句管堂上(구관당상 : 비변사의 팔도별 담당 당상관)들의 문답이나 朝廷(조정)의 계획은 말인즉 바른 말이요, 이치로는 온당하여 충분히 읽을 만하기는 하옵니다. 그러나 신의 마음에는 아무래도 염려되고도 남는 바가 있사옵니다. 처음 和親(화친)을 맺을 때에 우리 조정이 군신의 대의로 거듭거듭 설명하니 저들이 비록 짐승 같은 오랑캐이기는 하지만 그들도 역시 지각이 있는지라 감히 우리에게 의롭지 않은 것을 강요하지는 않고 이웃나라의 의리로 약속하여 하늘에 맹세한 지 10여 년 동안 다른 말이 없었는데 지금 갑자기 이런 말을 하는 것은 무엇입니까?

또 저 오랑캐(후금)는 이미 넓은 漢(한)나라 땅을 차지하였으니 제약을 받는 일이 없습니다. 그러니 황제라 칭한다 해도 누가 금지하겠습니까? 그런데도 꼭 우리나라에 구실을 대어 핑계를 삼으려 하는 것은 그 심보를 알 수 없습니다. 우리가 만약 입으로만 답변을 한다면 그 사실이 감추어져서 증거를 댈 수 없습니다. 만일에 저 교활한 오랑캐가 그 대답한 말을 뒤집어 온 천하에 우리를 거짓으로 떠들면 장차 우리는 무엇으로 스스로를 해명할 것입니까?

신의 어리석은 생각으로는 의례적인 답서 외에 별도로 한 편의 글월을 마련하여 거짓된 칭호(후금의 칭제 야욕)의 온당치 않다는 것, 신하의 절개를 바꿀 수 없다는 것, 높고 낮음의 등차를 어지럽힐 수 없는 것 등을 갖추어 설명하여 대의를 밝히고 나라의 체통을 바로 세워야 하겠습니다. 그리고 오랑캐의 국서와 우리나라의 답서를 명나라 督符(독부 : 대장의 군막)에 보내어 그들이 천자께 아뢰게 하며, 한편으로는 8도에 교유하시어 병마를 훈련하여 앞으로의 변란에 대비하셔야 하옵니다.

온 천하 백성으로 하여금 조정에서 처리한 일이 명백하다는 것을 소상하게 알게 한 연후에야 오랑캐의 흉한 계책을 꺾고 사기도 진작시킬 수 있으며 역사책에 기록하는 데에도 부끄러운 내용이 없을 것이옵니다.

또 듣자오니 龍骨大(용골대 : 후금 태종의 신하)가 온 것은 春信使(춘신사 : 정묘호란 뒤에 춘추로 심양에 보내어 조공하던 사신)와 제사에 조문하는 일만을 명분으로 하였고 汗(한 : 태종)의 글월에도 특별한 말은 없었다고 하오니 이른바 悖書(패서 : 도리에 어긋나는 글, 여기서는 용골대 등이 후금, 곧 청의 태종에게 황제의 칭호를 올리자는 내용으로 우리나라에 가져온 글)라고 하는 것은 八高山(팔고산 : 부족장)과 몽고 왕자의 글입니다. 금나라의 의례적인 글월에는 답서를 보내시고 도리에 어긋나는 말에는 거절하셔야 군신의 의로움과 이웃나라 사이의 도리가 모두 온전하게 되고 계책으로도 마땅할 것이옵니다. 더구나 산릉의 일(인조의 생부 원종(추존)의 능역을 가리킴)도 끝나지 않았고 수비도 완전치 않사오니 형편에 맞추어 禍(화)를 늦추어 보려는 계책도 어찌 전혀 생각해 볼 수 없겠다고 하겠습니까? 금나라의 사신을 불러보시는 것은 괜찮을 것이옵고 불러보시지 않아야 할 자는 西㺚(서달 : 몽고의 부족장)이옵니다. 서달을 박대할 필요는 없으나 마땅히 엄하게 끊어야 할 것은 그 못된 悖書(패서)입니다.

臣(신)이 가만히 살펴보오니 오늘날 오랑캐의 정세에 머지않아 특별한 일이 있을 듯합니다. 병화를 입고 어물어물 대처할 수는 없사오니 그들에게 매수되어 兵禍(병화)를 재촉하는 것보다 낫지 않겠습니까. 성문을 닫아걸고 言路(언로)를 개방하여 잘못된 단서를 찾아내더라도 일이 해결되지는 않을 것이오니 오늘의 형세가 진실로 다급하옵니다. 당장 눈앞에 병화를 입는 일이 일어나지 않으면 다행이겠습니다.

삼가 원하옵건대 전하께옵서는 더욱더 분발하시고 먼저 큰 뜻을 세우시옵소서. 지난날 忠諫(충간)하는 신하, 經筵(경연)에 관여한 신하의 말을 많이 받아들이시고 言官들을 받아들여 敍用(서용 : 재임용)하시고 백성을 괴롭히는 정치를 과감히 개혁하시며 널리 인재를 등용하시고 장군과 사졸들을 격려하시어 신하와 백성의 바람에 어긋나지 않게 하시면 세상인심이 모두 기뻐하고 나라의 형세가 저절로 회복되어 비록 外患(외환)이 있더라도 크게 무너지는 사태에는 이르지 아니할 것이옵니다.

신은 천한 몸의 질병이 오래도록 낫지 않아 정신이 혼미하여 바깥일은 전혀 보살피지 못하오나 갈피갈피 나라를 근심하는 정성스러움을 차마 이기지 못하옵고 감히 마음에 품은 바를 여쭈었사오니 오로지 밝은 임금께오서는 이를 裁決(재결)하여 주시옵소서. 처분만 기다리나이다.

어느 시대나 나라 경영을 위한 정책 방향에는 두 가지 큰 흐름이 존재한다. 하나는 기존체제와 가치를 존중하는 전통적 보수성향이고, 또 하나는 새로운 체계와 질서를 탐색하는 개혁적 진보성향이다. 세상을 이끌어가기 위해서는 이 두 가지 길의 어느 것이 좋고 어느 것이 나쁘다고 말할 수 없다. 그 시대 여건과 환경에 따라 이 두 가지 성향이 절묘한 조화를 이루었을 때에 그 사회는 발전할 것이기 때문이다. 17세기 중반 인조년간도 팽창하는 淸(청)의 세력으로 말미암아 동북아의 국제정세가 새로운 판도로 재편되고 있었다.

만일 우리가 1636년 초에 살고 있다면 우리는 遲川(지천)의 생각에 동조할 것인가? 華夷論(화이론)의 명분과 의리에 얽매어 尊明事大(존명사대)만 외치고 新興(신흥)하는 청을 계속하여 오랑캐라고 업신여길 것인가? 윗글은 끊임없이 우리에게 이러한 질문을 던지고 있다.

복원된 남한산성(南漢山城)의 행궁(行宮)

〖丙子封事〗

伏以 臣病伏私室 不與朝廷之議 聞諸道路之傳 今此金差之言 悖慢凶狡 有不忍聞 凡有血氣 孰不憤惋欲死.

竊聞 句管問答 廟堂籌劃 辭直理當 有足可觀, 然於臣心 有不得不爲過慮者焉. 當初約和時 朝廷以君臣大義 反覆開陳 彼雖犬羊 亦有知覺 故不敢强我以非義 約爲隣國 告天立誓 十餘年間 未有他說 今忽發爲此言者何也. 且虜旣據大漢 無所受制肆, 然稱帝 誰復禁止 而必欲藉口於我國者 其心或難知. 我若只以口語答之 則事跡晻昧 無可據證 如使驕虜 反其辭說 而誣我於天下其將何以自解乎.

臣之愚意 例答之外 別爲一書 備陳僞號之不可僭 臣節之不可易 尊卑之等不可紊 以明大義 而存國體. 仍將虜書及我國所答 移咨督府 轉奏皇朝 一面下諭八方 訓飭兵馬 以待其變. 使天下之人 曉然知朝廷處置之明白然後 可以折虜謀 而壯士氣 書之史冊 無愧辭矣.

且聞 龍胡之行 唯以春信 弔祭爲名 而汗書亦無別語其所謂悖書者 乃八高山及蒙古王子書也. 答其循例之書 而拒其悖理之言 君臣之義 隣國之道 得以兩全於計爲宜. 況今山陵未畢 守備未完 權宜緩禍之策 亦何可全

然不思 金差不妨招見 所不可見者 西㺚耳, 西㺚不必薄待 所當嚴斥者 悖書耳.

臣竊觀 今日虜情 特有早晩等是 被兵 但不可矇朧處置 以致見責 過於落莫以促其兵耳. 城門閉言路開 雖有悔端 亦不濟事 今日之勢 可謂急矣. 而幸未至於目前被兵伏. 願殿下益加憤發 先立大志, 如頃日諫臣筵臣之言多所採納, 收敍言事之臣 勇革病民之政 振拔人才 激勵將士 以慰臣民之望 則人心旣悅 國勢自固, 雖有外患亦不至大段顚沛矣.

臣之賤疾 一向沈綿 精神昏憒 全不省外事 而竊不任區區憂國之誠 冒陳所懷 唯明主裁之 取進止.

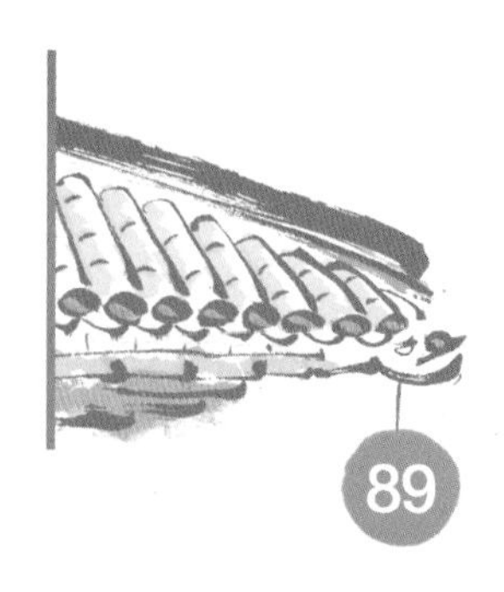

89

尹善道의 論禮疏
(윤선도 논예소)

조선조 17대 임금 孝宗大王(효종대왕)은 우리에게 여러 가지로 감회를 갖게 한다. 우선 인생의 행·불행을 극적으로 극명하게 보여준다는 점에서 그러하고 또 조선 후기 왕조정치의 특징이라 할 禮訟(예송)의 端初(단초)가 된 분이라는 점에서 그러하다.

孝宗(효종)은 원래 둘째 아들로 태어나 처음부터 임금이 될 생각은 꿈에도 가져본 적이 없었는데, 맏형인 昭顯世子(소현세자)의 갑작스런 죽음으로 세자가 되고 임금이 되었으니 행운의 典範(전범)이 되었다. 그러나 10년에 걸쳐 切齒腐心(절치부심)하던 北伐策(북벌책)도 한 조각 뜬구름으로 남기고 겨우 나이 마흔에 의문의 죽음을 맞이하였으니 이것은 또한 비운의 주인공이 아닌가?

그런데 그 죽음이 곧 禮訟(예송)이라는 명분논쟁의 핵심에 서게 하였다. 효종이 昇遐(승하)했을 때, 父王(부왕) 인조의 繼妃(계비) 慈

보길도의 윤선도 선생이 지은 세연정

懿大妃(자의대비) 趙氏(조씨)가 생존해 있었다. 그러자 그분은 어머니의 신분과 자격으로 아들 효종의 服喪(복상)을 어떻게 입어야 하느냐 하는 것이 己亥禮訟(기해예송)의 발단이었다. 慈懿大妃(자의대비)는 昭顯世子(소현세자)가 죽었을 때 이미 斬衰三年服(참최삼년복)을 입었었다. 그리고 아들 효종이 죽으니 또다시 똑같이 참최삼년복을 입어야 하느냐 하는 문제에 봉착한 것이다. 효종은 임금이 되었으니 맏아들로 보아 삼년복을 입어야 한다는 것이 許穆(허목)을 위시한 南人(남인)들의 주장이었고 宋時烈(송시열)을 위시한 西人(서인)은 효종을 衆子(중자)로 보아 朞年服(기년복)을 입어야 한다는 것이었다.

이러한 논쟁의 와중에 벼슬을 떠나 향리에 머물던 74세의 늙은 선비 孤山(고산) 尹善道(윤선도, 1587 선조 20~1671 현종 11)가 西人(서인)의 기년설에 반기를 드는 疏(소)를 올렸다. 여기에 소개하는 글이 바로 그것이다. 그 당시 조정은 서인의 勢(세)가 막강하고 새로 임금이 된 顯宗(현종)은 제대로 힘을 쓰지 못하고 있었다. 자의대비의 복상은 서인들의 주장대로 朞年(기년)으로 落着(낙착)되었고 孤山(고산)은 삼 년동안 三水(삼수)에 유배생활을 하였다.

조선조의 선비들에게 법도와 기강이라는 것이 이렇듯 성리학적 이념에 따른 철저한 명분주의였다. 그 명분을 지키기 위해 즐겁게 목숨을 내놓았다. 고산 윤선도는 海南人(해남인)으로 호를 孤山(고산), 海翁(해옹), 자를 約而(약이)라 하였다. 副正(부정) 惟深(유심)의 아들인데 관찰사 惟幾(유기)에 입양하고 25세 때 진사가 되고 41세 때 별시문과에 장원하여 鳳林大君(봉림대군 : 효종)의 師傅(사부)가 되었다. 그 후 여러 벼슬을 거쳤으나 벼슬살이보다는 유배생활이 더 많은 생애였다. 불의라 생각되는 것은 참지 못하고 상소하는 데에 주저함이 없었기 때문이었다. 벼슬은 僉知中樞府事(첨지중추부사) 同副承旨(동부승지)에 이르렀다.

〖禮(예)를 논하며 올린 글〗

顯宗(현종) 원년 庚子(경자) 1660년 4월 孤山(고산)에서 올린 疏(소)

엎드려 사뢰나이다. 신이 듣자오니 宋(송)나라 신하 朱熹(주희)의 말에 "나라가 위태로워 망할 형편이라고 판단되는 일이 생기면 벼슬하지 않은 선비라도 말하지 않을 수 없다."고 하였습니다. 하물며 신은 과거에 급제하여 벼슬살이한 지 오래되었으니 진정코 벼슬살이한 적이 없는 韋布(위포)의 무리는 아니옵니다. 더구나 신은 인조와 효종 두 분 임금님 시절에 백 가지로 특별대우를 받은 것이 모두 聖心(성심 : 임금님의 마음)의 정성스러움에서 나온 것이라 털끝만큼의 걸치레가 없었습니다. 그래서 신이 감격하여 은혜에 보답할 것을 생각하오니 이 또한 보통 신하의 행동에 비교할 것이 아니옵니다. 신은 비록 보잘것없으나 전하께 충성하고 先王(선왕)께 보답하겠다는 뜻은 가슴에 불타옵고 머리를 부수어 結草報恩(결초보은) 하려는 마음은 어느 때고 잠시인들 잊었겠습니까? 비록 초야에 묻혀 살며 늙고 병들어 비실거리오나 이제 나라의 安危(안위)의 문제에 이르러 감히 집안에 있어 알지 못했다 하고 한마디 말도 아니할 수 있겠습니까? 지금 맞고 있는 안위의 고비는 아침저녁으로 급박하여 신은 길쌈하는 홀어미의 근심과 杞(기)나라 사람의 두려움을 이겨내지 못하고 감히 미치광이 장님의 정성으로 聖聰(성총)의 밝으심에 도움이 되기를 바라오니 엎드려 원컨대 전하께서는 진실로 마음을 쓰시어 세밀하게 살펴주시옵소서.

신이 고요히 생각해보오니 삼대의 길흉에 관한 예법은 모두 天理(천리)에 근거하여 성인에게서 나온 것입니다. 천리를 알지 못하면 어찌 성인이 만든 禮經(예경)의 깊은 뜻을 알겠습니까? 후세에 禮家(예가)의 논의가 여러 이설이 분분하여 訟事(송사)하는 것 같음은 대체로 천리를 알지 못하는 까닭이옵니다. 아하 성인의 상례에 五服(오복)을 마련한 것이 어찌 우연이라 하겠습니까? 親疎(친소)와 厚薄(후박)은 이것이 아니면 구별할 수 없사옵고 輕重(경중)과 대소는 이것이 아니면 결정할 수 없사옵니다. 한 가정에 적용하면 부자간의 윤리가 밝아지고 나라에 적용하면 군신 간의 명분이 엄정하게 됩니다. 천지간에 높고 낮음과 종사의 보존과 멸망이 여기에 연관되지 않는 것이 없사옵니다. 이것이 중대하고도 중대하여 털끝만큼도 어긋나거나 착오가 있어서는 아니 되는 까닭이옵니다.

계통을 잇는 아들이 할아비와 더불어 한 몸이 되므로 아비가 嫡子(적자)의 상을 당했을 때는 그 服制(복제)를 반드시 斬衰(참최) 3년으로 하는데 이것은 아들을 위한 것이 아니라 祖宗(조종)의 계통을 잇는 것이기 때문입니다. 사삿집도 오히려 이와 같거늘 하물며 나라에서 이겠습니까? 삼대의 태평한 시대에도 이와 같았는데 하물며 말세의 위태롭고 의심스러운 시절에야 어떻겠습니까? 그런즉 신민의 마음을 안정시키시고 불평을 품은 자들의 넘보는 바를 끊어버리는 것도 진실로 여기에 있사옵니다. 그러하다면 나라 있는 자가 이 禮(예)에 그 어찌 부지런하지 않으며 그 어찌 엄정하지 않겠사옵니까? 어찌 가히 잠깐인들 소홀히 여겨 내버려 둘 수 있겠사옵니까?

신이 듣자오니 선왕 효종 대왕의 상에 대왕대비의 복제는 모든 禮經(예경)을 참고하였다 합니다. 성인이 만든 것은 실제로 (계통을 잇는 아들이) 할아비와 더불어 한 몸이 된다는 데 그 뜻이 있고, 성인이 예를 제정한 것도 진실로 天理(천리)에 바탕을 두고 宗統(종통)을 바로 잡는다는 데 그 뜻이 있사온 즉 마땅히 齊衰(제최) 3년으로 하는 것이 확연하고도 분명합니다. (이처럼) 의심할 바가 없는 것인데 당초에 禮官(예관)의 儀注(의주)에 期年服(기년복)으로 정하여 놓으니 조야의 臣民(신민) 가운데에 식견이 있는 사람들은 괴이하게 여겨 놀라지 않는 이가 없고 그 뜻이 어디에 있는지 이해하지 못하였사옵니다. 그러니 국가의 宗統(종통)이 이로 인하여 분명치 않게 되고 백성 또한 안정되지 않는 듯하옵니다. 이것이 어찌 大統(대통)을 밝히며 백성의 뜻을 안정시키고 宗社(종사)의 예를 공고히 하는 것이라 하겠습니까? 생각이 여기에 미치니 뼈가 놀라고 가슴이 서늘하옵니다. 이것은 진정코 다시 의논하여 고치지 않을 수 없사온데 小祥(소상) 때가 가까워 오는데도 조용하기만 하고 한 사람도 나라를 위하여 이 말씀을 아뢰는 이가 없으니 신이 편안히 시골에 머물며 깊이깊이 생각하다가 나라를 위한 근심을 떨쳐버릴 수 없었습니다. 듣자오니 얼마 전에 前掌令(장령) 許穆(허목)이 禮經(예경)을 근거로 연구하여 상소문 하나를 올렸다 하오니 신은 진실로 나라에 사람이 있음을 크게 기뻐하였나이다.

아하 허목의 말은 예를 논의한 커다란 경륜일 뿐 아니라, 진실로 나라를 도모한 지극한 계책이옵니다. 천리의 節文(절문)을 밝게 알지 못한다면 그리고 또 신하로서의 충성스러운 마음이 순수하지 않다면 그 어찌 능히 그런 말을 하겠사옵니까? 어찌 감히 이런 말씀을 올리겠사옵니까? 이 말을 듣지 않으면 후회막급할 것이옵니다. 전하께서는 마음속 깊이 스스로 결단하시고 즉시 예관에게 명하여 聖經(성경)에 따라 잘못을 바로잡아 원상을 회복하시옵소서.

이 상소문을 읽으면서 우리의 뇌리를 떠나지 않는 시조가 한 수 있을 것이다.

내 버디 몃치나ᄒᆞ니 水石(수석)과 松竹(송죽)이라
동산애 돌 오르니 긔 더욱 반갑고야
두어라 이 다ᄉᆞᆯ 밧긔 ᄯᅩ 더ᄒᆞ야 무엇ᄒᆞ리

孤山(고산)의 連時調(연시조) '五友歌(오우가)' 의 첫수가 아니던가! 이 '오우가' 를 비롯하여 '漁夫四時歌(어부사시가)', '山中別曲(산중별곡)' 등 주옥같은 시조 77수는 우리나라 시가문학사 속에 보배 중에 보배들이다. 이런 노래를 부르는 歌人(가인)과 서슬 푸른 상소문을 올리는 白髮白頭(백발백두)의 늙은 선비, 이것이 조선시대 지식인의 참모습이었다.

보길도의 윤선도 선생이 거처하던 원림

〖論禮疏〗

彰孝大王元年庚子四月公在孤山時疏.

伏以臣聞 宋臣朱熹有言曰 國家危亡判斷之事 則雖在韋布 不可不言 況臣策名爲臣久矣 則固非韋布之類也. 況臣受知於仁祖孝宗兩朝 凡百殊遇皆出於聖心之誠悃 無一毫外貌文具 則臣之所以感激恩報 亦非凡臣之比也. 臣雖無狀忠殿下報先王之意 耿耿于中 隕首結草之心 何時而少忘也. 雖屛伏草野衰病牢落 其於國家之安危 其敢曰在家不知而不一言乎 卽今安危之機 迫在朝夕 臣不勝嫠婦之憂 杞人之懼 敢輸狂瞽之忱 冀補聖聰之明 伏願殿下實留神而細垂察焉.

臣竊念三代吉凶之禮 皆原於天理而出於聖人也 不知天理 則安知聖人禮經之奧旨也 後世禮家之論 有同聚訟者 蓋由於不知天理故也. 噫 聖人於喪禮 制爲五服豈偶然也. 親疏厚薄 非此則無以別焉 輕重大小 非此則無以定焉 用之於家 而父子之倫乃明 用之於國 而君臣之分乃嚴 天地之尊卑 宗社之存亡 無不係於此矣. 此所以莫重莫大 而不可以毫髮僭差者也.

承統之子 與祖爲體 父之於嫡子之喪 其爲服制 必以斬衰三年者 非爲子也 乃爲承祖宗之統也. 私家尙如此

況國家乎. 三代太平之世尙如此 況於末世危疑之際乎. 然則定臣民之心志 絶不逞之覬覦 亶在於此矣. 夫然則有國家者之於此禮也 其可不謹乎 其可不嚴乎 其可斯須有忽面置之也.

臣聞先王孝宗大王之喪 大王大妃之服 考諸禮經. 聖人之所爲者 實在於與祖爲體之義 及聖人之制禮 實在於原天理定宗統之義 則當爲齊衰三年昭然明矣. 無可疑者 而當初禮官儀注定爲期年之服 朝野臣民之有識者 莫不爲怪爲駭 未曉其義之所在, 而國家宗統 因此而有所不明 抑亦似有所不定, 此豈明大統定民志 固宗社之禮也. 思之至此 則骨驚心寒. 此誠不可不卽議釐正而練期將迫寥寥 無一人爲國家進此言者 臣宴居深念不勝宗社之憂 頃聞前掌令臣許穆考據禮經 投進一疏 臣誠失喜 國家之有人也.

嗚呼 許穆之言 非徒議禮之大經 實是謀國之至計 如非明於天理之節文 而純於臣子之忠諒 則其能爲此言乎 其敢進此言乎 此厥不聽 後悔莫及. 殿下所當斷自宸衷 卽令禮官依聖經釐正 而其所以復.

참고

嫠婦之憂(이부지우) : 옛날 중국 周(주)나라 시절에, 길쌈하는 한 홀어미가 길쌈하는 일은 걱정하지 않고 나라가 망할까 염려했다는 고사. 대장부는 마땅히 나랏일을 근심하여야 한다는 뜻으로 쓰이는 말이 됨.

杞人之懼(기인지구) : 옛날 중국 杞(기)나라의 어떤 사람이 '하늘이 무너지면 어디로 피해 가나' 하고 걱정하였다는 고사. 부질없는 걱정을 한다는 뜻으로 쓰임.

喪禮制爲五服(상례제위오복) : 보통은 斬衰(참최) 3년, 齊衰(재최) 1년, 대공 9개월, 소공 5개월, 緦麻(시마) 3개월로 구분함.

斬衰(참최) : 거친 베로 아랫단을 튼 채로 지은 상복을 3년간 입는 일. 고인의 아들, (미혼의) 딸, 아내, (그리고 고인이 장가간 맏아들일 경우는 그 아버지)가 해당됨.

齊衰(재최) : 조금 굵은 생베로 아랫단을 좁게 접어 꿰맨 상복. 부모상에는 3년, 조부모상에는 1년, 증조부모상에는 5개월, 고조부모상에는 3개월을 입고 처상에는 1년을 입었음.

大功(대공) : 大功親(대공친)의 喪事(상사)에 9개월간 입는 服制(복제). 대공친은 출가 전의 從姊妹(종자매), 衆子婦(중자부), 衆孫(중손), 衆孫女(중손녀), 姪婦(질부), 남편의 조부모, 남편의 伯叔父母(백숙부모), 남편의 질부 등.

小功(소공) : 小功親(소공친)의 喪事(상사)에 5개월간 입는 服制(복제). 소공친은 從祖父母(종조부모), 在從兄弟(재종형제), 從姪(종질), 從孫(종손) 등.

緦麻(사마) : 緦麻親(사마친)은 從曾祖(종증조) 三從兄弟(삼종형제), 衆玄孫(중현손), 外孫(외손), 內外從(내외종) 등.

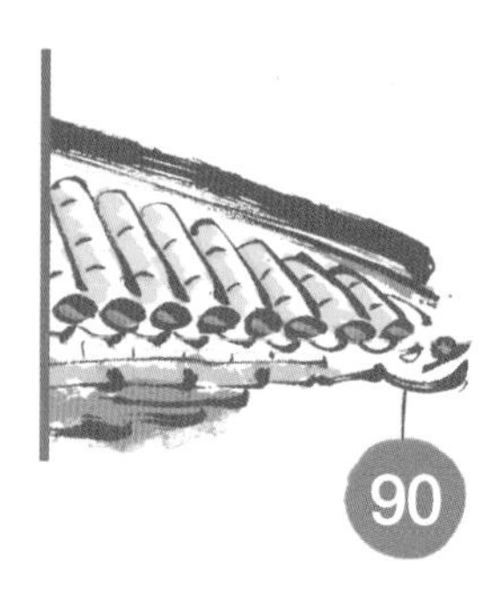

허목　　미수기언

許穆의 眉叟記言

평균 수명이 60에도 미치지 못하던 시절에 학문과 덕행에 이름이 알려지면서 63세에 사헌부 持平(지평, 정5품)을 시작으로 85세에 우의정이 되기까지 23년간 벼슬살이를 하고 88세에 세상을 떠난 顯宗(현종) 肅宗代(숙종대)의 문신 학자로 許穆(허목, 1595 선조 28~1682 숙종 8)이란 분이 있었다.

허목의 20여 년에 걸친 宦路(환로)는 이른바 禮訟(예송)이라는 服喪論爭(복상논쟁)의 승패를 반영하고 있다는 점에서 흥미를 자아낸다. 壬辰(임진)·丙子(병자)의 양란을 거치고 대내외적으로 소강상태를 유지하던 17세기 후반, 현종·숙종 년간에 나라를 새롭게 부흥시키기 위한 정책변화가 있었다면 얼마나 좋았을까? 그러나 조정은 두 차례에 걸친 복상논쟁으로 세월을 허비하였다. 첫 번째는 현종 1년(1660)에 일어난 己亥禮訟(기해예송)이요, 두 번째는 현종 15년

허목(許穆) 선생을 모신 미천서원(眉泉書院)

(1674)에 일어난 甲寅禮訟(갑인예송)이다.

己亥禮訟(기해예송)은 효종이 昇遐(승하)하자 인조의 繼妃(계비)인 慈懿大妃(자의대비)가 효종의 복상을 장자의 예우로 삼 년을 입느냐, 衆子(중자)로 보아 일 년만 입느냐 하는 문제였고, 갑인예송은 효종비 仁宣王后(인선왕후)가 서거하면서 그때까지도 살아있던 慈懿王大妃(자의왕대비) 조씨가 인선왕후를 다시금 장자부(맏며느리)로 보아 기년(1년)복상을 하느냐, 衆子婦(중자부, 둘째 이하의 며느리)로 보아 대공(9개월)복상을 하느냐 하는 문제였다.

이 두 번의 禮訟(예송)에서 許穆(허목)은 한결같이 효종을 장자로, 인선왕후를 장자부로 보아 기해예송에서는 쇠년설(3년상)을 주장했고, 갑인예송에서는 기년설(1년상)을 주장하였다. 첫 번째 예송에서는 패하여 낙향했었으나, 갑인년에는 기년설이 채택되어 허목은 일약 大司憲(대사헌)으로 특진되고 그 후 승승장구하여 參判(참판) · 判書(판서) · 右議政(우의정)에까지 이른다.

許穆(허목)은 眉叟(미수)라는 아호를 제목으로 한『眉叟記言(미수기언)』이란 책을 세상에 남겼는데, 그 대부분이 箚子(차자), 上疏文(상소문), 書札(서찰) 등이지만, 그중에는 당대 지식인의 세계관과 인생관을 엿볼 수 있는 몇 편의 사변적 논설이 들어있다.「天地變化(천지변화)」라는 첫 구절로 시작한 세 편의 글은 論旨(논지) 展開(전개)의 방향을 달리하면서 天命(천명)을 禮讚(예찬)하고, 敎人(교인) · 功用(공용)을 주장하기도 하며, 성인의 氣正(기정)을 강조하기도 한다. 그 시절 지식인들이 지니고 있던 사상의 기본 틀을 짐작해 볼 수 있는 글이다.

〖眉叟記言(미수기언)〗

一. 天命(천명)의 精極(정극)함을 禮讚함

천지자연이 끊임없이 바뀌고 바뀌어 천하 만물이 그 바뀜을 바탕으로 생성되었다. 꿈틀거려 움직이고 알아차리고 깨달음이 부지런히 반복되면서 서로 영향을 주고받으니 같은 무리는 서로 사랑하며 저의 생명을 기른다. 그러므로 생명이 있는 것은 처음부터 타고난 재능을 갖추게 되고, 그 재능을 매일같이 활용하며 발전을 꾀한다. 이렇게 뭇 생명체들이 무리를 지어 태어나서 새 새끼들은 구구거리며 서로 어울리고, 새싹 새 움들은 날로 자라고 냇물은 골짜기에서 흘러 흘러 강이 되어 바다로 간다. 배고프면 먹고 목마르면 물 마시며 겨울에는 털옷입고 여름에는 베옷 입고 사회를 이루어 생활하면서 살다가 죽는 것, 이것이 세상사는 한결같은 이치이다. 자연의 만물이 모두 종류별로 다르기는 하지만 천지조화에 따르는 것은 모두가 같다. 세상일 모든 것이 개별적인 특성이 있으나 그것을 떠받치는 원칙은 모두 같은 것이다. 천명이 우주 만상에 두루 적용되어 세상 만물이 다 함께 천명에 말미암으며 제각기 고유의 성품을 완성하니 그 크고 넓음을 모른다 하겠는가. (또한 천명은) 하늘 땅 온 우주를 살피시고 천지사방을 두루 관장하며 세상사 만 가지를 모두 감싸 안으니 이 또한 처음도 끝도 없이 운영하심이 아닌가! 이렇듯 밤낮으로 쉬임이 없으니 이것이 (우리 인간에게) 지극한 가르침이 되어 禮(예)는 이 가르침을

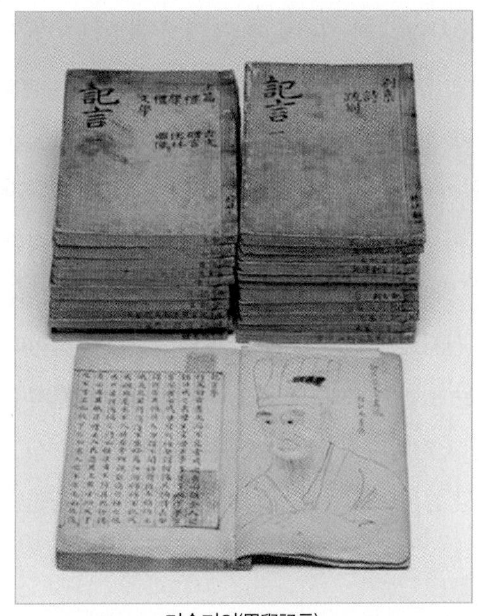

미수기언(眉叟記言)

따라 발생하고 樂(악)은 이 가르침을 따라서 만들어진다. 이 가르침 때문에 성인은 그 위대함을 존중하여 섬기고, 효자는 어버이를 아름답게 받드는 것이다. 아하 천명의 정밀하고 깊으며 지극하고 섬세함이여! 아무리 생각하고 또 힘써 궁리해도 헤아릴 길이 없으니 어찌 섣부른 논설로 그 지극한 경지에 이를 수 있겠는가!

二. 天地造化(천지조화)를 성실히 배우고 실천함

천지자연이 끊임없이 바뀌고 바뀌는 가운데 (하늘이) 숨을 불어넣어 (만물이) 따뜻하게 하고 숨을 들이쉬어 움츠러들게도 하시니, 세상 만물이 이에 따라 슬퍼 근심하며 측은하여 아끼고 서로 사랑하는 감정이 나타나게 되었다. 그러나 거기에서 착한 것과 악한 것이 나누어지고 세상만사가 발생하여 얽히고 설키어 복잡하게 되었다. 그런데 그 만 가지 사건이 한 가지도 같은 것이 없으니 이것은 모든 살아있는 것의 삶의 원리[情]이다. 사물과 사건이 극한 상황에 이르면 혼란이 발생하고, 생각과 느낌이 흐트러지면 혼란스러움이 끝을 모르게 된다. 그런 까닭에 樂(악)은 가득 찬 지경에 이르렀다가도 즉시 돌이키는 것이며, 禮(예)로 물러섰다가는 곧 나아가는 것이다. 이렇듯 (음악은) 융통하여 화합하고 (예법은) 질서를 지키어 정돈되니 이러한 예악으로 천지의 올바름이 완성된다. 이것으로 성인이 세상 사람들을 가르치는 것이다. 쉬지도 않고 끊임도 없는 (천지조화는) 천지의 위대한 일[大業]이며 (그것을 보고 깨달아) 만물을 심고 키우며 알맞은 자리에서 성장하도록 하는 것, 이것은 성인이 자연을 배워 응용하는 자세이다.

三. 성인은 모름지기 氣(기)를 바르게 하여야 함

천지자연이 끊임없이 바뀌고 바뀌는데 한 번 가득 차면 한 번은 텅 비게 된다. 형체는 氣(기)에서 생기는 것이요, 기는 형체를 통하여 드러난다. 하늘은 그것보다 더 큰 바깥이 없고(삼라만상을 모두 포괄하였으니 그것보다 더 큰 것이 있을 수 없고) 땅은 생존의 방편이 된다.(천하만물이 모두 땅에서 생겨나니 땅이야말로 모든 생존의 방편이 아닌가.) 해와 달이 번갈아 밝게 비추고 추위 더위가 차례대로 찾아와, 한 절기가 갔다가는 다시 돌아오니 천하 만물이 이로 말미암아 살고 죽으며, 이로 말미암아 번성하고 쇠퇴하며, 이로 말미암아 노닐고 즐기며, 이로 말미암아 다함 없이 이어가니 사람의 일이 아름다우냐 사특하냐 하는 문제와 세상의 도리가 한심스러우냐 존경스러우냐 하는 문제는 모두 한 가지 천지의 기[精氣]의 순환일 뿐이다. 사람의 정기가 바르면 세상의 정기가 바르게 되고, 사람의 정기가 어지러우면 세상의 정기가 어지럽게 된다. 세상이 행복하고 즐거우냐, 요악하고 불행하냐 하는 것은 기가 사악하냐 정직하냐 하는 것의 드러남이요, 기가 바르게 다스려졌느냐 어지러워졌느냐 하는 것의 표징이다. 기가 서로 영향을 주고받아 그 결과가 그렇게 되는 것이다. 그러므로 성인은 (기를 바르게 하려고 하였을 뿐) 거스르지도 않았고, 빠져들지도 않았고, 두려워하지도 않았고, 근심하지도 않았으며 오로지 仁(인)에 충실하고자 하였으니 과연 그 근본 바탕은 무엇이란 말인가?(기를 바르게 하는 것이 아닌가!)

〖許穆 眉叟記言〗

天地變化 一

天地變化 萬物資生 蠢動知覺 藹然相感 能愛類養生 故生有良能 日用而不已. 品流群生 觳音自和 萌孼日長 川谷達於江海 飢食渴飮 冬裘夏葛 群居而生死 其故一也. 品物區別 其化均也. 庶事殊緖 其道同也. 天命流行 萬物共由 各遂其性 而不知洋洋乎. 察於天地 著於四方 包括萬物 而無終始行乎. 晝夜而不窮 是爲至敎 禮自履此生 樂自順此作 由是而 聖人事大 孝子享親. 夫精深極微 思勉不能 幾論說不能及至矣.

天地變化 二

天地變化 吹煦闔歙 品物從之 怵惕惻隱 愛欲形焉. 於是 善惡分而 萬事出矣. 紛綸參錯 有萬不齊 生物之情也. 物極則致亂 情蕩則益熾 故樂盈而返 禮退而進 融融秩秩 以遂天地之正 聖人之敎人也. 不息不已 天地之大業 裁成位育 聖人之功用也.

天地變化 三

天地變化 一盈一虛 形生於氣 氣冒於形 天無外(包萬物而無外) 地有方(生萬物而有方). 日月代明 寒暑序行

往而復來 萬物以之而生死 以之而盛衰 以之而遊行 以之而無窮 人事之淑慝 世道之汚隆 一氣而遷耳. 人之氣正 則天地之氣正 人之氣亂 則天地之氣亂. 禎祥妖孽邪正之表 治亂之徵 氣之相感 召者然也. 故聖人不違不惑不懼不憂而篤仁 其本何也.

참고

禮訟(예송)의 발단은 무엇인가?

효종은 인조의 둘째 아들 봉림대군이었다. 병자호란이 끝난 뒤 그의 맏형 소현세자와 함께 청나라에 볼모로 끌려가 8년간 설움의 세월을 살았다. 1646년(인조 23년) 소현세자가 돌연 사망하자 세자에 책봉되어, 1649년에 즉위했다. 재위 중 효종의 치세는 볼만한 것이었다. 청에 설욕하려는 굳은 의지로 군비확충 · 세제개혁 · 대동법 실시 등 착실하게 내실을 다지며 북벌의 기회를 기다리고 있었다. 그러나 1659년 갑자기 승하하자 아버지 인조의 계비인 자의대비는 어머니의 자격으로 복상을 하게 되었는데, 이미 소현세자가 죽었을 때 장자의 예로 복상을 했으므로 또다시 장자의 예를 지킬 수 있느냐는 것이 쟁점이 되었다. 다시 말하여 계모가 맏아들의 복상을 두 번씩 입을 수 있느냐 없느냐의 문제였다.

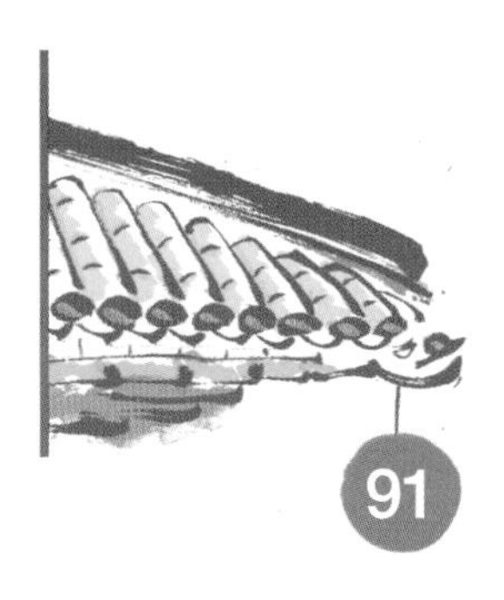

91

송준길 제우복정선생문
宋浚吉의 祭愚伏鄭先生文

조선조의 관리임용에도 이른바 특채라 할 수 있는 비공식 절차가 있었다. 과거에 급제하여 적당한 부서에 임명되어 세월 따라 승차 승진하는 것이 공식 절차라면, 조상의 공적으로 蔭職(음직)에 補任(보임) 되거나 고매한 학덕이 세간에 알려져 薦擧(천거) 拔擢(발탁)되어 出仕(출사)하는 것은 비공식절차라 할 수 있다. 따라서 이러한 비공식절차로 발탁된 이들은 대체로 벼슬자리에 연연하기보다는 신념에 따라 임무에 나아가는 경향이 많았다. 孝宗(효종) 때의 문신 同春堂(동춘당) 宋浚吉(송준길, 1606 선조 39~1672 현종 13)이 바로 그러한 분이다. 同門修學(동문수학)한 尤庵(우암) 宋時烈(송시열)이 「同春堂(동춘당) 宋公墓誌(송공묘지)」에 동춘당의 사람됨을 다음과 같이 描破(묘파)하였다.

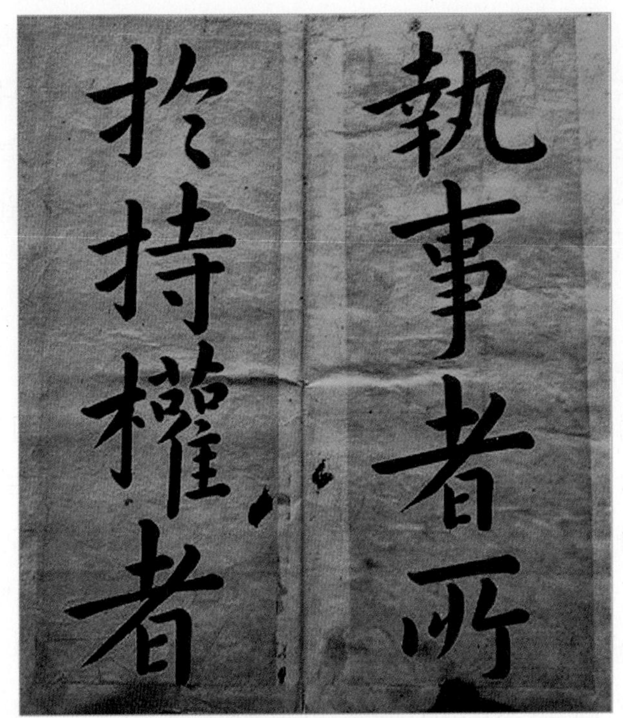

송준길(宋浚吉) 선생의 유묵(遺墨)

公(공)은 30년 동안 임금의 恩旨(은지)를 받은 것이 많았지만 그때마다 시세를 보아서 의리에 정당한 것이 아니면 당초부터 官界(관계))에 나아가지 않았다. 그러므로 조정에 있는 날은 일생동안 일 년여에 불과하였으나 君德(군덕)과 世道(세도)에 도움이 되는 일은 지대하였다.

宋浚吉(송준길)의 자는 明甫(명보)요, 호는 同春堂(동춘당)이다. 恩津人(은진인)으로 어려서 율곡을 師事(사사)하였고 20세에 沙溪(사계)

金長生(김장생)의 문하에서 예학을 깊이 공부하였다. 19세에 學行(학행)으로 洗馬(세마 : 세자익위사에 속한 정9품직)에 임명되었으나 사퇴하고 은거 자중하며 학문에만 정진하였다. 그의 스승 사계는 매양 동춘당을 가리켜 "앞으로 禮家(예가)의 宗匠(종장)이 될 사람"이라 극찬하였다. 이러한 평가와 분위기는 마침내 그 당시 예학의 우두머리였던 愚伏(우복) 鄭經世(정경세)로 하여금 동춘당을 자기의 사위로 삼게 하였다.

44세에 효종이 즉위하면서 執義(집의 : 사헌부 종3품직)로 기용되자 인조 말부터 권세를 잡고 있던 功西派(공서파) 金自點(김자점)을 탄핵하여 파면시킴으로써 淸西派(청서파)의 집권을 가능케 하였다. 그 후 효종과 함께 북벌계획을 적극 추진하였으나 그 사실을 金自點(김자점)이 청에 밀고하여 뜻을 이루지 못하고 벼슬에서 물러났다. 그 후 大司憲(대사헌), 兵曹判書(병조판서), 右贊成(우찬성), 吏曹判書(이조판서), 元子輔養官(원자보양관), 祭酒(제주), 贊善(찬선) 등을 역임했으나 모두 구름에 달 가듯이 스친 것이요, 어느 직에도 오래 머물지 않았다.

다음 글은 그의 스승이며 어버이(장인)인 愚伏(우복) 鄭經世(정경세) 선생을 기리는 祭文(제문)이다.

〖愚伏(우복) 정선생님 영전에 드리는 글〗

崇禎(숭정) 6년 癸酉年(계유년, 1633) 8월 庚申朔(경신삭) 22일 辛巳(신사)에 사위 奉直郎(봉직랑) 전 童蒙敎官(동몽교관) 宋浚吉(송준길)은 삼가 술과 과일로 제상을 차려놓고 장인어른 우복 정선생의 神位(신위)에 영결을 고하나이다.

아 슬프옵니다. 신령스런 스승을 잃음이며 또한 어버이를 잃음이 아니옵니까? 태산이 무너진 것이요, 대들보가 부러진 것이 아니옵니까? 공경과 사대부는 관청에서 조상하고, 장사하는 이들과 서리 · 하인들은 길가에서 슬퍼하고 공부하는 유생 · 학생들은 집안에서 울면서 모두 이르기를 "나라는 어디에 의지하며 백성은 누구를 우러르며 우리들은 장차 어찌하여야 합니까."라고 탄식합니다. 또 비록 평상시에는 좋아하고 싫어하는 것을 달리하여 서로 즐겨 사귀지 않던 이들도 눈물을 흘리며 슬퍼하지 않는 이가 없으니 아 이것은 그 누가 시켜서 그렇게 한 것이겠습니까. 문장은 세상의 모범이 됨에 모자람이 없었고, 학문은 과거를 계승하고 미래를 개척함에 넉넉하였고, 혈육사랑과 이웃사랑은 仁義(인의)를 일으켜 세상을 教化(교화)함에 부족함이 없었으며, 임금을 사랑하고 백성을 윤택하게 하려는 뜻과 나라를 근심하고 풍속을 걱정하는 마음은 귀신이 옆에서 갈피 잡아 믿으며 어리석은 이나 슬기로운 이가 모두 다 우러러보아 이해의 사사로움이 비록 그 당시에는 가려져 있었다 하여도 올바르고 떳떳한 하늘은 마침내 오늘날까지 사라져 버리지 않았으니 어찌 이른바 "人情(인정)이 이르지 않음이 없고, 天意(천의)가 거짓을 용납지 않는다."하는 것이 아니겠습니까?

오직 소자는 차마 말하지 못할 것이 있사옵니다. 애초에 이 小子는 본바탕이 보잘것이 없었고 무엇을 배울지 방향도 알지 못하였는데 나이 스물에 이르러 비로소 선생님의 문하에 제자가 되었습니다. 선생님은 제가 천방지축 방황하는 것을 불쌍히 여기시고 바른길을 가도록 이끄시어 날마다 필요한 때에 귀에 대고 일러주시고 講說(강설)

하실 때에는 面對(면대)하여 가르치셨습니다. (또) 연꽃잎이 뜬 연못이나 죽순이 솟는 동산에서 조용히 산책을 하거나 지팡이를 끌고 노니실 때에 사물에 마주하여 일일이 붙들고 인도하여 정성껏 가르쳐주셨습니다. (소자는) 어리석고 못나기 이를 데 없어서 무기나 기계를 다루듯 선생님 가르침의 뜻을 잘 따르지는 못하였사오나 처음부터 이처럼 (부족하다는 것을) 알아 소인이 되는 것만은 혹 면한 듯하오니 이것은 누가 내려주신 (은혜)이옵니까?

庚午年(경오년, 1630) 겨울에 선생님은 벼슬을 사양하시고 고향으로 돌아오셨습니다. 그다음 다음 해에 소자가 나아가 뵈었는데 그 기쁨과 사랑의 돈독함이 예전의 평일보다도 더욱 깊으셨습니다. 그리고 말씀하시기를 "내가 평생에 주자의 글을 몹시 좋아하였으나 더불어 이야기를 나눌 사람이 없었다. 봄철이 돌아와 날씨가 따뜻하게 되면 나는 자네를 데리고 산속으로 들어가 함께 토론하고 싶었다. 때로는 竹轎(죽교)를 타고 낙동강 물가의 경치 좋은 곳을 골라 다니며 나의 여생을 마치고자 하였다. 이 어찌 지극한 즐거움이 아니겠는가?" 하셨습니다. (그런데) 얼마 지나지 않아 선생님은 이미 병환이 드셨습니다. 앞에서 말한 지극한 즐거움은 이미 얻을 수 없게 되자 또 말씀하시기를 "나는 이제 끝인 듯하다. 내 일신에 관계된 모든 일은 오로지 자네에게 위촉한다. 앞으로 모든 일은 오로지 자네에게 부탁한다. 남겨놓은 遺著(유저)는 상자 안에 있으니 자네가 그것을 정리하게나. 또 어린 손자들은 아직 어리니 자네가 그들도 가르쳐주게나." 하셨습니다. 정녕코 부탁하신 遺囑(유촉)은 뼈에 새겨 잊지 않겠사오나 오늘에 이르러 생각하오니 어찌 肝腸(간장)이 녹고 찢어지는 것 같지 않겠습니까? (중략)

아 슬프옵니다. 의젓하신 자태는 영원히 단절되고 자상하신 聲音

송준길(宋浚吉) 선생의 묘

(성음)은 아득하게 사라졌으며 3천 3백의 儀表(의표)와 大經(대경) 大法(대법)의 심오함은 퇴폐하여 멀리 사라져 덕업을 마칠 기약이 없으니 오직 남기신 저술을 가슴에 품고 남겨주신 가르침을 받들고 晩年의 업적을 수습하여 지난날의 잘못을 속죄코자 하나이다. 영특하신 혼령이 여기에 계신다면 반드시 어두운 저승에서도 묵묵히 도와주실 것입니다. 말은 끝이 있어도 정은 끝날 수 없습니다. 한 잔의 맑은 술로 영결을 고하며 만고 영원히 하직하나이다. 아 슬프옵니다. 歆饗(흠향)하시옵소서.

동양 전래의 「詩學(시학, Poetica)」이라 할 劉勰(유협)의 『文心雕龍(문심조룡)』에는 추모문체의 창작법을 다음과 같이 기술하고 있다.

"대체로 誄(뢰)의 창작법으로는 死者(사자)의 언행을 선택하여 기록하고 傳記(전기)의 본질을 밝으며 頌(송)의 수사법을 사용하여 영예를 서술하는 것으로 시작하여 애도의 말로 끝을 맺는다. 死者(사자)를 논함에 있어서는 역력히 그 모습을 방불케 하고 사자에 대한 애도의 정을 서술하는 데에는 절절한 혼의 애달픔을 피력하는 것, 이것이 誄(뢰)의 취지라 하겠다."

이렇게 지은 行狀(행장), 祭文(제문), 墓地銘(묘지명)은 고인의 자취일 뿐 아니라 인류의 역사이기도 하다. 애절한 사연속에 묻어 있는 한 사람 한 사람의 행적이 모이고 모여 도도한 인간사의 역사가 꾸며지는 것이기 때문이다. 그러면 동춘당이 愚伏(우복)을 기리는 위의 제문에서 우리는 무엇을 찾을 수 있는가? 아마도 그것은 조선조 중기에 시대를 풍미했던 예학의 준열함이 아닐까?

〖祭愚伏鄭先生文〗

維崇禎六年 歲次癸酉 八月庚申朔 二十二日辛巳. 甥奉直郎 前童蒙教官 宋浚吉 謹以酒果之奠 告訣于外舅氏 愚伏鄭先生之靈筵.

嗚呼哀哉 蓍龜之失 而父母之亡耶 泰山之頹 而樑木之壞耶. 卿士大夫之弔於朝 商旅胥隷之咨於途 經生學子之哭於家者 咸曰"國其疇依 民其焉仰 吾徒將安放" 雖平日異好惡不相樂者 亦莫不涕而嗟惜之 嗚呼是孰使之然哉. 文章足以範俗而垂世 正學足以繼往而開來

孝悌足以興仁而致化. 愛君澤民之志 憂國悶俗之衷 鬼神旁質 愚智具瞻 利害之私 雖或蔽於當時 而秉彝之天終不泯於今日 則豈所謂人無不至 天不容僞者非耶.

惟小子有不忍言者矣 始余小子質本蕞下 學未知方年及弱冠 始執摯於先生之門. 先生憐余擿埴 示余周行提耳於日用之間 面命於講說之際. 池荷葉浮 園竹筍抽或散步而從容 或理杖而優游 卽事卽物 誘掖諄至. 昏愚無狀 縱未克操戈撥機 以副先生敎育之意 而其初知有此事 或免爲小人之歸者 伊誰之賜耶.

庚午之冬 先生謝事而歸 越明年而小子趨謁 其歡愛之篤 有踰平昔 仍謂之曰 "吾平生酷好朱文 而無可語. 春回日煦 吾欲携君 入內山共討之. 時以竹轎 選勝於洛水之滸 以終吾餘生 豈非至樂也." 無何先生已病矣 向之所謂 至樂已不可得 則又謂之曰 "吾今已矣. 附身諸事 惟子焉是屬 日後凡百 惟子焉是托 遺篇在篋 子其釐之 稚孫未成 子其敎之." 丁寧囑遺 刻骨難忘 今而思之曷不肝蝕而腸裂耶.(中略)

嗚呼哀哉. 儀形永隔 影響已昧. 三千三百之儀 大經大法之奧 墜緖茫茫 卒業無期 惟有抱遺篇 而奉遺敎收桑榆 而贖曩愆. 英靈如在 必有以默佑於冥冥之中也. 言有窮而情不可終 一觴告訣 萬古長辭 嗚呼哀哉 尙饗.

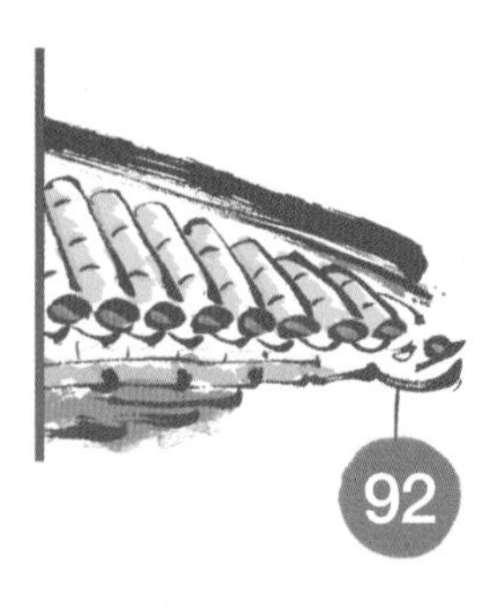

92

송시열 악대설화
宋時烈의 幄對說話

1637년, 이 해는 인조 15년으로 인조대왕이 三田渡(삼전도)에서 청태종에게 三拜九叩頭(삼배구고두 : 세 번 절하고 아홉 번 머리를 조아림)의 예를 올리며 항복한 지 일 년을 넘긴 때였다. 이 해에 청은 조선을 정복했다는 쾌거를 만대에 선양할 목적으로 삼전도에 大淸皇帝頌德碑(대청황제송덕비)를 세우라고 압박하는 한편 昭顯世子(소현세자)와 鳳林大君(봉림대군)을 위시하여 상당한 인원을 인질로 삼아 瀋陽(심양)으로 데려갔다. 그때에 19세였던 인조의 둘째 아들 봉림대군은 형님 소현세자와 함께 심양으로 끌려가 장장 8년간이나 억류생활을 하였다.

1645년 27세의 헌헌장부가 되어 돌아온 봉림대군은 함께 귀국한 형님 소현세자가 돌아온 지 두 달 만에 병을 얻어 急逝(급서)하자 뜻하지 않게 세자로 책봉되고 그로부터 4년 후, 1649년에 父王(부왕)

송시열(宋時烈)

인조가 돌아가시니 그는 31세에 大統(대통)을 잇는 행운의 임금이 되었다. 그가 곧 孝宗(효종, 1619 광해군 11~1659 효종 10)이다.

그러나 효종은 즉위한 날부터 切齒腐心(절치부심) 寧日(영일)이 없는 나날을 보냈다. 8년간의 인질생활과 민족적 수모를 설욕하려는 마음으로 治國(치국)의 근본을 北伐政策(북벌정책)에 두었기 때문이다. 그리하여 御營廳(어영청)에는 병사를 2만 명으로 增員(증원)하였고 湖西(호서)의 儒林(유림)으로 학문에만 전념하던 재야인사들, 金集(김집)·宋時烈(송시열)·宋浚吉(송준길)·李惟泰(이유태) 등을 기용하면서 金自點(김자점) 등 親淸派(친청파) 인사들을 조정에서 몰아내었다. 金堉(김육)의 건의를 받아들여 대동법을 충청·전라도까지 확대 실시하고 同一量田尺制(동일양전척제)를 실시하여 백성의 조세부담을 줄이며 상평통보를 주조하여 화폐의 유통을 원활히 하였다. 화란사람 하멜(Hamel)이 가져온 鳥銃(조총) 기술로 서양식 무기를 개발한 것도 이때였다.

바야흐로 왕조 중흥의 계기가 마련되는 듯하였다. 이제 효종은 그동안 지지부진하던 북벌책을 본격적으로 재정비할 때가 되었다고 생각하였다. 효종 10년 3월 열하룻날, 효종은 은밀히 송시열을 불러 북벌책을 구체화하라는 밀지를 내린다. 그러나 나라의 운세가 거기까지였던가? 이 밀지를 내린 지 50여 일이 지난 5월 4일 효종이 돌연 승하하였으니….

다음은 송시열이 그 밀지를 받들던 때의 기록이다.

송시열의 유묵

〖휘장 안에서 은밀히 임금님을 만난 이야기〗

기해년(1659년 효종대왕 10년) 삼월 열하룻날

임금님께서 부르시어 熙政堂(희정당)에서 만나 뵈었다. 임금님께서 말씀하셨다. "모든 신하는 모두 나가시오. 그리고 이조판서만 남으시오." 모든 신하들이 다 종종걸음으로 물러난 다음, 임금님은 내시를 시켜 모든 문을 활짝 열게 하시고 말씀하셨다. "너희들도 모두 병풍 뒤로 멀리 물러가 있거라." 그런 다음에 임금님께서 말씀하셨다.

"매양 卿(경)과 함께 조용히 이야기를 나누고 싶어 여러 달을 기다려 왔으나 끝내 그 기회가 없기에 오늘 뜻을 정하고 이런 일을 하는 것이오. 오늘 마침 나도 다행히 기운이 회복되어 상쾌하니 내가 품은 생각을 다 말할 수 있을 듯하오."

그리고 또 탄식하시며 말씀을 이으셨다.

"오늘 말하고자 하는 것은 지금 우리가 당면한 큰일이오. 저 오랑캐는 반드시 망할 형편에 있소. 지난번의 汗(한, 청 태종) 시절에는 형세가 매우 번성하였는데 지금의 汗(한, 청 태조)은 점점 쇠약해지고 있고, 지난번의 汗(한) 시절에는 인재가 심히 많았는데 지금은 모두 용렬하고 약한 자들뿐이고, 지난번의 汗(한) 시절에는 오로지 軍事(군사)를 존중하였는데 지금은 군사가 점점 폐지되어 마치 중국(명)의 일을 본받는 듯하오. 이것은 바로 卿(경)이 지난날에 말한 주자의 말 곧 '오랑캐가 중원을 얻으면 사람들이 중원의 제도를 가르쳐서 오랑캐가 점점 쇠약해진다' 는 것이오. 지금의 汗(한, 청 태조)은 비록 영웅이라고는 하나 주색에 빠짐이 이미 깊어서 그 형세가 오래갈 것 같지 않소. 오랑캐의 일은 내가 그동안 깊이 궁리하였소. 여러 신하들은 모두 내가 군병에 관한 일을 다스리지 않기를 바라는 것 같소만 내가 굳이 그렇게 하지 않는 것은 하늘의 때[天時]와 사람의 일[人事]에서 어느 날이 좋은 기회가 오는 때인 줄을 알 수 없기 때문이오. 그래서 정예 포병 10만을 길러 자식처럼 사랑하고 보듬어서 모두 죽음을 두려워하지 않는 병사를 만들고자 하는 것이오. 그런 다음에 오랑캐가 틈이 있기를 기다려 발병하여 국경 밖으로 쳐들어가면 中原(중원)의 義士(의사)와 豪傑(호걸)이 어찌 호응하는 자가 없겠소. 국경 밖으로까지 쳐들어가는 것은 그리 어렵지 않소. 오랑캐는 군사 준비에 힘쓰지 않아서 遼東(요동)과 瀋陽(심양) 천리에 활 쏘고 말 달리는 군사들이 없으니 분명코 無人之境(무인지경)을 들어가는 것과 같을 것이오. 또 하늘의 뜻을 헤아려 보건대, 우리나라의 歲幣(세폐, 해마다 중국에 보낸 공물)를 오랑캐들이 모두 요동과 심양에 쌓아 두었으니 하늘의 뜻은 그것을 다시 우리가 쓰도록 하는 것 같소. 그리고 또 우리나라에서 잡혀간 사람이 몇만 명이 되는지 알 수 없는데, (그들도) 역시 어찌 내응하지 않겠소이까. 오늘의 일은 우리가 실행에 옮기지 않는 것을 근심할 뿐, 성공하지 못할 것을 근심할 일은 아니오."

이 말씀을 듣고 (신이) 대답하였다.

"聖意(성의)가 이와 같으시니 비단 우리나라뿐만 아니라 실로 천하 만세에 다행스런 일이옵니다. 그러나 제갈량도 일찍이 능히 성공할 수 없는 것이 있다 하여 말하기를 '완성키 어려운 것이 일이라' 하였사오니 만일에 차질이 생겨 뒤집혀 멸망하는 화를 당하면 어찌하시겠습니까?"

이 말씀을 들으시고 임금님께서는 웃으시며 대답하셨다.

"이것은 卿(경)이 내 말을 시험하는 것이구려. 나는 나의 재능으로 이 일을 해낼 수 있다는 것이 아니요. 오직 하늘의 이치[天理]와 사람의 마음[人心]이 그렇게 할 수밖에 없다는 것이니 어찌 재주가 미치지 못한다 하여 스스로 한계를 정하여 일을 도모하지 않는 것이 옳은 것이겠소. 진실로 뜻만 크게 결정한다면 진정코 스스로 힘쓰게 될 것이요, 진정코 스스로 힘쓴다면 재능도 또한 발전할 것이니 항상 스스로 자극하여 힘을 낼 따름이오. 또 하늘의 뜻이 (반드시) 있을 터이니 나는 거꾸러져 멸망하리란 근심 같은 것은 없으리라 생각하오. 하늘이 나에게 내려준 성품이 그렇게 어둡고 용렬한 것이 아니요, 또 나로 하여금 일찍이 환란을 견디게 하여 능치 못한 것을 보충하여 주었고, 또 나로 하여금 일찍이 활쏘고 말타는 전쟁터의 일을 익히게 하였으며, 또 나로 하여금 저들 오랑캐 속에 들어가 저들의 형세와 산천의 길과 마을을 잘 알게 하였고, 또 나로 하여금 저들 속에 오래 머물러 있게 하여 저들을 두려워하는 마음이 없게 하였으니, 내 어리석은 생각에 스스로 하는 말이오만 하늘의 뜻이 나에게서 그렇게 멀리 떨어져 있지는 않은 듯하오. 그러나 신하들 가운데에는 이런 일을 함께할 자가 없고 내 나이는 점점 많아지고 항상 허전한 마음으로 있으니 사는 것이 즐거운 줄을 모르겠소이다. (그런데) 경이 올라온 뒤로 점점 좋은 의견과 생각하는 바가 있었으나 경도 또한 외롭기는 마찬가지라 심히 근심스럽소. 경이 黨論(당론)을 모으지 않고 있는데 이것도 모두 피차에 도움이 되지 않는 일이오. 그러나 내가 경과 뜻이 같고 생각이 일치하여 항상 골육형제 사이 같으면 그 뜻과 기운에 점점 동화되어 우리의 뜻에 서로 호응하는 사람이 생길 것이오. 나는 앞으로 10년을 기약하오. 10년이면 내 나이 50이오. 10년 안에 일을 성취하지 못하면 내 뜻과 기운이 점점 쇠하여서 다시는 가망이 없을 것이오. 이때가 되면 나는 경이 은퇴하여 돌아가는 것을 허락할 것이요. 그때에 경은 물러가도 좋소. (중략)

하늘이 (내게) 10년만 더 살게 해 주신다면 성패 간에 반드시 한번 거사를 할 것이니 경은 꼭 비밀리에 동지들과 함께 의논해 주시오."

(하략)

尤庵(우암) 宋時烈(송시열, 1607 선조 40~1689 숙종 15)은 앞에서 언급한 바와 같이 士林(사림)에 묻혀 있다가 봉림대군의 師父(사부)가 되면서 발신하여 병자호란 때에는 남한산성에 인조를 扈從(호종)하였고, 1637년 和議(화의)가 성립하자 斥和(척화)를 주장하던 우암은 낙향하였다. 효종 즉위 후 士林(사림), 특히 淸西派(청서파) 老論(노론)의 領首(영수)로 당대 정계를 주름잡았다.

윗글은 그 글의 성격상 세상에 공표할 수 없는 것인데, 효종이 昇遐(승하)하시고 북벌책도 부질없는 옛일이 되었으니 부득이 공개한다는 추기를 붙여 세상에 내놓게 되었다. 추기의 일부를 옮겨본다.

"賤臣(천신)은 己亥年(기해년) 3월 12일에 그 전날 앞에서 얘기한 것을 追錄(추록)하여 하나의 작은 책자를 만들었다. 그 다음 달에 聖候(성후)가 靡寧(미령)하시어 오월초사일에 마침내 승하하시었다. '蒼天(창천)이시어 蒼天(창천)이시어' 원망하고 부르짖었으나 미칠 데가 없었다. 산간으로 돌아와 열 겹으로 싸서 갈무리해두고 내놓을 날만 기다리고 있었으나 끝내 그런 날이 없어서 깊은 곳에 숨겨둔 채 백 세 후에나 알려질까 하였다. (중략) 하늘이 聖壽(성수)를 더 누리게 하여 마침내 그 志業(지업)을 이루게 하였다면 이 기록이 아무 필요가 없지만 이제는 이미 다 틀렸으니 만일 당일의 말을 끝내 세상에 알리지 않는다면 賤臣(천신)의 죄가 어떠하겠는가?" (하략)

〖幄對說話〗

己亥三月十一日 召對于熙政堂 上曰"諸臣皆出 獨吏判留身." 諸臣旣皆趨出 上令中官洞開諸門户曰"汝等亦皆屛退遠處." 然後上曰"每欲與卿從容說話 等待累月 終無其便 故今日決意 爲此擧措, 今日予亦氣幸蘇快 庶幾罄吾所懷矣."

上因喟然曰"今日之所欲言者 當今大事也. 彼虜有

必亡之勢 前汗時兄弟甚蕃 今則漸漸消耗 前汗時人才甚多 今則皆是庸惡者 前汗時專尙武事 今則武事漸廢頗效中國之事. 此正卿前日所誦朱子謂 虜得中原 人敎以中國制度 虜漸衰微者也. 今汗雖曰英雄 荒于酒色已甚 其勢不久 虜中事 予料之熟矣. 群臣皆欲予勿治兵事而予固不聽者 天時人事 不知何日是好機會來時 故欲養精砲十萬 愛恤如子 皆爲敢死之卒. 然後俟其有釁 出其不意 直抵關外 則中原義士豪傑 豈無響應者. 蓋直抵關外 有不甚難者 虜不事武備 遼瀋千里了 無操弓騎馬者 似當如入無人之境矣. 且以天意揣之 我國歲幣 虜皆置之遼瀋 天意似欲使還爲我用 而我國被虜人 不知其幾萬 亦豈無內應者耶 今日事 惟患其不爲而已 不患其難成."

對曰 "聖意如此 非但我東 實天下萬世之幸 然諸葛亮尙不能有成 乃曰 '難平者事' 萬一蹉跌 有覆亡之禍則柰何."

上笑曰 "是卿試予之言也, 予非以予才能辦此事也. 只以天理人心之所不可已者 豈可以才不逮而自劃不爲哉. 志苟大定 則誠自篤 誠自篤則才亦可進 故常自激昂爾. 且天意有在 予以爲似無覆亡之慮也. 天之賦與於予者 不甚昏慵 且使予早罹患難 增益不能 且使予早習弓馬戰陣之事, 且使予入彼中 熟知彼中形勢及山川道里, 且使予久處彼中 無有畏慴之心. 予之愚意自謂 天意於予不至邈然也. 然臣僚無與共此事者 而予年漸高 居常忽忽 不知生之爲樂也. 自卿上來 漸有好意思 然卿亦孤單 甚可虞也. 卿不爲黨論 是彼此皆不見助之道也. 然予與卿 志同意合 常如骨肉兄弟 則志氣漸同 聲相應之人矣. 予以十年爲期 十年則予年五十矣. 十年內不成則志氣漸衰 無復可望矣. 至此則予亦許卿退歸矣 此時卿亦退去可也.(中略) 天假之十年 則成敗間 當有一擧卿宜密與同志議之."(下略)

5
實事求是의 時代
실 사 구 시 시 대

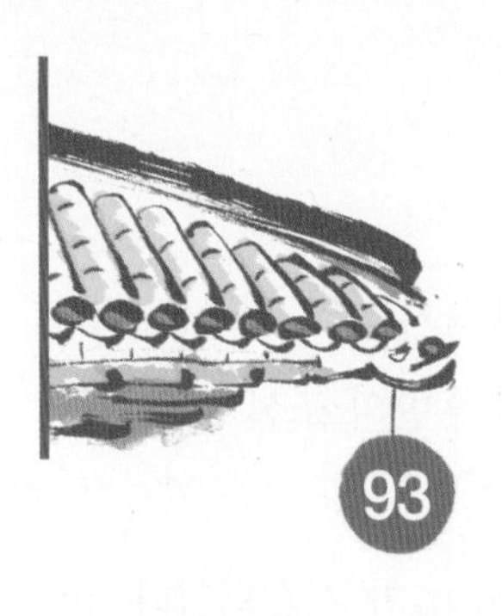

홍만종 순오지
洪萬宗의 旬五志

16세기 말에 壬辰倭亂(임진왜란)을 겪고 그 상처가 아물기도 전에 17세기 전반에 또다시 丙子胡亂(병자호란)이라는 兵火(병화)를 치른 朝鮮朝(조선조) 사회는 필연적으로 총체적 구조조정이 불가피하였을 것이다. 그 과정에서 자연스럽게 사회구성의 기본 틀이었던 身分制(신분제)가 흔들렸다. 良賤制(양천제)가 무너진 것이다. 庶人階級(서인계급)에 기반을 둔 三唐詩人〔삼당시인, 崔慶昌(최경창) · 李達(이달) · 白光勳(백광훈)〕이 나온 것도 신분제의 변화를 반영하는 것이었다. 官奴所生(관노소생)의 閑良人(한량인) 李達(이달)은 漫浪舞歌(만낭무가)라는 작품을 통하여 神仙世界(신선세계)에 대한 향수를 노래하며 現實逃避(현실도피)를 美化(미화)하였다. 17세기에 들어와 性理學(성리학)이 철학적 심화에 빠지면서 사상계에 實學(실학)이 싹트고 발전한 것도 이러한 시대변화의 결과였다. 鄕村(향촌)에 은거하던 지식인들 사이에서는 內丹(내단)이라는 道家風(도가풍)의 心身修鍊(심신수련)이 유행하게 되었다. 한마디로 17세기 후반의 조선조 사회는 전반적인 재조정의 시기였다.

이러한 때에 洪萬宗(홍만종)의 『旬五志(순오지)』가 저술되었다. 洪萬宗(홍만종)의 字(자)는 于海(우해)요, 號(호)를 玄默子(현묵자)라 하는데 그의 生沒(생몰)은 정확하게 알려지지 않았다. 『旬五志(순오지)』에 序文(서문)을 쓴 柏谷(백곡) 金得臣(김득신, 1604~1684)의 연대와 洪萬宗(홍만종)이 존경하는 대선배라고 『旬五志(순오지)』에서 언급한 東溟(동명) 鄭斗卿(정두경, 1597~1673)의 연대를 相考(상고)하여 玄默子(현묵자) 洪萬宗(홍만종)을 (1610? 광해 3~1690? 숙종 16) 쯤으로 比定(비정)할 수 있겠다. 光海初(광해초)에 태어나 肅宗代(숙종대)에 死去(사거)한 것으로 보이는 洪萬宗(홍만종)은 말하자면 當代(당대)에는 비주류에 속하는 在野學者(재야학자)였던 셈이다. 『歷代總目(역대총목)』·『海東異蹟(해동이적)』·『詩話叢林(시화총림)』·『小華詩評(소화시평)』 등의 저서를 남긴 것으로 보아 그 나름의 뚜렷한 민족적 역사의식과 시문학적 素養(소양)을 지닌 분이었음을 짐작할 수 있다. 『旬五志(순오지)』 下卷(하권)

순오지(旬五志)

에 수집해 놓은 浩澣(호한)한 속담은 국어학 및 민속학 분야에서 소중한 자료로 평가되고 있다.

다음은 『旬五志(순오지)』 하권에 실린 仙風(선풍)의 수필 「養性保命(양성보명)」이다.

〖몸과 마음을 가꾸고 지키는 일〗

● 보고 듣고 말하고 행동하는 모든 것이 精氣(정기)를 소모하여 흩어지게 하는 원인이다. 그러므로 佛家(불가)에서는 벽을 마주하여 參禪(참선)하고 仙家(선가)에서는 坐關〔좌관, 少思少睡少食(소사소수소식)하며 바깥세상과 접촉을 끊고 홀로 수양하는 것〕한다. 그 모든 것이 바탕을 든든히 하고 힘써 노력하여 정기가 소모되는 것을 방지하려는 것이니 이것이 곧 오래 살고자 하는 방책이다.

● 극심한 분노를 없애서 성품을 바르게 가꾸고 근심 걱정을 적게 하여 마음을 편케하고 말하기도 줄이어 기운을 돋우며 嗜好(기호) 생활을 끊어서 정신을 맑게 지니라.

밥은 부드럽게 하여 먹고 고기는 푹 익혀서 먹을 것이요, 술은 적게 마시고 홀로 잠자기를 자주 하라. 여색 피하기를 원수 피하듯 하고 찬바람 피하기를 화살 피하듯 하라. 아침술은 절대 마시지 말고 저녁밥 먹은 뒤로는 아무것도 먹지 마라. 기름이 다하면 등잔불이 꺼지듯 骨髓(골수)가 마르면 사람은 죽는 법이니라.

춥지 않을 만큼만 따뜻하게 입고 배고프지 않을 만큼만 배를 채우고 욕되지 않은 것을 영광으로 알고 앙화가 없는 것을 복되다 여겨라.
사람의 세상살이가 이만하면 넉넉한 것이니라.

● 복되고 자 애쓰느니 죄를 피하는 것만 못하고, 약을 구해 먹느니 음식 삼가는 것만 못하다.

맛있는 음식만 찾으면 틀림없이 병을 얻고, 쾌락한 일거리도 지나치면 앙화가 따른다.

몸이 한가로운 것은 마음 편한 것만 못하고, 약으로 몸보신 하는 것은 밥으로 몸보신함만 못하다.

부귀할 때 멈출 줄 모르면 제 몸을 죽이고, 먹고 마심에 절제를 잃으면 목숨을 줄인다.

복이란 맑고 검소한 데서 생기는 것이요, 도는 편안하고 고요한 데서 이루는 것이다.

우환은 욕심이 많아서 생기는 것이요, 앙화는 지나친 탐욕에서 나오는 것이다.

한때 신나고 자랑스런 일은 한 번 지나가고 나면 결국은 슬프고 쓸쓸하거니와 맑고 참되고 그윽한 경지는 세월이 지날수록 그 뜻이 깊어지느니라.

부유할 때 씀씀이를 검박하게 하지 않으면 가난해진 뒤에 후회하고
기회가 왔을 때 배움을 게을리하면 필요한 때에 후회하게 되고
술 취했을 때 함부로 지껄인 말은 술 깨고 나서 후회하게 되고
건강할 때 휴식을 취하지 않으면 병이 나서야 후회하리라.

술 마신 뒤에는 말하기를 조심하고 밥 먹을 때는 성내지 마라.

참기 어려운 일이라도 참아내고 명석치 못한 사람에게도 너그럽게 대하라.

• 분노가 지나치면 제 기운만 빠지고
번뇌가 극심하면 제정신만 상한다
정신이 피폐하면 쉽게 마음 지치고
기운이 쇠약하면 자주 병이 생긴다
기뻐하고 슬퍼하기 지나치지 않게 하고
음식은 이것저것 골고루 먹어라
밤늦게 술 취하기 두 번 다시 하지 말고
무엇보다 아침에는 성내지 말아라
밤이 되면 조용히 雲鼓(운고, 머리의 뒷부분)를 두드리며
새벽에 일어나면 玉津(옥진, 침〔唾液(타액)〕)을 삼켜라
요사한 기운이 범접하지 못한다면
정기가 내 몸을 온전케 지키리라
만약에 온갖 질병 없기를 바란다면
모름지기 맵고 짠 것 삼가고 또 삼가라
정신이 안정되면 기쁘고 즐거우니
기운 차려 평화로운 마음을 지녀라
오래 살고 일찍 죽음 운명이라 생각 말고
좋은 행실 닦는 것이 사람임을 잊지 마라
이러한 이치를 지킬 수만 있다면
무덤덤한 이 세상을 신선처럼 살아가리
이 열 개의 구절은 마땅히 한편의 건강 장생 비결이라 하겠다.

養性保命(양성보명)을 현대용어로 바꾸면 "심성을 수양하고 身命(신명)을 보전하는 일"이 될 것이다. 마음을 평화롭게 가져서 몸을 건강하게 지키자는 뜻이다 참으로 좋은 말이요, 나쁠 것이 하나도

없는 지당한 말씀이다. 그런데 무언가 허전하다. 壽養書〔(수양서, 健康長生秘訣(건강장생비결)〕 十句(십구)를 아무리 들여다보아도 거기에는 사회윤리의식은 들어 있지 않다. 그래서 譯者(역자)는 그 제5구를 슬며시 이렇게 고쳐 보았다.

夜靜省去事 야 정 성 거 사	밤이 되면 조용히 하루 일을 반성하고
晨興謝日新 신 흥 사 일 신	새벽에 일어나면 새 삶을 감사하라

譯者(역자)는 별수 없는 道學君子流(도학군자류)의 후손인가? 모든 讀者(독자)는 모름지기 이 제5구를 자기 나름으로 고쳐봄이 어떠한가!

〘養性保命〙

● 視聽言動 皆耗散精氣之原 故釋氏面壁 仙家坐關 皆築基苦行 以防耗此精氣 便是長生之術也.

● 去暴怒以養其性 少思慮以養其神
省言語以養其氣, 絶嗜欲以養其精
軟蒸飯爛煮油 少飮酒多獨宿
避色如避讐 避風如避箭
莫喫卯時酒 莫喫申後飯

油盡燈滅 髓竭人亡.

以不寒爲溫 以不飢爲飽 以無辱爲榮 以無禍爲福

人之遊世 如此足矣.

● 作福不如避罪 服藥不如忌口

爽口味多作疾 快心事過必爲殃

身閑不如心閑 藥補不如食補

富貴不知止殺身 飮食不知節損壽

福生於淸儉 道生於安靜 患生於多慾 禍生於多貪

風流得意之事 一過輒生悲凉

淸眞寂寞之鄕 愈久轉增意味

富不儉用貧時悔 見事不學用時悔

醉後狂言醒時悔 安不能息病時悔

戒酒後語 忌食時嗔 忍難耐事 順不明人.

● 怒甚偏傷氣 思多太損神 神疲心易役 氣弱病相因

勿使悲歡極 當令飮食均 再三防夜醉 第一戒晨嗔

夜靜鳴雲鼓 晨興嗽玉津 妖邪難犯己 精氣自全身

若要無百病 常須節五辛 安神宜悅樂 惜氣保和純

壽夭休論命 修行本在人 若能遵此理 平地可朝眞

此十句當一部壽養書

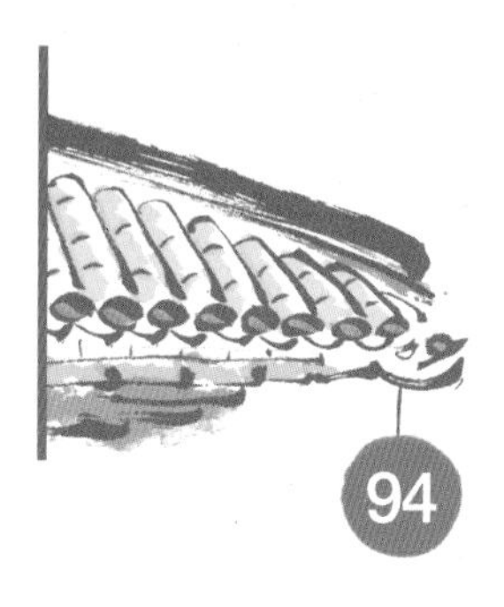

柳馨遠(유형원)의 磻溪隨錄(반계수록)

유형원(柳馨遠)

磻溪(반계) 柳馨遠(유형원, 1622 광해군 14~1673 현종 14)은 朝鮮朝(조선조) 實學(실학)의 기초를 확립한 학자로서 『磻溪隨錄(반계수록)』이란 저서와 함께 그 이름을 세상에 전하고 있다. 물론 벼슬하는 양반 가문의 후손으로 서울에서 출생하여 33세 때에 進士試(진사시)에 합격하였고 44세 때에는 學行(학행)으로 薦擧(천거)된 적이 있으나 벼슬살이에 나아가지는 않았고 평생을 野人(야인)으로 勝地遊覽(승지유람)과 학문연구에만 마음을 쏟았다. 젊어서는 砥平(지평)·驪州(여주) 등지에 살다가 32세 이후로는 전라도 부안에 定住(정주)하였다. 그런데 그 지방에는 宮房田(궁방전)이 많아 농민들이 입는 피해가 극심하였다. 이것을 目睹(목도)한 磻溪(반계)는 田制(전제)를 비롯한 사회 전반의 개혁 없이는 나라의 미래가 없다고 생각하며 土地改革(토지개혁)을 비롯하여 租稅(조세)·役貢(역공)·科擧(과거)·敎育(교육)·官僚(관료)·軍事(군사) 등 각 분야의 體制改編(체제개편) 방안을 實證的(실증적) 방법으로 제시한 저서를 내놓았다. 이것이 「磻溪隨錄(반계수록)」이다.

궁방전이란 무엇인가? 일명 司宮莊土(사궁장토)라고도 하는데, 왕족·왕비 족에 소속된 토지를 가리킨다. 內需司(내수사)와 七宮〔칠궁, 明禮宮(명례궁), 龍洞宮(용동궁), 壽進宮(수진궁), 於義宮(어의궁), 毓祥宮(육상궁), 景祐宮(경우궁), 宣禧宮(선희궁)〕이 관장하여 왕실과 왕족 및 왕비족의 경제적 기반을 마련하는 것이었다. 조선전기에는 왕족의 수도 적었고 職田制度(직전제도)에 따라 토지가 지급되어 별문제

반계(磻溪) 유형원(柳馨遠) 선생이 「반계수록(磻溪隨錄)」을 집필한 반계초당(磻溪草堂)

가 없었으나 16세기 말, 壬辰亂(임진난) 이후로는 토지의 私的(사적) 兼併(겸병)이 확대되면서 왕실 · 왕족 소유지가 팽창되었다. 土地兼併(토지겸병)의 방법에는 합법적인 것 외에 白奪(백탈)과 折受(절수)라는 것이 있었다. 백탈은 강압으로 民田(민전)을 그냥 빼앗는 것이요, 절수는 국유지를 떼어주는 것이니, 이런 것이 있고서야 나라의 미래가 밝을 수가 없었던 것이다.

반계는 이런 문제들의 해결방안을 차분하게 開陳(개진)하였다. 그리고 그것이 뜻있는 선비들에 의해 세상에 알려지게 되었다. 반계가 수록을 완성한 때는 그의 나이 49세인 1670년인데, 이 책이 英祖大王(영조대왕)의 命(명)으로 경상도 관찰사 李瀰(이미)에 의해 대구에서 간행된 것은 꼭 100년이 지난 1770년이었다. 그 100년 동안 개혁을 갈망하는 朝野(조야)의 의지가 얼마나 컸었는가를 짐작할 수 있다. 그러나 아쉽게도 그 개혁안은 근대적 국가의 靑寫眞(청사진)을 제시하지 못했으며 다분히 복고적 感懷(감회) 속에서 근대화의 의지를 다지는 정도에 머물고만 느낌이다. 같은 시기에 중국에서는 군주의 독재를 부정하며 봉건적 정치 · 사회체제를 혁신하자고 하는 「明夷待訪錄(명이대방록)」(1663년 간행)이란 책이 세상에 선보인다. 黃宗羲(황종희, 1610~1695)라는 이의 책인데, 이 책과 우리의 「磻溪隨錄(반계수록)」이 대비된다. 마음만 있을 뿐 사회개혁의 뜻을 펴지 못한 것은 黃宗羲(황종희)나 柳馨遠(유형원)이 다 같은 처지였다. 더구나 반계는 이 수록의 발문에서 자기의 저서가 이룰 수 없는 개혁의 꿈이지만 그래도 꿈이나마 꾸어보는 것임을 虛虛(허허)로이 述懷(술회)하고 있다.

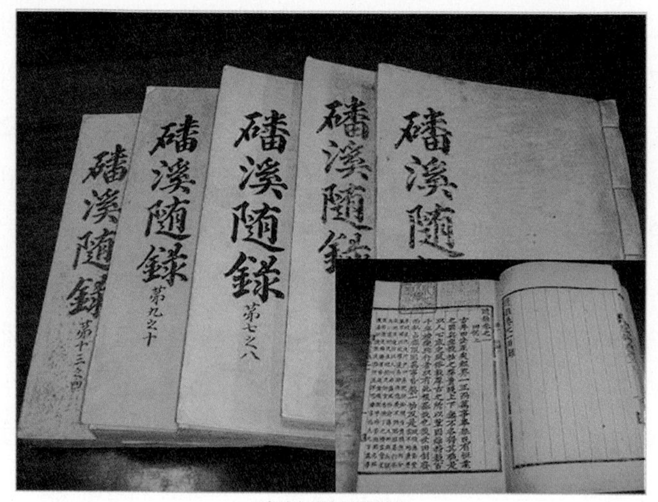

반계수록(磻溪隨錄)

〖隨錄(수록) 뒤에 붙이는 글〗

앞에 적어 놓은 약간의 조목은 고금의 책을 읽거나 생각 중에 얻은 바를 그때그때 적은 것인데, 그 모두가 오늘날 세상에서 시급하고도 절실한 일들이다. 생각해보니 王道(왕도)가 쇠퇴하여 무너진 때부터 만가지 일이 모두 질서를 잃어서 처음에는 사사로이 법을 만들더니 드디어 오랑캐가 中夏(중하)를 멸망시키는 지경에 이르렀다. 우리나라도 사정은 마찬가지여서 고루한 습속에 빠져 변하지 않는 것이 많더니 점점 쇠약해져서 마침내 크나큰 부끄러움〔丙子國恥(병자국치)〕을 당하게 되었다.

온 세상의 나라가 대개 이 지경이 되었다. 못쓰게 된 법을 바꾸지 않으면 다스림의 세상으로 돌이킬 수가 없다. 생각해 보면 폐단이 폐단을 낳아 그것이 쌓이고 쌓이어 수백 년 수천 년 동안 잘못을 이어

받고 전달하여 낡은 법규를 만들고, 그러한 오류가 서로 얽혀서 어지럽기 亂痲(난마)와 같이 되었다. 바른길을 구하지 않은 채 벼슬자리에 있는 이들은 이미 과거 과목을 통하여 승진을 거듭하였으므로 오로지 세속의 편리함만을 따를 뿐이다. 초야의 선비 가운데 비록 자신의 수양에 뜻을 둔 이가 있으나 세상을 경영하는 방도에 이르면 뜻을 펼침〔致意(치의)〕에 모자람이 있으니 이것이 이 세상이 제대로 다스려지는 날이 없게 된 것이요, 生民(생민)의 災禍(재화)가 끝이 없게 된 까닭이다.

여기에 이르러 변변치 않은 내가 깊이 두렵고 근심스러웠다. 그리하여 일찍이 스스로 어리석음을 생각지 아니하고 가만히 동지들과 더불어 생각을 가다듬어 옛일을 헤아려 지금 일을 바로잡아 세상 사는 길에 작은 보탬이 되고자 하였는데, 일에는 완급이 있으니 모든 일을 다 들어 논할 수는 없었고, 한 가지 일에도 端緖(단서)와 條目(조목)에 백 가지 방법이 있으므로 前例(전례)에 의거하지 않는다면 그 득실을 밝힐 수 없는 처지에 이르렀다. 이에 감히 조목별로 열거하여 그 사유곡절을 모두 모아 스스로 마음에 새겨두어 遺忘(유망)에 대비코자 하였다.(이 모든 일이 다만 논설에 그칠 뿐이라면 결국은 제대로 문제를 해결할 수 없을 것이므로 반드시 조목과 절차까지 언급하여 그 사연을 자세히 해설한 연후에 그 옳고 그름과 얻고 잃음이 밝혀지게 하였다.)

행여나 밝은 안목이 있는 이를 만난다면 마땅히 문제점을 짚어 물을 것이다. 이 글을 쓰면서 典章(전장)과 법도에 관계된 언급이 있는데도 개의치 않은 까닭은 이것이 세상의 논쟁거리를 만들자는 것이 아니요, 다만 내가 사사로이 적어 두었다가 스스로 내 생각의 옳고 그름을 징험에 보고자 한 때문이다.

아하, 그러나 이것 역시 마지못해 해 본 것일 뿐이다.

농업 소출을 근간으로 하는 경제사회에서 토지소유는 재화를 확보하는 유일하고도 절대적인 수단이었다. 따라서 17세기 이래 조선조 후기 사회에서 왕실을 중심으로 한 지배계층이 白奪(백탈)과 折受(절수)같은 방법으로 토지겸병이 발생한 것은 기득권층의 권한확보와 유지를 위해서는 필연적인 현상일지도 모른다. 그러나 그것은 동시에 그 사회가 서서히 무너져 내려갈 수밖에 없는 하나의 豫表(예표)이기도 하였다. 이러한 예표 현상을 반계는 꿰뚫어 보았던 것이다. 그리하여 그 해결책을 내놓았으나 세상은 그것을 외면하였으니….

〖書隨錄後〗

右凡若干條 或讀古今典藉 或因思慮所及 隨得錄之 蓋皆切於今世所急者. 念自王道廢塞 萬事失紀 始焉因私爲法 終至戎狄淪夏. 至如本國 則因陋未變者多 而加以積衰 卒蒙大恥 天下國家 蓋至於此矣.

不變廢法 無由反治 顧弊之爲弊也. 其積漸數百千年 以謬襲謬 仍成舊規 繆錯相因 有如亂絲. 不究其本 而祛其棼 無以救正 而在位者 旣由科目而進 唯知徇俗之

爲便. 草野之士 雖或有志於自修 而於經世之用 (一作施措之方) 則或未之致意 是則斯世無可治之日 而生民之禍 無有極矣.

區區於此 深切懼焉 故嘗愚不自料 竊與同志 思所以稽古正事 少補世道者 而事有緩急 不可遍擧 一事之中緖目百方 若不擬例 無由明其得失之際 乃敢條列 撥其曲折 以自識之於心 而備其遺忘 (凡事若爲論說而已 則終未能明盡 必就其條節 詳布曲折然後 其是非得失乃形)

遇有明者 當質之也. 其間有言涉典度 而不以爲嫌者 此非立言於世也. 乃私爲劄記 以自考驗也. 嗚呼 玆亦有所不得已焉爾.

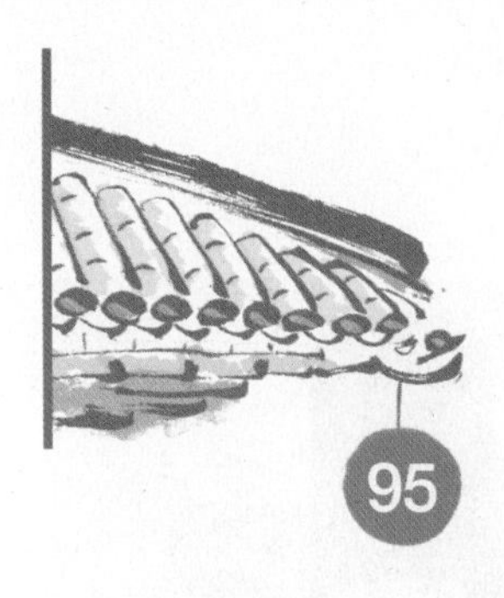

남구만 동사변증
南九萬의 東史辨證

東窓(동창)이 볼갓ᄂᆞ냐 노고지리 우지진다

소 칠 아ᄒᆡ는 상기 아니 니러ᄂᆞ냐

재 너머 ᄉᆞ래 긴 밧츨 언제 갈려 ᄒᆞᄂᆞ니

이 時調(시조)를 배우던 초등학교 시절, 우리는 얼마나 가슴 설레며 부지런할 것을 다짐했던가! 요즘은 우리 어린이들도 이 시조를 暗誦(암송)하며 근면과 성실을 배우리라. 그렇다면 이 시조의 작자는 얼마나 勞心焦思(노심초사) 自彊不息(자강불식)하였을 것인가!

藥泉(약천) 南九萬(남구만, 1629 인조 7~1711 숙종 37)이 그 주인공이다. 孝宗(효종) 때 登科(등과)하여 顯宗(현종)과 肅宗代(숙종대)까지 3대에 걸쳐 79세에 致仕(치사)하기까지 52년간 벼슬살이를 하였으니 老少論(노소론) 南北人(남북인)이 尖銳(첨예)하던 黨爭(당쟁)과 換

局(환국)사이에서 그의 歷程(역정)이 순탄치만은 않았을 터…. 『肅宗實錄(숙종실록)』 37년 3월 17일條(조)에는 그에 대한 정반대의 평가가 나란히 실려 있다.

남구만(南九萬)

貶下(폄하)의 글 : 「奉朝賀(봉조하) 남구만이 죽으니 나이가 83세였다. (…) 만년에 庶子(서자)를 위하여 산업을 경영했는데 품위가 없고 천하고 음탕하고 난잡한 일이 많아서 천한 무리의 우두머리라는 모욕까지 받게 되니 사람들이 모두 비웃었다. (…) 만년에 문자를 저술하면서 宋時烈(송시열)과 金壽恒(김수항) 부자를 침해하고 비방하였는데 그 말이 몹시 해괴하고 도리에 어그러지고 흉악하여 그 평생의 심술이 여지없이 드러났다고들 한다. 뒤에 그의 무리가 권력을 잡아 諡號(시호)를 文忠(문충)이라 하였다.」

賞讚(상찬)의 글 : 「남구만은 사람됨이 단아하고 정연하여 말과 웃음이 망령되지 않았고 일어나고 앉는 몸가짐도 절도가 있었다. 글이 법도있고 아름다웠으며 글씨의 획 또한 예스럽고 힘찼다. (…) 세상이 바야흐로 붕당을 지어 자기편을 두둔하여 서로가 모함과 알력을 일삼았는데도 남구만은 마음가짐과 주장하는 의론이 항상 공평하고 타당하였기 때문에 원망하고 미워하는 말이 일어나지 않았다. (…)」

우리는 이렇듯 상반된 내용의 글을 어떻게 읽어야 할 것인가? 결론은 끝내 유보하더라도 인간을 긍정적으로 바라보는 너그러운 자세만은 확립하여야 하리라.

34권 17책으로 이루어진 그의 문집에서 다음 글은 그야말로 落穗(낙수)에 불과한 雜書一篇(잡서일편)이지만 藥泉(약천)의 인품을 생각하기에 넉넉할 듯하다.

『우리나라 역사의 분석 검토 · 檀君(단군)』

옛 역사책 檀君紀(단군기)에 다음같이 말하였다. 「한 神人(신인)이 태백산 박달나무 아래에 내려오니 나라 사람이 그를 임금으로 세웠다. 때는 唐堯(당요) 戊辰年(무진년, B.C. 2333)이었다. 商(상)나라 武丁〔무정, 殷(은)나라 20代王(대왕)〕 8년 乙未(을미)에 이르러 아사달 산으로 들어가 神(신)이 되었다.」 이러한 이야기가 三韓古記(삼한고기)에서 나왔다 하는데 지금 깊이 생각해 보니 三國遺事(삼국유사) 載古記(재고기)에 실린 다음 내용이다. 「옛날 桓(환)나라 帝釋〔제석, 桓因(환인)〕의 서자 桓雄(환웅)이 天符印(천부인) 세 개를 받고 그를 따르는 무리 삼천 명을 거느리고 太白山〔태백산, 지금의 妙香山(묘향산)〕 꼭대기 神檀樹(신단수) 밑으로 내려왔다. 그리고 그곳을 神市(신시)라 이르니 그가 곧 桓雄天王(환웅천왕)이다. 그는 風伯(풍백) · 雨師(우사) · 雲師(운사)를 거느리고 세상 만물을 다스리고 교화하였다. 그때에 곰 한 마리가 항상 神雄〔신웅, 神市(신시)의 桓雄(환웅)〕에게 사람이 되게 하여 달라고 빌고 있었다. 그래서 신웅이 그 곰에게 신령스러운 쑥 한 묶음과 마늘 스무 개를 주었다, 곰은 그것을 먹고 삼칠일(스무 하루)만에 여자의 몸을 얻게 되었다. 그 여인은 또 박달나무 밑에서 아기를 배게 해달라고 빌었다. 그러자 환웅이 잠시 사람이 되어 그와 혼인하여 아들을 낳으니 그가 檀君(단군)이다. 唐堯(당요) 庚寅年(경인년)에 평양에 도읍하여 나라를 다스리기 일천오백년이었다. 周(주)나라 武王(무왕) 己卯年(기묘년)에 箕子(기자)가 조선에 봉함을 받으니 단군은 藏唐京〔장당경, 黃海道(황해도) 九月山(구월산)〕으로 옮기고 뒤에 다시 아사달로 돌아가 숨어버려 山神(산신)이 되었는데 그때 나이 일천구백팔 세였다.」

이 이야기를 검토해 보면 태백산 박달나무 아래로 내려온 것은 단군의 아버지이지 단군이 아니며, 박달나무 밑에서 낳았기 때문에 단군이라 한 것이지 박달나무로 내려왔기 때문에 단군이라 한 것이 아니다. 그 이야기가 온통 요망하고 속임이 많으며 비천하고 황당하여 처음부터 동네 골목의 어린아이도 속일 수 없는 것인데, 역사를 기록하는 이들이 이 말을 모두 믿어 단군을 신인이 내린 것이라 하고 또 다시 산으로 들어가 신이 되었다 하였다. 그럴 수 있는가?

또 唐堯(당요) 이후로 지내온 햇수가 중국의 역사책들과 邵康節〔소강절, 宋(송)의 學者(학자)〕이 지은 皇極經世書(황극경세서)를 참고하면 다 자세히 알 수 있다. 堯(요)임금 庚寅年(경인년)에서 武王(무왕) 己卯年(기묘년)까지는 겨우 1220년이다. 그렇다면 이른바 나라를 다스리기 1500년이요, 나이가 1908세라 함은 그 속임이 너무 심하지 않은가.

(중략) 또 요임금이 즉위한 날은 중국의 역사책에서도 상고할 수 없

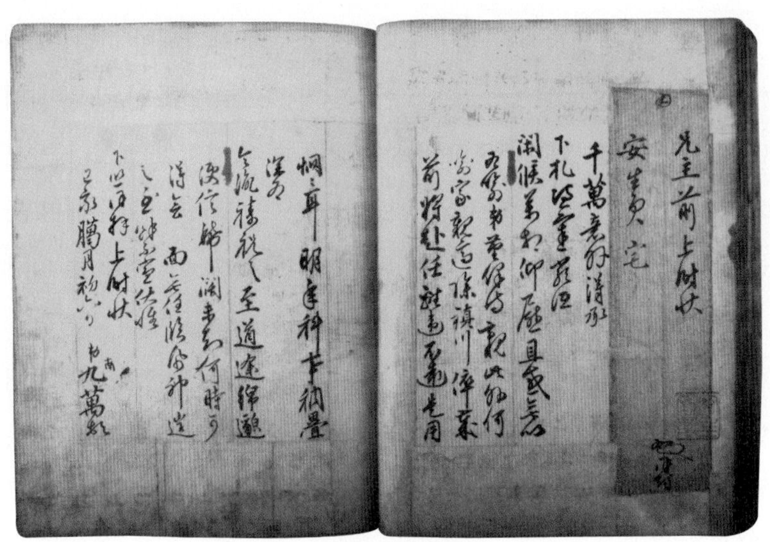

남구만 선생 유묵

는데 또 어떻게 단군이 요임금과 같은 날에 임금이 되었다는 것을 알 수 있겠는가. 단군이 나라를 세우고 일천여 년간 한 가지 사건도 기록된 것이 없는데 오직 塗山(도산)의 玉帛〔옥백, 交分(교분)이 두터움을 표하는 禮物(예물)〕 모임에 아들을 보내어 朝會(조회)에 들어갔다고 하였으니 거짓으로 갖다 붙이고 억지로 꿰어 맞춘 것이 진실로 언급할 가치도 없는 일이다.

(중략) 오직 陽村(양촌) 權近(권근)의 응제시에 이르기를 「대를 이어 내려온 햇수가 얼마인지 알 수 없다.」 하였으니 일찍이 천 년을 넘었다 하는 햇수는 단군의 수명을 말한 것이 아니요, 대를 이어온 햇수라 한다면 그것은 의심스러움을 전하는 데 얼마간 차이가 있는 그럴싸한 말이라 하겠다.

우리는 우리 민족사를 당당하고 자랑스럽게 생각해야 한다. 榮光(영광)과 興盛(흥성)보다는 고난과 恥辱(치욕)으로 얼룩진 부분이 더 많은 듯하고 疆土(강토) 또한 위축을 거듭하여 자랑할 것보다는 부끄러워 반성할 것이 많다고 생각할지 모른다. 그러나 "건강해야 웃는 것이 아니라, 웃어야 건강해진다."는 건강의 箴言(잠언)처럼 자랑스런 역사관이 먼저 있어야 우리 민족사는 비로소 당당하고 자랑스럽게 전개되는 것이다. 그렇다고 하여 實證(실증)되지 않은 虛言(허언)으로 과거사를 과대포장하는 일은 절대로 있어서는 안될 것이다. 일찍이 남구만이 우리 고대사 檀君條(단군조)를 그렇게 고민하고 있었다.

〖東史辨證 · 檀君〗

舊史檀君紀云「有神人降太白山檀木下 國人立爲君. 時唐堯戊辰歲也, 至商武丁八年乙未 入阿斯達山爲神」此說出於三韓古記云 而今考三國遺事載古記之說云「昔有桓國帝釋庶子桓雄受天符印三箇 率徒三千 降太伯山頂神檀樹下 謂之神市 是謂桓雄天王也. 將風伯雨師雲師 在世理化. 時有一熊 常祈于神雄, 願化爲人 雄遺靈艾一炷蒜二十枚 熊食之三七日 得女身 每於檀樹下 呪願有孕 雄乃假化而婚之 生子曰檀君. 以唐堯庚寅

歲 都平壤 御國一千五百年 周武王己卯 封箕子於朝鮮 檀君乃移於藏唐京 後還隱於阿斯達 爲山神壽一千九百八歲.」

以此言之 降太伯檀樹下者 乃檀君之父 非檀君也. 以其生於檀樹下 故稱檀君 非降檀木故稱檀君也. 第其說妖誣鄙濫 初不足以誑閭巷之兒童 作史者其可全信此言 乃以檀君爲神人之降 而復入山爲神乎. 且唐堯以後歷年之數 中國史書及邵氏經世書 可考而知也. 自堯庚寅至武王己卯 僅一千二百二十年 然則所謂御國一千五百年 壽一千九百八歲 其誣不亦甚乎.

(中略) 且堯之卽位之日 中國之書亦無可考 則又何以知檀君之與之同日乎 檀君立國千餘年之間 無一事可紀者 而獨於塗山玉帛之會 稱以遣子入朝 其假託傅會 誠亦不足言者矣.

(中略) 獨權陽村近應製詩云「傳世不知幾歷年」曾過千其歷年之數 不曰檀君之壽 而曰傳世者 其於傳疑或差近矣.

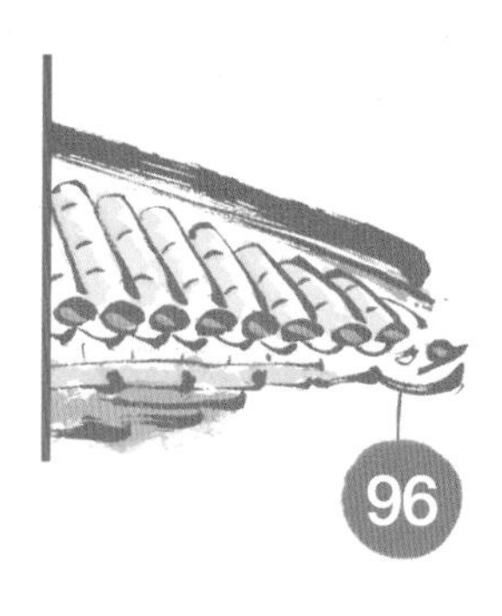

朴世堂(박세당)의 思辨錄序(사변록서)

치욕스런 三田渡(삼전도)의 항복으로 丙子胡亂(병자호란)을 마무리 지은 조선의 조정은 겉으로는 청나라를 상국으로 모시는 생존 전략상의 굴욕외교를 堪耐(감내)하고 있었으나 뜻있는 선비들은 가슴속에 북벌의 의지를 키우며 그 北伐論(북벌론)을 자신들과 社稷(사직)의 존재 이유로 삼고 있었다. 이러한 시대의 흐름은 仁祖(인조)·孝宗(효종)·顯宗(현종)의 三代(삼대)를 거쳐 肅宗初(숙종초)에 이르기까지 민족의 자존심으로 면면히 잠재하게 되었다. 그러므로 胡亂(호란)이 발발한 1636년 이래 17세기는 尊明事大(존명사대)의 殘影(잔영)과 北伐意志(북벌의지)의 新氣(신기)를 민족생존의 滋養(자양)으로 삼으며 정신적으로 自慰(자위)하던 시대였다.

그러나 이러한 時代潮流(시대조류) 속에서 當代(당대)의 국제정세와 사상의 변화를 냉철하게 꿰뚫어보는 일군의 識者層(식자층)이 있었다. 그들은 첫째로 中原(중원)의 明清交替(명청교체)를 정확하게 분석하고 대처하자는 태도를 취했고, 둘째로 현실생활과 동떨어진 性理學的(성리학적) 談論(담론)을 과감하게 탈피하자는 자각의 목소리를 높였다. 그리하여 명분뿐인 북벌론 대신에 본격적으로 청나라를 배우자는 親清政策(친청정책)을 펴며 경제 · 산업 · 병역 등 당면한 현실생활 문제를 다루는 실용의 學風(학풍)에 불을 지폈다.

이와 같은 정치적 사상적 新氣運(신기운)을 과감하게 수용한 先覺者(선각자) 가운데 西溪(서계) 朴世堂(박세당, 1629 인조 7 ~1703 숙종 29)이 있다.

박세당(朴世堂)

서계 박세당은 潘南人(반남인)으로 參判(참판) 炡(정)의 아들이다. 32세 때 增廣文科(증광문과)에 장원하여 벼슬살이를 시작하였다. 그 후 西溪(서계)는 冬至使書狀官(동지사서장관), 承政院同副承旨(승정원동부승지), 戶曹參判(호조참판)을 거쳐 工曹(공조), 吏曹(이조), 刑曹(형조), 禮曹判書(예조판서), 大司憲(대사헌), 判中樞府事(판중추부사) 등을 역임하고 75

세에 耆老所(기로소)에 들었다. 그러나 西溪(서계)는 언제나 벼슬살이보다는 학문에 더 깊이 정진하는 모습을 보였고, 기회가 있을 때마다 直言(직언)을 서슴지 않는 强骨氣質(강골기질)로 조정의 吏道刷新(이도쇄신)에 앞장서는 서슬 푸른 선비였다.

그는 정치적으로는 한결같이 實利爲主(실리위주)의 親淸路線(친청노선)을 堅持(견지)하였고, 학문적으로는 農學書(농학서)인 『穡經(색경)』을 짓는 등 일상의 실용을 근거로 하는 實事求是(실사구시)를 주장하였다. 특히 그가 50세 무렵부터 집필한 것으로 여겨지는 『思辨錄(사변록)』은 유교의 基本經典(기본경전)인 六經〔육경, 四書(사서)와 詩經(시경), 書經(서경)〕을 자기 나름으로 재해석한 注解書(주해서)인데 여기에서 종래의 朱子學(주자학)이 빠져들었던 공허한 형이이상학적 담론을 신랄하게 비판하여 우리나라 실학의 端初(단초)를 열었다.

다음은 흔히 通書(통서)라는 이름으로도 알려진 『思辨錄(사변록)』의 서문이다. 그 말미에 己巳年(기사년, 1609 숙종 28)이라 적고 있어서 이 思辨錄(사변록)이 그의 나이 61세 때 완성되었음을 짐작게 한다.

〖사변록 서문〗

육경에 쓰인 글 내용은 모두 요순 이래 성인들의 말씀을 적은 것이다.

그 논리는 정밀하고, 그 사상은 완미하며, 그 뜻은 깊고, 그 핵심취지는 심원하다. 정밀함을 따지자면 털끝만큼도 흐트러짐이 없고, 완미함을 말하자면 솜털같이 미세한 것도 빠뜨린 것이 없다. 그 깊이를 재어 보고자 하나 밑바닥에 닿을 수 없고, 그 심원함을 따라가 보고자 하나 그 끝을 찾을 수 없다. 이것은 진정으로 세상의 삐딱한 선비나 융통성 없는 유생들의 얄팍한 국량이나 편협한 지식으로는 결코 밝힐 수 없는 것이다. (중략)

전에 이르기를 "멀리 가고자 하면 반드시 가까운 데서부터 출발한다." 하였으니 이것은 무엇을 말하는 것이겠는가? 어둠 속을 헤매며 혼미함에 가린 사람으로 하여금 스스로 반성하여 깨닫게 하려는 것이 아니겠는가. 진실로 세상에서 배우고자 하는 이가 여기에서 얻은 것이 있다면 이미 말한 바처럼 멀리 가고자 하는 사람은 반드시 가까운 데서부터 시작하여야 (목적지에) 도달할 수 있다는 것을 알 수 있을 것이다. (중략)

(그런데) 오늘날 육경을 연구하는 사람들은 모두 다 얕고 가까운 것을 건너뛰고 깊고, 먼 곳으로만 치달린다. 거칠고 간략한 것은 소홀히 여기고 세밀하고 완전히 갖춘 것만 살펴보려 하니, 그들이 어둡고 어지러워 빠지고 넘어지게 되어 아무런 소득도 없는 것은 이상할 것이 없다. 저들은 심원하고 정밀 완미한 것을 얻지 못할 뿐만 아니라 얕고 가까우며 조략한 것도 아울러 다 잃게 된다. 아하 슬픈 일이다. 그것 또한 미혹함이 심한 것 아닌가!

(대체로) 가까운 것은 돌이키기 쉽고, 얕은 것은 측량하기 쉽고, 간략한 것은 이해하기 쉽고, 거친 것은 논의하기 쉽다. 따라서 도달한 것을 근거로 하여 차츰차츰 멀리 가면 멀고 또 먼 곳, 그 먼 곳의 끝까지 갈 수 있다. 또 측량한 것을 근거로 하여 차츰차츰 깊이 들어가면 깊고 또 깊은 곳 그 깊은 곳의 밑바닥까지 이를 수 있다. 또 얻은 것을 근거로 하여 점점 더 갖추어 가고, 아는 것을 근거로 하여 점점 더 정밀하게 하면 그 정밀함이 더욱더 정밀해지고 갖춘 것이 더욱더 갖추

어져서 그 갖춤과 정밀함의 궁극에 이르게 되니 어찌 또 어둡고 어지러워 빠지고 넘어지는 걱정거리를 갖게 되겠는가?

귀머거리는 우렛소리를 듣지 못하고 장님은 해와 달을 보지 못한다. 저들 귀머거리와 장님은 그들의 장애 때문에 (못 듣고 못 보는 것이지) 우렛소리와 해와 달은 실로 (그 모습, 그 성질) 그대로인 것이다. (우레는) 천지간에 활동하여 크게 울리고 (해와 달은) 먼 옛날부터 오늘에 이르기까지 의연히 비추어 휘황하게 밝으니 귀머거리와 장님 때문에 그 소리와 빛이 훼손될 수 없다. 그러므로 송나라 시절이 되어 程(정)·朱(주) 두 선생이 태어나시어 해와 달의 거울을 닦고, 우레의 북을 두드리니, 그 소리는 멀리에 미치고 그 빛은 세상 널리 비쳤다. 육경의 뜻이 이로 말미암아 이 세상에 다시 찬연히 밝혀졌다. 지난날 멀고 편벽된 것은 이미 사람의 생각을 붙들어 매지 못하고 사람의 뜻을 머뭇거리게 할 수 없었으며, 또 그럴듯한 것도 능히 그 이름〔名號(명호)〕을 빌릴 수 없게 되니 간사하게 숨는 무리들의 부추김과 꼬임이 드디어 끊어지고 평탄하고 모범적인 목표가 분명해졌다.

여기에 이르게 된 까닭을 궁구해 보면, 그 또한 실마리 끝을 쥐고 근본을 탐색하며 흐르는 샘물의 근원을 찾아 올라가 얻은 것이니, 이것은 곧 子思(자사)가 말한 가르침에 진실로 깊이 합치고 신묘하게 연결되는 것 아닌가! 그러나 經(경)에서 말한바, 그 계통의 흐름은 비록 하나이지만 그 실마리는 천만 갈래이니, 이것이 이른바 하나의 목표에 도달하는 길은 백 가지 방법이 있고 하나의 귀착점에 이르는 길은 모두 다르다는 것이다. 그러므로 비록 뛰어난 지식과 깊은 통찰력도 오히려 그 취지를 궁극에까지 해명하며 미세한 것도 놓치지 않을 수는 없는 것이다. 반드시 많은 장점을 널리 모으고 작은 선함도 버리지 않은 다음이라야만 거칠고 소략한 것도 빠뜨리지 않고 얕고 가까운 것도 소홀하게 다루지 않아 深遠(심원)하고 精備(정비)한 체계가 드디어 완전하게 되는 것이다.

이런 까닭에 참람한 것도 문득 잊고 보잘것없는 소견으로 살피고 궁리한 것에서 얻은 바를 대충 적었다가 이것을 묶어 思辨錄(사변록)이라 이름 붙였다. 행여나 先儒(선유)들이 세상을 가르치고 백성을 이끄는 뜻에 티끌만 한 도움이나마 되지 않을까 한다. 그러므로 이것은 특이한 점을 내세워 잘난 체하며 또 하나의 異說(이설)을 주장하려는 것이 아니다. 만약 이것이 경솔하고 망령된 미친 짓이어서 소략하고 부족함을 채우지 못한 죄가 있다면 그것은 피할 수 없으려니와 뒷날에 이 글을 보는 이가 혹시라도 그 뜻이 다른 곳에 있지 않음을 인정하여 특별히 용서해 준다면 이 또한 다행스런 일로 여기리라.

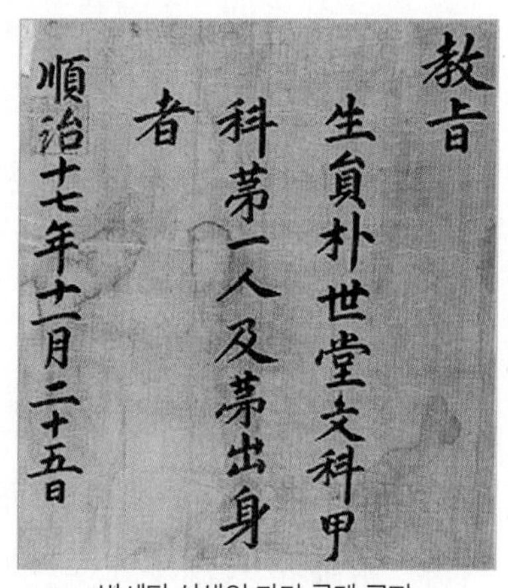

教旨
生員朴世堂文科甲
科第一人及第出身
者
順治十七年十二月二十五日

박세당 선생의 과거 급제 교지

이 글을 읽으면서 우리는 西溪(서계)가 왜 尤庵(우암) 宋時烈(송시열)로부터 斯文亂賊(사문난적)이라 지탄을 받았는지 짐작된다. 當代(당대)의 실력자인 송시열은 李景奭(이경석)의 薦擧(천거)로 宦路(환로)에 나아갔으나 得勢(득세)하자 三田渡碑(삼전도비)를 지은 이경석을 時流(시류)에 迎合(영합)한 人士(인사)로 은근히 깎아내리는 일을 하였다. 이러한 사실을 잘 알고 있는 서계는 이경석이 죽자, 그의 神道碑(신도비)에 이경석은 鳳凰(봉황)이요, 송시열은 鵋鶹(율류 : 올빼미, 새끼 때는 아름답다가 크면 추해지는 새)라 세차게 비판하였다.

서계는 系派上(계파상)으로는 尤庵(우암)과 同系(동계)인 西人系(서인계)에 속했으나 우암의 정치적 행보에 대하여는 가차없는 春秋筆法(춘추필법)을 驅使(구사)하였다. 서계 박세당이 아니면 행할 수 없는 일이었다.

〖思辨錄序(序通說)〗

六經之書 皆記堯舜以來群聖之言. 其理精而其義備 其意深而其旨遠.蓋論其精也 毫忽之不可亂 語其備也 纖微之無或闕. 欲測其深 莫得其所底 欲窮其遠 不見其所極. 固非世之曲士拘儒 淺量陋識所可明也. (中略)

傳曰 行遠必自邇 此何謂也? 非所以提誨昏蔽 使其能自省悟乎? 誠使世之學者 有得乎此 向所謂遠者 卽可知自邇而達之.(中略)

今之所求於六經 率皆躐其淺邇 而深遠是馳 忽其粗略 而精備是窺 無怪乎其眩瞀迷亂 沈溺顚躓 而莫之有得. 彼非但不得乎其深遠精備而已 倂與其淺邇粗略而盡失之矣. 噫嘻悲夫 其亦惑之甚乎!

夫邇者易及 淺者易測 略者易得 粗者易議. 因其所及而稍遠之 遠之又遠 可以極其遠矣. 因其所測而稍深之

深之又深 可以極其深矣. 因其所得而漸加備 因其所識而漸加精 使精者益精 備者益備 可以極其備極其精矣 又何有眩瞀迷亂 沈溺顚躓之患哉?

夫聾則不聞乎雷霆之聲 瞽則不睹乎日月之光. 彼聾瞽者病耳 雷霆日月 固自若也. 行乎天地而震烈 耀乎古今而晃朗 未嘗爲聾與瞽而聲光之或虧. 故及宋之時 程朱兩夫子興 乃磨日月之鏡 掉雷霆之鼓 聲之所及者遠 光之所被者普. 六經之旨 於是而爛然復明於世. 昔之迂僻者 旣無足以膠人慮而滯人意 其近似者 又不能以假之名而借之號 邪遁之煽誘遂絶 坦夷之準的有在.

究其所以至此者 亦莫非操末探本 沿流泝源以得之 則是於子思所言之指 眞有深合而妙契者乎. 然經之所言 其統雖一 而其緖千萬 是所謂一致而百慮 同歸而殊塗. 故雖絶知獨識 淵覽玄造 猶有未能盡極其趣而無失細微. 必待乎博集衆長 不廢小善然後 粗略無所遺 淺邇無所漏 深遠精備之體 乃得以全.

是以輒忘僭 汰槩述其蠡測管窺之所得 衰以成編 名曰思辨錄[通說]. 倘於先儒牖世相民之意 不無有塵露之助. 故非出於喜爲異同 立此一說. 若其狂率謬妄 不揆踈短之罪 有不得以辭爾 後之觀者 或以其意之無他而特垂恕焉 則斯亦幸矣.

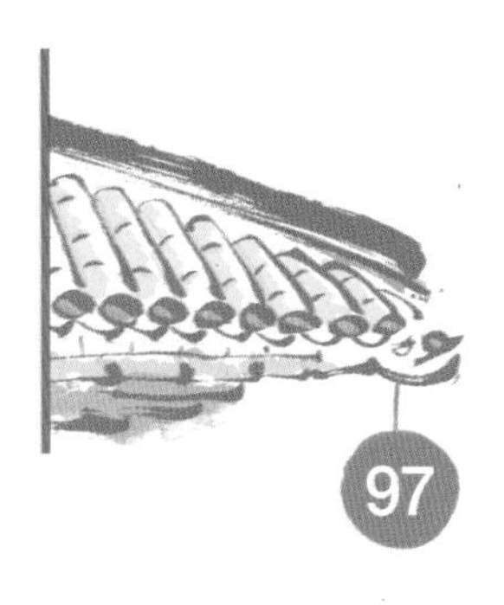

97

閔周冕의 東京雜記

민주면 동경잡기

百年天壽(백년천수)가 어려운 인간사에서 千年古蹟(천년고적)은 사람으로 하여금 잠시 時空(시공)을 뛰어넘어 옛 정취를 느끼게 하는 기회를 준다. 古都(고도) 探査(탐사)를 통하여 역사를 反芻(반추)하는 것이 그 때문이요, 輿地勝覽(여지승람)을 編(편)하여 春秋(춘추)를 觀照(관조)하는 것이 또 그 때문이다.

閔周冕(민주면)의 『東京雜記(동경잡기)』도 그러한 연유로 편찬되었다. 원래 저자미상으로 전해 오던 『東京誌(동경지)』를 1669년(현종 10년)에 慶州府使(경주부사)로 부임한 민주면이 進士(진사) 李埰(이채) 등과 협력하여 增修刊行(증수간행)한 것이 『東京雜記(동경잡기)』다.

水月堂(수월당) 閔周冕(민주면, 1629 인조 7~1670 현종 11)은 驪興人(여흥인)으로 牧使(목사) 晋亮(진량)의 아들이다. 20세에 進士(진사)가 되었고, 孝宗(효종) 4년 25세에 謁聖文科(알성문과)에 壯元(장원)하

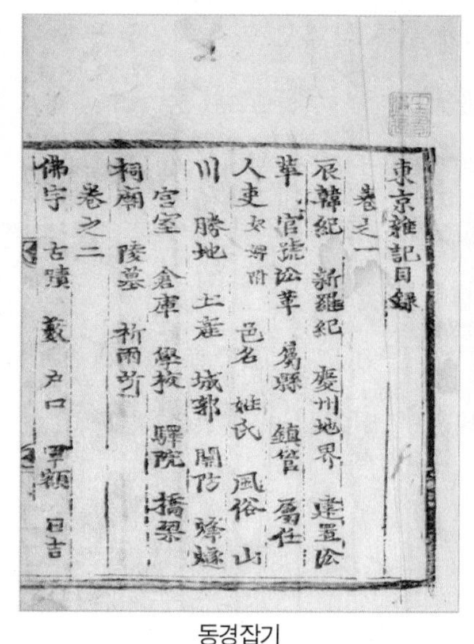

동경잡기

동경잡기 판목

면서 벼슬살이를 하였다. 典籍(전적), 工曹(공조), 禮曹(예조), 兵曹佐郞(병조좌랑), 春秋館記事官(춘추관기사관)을 거쳐 黃海道都事(황해도도사), 仁川府使(인천부사), 吉州牧使(길주목사)를 지내고 當代(당대)의 명문장으로 칭송을 받으며 顯宗(현종) 8년 承旨(승지)가 되어 內職(내직)에 들어왔다가 곧 慶州府使(경주부사)가 되어 『東京雜記(동경잡기)』를 編修(편수)하는 등 정력적으로 일하던 중 돌연 棄世(기세)하니, 그의 나이 겨우 41세였다.

『東京雜記(동경잡기)』는 3권 3책이다. 卷之一(권지일)에는 辰韓記(진한기)와 新羅記(신라기)를 爲始(위시)하여 慶州地界(경주지계)와 建置沿革(건치연혁), 官號沿革(관호연혁) 등 山川(산천), 勝地(승지)와 宮室(궁실), 倉庫(창고), 學校(학교) 등 前代(전대) 역사 배경과 생활기반을 실었고, 卷之二(권지이)에는 佛宇(불우), 古蹟(고적), 戶口(호구), 軍

額(군액), 田結(전결) 등 傳來(전래) 制度(제도)를 살피고 있으며, 卷之三(권지삼)에는 寓居(우거), 科目(과목), 蔭仕(음사), 孝行(효행) 등 人情世態(인정세태)를 수습하였다. 각항마다 新羅千年(신라천년)과 高麗五百年(고려오백년), 그리고 朝鮮朝(조선조) 초기까지 경주에서 일어난 大小事(대소사)들이 주마등처럼 스쳐간다.

다음은 卷之二(권지이) 古蹟條(고적조)에 들어 있는 鳳德寺鐘(봉덕사종) 항목이다. 器物(기물)을 통하여 세월을 뛰어넘는 韻致(운치)가 어떠한가를 翫賞(완상)해 보기로 하자.

〚봉덕사 종〛

신라 惠恭王(혜공왕, 신라 36대 임금. 재위 765~780)이 주조한 종이다. 구리의 무게가 12만 근이었다. 이 종을 치면 그 소리가 백여리 밖에까지 들린다. 뒷날 봉덕사가 북천 물에 잠기게 되자 천순 4년 경진(A.D. 1490)년에 종을 영묘사로 옮겨 달았다.

한림랑 김필오가 종명을 지었는데 그 글은 다음과 같다.

"무릇 지극한 道(도)는 사물의 형체 이외의 것도 포함하기 때문에 겉으로 본다고 하여 그 근원을 볼 수 있는 것이 아니며, 큰 소리는 하늘과 땅 사이를 진동하기 때문에 그것을 듣는다 하여 그 메아리를 온전히 들을 수 있는 것도 아니다. 그러므로 짐짓 假說〔가설, 假鐘(가종)〕을 설정하여 三眞〔삼진, 하늘로 받은 인간의 세 가지 특질. 性(성) · 命(명) · 精(정)〕의 오묘한 것을 살피고 神鐘(신종)을 높이 달아 一乘〔일승, 누구나 成佛(성불)할 수 있다는 가르침〕의 원만한 소리를 깨닫게 하였다. 무릇 鐘(종)이라고 하는 것은 부처님 태어나신 곳을 헤아린다면 罽膩(계니, 서역의 나라 이름)에 그 증거가 있고 帝鄉(제향, 중국 황제의 나라)에서 찾아본다면 鼓延〔고연, 炎帝(염제)의 孫子(손자)〕이 처음으로 만들었다고 전해온다. 속은 텅 비어있어 잘 울리므로 그 메아리가 끊이지 않고 무겁기 때문에 쉽게 뒹굴지 않으므로 그 몸체가 쭈그러질 염려가 없다. 그런 까닭에 임금 된 사람의 큰 공덕을 그 위에 새기고 뭇 중생이 괴로움을 벗어나는 것도 또한 그 가운데 있는 것이다.

가만히 엎드려 聖德大王〔성덕대왕, 신라 33대 임금. 惠恭王(혜공왕)의 조부〕을 생각해 보니 그 덕은 산과 바다같이 높고 깊으며, 그 이름은 해와 달과 같아 하늘 높이 걸려 있다. 충성스럽고 어진 사람을 등용하여 백성을 어루만지고 예악을 숭상하여 풍속을 보살폈다. 들에서는 산업의 뿌리인 농사에 힘쓰고 저자에는 헛되이 낭비하는 물품이 없었다. 세상 풍속은 금과 옥을 싫어하고 온 나라가 글재주를 존중하였다. 뜻밖에 子靈〔자령, 춘추시대 초나라 사람 屈巫(굴무)〕처럼 될까 근심하며 늙어갈수록 경계하였다. 40여 년 동안 나라의 정사를 부지런히 돌보니 단 한 번도 전쟁이 일어나 백성들이 놀라서 소동치는 일이 없었다. 그리하여 사방의 이웃나라, 만리밖 귀빈들이 오로지 임금님의 통치를 흠모하여 바라볼 뿐 일찍이 화살을 쏘아보려는 기회를 갖지 않았다. 燕(연)나라 秦(진)나라가 인재를 다투어 등용하고 齊(제)나라 晋(진)나라가 교대로 패권을 다투는 일에 어찌 나란히 견주어 말할 수 있으랴. 그러나 沙羅雙樹(사라쌍수)의 때는 헤아리기 어렵고 千秋(천추)의 밤은 길어지기 쉬운데 대왕이 승하하신 지 어느덧 34년이다.

또 지난날 효성으로 뒤를 이은 景德大王(경덕대왕, 신라 35대 임금. 혜공왕의 아버지)이 세상에 살아 계실 때 나라의 큰 왕업을 계승하여 지키시고 나라의 온갖 일을 힘써 감독하고 다스렸다. 일찍이 어머니를 여의시고 세월이 갈수록 그리움이 더 하신데 거듭하여 부왕까지 잃게 되자 궁궐에 이를 때마다 슬픔이 더욱 크셨다. 追遠(추원)의 정은 갈수록 깊어지고 영혼을 위로하려는 마음은 더욱 간절하여서 구리 12만 근을 정성스레 희사하여 큰 종 하나를 주조하려 하였으나 뜻을 세우지 못하고 문득 세상을 떠나셨다.

이제 우리 성상께옵서 행실이 祖宗(조종)과 같으시고 그 뜻이 지극한 이치에 맞아 특별한 상서로움이 천고에 빛나고 고귀한 덕은 시대에 으뜸이시었다. 번화한 거리의 용과 구름은 옥계에 덮여 비를 뿌리고 넓고 높은 하늘의 뇌성벽력은 금빛 대궐에 울려 퍼졌다. 과수나무 수풀은 바깥 경계에까지 무성하고 연기 같은 瑞氣(서기)는 서울 장안에 그윽하다. 이것이 곧 그 탄생하신 날에 맞추고, 그 정사에 임하셨을 때에 어울리는 것이다. 우러러 생각해보니 太后(태후)께서는 그 은덕이 광활한 땅과 같아 만백성이 어진 가르침에 감화되고, 마음은 맑은 거울 같으시어 아비와 아들의 효성을 권장하시니 이것은 아침에는 원로들의 어짊도, 저녁에는 충신들의 보필도, 말하여 선택되지 않음이 없으니 무슨 일을 행한들 허물이 있겠는가? 이에 先王(선왕)의 유언을 돌이켜보고 드디어 오래 품으셨던 뜻을 성취하셨다. 여기에 유사는 행정처리를 하고 工匠(공장)들은 기술에 정성을 다하니 때는 辛亥年(신해년, A.D. 771) 12월 달이었다.

이때에 해와 달은 더욱 빛나고 음양은 조화로운 기운을 띠고 바람은 온화하고 하늘은 고요하여 신령스런 그릇(큰 종)을 완성하였다. 그 모양은 산처럼 우뚝 섰고, 그 소리는 용의 울음과 같으니 위로는 有頂天(유정천)의 꼭대기에 닿는 듯하고 아래로는 바닥없는 땅밑까지 통할 듯하다. 보는 이는 그 신기함을 일컫고 듣는 이는 은혜를 받으리라. 원컨대 이 묘한 인연이 선왕의 英靈(영령)을 도와주시어 音聞(음문, 관세음보살)의 맑은 소리를 들으시고 無說(무설, 부처님)의 설법자리에 오르시어 三明(삼명, 깨달음으로 번뇌를 끊음)의 아름다운 마음에 일치하시고 一乘〔일승, 成佛(성불)하는 진리〕의 참경지에 머물게 하소서. 또한 왕실의 자손들이 금 가지와 함께 영원히 무성하며 나라의 위업이 장차 철위산처럼 더욱 견고하여 有情(유정)의 생물이나 無識(무식)의 초목들이 지혜의 바다에서 함께 물결치며 다 같이 티끌의 바다를 벗어나 모두 다 함께 깨달음의 길에 오르게 하소서.

臣(신) 弼奧(필오)는 글도 졸렬하고 재주도 없으면서 감히 임금님의 명을 받들어 班超(반초)의 붓을 빌리고 陸佐(육좌)의 말을 따라 성상의 원하시는 뜻을 적어 이 종에 새깁니다." (중략)

부윤 예춘년은 이 종을 남문 밖에 옮기고 누각을 지어 이 종을 달아 놓고 군인을 징집할 때나 성문을 여닫을 때 이 종을 쳤다.

속칭 에밀레종이라고 알려진 이 鐘(종)은 윗글에 의하면 景德王(경덕왕)이 그 父王(부왕) 聖德王(성덕왕)의 위업을 추모하기 위하여 着手하였으나 끝맺지 못한 것을 惠恭王代(혜공왕대)에 이르러 성취하였음을 알려준다. 그리하여 이 종을 일명 聖德大王神鐘(성덕대왕신종)이라 한다. 이 종의 완성과 함께 신라문화는 唐(당)나라 문물과 불교문화의 爛熟(난숙)을 드러내는 듯하다.

한편 名文章(명문장)인 閔周冕(민주면)은 鐘銘(종명)을 지은 신라사람 金弼奧(김필오)의 글을 중심에 두고 자기의 글은 앞뒤에 한두 줄 해설에 그치고 있다. 자고로 先賢(선현)의 글을 아끼고 인용하는 것이 명문장의 법도라 하였거니.

이 글을 읽을수록 에밀레종의 여운과 함께 민주면의 겸손한 편집 자세가 아름다워 보인다.

〖奉德寺鐘〗

新羅惠恭王鑄鐘. 銅重十二萬斤 撞之聲聞百餘里 後寺淪於北川 天順四年庚辰 移懸于靈妙寺. 翰林郎 金弼奧 鐘銘曰

夫至道包含於形象之外 視之不能見其源 大音震動於天地之間 聽之不能聞其響 是故憑開假說觀三眞之奥載. 懸擧神鐘 悟一乘之圓音. 夫其鐘也 稽之佛土 則驗在於罽膩 尋之帝鄉 則始制於鼓延 空而能鳴 其響不竭 重爲難轉 其體不褰 所以王者元功克銘其上 群生離苦亦在其中也.

伏惟 聖德大王 德共山河而並峻 名齊日月而高懸 擧忠良而撫俗 崇禮樂以觀風 野務本農 市無濫物 時嫌金玉 世尚文才 不意子靈 有心老誡 四十餘年 臨邦

勤政 一無干戈 驚擾百姓 所以四方隣國 萬里歸賓 唯有欽風之望 未曾飛矢之窺 燕秦用人 齊晉替霸 豈可並輪雙轡而言矣 然雙樹之期難測 千秋之夜易長 晏駕已來于今 三十四也.

頃者 孝嗣景德大王 在世之日 繼守丕業 監撫庶機 早隔慈規 對星霜而起戀 重違嚴訓 臨闕殿以增悲 追遠之情轉悽 益魂之心更切 敬捨銅一十二萬斤 欲鑄一丈鐘一口 立志未成 奄爲就世.

今 我聖君行合祖宗 意符至理 殊祥異於千古 令德冠於常時 六街龍雲 蔭灑於玉階 九天雷鼓 震響於金闕 菓米之林 離離乎外境 非煙之色 煥煥乎京師 此卽報茲誕生之日 應其臨政之時也.

仰惟太后 恩若地平 化黔黎於仁教 心如天鏡 獎父子之孝誠 是知 朝於元舅之賢 夕於忠臣之輔 無言不擇 何行有愆 乃顧遺言 遂成宿意 爾其有司辨事 工匠盡摸 歲次(辛亥)大淵月惟大呂 是時 日月借暉 陰陽調氣 風和天靜 神器化成. 狀如岳立 聲若龍吟 上徹於有頂之巓 潛通於無底之下 見之者稱奇 聞之者受福. 願玆妙回 奉翊尊靈 聽普聞之淸響 登無說之法筵

契三明之勝心 居一乘之眞境 乃至瓊萼之叢 共金柯以永茂 邦家之業 將鐵圍而彌昌 有情無識 慧海同波 咸出塵區 並昇覺路.

臣弼奥 文拙無才 敢奉聖詔 貸班超之筆 隨陸佐之言 述其願旨 銘記于鐘也.(中略)

府尹 芮春年 移置南門外 構屋以懸 凡徵軍及城門開閉時擊之.

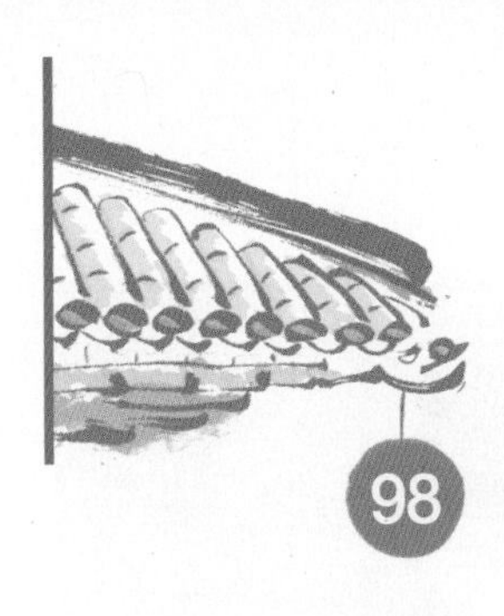

98

박세채　기소시소문

朴世采의 記少時所聞

자고로 세상 사람들은 남의 이야기하기를 즐긴다. 그리고 그 이야기는 후세 사람들에게 끊임없이 새로운 이야깃거리를 제공한다. 어떤 이야기는 가슴 뭉클한 감동의 이야기로, 또 자신을 돌아보는 他山之石(타산지석)의 귀감으로, 또 어떤 이야기는 빙긋이 미소를 머금게 하는 미담이나 抱腹絶倒(포복절도)할 웃음거리가 된다. 우리 선조들도 남의 이야기를 무척 즐겨하였다. 그러나 그것은 세속에서 즐기는 험담이나 야유성 逸話(일화)와는 거리가 멀었다. 오히려 經世濟民(경세제민)이나 自彊不息(자강불식)의 속뜻을 감춘 訓話(훈화)였다. 이러한 이야기는 조선조 선비들의 사랑방에서 사랑방으로 口傳(구전)되다가 뜻있는 선비의 붓을 거쳐 글월로 정착하였다. 다음에 소개하는 글이 바로 그러한 수필이다.

南溪(남계) 朴世采(박세채, 1631 인조9~1695 숙종21)의 記少時所

聞(기소시소문)은 그의 浩瀚(호한)한 문집의 한 귀퉁이에 雜著(잡저)로 실려 있는 가벼운 글모음이다. 그러나 가볍게 읽을 수 있다고 하여 그 내용까지도 가볍다고 말할 수는 없을 것이다.

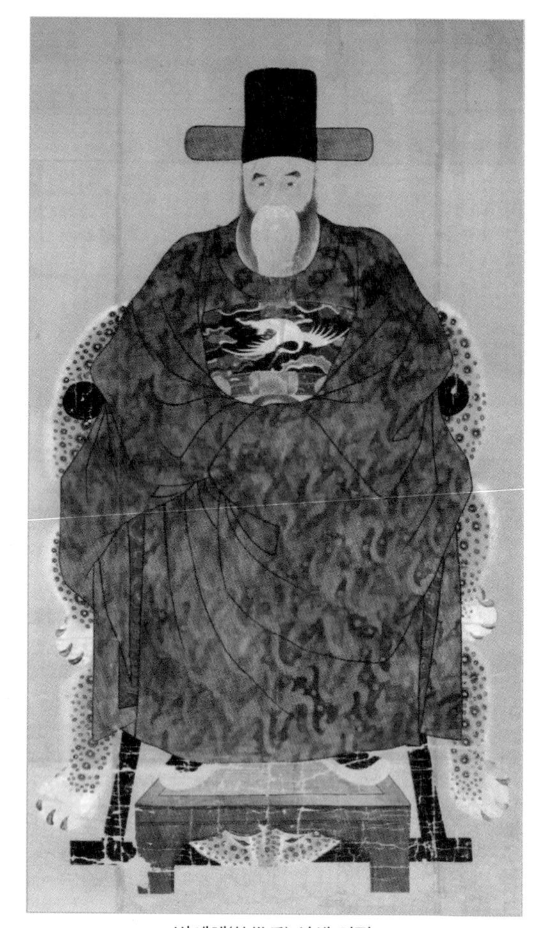

박세채(朴世采) 선생 영정

南溪(남계) 朴世采(박세채)는 潘南人(반남인)이다. 校理(교리) 猗(의)의 아들이요, 上村(상촌) 申欽(신흠)의 外孫(외손)으로 漢城(한성)에서 태어났다. 28세에 翊衛司(익위사) 洗馬(세마)가 되었으나, 孝宗(효종) 死後(사후) 西人(서인)의 반열에서 得勢(득세)와 削官(삭관)을 반복하다가 50세(1680) 때 서인이 집권하자, 執義(집의)·同副承旨(동부승지) 등의 벼슬을 지내며 서인이 노·소론으로 나뉠 때 少論(소론)의 領袖(영수)가 되고, 63세에는 좌의정이 되었다. 비록 소론에 속하기는 했으나

皇極蕩平說(황극탕평설)을 주장하며 당쟁의 근절에 부심하였다. 程朱學(정주학)의 정통을 고수하며 儒賢(유현)의 師友關係(사우관계)에 남다른 관심을 기울여, 天理良知說(천리양지설), 王陽明學辨(왕양명학변), 東儒師友錄(동유사우록) 등 都合(도합) 160여 권에 이르는 문집을 남겼다.

『어린 시절 들은 것을 적는다.』

● 玄谷公〔현곡공 ; 鄭百昌(정백창), 1588~1625〕은 문장과 풍류로 소문이 난 분이었을 뿐 아니라 어진 선비들을 존경하고 아끼는 면에서도 실로 보통 사람이 따르지 못할 분이었다. 그가 늘 이런 말씀을 하였다. "金沙溪〔감사계 ; 金長生(김장생), 1548~1631〕의 學行은 일찍부터 세상에 크게 알려졌다오. 그 아버지 黃岡公〔황강공 ; 金繼輝(김계휘), 1526~1582〕이 平安監司(평안감사)이던 시절이었는데 평소에 이름난 기생이 눈앞에 가득하였을 것 아니오. 그런데 沙溪(사계)는 한 번도 그들에게 눈길을 돌린 적이 없으니 그때부터 주위 사람들이 그를 칭송하여 마지않았다오. 또 黃岡公(황강공)이 사신이 되어 명나라 서울로 떠나게 되자, 사계는 子弟軍官(자제군관)을 自請(자청)하여 아버지를 모시고 따라가게 되지 않았겠소. 가고 오는 만 리 길에 아버지께 식사를 드릴 때마다 사계는 늘 아버지의 수저 드는 것이 얼마나 많고 적은가를 헤아려보며 근심하기도 하고 기뻐하기도 하는 것이었소. 옛날부터 효도하는 이가 많이 있지만 어찌 어버이의 수저 드는 횟수가 많고 적음을 헤아려 근심하고 기뻐하는 이가 있었겠소이까? 사계의 효성스러움이 이런 경지이었구려."

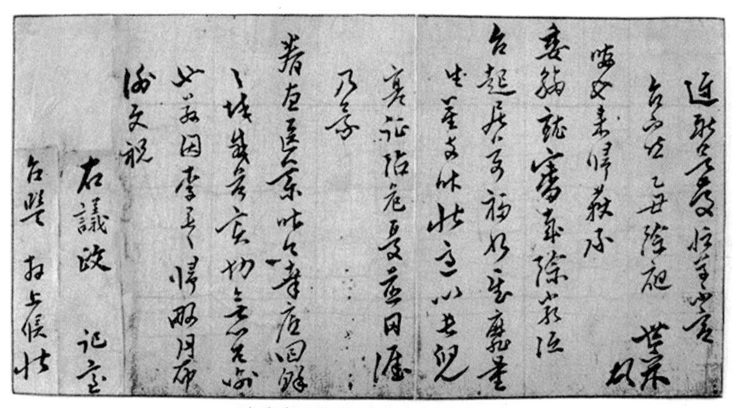

박세채(朴世采) 선생의 유묵(遺墨)

● 慕齋〔모재 ; 金安國(김안국), 1478~1543〕가 사시는 이웃에 한 처녀가 살고 있었다. 어느 달 밝은 밤에 주위에 사람이 없음을 확인하고 그 처녀가 몰래 慕齋公(모재공)을 훔쳐보았다. 이에 公(공)은 그 처녀를 책망하며 가르쳐 말하기를 "네가 사대부 집안의 처자로서 (어두운) 밤을 이용하여 남을 엿보았으니 그것은 죄를 지은 것뿐 아니라 紀綱〔기강, 三綱五倫(삼강오륜)〕을 어지럽힌 바가 크다. 내 마땅히 네게 매를 칠 터인즉 네가 매를 맞아야겠다."라고 하였다. 그 처녀가 어쩔 수 없이 매를 맞고 담을 넘어 돌아갔다. 그 후에 (그 처녀가) 시집을 가서 어떤 선비의 아내가 되었다. 물론 그 집안 역시 이름이 있는 사대부 집안이었다. (그 처녀는) 아들도 낳고 손자도 두게 되었다. 여러 해 지나 늘그막에 (그 여인은) 자기 자손들에게 (옛일을 말하며) 慕齋公(모재공)의 현명함을 극찬하였다고 한다.

● 花譚〔화담 ; 徐敬德(서경덕), 1489~1546〕은 집안이 매우 가난하였으므로 어린 시절에 그 부모가 봄이 되면 밭에 나가 나물을 캐오라

하였다. 그런데 (화담은) 매일같이 늦어서야 집에 돌아왔건만 캐온 나물은 바구니에 차지 않았다. 부모가 이상히 여겨 그 이유를 물으니 화담이 대답하기를 "나물을 캐려고 하는데 어떤 새가 날고 또 날며 (날기를 연습했어요.) 오늘은 땅에서 한 치쯤 날고, 다음 날은 두 치쯤 날고, 또 다음날은 세 치쯤 날았어요. 점점 더 날아오르는 것이 높아졌어요. 제가 이 새(의 날기)를 관찰하며 그 이치를 골똘히 궁리해 보았지만 알 수가 없었어요. 그래서 매일 늦게 돌아오면서도 나물이 바구니에 차지 않았습니다."라고 말하였다.

아마도 그 새는 '종달이'라 하는 것일 터인데 봄철이 되면 땅 기운이 올라가기 때문에 그 기운의 높낮이에 따라 높이 날을 수 있었을 것이다. 화담이 이치를 탐구하는 노력이 이런 데에 바탕을 두었으니 이 얼마나 놀라운가!

● 元聘君〔원빙군 ; 元斗樞(원두추), 1604~1663〕께서 일찍이 다음과 같은 말씀을 하였다. "潛冶〔잠야 ; 朴知誡(박지계), 1573~1635〕가 栗谷〔율곡 ; 李珥(이이), 1536~1584〕과 牛溪〔우계 ; 成渾(성혼), 1535~1598〕 두 분 선생의 여인에 대한 잘못이 누가 더 가볍고 누가 더 무거우냐를 따진다면 牛溪(우계)가 좀 낫지 않을까"라고 하였다.

그 이야기의 내용은 이러하다. 우계는 변소에 들어갔다가 잘못하여 한쪽 발이 빠진 것과 같다고 할 수 있다. 율곡은 (변소에 들어갔다가) 발이 빠진 일은 없으나 (변소의) 똥덩이를 책상에 가지고 와서 장난감처럼 감상하였으니 실로 그 실수가 작다고 할 수 없다.(비교해 보자)

우계는 일찍이 창문 옆에 '아무해 아무달 아무날'이라 적어 놓은 것이 있었다. 그것을 본 손님이 이것이 무엇이냐고 물으니 우계가 대답하기를 '이것은 내가 우연히 집안의 계집종과 私通(사통)을 한 날이라오. 혹시 훗날에 집안에 어수선한 일이 생길지도 모르므로 진실을 가리기 위해 이것을 적어 놓은 것이라오' 라고 하였다. 뒷날 아들을 얻었으니 그가 곧 文潛(문잠)이다. 이런 일은 참으로 어쩌다 있을 수 있는 일이다.

율곡은 遠接使(원접사)가 되어 黃州(황주)에 이르렀을 때에, 그 고을 사또가 한 기생에게 율곡의 베개를 모시게 하였다. 그 기생의 이름이 柳枝(유지)였는데 재주와 용모가 출중하였다. 율곡이 그녀에게 말하기를 '너를 보니 재주와 용모가 뛰어나 진실로 사랑하며 즐기고 싶구나. 그러나 너와 한번 사귀고 나면 마땅히 너를 데리고 본가로 돌아가 보살펴야 할 터인데 그렇게 하기는 매우 어렵겠다. 그러니 어찌 너와 사귀겠느냐' 하였다. 그리고 드디어 그녀를 물러가게 하였다. 그 후에 海州(해주)로 돌아와 머물고 있을 때에 柳枝(유지)가 밤을 도와 멀리서 율곡을 찾아왔다. 그러나 율곡은 柳枝詞(유지사)라는 시 한 수를 지어 주며 "거절하는 뜻을 담아 달래어 보냈으니 마침내 더럽힌 바는 없다고 하겠다."

潛冶(잠야)의 논의는 위와 같다. 그러나 愼齋〔신재 ; 愼獨齋(신독재) 金集(김집), 1574~1656〕의 견해는 잠야와는 정반대이다. 알 수 없는 일이다. 과연 누가 옳은 이론을 펼쳤는가?

南溪(남계)의 아버지 猗(의)는 沙溪(사계)의 문인이고 남계 자신은 淸陰(청음) 金尙憲(김상헌)과 愼獨齋(신독재) 金集(김집)의 문하에서 공부하였다. 尤庵(우암) 宋時烈(송시열)과는 동문으로 道義(도의)의 교를 맺었고 스스로 牛溪(우계)와 栗谷(율곡)의 學統(학통)을 잇는 纖

湖士林(기호사림)의 중심으로 자처하였다. 이러한 師友關係(사우관계)의 表裏事(표리사)가 위 글에 句句節節(구구절절)이 녹아있다. 元聘君(원빙군)은 南溪(남계)의 聘丈(빙장)이다. 우리도 오늘날의 師友關係(사우관계)를 南溪(남계)처럼 虛心坦懷(허심탄회)하게 이야기할 수 있다면 얼마나 좋을까?

우리 모두 고요히 서재에 正坐(정좌)하여 우리들의 사우관계를 점검해보자.

〖記少時所聞〗

玄谷公 雖以文章風流聞 慕賢愛士 實出尋當. 常言 "金沙溪學行 夙著當 平時其大人黃岡公 爲關西伯 聲妓滿前 沙溪未嘗一顧 人已稱之. 及黃岡以上价朝京 沙溪求爲子弟軍官侍行焉. 往返萬里 每進食沙溪輒數其擧匙多少 以爲憂喜. 自古孝者多矣 安有以擧匙多少 爲憂喜者耶 其賢如此."

● 慕齋隣居有一處女 乘月夜深其無人也 竊往投見公 乃責而數之曰 "爾以士族處子 乘夜竊投於人 其得罪倫紀大矣 吾當笞爾 爾其受之" 處子不得已受笞 越墻而還. 後嫁爲某公妻 蓋亦名士大夫也. 有子有孫 年老之後 言於其子 極歎慕齋之賢云.

●花潭家甚貧 兒時父母 使於春後 采蔬田間 每日必遲歸 蔬亦不盈筐. 父母怪而問其故 對曰"當采蔬時 有鳥飛飛 今日去地一寸 明日去地二寸 又明日去地三寸 漸次向上而飛 某觀此鳥 所爲竊思其理 而不能得 是以每致遲歸 蔬亦不盈筐也. 蓋其鳥俗名從從鳥云 當春之時 地氣上升 輒隨其氣所至高下而飛焉. 花潭窮理之功原於此 奇哉.

●元聘君嘗言"潛冶論栗谷牛溪二先生 色失輕重 以爲牛溪勝. 其說曰 牛溪如如廁而 偶失一足, 栗谷雖無失足之事 有若以糞穢 爲几案玩戱之具者 恐其失不細也.

蓋牛溪嘗書窓邊 曰某年某月某日 客或見而問之 牛溪答曰'此是偶與侍婢有私 恐致異日亂眞之弊 故記之' 後生子曰文潛 此則絶無而僅有也.

栗谷以遠接使到黃州 州使一妓薦枕 名曰柳枝 才姿出衆 栗谷語之曰'看汝 才姿殊可玩愛 但一與之私 義當率畜于家 此擧甚重 故不爲也' 遂却之. 及後寓居海州 柳枝乘夜遠訪 栗谷遂製柳枝詞一闋 申以却之之意, 終無所汚.

潛冶所論爲是也. 然愼齋之見 又與潛冶相反 未知果孰爲定論耳.

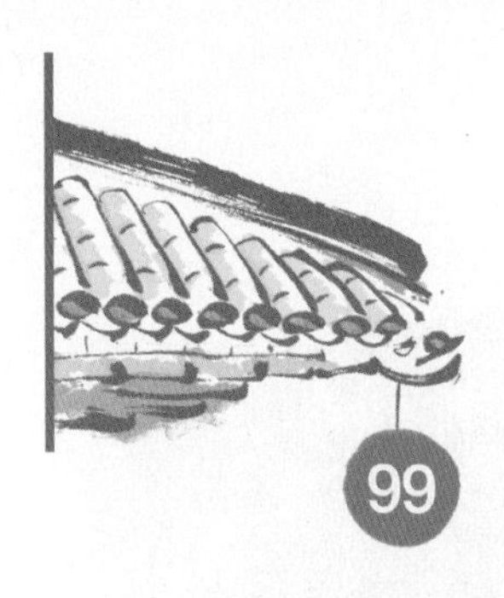

99

金萬重의 西浦漫筆
(김만중 서포만필)

조선조 선비들에게는 다음과 같은 전기적 특성이 있다.

첫째, 名門巨儒(명문거유)의 집안에서 태어났으나, 어려서부터 가난을 겪으며 대성한다는 점.

둘째, 벼슬길에 나아간 후, 淸廉强直(청렴강직)한 성품으로 말미암아 顯職(현직)과 流配(유배)를 반복한다는 점.

셋째, 性理學(성리학)의 가르침과 논리를 절대 진리로 삼는 當代(당대) 지식인과는 달리 불교에 대한 깊은 이해를 지니고 있다는 점.

어째서 조선조의 많은 선비들을 이와 같은 공통적 특성으로 일반화할 수 있느냐 하는 문제는 조선조 사회에 대한 좀 더 깊이 있는 深層分析(심층분석)이 필요한 것이지만, 이제 西浦(서포) 金萬重(김만중, 1637 인조 15~1692 숙종 18)의 생애를 돌이켜 보니, 신기하게도 위의 세 가지 특성에 꼭 들어맞는다.

경남 남해의 남해유배문학관 앞의 서포(西浦) 김만중(金萬重) 선생의 동상

西浦(서포)는 禮學(예학)의 대가로 손꼽히는 沙溪(사계) 金長生(김장생)의 증손이고, 丙子胡亂(병자호란)에 金尙容(김상용)을 따라 江都(강도)로 들어가 저항하다가 순사한 節義(절의)의 선비 金益兼(김익겸)의 아들이다. 유복자로 태어나 어머니 윤씨의 엄한 가르침을 받으며 성장하였다. 어머니 윤씨는 經書(경서)와 史記(사기)에 통달한 지식인이었다. 小學(소학)과 史略(사략)과 唐詩(당시) 같은 것도 다 부인이 스스로 가르쳤는데, 비록 자애로움이 남달랐으나 훈육에는 지극히 엄하였다. 늘 말하기를 "너희들은 다른 사람에게 견줄 것이 아니니, 반드시 다른 날에 재주와 학문이 남보다 한 등급 뛰어나야 겨우 남과 함께 나란히 설 수 있느니라. 사람들이 행실 없는 이를 꾸짖을 적에 반드시 '과부의 자식' 이라 하나니, 이 말을 너희들은 마땅히 뼈에 새길 일이다." 고 하였다.

이렇게 성장한 西浦(서포)가 29세에 등과하여 宦路(환로)에 나아간 이래 大提學(대제학), 大司憲(대사헌), 知經筵(지경연) 등을 역임했으나 한 번의 削奪官爵(삭탈관작)과 두 번의 流竄(유찬)을 겪었으며 결국은 마지막 유배지 남해에서 생애를 마감한다.

그러나 이렇듯 비극적인 선비, 西浦(서포)는 〈九雲夢(구운몽)〉과 〈謝氏南征記(사씨남정기)〉 같은 국문소설을 남김으로써 슬픈 일생을 一場春夢(일장춘몽)으로 승화시켰다. 다음은 松江歌辭(송강가사)를 극찬한 漫筆(만필)이다. 西浦(서포)의 先進(선진) 문학관을 만나게 되는 대목이다.

〖서포만필 하 159〗

松江(송강) 鄭澈(정철)의 「關東別曲(관동별곡)」과 「思美人曲(사미인곡)」, 「續美人曲(속미인곡)」은 우리나라의 「離騷(이소 : 중국 屈原의 作品)」라 할 수 있는 최고의 문학작품이다. 그러나 한자로 적은 것이 아니기 때문에 단지 노래하는 사람들의 입에서 입으로 전해 오고, 또 간혹 한글로 적혀 전해 올 뿐이다. 어떤 사람이 七言(칠언) 漢詩(한시)로 관동별곡을 번역하였는데 전혀 原詩(원시)의 아름다움을 드러내지 못했다. 혹 세상 사람들이 澤堂(택당) 李植(이식)이 젊었을 때 번역한 것이라 하나 그렇지 않다.

鳩摩羅什(구마라십)이 말하기를 "인도에서 가장 훌륭한 문학으로 삼는 것은 부처님을 찬양한 노래인데 그 문장은 지극히 화려하고 아름답다. 그런데 이제 그것을 중국말로 번역한다면 그 뜻은 얻을 수 있을지 모르나 그 문장의 오묘한 맛은 진실로 살려낼 수가 없다."고 하였다. 참으로 그러하다. 사람의 마음이 입으로 표출된 것이 말이요, 말 가운데서 마디와 가락을 갖춘 것이 노래요, 詩(시)요, 散文(산문)이요, 韻文(운문)이다. 천하 사방의 말이 비록 각기 다르지만 진실로 말을 할 수 있는 사람이면 모두 자기의 말로 마디와 가락을 갖추고자 하니 그래야 비로소 천지를 움직이고 귀신을 감동시키는 것이요, 중국 글인 한문만 그러한 것은 아니다.

오늘날 우리나라의 詩文(시문)은 고유한 우리말을 버리고 다른 나라의 말을 배워서 짓고자 하니 설령 그 뜻과 느낌이 아주 비슷하다 하여도 그것은 단지 앵무새가 사람의 말을 흉내 내는 것에 지나지 않는다. 마을에서 나무하는 아이들이나 물긷는 여인네들이 흥얼거리며 서로 주고받는 것은 비록 그 말이 거칠고 속되다 해도 그것을 진짜냐 가짜냐 하는 관점에서 논한다면, 그것들은 학사 대부들이 지은 이른바 詩賦(시부)라는 것과 함께 논할 수 없이 훌륭한 것이다.

하물며 이 세 가지 別曲(별곡)은 하늘이 내린 靈感(영감)을 자연스럽게 드러내어 세상 俗人(속인)들의 천박하고 야비한 맛이 없으니 옛날로부터 오늘에 이르기까지 우리나라의 참된 문학작품은 오직 이 세 편이라고 할 수 있다. 그런데 이 세 편을 가지고 다시 논한다면 속미인곡이 가장 우수하다. 관동별곡과 사미인곡은 한자어를 많이 넣어 문장을 꾸몄기 때문이다.

言文一致(언문일치)의 문학이 진정한 문학이요, 가치 있는 민족 문학임을 설파한 이 글은 '한국문학이 일상의 언어를 자연스럽게 사용한 문학이어야 한다' 고 주장한 개화기 이후의 문학론이 나오기

대전 유성구에 있는 서포(西浦) 김만중(金萬重)선생 문학비

적어도 200년 전의 주장이다. 西浦(서포) 자신이 스스로 〈구운몽〉과 〈사씨남정기〉를 한글로 지은 것은 이와 같은 그의 투철한 문학관이 있었기 때문이었다.

이처럼 先進思想(선진사상)은 일이백 년은 앞서서 이야기되지만 귀 기울여 듣는 이는 으레 많지 않았다.

〖西浦漫筆 下159〗

松江關東別曲，前後思美人歌，乃我東之離騷，而其以不可以文字寫之，故惟樂人輩，口相授受，或傳以國書而已. 人有以七言詩飜關東曲, 而不能佳, 或謂澤堂少時作, 非也.

鳩摩羅什有言曰, “天竺俗最尙文, 其讚佛之詞, 極其華美, 今以譯秦語, 只得其意, 不得其辭理.” 固然矣. 人心之發於口者 爲言, 言之有節奏者 爲歌詩文賦, 四方之言 雖不同, 苟有能言者, 各因其言 而節奏之, 則皆足以動天地通鬼神, 不獨中華也.

今我國詩文, 捨其言, 而學他國之言, 設令十分相似, 只是鸚鵡之人言, 而閭巷間 樵童汲婦, 咿啞而相和者, 雖曰鄙俚, 若論眞贋, 則固不可與學士大夫 所謂詩賦者同日而論.

況此三別曲者, 有天機之自發, 而無夷俗之鄙俚, 自古左海眞文章, 只此三篇, 然又就三篇而論之, 則後美人尤高, 關東前美人, 猶借文字語 以飾其色耳.

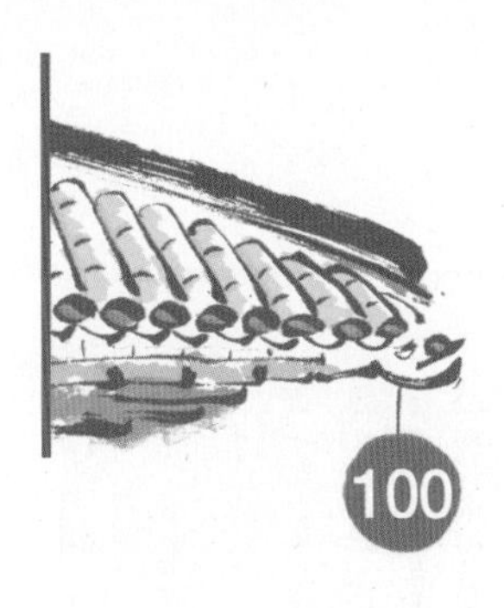

박두세 요로원야화기
朴斗世의 要路院夜話記

壬辰(임진)·丙子(병자)의 兩大兵禍(양대병화)를 입은 뒤의 조선조 사회는 중병을 치른 환자가 조심스럽게 몸을 추스르는 회복기의 모습이었을 것이다. 그러나 정치제도, 경제구조 등 기본체제가 근본적으로 바뀌지 않는 상황에서 일부 識者層(식자층)의 고뇌는 기존질서에 대한 檢索(검색)과 懷疑(회의)를 크게 벗어날 수는 없었다. 정치 주역의 실세들이 동서로 나뉘는 것도 모자라 남북으로 老少(노소)로, 청탁으로 대소로 끝없는 세포분열을 하고 있었기 때문이었다.

그러할 무렵, 그러니까 肅宗朝(숙종조) 초에 뜻있는 선비들은 점차로 성리학적 이념, 곧 思辨的(사변적) 윤리사상의 굴레에서 벗어나야겠다는 의식이 싹트고 있었다. 그것은 후대에 經世致用(경세치용)이니, 利用厚生(이용후생)이니, 實事求是(실사구시)니 하는 이른바 실학을 낳게 되거니와 그러한 실학이 영글기 전에 士林(사림)의 一隅

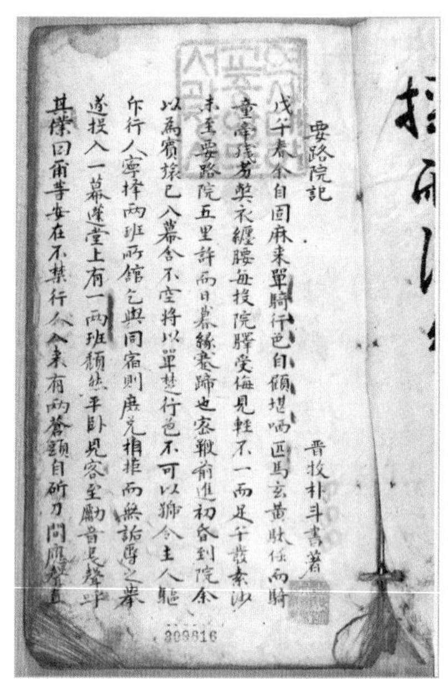

要路院記

晋牧朴斗世著

박두세(朴斗世) 선생의 요로원야화기(要路院夜話記)

(일우)에서는 當代(당대)의 實權層(실권층) 썩은 양반에 대한 통렬한 풍자로 심기를 달래고 있었다. 이러한 분위기를 타고 세상에 나온 것이 朴斗世(박두세, 1650 효종 1~1733 영조 9)의 『要路院夜話記(요로원야화기)』이다.

朴斗世(박두세)의 字(자)는 士仰(사앙), 蔚山人(울산인)으로 繘(율)의 아들이다. 충청도 대흥에서 살았다. 肅宗(숙종) 8년(1682) 增廣文科(증광문과)에 급제하여 牧使(목사)를 거쳐 知中樞府事(지중추부사)에 이른 분이다. 『三韻通考補遺(삼운통고보유)』를 편찬하였고, 또한 『要路院夜話記(요로원야화기)』를 남겼다. 이 두 책을 통하여 그가 얼마나 詩文(시문)에 능하였을지는 짐작하고도 남는다. 그 夜話記(야화기)에서 對話(대화)의 형식으로 當代(당대) 사회의 정책과 제도를 날카롭게 풍자하고 비판하였다. 原著(원저)는 宜當(의당) 漢文本(한문본)일 터이나 세간에는 한자가 하나도 없는 純諺文本〔순언문본, 槪譯本(개역본)〕도 함께 전한다.

다음 글은 漢文本(한문본)의 처음 부분이다.

〖요로원의 밤 이야기〗

[今上(금상)께서 자리를 이으신 지 다섯 해] 무오년(1678년) 봄.

나는 固痲〔고마, 백제에서는 임금님 계신 도성을 固痲(고마)라 하였고, 군현을 擔櫓(담로)라 하였다.〕에서 낙향하여 내려가는 網軍〔망군, 西蜀(서촉)의 貢吏(공리)가 짐을 싣고 올라 왔다가 빈 그물을 가지고 다시 내려가듯, 과거에 낙방하고 고향으로 내려가는 사람을 網軍(망군)이라 하였다.〕의 행색이었다.

필마는 누추한 짐을 싣고, 말 끄는 종놈은 형색이 초췌하여 다 떨어진 누더기 옷에 볼썽이 사나웠다. 그러니 주막에 들 때마다 업신여김을 받는 일이 한 두 번이 아니었으나 어쩔 수 없었다. 한낮에 소사역을 출발하여 초저녁에 요로원에 이르렀다.[오리쯤 가자 해가 저물었다.] 말이 발을 저는지라, 겨우 도착한 것이었다. 살펴보니 나그네들은 벌써 숙소를 정한 뒤라 빈방이 없는 듯하였다. 장차 이 고단하고 초라한 행색의 나그네는 큰소리를 칠 형편이 아니었다. 주막 주인은 나그네를 내칠 것이 뻔하였으므로 차라리 양반이 묵는 처소에 드는 것이 좋겠다 싶었다.

드디어 한 숫막을 찾아 들어가니 봉당 위에 호화스런 차림의 한 젊은 나그네가 늘어진 자세로 반쯤 비스듬히 누워 있다가 갑자기 큰 소리로 "거 누구 없느냐? 어찌하여 낯선 나그네가 들어오는 것을 막지 않느냐?"하고 소리쳤다. 그러자 한 종놈이 작두 칸에서 그 소리를 듣고 뛰어나왔으나 나는 이미 말에서 뛰어내려 짐을 풀은 뒤였다. 다른 종놈 하나가 내 노복을 흘겨보며 내 말에 채찍을 치면서 꾸짖기를 "이놈아 네 눈이 삐었느냐, 어찌 행차가 이미 들은 것을 보지 못한단 말이냐?"하고 소리를 질렀다. 그러면서 한 놈은 내 등을 밀어내며 "행차가 이미 객사에 들었으니, 비록 양반이나 두 분이 한 숫막에 드는 것이 온당치 않습니다."라고 하였다. 내가 떠밀리어 나오면서 말하였다. "날이 저물어 어두웠으니 내가 여기에 잠시 머물면서 다른 숙소를 정하면 다시 나가고자 하노라. 너희 양반이 저기 계신데 어찌 괄세함이 이렇듯 하는가?" 그러자 그 양반 나그네가 웃으며 말하기를 "그만두어라, 그만두어라."하였다. 그래서 나는 다시 들어가서 의관을 추스르고 봉당 위로 오르고자 하니 그 나그네는 침석을 깔고 편안하게 누었는데 깔아놓은 침석에는 앉을 만한 자리가 넉넉하였다.

드디어 (나는) 봉당에 올라가 공경하는 자세로 절을 하고자 하였으나 그 나그네는 여전히 비스듬히 누운 채로 움직일 뜻이 없어 보였다. (내 생각에) '저 사람은 분명 서울 사는 名門巨族(명문거족)으로 입은 옷이 깨끗하고 화려하며 말 치장도 호사스러운지라 나를 촌놈으로 여겨 무시하는 태도가 심하구나.' 하고 그 교만 방자한 마음과 자세를 꺾어 주어야겠다 싶어 즉시 그의 앞에 나아가 공손히 절하였다. (그러나) 그 나그네는 안침에 기대어 고개를 끄덕일 뿐이었다.

그러더니 한참 만에 "그대는 어디에 사시오?"하고 물었다. 나는 골탕을 먹일 심산으로 대답하기를 "나는 충청도 홍주 서면 고을 금곡

리 마을에 살고 있소."라고 하였다. 나그네는 웃으면서 "그것참 심히 상세하구려."하며 또 말하기를 "내가 어찌 그대에게 호적단자를 외우라 하였소이까?"하였다. 내가 머리를 굽신거리며 "어른께서 물으시는데 어찌 감히 자세히 고하지 않으리이까?"라고 말하였다. 그리고 연이어 간청하기를 "처음에는 숫막을 얻으면 옮겨가고자 하였으나 이미 날이 저물어 숫막에 사람이 모두 들어찼는데 마침 여기는 빈틈이 있는 듯하니 여기에 앉아서 새벽을 가다리게 하여 주소서."라고 말하였다. 나그네가 말하였다. "처음에는 가겠다 말하고, 지금은 머물겠다고 말하니 이는 두말을 하는 것 아니오?" 내가 대답하였다. "처음에는 그만두라 하고, 지금은 또 나가라 하시니 이것은 한 가지 말씀이오이까?" 나그네가 말하였다. "그대 또한 양반인지라, 양반이 양반과 함께 同宿(동숙)하는 것이 어찌 온당치 않은 일이겠소이까." 내가 대답하였다. "덕분에 (머물게 되니, 은혜가) 가볍지 않사옵니다."

이 책의 원본이 漢文本(한문본)일 수밖에 없는 이유는 다음 이야기에서 분명해진다. 시골 선비와 서울 양반이 본격적으로 詩(시)를 지어 서로를 공략하는 대목이다. 한자를 쓰지 않으면 그 맛이 도저히 살아나지 않는다.

我觀鄕之[賭]
아 관 향 지 도

怪底形體[條]
괴 저 형 체 조

내 시골[내기]를 보아하니

형체[가지]기를 괴상히 하도다

이렇게 서울 양반이 시골 선비를 조롱하니, 시골선비(작자의 분신)가 다음과 같이 응수한다.

不知諺文[辛]
불 지 언 문 신

宜其眞書[沼]
의 기 진 서 소

언문[쓸]줄을 알지 못하니
어찌 진서 [못]함이 괴이하리오

꺾은 괄호[ ] 안의 한자를 訓(훈)으로 새겨 읽어야 완벽한 뜻이 통하도록 한 점과 그 글자들이 그 나름으로 韻(운)을 맞추어 漢詩(한시)의 외형을 구성하였으니 이것이야말로 한자와 우리말의 조화가 極美(극미)한 경지에 이른 것이 아닐 수 없다.

〖要路院夜話記〗

[上之嗣位五年] 戊午春 余從固麻下來 綱軍行色也.(西蜀貢吏負載上京 持空網還去 赴擧落榜而下鄕者)

匹馬玄黃馱任而騎牽僮駑劣 弊衣鶉懸 每投院務受謾取侮不一而足. 午發素沙 初昏到要路院 [五里許而日暮] 緣蹇蹄也. 自度行旅已却 幕舍不空 將此單楚行色

不可號令, 主人駈斥賓旅 寧入兩班所館 庶幾相容.

遂尋入一舍 見封堂上有一豪華年少客 頹然半臥忽高聲呼曰 "若等安否 不禁行人入來." 蒼頭自斫刀間應聲突出 而余已跳下負擔, 一僕睨吾奴鞭吾馬叱出曰 "爾目盲者 不見行次已入耶." 一僕推吾背勸之出曰 "行次已舍, 雖二首兩班不當重入." 余見推而出 且行且語曰 "日已昏黑 我欲休此 定他舍還出 爾兩班在彼 何致相阨至此." 客笑曰 "且止且止." 余乃還入 將攝衣欲上封堂 而客臥自若 所設寢席外 有餘地可坐.

遂昇堂 立敬將拜者 而客猶偃然不動意, 彼以京華帬屐閥閱冠服 被服鮮麗 鞍馬玲瓏 鄉視余而慢易之甚 験志驕氣可以術折之 卽前拜甚恭 客按枕點頭而已.

徐曰尊在何所 余詭對曰 "住忠清道洪州西面金谷里中". 客笑曰 "其甚詳盡" 曰 "我豈使尊誦户籍單子耶". 余俯首曰 "行次下問不可以不詳也". 因請曰 "初欲得舍館移去 日已夜居幕且人滿 此有空隙 肯許坐此待曙耶". 客曰 "初云欲去 今言欲留是二言也". 余曰 "初曰且止今曰且出 是則一言乎". 客曰 "尊亦兩班也. 兩班與兩班同宿 何所不可". 余曰 "德分非輕."(以下略)

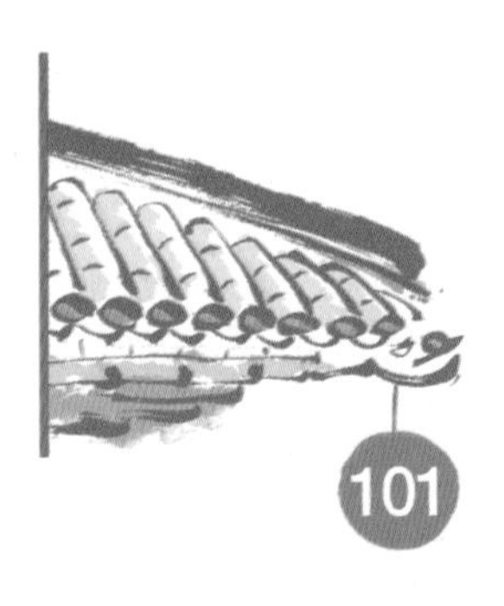

이익 성호사설

李瀷의 星湖僿說

조선왕조를 500년 이상 이끌어 온 중심에는 언제나 '선비'라 일컫는 지성인 계층이 있었다. 그들은 시대를 꿰뚫어 보는 예지의 소유자였으며, 부정과 비리를 용납지 않는 냉엄한 비판세력이었다. 나라가 危亂(위란)에 처했을 때는 목숨을 草芥(초개)처럼 내던진 의병이었고, 어쩌다 벼슬길에 나아가면 서슬 푸른 淸白吏(청백리)였다. 그러나 그들의 진면목은 벼슬자리에 연연하지 아니하고 초야에 묻혀 산천을 즐기며 천지자연의 이치를 탐구하고 經世濟民(경세제민)의 방안을 강구하는 모습에서 찾을 수 있다. 언제나 현실에서는 한 걸음 물러서 있는 듯하지만 실제로는 나라의 부강, 백성의 평안, 개인의 人格陶冶(인격도야)를 위한 구체적 방안을 궁리하느라 가슴을 태웠다.

18세기에 집중적으로 활약한 실학자들도 바로 그러한 선비들인데 그 가운데 星湖(성호) 李瀷(이익, 숙종 7년 1681~영조 39년 1763)이란 분이 있었다. 大司憲(대사헌)을 지낸 李夏鎭(아하진)의 막내아들로 태어나 집안에 전해오는 만 권 서책에 묻혀 살며, 한 번도 벼슬살이는 하지 않고 절약과 검소를 實踐躬行(실천궁행)하였다. 책을 쓰고 제자를 가르치는 일로 평생을 바치니 그로 말미암아 조선조의 실학사상은 비로소 흐드러진 꽃을 피우게 되었다. 丁若鏞(정약용), 安鼎福(안정복), 李重煥(이중환), 李家煥(이가환) 등 남인계열의 학자는 모두 그의 영향을 크게 받은 사람들이다.

성호 이익

星湖(성호)의 저술로는 經世致用(경세치용)을 논의한 『藿憂錄(곽우록)』과 세상만사를 붓 가는 대로 설파한 『星湖僿說(성호사설)』이 그중 돋보인다. 僿說(사설)의 머리글을 잠시 훑어보자.

"(전략) 내가 먹으려니 싫고 버리려니 아깝다는 속담이 있거니와 이것이 이 사설을 시작하게 된 까닭이다. (중략) 그러나 거름흙과 검불 따위는 지극히 천한 것이지만 밭둑에 옮겨 놓으면 좋은 곡식을 길러내고 부엌에 들어가면 반찬을 만드는데 요긴하게 쓰인다. 이 글도 찬찬히 뜯어 읽노라면 백 가지 중에서 하나쯤은 건지는 것이 있을지 누가 알겠는가."

성호사설

성호는 겸손하여 이렇게 말하고 있지만 오늘날 우리 후손들은 백 가지 중에 그 어느 한 가지도 버릴 것이 없음을 알게 되리라. 다음 글은 「人事門(인사문)」에 들어 있는 이른바 運命論(운명론)이다. 운명은 겸허하게 받아들이되 인간의 노력은 끝 가는 데가 없어야 함을 성호는 힘주어 말하고 있다.

〖하늘을 원망하고 세상을 탓함〗

운명이란 내가 하늘로부터 받아 타고난 것이요, 내가 지니고 있는 것이다. 나는 즐거워하는데 남은 슬퍼한다고 해도 내가 남의 즐거움을 훔쳐서 즐거워하는 것이 아니며, 남이 즐거워하는데 내가 슬퍼한다 하여도 또 그 사람이 내 즐거움을 훔쳐서 즐거워하는 것이겠는가. 그러나 다른 사람은 존귀한데 나는 비천하며 다른 사람은 부유한데 나는 빈한하며 다른 사람은 편안한데 나는 고달프다면 이것은 사람에게 그 원인이 있는 것이요, 다른 사람은 장수하는데 나는 일찍 죽고, 다른 사람은 강건한데 나는 허약하고, 다른 사람은 슬기로운데 나는 우둔하다면 이것은 하늘로부터 타고난 것이다. 자기도 모르는 사이에 남을 탓하고 하늘을 원망하며 더구나 운명이란 바꿀 수 없는 것이요, 받아들여 마땅하다는 것을 전혀 깨닫지 못한다.

하늘과 땅이 서로 감응하고 천지의 기운이 서로 화합하여 세상의 사물이 제각기 자기의 고유한 형체를 지니고, 태어날 때에 그 기질에 맑음과 흐림이 있으며 가벼움과 무거움의 분수가 있어서 그 사물이 존귀하게도 되고 비천하게도 되는 것이니, 하늘이 어찌 미리부터 그 사이에 다른 뜻을 두었겠는가. 흙이나 돌처럼 단단한 것이 "하늘은 어찌하여 우리를 풀이나 나무와 같이 생장하는 성질을 갖게 하지 않았는가"하고 말하며, 또 풀이나 나무가 "하늘은 어찌하여 우리를 짐승들처럼 지각이 있는 것으로 만들지 않았는가"하고 말하며, 또 짐승들은 "하늘은 어찌하여 우리를 사람처럼 존귀하게 하지 않았는가"하고 말한다면(생각해 보자) 하늘이 만일에 입이 있다면 어찌 입 다물고 잠자코 있겠는가!

만일에 한주먹의 진흙을 채롱 안에 넣고 손으로 힘껏 회전시키면 그 엉김이 크게도 되고 적게도 되며 빽빽하게도 되고 엉성하게도 되어 그것들이 제 스스로 똑같지는 않게 되는 것이니 그렇다고 채롱 돌린 이를 어찌 탓할 수 있을 것인가. 사람에게 원인이 있다 하는 것이 또한 이와 같은 것이다. 비록 어떤 이가 다른 사람을 존귀하게 하거나 부유하게 하거나 편안하게 하는 권한이 있다면 그것이 그에게는 있고 나에게는 없다는 것 역시 하늘에 매인 것이다. 내가 만약 하늘로부터 타고난 바가 처음부터 이처럼 같지 않다면, 저 사람이 아무리 내 운명을 바꾸고자 한들 가능한 일이겠는가? 우리와 같은 사람들이 이처럼 많기도 하려니와 또 어찌 혹은 무겁고 혹은 가벼워 서로 같지 않음이 이처럼 심하단 말인가. 이것은 우리가 본래 가지고 있는 운명임이 분명하다.

그러므로 이제 활 쏘는 것으로 비유해 보기로 한다. 활을 쏘아 맞추지 못하면 비록 분한 마음이 있어도 감히 남을 탓할 수는 없다. 내가 구하였으나 얻지 못한 것은 곧 활을 쏘아 맞히지 못한 것과 같다. 또 누구를 탓할 것인가. 荀卿(순경, 전국시대 초나라 사람)이 말한 것처럼 "자기 자신을 아는 사람은 남을 원망하지 않고, 운명을 받아들이는 사람은 하늘을 원망하지 않는다."는 것이 바로 이것이다. 옛날에 성인〔孔子(공자)님〕은 직위를 얻지 못하고 천하를 두루 돌며 극심한 궁핍에도 원망하지 않고, 각박한 곤욕을 겪어도 남을 탓하지 않으셨다. 그 시절에는 속이고 헐뜯고 물리치고 내치며 도무지 정사를 맡기는 이가 없었다. 그래서 말씀하시기를 "나를 알아주는 사람이 없구나" 하셨던 것이다. 그렇다면 도대체 그 알아주지 않는다는 것은 무엇을 말하는 것이었을까?

하늘은 위에 있고, 사람은 아래 있으니, 우리가 자연의 이치에 통달하였다면 그것은 上達(상달)이라 할 수 있고, 평탄하거나 험난하거나 한결같아서 어디에 머물거나 유익하지 않음이 없다면 그 덕은 下學(하학)이라 할 수 있다. 성인께서 온 천하를 두루 돌아다니시면서도 그 일을 멈추지 않았던 것은 천하를 위한 것이었고 사사로운 개인의

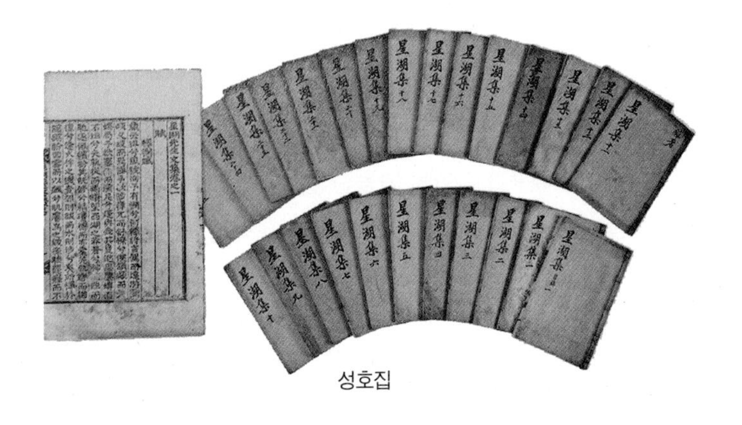

성호집

영달을 위한 것이 아니었다. 이것을 두고, 하늘은 모르는 것이 없건만 사람이 무능하였기 때문이라고 할 것인가!

오늘날 인류의 학문적 성취는 빅뱅이라 부르는 대폭발 사건으로부터 우주탄생의 신비를 풀어헤치며, 유전자 조작이라는 기술을 개발하여 생명의 신비까지도 들여다보면서 인간이 짐짓 조물주의 권좌에 도전하고 있다. 물질문명의 극대화 현상은 어디까지 갈지 알 수 없고, 인류사회의 갈등도 끝을 모르게 뒤엉켜 흐르고 있다.

이러한 세상을 한 걸음 물러서서 고요히 바라보며, 개인의 운명도 겸손하게 수용하는 자세를 갖추라는 성호의 타이르심. 이 말씀은 300년 전에 하신 말씀이 아니라 지금 이 자리에서 들려주시는 성호의 가르치심이다.

〖怨天尤人〗

命者 我之所受 而有者也. 我樂人憂 我非替人之樂而爲樂. 人樂我憂 亦豈人替我之樂者哉. 然人貴而我賤 人富而我貧 人逸而我勞 此出於人者也. 人壽而我夭 人强而我弱 人智而我愚 此出於天者也. 常人之情 愁苦困極 竊竊然 尤人而怨天 殊不知命非替當者也.

天地交感 絪縕化醇 物各賦形 氣有淸濁 輕重分數 而物以之貴賤 天何嘗有意於其間. 爲土石之頑者 曰天胡

使我不如草木之有生意耶. 爲草木者 曰天胡使我不如禽獸之有知覺耶. 爲禽獸者 曰天胡使我不如人之尊貴耶, 使天有口亦豈無言.

如以一掬泥置籠中 信手回轉 其摶結或大或小 或密或疏 彼自有不同 回轉自何咎乎. 其出於人者亦亦然. 彼雖有貴之富之逸之之權 其彼有我無者亦天也. 我若所稟初不如此 彼雖欲易我之命 得乎. 如我輩人亦多 又何或重或輕之不侔至此也. 是吾所本有者明矣.

故以射爲喩 射而不中 雖有忮心 不敢咎人 我之求而不得 則如射而不中者也 又何尤哉. 荀卿所謂 自知者不怨人 知命者不怨天 是也. 昔者聖人不得位 轍環天下 厄窮而不怨 窘辱而無尤 當時 譏謗擯斥 未有授之以政 故曰 莫我知也. 夫其所不知者 何謂也.

天在上 人在下 我乃通乎自然之理 則上達也. 夷險不渝 無往而不益 其德則下學也. 其遍歷不息者 爲天下也 非私也, 此天無不知 而人有不能也夫.

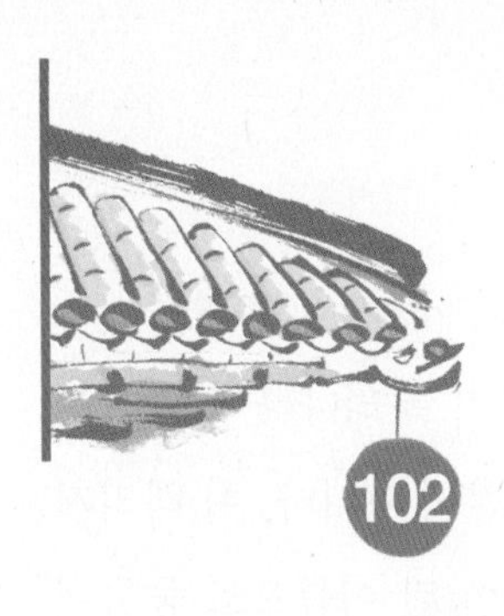

이 중 환　　택 리 지
李重煥의 擇里志

낯선 고장을 찾아갈 때, 우리는 旅行案內書(여행안내서)를 얻으려 한다. 거기에는 그 고장의 자연경관과 풍물, 역사 문화적 배경과 연혁, 그리고 관광명소와 교통편의 등이 지도를 곁들여 자세하게 적혀 있기 때문이다. 이러한 여행안내서의 전문적 심화 연구가 곧 지리학이다.

우리나라에 이러한 지리학의 원조가 되는 책은 무엇인가? 모든 역사책은 지리 정보를 담고 있다. 그래서 『三國史記(삼국사기)』에도 地理志(지리지)가 있고, 『世宗實錄(세종실록)』에도 지리지가 있다. 『三國史記(삼국사기)』 지리지는 고대 지명의 변천에 관한 정보가 있을 뿐이고, 『世宗實錄(세종실록)』 지리지에는 지명의 역사적 변천, 지역 경계, 인적자원, 기후와 토질, 물산 등을 아주 자세히 기록하였으나 누구나 쉽게 찾아볼 수 있는 자료는 아니었다.

그러므로 18세기 중엽에 淸潭(청담) 李重煥(이중환, 1690 숙종 16~1752 영조 28)의 『擇里志(택리지)』가 나오기까지 우리나라에 참다운 지리학은 탄생하지 않았다고 말해도 지나친 말이 아니다. 이 택리지는 19세기 후반에 『朝鮮地理小志(조선지리소지)』란 이름으로 중국에서, 그리고 『朝鮮八域志(조선팔역지)』란 이름으로 일본에서 간행되어 널리 읽혔다. 우리나라에 관한 정보가 이 책만큼 짜임새 있게 서술된 책이 없었기 때문이었을 것이다.

淸潭(청담) 李重煥(이중환)은 星湖(성호) 李瀷(이익)의 집안이요, 또 그의 문인이었다. 이익의 영향을 받으며 실학의 분위기에 젖어 공부한 이중환은 몇 번의 벼슬살이를 絶島(절도) 流配(유배)로 마무리 지은 뒤 죽을 때까지 30년간 전국을 방랑하며 한 권의 지리책을 남기니 그것이 곧 『擇里志(택리지)』, 우리나라 지리학의 濫觴(남상)이다.

『擇里志(택리지)』는 자연지리에 중점을 둔 八道總論(팔도총론)과 人文地理(인문지리)에 초점을 맞춘 卜居總論(복거총론)의 두 부분으로 이루어져 있다. 다음 글은 卜居總論(복거총론)에서 핵심이 되는 몇 부분을 발췌한 것이다. 『擇里志(택리지)』의 참 맛을 맛볼 수 있을 것이다.

〚살만한 터 잡기 총론〛

대체로 살만한 터를 잡으려 할 때에는 地理(지리, 지형상의 기본조건)를 첫째로 생각해야 하고, 生利(생리, 생활상의 편리함)를 둘째로 하고,

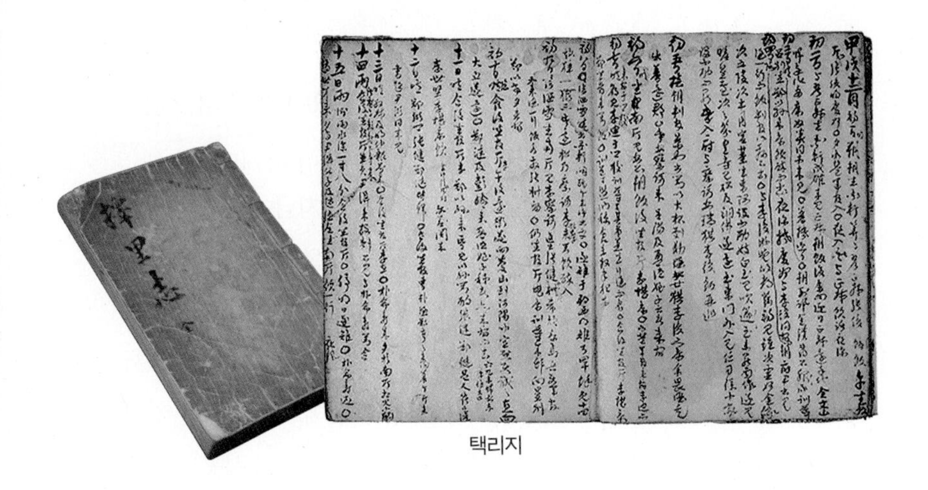

택리지

그다음으로 인심이요, 마지막으로 山水(산수, 자연경관)를 보아야 한다. 이 네 가지 중에 하나만 부족하다 하여도 그곳은 살기 좋은 고장이 아니다. 지리가 비록 만족스러우나 생리가 마땅치 않으면 그곳 또한 오래 살 수 없다. 지리와 생리가 모두 만족하다 하여도 인심이 고약하다면 반드시 후회함이 있을 것이다. 또 가까운 곳에 감상할 만한 산과 물이 없다면 사람의 성품과 감정을 올바르게 가꿀 수 없다.

地理(지리) ; 무엇으로 지리를 따질 것인가? 제일 먼저 水口(수구, 물이 어떻게 흐르는가)를 보아야 하고, 둘째로 野勢(야세, 들판의 형세)요, 셋째로 山形(산형, 산의 생김새), 넷째로 土色(토색, 흙의 빛깔), 다섯째로 水理(수리, 수질의 알맞음)요, 여섯째로 朝山朝水(조산조수, 앞에 펼쳐진 가장 큰 산과 큰 강)를 보아야 한다.

生利(생리) ; 사람이 한세상 살아간다는 것은, 살아 있는 사람은 잘 공양하고 돌아가신 분은 잘 보내드리는 것인데, 그 모든 것이 세상 재물에 의존한다. 그런데 그 재물은 하늘에서 떨어지는 것도, 땅에서 거저 솟아나는 것도 아니다. 그러므로 땅이 비옥한 것이 첫째요, 배와 수레, 사람과 물화가 모두 모여들어, 있는 것과 없는 것을 서로 바꾸어 쓸 수 있는 곳이 그다음이다.

人心(인심) ; 무엇으로 인심을 따질 것인가? 공자님이 이렇게 말씀하셨다. "어질고 착한 고장에 사는 것이 좋다. 어질고 착한 곳을 고르지 못하면 어찌 슬기롭다 할 수 있겠는가?" 옛날에 맹자의 어머니는 세 번이나 이사를 하셨는데, 그것은 자식을 올바로 가르치기 위해서였다. 풍속이 좋지 않은 곳을 택하면 자기 자신에게만 그치는 것이 아니라, 자손에게까지 해가 되어 반드시 나쁜 물이 들고 잘못을 저지르는 환난이 있을 것이다. (그러므로) 살만한 터를 잡으려 할 때에는 그 고장의 풍속을 살펴보지 않을 수 없다.

山水(산수) ; 무릇 산의 형세는 반드시 빼어난 돌 봉우리가 있어야 하며, 산 전체가 아름다울 뿐 아니라 물도 또한 맑아야 한다. 또 반드시 강가나 바닷가에 사람들이 모여 어울릴 수 있는 곳이 있어야, 그곳이 크게 쓰임새가 있다. 이와 같은 곳이 우리나라에 네 군데가 있으니, 하나는 開城(개성)의 五冠山(오관산)이요, 또 하나는 漢陽(한양)의 三角山(삼각산)이요, 또 하나는 鎭岑(진잠)의 鷄龍山(계룡산)이요, 끝으로 文化(문화)의 九月山(구월산)이다.

인문지리학의 원론을 읽는 듯하다. 그러나 요즈음 국토개발이라는 이름으로 산이며 강이며 언덕이며 들판을 마구 깨부수고 파헤치는 모습을 보면 청담의 택리지는 어리석은 이의 잠꼬대처럼 들릴 것이다.

그렇지만 우리는 청담의 이야기가 후손을 위해 두고두고 들려주어야 할 지리학의 진리임을 가슴속 깊이 깨닫고 있다.

〖卜居總論〗

大抵卜居之地 地理爲上 生利次之 次則人心 次則山水. 四者缺一 非樂土也. 地理雖佳生利乏 則不能久居 生利雖好地理惡 則亦不能久居 地理及生利俱好. 而人心不淑 則必有悔吝 近處無山水可賞處 則無以陶瀉性情.

地理;何以論地理 先看水口 次看野勢 次看山形 次看土色 次看水理 次看朝山朝水.

生利;人生一世 養生送死 皆需賴世財 而財非天降地湧 故土沃爲上 舟車人物都會 可以貿遷有無者次之.

人心;何以論人心 孔子曰 里仁爲美 擇不處仁焉得智. 昔孟母三遷 欲教子也. 擇非其俗 則不但於身 害於子孫 必有薰染 註誤之患. 卜居不可不視其地之謠俗矣.

山水;凡山形必秀石作峰 山方秀而水亦清 又必結作於江海交會之處 斯爲大力量. 如此者國中有四 一則開城五冠 一則漢陽三角 一則鎭岑鷄龍 一則文化九月也.

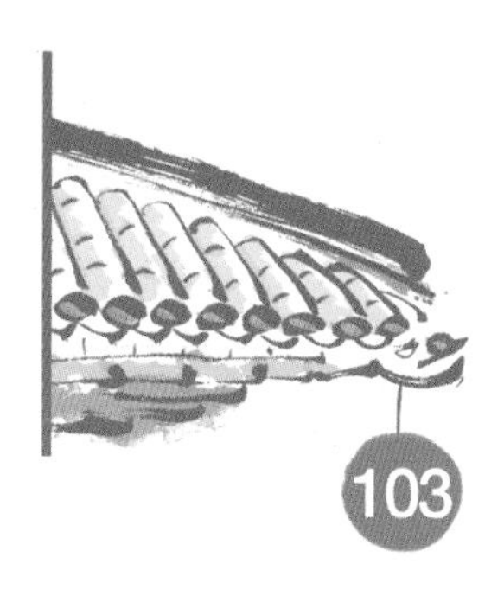

103

박지원 열녀함양박씨전 병서
朴趾源의 烈女咸陽朴氏傳 幷書

이 세상에 아름다운 글을 남긴 名文章(문명장), 大文豪(대문호), 詩聖(시성), 論客(논객)은 밤하늘의 뭇별처럼 무수하다. 단테와 괴테, 셰익스피어와 톨스토이가 있고, 屈原(굴원)과 司馬遷(사마천), 唐宋八大家(당송팔대가)에 杜甫(두보), 李白(이백)이 있다. 그러면 그 많은 뭇별 중에 우리나라 별은 없는가? 이 질문에 서슴없이 반짝이는 별이 있으니 이름하여 燕巖星(연암성)이다. 燕巖(연암) 朴趾源(박지원, 1737 영조 13~1805 순조 5)은 18세기 朝鮮文壇(조선문단)의 거성으로 200년이 지난 오늘날에도 이 시대의 횃불처럼 우뚝 서서 민족 문학의 미래를 비추고 있다.

그는 글을 짓는 것이 아니라, 그냥 쏟아 내는 듯하였다. 특별히 고운 말을 골라 쓰려고 하지 않았으나 글의 흐름은 비단결 같았고, 글

연암 박지원

의 짜임새는 틀에서 뽑은 花紋席(화문석)이었다. 생각의 깊이는 金剛經(금강경)을 읽는 듯하고, 가르침의 峻烈(준열)함은 春秋(춘추)의 筆法(필법)이었다. 말하듯이 쓰는 口語(구어)가 아니건만, 燕巖(연암)의 修辭(수사)는 시골 장터의 약장수 辭說(사설)처럼, 풍자와 해학과 은유와 秘義(비의)가 거칠 것이 없었다. 세상에 이렇게 시원하고 확 트인 글이 있는가? 이것이 염암의 글이다.

만일에 그가 200년 뒤의 오늘날에 태어나서 똑같은 주제로 이 나라 이 사회의 부조리를 言文一致(언문일치)의 요즈음 문장으로 풀어놓았다면, 노벨 문학상은 열 번도 더 받았을 것이다. 그러나 연암은 200여 년 전 英正祖(영정조) 때의 가난한 선비였다. 강화된 왕권으로 蕩平策(탕평책)을 쓰는 동안 당쟁은 숨을 죽이는 듯했으나 戚臣(척신)과 權臣(권신)은 궐문 밖에서 칼을 갈고 있었고, 변하는 사회경제구조는 새 시대를 열망하고 있었다.

연암은 이 변화의 흐름을 놓치지 않았다. 『熱河日記(열하일기)』는 이미 中原(중원)의 주인이 된 청나라를 배우겠다는 피맺힌 의지의 기행문이요, 『放璚閣外傳(방경각외전)』은 비뚤어진 세상을 붓끝으로 매질하는 한 맺힌 義憤(의분)의 評傳小說(평전소설)이다. 오죽하면 거칠 것이 없는 『熱河日記(열하일기)』의 문체에 놀란 사람들이 그 문체를 걸어 연암을 욕보이려 했겠는가?

그러나 오히려 文體反正(문체반정)의 주인공이 된 연암은 나이 50에 벼슬길에 나아가 65세에 致仕(치사)하기까지 비교적 순탄한 벼슬길을 살았다. 시대의 흐름은 막을 수가 없었던 것이다. 繕工監(선공감) 監役(감역)을 첫 벼슬로 하여 漢城府判官(한성부판관), 安義縣監

(안의현감), 沔川郡守(면천군수), 襄陽府使(양양부사)를 끝으로 벼슬을 물러나니 實事求是(실사구시)의 모범을 보이며 백성들의 생활개선에 얼마나 열심이었는지를 짐작하고도 남는다. 문학 이외에 돋보이는 연암의 업적은 郡守(군수) 시절 왕명을 받들어 『課農小抄(과농소초)』라는 農書(농서)를 지어 올린 일이다. 실학을 실천한 牧民官(목민관)의 모습이 아닌가!

여기 실린 幷書(병서)는 縣監(현감)시절에 쓴 것으로 當代(당대)의 지나친 守節風習(수절풍습)을 비판한 글이다.

〖열녀 함양 박씨 이야기에 덧붙인 글〗

(전략) 옛날에 열녀라 일컫던 사람들은 오늘날의 과부들이라 하겠다. 시골구석의 어린 아낙이나 길거리의 젊은 홀어미들이나 자기 부모로부터 무리한 압력을 받는 것도 아니고, 자손들이 출세하지 못할까 보아 부끄러워하는 것도 아니건만 수절하는 것만으로는 절개를 지키는 것이 부족하다고 여겨 자살하는 일이 잦다. 낮에는 촛불을 밝혀 남편의 혼령 앞에 빌다가 밤이면 남편을 따라 죽고자 하여 물에도 빠지고, 불에도 뛰어들고, 독약도 마시고, 목매어 죽기도 하니 마치 즐거운 곳에 노는 듯이 하였다. 열렬하고 또 열렬하다 하겠으나 어찌 지나친 일이 아니겠는가?

옛날에 높은 벼슬을 하는 형제 두 사람이 그 어머니 앞에서 어떤 사람의 벼슬길을 막고자 하는 의론을 하였다. “무슨 잘못이 있기에 벼슬길을 막느냐?” 대답하기를 “윗대에 과부가 있었는데 바깥소문이 매우 시끄러웠습니다." 어머니가 깜짝 놀라 물었다. "그런 일은 안방에서 있었던 일인데 어찌 알게 되었다더냐?" 대답하기를 "풍문에 그렇다고 합니다."

어머니가 말씀하였다.

"바람이란 소리는 있으나 형체는 없는 것이요, 눈으로 보아도 보이지 않고 손으로 잡아도 잡히지 않는다. 허공에서 일어나 만물을 떠돌게 한다. 어찌하여 형체도 없는 일을 가지고 사람을 떠도는 이야기 속에 집어넣어 매장하려느냐. 더구나 너희는 과부의 아들이다. 과부의 아들이 어찌 능히 과부를 논죄한단 말이야? 게 앉거라! 내 너희에게 보여줄 것이 있으니." 그리고 어머니는 품 안에서 동전 한 개를 꺼내 놓고 말씀하였다. "이 돈에 둥근 둘레가 있느냐?" "없습니다." "또 이 돈에 글자가 있느냐?" "없습니다."

어머니는 눈물을 흘리며 말씀을 이었다.

"이것은 네 어미가 죽음을 견뎌낸 부적이다. 십 년 동안이나 손으로 만지고 만지니 이렇게 닳아 버렸다. 대개 사람의 혈기는 음양에 근거하는 것이라 정욕은 혈기에서 싹트는 것이며, 그리움은 고독한 데서 생기고 슬픈 마음은 그리움에서 말미암는다. 과부 된 사람은 언제나 고독하고 지극히 슬픈 마음을 지니고 산다. 혈기가 때로 왕성할 경우에, 어찌 과부라고 정욕이 없겠느냐? 가물거리는 등불 아래 그림자만 벗하고, 밤을 밝히기란 진실로 힘이 든다. 더구나 처마 밑에 낙숫물 떨어지는 비 오는 밤, 별빛이 흐르는 달 밝은 밤, 나뭇잎소리 마당가에 쓸쓸하고 외기러기 하늘에서 슬피 우는 밤, 멀리 닭 우는 소리에 메아리도 없고 어린 종년의 코 고는 소리는 어찌 이리 큰가. 눈은 말똥말똥하여 잠이 오지 않으니 누구에게 이 어려움을 호소하겠느냐? 그런 때에 나는 이 동전을 꺼내어 굴리며 온 방안을 돌아다

열녀 함양 박씨

녔다. 둥근 것이라 잘 구르다가도 모퉁이를 만나면 멈추어 버리니 나는 그것을 집어 다시 굴리곤 하였다. 하룻밤에 보통 다섯 바퀴를 돌았다. 그러면 날이 새더구나. 십 년 동안에 해가 갈수록 도는 횟수가 줄어들더니 십년이 지나고 나니까 닷새에 한 번 굴리게도 되고 열흘에 한 번 굴리게도 되었다. 혈기가 아주 떨어지고 나서는 나는 더 이상 이 동전을 굴리지 않았다.

그러나 내가 이것을 잘 거두어 20년이나 간직하였던 것은 그 공로를 잊지 않고 때때로 나 스스로를 경계하자는 것이었다. 마침내 두 아들과 어머니는 서로 붙들고 울었다고 한다.

어느 선비가 이 이야기를 듣고 말하였다. "이 분이야말로 열녀로구나!" 아! 그 힘든 절개와 깨끗한 수행이 이와 같단 말인가! 그러나 그 당시에는 드러나지 않아서 이름을 모르고 후세에 전할 수 없게 된 연유는 무엇인가? 과부가 수절하는 것은 온 나라에 흔하디흔한 일인지라 목숨을 끊어 자결하지 않으면 과부의 집안에 절개를 지켰다는 것이 드러나지 않았던 까닭이다.(후략)

〖烈女咸陽朴氏傳 并書〗

(前略)古之所稱烈女, 今之所在寡婦也. 至若田舍少婦, 委衖靑孀, 非有父母不諒之逼, 非有子孫勿敍之恥, 而守寡不足以爲節, 則往往自滅 晝燭祈殉夜臺, 水火鴆繯, 如蹈樂地, 烈則烈矣, 豈非過歟.

昔有昆弟名宦, 將枳人淸路, 議于母前. 母問: "奚累而枳" 對曰: "其先有寡婦, 外議頗喧." 母愕然曰: "事在閨房, 安從而知之" 對曰: "風聞也." 母曰: "風者有聲而無形也, 目視之而無覩也, 手執之而無獲也, 從空而起, 能使萬物浮動. 奈何以無形之事, 論人於浮動之中乎 且若乃寡婦之子, 寡婦子尙能論寡婦耶 居 吾有以示若" 出懷中銅錢一枚, 曰: "此有輪郭乎" 曰: "無矣." "此有文字乎" 曰: "無矣."

母垂淚曰: "此汝母忍死符也. 十年手摸, 磨之盡矣. 大抵人之血氣根於陰陽, 情欲種於血氣, 思想生於幽獨, 傷悲因於思想. 寡婦者幽獨之處, 而傷悲之至也. 血氣有時而旺, 則寧或寡婦而無情哉. 殘燈弔影, 獨夜難曉, 若復簷雨淋鈴, 窓月流素, 一葉飄庭, 隻雁叫天, 遠鷄無響, 穉婢牢鼾, 耿耿不寐, 訴誰苦衷. 吾出此錢而轉之, 遍模室中, 圓者善走, 遇域則止, 吾索而復轉, 夜常五六轉, 天亦曙矣. 十年之間, 歲減其數, 十年以後, 則或五夜一轉, 或十夜一轉, 血氣旣衰, 而吾不復轉此錢矣. 然吾猶十襲而藏之者, 二十餘年所以不忘其功, 而時有所自警也." 遂子母相持而泣.

君子聞之曰: "是可謂烈女矣." 噫 其苦節淸修若此也, 無以表見於當世, 名煙滅而不傳, 何也. 寡婦之守義, 乃通國之常經, 故微一死, 無以見殊節於寡婦之門.(後略)

참고

文體反正(문체반정)이란 무엇인가?

燕巖(연암) 朴趾源(박지원)이 지은 『熱河日記(열하일기)』는 그 내용의 참신함과 그 문체의 豪快(호쾌)함으로 당대 문학계에 선풍적인 인기를 누렸다. 이에 놀란 보수파 선비들이 이 일을 임금에게 아뢰니, 그때 임금〔正祖〕이 이른바 점잖은 문학, 즉 醇正文學(순정문학)을 확립하려는 시책을 펴게 되었는데, 이 시책을 가리켜 文體反正(문체반정)이라 한다. ① 奎章閣(규장각)의 설치. ② 소설 등 잡서의 수입 금지. ③ 規範文章書(규범문장서)의 간행 같은 것으로 문장을 바꾸려 하여 한때 반시대적 문학이 勢(세)를 폈으나 꿈틀거리는 서민 감정의 發露(발로)는 잠재울 수 없었고, 『熱河日記(열하일기)』는 더욱더 인구에 膾炙(회자)되었다.

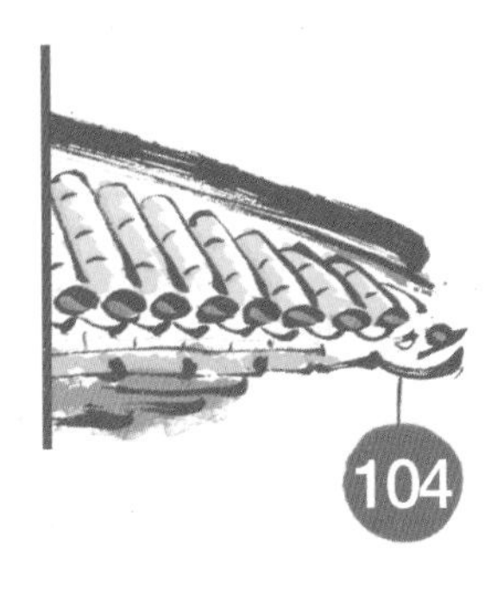

이병모 제율곡수초격몽요결

李秉模의 題栗谷手草擊蒙要訣

우리나라 역사에서 1928년은 무슨 의미가 있는 해일까? 일제에 나라를 빼앗긴 지 스무 해가 가까워 오는 시점, 나라를 내놓은 수모를 悔恨(회한)으로 삭이며 延命(연명)하시던 두 분 임금님, 高宗(고종)과 純宗(순종)이 모두 昇遐(승하)하시고도 또 몇 해가 흐른 뒤였다. 3·1운동과 6·10만세의 시위가 민족이 죽지 않았음을 입증하기는 했으나 나라는 점점 일제의 손아귀에 오그라들고 있었다.

그러나 이러한 시절, 온 나라 방방곡곡에서는 알게 모르게 크고 작은 민족혼이 광복의 불씨를 키우며 민족의 우수성과 자긍심을 드러내기 위한 방법을 모색하고 있었다. 여기 소개하는 『栗谷手草擊蒙要訣(율곡수초격몽요결)』의 刊行(간행)이 바로 그 증거물이다. 이 책은 栗谷(율곡)이 생존했을 때 鄕里(향리)의 학동들을 위해 친히 적었던 책으로 烏竹軒(오죽헌)에 보관되어 오던 것을 200여 년 뒤인 正祖

大王(정조대왕) 시절에 李秉模(이병모)의 서문을 붙여 다시 전해오고 있었는데, 바로 이 책을 원본과 똑같은 모습으로 1928년에 (그것도 서울이 아닌) 강릉에서 石板(석판)으로 印出(인출)한 책이다. 원본은 400여 년이 넘었고, 이 石板本(석판본)도 80년의 세월을 넘겼다. 이렇게 간행된 우리 고전이 어찌 이 한 권뿐이겠는가! 그러한 정신과 의지가 8·15광복을 앞당긴 것이라 우리는 믿어 의심치 않는다.

이 책의 서문을 쓴 李秉模(이병모, 1742 영조 18~1806 순조 6)란 분은 정조대왕 시절에 활동한 문신이다. 德水人(덕수인)으로 字(자)는 彝則(이칙), 號(호)를 靜修齋(정수재)라 하였다. 32세에 進士(진사)가 되고 그해에 增廣文科(증광문과)의 丙科(병과)에 급제하여 경기도 暗行御史(암행어사), 修撰(수찬), 校理(교리), 奎章閣直閣(규장각직각)을 거쳐 37세에 冬至副使(동지부사)로 청나라에 다녀와 承旨(승지)가 되었다. 그 후 道觀察使(도관찰사), 奎章閣直提學(규장각직제학), 刑曹判書(형조판서), 右議政(우의정), 左議政(좌의정)을 거쳐 領議政(영의정)에 이르렀다. 문장과 글씨가 모두 뛰어났다.

다음은 直提學(직제학) 시절에 쓴 글이다. 우리는 이제 220여 년 전으로 올라가 이 서문을 쓴 靜修齋(정수재)의 심경이 되어 보기로 하자. 그리고 다시 석판본을 만들던 1928년 우리 선대 어른들의 심경을 헤아려 보기로 하자.

〖栗谷(율곡) 선생 親筆(친필) 擊蒙要訣(격몽요결)에 부치는 머리말〗

어떤 사람을 사모하면 반드시 그분의 책을 읽게 된다. 책을 읽으면 반드시 지은이의 마음을 알 수 있다. 마음은 곧 지은이의 사람됨을 드러내기 때문이다. 그런 까닭에 친구를 존중하는 사람은 무엇보다 그 친구의 책을 앞세우는 것이다. 따라서 오늘날 사모하는 사람이 지은 책을 (사람들이) 소중히 여기게 되었다. 더구나 손수 직접 써놓은 필적은 그 마음이 필획 속에 아울러 드러났으므로 그 가운데에서 말없이 통하는 바가 있게 마련이니 마음을 알게 되는 신묘함이 성취되는 것이 아니겠는가.

文成公(문성공) 李栗谷(이율곡) 선생은 내가 평소에 존경하여 사모하는 분이어서 그분의 모든 저서를 찾아 읽고 그분의 사람됨을 그리워하였더니 근자에 강릉에 문성공이 직접 손으로 쓰신 擊蒙要訣(격몽요결) 草稿本(초고본)과 쓰시던 벼루함이 있다는 소식을 듣고 그것들을 얻어보게 되었다. 그 필적에서, 찍은 점은 방금 쓴 것같이 신선하고 그은 획은 처음과 마지막이 한결같았

1928년 판『율곡수초격몽요결(栗谷手草擊蒙要訣)』

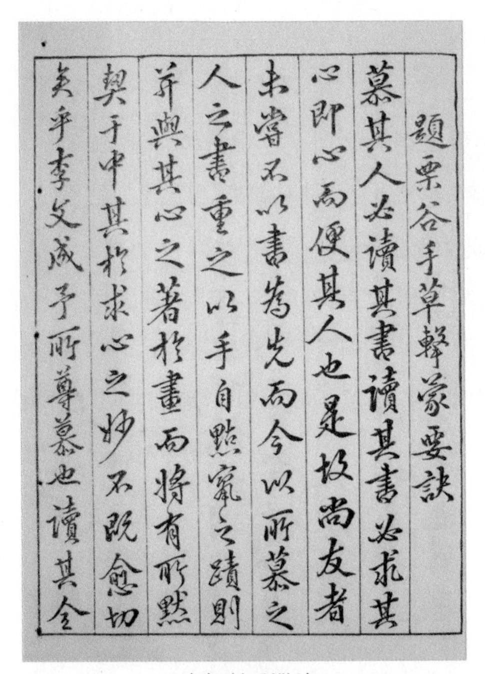
題栗谷手草擊蒙要訣
慕其人必讀其書讀其書必求其
心卽心而便其人也是故尚友者
未嘗不以書爲先而今以所慕之
人之書重之以手自點竄之蹟則
幷與其心之著於畫而將有所默
契于中其於求心之妙不旣愈切
矣乎李文成予所尊慕也讀其全

이병모(李秉模)의
제율곡수초격몽요결(題栗谷手草擊蒙要訣)

다. (그 글씨의) 밝고 정교하고 뛰어난 모습, (그 필체의) 맑게 개인 날씨처럼 깨끗한 자태가 아지랑이처럼 피어오르니 숙연하지 않을 수 없었다. 책을 펼쳐보자마자 문득 문성공이 200여 년 전의 어른임을 깨닫지 못하고 정신없이 책을 읽어 나아갔다.

이 책 전편이 가는 붓으로 빨리 썼는데 이것은 공의 생각이 매우 정교하기 때문이며, 또한 公(공)의 학문이 '敬(경)'에 머물러 있기 때문이다. 이 글을 통하여 修身齊家(수신제가)의 방법을 강구하고 堯舜(요순)임금님처럼 백성 다스리는 계책을 추구한다면 오래지 않아 (그 방책을) 찾게 될 것이니 후세 사람으로 公(공)을 사모하고 또 공의 마음을 구하고자 하는 것이 어찌 이 책 한 권에 의지하지 않는다 할 것인가! 그러나 이 책은 소학의 기초 과정이요, 강릉의 어린 자제들을 위한 것이어서 手澤本(수택본)으로 전해오는 것을 사랑하고 감상할 줄은 알았으나 (그 내용의) 은혜로운 뜻을 힘써 탐구하지는 않았으니 이것은 어찌 이 고장의 부끄러움이 아니겠는가. 그리하여 이 부끄러움을 극복하고자 한다면 공의 모든 저서를 구할 뿐만 아니라 그것들을 반드시 모두 읽은 연후에야 그 부끄러움을 극복할 수 있을 것이다.

이로 말미암아 내가 특별한 느낌이 있던 중, 지난날에 嶠南(교남)에서 文純公(문순공) 李滉(이황) 선생의 手澤本(수택본) 심경을 얻은 적이 있었는데, 오늘은 또 文成公(문성공)의 이 책을 얻었다. 두 현인의 태어남이 이미 한 세대를 함께 하였고, 두 개의 저서가 나와 서로 앞서거니 뒤서거니 하며 마주하니 마치 이런 일을 기다린 듯하다. 혹 짝을 이루는 책은 아니라 할지라도 儒風(유풍)이 멀어지고 성인의 말씀도 날로 사라지는 이때에, (임금님을 모신) 經筵(경연)의 자리에 나아갈 때마다 (퇴계 율곡과) 같은 시대가 아니라는 한스러움을 금할 수가 없다.

강릉은 곧 공의 외가고향이요 공이 실제로 태어난 곳은 오죽헌이라고 한다. 그런데 그 후에 권씨 집안에서 이 책을 收藏(수장)하고 있었다. 권씨의 선대는 바로 공의 姨從先親(이종선친)이었다. 이러한 사실이 모두 알려져 그 내용을 벼루에 새겨 보배로 여기게 되었다. 今上(금상)께서 登極하신

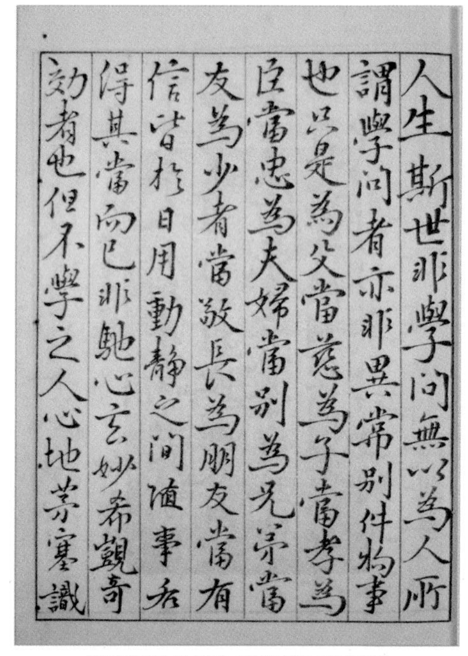
人生斯世非學問無以爲人所
謂學問者亦非異常別件物事
也只是爲父當慈爲子當孝爲
臣當忠爲夫婦當別爲兄弟當
友爲少者當敬長爲朋友當有
信皆於日用動靜之間隨事各
得其當而已非馳心玄妙希覬奇
効者也但不學之人心地茅塞識

율곡(栗谷) 선생의 수필(手筆) 격몽요결

지 12년째 되는 戊申(무신, 1788) 初夏(초하)에 나는 이 책의 머리글을 쓰라는 임금님의 명을 받들어, 공의 傍系(방계) 후손이요 규장각의 직책을 가진 자로서 이 글을 쓴다.

자헌대부 행 용양위 부사직

규장각검교 직제학 신 이병모는 敎旨(교지)를 받들어 삼가 씀

이 책은 가로 19cm, 세로 26.6cm로 오늘날의 4·6배판보다 조금 더 큰 책이다. 왼쪽으로 다섯 개 구멍을 뚫어 묶은 전형적인 韓裝本

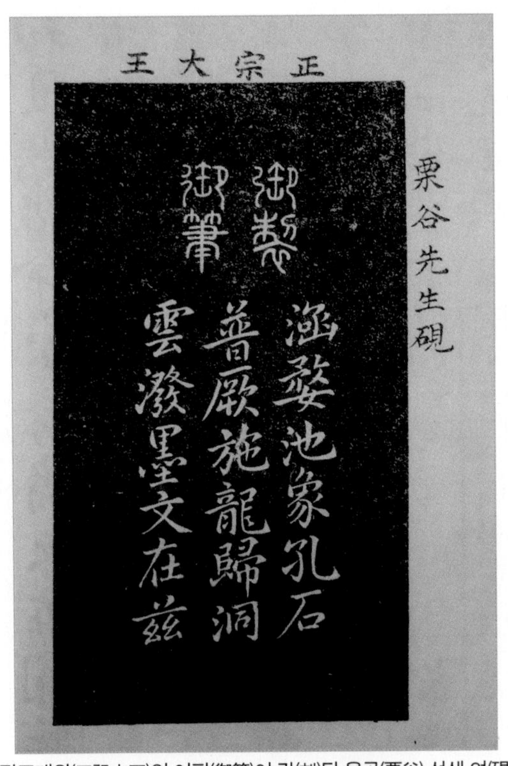

정조대왕(正祖大王)의 어필(御筆)이 각(刻)된 율곡(栗谷) 선생 연(硯)

(한장본)이다. 표지에는 율곡의 親筆題目(친필제목) 『擊蒙要訣(격몽요결)』 넉 자가 단아하게 적혀있다. 겉장을 넘기면 靜修齋(정수재)의 題文(제문)이 나오고 석 장째의 뒷면에 栗谷先生硯(율곡선생연)에 정조대왕이 내려주신 御製御筆(어제어필)이 印刻(인각)되어 있다.

그 글은 다음과 같다.

涵旌池象孔石
함 정 지 상 공 석

普厥施龍歸洞
보 궐 시 용 귀 동

雲潑墨文在玆
운 발 묵 문 재 자

비단 종이 적시는 孔石(공석) 연못은
은혜 베푼 神龍(신룡)이 돌아온 마을
구름 퍼진 먹 글이 여기에 있네

벼루도 이쯤 되면 품계가 堂上官(당상관)은 되는 것이 아닐런가.

첫줄의 '石(석)' 은 율곡의 고향인 해주 石潭(석담)을,

둘째 줄의 '龍(용)' 은 율곡이 태어난 오죽헌의 夢龍室(몽룡실)을,

셋째 줄의 '雲(운)' 은 율곡이 묻힌 파주 紫雲山(자운산)을 연상시킨다.

〖題栗谷手草擊蒙要訣〗

慕其人 必讀其書, 讀其書 必求其心 卽心而便其人也. 是故尚友者 未嘗不以書爲先 而今以所慕之人書重之, 心手自點竄之蹟 則幷與其心之著於劃 而將有所默契于中 其於求心之妙 不旣愈切矣乎. 李文成予取尊慕也 讀其全書 想見其人, 近聞臨瀛有所草擊蒙要訣及遺硯函 取而見之. 點劃如新 終始若一, 明粹超詣之姿 光霽灑落之象 靄然可挹. 於開卷之初 忽不知去文成 二百有餘年 非有待於讀其書而然也.

夫抄契疾書 是公之思之精也, 卽此是學 是公之居之敬也. 由是而求之修齊身家之工 堯舜君臣之策 直不過推將做去, 後之慕公而求公心者 其有不賴於斯卷者歟. 然是書乃小學初程也 爲臨瀛子弟者, 徒知愛玩於手澤之遺 不務深究乎嘉惠之志 則豈不及爲玆鄕之耻, 而如欲進此 而求亦必讀其書 而後爲可也.

予因此別有感焉 曩於嶠南得李文純手書心經 今又得是本. 兩賢之生 旣並一世 二書之出 適相先後 殆若有待事, 或不偶 而儒風寢邈 聖言日湮 每御經筵 盖不禁不同時之恨也.

臨瀛卽公外鄕 公實生焉所謂烏竹軒者, 是已後爲權

氏有書 亦藏于其家. 權之先爲是公姨親也, 旣識此且銘其硯而韠之. 予卽阼之十二年戊申初夏 題仍命公旁裔之在閣職者書之.

資憲大夫行龍驤衛副司直

奎章閣檢校直提學 臣 李秉模 奉敎謹書

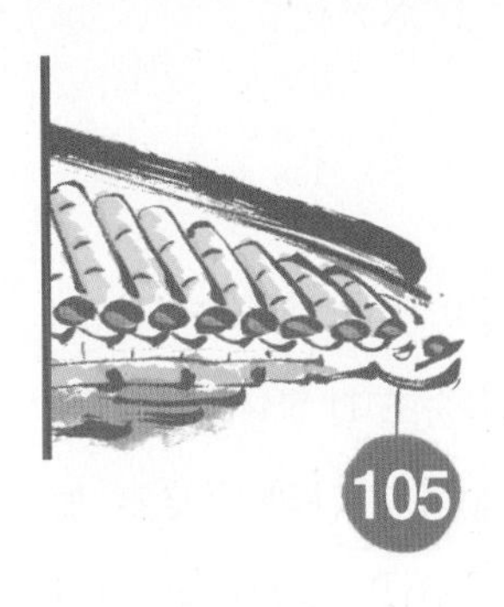

105

洪元燮의 書金生畵後

(홍원섭 서김생화후)

만물의 생성과 전변의 근거를 음양의 조화에서 찾으려 했던 동양 古來(고래)의 思惟體系(사유체계)는 부부간의 돈독하고 화락한 관계를 琴瑟(금슬)에 비유하였다. 그렇다면 금슬은 어떤 악기이며 그것을 즐기던 옛날 선비들의 풍류는 어떠했을까 하는 궁금한 마음을 지니고 있던 중 『太湖集(태호집)』 속에 들어 있는 「書金生畵後(서김생화후)」를 읽게 되었다. 이 한 篇의 글을 통하여 18세기 후반, 이른바 英正時代(영정시대) 우리 선조들의 풍류의 一端(일단), 그리고 금슬의 하모니가 어째서 모범적 부부상을 상징하는가도 짐작할 수 있게 되었다.

洪元燮(호원섭, 1744 영조 20~1807 순조 7)이란 분의 문집이 곧 『太湖集(태호집)』이다. 이분은 남양인으로 字(자)는 太和(태화), 號(호)를 太湖(태호)라 하였다. 蔭補(음보)로 參奉(참봉)이 되고, 1790년(정조

14) 黃州牧使(황주목사)를 거쳐 1796년(정조 20) 水原判官(수원판관), 1799년 司僕寺正(사복시정)을 지냈다. 1801년(순조 1) 58세 때에 纂輯郎(찬집랑)으로서 華城城役儀軌(화성성역의궤)를 편찬한 공로로 加資(가자)되었다. 태호는 燕巖(연암) 朴趾源(박지원)을 중심으로 했던 當代(당대) 북학파 士類(사류)의 한 사람으로 湛軒(담헌) 洪大容(홍대용), 嘐嘐齋(효효재) 金用謙(김용겸) 등과 더불어 기회있을 때마다 음악을 즐기는 모임을 가진 분이다.

「書金生畵後(서김생화후)」란 글도 역시 어느 날 樂會(악회)의 장면을 서술한 것인데 여기에 특별히 琴(금)과 瑟(슬)의 이상적인 조화가 무엇인가를 음률의 原論的(원론적)인 차원에서 說破(설파)하고 있다. 금슬이 무엇인지 모르는 사람일지라도 이 글을 읽으면 금슬과 음양의 조화를 깨달을 법하다.

200년 전 颯爽(삽상)한 가을날 저녁, 湛軒(담헌)의 別莊(별장) 留春塢(유춘오)이거나, 또는 어느 川邊(천변)의 정정한 樓(누)마루에서 금슬의 合奏競演(합주경연)을 듣는다고 상상해 보자. 그리고 우리도 짐짓 그 시절의 선비가 되어 琴歌酒賦(금가주부)의 醉興(취흥)에 젖어 보기로 하자.

〖金生(김생)의 그림에 부치는 글〗

오른편에 한 폭 그림이 있으니 床(상)을 펼쳐 놓고 瑟(슬)을 타는 이는 湛軒(담헌)이고 瑟(슬)을 마주하여 琴(금)을 타는 이는 金生(김생)이다. 瑟(슬) 옆에 술동이를 끼고 비스듬히 앉아 귀 기울여 듣는 이는

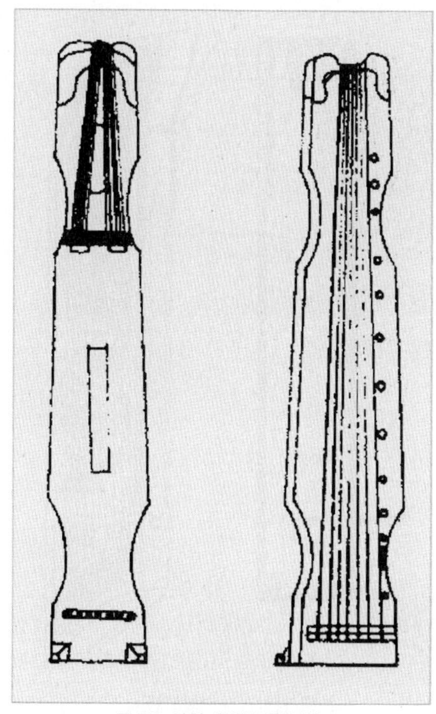
금(琴, 악학궤범(樂學軌範))

太和(태화)다. 瑟(슬)의 소리는 맑고 琴(금)의 소리는 그윽하다. (그 소리를) 각각 떼어놓고 보면 맑은 것은 맑은소리일 뿐이요, 그윽한 것은 그윽한 소리일 뿐이다. 그러나 두 소리가 합쳐질 때 맑은소리는 깊어지고 그윽한 소리는 솟구치게 되니 깊어진 소리는 멀리에 미치게 되고 솟구친 소리는 부드럽게 어울린다.

대체로 뜻이 매우 맑으면 절도가 있게 마련이요, 소리가 지나치게 맑으면 슬프기 마련이다. 절도가 있으면 외로운 법이요, 슬픔이 있으면 불안한 법이다. (또) 대체로 뜻이 매우 그윽하면 생각이 깊기 마련이요, 소리가 지나치게 그윽하면 아련하기 마련이다. 생각이 깊으면 근심스러운 법이요, 소리가 아련하면 사그라드는 법이다. 맑은소리에 맑은소리가 합치면 그 소리는 격해지며 그윽한 소리에 그윽한 소리가 합치면 그 소리는 잦아드는 법이니 두 가지가 모두 조화롭지 못하다.

절도 있는 소리가 깊어지면 불안하던 마음도 멀리 가고, 생각이 깊은 소리가 솟구치면 아련하던 마음도 평화로워진다. 그 소리를 듣는 이들이 능히 (이것을) 구별할 수 있다.

瑟(슬)을 타는 이는 瑟(슬)에 충실하면서 琴(금)과 어울리기를 즐기고, 琴(금)을 타는 이는 琴에 충실하면서 瑟(슬)과 함께 완전하기를 즐긴다. 대체로 뜻만을 내세우려 하는 이는 애만 쓰게 되니 그 (음악적) 즐거움이 널리 펴지지 못하고 뜻 세우기에 애쓰지 않으면 그 (음악적) 즐거움이 널리 펴지지 않을 수 없다. 소리를 들어 보지 않는 이, 어느 누가 이것을 이해하리오.

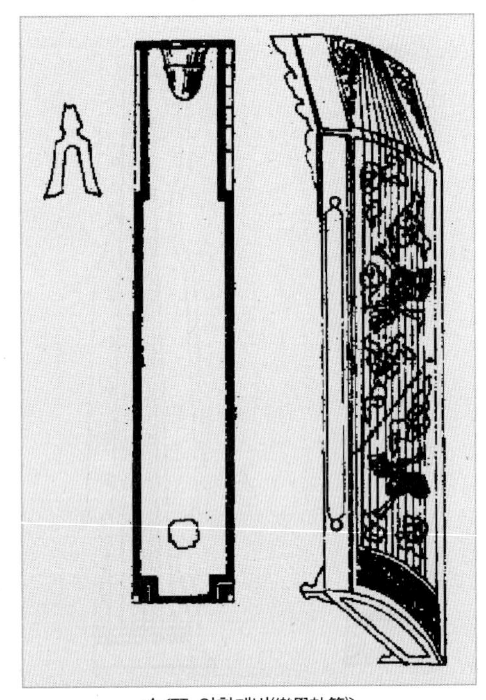

슬〔瑟, 악학궤범(樂學軌範)〕

湛軒(담헌)이 瑟(슬)을 타고 金生(김생)이 琴(금)을 타는데 太和(태화)는 앉아서 듣고 있구나. 太和(태화)가 한가롭구나. 太和(태화)가 한가로운 연후에야 瑟(슬)과 琴(금)이 서로 어울려 그 즐거움이 넓어지니 뜻이 이러하매 진정코 스스로 애쓰지 아니함이로다. 그렇지 않다면 저 湛軒(담헌)과 金生(김생)은 악기를 부여잡고 자기 재주를 다투는 자들과 다를 것이 없지 않겠는가!

太和(태화)가 한가롭기 때문에 瑟(슬)과 琴(금)을 함께 얻어 즐기는 것이로다.

이 글에 나온 琴(금)과 瑟(슬)은 200년이 흐른 오늘날에는 얻어보기 힘든 악기인 듯하다. 요즈음 우리는 '가야금' 과 '거문고' 를 알고 있으나, 그것이 이 글 속의 금슬에 대응하는 것 같지는 않다. 그렇다고 또 오늘날의 '가야금' 과 '거문고' 에서 멀리 벗어나는 것도 아닌 듯싶다. 길지 않은 세월인데 동양 전래의 악기들이 놀랍게도 亡失(망실) · 변형되었음을 알겠다. 그래서 역자는 이 글에서 琴(금)과 瑟(슬)을 다른 말로 바꾸지 않았다.

그 시절에는 무엇이건 중국(청)으로부터 받아들이느라 정신이 없었고, 또 지금은 무엇이건 서구〔英美獨佛(영미독불) 등〕로부터 받아들이느라 혼백이 빠져있다. 우리는 어느 세월에 당당한 우리 문화를 조성하고 발전시킬 것인가?

太和(태화)의 琴瑟論(금슬론)을 감상하며 부질없는 감회에 젖는다.

追記(추기) : 이 글 속의 金生(김생)은 생몰연대 미상의 中人出身(중인출신) 金檍(김억)이라 하는 琴師(금사)인 듯하며 그의 號(호)는 風舞子(풍무자)라 하였다. 湛軒(담헌) 洪大容(홍대용), 青城(청성) 成大中(성대중) 같은 분들의 글 속에 金生(김생)의 음악 활동을 짐작하게 하는 이야기가 전한다.

〖書金生畵後〗

右畵一幅 布床而瑟者 湛軒也, 對瑟而琴者 金生也, 竝瑟而踞側耳聽于彝樽之旁者 太和也. 瑟之聲清 琴之聲幽, 離之 清者清而已 幽者幽而已, 合之 清者深 幽者暢 深則遠 暢則和.

夫志太清則節 聲太清則悽, 節者孤 悽者短. 夫志太幽則思 聲太幽則微, 思者憂 微者絀. 清以合之清 斯激矣, 幽以合之幽 斯不發矣, 皆不中也.

自其節者深 短者斯遠, 自其思者暢 絀者斯和, 聽之者 能辨之.

瑟者志乎瑟 樂與琴諧, 琴者志乎琴 樂與瑟成. 夫志專者役 樂亦不廣, 志無役 樂無不廣, 非聽者 其誰能哉.

湛軒爲瑟 金生爲琴 太和坐而聽之. 太和爲閒 太和閒然後 和瑟與琴之爲樂廣, 而志於是者 非苟自役也. 不然 彼謂執樂 而爭其工者 不有似乎. 太和閒故 與其瑟取其琴也.

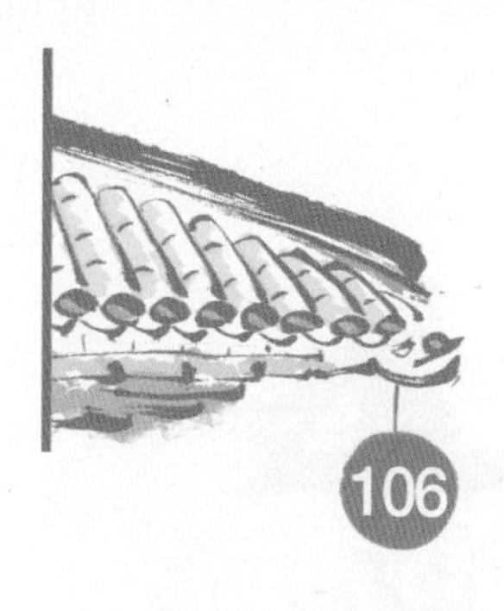

106

朴齊家의 北學議

박제가 북학의

18세기 英正祖(영정조) 시대는 정치안정과 문화진흥이 함께 이루어진 시절이라 우리는 그 시대를 조선 후기의 르네상스라 부른다. 英祖大王의 蕩平策(탕평책)은 정치적 안정을 가져왔고, 英正(영정) 兩代(양대)에 걸친 실학의 발흥은 조선조 후기 사회가 농업사회로부터 벗어나 농공상이 竝進(병진)하는 사회로 바뀌어야 함을 절감케 하였다. 이러한 실학파 가운데 특별히 청나라를 열심히 배워야 한다는 북학을 강조한 분이 있었으니 그가 곧 楚亭(초정) 朴齊家(박제가, 1750 영조 26~1805 순조 5)이다.

북학이란 신흥국 청나라를 배운다는 뜻이다. 한때 한족이 세운 나라가 아니라 하여 오랑캐로 여기고 외교에도 부실했기 때문에 丙子胡亂(병자호란)의 호된 兵禍(병화)를 치른 조선의 선비들은 청나라가 미개한 오랑캐 나라가 아니라 배울 것이 산처럼 많이 쌓인 선진문명국임을 깨닫게 되었다. 이제는 華夷論(화이론)의 명분에 얽매일 때가 아니었다. 청의 문화는 곧 중화문화였고, 그것은 선진문화였다. 그들은 서양 선교사들이 가져온 과학문명을 흡수하여 面目一新(면목일신)의 사회상을 꾸미고 있었다. 마침 楚亭(초정)이 이러한 청나라를 謝恩使(사은사)의 일원으로 방문하였을 때 청나라는 온 나라 저명한 학자들을 燕京(연경)에 모아놓고 四庫全書(사고전서)를 편찬케 하는 문화적 전성기에 있었다. 초정은 다급하고도 안타까운 마음으로 청나라에서 배워야 할 문물제도와 각종 설비들을 눈여겨 관찰하고 돌아와 책을 지으니 그것이 곧 『北學議(북학의)』다.

박제가

초정은 承旨(승지) 朴坪(박평)의 서자로 태어나 11살에 아버지를 여의고 어머니와 함께 어린 시절을 가난에 쪼들려 살았다. 그러나 타고난 성품이 명민하여 15살에 詩(시)·書(서)·畵(화)로 이름을 날리고, 19살엔 自纂(자찬) 시집을 엮을 정도였다. 그의 문명은 조만간 청나라에도 알려졌다. 그 무렵 朴趾源(박지원), 李德懋(이덕무), 柳得恭(유득공) 등 북학론자들과 교류하며 학문에 精進(정진)하였다. 그러던 중 다행히 奎章閣(규장각) 檢書官(검서관)으로 拔擢(발탁)되어 14년 동안 日省錄(일성록)을 정리하며 많은 저술에 관여하면서 지식을 쌓았다. 더구나 전후 3차례에 걸친 燕京使行(연경사행)은 북학을 통한 나라 개혁의 의지를 더욱 굳게 하였다. 「北學議序(북학의서)」는 초정의 이러한 의지 즉 청나라를 배우는 길만이 나라를 선진화하는 方略(방략)임을 애절하게 호소하고 있다.

북학의

그 서문을 읽어보자.

〖北學議(북학어) 序文(서문)〗

나는 어린 시절부터 孤雲(고운) 崔致遠(최치원)과 重峯(중봉) 趙憲(조헌)의 사람됨을 흠모하여 비록 세대는 다르지만 말채찍을 휘둘러 그분들을 따르고자 하는 소원을 품은 바가 있었다. 고운은 당나라의 진사가 된 다음 우리나라로 돌아와 신라의 풍속을 바꾸어 중국과 같은 문화세상을 만들고자 하였다. 그러나 시절을 잘못 만나 가야산에 숨어 살다가 어떻게 일생을 마쳤는지 모른다. 중봉은 질정관으로 연경에 다녀와서 東還封事(동환봉사)를 지어 올렸는데 그 글이 간절하고도 정성스러웠다. 남을 보며 나를 깨우치고 남의 좋을 것을 보면 나도 그와 같아지기를 생각하면서 중국을 본받아 오랑캐의 부족함을 바꾸고자 하는 노력을 기울였다. 압록강 동쪽에 천 년 이상의 역사를 지닌 이 작은 모퉁이 나라에 일대 변혁을 시도하여 중국과 같은 나라를 만들고자 한 분은 (우리나라 역사에서) 오직 이 두 분이 있을 뿐이다.

금년 여름에 陳奏(진주)의 사절이 있었는데 나도 靑莊(청장) 李德懋(이덕무)와 함께 따라가게 되어 燕州〔연주, 河北省(하북성) 昌平縣(창평현)〕와 薊州〔계주, 河北省(하북성) 三河縣(삼하현)〕의 들판을 둘러보고 吳(오)·蜀(촉)의 선비들과 어울릴 수 있었다. 여러 달을 머물면서 새로운 이야기를 들어 견문을 넓히고, 옛 풍속이 아직도 남아 있어서 옛사람이 나를 속이지 않았음을 새삼 감탄하였다. 그 나라의 풍속 중에 우리나라에서 본받아 시행할 만한 것과 일상생활에 편리한 것을 본대로 적고 아울러 그렇게 했을 때에 이로운 점과 폐단이 되는 점을 나란히 적어서 풀이한 다음, 맹자에서 陳良(진량, 전국시대 초나라 사람)이 말한 것을 본떠서 이 책을 『北學議(북학의)』라 이름하였다.

그런데 그 설명한 말이 너무 시시콜콜하여 대수롭게 여기지 않을 수 있으며, 때로는 번거로워 시행하기 힘든 면도 있다. 비록 그렇기는 하지만 옛날의 어진 임금이 백성을 가르칠 때에 반드시 家家戶戶(가가호호)를 찾아다니며 깨우쳐 주었던 것은 아니었다. 한 번 절구를 만드니 천하의 곡식이 껍질을 벗었고, 한 번 신발을 만드니 온 천하에 맨발이 사라졌으며, 한 번 나룻배와 수레를 만드니 천하의 물자가 길이 막혀 유통되지 못하는 일이 없어졌으니 그 가르침이 어찌도 그리 간단하고 편리하였던가! 대저 利用厚生(이용후생)이 하나라도 닦이지 않은 것이 있으면 위로는 올바른 덕〔正德(정덕)〕을 해친다는 말이 있다. 그러므로 공자님은 일찍이 "백성이 이미 많아졌으면 그들을 부유케 해야 하고 부유해진 다음에는 가르쳐야 한다."고 말씀하셨고, 관중은 "의식이 풍족하여야 예절을 알고 배울 수 있다."고 말하였다.

이제 백성들의 삶이 날로 곤궁해지고 재물의 쓰임이 날로 궁핍해지는데 사대부들은 소매 속에 손을 집어넣고 이것을 해결하지 않겠는가? 도리어 옛날 법도에만 의지하여 편안하게 지내면서 나는 몰라라 할 것인가? 朱子(주자)가 배움을 논하면서 말하였다. "만일에 이렇게 하여 병이 된다면, 이렇게 하지 않으면 약이 되지 않겠는가. 진실로 병이 무엇인가를 밝히어 안다면, 약은 손을 쓰는 즉시 얻을 수 있다." 그러므로 (이 책은) 오늘날 백성들이 폐해를 입는 원인이 무엇인가를 시시콜콜 다루었다. 비록 나의 논의가 지금 당장 시행될 수는 없더라도 그 마음, 그 정신만은 후세의 사람들을 속이지 않을 것이다. 이것이 또한 孤雲(고운)과 重峯(중봉)의 뜻이기도 하다.

박제가의 목우도

지금 임금님 2년(정조 2년 1778년) 戊戌(무술)년 9월 그믐날 비가 내리는데 葦杭道人(위항도인)은 통진 시골집〔通津田舍(통진전사)〕에서 쓴다.

그런데 玉에도 티가 있다 하였던가? 楚亭(초정)은 선진문물을 배우자는 열의가 지나쳐서 고만 우리의 고유한 말을 버리고 중국어로 언어체계를 바꾸면 그 선진화가 더욱 완벽할 것이 아니냐고 하는 破天荒(파천황)의 논리를 펴고 있다. 잠시 그 구절을 인용해 본다.

"우리나라는 지역적으로 중국에 가깝고 聲音(성음)이 대체로 같으니 온 나라 사람이 우리말을 버린다 해도 안 된다고 할 수 없다. 그러한 뒤에라야 오랑캐라는 말을 면할 것이며, 우리나라 수천 리 땅이 스

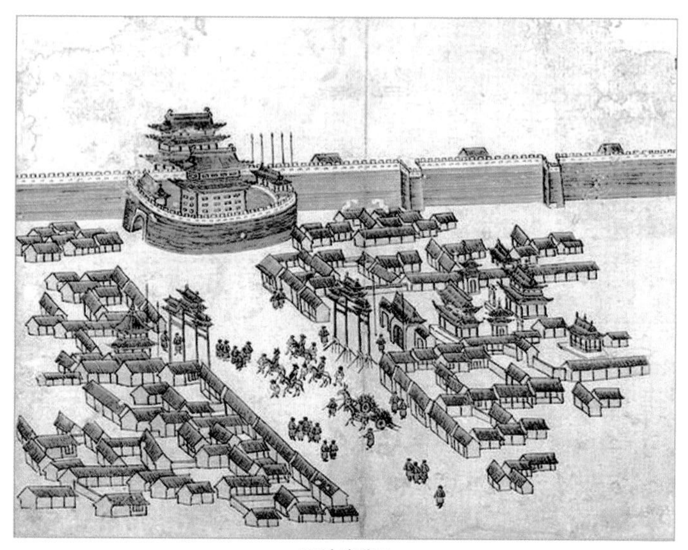

조선사행도

스로 周(주) · 漢(한) · 唐(당) · 宋(송)의 풍속이 될 것이니 이 어찌 크게 즐겁지 아니한가!"

我國地近中華 音聲略同 擧國人而盡其本話 無不可之理, 夫然後 夷之一字可免 而環東土數千里 自開一周漢唐宋之風氣矣. 豈非大快.

민족적 정체성과 자주성을 잃고 선진문화 생활을 하면 그것이 무슨 소용이란 말인가? 오늘날에도 가끔 영어 공용화를 주장하는 사람을 보면 북학에 심취하여 우리말을 버리자던 이 楚亭(초정) 朴齊家(박제가)의 말이 생각난다. 깊이깊이 생각할 대목이다.

〖北學議序〗

余幼時 慕崔孤雲(致遠) 趙重峰(憲)之爲人. 慨然有異世執鞭之願. 孤雲爲唐進士 東還本國 思有以革新羅之俗 而進乎中國 遭時不競 隱居伽倻山 不知所終. 重峰以質正官入燕, 其東還封事 勤勤懇懇 因彼而悟己, 見善而思齊 無非用夏變夷之苦心, 鴨水以東千有餘年之間, 有以區區一隅 欲一變而至中國者, 惟此兩人而已.

今年夏 有陳奏之使 余與青莊李君(德懋)從焉 得以

縱觀乎燕薊之野 周旋于吳蜀之士 留連數月 益聞其所不聞 歎其古俗之猶存 而前人之不余欺也. 輒隨其俗之可以行於本國 便於日用者 筆之於書 並附其爲之之利與不爲之弊. 而爲說也 取孟子陳良之語 命之曰北學議.

其言細而易忽 繁而難行也, 雖然 先王之敎民也, 非必家傳而戶諭之也. 作一臼而天下之粒 無殼者矣. 作一屨而天下之足 無跣者矣. 作一舟車而天下之物 無險阻不通者矣. 其法又何其簡且易也, 夫利用厚生 一有不修則上侵於正德. 故子曰"旣庶矣 爲富裕 旣富裕而敎之." 管仲曰"衣食足而知禮節."

今民生日困 財用日窮 士大夫其將袖手而不之救歟抑因循故常 宴安而莫之知歟. 朱子之論學曰"如此是病 不如此是藥 苟明乎其病 則藥隨手而至." 故於今日受弊之原 尤拳拳焉. 雖其言之不必行於今 而要其心之不誣於後 是亦孤雲重峰之志也.

今上(正祖)二年 歲次戊戌秋九小晦雨中 葦杭道人書于通津田舍.

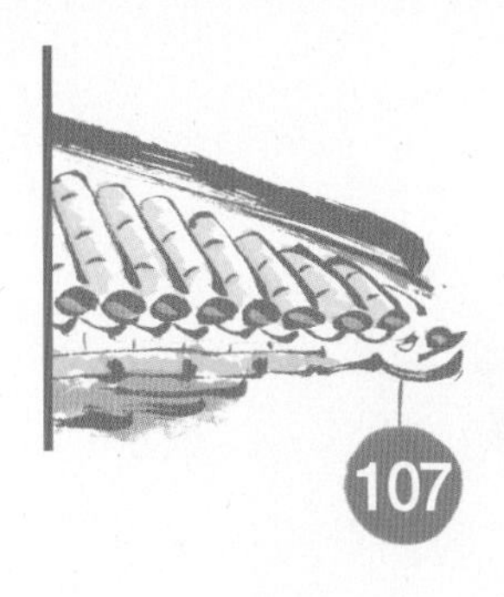

丁若鏞의 寄淵兒書
정약용 기연아서

우리나라 역사상 다방면에 걸쳐 가장 탁월한 학문적 업적을 쌓은 분을 한 분만 고르라고 한다면 우리는 단연코 茶山(다산) 丁若鏞(정약용, 1762 영조 37~1839 헌종 2)선생을 손꼽아야 할 것이다. 한 개인이 평생토록 쌓을 수 있는 저술의 양이 얼마나 많을 수 있으며 탐구할 수 있는 학문의 분야가 얼마나 넓을 수 있는가를 「與猶堂全書(여유당전서)」 154권 76책이 말없이 증명하고 있기 때문이다.

그런데 만일에 이처럼 방대한 저술 가운데 어느 것이 더 소중하냐고 묻는다면 그것은 또 저 石窟庵(석굴암) 本尊佛(본존불)의 어느 부분이 제일 아름다우냐고 묻는 것처럼 어리석은 질문이 될 것이다. 茶山(다산)이 穿鑿(천착)하여 집필한 저서에 白眉(백미) 아닌 것이 없는 까닭이다.

일곱 살 무렵, 아버지로부터 經書(경서)를 배울 때에, 마을 앞에 펼

다산 정약용

쳐진 산과 들을 바라보며 "작은 산이 큰 산을 가렸습니다.〔小山蔽大山(소산패대산)〕 먼 곳과 가까운 곳 차이입니다.〔遠近地不同(원근지부동)〕" 이렇게 읊었다는 일화는 다산이 얼마나 明敏(명민)한 소년이었는지를 말해 준다. 이러한 다산은 星湖(성호)의 遺稿(유고)를 읽으며 실학에 눈뜨고 李蘗(이벽)에게서 西學(서학)을 배우면서 經世安民(경세안민)의 뜻을 굳혀갔다. 글 사랑의 임금 正祖大王(정조대왕)의 사랑을 받는 10년 동안(27세에서 37세까지) 假注書(가주서)에서 시작하여 檢閱(검열), 修撰(수찬), 同副承旨(동부승지), 兵曹參議(병조참의), 刑曹參議(형조참의) 등 內職(내직)과 金井察訪(금정찰방), 谷山府使(곡산부사) 등 外職(외직)을 거쳤으나 끝내는 서학과 연루된 집안 사정으로 말미암아 벼슬을 접고 硏鑽(연찬)과 저술로 미래를 설계하기에 이르렀다.

참으로 다산은 西學(서학, 천주교)에서 자유로울 수 없었다. 우리나라 최초로 천주교 領洗敎人(영세교인)인 된 李承薰(이승훈)은 다산의 妹夫(매부)요, 黃嗣永帛書(황사영백서)의 주인공 黃嗣永(황사영)은 조카사위이며, 『주교요지(主敎要旨)』, 『성교전서(聖敎全書)』 등 敎理册(교리책)을 지은 丁若鐘(정약종)은 다산의 셋째 형님이었다. 이들은 黃嗣永帛書(황사영백서) 사건에서 비롯한 辛酉迫害(신유박해) 때에 모두 致命殉敎(치명순교)하거니와 다산이 18년 동안 康津(강진)에 유배된 것도 다름 아닌 이 帛書事件(백서사건)에 連坐(연좌)된 때문이었다.

그러나 다산은 강진의 유배생활 18년과 그 후 鄕里(향리)에서의 18년, 전후 36년의 말년이 없었다면 조선 근세의 대학자 정약용은 존재할 수가 없는 것이었다.

그 시절 다산은 너무나 바쁘고 행복하였다. 저술하는 틈틈이 黑山島(흑산도)에 귀양 가 계신 둘째 형님 若銓(약전)에게와, 향리에 있는 두 아들에게 안부를 묻고 학문을 논하는 것이 어찌 저술의 기쁨에 비할 것인가?

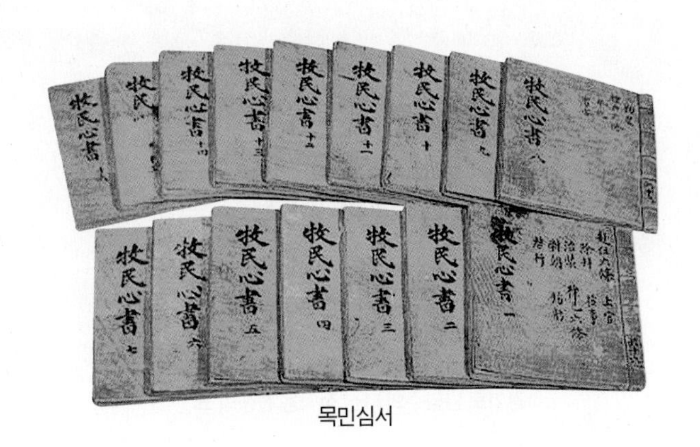

목민심서

오늘날 全書(전서)에 남긴 書札(서찰)이 모두 210여 통인데 형님에게 17통, 두 아들에게 25통을 보내고 있다. 단순한 안부에 그친 것이 없지 않으나 대부분의 서찰이 格物致知(격물치지)의 學理(학리)요, 實踐躬行(실천궁행)의 修養(수양)이었다. 여기에 소개하는 「寄淵兒書(기연아서)」에는 다산의 사실주의와 민족주의에 바탕을 둔 시론이 용트림을 하며 뛰어 오르고 있다.

茶山死後(다산사후) 74년이 지난 1910년에 다산에게 "博學多聞(박학다문)하니 文(문)이요, 制事合義(제사합의)하니 度(도)이라" 하여 文度公(문도공)이란 諡號(시호)를 내리니 이것이야말로 다산의 일생에 어울리는 이름이 아닌가!

경기도 남양주의 다산 정약용 선생의 묘

『연이 보아라(무진 1808년 겨울)』

(전략) 얼마 전에 醒叟(성수)의 시를 읽어보았다. 거기에서 그가 네 시를 논평하였는데, 매우 간절한 마음으로 네 시의 결점을 지적하였더구나. 너는 마땅히 그 지적에 승복하여야 할 것이다. 그러나 막상 그가 지은 시를 보니 비록 아름답기는 하지만 나는 별로 좋은 줄을 모르겠다. 오늘날 세상에서 시를 짓는 규범은 마땅히 두보를 공자처럼 여기는 것이어야 할 것이다. 대체로 두보의 시가 뭇시인들의 시보다 으뜸으로 꼽히는 까닭은 詩經(시경) 삼백 편의 뜻을 올바로 계승하였기 때문이다.

시경의 삼백 편은 모두 충직한 신하, 효성스런 아들, 정숙한 아내, 성실한 친구들의 사랑의 마음, 슬픔의 마음, 충성의 마음, 용서의 마음을 표현한 것들이다. 임금을 사랑하지 아니하고 나라를 근심하지 아니한 것은 시가 아니며, 어지러운 시대를 아파하지 아니하고 난잡한 풍속을 슬퍼하지 아니한 것은 시가 아니며, 참된 것을 찬미하고 거짓된 것을 풍자하며 착한 일을 장려하고 악한 일을 징계하겠다는 뜻이 들어있지 않으면 시라고 할 수 없다. 그러므로 의지가 굳게 서지 않고 학문이 순수하고 바르지 못하면 진리의 길을 깨달을 수 없으며, 임금을 바른길로 인도하고 백성을 풍요롭게 하려는 마음이 없는 사람은 시를 지을 수 없는 법이다. 너는 이 점을 각별히 유념하기 바란다.

杜甫(두보)의 詩(시)는 故事(고사)를 활용하되 흔적이 없어서 주의하지 않고 보면 자기가 스스로 지은 것 같으나 자세히 살펴보면 모두가 출처가 있으니 그것이 그를 詩聖(시성)이라 부르는 까닭이다. 韓愈(한유)의 시는 글자나 수사법이 모두 출처가 있지만 시속에 쓰인 표현은 대개 자기가 직접 지은 것이니 그를 일컬어 大賢(대현)이라 하는 까닭이다. 蘇軾(소식)의 시는 글자와 어구마다 옛일을 응용하지만 그 흔적이 나타나는데 얼핏 보면 무슨 뜻인지 밝힐 수가 없어서 반드시 좌우에 있는 참고서적을 찾아보고 그 출처를 알아낸 뒤에라야 그 뜻을 겨우 통할 수 있다. 그를 博士(박사)라고 하는 이유가 거기에 있다. 그런데 이 蘇東坡(소동파)의 시는 우리 삼부자의 재주를 가지고는 평생토록 부지런히 갈고 닦아야 겨우 비슷하게 흉내 낼 수 있을 것이다. 이 바쁜 인생살이에서 해야 할 일이 얼마나 많은데 어찌 이 일에만 매달릴 수 있겠느냐.

그러나 전혀 典故(전고)를 응용하지 않고 바람이나 읊고 달빛을 노래하면서 바둑이 어떻고 술맛이 어떻고를 말하며 겨우겨우 韻(운)이나 맞춘다고 하는 것은 몇 채 안 되는 시골구석의 촌스러운 훈장의 시일 뿐이다. 그러므로 앞으로 시를 지를 때에는 반드시 옛일을 활용하도록 힘써야 할 것이다.

비록 그렇다고 하지만 우리나라 사람들은 즐겨 중국의 고사를 이용하니 이런 것 역시 품격이 떨어지는 것이다. 모름지기 우리나라의 三國史(삼국사), 高麗史(고려사), 國朝寶鑑(국조보감), 輿地勝覽(여지승람), 懲毖錄(징비록), 燃藜室記述(연려실기술) 그리고 그 외에 우리나라 저술 가운데에서 故事(고사)를 골라 뽑아 그 해당 지역의 사정을 연구하여 시속에 넣어 활용하여야 한다. 그런 다음에야 비로소 세상에 이름을 남기며 후세에 전할 수 있을 것이다. 柳惠風(유혜풍)의 十六國(십육국)을 회고한 詩(시)가 중국사람들에 의해 출판된 것도 이것을 증명하는 것이다. 東史櫛本(동사즐본)이 이런 목적으로 만든 것인데 아마도 大淵(대연)이 너에게 빌려줄 리가 없을 터인즉 十七史(십칠사) 東夷傳(동이전) 가운데에서 이름난 사건의 자취들을 잘 선별하여 뽑아 두었다가 활용하면 좋을 것이다.

천만 번을 돌이켜보아도 옛날 우리 조상들이 즐겨 쓰셨던 편지글의 거룩하고 아름다움은 붓으로도 입으로도 형언할 길이 없다. 옛어른들의 편지글은 안부를 넘어서서 인정이 통하는 의리의 맹세요, 학술을 논하는 진리의 도량이며 감홍을 일깨우는 예술의 바다였다.

오늘날, 전자우편이나 스마트폰의 문자보내기에 나타나는 간결한 토막글을 받아볼 때마다, 우리는 잠시 잠깐이라도 옛어른들의 웅혼하고 장중한 그러면서도 간절하고 자상한 편지글에 대해 생각하는 시간을 가졌으면 좋겠다. 그때에 다산 선생이 아들에게 보낸 이 글을 한 번쯤 기억해 볼 일이다.

〖寄淵兒(戊辰冬)〗

(前略) 向來醒叟之詩 見之矣. 其論汝詩 切切中病 汝當服膺 其所自作者 雖佳亦非吾所好也. 後世詩律 當以杜工部 爲孔子 蓋其詩之所以冠冕百家者 以得三百篇遺意也. 三百篇者 皆忠臣孝子烈婦良友 惻怛忠厚之發 不愛君憂國 非詩也. 不傷時憤俗 非詩也. 非有美刺勸懲之義 非詩也. 故志不立 學不醇 不聞大道 不能有致君澤民之心者 不能作詩 汝其勉之.

杜詩用事無跡, 看來如自作 細察皆有本 所以爲聖, 韓退之詩 字法皆有所本 句語多其自作 所以爲大賢也.

蘇子瞻詩 句句用事而有痕有跡 瞥看不曉意味 必也左考右檢 採其根本 然後僅通其義 所以爲博士也. 乃此蘇詩以吾三父子之才 須終身專工 方得刻鵠, 人生此世 可爲者多 何可爲此乎. 然全不用事 吟風詠月 談碁說酒 苟能押韻者 此三家村裏村夫子之詩也. 此後所作 須以用事爲主.

雖然我邦之人 動用中國之事 亦是陋品. 須取三國史 高麗史 國朝寶鑑 輿地勝覽 懲毖錄 燃藜述 及他東方文字 採其事實 考其地方 入於詩用 然後方可以名世而傳後 柳惠風十六國懷古詩 爲中國人所刻 此可驗也. 東史櫛本爲此設 今大淵無借汝之理 十七史東夷傳中 必抄採名跡 乃可用也.

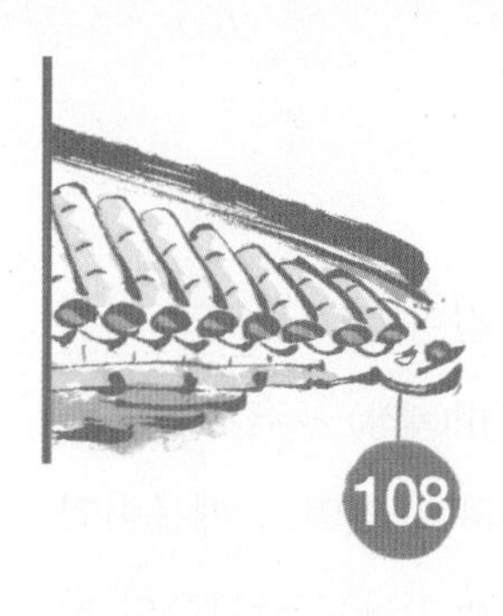

황사영 백서
黃嗣永의 帛書

18세기 후반의 또 후반은 조선왕조 後期中興(후기중흥)의 英主(영주)였던 正祖大王(정조대왕) 治世(치세)에 해당한다. 이 시기의 사상사적 특성은 한마디로 말하면 실학의 發興(발흥)이었다. 그러나 이 시기에 실학의 융성에 못지않게 우리나라 精神史(정신사)에 일대 변혁을 가져온 것은 다름 아닌 천주교의 수용과 확산이었다.

1784년(정조 8년) 李承薰(이승훈)의 入教(입교)를 기점으로 하는 우리나라의 천주교는 1791년에 珍山事件〔진산사건. 조상의 제사를 폐지한 죄로 尹持忠(윤지충) 등이 전주에서 殉教(순교)한 일〕을 겪으면서도 1801년(순조 1년) 辛酉迫害(신유박해)가 일어날 때에는 이미 신자 수가 10,000여 명으로 늘어나 있었다. 이와 같은 급격한 教勢膨脹(교세팽창)의 배경에는 그 當時(당시) 정치적으로 몰락하여 미래전망이 불투명했던 남인계 학자들〔李檗(이벽), 李家煥(이가환), 丁若鏞(정약용),

權哲身(권철신), 李承薰(이승훈) 등]이 천주교에 깊이 빠져들었고 거기에 정치적 균형감각을 가지고 있던 정조와 宰相(재상) 蔡濟恭(채제공) 같은 사람이 그 남인계 인사들을 庇護(비호)하고 있었기 때문이었다. 게다가 남인계의 반대파인 老論辟派(노론벽파)들도 남인들의 천주교 신앙을 은근히 부추기고 있었다. 그들 노론벽파는 思悼世子(사도세자)를 죽이는 데 앞장섰던 사람들로 正祖治世(정조치세) 기간에는 숨을 죽이고 있으면서 때만 오면 남인들을 축출할 計策(계책)을 꾸미고 있었다.

그러던 중 1800년에 정조가 의문의 죽음으로 昇遐(승하)하고 어린 순조가 즉위하여 대왕대비 貞純王后(정순왕후, 영조의 계비)가 垂簾聽政(수렴청정)을 하게 되자 정조 治下(치하)에서 숨을 죽이고 있던 노론벽파가 반대파인 남인계 時派(시파)를 숙청할 목적으로 천주교인들을 아비도 모르고 임금도 모르는 패륜 집단으로 몰아 잡아들이기 시작한 것이 辛酉迫害(신유박해)의 발단이었다.

천주교인들을 색출하는 데에는 五家作統法(오가작통법)이라는 것이 쓰였는데, 다섯 집을 한 통으로 묶어 연대책임을 묻는 방식이었다. 이로 말미암아 많은 교인들이 붙잡혀 갔고 300여 명의 순교자가 발생하였다. 그중에는 밀입국한 중국인 司祭(사제) 周文模(주문모) 신부도 있었으며, 그 와중에 黃嗣永(황사영)의 帛書事件(백서사건)이 터졌다.

黃嗣永(황사영, 1775 영조 51~1801 순조 1)은 昌原人(창원인) 翰林學士(한림학사) 黃錫範(황석범)의 유복자로 강화도에서 출생하였다. 1791년 17세에 進士試(진사시)에 합격하였을 때 그 문명이 정조대왕

황사영(黃嗣永)이 백서(帛書)를 쓴 토굴

에게까지 알려져 임금님이 친히 引見(인견)하여 보시고 대과에 급제하기를 기다린다는 격려의 玉音(옥음)을 받은 바 있었다. 그러나 그는 丁若鐘(정약종)의 맏형인 丁若鉉(정약현)의 딸 命連(명연)과 혼인한 후, 스승이자 妻叔(처숙)인 정약종에게 천주교 교리를 배우고 깊은 고뇌와 토의 끝에 천주교에 입교하여 열심한 신자가 되었다. 科擧立身(과거입선)의 길을 포기하였음은 말할 것도 없고 辛酉迫害(신유박해)를 피하여 베론의 토굴에 숨어서 辛酉年(신유년) 봄부터 시작된 천주교 박해의 전말과 그 대응책을 비단에 적어 비밀리에 北京(북경)에 있는 구베아 주교에게 보내려고 하였다. 이것이 이른바 黃嗣永帛書(황사영백서)이다. 길이 62cm 너비 38cm의 비단에 일행 95~127자 121행 총 13,311자에 이르는 장문의 탄원서이다. 그가 체포되어 모든 것이 수포로 돌아갔고, 그는 그해 11월 5일 대역무도 죄로 서소문 밖에서 능지처참 되었다. 다음은 그 백서의 첫 부분이다.

『황사영 백서』

죄인 도마 등은 흐느껴 울며 우리 주교님께 부르짖어 아룁니다.

지난봄에 그곳에 찾아간 사람들이 무사히 돌아와 주교님께서는 기체 평안하시다는 소식을 들었습니다. 그리고 날이 가고 달이 바뀌어 한 해가 다 저물게 되었는데 여전히 기체 평안하신지 살피지 못하였습니다. 엎드려 생각하오니 주교님께서는 주님의 큰 은혜를 입어 몸과 마음이 아울러 강건하고 덕화가 날로 융성할 것이오니 멀리 사모하는 마음으로 축하하는 기쁨을 이길 수 없습니다.

죄인 등은 죄악이 깊고 무거워 위로는 주님의 의노를 받았고 재주와 지혜는 얕고 짧아 아래로는 세상 사람들과 의논조차 못한 채 박해가 크게 일어나게 되어 그 화가 신부님에게까지 미치고, 죄인 등은 이러한 위기에 처하여 스승과 함께 목숨을 버려 주님께 보답하지도 못

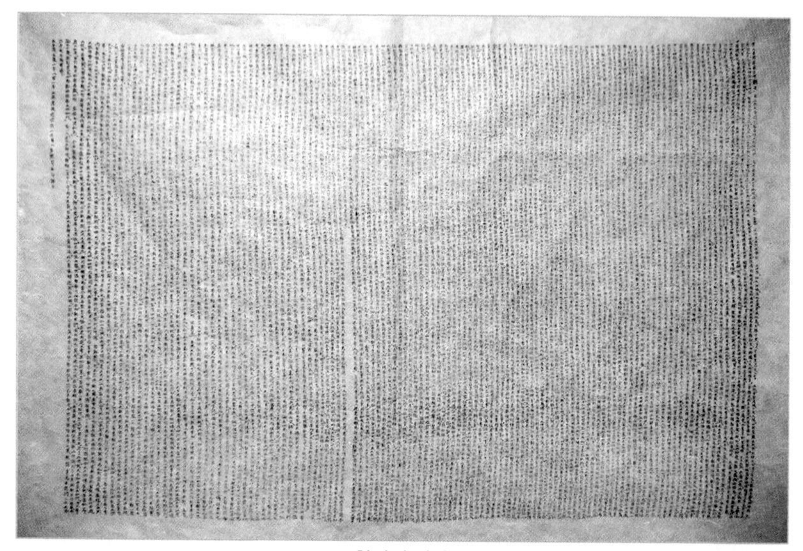

황사영 백서

하였사오니 이제 다시 무슨 면목으로 붓을 들어 우러러 하소연하겠습니까. 엎드려 생각하오니 성교가 전복될 위기에 처하였고 백성들은 물에 빠져 죽는 고통을 겪고 있으나, 어진 어버이를 이미 잃은지라 붙들고 외치며 호소할 길이 없고 의지할 사람들은 사방으로 흩어져 의논하고 대책을 세울 사람이 없습니다.

오로지 우리 주교님께서만은 은혜로운 부모를 겸하고 사목의 책임이 무거우시니 우리를 가엾이 여겨 구원하실 수 있을 것입니다. 이토록 지극한 고통 속에서 우리는 장차 누구를 부를 수 있겠습니까? 이제 박해의 전말을 대강 아뢰고자 하거니와 그 일이 싹터 번진 지가 이미 오래되었고 그 실마리가 매우 복잡하여 한 번에 아뢰기가 어려우므로 따로 갖추어 보내고자 합니다. 엎드려 바라오니 불쌍히 여기시어 굽어살펴 주옵소서.

현재의 교회 사정은 난장판이 되어 남은 것이 하나도 없습니다. 오직 죄인이 요행히 화를 면하였고 요왕이 발각되지 않았으니 어쩌면 이것이 이 나라에 주님의 은총이 끊어지지 않은 것이 아니겠습니까. 아하 죽은 사람들은 이미 목숨을 바쳐 교회를 증명하였습니다. 살아남은 사람들도 마땅히 죽음으로 진리를 지켜야 할 것이오나, 재능이 모자라고 힘이 약하여 어찌할 바를 모르겠습니다. 비밀리에 두세 명의 교우들이 모여 당면한 문제들을 의논한바, 가슴에 품었던 그간의 사정을 모두 아뢰기로 하였사오니 엎드려 바라옵기는 그간의 사연을 읽어보시고 이렇듯 외로운 자들을 불쌍히 보시어 하루빨리 구원의 손길을 베풀어주소서. 죄인 등은 마치 양 떼가 흩어져 달아나듯 어떤 이는 산골로 도망쳐 숨고 또 어떤 이는 떠돌이로 길에서 헤매면서도 울음조차 삼키며 흐느끼고 있습니다. 가슴이 쓰리고 뼈가 저리면서도 밤낮으로 바라는 것은 오로지 하느님의 전능하심과 주교님의 넓은 사랑뿐입니다. 엎드려 바라오니 주님의 도우심을 정성껏 빌어주시고 사랑과 연민의 정을 크게 베푸시어 저희들을 이 물불 속에서 건져주시고 정상의 가정생활로 돌아가게 하여 주소서. 오늘날 성교회는 온 세상에 두루 전파되어 온 세상 나라 사람들이 그 성덕을 노래로 부르지 않는 이가 없고, 그 신통한 감화를 기뻐하며 흥겨워하지 않는 이가 없사온데, 이 먼 변방에 사는 백성들이라고 해도 어느 누구가 하느님의 자식들이 아니겠습니까. 다만 지방이 멀고 궁벽하여 성교의 가르침을 가장 늦게 들었고, 또 그들의 기질이 잔약하여 고통을 참아내기가 어려운 터에 10년 동안이나 풍파에 부대끼어 오랫동안 슬피 울며 근심과 걱정 중에 있었으므로 금년의 박해는 또다시 얼마나 끔찍한지 꿈에도 생각지 못할 일이었습니다. 슬픈 저희의 인생이 어찌 이처럼 극한의 처지에 이를 수 있겠습니까.

이 난이 비록 끝난다 해도 주님의 특별한 은총이 없으면 예수님의 거룩한 이름은 이 나라 땅에서 영원히 사라질 것입니다. 말과 생각이 여기에 미치고 보니 간장이 찢어집니다. 중국과 서양의 교우들이 우리의 이 위태롭고 고통스런 사정을 듣는다면 어찌 측은하여 가엾이 여기는 마음이 없겠습니까.

감히 바라옵기는 교황께 자세히 아뢰시어 여러 나라에 널리 알리시어 우리 죄인들을 구원할 수 있는 모든 방책을 두루 쓰신다면 우리 주 하느님의 박애의 은총을 본받고 성교회의 함께 살고 함께 사랑하는 정신을 드러내어 저희의 간절한 소망도 더불어 채울 수 있겠습니다. 저희 죄인들은 가슴을 부둥켜안고 눈물을 흘려 울면서 이 간절한 사정을 호소하오며 목을 늘이고 발돋움을 하여 오직 반가운 소식만을 기다립니다. 우리 주교님께서는 저희를 가련히 여겨 주시옵소서. 이 글로도 드리고 싶은 말씀을 다 하지 못합니다.(이하생략)

이 백서의 후반부에는 조선교회의 재건과 신앙생활의 자유를 얻기 위한 保障策(보장책)으로 조선이 선교사를 받아들이도록 청나라 황제로 하여금 조선 정부에 압력을 넣을 것을 청하는 내용이 들어 있다. 그 압력의 방편으로 서양 군함과 병사를 동원할 것을 제안하였다. 이로 말미암아 박해는 더욱 강화되었고 오늘날까지 黃嗣永(황사영)의 투철한 신앙심에도 불구하고 외세영입의 수단이 민족자주정신에 欠缺(흠결)을 남겼다는 혐의를 받고 있다.

200여 년 전의 시대 상황을 감안하더라도 끝내 애석한 부분이 아닐 수 없다. 그러나 이 백서를 읽는 동안, 이것이 과연 27세 젊은이의 글인가 싶은 雄渾(웅혼)한 氣魄(기백)과 도도한 문체는 오늘날 甲男乙女(갑남을녀), 평범한 신앙심의 자세를 거듭거듭 되돌아보게 한다.

〖黃嗣永 帛書〗

罪人多默等 涕泣號籲于 本主敎大爺閤下

客春行人利旋 伏聞氣體候萬安. 日月駞駛 歲色垂暮 伏未審體内更若何. 伏惟賴 主洪恩 神形兼佑 德化日隆 望風馳慕 不勝忭賀.

罪人等 罪惡深重 上干主怒 才智淺短 下失人謨 以致窘難大起 禍廷神父 而罪人等 又不能臨危捨生 偕師報主 復何面目 濡筆而仰訴乎. 第伏念 聖敎有顚覆之危 生民罹溺亡之苦 而慈父已失 攀號莫逮 人昆四散 商辦無人.

惟我大爺 恩兼父母 義重司牧 必能憐我救我 疾痛之極 我將呼誰 玆敢概奏窘難顚末 而醱釀已久 端緖頗多 一筆難述 故具在左方 伏望哀憐而照察焉.

方今敎務 板蕩無餘 惟獨罪人倖免 若望不露 或者 主恩未絶於東國歟. 嗚呼 死者旣損生以證敎 生者當致死以衛道 然才微力薄 不知攸爲 密與二三敎友 商量目下事宜 披腹條奏. 伏望 閱覽之餘 哀比煢獨 速施拯救. 罪人等 如群羊之走散 或奔竄山谷 或棲遑道路 莫不飮泣呑聲 酸心通骨 而晝宵盼望者 惟上主全能 大爺洪慈 伏望誠求主佑 大施憐憫 拯我等於水火之中 措我等於衽席之上. 如今聖敎已遍天下 萬國之人 無不歌詠聖德 鼓舞神化 而顧此左海蒼生 孰非上主赤子. 地方避僻 聞敎最晩 氣質孱弱 耐苦狼難 而十載風波 長在淚泣憂愁之中 今年殘害 更出夢寐思想之外 哀我人斯 胡至此極耶. 此難之後 倘無特恩 耶蘇聖名 將永絶於東土 言念及此 肝腸推裂 中西敎友先生們 聽此危苦之情 寧無惻然傷心乎.

敢望敷奏敎皇 布告各邦 苟可以救援吾儕者 靡不用極 體吾主博愛之恩 顯聖敎同仁之義 以副此切望之誠. 罪人等拊心揮涕 哭訴衷情 引領翹足 專候福音 惟我大爺 千萬可憐我 書不盡意.(以下 省略)

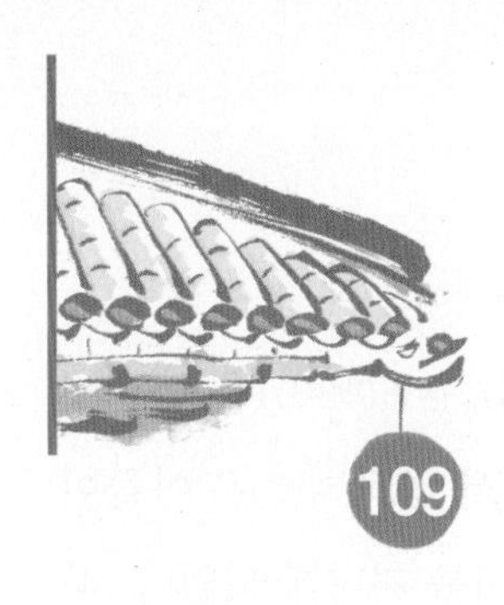

박종채　과정록
朴宗采의 過庭錄

그 아버지에 그 아들이라는 말이 있다. 훌륭한 아버지의 가르침을 받은 아들은 아버지의 인품과 학식을 배우고 따르기 위해 정성을 다하고, 결국은 아버지의 명성을 자신의 처신 속에 드러낼 때에 쓰이는 말이다. 이 말에 부합하는 조선조 선비가 어찌 하나둘일까 마는 그 많은 模範父子(모범부자) 가운데 『過庭錄(과정록)』의 저서 蕙田(혜전) 朴宗采(박종채)와 그 아버지 燕巖(연암) 朴趾源(박지원)이 있다.

蕙田(혜전) 朴宗采(박종채, 1780 정조 4~1835 헌종 1)는 연암 박지원의 둘째 아들로 태어났다. 號(호)는 蕙田(혜전), 字(자)는 士行(사행), 벼슬은 慶山縣令(경산현령)에 이르렀다. 縣令(현령) 재직 중 任地(임지)에서 作故(작고)하였고, 그 후 영의정에 追增(추증)되었다. 저서로 『過庭錄(과정록)』을 남겼다.

過庭(과정)이란 무엇인가? '뜰을 지나간다' 는 이 말은 『論語(논어)』 季氏篇(계씨편) 陳亢問於伯魚章(진항문어백어장)에서 유래한다. 공자님이 어느 날 뜰을 지나가는 아들〔鯉(리), 伯魚(백어)〕을 불러서 시와 예를 배우도록 일깨워 주었다는 일화에서 過庭(과정)은 아들이 아버지로부터 가르침을 받은 견문이라는 의미를 지니게 되었다. 따라서 혜전의 『過庭錄(과정록)』은 그 아버지 연암으로부터 보고 듣고 배운 바를 기록한 책이다. 보고 듣고 배운 바에 그치는 것이 아니라, 아버지 연암을 총체적으로 그려내고자 하였다고 해야 더 정확한 표현일 것이다.

혜전은 연암 사후 17년이 지난 1822년부터 1826년까지 5년에 걸쳐 『過庭錄(과정록)』을 집필하였다. 아버지 연암의 身上(신상), 생활 주변의 일에서, 交友(교우)·事功(사공)·著作(저작) 등 연암의 여러 면모를 요긴한 것과 瑣細(쇄세)한 것을 가리지 않고 기록하여 한 시대, 한 인물의 생활사가 파노라마처럼 전개된 책이다.

다음에 인용한 부분은 燕巖(연암)과 그의 지기였던 湛軒(담헌) 洪大容(홍대용)을 중심으로 한 當代(당대) 선비들의 風流談(풍류담)이다. 그것은 그냥 풍류담이 아니라, 그 시대에 우리나라가 중국으로부터 서양문물을 어떻게 들여와서 소화했는가를 보여준다. 더 나아가 當代(당대) 선비들의 禮(예)와 樂(악)이 어떻게 일상의 삶 속에 체질화하였는가를 보여준다. 오늘날의 지식인들이 저분들의 韻致(운치)에 얼마나 비슷하게 따라갈 수 있는지 생각해 보며 읽어보기로 하자.

『과정록』

그 무렵 (아버지의) 선배 되시는 嘐嘐齋(효효재) 金用謙(김용겸) 공께서는 연세가 많고 덕이 높으셨다. 인품이 대범하고 점잖으셨으며 예법에 맞는 몸가짐을 하셨다. 그분은 언제나 아버지와 湛軒(담헌) 공을 만날 적이면 풍류가 넘치고 담론은 끊이지 않았다. 그때마다 자신의 큰삼촌 農巖(농암) 金昌協(김창협) 공과 작은 삼촌 三淵(삼연) 金昌翕(김창흡) 공의 말씀과 몸가짐에 대하여 이야기하시면서 아버지와 담헌공의 뜻을 격려하셨다. 무언가 운치 있는 일이 생기면 즉시 친구들을 초대하여 함께 즐기셨다. 그분의 앉은 자리 옆에는 옛날 경쇠가 하나 놓여 있었는데 언제나 중국어로 關雎(관저)나 鹿鳴(녹명) 같은 詩經(시경)의 노래들을 읊으시며 경쇠를 쳐서 가락을 맞추어 아버지에게 들려주셨다.

아버지는 음률을 아주 잘 분별하셨고 담헌공은 악률에 매우 밝으셨다. 어느 날 아버지가 담헌공의 방에 계시다가 대들보 위에 歐邏鐵絃琴(구라철현금) 몇 개가 걸려 있는 것을 보셨다. 그것들은 대체로 중국 북경으로 갔던 사신들이 우리나라로 들여온 것인데 그때에는 그것을 연주할 수 있는 사람이 없었다. 아버지는 시중드는 사람에게 말하여 그것을 내려놓게 하니 담헌공이 웃으면서 말씀하시기를 "연주할 줄도 모르면서 무엇을 하시려나?" 하시니, 아버지는 작은 나무판으로 시험 삼아 두드리시면서 "그대는 가야금을 가지고 오시게. 현금을 따라 대조해 보면서 화음이 되는지 시험해 보지 않으시려나?"라고 하셨다. 몇 번 튕겨보자 가락이 과연 어울리어 어긋나지 않았다. 이로부터 비로소 鐵琴(철금, 일명 洋琴(양금))이 세상에 성행하게 되었다.

그 무렵에 金檍(김억)이라 하는 琴(금)을 잘 타는 이가 있었다. 風

舞子(풍무자)라는 별호를 가지고 있었는데 효효재 어른께서 지어준 것이었다. 새로 조율한 현금을 즐기기 위하여 김억과 함께 담헌공의 집에 모여 있을 때 일이다.

고요한 밤이 되자 음악이 연주되었다. 그때 마침 효효재 어른께서 달빛을 즐기며 우연히 (담헌공의 집에) 오셨다가 笙簧(생황)과 철금이 번갈아 연주되는 것을 들으셨다. (효효재 어른께서는) 마음이 몹시 즐거우셔서 책상 위에 놓인 구리 쟁반을 두드리시며 가락을 맞추시면서 시경의 벌목장을 읊으셨는데 자못 흥취가 도도하셨다.

이윽고 효효공 어른께서 일어나 문밖으로 나가시더니 한참이 되어도 들어오지 않으셨다. 문밖으로 나가 찾아보았으나 어른은 보이지 않으셨다. 담헌공이 아버지에게 말씀하셨다. “우리들이 무언가 결

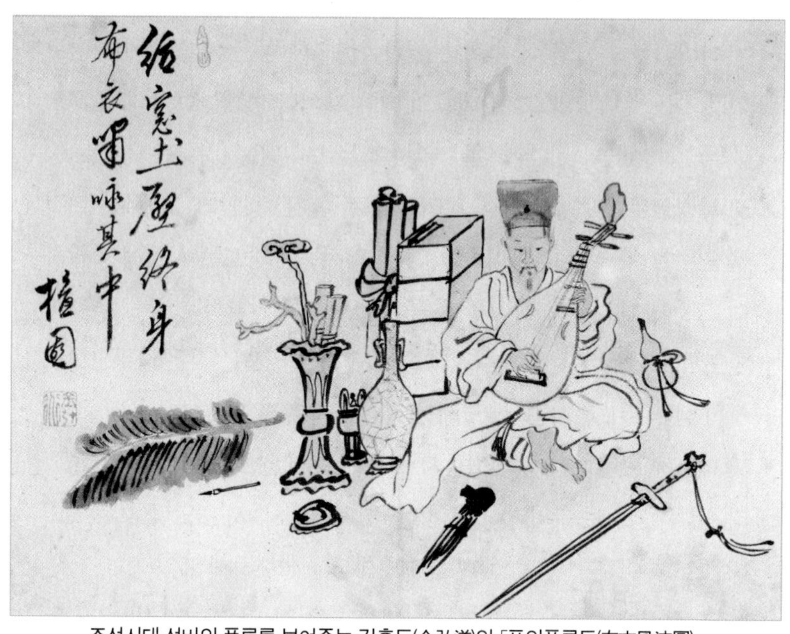

조선시대 선비의 풍류를 보여주는 김홍도(金弘道)의 「포의풍류도(布衣風流圖)」

례를 범한 것 같소이다. 어르신께서 집으로 돌아가신 듯하오이다."
(그리고 두 분은) 드디어 함께 달빛을 따라 걸으며 효효재 어른댁으로 향하였다. 수표교 다리에 이르렀을 때에 마침 큰 눈이 그친지라 맑게 갠 하늘에 달빛이 더욱 밝았다. 그런데 효효재 어른께서는 무릎에 琴(금)을 빗겨 놓고 두건을 벗은 채 다리 위에 앉아 달을 바라보고 계신 것이 아닌가! 모두들 놀라 기뻐하며 술상과 악기들을 그곳으로 옮겨놓고 어르신을 모시고 놀다가 흥이 다한 뒤에야 헤어졌다. 아버지는 언젠가 이 일을 두고 이렇게 말씀하셨다.

"효효재 어른께서 돌아가신 뒤로는 다시는 이처럼 멋진 일은 없었느니…."

이 글을 읽고 나서 우리는 또 한 번 그 아버지에 그 아들이라는 말을 상기하여야겠다. 蕙田(혜전) 朴宗采(박종채)는 슬하에 세 아들을 두었는데, 그 첫째 아들 珪壽(규수, 1807 순조 7~1876 고종 13)가 또한 범상한 분이 아니기 때문이다. 桓齋(환재) 朴珪壽(박규수)는 구한말 풍운이 휘몰아치는 위기의 시대에 청년 자제들에게 開化思想(개화사상)을 교육하는 것이 구국의 길임을 예견하고 金允植(김윤식), 金玉均(김옥균), 朴泳孝(박영효), 兪吉濬(유길준) 등을 키워낸 분이다. 그래서 환재 박규수를 초기 개화파의 원조라 일컫는다.

환재가 平安道觀察使(평안도관찰사), 右議政(우의정), 判中樞府事(판중추부사) 등 벼슬을 하였다는 것은, 그가 외교 내수를 주장하며 문호를 개방하여 신문물을 흡수할 것을 주장하지 않았다면 아마도 의미가 없는 벼슬이었을 것이다.

그리하여 실학의 선구 연암의 사상은 아들 혜전의 過庭錄(과정록)

을 경유하여 손자 환재에 이르러 꽃이 된다. 그러나 우리나라 역사에서 그 꽃은 불행하게도 아름다운 개화를 하지 못하였다. 우리 후손이 부실하였기 때문이다.

〔過庭錄〕

時先輩嵺嵺金公用謙 年高德卲 簡古持禮 而每接先君與湛軒 風流弘長 談論娓娓. 每擧說農巖仲父三淵叔父言論風采 以激昂之. 得一韻事 輒招邀爲歡. 座右有古磬一枚, 每以華音 咏風雅 如關雎鹿鳴之類 輒擊磬以節之 使先君聽之.

先君精於審音 而湛軒公尤曉樂律. 一日 先君在湛軒室 見樑上掛歐邏鐵絃琴數張. 盖因燕使 歲出吾東 而時人無解彈者. 先君命侍者 解下 湛軒笑曰 "不解腔 何用爲?" 先君試以小板 按之曰 "君第持伽倻琴來 逐絃對按 驗其諧否也?" 數回撫弄腔調 果合不差 自是 鐵琴始盛行於世.

時有琴師金檍 號風舞子 嵺嵺齋所命也. 爲娛新翻鐵琴 會湛軒室. 時夜靜樂作 嵺嵺公乘月 不期而至 聽笙琴迭作 意甚樂 扣案上銅盤 以節之 誦詩伐木章 興勃勃也.

已而嘐嘐公起 出户久不入. 出視之 不見公. 湛軒語先君 "吾輩恐有失儀 令長者歸也" 遂與共步月 向嘐嘐宅 至水標橋 時方大雪 初霽月益明. 見公膝横一張琴岸巾坐橋上 望月. 衆皆驚喜 移設杯盤樂具 陪遊盡歡而罷. 先君嘗語此而曰 "自嘐嘐公沒 不可復有如此韻事."

참고

『論語』 季氏篇 陳亢問於伯魚章

陳亢問於伯魚曰 子亦有異聞乎. 對曰未也. 嘗獨立. 鯉趨而過庭. 曰學詩乎. 對曰未也. 不學詩. 無以言. 鯉退而學詩. 他日又獨立. 鯉趨而過庭. 曰學禮乎. 對曰未也. 不學禮. 無以立. 鯉退而學禮. 聞斯二者. 陳亢退而喜曰聞一得三. 聞詩聞禮. 又聞君子之遠其子也.

공자의 제자 陳亢〔진항, 子禽(자금)〕이 공자의 아들 伯魚〔백어, 孔鯉(공리)〕에게 물었다. "그대는 아버지에게서 특별한 가르침을 받은 적이 있소." 백어가 대답하였다. "없습니다. 언젠가 아버지께서 홀로 서 계실 때에 제가 잰걸음으로 뜰을 지나갔었는데 (그때에) '詩(시)를 배웠느냐' 하고 물으시기에 '아직 배우지 못하였습니다.' 하고 대답하였더니, '시를 배우지 않으면 남과 말을 할 수 없느니라.' 고 하시기에 제가 물러나 시를 배웠습니다. 다른 날 또 홀로 서 계실 때에 제가 또 잰걸음으로 뜰을 지나가고 있었는데 (그때에는) '禮(예)를 배웠느냐.' 하고 물으시기에 '아직 배우지 못하였습니다.' 하고 대답하였더니 '예를 배우지 않으면 설 수가 없다.' 고 하셨으므로 제가 물러나 예를 배웠습니다. (이렇게) 시와 예 두 가지에 대하여 들었습니다."

진항이 물러 나와 기뻐하며 말하였다. "하나를 물어서 세 가지를 얻었으니, 시에 대한 말씀을 들었고, 예에 대한 말씀을 들었으며, 또 군자가 자기 아들이라 하여 특별하게 대하지 않는다는 사실을 알았다."

- 詩(시)는 인정에 근본함이니 시를 배우는 사람은 사리에 통달하여 어둡고 막힘이 없고, 시의 가르침은 온유하고 돈후하여 그것을 배우는 사람은 심기가 화평하여 조급함이 없는 고로 시를 배우지 아니하면 말이 평순할 수 없으리라 하셨으므로 시를 배웠습니다.
- 禮(예)는 수백 수천 사례가 있으니 그 차례를 가히 어지럽히지 못할 일이다. 배우는 사람이 품절하고 詳明(상명)하면 義(의)가 정하여 의혹함이 없고 예의 가르침이 恭儉(공검)과 莊敬(장경)함에 있는지라 배우는 사람은 德性(덕성)이 堅定(견정)하여 지킴이 굳어서 흔들림이 없을지니 그런 까닭에 예를 배우지 않으면 세상에 설 수 없으리라 하셨으므로 물러와 예를 배웠습니다.

본 글에 나오는 주요 인물들

金昌協(김창협, 1651~1708)
金昌翕(김창흡, 1653~1722)
金用謙(김용겸, 1702~1789)
洪大容(홍대용, 1731~1783)
朴趾源(박지원, 1737~1805)
朴宗采(박종채, 1780~1835)
朴珪壽(박규수, 1807~1876)

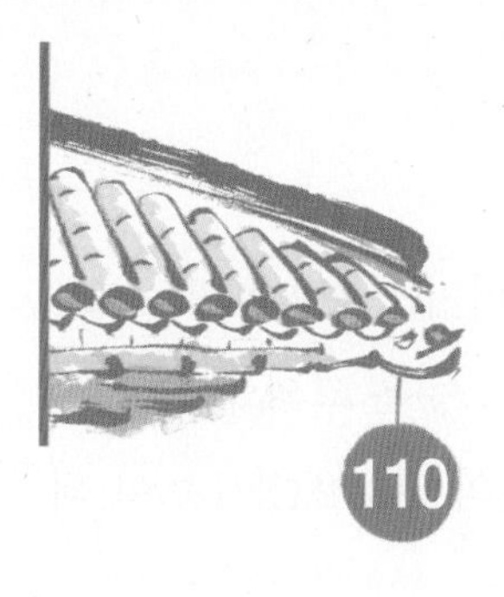

김정희 세한도 발
金正喜의 歲寒圖〔跋〕

秋史(추사) 金正喜(김정희, 1786 정조 10~1856 철종 7)는 조선조 후기 최고의 金石學者(금석학자)요 實事求是(실사구시)를 主唱(주창)한 書藝家(서예가)이다.

그는 추사라는 雅號(아호) 외에도 阮堂(완당), 詩庵(시암), 果坡(과파) 등 幾百(기백)의 別號(별호)를 사용한 것으로도 유명하고, 역대의 명필을 연구하고 거기에 독창적인 필법을 고안하여 이른바 추사체를 확립한 명필로도 기억된다. 禪味(선미) 그윽한 竹蘭(죽란)과 산수화 또한 그의 고유한 영역이다. 그러나 추사의 독보성을 입증하는 오직 하나의 작품을 손꼽으라면 초등학교 어린이도 대뜸 "아! 歲寒圖(세한도)"라고 할 것이다. 이처럼 세한도는 추사의 정체성 표식 제1호이다.

추사는 영조의 계비인 貞純王后(정순왕후) 곧 경주김씨 집안으로

英祖朝(영조조) 후반에 得勢(득세)하였다. 아버지는 吏曹判書(이조판서) 魯敬(노경)이요, 禮曹參判(예조참판) 魯永(노영)은 그의 伯父(백부)인데, 추사는 그 백부에게 출계하여 그 집안의 奉祀孫(봉사손)이 되었다.

23세(1809)에 生員(생원)이 되고, 그 다음 해에 생부를 따라 北京(북경)에 가서 그곳의 巨儒(거유) 阮元(완원), 翁方綱(옹방강) 등과 교류하며 막역한 사이가 되었다. 33세(1819)에 등과하여 55세(1840)까지 23년간 벼슬살이를 하였다. 設書(설서), 檢校(검교), 奎章閣待敎(규장각대교), 檢詳(검상) 등 주로 연구직에 종사하다가 51세(1836)에 大司成(대사성)이 되고 吏曹參判(이조참판)에까지 이르렀다. 그러나 55세(1840) 때에 當代(당대) 外戚勢道家(외척세도가)인 안동김씨 일가의 공격을 받아 집안이 망하면서 제주도에 귀양을 가게 되었다. 그때부터 8년간 제주도 서남방 대정마을에 圍籬安置(위리안치)의 신세로 살았고, 그 뒤에 다시 2년간 北靑(북청)에 유배되어 67세(1852)에 고향집에 돌아올 수 있었다. 그 후로는 書畵(서화)와 金石(금석)에 몰두하며 여년을 마쳤다.

세한도는 그가 제주도에 유배 중이던 1844년 그의 나이 59세 때에 그의 제자 李尙迪(이상적)에게 그려 준 것이다. 譯官(역관) 이상적은 비록 중인 집안의 서얼 출신이지만 놀라운 文才(문재)와 중국어 실력으로 12차례나 중국을 왕래하며 當代(당대) 중국의 知性(지성)이요 문인인 吳崑梁(오곤양), 劉喜海(유희해), 翁方綱(옹방강) 등과 교우를 맺으며 친했을 뿐 아니라, 자기의 시문집인 『恩誦堂集(은송당집)』을 중국에서 간행할 정도로 일류 문인 학자였다. 이 이상적이 사행

길로 燕京(연경)에 갈 때마다 쉽게 구하기 힘든 귀중한 책들을 구하여 귀양살이하는 스승에게 부쳐드렸었다. 당쟁의 소용돌이 속에 圍籬安置(위리안치)된 죄인에게 호의를 품고 稀覯(희구)의 서책을 구해 보낸다는 것은 그런 생각만으로도 위험을 각오해야 하는 일이었을 것이다.

책을 받은 추사는 감동하지 않을 수 없었다. 그래서 그 느낌을 한 폭의 그림으로 담아내고, 다시 그 끝에 한마디 所懷(소회)를 덧붙였다. 紙筆墨(지필묵)이 넉넉할 리 없는 귀양살이 촌구석이었다. 추사는 막종이를 이어 붙이고 먹물도 아낀 듯 소나무 서너 그루 사이에 엉성한 초막 한 채를 그려 넣었다.

이상적은 이 그림을 받은 해에 冬至使(동지사)의 일행으로 燕京(연경)에 가는 길에 이 그림을 가지고 갔다. 그리고 그 다음 해 정월 중국인 친구 鳴贊(명찬)이 베푼 再會祝賀宴(재회축하연)에서 청나라 명사들에게 이 그림을 보여 주었다. 그들은 깊은 감명을 받고 그림을 賞讚(상찬)하며 앞다투어 題(제)·跋(발)을 써 주었다. 모두 16명의 글을 얻게 되었다. 이상적은 이것을 그림 끝에 덧붙여 한 축의 두루마리로 표구하여 귀국길에 가지고 왔다.

이 두루마리 세한도는 그 후 몇 사람의 주인을 거쳐 日人(일인)의 손에 들어간 것을 서예가 정치인 素筌(소전) 孫在馨(손재형)의 노력으로 다시 구입하여 葦滄(위창) 吳世昌(오세창), 부통령 李始榮(이시영), 爲堂(위당) 鄭寅普(정인보) 세 분 선생의 감상문을 더 받아 이어 붙여, 한중인사 도합 20인의 감상문이 부속된 두루마리 畵軸(화축)이 되었다.

세한도(歲寒圖)

이제 추사의 歲寒圖〔세한도. 本文跋(본문발)〕를 읽어보기로 하자.

〖세한도〗

지난해에는 晩學集(만학집)과 大雲山房文稿(대운산방문고) 두 책을 부쳐 왔는데, 올해에는 또 賀長齡(하장령)의 經世文編(경세문편)을 부쳐왔구료. 이 책들은 모두 세상에 흔히 있는 것이 아니고, 그것을 구하려면 천만리 밖에 멀리 찾아가 여러 해 공을 들여야 얻을 수 있는 것이라 한 번의 계획으로 되는 일이 아니었을 것이오. 또 세상인심이 어지러워 오직 권세와 이익만 따르려는 터에 이 일은 비용이 만만치 않았을 것인즉 반드시 돈과 노력이 많이 들었을 것이오. 그러나 권세와 이익을 따르지 아니하고 (그대는) 세상의 권세와 이익을 따르는 사람처럼 바다 바깥에 귀양와 있는 초췌하고 야위어 메마른 이 사람을 따랐구려.

太史公(태사공)은 “권세와 이익에 영합한 자는 권세와 이익이 사라지면 사귀기를 멀리한다.” 하였소. 그대도 역시 어지러운 세상인심 속에 사는 한 사람인데, 초연히 그 권세와 이익을 따르는 어지러운 인심 속에서 홀로 벗어나 권세와 이익으로 나를 대하지 않는다는 말이오? 태사공의 말이 틀린 것이란 말이오?

공자님은 “추운 겨울이 된 뒤에야 소나무 · 잣나무가 뒤늦게 시든다는 것을 알 수 있다.” 하였소. 소나무와 잣나무는 네 계절이 따로 없고, 시들 줄도 모르는 것들이오. 추운 겨울에도 한 그루(푸르고 정정한) 소나무 잣나무요, 추운 겨울이 지난 뒤에도 여전히 한 그루(푸르고 정정한) 소나무 잣나무라오. 聖人(성인)께서는 (소나무 잣나무가) 추운 겨울이 지난 뒤에도 푸르고 정정함을 칭찬한 것이 아니겠소.

오늘날 그대가 나를 대하는 것을 보면 내가 어려움에 있기 이전이라 하여 더 잘 대한 것도 없고, (이렇듯) 어려움에 있게 된 뒤라고 해서 더 소홀히 대한 것도 없었소. 그러나 옛날의 그대는 칭찬할 것이 없지만 지금의 그대는 역시 성인이라고 칭찬을 받을 만하지 않겠소? 성인께서 특별히 칭찬한 것은 비단 소나무 잣나무가 추운 겨울을 견디면서 잘 시들지 않는 굳세고 옹골찬 貞操(정조) 때문만은 아니었을 것이오. 아마도 추운 겨울이라는 어려운 시절에 마음속에 느낀 바가 있었기 때문이었을 것이오.

아하 長安(장안)의 순박하고 두터운 인심은 汲鄭伯〔급정백, 汲黯(급암)과 鄭當時(정당시)〕과 같은 義人(의인)의 어진 마음으로 나그네에게 베풀었구려. (그런데 이 몸의 신세는) 下邳(하비)의 翟公(적공)이 갇혀 지내면서 방문에 써 붙인 것처럼 옹색하고 절박함이 극에 달하였으니 슬플 따름이오.

완당노인 씀

이 세한도 전폭을 감상하려면 국립박물관의 특별전시를 기다려야 한다. 만일에 성미가 급한 사람이면 부득이 시간을 내어 제주도 올레길을 돌다가 모슬포 一隅(일우)에 자리 잡은 秋史紀念館(추사기념관)을 들르면 된다. 거기에서 우리는 본 그림 108.3cm에 20인의 題跋(제발)을 이어 붙여 10m가 훨씬 넘는 세한도 앞에 설 수 있다.

文字香(문자향) 書卷氣(서권기)라고 했던가. 비록 모사품 앞이지만 우리는 그 그림 앞에서 사제간의 의리와 선비 藕船(우선, 이상적의 호)의 松柏後彫精神(송백후조정신)에 압도되어 無言無念(무언무념)으로 숙연해지지 않을 수 없다.

世波(세파)에 휘둘려 심신이 고달플 때에, 제주도로 마음을 추스르러 떠날 기회가 있다면, 우리는 모름지기 이 추사기념관을 찾아 세한도를 감상하며 심기일전해야 하리라.

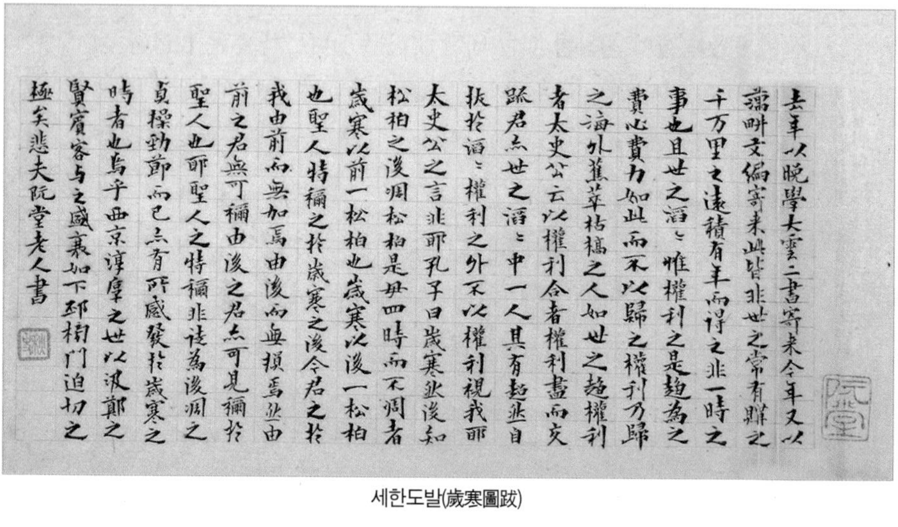

세한도발(歲寒圖跋)

〖歲寒圖(跋)〗

藕船是賞 阮堂

去年以晩學[1]大雲[2]二書寄來 今年又以藕畊文編[3]寄來 此皆非世之常有 購之千萬里之遠 積有年而得之 非一時之事也.

且世之滔滔 惟權利之是 趨爲之費 必費力如此 而不

■

1 晩學(만학) : 桂馥(계복)의 晩學集(만학집) : 桂馥〔계복, 1733(1736)~1802(1805)〕, 段桂(단계)라 불렸던 청나라 때의 학자. 1785년 진사에 급제하였다. 어학, 특히 後漢(후한) 許愼(허신)의 『說文解字(설문해자)』의 연구에 전심하였고, 段玉裁(단옥재)와 더불어 단계라 불렸다. 희곡에도 손을 대어 명나라 말기 徐渭(서위)의 『四聲猿(사성원)』을 본뜬 『後四聲猿雜劇(후사성원잡극)』이 있다. 기타 저작으로 『歷代石經略(역대석경략)』, 『晩學集(만학집)』 등이 있다.

2 大雲(대운) : 惲敬(운경)의 大雲山房稿(대운산방고) : 惲敬(운경, 1757~1817), 청나라 江蘇(강소) 陽湖(양호) 사람. 자는 子居(자거) 또는 簡堂(간당)이다. 건륭 48년(1783) 擧人(거인)이 되고, 경사에서 교습을 맡았다. 성격이 올곧아 가는 곳마다 상관과 충돌하여 결국 집안사람들이 뇌물을 받았다는 무고를 받아 파직되었다. 經義(경의)와 古文(고문)을 연마했으며, 張惠言(장혜언)과 함께 陽湖派(양호파)의 창시자가 되었다. 문장이 간결하고 근엄하여 司馬遷(사마천)과 班固(반고)의 기풍이 있다는 평을 들었다. 저서에 『三代因革論(삼대인혁론)』, 『歷代冠服圖說(역대관복도설)』, 『大雲山房文稿(대운산방문고)』, 『子居決事(자거결사)』 등이 있다.

3 藕耕文編(우경문편) : 藕耕(우경) 賀長齡(하장령)의 皇朝經世文編(황조경세문편). 120권 : 賀長齡(하장령, 1785~1848), 청나라 湖南(호남) 善化(선화) 사람. 자는 藕耕(우경) 또는 作庚(작경)이고, 호는 西涯(서애) 또는 雪霽(설제)이다. 嘉慶(가경) 13년(1808) 진사가 되어 修撰(수찬)에 임명되었다. 翰林院(한림원) 庶吉士(서길사) 등을 지냈다. 雲貴總督(운귀총독)에 발탁됐는데, 일 때문에 사직하고 귀향했다. 문장에 능했다. 魏源(위원)과 더불어 청나라의 名公鉅卿(명공거경)과 碩儒畸士(석유기사)의 글 가운데 실용적인 것을 모아 『皇朝經世文編(황조경세문편)』을 편집했다. 저서에 『孝經輯注(효경집주)』와 『耐盦文存(내암문존)』, 『勸學纂言(권학찬언)』 등이 있다.

以歸之權利 乃歸之海外蕉萃枯槁之人 如世之趨權利者.

太史公云"以權利合者 權利盡而交疏"君亦世之滔滔中一人 其有超然自拔於滔滔權利之外 不以權利視我耶. 太史公之言 非耶.

孔子曰"歲寒然後 知松柏之後凋"松柏是毋四時而不凋者 歲寒以前 一松柏也 歲寒以後 一松柏也. 聖人特稱之於歲寒之後.

今君之於我 由前而無加焉 由後而無損焉. 然由前之君無可稱 由後之君 亦可見稱於聖人也耶. 聖人之特稱非徒爲後凋之貞操勁節而已. 亦有所感發於歲寒之時者也. 烏乎 西京[4]淳厚之世 以汲[5]鄭[6]之賢 賓客與之 盛

■

4 西京(서경) : 옛 漢(한)의 수도인 長安(장안).

5 汲黯(급암) : 漢(한)의 忠諫(충간)을 잘하던 신하.

6 鄭當時(정당시) : 漢(한)의 陳(진) 사람으로서 의로움으로 이름을 떨침.
下邳(하비) : 지금의 江蘇省(강소성) 邳縣內(비현내) 〔하비의 翟公(적공)은 빈객들이 문을 가득 메우다가 벼슬에서 물러나자 대문 밖에 참새를 잡는 그물을 쳐도 될 정도로 빈객의 발길이 끊겼다.〔門外可設雀羅(문외가설작라), 여기서 '門前雀羅(문전작라)' 고사성어〕. 적공이 다시 벼슬에 나아가자 빈객들이 모여들었다. 이에 적공은 대문에 써 붙였다.〕

一死一生(일사일생) 卽知交情(즉지교정)
一貧一富(일반일부) 卽知交態(즉지교태)
一貴一賤(일귀일천) 卽見交情(즉견교정)

한번 죽고 한번 삶에 곧 사귐의 정을 알고
한번 가난하고 한번 부함에 곧 사귐의 태도를 알며
한번 귀하고 한번 천함에 곧 사귐의 정이 나타나네.

衰如下邳榜門[7]迫切之極矣 悲夫.

阮堂老人書.

7 榜門(방문) : 추사의 유배시 거처하던 가옥의 문에 붙인 죄인 표시 榜文(방문)을 말하는 것.

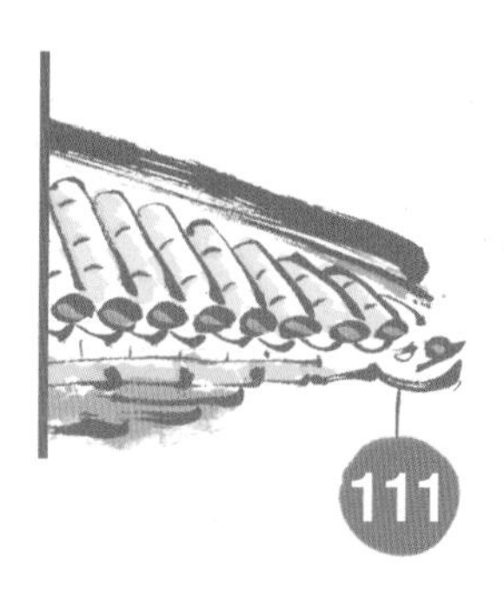

111

정하상 상재상서
丁夏祥의 上宰相書

우리나라에 천주교가 뿌리를 내린 1784년 이래 근 백 년에 이르도록 천주교는 크고 작은 박해에 끊임없이 시달렸다. 辛酉迫害(신유박해, 1801년 순조 1)의 엄청난 소용돌이를 겪으면서도 教勢(교세)는 신장되어 1831년에는 조선교구가 설정되고 삼엄한 감시와 통제하에서도 外邦(외방)의 司祭(사제, 주교와 신부)들이 밀입국에 성공하여 신자 수는 신유박해 이전의 상태를 회복하는 듯하였다.

그러나 己亥年(기해년, 1839년 헌종 5) 丙午年(병오년, 1846년 헌종 12) 丙寅年(1866년 고종 3)의 큰 박해가 그 뒤를 기다리고 있었다. 역설적이게도 그 모든 박해가 표면적으로는 斥邪(척사)를 표방하였으나 그 내막은 當代(당대) 집권자들이 반대파 인물을 숙청하는 수단으로 악용되었다는 점이다. 제2차 대박해인 己亥迫害(기해박해)도 예외는 아니었다.

기해박해는 그때의 우의정 李止淵(이지연)이 대왕대비 김씨에게 斥邪政策(척사정책)을 시행하도록 부추기면서 시작되었으나 그 무렵의 정계는 안동 김씨에 맞서서 헌종의 모후인 神貞王后(신정왕후) 조씨의 집안이 실권을 쥐고 조정하는 상황이었다. 이때의 박해로 2, 3년 전에 잠입한 앙베르 주교, 샤스탕 신부, 모방 신부 등이 차례로 잡혀 처형되고 丁夏祥(정하상)도 참수되었으나 이 박해를 일으킨 장본인 李止淵(이지연)도 조씨 세력에 밀려 귀양가 죽었다. 정하상이 當時(당시) 우의정이던 이지연에게 호소한 글이 이 上宰相書(상재상서)이다.

정하상

丁夏祥(정하상, 1795 정조 19~1839 헌종 5)은 천주교 순교자의 한 분이요, 103위 성인 가운데 한 분이다. 신유박해 때 순교한 若鐘(약종)의 둘째 아들이기도 하다. 부친의 순교 후로 재산이 몰수되어 어머니 · 누이와 함께 친척 집에 寄食(기식)하는 어려운 시절을 보내느라 공부할 기회를 갖지 못하였지만 신앙만은 지키다가 19세 때에 분연히 홀로 상경하여 교회 재건에 뜻을 두고 헌신하였다. 21세 때에 冬至使(동지사) 일행으로 북경에 들어가 성직자 영입을 탐색하였고 학문의 부족을 절감한 나머지 茂山(무산)에 귀양가 있던 선비 趙東暹(조동섬)을 찾아가 6년간이나 머물며 교리와 한문을 배웠다.

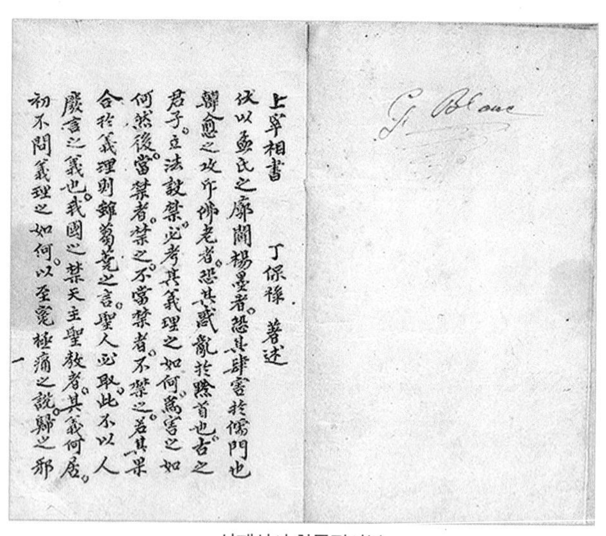

上宰相書　丁保祿 著述

伏以孟氏之廓闢楊墨者。恐其肆害於儒門也
韓愈之攻斥佛老者。恐其惑亂於黔首也。古之
君子。立法設禁。必考其義理之如何。爲害之如
何然後。當禁者禁之。不當禁者不禁之。若其果
合於義理則雖芻蕘之言。聖人必取。此不以人
廢言之義也。我國之禁天主聖敎者。其義何居。
初不問義理之如何。以至冤極痛之說。歸之邪

G. Blanc

상재상서 한문전사본

그 후로 총 9차례에 걸친 북경행을 통하여 성직자 영입을 성공시키고 신학생 선발, 성직자 보좌, 신자들 지도 등으로 寸陰(촌음)을 아껴 교회부흥에 정진하였다. 44세 때에 앙베르 주교 밑에서 라틴어와 신학의 기초교육을 받고 성직자 수련 대상에 뽑혔으나 그 다음해(기해년) 가족과 함께 붙잡혀 刑場(형장)의 이슬로 사라졌다.

『재상께 올리는 글월』

엎드려 아뢰나이다. 孟子(맹자)가 楊子(양자)와 墨子(묵자)의 학설을 옳지 않은 것이라고 배척한 까닭은 그 학설이 儒敎(유교)의 가르침을 해칠까 두려워하였기 때문이옵고, 韓愈(한유)가 釋迦(석가)와 老子(노자)를 공격하고 반대한 까닭은 어리석은 백성들을 홀려 혼란스럽게 할까 걱정하였기 때문이옵니다. 이와 같이 옛날의 선비 · 군자들은 법률을 정하여 금지하는 규칙을 세울 때에는 반드시 그 법이 옳고 이치에 합당한 지를 연구하였습니다. 그래서 그 해로움이 어떠할 것인가를 검토한 뒤에 마땅히 금해야 할 것이면 금지하고, 금하는 것이 옳지 않으면 금지하지 않았습니다. 만약 그 결론이 의리에 합당하면 비록 그것이 나무꾼의 말이라 할지라도 聖人들은 반드시 그것을 채택하였습니다. 이것은 (공자님이 말씀하신 것처럼) 사람의 신분만을 생각하여 그 말의 정당함을 인정하지 않아서는 안 된다는 뜻이라 하겠습니다. 그런데 우리나라에서 하느님의 거룩한 가르침을 금지하는 이유는 그 취지가 어디에 있습니까? 처음부터 그 정당성과 합리성이 있는지 없는지를 물어 검토하지도 않고 지극히 원통스러운 논리를 세워 사악한 가르침이라 결론짓고 크게 금지하는 법령을 두어 辛酉(신유, 1801)년을 전후하여 사람들의 목숨을 무수히 앗아갔으면서도 어느 누구도 그 천주교의 기원과 전통을 조사 · 연구하지 않았습니다. 아하(이 천주교를) 배우는 사람들이 앞으로 유교의 가르침에 해가 되겠습니까? 그 어리석은 백성들이 난을 일으키겠습니까?

이 가르침 천주교는 임금님으로부터 일반 백성에 이르기까지 매일같이 언제나 실천해야 하는 종교이므로 결코 해가 되거나 혼란을 일으키는 가르침이라고 할 수 없습니다. 그래서 이제 감히 여기에 그 천주교의 가르침이 잘못된 것이 아니라는 것을 간략히 말씀드리겠습니다. 이 하늘과 땅 위에는 (한 분 어른이 계신데) 그분은 스스로 존재하시며 세상 만물을 주재하시는 분이십니다. 그것을 다음 세 가지로 증명할 수 있습니다. 첫째는 천지만물이요, 둘째는 사람의 아름다운 지성〔良知(양지)〕 곧 양심이며, 셋째는 聖經(성경)입니다.

(첫째로) 어찌하여 천지만물을 증거라 일컫는 것이겠습니까? 청

컨대 집을 비유하여 말씀드리겠습니다. 저 집이라 하는 것에는 기둥과 주춧돌이 있고 대들보와 서까래가 있고 문짝들과 담벽이 있는데 그 간격 틈새가 한 치의 어긋남도 없고 둥글고 모난 것이 제각각 일정한 법칙과 규범이 있습니다. 만약 누군가 말하기를 기둥과 주춧돌, 대들보와 서까래, 드나드는 큰문과 작은 지게문, 담장과 벽채들이 뒤섞이어 우연스레 서로 어울려 저절로 우뚝 선 것이라고 한다면 사람들은 분명코 미친 사람의 말이라 할 것입니다. 그러면 이제 하늘과 땅, 이 천지는 커다란 집이라 할 수 있습니다. 날아다니는 것, 뛰어다니는 것, 동물과 식물 등 기기묘묘한 여러 사물의 형상들이 어찌 저절로 만들어진 것이라 하겠습니까? 만약 과연 저절로 그렇게 된 것이라고 한다면 해와 달과 뭇별들이 어찌하여 한 치도 어그러짐이 없이 제자리를 지키고, 봄 여름 가을 겨울이 어찌하여 조금도 어긋남이 없이 차례대로 순서를 바꾸는 것입니까? 흥하고 망하고 번영하고 쇠락함을 주관하고 지배하는 이가 누구이겠습니까? 착한 사람에게 복을 주고 음란한 자에게 벌을 내리시며 그 일을 맡아하시는 이가 누구이겠습니까? 하늘 위를 올려다보아도 소리도 없고 냄새도 없으니 온 세상 사람들이 어두운 무덤길을 향하여 죽어 가는 것을 단지 저절로 그렇게 되는 것이라고 한다면, 그것은 유복자로 태어난 아들이 그 아비를 보지 못하였으니 아버지가 없다 하여 아비의 존재를 믿지 아니하는 것과 무엇이 다르겠습니까?(중략)

(둘째로) 어찌하여 사람의 아름다운 지성 곧 양심이 증거가 된다는 것이겠습니까? 만약에 밝은 대낮이 갑자기 컴컴해지고 천둥과 번개가 번갈아 치면 어린아이라도 즉시 무서워 떨면서 눈을 동그랗게 뜨고 헛발을 디디며 어찌할 바를 모릅니다. 이것을 보면 착한 일에 상주시고 악한 일에 벌을 내리는 큰 임금님이 계시어 우리 마음속에

새겨져 있음을 알 수 있습니다. 세상 길거리의 어리석은 남정네와 아낙네들도 갑자기 당황스럽고 다급한 지경에 이르거나 몹시 슬프고 원통스러운 때를 만나면 반드시 하느님을 찾으며 호소하고 기도합니다. 이것은 사람들이 본래 지니고 있는 마음과 타고난 천성이 숨길래야 숨길 수 없는 것이기 때문에 가르치지 않았어도 알고, 배우지 않았어도 그럴 수 있는 것입니다. 다만 어떻게 섬겨야 할지를 모르기에 그렇게 두려워하는 것입니다. 이것이 곧 아름다운 지성, 곧 양심이 있기 때문이니 이것으로 하느님이 계시다는 것을 알 수 있습니다.

(셋째로) 어찌하여 성경이 증거가 된다는 것이겠습니까? 옛 성현이신 堯(요) 舜(순) 禹(우) 湯(탕) 文(문) 武(무) 周(주) 孔(공) 같은 분들이 오늘날까지 전하여 온 것은 經書(경서)와 史書(사서)가 있었기 때문입니다. 만약이 경서와 사서가 없었다면 요순우탕문무주공의 업적과 사상, 곧 그분들의 사상이 무엇이었으며 어떻게 문헌에 실리게 되었는지를 누가 알겠습니까? 그분들의 사상과 그것이 적힌 문헌이 竹帛(죽백)에 적히고 서책에 기록되었기 때문에 그것을 보고 옳다고 생각하면 金石(금석)처럼 굳게 믿는 것입니다. 돌이켜보면 우리 천주교의 전래도 역시 경전이 있었기 때문입니다.

멀리 천지창조 때부터 역사가 끊이지 않고 기록되어 구약성서와 신약성서가 고루 갖추어져 자세히 상고할 수 있고, 오늘날까지 집집마다 이 성경을 암송하고 거문고로 노래하고 있습니다. (이 서책들은) 소가 땀을 흘릴 만큼 가득 실어와 집안에 채운다 하여도 (사람들을) 조금도 잘못되게 하지는 않습니다. (그런데) 우리나라 사람들은 이러한 내용들을 중국의 경서와 사서에서도 쉽게 볼 수 있다 하여 의심하는 마음을 갖습니다. 그렇지만 중국 經史(경사)에도 역시 다음과 같이 말하지 않았습니까? 周易(주역)에는 "하느님께 바칩니다."라는 말이 있고, 詩經(시경)에는 "하느님께 아뢰나이다."라는 말이 있으며, 書經(서경)에는 "하느님께 제사 드립니다."라고 하였고, 공자님도 "하늘에 죄를 지으면 기도할 곳이 없다."고 말씀하셨습니다. 또한 하늘을 공경하고 두려워하며 하늘에 순종하고 하늘을 받들어야 한다는 논리는 제자백가의 책에도 무수히 언급되고 있으니 설사 서양의 역사(성서)가 전래되지 않았다 하여도 무슨 걱정이 되겠습니까?(이하 생략)

이 글을 두고 흥미 있는 일화가 전해 온다. 종사관으로부터 이 글을 받아 읽고 난 제상 李止淵(이지연)은 不知中(부지중)에 이렇게 큰 소리로 외쳤다고 한다.

"이것은 儷文體(여문체)다. 邪學(사학)의 무리로서 유려한 여문체를 구사할 수 있는가? 이는 분명히 夏祥(하상)의 작은 아비 若鏞(약용)이 생전에 써 놓았던 것일게다."

나이 스물에 가깝도록 겨우 姓名三字(성명삼자) 밖에 몰랐다고 전해오는 하상의 發憤忘食(발분망식)이 얼마나 처절하였다면 오늘날 우리가 읽어도 이토록 숙연해지는 護教論(호교론)이 나왔을까? 더구나 철저한 유가적 발상으로 천주교를 옹호하는 이처럼 정연한 논리의 글이.

〖上宰相書〗

伏以孟氏之廓闢楊墨者 恐其肆害於儒門也. 韓愈之攻斥佛老者 恐其惑亂於黔首也. 古之君子立法設禁 必考其義理之如何. 爲害之如何然後 當禁者禁之. 不當禁者 不禁之. 若其果含於義理 則雖蒭蕘之言 聖人必取. 比不以人廢言之義也. 我國之禁天主聖教者 其義何居. 初不問義理之如何 以至寃極痛之說 歸之邪道 置之大辟之律 辛酉前後 人命大損 而無一人 查攷其源流. 噫爲學者 將爲儒門之害歟. 將爲黔首之亂歟.

是道也 自天子達于庶人. 日用常行之道 則不可謂爲害爲亂也. 玆敢略言 其道理之不非. 夫天地之上 自有主宰 厥有三證言. 一曰萬物 二曰良知 三曰聖經.

何謂萬物 請以房屋喩之. 彼房屋也 有柱石有樑椽 有門户有墻壁 間架不失寸尺 方圓各有制度 若曰 柱石樑椽門户墻壁 渾然相合 兀然自立. 必曰狂人之言也. 今夫天地 大房屋也. 飛者走者動者植者 奇奇妙妙之像狀 豈有自然而生成乎. 若果自然 則日月星辰 何以不違其躔次 春夏秋冬 何以不違其代序乎. 興廢榮枯 宰制者誰. 福善禍淫 主張者誰. 上天之載 無聲無臭 擧世之人 瞑行擿埴 歸之自然 是何以異於遺子 不見其父 不信其

有父也哉.(中略)

何謂良知 若夫白晝 晦暝雷電相薄 雖孩提便知奮畏瞠目累足 置身無地 此可知賞罰善惡之大主宰印在心頭矣. 閭巷間愚夫愚婦 若遇蒼黃窘急之勢 悲痛寃恨之時 必呼天主而告之. 此其本然之心秉彛之性 有不得掩者 故不敎而知. 不學而能 但不知何以事之而畏之則均然. 此以良知而知有上帝也.

何謂聖經 古之堯舜禹湯文武周孔之傳 亦有經史而來也. 若非經史則誰知有堯舜禹湯文武周孔之傳 何心法設何典章乎. 心法也典章也 載之竹帛 布在方冊 故視爲可則信如金石. 惟我聖敎之傳 亦有經典而來也. 粤自開闢以來 史不絶書 古經新經 班班可考 至今家誦而户絃汗牛而充棟 少無舛錯 我國之人 以此等文字不少概見於中國經史疑焉. 中國經史 亦不云乎. 易曰 以享上帝詩曰昭事上帝 書曰禋于上帝 夫子曰 獲罪于天 無所禱也. 有所謂敬天畏天順天奉天之說 雜出於諸子百家之書 是何患乎西史之不來.(以下略)

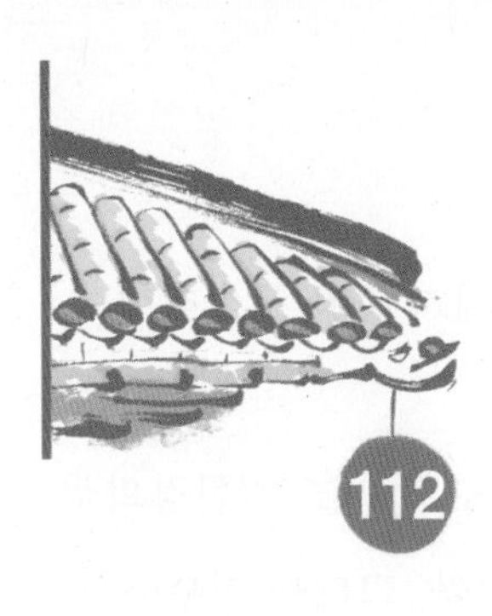

崔漢綺의 氣測體義序

최한기 기측체의서

한국인의 사유를 통시적 관점에서 개관하려는 사람은 으레 단군의 홍익인간과 화랑의 風流道(풍류도)를 비롯하여 불교와 유교의 양대산맥으로부터 한국적 사유의 高峰峻嶺(고봉준령)들을 만나게 된다. 그분들을 섭렵하면서 우리는 우리 조상들의 浩瀚(호한)한 사색과 심오한 궁구에 깊은 감명을 받는다. 불교도 외래사상이기보다는 우리 불교요, 유교사상도 남의 것이 아닌 우리 고유의 사상임을 깨닫게 된다. 그리하여 그때에 만나게 되는 元曉(원효)와 知訥(지눌), 退溪(퇴계)와 栗谷(율곡)은, 〔물론 논의해야 할 先賢(선현)이 十指(십지)에 넘쳐나지만, 적어도 이들 네 분은〕 우리 민족의 삶을 관통하는 정신적 지주였음을 깨닫게 할 뿐 아니라, 우리로 하여금 세계적 문화인이요, 독창적 사유의 주인공이 되라고 잠잠히 일깨우는 '장승'이라는 것을 확인시키신다. 그다음으로 濟濟多士(제제다사)한 실학의 叢林(총림)을 지나게 되는데 그 끝 무렵 19세기 중반에 이르면 우리 앞에 惠崗(혜강)이라는 분이 나타난다.

혜강은 누구인가? 어깨너머로 귀동냥이라도 하려고 철학강의실 주변을 배회한 적이 있었다. 1950년대 말이었다. 그때는 이른바 盜講(도강)이라고 하여 학점취득의 부담을 갖지 않고, 관심 있는 강좌를 찾아가 그 강의실 구석에 숨어 앉는 것이 유행이요 관행이던 시절이었다. 그때에 洌巖(열암) 朴鍾鴻(박종홍) 선생으로부터 난생처음 혜강이란 분을 듣게 되었다.

惠崗(혜강) 崔漢綺(최한기, 1803 순조 3~1879 고종 16)는 평생을 공부만 하신 분이다. 자는 芸老(운노)라 하였고 호를 惠崗(혜강), 貝東(패동), 明南樓(명남루) 등으로 불렀다. 朔寧人(삭령인)이요, 영의정을 지낸 恒(항)의 후손이다. 23세 때(순조 25) 司馬試(사마시)에 급제했으나 벼슬길을 단념하고 학문의 길에 들어서서 평생 沈潛窮理(침잠궁리)하며 『農政會要(농정회요)』, 『陸海法(육해법)』, 『青丘圖題(청구도제)』, 『萬國經緯地球圖(만국경위지구도)』, 『推測錄(추측론)』, 『講官論(강관론)』, 『神氣通(신기통)』, 『氣測體義(기측체의)』, 『鑑平(감평)』, 『儀象理數(의상리수)』, 『心器圖說(심기도설)』, 『疏箚類纂(소차유찬)』, 『習算津筏(습산진벌)』, 『宇宙策(우주책)』, 『地球典要(지구전요)』, 『氣學(기학)』, 『人政(인정)』, 『明南樓集(명남루집)』 등을 저술하였다. 70세 때에 이르러 노인직으로 僉知中樞府事(첨지중추부사)가 되었다.

그의 생존 당시 우리나라 학풍은 茶山(다산)을 爲始(위시)하여 여러분이 실학의 중요성과 실효성에 깊은 관심을 보이고 있었다. 그러나 그 실학은 이론적 체계가 확립되지 않은 상태였다 惠崗(혜강)은 이것이 불만이었다. 그는 우선 先驗的(선험적) 知覺(지각)을 인정하지 않았다. 보고 듣고 물들어 익히는 이른바 見聞染習(견문염습)에 의해 이치를 터득한다고 하는 교도 주의적 방법론으로 철저한 경험주의 철학을 주장하였다. 경험의 증대만이 인식의 근거라는 확고한 믿음은 그를 한국 경험주의 철학의 鼻祖(비조)가 되게 하였다.

따라서 그는 務實思想(무실사상)을 전개하며 직업교육의 중요성을 역설하였다. 그에게는 訓詁註譯(훈고주역) 위주의 성리학적 담론이나 기존 종교에서 말하는 인격적인 신 또한 있을 수 없는 것이었다. 神氣(신기)가 하나라고 하는 혜강의 주장에 귀 기울이며 氣測體義(기측체의)의 서문을 읽어보기로 하자.

氣測體義序

周公孔子所以爲百世師者不在於周公孔子之尊號又不在於容儀神彩況復在於居處動作衣服宮室及所遇之時乎亶在於立綱明倫修身治國之道叅酌乎古今損益乎質文明其道正其誼以詔後世遵守天人

氣測體義 序 一

常行之宜此所以爲百世師也後之師周孔者惟當師其叅酌損益之所在豈惟師其所不在也至於國制風俗古今異宜歷算物理後來益明則師周孔之通達大道者將膠守周孔之遺蹟而無所變通耶抑將取法周孔之通達而有所沿革耶蓋天地人

氣測體義 序

최한기(崔漢綺)의 기측체의서(氣測體義序) 원문

〖神氣 · 推測 原論의 머리말〗

周公(주공)과 孔子(공자)님이 백 세의 스승이 되시는 까닭은 주공이니 공자님이니 하는 존경하여 부르는 稱號(칭호)에 있는 것이 아니요, 또한 몸가짐이나 풍채의 아름다움에 있는 것도 아니다. 하물며 머물러 계시는 곳이나 몸놀림이나 옷매무새며 사시는 집이나 그분들이 사셨던 시대에 있겠는가. 진실로 기강을 세우고 인륜을 밝히며 몸을 닦고 나라를 다스리는 도에 있으며 과거와 현재를 두루 참작하고 간소한 것은 알맞게 보태고 煩瑣(번쇄)한 것은 알맞게 줄이며 그 길(道)을 밝히고 그 옳음을 옳다고 여기게 하여 후세에 가르쳐서 하늘과 사람이 언제나 떳떳하게 나아갈 것을 올바로 지키도록 하는 것, 이것이 백 세의 스승이 되는 까닭이다.

후세에 주공과 공자님을 스승으로 모시는 것은 오로지 그분들이 참고하고 검토하고 삭제하거나 보충한 바가 있는 것을 마땅히 스승으로 삼는 것이지 어찌 그러한 것이 없는 데도 스승으로 삼을 것인가. 나라의 제도와 유행 · 習俗(습속)에 이르러서는 과거와 현재가 당연히 다른 것이요, 세월의 흐름에 따라 사물의 이치도 후대에 올수록 더욱 분명하게 되었으므로 주공과 공자님의 통달하신 큰 진리를 본받는다는 것은 어찌 장차 주공이나 공자님의 끼친 자취를 곧이곧대로 지키기만 하고 융통성 있게 바꾸는 바가 없는 것이겠는가. 또한 장차 주공과 공자님의 통달하신 것만 본받고 취하며 그 흘러온 足跡(족적)만을 따르는 것이겠는가.

대체로 하늘과 땅, 사람과 사물이 생성된 것은 모두 氣(기)의 조화에 말미암는다. 그리고 세상에 태어난 뒤에, 겪는 일과 징험하게 되는 일은 점차로 氣(기)로부터 말미암은 것임이 밝혀진다. 그 이치를 연

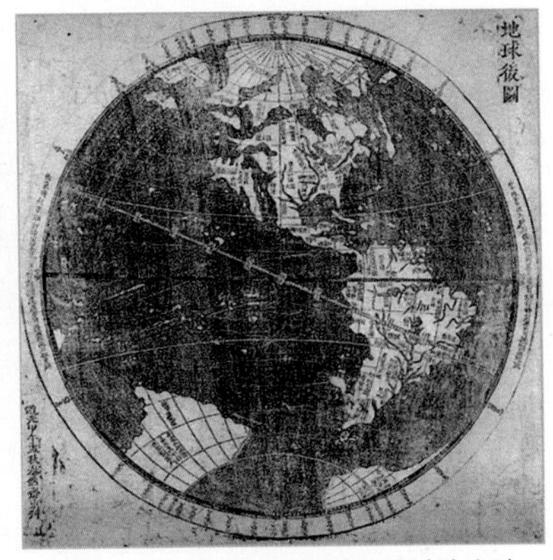

최한기(崔漢綺) 선생이 김정호(金正浩) 선생과 함께 만든 지구전후도(地球前後圖) 규장각 소장

구하는 이들은 뚜렷한 기준과 법칙을 세워서 그 혼란스러운 것을 정리하며 그것을 행동으로 닦는 이들은 깨달음에 이르는 나루터 다리가 있으므로 도무지 어긋나는 일도 넘치는 일도 없게 된다. (이제) 氣(기)의 본질을 탐구하여 神氣通(신기통)을 짓고 氣(기)의 기능을 밝혀 推測錄(추측론)을 편찬하니 이 두 책이 서로 거죽과 속이 되었다. (이 두 책을) 매일같이 활용하여 항상 실천 躬行(궁행)하며 涵養訓育(함양 훈육)에 널리 통용하면 비록 이 氣(기)를 버리고자 하여도 그렇게 할 수 없고 (이 두 책에서) 골라 쓰는 지식은 이 氣(기)를 통하여 나오지 않은 것이 없다. 氣(기)를 논한 것은 이 책에서 그 실마리를 대강 펼치고 두 책을 합하여 함께 묶으니 推測錄(추측론)이 6권, 神氣通(신기통)이 3권, 모두 9권이 되었는데 이것을 이름하여 氣測體義(기측체의)라 하였다. 이 책을 읽는 이들은 어찌 주공과 공자님의 도를 스승으로 삼는 데 보탬이 되지 않겠는가!

주공과 공자님의 학문은 실질적인 이치를 따르고 그 지식을 넓혀

治國平天下(치국평천하)의 이상을 실현시키는 것이므로 氣(기)는 곧 실리의 기본이 되고 추측은 곧 그 지식을 넓히는 要體(요체)가 된다. 이 氣(기)에 말미암지 않으면 연구한 바가 모두 虛妄(허망)하고 怪異(괴이)한 이론이 되는 것이요, 추측에 연유하지 않으면 아는 것이 모두 근거가 없고 증명되지 않는 말이 되는 것이다. 近古(근고)에 잡스럽고 기이한 학설들은 확실하기를 꾀하지도 않으면서 확실한 체하고 스스로 정교하며 信實(신실)하다하고 스스로 公明正大(공명정대)하다고 내세우며 古今(고금)을 참작하는 것도 彼此(피차)를 변통하는 것도 자체의 方法論(방법론)에만 따른다. (그러나) 고대에 밝혀지지 않았던 것이 때로는 현대에 밝혀졌고 고대에는 맞지 않던 것이 때로는 현대에 맞는 것이 있다. 오늘날 숭상하는 바는 때로는 고대에 미치지 않고 오늘날 밝히 아는 바도 때로는 옛사람이 버린 것에서 나왔다. 이런 것을 미루어보면 周孔(주공)의 도를 스승 삼아 그것에 통달하는 것은 고금이 다르지 않다. 비교 참고하고 갖추어 開陳(개진)하며 修身治國(수신치국)의 도를 究明(구명)하면 성실한 이치가 이로 말미암아 변화 순환하는 질서가 있을 것이며 인륜 기강의 떳떳함도 이것으로부터 扶養(부양) 增殖(증식)하는 방책이 나오게 될 것이다.

주공과 공자님이 백 세의 스승이라고 하는 盛德大業(성덕대업)은 과연 후세에 밝혀질 것을 기다리고 있었고 실용에 보탬이 된 바 있었으므로 비록 말씀하신 것을 가볍게 여겼더라도 응용한 바가 있었으니 후세에 언급된 것도 결국은 버릴 수 없게 되는 것이다. 만약 周孔(주공)의 도에 보탬이 되지도 않고 言辭(언사)가 교묘하고 매끄럽기만 하면 취하여 쓸 수 없는 것이다. 진실로 하늘과 사람의 온당함에 이르는 학문을 배울 수만 있다면 神氣(신기)와 추측을 기하지 않아도 저절로 신기와 추측에 이르게 되고 周孔(주공)의 도를 기하지 않아도 저절로 周孔(주공)의 도에 들어가게 되는 것이다.

道光(도광) 16년(청 선종 16년, A.D. 1836) 丙申(병신) 첫겨울 崔漢綺(최한기) 쓰다.

氣測體義(기측체의)란 무엇인가? 氣(기)는 神氣(신기)요, 測(측)은 推測(추측)이다. 體(체)는 체용의 체이니 곧 본성 본질이란 뜻이요, 義(의)는 논의라고 생각된다. 그러면 神氣(신기)는 무엇이고 추측은 무엇인가? 신과 기는 둘이 아니요 하나라 했으니 그냥 氣(기)만 쓸 수 있겠는데 이것이 성리학에서 말하는 理(이)·氣(기)의 기는 아닐 것이고 그보다 더 궁극적인 근원일 터인데 딱히 현대적 용어로 무엇이라 하면 좋을지 모르겠다. 추측은 결코 그냥 미루어 짐작하는 것은 아님이 분명하다. 경험으로 입증되는 논리적·경험적 추론인가?

혜강 특유의 철학적 사유를 추측하며 우리는 그의 後輩(후배)임이 자못 자랑스럽고 흥겹다.

〖氣測體義序〗

周公孔子所以爲百世師者 不在於周公孔子之尊號 又不在於容儀神彩 況復在於居處動作衣服宮室及所遇之時乎. 亶在於立綱明倫 修身治國之道 參酌乎古今 損益乎質文 明其道正其誼 以詔後世 遵守天人常行之宜 此所以爲百世師也.

後之師周孔者 惟當師其參酌損益之所在 豈惟師其所不在也 至於國制風俗 古今異宜 曆算物理 後來益明 則師周孔之通達大道者 將膠守周孔之遺蹟而無所變通耶抑將取法周孔之通達而有所沿革耶.

蓋天地人物之生 皆由氣之造化 而後世之閱歷經驗漸明乎氣 究理者有準的而熄其紛紜 修行者有津梁而庶無違越 論氣之體而著神氣通 明氣之用而撰推測錄二書相爲表裏 日用常行涵育發用 雖欲捨是氣而不可得 拔萃知識 無非出於通是氣也. 論氣之書 於斯略發其端 合二書而編之 推測錄六卷 神氣通三卷 總九卷 名曰氣測體義 讀之者有何補於師周孔之道乎.

周孔之學 從實理而擴其知 以冀進乎治平 則氣爲實理之本 推測爲擴知之要 不緣於是氣 則所究皆虛妄怪誕之理 不由於推測 則所知皆無據沒證之言. 近古之雜學異說 不期祛而自祛 精實自立光明自著 古今之參酌彼此之變通 自有其術. 古之所不明 或明乎今 古之攸宜或違於今矣. 今之所尙 或不逮於古 今之所明 或出於古人所棄 擧此而通之於師周孔之道 則古今無異 參酌備陳 究明修身治國之道 則誠實之理 從此有易循之序 倫綱之常從此有扶植之術.

周公孔子百世師之盛德大業 果有俟於後世之所明 有

補於實用則雖蕘說而取用 未嘗以後世所言拚棄之. 若無補於周孔之道 雖巧言善辭 不可取用. 苟能學到天人之宜 不期乎神氣推測而自臻乎神氣推測 不期乎周孔之道而自入於周孔之道.

道光十六年 丙申孟冬 崔漢綺書.

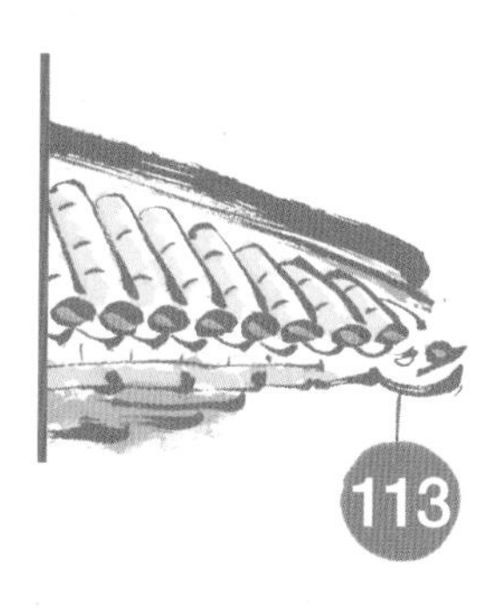

동화축전 유마힐경직소신간서

東化竺典의 維摩詰經直疏新刊序

維摩經(유마경)은 불자들에게 매우 친숙한 경전이다. 구성이 드라마틱하고 흥미로울 뿐 아니라, 논지의 전개가 자연스럽게 불심의 한가운데로 끌어들이는 매력이 있기 때문이다. 유마경의 이야기는 이렇게 시작된다.

인도 비사리국에 維摩詰(유마힐)이라 일컫는 長者(장자) 한 분이 살았는데 수행이 드높아 부처님의 제자들도 감히 따를 수 없었다. 어느 날 이 유마힐 거사가 병을 얻어 누워있다는 소식을 들은 부처님은 가까이 있던 제자들에게 유마거사에게 가서 문병할 것을 부탁하였다. 그러나 제자들은 그 전에 유마거사를 만났을 때 그분의 道力(도력)이 드높아 감히 그분께 위로의 말씀을 전할 자격이 없다고 모두들 사양하는 것이었다. 그래서 드디어 文殊菩薩(문수보살)이 指名(지명)되어 유마거사를 찾아가 問病(문병)을 하게 되었다.

유마힐경

그 대화 속에서 유마거사는 般若經(반야경)의 空思想(공사상)에서 말하는 輪廻(윤회)와 涅槃(열반), 煩惱(번뇌)와 菩提(보리), 濊土(예토)와 淨土(정토) 같은 대립·상반되는 두 개의 대상이 결코 서로 다른 것이 아님을 힘들이지 않고 說破(설파)한다. 森羅萬象(삼라만상)이 모두 不二(불이)요 一法(일법)이라는 법문을 보인 것이니, 즉 해탈의 경지가 일상생활 속에서 體得(체득)되어야 함을 유마거사는 깨닫게 하고자 한 것이었다. 더구나 마지막 대화에 이르러 묵묵부답으로 종결지음으로써 不可言(불가언) 不可說(불가설)의 뜻을 드러내어 침묵을 통한 가르침까지 실현하고 있다.

維摩經(유마경)은 여러 개의 판본이 전하는데 여기 소개하는 것은 鳩摩羅什(구마라집) 역본이다. 그 역본에 명나라 通潤比丘(통윤비구)가 直疏(직소)한 것을 우리나라 소백산인 震湖(진호) 스님이 懸吐解

說(현토해설)한 150여 년 전의 판본이다. 그 책머리에 東化竺典(동화축전)이라 하는 스님이 서문을 쓰셨다. 150여 년 전의 스님이요, 떠도는 구름처럼 사셨던 스님들인지라, 僧籍(승적)도 확인할 수 없고, 생몰연대나 행적도 수소문할 길이 없었다. 이름을 동화축전이라 하였으니, "海東(해동)을 교화하는 天竺(천축)의 법전"이라는 뜻으로 풀어 봄직한데, 이 스님의 사명감과 氣概(기개)가 얼마나 드높았으랴 싶다.

"내 뜻을 알았으면 됐지, 내가 누구인 것은 알아 무엇 하리, 知(지)·不知(불지)도 또한 둘이 아니요, 하나인 것을…." 이렇게 말씀하실 것만 같다.

다음은 동화축전 스님의 유마힐경 서문이다.

〖유마힐경 직소신간의 서문〗

대체로 지극한 이치는 말이 없고 참다운 슬기는 앎이 없다. 오직 그것이 앎이 없으므로 알지 못하는 바가 없는 것이요, 오직 그것이 이름이 없으므로 이름 붙이지 못할 바가 없다. 이름 붙일 수 없는 이름이라야 그 이름이 모두 깨끗하고, 앎이 없는 앎이라야 그 앎은 반드시 큰 법이다. 특별히 중생들이 어리석고 어리석어 이름 가진 모습에 집착하고, 치우친 앎에 빠져 버려서 보배로운 구슬을 만나게 되어도 가난한 이를 구제하는 덕을 베풀지 못하고 태양과 같은 큰 빛을 겨우 반딧불 빛으로 만들 뿐인지라, 엄청난 액운을 만나면 좌절하여 회복할 수 없게 된다.

이에 유마거사께서 병들어 아픈 것을 보이시니 문수보살께서 병문안차 찾아오시어 모든 법의 이름을 깨끗하게 하시고 二乘의 앎을 크게 나타내시어 그 자리에 참석한 모든 사람들로 하여금 이름도 없고 앎도 없는 경지에 기뻐하며 돌아가게 하지 않았는가! 그 내용은 다음과 같으니, 일체의 법에서 구하는 것이 없다고 하는 것은 이름 가진 모습〔名相(명상)〕을 깨끗하게 하는 것이요, 높은 들판 땅 위에 연꽃이 피지 않는다고 하는 것은 치우친 앎을 크게 하는 것이다. 문수보살이 병문안을 하여 (모든 것이) 둘이 아니라는 뜻을 밝힘에 이르러 유마거사께서 침묵하시고 말씀이 없으셨으니, 이것은 지극히 깨끗하고 지극히 큰 〔佛法(불법)의〕 몸〔體(체)〕이요, 燈王(등왕)의 자리를 빌리시어 밥을 얻어먹으며 향불을 피우고 무리를 모아 법회를 열고, 그들과 함께 신묘한 기쁨을 나누시니, 이것은 지극히 깨끗하고 지극히 큰 〔佛法(불법)의〕 쓰임〔用(용)〕이다.

그러나 이른바 깨끗함이 크다는 것은 어찌 반드시 모든 법이 끊어져 없어진 뒤에라야 깨끗함에 이르며, 이승이 있는 다음에라야 크다고 할 것인가! 단지 스스로 빛을 찾아 돌아와서 세상 물건과는 더불어 어울리지 않으며 종일토록 행함이 있으면 깨끗하다 아니하지 못할 것이요, 종일토록 空(공)을 이야기한다면 그 또한 크다고 아니하지 못할 것이다. 내가 일찍이 이 유마힐경을 즐겨 읽으며 깊이 생각하기를 거듭하였건만 나의 본래의 성품이 거칠고 우둔하여 핵심내용을 이해하여 능히 꿰뚫지 못하였으니, 비유하여 말하면 높은 집 깊은 방 속을 섬돌 계단 밟지 않고 올라가 들어가기 어려운 것과 같았으므로, 밝은 지식을 갖춘 선배의 자세한 해석을 얻어보고자 원한 지 오래되었었다. 그런데 마침 명나라 스님 通潤(통윤) 선사의 直疏(직소)를 얻어보니 그 疏(소)가 科(과)를 나누지 않았으나 전체의 뜻을 모두 밝히고 말은 지극히 간단하면서도 그 으뜸 취지가 지극히 밝아서 읽기를 모두 마치지 않았건만, 옛날에 의심하며 어렵게 여기던 것들이 조금도 거리낌이 없게 되어 마치 냇물이 큰 도랑을 만난 것 같고 나무가 도끼를 만난 것 같아 이 하나의 경전의 깊은 뜻이 훤히 밝혀지어 내 마음이 스스로 편안해졌다.

그러나 이 책이 먼 곳까지 널리 흘러 퍼지지 못하여 후세 사람들을 교화할 수 없음을 한스러워하던 차에 雙月濶大師(쌍월활대사)가 소중한 재산을 내놓아 이 소중한 경전을 간행할 뜻을 보이시게 되니 다행이로다, 해동 우리나라에 이와 같은 보배가 있음이여! 후세 사람으로 이 경을 읽는 이는 섬돌을 밟고 堂(당)에 오르며 당에 올라 방안에 들어감으로써 세월을 허비하는 노력을 들이지 않고 곧바로 不二(불이)의 경지에 들어가게 되었으니 해동 우리나라에 부처님 세상이 펼쳐져서 이 어두움이 거듭된 시절이 크게 밝아질 것이다. 이 어찌 기쁘지 아니하며 이 어찌 즐겁지 아니한가!

명나라 숭정 기원후 네 번째 갑인년 청나라 함풍 4년(우리나라 철종 5년, A. D. 1854) 4월 하순

동화축전이 손 씻고 분향하며 삼가 씀.

不二(불이)의 깨달음과 침묵의 가르침, 이것은 維摩經(유마경)에서 배워 얻을 두 개의 열매다. 그 열매가 우리 몸속에서 우리 몸과 하나가 될 때 우리는 편한 마음으로 維摩居士(유마거사)에게 병문안을 갈 수 있을 것이다.

그러나 塵埃(진애)의 세상을 살아가는 俗人(속인)으로서 우리는 이 서문 끝에 적힌 年代表記(연대표기)에 크게 마음이 쓰인다. 俗聖不二

(속성불이)의 마음가짐으로 읽으려고 애쓰면서도 글쓴이의 默默不言(묵묵불언)의 심정은 어떤 것이었을까를 헤아리지 않을 수 없다.

咸豊(함풍)은 청나라 연호요, 그 시대는 엄연히 청나라가 군림하는 세상이었다. 그렇지만 이 경전을 直疏(직소)한 이는 명나라 스님이요, 우리나라 지식인은 여전히 尊明事大(존명사대)의 심정을 지니고 있음인가? 명나라 마지막 임금 毅宗(의종)의 연호 崇禎(숭정)을 적어 옛정을 밝히고 있다. 감회가 새롭다. 지금 우리는 무슨 연호를 쓰고 있는가?

※ 최근의 연구에서 東化竺典(동화축전)은 1820년경 출생하여 1850년대까지 金剛山(금강산) 乾鳳寺(건봉사)에서 住錫(주석)했던 善知識(선지식)으로 1203句(구)나 되는 長篇(장편)의 勸往歌(권왕가)를 지어 念佛(염불) 모임에서 유통시킨 敎學僧(교학승)으로 알려졌다.
1840년대에 仙巖寺(선암사)에서 禪門(선문)에 沒頭(몰두)하기도 했으며 1850년대에는 乾鳳寺(건봉사)에서 萬日念佛會(만일염불회)를 주관한 것으로 알려졌다.

〖維摩詰經 直疏新刊序〗

夫至理無言 眞智無知. 惟其無知 故無所不知 惟其無名 故無所不名, 無名之名 名者皆淨 無知之知 知則必大. 特以衆生蚩蚩 着於名相 局於偏知 致使寶珠 乏濟貧之德 太陽成螢火之光 動經劫數 沈而不返.

於是 維摩示疾 文殊來問 淨諸法之名 大二乘之知 使諸含生 熙熙然 同歸乎無名無知之域. 如曰 於一切法應無所求者 淨其名相也, 高原陸地 不生蓮華者 大其偏知也. 及乎文殊問不二之旨 維摩默而無言 此乃至淨至大之體也. 借座燈王 請飯香積 行擎衆會 坐接妙喜 此乃至淨至大之用也.

然所謂淨之大之者 何必泯諸法而後淨 在二乘而後大. 但自回光 不與物偶 終日行有 未嘗不淨, 終日談空未嘗不大矣. 余嘗耽讀此經 反覆沈思 根性鹵莽 未能遊刃於肯綮 比如高堂奧室 無階難陞 故願得先哲注脚者久. 適得潤禪師直疏, 其疏也 科不分而大義悉彰 辭至簡而宗趣甚明 讀未終秩 昔之疑難 小無留礙 如水之遇決 薪之迎斧 一經奧旨 煥然心自矣.

然恨未得流諸遐方 貽厥後昆 會雙月闊大師 發意鳩財 刊令壽傳 幸哉 我東之有斯寶也. 後之讀此經者 由階陞堂 由堂入室 不勞晷刻之功 直進不二之場 則海東佛日 大明乎重昏之際矣. 豈不快哉 豈不暢哉.

崇禎紀元後四甲寅 咸豊四年 四月下澣

東化竺典 盥手焚香 謹序.

6

彰義殉國의 時代

창의순국 시대

114. 김기수
115. 최익현
116. 황준헌
117. 이기
118. 윤경순
119. 이건창
120. 전봉준
121. 황현
122. 박은식
123. 손병희
124. 오세창
125. 박영효
126. 문헌비고
127. 이한응
128. 민영환
129. 김택영
130. 한용운
131. 지석영
132. 김윤식
133. 안경수
134. 독립협회
135. 이강년
136. 장지연
137. 박한영
138. 조경한

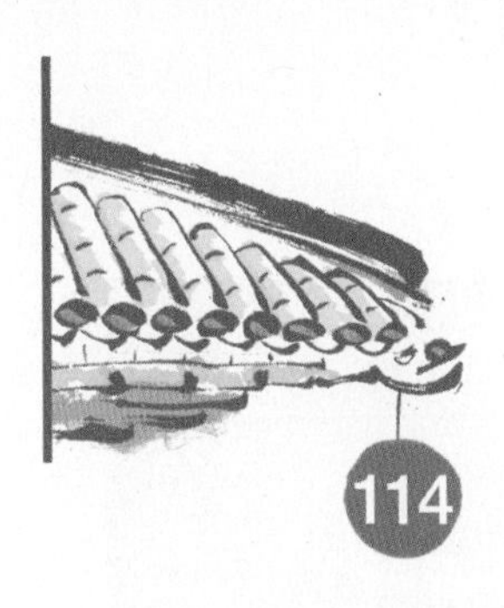

114

김기수 일동기유
金綺秀의 日東記游

19세기 후반과 20세기 초에 걸쳐, 우리나라 조선왕조의 임금님 高宗(고종)와 이웃나라 일본의 임금 明治(명치)는 공교롭게도 똑같이 44년간 앞서거니 뒤서거니 임금 노릇을 하였다. 고종은 1864년에서 1907년까지 44년이고, 명치는 1868년에서 1911년까지 44년이다. 이렇듯 같은 시대에 임금 노릇을 한 두 임금, 두 나라의 治績(치적)은 극명하게 상반된다.

명치의 시대는 이른바 明治維新(명치유신)이라하여 과감하게 구시대를 청산하고 서구의 문물제도를 도입하여 부국강병의 길로 나아갔을 뿐아니라 韓日合邦(한일합방)이라는 야욕을 달성하였고, 고종의 시대는 大院君(대원군)의 攝政(섭정) 기간에 펼친 쇄국으로 개화의 기회를 놓치고 左顧右眄(좌고우면)하는 사이에 乙未事變(을미사변)이라는 變故(변고)를 겪더니 급기야 庚戌國恥(경술국치)에 이르는

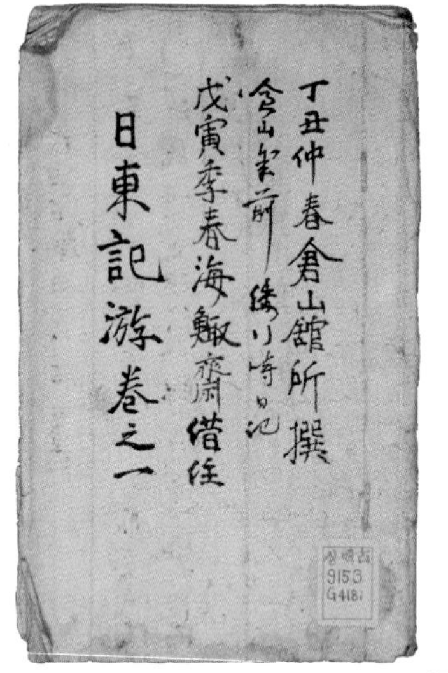

日東記游 卷之一

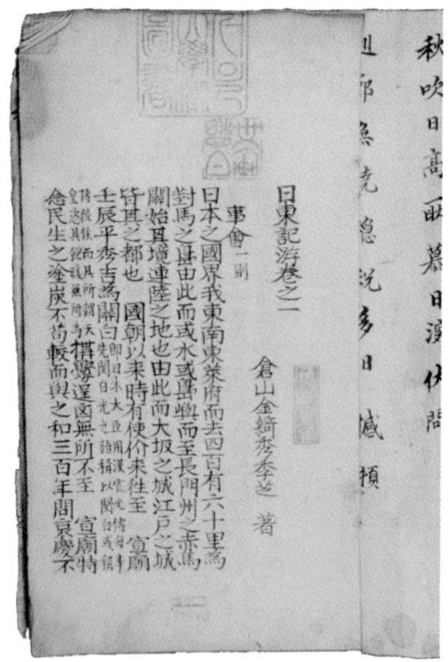

日東記游卷之一

倉山金綺秀季芝 著

일동기유

파행을 거듭하였다. 명치의 시대를 승승장구라 한다면 고종의 시대는 支離滅裂(지리멸렬)이라 할 수밖에 없다.

그러나 고종의 治世期間(치세기간)에 開化意識(개화의식)이 없었던 것도 아니요, 체계적인 개화와 개혁의 기회가 없었던 것도 아니었다. 그 최초의 機微(기미)를 金綺秀(김기수)의 『日東記游(일동기유)』에서 발견할 수 있다.

金綺秀(김기수, 1832 순조 32~1894 고종 31)는 高宗期(고종기)에 활약한 문신으로 자는 季芝(계지)요, 호를 蒼山(창산)이라 하였다. 延安人(연안인)이요, 駿淵(준연)의 아들이다. 그의 나이 44세 때인 1875년(고종 12) 別試文科(별시문과)에 급제하여 應教(응교), 副校理(부교리) 등을 역임하고 그 다음 해에 朝日修好條規(조일수호조규)가 체결되자 禮曹參議(예조참의)의 신분으로 修信使(수신사)에 임명되었다. 그의 임무는 두말할 것도 없이 일본의 물정을 정확하게 탐지하고 파악하는 것이었다. 그 기행의 전말이 『日東記游(일동기유)』에 수록되어 있다. 그는 74명의 수행원을 거느리고 비장한 각오로 출국하여 4월 4일부터 6월 1일 復命(복명)하기까지 일본의 각 분야를 세심하게 살피고 돌아왔다.

그는 東京(동경)에 머무는 20여 일 동안, 군사, 기계, 학술, 교육시설을 둘러보며 武器(무기)·電信(전신)·汽船(기선) 등 공업 분야에서 서양기술을 도입한 사실을 확인하고 그러한 기술을 발전시키기 위하여 서양 각국에 유학생을 파견한다는 것도 알게 되었다. 일본의 정치·경제·사회·문화 전반이 새로운 개화의 분위기로 가득차 있는 것을 생생하게 피부로 느꼈다. 金綺秀(김기수)는 그가 보고들은 바를 낱낱이 復命書(복명서)에 적어 놓았다.

김기수

이와 같은 내용의 복명서는 그 當時(당시) 개화의식에 눈을 뜬 少壯(소장) 정치인이나 지식인들에게는 크게 주목을 받았으나 보수적인 유생 및 旣成(기성) 관료층에게는 빈축의 대상이었다.

김기수는 이 수신사의 임무를 마친 뒤, 谷山(곡

김기수 수신사의 행렬

산)・安東(안동)・德源(덕원) 등의 府使(부사), 刑曹(형조)・吏曹(이조)・兵曹(병조)의 參判(참판), 大司成(대사성), 漢城府(한성부) 判尹(판윤)의 벼슬을 지내며 조용한 행정가의 삶을 살았다. 외교관으로서의 기록인 『日東記游(일동기유)』와 함께 『修信使(수신사) 日記(일기)』가 전한다.

다음은 『日東記游(일동기유)』의 처음 부분이다.

〖事件(사건)의 發端(발단)〗

일본의 나라 경계는 우리나라 동래 남쪽에서 460리를 간다. 거기에 對馬島(대마도)란 섬이 있고 거기로부터 바다를 지나고 여러 섬을 지나 長門州(장문주)란 땅에 이르고 그곳 馬關(마관)이란 데가 그 나라의 육지로 연결된 땅이 시작되는 곳이다. 여기에서 大阪城(대판성),

江戶城(강호성)이 나오는데 모두 그 나라의 도성이다. 우리나라(조선왕조)가 성립된 이래로 때때로 사신의 왕래가 있었는데 宣祖大王(선조대왕) 壬辰年(임진년, 1592)에 이르러 平秀吉(평수길)이 關伯(관백)이 되었다. 〔관백은 일본의 大臣(대신)이다. 漢(한)나라 霍光傳(곽광전)의 사건에서 先關白光(선관백광)이란 말을 이용하여 관백이라 일컫게 된 것이다. 혹 博陸侯(박육후)라고도 일컫는데 이른바 天皇(천황) 행세를 하고 방자하여 사치함이 지극하였다.〕 함부로 사람을 죽이고 흉포함이 끝간 데를 몰랐다. 선조 대왕께서는 민생이 도탄에 빠짐을 특별히 생각하시고 시비를 따지지 않으실 뿐 아니라 (그 나라와) 화목하게 지내고자 하시어 300년 동안 哀慶(애경)의 禮(예)를 끊지 않으셨다.

今上(금상, 고종) 戊辰年(무진년, 1868)에 그 나라에서 관백을 폐하고 천황이 친히 정사를 돌보게 되자, 우리나라에 대하여서는 변방의 신하로 처신하지 않고 그 이름〔天皇(천황)〕의 망령되고 분수에 넘침이 지극하였다. 이런 까닭에 지난봄에 沁都(심도)의 사건이 있었다.〔沁都(심도)의 사전이란 다음과 같다. 즉 변리대신이라 일컫는 黑田淸隆(흑전청융)과 井上馨(정상형) 등이 찾아와서 자기네가 천황이라 일컫는 유래가 오래되었음을 말하고 특히 관백으로 정사를 친히 돌보게 하였으며 문서를 작성할 때는 이것을 일컫지 않기로 하였다. 지금에는 천황이 친히 정사를 돌보고 문서에 황제라는 이름이 있는데, 그 황제라 하는 것은 스스로 높이고자 하는 것일 뿐 다른 뜻은 없다고 하였다. 또 이르기를 우리가 그 즐겨 쓰는 것을 버리면 도리어 책임추궁의 말을 듣는다고 하였다.〕 그리하여 우리 조정에서는 모두 그 이름에 다른 뜻이 없음을 알고 옛날의 우호관계를 계속하기로 허락하였다. 그때에 저들의 사신들은 기뻐하며 돌아갔다.

〖使行(사행)의 派遣(파견)〗

조정에서는 저들이 비록 기뻐하며 돌아갔다고는 하나 그 핵심을 검토해 보면 마침내 우리에게 석연치 않은 점이 있는지라, 우리가 진정으로 저들보다 먼저 사신을 보내어 저들로 하여금 바라는 것 이상의 기쁨을 누리게 하고 우리는 은혜로이 대하여 감싸주며 정의로써 견제하고 공명정대함으로 감복케하며 신의로써 우정을 맺어 입술과 이빨의 관계에 있는 우리에게 해를 입히지 않고 우리의 울타리가 되어 함께 일을 도모할 것을 문의하여 앞으로의 계획을 세우기로 하였다. 이에 정부에서는 다음과 같이 공고하였다. 〈앞으로 일본에서 사신의 선박이 오면 그것은 전적으로 수호하려는 것인즉 우리에게도 이웃과 친하게 지내려는 뜻이 있는 것이다. 또한 이제 사신을 보내고자 하는데 修信使(수신사)라는 명칭을 쓰고자 한다. 그 수신사로 일컬을 이는 應敎(응교) 직분에 있는 金綺秀(김기수)요 특별히 正三品〔정삼품, 禮曹參議(예조참의)〕으로 품계를 정한다. 해당 관청에서는 이 소식을 전하라. 수행하는 인원도 그 일을 잘 알고 있는 자로 적당한 사람을 선별함이 마땅하겠다.〉

이런 윤허가 내리시니 때는 丙子年(병자년, 1876) 2월 22일이다.

윗글에 이어 서술된 다음과 같은 말은 그 당시 金綺秀(김기수)의 심경을 헤아리고도 남는다.

"나는 배운 것도 재주도 모자라는 사람인데, 어떻게 하면 이 사명을 완수할 수 있을까 두렵기 그지없다. …(중략)… 그러나 사대부로 태어나 임금을 섬기는 것이 도리이니, 임금님이 계실 뿐 내 한 몸은 잊을 것이며, 나라가 있을 뿐 내 집안을 어찌 생각하랴. 만약에 강건함을 내치고 柔弱(유약)에 흐르며 위험을 피하고 안전을 좇는다면 그것이 어찌 義(의)에서 나온 것이라 할 수 있으랴"

이렇듯 결연한 각오로 떠난 사행이요 그가 본 것은 개화한 일본의 눈부신 모습이었다. 그러나 김기수의 그 후 행적은 평범한 행정 관료였을 뿐, 개화를 위하여 움직인 흔적은 아무것도 없다.

아마도 이것이 그 시대 우리나라 지식인의 한계가 아니었을까 싶다.

※ 關白(관백) : ① 거쳐서 아룀. 『漢書(한서)』 霍光傳(곽광전)에 "모든 정사는 곽광을 거친 뒤에야 천자에게 아뢰었다."는 글에서 나온 것. ② 일본 역사에 成人(성인)이 된 천황의 최고 보좌관 또는 섭정. 平安時代(평안시대, 794~1185)에 생겨난 이 직책은 표면적으로는 천황을 대행하여 정무를 수행하였으나, 종종 정권의 실세로 행동하였음. 관례상 藤原氏(등원씨) 가문이 이 직책을 맡아 왔으며, 이외의 관백은 豊臣秀吉(풍신수길)과 그의 양자뿐이었음. 1590년 일본을 재통일한 그는 장군이라 칭하지 않고 藤原(등원)씨의 후손임을 선언하고 관백을 자처하였음. 이 직책은 德川時代(덕천시대, 1603~1876)까지 계속되었으나 풍신수길 이후에는 실권이 없어졌음.

〖日東記游〗

事會

日本之國界, 我東萊南府而去四百有六十里, 爲對馬之島, 由此而或水或島嶼, 而至長門州之赤馬關始其境連陸之地也. 由此而大坂之城·江户之城, 皆其之都也. 國朝以來, 時有使价來往, 至宣廟壬辰, 平秀吉爲關伯(卽日本之大臣, 用漢霍光傳事, 先關白光之語, 稱以關白, 或稱博陸侯, 而其所謂天皇, 恣其飽煖無所不爲) 搆釁逞凶, 無所不至. 宣廟特念民生之塗炭, 不苟較而與之和, 三百年哀慶不絶. 今上戊辰(高宗五年, 1868), 其國廢關白, 而天皇親政, 款于我, 邊臣不報, 惡其號名之僭妄也. 是以有春間沁都之役,(沁都之役, 其所謂辦理大臣黑田清隆, 井上馨等, 來道其天皇之稱所由來久, 特以關白爲政, 往來文字, 無是稱. 今則天皇親政, 所以文字之有皇帝號也. 其之皇帝, 自尊而已, 無他意也. 且謂, 我棄好, 反加責言.) 朝廷始悉其無他, 許續舊好, 彼使歡喜而去.

差遣

朝廷, 念彼雖歡喜而去, 究其中, 終不釋然我, 我苟先彼而使, 彼必望外喜之, 我乃惠而懷之, 義而制之, 正而服之, 信而結之, 不害爲脣齒我, 屛翰我, 詢謀同而措劃定, 於是政府啓, 向者日本使船之來, 專由於修好, 則在我善隣之意, 亦宜及今專使, 以爲修信使號, 以修信使稱, 應敎金綺秀, 特爲加資差下. 令該曹口傳單付, 隨帶人員, 以解事者量宜擇送事, 允下, 時丙子二月二十有二日也.

참고

霍光(곽광, ?~B.C. 68) : 前漢(전한)의 정치가. 자는 子孟(자맹). 河東平陽〔하동평양, 山西省(산서성) 臨汾縣(임분현)〕 출생. 驃騎將軍(표기장군) 霍去病(곽거병)의 이복동생으로, 10여 세 때부터 武帝(무제)를 측근에서 섬기다가, 무제가 죽을 무렵에는 大司馬大將軍(대사마대장군) · 博陸侯(박륙후)가 되었으며, 金日磾(김일제) · 上官桀(상관걸) · 桑弘羊(상홍양) 등과 함께 後事(후사)를 위탁받았다. 武帝(무제)가 죽자 8세로 즉위한 昭帝(소제)를 보필하여 정사를 집행하였으며, B.C. 80년 소제의 형인 燕王(연왕) 旦(단)의 반란을 기회 삼아 상관걸 · 상홍양 등의 政敵(정적)을 타도하고(김일제는 이미 병사했다) 실권을 장악하였다. 소제가 죽은 후에는 그를 계승한 昌邑王(창읍왕)의 제위를 박탈하고, 앞서 巫蠱(무고)의 난 때 죽은 戾太子(여태자)의 손자를 옹립하여 宣帝(선제)로 즉위하게 하였으며, 그 공으로 增封(증봉)되었다. 또한 皇后(황후) 許氏(허씨)를 독살하고 자신의 딸을 황후로 만듦으로써 일족의 권세를 강화하였다. 그러나 선제는 곽광이 죽은 후 그의 일족을 반역죄로 몰아 모두 죽여 버렸다.

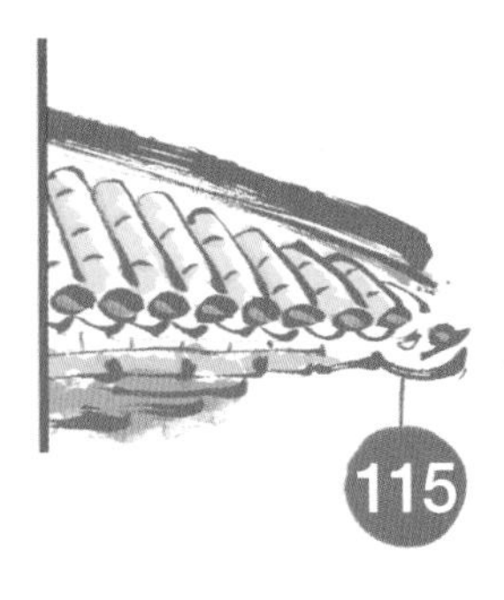

최익현 격고팔도사민

崔益鉉의 檄告八道士民

면암(勉庵) 최익현(崔益鉉) 선생

1905년, 한일간에 맺었다고 하는 이른바 乙巳保護條約(을사보호조약)은 우리 민족사에서 지울 수 없는 傷痕(상흔)이요 피멍울이다. 그것은 국가 간에 우호적이요 대등한 관계에서 맺은 협약이 아니요, 위협과 강제가 동원된 사기요 위조에 해당되는 勒約(늑약)이기 때문이다.

그 사건의 전말은 이러

하다. 러 · 일전쟁을 승리로 이끈 일본은 氣勢騰騰(기세등등)하여 大韓帝國(대한제국)을 보호국으로 만들려는 야욕을 드러내게 되었다. 그동안 일본에서는 꾸준히 征韓論(정한론)이 여론을 지배하고 있었다. 이러한 분위기에서 伊藤博文(이등박문)이 보호국으로 만드는 조약 締結(체결)의 사명을 띠고 한국으로 들어왔다. 그는 駐日公使(주일공사) 하야시 곤스케〔林權助(임권조)〕와 일본군대를 대동하고 慶雲宮(경운궁)에 있는 고종을 찾아가 고종과 시종한 대신들을 위협하며 보호조약에 서명할 것을 강요하였다.

고종은 결연히 그것을 거부하였다. 그러자 일본 군인이 外部大臣(외부대신) 朴齊純(박제순)의 職印(직인)을 가져다가 捺印(날인)해 버렸다. 그렇지만 고종은 끝끝내 그 서명을 거부하였다. 그 當時(당시) 대한제국은 皇帝(황제, 고종)가 외국과의 조약권을 가지고 있었으므로 황제의 裁可(재가)를 받지 못한 이 조약은 당연히 무효였다. 그러나 일본은 이것을 유효라고 우기며 후속의 음모를 꾸며 나갔다. 그 불법 무효의 조약을 제2차 韓日協約(한일협약) 또는 乙巳保護條約(을사보호조약)이라고 부른다.

이 무도한 勒約(늑약)의 발표로 온 나라는 悲憤慷慨(비분강개)의 도가니가 되었다. 이 조약이 만들어지기 반년 전에 駐英韓國公使館(주영한국공사관)의 公使署理(공사서리) 李漢應(이한응)이 任地(임지)에서 陰毒自決(음독자결)하는 사건이 있었다. 그리고 이 늑약 발표 후에 고종의 侍從武官(시종무관)이던 閔泳煥(민영환)이 국민에게 보내는 유서를 남기고 자결한 데 이어 좌의정 趙秉世(조병세), 前參判(전참판) 洪萬植(홍만식), 前大司憲(전대사헌) 宋秉璿(송병선), 學部主事(학부주사) 李相哲(이상철) 등이 줄줄이 음독자결하여 국민들이 義憤(의분)을 高揚(고양)시켰다. 그러자 각지에서 의병이 죽순처럼 돋아나고 퍼져갔다. 崔益鉉(최익현)이 前郡守(전군수) 林炳瓚(임병찬)과 함께 전라도 지역에서 900여 명의 의병을 모은 것이 바로 이때(1905)였다. 그때에 국민에게 호소한 檄文(격문)이 여기 소개하는 글이다.

崔益鉉(최익현, 1833 순조 33~1906 광무 10)은 본관이 경주요, 崔致遠(최치원)의 後裔(후예)이며 贈議政府贊政(증의정부찬정) 岱(대)의 아들이다. 자는 贊謙(찬겸), 호를 勉庵(면암)이라 하였다. 그는 當代(당대)의 巨儒(거유) 李恒老(이항로) 문하에서 修學(수학)하며 '愛君如父(애군여부) 憂國如家(우국여가)' 하는 충절의 덕을 닦아 그의 일생을 꿰뚫은 충의의 싹을 키웠다.

23세(1855 철종 6) 때 문과에 급제하면서 宦路(환로)에 나아가 承文院(승문원) 副正字(부정자), 司憲府(사헌부) 持平(지평), 司諫院(사간원) 正言(정언), 吏曹正郎(이조정랑)을 지냈으며, 그 후에 同副承旨(동부승지), 戶曹參判(호조참판)에 임명되었으나 나아가지 않았다. 다시 工曹判書(공조판서), 中樞院議官(중추원의관), 議政府贊政(의정부찬정), 京畿觀察使(경기관찰사) 등이 除授(제수)되었으나 모두 나아가지 않았다.

그의 행적은 관직에 있는 것이 아니라 언제든지 국정에 비리가 존재한다고 판단될 때 물불을 가리지 않고 정의와 正善(정선)을 부르짖은 의거에서 찾아야 할 것이다. 그 대표적인 사례가 丙子修護條約(병자수호조약, 1876)을 목숨 걸고 반대한 斥和上疏(척화상소)요, 여기에 소개하는 檄告八道士民(격고팔도사민) 등이다. 그는 乙巳條約(을사조약)에 반대하는 의병을 일으켜 전라도 순창에서 항쟁하다가

일본 대마도에 있는 최익현 선생의 순국비

그것이 同族相殘(동족상잔)임을 깨닫고 싸움을 멈춘 다음 스스로 포박을 받아 대마도에 유배되었는데, 그곳에서 敵國(적국)의 밥을 먹을 수 없다 하여 단식으로 버티다가 殉國(순국)하였다.

〖온 나라 선비와 백성들에게 알리는 격문〗

오늘의 나랏일은 차마 한들 어찌 말하겠습니까! 옛날에 나라가 망하면 단지 종사가 끊어질 뿐이지만, 오늘날 나라가 망하면 사람이 함께 멸망합니다. 옛날에 나라가 없어지는 것은 병사들이 쳐부수는 것이지만, 오늘날 나라가 없어지는 것은 계약에 따르는 것입니다. 병사들의 쳐부숨으로 망한다면 오히려 승패의 운수가 있을 수 있으나, 계약으로써 나라가 멸망한다면 스스로 무너져 구렁텅이에 빠지는 것입니다.

아하! 지난 시월 스무 하루 날의 변고여! 그것은 전 세계 고금에 일찍이 있었던 일인지 모르겠습니다. 우리는 이웃한 나라가 있는데 스스로 외교에 나설 수 없어서 다른 사람으로 하여금 대신 외교를 시켰으니 이것은 나라가 없는 것입니다. 우리는 토지와 인민이 있는데 스스로 관리하고 감독할 수 없어서 다른 사람을 시켜 대신 관리 감독하게 하였으니 이것은 임금이 없는 것입니다. 나라가 없고 임금이 없으니 무릇 우리 삼천리 땅 백성들은 모두 노예일 뿐이며 종첩일 뿐입니다.

대저 다른 사람의 노예가 되고 다른 사람의 종첩이 된다는 것은 살아 있어도 이미 죽은 것이나 같지 않습니까? 하물며 저들이 여우원숭이의 교활한 속임수로 우리에게 행동하는 것을 보면 두고 볼 수가 없습니다. 우리나라 안에 사는 사람들에게야 더 말해 무엇하겠습니까. 그러니 비록 노예가 되고 종첩이 되고자 한들 생명이나 얻을 수 있겠습니까. 왜냐하면 나라에 財源(재원)이 있다고 말하는 것은 사람에게 血脈(혈맥)이 있다고 말하는 것과 같기 때문입니다. 혈맥이 고갈되어 끊어지면 사람은 죽습니다. 오늘날 우리나라의 재원은 소출 되는 바가 적지 않게 있는데 그것을 저들이 빼앗아 움켜쥐고 하지 않는 짓이 있습니까.(중략)

저들 일본사람들은 비록 경망하고 조야하고 교활하며 거짓스럽고 예의도 정의감도 없어서 사람의 도리를 지킬 줄 모르는 자들이지만, 그러나 저들이 강력한 힘을 지니고 홀로 이길 수 있는 까닭은 다름이 아니라 오로지 마음과 힘을 합쳐서 나라 사랑하기를 제 한 몸 사랑하기보다 더하게 하는 까닭입니다. 하물며 우리나라 선비와 백성들은 선대 임금님들의 예의의 가르침을 겸손 되이 받들고 익혀서 사람마다 뇌수 가운데에 끓어오르는 붉은 피가 있으니 그것은 저들과 더불어 다름이 없지 않습니까? 그러므로 오늘날 우리 선비와 백성들이 해야 할 급선무는 천하의 대세(세계정세)를 잘 살피고 반드시 죽어야 하는 까닭을 아는 데 있을 뿐입니다. 대개 자기가 반드시 죽기로 마음을 가진 연후에는 기력이 스스로 분발하고 심지가 스스로 힘을 얻어서 나라사랑하는 충성스런 마음이 저절로 생기고 합심하는 효과가 저절로 나타나는 것입니다.

이에 남에게 의지하고 바라는 마음을 버리고 무디고 게으르고 위축된 습관을 떨쳐내며 옛 버릇에 묻혀 당장의 일만 해결하려는 잘못을 걷어버린 마음에 한 자씩 나아가되 한 치도 물러섬이 없으며 차라리 함께 죽을지언정 혼자 살아남겠다고 하지 않는다면 여러 사람의 마음이 한데 결집되고 하늘이 반드시 도울 것입니다. 저 閔泳煥(민영환) 趙秉世(조병세) 두 忠正公(충정공)의 죽음을 어찌 외롭게 할 수 있겠습니까? 나라가 망하고 인민이 없어지는 것은 오직 이 두 분만의 책임이 아닙니다. 그러나 이 두 분은 능히 국가인민으로서 그것을 자기 책임으로 삼고 자기 생명을 깃털처럼 여겨 희생하면서도 개의치 않은 것은 반드시 죽음으로써 정의를 백성들에게 보이려는 것 때문이요, 다른 마음이 있는 것이 아니었습니다. 진실로 우리 삼천리 강산의 인민들은 모두 능히 두 충정공의 마음을 자기 마음으로 삼아 반드시 죽겠다는 마음을 지녀 한마음이 된다면 어찌 역적들을 제거하지 못하며 나라의 권리를 회복하지 못하겠습니까?(하략)

諸葛亮(제갈량)의 出師表(출사표)를 읽고 울지 않는 이는 충신이 아니라는 말이 있다. 그러면 우리나라에서 출사표에 해당하는 글은 무엇일까? 만일에 그것을 20세기 초 구한말로 시대를 限定(한정)한다면 두 편의 글이 우리 앞에 펼쳐진다. 그 하나는 스스로 울고 쓴 張志淵(장지연)의 「是日也放聲大哭(시일야방성대곡)」이라는 皇城新聞(황성신문)의 논설이요, 또 하나는 여기 소개한 勉庵(면암)의 「檄告八道士民(격고팔도사민)」이다. 前者(전자)는 筆者(필자) 스스로 울고 쓴 것이요, 後者(후자)는 눈물을 안으로 삭이며 죽을 각오로 뭉쳐 항쟁하자는 것이다. 모두 다 乙巳勒約(을사늑약)이 낳은 산물이다. 그 당시 면암의 檄文(격문)을 읽은 이들은 竹槍(죽창)을 들고 蜂起(봉기)하지는 못하더라도 모두들 가슴속에 비수를 품으며 극일의 방도를 생각하였을 것이다.

아하, 그러나 어찌하랴. 백 년이 넘게 흐른 오늘날에도 면암의 이 호소는 여전히 유효한 외침이라는 것을!

〖檄告八道士民〗

今日國事 尚忍言哉. 古之亡國也 只宗社滅而已, 今之亡國也 並人種而滅. 古之滅國也 以兵革, 今之滅國也 以契約. 以兵革 則猶有勝敗之數, 以契約 則自趍覆亡之塗.

嗚呼 去十月二十一日之變. 是或全世界今古曾有之事乎. 我有隣國而不能自交 使他人代交 則是無國也. 我有土地人民 而不能自監 使他人代監 則是無君也. 無國無君 則凡我三千里人民 皆奴隷耳 臣妾耳. 夫爲人奴

隷 爲人臣妾 而生已不如死矣. 況以彼狐欺狙詐之術之施於我者 而觀之 其不肯遣. 我人種於此邦之域者 不啻較然矣. 然則雖欲求爲奴隷爲臣妾 而生寧可得哉. 何以言之國之有財源 猶人之有血脈也. 血脈竭絶則人死. 今我國之財源 所出若大若小 其有不爲彼攫者乎.(中略)

彼日本人者 雖其輕躁淺狡詐 無禮無義 不似人類者 然其强力獨勝之效 則無他 惟能合其心力 愛國之性勝於愛身之性故也. 況吾邦士民 素服習先王禮義之敎 而人人腦髓中活潑潑之赤血 固與彼無異者乎. 然則今日吾士民之最先急務者 在於察天下之大勢 知必死之故而已. 蓋知其必死然後 氣力自奮 心志自勵 愛國之誠自發 而合心之功自見矣.

於是而去依賴仰望之心 振頽惰萎靡之習 革因循姑息之弊 有尺進而無寸退 寧同死而不獨生 則衆心所結 天必佑之矣. 獨不見夫閔趙兩忠正之死乎 國家亡人民滅非獨此二人之責也. 然而此二人者 能以國家人民爲己責 捐生若鴻毛 而不少顧者. 所以示民必死之義 而無二心也. 苟吾三千里人民 皆能以二公之心爲心 持其必死之心 而無二焉 則何逆賊之不能去 國權之不能復哉.(下略)

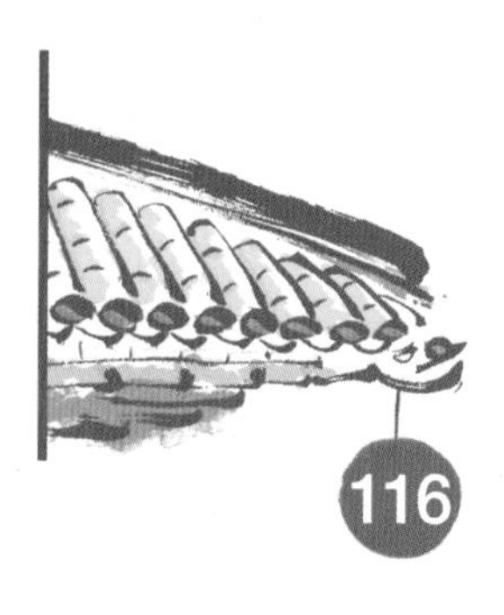

황준헌　　조선책략
黃遵憲의 朝鮮策略

1880년은 우리나라 역사에서 어떤 의미를 갖는 해일까? 西勢東漸(서세동점)의 제국주의 팽창이 한반도를 조여오고 세상 물정에 둔감한 우리 정부는 불안한 자세로 左顧右眄(좌고우면)하고 있었다. 그 해에 廣開土大王碑(광개토대왕비)가 세상에 알려졌다. 일본군 참모본부의 첩보요원인 사쿠오〔酒匃景信(주개경신)〕 中尉(중위)가 만주 집안에 있는 大王碑(대왕비)를 발견하고 碑面(비면)에 變改(변개)를 시도했던 해가 1880년이었다.

그리고 바로 그해에 수신사 金弘集(김홍집)은 몇 달에 걸쳐 일본을 다녀와서 그 성과를 復命書(복명서)로 제출하였다. 그 복명서 끝에 有添文書(유첨문서) 하나가 들어 있었다. 「朝鮮策略(조선책략)」이란 것이었다. 이것은 清欽使(청흠사) 參贊官(참찬관) 黃遵憲(황준헌, 1848~1905)이라는 사람이 私見(사견)으로 開陳(개진)한 한 편의 논설

황준헌(黃遵憲)

이다. 따라서 이것은 엄격하게 말하면 조선인의 글이 아니요, 조선에 대한 외국인의 글이다. 그러나 이것이 〈한국의 명문〉이라는 큰 틀 속에 들어올 수 있는 이유가 있다.

그 내용이 전적으로 19세기 말 當代(당대) 조선이 나아갈 길을 제시하고 있기 때문이요, 그것이 21세기 오늘날에 와서도 여전히 우리에게 유효한 사고와 행동의 실마리를 제공하고 있기 때문이다. 오히려 지금의 사정은 19세기 말보다 더 꼬였고 더 복잡하게 얽혀있다. 남북분단이 반세기 넘는 세월을 흘러오고 있는 現今(현금)의 국내외 정세는 6자회담이라는 얼개 위에서 해결의 화두라도 찾으려는 듯하다.

此際(차제)에 우리는 황준헌의 조선책략을 읽으며 어떤 감회에 사로잡히는가? 호흡을 가다듬고 깊이 생각하며 이 글을 읽어보기로 하자.

이 지구상에 엄청나게 큰 나라가 있으니 '러시아'라는 나라다. 그 폭과 둘레의 넓기가 세 개의 대륙(유럽·아시아·아메리카)에 걸쳐 있고 육군의 정병이 100여 만이요, 해군의 거함만 200여 척이다. 자세히 살펴보면 그 나라는 북쪽에 자리하여 기후는 춥고 토양은 척박할 수밖에 없으므로 부지런히 나라 땅을 넓혀 나라를 풍요롭게 하고자 하였다. 그래서 지난 피터 임금시절부터 새로이 강토를 넓히기 시작하여 어느새 옛날의 10배를 넘게 되었다. 현재의 임금에 이르러서는 또다시 네 바다를 아우르고 온 천지를 모두 집어삼킬 마음을 품게 되었다.

그 증거가 있으니 중앙아시아 위글 부족 여러 나라를 잠식해 들어가 거의 다 없애버렸다. 온 천하가 러시아의 이러한 의지가 대단하다는 것을 알고 여러 나라들이 자주 연합하여 서로 거리를 두고 대치하기도 하였다.

'터키' 라는 나라 하나를 러시아는 오래전부터 병탄하고자 하므로 영국과 프랑스가 힘을 합쳐 막아내며 유지해 왔으나 러시아는 졸연

조선책략(朝鮮策略)

히 그 뜻을 접으려 하지 않았다. 또한 서양의 여러 나라들 예컨대 독일, 오지리, 영국, 이탈리아, 프랑스 등에 대해서도 러시아는 호시탐탐 노리고 있었으나 (그들 나라는) 한 치의 땅도 결단코 남에게 빼앗기지 않았다. 그리하여 러시아는 이미 서유럽을 침략하는 것은 불가능하다는 것을 알고 돌연히 계획을 변경하여 동쪽의 땅을 공략하기 10여 년에 일본으로부터 화태를 얻었고, 중국으로부터 흑룡강 동쪽을 얻어냈고 또 도문강 하구에 군사기지를 설치하였다. 거기에 높은 건물을 세우고 활동범위를 넓혀 그 지역 경영에 나서니, 나머지 힘을 남김없이 쏟지 않는다면 (러시아가) 아시아에서 그 뜻을 얻을 따름이리라.

조선이라는 한 나라의 땅은 실로 아시아의 요충에 자리 잡고 있어서 그 지리적 조건이 반드시 다툼의 장소가 되게끔 되어있다. 조선이 위태로우면 중동의 세력권이 불안해진다. 러시아가 남의 땅을 침략하려 한다면 반드시 조선으로부터 시작할 것이다. 아하, 러시아가 이리·늑대가 되어 힘써 정복정책을 시행한 지 삼백여 년이다. 그 시초는 유럽에서였고 중앙아시아로 계속되었으며, 오늘날에 이르러 다시 동아시아에 이르렀으니 조선이 그 피해를 맞이하게 되었다. 그러므로 조선을 위하여 대비책을 세우는 것은 오늘날의 급선무이니 곧 러시아를 방어하는 일이다. 그렇다면 러시아를 방어하는 방책은 무엇인가?

(조선이) 중국과 친밀하게 지내고, 일본과 동맹을 맺으며, 미국과 연대하여 스스로 강한 나라가 되려고 도모하는 일이 있을 뿐이다.(이하 생략)

이 글을 읽으며 우리는 진정으로 착잡한 심경을 금할 수 없다. 한

나라의 외교관이 다른 나라의 외교정책에 대하여 얼마만큼 왈가왈부할 수 있는 것일까? 그리고 청나라는 진정으로 조선에 우호적이기만 한 것이었을까? 우리나라는 이 글로 말미암아 開化運動(개화운동)이 활발하게 일어났고, 뒤미처 청일전쟁·러일전쟁을 치른 뒤에 끝내는 庚戌國恥(경술국치)에 이르고 말았다.

그러나 이 글 속에는 앞으로의 세계가 美蘇(미소)의 兩强構圖(양강구도)로 짜여질 것이라는 조짐도 들어 있고, 한 나라가 자력으로 부국강병을 도모하지 않는 한, 그 나라가 외세에 시달리는 것은 어쩔 수 없는 운명이라는 암시도 들어 있다.

우리는 이제 우리 슬기, 우리 힘으로 21세기의 한국책략을 설계하여야 할 것이다.

〖朝鮮策略 廣東黃遵憲私擬〗

地球之上 有莫大之國焉 曰俄羅斯. 其幅員之廣 跨有三洲 陸軍精兵百餘萬 海軍巨艦二百餘艘. 顧以立國在北 天寒地瘠 故狡然思啓其封疆 以利社稷.

自先世彼得王以來 新拓疆土 旣踰十倍. 至於今王 更有括四海 併合八荒之心 其在中亞細亞回鶻諸部 蠶食殆盡. 天下皆知其志之不少 往往合從以相距.

土耳其一國 俄久欲並之 以英法合力維持 俄卒不得

逞其志. 方泰西諸大 若德 若奧 若英 若意 若法 皆耽耽虎視 斷不暇尺寸之土以與人. 俄旣不能西略 乃幡然變計 欲肆其東封 十餘年來 得樺太洲於日本 得黑龍江之東於中國 又屯戍圖們江口 據高屋建瓴之勢 其經之營之 不遺餘力者 欲得志於亞細亞耳.

朝鮮一土 實居亞細亞要衝 爲形勝之所必爭 朝鮮危則中東之勢日亟 俄欲略地 必自朝鮮始矣. 嗟夫 俄爲遽狼秦 力征經營 三百餘年 其始在歐羅巴 繼在中亞細亞 至於今日 更在東亞細亞 而朝鮮適承其弊. 然則策朝鮮今日之急務 莫急於防俄. 防俄之策 如之何 曰親中國 結日本 聯美國 以圖自强而已(以下略)

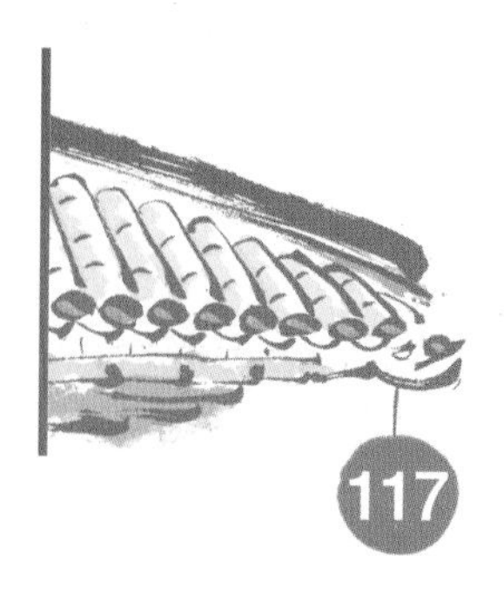

李沂의 一斧劈破論

(이기 일부벽파론)

이기(李沂)

20세기가 막 시작되는 시점이었던 1900년. 나라는 대한제국이라 문패를 바꾸어 달았으나 500년 조선왕조의 法統(법통)을 저버린 것은 아니었다. 오히려 조선을 대한으로 바꾸고 임금을 황제로 개칭함으로써 중국이나 일본과 평등한 황제의 나라가 되었다고 자찬 자만하는 분위기를 조성하고 있었다. 그러나 그 분위기를 조성하는 주체들은 국정을 책임진 고위관료들이었다. 그리고 그 관료들의 뒤에 국정을 조정하고 壟斷(농단)하는 일제의 魔手(마수)가 숨어 있었다.

이러한 때에 나라의 앞날을 근심하는 當代(당대)의 지식인들은 어떤 심정이었을까? 독립협회를 주축으로 하는 신지식인 계층의 시민

단체가 결성되어 나라 안에 新氣風(신기풍)을 일으키며 萬民共同會(만민공동회)라는 이름으로 사회개혁을 시도하지만 그 노력은 御用團體(어용단체)인 皇國協會(황국협회)의 방해로 무산되고 결국 獨立協會(독립협회)의 활동도 終焉(종언)을 고하는 형편이었다.

나라를 책임지고 이끌어 가는 지도층의 일대 혁신이 焦眉(초미)의 과제로 다가왔다는 것을 모르는 지식인은 없었을 것이다. 그 一群(일군)의 憂國(우국) 지식인들은 한결같이 守舊的(수구적) 위정자들의 변화를 촉구하였다. 그 喊聲(함성)의 하나가 李沂(이기)의 一斧劈破論(일부벽파론)이다.

"한 번의 도끼질로 문제점을 시원하게 파헤친다."는 그 제목부터가 鬱憤(울분)의 凝集(응집)으로 느껴지지 않는가?

이 글을 지은 李沂(이기, 1848 헌종 14~1909 융희 3)는 실학을 공부한 전형적인 유생이다. 호를 海鶴(해학)이라 하였다. 37세 때인 1894년에 東學(동학)의 蜂起(봉기)가 일어나자 그 취지에 동조하고 성원하였으나 조만간 그들의 행태에 실망하고 나중에는 동학군의 횡포를 진압하는 데 앞장섰다. 58세 때에 張志淵(장지연) 등과 大韓自强會(대한자강회)를 조직하였다. 그로부터 두 해 뒤인 1907년에 乙巳五賊〔을사오적, 朴齊純(박제순), 李址鎔(이지용), 李根澤(이근택), 李完用(이완용), 權重顯(권중현)〕을 암살하려는 기획이 綻露(탄로)되어 珍島(진도)에 유배되었다. 유배가 풀린 뒤에 「湖南學報(호남학보)」를 창간하는 등 참다운 開化啓蒙(개화계몽)에 헌신하였으나 뜻을 펴지 못하고 1909년 62세로 생을 마쳤다.

이 글은 守舊勢力(수구세력)들이 신교육의 참뜻을 이해하고 거기에 邁進(매진)할 것을 촉구하기 위하여 쓴 글이다.

『한 번 도끼질로 내리쳐 쪼개는 글』

요즈음 국권 회복을 주장하는 사람은 누구이건 학문을 말하지 않는 사람이 없고 교육을 말하지 않는 사람이 없다. 여러분들도 이미 여러 번 들었을 것이다. 그러나 그 주장 역시 조리가 없고 불분명한 것이어서 듣는 사람들을 크게 놀라고 의심스럽게 한다. 생각해 보면 우리나라는 500년 동안 글을 존중하는 정치를 하였는데 어찌 학문이 없으며 교육이 없었다고 하겠는가? 다만 갑오년 개혁 이후로 인재를 발탁하지 않고 헛되이 賂物(뇌물)만 밝히니 經書(경서)를 열심히 읽고 공부한 선비들은 모두 巖穴(암혈)에서 늙고 병들어 죽어갔다. 그래서 드디어 오늘날 같은 退弊(퇴폐)에 이른 것이다. 더구나 신학문이니 신교육이니 하는 주장이 나온 뒤로 조정에 등용되어 으스대는 자들은 임금과 아비를 배반하고 나라를 팔아먹으며, 외국에 유학하고 돌아온 자들은 그들의 배경 세력을 믿으며 높은 관직을 차지하려고 기웃거릴 뿐이다. 그러니 이따위 학문, 이따위 교육은 나라를 망하게 하는 데에 알맞을 뿐, 나라를 흥하게는 할 수 없는 것이다. (신학문 신교육 하면) 머리를 절레절레 흔들고 손을 휘저으며 뒤돌아서서 돌아보지 않는 것은 여러분의 주장이 옳지 않아서 그런 것은 아니다. 거기에는 또한 하나는 알고 둘은 모르는 잘못이 있으니 (그런 사람들에게) 어찌 간곡하게 충고를 하지 않겠는가!

여러분 잘 살펴보자. 지금 조정에 등용되어 잘 나가는 자들은 모두 지난 시절에 배운 사람들인데 그들은 곧 공자님이 말씀하신 “40대가 되고 50대가 되어도 세상에 아무런 업적을 남기지 못한 자들"이라고 한 그런 자들이니 진정으로 그들을 탓하고 따질 일이 아니다. 또 외국에 유학하고 돌아온 자들은 모두 20대 후반으로서 가정에서 보고 들은 것도 별로 없고 세상 물정에도 어두워서 그 병폐가 痼疾(고질)이 되었다. 3년이나 5년 정도의 학문과 교육으로 그들의 肺腑(폐부)를 어찌 속속들이 씻어내며 그들의 몸과 마음을 바꾸어 놓을 수 있겠는가? 그러므로 나 역시 여러분과 같은 노장의 나이에 (여러분이) 유치한 일거리에 집착하기를 바라는 것은 아니다. 그저 그 자손들이 눈앞에 살아 있을 때에 진정으로 신학문 · 신교육을 성취하지 않으면 또다시 그 아비와 할아비의 우둔하고 어두운 것을 따라갈 것인즉 그 얼마나 애석한 일이 아니겠는가! 아하! 여러분은 역시 낡은 학문을 배운 옛 사람이다.

얼마 남지 않은 여생을 즐겨 남의 노예가 되어 나라를 회복시킬 계책을 구하려 하지 않으려는가? 필경 "우리들은 재주와 능력이 그 일을 감당할 수 없으니 어찌하겠소."라고 할 것이다. 그렇다면 여러분의 재주와 능력은 정말로 나라를 망하게 할 뿐이요, 나라를 흥하게 할 수는 없을 것이다. 어찌 그렇게 스스로 도둑놈의 이름을 남기어 후세에 두고두고 죄인이 되려고 하는가?

옛사람이 말한 바가 있다. "뜻이 있는 사람은 반드시 일을 성공으로 이끈다." 그러므로 나는 여러분이 뜻이 없는 것을 근심하지 재주와 능력이 없는 것을 근심하지는 않는다. 대체로 뜻이 한결같으면 힘이 생기기 마련이요, 힘을 온전히 쓰면 재주도 생기기 마련이다. 이것이 천연의 이치이다. 여러분은 이제 세 가지 뜻을 가지고 있다고 생각한다. 사람이 몸에 병이 생기면 약을 먹는데 그 약이 효험이 없으면 약을 바꾸어 보려고 한다. 또 집이 있는 사람이 그 집에 오래되어 기울면 받침대로 버티어 놓았다가 그래도 아니 되면 (그것을 헐고) 다시 지어볼 생각을 한다. 그런데 지금 나라가 병이 깊이 들어 구하기 힘들게 되었다. 그 집이 (기울어) 이미 구할 수 없는 지경인데 옛날의 名醫(명의) 軒轅(헌원)이나 岐伯(기백)의 妙方(묘방)을 써야 할 것 아닌가? 조상님들의 옛집은 어려움에 처했는데 손 놓고 마주 바라보기만 한다면 나라를 도모하려는 뜻은 (없는 것이니) 그저 자기 한 몸이나 제집을 돌보려는 것보다 못한 일일뿐이다. 그러므로 나는 여러분에게 말한다. "여러분은 뜻이 없는 것을 근심할 일이요, 재주와 능력이 없는 것을 근심하지 말라!"

오늘날 우리나라 사람들의 마음을 헤아려 보면 나라를 도모하려는 마음은 자기 몸이나 집안을 돌보려는 마음과는 같지 않으니 어찌 이것을 남의 탓이라고만 하겠는가! 단군 · 기자 조선 이래 姓(성)을 바꾼 왕조가 여러 번 있었다. (그러나) 그 백성들은 모두 새로운 정치에 복종하여 오히려 처자식과 함께 즐거움을 누렸다. 그리고 공부한 선비와 지식을 갖춘 군자들이 더러 종적을 감추고 벼슬하지 않았으나 그들도 오히려 뒷날에 명예로운 이름을 얻을 수 있었다. 나 또한 무슨 근심이 있을 것인가? 그러나 근자에 나라를 망치는 新法(신법)은 그렇지 않다.

(그들은) 임금의 자리도 바꾸지 않고 나라 종사도 고치지 않았지만 간사하고 불순한 무리들을 앞세워 왕명을 빙자하여 학정을 행할 뿐 아니라 제 종족을 (다른 나라로) 이민을 보내어 종당에는 종족을 끊어 버리고 그런 다음 서서히 식민지를 삼으려고 한다. 여러분께 엎드려 간절히 청한다; 저 폴란드, 이집트, 인도, 월남의 역사를 얻어다 읽어보지 않겠는가. 저들의 그 서글픈 사정과 참혹한 형편이 과연 어떠하였는가! 이것이 이른바 나라 망치는 新法(신법)이다. 나라를 망친

이기(李沂) 선생의 학술대회

자도 신법을 썼고 또 나라를 다시 찾은 자도 마땅히 신법을 쓰니 그 이유는 참으로 분명한 것이다. 그렇건만 오히려 편안히 앉아서 옛것을 지키고 새것을 도모하려고 생각지 않는다면 어찌하겠다는 것인가. 그러면 저 商書(상서)에 일컫는바 옛날 썩어 더러워진 풍속을 벗고 온통 새롭게 維新(유신)하라는 것이나, 毛詩(모시)에 일컫는바 周(주)나라가 비록 옛 나라이기는 하지만 그 정신을 유신하라는 것이나, 논어에 일컫는바 옛것을 올바로 깨달아 그것을 새롭게 발전시키라는 것이나, 대학에 일컬은 바 날로 새롭고 또 매일같이 새롭게 하라는 뜻이 모두 다 서로 어긋남이 없이 한결같지 아니한가? 그러므로 나는 오늘날 새 학문을 배척하는 자들은 우두를 (맞지 말자고) 배척하는 자들과 다를 것이 없다고 생각한다.(이하 생략)

海鶴(해학)은 이 글에서 舊學問(구학문)이 事大主義(사대주의), 漢文傾倒(한문경도), 身分差別(신분차별)의 弊端(폐단)이 있음을 지적하면서 그것을 타파하기 위하여 獨立精神(독립정신), 國文宣揚(국문선양), 萬民平等(만민평등)을 主唱(주창)하였다. 또한 교육은 신개념의 세 가지 교육 곧 智育(지육), 德育(덕육), 體育(체육)을 골고루 함양하여야 한다고 역설하였다. 오늘의 안목으로 보면 평범한 생각이라고 할 수 있으나, 當時(당시)에는 이 정도의 識見(식견)에도 못 미치는 사람들이 나라를 책임지고 있었다.

한 시대가 마무리되고 새 시대가 열리는 무렵에 세상을 멀리 내다보는 지식인의 고뇌가 어떠했는가를 짐작하게 한다.

〖一斧劈破論〗

近日論恢復國權者 莫不曰學問曰教育 諸公亦已稔聞矣. 然其說亦不免支離糊塗 使聽之者必大驚而大疑. 以爲我國朝五百年 尙文之治 何嘗無學問 何嘗無教育. 但甲午以來 不取人材 徒視賄賂 窮經讀書之士 多老死巖穴. 遂致今日之沈淪 而況自新學問·新教育之說之起. 其登據朝著者 背棄君父 販賣國家, 其游學外邦者 藉托聲勢 竊占官職而已 則若此等學問 此等教育 適足以亡國 不足以興國也. 搖頭麾手 却走而不顧 則諸公之言未爲不是也. 然亦有知一不知二之弊 愚何敢不盡情相告哉.

諸公 試看登據朝著者 類皆舊學時人 而卽夫子所謂四十五十而無聞者也. 則固不足論矣. 其游學外邦者 又皆二十後人 而家庭聞見之陋 時世習慣之誤 已成痼廢. 豈可以三五年間學問教育 而磨洗其腸肚 移換其肢軆耶. 故愚亦非望諸公臨老壯之歲 執幼稚之務也. 奈其子孫生在眼前 苟不以新學問·新教育而成就之 復踵其父祖之野昧 則寧不可惜哉. 嗟乎諸公 亦舊學時人也. 其將以餘年 甘作奴隷 而不求恢復之策否 必曰吾輩其如才力不及何哉 然則諸公才力 亦足以亡國 不足以興國者也. 豈獨躬犯賊名 而後爲罪耶.

古人云 有志者事竟成 故愚謂諸公患無志 而不患無才力. 盖志一則力生 力專則才生 此天然之理也. 諸公於是幸三致意焉, 夫人身有病 而服藥不得效 則必思易劑, 家有屋 而支傾不得救 則必思改造, 而今國之病 已不得救矣. 其屋已不得救矣, 猶且以軒岐之舊方. 祖先之舊居爲難而岸然相視 則此其謀國之志 不如謀身謀家者耳. 故愚謂諸公 患無志而不患無才力也.

今以我人情形論之 其謀國不如謀身家者 豈有他說哉, 盖有檀箕以來易姓亦屢矣 其人民共服新政 猶可以享妻子之樂 其士君子遯跡不仕 猶可以取後世之名 吾亦復何憂乎. 奈近日滅國新法則不然 不易君位 不改宗

社 而但進用奸小不逞之徒 假其王命而行虐政 移其人族而絶種類 然後徐徐收以爲殖民之地. 伏乞諸公試取波蘭埃及印度安南史而讀之 其悲怛之情慘酷之狀 果何如耶. 是謂滅國新法也 滅國者旣用新法 則復國者亦當用新法者 其理甚明矣.

而猶將自居 守舊不念圖新 則其於商書所稱 舊染汚俗 咸與維新 毛詩所稱 周雖舊邦 其命維新, 論語所稱 溫故而知新 大學所稱 日新又日新之義 不相繆戾耶. 故愚謂今之斥新學者 無以異於斥牛痘矣.(下略)

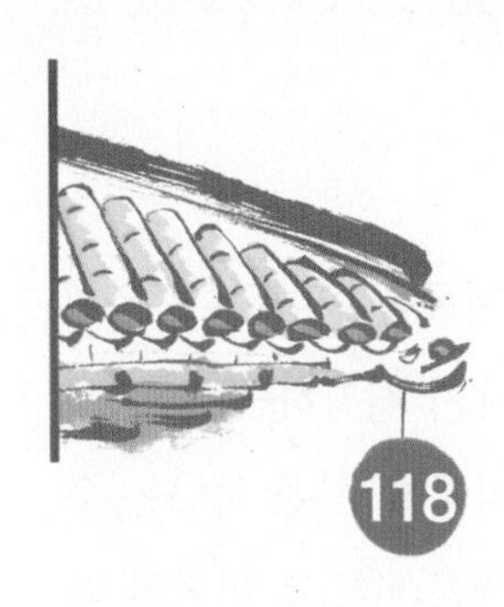

118

尹瓊純(윤경순)의 廣寒樓樂府序(광한루악부서)

樂府(악부)라는 말은 첫째로는 음악을 다루는 관공서라는 뜻이요, 둘째로는 음악 반주에 맞추어 가창되는 詩賦(시부)를 가리키는 말이다. 지금으로부터 2200여 년 전 前漢(전한) 시절에 한편으로는 온 나라에 퍼져 있는 風謠(풍요)를 수집하고, 또 한편으로는 옛날 음악을 정비하고 전수할 필요에서 그것을 관장할 관청을 세우니, 그 이름이 곧 악부였다. 이 악부에서는 이름난 文士(문사)로 하여금 새로운 시부를 짓게 한 다음, 그것을 음률에 맞추고, 이렇게 協律(협율)된 시부를 음악 반주에 따라 노래 부르게 하였다. 그리고 이렇게 歌唱(가창)된 시부도 또한 악부라 이름하였다. 따라서 시부는 吟詠(음영)이나 口誦(구송)에 그치지만, 악부는 반드시 음악 반주에 맞추어 노래하는 歌曲(가곡)을 가리키는 것이었다.

이러한 악부 창작의 전통은 漢代(한대) 이후 唐(당)·宋(송)을 거쳐

元(원)·明(명)·淸(청)에 이르기까지 꾸준한 전통을 이어왔다. 우리나라에서는 高麗(고려) 때부터 악부가 나타나기 시작하는데, 크게 두 가지 흐름이 있다. 하나는 순수히 창작된 악부요, 다른 하나는 우리의 고유가요, 곧 우리말로 부르는 시가를 漢詩(한시)로 번역한 악부이다.

李齊賢(이제현)의 『益齋亂藁(익재난고)』에 우리의 古歌謠(고가요)를 七言絶句(칠언절구)로 번역하고 그것을 小樂府(소악부)라 한 것이 번역 악부의 嚆矢(효시)인데, 이러한 전통은 조선 후기까지 면면이 이어져 판소리 春香傳(춘향전)을 漢譯(한역)한 尹達善(윤달선)의 廣寒樓樂府(광한루악부)에 까지 이른다.

이 광한루악부 끝에는 지은이 윤달선의 간략한 小序〔소서, 後記(후기)〕가 적혀 있는데 그 내용을 간추리면 대략 다음과 같다.

紫霞(자하) 申侍郞(신시랑)께서 (춘향전을 소재로 한) 觀劇詩(관극시)를 수십수 지으셨는데 그 풍류와 운치가 근세의 絶唱(절창)이기는 하지만 그 시의 분량이 너무 적어 참으로 애석하기 그지없었다. (그러던 중, 나는) 壬子年(임자년, 1852년, 철종 3) 초가을에 더위를 먹어 고생하며 僧伽寺(승가사) 北禪院(북선원)에 가서 病(병)을 조섭하고 있었다. 마침 날씨는 서늘하고 잠도 오지 않는지라 정신을 가다듬고 판소리 春香歌(춘향가) 한 마당을 대본 삼아 小曲[소곡, 七言絶句〔칠언절구〕] 108첩을 짓고 광한루악부라 이름하였다. 이것은 감히 紫霞(자하)의 시와는 견줄 수도 없고 詩文壇(시문단)에 이름을 얹기도 외람되나 문학적 興趣(흥취)야 다를 것이 없지 않은가!

헤어지고 만남에 슬픔과 기쁨을 느끼는 정감에 이르러서는 시중에 유행하는 노래들이 만분의 일도 제대로 묘사하지 못하니 진실로 감정표현에 어긋남이 크고 사람들의 손재주〔글재주〕도 미치지 못하는 바가 크다. (그리하여 이제 내가 감히) 감추어 두었던 벼루 상자를 꺼내 놓고, 꽃핀 나무 아래 술동이를 앞에 놓고 제멋에 겨워 스스로의 감회를 펼치는 바이다.

이 글을 보면 윤달선이란 분의 謙辭(겸사) 속에 자기 작품에 대한 오만하리만큼 당당한 자신감이 넘쳐흐른다. 그렇다면 이 악부가 실제의 19세기 조선사회에서, 특히 閑良(한량) 士類(사류)들이 중심이 된 漢陽(한양)의 사랑방 문단에서 얼마나 인정을 받고 또 애창되었던 것일까? 자못 궁금하기 그지없다.

다음은 이 樂府作者(악부작자)의 친구가 되는 尹瓊純(윤경순)이란 분의 樂府序(악부서)이다.

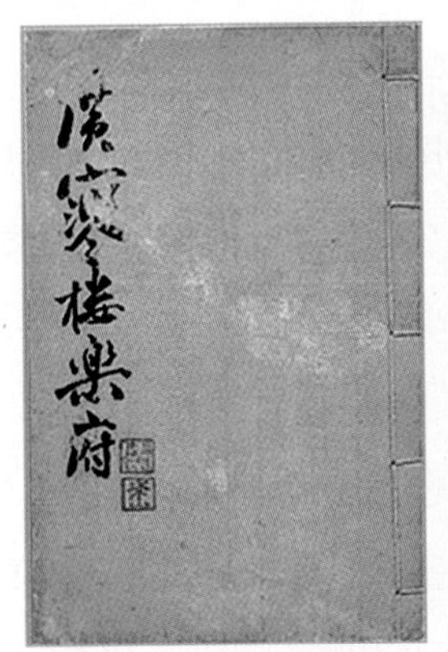

광한루악부(廣寒樓樂府)

『광한루악부서』

우리나라 판소리 공연은 한 사람이 서고 한 사람이 앉는데, 선 사람이 노래를 부르고 앉은 사람이 북을 두드려 장단 가락을 맞추는 것이다. 무릇 판소리 노래에는 열두 마당이 있는데 춘향가가 그중의 하나다. 춘향가를 즐기는 사람이라면 마땅히 세 가지 특이 사건을 알아야 한다. 처음에 이 도령이 산책을 즐기다가 춘향을 만난 것이 첫 번째 특이사건이요, 중간에 갖은 풍상을 다 겪고 옥에 갇혀 고통스럽기 이를 데 없었으나 마침내 수절을 지켜내는 것이 두 번째 특이사건이고, 끝으로 서슬 푸른 형틀과 위의를 갖춘 도끼(암행어사)가 남쪽으로 내려와 놀라운 기쁨을 맞아하며 헤어졌던 두 사람이 다시 결합하는 것이 세 번째 특이사건이다. 이 이야기는 비록 한때의 통속적인 사랑 이야기에 근거를 둔 것이지만 어찌 그것이 비천한 것이겠는가! 나라의 풍속이 이성을 사랑하지만 절도를 지키는지라 남녀 간의 음란한 노래와는 분명히 다른 바가 있다.

아, 춘향이가 떠난 후로 몇백 년 동안 뜻있는 선비 또한 얼마나 한스러웠으랴. 한 사람도 그 이야기를 노래로 읊어 세상에 전하는 이 없고, 다만 헛되이 놀이마당에서만 불리어졌으니…. 그런데 우리 친구 호산자는 옛것을 좋아하여 널리 읽은 것이 많은 사람인지라, 이 춘향이 이야기가 (악부로) 전해지지 않았음을 개탄하여 여기에 판소리 노래에 따라 일백팔 첩의 노래를 지어 기록하고, 그것을 광한루악부라 이름하였다.

아하 그 이야기는 한 번 몸짓에 한 가지 표정이요, 한 번 웃음에 한 마디 말씨이고, 한 번 울음에 한줄기 눈물이다. 춘향의 이야기에 신묘하지 않은 것이 없으니 그 기쁨은 봄비가 멈추어 문득 맑은 날이 되는 것 같고, 백 가지 새가 즐거움을 읊어 기뻐하는 것 같으며, 그 슬픔은 강물이 흐느껴 우는 소리를 듣는 것 같고, 산골짜기 잔나비가 슬피 우짖는 듯하여 슬픈 마음에 눈물이 흐르는 것을 깨닫지 못할 만큼 슬프고, 그 즐거움은 공손랑이 칼춤을 추는 듯하여 단지 무지개가 하늘에 걸린 것을 보는 듯, 하늘과 땅이 온통 낮아졌다 떠올랐다 하는 듯하니 이것이 이 문장의 신비로운 경지이다. 만약에 춘향으로 하여금 이 글을 읽게 한다면 어찌 생끗 웃으며 돌아서서 부끄러워하지 않겠는가. 춘향은 분명 그리하였으리라.

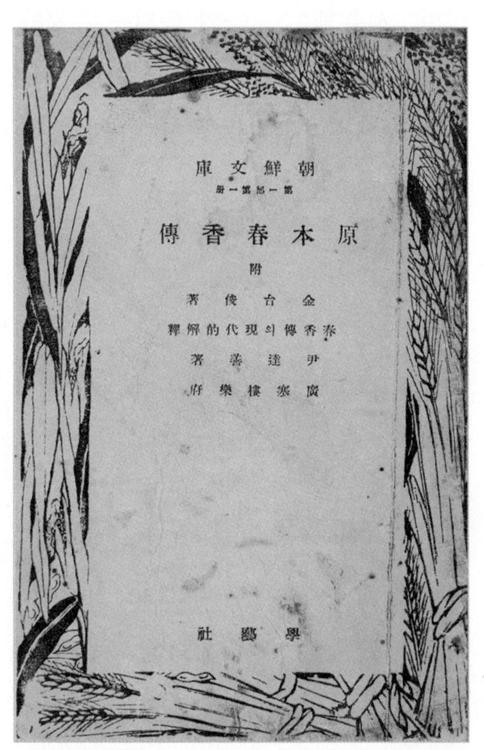
朝鮮文庫
第一部第一冊
原本春香傳
附
金台俊著
春香傳의現代的解釋
尹達善著
廣寒樓樂府
學藝社

춘향전과 광한루 악부가 합본된 원본춘향전(原本春香傳)

그대가 앵두꽃 아래에서 술 한 잔을 들어 신령에게 그 술을 붓고 문득 또다시 술잔을 들어 술을 마시면서 이 시를 붉은 입술을 빌어 노래하게 하면 한평생 가슴속에 응어리졌던 기운을 쏟아내고 온갖 시름을 모두 풀어 버리리라.

임자년(1852) 섣달 옥전상인이 면금헌에서 쓰노라.

판소리 春香歌(춘향가)가 漢詩樂府(한시악부)로 바뀌었다는 것은 무엇을 뜻하는가? 그것은 諺文(언문)을 근간으로 하는 서민·대중의 문학이 사랑방 兩班(양반)·士類(사류)들의 한시 문학으로 變身(변신)한 것이다. 이 變身(변신)은 양반과 상민이 모든 생활에서, 특히 문학을 즐기는 문화생활에서 각자의 세계를 형성하며 팽팽한 이중구조를 가지고 있던 조선조 사회가 융합을 모색하는 현상으로 해석될 수도 있다. 양반이 서민들에게 화합의 손짓을 한 셈이다. 다시 말하여 양반·사류들이 그들의 품위는 유지하면서도 판소리 마당에서 느끼는 서민감정을 공유하겠다는 몸놀림으로 보인다는 것이다.

이 광한루악부서는 이러한 서민과의 문학적 공감대 형성을 제안하는 손짓이요, 그 해설이다.

〖尹瓊純의 廣寒樓樂府序〗

我國 倡優之戱, 一人立一人坐 而立者唱 坐者以鼓節之. 凡維歌十二腔 香娘歌 卽一也. 聽香娘歌者 當知有三件奇事 始與李郞君爲遊玩之遇 一奇也. 中間閱歷風霜 鎖鸚打鴨 無所不至 而終守柏舟之節 一奇也. 末乃蒿砧 仗繡斧南來 樂昌之鏡 旣分而復合 亦奇也. 此雖出於一時稗官俚語 而其庶乎 國風之好色而不淫 與桑濮之音有間矣.

惜乎 自香娘去後 上下幾百年 綿繡才子亦何恨 無一人播詠於聲律之間 而徒付之淨丑劇戲之場也. 吾友壺山子 好古博覽人也. 慨其事之無傳 於是依其歌 而作小曲百八疊 以記之 名之曰 廣寒樓樂府.

噫 其門一肌一溶 一笑一語 一涕一沱. 無非爲香娘傳神 而其喜也如春雨乍晴 百鳥吟弄而自得. 其悲也如聞隴水鳴咽 峽猿啼號 不覺悽然而淚下. 其快也如公孫娘舞劒 但見逗虹閃日 天地爲之低昂 此文章之妙境也. 若使香娘見之 豈有不嫣然而笑 背面而羞者乎 香娘則已矣.

子試於櫻桃花下 飛一盞酒酹其神 便復引觴痛飮 以此詩借朱脣歌之 則一生胸中喂壘不平之氣 亦可以盡澆也.

壬子臨月 玉田山人書 于眠琴軒中.

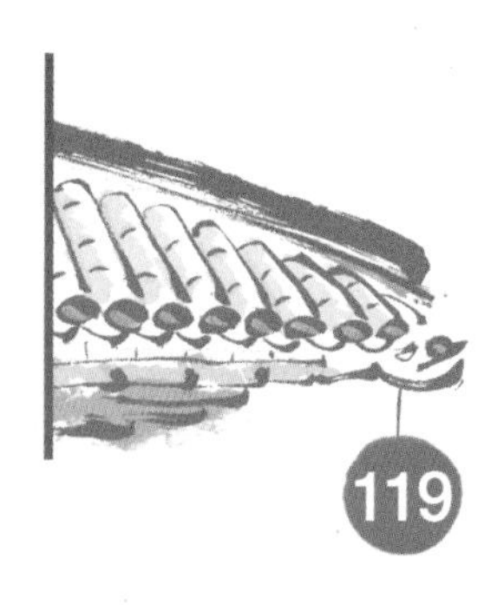

119

李建昌의 討逆疏
(이건창 토역소)

우리나라 역사에서 19세기 말 몇 해 동안은 해마다 굵직한 사건이 연속되면서 나라가 휘청거렸다. 그 대표적인 사건이 東學蜂起(동학봉기)·淸日戰爭(청일전쟁)·甲午更張(갑오경장, 1894)이요, 乙未事變(을미사변, 1895)이요, 俄館播遷(아관파천, 1896)이라 할 수 있다. 이러한 소용돌이를 거쳐 그 다음 해(1897)에 대한제국이 탄생하였으니, 겉보기엔 분명한 경사이나, 그것은 허울일 뿐, 그 내막은 나라가 운명을 재촉하는 行進(행진)의 序曲(서곡)이었음에 틀림없다.

當代(당대)의 위정자들, 곧 大院君(대원군), 高宗(고종), 閔妃以下(민비이하) 朝廷諸臣(조정제신)들은 서로를 불신하며 執政(집정)의 수단으로 외세를 의지하고 이용하려 하였으니, 그나마 허울 좋은 대한제국이 14년이나 명맥을 유지한 것을 오히려 기적으로 보아야 할지도 모르겠다.

자! 이제 우리는 숨을 가다듬고 甲午更張(갑오경장)과 乙未事變(을미사변)에 주목해 보자. 먼저 甲午更張(갑오경장) : 청일전쟁에서 승리한 일본이 병력을 몰아 서울을 점령하고 경복궁으로 쳐들어가 고종을 포로로 삼은 상황에서 일본이 요구하는 개혁안을 통화시켰다. 이것이 이른바 갑오경장이다. 이 개혁은 고종이 洪範十四條(홍범십사조)를 발표함으로써 더욱 심화되었는데, 그 요지는 전통적인 통치질서를 근대 서양이나 일본에 비슷하게 하는 것이지만, 내용을 보면 왕권이 약화되고 일본의 조정을 받는 내각에 힘이 실리어 일본이 쉽게 내정간섭을 가능하게 한 것이었다.

이건창(李建昌)

그리하여 입지가 좁아진 고종과 실권을 잃은 왕비는 일본을 견제할 방편으로 러시아를 가까이하게 되었다. 이것이 곧 引俄拒日(인아거일) 정책인데 조선의 자주성을 회복하고 점진적 東道西器(동도서기)의 방향으로 나아가고자 하는 노력이었다. 이에 불안을 느낀 일본은 친러시아 외교를 주도하는 왕후 민씨를 제거하려는 음모를 꾸미게 되었다. 그 전말을 요약하면 이러하다.

일본은 육군 중장 출신의 과격한 인물 미우라 고로〔三浦梧樓(삼포오루)〕를 朝鮮駐在(조선주재) 일본공사로 보내어 일본인 수비대와 경찰 및 기자 등이 無斷(무단)으로 乙未年(을미년) 10월 8일(음 8월 20일)

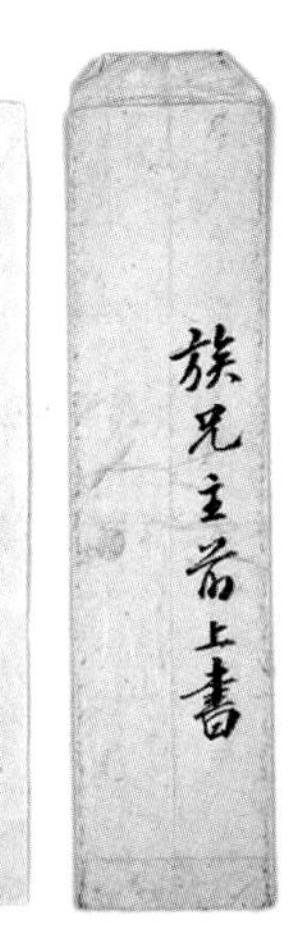

族兄主前上書

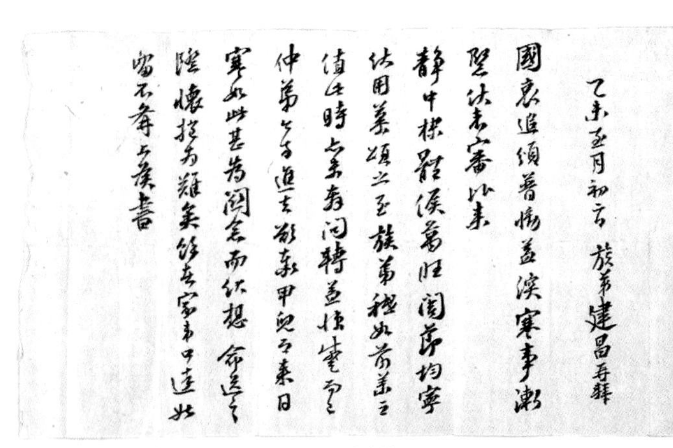

이건창(李建昌) 유묵

새벽에 경복궁을 잠입 습격하여 왕후 민씨를 弑害(시해)하게 하였다. 이것이 이른바 乙未事變(을미사변)이다.

이 사건이 터지자 나라 안팎이 洶洶(흉흉)하기 이를 데 없건만, 막상 조정은 閔妃(민비)를 廢庶人(폐서인)한다는 勅令(칙령)을 내리고 사건을 隱蔽(은폐)하기에 급급하였다. 이에 뜻있는 신하와 선비들이 들고일어났다. 그중의 하나가 이 討逆疏(토역소)이다.

이 글을 쓴 李建昌(이건창, 1852 철종 3~1898 광무 2)은 구한말 淸白吏(청백리)의 한 분이요, 또한 대학자 문인의 한 분이다. 자는 鳳藻(봉조), 호는 寧齋(영재) 또는 澹寧齋(담영재), 당호를 明美堂(명미당)이라 하였다. 全州人(전주인)으로 丙寅洋擾(병인양요) 때(1866) 구국의 한을 품고 자결 순국한 이조판서 是遠(시원)의 손자이고, 군수 象學(상학)의 아들이다. 累代(누대) 世居地(세거지)인 강화도 沙谷(사곡)에서 태어났다.

別試道科(별시도과)에 급제한 15세 전후하여 古詩文(고시문)을 익히면서 그의 文名(문명)이 널리 알려졌다. 그 후 滄江(창강) 金澤榮(김택영), 梅泉(매천) 黃玹(황현)과 交遊(교유)하며 구한말 詞章學(사장학)의 전통을 이었다.

19세(1870)에 起居注(기거주)를 시작으로, 湖南右道(호남우도) 按察使(안찰사)로 암행하였다가 忠淸監司(충청감사) 趙秉式(조병식)의 비리를 彈劾(탄핵)하였으나 오히려 當代(당대) 勢道家(세도가)인 그의 역습으로 碧潼(벽동)에 귀양살이하였다. 이것이 그의 26세(1877) 때였다. 그 후 31세(1882)에 경기도 賑恤使(진휼사), 40세(1891)에 漢城少尹(한성소윤)의 직을 수행하였다. 그러나 42세 때 다시 전라도 寶城(보성)으로 귀양을 갔다. 그 후로 고종이 여러 번 外職(외직)을 주어 불렀으나 끝내 응하지 않고 古群山島(고군산도)로 유배를 자청하였다. 그야말로 대쪽같은 생애였다. 그가 지은 『黨議通略(당의통략)』은 우리나라 黨爭史(당쟁사)를 이해하는 기본 필독서일 것이다.

〚역적의 징벌을 청하는 글월〛

아하! 지난날 聖上(성상)께서 처음 임금의 자리에 오르실 때에, 우리 神貞王后(신정왕후, 고종의 양모요, 순조의 아들 곧 효명세자 익종의 비, 조대비)께서 친히 이름난 집안에서 간택하고자 하시어 오직 元妃(원비, 곧 민비)를 구하시어 우리 성상을 도와 종묘를 받들고 만백성을 자식처럼 보살피게 하신 지 어느덧 30년이 되었습니다. (이에) 하늘의 축복을 받아 元良(원량, 태자)을 탄생하여 기르게 되시고 우리나라의 크고 큰 기초를 마련하시면서 좋은 일이나 궂은일이나 모두 함께하여 오셨습니다. 중간에 백 가지의 변고를 겪으면서도 역시 한결같이 함께 지내시었습니다. (그런데) 작년부터 이웃나라(일본)가 밖으로는 난리〔淸日戰爭(청일전쟁)〕를 일으키고 역적들의 음모는 안에서 뻗어가는지라, 비록 성상께서 위엄 있는 결단을 내리셔도 오히려 자유롭지 못한 바가 있었던 차에 더군다나 궁궐의 안방에서 있었던 일에 대하여 어찌 과실이라 말할 수 있겠습니까? 행여 있다고 하더라도 성상과 齊體(제체, 곧 동등한 부부)로 지내신 의리에 (또한) 東宮(동궁)의 지극하신 효도의 情理(정리)를 생각하신다면 어찌 차마 급작스럽게 廢庶人(폐서인)하여 강등하는 일에까지 이르도록 하시겠습니까?

그러므로 오늘날의 이 措處(조처)는 결코 성상의 참뜻이 아님을 알겠습니다. 아하! 천지가 끝난다 하여도 볼 수 없는 일이요, 萬古(만고)에 걸쳐서도 들을 수 없는 일입니다. 길거리에서 서로서로 이야기하고 만백성의 입에서 물 끓듯 말하기를 이 모든 것이 스무날의 변고 때문이온데 역적들이 이미 (왕비를) 弑害(시해)하였으나 단지 그 범인이 우리나라 사람인지 일본 사람인지가 변별되지 않은 것뿐이라고 합니다.

禮記(예기)에 이르기를 "신하가 그 임금을 弑害(시해)하였으면 벼슬자리에 있는 사람이 (그자를) 죽이고 용서하지 않는다." 하였고, 또 이르기를 "임금과 아비의 원수가 있으면 (그자와는) 더불어 같은 하늘 아래 있지 아니하고 兵器(병기)를 골라잡을 틈도 없이 싸울 것이다." 하였습니다. 春秋(춘추)의 예를 보면 小君(소군, 임금의 배필)도 역시 임금과 같다고 하였습니다. (그런데) 저들 내각 각 부서에 있는 모든 대신 이하 조정에 있는 사람들만 오직 이러한 의리를 알지 못합니까? 어찌하여 쉬쉬 숨기고 덮어두면서 열흘이 지나고 달이 바뀌도록 태연스레 아무 일 없는 듯이 있습니까? 아마도 그중에는 殃禍(앙화)를 좋아하고 變故(변고)를 다행이라 여기면서 임금을 협박하고 신하들을 제압할 수 있음을 이용하여 권력을 도둑질하고 세도를 부리려는 계획이 있는 것 아니겠습니까? 그렇지 않다면 이것은 그저 그대로 내버려 두자는 〔姑息(고식)의〕 생각으로 복수는 오히려 천천히 할 수 있어도 격변은 두 번 있을 수는 없다고 생각하는 듯합니다. 그러나 설사 변이 두 번째로 일어난다 하여도 어찌 스무날의 변고보다 더한 것이 있겠습니까? 스무날의 변고보다 더한 일이 생긴다면 그것은 망하는 일이 있을 뿐입니다. 그러나 격변이 아니 일어나고 망하지 않는다 하여도 (그것이) 어찌 격변이 일어나 망하는 것보다 낫다고 할 수 있겠습니까? 또 우리가 크게 두려워하고 무서워 벌벌 떠는 것은 저 강한 이웃뿐입니다. 그러나 일본 사람이 우리 조정의 신하와는 다르다고 해도 외국인 신하도 역시 신하입니다. 과연 (그중에) 범인이 있다면 유독 (그가) 우리나라 법에 복종치 아니할 수 있겠습니까? 훈련대의 병사 같은 자들이 아무리 미친개처럼 흉포하게 날뛴다 해도 이들도 조선인 종일뿐이옵니다 죽여야 할 것이면 죽일 것이요, 짓밟아야 할 것이면 짓밟아야 할 것입니다. 만백성의 여론이 물끓듯하고, 온 세상 나라의 公議(공의)가 사방에서 일어나고 있으니 저들이 어찌 감히 또다시 격변을 일으키겠습니까?

요컨대, 역적질한 자가 병졸 가운데 있으면 그 병졸을 목베어 죽일 것이요, 조정 신하들 가운데 있으면 그 조정 신하도 역시 목베어 죽일 것이며, 외국인 가운데 있으면 그 외국인도 역시 목베어 죽여야 할 것입니다. 평범한 부부 사이라도 제 명을 다하지 못하고 죽으면 그 억울함을 보복하고자 아니할 수 없을 터인데 어찌 나라의 국모가 시해를 당하였는데도 마침내 그 원수를 갚지 아니할 수 있겠습니까? 아하! 변고가 난지 열흘이나 되었으나 위로는 태자로부터 아래로는 신하들과 백성에 이르기까지 아직도 울음 한 번 내지 못하고 베옷 한 오라기도 걸치지 못하고 있으니 이것이 천 리나 인정에 어찌 차마 이럴 수 있습니까?

엎드려 원하옵니다. 성상께서는 속히 밝은 명령을 내리시어 후를 폐한다는 勅令(칙령)을 거두시고 예를 갖추어 초상을 지낼 것을 발표하시며 친히 그 사건의 진상을 밝히시어 역적을 징벌하여 보복을 하심으로써 온 나라 신하와 백성들이 조금이나마 하늘에 닿고 땅속까지 사무친 서러움을 씻어내게 하옵소서. 아하 臣(신) 등은 모두 대대로 祿(녹)을 받으며 깊이 은혜를 입었으므로 이 흉변을 당하여 마땅히 죽어야 할 것이나 죽지 못하고 시골구석에 엎드려 있으면서 대궐로 달려가 위문도 못하고 하늘을 우러러 울부짖음을 이기지 못할 뿐입니다. 30년이나 신하 노릇한 의리로 여기까지만 아뢰오니 오직 성상은 가엾게 여기시고 양해하여 주시기를 바라나이다.(하략)

이 討逆疏(토역소)는 『梅泉野錄(매천야록)』에 실려 전한다. 민비는 그해 10월(음)에 다시 復位(복위)되거니와, 한심스러웠던 그 시절의 조정풍토를 생각하면 오늘날도 별로 다르지 않다는 생각에 만감이 교차한다.

대한제국으로 나라 이름이 바뀐 뒤에 明成皇后(명성황후)로 시호를 받은 민비에 대해 연민의 정을 금치 못하지만, 『梅泉野錄(매천야록)』을 보면 그분의 非行(비행)이 만만치 않아 씁쓸한 감정 또한 숨길 수 없다. 왕비의 신분으로 한때 국정을 좌우했으니 功過半半(공과반반)이라 해야 할 것인지…….

아하! 조선왕조, 구한말의 근대화가 자주적으로 이루어질 수 있었다면 대한제국의 비극적인 말로는 그렇게 허망하고 悽然(처연)하지는 않았을 것이 아닌가! 역사에 萬一(만일)을 붙이지 말라는 원리를 어기면서 이렇게 어리석은 自嘆(자탄)을 하는 것, 또한 정말로 한심스럽다.

〖討逆疏(請討復疏)〗

嗚呼! 粤在聖上初服 我神貞王后 親揀令族 聿求元妃 俾佐我聖上 承宗廟 子萬姓 迄三十年. 受天之祜 誕育元良 用啓我丕基 惟休惟恤 咸與共之. 中經百變 亦旣備嘗. 自昨年以來 隣嘖外訌 逆圖內蔓 雖聖上之威斷 尙有不能自由者 況在宮壼之內 安有過失之可言? 藉或有之 以聖上齊體之義 念東宮止孝之情 何忍遽至於廢降乎? 然則今者之擧 決知非聖上意也. 嗚呼! 窮天地而所未覩 亘萬古而所未聞 道路相傳 萬口洶洶 皆以爲二十日之變 賊已行弑 但未辨賊之爲我人爲日本人而已.

禮曰: "臣弑其君 在官者殺 無赦" 又曰: "居君父之讐 不與共天下 不反兵而鬪" 春秋之例 小君猶君也. 彼閣部諸大臣以下在廷者 獨不知斯義乎? 奈何掩匿覆盖 經

旬閱月 恝然若無事 毋乃其中亦有貪禍幸變 以售其脅上制下 竊權逞勢之計者耶? 不然則是不過姑息之說. 其必以爲復讐尙可緩 激變不可再. 設使變之再激 何以加於二十日? 加於二十日 則有亡而已. 然不激而不亡 庸有愈於激而亡乎? 且我之所大恐積惴者 强隣耳. 然日本人 雖異於廷臣 外臣亦臣也. 果有其犯 獨不可以伏我法乎? 至如訓鍊兵 則雖其獍凶猘狂 是特朝鮮人種耳. 剮之則斯剮矣 磔之則斯磔矣. 萬民之輿情如沸 萬邦之公議四發 彼亦安敢復激?

要之 作賊者 在兵 則兵可誅也. 在廷臣 則廷臣可誅也, 在外國 則外國人亦可誅也. 匹夫匹婦之死 而不得其命者 猶無不償之寃 豈有國母被弑 而讐終不復者乎? 嗚呼! 變後今十餘日 上自儲宮 下至臣庶 尙不能發一聲哭 掛一縷麻 天理人情 胡寧忍斯?

伏願聖上 亟下明命 還收廢后勅令 備禮發哀 仍行鞫覈 以伸討復 俾八域臣民 少泄貫穹徹壤之慟焉. 嗚呼! 臣等俱以世祿 厚蒙恩造 値玆凶變 宜死不死 跧伏窮澨 弁闕奔問 籲天痛哭 不能自已. 三十年臣事之義 言止於此 惟聖上矜諒焉.(下略)

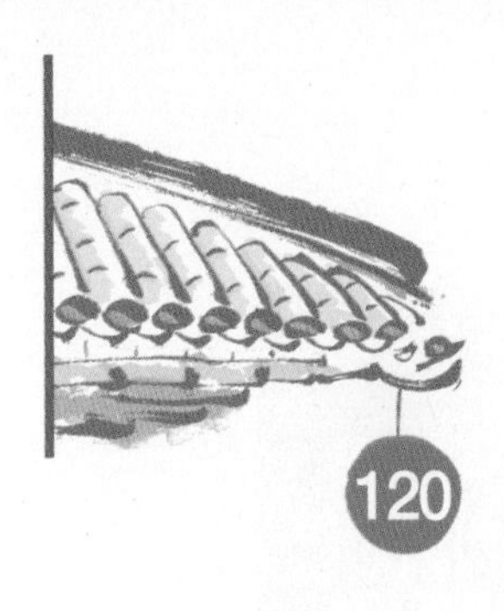

전봉준 무장동학당포고문

全琫準의 茂長東學黨布告文

새야 새야 파랑새야
綠豆(녹두) 밭에 앉지 마라
녹두 꽃이 떨어지면
淸泡(청포) 장수 울고 간다

단조롭고 애잔한 민요 가락으로 자장가처럼 불려지던 이 동요! 이 노래는 1894년(갑오) 전라도 지역에서 東學黨(동학당)을 중심으로 일어난 農民蜂起(농민봉기)의 사연을 노랫말에 담고 있다고 전해온다. 요즈음 젊은이들은 이 노래를 알까? 모를까? 할머니가 칭얼거리는 손주놈을 재우느라 이 노래를 흥얼거리셨다면 혹 젊은이들도 이 노랫말을 꿈결처럼 기억해 낼지도 모르겠다. 1930~40년대에 소년 시절을 보낸 70대 이상의 耆老(기노)들은 지금도 이 노래를 읊으

전봉준(全琫準)이 체포되어 잡혀가는 모습

며 어린 시절을 회상한다.

그때 역시 일제가 갖가지로 우리 민족을 욱조이고 있었고 그 말기에는 태평양전쟁을 일으켜 일제가 멸망의 길로 치닫던 시절이었다. 전쟁이 끝나고 광복이 되었는가 싶더니 그 조국의 광복은 남북분단으로 이어지면서 이른바 혼란의 光復空間(광복공간)은 앞이 보이지 않는 오리무중이었다. 그래서 그 시절에 이 노래를 反芻(반추)하며 동학당의 창의정신을 그리워했던 것일까?

우리는 지금도 이 노랫말의 사연을 알지 못한다. 녹두밭, 녹두꽃이 虐政(학정)에 시달리는 民草(민초)들이요, 녹두장군이란 별명을 갖고 있던 全琫準(전봉준)을 빗대었다면 파랑새는 누구이고 淸泡(청포)장수는 누구일까? 그러나 우리는 그 비유의 실체를 헛되이 탐색할 것이 아니라 어째서 동학당이 蜂起(봉기)하게 되었는가 하는 역사적 사실에 주목하여야 할 것이다.

조선조 후기, 특히 19세기 이래의 사회는 급속도로 안정을 잃어 가고 있었다. 조정은 무능하고 外戚勢道(외척세도)들과 벼슬아치들은 貪虐(탐학)에 열을 올리는데 外勢(외세)는 알게 모르게 나라를 조여왔다. 이러한 세태에서 백성들은 기댈 곳이 없던 차에 때마침 崔濟愚(최제우)가 西學(서학, 천주교)에 맞서는 새로운 사상을 唱導(창도)하니 이것이 이른바 동학이었다. 이 동학은 人乃天(인내천)을 주장하며 事人如天(사인여천)의 인간 평등주의를 부르짖었다. 그리고 동학은 더 나아가 輔國安民(보국안민)과 廣濟蒼生(광제창생)을 내세우며 사회를 개혁하고 외세를 배격하자고 주장하였다.

그러던 차에 古阜郡守(고부군수)로 赴任한 趙秉甲(조병갑)이란 자가 백성들에게 갖가지 명목을 붙여 이중삼중으로 세금을 거두어들이는 일이 발생하였다. 이에 시달리다 못한 농민들이 全琫準(전봉준)

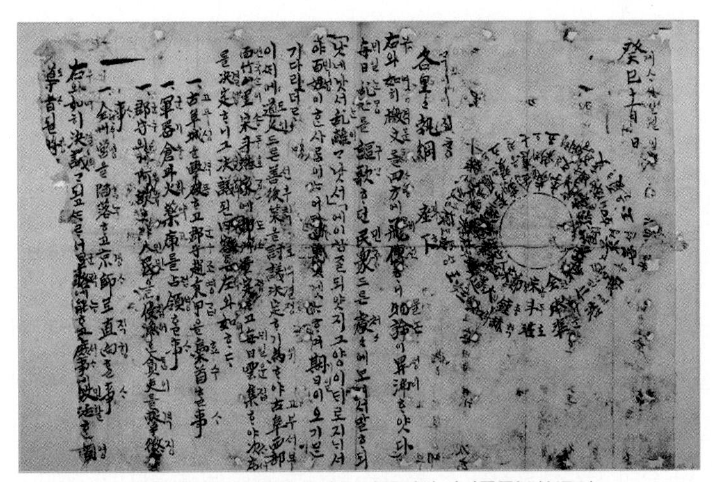

고부(高阜)에서 전봉준(全琫準)이 돌렸던 사발통문(沙鉢通文)

을 중심으로 是正(시정)을 요구하기도 하고 貪官汚吏(탐관오리)를 剔抉(척결)하라는 上疏(상고)를 올리기도 했으나 개선되는 것은 아무것도 없었다. 그래서 古阜郡(고부군)의 농민들이 전봉준을 대장 삼아 관아를 습격하여 衙前(아전)들을 처단하고 稅穀(세곡)을 털어 빈민에게 나눠주었다.

이 글은 그해(1894년) 4월에 동학군이 茂長(무장, 지금의 무주)에 돌입하였을 때의 布告文(포고문)으로 전봉준 자신의 집필로 전한다.

全琫準(전봉준, 1854 철종 5~1895 고종 32)은 初名(초명)은 明叔(명숙)이요, 녹두장군이란 별명으로 불렸다. 전북 泰仁(태인) 출신이며, 昌赫(창혁)의 아들이다. 아버지가 民亂(민란)의 주모자로 처형되자 사회개혁의 뜻을 두게 되었다.

30세(1883)에 동학에 인문하여 고부접주가 되었고, 39세(1892) 때부터 봉기하여 吏屬(이속)을 감금하기도 했다. 40세 때 재봉기하여 투쟁하다가 金溝(금구) 전투에서 패하여 淳昌(순창)에 피신 중 체포되어 서울로 압송되었다가 그 다음 해(1895) 3월에 사형을 당하였다.

〖무장 동학당 포고문〗

사람이 세상을 살아가는 데에 가장 고귀한 것은 인륜 도덕이다. 임금과 신하, 부모와 자식은 인륜 가운데에서도 큰 것이어서 임금이 어질고 신하가 정직하며 부모가 인자하고 자식이 효성스러운 연후에야 집안과 나라가 제대로 되어 무궁한 복락을 누릴 수 있는 것이다. 오늘날 우리 성상께옵서는 仁孝(인효)하시고 慈愛(자애) 하시며 神明(신

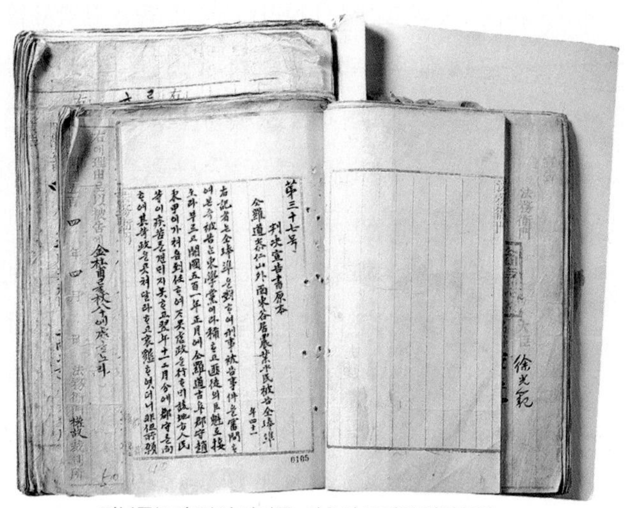
第三十七號
判決宣告書原本
全羅道泰仁山外面東谷居農業平民被告全琫準
年四十一

전봉준(全琫準)의 판결문. 최초의 근대적 판결문임.

명)스러우시고 聖叡(성예)하시므로 (만일에) 어질고 정직한 신하가 제대로 돕고 밝게 보좌하면 요순의 교화와 文景〔문경, 漢(한)나라 文帝(문제)와 景帝(경제)〕의 다스림을 멀지 않은 날에 바랄 수 있을 것이다. (그런데) 오늘의 조정 신하들은 나라에 보답하겠다는 생각은 하지 않고 벼슬자리를 도적질하여 성상의 총명하심을 가리고 아첨하는 일을 일삼으니 충간하는 선비는 요사스런 말이라 배척하고 정직한 사람은 도둑놈이라 몰아붙여 안으로는 나라를 돕는 인재가 없고 밖으로는 백성을 괴롭히는 벼슬아치들만 많아지니 백성들의 마음은 날이 갈수록 변하여 집안에 들면 즐겁게 살아갈 일거리가 없고 집 밖으로 나서면 몸을 온전히 보호할 방책이 없게 되었다.

管子(관자)에 이르기를 "禮義廉恥(예의렴치)가 제대로 펼쳐지지 않으면 나라가 멸망한다."고 하였거니와 바야흐로 지금의 형세는 옛날보다도 더욱 심하다. 위로는 공경으로부터 아래로는 지방의 方伯(방

백) 守令(수령)에 이르기까지 나라의 위태로움은 생각지 않고 내 몸을 살찌게 하고 내 집만 윤택하게 할 계책에만 급급하여 벼슬을 뽑는 문은 돈이 생기는 길이 되어 버렸고, 과거를 보는 시험마당은 물건을 사고파는 저잣거리가 되어 버렸다. 많은 재물은 국고에 들어가지 않고 오히려 사사로이 감추어 두는 곳으로 가며 나라에는 빚만 쌓이고 쌓이건만, 그것을 갚을 생각은 아니하고 사치스러움과 음란함에 빠지고서도 도무지 두려워하고 조심하는 바가 없으니 온 세상 사람은 물고기 밥이요, 만백성은 진흙 구렁에 빠져 있다. 守令(수령)이 탐욕스런 학정을 함에도 진실로 그 까닭이 있을지니 이러고도 어찌 백성들이 곤궁하지 않을 수 있을 것인가!

백성은 나라의 근본인데 그 근본이 허약하면 나라가 衰殘(쇠잔)하여지는 것이니, 나라를 도와 바로잡고 백성들을 편안하게 하는 방책을 생각하지 않고 남몰래 시골에 저택을 지어 혼자만 잘살겠다고 하며 벼슬자리를 도적질하니, 이것이 어찌 도리에 합당한가! 우리 무리는 비록 들판의 풀처럼 떠도는 백성이지만 나라의 땅으로 먹고살며 나라의 산물로 옷을 해 입고 사는지라 나라가 위태로운 지경인 것을 어찌 앉아서 볼 수만 있겠는가! 그리하여 온 세상 사람이 마음을 함께 하고 億兆蒼生(억조창생)들이 의논을 거듭하여 이제 의로운 깃발을 들어 올려 나라를 도와 바로잡고 백성들을 편안하게 할 것을 죽기살기로 맹세하노라. 오늘의 이 광경이 비록 놀라운 일이라 하겠으나 절대로 두려워 움직이지 말고 사람마다 자기 생업에 편하게 종사하여 태평한 세월을 함께 축하하며 다 함께 임금님 교화의 은혜를 누린다면 천만 다행한 일이겠노라.

한때 이 동학 농민봉기를 동학란이라 부르기도 하였다. 백성이

정부에 항거하였으니 亂(난)이라 부를 수도 있었으리라. 그러나 정부의 시책이 옹졸하고 백성이 도탄에 빠져 고통을 받으면 백성들이 일어서는 것도 당연한 일. 오늘날 1960년에 있었던 4·19를 4·19 학생 혁명이요 4·19의거라 하지 않는가! 그래서 동학 농민봉기라는 표현이 정당성을 갖는다.

우리는 이 글을 읽으며 가슴 한구석 저며오는 슬픔이 있다. 굶주림과 억압에 시달리는 북한동포들은 혹시나 이 東學黨布告文(동학당포고문)같은 것을 공포하고 살려달라고 외칠 수는 없을까 하는 기대 때문이다.

〖茂長東學黨布告文〗

人之於世 最貴者 以其倫也. 君臣父子 人倫之大者 君仁臣直 父慈子孝 然後乃成家國 能逮无疆之福. 今我聖上 仁孝慈愛 神明聖叡 賢良正直之臣 翼贊佐明 則堯舜之化 文景之治 可指日而希矣. 今之爲臣 不思報國 徒竊祿位 掩蔽聰明 阿意苟容 忠諫之士 謂之妖言 正直之人 謂之匪徒 内無輔國之才 外多虐民之官, 人民之心 日益渝變 入無樂生之業 出無保軀之策. 虐政日肆 惡聲相續 君臣之義 父子之倫 上下之分 逆壞而無遺矣.

管子曰 "四維不張 國乃滅亡" 方今之勢 有甚於古者

矣. 自公卿以下 以至方伯守令 不念國家之危殆 徒切肥己潤家之計 銓選之門 視作生貨之路 應試之場 擧作交易之市, 許多貨賂 不納王庫 反充私藏 國有積累之債 不念圖報 驕侈淫昵, 無所畏忌, 八路魚肉 萬民塗炭 守宰之貪虐 良有以也 奈之何民不窮且困也.

民爲國本 本削則國殘 不念輔民安民之方策 外設鄕第 惟謀獨全之方 徒竊祿位 豈其理哉. 吾徒雖草野遺民 食君之土 服君之衣 不可坐視國家之危 而八路同心 億兆詢議 今擧義旗 以輔國安民 爲死生之誓 今日之光景 雖屬驚駭 切勿恐動 各安民業 共祝昇平日月 咸休聖化 千萬幸甚.

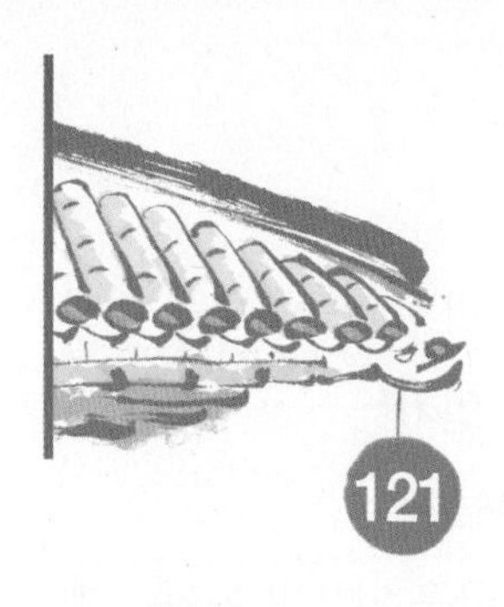

黃玹(황현)의 梅泉野錄(매천야록)

名文(명문)이란 표현이 아름답거나 글 뜻이 깊어 마음에 감동을 주며 가슴속 깊이 교훈을 남기는 글이다. 그러므로 명문은 모름지기 학문이 깊고 인품이 고결하여 그 삶이 올곧았던 사람만이 남길 수 있는 글인지도 모른다. 그러나 우리는 가끔 남의 글을 옮겨 놓고 내 글은 몇 자 적지 않았으나 그분의 삶이 진정으로 반듯하고 모범적이었기 때문에 그 인용한 글을 포함한 한 조각 글이 온통 명문으로 바뀌는 것을 경험한다. 이때에는 명문이 아니라 銘文(명문)이라 하여야 하는 것인가? 梅泉(매천) 黃玹(황현)의 글이 그러하다.

梅泉(매천)이 庚戌年(경술년) 國恥日(국치일)에 피를 토하는 심정으로 옮겨 적은 倭王(왜왕)의 詔書(조서). 그것은 우리 민족이 두고두고 새겨 읽으며 정신을 가다듬어야 할 치욕의 글이요, 통분의 글이다. 이 부끄러운 글을 한 자 빠짐없이 옮겨 일기에 적어 놓고 그 끄트머리에 이름 없는 한국의 선비 황현이 약사발을 마시고 죽는다는 비장한 한마디로 일생의 일기를 마감한 그 마지막 일기!

이것을 여기에 명문의 대열에 넣어 옮겨 놓는다.

무엇이 명문인가를 역설적으로 말하는 이 글을 읽으며 우리는 백년 전 매천의 심경으로 오늘의 독배를, 그러나 죽지 않고 이 세상의 주인이 되겠다는 의지의 독배를 마실 일이다.

황현(黃玹)

梅泉(매천) 黃玹(황현, 1855 철종 6~1910 순종 4)은 구한말의 志士(지사)요 학자였다. 자는 雲卿(운경), 호는 梅泉(매천), 본관은 長水(장수)요 光陽(광양)에서 태어났다. 어려서부터 시문을 잘 짓기로 이름이 났으며 나이 30에 生員試(생원시)에 장원했으나 시국이 혼란스러움을 슬퍼하고 출세를 단념, 鄕里(향리)에 은거하며 책 읽기에 전념하였다. 當代(당대)의 지성인 李建昌(이건창), 李澤榮(이택영) 등과 깊이 사귀며 그들과 담론을 즐긴 것이 그의 서울 생활이었다. 고향에서는 풍문에 들리는 서울 소식을 낱낱이 일기에 적어나가다가 合邦(합방)이 되었다는 치욕스런 傳聞(전문)을 확인하자 그날 밤 아편을 마시고 그 다음날 운명하였다.

매천은 자기의 일기가 일제의 식민시절에 세상에 알려지면 그

황현(黃玹) 초상

것이 온전치 않을 것을 알고 자손들에게 "이 책이 바깥세상에 보이지 않게 하라." 고 유언을 남겼다고 한다. 그 자손들이 매천의 뜻을 받들어 깊이 보관하였는데, 1955년 국사편찬위원회가 이 책의 사료적 가치를 높이 사서 세상에 公刊(공간)하게 되었다.

〖8월 29일(庚戌七月二十五日丙寅)〗

한국이 왜국에 병합되었다. '한국' 이란 나라 이름을 '조선' 으로 고치고 통감부를 조선총독부로 고쳐 부르고, 한국 정부의 대신 이하 모든 관리들이 총독부에 소속되어 잔무를 정리하게 하였다.

왜국의 황제는 다음과 같은 詔勅(조칙)을 발표하였다.

"짐은 동양의 평화가 영구히 유지될 것과 (일본)제국의 안전과 장래가 보장될 필요가 있음을 생각하고, 또 항상 한국의 병폐와 어지러움의 근원에 대해 고민하였다. 지난날에 짐이 (일본) 정부와 한국 정부가 협정을 맺게 하여 한국을 일본제국의 보호 아래 둔 것도 병폐와 어지러움의 뿌리를 끊어 평화를 확보하자는 것이었다.

그때로부터 4년 남짓한 세월이 흐르는 동안, 짐의 정부는 정성을 다하여 한국의 시정을 개선하려고 노력하여 그 성과가 얼마간 볼만한 것이었다. 그러나 한국의 현재 제도로는 여전히 치안을 제대로 유지하는 데 부족함이 있어서 근심스러운 생각이 항상 나라 안에 가득하여 백성들이 편안하게 지내지 못한다. 진실로 공공의 안녕을 유지하고 민중의 복리를 증진시키기 위하여서는 분명코 현재의 제도를 혁신하는 것이 불가피하게 되었다.

(그리하여) 짐과 한국 황제 폐하는 이 사태를 깊이 인식하고 어찌 할 수 없다고 판단하여 한국을 일본제국에 병합하기로 하였으니 이것은 대세를 따르는 시대의 요구에 맞추는 것이다. 이에 한국을 영구히 일본제국에 병합시키는 바이며 한국 황제 및 황실의 모든 분들은 비록 병합된 후일지라도 마땅히 상당한 예우를 받을 것이다. 또 민중은 곧바로 짐의 보살핌 아래 있게 되어 건강과 행복을 증진하며 산업과 무역은 태평한 통치 아래 두드러진 발달을 보게 될 것이다.

동양의 평화는 이로 말미암아 그 기초를 더욱 공고히 할 것임을 짐은 믿어 의심치 않노라. 짐은 특별히 조선 총독을 두어 짐의 명령을 받들게 하고 육군과 해군을 통솔하여 제반 업무를 두루 관장케 하였으니, 모든 관리와 공무를 맡은 이들은 짐의 뜻을 받들어 업무에 나아가 일을 처리함에 크고 작은 일을 정도에 맞추어 시행함으로써 일반 백성이 영원히 태평한 정치를 깊이 신뢰하고 축하하도록 하라.“

왜국 황제의 이름과 어새가 찍혔다.(중략)

한국 황제는 '왕' 으로 책봉하고 '창덕궁 이왕' 으로 부른다. 황태자는 '왕세자' 로 하고, 태황제는 '태왕' 으로 하여 '덕수궁 태왕' 으로 부른다. 각 후비는 '왕비', '왕태비', '세자왕비' 로 한다.

이강 이희는 공작으로 삼는다.

재외에 지정된 학교 직원의 임면 및 한국군인 및 거류지의 사항은 이미 정한 바에 따른다.

한국 정부의 재정은 과거의 관례대로 시행한다.

세관과 법률이 개정되었고, 이에 따라 큰 사면조처가 내렸다.

한국이 망했다. 전 진사 황현은 약을 마시고 죽는다.

이 매천야록 끄트머리에 絶命詩(절명시) 4편이 덧붙여 있다. 그 가운데 인구에 회자되는 제3편 하나를 감상해보자.

鳥獸哀鳴海岳嚬(조수애명해악빈)
槿花世界已沉淪(근화세계이침윤)
秋燈掩卷懷千古(추등엄권회천고)
難作人間識字人(난작인간식자인)

새 짐승도 슬피 울고 산 바다도 찡그린다
무궁화 삼천리가 허무하게 무너졌네
등잔불에 책을 덮고 역사를 돌아보니
어렵구나, 이 세상을 지식인으로 사는 일이여!

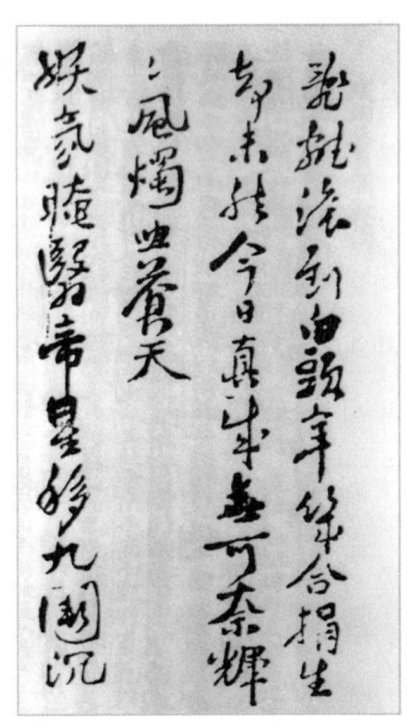

절명시(絶命詩) 4수 중 일부

그러나 매천은 오늘도 나라와 민족을 근심하는 선비의 책상머리에서 이 시편을 낭랑하게 읊조리며 우리들의 겨레 사랑의 넋을 일깨우고 있다. 만일에 1910년 그 국치의 날에 매천이 있어 자결하지 않았다면 오늘날 조선조 518년에 어떻게 참다운 유생이 있었다 말할 것이며, 21세기의 우리들은 어떻게 우리가 세계를 선도할 문화민족이라고 자부할 수 있을 것인가!

〖梅泉野錄〗

八月二十九日 丙寅(庚戌七月二十五日). 倂合韓國於倭, 改韓國國號曰朝鮮, 統監府曰朝鮮總督府, 韓國大臣以下諸官吏, 始屬之, 使整理殘務.

倭皇詔曰:

朕念東洋平和永久維持, 帝國安全將來保障之必要, 又常顧韓國禍亂之淵源, 曩者期以朕之政府與韓國政府, 使之協定, 置韓國於帝國保護之下, 以杜絕禍源, 確保平和也. 爾來, 經過四年有餘, 其間朕之政府, 銳意努力, 韓國施政之改善, 其成績亦有可見者, 然韓國之現制, 尙未完治安之保持, 疑懼之念, 每時充溢於國內, 民不安其堵, 苟爲維持公共之安寧, 增進民衆之福利者, 瞭然至其革新現制之不避也. 朕與韓國皇帝陛下, 鑑此事態, 念不得已, 有擧韓國而倂合於日本帝國, 以應勢時之要求者也. 玆使韓國永久倂合於日本帝國, 韓國皇帝陛下及其皇室各員, 則雖倂合之後, 當受相當之優遇也. 民衆則直接立於朕綏撫之下, 增進其康福也, 產業及貿易, 則使至見治平之下顯著之發達也. 東洋平和, 依此尤爲鞏固其基礎者, 朕所信之不疑也. 朕特置朝鮮總督, 使承朕命, 統率陸海軍, 總轄諸般政務, 爾百官有司, 克體朕意而從事, 施設緩急得其宜, 使庶衆期賴永遠治平之慶.

倭皇名御璽(中略)

冊韓國皇帝爲王, 稱昌德宮李王, 皇太子爲王世子, 太皇帝爲太王, 稱德壽宮李太王, 各后妃爲王妃 · 王太妃 · 世子王妃

李堈 · 李熹, 爲公爵.

依定在外指定學校職員任免, 及韓國軍人, 及居留地事項.

襲用韓國政府財政.

改正稅關及法律而大赦.

韓亡, 前進士黃玹, 仰藥死之.

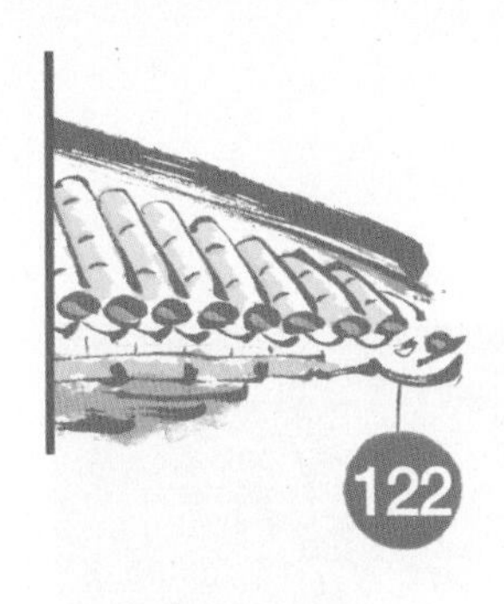

122

朴殷植의 興學說

박은식 흥학설

구한말은 이른바 開化啓蒙(개화계몽)의 시대였고 또한 이른바 난세였다. 나라 형편은 하루하루 殘雪(잔설)처럼 국세가 녹아내리고 민심은 흉흉하여 백성들은 마음 붙일 곳이 없었다. 그러나 난세에 義人(의인)이 난다 하였다. 그 암담한 현실 속에서 민족의 앞날을 위하여 희망의 싹을 키우는 義人烈士(의인열사)가 없지 않았다. 우리 후손들은 그분들이 있으므로 민족정기가 되살아난 줄 알게 되었고, 그분들이 있으므로 우리가 쓰러져 가는 국운을 다시 세우리라는 자신감을 갖게 되었다. 그분들의 의기와 정신과 훈육이 우리의 핏줄 속에 맥맥히 흐르고 있음을 느끼기 때문이다.

이러한 구한말의 의인열사 가운데 白巖(백암) 朴殷植(박은식, 1859 철종 10~1926) 선생이 계시다. 백암을 한마디로 줄이자면 애국계몽 사상가라고 할 수 있으나, 이 한마디가 신문사 主筆(주필)이요, 교사요,역사학자요, 저술가요, 독립운동가요, 또한 상해 임시정부의 대통령이었음을 담아낼 수는 없을 것이다. 백암은 이렇게 큰 의인이셨다.

박은식(朴殷植) 선생

그는 밀양인으로 황해도 黃州(황주) 출신이다. 자는 聖七(성칠), 호는 白巖(백암), 謙谷(겸곡), 太白狂奴(태백광노) 등을 썼다. 40세 때(1898) 張志淵(장지연), 南宮檍(남궁억), 申采浩(신채호) 등과 황성신문 창간에 참여하여 주필로 일하였고, 그 후에 官立漢城師範學校(독립한성사범학교) 교사, 西北學會(서북학회) 회장, 황성신문 사장을 역임하였다. 그의 筆鋒(필봉)은 언제나 민족사상 鼓吹(고취)에 있었으므로 교육진흥과 유교개혁 등 정신문화 暢達(창달)에 초점이 맞추어져 있었다. 경술국치 이후에는 光文會(광문회)의 위촉으로 저술활동에 몸담아 고전 출간에 힘쓰는 한편 韓末秘錄〔한말비록, 후에 『韓國痛史(한국통사)』로 개제〕을 집필하였다. 52세 때(1911) 중국으로 탈출하여 항일운동에 투신하면서 고구려 遺趾(유지)를 탐사하며 민족의 淵源(연원)과 氣概(기개)를 顯揚(현양)하는 저술에 힘을 쏟았다. 67세(1926)에 이르러 상해 임시정부의 2대 대통령으로 被選(피선)되었으나 뒤이은 헌법개정으로 퇴임하였다. 그 무렵 신병이 악화되어 모든 공직에서 물러나 요양 중 恨(한)을 남기고 타계하였다.

여기에 소개하는 글은 저자 자신이 정리한 초기의 논설집 『謙谷文稿(겸곡문고)』 속에 들어 있는 것이다. 19세기 말 개화 계몽기에 우리 선각자들이 나라의 미래를 위하여 얼마나 노심초사하였는가를 짐작할 수 있다.

〖학문을 진흥시킬 것을 말함〗

나라는 사람이 있고서야 세울 수 있고, 사람은 배움이 있고서야 사람다울 수 있다. 나라가 참다운 나라 됨을 논하고자 한다면 마땅히 사람이 사람다운 사람이 되느냐 하는 것을 논하여야 한다. 또 사람이 사람다워야 함을 논하고자 한다면 마땅히 배움이 제대로 되어야 함을 논하여야 한다. 배움이라는 것은 천하의 이치를 깨우치어 천하에서 행할 임무를 완수하는 것이기 때문이다. 만약에 학문을 진흥시킴으로써 정치의 한가지 사업으로 삼는다면 그 또한 낮은 소견이라고는 아니할 것이다.

대개 문명의 효과는 지혜가 날로 늘어나고 사업이 날로 발전하며 인민이 부강해지므로 따라서 나라가 부강하여지는 것이다. 비야함의 결과는 지혜가 늘지 않고 사업이 번창하지 않으며 인민이 빈약해지므로 따라서 나라도 빈약해지는 것이다.

중국이 4천 년 동안에 세상의 도리가 융성하기도 하였고 침체되기도 하였으며 나라의 운명이 오래가기도 하고 짧게 끝나기도 한 것은 그 모두가 학문이 발전하였느냐 쇠퇴하였느냐에 말미암은 것이었다. 또 최근에 동서양 여러 나라를 살펴보아도 더욱 분명히 그 징험을 찾을 수 있다. 인도는 나라의 가르침과 법률이 고르지 못하였고 풍속이 변한 바가 없으므로 마침내 다른 나라에 예속되었던 것이다.(중략)

미국은 나라를 세우기 전에 먼저 마땅히 공부하기를 힘써 독려하고 여러 분야의 학교를 갖추지 아니한 것이 없이 하였으며, 남녀노소 모두 책을 읽고 역사를 공부하지 않은 이가 없었으므로 병사들이 능히 영국을 이기고 스스로 독립할 수 있었던 것이다. 워싱턴이(대통령 자리에) 8년간 일하고 물러날 때에 국민들에게 이렇게 말하였다고 한다. "나라의 가장 요긴한 정치는 학교를 진흥시키어 온 국민에게 그 학문을 널리 전파하는 것입니다." 이로 말미암아 온 나라 안에서 서로 다투어 널리 학교 세우기를 계속하였다. 이때부터 오늘에 이르기까지 관청에 기부한 돈이 4조 8억에 이를 만큼 많았고 나라 안에 학교를 세운 곳이 121,440곳이나 된다고 한다. 귀머거리 장님 등 장애를 가진 사람도 역시 모두 배우고 가르치게 하는 법이 있기 때문에 이 세상에서 가장 부유하고 발전한 나라가 된 것이다.(중략)

그러므로 학문을 진흥시키는 것은 이미 동서양의 개명한 여러 나라가 법으로 정하여 놓았다. 나아가 그것을 찾아 구하여야 할 것이다. 그리고 더 나아가 그것을 시행토록 하여야 할 것이다. 그러나 여러 나라의 사정이 모두 한결같지는 않으므로 저들 나라의 학문이 반드시 우리나라에 모두 적합하지는 않을 것이다. 우리나라의 학문은 또한 반드시 저들 나라에 적용되지도 않을 것이다. 또 대대로 내려온 풍속과 법규가 모두 사람의 마음을 편안하게 하는데 있는 것이니 어찌 옛날의 풍속을 송두리째 바꿀 수 있겠는가. 단지 좋지 않은 것은 고치고, 좋은 것은 그대로 두어야 할 것이다. 이것과 저것을 비교하여 좋은 것은 취하고 거둠이 어찌 아름답지 않겠는가.

생각이 아득하여 종잡을 수 없을 때는 마땅히 옛날 역사를 훑어보고 참고하여야 할 것이다. 그 모든 나라들이 깊이 생각한 바 있으므로 그것들의 얻음과 잃음, 길고 짧음이 있을 것이기 때문이다. 가만히 생각해보니 나라가 흥하고 쇠하는 것과 사람들이 명민하고 우매한 것이 모두 한가지 배우는 일에 있으니 이 어리석은 늙은이가 잠을 이루지 못하고 스스로를 이겨내지 못하며 몇 개의 조항을 개진하노니 이 시대에(이 뜻에 동조하는) 열심한 인사들이 있기를 깊이깊이 바라는 바이다.(이하 생략)

백암의 저술은 1975년에 단국대학교 동양학연구소에서 『朴殷植全書(박은식전서)』(上 · 中 · 下)로 간행된 바 있다. 잡다한 書札(서찰), 祭文(제문), 碑銘(비명), 序跋(서발) 및 논설은 제외하더라도 『韓國痛史(한국통사)』, 『韓國獨立運動之血史(한국독립운동지혈사)』, 『學規新論(학규신론)』, 『王陽明實記(왕양명실기)』, 『夢拜金太祖(몽배금태조)』, 『泉蓋蘇文傳(천개소문전)』, 『謙谷文稿(겸곡문고)』, 『我東古事(아동고사)』, 『人物考(인물고)』, 『瑞士建國誌(서사건국지)』만은 꼭 기억하여야 하겠다.

윗글을 읽는 동안 우리는 지난 20세기를 貫流(관류)했던 擧族的(거족적) 標語(표어) "아는 것이 힘이다. 배워야 산다."는 한마디가 어디에서 나왔는지를 짐작할 수 있지 않은가!

〖興學說〗

國由人而立 人由學而成. 欲論國之爲國 當論人云爲人, 欲論人之爲人 當論學之爲學. 學也者 所以盡天下之理 成天下之務者也. 若以興文學 爲政治中一事 則不亦淺之爲知哉.

蓋文明之效 智慧日開 事業日進 人民富强 而國隨之矣. 鄙野之習 智慧不開 事業不進 人民貪弱 而國亦隨之矣.

支那四千年間 世道之隆替 國祚之修短 擧由乎文學之盛衰 而觀於近日東西各國 尤可大驗矣. 印度以教法之不善 風俗之不變 乃服屬於他國.(中略)

美國當其未立國之 先勉勵學業 諸科學校 無一不備, 男女老幼 無一不讀書史 卒能勝英而自立. 華盛頓在位八年 當退位時 告於衆曰"國家之要政 莫若振興學校以廣傳學問於衆民"由是 各邦互相爭勝 廣添學塾, 自始迄今 捐助官地 四兆八億頃之多, 國内立學之區 爲十二萬一千四百四拾區之多, 至聾瞽廢疾之人 亦皆有教學之法 故爲宇内最富盛之國.(中略)

然則振興文學 旣有東西開明諸國之成法 就而求之可也 擧而措之可也. 然各國情形 不能一致 彼之文學未必

盡合於此. 此之文學 未必盡遜於彼. 且歷代相俗之風俗規矩 有安於人心者 豈能全變其舊哉. 但其不善者則改之, 善者則存之, 比較彼此 參酌取長 豈不美哉.

疎迂之見 縱昧時 宜上觀千古傍覽 萬國有以攷 其得失長短者矣. 竊以國之興衰 人之明昧 在此一事, 愚忱耿耿 不能自已 臚陳數條 探有望於當世之有熱心人也.(以下略)

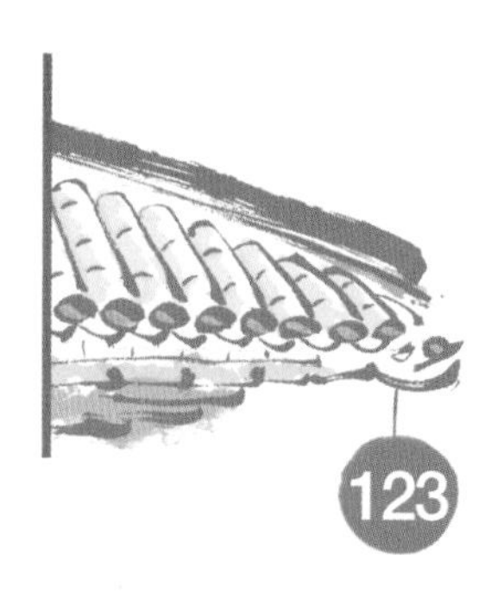

손병희 삼전론
孫秉熙의 三戰論

義菴(의암) 孫秉熙(손병희, 1861 철종 12~1922) 선생은 己未獨立運動(기미독립운동)의 최선봉을 서신 애국지사이시다. 우리는 항상 의암을 기미년 3 · 1운동 민족대표 33인의 가장 첫 번째 인물로 기억한다. 독립선언문의 말미에 제일 먼저 서명한 분이요, 公約三章(공약삼장)을 확정함으로써 3 · 1운동의 방략을 대중화 · 일원화 · 비폭력화로 이끄신 민족의 지도자이셨기 때문이다.

그는 청주에서 衙前(아전) 斗興(두흥)의 서자로 태어났다. 어려서부터 庶孼差別(서얼차별)과 양반의 비인도적 농민수탈을 目睹(목도)하면서 태생적 반항아의 기질을 지니게 되었다. 庶出(서출)이어서 제대로 된 교육을 받지도 못하였다.

22세(1882)에 東學(동학)에 입교하면서 반항과 橫暴(횡포)의 생활을 청산하고 수양에 정진하였다. 이러한 노력은 15년 후인 37세

(1897) 때에 동학의 2세 教祖(교조) 崔時亨(최시형)으로부터 3세 교조의 道統(도통)을 물려받게까지 되었다.

손병희(孫秉熙)

東學農民蜂起(동학농민봉기)가 일어난 甲午年(갑오년, 1894)에는 北接統領(북접통령)으로 東學敎徒(동학교도)의 團合(단합)과 총체적 加擔(가담)을 실현시키는 등, 지도자로서의 역량을 발휘하여 敎徒(교도)들의 信望(신망)을 받으며 봉기 이후의 敎勢整備(교세정비)에도 크게 성과를 거두었다. 그러나 교조가 된 후에 應分(응분)의 지식과 경륜의 필요성을 느낀 의암은 40세(1901)에 해외시찰을 결심하게 된다. 그리고 바로 그해에 渡日(도일)하여 일본의 변화하는 모습과 국정을 살피면서 일본 정계의 인물들과도 접촉하며 안목을 키웠다. 그 무렵에 여기 소개하는 「三戰論(삼전론)」을 집필하였다. 따라서 이 「三戰論(삼전론)」에는 국운이 쇠하여 혼미를 거듭하는 當時(당시) 조국에 새로운 氣風(기풍)을 振作(진작)시키려는 의암의 사상이 녹아들게 되었다.

45세(1906)에 동학의 총체적 整風運動(정풍운동)을 일으켜 附日運動(부일운동)을 하는 일진회 계통의 무리들을 黜敎(출교)시키고 동학을 天道教(천도교)로 개칭하여 새로이 교조로서의 입지를 굳혔다. 그때에 新生活運動(신생활운동)에도 괄목할 성과를 거두면서 천도교가 대표적인 민족종교로 자리 잡게 하였다.

47세(1908)에 천도교 大道主(대도주)의 직을 金演局(김연국)에게 넘기고 한편으로는 문화사업으로 교육과 출판에 힘을 기울이고 다른 한편으로는 천도교의 교세 확장과 발전에 심혈을 기울였다. 普成(보성)과 同德(동덕) 두 학원을 인수하여 경영한 것은 교육분야였고, 보성사라는 출판사를 설립하여 운영한 것은 출판분야였으며, 교회 부지를 구입하여 천도교 중앙 총본부 교당을 설립한 것은 종교 분야였다. 그가 운영하였던 보성학원이 오늘날의 고려대학교로 발전한 것은 세상 사람들이 모두 다 잘 아는 일이다.

의암은 국치 이후에도 국제정세에 깊은 관심을 기울이며 대세를 관망하던 중, 제1차 세계대전의 終熄(종식)과 함께 일어난 민족자결론의 향방을 지켜보게 되었다. 그리고 우리 민족도 이 민족자결론의

1914년 4월 8일 촬영된 의암 손병희 선생 53회 생신 기념사진

세계적 기운을 타고 거국적인 독립의사표시운동을 전개하여야 한다는 결론을 얻게 되었다. 그리하여 의암은 3·1운동의 최선봉에 서게 된 것이다.

다음의 「三戰論(삼전론)」은 3·1운동이 일어나기 18년 전에 일본에서 집필한 것이다. 그때 의암의 심정으로 돌아가 보자.

〖세 가지 전쟁을 논함〗

수천 년의 인류역사여! 강습하여 밝힐 수 있고 기록하여 거울삼을 수 있도다. 아득한 옛날이여 이 세상의 삼라만상이여 그것들이 어찌하여 그렇게 되었으며 또 어찌하여 그렇게 될 수밖에 없었는가? 이치를 헤아려 깊이 생각해 보면 그 근원이 아득히 먼 것 같고, 사물을 경험하여 끝까지 따져보면 모두 뒤섞여 알 수 없는 듯하나 의심할 것은 (하나도) 없도다.

그러므로 옛날부터 오늘날까지 한 聖人(성인)이 앞서 나오면 다른 성인이 뒤따라 나와 서로 연이어 계속되었으므로 帝王(제왕)의 법칙들이 하나의 수레바퀴가 구르듯 똑같으니 어찌하여 그런가? 다스림은 다르나 道理(도리)는 같고, 시대는 다르나 규범은 같았기 때문이로다. 그 까닭을 대강 논의하자면 도의 근본은 하늘이니, 온 우주에 가득한 만물이 온통 하나의 기운에서 출발하지 않은 것이 없음이로다.

비록 그러하나 인간은 동물 가운데에서 가장 뛰어난 영장이로다. 그 영장들 가운데에서도 특별히 총명한 이가 있어서 그가 임금도 되고 스승도 되었으니 이것은 또 어찌 된 까닭인가? (그것은) 오로지 하늘이 공평하여 偏僻(편벽)됨이 없어서 타고난 성품대로 따르는 자만을 가까이하는 까닭이로다. (따라서) 하늘을 모시고 하늘의 도를 행하는 이유가 여기에 있으니 이것을 곧 體天(체천, 하늘을 몸으로 삼는다)이라 이르는 것이요, 자기의 경우를 미루어 다른 사람의 경우를 헤아리게 되니 그래서 이것을 도덕이라 하는 것이로다.

영광이 천지사방에 두루 덮이어 그 한가운데에서 만 가지 일을 펼칠 수 있고 때를 따라 마땅한 방법을 택하니 대체로 이것이 시대에 알맞을 것이로다. 그 쓰임을 잘 운용하여 중심을 잡는 일에 실수하지 않으면 처음부터 끝까지 하나의 이치에서 (벗어남이 없이) 잘 부합될 것이로다.

이렇게 볼 때에 하늘이 도를 드러냄에 어찌 간격이 있으며 도가 사람에게서 실현됨에 어찌 멀리 있다고 할 수 있을 것인가? 잠시도 (도에서) 떠날 수 없다고 한 것은 (진실로) 이것을 일컬은 것이로다.

아득한 옛날 한 처음에 아무것도 한 것이 없음이여, 그 기운이 발하지 아니하였고 세 분 황제께서 기초를 닦으심이여, 도가 본래 마음에서 나왔고 다섯 분 제왕의 손 잡아 이끄심이여, 법을 정하여 다스림을 펼치시었도다. (그리하여) 사람들의 기질은 모두 순박하고 깨끗하여 백성들은 모두 堯舜(요순) 같은 사람이요, 성인의 道(도)로 가르치고 인도하니 온 세상에 요순 아닌 이가 없었도다.

인간의 도리가 장차 완성됨이여! 사람들은 제각기 사람의 마음도 있는지라 오로지 저 軒轅(헌원)시대의 蚩尤(치우)나 요순시대의 세 개의 미개한 苗族(묘족)들이 교화를 배반하고 난을 일으킨 것이니 어찌 선악의 구별이 없다고 할 수 있으랴.

대체로 성인의 도는 어떤 사물에도 완성되지 않은 것이 없으니 능히 어지러움을 다스리는 藥石(약석)은 武器(무기)와 刑罰(형벌) 바로 그것이로다. 이런 까닭에 周(주)나라가 발전하였을 때에는 그 기운이

장대하여 정치는 위에서 빛이 나고 교화는 아래에서 아름다워서 문물이 찬란하고 또한 번성했으니 그 어찌 欽崇(흠숭)하여 감탄할 바가 아니리오.

슬프도다, 물건은 오래되면 낡아 버리고 도에서 멀어지면 온통 낯설어지는 것은 이치가 그러함이 불을 보듯 분명하도다. 이러한 때를 지나 역대의 여러 나라가 각기 패업을 닦아서 흥하고 쇠망하는 것과 이기고 지는 것이 마치 장기바둑 판에서 이기고 지는 것과 같았으니 이 또한 어찌 한심스러운 것이 아니리오.

비록 그러하나 이것도 또한 운명이니 무엇을 원망하고 탓할 수 있으리오. 이와 같이 생각하고 헤아려 봄이여! 이치의 뒤집힘과 운세의 돌고 돎이 明瞭(명료)하기 마치 손바닥을 살핌과 같도다. 대체로 (세상 돌아가는 원리가) 이와 같은 즉 옛날을 거울삼아 지금을 살펴보고자 하니 어찌 여러 가지 가닥으로 차이가 있으리오.

그러므로 옛날과 지금이 같지 않음이여! 나는 반드시 운수가 변하기 때문이라고 말하리라. 바야흐로 오늘날 세계의 대세가 하늘의 운수와 함께 움직이는데 사람의 기운은 강할 대로 강하고 공교할 대로 공교하여서 技藝(기예)의 발달과 몸놀림의 숙달 됨이 더 이상 나아갈 수 없는 지경에 이르렀도다. 비록 그러하나 강하다고 해서 군사력의 강력함만 가리키는 것이 아니오, 정의의 길에 나아가 굽힘이 없는 것도 함께 일컫는 것이로다. 또 공교하다고 하여 간사하고 교태를 부림이 아니라 사물의 이치에 통달하여 매사에 승기를 잡는 날카로움을 일컫는 것이로다. 만약에 날카롭고 단단한 군병기로 서로 맞붙어 싸우면 강함 약함이 서로 분명하여 (약한 쪽이 망하게 되니) 사람의 도리는 여기에서 끊어지리라. 이것을 어찌 하늘의 도리라 할 수 있으리오.

이에 나는 스스로 不敏(불민)함을 무릅쓰고, 우주의 형세를 쳐다보고 또 굽어보니 온 세상이 모두 강하여 비록 군병을 맞상대하려고 하나같은 능력으로 서로 싸우게 되니 그 전쟁의 결과는 아무 이익이 없으리로다. 이것을 일컬어 다섯 짐승이 꿈쩍하지 않는 형세라 이르는 것이로다. 그러므로 병력전쟁 한 가닥은 자연히 없었던 것으로 되었으나 병력전쟁보다 더 무서운 것이 세 가지 있으니 첫째는 道戰(도전)이요, 둘째는 財戰(재전)이요, 셋째는 言戰(언전)이로다. 이 세 가지를 잘 알고 난 뒤에야 문명의 발걸음을 내디딜 수 있으리라. 그러면 나라를 보호하고 백성을 평안하게 하며 온 세상을 평화롭게 할 계책을 가히 얻어 그것을 완성할 수 있으리로다.

이에 청컨대 그 내용을 밝히어 그 戰論(전론)을 펼치노라.

1902년

손병희(孫秉熙) 선생의 동상

윗글은 삼전론의 서론 부분이다. 여기에서 의암은 이 세상이 무력전쟁으로는 더 이상 인류문화의 발전을 기약할 수 없으므로, 그 무력전쟁은 궁극적으로 세계사에서 실효성을 상실한 것임을 논증하고 있다. 따라서 의암은 그 대안으로 등장한 전쟁에 道(도)·財(재)·言(언)의 세 가지 전쟁이 앞으로의 세계를 좌우할 새로운 전쟁임을 역설한다.

오늘날의 개념과 용어로 바꾸어 보면, 도는 곧 이념이니 정치·사상·제도 전반을 가리키는 듯하고, 재는 두말할 것 없이 산업·경제이며, 언은 곧 언어문화 전반이니 여기에서 사회·문화적 교류와 외교의 중요성이 부각된다.

비록 쓰이는 용어가 다르고 표현방식이 예스럽기는 하나 백 년이 넘는 오늘날에도 여전히 깊이 음미할 대목들로 點綴(점철)되어 있다.

선각자의 慧眼(혜안)이 놀랍기만 하다.

〖三戰論〗

而千古之歷史兮 講之以可明 記之以可鑑.

太古兮 萬物兮也 其胡然 豈可然, 贅理而度之 則茫茫乎其遠 感物而致之 則渾渾然無疑.

是故 於古及今 先聖後聖 連絡繼出 帝法王法 同軌一輪, 何者 治異道同 時異規同也. 略擧其由 道本乎天 洋洋乎宇宙者 莫非一氣之所幹也.

雖然 人爲動物之靈 靈之其中 亶有聰明 作之君作之師 茲曷故焉. 唯天無偏 率性者惟親也. 侍天行天 故是曰體天 推己及人, 故此曰道德也.

光被四表 中散萬事 因時取宜 大抵時中. 變於時用不失執中 有初克終 合爲一理.

由是觀之 天之於道 豈有間矣, 道之於人 豈可遠哉. 須臾不可離者 此之謂也.

太古之無爲兮 其氣也未發 三皇之基礎兮 道本乎心 五帝之孩提兮 施措於治法. 人氣也 淳厚 民皆爲堯舜 敎導以聖道 世莫非堯舜.

人道之將泰兮. 人各有人心 惟彼軒轅時之蚩尤 虞舜世之有苗 背化而作亂 豈可無善惡之別乎.

夫聖人之道 無物不成 能治亂之藥石 干戈刑戮 是也. 是故 及周之盛 其氣也壯大 治隆於上 敎美於下 郁郁乎文物 於斯爲盛 豈不欽嘆處乎.

噫 物久則弊 道遠則疏 理之自然 明若觀火. 自是以後 歷代列國 各修覇業 興廢勝敗 怳若棋局之勝負 此豈非寒心處乎.

雖然 亦是運 亦是命 有何怨尤, 如斯之忖度兮. 理之飜覆 運之循環 瞭如指掌也. 夫如是則 鑑昔稽古 指今視今 豈有間於多端哉.

是故 古今之不同兮 吾必曰運之變也. 方今 天下之大勢與運偕同 人氣也强莫强焉 巧莫巧焉, 技藝之發達 動作之練習 極盡於此也. 雖然 强非勁兵之强力 就義無屈之謂也, 巧非姦細之巧態 達事乘銳之稱也. 以若利器堅甲 兵刃相接 則强弱相分 人道絶矣. 是豈天理哉.

以余不敏 俯仰宇宙之勢 擧世並强 雖欲接兵 同手相敵 戰功無益 此所謂五獸不動也. 然則 兵戰一款 自歸無奈畏尤 甚於兵戰者 有三焉 一曰道戰 二曰財戰 三曰言戰. 此三者能知然後 可進於文明之步 而保國安民 平天下之策 可得而致矣.

是故 請言申之 聊以戰論.

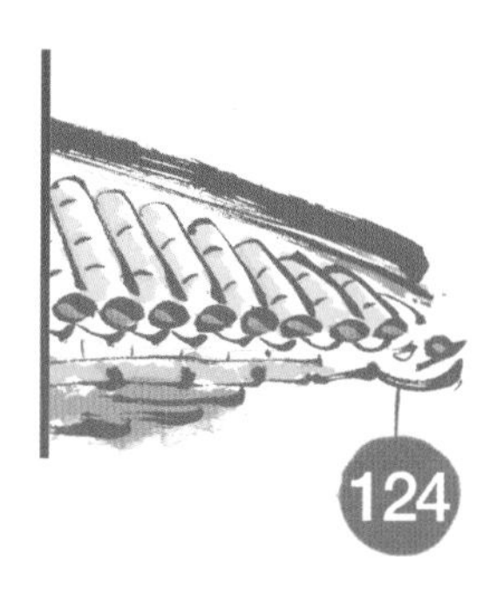

124

吳世昌의 槿域書畵徵引

오세창 근역서화징인

오세창(吳世昌)

우리나라 서예와 회화의 역사에 대해 궁금한 마음을 지닌 사람들이 제일 먼저 찾는 책은 무엇일까? 그것은 『槿域書畵徵(근역서화징)』이다. 이 책에는 신라시대부터 고려를 거쳐 조선조 말 庚戌國恥(경술국치)에 이르기까지 장장 2000년에 걸쳐 활동한 1,117인의 書畵人(서화인)을 언급하였다. 글씨와 그림을 겸한 분이 149명이요, 글씨로만 이름을 남긴 분이 576명이고, 그림으로 이름을 남긴 분이 392명이다. 참고한 서목이

오세창(吳世昌)의 유묵

274종에 이른다. 굉장하지 않은가?

이 책을 지은 분이 葦滄(위창) 吳世昌(오세창, 1864 고종 1~1953) 선생이다. 우리가 위창을 기억하는 것은 독립운동가로서이다. 그가 己未獨立宣言書(기미독립선언서)에 서명한 민족대표 33인 가운데 한 분이기 때문이다. 그러나 그는 독립운동가이기 이전에 篆書(전서)와 隸書(예서)로 일가를 이룬 書道人(서도인)이요, 또 그러한 서도인이기 이전에 信實(신실)한 관료요 언론인이었다.

그는 해주인으로 개화기에 신지식 · 신국가 경영의 先鋒將役(선봉장역)을 맡아 노력한 譯官(역관) 吳慶錫(오경석)의 아들로 태어났다. 아버지 오경석이 이미 金石學(김석학)에 상당한 조예가 있었고, 篆字(전자)를 잘 썼으며 그림에도 일가를 이룬 분이었으니, 그 집안의 그 아들이라 하겠다. 23세에 博文局(박문국) 主事(주사)가 되어 漢城旬

報(한성순보) 기자를 겸임하였고, 31세에 軍國機務處(군국기무처) 郎廳總裁(낭청총재) 비서관이 되었다가 農商工部(농상공부) 參議(참의), 郵政局(우정국) 通信局長(통신국장)을 역임하였다. 33세에 일본 문부성 초청을 받아 외국어학교 조선어 교사로 1년간 근무하였다.

39세 때 개화당사건으로 일본에 망명하였다가 孫秉熙(손병희)의 권유로 천도교에 입교하고 5년 후 귀국하여 「萬歲報(만세보)」와 「大韓民報(대한민보)」의 사장을 역임하였다. 6·25 사변 때 피난지 대구에서 90세를 일기로 타계하였다.

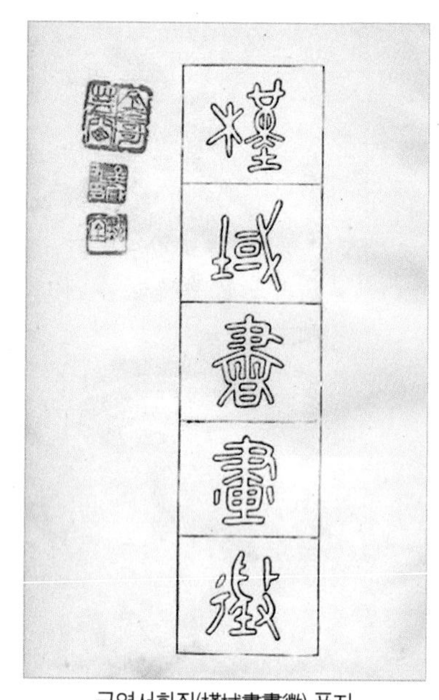
근역서화징(槿域書畫徵) 표지

〖우리나라의 글씨와 그림을 살펴보면서〗

하늘의 조화가 완전함을 깨닫고 신령의 빛이 비밀스러움을 드러내어 색칠을 입하고 글월을 꾸민 것이 함께 세월을 지내며 그 이름이 전해온다. 이것들이 곧 글씨요 그림인데, 오래된 것들이 적지 않이 많은 까닭은 채색의 세계와 문필의 세계가 대를 이어 발전하면서 오늘날까지 이어져 왔기 때문이다. (그 글씨와 그림들은) 성품과 기질이 서로 비슷하고 그 뿌리가 한 곳에서 나온 것이라 작품에서 풍기는 기상과 정서는 산림과 하천의 경계를 말하듯 말할 수 있는 것이 아니다. 하물며 우리 조상의 모든 작가 선배님들은 높고 크고 의젓하여 서로 바라보시니 마치 아침과 저녁이 서로 만나는 듯하다.

그러므로 이분들을 일컬어 한 집안 眷屬(권속)이라 함이 옳지 않으랴. 이에 신라사람 率居(솔거)이하 오늘날 서로 어울려 사귄 사람과 이름이 전하여지지 않은 사람까지 시대를 따라 살필 수 있는 것은 모두 기록하였다. 그러나 작품의 높고 낮음은 여기서 다루지 않았다. 앞서 연구된 것도 제대로 파악하지 못하여 한탄스럽고, 작품의 참된 근원을 제대로 파헤치지 못한 것도 두렵기만 하고, 도무지 어리둥절하여 제대로 되었는지 알지 못하겠다.

昌[창, 나 자신]은 변변치 않은 집안 學風(학풍)에 떨어진 것이 아닌가 두려워 붓을 물리고 보니 그것이 한 무더기 山과 같다. 머리 터럭은 이미 백발이 성성하고 생각은 혼미하여 깨진 바가지 같은지라 남은 재주가 없으니 오로지 귀동냥한 것만 남아 있을 분이다. 매양 서재에 앉아 하는 일이 없으매 旃檀香(전단향)이나 사르며 오로지 생각하고 생각한다. 일천 부처님의 이름을 외우는 經文(경문)이나 짓는 것이 옳지 않겠는가….

1917년 봄 오세창 위창보 씀

20세기 전반이나 중엽에 태어난 사람은 위창을 동시대를 살다간 대선배 어르신으로 여길 수도 있을 것이다. 분명히 1953년에 九旬(구순)의 연세로 타계하셨기 때문이다. 그러나 이름 있는 古宅(고택)의 서재에서 또는 어느 품위있는 집안의 객실에서 눈에 번쩍 뜨이는

에서 또는 전서의 八幅屛風(팔폭병풍)을 만났을 때, 그리고 그 글씨 끝에 쓴 落款(낙관)에서 위창의 銜字(함자)를 발견했을 때, 우리는 그 분을 도저히 동시대의 어른이라고 생각할 수가 없다.

그 산뜻하고 깔끔한 필체는 우리가 읽은 이 書畵徵引(서화징인)처럼 시원하고 간결하게 우리의 심금을 어루만지며 수백 년 전 옛날의 墨香(묵향)으로 우리를 감싸기 때문이다. 모름지기 우리들의 글도 이 서화징인처럼 簡潔雄渾(간결웅혼)하면서도 淸淨虛談(청정허담)해야 하리니….

〖槿域書畵徵引〗

得天機之全 發神光之秘 著色人文 並驅不朽 則書畵於兩處 洵爲不可少者. 染翰代興 竟不匱人. 性情所近淵源所自 氣類之感 不以山河間之. 況我邦諸先輩 磊落相望 若將朝暮遇焉.

雖謂之眷屬可也. 於是, 錄率居氏以下 訖于交臂而失者. 槪從可徵 而品第高下, 姑舍是.

慨前修之不逮 懼眞源之莫辨 蓋悵悵焉 不知所裁云. 昌恐墜家學 退筆如山 白紛瓠落 耳食猶存, 每齋居無事 燒牛首旃檀 從頭一念 當作千佛名經.

歲丁巳春 吳世昌 葦滄甫書.

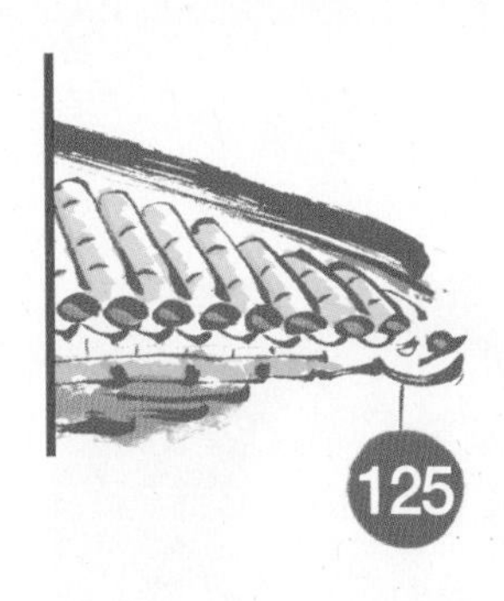

박영효 사화기략
朴泳孝의 使和記略

朴泳孝(박영효, 1861 철종 12~1939)는 甲申政變(갑신정변)의 주역이자 태극기를 처음으로 만들어 해외에서 사용한 인물이다. 자는 子純(자순)이요, 호를 玄玄居士(현현거사)라 하였다. 判書(판서) 元陽(원양)의 아들이다. 13세에 철종의 딸 永惠翁主(영혜옹주)와 결혼하여 駙馬(부마) 錦陵尉(금릉위)가 되었고, 개화의식의 선봉장인 劉大致(유대치) 밑에서 訓導(훈도)를 받으며 金玉均(김옥균), 洪英植(홍영식), 徐光範(서광범) 등과 어울려 개화파의 핵심인물로 성장하였다.

19세기 이후에서 20세기 전반에 걸쳐 79세를 살다간 그는 우리나라 격변의 역사와 나란히 浮沈(부침)하는 인생을 누렸다. 그의 생애는 대강 세 시기로 구분하여 살펴볼 수 있다.

제1기는 출생에서 24세까지이다. 이 기간 중 가장 손꼽히는 일이 1882년 수신사의 임무를 띠고 일본에 다녀온 것이다. 바로 이때 태극기를 만들어 해외에서 계양한 최초의 인물이라는 영예를 누린다. 그리고 두 해가 지난 24세 때에 漢城府判尹(한성부판윤)이란 직함을 가지고 甲申政變(갑신정변)을 일으켰으나 삼일천하로 끝내고 일본으로 망명하였다. 이때까지가 대조선의 臣民(신민)으로 떳떳하게 살았다고 할 수 있는 기간이다.

박영효(朴泳孝)의 생전 모습

제2기는 25세에서 50세의 庚戌國恥(경술국치) 직전까지의 시기이다. 25세에 망명지 일본에서 잠시 미국으로 갔다가 다시 일본으로 돌아와 야마자끼〔山崎永春(산기영춘)〕라는 일본 이름으로 개명하고 親隣義塾(친린의숙)을 경영하였다. 엄격하게 말하면 이때부터 그는 조선 신민의 자격을 버린 것이라 할 수 있다. 그러나 34세 때인 1894년 甲午更張(갑오경장)으로 죄가 풀리고 제2차 金弘集(김홍집) 내각의 內部大臣(내부대신)이 되어 개혁에 앞장서는 인물이 된다. 그렇지만 35세 때인 1895년에 乙未事變〔을미사변, 閔妃弑害事件(민비시해사건)〕으로 재차 일본망명 길에 오른다. 그리고 10여 년이 흐른다. 47세 때인 1907년 朴齊純(박제순) 내각의 알선으로 귀국하여 李完用(이완용) 내각의 宮內府大臣(궁내부대신)에 임명되었다가 1년간 제주

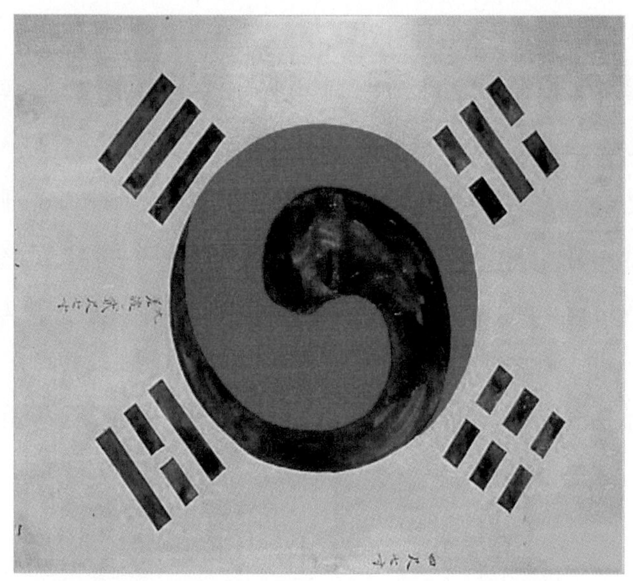
영국 국립문서보관소에 보관되어 있는 우리나라 최초의 태극기

도 유배생활을 하였다. 이때까지는 그래도 겉으로는 조선국의 신하요 백성의 모습이었다.

제3기는 50세에서 79세에 세상을 떠날 때까지의 30년이다. 이 기간은 철저한 일본인으로 살았다. 50세 때인 1910년 경술국치가 이루어지자 일본 정부로부터 侯爵(후작)의 爵位(작위)를 받고 1920년을 전후로 하여 극렬한 친일행각을 벌인다. 민족의 미래를 근심하는 이들이 3·1운동을 벌이는 등 항거의 氣魄(기백)을 펼칠 때에 그의 행적은 정반대의 행보를 가고 있었다. 그가 맡은 직책을 살펴보자.

조선총독부 중추원 고문과 부의장, 조선사편찬위원회 고문, 조선사편수회 고문, 이왕장의위원장, 조선귀족세습재산심의회 위원, 조선귀족심사위원, 여기에 일등 瑞寶章(서보장)이라는 훈장까지 받는 거대친일세력의 핵심인물이었다.

이렇게 정리하고 보니 그는 태어나서 25세까지는 조선사람으로 살았고, 25세에서 50세까지는 조선사람이나 속으로는 일본사람으로 살았다. 반조반일이라하면 어떨지 모르겠다. 그리고 50세 이후 死去(사거)까지 30년은 그야말로 철저한 일본인 행세를 한 생애였다. 그럼에도 불고하고 우리가 그를 기억해야 하는 까닭은 무엇인가?

그가 지은 使和記略(사화기략)이 남긴 역사적 가치 때문이라고 해야 할 것인지…….

〖일본에 사신으로 간 일을 기록함〗

대조선이 개국한지 491년, 지금 임금님께서 임금 자리에 오르신지 19년이 되는 임오년(1882) 7월 25일. 엎드려 특명전권 대신 겸 수신사의 직분을 받들면서 삼가 국서를 받들고 일본으로 가게 된 臣(신)은 이 직분을 깊이 생각한다. (돌이켜보면) 6월에 군대의 반란으로 인하여 일본이 군대를 출동시키고 개정된 후속 조약을 맺은 뒤에, 한편으로는 이 조약을 다시 비준하고, 또 한편으로는 서로의 신의를 돈독히 하기 위하여 사신으로 가게 되었다. 이 책임을 맡은 뒤로 낮이나 밤이나 가슴 깊이 이 일을 생각하니 장차 그 소임을 어떻게 감당해야 할지 모르겠다.

8월 초하루. 대궐에 나아가 명을 받들었다. 임금님께서 친히 접견하시고 간곡하신 말씀을 내리셨다. 임금님의 은혜에 감격할 따름이다. 전권부관 겸 수신부사 승지 金晩植(김만식)과 從事官(종사관) 注書

(주서) 徐光範(서광범)과 함께 우러러 섬돌 아래에서 사은하는 인사를 드렸다. 오후 4시에 국서와 예폐를 받들고 숭례문을 나왔다. 옛 친지들이 모두 숭례문 밖까지 나와 전송하는 말을 하니 나라를 떠나는 감회를 억누르기 어려웠다. 교리 金玉均(김옥균)도 역시 임무를 맡아 임금님의 은근한 가르침을 받들어 함께 일본 동경으로 향하니 힘든 임무를 수행한다는 감회로 크게 위로가 되었다. 저녁 6시에 일행이 모두 길을 떠났다. 저녁 10시에 부평 석천 50리에 이르러 친척 徐相寔(서상식) 씨 댁을 방문하여 약간의 음식을 먹고 잠시 쉬었다.

8월 초아흐레. 맑음. 새벽 4시 정각에 출발하여 아침 8시에 인천 제물포 30리에 도착하였다. 일본 군인들의 부대가 아직도 다 철수하지는 않았다.(중략)

8월 열이틀. 맑음. 새벽 4시 정각에 赤馬關(적마관)에 도착하였다. 여기는 장문주계에 속한다. 인천 제물포에서 마관까지 모두 260리가 된다.(일본의 10리는 조선의 80리에 해당한다.) (중략)

8월 열 나흘. 맑음. 새벽 4시 정각에 神戶(신호)에 도착하였다. 여기는 병고현에 속한다.

새로이 國旗(국기)를 제작하여 머무는 집에 걸었다. 깃발은 흰 바탕에 세로로 길게 늘였다. 길이는 넓이 폭의 5분지 2를 넘지 않았다. 가운데 중심에는 태극을 그리고 푸른색과 붉은색을 채웠고, 네 귀퉁이에는 乾坤坎离(건곤감리) 4괘를 그렸다. 일찍이 임금님으로부터 명을 받은 바가 있었다.(중략)

8월 스무이틀. 맑음. (중략) 부산 가는 선편에 보고하는 장계를 올렸다. 절충장군 행 용양위부호군 전권부관 겸 수신부사 신 김만식과 보국숭록대부 특명전권 대신 겸 수신사 신 박영효는 (보고합니다.) 본월 초아흐레 아침 9시경에 인천부 제물포에서 발선함으로 말미암아 이미 소식을 들으셨으려니와 그 날 남양 바깥 바다에 정박하여 머물러 밤을 지내옵다가 그 다음날 아침에 배가 출발하여 열 이튿날 아침 10시경이 되어 일본 赤馬關(적마관)에 이르러 정박하였습니다. 저희 신등 일행은 육지에 내려 잠시 쉬었다가 밤 10시경에 다시 배에 올라 열 나흗날 아침 6시경에 神戶(신호)에 이르러 육지에 내려 즉시 여관에 머물러 유숙하였습니다.

기선이 도착하기를 기다렸다가 동경으로 출발할 생각을 하오며 본국의 국기를 새로 제정하는 일은 이미 분부하신 바가 있으므로 이제 이미 대·중·소의 세 가지 旗(기)를 만들었사온데 그중에 적은 기 하나를 받들어 보내는 까닭에 서둘러 장계를 올리옵는 바입니다. 이러한 까닭으로 이 장계를 드리는 것이옵니다.

한 인간의 생애를 시기별로 구분하여 평가할 수밖에 없다는 것이 참으로 민망하고 서글프다. 그러나 그가 남긴 기록이 역사적 의미가 있으니 부득이 그 기록을 살펴보게 된다. 그 기록 가운데서 가장 주목할 것은 태극기 제작과 사용에 관한 것이다.

일본에 머물면서 본국에 올린 狀啓(장계)가 吏讀文(이두문)이라는 점도 주목해 보아야 할 것이다. 19세기 후반에 일반 공문서가 상당 부분 吏讀文(이두문)으로 통용되었다는 사실을 이 기록은 입증하고 있다.

〖使和記略〗

大朝鮮 開國四百九十一年 上之卽阼 十有九載 壬午七月二十五日 伏承特命全權大臣兼修信使之啣 使奉國書 聘日本 臣謹按是役也. 因六月軍變 日本動兵 改定續約之後 一爲換批 一爲修信而行也. 自承是任 夙夜懷越 將未知何所克當也.

八月 初一日. 詣闕膺命 上引見切諭 恩旨感激 仰全權副官兼修信副使金承旨晩植 從事官徐注書光範 一時辭陛. 申刻奉國書及禮幣 出崇禮門 知舊咸出郊贈言 難禁去國之悰 金校理玉均 亦於是役 奉上密諭 同向日本東京 大慰飮氷之懷也. 酉刻 從行人及隨員(中略) 一齊登程. 亥刻抵富平石川五十里 訪戚人徐氏相寔宅 點心小憩.

初九日. 晴. 寅正發程 辰刻抵仁川濟物浦三十里 日本兵壘 尙未盡撤.(中略)

十二日. 晴. 寅正抵赤馬關 是長門洲界也. 自仁川濟物浦至馬關 合爲二百六十里(日本十里爲朝鮮八十里假量) (中略)

十四日. 晴. 寅正抵神户 是兵庫縣也.(中略)

●新製國旗懸寓樓 旗竿白質而縱方 長不及廣五分之二. 主心畫太極 塡以青紅 四隅畫乾坤坎离四卦 曾有受

命於上也.

二十二日. 晴. (中略) 釜山船便修上狀啓. 折衝將軍行龍驤衛副護軍全權副官兼修信副使 臣金(晩植) 上輔國崇祿大夫特命全權大臣兼修信使 臣朴(泳孝). 本月初九日巽時量 自仁川府濟物浦 發船之由 已爲登聞 爲白有在果 當日留碇 止宿于南陽外洋是白如可 翌朝行船 至十二日巳時量 到日本赤馬關下碇 臣等一行 下陸少憩 旀戌時量 復啓輪 十四日卯時量 至神户下陸 仍爲止宿于店舍 待汽船來到. 發向東京計料爲白乎弥 本國國旗新製事 旣有處分 故今已造就大中小旗三本 而其小旗一本 上送緣由 馳啓爲白臥乎事 是良尓 詮次 善啓向敎是事.

참고

위 狀啓(장계)에 쓰인 吏讀(이두)를 간추려 整理(정리)하면 다음과 같다.

爲白有在果	ᄒᆞ숣잇견과	하였삽거니와
是白如可	이숣다가	이옵다가
爲白乎旀	ᄒᆞᄉᆞ오며	하사오며
爲白臥乎事	ᄒᆞ숣누온일	하옵는 일, 하옵시는 일
是良尓	이아금	인만큼, 이므로, 이기에
詮次	전차	까닭, 연유, 연고
向敎是事	아이샨일	하온 일, 하옵신 일

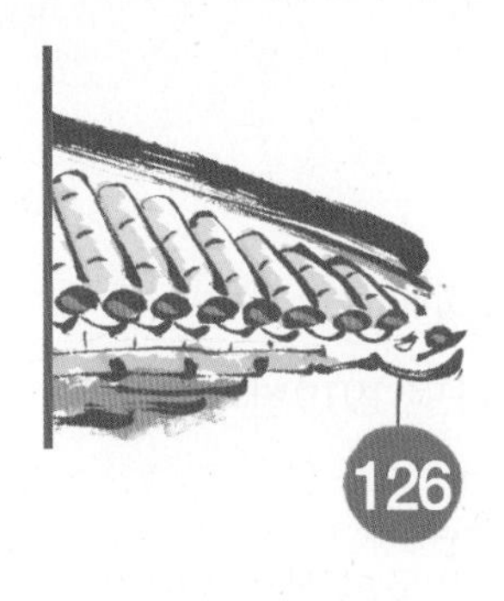

文獻備考의 間島疆界

(문헌비고 간도강계)

하나의 민족공동체가 수천 년에 걸쳐 삶의 터전으로 삼아온 이른바 나라 땅은 시대에 따라 자리를 옮기기도 하였고, 그 터전이 늘어나기도 하고 줄어들기도 하였다. 우리 배달민족은 지난 반만년 동안 대체로 만주와 한반도를 삶의 터전으로 삼아왔다. 그런데 만주 땅은 애초부터 우리 민족만이 아니라 다른 민족들과 섞여 사는 곳이었다. 그래서 그 땅을 두고 여러 민족 · 국가가 세월 따라 바꾸어가며 주인 노릇을 하였다. 우리는 고조선 이래 고구려와 발해시대에 그 땅의 주인이었다.

그리고 한때 그 땅은 사람이 살지 않는 빈 터전으로 남겨두기도 했었다. 그러한 땅 가운데 間島(간도)라 부르는 지역이 있다. 동간도 또는 북간도로 부르는 두만강 북쪽 對岸(대안)과 서간도로 부르는 압록강 북쪽 · 서쪽 대안이 그곳이다. 이 땅에는 고종 6년경(1869)부터 우리 한국인이 진출하기 시작하였고, 庚戌國恥(경술국치) 이후에는 이주자가 급격히 늘어나 3 · 1운동이 일어나던 1919년에는 한국인이 30만 명에 이르렀었다.

이 간도는 일본통치 기간 중에는 항일 독립운동의 본거지이기도 하였다. 1920년에 金佐鎭(김좌진) 장군이 이끄는 독립군이 일본군을 격파했던 청산리대첩은 바로 이 간도 땅에서 일어난 사건이었다. 지금도 조선족의 연변자치구가 있는 곳, 이 간도에 대하여 우리는 무심할 수가 없다. 중국이 동북공정에 열을 올리고 있는 此際(차제)에 우리는 적어도 간도문제만이라도 역사적 전말을 자세히 이해하고 우리가 이 땅의 주인이었음을 가슴 깊이 새겨야 할 것이다.

그래서 구한말에 간행된 『增補文獻備考(증보문헌비고)』 輿地篇(여지편)에 실린 간도 관련 기사를 찾아보기로 하였다.

『增補文獻備考(증보문헌비고)』는 상고시대부터 대한제국말에 이르기까지 우리나라 문물제도를 총망라하여 정리한 백과전서이다. 이 책은 영조 46년(1770)에 洪鳳漢(홍봉한) 등이 왕명을 받아 『東國文獻備考(동국문헌비고)』 100권을 편찬한 것에서 비롯된다. 그 후 不備點(불비점)을 보완하기 위하여 정조 6년(1782)에 李萬運(이만운)에게 명하여 9년의 세월을 보내며 修正增補(수정증보)하여 146권으로 편성했으나 간행을 보지 못하고 있었다. 그러다가 광무 7년(1903)에 또다시 朴容大(박용대) 등 30명 학자들에게 명하여 5년의 세월에 걸쳐 16考(고) 250권으로 편성하고 이것을 『增補文獻備考(증보문헌비고)』라는 이름으로 隆熙(융희) 2년(1908)에 출판하였다.

다음 글은 이 『增補文獻備考(증보문헌비고)』 권36, 輿地考(여지고)

에서 간도 기사 두 개를 발췌한 것이다.

〘北間島〙

북간도는 두만강의 북쪽으로 무산, 회녕, 종성, 온성의 맞은편 땅이다. 원래 고구려 땅에 속해 있었는데 고구려가 망한 뒤에 발해의 대씨들의 근거가 되었다가 발해도 망하고 나서는 그 땅이 요나라와 금나라에 들어갔었다. 고려 예종 2년(1107)에 이르러 윤관 오연총 등을 보내어 여진을 크게 쳐부수고 아홉 성을 설치한 후에 선춘령에 비를 세워 나라의 경계를 정하였으나 얼마 지나지 않아 또다시 여진에 들어가게 되었다. 우리 세종대왕 시절에 김종서 장군이 야인들을 소탕하여 가시밭을 깨끗이 하고 여섯 진지(육진)을 개척하였었다. 그런데 너무 북쪽 땅이라 거칠고 추워서 논밭을 일구기가 쉽지 않았다. 그래서 오래도록 그 땅은 비워둔 채로 있었다. 숙종대왕 38년(1712)에 이르러 비로소 두 나라 사이에 경계를 정하자는 논의가 있었다. 그러나 그때의 여러 신하들이 이웃나라의 주장에 크게 두려워하여 멀리 앞을 내다보는 경영에 이르지 못하였으므로 나라 땅을 헛되이 잃고, 드디어 깊이 생각하지도 않은 채 오늘날까지 제대로 헤아리지도 못하는 지경에 이르렀다. 이것은 진실로 나라의 중대한 문제점이 아닐 수 없다. 여기에 이에 관한 전후 사실을 모아 특별히 부록으로 삼는다.(이하 생략)

〖西間島〗

서간도는 옛날 고구려 졸본 국내성의 땅이다. 발해시절에는 솔빈부를 두어 화주 · 익주 · 건주의 삼주를 거느린 뒤에는 여진 땅이 되었었다. 고려 공민왕 시절에(공민왕 10년, 1361) 우리 태조 고황제(이성계 장군)께서 투로테무르를 크게 쳐부수고 드디어 그 땅을 비워두었었다. (그러다가) 근자에 이르러 사오십 년 동안 서북쪽 강변에 사는 백성들이 압록강 북쪽 십팔도구 골짜기 사이에 옮겨 살게 되어 민가가 늘어나 어느새 수만 호에 이르게 되었다. 그 땅은 매우 기름져서 당연히 오곡과 가축이 풍성하였다. 고구려 역사책에 이르기를 산과 물이 깊고 험한 땅이 마땅히 오곡이 풍성하다 한 것이 바로 이곳이다.

성경성 회인현 동구 등의 땅이 곧 서간도 땅 안에 들어있다. 그 땅은 압록강 오른쪽 강기슭을 베개 삼아 베고 구련성 일백오십리에 걸쳐 있다. 지금부터 삼백년 전에 비석 하나가 산골짜기에서 발견되었는데 지금의 임금님 19년(고종 19년, 1882) 청나라 성경장군 좌종당이 사람을 시켜 발굴하고 보니 그것이 고구려 광개토대왕 비문이다.(이하 생략)

윗글에도 간략히 언급된 바와 같이 숙종 38년(1712)에 백두산에 定界碑(정계비)를 새울 때에는 분명히 서쪽은 압록강으로, 동쪽은 토문강으로 정하여 북간도 땅은 조선의 영토임을 확실하게 하였었다. 그 후 청나라와 조선이 국경선 문제로 분규가 있던 중 1909년 일본이 남만주 철도를 놓는 부설권을 얻는 대가로 청일협약을 체결할 때 토문강을 두만강이라 묵인하여 간도의 영토권을 청나라에 양보하였다.

두 눈 멀쩡하게 뜨고 우리는 이렇게 우리 땅을 잃어버렸었다. 어떻게 하면 우리가 이 땅의 주인이 될 수 있을까?

발해(渤海)의 강역도(疆域圖)

〖北間島疆界 亦稱懇島〗

北間島卽豆滿江之北 而茂山會寧鍾城穩城之對岸也. 原屬高句麗之疆土 高氏亡後 爲渤海大氏所據 及渤海

亡 地入遼金. 至高麗睿宗二年 遣尹瓘吳延寵等 大破女眞 設置九城 立碑先春嶺 以定國界 未幾還沒於女眞. 我世宗朝 金宗瑞勦蕩野人 剪除荊棘 以開拓六鎭 但極北荒寒 懇闢未易 故寢以空其地. 至肅宗三十八年 始有兩國定界之案 然當時諸臣 多怵於隣嘖 未嘗有遠大之經營 故曠棄疆土 了不窮理 以致今日之未勘 此寔國家重大之案也. 玆蒐前後事實 特爲別附焉.(以下 略)

〖西間島疆界〗

西間島者 古高句麗卒本國內城之地也. 渤海時爲率賓府 領華益建三州後 沒於女眞. 高麗恭愍王時 我太祖高皇帝 擊破禿魯怗木兒 遂空其地. 近自四五十年來 西北沿邊之民 移住於鴨綠江北 十八道溝之間 民户之殖奄至數萬 其地甚膏沃 宜五穀牧畜蕃盛 句麗史所謂山水深險地 宜五穀者卽此也.

盛京省懷仁縣洞溝等地 卽西間島之界內也. 其地枕鴨綠江右岸 距九連城百五十里 距今三百年前 有一碑發現於山谷中 至今上十九年 清盛京將軍 左宗棠 始雇人發掘 乃高句麗廣開土王碑文.(以下 略)

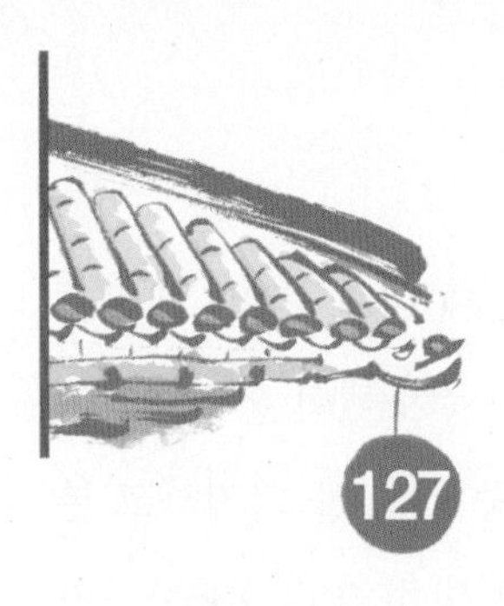

127

李漢應(이한응)의 遺書(유서) 〔三篇〕

우리나라 근세사에서 흔히 개화기(1876~1910)로 부르는 기간은 조선왕조 말기에 근대국가로 발돋움하려 노력했던 때를 가리킨다. 고종과 순종의 治世(치세) 47년에서 고종 초 12년을 뺀 기간에 해당한다. 그 12년간은 대왕대비 垂簾聽政(수렴청정) 기간을 거쳐 홍선대원군이 攝政(섭정)하면서 10년 동안 강력한 쇄국정책을 펼쳤기 때문이다. 그 10여 년은 세계정세에 짐짓 눈을 감고 봉건왕조의 영화를 꿈꾸며 거창하게 경복궁을 중건하는 등 안간힘을 쓴 기간이었다.

홍선군의 십년 세도가 종식되고 당대의 위정자들과 지식계층은 그야말로 發憤忘食(발분망식)하며 떳떳한 근대국가를 만들려고 애썼으나, 그 결과만을 놓고 보면 개화기는 국가의 운명이 외세의 침략으로 말미암아 세월과 함께 점점 더 깊은 수렁으로 빠진 기간이었다.

이한응(李漢應) 열사(烈士)

1880년대 초반, 개화운동을 주도했던 온건개혁파는 중국(淸)을 의지하고 본받으려 하였고, 1884년 甲申政變(갑신정변)과 1894년 甲午改革(갑오개혁)을 주도했던 급진개화파는 일본을 모델로 삼았으며, 독립협회 운동(1896~1898)을 이끈 친미개화파는 미국을 따라 배우려고 하였다. 그리고 마지막으로 나라의 체제를 바꾸며 光武改革(광무개혁, 1897~1904)을 주도한 고종과 그 측근은 러시아의 경험을 본받으려 하였다.

이렇듯 네 나라 사이를 오고가는 동안에 貪虐(탐학)을 일삼는 官(관)에 항거하여 봉기한 동학농민도, 성리학적 이상주의에 희망을 두고 의병항쟁을 벌인 衛正斥邪派(위정척사파) 유림들도 기우는 나라를 붙잡을 수는 없었다. 더구나 당대 위정자들은 이들 농민과 유생을 國權回復(국권회복)의 同調者(동조자)로 여기기보다는 나라를 해치는 세력으로 여기는 풍조이었다.

이 분란의 틈새를 비집고 끈질긴 외교적 공략에 성공한 나라는 일본이었다. 제1차 한일협약이라는 丙子修好條規(병자수호조규, 1876)를 맺은 지 30년 만에 맺은 제2차 한일협약 곧 을사늑약은 나라의 숨통을 절반가량 질식시키는 것이었다. 이런 상태에서 어찌 나라가 지탱할 수 있겠는가? 우리나라의 개화기는 이렇게 멸망의 수렁에 빠져 가는 슬픈 途程(도정)이었다.

우리는 이제 이러한 시대를 살다간 한 명의 외교관에 주목하고자 한다. 李漢應(膺)(이한응, 1874 고종 11~1905 광무 9)이 바로 그분이다. 그의 생애는 거의 정확하게 개화기와 일치한다. 그는 조선 외교관으로 자는 敬天(경천), 호를 菊隱(국은)이라 하였다.

全義人(전의인)으로 昆陽郡守(곤양군수) 璟鎬(경호)의 아들이다. 경기도 용인 출신이다. 18세(1892)에 育英公園(육영공원)이라 일컫던 관립영어학교를 졸업하였다. 아마도 우리나라에서 영어를 정식으로 배운 제1세대일 것이다. 20세(1894)에 진사시에 합격하고, 23세(1897)에는 漢城府主事(한성부주사)로 관직에 나아갔다. 25세(1899)

용인의 이한응(李漢應) 열사(烈士)의 묘소

때는 관립영어학교의 교관으로 전출되었다가 다시 2년 후 27세(1901)에 영국·벨기에 兩國駐箚公使館(영국주차공사관)의 三等參書官(삼등참서관)에 임명되어 외교관의 길에 들어섰다. 영국 런던이 처음 부임지였다.

30세(1904)에 주영공사 閔泳敦(민영돈)의 귀국으로 署理公使(서리공사)가 되었다. 그 무렵부터 국제정세는 긴박하게 변하고 있었다. 한국 정부의 국제적 지위가 하루가 다르게 轉落(전락)하는 것을 개탄하다가 대한제국의 미래에 희망이 없음을 직감하고 31세, 1905년 5월 12일 음독 자결하였다. 이때는 을사늑약이 정식으로 체결되기 꼭 반년 전이었다.

그가 죽자 고종은 특명을 내려 시신을 국내로 옮겨 고향 땅 용인에 안장하고 內務協辦(내무협판)에 追贈(추증), 奬忠壇(장충단)에 祭享(제향)케 하였다. 그로부터 57년이 지난 1962년에 대한국민 건국공로훈장 복장이 追敍(추서)되었다.

다음은 그가 죽음을 앞두고 자기 자신에게, 그리고 고국에 계신 형님과 아내에게 보낸 글이다.

『남기는 글월(첫째)』

아하, 나라가 주권이 없으니 백성들은 평등함을 잃고, 무릇 (나라의) 모든 외교관계에 치욕스러움이 끝을 모르게 되었구나. 진실로 끓는 피가 있는 사람이라면 어찌 이것을 참으며 견딜 수 있으랴. 아하, 종묘사직도 이제는 폐허가 되겠고 온 겨레는 앞으로 남의 종살이나 하겠구나. 구차스럽게 목숨을 부지하여 산다 한들 그 욕됨이 얼마나 심하겠는가! 이 어찌 홀연히 떠나는 것이 낫지 않으랴. 이에 이르러 스스로 목숨을 끊을 것을 계획하였으니 또다시 무슨 말이 있으랴.

『남기는 글월(둘째)』

(형님께 삼가 올립니다)

운세가 다하였사오니 다만 죽음이 있을 뿐 살길이 없습니다. (나라) 임금님께는 충성스럽지 못했고, 어버이께는 효도를 다하지 못하였사오니 이 어찌 즐거운 일이겠습니까? 형편이 궁색하여 어찌할 도리가 없는 일이옵니다. 제가 저지른 일의 결과는 면하기 어렵사오나 실제로는 죄를 짓지 않은 이들,(곧 가족 친지들, 다른 이들이) 그중에서도 가장 가엾은 분들이니 이 얼마나 원통한 일이옵니까?

(저는) 결혼한 후에 별로 즐거운 기간도 없이 (아내와) 이별하여 4, 5년을 지내면서 아들도 하나 얻지 못하였습니다. 그런데 이제 또 서로 영이별을 하게 되오니 이야말로 원한에 사무치나이다. 일이 이렇게 된 것을 어찌하겠습니까? (제가 죽었다는) 기별을 들으시더라도 엎드려 원하옵기는 너무 염려하지 마시옵고 생모님과 양모님을 위로하시며 봉양하여 주옵소서. 제 처에게도 잘 타일러 어린 딸을 잘 길러 (그 재미로나마) 근심을 잊고 살 수 있게 되면 좋겠습니다.

저의 죽은 시신이 고국에 돌아가는 날에는 용인 선산 아래 양지바른 곳에 깊이 묻어 (고향 땅에) 한 줌 흙이 되면 좋겠습니다.

(저의) 월급에 대하여 말씀 올립니다. 이곳에 몇 해 동안 근무하여 기천원의 저축이 있사옵니다. 현재 영국은행에 2,084원 61전이 있사

오니 그중 1,000여 원은 반드시 저의 운구 비용이 될 것이오나 이것은 후에 외무부에서 지불할 것입니다. 하온데 공사관의 공금이 모자라서 제 돈으로 채워 쓰고 아직 받지 못한 돈이 2,084원 16전이 온대 그중에 484원 16전은 지난 몇 달간 식비로 삭감될 것입니다. 그런데 금년 봄 석 달 동안 월급으로 받지 못한 것이 1,533원이고 또 4월 며칠간의 월급이 몇백 원은 될 것입니다. 그러므로 런던의 영국은행으로부터 우리 외무부에서 찾을 돈이 다 합하여 지폐로 6,000여 원이 될 것입니다.

엎드려 바라옵기는 이 돈을 찾으시어 가족들을 거느리고 고향으로 내려가소서. (거기에서) 조용한 곳에 논밭을 사셔서 부지런히 농사를 지으시면서 세상살이와는 상관없이 생모와 양모를 위로하고 봉양하시는 것이 어떻겠습니까? 막냇동생 한승에게는 절대로 세상일에 관심을 갖지 않게 하옵소서. 엎드려 바라나이다.

이 돈으로 논밭을 사신다면 대체로 연간 소득이 세금 낼 것을 포함하여 백여 석은 될 것이오니 이것으로 몇 집이 밥을 먹을 수 있는 방책과 자금이 되지 않겠습니까? 나머지는 번거롭게 아뢰지 않습니다.

(하오나) 가족을 거느리고 부모를 모시는 일에 관하여(한 말씀 드립니다.) 뒷날에 막내 한승이가 만약 아들을 세 명쯤 두게 된다면 그중 한 아들을 (저의 집을 위하여) 생각을 해 주셨으면 하고 엎드려 바라나이다.

먼 나라 밖에서 백번 절하옵고 이 글월을 올리나이다.

음력 사월 구일 아우 한응 올림

『남기는 글월(셋째)』

〈아내에게 드립니다.〉

원문이 한글로 쓰인 글월이므로 원문편 에 실었음.

其一(기일)에서 자기 자신에게 죽음에 이르는 所懷(소회)를 쓴 것으로 보이나 其實(기실)은 대국민 선언으로 보아도 좋을 것이다.

其二(기이)에서 흥미로운 것은 후사를 이을 자식을 동생에게 구하는 대목이다. 그리고 6,000원의 재산으로 家率(가솔)의 생계를 도모하라는 부탁을 읽으며, 우리는 그가 자기는 죽으면서도 가족의 생계는 끝까지 책임을 지는 성실성을 보게 된다. 1905년의 6,000원이면 지금 돈으로 얼마나 될까? 시골에 田庄(전장)을 마련할 수 있다 하였으니 현재의 6억은 충분히 넘을 듯하다.

其三(기삼)의 諺文(언문) 편지에서 우리는 한 지아비의 애절한 마

SUICIDE OF THE KOREAN CHARGÉ D'AFFAIRES.

The Korean Chargé d'Affaires in London, Yi Han Eung, committed suicide in his bed-room in Trebovir-road, W., yesterday morning by hanging himself. He had been in sole charge of the Legation for a considerable time, the Minister having been withdrawn several months ago. The Chargé d'Affaires had recently been unwell and greatly depressed, and it is known that whatever may have happened lately he for some time had no sort of communication with his Government, and was left without resources from them. Intimation was at once sent to Mr. Pritchard Morgan, the Consul-General for Korea in London, who visited the Legation. When he left he intimated that he was not at liberty to give any particulars; that he was in communication with the Foreign Office and the Home Office in reference to the matter; and that, as a matter of opinion, he might say he thought it extremely doubtful whether an inquest would be held, seeing that the Legation was not on English territory.

당시 이한응(李漢應) 열사의 순국(殉國)을 보도한 영국신문

음과 만난다. 참으로 처절하지만 흐뭇한 기분에 젖는다. 이것이 참다운 지아비의 모습 아닌가!

그리고 우리가 꼭 기억하여야 할 사항

李漢應(이한응)은 구한말, 국치에 통분하여 순절한 최초의 선비(정부관리)라는 것!

주영(駐英) 한국대사관의 이한응 열사 흉상

〖李漢應의 遺書(三篇)〗

遺書 其一

嗚呼 國無主權 人失平等. 凡關交涉 恥辱罔極. 苟有血性 豈可堪忍乎? 嗚呼 宗社其將墟矣 民族其將奴矣. 苟且偸活 其辱滋甚 豈若溘然之爲愈乎? 計決於此 更無他言.

遺書 其二

運倒時盡 有死無生, 不忠於君 不孝於親 此豈樂爲之事. 是勢窮無奈之事也. 所有形果 難得免 實無作罪 其中最可憐者 何是寃也. 嫁婚以後 別無嘉樂 相離四五年 未得一子, 在此相別 此是怨恨者也. 勢也奈何. 聞報之時 伏望過勿爲慮, 慰養生養母親. 開諭室人 長養幼女 以爲忘憂若何. 死身到國之日 深埋于龍仁先山下向陽之地 以爲寄土若何. 至於月俸 在此數年 所有幾千元之儲畜, 現在英銀行者 爲貳千八拾四元六拾壹錢, 其中千餘元 必爲運體之費 而應目自外務部支拂 已緣於館費不足 充用未推者 爲貳千八拾四元拾六錢 而其中四百八拾四元拾六錢 爲幾朔食費 叩除. 今年春三朔 月俸未推爲壹千五百參拾參元 且四月幾日月俸 爲幾百元, 然則 自倫敦英銀行 與我外務部推尋條, 合爲紙幣六千餘元矣. 伏望推尋此額 率眷下鄕 買庄于

安閒處 勤修農業 與世無關 慰養生養母親如何. 至於舍季漢昇 勿使開眼時務 伏望.

此錢額 買致庄土 可年得租包百餘石, 以爲數家糊口之策資若何. 餘在不顧張皇. 至於率養事 日後舍弟漢昇 若有子三人 留念一子伏望, 在外百拜上書

陰四月九日 舍弟 漢應 上書

遺書其三(유서기삼)

(아내에게 드립니다.)

상장.

오래 편지 못하여 향념 간절하옵니다. 나는 별반 죄악은 없으나 시운이 불행하여 이에 작별하니 진실로 원통하고 섭섭합니다. 그렇지만 사세형편이 죽는 것이 사는 것보다 나으니, 나은 것을 취할 수밖에 없습니다. 생각하니 당신이 참으로 불쌍합니다. 나의 일(은) 과히 생각하지 말으시고 생양가 모친 위로하시고, 어린 딸 잘 길러 자미 들이시기 바랍니다. 나는 덕이 없고 복이 없는 사람이오니 생각하지 말고 형님에게 의지하셔서 살으시옵소서.

찾을 돈은 한 육천여 원이 되나 봅니다. 집안일은 다 형님께 말씀 올렸사옵기 이만 씁니다.

음 사월 구일 죄인 이한응 상장

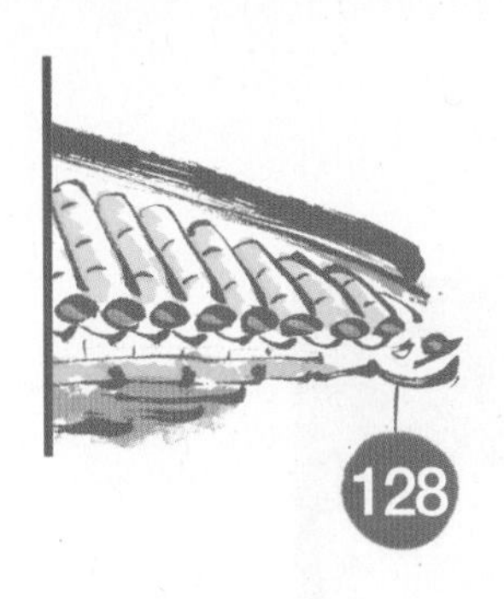

閔泳煥의 遺書〔二篇〕
(민영환 유서)

한국 사람으로 태어나 한국사를 다만 몇 줄이라도 읽은 사람이라면 구한말의 인물, 忠正公(충정공) 閔泳煥(민영환, 1861 철종 12~1905 광무 9)을 모르는 이는 없으리라.

그는 權門勢家(권문세가)의 집안에서 황실의 至親(지친)으로 태어나 온갖 호사한 직위를 다 누리고 또 거기에 값하는 생애를 마감한 사람이기 때문이다. 그는 과거에 급제한 18세 이래 45세로 자결할 때까지 못해 본 벼슬이 없을 만큼 文班(문반)의 내·외직을 두루 거쳤을 뿐만 아니라, 그 시절로서는 상상하기도 어려운 전 세계 일주를 두 번이나 할 수 있었던 當代(당대)의 행운아요, 신진 관료였다. 그러나 그렇게 顯達(현달)한 벼슬을 살면서도 그는 친일관료들과는 노선을 달리하는 국권수호의 수문장이었다. 무엇보다도 國祿(국록)을 먹은 고위공직자가 나라의 前途(전도)에 암운이 드리웠을 때, 스

계정(桂庭) 민영환(閔泳煥) 선생

스로 취할 수 있는 극단의 저항을 함으로써 백성이요 관리였던 일신의 책임을 철저히 실행한 인물이었다. 그래서 한국 사람들은 그를 기억하고 추모한다.

그의 이력과 순절의 전말을 간추려 보자.

그의 자는 文若(문약)이요, 호는 桂庭(계정)이며 驪興人(여흥인)으로 宣惠廳堂上(선혜청당상)인 謙鎬(겸호)의 아들이다. 흥선대원군의 妻姪(처질)이기도 하다. 그가 섭렵한 벼슬을 나열하면 조선조직관표의 절반은 적어야 할지 모른다. 正字(정자), 修撰(수찬), 說書(열서), 檢閱(검열), 檢詳(검상), 舍人(사인)은 초기의 淸職(청직)이요, 21세 약관에 당상관에 올라 同副承旨(동부승지)가 되고 다음해에 성균관 대사성이 되었다. 생부 겸호가 壬午軍亂(임오군란)으로 참변을 당해 거상으로 勤愼(근신)한 3년을 지내고 난 다음은 吏曹參議(이조참의), 都承

旨(도승지), 弘文館(홍문관) 副提學(부제학), 吏曹參判(이조참판), 開城留守(개성유수), 漢城右尹(한성우윤), 商理總辦(상리총판), 禮曹判書(예조판서), 兵曹判書(병조판서), 刑曹判書(형조판서), 漢城府尹(한성부윤) 등을 역임하였다. 민비가 시해된 을미사변이후 향리에 잠시 은거하였으나 35세(1896)에 러시아의 니콜라이 2세 대관식에 참석차 외국여행 길에 올라 약 7개월 동안 유럽과 미국 등을 순방하며 서양문물을 살피고 돌아왔다. 한국인 최초의 세계 일주 여행자가 된 것이다. 귀국 후 議政府(의정부) 贊政(찬정)과 군부대신을 잠시 맡았다가 다시 영국 · 독일 · 프랑스 · 러시아 · 이탈리아 · 오스트리아 등 6개국의 겸임 특명전권공사로 외유에 다시 올라 영국 빅토리아 여왕 즉위 60년 축하사절의 임무를 수행했다. 44세(1904)때엔 내부, 학부, 외부 및 參政大臣(참정대신)을 거치면서 친일 각료들과의 대립 반목이 심화되고 급기야 侍從武官長(시종무관장)이란 閒職(한직)으로 밀려났다. 그리고 45세(1905)때 乙巳勒約(을사늑약)이 체결되자 그는 原任議政(원임의정) 趙秉世(조병세)와 함께 乙巳五賊(을사오적)을 처형하고 조약을 폐기하라는 상소를 올렸으나 뜻을 이룰 수 없었다. 그 뒤에 다시 자신이 疏頭(소두)가 되어 백관을 거느리고 대한문 앞에서 울며 엎드려 상소하였으나 도리어 五賊(오적)의 한 사람인 李址鎔(이지용)에 의하여 平理院(평리원)에 갇히고 말았다.

평리원에서 풀려난 그는 서대문 본가에서 며칠을 조용히 보내다가 그해 11월 30일 그의 청지기(개인비서) 李完植(이완식)의 집에서 자결하였다. 그의 순국 후에 시신을 거두다가 옷깃 속에서 2통의 유서가 발견되었다. 다음이 그 내용이다.

『대한의 백성들에게 삼가 알립니다.』

아하! 나라의 부끄러움과 백성의 욕됨이 이 지경에까지 왔습니다. 우리 백성들은 앞으로 생존경쟁의 소용돌이 속에서 모조리 죽게 될지 모릅니다. 살고자 하는 사람은 반드시 죽게 되고 죽을 각오를 하는 사람은 살아남을 수 있다고 하오니 여러분은 이 말을 잘 헤아릴 것으로 압니다. 다만 저 영환은 할 일 없이 외로이 죽음으로써 우러러 황제 폐하의 은혜에 보답하고 또 우리 이천만 동포 형제들께 용서를 빌고자 합니다. 하오나 저 영환은 죽어서도 죽지 않고 저승 세상 밑에서도 여러분들을 돕고자 애쓸 것입니다. 우리 동포 형제님들은 천만 배로 분투노력 하시어 뜻과 기운을 굳게 하시고 글공부를 부지런히 하시며 마음에 마음을 합하시고 힘에 힘을 더하시면 우리나라가 자유 독립을 다시 찾을 것 아니겠습니까? 그러하오면 이 죽은 사람도 마땅히 저승에서 기뻐하며 웃겠나이다.

아하, 절대로 실망하지 마옵소서. 우리 대한제국 이천만 동포께 마지막으로 알리나이다.

『여러 외국 공관에 보낸 글월』

저 영환은 나랏일을 제대로 하지 못하여 나라의 형세와 백성의 형편이 이 지경에까지 이르렀습니다. 할 일 없이 외로이 죽음으로써 황제의 은혜에 보답하고 우리 이천만 동포에게 용서를 구하고자 합니다. 죽은 자는 그렇게 죽거니와 이제 우리 이천만 백성들은 생존경쟁의 험한 세상에서 모두 죽게 생겼습니다. 귀 공사께서는 어찌 일본의

(무도한) 행위를 모르시겠습니까? 귀 공사 각하님, 이 세상에 공명정대한 여론이 지극히 엄중하다는 것을 아시고 귀국 정부와 백성들에게 돌아가 (이 사실을) 알리시어 우리나라 백성들의 자유와 독립을 도와주신다면 참으로 고맙겠습니다. 그러하오면 이 죽은 자는 저승길 저 어두운 곳에서도 그 은혜에 감사하며 기뻐 웃겠습니다.

아하, 각하께서는 결코 우리 대한을 가볍게 보지 마시고 또 우리 백성들을 오해하지 마시기를 바랍니다.

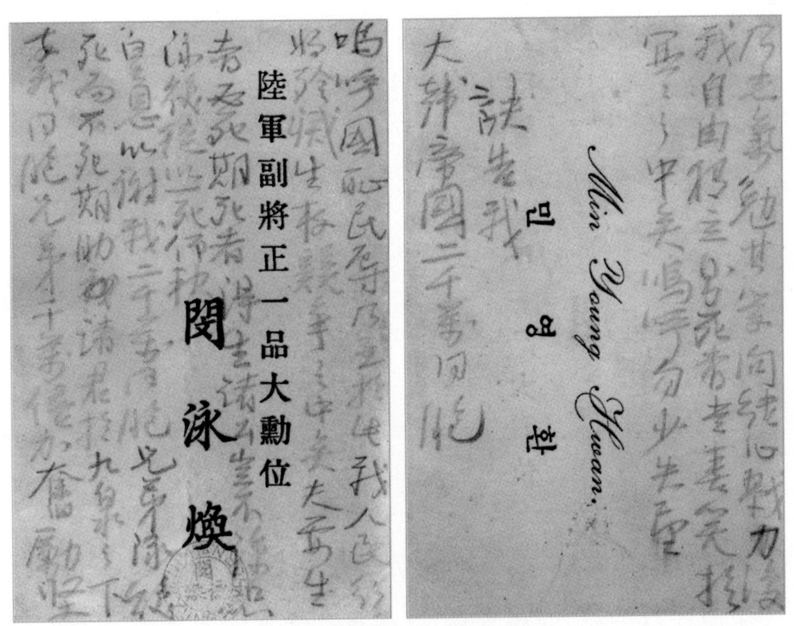

민영환(閔泳煥) 선생이 명함에 쓴 유서

우리는 이 유서를 읽으면서 공직자의 자세가 어떠해야 하는가를 다시금 깊이 생각하게 된다. 그리고 현재의 우리나라 사정을 돌이켜 보게 된다. 만일에 백여 년이 지나간 오늘날, 桂庭(계정)이 살고 있다면 그는 또 어떤 행보를 걸었을까? 그 당시에는 나라를 지키고 키우기 위해 크게 보면 自主自强派(자주자강파)와 外勢依存派(외세의존파)로 갈라져서 국정을 이끌었다. 말을 바꾸면 반일파와 친일파로 정리할 수 있겠다.

그런데 현재의 우리나라 형편은 어떠한가? 온 나라 육합이 반목이요 갈등이 아닌가? 상하는 고소득층과 저소득층의 격차요, 노사의 갈등이며, 동서는 영남과 호남 간의 반목이며, 보수와 진보의 불협화이며 남북은 북한과 우리 대한민국과의 대치요 相爭(상쟁)이 아니던가?

우리는 하루에도 몇 번씩 忠正公(충정공) 桂庭(계정)의 심경으로 숙연해야 할 것인지….

〖警告韓國人民〗

嗚呼 國恥民辱 乃至於此. 我人民 行將於滅 生存競爭之中矣. 夫要生者必死 期死者得生 諸公豈不諒. 只泳煥徒以一死 仰報皇恩 以謝我二千萬同胞兄弟. 泳煥死而不死 期助諸君於九泉之下. 幸我同胞兄弟 千萬倍加奮勵 堅乃志氣 勉其學問 結心戮力 復我自由獨立 則

死者當喜笑於冥冥之中矣. 嗚呼 勿少失望 訣告我大韓帝國二千萬同胞

〖各公館寄書〗

泳煥爲國不善 國勢民計 乃至於此 徒以一死 報皇恩以謝我二千萬同胞. 死者己矣 今我二千萬人民 行當殄滅於生存競爭之中矣. 貴公使 豈不諒 日本之行爲耶. 貴公使閣下 幸以天下公議爲重 歸報貴政府人民 以助我人民之自由獨立 則死者當喜笑感荷於冥冥之中矣. 嗚呼 閣下幸勿輕視我大韓 誤解我人民.

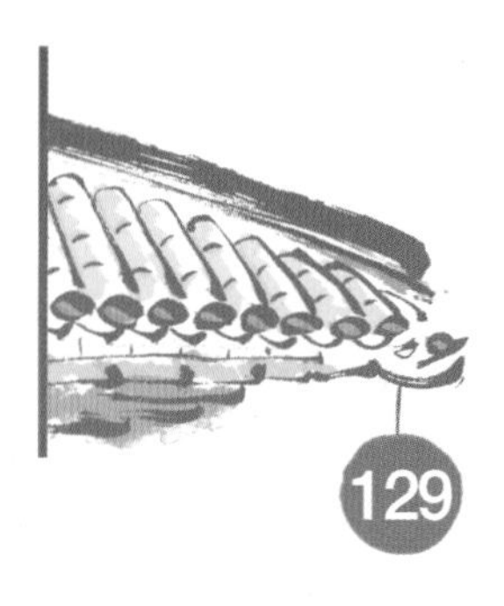

김택영 안중근전
金澤榮의 安重根傳

구한말의 마지막 5년, 乙巳勒約(을사늑약, 1905)에서 庚戌國恥(경술국치, 1910)까지는 사람으로 치면 식물인간과 같은 것이었다. 외교와 내치라는 두 가지 국가의 중추주권기능을 통감부에 넘겨준 이른바 을사늑약은 나라를 숨만 쉬는 휴면상태로 들어가게 하였기 때문이다. 오죽했으면 그 조약이 이루어지기 6개월 전에 이미 국세위축을 피부로 느낀 駐英署理公使(주영서리공사) 李漢應(이한응)이 悲憤(비분)을 이기지 못하고 런던에서 자결을 하였겠는가! 이 을사늑약은 그 후로 閔泳煥(민영환) 趙秉世(조병세) 등 애국지사들의 자결분사로 이어지거니와 그러한 좌절만 있었던 것은 아니었다. 전국 각지에서 의병의 봉기가 줄을 이었고 고종황제는 海牙(해아)에서 열리는 만국평화회의에 李儁(이준) 등 3인의 밀사를 보내는 안간힘도 써 보았다. 그러나 의병투쟁은 崔益鉉(최익현)의 대마도 殉死(순사)로 마무리되었고, 밀사 사건은 고종의 퇴위를 불러왔다.

구국투쟁은 이제 완전히 소멸되는 듯이 보였다. 그때에 스러져가는 등불 심지가 마지막으로 환하게 불꽃을 태우듯, 빛을 뿜는 사건이 일어났으니 그것은 곧 1909년 10월에 安重根(안중근) 義士(의사)가 만주 하얼빈 驛頭(역두)에서 倭盜(왜도) 伊藤博文(이등박문)을 사살한 것이었다. 그러나 어이하랴, 그로부터 한 해 뒤에 결국 나라는 경술국치를 맞이하여 숨을 거두고 말았으니….

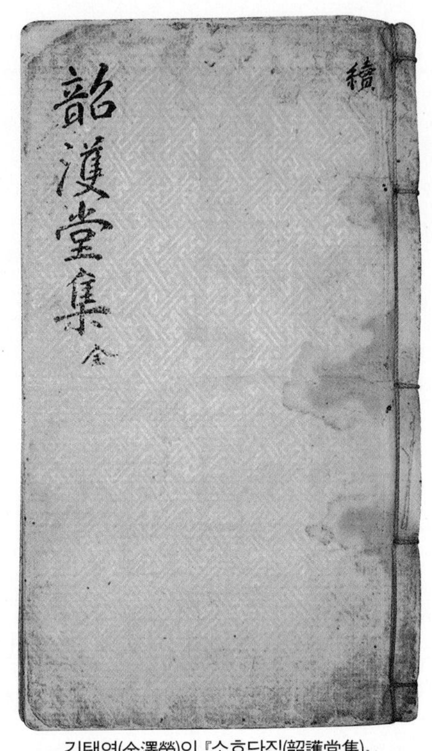

김택영(金澤榮)의 『소호당집(韶護堂集)』

그 후로 살아남은 생령들은 나라 안팎에서 35년이라는 길고 긴 독립투쟁의 여정으로 들어선다. 그리고 민족혼이 결코 죽지 않았다는 기백을 살리기 위하여 뜻있는 이들은 안중근 의사의 정신을 이어받자는 의지를 다진다. 그러한 일의 하나에 안중근 의사의 전기를 써서 후손들에게 알리는 것도 있었다.

이 일을 맡은 분이 곧 金澤榮(김택영, 1850 철종 1~1927)이다. 그의 자는 于霖(우림)이요, 호를 滄江(창강)이라 하였다. 당호는 韶護堂主

안중근(安重根) 의사(義士)

人(소호당주인)이요, 花開金氏(화개김씨)인데 개성에서 태어났다. 창강 김택영은 어려서부터 고문과 한시를 공부한 文士氣質(문사기질)의 학자였다. 20세 전후하여 寧齋(영재) 李建昌(이건창)과 교류하면서 세상에 문명을 얻기 시작하였다. 34세(1883) 때에 당대의 대정치가인 雲養(운양) 金允植(김윤식)의 斡旋(알선)으로 중국의 진보파 지식인 張謇(장건)과도 사귈 만큼 국제적 文士(문사)로 활약하면서 『崧陽耆舊傳(숭양기구전)』, 『麗季忠臣逸士傳(여계충신일사전)』 등 개성출신 인물의 傳記(전기)를 지었다. 42세(1891)에 成均進士(성균진사)가 되고 45세 때에 金弘集(김홍집) 내각의 編史局(편사국) 主事(주사)로 기용되었다. 이때에 서울로 이사하여 56세(1905)까지 주로 역사편찬 업무를 담당하는 관리생활을 하였다. 『增補東國文獻備考(증보동국문헌비고)』, 『歷史輯略(역사집략)』, 『燕巖集(연암집)』 등이 그의 손을 거쳐 편찬되었다.

을사늑약이 締結(체결)되자 나라의 운이 다하였음을 비관하고 중국으로 망명하여 張謇(장건)의 도움을 받아 출판일을 하면서 생계를 유지하였다. 梅泉(매천) 黃玹(황현), 寧齋(영재) 李建昌(이건창)과 함께 韓末(한말) 한문학의 三大家(삼대가)로 손꼽힌다. 저서에 자신의 시문집인 『滄江稿(창강고)』와 『韶護堂集(소호당집)』이 전한다.

다음에 소개하는 安重根傳(안중근전)은 1910년 草稿(초고)가 이루어지고 1916년 자료를 보충하여 改作(개작)한 것이다. 『韶護堂集(소호당집)』에 실려 전한다. 伊藤(이등)을 사살하는 장면까지 읽어 보기로 하자.

『安重根(안중근) 傳(전)』

안중근은 어릴 적 이름이 應七(응칠)이었다. 가슴에 일곱 개의 검은 점이 있어서 그런 이름을 갖게 되었다고 한다. 황해도 해주에서 태어났다. 그의 조상은 본래 順興(순흥) 사람인데 해주로 집안을 옮겨 온 뒤로 여러 대에 걸쳐 고을의 벼슬살이를 하였다. 아버지 泰勛(태훈) 때에 이르러 글을 읽어 上舍生(상사생, 생원 또는 진사)이 되었다. 그 사람됨이 웅걸하고 특이한 계획을 좋아하였는데 고종 31년(1894), 信川(신천)에 살고 있을 때 동학 무리의 침입과 소요를 만나자 병사를 모집하여 그들을 격퇴한 일이 있었다.

중근은 아주 어려서부터 글을 읽는 틈틈이 반드시 활과 화살을 지니고 총을 만지고 놀며 말달리기를 익혔는데 달리는 말 위에서 날아가는 새를 쏘아 떨어뜨리곤 하였다. 그의 아버지 태운이 동학의 무리를 공격할 때에는 항상 선봉에 서서 공을 세웠다. 그는 약관 시절부터 큰 뜻을 품고 슬퍼 한탄하며 "나라가 文弱(문약)함에 빠져서 외적의 근심이 날로 깊어지는데 이것이야말로 무력을 존중하고 키워야 할 때가 아니겠는가!" 하였다. 집안이 원래 풍족하여 먹을 것 걱정이 없었는지라 생업에 얽매이지 아니하고 이웃 고을로 돌아다니며 용기

이등박문(伊藤博文)

있는 젊은이들과 교분을 터서 사귀고 좋은 兵器(병기)를 만나면 즉시 그것을 구입하곤 하였다.

광무 8년(1904), 일본이 러일전쟁에서 러시아를 이기니 그 기세로 우리나라도 침해를 입어 국권을 빼앗기게 되자, 중근이 아버지에게 말씀드리기를 "전날에는 우리나라가 러시아를 믿고 구원을 삼았으나 오늘에 이르러 일본이 러시아를 이겼으니 무엇을 거리끼는 것이 있어서 우리나라를 괴롭히려 하지 않겠습니까? 그런 즉 우리나라와 더불어 입술과 이빨의 관계에 있는 나라는 중국뿐입니다. 그러니 중국으로 가서 재주 있는 이들과 교분을 맺고 그들과 더불어 제 뜻을 지니고 펴고자 함이 저의 소원입니다."하고 청하였다.

그리고 드디어 상해 등 중국 땅 여러 곳을 다니며 머물렀는데 몇 개월이 지나 아버지가 돌아가셨다는 소식을 듣고 돌아올 무렵 일본의 이등박문은 이미 우리나라의 통감이 되어 있었다.

중근은 아버지의 장례를 마친 다음, 평안도 三和(삼화) 鎭南浦(진남포)가 중국을 왕래하기 좋은 요충지라 생각하고 그곳으로 이사하였다. 그리고 집안 재산을 기울여 평양 성안에 학교를 세우고 생도들을 널리 모집하여 그들을 교육하였다. 그러는 틈틈이 평양의 큰 志士(지사)인 安昌浩(안창호) 등과 함께 서울에 들어가 서북학교 등의 여러 생도들을 모아 놓고 나라의 위급한 상황을 자세히 이야기하여 그들의 마음에 감동을 일으켰다. 광무 11년(1907), 이등은 우리 태상황(고종)을 위협하여 황제의 자리를 (그 아들 순종에게) 물려주게 하고 그 뒤를 이어 서울과 지방에 있는 우리 군사를 해산시켰다. 이에 중근은 분을 이기지 못하고 나라를 회복할 뜻이 있었으나 이미 나라 안에는 활동할 만한 땅이 없었으므로 홀로 러시아의 우라디보스토크항이 우리 교민들이 많이 거주하고 있으니 거기가 일을 도모할 수 있겠다 생각하고 드디어 우라디보스토크로 거처를 옮겼다. 거기에서 교포들 가운데 俠士(협사) 關東(관동) 金斗星(김두성)과 堤川(제천) 禹德淳(우덕순) 등 열두 사람을 동지로 얻게 되자 서로 상의하여 손가락을 잘라 나라를 구할 것을 맹세하였다. 그리고 드디어 충의로써 교포들을 크게 감동시키니 1년 사이에 장정 300명을 얻게 되었다. 그래서 그들에게 전투법을 가르치고 의병대장은 김두성에게 양보하고 자기는 참모중장을 맡고 그 나머지 사람들도 모두 직책을 나누어 맡았다.

융희 3년(1909) 6월에 중근은 병사들을 모아 놓고 맹세하여 말하기를 "옛날에 文天祥(문천상, 중국 남송의 충신)은 시골 병사 800명으로 원나라를 공략하려 하였으며, 임진란 때 우리나라 선비 趙憲(조헌)은 700명의 유생으로 왜병을 격퇴하였습니다. 지금 우리는 비록 적은 수의 병력이지만 어찌 일본을 두려워하겠습니까? 더구나 우리나라 안에 있는 義士(의사)들도 벌떼처럼 일어나 서울밖에 흩어져 있던 병사들과 서로 어울리어 일본을 골탕 먹인 지가 3년이 되었습니다. 북을 치고 행군하여 나아간다면 여기에 호응하는 분이 반드시 많이 모일 것입니다. 여러분들은 모두 각기 온 힘을 다하여 싸웁시다." 이렇게 격려하였다. 그런 다음 드디어 병사들을 이끌고 두만강을 건너 경흥군에 들어가 일본 수비부대를 습격하여 50명을 죽였다. 그다음 회령으로 진격하여 나아가다가 일본 대군의 역습을 받아 온 무리가 뿔뿔이 흩어지고 중근과 두 사람만이 겨우 도망하여 화를 면하였다. 그동안 열이틀이나 지나면서 겨우 두 끼의 밥을 먹고 돌아올 수 있었다.

그 무렵 이등은 통감의 자리에서 물러났으나 스스로는 한국을 이미 얻은 것이나 마찬가지라고 생각하고 이제는 청나라를 도모하여야 한다고 생각하였다. 그리하여 그해 10월에 겉으로는 유람을 한다고 내세우며 청나라 만주를 방문하여 영국과 러시아 두 나라의 대신들과 더불어 하얼빈에서 회담을 갖자고 약속하였다. 이 소식을 들은 중근은 기뻐하여 말하기를 "하늘이 이 도둑을 (나에게) 보낸 것이 아닌가?"하고 덕순에게 일러 말하기를 "우리 한국을 망하게 한 것은 바로 이등이 아니겠는가? 소문에 들으니 그가 하얼빈에 온다고 하니 (내가) 그대와 더불어 그자를 처치했으면 한다." 하였다. 덕순은 "좋소이다."하고 응락하였다.

드디어 두 사람은 각기 총을 지니고 하얼빈으로 향하여 떠나서 길림에 이르렀다. (이제) 중근이 생각하기를 '하얼빈이란 곳은 러시아 사람이 많은 곳이니 이등의 동정을 살피려면 러시아말을 잘하는 사람을 구하여 우리가 그들과 함께 하지 않으면 안 되겠구나.' 하고 劉東夏(유동하)와 曺道先(조도선) 두 사람을 구하여 그들과 함께 하얼빈에 도착하였다. 그날 밤 중근은 여관방에서 북받쳐 오르는 슬픈 마음에 그 울분으로 노래를 지어 자신의 뜻을 밝히며 그것을 읊었다. 그 노래는 이러하다.

대장부가 세상을 살아감이여
의롭지 않음을 만나 뜻을 쌓는 것이요
시대가 영웅을 만든다 함이여
영웅이 또한 시대를 만듦이로다

하얼빈 역에서 이등(伊藤)을 사살하는 안중근(安重根) 의사(義士)

북쪽 바람이 춥고 춥다고 함이여
내 피는 오히려 펄펄 끓도다
슬픈 마음 다잡아 한 번 나섬이여
반드시 쥐새끼 도둑을 잡아 죽이리
아아, 사랑하는 우리 동포여
우리의 이 성공을 잊지 마시라
만세 만세 우리나라여
대한 독립 만만세로다

덕순이 이 노래를 우리말로 풀어 화답하였다.

그 다음날, 중근은 덕순, 도선 두 사람과 함께 寬城子(관성자)에 이르러 이등이 온다는 소식을 확인한 다음, 이미 생각했던 자금을 마련하기 위하여 두 사람을 그곳에 남겨 두고 하얼빈으로 돌아왔다. 그때에 소식이 오기를 이등이 그 다음날 도착한다 하였다. 중근은 새벽에 일어나 정거장으로 가서 러시아군대 뒤에 서서 그를 기다렸다.

그때에 중근은 평소대로 양복을 입었으므로 군인들이 일본사람으로 생각하고 우리 한국 사람이라고는 생각지 못하였다. 이등은 도착하여 기차에서 내려서 러시아 대신과 악수하며 인사하였다. 인사하기를 마치자 그들은 천천히 걸어서 각각 자기네 영사가 있는 곳으로 향하였다. 중근과는 서로 떨어진 거리가 열 걸음도 되지 않았다.

중근은 평소에 이등을 본 적이 없고, 다만 신문에 실렸던 작은 사진을 보았기 때문에 겨우 그를 알아볼 수 있었다. 그리하여 즉시 군대 사이를 비집고 들어가 총을 들어 그를 향해 쏘았다. 세 발의 총알이 그의 가슴과 배를 명중시켰다. 이등은 드디어 죽었다. 그리고 이등을 수행하던 세 사람에게도 (총을) 쏘았다. 그들도 모두 쓰러졌다. 이때에 중근은 큰 소리로 “대한 만세”를 외쳤다.(이하 생략)

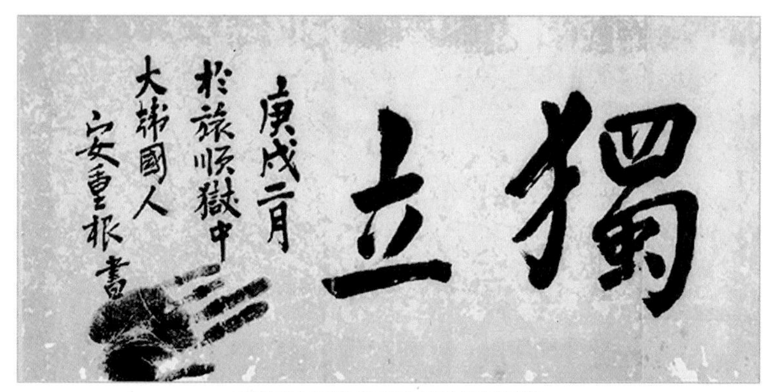

안중근(安重根) 의사(義士)의 유묵(遺墨)

滔滔(도도)히 흐르는 물처럼 거침없이 이어지는 말솜씨를 懸河之辨(현하지변)이라 한다. 그러면 그렇게 전개되는 글은 무엇이라 하면 좋을까? 懸河之文(현하지문)이라 해야 하지 않겠는가? 그런데 懸河(현하)라는 말에는 어딘가 怒濤(노도)의 기풍이 숨겨져 있는 것 같고 의연함과 장중함으로 숭엄한 분위기를 자아내는 文勢(문세)에는 적합지 않은 것 같다.

그러니까 懸河之文(현하지문)에서 怒濤(노도)의 기풍을 가라앉히고 온화하고 유연한, 그러나 기개를 잃지 않는 고고한 품격의 글을 찾는다면 아마도 그것은 창강의 安重根傳(안중근전)의 문체일 듯싶다.

우리가 張志淵(장지연) 선생의 「是日也放聲大哭(시일야방성대곡)」을 읽다가 이 「安重根傳(안중근전)」을 펴들면, 우리는 어떻게 마음을 가다듬고 대일투쟁에 나서야 할 것인지를 깊이 생각하게 한다. 그런데 이러한 생각이 백 년을 훌쩍 넘긴 오늘날까지 여전히 우리의 가슴에 흘러넘친다는 것이 한없이 서글프다.

일본이여! 그대들은 정말로 우리의 다정한 善隣(선린)이 될 수 없겠는가!

〖安重根傳〗

安重根 小名應七 以其胸有七黑子也. 因以爲字. 生於黃海道海州. 其先本順興人 及家海州 世爲州吏. 至父泰勛. 讀書爲上舍生 爲人雄傑好奇畧. 太上皇三十一

年 於所寓居信川地 遇東學賊之侵擾 起兵擊走之.

重根 自幼少時 讀書之餘 必挾弓矢 弄槍械 習馳馬. 能於馬上射落飛鳥 泰勛之擊賊 常爲先鋒以成功. 弱冠有大志 慨然歎曰"國家文弱甚 而外憂日深 此非尚武時哉." 家故饒多食指 而不肯治産業 出遊傍郡邑 交結俠勇 遇兵器之良者 輒購之.

光武八年. 日本攻克俄羅斯 因侵我韓奪國權. 重根告父曰"前日我國恃俄羅斯爲援 今也 日本旣克俄羅斯 則何所憚而不咋我 然則我之可與爲唇齒者 中國而已 往遊中國 交結才俊 與圖維持 兒之願也." 遂行歷游上海等地 居數月 聞父喪 還時日本伊藤博文 已統監我矣.

重根旣葬 以平安道三和甑南浦 爲中國往來之要地 徙居之 傾家財 起學校于平壤城中 廣募生徒以育之. 間與平壤大俠安昌浩等 入京師 聚西北學校等諸生 敷說國家危急狀 以聳動之. 十一年. 伊藤脅太上皇内禪 隨散京外之兵. 重根 忿憤思恢復 以國中無可措手地 獨俄羅斯海蔘葳之港 韓人多僑居 可與有爲 遂往海蔘葳 於僑衆中 得俠士關東金斗星·堤川禹德淳等十二人 相與斫指 誓救國 遂以忠義激勸僑衆. 一歲間 得丁壯三百人 授以戰藝 以義兵大將 讓于斗星 而己爲義兵參謀中將 其餘諸人 亦各分署其職.

隆熙三年六月. 重根聚兵誓曰 "昔文天祥 以鄕兵八百圖元 趙憲以七百儒生而擊倭. 今我衆雖少. 何畏日本况我國中之義士 在在蜂起 與京外兵士之罷散者相合. 以困日本者 三年矣. 鼓行而前. 響應必多. 公等其各盡力." 遂引兵 渡豆滿江 入慶興郡. 襲擊日本戍兵 斃五十人 進至會寧 爲日本大軍所逆擊 衆皆潰散. 重根與二人 逸而免 十二日 僅得再食 而歸.

時伊藤解統監任 自以旣得韓 可以進圖清國. 十月 陽托游覽 來清滿洲 與英吉利俄羅斯二國大臣 相約會談於哈爾濱之港. 重根聞而喜曰 "天其送此賊乎." 乃言于德淳曰 "亡我韓者 非伊藤耶 聞今將至哈爾濱 願與子圖之." 德淳曰 "諾."

遂各懷槍 向哈爾濱 至吉林 重根計以爲哈爾濱者 俄羅斯人最多之地也. 欲察伊藤動靜 非得我國人通俄羅斯語者 與之俱 不可也. 乃求得劉東夏 · 曺道先二人 與俱至哈爾濱. 是夜 重根在旅舍 意慷慨以憤 作一歌 述其志以唱之. 歌曰

丈夫處世兮 蓄志當奇
時造英雄兮 英雄造時
北風其冷兮 我血則熱

慷慨一去兮 必屠鼠賊

凡我同胞兮 毋忘功業

萬歲萬歲兮 大韓獨立

德淳以俚歌和之. 明日 重根與德淳·道先同至寬城子 以探伊藤來信 旣而欲辦資金 留二人而還哈爾濱. 則有報云 伊藤明日至 重根晨起 詣車站 立于俄羅斯軍隊之後 以待之. 重根本作西裝 故軍隊認爲日本人 而莫知爲我人也. 及伊藤至下火車 與俄羅斯大臣握手作禮 禮畢徐步 向各國領事所. 與重根相去未十步 重根素未見伊藤 惟嘗於報紙所載之小像竊識之 乃披軍隊而入擧槍射之 三丸中胸腹. 伊藤遂死 又射伊藤從者三人 亦皆仆. 於是 重根大呼大韓萬歲.(下略)

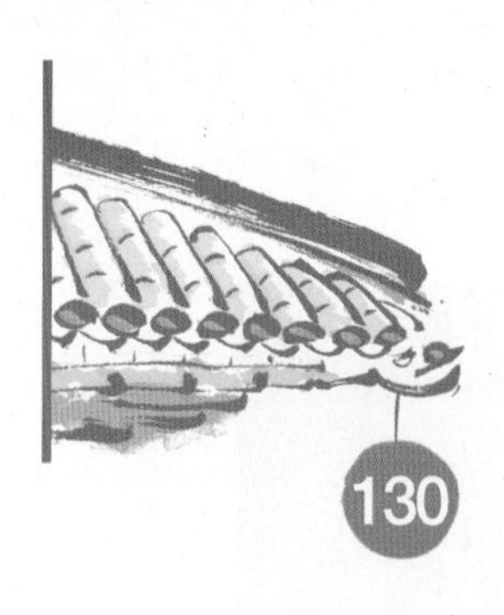

한용운 조선불교유신론
韓龍雲의 朝鮮佛教維新論

"죽어서도 사는 사람"이라는 말이 있다. 인류역사의 고비 고비마다 보편의 진리와 정의를 구현한 사람들에게 붙이는 후세인들의 칭송과 사모의 표현이다. 그 "죽어서도 사는 사람"이 우리나라에는 몇 분이나 있을까? 적어도 지금 쓰이고 있는 지폐 속의 인물 네 분(세종대왕, 퇴계 이황, 사인당 신씨, 율곡 이이)은 반드시 손꼽아야 하고, 또 서울 한복판 태평로 네거리에 동상으로 우뚝 서 있는 충무공 이순신 장군이나 조계사 근처 郵政總局(우정총국) 옆 길섶에 다소곳이 서 있는 충정공 閔泳煥(민영환) 같은 분도 포함되어야 할 것이다.

그러다가 萬海(만해) 韓龍雲(한용운, 1879~1944) 禪師(선사)에 생각이 미치자 그분 역시 지금도 우리와 함께 사시는 분임을 깨달았다. 70년 전에 작고하셨건만 아직도 雜誌(잡지)를 간행하고 계시기 때문이다. 『惟心(유심)』이란 잡지는 만해가 40세이던 1918년에 教養誌

한용운(韓龍雲)

(교양지)의 성격을 띠고 발행된 것인데 통권 3호를 내고 종간된 단명의 잡지였으나 萬海思想實踐宣揚會(만해사상실천선양회)가 결성되면서 2001년 봄부터 『惟心(유심)』이란 이름의 詩文藝誌(시문예지)로 부활하여 續刊(속간)되고 있다. 그렇다면 만해는 지금도 우리 곁에 부활하여 『惟心(유심)』을 편집한다 말할 수 있지 않은가?

만해 한용운은 여러 개의 직함을 갖고 있다. 그 하나는 佛家(불가)에 歸依(귀의)한 禪師(선사)요, 그 둘은 3·1운동을 주도한 독립투사요, 그 셋은 시집 『님의 沈默(침묵)』, 소설 『薄命(박명)』 등을 저술한 문인이다. 여기에 그 세 가지 면모가 응축된 또 하나의 직함이 있으니 그것은 不得已之文(부득이지문)이 필요할 때, 세상과 爲政當局(위정당국)을 향하여 필봉을 휘두른 논객이란 이름이다. 다음에 소개하는 『朝鮮佛教維新論(조선불교유신론)』이 바로 그러한 글이다.

만해는 본명을 裕天(유천)이라 하였는데 27세에 출가하여 만해라는 법호를 받게 되자, 그 후로는 용운을 본명으로 삼았다. 홍성에 가면 그의 생가를 방문할 수 있고 서울 성북동에는 晩年(만년)의 거처였던 尋牛莊(심우장)이 보존되어 있다. 그는 많은 글을 썼다. 禪僧(선승)이었으니 불교의 秘義(비의)를 풀이한 『十玄談註解(십현담주해)』 같은 것은 당연한 저술이요, 또한 불교계의 개혁을 촉구하는 유신론도 당연히 집필할 몫이었지만 오늘날 우리들에게는 『님의 沈默(침묵)』의 시인으로 더 많이 기억되고 있다.

젊어서 동학에 잠시 몸담았으나 곧바로 불문에 들어 정진하였다. 庚戌國恥(경술국치) 후에 중국으로 망명했다가 귀국하여 3·1운동의 주모자로 發憤忘食(발분망식)하였고 3년의 옥고를 치렀다.

이 유신론은 1910년 국치 후 百潭寺(백담사)에 칩거하며 脫稿(탈

만해(萬海) 선생이 말년에 살았던 성북동의 심우장(尋牛莊)

고)하였는데, 1913년에야 간행을 본 것이다. 그 첫머리 부분을 읽어 보기로 하자.

〖조선불교 유신론 머리글〗

내가 일찍이 불교를 새롭게 진흥시키고자 하는 뜻을 가지고 있었다. 점차로 그 뜻이 가슴속에서 영글어 갔으나 일이란 것이 쉽게 마음을 따르는 것이 아니어서 갑작스럽게 (그 방책을) 세상에 내놓을 수 없었다. 한갓 형체도 없는 불교의 새 세상을 구차스럽게 글로 적어 놓아 보았자 스스로 외롭고 쓸쓸함을 달래는 것밖에 더 되겠는가!

대저 매화꽃을 보고 싶다는 간절한 목마름이 역시 그 꽃을 가꾸고 키우는 방법의 하나가 될 수 있으니 이 논술은 진실로 그 매화꽃의 그림자일 뿐이다. 내가 불을 줄여 몸을 사르는 것은 곧 어쩔 수 없이 스스로 한 그루의 매화그림자가 되어 일만 섬의 맑은 샘물이 되고자 함이다.

요즈음 불교계는 가뭄이 극심하여 우리 道伴(도반)들 끼리도 서로 알아보지 못하니 (그들에게도) 역시 가뭄 속의 목마름을 느끼는 이가 있을 것이 아닌가! 과연 (그들에게도) 목마름이 있다면, 원컨대 이 매화의 그림자를 서로 비추어 봄으로써 여섯 가지 수행 가운데에서 布施(보시)가 가장 우선한다는 것을 알아듣기 바라노라.

나 역시 이 매화 그림자의 공덕을 통한 보시로 지옥을 면할 수 있을 것이 아닌가!

※ **참고 :** 六度(육도) : 여섯 가지 수행 즉 六波羅密(육파라밀) ① 布施(보시) ② 持戒(지계) ③ 忍辱(인욕) ④ 精進(정진) ⑤ 禪定(선정) ⑥ 智慧(지혜).

〖시작하는 말〗

이 세상에 성공과 실패라는 것은 오직 사람하기에 딸린 것이다. 많고 많은 세상일 가운데 어떤 것도 사람의 뜻[명령]을 따른 후에 성공했느냐 실패했느냐가 결정되지 않는 것이 없으므로 진실로 일이란 스스로 일어날 힘이 있는 것이 아니요, 오직 사람이 그 일에 관여하여야 일의 성공과 실패가 있는 것이니 (일이란) 결국 사람에게 (최종) 책임이 있는 것이다.

옛사람이 말하기를 일을 계획하는 것은 사람에게 있으나 일을 완성시키는 것은 하늘에 달려 있다고 하였는데, 이것을 풀이하여 말한다면 사람이 성공할 수 있다고 (자만하여) 계획한다면 하늘이 그것을 실패하게 할 수 있고, 사람이 실패할 수도 있다고 (조심하여) 계획한다면 하늘이 그것을 성공시켜 줄 수 있다는 것이다. 아하! 사람이 의욕을 잃거나 힘이 모자랄 경우에, 어느 누군들 그 일에 책임이 있겠는가? 과연 하늘은 사람이 계획한 일을 성공하게 할 수도 있고 실패하게 할 수도 있으니 그것은 사람이 스스로 의욕을 잃었을 경우에 그러하다. (그러나) 사람이 스스로 의욕을 잃었다는 말은 일찍이 듣지도 못하고 보지도 못하였다.

저 하늘이라 하는 것은 과연 형체가 있는 것인가, 없는 것인가? 만약 하늘이 형체가 있다면 어찌 위로는 형체도 없이 푸르고 푸름이 우리들 사람의 눈(발)에 들어오는가? 하늘은 이미 형체가 있고 그것은 理(이)나 氣(기) 가운데 하나이어서 (스스로 존재하는) 자유의 원칙에 따라 理(이)와 氣(기)가 서로 방해하지 않으며 다른 사물과 더불어 조금도 차이가 없이 존재하는 것임을 감히 단언하는 바이다. 중생이 많고 많아 그 수가 헤아릴 수 없이 많은데, 어찌 서로 지배하고자 다투면서 구구하게 형체가 있는 하나의 사물에 의지하여 성공과 실패를 즐겨 (그 형체로부터) 듣고자 하겠는가?

만약에 하늘이 형체가 없다면 하늘은 (하나의) 원리요, 그냥 하늘이 아니다. 하늘이 원리라면 그것은 참된 원리, 곧 진리이다. 그 진리가 실현될 수 있으면 일은 성공하는 것이요, 진리가 실현될 수 없으면 일은 실패하게 되는 것, 그것이 진리이다. 그러므로 성공은 진실로 스스로 성공하는 것이요, 실패도 스스로 실패하는 것이니 어찌 또다시 일의 성공이 하늘에 있다는 말을 할 수 있겠는가? 만약에 형체가 있는 하늘이나 형체가 없는 하늘이 모두 옳지 않다고 말하는 이가 있다면 그는 오직 하늘이 있음을 알되 사람이 있음은 모르는 것이다.(그런 이는) 겨우 그런 말을 하고 자기 성명을 종살이하는 명단에 올려놓을 뿐이니 어찌 자기 자신만 사랑하는 것이 지나치다고 아니할 것인가?

만일에 문명 개화한 사람이 천년세월이 흐른 무덤 속에서 일어나 이런 말을 하게 하여 자유를 내버린 죄라고 그 책임을 물으면 비록 그를 변호하고자 하여도 결코 변호할 수 없을 것이다. 진실로 일의 성공과 실패를 하늘은 도와줄 수 없다. 만약에 도와줄 수 있다면 만물이 많이 있어도 그것이 그저 그렇게 보이는 것일 뿐이다. 오히려 일을 계획하는 것도 나에게 있고 일을 성공시키는 것도 나에게 있는 것이다. 이 뜻을 안다면 이미 책임은 남에게 있는 것이 아니라 스스로 사물을 믿느냐 아니 믿느냐에 있는 것이니 천하에 일을 하겠다고 논의하는 이들은 모두 마땅히 이러한 논리로 으뜸 원칙을 삼는 것이 옳으리라.

머리글(序)에서는 사람이 무엇이건 간절하게 사랑하고 소망하면 그것을 얻을 수 있는 길이 자연스럽게 열린다는 것을 강조하고 있다. 그런데 이러한 진리를 매화 꽃을 매개로 풀이하고 있다. 논리적인 서술에도 이렇듯 비유의 詩心(시심)이 묻어 있다. 시인 萬海(만해)의 면모가 내비치지 않는가!

그리고 서론에 이르면, 다시 한 번 만해의 식견과 의지에 놀란다. '하늘' 이 있건 없건, '하늘' 이 인간사를 주재하건 아니하건 그것은 오로지 인간의 마음속에 있다는 열화와 같은 논변에 우리는 압도될 뿐이다. 오늘날에도 이러한 熱血志士(열혈지사)가 삐뚤어진 세태를 향하여 獅子吼(사자후)를 터뜨리면 얼마나 좋을까?

끝으로 꼭 한 가지 더 지적하여야 할 사항 그것은 이 글의 문체이다. 序(서)를 제외하고 서론에서 결론까지의 본문이 모두 懸吐(현토)를 붙였다는 점이다. 이 현토를 조금 더 발전시켜 語順(어순)을 우리말대로 바꾸고 현토를 자연스런 조사나 어미로 바꾸면 그것이 곧 옛스런 國漢混用文(국한혼용문)이 된다. 따라서 만해는 그의 다양한 저술을 통하여 純正漢文文體(순정한문문체)는 말할 것도 없고 「님의 沈默(침묵)」에서 보는 바와 같은 유려한 純(순) 우리말 문체에 이르기까지 모든 문체를 순차로 보임으로써 우리나라 文體變遷史(문체변천사)의 산 증인이 되는 분이기도 하다. 여기에서는 서론에 쓰인 현토를 모두 삭제하였다. 그것이 얼마나 완미한 한문인가를 보이기 위함이었다.

〖朝鮮佛教維新論〗

序

余嘗有志乎維新佛教 稍有成筭於胸中者 但事不從心 未能遽行於世. 試說一無形之佛教新世界於區區文字之間 自慰寂寞耳.

夫望梅之渴 亦養生之一術 此論固梅之影. 余之滅火焚身 則自不得不以一梅之影 當萬斛清泉.

近來佛家 旱魃太肆 未知吾黨 亦有渴者乎. 果有則願以此梅影相照 聞六度之中 布施爲最.

余亦以此布施梅影之功德 能免地獄也未.

緖論

天下豈有成敗 待人而已. 悠悠萬事 無一非聽命於人而後 有所謂成所謂敗者 苟事而無自立之力 惟人是從事之有成敗 亦人之責任而已.

古人云 謀事在人 成事在天 質而言之 人有可成之謀而天能敗之 人有可敗之謀而天能成之也. 嗚呼 令人敗興短氣之事 就有過於此哉. 果天能成敗人謀之事 則是使人失其自由也 能使人失其自有者 曾未之聞未之見者也.

彼所謂天者 果有形之天歟 抑無形之天歟. 若有形之天也 豈非形於上而蒼蒼入於吾人眼簾者耶. 旣有形體天亦理氣中之一物 服從自由之公例 無所相侵 與他之物 毫無差異 所敢斷言也. 衆生芸芸 其數無量 安有相率而甘聽成敗於區區有形之一物也.

若無形之天也 天理也 非天也 天理者 眞理也. 有可成之理而成 有可敗之理而敗 斯眞理矣. 然則成固自成敗固自敗. 復何成事在天之可語也. 若是乎有形之天與無形之天 俱無當也. 之云云者 但知有天 不知有人. 纔發其言 其姓名 已入於奴隷之案 何不自愛之甚也.

若使文明人 起此云云者於千年塚中 責之以放棄自由之罪 雖欲辯護 無從而得之. 苟天之無救於事之成敗也. 若是則萬物 雖多 視此而已. 無寧曰 謀事在我 成事亦在我 知此義者 責己不責人 自信不信物 天下談事者 皆當以此法 爲宗旨可也.

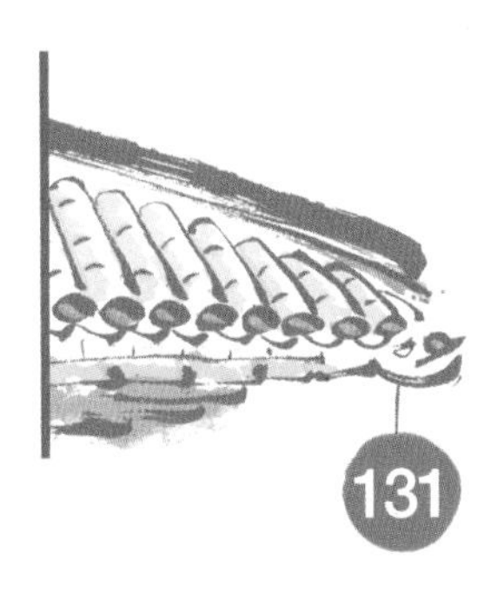

131

池錫永의 時務上疏
지석영 시무상소

1880년대의 조선왕조는 급박하게 돌아가는 국내외 정세 속에서 편안히 숨 돌릴 겨를이 없었다. 만일에 우리가 그 시절로 돌아가 한 명의 이름 없는 유생으로 나랏일을 근심한다고 생각해 보자. 아마도 우리는 대원군의 쇄국에 동조하여 衛正斥邪(위정척사)를 부르짖거나, 하루빨리 列國(열국)의 문물을 받아들여 개화를 서두르자는 급진개화파의 어느 한쪽에 속해 있었을 것이다. 100여 년이 지난 지금의 시점에서 그때를 생각하면 어째서 그렇게 時流(시류)를 파악하지 못하고 우물 안 개구리 노릇을 하고 있었는지 답답하기만 하다.

이 時務上疏(시무상소)가 쓰여진 1882년의 주요사건을 간추려 보면 다음과 같다. 3월, 4월, 5월에 걸쳐 韓美修好條約(한미수호조약), 韓英修好條約(한영수호조약), 韓獨修好條約(한독수호조약)이 연이어 체결된다. 그리고 6월에 이르러 이른바 壬午軍亂(임오군란)이 일어난다. 군인들에게 급료를 지급하지 않고 홀대하는 것을 참지 못한 군대의 반란이었다. 그 난중에 李最應(이최응), 閔謙鎬(민겸호) 등이 피살되고 민비는 변복을 하고 궁중을 빠져나가 충주에 피신하였다. 7월에는 청나라 제독 吳長慶(오장경)이 청국군대를 몰고 들어와 대원군을 청나라로 호송하여 갔다. 8월에 왕비가 환궁하고 얼마간 안정을 찾고 나서 朴泳孝(박영효)가 일본에 수신사로 간다. 그때에 처음으로 태극기가 고안 창제되었다. 11월에는 독일인 穆麟德(목린덕)이 입국하여 외국인으로서는 최초로 조선의 관리가 되었다. 이러한 시대분위기에서 이 時務上疏(시무상소)가 얼마나 설득력을 얻었을까? 그 당위성은 천만번 嘉納(가납)할 일이나 그 실현 가능성은 어떠했는가?

池錫永(지석영, 1855 철종 6~1935)은 구한말과 일제침략기에 걸쳐 생존한 분이나 그의 활동은 구한말에 국한한다. 의학자로서의 업적과 국어학자로서의 업적이 나란히 공존하는 開化啓蒙(개화계몽)의 선봉장이었다. 자는 公胤(공윤)이요, 호는 松村(송촌)이라 하였다. 우리나라에서 天然痘(천연두) 예방을 위한 種痘法(종두법)을 최초로 실시하고 京城醫學校(경성의학교)를 설립하여 그 연구원으로 활약하였다. 그는 29세 때인 1883년(고종 20)에 문과에 급제하고 관료생활을 시작하였

지석영(池錫永)

는데, 이 상소는 그보다 1년 전에 제출된 것이다. 松村(송촌)의 우국 충정과 개화 의지가 얼마나 간절했는지 짐작할 수 있다.

저서에 『牛痘新說(우두신설)』, 『字典釋要(자전석요)』 등이 있다.

〖당면한 현재 문제에 관한 상소〗

오늘날 나라에서 해야 할 큰 정책으로는 백성의 마음을 편안케 하는 것보다 더 급한 것은 없습니다. 왜 그러하냐 하면, 우리나라는 바다 왼쪽에 치우쳐 있어서 그동안 외교란 것을 하지 않았으므로 견문이 좁고 세상 사정에도 어두우며 이웃나라와 사귀며 계약을 맺는 일이 무엇 때문에 하는지를 도무지 알지 못하여 외국과의 업무에 마음을 쓰는 사람을 보기만 하면 그 즉시 사악함에 물들었다고 비방하고 침 뱉고 욕하였습니다. 대체로 백성들이 서로 동요하며 의심하고 꺼리는 것은 세상 돌아가는 형편을 알지 못하기 때문입니다. 백성들이 이렇게 안정되지 않는다면 어떻게 나라가 편안히 다스려지겠습니까?

이제 臣(신)의 생각이옵니다. 여러 나라 사람들이 지은 책으로 『萬國公法(만국공법)』, 『朝鮮策略(조선책략)』, 『普法戰記(보법전기)』, 『博物新編(박물신편)』, 『格物入門(격물

자전석요(字典釋要)

입문)』, 『格致彙編(격치휘편)』과 같은 책, 그리고 우리나라 교리 金玉均(김옥균)이 편집한 『箕和近事(기화근사)』, 前承旨(전승지) 朴泳孝(박영효)가 지은 『地球圖經(지구도경)』, 進士(진사) 安宗洙(안종수)가 번역한 『農政新編(농정신편)』, 前縣令(전현령) 金景遂(김경수)가 기록한 『公報抄略(공보초략)』과 같은 책들은 모두 얽매이고 굽은 상태의 것을 개발하여 이 시대에 할 일을 밝게 풀이한 책들입니다.

삼가 바라나이다. 하나의 院(원)을 설치하여 위에 언급한 여러 서적을 찾아 모으고, 또 최근 여러 나라의 水車(수차), 農器(농기), 織造機(직조기), 火輪機(화륜기), 兵器(병기) 등을 구입하여 그것을 비치한 다음 각도 每邑(매읍)에 공문을 발송하여 글공부와 평판이 좋은 사람으로 그 邑에 뛰어난 선비를 한 사람씩 선발하여 (새로 설치한) 그 院(원)으로 보내서 그 서적과 기구들을 구경하게 하소서. 그리고 院(원)에 머무는 기간을 두 달로 정한 뒤에 그 기간이 차면 또 다른 사람을 교대하여 보내기로 하고 거기에 머무는 데 필요한 경비는 해당하는 읍에서 지급하게 하소서. (그리하여 그들이) 서적을 정밀하게 연구하여 세상 업무를 깊이 알게 되고 또 器機(기기)의 모양을 그대로 만들어 그 오묘한 이치를 터득한 사람에게는 그 재능을 평가하여 채용하소서. 그리고 또 기기를 만든 사람에게는 그것을 전매할 수 있도록 허락하시고 책을 간행한 사람에게는 (다른 사람이) 베껴 간행하지 못하도록 하시옵소서.

그리하오면 院(원)에 들어온 사람들은 다투어 그 기기의 이치를 풀어내려고 하지 않는 사람이 없을 것이요, 시대 형편에 꼭 맞는 것을 탐구하지 않는 사람이 없을 것이므로 빠른 기간에 갑작스레 깨닫지 못할 까닭이 없을 것이옵니다. 이 사람 한 사람이 깨달으면, 이 사람의 아들과 손자, 고향 마을에 그것을 공경하고 부러워하는 이들이 모두 다 다투어 그 방법을 따르고 동화될 것입니다.

이것이 어찌 백성을 교화하고 풍속을 바르게 하는 첩경이 아니며, 利用厚生(이용후생)의 좋은 방법이 아니겠습니까? 백성이 의혹을 풀고 안정을 얻는다면 스스로 굳세어져서 업신여김을 막아내는 방책은 중국 사람이 지은 『易言(이언)』이란 하나의 책에 갖추어 실려 있다고 臣이 감히 군더더기 말씀을 붙이지 않겠나이다.

고종은 이 상소를 嘉納(가납)했으나 나라에 이에 해당하는 院(원)을 세운 흔적은 없다. 만일에 그 院(원)이 설치되었다면 그것은 세종 때의 集賢殿(집현전)이요, 정조 때의 奎章閣(규장각)이 아닐런가? 그것은 현대식 명칭을 붙이자면 국가진흥개발원이거나 국가발전연구소쯤이 되었을 것이다. 그런데 그 연구, 개발 기관은 끝내 세상에 태어나지 못했고, 나라는 끊임없이 나락으로 떨어지고 있었다. 더 이상 생각할 수 없이 가슴이 아플 뿐이다.

참고

易言(이언) : 1871년 중국 청나라 鄭觀應(정관응)이 지은 책. 서양 근대 문화 섭취의 방책을 적었음. 우리나라 개화사상가에게 크게 영향을 끼침.

〖時務上疏(1882)〗

目下大政 莫先於安民心. 何則我國僻在海左 從來不曾外交故, 見聞不廣 昧於時局 交隣聯約 俱不知爲何物

見稍用意於外務者 則動輒目之 以染邪誹謗之 唾辱之. 凡民之胥動而疑忌者 不識時勢故也. 民若不安 國安得治乎. 第伏念 各國人士所著『萬國公法』『朝鮮策略』『普法戰紀』『博物新編』『格物入門』『格致彙編』等書 及我國校理臣金玉均所輯『箕和近事』 前承旨臣朴泳孝所撰『地球圖經』 進士臣安宗洙所譯『農政新編』 前縣令臣金景遂所錄『公報抄略』等書 皆足以開發拘曲 瞭解時務者也.

伏願 設置一院 搜集上項諸書 又購近日各國水車 農器 織造機 火輪機 兵器等 貯之 仍命行關各道每邑, 選文學聞望之爲一邑翹楚者 儒吏各一人 送赴該院 使之觀其書籍玩其器械. 而留院以兩箇月爲期 期滿又遞送一人 留館之費 令該邑量給. 有能精硏書籍 深知世務 有能倣樣造器盡其奥妙者 銓其才能而收用. 又造器者 許其專賣 刊書者 禁其飜刻. 則凡入院者 無不欲先解器械之理 深究時局之宜 而莫不飜然而悟矣. 此人一悟 則凡此人之子若孫及隣黨之素所敬服者 率皆從風而化之矣.

玆豈非化民成俗之捷徑 利用厚生之良法乎. 民旣解惑而安奠 則凡自强禦侮之策 具載於中國人所著『易言』一部書 臣不敢贅進焉.

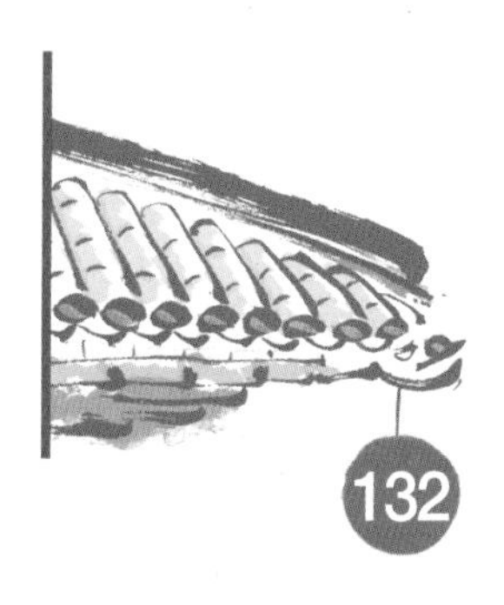

132

김윤식 천진봉사연기
金允植의 天津奉使緣起

우리나라가 외국과의 교섭을 본격적으로 시작한 것은 19세기 후반 고종의 즉위 이후부터라고 할 수 있다. 1864년 12살의 어린이로 임금이 된 고종은 3년간 대왕대비 조씨의 垂簾聽政(수렴청정)을 거치고 임금의 親政體裁(청정체재)가 되었으나 그것은 임금의 친부 흥선대원군 李昰應(이하응)의 十年攝政(십년섭정)으로 이어졌다. 그 기간에는 철저하게 외세를 배격하는 쇄국정책이 지속되었다. 대원군의 섭정 첫해인 1866년은 이른바 丙寅迫害(병인박해)와 丙寅洋擾(병인양요)로 얼룩진 해였다. 병인박해는 천주교 탄압이 극성을 부린 것을 가리키는 말이고 병인양요는 천주교 탄압의 해명과 통상의 촉구를 위하여 강화도에 접근한 프랑스 군함과의 대결과 투쟁을 가리키는 말이다. 이렇게 대원군 섭정의 첫해가 흘러갔다. 이 두 사건은 모두 외국의 사상, 문물, 세력에 대한 전면적인 거부를 의미한 것이었고, 이러한 정책은 대원군이 失勢(실세)한 1875년까지 계속되었다. 그리고 1876년(고종 13년) 丙子年(병자년)에 이른다.

이 해부터 우리나라는 외국과의 조약을 맺기 시작하였다. 그 첫 번째가 이른바 병자년 韓日修好條規(한일수호조규)였다. 그리고 계속하여 부산, 원산, 제물포를 일본에 개방하는 개항조약을 맺는다. 1882년(고종 19년)에는 한일수호조규의 속약이 체결되는데, 그와 때를 같이하여 청나라 및 미국과도 조약을 맺었다. 그 후 1882년부터 1902년까지 20년에 걸쳐 우리나라는 영국, 러시아, 독일, 이태리, 프랑스, 오스트리아, 벨기에, 덴마크 등 8개국과 修好通商條約(수호통상조약)을 맺기에 이른다.

여기에 소개하는 天津奉使緣起(천진봉사연기)는 이러한 시대에 외국과 국제교류의 필요성을 개진한 글인데, 청나라 사람 黃遵憲(황준헌)의 『朝鮮策略(조선책략)』에서 주장한 論調(논조)와 크게 다르지는 않다. 그 당시의 시대상황과 조정의 한계를 느낄 뿐이다.

김윤식(金允植)

金允植(김윤식, 헌종 1 1835~1922)은 구한말의 관료 학자로 경기도 광주에서 태어났다. 淸風人(청풍인)이요, 자는 洵卿(순경) 호를 雲養(운양)이라 하였다. 朴珪壽(박규수) 문하에서 수학하고 30세(1864)에 進士(진사), 40세(1874)에 增廣文科(증광문과) 丙科(병과)에 급제하면서 관로에 나아갔다. 47세(1881) 때, 領選使(영선사)에 임명되어 38명의 공학도를 인솔하고 청나라 天津機器局(천진기기국)에 가서 신식무기, 과학기기 제조법을 배워왔다. 그때에 魚允中(어윤중)과 함께 李鴻章(이홍장)의 알선으로 한미수호조약의 체결을 추진하였다. 그 후 軍國機務衙門(국군기무아문)과 交涉通商事務衙門(교섭통상사무아문)의 協辦(협판), 江華留守(강화유수)가 되어 신식군대양성에 盡力(진력)하였다. 60세(1894) 때에 金弘集(김홍집) 내각의 외무대신이 되었고, 76세(1910) 때에는 대제학이 되었는데, 이 해에 경술국치 조인에 참가하여 일제로부터 자작의 勳位(훈위)를 받았다. 이때까지 雲養(운양)은 一身(일신)의 榮達(영달)과 출세에만 머물렀던 유약한 관료였던 것일까?

그러나 1919년 3·1운동이 일어나자 그는 일본 정부와 조선 총독

천진기기국(天津機器局)

에게 조선독립청원서를 제출하였다. 이 사건으로 3년형의 유죄판결을 받고 옥에 갇혔으나 고령이 참작되어 집행유예로 석방되었다. 이 일로 그의 작위는 삭탈되어 친일파의 오명은 벗을 수 있었다. 한마디로 그의 생애는 親淸(친청)과 親日(친일)의 그네타기에서 조선 선비의 지조를 지키는 데에는 실패한 가엾은 지식인 관료의 삶이었다. 그 후로 雲養(운양)은 두문불출하고 후회하며 근신하다가 88세에 세상을 하직하였다.

〖천진에 사절로 다녀온 전후 사정〗

우리나라는 평소에 다른 나라와는 사귐이 없었고, 오직 북쪽으로 청나라를 섬기고, 동쪽으로 일본과 교통하였을 뿐이었다. 그런데 지난 수십 년 전부터 이 지구상의 정세가 날로 변하여 유럽의 여러 나라가 크게 성장하니 동양의 여러 나라들이 모두 그들의 공법을 따르게 되었다. 그 법을 따르지 않으면 홀로 고립되고 도움을 받을 수 없어서 스스로를 보존할 수 없게 되었기 때문이다. 그리하여 청나라와 일본은 모두 서양의 여러 나라와 서로 잘 사귀고 통래하자는 修好通商條約(수호통상조약)을 맺으니 그것이 근 스무 나라나 된다.

일본은 옛날에 關白(관백)이라는 이가 집권하였는데 서양과 사귄 이후로 일본 임금이 관백을 폐하고 친히 나라 정사를 보살피게 되니 무릇 나라사림, 군대훈련, 병기제조, 화폐관리 등의 일을 모두 서양의 법대로 시행하면서 琉球(유구)를 섬멸하고 北海島(북해도)를 개척하고 동양의 강국이라 일컫게 되었다.

일본과 가장 가까운 나라로는 우리나라 밖에는 없다. 일본이 왕정을 복구한 후에 우리나라 조정에 외교문서를 보냈는데 우리 조정이 그 문서를 받아보니 아주 많이 옛날 격식을 어겼는지라 담당 신하로 하여금 그것을 거절하고 받지 않았다. 그리고 8년의 세월이 이르는 丙寅年(병인년, 1866) 봄에 일본은 사신이 병선을 타고 강화도에 들어와 조약을 맺자고 요청하여 부득이 그것을 허락하였다.

러시아는 나라 땅이 넓어서 블라디보스토크에까지 뻗혀 있다. 거기에 군대를 주둔시키고 항구를 열어 놓으니 우리나라와는 국경이 단지 강물 하나가 떨어져 있을 뿐이라 호랑이 표범을 옆에 두고 있는 것과 같다.

이러한 때에, 월남, 미얀마, 유구는 차례로 쇠약해지다가 드디어 멸망하였는데 우리나라는 까맣게 모르고 있었다.

월남의 경우는 프랑스와 조약을 맺었고, 미얀마는 영국과 조약을 맺었으며, 琉球(유구)는 일본을 섬겨왔다. 이들 세 나라는 외국과 널리 교류하는 것을 원치 않고 오직 한 나라만 의지하고 그것을 믿고 있었는데 세월이 흐르고 변화가 생기면서 (그 나라가) 야금야금 침략하면서 억압하니 나라의 세력이 약해지고 또 약해져서 그것을 막아낼 수가 없게 되었으나 다른 나라로서는 평소에 조약을 맺은 바가 없었으므로 제삼자로 머물며 감히 참견하는 물음을 묻지 못하니 그들 나라는 孤立無援(고립무원)이 되어 드디어 멸망하고 말았다.

청나라는 이들 세 나라가 화를 입는 것을 보고 우리나라를 위하여 깊이 근심하였다. 이들 세 나라는 모두 청나라와 通貢(통공)하던 나라들인데 옛정을 버리고 새것을 좋아하다가 스스로 화를 입고 망한 것이었다. 청나라가 비록 구원하여 보호하고자 하였으나 실제로는 채찍이 길어도 미치지 못하는 한탄스러움이 있을 뿐이요, 또 조약 바깥

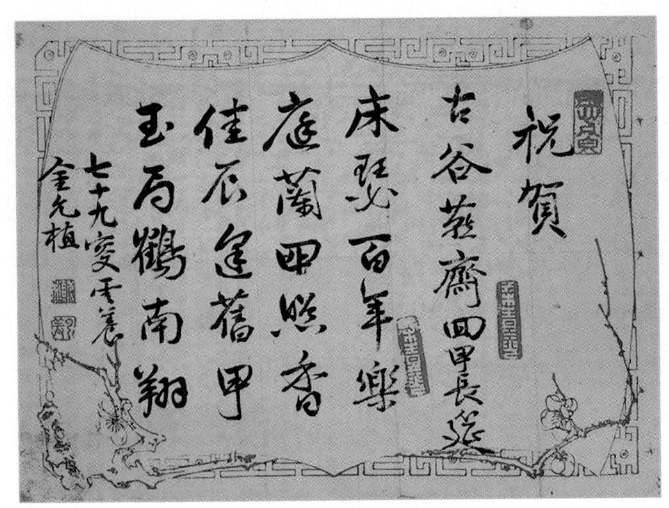

김윤식(金允植)의 친필

에 있는 처지라 쉽게 참견하는 의문을 묻기에 불편하고 (그들 나라들은) 바다 밖 멀리 있어 황폐한 곳인데다가 청나라의 큰 계책에는 특별히 손해될 것이 없으므로 힘써(고쳐 보고자) 싸울 수가 없었다.(이하 생략)

이 글을 읽는 동안, 우리는 구한말에 외국과의 국제협약의 규모가 궁금해진다. 국제협약은 나라가 홍할 때나 쇠할 때에 매우 빈번했을 것이기 때문이다. 우리나라는 일본과 1876년 丙子修好條規(병자수호조규) 이래 1910년 庚戌國恥(경술국치)에 관한 조약에 이르기까지 35년간 45개의 크고 작은 조약을 맺었다.

그동안에 일본은 그야말로 야금야금 우리나라를 잠식하다가 급기야 식민지로 전락시켰다. 또한 그때에 일본은 프랑스, 미국, 청국

러시아, 영국 등과 한국에서의 지배권을 보장받는 협약을 맺었다. 그 가운데에서 1905년 미국과 일본이 맺은 이른바 가쓰라·데프트〔桂太郎(계태랑), Taft〕 美日秘密協約(미일비밀협약)은 두고두고 지금껏 우리의 가슴에 깊은 회한을 남긴다. 그것은 미국의 필리핀 지배권을 일본이 묵인하고, 일본은 한국의 지배권을 미국이 묵인한다는 자기네들끼리의 挾雜協約(협잡협약)이었다. 나라가 힘을 잃으면 이렇게 제삼자의 흥정거리가 되는 것, 이것이 냉엄한 국제적 현실이다. 그 무렵에는 親淸國(친청국), 結日本(결일본), 聯美國(연미국)을 주장했던 黃遵憲(황준헌)의 『朝鮮策略(조선책략)』이 유효한 방법인 듯 보였으나 그 책략은 1910년 경술국치로 결말을 짓고 말았다. 그리고 오늘날 또다시 우리는 새로운 한국책략이라는 과업에 직면하고 있다. 그 방략은 무엇이어야 할 것인가?

〖天津奉使緣起〗

我國素無他交 惟北事淸國 東通日本而已. 自數十年來 宇內情形日變 歐洲雄長 東洋諸國 皆遵其公法 捨此則孤立寡助 無以自保. 於是 淸國及日本 皆與泰西各國修好所立約者 近二十國. 日本舊有關白執權 自通洋以來 日皇廢關白 而親覽國政 凡治國鍊兵製器征貨等事 悉用泰西之法 滅琉球拓北海 號稱東洋强國.

日本最近者 莫如我國 改紀以後 通書契于我朝廷, 朝廷以書契 多違舊式 令邊臣却而不受 至於八年之久. 丙寅春 日本派使 乘兵船入江華要約 不得已許之.

俄羅斯廓其境土至于海蔘葳 屯兵開港 與我國邊疆只隔一水 如虎豹之在傍.

時安南緬甸琉球 次第削弱 至於滅亡 我國猶未知也. 安南則與法國修約 緬甸則與英國修約 琉球則服事日本. 此三國不願廣交 專仗一國 以爲可恃 事久變生漸加侵凌 國勢積弱 無以制之 他國則素不立約 以局外處之不敢過問 孤立無援 遂値傾覆.

清國鑑於此三國之禍 爲我國深憂之 蓋此三國 皆清國通貢之國 棄舊悅新 自取禍敗. 清國雖欲救護 實有鞭長 不及之歎 且在約外 不便過問 海外荒服 又無損於清國之大計 故不能力爭.(下略)

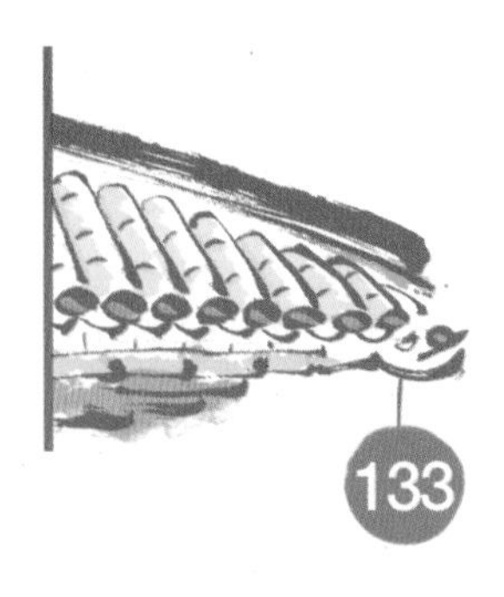

안경수 독립협회서
安駉壽의 獨立協會序

明成皇后(명성황후) 閔妃(민비)가 시해된 乙未年(을미년, 1895) 참변 이래 고종은 불안과 공포의 나날을 보내게 되었다. 일본의 진당들이 언제 다시 나타나 자신에게 危害(위해)를 가할지 모르기 때문이었다. 이러한 임금의 심경을 헤아린 친러파 인사들〔李範晉(이범진), 李允用(이윤용), 李完用(이완용)〕이 임금을 지근에서 모시는 嚴尙宮(엄상궁)과 은밀히 공모하여 임금을 러시아 공사관으로 피신시켰다. 이것이 이른바 俄館播遷(아관파천)이다.

그 후로 친러내각이 수립되어 러시아는 우리나라 내정에 깊이 관여하게 되었다. 탁지부의 고문이 된 러시아인 알렉세프는 마치 재무대신이나 된 듯, 나라 안의 이권을 專橫(전횡)하였다. 그의 손으로 경인선・경의선의 부설권, 광업권, 벌채권 등이 외국인에게 넘어갔고, 그 과정에서 그는 막대한 소개료를 着服(착복)하였다.

이러한 시기에 甲申政變(갑신정변)의 주동자로 미국에 망명하였던 徐載弼(서재필)이 귀국하여 동조자들과 함께 민중주도의 자유민주주의를 지향하는 모임을 결성하니 이것이 곧 독립협회이다. 이 독립협회의 지도층은 徐載弼(서재필)·尹致昊(윤치호)·李商在(이상재)·南宮檍(남궁억) 등 주체적 개혁 사상을 가진 진보적 지식인들이었다.

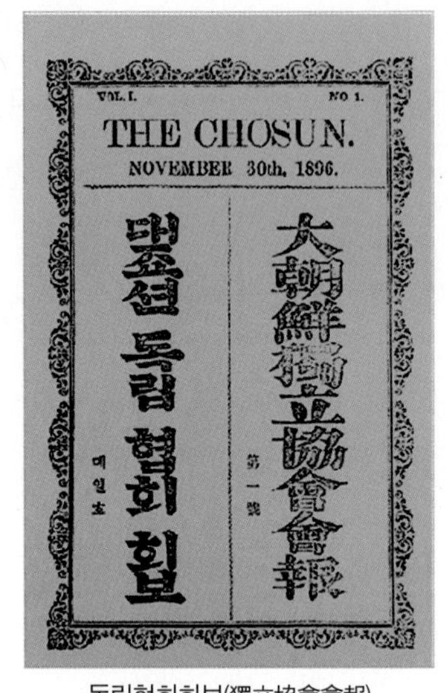
VOL. I. NO 1.

THE CHOSUN.

NOVEMBER 30th, 1896.

大朝鮮獨立協會會報

第一號

대죠션 독립 협회 회보

뎨일호

독립협회회보(獨立協會會報)

이 독립협회의 취지가 무엇인가를 밝힌 것이 이 서문이다. 이 글을 쓴 安駉壽(안경수, ?~1900 광무 4)는 典圜局幇辦(전환국방판)일 때 일본에 건너가 화폐주조법을 배워와 그것을 우리나라에서 시행한 한말의 문신이다. 동학혁명이 일어났을 때 그 수습에 盡力(진력)하였고, 甲午更張(갑오경장)이 되자 警務使(경무사)·軍國機務處(군국기무처) 의원, 度支部協辦(탁지부협판), 軍部大臣(군부대신) 등의 직분을 누렸다. 1895년에 일본공사 미우라〔三浦梧樓(삼포오루)〕와 결탁하여 乙未事變(을미사변)의 주동적 역할을 하였다. 그 일로 파면되었으나 아관파천의 소용돌이에서 특사되어 中樞院一等議官(중추원일등의관)의 자리에 올랐다. 1896년에 독립협회가 결성되자 거기에 가담하여 회장의 직을 맡았다. 이 서문은 그때에 쓴 것으로 독립협회 월보 창간호에 실린 것이다. 1898년에는 고종의 讓位(양위)를 꾀하는 일을 꾸미다가 그 음모가 발각되어 일본으로 망명하였다. 1900년 일본공사 하야시〔林勸助(임권조)〕의 알선으로 귀국했으나 곧 체포되는데 거기에 李埈鎔(이준용)의 謀逆不告罪(모역부고죄)가 드러나 사형에 처해졌다.

『독립협회 서문』

이제 우리 대조선국 사람들이 독립협회를 어찌하여 만들었는가. 독립이라 하는 것은 크게 憤(분)을 發(발)하여 하는 것이요, 협회라 일컫는 것도 역시 憤(분)을 發(발)하여 생긴 것이다. 옛날에 우리 단군 성조께서 나라를 처음 세우시고 箕子(기자) 임금께서 교화를 펴시고 삼국이 솥발처럼 버티다가 고려가 삼한을 통일하였으나 우리 태조대왕께서 하늘의 뜻을 이어받아 임금의 자리에 오르시어 지금 우리 대군주 폐하에 이르기까지 전하여 왔다.

수천백년 이래로 나라는 스스로 우리나라요, 백성은 스스로 우리 백성이어서 그 정치와 교화가 우리들로부터 (이루어지지) 않은 것이 없었으나 그런데 어찌하여 독립의 기운이 우뚝하지 않은 것은 어찌된 까닭인가? 나라가 작은 것도 아니요, 백성이 약한 것도 아니요, 정치와 교화가 개명하지 않은 것도 아니다. 다만 두려워하면서 지키는 [事大(사대)를 통하여] 나라의 평안을 얻으며 武器(무기)를 삼가면서 [武(무)를 멀리하는] 관습에 젖고, 밖으로는 아울러 추진하는 계략이 없고 안으로는 스스로 지키고자 하는 계획이 소홀하여 동쪽나라[일본] 배가 [함부로] 정박하여 밤잠을 자다가 불벼락을 만나고 북쪽 나라[淸國(청국)] 기병이 침입하여 들어와 산에 앉아 비를 맞으니 그 끝

모르는 부끄러움이 슬프고 그 극심한 치욕에 통분하여 아낙네와 어린이들이라도 마땅히 눈을 부릅뜨고 팔뚝을 걷어붙이고 칼을 뽑아 땅이라도 쪼개려는 생각을 할 것이다.

그런데 어찌하여 벼슬하는 相公大夫(상공대부)들은 오로지 老論(노론)·少論(소론)·南人(남인)·北人(북인)의 黨論(당론)만 일삼고 글 읽는 선비라는 이들은 오로지 성리학의 理氣(이기)로 말싸움이나 하며 과거로 입신하려는 이들은 오로지 詩賦表策(시부표책)의 문장만 그럴듯하게 꾸미려 하고, 나라 刑政(형정)의 권리를 쥔 관원들은 오로지 집안 문벌이 높으냐 낮으냐를 저울질하고 있으니, (나라 안에) 鐵(철)이 있어도 풀무질하여 녹여 쓸 수 없고 (나라 안의) 기름[資源(자원)]이 있어도 발굴하여 활용치 못하고 허망한 글이나 많을 뿐이라, 쌓인 폐단이 극심하여 예의를 빙자하여 태평한 척하며 궁핍하고 어려운 것을 감내하며 스스로 고상한 척하니 利用厚生(이용후생)과 부국강병과 같은 實事求是(실사구시)의 정책에 이르러서는 나 몰라라 손을 내저으며 외면하고 물리치니 마침내 엎드러지고 거꾸러져 오늘날과 같은 一大難局(일대난국)을 만나게 되었도다. 대저 우리나라 동포로서 혈기가 있는 이들이 어찌 한심한 마음에 통곡하지 않을 수 있겠는가?

이제 천하의 대세는 群雄(군웅)이 제각기 잘났다고 나서서 서로 猜忌(시기)하기도 하다가 서로 어울리기도 하고 서로 이기고자 하면서 서로 조심하는 형세이다. 호랑이가 비록 사납지만 함부로 물어뜯으면 오히려 상처를 입을까 근심되고, 벌이 비록 독하지만 함부로 가시를 쏘다가는 자기가 죽을까 봐 두려운 지라 신중히 계획하고 자세히 검토하며 낮은 자세로 치밀하게 생각하면서 연하고 살진 고기에 침을 흘리고 속으로는 가시 돋친 바늘을 숨기고 있으니 그 속마음을 가만히 들여다볼진대 진정코 기이하도다. 이하, 이것은 저 황천이 우리 대군주 폐하의 요순 같은 어지심을 도와 태평한 原野(원야)를 널리 개척하여 우리로 하여금 우뚝하게 드높은 황금의 푯대[標柱(표주)]를 세우라고 하시는 것이 아닌가?

그렇다면 오늘의 이 독립협회는 사람이 도모[擧(거)]한 것이 아니요, 실로 하늘이 도우신 것이다. (이렇듯) 이미 그 하늘이 앞서서 행하는 하늘임을 안다면 사람들 어느 누구가 감히 뒷날에 마음과 힘을 다하지 않으랴. (그렇다면) 우리의 형세는 이미 자유를 얻은 것이다. 이미 자유를 얻은 것이라면 또한 이미 독립을 얻은 것인데 (무엇 때문에) 하필이면 독립이란 말로써 강목을 삼으며 또 협회를 설립하느냐 생각할 것이다.(이하 생략)

아관파천은 1896년〔建陽元年(건양원년)〕 2월 11일 새벽에 일어났다. 한 나라의 상징이요 중심인 임금이 남의 나라 공사관 밀실에 유폐나 다름없는 생활을 시작하였으니 당시의 정국이 얼마나 암담한 것이었는지는 상상하기도 괴로운 일이다. 그런데 그때로부터 二周甲(이주갑)이 흐른 요즈음에 이르러서도 우리나라는 중·러·일·미 네 나라들의 국제적 세력관계의 틈 사이에서 여전히 남북분단을 극복하려는 염원을 새김질하고 있다. 그 120년 전의 위정자들이 고민하고 모색했던 근대 민주국가의 꿈은 이제 통일 민주국가로서 세계를 선도하는 일류국가로의 꿈으로 바뀌기는 했으나 그 前途(전도)가 그렇게 순탄해 보이지는 않는다.

만약에 安駉壽(안경수)가 오늘날 살아서 민주시민이요 정치 일선의 책임자로 또 글을 쓴다면 아마도 통일헌장 序(서) 같은 글을 짓지 않았을까? 〈모든 국민이 매일 하루에 한 번씩 통일을 외치고 그 방안을 강구한다면 통일은 이미 목전에 놓인 진수성찬이 아니겠는가.〉라는 취지의 통일헌장을.

그러나 安駉壽(안경수)의 행적을 살피노라면 갈피를 잡을 수 없이 어지럽기만 하다. 그는 정말 나라를 걱정하고 사랑한 관료였는가? 아니면 一身(일신) 榮達(영달)을 꿈꾼 허약한 謀士(모사)였는가? 1907년에 伸冤(신원)되어 毅愍(의민)이란 시호를 받은 것도 못내 석연치 않다.

〖獨立協會序(1896년 安駉壽)〗

今 我大朝鮮國人 獨立協會 何爲而作也. 獨立云者 大發憤之爲也. 協會擧者 亦大發憤之出也. 昔我 檀君開荒 箕聖設敎 三韓鼎峙 高麗統一 而我太祖繼天立極 傳至我大君主陛下. 數千百年以來 國自我國 民自我民 其治若化 莫不自我 而尙無屹然獨立之勢 何也. 非國之小也 非民之弱也 非治化之不開明也. 但安於畏保 習於柔謹 出無竝驅之畧 入踈自守之謀, 東舟之泊 夜眠逢火 北騎之侵 山坐當雨 悲其窮恥 忿其極辱 婦人童子 宜乎瞋目奮臂 思欲拔劒斫地. 奈之何爲縉紳者 惟老少南北之黨論也, 爲章甫者 惟心性理氣之言戰也, 爲擧業者惟詩賦表策之技套也,爲權衡者 惟門閥高下之錙銖也, 胎之鐵也 無冶可鎔, 骨之油也 無藥可拔, 虛文太多 積弊滋甚 藉禮義而爲泰 甘樸陋而自高, 至於利用厚生 富國强兵之實事求是 左而揮之 外而閣之 竟至仆跌於今日之大難蜀道. 夫爲我國同胞血氣者 安得無寒心而慟哭乎.

方今天下大勢 羣雄各長 相猜相好 相克相愼, 虎狼雖猛 妄噬慮傷 蜂蠆雖毒 輕螫恐斃 重籌細斟 低回密匆 涎柔膩之好肉 歎隱伏之針刺 試窺其衷 奇乎異哉. 噫 此非皇皇彼天眷我大君主堯舜其仁 爲之廣開太平原野 使我竪立巍巍卓卓之 黃金標柱乎. 然則今日之獨立協會 非人之擧也 實天之助也. 旣知其天之先之天 人孰敢不盡心於後世 我之形勢 旣已自由矣 旣已自由 亦已獨立矣 何必以獨立爲目而協會之設乎.(以下 省略)

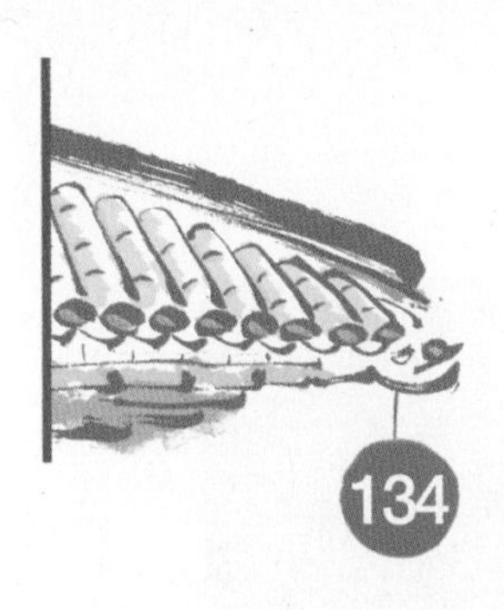

134

獨立協會(독립협회)의 請國會開設疏(청국회개설소)

독립협회의 결성〔1896, 建陽元年(건양원년)〕은 민중 사회계층의 광범한 지지를 얻었다. 지도층을 이루고 있는 진보적 지식인의 주장은 자본주의 열강의 침탈과 수구적 지배층의 압제에 불만을 품은 도시 시민층의 개혁 의지와 부합하였기 때문이었다. 그리하여 독립협회는 4천 명의 회원을 거느린 민중 사회단체로 발전하면서 크게 두 가지 권리, 곧 국권과 민권을 확보하자는 민족주의와 민주주의를 고취하였다.

迎恩門(영은문)을 헐어낸 자리에 독립문을 세우고, 민중계몽을 위하여 萬民共同會(만민공동회)라는 대중집회를 열어 정부정책에 압력을 가하며 독립신문을 발행하는 등, 국권확보와 민권 신장을 위한 행보에 박차를 가하였다.

徐載弼(서재필)이 미국으로 돌아간(1898. 4) 뒤인 7월부터는 만민공동회에서 獻議六條(헌의육조)를 채택하였는데 거기에는 당시의 中

독립문(獨立門)

樞院(중추원)을 官民選(관민선) 의원 각각 半數(반수)로 구성하는 立法機關(입법기관)으로 만들자는 내용이 들어 있었다. 이것은 보수파로부터 완강한 반대를 불러 왔다. 그리하여 그해 10월 20일에는 대중집회를 금지하는 詔書(조서)가 내리니 이에 항거하는 상소가 바로 이 글이다. 이 상소문을 지은 이는 韓致愈(한치유)이고 10월 23일에 진정되었다.

韓致愈(한치유, 생몰미상)는 한말개화기에 활약한 문신으로 청주인이요, 호를 拓齋(탁재)라 하였다. 당대의 거유로 칭송되던 艮齋(간재) 田愚(전우)의 문하에서 修學(수학)하고 출사하여 의금부도사(1888), 성균관교수(1896) 일본주재 공사관의 삼등 참서관(1904) 동래부사(1906) 무안부윤(1909) 등을 역임하였다.

『國會(국회) 開設(개설)을 請願(청원)하는 上疏(상소)』

엎드려 아뢰나이다. 臣等(신등)은 어제 내리신 조칙을 받들어 읽었사옵니다. 처음에는 두려웠사오며 중간에는 근심스러웠사오며 마침내는 분통이 터져서 피눈물에 젖고 말았나이다. 신하되고 백성된 자는 제각기 정해진 본분을 지키어 행여라도 위반하여 어긋나는 일이 없어야 하는 것이 治世(치세)의 떳떳한 도리이온데 만약에 방자하여 빗나가는 일이 생겨 그 방탕함이 막을 수 없는 지경에 이르면 그것은 진실로 典刑(전형)으로서도 해결할 수 없는 것이오라 이것을 臣等(신등)은 가슴 가득히 두렵고 두렵게 여기는 바이옵니다. 비록 그렇다 하오나 폐하의 聖德(성덕)이 (크오시니) 진실로 한두 명의 어진 신하가 있어서 앞으로 그 아름다움을 따라 평화로운 정치를 하실 수 있다면 臣等(신등)은 즐거이 가업을 지키고 길거리의 노래를 부를 수 있을 것이옵니다.

하오나 돌이켜 보오면 세상의 여론이 물 끓듯 하여 오늘날처럼 된 것은 어찌 臣等(신등)이 본심을 가지고 말씀드릴 일이겠나이까. 臣等(신등)이 가슴 가득히 근심하고 한탄하는 까닭이 바로 이것이옵니다.

아하, 슬프옵니다. 그 배척을 받은 諸臣輩(제신배)들은 아첨을 좋아하여 받아들이고 (폐하의) 전담하시는 일을 가로채어 덮고 가리니 안으로는 백성의 마음을 답답하고 분하게 하고 밖으로는 이웃 나라가 빈틈을 엿보게 하여 행정은 정당한 절차를 기다리지 않고 처리되오며 소송분쟁을 처리함에는 법률을 제대로 지키지 않으니 이천만 백성들은 진흙 구렁에 빠지는 재앙을 당하고 삼천리 강토는 갈가리 찢기는 근심을 입사와 臣等(신등)은 開會(개회)가 되면 떠나려 하오매 상소하올 일이 闕內(궐내)에 있사오니 그 뜻을 생각해 보오면 그 모두가 忠君愛國(충군애국)하는 정성에서 나온 것이옵니다. 저들 배척받은 諸臣輩(제신배)들은 죄를 지었으니 마땅히 반성하여 뉘우칠 것은 생각지 아니하고 오직 탄핵받은 일만 원수처럼 여기어 높은 직책에

만 나아가려고 은근히 도모하고 교묘한 일을 꾸미어 모함을 얽으며, 이제 臣等(신등)에게는 정령을 평론한다 말하고 내쫓을 것을 아뢰고 또 대신을 협박한다 말하며 그 방탕하기가 끝이 없어서, 반드시 姿橫(자횡)과 妨害(방해)로 몰아가려 하오니 저들을 잘못 믿어 빠져드는 일에는 엄한 조칙으로 신속한 처리가 있어야 하옵니다. 폐하께서는 무엇 때문에 망령된 아첨을 기뻐하시고 바른말을 싫어하시겠나이까. 이것이 곧 臣等(신등)이 분통이 터져 아파하며 피눈물을 흘리는 까닭이옵니다. 만약에 외국의 예를 가지고 말씀드린다면 (그 외국에는) 현재 아주 많은 백성들의 모임 곧 民會(민회)가 있사옵니다. 그런데 정부의 대신들이 행정을 하면서 실수가 발생하면 즉시 전국에 그 사실을 발표하고 백성들을 모이게 하여 질문을 하기도 하고, 잘못을 따지기도 하옵니다. 그런 때에 백성들이 받아들일 수 없는 일이 있으면 감히 없애지 않는 것이 없을 정도입니다. 이것이 곧 외국의 民會(민회)이온데 그 民會(민회)가 어찌 講談(강담)이나 하고 마는 것이겠습니까.(중략)

만약에 권리를 가지고 논한다면 천자로부터 庶人(서인)에 이르기까지 각기 정한 것이 있사오니 六大洲(육대주)에 있는 모든 나라와 동등하고 평행하온 것은 폐하의 권리이오며, 폐하의 백성을 위하고 폐하의 나라 땅을 지킴에 있어서 정치와 법제를 어지럽히는 신하가 있어 宗廟(종묘)에 해를 끼친다면 (그들을) 탄핵하고 성토하는 것은 臣等(신등)의 권리이옵니다. 흔히 말하기를 민권이 성하면 군권이 반드시 손상됨이 있다 하오나 사람의 무식함이 어찌 이것보다 심하겠사옵니까. 만일에 오늘날 이와 같은 백성들의 논의를 없앤다면 정치와 법률이 따라서 무너져버릴 것이오매 어디에서부터 어떤 모습으로 殃禍(앙화)가 일어날지 알 수 없사온데 폐하께서 홀로 이 문제에 마음

두지 않을 수 있겠습니까? 臣等(신등)은 충성과 통분으로 격한 나머지 마음에 품은 바를 잠시 아뢰었사온데 오로지 황송하기 이를 데 없사옵니다. 엎드려 바라나이다. 성명하신 폐하께서는 널리 헤아리고 살피시옵소서.

이 상소문이 奏達(주달)되자 우여곡절 끝에 10월 25일에는 중추원 개편의 원칙이 관민대표 간에 합의가 되었다. 그러나 그 민선의원이 선거될 예정이었던 11월 5일에 李商在(이상재) 등 17인이 반대파의 모략으로 검거되어 모처럼의 의회 개설의 꿈은 무산되고 말았다. 만일에 이때에 민관합동의 중추원이 문을 열 수 있었다면 우리나라에 의회 민주주의의 토양이 반백 년은 앞당길 수 있었을 것이고, 그러면 행여나 韓末(한말)의 국치는 일어나지 않았을 수도 있지 않았을까? 우리는 또다시 허망하게도 역사에 만일을 삽입하며 국치의 회한을 감쇠시키려 안간힘을 쓴다.

〖請 國會開設疏(1898년 獨立協會 韓致兪)〗

伏以臣等於昨日伏讀詔勅下者 始焉惶懍 中焉憂歎 終焉憤痛激切 血淚潛然也. 爲臣民者各守定分 無或違越 是乃治世之常道. 若或有恣橫之事 至於蕩無防限 則誠典刑之所難貸 此臣等所以滿心惶懍者此也. 雖然以陛下之聖德 苟有一二賢臣 將順其美 以致治安 則臣等祗當守家寧業 而誦康衢之謠而已. 顧此衆議沸騰 以致

今日者 豈臣等本心之所言欲爲哉. 臣等所以滿心憂歎者此也.

嗚呼 彼被斥諸臣輩 阿諛苟容 全事壅蔽 内以使民心憤鬱 外而使隣邦窺伺 行政焉不待章程 聽理焉不守法律 二千萬人口有塡壑之厄 三千里疆土有瓜分之憂 臣等離次開會 封章守闕 究其意 則斷斷出於忠愛之忱. 被斥諸臣輩 不念渠罪之當悔 惟是見劾焉爲仇 顯進暗謀巧事構陷 乃以臣等謂評論政令 與聞黜陟 謂之迫逐大臣 蕩無防限 必欲驅之 以恣橫妨害 謬信此輩之浸潤 有此嚴詔之遽降 陛下何爲嘉諂佞而惡直言乎. 此臣等所以痛憤激切 繼之血淚也. 若以外國之例言之 現有許多民會 而政府大臣 行政而失 則布喩全國 集會衆民 有質問焉 有論劾焉 而民所不服 不敢不去 是則外國民會 何嘗爲講談而止哉.(中略)

若以權論之 自天子達於庶人 各有所定 同等六洲平行萬國者 陛下之權也 爲陛下之民 守陛下之土 而其有乖政亂法之臣 致害宗祊 彈劾而聲討者 臣等之權也, 說者謂民權盛 則君權必損 人之無識 孰甚於此 如使今日無此民議 則今日政治法律 隨以壞損 不知何樣禍機起於何地 陛下獨不念及於此乎. 臣等忠憤所激 有懷輒陳而只切惶悚罔知攸措 伏願聖明裁察焉.

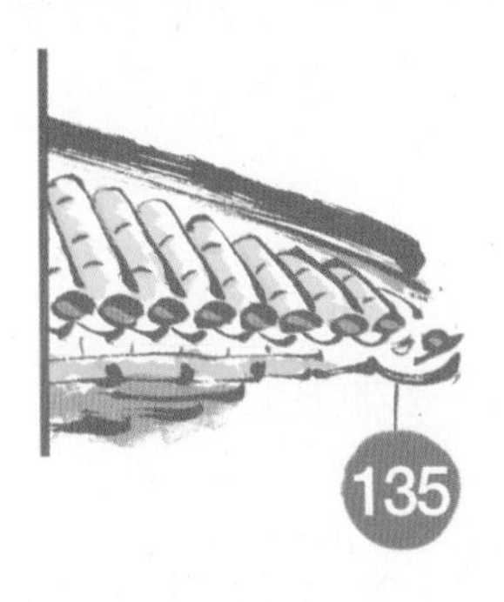

이 강 년　　결 장 자 승 재 서

李康秊의 訣長子承宰書

李康秊(이강년, 1861 철종 12~1908 융희 2)은 조선조 구한말의 의병장이다. 자는 樂寅(낙인)이요, 호는 雲岡(운강)이라 하였다. 孝寧大君(효령대군)의 18대손으로 문경에서 태어나 毅庵(의암) 柳麟錫(유인석, 1842 헌종 8~1915)에게서 배우고 20세(1880)에 무과에 급제하여 折衝將軍(절충장군) 行龍驤衛(행용양위)의 副司果(부사과)로 宣傳官(선전관)이

이강년(李康秊)

되었다. 그러나 다섯 해 뒤 24세(1884) 때에 甲申政變(갑신정변)이 일어나 왜병이 궁궐에 난입하는 사태를 지켜보다 분개하여 벼슬을 버리고 낙향하였다.

이러한 사실을 미루어 본다면, 일제의 침탈과 魔手(마수)가 뻗치기 시작한 것은 1884년 갑신정변을 기점으로 잡아도 좋을 것 같다. 물론 그때에 왜병진입은 우리 조선 조정이 자초한 결정이요, 또한 무능의 소산이었다. 그 무렵 일제는 조선을 도와주는 善隣(선린)으로 위장하고 있었다. 그들을 믿은 개화파는 그들의 힘을 빌어 나라를 바꾸어 보려고 하였을 것이다. 그러나 雲岡(운강)과 毅庵(의암)같은 의병파 지사들은 나라의 미래가 개화파를 앞세운 일제의 야욕에서 자유로울 수 없음을 이미 간파하고 있었다.

그리고 다시 10년 후 雲岡(운강)의 나이 34세(1894) 때에 동학혁명이 일어나자 운강은 분연히 문경에서 동학군을 지휘하고 나섰다. 그의 목적은 왜병과 貪官汚吏(탐관오리)를 척결하는 것이었다. 그러나 관군과 왜병의 연합토벌로 그의 항일투쟁은 좌절되었다. 이들 의병은 역사적으로 보면 봉기의 정당성은 인정되나 정부에 대항한 것은 분명하니 요즈음 용어로 해석하자면 반정부군이라고 해야 할 듯싶다. 이러한 雲岡(운강)의 의병활동은 그 다음 해(1895) 乙未事變(을미사변)이 일어나자 다시 불붙었다. 雲岡(운강)은 의병을 이끌고 안동, 제천, 단양, 풍기, 정선, 영월 등지로 전전하며 투쟁하다가 관군에 밀려 부득이 의병은 해산하고 毅庵(의암)과 함께 만주로 피신하였다. 3년후 귀국하여서는 울분을 삭이며 두문불출하였다.

그러나 45세 되던 해(1905) 乙巳勒約(을사늑약)이 체결되고 두 해 뒤(1907)에는 고종이 禪位(선위)라는 이름으로 강제 퇴위 되자 다시 永春(영춘)에서 의병을 일으켜 충주, 순흥, 가평, 인제 등지에서 크게 승리하였다. 그러다가 1908년 清風戰鬪(청풍전투)에서 체포되어 사형당했다.

이 유서는 죽음을 앞두고 아들에게 보낸 글이다. 저서로 『雲岡文集(운강문집)』이 전한다.

〖맏아들 승재에게 마지막으로 남기는 글〗

네 아비는 평생토록 피 끓는 포부를 품고 나랏일로 죽기를 바랐는데, 지금 그 뜻이 이루어졌으니 다시 또 무엇을 한탄할 것이냐. 너는 너무 조심하고 두려워하지 말고 정신을 가다듬고 네 아우를 거느리고 매일같이 옥문 밖에 기다리다가 내가 죽은 지 사흘 안에 장례를 지내라. 고향 선산까지는 길이 머니 관을 싣고 가서 返葬(반장)할 수가 없다. 그러니 이 뜻을 宗家(종가)에 자세히 사정하여 무덤 자리 하나를 대군의 묘소 경내에 얻는 것이 좋을 것 같구나.(중략) 네 아비는 덕이 박하여 뜻한 바를 펴지 못하였으니 비록 여력이 있다고 해도 壽衣(수의)나 棺槨(관곽)을 법도대로 시행하는 것은 옳지 않다. 더군다나 네 형제들은 집 한 칸도 의지할 데 없이 갑작스레 여관에서 일을 당하니 몇 자 베 폭과 홑옷인들 어찌 변통할 수 있겠느냐. 다만 옥에 갇혀 있을 때 입고 있던 옷 그대로 선산 아래에 묻힌다면 그것이 내가 기쁘게 바라는 마음이다.

아예 행여라도 섭섭한 마음을 갖지 말아라. 내가 복수하려는 마음을 품고 십삼 년을 지내다가 마침내 복수한 일로 죽으니 특별히 분하고 한탄스러움이 크지만, 형세에는 강약이 있어 (패하였으나) 정의로움이야 굽히고 펴는 것이 있을 수 없다. 군자의 이른바 죽는 것이 영화롭고 사는 것이 욕되는 때가 있다 함은 바로 이것이다. 위를 우러러보나 아래를 내려다보나 부끄러울 것이 없으니 너희는 지나치게 슬퍼하지 말아라. (그리고) 아우들을 거느리고 산골짜기에 들어가 밭 갈고 우물 파고 지내라. 조심스레 지내다가 廷秀(정수)를 잘 가르쳐 길러 집안의 전통을 잇게 하는 것이 조상의 정신을 계승하는 도리가 아니겠느냐. 힘쓰고 힘써서 이 아비에게 욕되게 하지 마라. 이밖에 자질구레한 일은 번거롭게 꺼내지 않으련다.

무신년(1908) 6월 4일

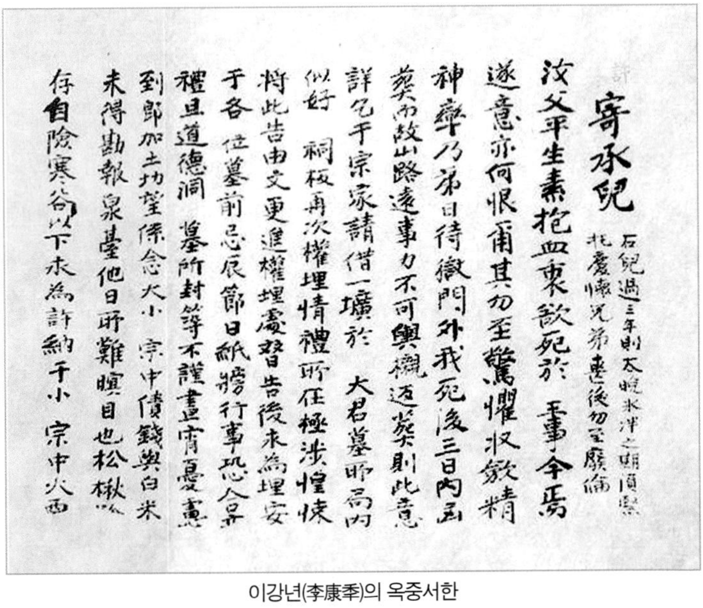
寄承兒
汝父平生素抱血衷欲死於 王事今焉
遂意亦何恨爾其勿至驚懼收斂精
神葬乃弟日待徽門外我死後三日內出
葬而故山路遠事力不可與櫬返葬則此意
詳乞于宗家請借一壙於 大君墓所局內
似好 祠板再次權埋情禮所在極淡惶悚
將此告由文更進權埋處習告後永為埋安
于各 位墓前忌辰節日紙牓行事恐合
禮且道德洞 墓所封築不謹晝宵憂慮
到郎加土功堂係念大小 宗中債錢與白米
未得勘報泉臺他日所難瞑目也松楸以
存自險寒谷以下永為許納于小 宗中以西

이강년(李康秊)의 옥중서한

옳다고 생각하는 일을 위하여 목숨을 바치는 일처럼 아름다운 것은 없으리라. 더구나 옳다고 생각하는 일이 절대로 성공할 수 없다는 객관적 상황이 분명한 경우에도 목숨을 내놓는 것이야말로 숭고한 일이 아닐 수 없다.

雲岡(운강)이 그러한 분이었다. 그는 그 당시 우리나라가 개화를 통하여 근대국가를 건설하여야 하는 것이 焦眉(초미)의 과제라는 것을 모르지 않았을 것이다. 그러나 그는 그 개화의 과정에 끼어드는 외세의 간섭, 그리고 貪官汚吏(탐관오리)들을 도저히 눈뜨고는 참을 수 없었었던 것이다. 그래서 그는 殉國(순국)의 敗將(패장)으로 죽음을 맞았다.

이렇게 죽는 분들의 悲願(비원)이 영글고 영글어 역사를 움직이고 이끌어가는 보이지 않는 손이 되는 것은 아닌지…

〖李康季 訣長子承宰書大略(1908)〗

汝父平生 素抱血衷 欲死於王事 今焉遂意 亦何恨詳. 爾其勿主警懼 收斂精神 率乃弟日待獄門外 我死後三日内凶葬 而故山路遠 事力不可輿親返葬 則此意祥乞于宗家 請借一壙於大君墓所局内似好.(中略) 汝父德薄 所執未伸 雖有力衣衾棺槨 義不當稱制. 況汝昆季室家靡依 則倉猝旅館 尺布單衣 何可辨得 只以在囚時

所着衣件 埋瘞先山下 吾所甘心.

幸勿致憾 吾苦心復保十有三載 竟死復讐之事 殊甚憤恨 而勢有强弱 義無屈伸. 君子所謂死有榮時 生則辱者此也. 俯仰無愧 汝勿過哀 率弟入峽耕鑿 過善爲敎養廷秀 以繼家聲 是乃繼述之道. 勉之勉之 毋添乃父 此外瑣事 不願煩提也.

戊申 六月 四日

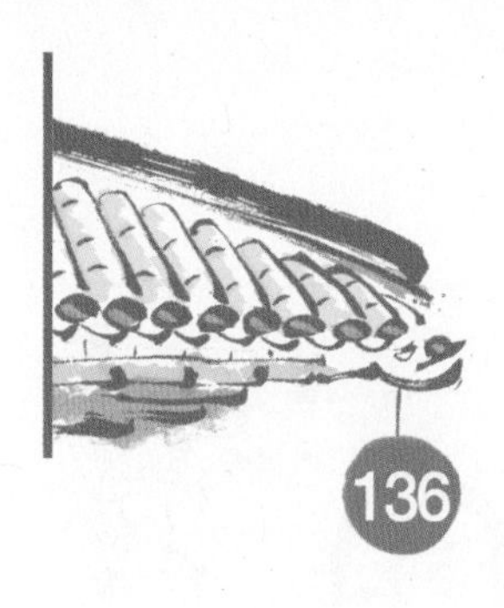

장 지 연　유 교 자 변
張志淵의 儒敎者辨

동서양 문화의 공통점을 논의하는 자리에서 가끔 언급되는 재미있는 이야기가 있다. 그것은 같으면서도 다른 두 문화권의 經書對比論(경서대비론)이다. 그 내용은 다음과 같다.

"서양에 바이블(Bible)이 있다면 동양에는 四書五經(사서오경)이 있다. 바이블이 新約(신약)과 舊約(구약)으로 나뉜 것처럼, 동양의 經典(경전)도 四書(사서)와 五經(오경)으로 나뉜다. 사서가 신약이라면 오경은 구약에 대응한다. 그러면 구약의 모세오경은 춘추와 서경일 터이요, 詩篇(시편)과 雅歌(아가)는 곧 詩經(시경)이요, 예언서는 禮記(예기)와 易經(역경)이 아닐런가? 또 신약에는 四福音(사복음)과 書簡經(서간경)이 있으니 거기에 맞서는 經書(경서)는 무엇인가? 그것은 아마도 四福音(사복음)에 論語(논어)요, 書簡經(서간경)에 〔大學(대학)·中庸(중용)〕 孟子(맹자)가 될 수밖에 없으리라."

장지연(張志淵)

이 이야기에서 가장 핵심이 되는 부분은 四福音(사복음)과 論語(논어)의 대비이다. 사복음이 예수님의 언행록이라면 논어는 孔子(공자)님의 언행록이 아닌가! 그리하여 서양에서는 중세 이래 예수님의 논어가 세상을 지배하였고, 동양에서는 漢(한)·唐(당)·宋(송) 이래 공자님의 福音(복음)이 천하를 풍미하였다. 그런데 서양에서는 나라의 쇠망이 예수님의 논어 때문이라는 소리가 없는데 어찌하여 동양에서는 나라의 혼미가 공자님의 복음 때문이라고 하는 불만의 소리가 생긴 것일까?

淸朝滅亡(청조멸망) 후에 중국에서 그러했고, 구한말 대한제국의 쇠망 이래 우리나라에서도 그러했다. 다시 말하여 나라 망한 것이 儒學(유학)의 책임이라고 하는 풍조가 만연하였다. 그 까닭은 물론 예수님은 초세적 영혼구원에 초점이 있으셨고, 공자님은 현실적 治世方略(치세방략)을 강조하셨기 때문이지만, 다른 한 편으로는 西勢東漸(서세동점)하던 때에 서구 제국주의 세력의 자기합리화와 동양인들 스스로 자조적 반성이 그러한 논리를 개발하였던 면도 있었다.

이러한 시대 풍조 속에서 지난 19세기 말 20세기 초중반에 걸쳐

儒學(유학)에 대한 정체론과 회의론은 우리나라 지식인의 기본 화두였다. 다음에 소개하는 張志淵(장지연)의 儒教者辨(유교자변)도 그러한 유학 반성의 글 가운데 하나이다.

張志淵(장지연, 1864 고종 1~1921)은 구한말의 학자요 언론인이다. 仁同人(인동인)으로 상주에서 龍相(용상)의 아들로 태어났다. 호를 韋庵(위암) 또는 嵩陽山人(숭양산인), 자를 舜韶(순소)라 하였다. 31세 되던 1894년에 進士(진사)가 되었고, 그 다음 해 乙未事變(을미사변)이 일어나자 의병 분기를 호소하는 檄文(격문)을 전국각지에 발송하였다. 1897년에는 俄館播遷(아관파천)에서 임금님의 환궁을 요청하는 萬人疏(만인소)를 지었고 또 還御(환어) 후에는 황제즉위를 청하는 만인소를 짓고 직접 읽었다.

35세 되던 1898년에 비로소 內部主事(내부주사)가 되어 1년여 관료생활을 했으나 곧 사직하고 李承晩(이승만), 南宮檍(남궁억) 등과 만민공동회를 결성하여 정부의 실정을 규탄하였다. 1899년 이후 언론계에 투신하여 時事業報社(시사업보사), 皇城新聞社(황성신문사) 主筆(주필), 皇城新聞(황성신문) 사장이 되어 민중계몽과 자립정신 고취에 심혈을 기울였다.

1905년에 乙巳勒約(을사늑약)이 체결되자 황성신문에 "是日也放聲大哭(시일야방성대곡)" 이라는 사설로 일본의 흉계를 통렬히 비판하고 그 사실을 국민에게 알렸다. 이 일로 3개월간 투옥되었다가 석방되고 通政大夫(통정대부, 정삼품 당상)에 기용되었으나 거절하고 관에서 은퇴하여 文獻蒐集(문헌수집)과 저술에 정진하였다. 그 후 블라디보스토크, 상해, 남경 등 해외를 방랑하다가 1909년 진주의 慶南日報(경남일보) 주필을 맡았는데 그 다음 해 1910년 庚戌國恥(경술국치)가 일어나자 비통한 마음을 달랠 길 없어 경남일보에 黃玹(황현)의 絶命詩(절명시)를 실었다. 이 때문에 경남일보는 폐간되고 韋庵(위암)은 실의 속에서 폭음으로 지내다가 1921년 58세로 마산에서 생애를 마쳤다.

저서로는 『大韓最近史(대한최근사)』·『東國歷史(동국역사)』·『大東文粹(대동문수)』·『萬國事物紀原歷史(만국사물기원역사)』·『蔬菜栽培全書(소채재배전서)』·『花園志(화원지)』·『大東詩選(대동시선)』·『朝鮮儒教淵源(조선유교연원)』·『韋庵文稿(위암문고)』 등이 있다. 여기 소개하는 儒教者辨(유교자변)은 『朝鮮儒教淵源(조선유교연원)』의 맨 끝에 실린 글이다.

論說

是日也放聲大哭

曩日伊藤侯가韓國에來홈이愚我人民이逐逐相謂曰侯는平日東洋三國의鼎足安寧을自擔周旋ᄒᆞ던人이라今日來韓홈이必也我國獨立을鞏固히扶植ᄒᆞᆯ方略을勸告ᄒᆞ리라ᄒᆞ야自港至京에官民上下가歡迎홈을不勝ᄒᆞ얏더니天下事가難測者ㅣ多ᄒᆞ도다千萬夢外에五條件이何로自ᄒᆞ야提出ᄒᆞ얏는고此條件은非但我韓이라東洋三國의分裂ᄒᆞᄂᆞᆫ兆漸을釀出홈인즉伊藤侯의原初主意가何에在ᄒᆞᆫ고雖然이나我大皇帝陛下의强硬ᄒᆞ신 聖意로拒絶홈을不已ᄒᆞ셧스니該約의不成立홈은想像컨ᄃᆡ伊藤侯의自知自破ᄒᆞᆫ바어ᄂᆞᆯ噫彼豚犬不若ᄒᆞᆫ所謂我政府大臣者가榮利를希覬ᄒᆞ고假嚇를恒刧ᄒᆞ야逡巡然觳觫然賣國의賊을甘作ᄒᆞ야四千年疆土와五百年 宗社를他人에게奉獻ᄒᆞ고二千萬生靈으로他人의奴隷를歐作ᄒᆞ니彼等豚犬不若ᄒᆞᆫ外大朴齊純及各大臣은足히深責ᄒᆞᆯ것이無ᄒᆞ거니와名爲參政大臣者는政府의首揆라但以否字로塞責ᄒᆞ야要名의資를圖ᄒᆞ얏던가金淸陰의裂書哭도不能ᄒᆞ고鄭桐溪의刃割腹도不能ᄒᆞ고偃然生存ᄒᆞ야世上에更立ᄒᆞ니何面目으로强硬ᄒᆞ신皇上陛下를更對ᄒᆞ며何面目으로二千萬同胞를更對ᄒᆞ리오嗚乎痛矣며嗚乎憤矣라我二千萬爲人奴隷之同胞여生乎아死乎아檀箕以來四千年國民精神이一夜之間에猝然滅亡而止乎아痛哉痛哉라同胞아同胞아

雜報

五件條約請締顚末

本月十日下午七時에日本大使伊藤博文氏가京釜鉄道列車로搭乘入城ᄒᆞ야直時賓舘(孫擇孃邸)으로入處ᄒᆞ얏ᄂᆞᆫᄃᆡ翌日上午十二時에皇上陛下ᄭᅴ 陛見ᄒᆞ고日皇陛下의親書를奉呈ᄒᆞ얏ᄂᆞᆫᄃᆡ其親書의槪意ᄂᆞᆫ如左하다하니

朕이東洋의平和를維持ᄒᆞ기爲하야大使를特派하노니大使의指揮를一從ᄒᆞ야措處하소셔ᄒᆞ고又曰國防의防禦ᄂᆞᆫ朕이鞏固케ᄒᆞᆯ지오皇室의安寧도朕이保證ᄒᆞᆫ다ᄂᆞᆫ意味로하얏다더라

十四日에伊藤氏가仁港으로下往하얏다가翌十五日에歸來ᄒᆞ야下午三時에日舘書記官國分象太郞과帝室審査局長朴鏞和氏로共히 陛見ᄒᆞ서伊藤氏가三大條件을提出하야上奏要請홈이如左ᄒᆞ다하니

一은外部를廢止ᄒᆞ고

外交部를日本東京에

시일야방성대곡(是日也放聲大哭)

〖儒教者辨(유교자변)〗

유교란 어떤 것인가? 周禮(주례) 太宰之職(태재지직)에 "儒(유)란 것은 道(도)를 통하여 백성(의 마음)을 얻는 것이다."라고 하였고, 설문에는 "天(천)·地(지)·人(인)에 두루 통달한 사람을 儒(유)라고 한다."고 하였으니 儒(유)를 어찌 가볍게 말할 수 있을 것인가! 禮記(예기) 儒行篇(유행편)에는 공자님이 哀公(애공)의 물음에 대답하여 말씀하시기를 "博學(박학)하여 막힘이 없으며 독실하게 행동하여 게으르지 않으며 (남이 보지 않는) 은근한 장소에 있을지라도 음란하지 아니하고 (아랫사람으로 성실함으로써) 윗사람에게 인정을 받아 어려운 문제를 일으키지 않고, 어진 사람을 사모하고 존중하며 세상 사람들을 두루 감싸고, 모난 것을 깨뜨려 널리 화합하는 사람이다." 하셨으니 그 너그럽고 넉넉함이 이와 같은 것이다. 또 말씀하시기를 "儒者(유자)는 가까운 사람을 지칭하여 추천할 경우에 그가 친척이라 하여도 회피하지 않으며, 연고가 없는 사람을 추천할 경우에 공평함을 잃지 않도록 하고, 공적을 쌓으며 어진 사람을 추천하여 발전해 나아가도록 하는 사람이다." 하였다.

그러므로 漢書(한서)에 이르기를 "유학을 하는 사람은 음양을 따르고 가르침을 밝힌다." 하였고, 또 이르기를 "六藝(육예)의 글을 널리 배워 하늘의 도리를 밝히고 인륜을 바로잡아서 지극한 다스림으로 법을 완성하기 때문이다."라고 하였으니 유학하는 사람의 학문이란 본래 이와 같은 것이다. 어찌 일찍이 명예나 낚시질하고 벼슬자리나 탐내는 마음으로 파당을 지어 사사로운 이익을 도모하려는 계획이 있는 자라면 그들이 이른바 근세에 산림학자라 하는 이들과 같은 것이겠는가! 莊周(장주)는 말하기를 "儒(유)는 詩(시)와 禮(예)로써 출세를 도모한다."하였으니 이것은 이 세상을 삐딱하게 보고 儒(유)를 비방한 말이다. 그러나 유학을 이용하여 세상을 속이고 명예를 훔치는 자가 어찌 출셋길만 찾으려는 속임수에서 벗어날 수 있을 것인가? 논어에 이르기를 "그대는 군자로서의 儒(유)가 되고 소인으로서의 유는 되지 말라"라는 말이 있는데 孔安國(공안국)이 이것을 풀이하여 "군자는 도를 밝히려 하는데, 소인이 儒(유)자가 되면 (오로지) 그 명예를 자랑하기" 때문이라고 하였다. 아하! 진실로 이 세상에는 명예만을 자랑하는 유자가 많기 때문이다.(중략)

또 조선으로 말할 것 같으면, 신라 · 고구려 시대에는 모두 불교를 숭상하였고, 유학은 아직 잘 알려져 있지 않은 때이었으나 나라는 부유하고 군대는 강성하여 나라 안이 평화를 유지하여 그 지나온 햇수가 일천년도 되고 혹은 팔백년도 되었다. 고려 왕씨(시대에)도 역시 석가모니의 가르침을 높이 받들어서 유학의 지식의 갑절이나 되었는데, 한번 宋나라의 유학이 고려에 들어 왔으나 고려가 (유학의) 가르침을 입어 세상이 밝아진 것도 없고 어지러운 난리 세상이 진정된 것도 없이 쇠약하고 오그라져서 기를 펴지 못하고 말았다. (그런데) 우리 조선이 고려를 이어 일어나서 聖君(성군)과 어진 신하가 유학의 슬기를 높이고 道學(도학)을 소중히 여겨 초야에 묻힌 유학하는 선비들이 누구라 할 것 없이 다스림이 밝게 빛났으니, 옛날 송나라 시절에 발전한 것보다 더 왕성하여 진정 최고의 경지에 이르렀다고 할 만하다. 그런데 어찌하여 요순시대의 나라 다스림에 이르지 못하고 오히려 (나라 형편은) 쇠약해질 대로 쇠약해져서 오늘날의 형세에 이른 것은 무엇 때문인가? 이것이 어찌 儒者(유자)를 써서 魯(노)나라를 쇠약하게 한 전례를 밟는 것이 아니겠는가!(하략)

장지연(張志淵) 사진(앞줄 왼쪽)
1906년 휘문의 숙장 시절 모습

韋庵(위암)은 유학의 본성이 부족하여 나라가 기운 것이라고 생각하지는 않았다. 세상은 언제나 이론은 이론이요, 현실은 현실로 서로 평행선을 이루는 일이 非一非再(비일비재)하기 때문이다. 유학이 조선왕조 전반에 걸쳐 어떻게 현실과 괴리되었는가를 한탄한 위암의 다음 글을 다시 한 번 곰곰 곱씹어 보자.

"君子(군자)의 道(도)는 남과 북의 거리보다도 더 멀어지고, 끊임없이 이어지던 학문은 말할 것도 없고, 스스로 자기 몸을 지켜온 善(선)을 행하는 선비마저도 볼 수 없게 되었다. 아니면 또한 가면 다시 오지 않음이 없다는 이치가 있어서인가? 대개 우리 조선의 유교는 조선 중엽이전에는 士禍(사화)로 짓밟혔고, 중엽 이후에는 朋黨(붕당)으로 결박당하였으며, 근세에 와서는 저절로 시드는 나무나 불 꺼진 식은 재처럼 점점 사라지고 부패하였다. 아! 조선의 유교가 그 본말이 대체 이와 같을 뿐이니 회복되어 생기가 넘치고 황성해질 날이 있을 것인가?"

〖儒敎者辨〗

儒教者何也. 周禮太宰之職 "儒以道得民者" 說文 "云通天地人曰儒". 儒豈易言乎哉. 禮記儒行 孔子對哀公問曰 "博學而不窮 篤行而不倦 幽居而不淫 上通而不困 慕賢而容衆 毁方而瓦合" 其寬裕有如此者. 又曰 "儒有內稱不避親 外擧有避怨 程功積 事推賢 而進達之."

故漢書云 "儒家者 流順陰陽 明敎化" 又云 "博學乎六藝之文 所以明天道 正人倫 致治之成法者" 儒者之學 本如是矣. 曷嘗有釣名巧宦之心 樹黨營私之計 如近世所謂山林學者者哉. 莊周曰 "儒以詩禮發塜" 憤此世 排儒之言. 然假儒學而欺世盜名者 惡得免發塚之譏歟. 論語曰 "汝爲君子儒 無爲小人儒" 孔安國註以爲 "君子將以明道 小人爲儒 則矜其名." 嗚呼 世固多矜名之儒矣.(中略)

且以朝鮮言之 新羅高句麗之代 皆崇尙佛教 儒學未明時 則國富兵强 境內晏堵 歷年或一千 或八百. 高麗王氏亦尊奉釋教倍加儒術 一自宋儒之學 輸入本國 教化未必加明 騷亂未能鎭定 萎靡不振. 我鮮代興 聖君良弼 崇儒術 重道學 草野儒學之士 不網羅登庸 尊尙奬勵斯文之振興迨彬彬然 度越前古駕軼 有宋儒教之盛 可謂極矣. 奈何未能做堯舜君民之治國勢 反趨於衰微 至于今日 何哉. 此豈非用儒魯削之驗歟(下略)

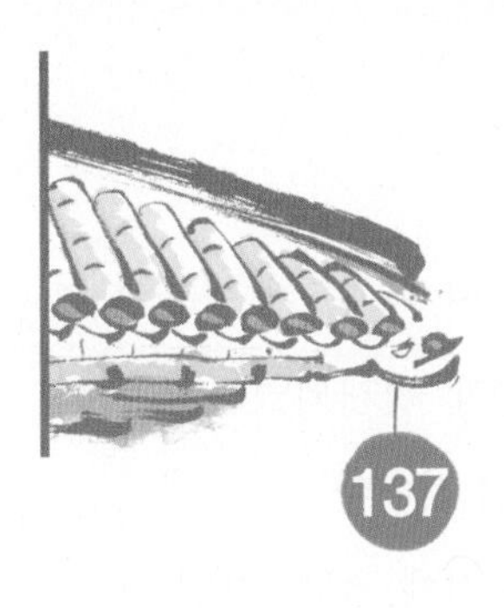

137

박한영 사변산강영만서
朴漢永의 謝卞山康榮晚書

박한영(朴漢永) 스님

67세의 老僧(노승)이 열아홉 살이나 연하인 48세의 법학자에게 편지를 보낸다. 근엄 정중한듯하면서도 飄逸(표일), 분방한 문체로 나이 어린 文士(문사)를 위로하고 격려하는 禪僧(선승)의 해학과 탈속이 字句(자구)마다 묻어난다. 그 글월 속에는 57세의 나이로 他關(타관)에서 옥사한 독립투사의 학문과 생애가 화두로 등장한다.

그러니까 60대 후반의 늙은 스

님, 50대 후반의 독립운동가, 40대 후반의 문사 학자. 이 세분의 交遊(교유)가 1936년이라는 일제강점기에 어떻게 전개되었는지를 헤아리는 것이 이 편지글을 읽는 要諦(요체)가 될 것이다.

그분들은 모두 구한말에 태어나 일제강점기에 청년, 장년, 노년을 거치면서 각자 자신들이 선택한 인생행로에서 한결같이 민족의 독립과 재활을 염원하고 모색하신 분들이다. 그런데 나이도 10년, 20년씩 차이가 나고 살아가는 삶의 방식도 완연하게 다르건만 어떻게 그분들은 그토록 天衣無縫(천의무봉)의 友誼(우의)를 다질 수 있었던 것일까? 그때로부터 지금은 80년쯤 세월이 흘렀는데, 지금 우리들은 40대, 50대, 60대가 한 자리에서 같이 고민하며 서로 힘을 실어주는 글월을 주고받을 수 있을 것인가? 이 편지글은 이러한 의문도 함께 풀어볼 것을 제시하고 있다.

이 서찰을 쓰신 朴漢永(박한영, 1870 고종 7~1948)은 華嚴宗主(화엄종주)라 일컫는 學僧(학승)이다. 映湖(영호) 또는 石顚(석전)이란 雅號(아호)를 썼다. 19세에 白羊寺(백양사)에 들어가 스님이 되었는데, 27세 때에 이미 華嚴寺(화엄사), 梵魚寺(범어사) 등에서 佛法(불법)을 강

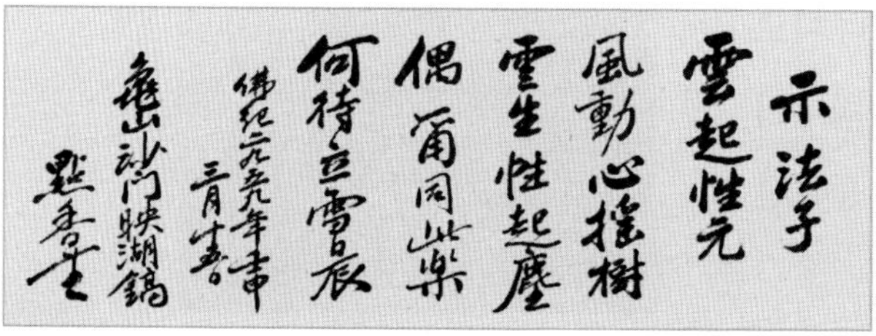

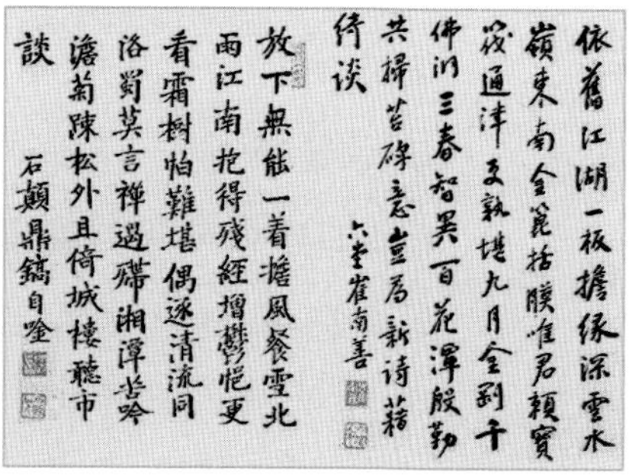

박한영(朴漢永) 스님의 유묵

의하는 이름난 학승이었다. 57세(1926)에서 77세(1946)까지 조선불교의 教正(교정) 자리를 지켰다. 시문에 능하여 『石顚詩抄(석전시초)』·『石顚文抄(석전문초)』 등을 남겼다.

石顚(석전) 스님의 글월을 받고 답신을 쓰신 卞榮晩(변영만, 1889 고종 26~1954)은 학자 문인이다. 자를 穀明(곡명) 호를 山康(산강), 曲明(곡명), 白旻居士(백민거사)라 하였다. 密陽人(밀양인)으로 군수 鼎相(정상)의 아들이고 樹州(수주) 卞榮魯(변영로) 시인의 맏형이다. 어려서 한학을 하였으나 신학문에 뜻을 두고 官立法官養成所(관립법관양성소) 普成專門(보성전문)을 나와 법관이 되어 광주지방법원 판사가 되었다. 그러나 그 이듬해 1905년 사법권이 일본에 넘어가게 되자 사직하고 신의주에서 변호사로 개업을 하였다. 1910년 庚戌國恥(경술국치) 후 중국에 망명하였다가 1918년에 귀국하여 학문에만 전력하였다. 광복 후에 성균관대학교 교수를 역임하였다. 저서에 『山康齋文鈔(산강재문초)』·『巖西集(암서집)』 등 한문학 문사로서의 이름이 법학자로서의 이름을 능가한다.

신채호(申采浩)

위의 두 분 글월에 등장하는 丹齋(단재) 申采浩(신채호, 1880 고종 17~1936)는 애국자 학자요, 사상가요 언론인이다. 26세(1905)에 성균관 박사가 되

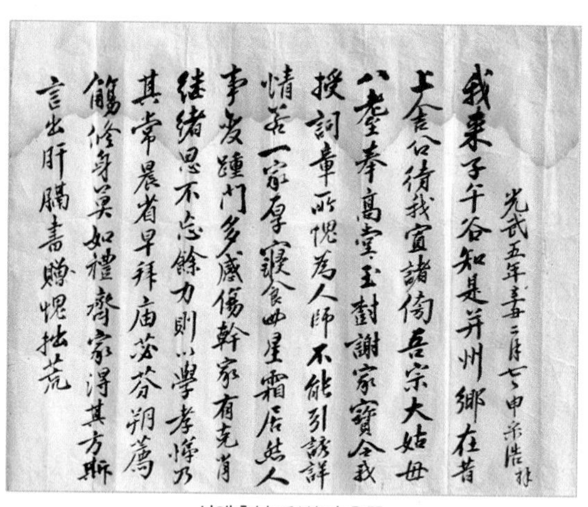

光武五年辛丑二月七日申采浩拜
我東子午谷知是并州鄉在昔
上舍公倚我宜諸矦吾宗大姑毋
八耋奉高堂玉樹謝家寶今我
授詞華所愧爲人師不能引誘詳
情若一家享寢食四星霜居然人
事友踵門多感傷幹家有克肖
継緖思不忘餘力則以學孝悌乃
其常晨省早拜廟苾芬朔薦
觴修身莫如禮齊家得其方斯
言出肝膈書贈愧拙荒

신채호(申采浩)의 유묵

었는데 乙巳勒約(을사늑약)이 체결되자 분연히 언론에 독립논설을 써서 민족의 역사의식을 고취하였다. 31세(1910)에 블라디보스토크로 망명하였다가 36세 때부터 중국에서 史料蒐集(사료수집)도 하고 상해 임시정부에도 참가하였다. 46세 때부터 無政府主義(무정부주의) 활동을 벌이다가 49세에 日警(일경)에 체포되어 10년 言渡(언도)를 받고 여순감옥에서 복역 중 57세에 옥사하였다.

〖山康(산강) 卞榮晩(변영만) 선생에게 드리는 글월〗

봄비 내린 끝머리에, 옛 친구의 친필편지를 공손히 받아 두 번 세 번 깊이 읽었습니다. 어찌 그 위로의 말씀이 간절하고 간절치 않겠습니까? 하물며 집안에서 편히 지내심에 별다른 곡절이 없고 그저 평안히 즐기신다 하니 모두가 예절과 운수에 맞는 일인가 합니다. 일전에 남녘에서 온 사람이 문득 말하기를 山康(산강) 선생이 초막에 사시면서 묘를 지키심에 각별히 옛날 예법을 따르신다 하였습니다. 이것은 실로 사군자의 떳떳한 도리인지라 (그것을 두고) 선생께 위로와 경하의 말씀을 드릴 것은 없으나, 다만 세상 삶의 자세가 급변하여 禮典(예전) 믿기를 허접쓰레기(더벅머리)처럼 여기는 까닭에 선생이 옛날 예절을 정성껏 찾으심이 저들 지나가는 사람들의 입에 오르는 것일 뿐인가 합니다. 그러나 선생은 거적자리에 앉고 소찬을 먹으며 房事(방사)를 금하는 등 일일이 禮度(예도)에 구애될 필요는 없으실 터이나 지극히 근신하시겠지요. 이 글월을 읽다가 여기에 이르러 선생은 얼굴을 찡그리지 않고 눈썹을 치켜 올리며 웃는다면 진정코 다행이겠습니다.

변영만(卞榮晩)

丹齋公(단재공)의 49재 날에 서울 사는 친구들을 불러 그 효성스런 초막 옆에서 제사상을 차린다 하니 이것은 선생이 친구들과의 돈독한 우정에 정겨운 禮(예)를 갖춘 것인즉 어찌 위로의 기쁨이 아니겠습니까? 그러나 내가 보기에 丹齋(단재)의 영혼에 제사를 지내는 것은 단지 형식에 지나지 않을 뿐이지만 사실은 선생이 몸소 제사음식을 장만하는 일과 祭文(제문)을 짓는 일에 고충이 있을 것입니다. 진실로 陶元亮〔도원량, 陶淵明(도연명)〕의 自挽詞(자만사)와 賈浪仙〔가낭선, 賈島(가도)〕의 自祭詩(자제시)가 아니겠습니까? 슬프고 한탄스런 느낌이 사람의 마음을 흔들어 놓습니다. (그런데 실은) 단재공과 이 돌중〔石衲(석납)〕과는 29년 전에 京東(경동) 塔幸寺(탑행사)에서 한 번 만난 옛 인연이 있습니다. 그 뒤에 북경에 있을 때에 서로 한 번 글을 주고받았고 詩詞(시사)도 보았는데 시는 평범한 수준을 벗어나지 못하고 글씨도 까마귀를 칠한 듯하니, 그의 글과 글씨는 이 돌중의 관심을 끌만하지 않지만, 오로지 그의 史學(사학)과 기고한 節概(절개)는 그 누가 우러러 감복치 않겠습니까? 더 할 말이 없을 것입니다.

선생이 거듭하여 보내주신 有文印字(유문인자)는 나에게 신령스런 기쁨이 되었으나, 이 돌중은 귀중품으로 보답할 수는 없고 글 없는 흰 종이를 대신 바치오니 선생은 이해하여 주시겠습니까? 앞으로는 문장의 機緣(기연)을 끊어버리고 글 없는 한 벌의 公案(공안)에 參決(참결)하여 한 번 세상에 태어난 일에 합당한 바가 있었으면 합니다만, 그것도 아니 된다면 또다시 30년은 기다려야 비로소 얻을 수 있지 않겠습니까? 하하 여기서 붓을 멈춥니다.

병자년(1936) 3월 21일

山康(산강)에게서 온 편지(덧붙임)

이마를 조아리고 엎드려 아룁니다.

石顚尊師(석전존사)님, 편지 한 장을 올렸더니 송구스럽게도 칭찬의 말씀을 들었으니 실로 (그 고마움을) 헤아릴 길이 없습니다. 하온데 (존사의) 필묵이 싱싱하고 기세 있어서 그 浩然之氣(호연지기)가 바다를 건넌듯함을 뵈오니 그것이 노인의 수고로우심에서 나온 것임을 알지 못하겠습니다. 기쁘고 또 기쁘옵니다.

그러하옵고, 감히 숨기지 못하올 것은 지난 18일은 실로 丹齋公(단재공)이 세상을 떠난 지 49일째의 날이라 감회를 풀 길이 없어 서울 사는 동지 몇 사람을 초청하여 소생의 陋屋(누옥)에서 祭床(제상)을 하나 차리고 薦度(천도)의 글을 지어 올렸습니다. 그때에 공교롭게도 존사의 글월이 때맞추어 도착하였습니다. 그런데 보내주신 詩賦(시부)의 끝 구절 "忘勞五色鏡(망로오색경) 有月天外涼(유월천외량)*" 10字(자)는 깊은 뜻을 드러냄에 한이 없습니다. 정말로 신령이 기뻐할 것이라 여겨 靈位(영위) 앞에 陳設(진설)하였습니다. (존사께서도) 명복의 촛불을 켜주시기를 빌겠나이다.

丙子(병자) 3월 21일

* 忘勞五色鏡(망로오색경) 근심 잊은 (저 세상은) 거울처럼 찬란하고
有月天外涼(유월천외량) 때마침 솟은 달은 하늘밖에 시원하네

이 두 편의 書簡(서간)을 읽으며 우리는 매우 흥미로운 사실을 발견한다. 앞의 글과 뒤의 글은 각각 石顚(석전) 스님과 山康(산강)선생이 쓴 것인데 공교롭게도 발신일이 똑같은 丙子(병자) 3월 21일이다. 그러니까 丹齋(단재) 49재에 관한 일은 齋(재)를 지낸 3월 18일 이전부터 書札(서찰)을 주고받은 두 분뿐만 아니라 주위의 뜻있는 지인들에게 공지의 사실로 알려지고 논의되었음을 짐작게 한다.

아마도 그 49재는 우리 조선의 지사들에게 以心傳心(이심전심)으로 통하는 민족의 독립기원재의 성격을 가졌던 것으로 보인다.

이하, 그 시절 우리 선조들은 그렇게 의기투합하였었다.

〖謝卞山康榮晩書〗

春雨餘 敬承古友手法 沈讀數三 得不慰頌之源源. 而矧審恭廬啓處 無諸委曲 易安考槃 動合禮數者乎. 日自漢南來者 輒言 山康先生居廬展墓 恪遵古禮. 是實士君子之常分 不足爲先生慰賀, 但以世道動盪 視禮典如弁髦 故先生之謹尋古禮 騰佗行人之口耳. 然先生 未必據苫喫素禁房 一一拘禮 而克謹矣. 讀至此先生不嚬而開眉 幸就甚焉.

丹齋公七七齋辰 招京洛友生 致奠恭廬之側 是多古人友篤之情禮 慰何可已. 然以吾觀之 祭丹齋之英靈 正形式而已, 實惟先生之自祭及祭文苦衷矣. 固無陶元亮之自挽詞 賈浪仙之自祭詩者耶. 悲惋之氣 令人動心. 且丹齋公與石衲二十九年前 京東塔幸寺 有一面之奮嗣后 在幽燕時 相照一往復及詩詞 而詩未脫凡品 墨是塗鴉 則但其翰墨 不能稽石衲之顧, 獨佗史學與奇節 孰不欽服 且欲無言.

先生荐荐有文印字 睨我神悅 石衲無以報瓊 獨將無文素紙 以呈似 先生可會麼. 從今休休文章機緣 參決無文之一着公案 一來娑婆 有所可爲, 如未更須三十年始得. 呵呵 姑閣.

丙子 三月二十一日

〖附 山康來書〗

稽顙白 石顚尊師 一紙呈似 畏蒙奬借 實逾所圖 而第見筆墨蒼落 浩氣橫海 不知其爲出於老人之勞也. 喜賀喜賀, 因不敢不褹者 去十八日 實丹公離世第四十九日無所洩懷 請來京中畸友數人 自設一祭於敝廬.

陳文以薦之, 尊函 巧以當刻抵着 而揭末「忘勞五色鏡 有月天外凉」十字 無限得意 且足以悅神 故並以陳諸靈筵矣. 祈幸慈燭.

丙子 三月二十一日

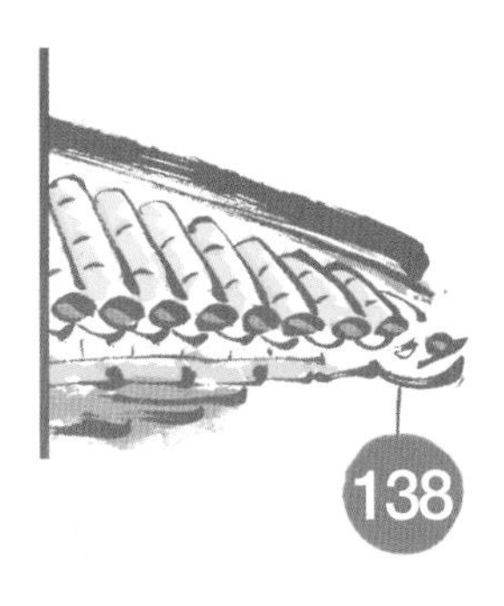

조경한 부친대인균계
趙擎韓의 父親大人鈞啓

庚戌國恥(경술국치)에서 乙酉光復(을유광복)에 이르는 일제치하 35년동안, 민족의 氣魄(기백)을 지키고 현양한 구국의 독립투사들은 幾千(기천)일까? 幾萬(기만)일까? 참으로 헤일 수 없이 많은 선열들이 나라 안팎에서 피눈물을 흘리며 목숨을 던져 나라를 찾고자 勞心焦思(노심초사)하였다. 그러한 애국지사들 가운데 가장 많은 인원에 속하는 분들은 아마도 만주에서 활약한 독립군들이요, 또한 중국 각지를 전전하며 임시정부를 이끌어온 志士(지사)들일 것이다. 그러나 오늘날 기천을 헤아리는 그 많은 독립투사들의 이름은 흔적도 없이 잊혀졌고 겨우 幾十(기십)을 헤아리는 臨政要人(임정요인)과 독립군 지휘관의 이름을 기억할 뿐이다. 이렇듯 잊혀진 독립운동가 가운데 특별한 한 분이 계시니 그가 白岡(백강) 趙擎韓(조경한, 1900~1993) 선생이시다.

국립묘지에 안장된 조경한(趙擎韓) 선생 묘

선생은 玉川人(옥천인)으로 昇州(승주, 지금의 순천)에서 累代(누대)에 걸쳐 經學(경학)을 닦은 선비의 집안에서 태어났다. 어려서부터 家學(가학)에 훈습 되어 忠節(충절)의 氣概(기개)가 있던 중, 성장하던 10대에 망국의 한을 새기게 되니 16세에 이미 지하운동원이 되었고, 20세에 3·1운동이 일어나자 昇州(승주) 지방의 책임자 일을 맡았다. 급기야 25세에 만주로 건너가 독립운동에 투신하니 때로는 애국 항일정신을 고취하는 교육자요, 때로는 한국독립당을 이끄는 운동가요, 또 때로는 독립군의 작전참모로, 그리고 壯年(장년)에 이르러서는 임시정부 議政院(의정원)의 國務委員(국무의원)으로 東奔西走(동분서주)하였다.

그러니까 그는 한국역사를 通曉(통효)하게 꿰뚫었던 역사학자요, 독립군을 훈련시킨 군사교관이었으며, 독립당을 결성한 정당인이었고, 임시정부의 살림을 주관했던 행정가이었다. 약관부터 지천명에 가까운 40대 후반까지 그의 인생은 오로지 조국광복 넉 자에 묻혀 있었던 셈이다.

그가 학업과 독립운동을 병행하던 만주 시절, 가까이 모시던 丹齋(단재) 申采浩(신채호) 선생은 그의 호를 白頭山(백두산)을 뜻하는 白岡(백강)으로, 그의 이름을 祖國(조국)을 두 손으로 떠받쳐 들어 올리라는 뜻의 擎韓(경한)으로 고쳐준 이래 그는 그 호와 이름을 종신토록 지키고 사랑하였다 한다. 그는 臨政要人(임정요인)으로는 가장 늦게까지 생존했던 분으로 세상 사람들에게 기억되고 있다.

近者(근자)에 『一片丹心(일편단심)』이라 題(제)한 白岡書簡集(백강서간집)이 출간되었기에 거기에서 한 편의 글월을 뽑아 보았다. 風餐露宿(풍찬노숙)의 중국생활을 마치고 8·15 광복이 되던 해 12월 臨政要人(임정요인) 제2진으로 귀국하여 서울에 머물면서 고향에 계신 春府丈(춘부장) 趙廷恂(조정순) 어른께 드린 글월이다.

아버님 슬하의 자식이 삼가 여쭈옵니다.

불효한 아들 鐘鉉(종현)은 (부모님의 뜻을) 거스려 지은 죄가 너무도 깊고 무거워 진실로 황송하고 두려운지라 무슨 말씀을 올려야 할지도 모르겠고 어떻게 속죄하는 일을 해야 할지도 모르겠습니다. 글월을 올리려 하오니 몸이 떨려 다만 席藁待罪(석고대죄 : 거적자리를 펴고 꿇어 엎드려 용서를 청함)할 따름이옵니다.

하오나 거듭 엎드려 생각해 보오니, 갈피갈피 서린 저의 속마음을 至嚴(지엄)하고 至愛(지애)하신 부모님 앞에 하소연하지 않는다면 오히려 그 죄가 더욱 커질 듯하옵고 또 장차 마음속의 恨(한)이 평생토록 맺혀서 마침내는 스스로 마음을 삭여 평안을 누리지 못할 것 같습니다. 그리하와 이번에 그동안 지낸 일을 모두 말씀드리고자 하옵니다.

이 자식은 저 스스로도 돌보고 헤아리지 못하면서 집안일과 나랏일에 관심을 가지고 일찍부터 나라를 개혁하여 구원할 생각을 품고 있었습니다. 그 까닭은 서양의 사상가들이 말하는 이른바 적자생존의 이론에 따르고자 할 뿐만 아니라, 더 나아가 (동양의) 節義(절의)를 지키고 드높이는 도리가 있어서 진실로 고금의 이치가 다른 듯 모두 마땅하기 때문이옵니다. 다만 나이가 너무 어려 행동이 앞서서 신중하지 못하였고 그 때문에 집안에서는 반항하고 거스리는 일이 많았고, 사회에서는 거듭하여 비방하고 원망하는 마음이 깊었습니다. 급기야 지난날 나라를 떠나게 되매 드디어 지난날의 잘못을 깨끗이 씻어 버리고 한결같은 뜻으로 나랏일에 정면에 나서서 활동하는 데 매진하게 되었습니다. 이러한 지경에 이르러 제 형편은 (나랏일과) 겸하여 집안의 사사로운 일을 돌볼 수가 없었습니다. 집안 돌보는 것은 말할 것도 없고 심지어 집으로 서신 연락조차 끊은 것은 참으로 그럴만한 사정이 있었습니다.

가만히 엎드려 생각해 보오니 이 자식의 뜻과 행실이 뛰어난 분들에 비한다면 비록 저들보다 더 나은 행동을 할 수는 없으나 능히 스스로 이기고 흔들림이 없이 온전히 절의를 지켜 나약한 사나이가 되지는 않았습니다. 만일에 집으로 오가는 서신을 자유로이 하다 보면 흔히 처음에는 修身齊家(수신제가)의 도리를 지켜야 하는 일로 말미암아 집안 사정에 얽매이게 되고, 거듭하여 집안 사정에 얽매이다 보면 公私間(공사간)의 일이 여러 갈래로 나뉘게 되오며 마침내 공사 간에 일이 나누어짐으로 말미암아 온전히 節義(절의)를 지키는 일을 할 수 없게 되옵니다. 이리되오면 오로지 세상 사람들의 唾棄(타기)함을 당하지 않겠습니까? 이 자식도 역시 이러한 사태를 싫어하고 경계하였사오며 행여나 그러한 잘못을 답습할까 두려워하였사옵니다.

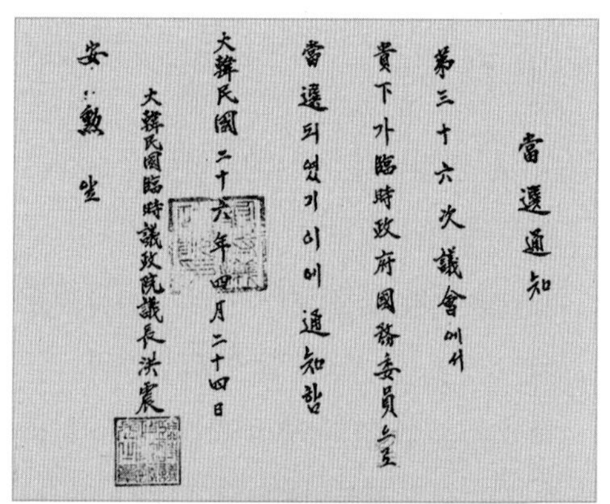

當選通知

第三十六次議會에서

貴下가臨時政府國務委員으로

當選되었기이에通知함

大韓民國二十六年四月二十四日

大韓民國臨時議政院議長洪震

安勳 앞

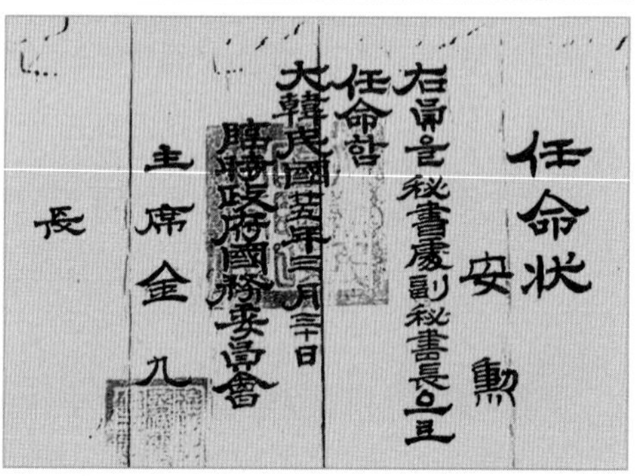

任命狀

安 勳

右員을秘書處副秘書長으로

任命함

大韓民國二十五年十二月三十日

臨時政府國務委員會

主席 金九

長

조경한(趙擎韓) 선생을 임시정부의 국무위원(國務委員, 上)과 비서장(下)으로 임명하는 임명장〔안훈(安勳)은 가명임〕

그동안 (이 자식은) 중국 각지를 떠돌아다니며 왜놈들에게 대항하는 일로서 군사, 정치, 교육의 세 방면에 걸쳐 初志一貫(초지일관) 온 힘을 다하며 오늘에 이르렀습니다. 정상을 말씀드리자면 저의 마음은 쓰리옵고 저의 느낌은 처량할 뿐이옵니다. 하오나 그 마지막을 헤아려 업적을 검토해 보오면 단 한 가지도 국가 민족에 혜택을 끼친 바가 없으니 삼가 송구하여 식은땀이 흐를 뿐이옵니다. 또 엎드려 생각하오니, 우리 집안의 누대에 걸친 조상님들께옵서 끊임없는 德(덕)을 오랜 옛날부터 쌓아 오셨으니 하늘이 만일에 알아주신다면 마땅히 훗날의 사람으로 하여금 그 보답을 받을 수 있을 것이 온대 어찌하여 그동안에 집안에는 재앙이 빈번하여 돌아가신 어머님과 할아버님께서도 한을 품고 하늘로 먼저 떠나 혼령이 되셨사오니 아하 슬프옵니다. 망망한 하늘 땅 사이에 유유히 흐르는 이 원한을 어찌 다 아뢸 수 있겠습니까.

이 자식은 현재 임시정부 국무위원으로 이달 초이튿날에 정부를 받들고 본국으로 돌아왔사오며 이틀이 지나 편지를 아우에게와 안식구에게 부쳤사온데 수소문을 해보니 집안이 어수선한 세상일에 휘말려 그 편지가 도달하지 않았음을 알았습니다. 그런데 갑자기 집안의 叔姪(숙질)과 아우를 만나 숙소에서 함께 쉬게 되니 그 황홀한 느낌은 다시 태어나 두 번째 만난듯하여 그 감동스러움을 아직도 진정할 수 없습니다. 지난날과 오늘의 자세한 사정은 나중에 차차 뵙고 나서 여쭙겠습니다. 또 집안의 아이들을 시켜 먼저 稟達(품달)코자 하오니 엎드려 바라옵기는 굽어 살펴주시옵소서. 이 자식은 현재 귀국한 뒤로 정무에 골몰하여, 화살처럼 집으로 달려가고 싶은 마음을 억지로 누르고 곧바로 달려가 뵙지 못하오니 저의 처지가 자못 송구하고 민망할 뿐이옵니다. 지금 생각에는 약 스무날쯤 지나면 사정이 계획대로 풀릴 듯하옵니다. 삼가 집으로 돌아가 웃는 모습으로 뵈올 수 있으리라 여겨지오니 지금은 다만 이 글월을 올릴 뿐입니다. 공손스레 청하옵니다. 황금같이 귀중한 평안을 누리소서. 불효자 차남 종현〔지금 개명은 擎韓(경한)〕 올립니다.

27년(1945) 12월 26일

白岡(백강)은 만주 벌판을 누비며 생사의 기로를 헤맬 적마다 壬辰亂(임진난)의 의병장이었던 西山大師(서산대사)의 다음 시를 읊으며 마음을 달랬다고 한다.

愛國憂宗社(애국우종사)

山僧亦一臣(산승역일신)

長安何處是(장안하처시)

回望淚沾巾(회망누첨건)

나라를 사랑하며 宗社(종사)를 근심하오니

山寺(산사)의 중이지만 臣下(신하)가 아닐런가

고향땅 서울은 어디에 있는가

고개 들어 바라보니 눈물 젖은 수건일세

이렇듯 救國一念(구국일념)의 독립투사가 고향 땅을 밟고도 부친을 뵙지 못하며 激務(격무)에 시달리는 모습, 그리고 달려가 뵙지 못하는 불효의 심정이 이 書簡辭緣(서간사연)의 갈피마다 눈물방울처럼 얼룩져 있다. 그러나 한편, 이런 글월을 장래의 진로가 불투명하여 고민하는 요즈음 청년들에게 읽히면 어떤 반응, 어떤 감회에 젖을까? 시대의 격차가 느껴질 듯하여 쓸쓸한 마음을 감출 수 없다.

그래도 이 글을 읽히고 싶은 이 구차한 마음!

〖趙擎韓의 父親大人鈞啓〗

父親大人膝下 下敬稟者 不孝男鍾鉉 罪逆深重 誠惶誠恐 罔知以何辭上奏 且不知以何事追贖, 臨書戰慄 只有席藁而已. 然再伏思之 區區孺衷 如不上訴於至嚴至愛之前 不唯反增其罪戾 勢將有恨徹畢生 終莫能消釋自安 故今上奏概括經過.

男不自揣量 關於家與國事 早懷有改革拯擠之想, 該理由 不唯止於求合于西哲所謂適者生存之原理 尤在秉節扶義之道 實有所古今異宜之故, 但因年幼涉少 動輒未愼 所以 在家多所反逆 在社會復深謗怨 及其往者去國 遂掃清昨非 一意邁進於國事之正面運動 到此地步 勢不能兼顧家私 尙屬勿論 甚至有杜斷家信者 良亦有其故.

竊伏念 較男志行卓絶之人 雖不至這種過擧 能可克己不撓 以全其節 至若懦弱如男輩 如放任其往還家信往往有初由修家倫道理 而至於係戀家累 再由係戀家累 而至於分岐公私 竟由分岐公私 而至於不能全節, 是不唯被世唾棄 男亦憎且戒焉 恐或踏襲 其弊者矣.

其間瓢泊中國各地 關於抗敵之軍事政治訓育三方面一貫盡瘁到今日 可謂其心則苦 其情則慽焉. 然究竟檢

討業績 無一增澤於國家民族 伏切悚汗 伏念吾家列世祖宗 積德綿遠 天若有知 宜使後人 能食其報 胡爲乎其間 家中災禍頻仍 先妣及祖考 含恨駕天於由寧之先 嗚呼痛哉 茫茫穹壤 悠悠寃恨 曷有其極.

男現任臨時政府國務委員 月之二日 奉政府返國 越二日寄郵信於弟與婦 先行深問家內滄桑 該函未及到達. 猝逢家中叔姪弟息於寓 恍惚若換生再見 其情緒尙未鎭靜矣. 至於今昔詳情 留後觀稟, 且使家中少輩 先行稟達 伏望下察 男現因歸國後 汩沒政務 強抑如矢歸心 未卽覲趨, 在私不任悚憫. 今料約過二旬 事可就緖伏擬回家 以親色笑 專此上稟 敬請 金安.

不孝 次男 鍾鉉(今改名 擎韓) 叩上

二七年 十二月 二十六日

한국인韓國人의 고전명문古典名文

초판 인쇄 2016년 10월 21일
초판 발행 2016년 10월 31일

저 자 | 沈在箕
기 획 | 田光培
발행자 | 金東求
디자인 | 李明淑·楊哲民
발행처 | 명문당(1923. 10. 1 창립)
주 소 | 서울시 종로구 윤보선길 61(안국동)
우체국 010579-01-000682
전 화 | 02)733-3039, 734-4798(영), 733-4748(편)
팩 스 | 02)734-9209
Homepage | www.myungmundang.net
E-mail | mmdbook1@hanmail.net
등 록 | 1977. 11. 19. 제1~148호

ISBN 979-11-85704-90-6 (03810)
38,000원